英雄史詩

戰爭與和平

鐵與血的啟示——拿破崙戰爭實錄

WAR AND PEACE

Война и мир

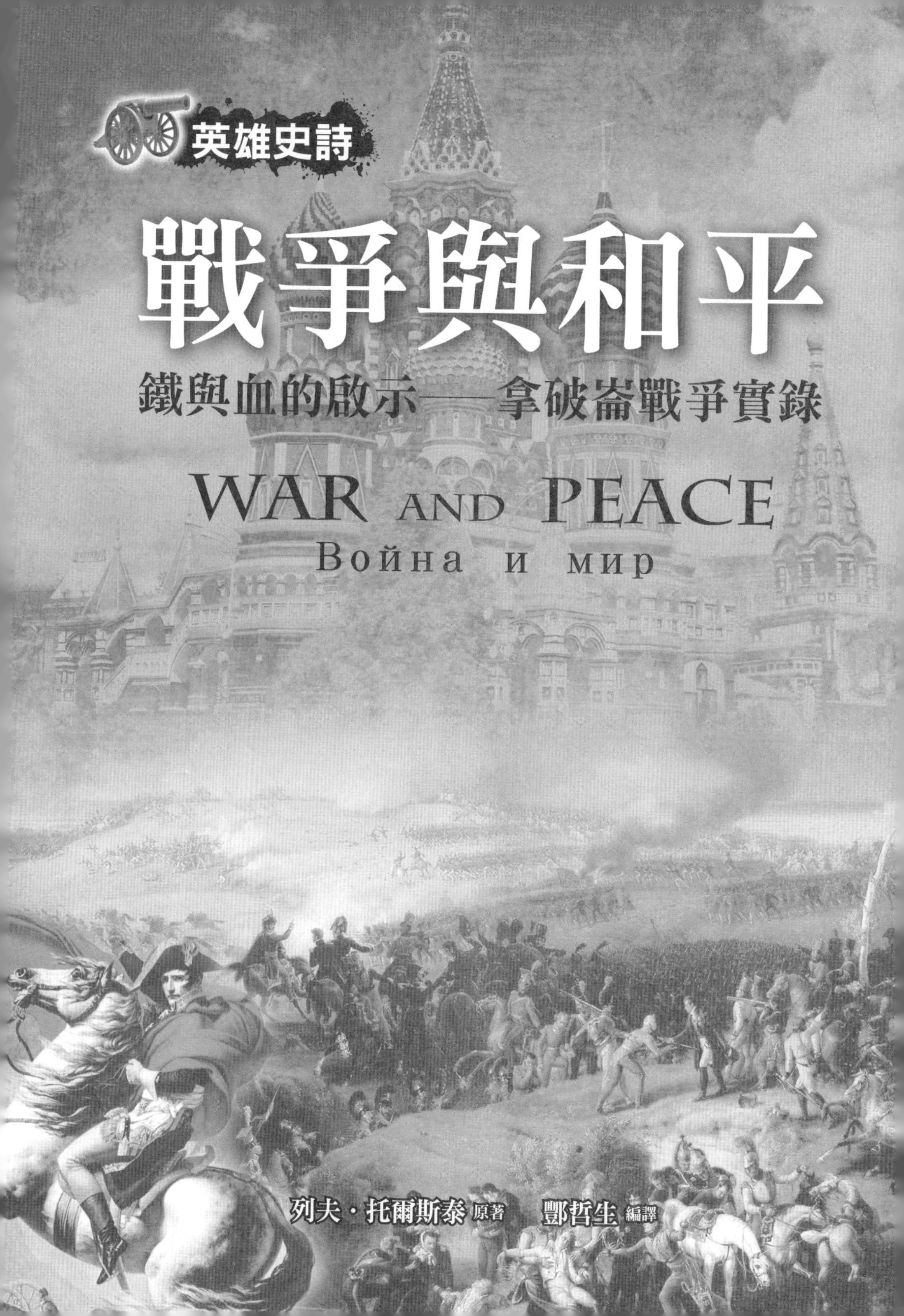

列夫·托爾斯泰 原著　鄧哲生 編譯

成就歷史的不凡史詩，近代俄國的文壇巨擘

《戰爭與和平》是俄國文豪托爾斯泰的長篇小說，由於場面浩大、人物繁多，被譽為「世上最偉大的小說」。在近代，列寧曾如此評價托爾斯泰：「這才是真正的藝術家！歐洲有誰能與他並駕齊驅呢？一個也沒有！」蘇聯文學之父高爾基也說過：「不認識托爾斯泰者，不可能認識俄羅斯。」

列夫．托爾斯泰於一八二八年誕生於俄國中部的亞斯納亞—博利爾納，是名門托爾斯泰家族的成員之一。他在幼年時失去父母，遷至喀山的姑母家，良好的家境使得他得以接受良好的教育；他精通法文、英文、德文，並在喀山大學攻讀阿拉伯文、土耳其文，準備成為一名外交官。但年少的他終因優渥的生活條件而迷失，他不專心學業、沉溺於社交生活，最後遭到退學，返回故鄉經營莊園，並在那裡度過一生的絕大部分時間。

求學時期，托爾斯泰對哲學發生興趣，他喜愛盧梭、孟德斯鳩等啟蒙思想家之學說，並深受影響。當他回到故鄉後，曾企圖將理念實踐，改善農奴的生活，卻因得不到農奴信任而中止。之後，他曾在幾處政府機關任職；出於對俄國上流社會的風氣的厭倦，他在一八五一年隨同長兄尼古拉赴高加索、克里米亞等地服兵役。他在戰爭中看到了平民出身的軍官和士兵的英勇精神和優秀品格，這興起了他對人民的同情和對農奴制的批判態度。

退役後，他專心從事寫作。一八五五年起陸續發表自傳體小說《童年》、《少年》、《青年》，大受好評；接著又發表《一個地主的早晨》、《琉森》等。作品中反映了托爾斯泰對貴族生活的批判態度、對農奴制改革的想法、對生死問題的探討，以及對資本主義矛盾的見解，使得他的作品不只是單純的文學作品，更蘊含了艱深的人文議題。

在一八六三至一八六九年之間，他創作了生涯代表作《戰爭與和平》，這部長篇歷史小說是他前半生的心

血結晶，融入了他累積多年的知識與思想，是其寫作生涯的重要里程碑，更被評為「足以與莎士比亞、荷馬與但丁相提並論」的史詩鉅作。後期，他又完成了《安娜．卡列尼娜》、《復活》等知名作品，小說藝術漸臻爐火純青。

晚年，托爾斯泰力求過簡樸的平民生活。一九一〇年十月，他忽然離家出走，音訊全無；直到一個月後，這位文豪被發現病逝於一個車站，享年八十二歲。

托爾斯泰一生共完成九十冊著作，每一部著作都是對舊時代的反省、對現實的批判。他的一生都在執著地追求真理、幸福與真誠，這也使得托爾斯泰的生涯充滿了矛盾。他的作品中縱有反動思想和不切實際的空談，但仍不失為文學界的驕傲，足以列名世上最偉大的作家之一。

在歷數托爾斯泰的偉大作品時，自然不能不提到代表作《戰爭與和平》。此書卷帙浩繁，長達一百三十萬字，是作者前期生活的結晶。一八五六年，沙皇亞歷山大二世在改革呼聲中被迫廢除農奴制，並赦免被判流放的十二月黨人，這件事深深觸動了托爾斯泰，他決定為自己尊敬的十二月黨人撰寫一部小說，這也就是《戰爭與和平》的創作理念。

這本書從構思到完成，前後歷時十六年。而隨著寫作的進行，托爾斯泰原定的構想不斷被修正。一八六四年時，他完成本書第一部分，主要敘述一八〇五年至一八二〇年間的俄國歷史；到了一八六九年秋天，小說已演變為描述俄國人民在戰爭中表現出的英雄氣概和愛國主義精神。最後，托爾斯泰在完稿上加了正式的標題：「戰爭與和平」。

本書以一八一二年拿破崙侵俄的戰爭為背景，圍繞著四個上流家族在戰亂與和平年代中的生活變遷與恩怨情仇，藉此刻畫出十九世紀初俄國社會的多個面相：聰明善良的貴族私生子皮埃爾，在繼承龐大遺產後一度迷失在奢華生活中，但經歷了婚變、宗教和戰爭後終於醒悟，成為獨當一面的愛國志士；天真爛漫的小女孩娜塔莎，經歷了與愛人決裂、死別，家族的沒落、離散，終於蛻變為成熟穩重的女性；憤世嫉俗的安德烈公爵，經歷了妻子的死亡、愛人的背叛，與戰爭的生死關頭，終於頓悟生命的意義，並明白對英雄的崇拜只不過是虛幻罷了。

作者精心營造出戰爭與和平兩大對比強烈而又交錯交融的情境，並穿插了五百五十九個角色，每一個角色都是形象鮮明、刻畫細緻，搭配富麗堂皇的宮殿、繁華熱鬧的首都、寧靜樸實的鄉村等各類場景，令讀者彷彿身歷其境，並飽覽俄羅斯的民族風情與動蕩年代下的兒女情長；同時，從主人翁的思想轉變，也能體驗到托爾斯泰對於生命的理想與寄託，以及對歷史的批判及論點。由於《戰爭與和平》恢宏的構思與卓越的藝術描寫，它被後世大力推崇，並提升為俄國文學的代名詞，流傳不朽。

本書將《戰爭與和平》一書重新編譯，刪減部分人物與細節，保存原著的經典場景與故事主軸，將原文一百餘萬字的內容縮減為六十萬字，讓讀者得以更加快速、精準地掌握蘊藏於經典中的真諦，卻又不失原作氣勢雄偉的壯闊情境。另外，托爾斯泰在結尾曾提出對史學的見解，由於其中多有艱澀抽象之處，多為坊間通俗版本刪去，本書亦在不失原作精神的前提下，將其保留，使讀者得以更全面地一窺《戰爭與和平》一書全貌。

在此，我們誠摯的邀請各位讀者，與我們一同瞻仰帝俄時期的文學豐碑，體驗托爾斯泰筆下的動蕩歲月，並收藏這套百年不朽的傳世經典。

CONTENTS 目錄

第一卷 *Volume1*

第二卷 *Volume2*

第三卷 *Volume3*

第四卷 *Volume4*

尾聲 *Epilogue*

War and Peace

第一卷 *Volume 1*

一八〇五年，拿破崙橫掃西歐，
沙皇亞歷山大也在東方築起戰線，
遙相對峙，戰爭一觸即發。
在紙醉金迷的彼得堡，
年輕的俄國子女們逐一登場，
懷抱著對富貴的嚮往，
對英雄人物的崇拜，
以及對生命意義的追求，
在不凡的時代展開了不凡的旅程。

Война и мир

第一部

1

一八〇五年七月

「啊，公爵，熱那亞和盧加現在是波拿巴家族的領地，不過我得聲明，如果您敢袒護這個基督的敵人的卑劣行徑和造成的災禍，那麼您就不再是我的朋友。啊，看我又在嚇唬您了，請坐。」

一八〇五年七月，赫赫有名的安娜·帕夫洛夫娜·舍列爾——皇后瑪麗亞·費奧多羅夫娜的宮廷女官和心腹，在歡迎首位蒞臨晚會的瓦西里公爵時這麼說道。安娜一連咳嗽幾天了，她罹患流行性感冒（當時這還是個不常用的詞）。在清早發出的便函中千篇一律地寫道：「伯爵（或公爵），如您眼下尚無任何娛樂，如這個可憐的女病人不致使您害怕，請於今晚七時至十時間蒞臨寒舍，不勝感激。安娜·舍列爾」

進來的公爵隨口回答了幾句，對於她的接待司空見慣。他穿著繡花宮廷禮服、長統襪、短靴皮鞋，佩戴多枚明星勳章，扁平的臉透著愉快。

他講著俄國祖輩常用的法語，說起話來帶有長輩的平靜腔調，那是上流社會中德高望重者特有的語氣。他向安娜走來，把灑滿香水的禿頭湊近她，吻了她的手，心平氣和地坐到沙發上。

「親愛的，您身體如何？請告訴我，好讓我安心，」他的嗓音並未改變，關懷備至的問候中透露著譏諷。

「精神遭受折磨，身體又怎能健康呢？這年頭，即使有感情又怎能保持寧靜呢？」安娜說道，「您能在這兒待一整晚嗎？」

「今天是星期三，我必須在英國公使的喜宴上露面，」公爵說，「我女兒會坐車來接我。」

「我以為它取消了。老實說，這些慶祝會、煙火令人厭惡極了。」

「若是人家知道您這麼想，一定會取消的。」公爵習慣性地說著不信任的言語。

「請別挖苦我。哦，他們就諾沃西利采夫的急報作了什麼決議？您一定知道。」

「該怎麼說呢？」公爵冷淡地說道，「他們決定，既然波拿巴焚燒自己的戰船，我們也要這樣做。」

瓦西里公爵總是慢吞吞地說話，就像演員唸台詞一般。而安娜雖年滿四十，卻反而充滿活力。她的熱情讓她贏得了社會地位，為了不辜負旁人的期待，她無論何時都表現得滿腔熱情。安娜臉上的微笑雖與她憔悴的面容不相稱，卻如同一名孩童，顯示她經常意識到自己的小缺點，不過她完全沒打算去改正它。

一提到政治，安娜的心情頓時激昂起來。

「咳！請您別再談論奧地利了！它出賣了我們。只有俄國能成為歐洲的救星，我們慈愛、高尚的國君必將履行天職，鎮壓革命的邪惡勢力。除了他，我們還能仰賴誰？散發銅臭味的英國絕不明白亞歷山大皇帝的高尚；美國拒絕讓出馬爾他，它打算刺探我們的用意，他們對諾沃西利采夫說了什麼？什麼也沒有。他們無法理解皇上奉獻的精神，他不貪圖私利，一心只想造福世界。他們什麼也沒承諾，他們的承諾只是一紙空文！普魯士發出聲明，說整個歐洲都無法對抗波拿巴，它這種卑鄙的中立只是個陷阱。我只相信上帝以及我們的英主，他一定能夠拯救歐洲！」她停了下來，對自己激動的情緒感到困窘。

「我認為，」公爵面露微笑地說道，「假如不派我們可愛的溫岑格羅德，而是派您這麼善辯的人，一定能使普魯士國王達成協議。為我斟點茶好嗎？」

「我馬上端來。順帶一提，」她心平氣和地說，「今天這裡有兩位風趣的人士，一位是莫特瑪律子爵，靠著羅昂家的關係與蒙莫朗西結親的優秀法國家族之一，僑民之中的佼佼者；另一位則是莫里爾神父，您認識這位聰明人嗎？皇帝曾經接見過他。」

「啊！這是我的榮幸，」公爵說，「請告訴我，」他漫不經心地補充道，彷彿想起了他來赴會的目的，「孀居的太后想任命馮克男爵為維也納的頭等秘書，是真的嗎？這男爵似乎沒什麼能耐。」瓦西里公爵想把兒子安插到這個職位上，而有人卻千方百計地透過皇后為男爵謀到這份差事。

安娜幾乎闔上了眼睛，暗示無論誰都無權臆測皇太后打算做的事。

「馮克男爵是太后的妹妹向她推薦的，」她用悲哀、冰冷的語調說道，當說到太后的名字時，她臉上頓時流露出無限忠誠的表情，以及提到她至高無上的庇護者時表現出的憂鬱情緒。她說太后對馮克男爵十分器重，這讓她的目光又籠罩了一抹愁雲。

公爵不說話了，露出冷漠的神態。安娜．帕夫洛夫娜擁有廷臣和女人的靈活，長於待人接物。她批評公爵，因為他竟敢肆意評論舉薦給太后的人，同時又安慰公爵。

「聊聊您的家庭吧，」她說道，「您知道嗎？自從您的女兒涉足社交界以來，就成了上流社會的尤物，公認的美人兒。」

公爵深深地鞠躬，表示尊敬和謝意。

「我常這樣想，」安娜沉默片刻後又說道，她對公爵露出親切的微笑，暗示政界和交際界的話題已經結束，現在可以開始推心置腹地交談，「我常這樣想，生活中的幸福安排得不太公平，為什麼上天竟賜予您這麼可愛的兩個孩子（除了您的小兒子阿納托利，我不喜歡他）呢？」她揚起眉毛補充道，「只是您不懂得珍惜他們，所以您不配擁有他們。」

她興奮地一笑。

「我能怎麼辦？人們會說我不懂如何當父親。」公爵說道。

「請別開玩笑，我想和您認真地談談。您知道我不喜歡您的小兒子，這些話只能在我們之間說而已，大家在太后跟前議論他，都對您表示惋惜……」

公爵不回答，但她沉默地望著他，暗示他回答。瓦西里公爵皺起眉頭。

「我能怎麼辦？」他終於說，「為了教育他們，我已竭盡父親所能之事，可是最後兩個都成了笨蛋，伊波利特頂多是個溫順的笨蛋，阿納托利卻是個不安份的笨蛋，這是二人唯一的差別。」他笑得比平常更不自然、更激動，嘴角的皺褶顯得出乎意料地可憎。

「為什麼您要生兒育女呢？除去這一點，你簡直完美無缺。」安娜說道，若有所思地抬起眼睛。

「我只向您承認，我的孩子們是我最大的負擔，這就是我的苦難，我是這樣想的，怎麼辦呢？」他作出了聽天由命的手勢。

安娜．帕夫洛夫娜陷入了沉思。

「您有想過替阿納托利娶親嗎？」她說道，「聽說，老女人們都有替人說媒的嗜好，雖然我覺得自己還沒有這個缺點，可是我這裡有一個人選，她和父親同住，極為不幸，她就是博爾孔斯卡婭公爵小姐，我們的一個親戚。」瓦西里公爵對她的提議只是搖了搖頭，表示會加以斟酌，並未作答。

「您不知道，這個阿納托利每年都花掉我四萬盧布。」他憂鬱地說道，接著沉默了片刻。

「再這樣下去，五年後會怎樣呢？這就是為父的難處。您說的那個小姐富有嗎？」

「他父親很富有，卻也很吝嗇。他住在鄉下，這個赫赫有名的博爾孔斯基公爵在先皇時代就退休了，綽號『普魯士王』，是個非常聰明的人，但脾氣古怪，很難相處。這個小姐太不幸了，她有個大哥擔任庫圖佐夫的副官，不久前娶了麗莎．梅南，今天會到我這兒來。」

「親愛的，請聽我說，」公爵忽然抓住說話者的手，「替我辦妥這件事，我就永遠是您忠誠的奴僕。她出身名門，又很富有，這正是我需要的。」

他以那靈活、親暱的動作抓起宮廷女官的手吻了吻，握著她的手搖晃了幾下，接著就展開手腳，慵懶地靠在安樂椅上，望著一旁。

「請您等等，」安娜說道，「我今天跟麗莎（博爾孔斯基的妻子）談談，也許能辦妥這件事。我就姑且在您家中學習老處女的行當吧。」

2

安娜．帕夫洛夫娜的客廳漸漸擠滿來賓，彼得堡有名望的顯貴都來赴會了，雖然這些人的年齡和性情各不相同，但是生活的社會卻是相同的。瓦西里公爵的女兒——貌美的海倫來了，她順道來接父親去出席公使的招待會。她佩戴花字獎章，身穿舞會豔裝。知名、年輕而嬌小的博爾孔斯卡婭公爵夫人也來赴會了，她去年冬天結婚，由於懷孕，無法進入擁擠的交際場合，但仍出席小型晚會。瓦西里公爵的兒子伊波利特與他舉薦的莫特瑪律也到場了；此外，還有莫里爾神父和其他人。

「您不認識我的姑母吧？」安娜對來賓說道，並一本正經地把他們領到老太太跟前，依序喊出每位客人的名字，同時把目光慢慢移到姑母身上，之後就走開了。

所有來賓都向這個誰也不熟悉、也不感興趣的姑母問安。安娜露出憂鬱而莊重的神態聆聽著，默默地表示贊許。姑母同樣對來賓們聊起他們的事，聊到她和太后的健康，「謝天謝地，太后今朝有起色。」客人們雖未露出匆忙的神色，但都懷著如釋重負的感覺離開老太太，一整晚再也不到她身邊去了。

年輕的博爾孔斯卡婭公爵夫人來了，她隨身帶著一個金線織的絲絨袋，裡頭裝有針線。她那略帶黑色絨毛的美麗上唇翹了起來，露出上牙，使得上唇打開時更加好看；當上唇向前伸出或搭在下唇時又更好看了，翹嘴唇及微開的口亦構成一種特殊的美。無論是誰看見這個健壯、活潑、美麗的未來母親，都會感到無比喜悅。只要和她聊過天、看見她說話時露出的爽朗微笑及雪亮的牙齒，就會感到受寵若驚。

嬌小的公爵夫人提著一個裝有針線的袋子，邁著急速的碎步繞過桌子，愉快地理平連衣裙，便坐在銀質茶炊旁的長沙發上，彷彿任何事對她來說都是開心的，「我把針線活兒帶來了，」她打開手提包說道。

「您看，我圍上披肩了，」她向女主人說話，「別捉弄我了，您在信上說，你們舉行了一個小型晚會。」

她兩手一攤，讓大家欣賞她那件綴上花邊的雅致灰色連衣裙，前胸以下繫著一條寬闊的綢帶。

「放心，麗莎，您比誰都漂亮。」安娜回答。

「您知道，我的丈夫要拋棄我了，」她把臉轉向一位將軍，「他要去拚死作戰。請告訴我，這種萬惡的戰爭究竟是為了什麼！」她對瓦西里公爵說道，接著又轉過身和貌美的海倫談話。

「真是位討喜的公爵夫人啊！」瓦西里公爵低聲地對安娜說道。

緊隨於矮小的公爵夫人之後，一個魁梧、略胖的年輕人走了進來，頭髮很短，戴著一副眼鏡，穿著時髦的淺色褲子，衣領又高又硬，還披上一件棕色燕尾服。這個年輕人是葉卡捷琳娜時期一位赫赫有名的貴族、目前正在莫斯科奄奄一息的別祖霍夫伯爵的私生子。他還沒有工作經驗，剛從外國深造回來，頭一次出席社交場合。安娜．帕夫洛夫娜對他鞠躬表示歡迎，雖然這是迎接下級人員的禮節，但一看見皮埃爾走進門來，她頓時變得驚惶不安，彷彿看見一隻不該出現在這裡的巨大怪物一般。

「皮埃爾先生，您人真好，來探望一個可憐的病人。」安娜對他說道，把他帶到姑母面前，驚惶失措地和她互使眼色。皮埃爾嘟噥了一句聽不懂的話，繼續不停地用眼睛探尋著什麼。他愉快地向嬌小的公爵夫人行禮，接著便向姑母走去，還沒聽完她的話便走開了。安娜心慌意亂地用話阻攔他。

「您知道莫里爾神父嗎？他是個風趣的人……」她說。

「是的，我聽過他所提出的永久和平計畫。很有趣，但不太實際……」

「您是這樣想的嗎？」安娜說道，她本想隨便聊上幾句，便離開去做其他事，但皮埃爾竟失禮地說些閒話來攔住想要離開的人。他垂著頭，叉開兩條大腿，開始解釋自己為何認為神父的計畫是幻想。

「以後再聊吧！」安娜微笑著說道。

她擺脫了那個笨拙的年輕人之後，便回過頭來，繼續留心地觀察，準備去幫助那些找不到話題的人。她在客廳裡踱來踱去，不時走到寂靜無聲或喋喋不休的人群面前說話，或者調動他們的坐位，使得談話機器再次轉動起來。儘管如此，依然看得出她格外注意皮埃爾。當皮埃爾走到莫特瑪律周圍的人群旁聆聽談話，又走到神父那一群人面前的時候，她總是關心地注視著他。對於在外國受教育的皮埃爾來說，這次晚會是他在俄國參加的第一個。他知道彼得堡的知識份子都聚在這裡，他就像個置身玩具店的孩童那樣眼花繚亂，老是懼怕錯過任何聽到深奧議論的機會。最後，他向莫里爾走去，心裡覺得他們的談話十分有趣，於是停了下來，等待機會說出自己的意見。

3

安娜．帕夫洛夫娜的晚會像紡車一樣動起來了，這個社交團體分成了三個小組。在男人佔多數的那一組中，神父是中心人物。而另外一組——年輕人的小組中，美麗的公爵小姐海倫和嬌小的博爾孔斯卡婭公爵夫人是中心人物，公爵夫人姿色迷人，臉頰泛紅，但年紀尚輕，身材有些肥胖。在第三個小組中，莫特瑪律和安娜．帕夫洛夫娜是中心人物。

子爵是個和善、英俊的年輕人。顯然，安娜借助他來接待來客。假如你在汙穢的廚房中看見一塊牛肉，根本不想吃它，但一個好管家卻會把它作成一道異常可口的美食；安娜的做法也是這樣，她先向客人獻上子爵，然後獻上神父，把他們作為異常精緻的菜餚。莫特瑪律小組談論起昂吉安公爵遇害的情形，子爵說，昂吉安公爵的死是捨己為人，而波拿巴的怨恨有著特殊原因。

「真的呀！子爵，請告訴我們這件事吧！」安娜高興地說，這句話有點路易十五的腔調。

子爵鞠了個躬，露出彬彬有禮的微笑。安娜讓客人在子爵身旁圍成一圈，聽他說故事。

「子爵認識那位公爵。」安娜小聲地告訴一位來客

「子爵是個厲害的說故事高手。」她對另一位來客說道。

「一看就知道是位上流社會人士。」她對第三位來客說道。子爵就像一盤撒上青菜的熱騰騰的乾炒牛里肌，被端上餐桌獻給這個團體的人們。

子爵想開始講故事，臉上流露出機靈的微笑。

「請到這邊來，親愛的海倫。」安娜對著貌美的公爵小姐說道。她坐在稍遠的地方，是另一個小組的中心人物。

海倫面帶笑容站了起來，她自走進客廳以後就流露著美女般的微笑。當她從讓道的男人中間穿過時，那點

綴著藤蔓和薛苔圖案的舞會衣裳發出刷刷的響聲，雪白的肩膀、發亮的頭髮和鑽石都熠熠生輝，她徑直向安娜走去，兩眼不看任何人，但對人人微露笑容，宛如把欣賞她曼妙身材的權利恭敬地賜予每個人。海倫太美了，從她身上看不到半點嬌媚的表情，相反地，她彷彿對自己足以傾倒一切的姿色深感羞愧，希望能減少自己美貌帶來的誘惑，卻無能為力。

「多麼迷人的美女啊！」凡是見過她的人都這麼說。當她在子爵面前坐下，照常地微笑時，他感到大為驚嘆，於是聳了聳肩，垂下眼簾。

「我擔心在這樣的聽眾面前會忘了如何講話。」他低下頭說道，嘴角露出微笑。

公爵小姐把裸露的手肘靠在茶几上，面露笑容地聽著故事，她腰板挺直地坐著，時而瞧瞧自己的美麗手臂，時而瞧瞧美麗胸前的鑽石項鍊，或是弄平連衣裙的皺褶。當故事講到精采處時，她回過頭來看看安娜，頓時露出和宮廷女官一樣的表情，隨後便浮現出愉快的微笑。公爵夫人也緊隨海倫身後從茶几旁邊走過來了。

「請等一下，讓我拿我的活兒，」她向伊波利特公爵說道，「請把我的手提包拿來。」

公爵夫人微露笑容，在談話途中忽然調動坐位，並愉快地把衣服弄整齊。

「這樣就好了。」她一邊聽著故事，一邊做起了針線活。

伊波利特公爵把女用小提包交給她，又把椅子移到靠近她的地方坐下來。

這位伊波利特長得就像他美麗的妹妹，真不可思議，雖然二人相像，但他卻十分醜陋。他的臉和妹妹一模一樣，但妹妹那樂觀愉快、充滿青春活力的微笑和迷人身段的古典美，都使她容光煥發；反之，哥哥的長相卻顯得愚昧昏庸，總是表現出自信和不滿的神態。他身子瘦弱、疲軟無力，五官擠在一起，很不勻稱，彷彿一張缺乏表情的鬱悶鬼臉，手腳也十分笨拙。

「這是關於鬼魂的故事嗎？」他趕緊戴上單眼鏡，好像少了它就無法開口似的。

「親愛的，根本不是。」講故事的人愣了一下，聳了聳肩。

「因為，我很討厭鬼故事。」伊波利特公爵說道，看得出他先說了這句話，才去想它的意義。

他說話時過分自信，誰也不知道他的話究竟是明智，還是愚昧。他穿著一件深綠色燕尾服，與一條肉色長褲，腳上穿一雙長統襪和短靴皮鞋。

子爵講起了當時廣為流傳的一則趣聞：昂吉安悄然抵達巴黎，與一名叫喬治的女演員相會，在那裡遇到曾獲得她垂青的波拿巴；這時拿破崙忽然昏倒了，公爵並未趁機加害他，但後來拿破崙卻恩將仇報，把他殺了。

這故事十分動聽，饒有趣味，尤其是講到兩名情敵忽然認出對方的時候，太太們似乎都變得激動不安。

「好極了！」安娜說道，一邊回過頭來用疑問的目光望著公爵夫人。

「好極了。」公爵夫人輕聲說道，她把針插在毛線上，好像在說這個有趣的故事幾乎妨礙了她手上的活兒。

子爵的臉上露出感激的微笑，又繼續講下去。但安娜仍不時看向那名令她害怕的年輕人，她發覺他竟在與神父熱烈地高談闊論，趕緊跑過去看看情況。神父似乎對這個年輕人純樸的熱情發生了興趣，於是也在他面前暢談他那自以為是的觀點，二人的真誠坦率反而使得安娜感到有點掃興。

「均勢與民權，是一種手段，」神父說道，「只要以野蠻殘暴著稱的俄國能夠挺身而出領導以歐洲均勢為目標的同盟，那就可以拯救世界了！」

「您打算如何去求得這種平衡呢？」皮埃爾本來要開口，安娜卻向他跟前走來，嚴肅地盯了他，並問這個義大利人是如何忍耐本地的氣候，義大利人頓時表現出一副和女人交談時慣用的諂媚表情。

「你們的社會，尤其是婦女優越的智慧和教育，真叫我神魂顛倒，我哪能想到氣候呢？」他說。

安娜不放走他們兩人，為了便於觀察起見，便叫他們一同加入普通小組。

這時候，又有一個來賓走進客廳。他就是年輕的安德烈．博爾孔斯基公爵——嬌小的公爵夫人的丈夫。安德烈公爵個子不大，是一個非常英俊的青年，眉清目秀，面部略嫌消瘦。無論是困倦而苦悶的目光，還是徐緩而勻整的腳步，都和他那嬌小玲瓏的妻子形成強烈對比。顯然，他不僅認識在場所有的人，還對他們感到厭煩，而在所有人之中，他那俊俏的妻子似乎最使他生厭。因此他裝出一副厭惡的表情，把臉轉過去不看她。安德烈吻了一下安娜．帕夫洛夫娜的手，又瞇著雙眼向眾人環顧一周。

「公爵，您準備去打仗嗎？」安娜說道。

「庫圖佐夫將軍要我當他的副官。」博爾孔斯基說道。

「您的夫人麗莎呢？」

「她會回到鄉下。」

「您要從我們身邊奪走您漂亮的太太嗎？」

「安德烈，」他的妻子用同樣嬌媚的腔調說道，「子爵為我們講了一則關於名叫喬治的小姐和波拿巴的故事，多麼動聽啊！」

安德烈公爵瞇起眼睛，把臉轉過去。從他走進客廳後，皮埃爾就一直很友善地望著他，這時他向前一把拉住他的手。安德烈公爵沒有轉過頭來，他皺起眉頭，心裡埋怨著碰他的人，但當他看見皮埃爾微笑的面龐，就出乎意料地流露出善意的微笑。

「啊！想不到，你也進入上流社會的交際場合裡了！」他對皮埃爾說道。

「我知道您會光臨。」皮埃爾答道，「我到您那裡吃宵夜，行嗎？」他小聲地說道，免得妨礙說故事的人。

「不，不行。」安德烈微笑地說著，一面握住他的手，示意他不必多問。正想開口時，瓦西里公爵與他的女兒卻站起來退席了，男士們也都起身讓路。

「親愛的子爵，請見諒。」瓦西里公爵說道，溫和地將法國人按在椅子上。「公使這個不吉利的招待會要我離開您這個令人陶醉的晚會，真令我遺憾。」他對安娜·帕夫洛夫娜說道。

他的女兒海倫用手輕輕地提起連衣裙褶，從椅間走出來，漂亮的臉龐露出更愉快的微笑，當她從皮埃爾身旁走過時，他驚喜地盯著這個美女。

「很標緻。」安德烈公爵說。

「很標緻。」皮埃爾說。

瓦西里公爵走過時，一把抓住皮埃爾的手，對安娜說道：

「好好調教這頭狗熊吧！」他說，「他在我家住了一個月，我第一次在交際場合遇見他。對年輕人來說，沒有任何事比女人們的社交圈那樣迫切了。」

4

安娜微笑著答應了，她知道瓦西里公爵是皮埃爾父系的親戚。原先坐在姑母旁的一位中年婦女趕緊站起來，追上瓦西里公爵。她臉上裝出來的興致已經消失了，痛哭流涕的面孔露出惶恐不安的神色。

「公爵，關於我的鮑里斯的事，您辦妥了嗎？」她在接待室追趕他時說道，「我不能再待在彼得堡了，請告訴我，我能為我可憐的兒子帶去什麼消息呢？」

儘管公爵很不高興地聽這個中年婦人說話，甚至表現得有些急躁，但她仍向公爵流露出祈求的微笑，並一把抓住他的手。

「只要您向皇帝求情，他就能直接調到近衛軍了，這對您易如反掌。」她央求道。

「公爵夫人，請相信。凡是我做得到的，我一定為您做到，」公爵答道，「但是向皇帝求情有些困難。我建議您透過戈利岑公爵去晉見魯緬采夫，這樣更好。」

這名中年婦人名叫德魯別茨卡婭公爵夫人，出身於俄國的名門望族，但家道中落，早就淡出了交際圈。她出席安娜．帕夫洛夫娜舉辦的晚會，只是為了拜見瓦西里公爵，替她的獨子鮑里斯在近衛軍中謀個職位。公爵的一席話使她大為震驚，那昔日的俊俏容貌顯出了憤恨的神態，但很快又恢復笑容，把公爵的手握得更緊了。

「公爵，請聽我說，」她說道，「我過去沒求過您，今後也不會求您，我從未提醒過家父對您的情誼。而今我以上帝之名懇求您，請您為我兒子辦妥這件事吧，」她補充道，「不，請別生氣，請您答應吧。我找過戈利岑，但他卻拒絕了。請您行行善吧！」

她竭力地露出微笑，但眼裡卻充滿淚水。

「爸爸，我們要遲到啦！」在門邊等候的海倫轉頭說道。

在上流社會，人脈是一筆必須珍惜的資本。瓦西里公爵對這點知之甚稔，他心想，如果他有求必應，那麼不久後他就無法再替自己求情了，因此，他極少運用自己的人脈。但在德魯別茨卡婭公爵夫人的這件事上，他的心裡彷彿有遭受良心譴責的感覺，因為他有今日的成就全歸功於她的父親。除此之外，有一種女人，尤其是作母親的，她們未達目的，絕不罷休，他看得出她就是這一種女人，想到這一點，公爵有些動搖了。

「親愛的安娜．米哈伊洛夫娜，」他說，腔調總是乾巴巴的，「我很難達成您希望辦到的事，但是，我一定要辦妥它，好向您證明我對您的愛護和對您去世的父親的悼念，您的兒子將會調到近衛軍中去，等著我的好消息吧！這樣的保證您滿意嗎？」

「親愛的，我知道您會這樣的，您是一個善良的人！」

公爵正要走，這位女士又躊躇起來：「請等一等，您和米哈伊爾．伊拉里奧諾維奇．庫圖佐夫的交情甚篤，請您把鮑里斯介紹給他做副官。那樣我就放心了。」

瓦西里公爵臉上流露出微笑。

「我辦不到。自從庫圖佐夫被任命為總司令以來，人們就一直糾纏他。他曾親自對我說，莫斯科全部的母親都勾結起來，想把她們的兒子送給他當副官。」

「不，您答應吧！否則我就不放您走，我親愛的恩人。」

「爸爸，」那個美人兒又用同樣的音調重複說了一遍，「我們要遲到啦！」

「啊，再見了，您應該也聽到她說的了。」

「那麼，您明天會稟告皇帝嗎？」

「我一定會，但我不能答應向庫圖佐夫求情的事。」

「不，請您答應吧，請您答應吧！瓦西里。」她的臉上露出賣俏的少女的微笑，與消瘦的面貌極不相稱。

顯然，儘管已過中年，她仍習慣性地使出過去常用的各種手腕。但當他一走出大門，她的臉上又恢復了冷漠而虛偽的表情。她回到聽故事的女士們中間，等候退席的時機，因為她的事已經辦妥了。

「您覺得近來問世的喜劇《米蘭的加冕典禮》如何？」安娜．帕夫洛夫娜說道，「還有一幕：熱那亞和盧加人民向波拿巴表達意願，波拿巴在寶座上應允了所有人的願望。呵！這太瘋狂了，彷彿全世界都瘋了！」

安德烈公爵盯著安娜的臉，發出了一陣冷笑。

「上帝賜予我王冠，誰碰到它就會遭殃（這是拿破崙加冕時說的話）。」他說道，「據說，他當時派頭十足。」他又用義大利語複述了一遍。

「他已惡貫滿盈，」安娜繼續說道，「各國國王已經忍無可忍了，希望這是他的最後一樁罪行。」

「各國？我不是說俄國，」子爵絕望地說，「他們為路易十七、為皇后、為伊莉莎白做了什麼？什麼也沒有。相信我吧，他們因背叛波旁王朝而受罰，各國國王還派大使去祝賀篡位的竊賊呢！」

他鄙視地嘆了一口氣。伊波利特戴上單眼鏡盯著子爵，這時忽然望向嬌小的公爵夫人，向她討了一根針，用針在桌上描繪孔德徽章，並自顧自地向她起解釋這種徽章。公爵夫人微露笑容聽著。

「如果波拿巴再當一年皇帝，」子爵繼續說道，彷彿無視於眾人的意見，「事情就會越來越不可收拾。陰謀、惡行、放逐、死刑會永遠把法國的上流社會毀滅掉，到了那時……」

他聳了聳肩，兩手一攤。皮埃爾本想插嘴，但是安娜卻急忙把話打斷。

「亞歷山大皇帝宣稱，」一談起皇室，她總是流露出憂鬱的表情，「他要法國人自己選擇政體，我深信，只要擺脫篡位者的掌控，他們將會欣然接受合法君王的統治。」安娜向這個法國人討好道。

「這很難說，」安德烈公爵說，「子爵的想法合情合理，只是，要回到過去實在太難了。」

「據我所知，」皮埃爾又插嘴道，「幾乎全部貴族都投靠波拿巴了。」

「這是波拿巴份子說的，」子爵對他瞧也不瞧，「如今很難分清法國的輿論。」

「這是波拿巴說的。」安德烈冷笑道（這些話是衝著子爵去的）。

「我向他們指出一條光榮之路，」他重複拿破崙的話，說道，「我為他們打開前廳的門，他們成群衝了進來……不知他有什麼權利這麼說。」

「沒有權利，」子爵辯駁道，「自從他謀殺公爵之後，連偏心的人也不認為他是英雄了。公爵的死讓天堂多了一個受難者，塵世少了一個英雄。」

安娜和其他人還來不及向子爵的話表示讚賞，皮埃爾又興沖沖地發言了，雖然安娜預感到他會說出不得體的話，可是已經來不及阻止。

「處死昂吉安公爵，」皮埃爾說，「這對國家大有必要，拿破崙願意承擔這種惡名，正是他精神偉大之所在。」

「天哪！我的天哪！」安娜以低沉而可怖的嗓音說道。

「皮埃爾先生，您把謀殺看作是精神的偉大嗎？」公爵夫人說道，她一面微笑，一面把針線活移到身旁。

「呵！哎呀！」幾個人異口同聲地說道。

「好極了！」伊波利特公爵用英話說道，並拍了拍膝蓋，子爵卻只是聳肩。

皮埃爾激動地朝眼鏡上方望了望聽眾。

「這是因為，」他開心地往下說，「波旁王朝害怕革命，讓人民處在無政府狀態，只有拿破崙理解革命的意義，為了大眾的福利，他捨棄了個人的生命。」

「您可以到那裡去嗎？」安娜說道。但皮埃爾不理她，繼續講下去。

「不，」他更興奮地說，「拿破崙之所以偉大，是因為他高踞於革命之上，去除了弊病，保留了美好的事物——公民平等、言論自由，因此才贏得了政權。」

「是的，假如他在奪權之後不大肆屠殺，而把它交給合法的君王，」子爵說，「我就會認為他是偉人。」

「他不能這麼做。人民把政權交給他，是為了讓他推翻波旁王朝的統治，因此人民才把他視為一位偉人。革命是一件偉大的事業。」皮埃爾挑戰似地插進這句話，顯示他的年輕氣盛。

「革命和殺死沙皇是偉大的事業嗎?那麼……您願意到那裡去嗎?」安娜又問了一遍。

「《民約論》。」子爵流露出溫順的微笑,說道。

「我不是說殺死沙皇,而是說思想問題。」

「是的,搶奪、謀殺、弒君的思想。」一個譏諷的嗓音又打斷了他的話。

「這是萬不得已的行為,但它真正的意義在於人權、擺脫偏見、公民平等。拿破崙完全保存了這些思想。」

「自由與平等,」子爵蔑視地說,「這都是浮誇的話,誰不熱愛自由與平等?難道人們在革命後有變得更幸福嗎?正好相反。我們都希望自由,拿破崙卻打壓自由。」

安德烈公爵面露微笑,時而瞧瞧皮埃爾,時而瞧瞧子爵,時而瞧瞧女主人。對於皮埃爾的言論,子爵並沒有動怒,但安娜卻開始附和子爵,集中精力來攻擊發言人。

「可是,親愛的皮埃爾先生,」安娜說道,「一個大人物未經開庭審判,也毫無罪證,就處死了一個人,這件事又該如何解釋?」

「我想問,」子爵說道,「您如何看待霧月政變呢?這難道不是場騙局嗎?這種手段根本不是一個大人物應該做的。」

「還有他殺掉非洲的俘虜呢?」公爵夫人說道,「這多可怕啊!」她聳了聳肩。

「無論您怎麼說,他是個暴發戶。」伊波利特公爵說道。

皮埃爾不曉得該回答誰,他向所有人掃了一圈,臉上露出了微笑。他的微笑和他人完全相反,帶有略嫌憂愁的神色。接著,又露出一副傻里傻氣的求饒表情。

子爵頭一次見到他,但他明白這個雅各賓黨人根本不像他的言談那樣可畏。

「你們怎麼會希望他馬上作出回答呢?」安德烈說道,「再說,我們必須分清什麼是私人行為,什麼是領袖的行為。我認為僅是如此罷了。」

「是的，這是當然的。」皮埃爾附和道，他很高興有人聲援他。

「必須承認，」安德烈繼續說道，「從拿破崙在阿爾柯拉橋上的表現看來，他是一位偉人；他在雅法醫院向鼠疫病患伸出援手，這也是偉人的行為，但他一些其他的行為，卻令人難以辯解。」

顯然，安德烈公爵想紓解皮埃爾造成的尷尬，他欠了欠身來，示意妻子離開了。

忽然，伊波利特公爵站起身來，以手勢挽留他們，要他們坐下，他說：

「呵！今天我聽說了一則莫斯科趣聞，想跟你們分享一下。子爵，請您原諒，我必須用俄國話來說，否則就不有趣了。」

伊波利特的口音聽來就像一個在俄國住了一年的法國人。大家都停頓下來，他懇切地要求大家專心聽。

「莫斯科有個吝嗇的太太，她需要兩名魁梧的跟馬車僕人。而她有一個高大的女僕，她說——」

這時，伊波利特公爵沉思起來了，顯然在暗自盤算。

「她說，婢女，你穿上宮廷內侍制服跟在馬車後面，我們一同去拜會。」

伊波利特突然噗嗤大笑，聽眾們還沒反應過來，但也有一些人配合他發出了一陣微笑。

「她坐上馬車走了。忽然刮起一陣狂風，婢女的帽子被吹走了，梳理整齊的頭髮也變得零亂——」

這時，他再也忍不住了，發出了若斷若續的笑聲，並接著說道：

「上流社會都知道了——」

他的趣聞到此結束，雖然不知道他為何要說這則故事，為何非用俄國話講不可，但安娜和其他人都欣賞他待人周到的風格，欣賞他結束了皮埃爾令人生厭的失禮鬧劇。之後，談話變成了瑣細的閒聊，話題回到舞會、戲劇，以及何時何地與何人會面的事情。

5

客人們都向安娜·帕夫洛夫娜道謝，感謝她舉行這次迷人的晚會，開始散場了。

皮埃爾對進出沙龍的規矩很不內行，他不懂在出門前說兩句客套話，不過他善良、憨厚和謙遜的表情彌補了他那漫不經心、冒冒失失的缺陷。安娜向他轉過頭來，以基督徒的溫和態度對他乖戾的舉動表示寬恕，對他說道：

「親愛的皮埃爾先生，希望能再度和您見面，也希望您能改變您的見解。」

他一言未答，只是鞠了一躬，又向大家微笑，彷彿在說：「見解歸見解，但你們都知道我是一個多麼善良的人。」所有的人，包括安娜，都不由自主地產生了這種感覺。

安德烈公爵走到接待室，他讓僕人為他披上斗篷，冷漠地聽著妻子和那位走到接待室來的伊波利特公爵閒談。伊波利特站在標緻的公爵夫人旁，戴起單眼鏡目不轉睛地盯著她。

「您進去吧，會感冒的，」公爵夫人一面向安娜告辭，一面小聲說道，「就這麼說定了。」

原來，安娜已經和麗莎談過想為阿納托利和公爵夫人的小姑說媒的事情。

「親愛的朋友，一切就拜託您了，」安娜也低聲說道，「您寫信給她，再告訴我她父親對這件事的看法，再會。」她於是離開招待室。

伊波利特走到公爵夫人身旁，彎下腰來把臉湊近她，小聲地對她說了些話。

公爵夫人與伊波利特的僕人佇立在那裡等他們說完話。他們聽著不懂的法國話，卻露出好像聽懂的神色。公爵夫人一如平常，笑容可掬地談吐。

「我很慶幸沒有到公使那裡去，」伊波利特說道，「晚會真美妙，不是嗎？」

「有人說，舞會很棒，」公爵夫人噘起長滿茸毛的小嘴唇，「圈裡的美女都在那裡。」

「不是所有美女，至少您沒出席，」伊波利特得意地大笑，他忽然從僕人手中拿起肩巾，披在公爵夫人身上。不知是遲鈍還是蓄意，他久久沒有把手放開，就像在擁抱她似的。

她微露笑容，優雅地避開他，轉過身來看了丈夫。安德烈闔上了眼睛，似乎十分疲倦。

「您已準備就緒了吧？」他問妻子，眼睛卻不看她。

伊波利特急忙穿上長禮服，絆腳地跑到台階上追趕公爵夫人，僕人正攙著她坐上馬車。

「公爵夫人，再會。」他高聲喊道，舌頭就像被絆住的兩腿一樣幾乎說不出話來。

公爵夫人撩起連衣裙，在昏暗的馬車中坐下。

「先生，請讓開。」安德烈有些不高興地驅趕擋路的伊波利特。「皮埃爾，我在等你。」他用溫柔悅耳的嗓音說道。

前導馬伕開動了馬車，車輪於是隆隆地響了起來。伊波利特公爵發出若斷若續的笑聲，站在門廊上等候莫特瑪律子爵，他已答應乘車送子爵回家。

「親愛的，您這位公爵夫人十分可愛，簡直像個法國女人。」子爵和伊波利特在馬車中坐下來，說道。

伊波利特噗嗤一聲笑了起來。

「您那天真的樣子真嚇人，」子爵又說，「我為這個可憐的丈夫——硬要裝成世襲領主的小軍官感到遺憾。」

伊波利特又噗嗤一聲笑了，透過笑聲說道：

「可是您說過，俄國女士比不上法國女士來得好應付。」

皮埃爾先行到達，他像家裡人一樣走進了安德烈公爵的書房，習以為常地躺在沙發上，從書架上隨便拿起一本凱撒寫的《見聞錄》，用臂肘支撐著身子讀了起來。

「你覺得舍列爾小姐怎樣？她完全病倒了。」安德烈搓著手走進書房時說道。

皮埃爾翻了一下身子，把神采奕奕的臉孔轉向安德烈，又把手揮動一下。

「這個神父很風趣，只是不太明事理；依我看，永久和平有可能實現，但我不敢太篤定；反正不是憑著均勢之類的手段——」

安德烈公爵顯然對這些抽象的話題不感興趣。

「親愛的，你不能到處把心裡想的話全部說出來。啊，對了，你決定了嗎？要加入近衛重騎兵團，還是做一名外交官？」安德烈問道。

「您可以想像，我還不確定。這二者我都不喜歡。」

「可是你總得拿定主意吧？你父親在等待呢。」

皮埃爾從十歲起便被送到國外去，在國外住到二十歲。當他回到莫斯科以後，他父親對他說道：「你到彼得堡去吧，觀光一下，挑個職務，我什麼都答應。這是寫給瓦西里公爵的信，這是給你的錢。有什麼事寫信告訴我，我會在各個方面幫助你。」但他三個月來仍然一事無成。一聽到安德烈提起這件事，皮埃爾擦了一下額頭上的汗。

「他一定是共濟會的。」他說道，指的是他在晚會上遇見的那個神父。

「又在胡扯，」安德烈制止他，「最好聊聊正經事吧。你去過騎兵近衛軍了嗎？」

「沒有，可是我有一件事想和您談談。這場戰爭是反對拿破崙的戰爭，假如它是一場爭取自由的戰爭，那我會義無反顧地投身軍旅。但幫助美國和奧國去反對一個偉人……」

安德烈對皮埃爾這種幼稚的言談只是聳了聳肩，做出一副無可回答的表情。

「假如人人只憑信念而戰，那就沒有戰爭可言了。」他說。

「這就太完美了。」皮埃爾說道。

安德烈發出了一陣苦笑。

「也許，這真的很完美，但這種情景永遠不會出現……」

「啊，您為什麼要去作戰呢？」皮埃爾問道。

「為什麼？可能是因為應該如此。除此而外……」他停頓下來了，「我去作戰，是因為這裡的生活不合乎我的心願！」

6

女人的連衣裙在隔壁房裡發出沙沙聲響。安德烈彷彿已清醒過來，把身子抖動一下，皮埃爾也把他的兩腿放下沙發。公爵夫人走了進來，穿著一件居家的全新連衣裙。安德烈站了起來，恭敬地把椅子挪到她身旁。

「我常在想，」她坐在椅上，「安娜為什麼還不嫁人呢？男士們都很愚蠢，竟然不娶她。原諒我這麼說，但是，你們絲毫不懂女人的用處。皮埃爾先生，您真是個愛爭論的人啊！」

「我常和您的丈夫爭論。我不明白他為什麼要去作戰。」皮埃爾毫無拘束地向她說道。

公爵夫人顫抖了一下。顯然，皮埃爾的話觸及了她的痛處。

「咳，我也是這麼說的啊！」她說，「我不明白，為什麼男人不打仗就活不下去呢？為什麼女人什麼也不需要呢？呵，您來評評理吧，他在這裡是他叔父的副官，一個很好的職位，可以輕而易舉地當上侍從武官。我和安娜說過，撮合這門親事不會太難。您覺得如何？」

皮埃爾望了望安德烈，發現他的朋友不喜歡這次談話，便一言不答。

「您什麼時候走呢？」他發問。

「噢！請不要提起走的事！我不想聽，」公爵夫人任性地說道，「當我一想到要中斷這段寶貴的關係……安德烈，你知道嗎？」她眨了眨眼向丈夫示意，「我就覺得可怕啊！」她發抖著說道。

丈夫流露出驚恐的表情，彷彿發覺除了他與皮埃爾之外，屋裡還有一個人，但依然表現出冷淡和謙遜的表情，疑問地對她說：

「麗莎，你害怕什麼？我無法理解。」他說道。

「男人都是利己主義者！他因為自己要求苛刻，過分挑剔，就把我一個人丟在鄉下。」

「別忘了，還有我父親和妹妹。」安德烈低聲說道。

「一個朋友也沒有，簡直是孤單一人……他還想要我不怕呢！」

她的聲調已經含有埋怨的意味，小嘴唇翹了起來，接著默不作聲了，似乎認為在皮埃爾面前說到她懷孕是件不體面的事，而這正是問題所在。

「我還是不懂，你害怕什麼。」安德烈慢條斯理地說道。

公爵夫人漲紅了臉，失望地揮動雙手。

「不，安德烈，你變得真多，變得真多……」

「醫生建議你早點就寢，」安德烈說道，「你去睡覺好了。」

公爵夫人那長滿茸毛的小嘴唇顫慄起來；安德烈聳了聳肩，走到房裡另一側去了。

皮埃爾望了望他，又望了望公爵夫人，他也想站起來，但隨即改變了念頭。

「皮埃爾先生在不在場，根本不重要，」公爵夫人泫然欲泣，「安德烈，我早就想對你說：你對我的態度為什麼改變了？我做了什麼？你為什麼要到軍隊裡去？」

「麗莎！」安德烈說道，他的話既有乞求，又有威脅的意思，但她仍然繼續說道：

「你對待我就像對病人或兒童一樣，我心知肚明，難道半年前也是這樣嗎？」

「麗莎，請您住口。」安德烈公爵更加富於表情地說道。

皮埃爾越來越不安，他站起來走到公爵夫人面前，似乎也準備哭出聲來。

「公爵夫人，請放心。這只是您的想像，因為我相信……為什麼……因為……不，請您原諒，外人在這裡真是多餘的……不，請您放心……再見……」

安德烈公爵抓住他的一隻手，要他止步。

「不，皮埃爾，等一下。公爵夫人一定不希望我失去和你共度一晚的樂趣。」

「他心中只想到自己的事。」公爵夫人說道，忍不住流出氣憤的眼淚。

「麗莎。」安德烈公爵抬高了聲調，表明他的耐性到了盡頭。

畏懼的表情取代了公爵夫人原先憤憤不平的表情，她用一雙秀麗的眼睛望了望丈夫，臉上露出了膽怯的神態。

「天哪，天哪！」公爵夫人說道，用一隻手撩起連衣裙褶，吻了吻丈夫的額頭。

「晚安，麗莎。」安德烈說道，他像在外人面前那樣恭敬地吻著她的手。

兩個朋友沉默不言，皮埃爾不時看看安德烈，安德烈用手擦擦自己的額頭。

「我們去吃晚飯吧。」他嘆一口氣說道，站起來向門口走去。

他們走進一間裝修得豪華而優雅的餐廳。餐廳裡的每樣東西，從餐巾到銀質器皿、洋瓷和水晶玻璃器皿，都有著年輕夫婦家中異常新穎的特徵。晚餐時，安德烈用臂肘支撐著身子，開始說話了，他彷彿決心將不滿一吐為快，露出神經興奮的表情，皮埃爾從未見過他的朋友這樣。

「我的朋友，永遠不要結婚，這是我對你的忠告，在你還沒做完能力所及的一切以前，在你還沒厭惡你挑選的女人以前，在你還沒把她看清以前，就不要結婚吧！否則你會後悔莫及，等你是個不中用的老頭時再結婚吧，否則，你一切美好而崇高的品格都將會喪失，都將在瑣事上消耗殆盡。是的，是的！不用這麼驚奇地望著我。如果你對自己的前程有所期待，你就會發現你已經完了，除了那個客廳，你要在那裡和一群宮廷僕役和蠢蛋平起平坐……就是這麼回事啊！」

他用力地揮揮手。

皮埃爾把眼鏡摘下來，他的表情變得更加和善了，他驚訝地望著自己的朋友。

「我的妻子，」安德烈繼續說道，「是個很好的女人，但只要我能不娶親，我什麼都願意放棄！我只對你這麼說，因為我關心你啊。」

安德烈說這些話時更不像博爾孔斯基了，他那冷淡的臉部由於激動的緣故，每塊肌肉都在顫慄著，眼裡彷彿熄滅的生命之火此刻卻又復燃了。

「你不懂我為什麼這麼說，」他繼續說道，「這可是切身經驗。你提到波拿巴和他的升遷，」他說，「但當他一步一步地朝著自己的目標邁進時，他仍是自由之身。假如你把自己和女人捆在一起，像個帶上足枷的囚犯，那你將會喪失一切自由。你的希望和力量只會成為你的累贅，使你遭受懊悔的折磨。現在我要去參戰，參加一次前所未有的偉大戰爭，但我一無所知，一點用也沒有。」安德烈接著說，「那些在安娜家裡聽我說話的都是一群愚蠢的人，如果沒有他們，我的妻子就活不下去，還有這些女人——但願你知道，這些女人都是一些什麼貨色啊！我父親說得很對，自私自利、虛榮、愚笨、微不足道——這就是女人的真面目。瞧瞧上流社會的女人，她們什麼也沒有，啊！親愛的，別結婚啊，別結婚啊！」他說完了。

「怎麼會呢？」皮埃爾說，「您認為自己沒用，認為自己的生活腐化墮落。其實您前途無量，而且……」

他沒有說出「而且怎樣」，但他的語調表明對朋友的器重，並對他的前途抱有厚望。

「他怎麼能這麼說呢？」皮埃爾心想，安德烈是所有人的典範，因為他高度地凝聚著自己所缺乏的品德——類似「意志力」的特質。安德烈善於沉著地應付各種人，富有非凡的記憶力，博學多聞，尤其善於工作與學習，皮埃爾向來就對他的才能感到驚訝。雖然安德烈缺乏皮埃爾擅長的推理能力，但他卻不認為這是缺點，而是力量的泉源。

在最良好的人際關係中，阿諛或讚揚都不可少，有如馬車的車輪需要抹油一樣。

「我已經沒救了，」安德烈說道，「我的事還有什麼好說的呢？談談你的事吧！」他微微一笑。

這一笑同時也在皮埃爾臉上反映出來了。

「可是，關於我的事又有什麼好說的呢？」皮埃爾的嘴邊浮現出無憂無慮的微笑，「我是誰？一個私生子！既無名，亦無財富，但還算得上自由自在，過得十分舒服。只是，我怎麼也想不出應該做些什麼，我想認真地和您商量。」

安德烈用慈愛的目光望著他，溫柔的目光中依舊顯露出他的優越感。

「我認為，你之所以可貴，是因為只有你是上流社會中的一個活人。選擇你想做的事吧，反正你到哪裡都沒問題的，不過我要提醒你：不要再去庫拉金家了，不要再過狂飲、擺派頭的生活，這一切對你沒有好處。」

「我的朋友啊，我沒辦法，」皮埃爾聳了聳肩，「那些女人，那些女人啊！」

「我不懂，」安德烈答道：「女人是一回事；不過庫拉金家的女人和酒……我真不懂！」

皮埃爾在瓦西里．庫拉金公爵家中居住，他和公爵的兒子阿納托利一同過著縱酒作樂的生活，大家打算撮合阿納托利和安德烈的妹妹，促使阿納托利痛改前非。

「您也知道，就是這麼一回事啊！」皮埃爾說道，「真的，我早就這麼想了。過著這種生活，對什麼事都拿不定主意，頭整天痛得要命，錢也沒了。今天他又邀請我，但我決定不去了。」

「你保證不去？」

「我保證！」

當皮埃爾走出他朋友家的大門時，已經是深夜一點多。這一晚是彼得堡六月的白夜，皮埃爾坐上一輛馬車打算回家，但越接近家門，就越覺得難以入睡，這時間與其說是深夜，不如說像黃昏或早晨。皮埃爾想到今晚肯定又有一伙賭客要在庫拉金家裡聚會。豪賭後照例是飲酒作樂，收場節目又是他喜歡的那一種。

「如果能到庫拉金家去一趟該有多好啊！」他心想，但立刻又想起對安德烈許下的諾言。

但是，正如同所有的優柔寡斷者一般，不久後他又極欲再次體驗墮落的生活，於是決定到那裡去了。這時他想到，諾言什麼的毫無意義，因為在這之前，他曾向阿納托利許下會到他家去的諾言。他終於明白，這些諾言都是空洞的假設，並無明確意義，特別是當他想到萬一自己明天就死了，因此，承諾與不承諾的問題，就不復存在了。最後，他還是乘車前往庫拉金家中。

馬車到達了近衛騎兵隊營房旁一棟大樓房的門廊前，他登上了燈火通明的台階走向大門。接待室內空蕩蕩的，橫七豎八地擺著空瓶子、斗篷、套鞋，散發著一股酒味，遠處傳來吵鬧聲。

賭博和晚膳已經結束了，但客人們還沒有回家。皮埃爾脫下斗篷，走入第一個房間，那裡只有殘酒與剩飯，他悄悄地喝了幾杯酒。第三個房間傳出喧鬧聲和狗熊的怒吼。大約有八個年輕人在敞開的窗口擠來擠去，三個人正在玩耍一隻小熊，一人拖住牠的鐵鍊。

「我押史蒂文斯一百盧布！」有個人喊道。

「當心，不要扶他！」另一人喊道。

「我押多洛霍夫！」第三個人喊道，「庫拉金，把手打開。」

「喂，把小熊『米沙』放開吧，這裡在打賭啊！」

「要一乾而盡，否則就算輸。」第四個人喊道。

「雅科夫，拿瓶酒來，雅科夫！」主人喊道，他是個高大的美男子，穿著一件袒露胸口的薄襯衣，「等一下，瞧！他就是彼得魯沙，親愛的朋友。」他把臉轉向皮埃爾。

另一個身材不高、長著一對明亮藍眼睛的人在窗戶大喊：「過來，把手打開，下注啊！」這嗓音在所有醉漢中最為清醒。他是和阿納托利同居的多洛霍夫，謝苗諾夫兵團的軍官，大名鼎鼎的賭棍和決鬥能手。皮埃爾面露微笑，快活地向四周張望。

「我還沒搞懂，是怎麼回事？」他問道。

「等一下，他還沒喝醉。給我一瓶酒。」阿納托利從桌上拿起一只玻璃杯，走向皮埃爾。

「你先喝酒。」

皮埃爾一杯接著一杯地喝起酒來，阿納托利為他倒酒，跟他說，多洛霍夫和一名叫做史蒂文斯的英國水手打賭，說他能雙腳懸空，坐在三樓的窗台上喝乾一瓶烈酒。

「喂，要喝乾啊！」阿納托利把最後一杯酒遞給皮埃爾，「不然我不放過你！」

「不，我不想喝了。」皮埃爾用手推開阿納托利，向窗前走去。

多洛霍夫握著英國人的手，明確地說出打賭的條件。他中等身材，長著一頭捲髮，有兩隻明亮的藍眼睛。年紀約莫二十五歲，像所有的陸軍軍官那樣，不蓄鬍子，一張清秀的嘴全露出來，彎成了曲線。上嘴唇中間呈尖楔形，有力地搭在厚實的下唇上，嘴角顯出兩個酒窩，在他那聰明、堅定而放肆的目光配合下，形成了一種惹人注意的形象。多洛霍夫是個不富裕的人，沒什麼人脈。跟著每年花掉幾萬盧布的阿納托利住在一起，竟能為自己博得好評，使阿納托利與熟人們都尊重他。多洛霍夫無所不賭，幾乎總是贏錢。無論他喝多少酒，都能夠保持清醒。當時在彼得堡的浪子和酒徒領域中，多洛霍夫和庫拉金都是赫赫有名的人物。

一瓶烈酒拿來了，窗框使人們無法坐在窗外的側壁上，於是他們讓兩個僕役把窗框拆下來。阿納托利一把將僕人推開，拖了拖窗框，發現拖不動，於是砸爛了玻璃。

「喂，大力士。」他把臉轉向皮埃爾說道。

皮埃爾抓住橫木，拖了拖，木製窗框喀嚓作響，有的地方被弄斷了，有的地方被扭脫。

「把整個框子拆掉，要不然，大家還以為我要扶手呢！」多洛霍夫說道。

「那個英國人在吹牛嘛……可不是？……好不好呢？」阿納托利說道。

「好吧。」皮埃爾說道，多洛霍夫拿起烈酒往窗前走去，曙光和夕暉在窗外連成一片。他手中拿著一瓶烈性甜酒，霍地跳上了窗台。

「聽我說吧！」多洛霍夫面向房間，站在窗台上喊道。大家都沉默不言。

「我賭五十金盧布，您想賭一百？」他把臉轉向英國人，補充了一句。

「不，就賭五十吧。」英國人說道。

「好吧，賭五十金盧布，」二人議定，「我要一口氣喝乾一整瓶烈酒，兩手不扶什麼東西，坐在窗台外側，」他彎下腰來，用手指著窗外那傾斜牆壁上的突出處，「這樣行嗎？」

「很好。」英國人說道。

阿納托利向英國人轉過身去，一手揪住他燕尾服上的鈕扣，居高臨下地望著他，用法語向他重複了打賭的條件。

「慢著！」多洛霍夫為了引起注意，用酒瓶敲打著窗戶大喊，「庫拉金，聽我說。如果有誰敢學我這麼做，我就付一百金盧布。明白嗎？」

英國人點了點頭，看不出他是否願意接受這個條件。一個年輕的瘦弱驃騎兵在這天夜裡輸了錢，於是他爬上窗台，探出頭來向下面張望。

「嚇！……」他瞧著窗外人行道上的石板說道。

「安靜！」多洛霍夫喊道，把那個軍官從窗台上拉了回來。

他把酒瓶擱在窗台上，謹慎地爬上窗戶，又垂下兩腿，用雙手支撐窗沿，打量了一番，把身子坐穩，然後放開雙手，試著左右移動，拿起了酒瓶。阿納托利拿來了兩根蠟燭，放在窗台，燭光把多洛霍夫的白襯衣和他長滿捲髮的頭照得發亮。大家都在窗口擠來擠去，英國人站在大家前面。皮埃爾微笑不語。一個年紀較大的人忽然氣憤地衝上前，想一把揪住多洛霍夫。

「先生們，這是蠢事，他會跌死的。」這個較為明智的人說道。

阿納托利制止他。

「不要碰他，你會嚇到他，他會跌死的。哎呀……」

多洛霍夫轉過頭來，坐得平穩點了，又用雙手支撐著窗沿。

「如果有誰再擠過來，」他斷斷續續地說，「我就要把他從這裡扔下去！」

他說完又轉過身去，伸開雙手，拿起酒瓶放到嘴邊，頭向後仰，抬起一隻空著的手，好把身子弄平穩。阿納托利瞪大眼睛站著，那個英國人噘起嘴唇，在一旁觀看，那個想阻攔他的人跑到屋角，面朝牆壁地躺在沙發上。皮埃爾用手捂住臉，迷迷糊糊地保持著微笑的表情。多洛霍夫保持同樣的姿態坐著，他的頭顱漸漸向後扭轉，提著酒瓶的手越舉越高，不住地顫抖，用力地掙扎著。這酒瓶顯然快要喝完了。「怎麼搞了這麼久呢？」皮埃爾心想，彷彿覺得已經過了半個鐘頭。多洛霍夫轉過背脊，一隻手神經質地顫抖，他全身開始挪動起來了，他的手和頭越抖越厲害，一隻手抓住窗台，但又滑落下去。皮埃爾用手捂住眼睛，沒多久忽然覺得周圍騷動起來，他看了一眼，發現多洛霍夫正站在窗台上，他的臉色蒼白，卻露出愉快的神情。

「酒瓶子空了。」

多洛霍夫把酒瓶扔給英國人，然後從窗上跳下來，他身上散發著濃濃的甜酒氣味。

「好極了！這才是打賭啊！您真了不起啊！」觀眾從四面叫喊起來了。

英國人拿出錢包來數錢，多洛霍夫則愁眉苦臉地不發一語。皮埃爾也一躍跳上窗台。

「先生們！誰願意和我打賭呢？我也學他做一遍，」他高聲喊道，「不需要打賭我也做！拿瓶酒來，我一定會做到……請拿瓶酒來。」

「讓他做吧，讓他做吧！」多洛霍夫面帶微笑，說道。

「你瘋了嗎？誰要你做呢？你就連站在梯子上都站不穩啊。」大家七嘴八舌說道。

「我能喝完，給我一瓶烈酒吧！」皮埃爾嚷道，堅決地捶打著椅子，隨即爬上窗戶。有人抓住他的手，可是他很有力氣，把靠近他的人推開了。

「不，你這樣絲毫說服不了他，」阿納托利說道，「等一等，我來哄騙他。你聽我說！明天再跟你賭，現在我們大家都要出去了。」

「坐車去吧，」皮埃爾喊道，「我們坐車去吧！」

「把小熊『米沙』也帶去。」

於是他急忙抓住那頭熊，讓牠站起來，然後與牠一同在房裡跳起舞來。

7

瓦西里公爵履行了他在安娜．帕夫洛夫娜的晚會上答應的事，他將德魯別茨卡婭公爵夫人的獨子鮑里斯的情形稟告皇帝，使他被破例調至謝苗諾夫兵團的近衛隊中擔任準尉，但未被委派為副官，亦未被安插在庫圖佐夫手下任職。

晚會結束後不久，安娜．米哈伊洛夫娜就回到莫斯科，徑直到她富有的親戚羅斯托夫家中去了，她一直住在這個親戚家中，她那被溺愛的兒子鮑里斯也從小在這個親戚家中長大，在這裡住了許多年。他剛被提升為陸軍準尉，旋即被調任近衛軍準尉。八月十日近衛軍已自彼得堡開走，她的兒子要在前往拉茲維洛夫的途中趕上隊伍。

羅斯托夫家中有兩個叫做娜塔莉婭的女人——母親和小女兒——過命名日。從清早起，波瓦爾大街上的羅斯托娃伯爵夫人大樓前，裝載著賀客的車輛就絡繹不絕，伯爵夫人和漂亮的大女兒坐在客廳裡接待來賓，送走了一批又來了一批。

這位伯爵夫人長著一副東方的瘦削臉龐，四十五歲上下，她為兒女所勞累，身體顯得虛弱，動作和言談都很遲緩，卻使她多了一種令人起敬的威嚴。德魯別茨卡婭公爵夫人就像他們家人一樣，也坐在那兒應酬賓客。年輕人則待在後面房間裡。

「十分感激您，親愛的貴客，我代替兩個過命名日的家人感激您。」伯爵一字不變地對每個人這麼說道，他那肥胖、刮得精光的臉上表現出同樣的神態，他緊握來賓的手，頻頻地鞠躬致意。之後就回到那些尚未退席的賓客面前，他把椅子移過來，表現出熱愛生活的人的樣子。他在賓客前預測天氣、請教保健的秘訣，有時講俄國話，有時講差勁的法國話，一面弄平禿頭上稀疏的斑髮。他從接待室回來時，順路走進大理石大廳，看見大廳裡已經擺好八十份餐具，他望著僕人拿來銀器和瓷器，擺筵席、鋪上織花桌布，並把出身貴族的管家德米特里．瓦西里耶維奇喊來，對他說：

「喂，喂，米佳，你要注意，把一切佈置停妥。好，好，」

他望著擺開的大餐桌，「餐桌佈置是門學問。沒錯……」他得意地舒了口氣，又回到客廳去。

「瑪麗亞．利洛夫娜．卡拉金娜和她的女兒到了！」伯爵夫人的僕人走進客廳門，用那低沉的嗓音稟告。

伯爵夫人愣了一會，聞了聞鑲有丈夫肖像的金質鼻煙壺。

「這些接待的事真折磨人，」她說道，「哦，我來接待這最後一個女客。她真拘禮，請吧，」她憂鬱地對僕人說道，彷彿在說：「哎呀！你們殺死我算了！」

一個高大肥胖、神情驕傲的夫人和她圓臉蛋、微露笑容的女兒走進客廳來。

「伯爵夫人，好久不見……可憐的女孩，她生病了……在拉祖莫夫斯基家的舞會上……伯爵夫人阿普拉克辛娜……我簡直高興極了……」鬧哄哄的談話聲，連衣裙的沙沙聲、移動椅子的響聲連成一片，這場談話開始了，有人說：「我非常、非常高興……媽媽很健康……伯爵夫人阿普拉克辛娜。」談話中提到當時市內的首要新聞——名聞遐邇的富豪、葉卡捷琳娜時期的美男子別祖霍夫伯爵的病情和他的私生子皮埃爾，此人在安娜·帕夫洛夫娜晚會上的行為有失體統。

「我為可憐的伯爵感到惋惜，」一個女客人說道，「他的健康狀況原已十分惡劣，如今又為兒女痛心，這真會要了他的命！」

「怎麼回事？」伯爵夫人問道，好像不知道客人在說什麼，不過她已多次聽說別祖霍夫伯爵傷心的原因。

「這就是現在的教育啊！」一位女客說，「還在國外時，這個年輕人就放蕩不羈，如今，聽說他在彼得堡做了許多可怕的事，已經被警察局驅逐出去了。」

「真有其事！」伯爵夫人說道。

「他交友不慎，」安娜·米哈伊洛夫娜插嘴道，「瓦西里公爵的兒子還有那個多洛霍夫，天知道他們幹了些什麼！二人都受罰了。多洛霍夫被貶為士兵，別祖霍夫的兒子被趕到莫斯科去。而阿納托利呢？他父親不知怎麼把他制服的，但也被趕出彼得堡了。」

「他們究竟幹了些什麼？」伯爵夫人問道。

「他們真是些十足的土匪，尤其是多洛霍夫，」女客人說道，「你們可以想像，他們三個人不知從哪裡弄來了一頭狗熊，把牠裝進馬車運到一群女演員那裡去了。警察跑來制止他們，他們卻抓住了分局長，把他和狗熊背靠背綁在一起，丟進莫伊卡河裡。狗熊在水裡掙扎，分局長仰臥在牠的背上。」

「親愛的，警察分局長長得好看嗎？」伯爵笑得要命，高聲喊道。

「啊，多麼可怕呀！伯爵，這有什麼好笑的呢？」

可是太太們仍情不自禁地笑起來。

「花了好大力氣，才把這個倒楣鬼救上來，」女客人繼續說，「基里爾．弗拉基米羅維奇．別祖霍夫伯爵的兒子真會捉弄人啊！」她補充道，「聽說他受過良好的教育，腦子也算靈活，但外國的教育卻把他變成這樣。雖然他有錢，我還是希望這裡沒有人歡迎他，有人想把他介紹給我，但我拒絕了，我還有幾個女兒啊。」

「怎麼會說他很有錢呢？」伯爵夫人問道，「伯爵只有幾個私生兒女吧？」

女客人揮了揮手臂。

「我想，他有二十個私生兒女。」

安娜又插話了，顯然是想展示她對社交界的熟悉程度。

「就是這樣，」她意味深長地說道，「基里爾．弗拉基米羅維奇伯爵的大名人盡皆知，他的兒女多得不可勝數，而這個皮埃爾就是他的寵兒。」

「這個老頭年輕時還挺英俊的呢！」伯爵夫人說道，「我從未見過比他更英俊的男人。」

「現在他變得可多了，」安娜說道，「根據妻子方面的血緣，瓦西里公爵是他全部財產的直接繼承人，但是他喜歡皮埃爾，讓他受教育，還稟告皇帝；如果他一旦辭世，誰將會得到他的四萬農奴和數百萬財產呢？是皮埃爾，還是瓦西里公爵？這件事我瞭若指掌，瓦西里公爵親口對我說過。基里爾．弗拉基米羅維奇正是我的表舅呢！而且他還是鮑里斯的教父。」

「瓦西里公爵於昨日抵達莫斯科。有人說他是來視察的。」女客人說。

「是的，但是偷偷告訴你，」公爵夫人說道，「這只是藉口。說實話，他是來看基里爾．弗拉基米羅維奇伯爵的，他聽說伯爵的病情加重了。」

「但是，親愛的，這只是個手段，」伯爵說道，他發現女客不聽他說話，於是轉過頭向小姐們說，「我心想，那個警察分局長一定長得十分好看。」

他想起那個分局長揮動手臂的模樣，又忍不住大笑起來，響亮而低沉的笑聲撼動著他肥胖的身軀，「好吧，請您到我們那裡用午飯。」

8

大家都默不作聲。伯爵夫人望著女客人，臉上露出愉快的微笑，女客的女兒正在弄平連衣裙，用疑問的眼神望著母親；就在這時，隔壁房裡忽然傳來一群男女向門口奔跑的腳步聲，和絆倒椅子的響聲，一個十三歲的女孩跑進房裡來，用那短短的紗裙蓋住一件什麼東西，她在房間中央停住了。同一瞬間，一個露出深紅色衣領的大學生、一個近衛軍軍官、一個十五歲的女孩和一個身穿兒童短上衣的面頰粉紅的胖男孩也出現在門口。

伯爵猛然跳起來，把兩臂伸開，抱住跑進來的小女孩。

「啊，她來了！」他笑著說道，「過命名日的人！」

「什麼事都得看場合，親愛的，」伯爵夫人裝出嚴肅的樣子說道，「你總是溺愛她。」

「親愛的，您好，祝賀您，」女客說道，「多麼可愛的小孩子！」

小女孩長著一雙黑眼睛，一張大嘴巴，相貌不漂亮，但相當活潑。背帶由於跑得太快而滑脫，袒露出小孩子的肩膀，打結的黑色捲髮披在後面，光著的手臂十分纖細。她已經不算孩子，但也說不上是位女郎，她正值這個美妙的年華。她從父親的懷抱中掙脫出來，走到了母親旁邊，毫不在乎母親的嚴厲呵斥，反而把臉藏在母親的花邊斗篷裡，一邊笑著，一面拿起她從衣裙下面掏出來的洋娃娃。

「你們看見嗎？……一個洋娃娃……咪咪……你們都看見。」

娜塔莎倒在母親身上哈哈大笑，笑聲非常響亮，使得所有女客也情不自禁地笑了出來。

「好啦，帶上你這個醜東西出去！」母親假裝發脾氣，把女兒推到一旁。「這是我的小女兒。」娜塔莎把臉從母親的花邊三角頭巾下抬起來，從底下朝她望了一眼，又把臉蛋藏了起來。

女客人被迫欣賞家庭中的這個場面，認為有參與一下的必要了。

「親愛的，告訴我，」她對娜塔莎說道，「這個咪咪究竟是您的什麼人？是女兒嗎？」

娜塔莎不喜歡女客用對待兒童的口氣對她說話，她嚴肅地瞪了女客人一眼。

而另外一群年輕人：軍官鮑里斯——安娜．米哈伊洛夫娜的兒子、大學生尼古拉——伯爵的長男、索尼婭——伯爵一個現年十五歲的外甥女以及小彼得魯沙——伯爵的幼子，也在客廳裡就座。顯然，他們竭盡全力把還流露在每個人臉上的興奮和悅意保持在合乎禮儀的範圍之內。

兩個年輕男生從童年時代起就是朋友，他們年齡相同，而且長相英俊，但面目並不相像。鮑里斯是個身材魁梧、頭髮淺黃的青年，他的五官端正，眉清目秀；而尼古拉身材不高，一頭捲髮，上嘴唇邊逐漸長出黑色的短髭，臉上流露著靈敏和熱情。尼古拉一走進客廳，兩頰就漲紅了，他想開口說話，卻找不到話題；鮑里斯正好相反，一下子就想到了應對的方法，沉著而戲謔地講起洋娃娃的事，說完便朝娜塔莎望了一眼。娜塔莎轉過臉去不理睬他，她看見眯著眼、笑得渾身發抖的小弟弟，再也按捺不住了，一躍而起，跑出了客廳。

「媽媽，看來您也要走了吧？要馬車嗎？」鮑里斯面露微笑地對母親說。

「好，走吧，吩咐他們把馬車準備好。」她含笑說道。

鮑里斯悄悄地走出來，跟在娜塔莎後面，那個男孩也生氣地跟著，露出懊悔的表情。

9

年輕人當中，除了伯爵夫人的長女（她比妹妹年長四歲）和作客的小姐外，客廳裡只剩下尼古拉和外甥女索尼婭二人了。索尼婭是個身段苗條、嬌小玲瓏的黑髮女郎，修長的睫毛下閃現出溫柔的眼神，一條烏黑而濃密的髮辮在頭上盤了兩盤，臉上的皮膚略帶黃色。她的動作平穩、柔軟和靈活，既調皮又帶有些莊重，就像一隻尚未發育成熟的可愛小貓，必將成為一隻頗具魅力的母貓。她那對洋溢著少女熱情的眼睛，情不自禁地望著行將入伍的表哥。顯而易見，這隻小貓也想跟鮑里斯和娜塔莎一樣從客廳裡竄出去，與她的表哥一同嬉戲。

「親愛的，是的，」老伯爵指著他的尼古拉，對女客說道，「看吧，他的朋友鮑里斯擢升為軍官了，他不想落在鮑里斯後面，也拋棄了大學跟我這個老頭，服兵役去了。有人在檔案館為他找到一份差事，一切都準備就緒。這不就是鬧彆扭嘛？」伯爵疑問地說道。

「是呀，有人說已經宣戰了。」女客人說。

「早就有人說了，」伯爵說道，「說了一陣子之後就不再說了。親愛的，這不就是鬧彆扭嘛！」他又重複一遍，「尼古拉要去當驃騎兵了。」

女客搖搖頭，不知道該說什麼。

「才不是鬧彆扭，」尼古拉漲紅了臉，就像受了羞辱般，「我只是覺得我有這份義務。」

他回頭看了看表妹，又看了看作客的小姐，她們都以贊許的微笑望著他。

「保羅格勒驃騎兵團上校舒伯特今天在我們這兒吃午飯，他要來把尼古拉帶走。有什麼辦法呢？」伯爵聳了聳肩，詼諧地提起這件使他痛苦的事。

「爸爸，我已經說過，」兒子說道，「如果您不希望我走，那我就留下來。但是我深知除了服兵役之外，我毫無用處。我不是外交家，不是官員，不善於掩飾自己的感情。」他說道，不時端詳索尼婭和作客的小姐。

小貓用眼睛緊緊地盯住他，隨時都準備嬉戲一番，表露牠那貓的本性。

「嗯，好極了！」老伯爵說道，「波拿巴還在沖昏大家的頭腦，大家只想到他由中尉搖身成為皇帝了。也罷，願上帝保佑。」

大人們開始談論波拿巴的事情。卡拉金娜的女兒朱莉把臉轉向小羅斯托夫說道：

「很遺憾，星期四那天您沒有到阿爾哈羅夫家裡去，我覺得寂寞無聊。」她對他一笑。

年輕人因受了奉承而深感榮幸，臉上露出輕浮的微笑，並坐得離她更近。他和笑容可掬的朱莉閒聊起來，絲毫沒發覺他情不自禁的微笑竟像一柄醋意的尖刀戳進面紅耳赤的索尼婭的心窩。他偶然回過頭瞥了她一眼，索尼婭憤恨地望著他，拚了命忍住淚水，站起來走出房間。尼古拉興奮的情緒蕩然無存，他趁著談話中斷，露出掃興的神態出去找索尼婭了。

「這些年輕人的秘密一點也藏不住！」安娜說道，「表兄弟、姐妹這種親戚真是糟透了。」

「沒錯，」伯爵夫人說道，彷彿在回答一個讓她很在意的問題似的，「她經歷了多少苦難，現在才能從他們身上得到一點歡樂啊！可是現在，恐懼卻大於歡樂，你總是怕這個，怕那個；男孩也好，女孩也好，一到了這個年齡，就會遇到許多危險的事情。」

「一切取決於教育。」女客人說道。

「是的，您說的沒錯，」伯爵夫人繼續說道，「謝天謝地，直到現在我還是我兒女的朋友，我得到他們充分的信賴。」伯爵夫人說，許多父母的錯誤，就是以為子女並沒有隱瞞什麼秘密，「我知道，我永遠是我的女兒的第一個朋友，尼古拉性情急躁，就算他淘氣，也不會像彼得堡的那些紳士一樣。」

「是啊，都是些好孩子，」伯爵說道，「才怪！憑他也想當個驃騎兵！怎麼勸也沒用！」

「但你的小女兒是個多麼可愛的人兒！」女客人說道。

「沒錯，」伯爵說道，「她就像我，有一副悅耳的嗓子，將來一定是個歌唱家。我們聘了一位義大利人教她唱歌。」

「不會太早嗎？據說，這個年紀學唱對嗓子不好。」

「哦，不，哪會太早啊！」伯爵說道，「我們的母輩十二三歲不就出嫁了嗎？」

「她現在就已愛上鮑里斯了！她怎麼樣？」伯爵夫人兩眼望著鮑里斯的母親，悄悄地露出微笑，「您知道，要是我對她嚴加管教，如果我禁止她……天知道他們會偷偷做出什麼事！可是現在，她每天晚上都會自己跑來，把所有的事講給我聽。也許我正在慣養她，不過，這樣做似乎更妙。我對大女兒就管教得很嚴。」

「是的，教育我的方式完全不一樣。」漂亮的長女薇拉微笑地說道。

但微笑並沒有使她的臉變得更漂亮，反而適得其反，讓她的臉色變得不太自然。長女薇拉長得俊俏，學習成績優良，受到很好的教育，她的嗓子悠揚悅耳，她說的話也很得體，但在場的人都回過頭來望了她一眼，彷彿驚訝她為什麼要這麼說。

「大家總是對孩子自作主張，希望他們做出什麼不平凡的事業。」女客說道。

「親愛的，老實說，伯爵夫人對薇拉也很自作主張，」伯爵說道，「但又有什麼關係呢！她還不是變成一個好姑娘。」他向薇拉遞個眼色，表示贊成。

女客們站了起來，答應會來吃午飯，便乘馬車走了。

「真是夠了！他們老是賴著不走！」伯爵夫人送走客人後說道。

10

娜塔莎從客廳跑出來，來到花房，等候鮑里斯出來。因為他沒有馬上出來，她急得跺了一下腳，眼淚就要流出來了，這時忽然聽見一個年輕人不疾不徐的腳步聲，文質彬彬。娜塔莎飛快地跑到花桶中間躲藏起來。

鮑里斯來到花房中間，四周張望了一下，拍掉制服袖子上的灰塵，走到鏡前，欣賞他那漂亮的面孔。娜塔莎沒有出聲，從藏身的地方朝那邊窺視他的舉動。他面帶微笑地在鏡前站了一會兒，然後就朝門口走去。娜塔莎想叫他，但隨即又改變了主意。

「讓他找吧。」她心想。鮑里斯剛走出去，索尼婭又從另一道門出來了，她兩眼含淚，滿臉通紅，嘴裡憤憤地嘟噥著什麼。娜塔莎本想朝她跑過去，但好奇心驅使她留在躲藏的地方，觀察發生在世界上的事情。索尼婭依然嘟噥著，又回頭看看客廳的門。這時，尼古拉從客廳裡出來了。

「索尼婭！你為什麼要這樣呢？」尼古拉說，一邊朝她跑來。

「沒什麼，沒什麼，您不用管我！」索尼婭大聲哭起來。

「不，我知道為什麼。」

「哦，您知道，那好極了，您去找她吧。」

「索尼婭！聽我說！你怎麼能只憑一點猜測就這樣折磨我倆？」尼古拉一把抓住她的手。

索尼婭不哭了，任由他的手握住自己的手。

娜塔莎屏住呼吸，從躲藏的地方觀望著。「現在會發生什麼事呢？」她想。

「索尼婭！這整個世界我都不要！只有你才是我的一切，」尼古拉說，「我會向你證明這一點。」

「我不想聽你說這種話。」

「好，我以後不說了，原諒我吧！索尼婭。」他把她拉到懷裡，吻了吻她。

「啊，多美啊！」娜塔莎心想。當索尼婭和尼古拉離開花房後，她也學著他們，把鮑里斯叫到跟前。

「鮑里斯，到這裡來，」她帶著意味深長的、狡黠的神情說道，「我要告訴你一件事，到這裡來，到這裡來。」她說，並帶著他來到她在花房裡的藏匿處。鮑里斯面露微笑著跟著她。

「究竟是什麼事？」他問。

她害羞起來，看了看四周，看見她原先扔在花桶上的布娃娃，便把它拿在手上。

「您吻一下這個娃娃吧。」她說。

鮑里斯溫柔地看著她那興奮的面龐，沒有說話。

「你不願意嗎？好吧，到這裡來，」她說著，就朝花叢深處走去，「靠近點，靠近點！」她低聲說，兩手抓住軍官的袖口，漲紅的臉上露出嚴肅和恐懼的神色。

「您願意吻我嗎？」她說道，聲音低得幾乎聽不見，同時她皺起眉頭看著他，臉上含著笑，激動得幾乎要哭出來。

鮑里斯臉紅了。

「您真可笑！」他說道，朝她俯下身來，臉也更紅了，但是沒有做出任何行動，只是等待著。她突然跳到花桶上，這樣她就比他高了。她用纖細的雙手摟著他的脖子，把頭髮甩到後面，正好在他的唇上吻了一下。

接著，她穿過花盆溜到花叢的另一邊，低垂著頭站在那裡。

「娜塔莎，」他說，「您知道我是愛您的，但是——」

「您愛上我了嗎？」娜塔莎打斷了他的話。

「是的，我愛上您了，但是我們別像剛才那樣冒冒失失……再過四年……那時我會向您求婚。」

娜塔莎沉吟了一下。

「十三歲、十四歲、十五歲、十六歲……」她扳著纖細的指頭數著，「好！就這樣說定了？」

喜悅和欣慰的微笑使她興奮的臉龐容光煥發。

「說定了！」鮑里斯說。

「永遠嗎？」小女孩說，「一直到死？」

於是，她挽起他的手臂，露出幸運的神色，悄悄地和他走向擺滿沙發的休息室裡去。

11

會客的事使得伯爵夫人疲憊不堪，她吩咐不再招待任何人，又指示門房只邀請一些必要的賀客。伯爵夫人想和童年時代的朋友——安娜·米哈伊洛夫娜公爵夫人單獨晤談，自從她自彼得堡歸來，伯爵夫人還沒好好地跟她說過話。

「老實說，」安娜說道，「我們這些老朋友僅存的很少了！因此我很珍惜跟你的友情。」

安娜望了望薇拉，便停住了。伯爵夫人握住朋友的手。

「薇拉，」伯爵夫人把臉轉向顯然不受寵愛的長女，說道：「您怎麼這麼不明事理啊？難道你不覺得自己在這裡是個多餘的人嗎？到幾個妹妹那裡去吧！」

貌美的薇拉鄙夷地微露笑容，顯然她一點也不感到屈辱。

「媽媽，假如您早點說的話，我早就離開您了。」她說了這句話後便回自己房裡去了。

但是，當她路過擺滿沙發的休息室時，發覺裡頭有兩對情人在兩扇窗戶旁對稱地坐著。她停下來，鄙視地微微一笑。索尼婭坐在尼古拉一旁，他把自己創作的詩句謄寫給她看。鮑里斯和娜塔莎則坐在另一扇窗戶旁邊，當薇拉走進來時，他們都默不作聲了。索尼婭和娜塔莎帶著愧疚但幸福的神態，瞥了她一眼。

這些熱戀的小姑娘顯然沒有在薇拉身上引起愉快的感覺。

「我說過幾次了，」她說道，「不要亂拿我的東西，你們都有自己的房間。」她拿起尼古拉身邊的墨水瓶。

「我馬上還你，馬上還你。」他說道，把筆尖沾了些墨水。

「你們總是不會看場合，」薇拉說道，「剛才你們跑進客廳裡來，真是太丟人了。」

她說的話完全合情合理，但也或許因為如此，沒有任何人回答她，這四個人只是互使眼色。她手裡拿著墨水瓶遲遲未起步，在房裡滯留。

「你們這種年紀還能有什麼秘密？娜塔莎和鮑里斯，你們還能有什麼秘密？太愚蠢了。」

「喂，薇拉，關你什麼事。」娜塔莎用低沉的嗓音辯護道。

這天她對大家顯然比平常更慈善，更溫和。

「很愚蠢，」薇拉說道，「我替你們感到羞恥，這算什麼秘密呢？」

「每個人都有自己的秘密。我們不招惹你和貝格就是了。」娜塔莎急躁地說。

「我沒什麼好生氣的，」薇拉說道，「因為我從來沒有什麼羞恥的行為。看吧！你怎樣對待鮑里斯，我一定會告訴媽媽。」

「娜塔莉婭．伊利尼什娜對我非常好，」鮑里斯說道，「我不會抱怨的。」

「鮑里斯，請您不要管，」娜塔莎委屈地說道，「你永遠不明白她為什麼老是糾纏著我，」她把臉轉向薇拉說道，「因為你從來沒有愛過任何人；你簡直沒有心腸，你最大的樂趣就是為他人帶來不愉快。去討好貝格吧！你想怎樣就怎樣。」她急匆匆地說道。

「是的，我也許不會在客人們面前去追逐一個年輕人……」

「好了，你達到目的了，」尼古拉插話道，「真是太掃興了。我們到兒童室去吧。」

這四個人有如一群驚弓之鳥都站立起來，從房裡走出去了。

「人家對我說了許多討厭的話，但我沒有對誰說什麼。」薇拉說道。

貌美的薇拉給了大家一種令人激動的不愉快的印象，但她卻微微一笑，向鏡台前走去。把圍巾和頭髮弄平，一面注視著她那美麗的面孔，她顯然變得更冷漠，更安詳了。

客廳中的談話持續下去了。

「啊！親愛的，」伯爵夫人說道，「我的生活中並非盡如人意，我看得出來，依照這種生活方式，我們的財富絕對維持不了多久！俱樂部和他的慈善都太昂貴了，但住在鄉下難道就會修身養性嗎？戲院呀，狩獵呀，天知道還有什麼花樣！哦，你究竟是怎樣安排這一切的啊？我常對你的境況感到驚訝，你是如何獨自乘坐馬車到各處去的？你善於應酬各種人，真令我感到驚奇！這方面的事我一點也不內行。」

「啊！親愛的，」公爵夫人答道，「但願你不要知道，當一個無依無靠的寡婦，還有一個你所溺愛的兒子，生活有多麼艱苦，」她有點驕傲地說道，「這場訴訟讓我學乖了。如果我要面見某位顯貴，就要在信上寫：『某公爵夫人欲晉謁某人』，然後坐上馬車親自造訪，哪怕走兩趟、三趟，還是四趟，不達目的絕不罷休，別人對我的看法我才不管呢！」

「你是怎樣替鮑里斯求情的？」伯爵夫人問道，「你的兒子已經是近衛軍軍官了，而尼古拉只是個士官生。沒有人為他說話呢！你向誰求過情呢？」

「我向瓦西里公爵求過情。他真是有求必應，還稟告了皇帝。」她異常高興地說道。

「瓦西里公爵怎麼樣？變老了吧？」伯爵夫人面露微笑地問道，「自從魯緬采夫家的那齣鬧劇之後，我就沒有再見過他了。我猜他已經忘記我了，他輕浮地追求過我。」

「他還是那副模樣，」安娜答道，「他很殷勤地待人，滿口奉承討好的話。『親愛的公爵夫人，很遺憾，我能為您做的事太少了，』他說，『有事情就請吩咐吧！』娜塔莎，你知道我疼愛自己的兒子，為了他的幸福，我什麼事都願意做。我的境況糟透了，」安娜憂鬱地繼續說道，「那倒楣的訴訟案把我的一切都吞噬掉了。你可以想像我沒有錢，有時甚至沒有十戈比的小銀幣，我不知道要用什麼為鮑里斯購置軍裝，」她掏出一條手絹哭了起來，「我現在需要五百盧布，而我身邊只有一張二十五盧布的紙幣。我處於這種困境，現在我唯一的希望就寄託在基里爾．弗拉基米羅維奇．別祖霍夫伯爵身上。如果他不願意資助他的教子，那麼，我將用什麼替他購置軍裝啊！」

伯爵夫人兩眼含著淚水，沉默地想著什麼事。

「我常想，也許這就是報應，」公爵夫人說道，「別祖霍夫伯爵孤單地生活，就算有這麼多產業，又有什麼用呢？對他來說，生命是沉重的負擔，但鮑里斯的人生才剛剛開始。」

「他想必會為鮑里斯留下什麼財產。」伯爵夫人說道。

「誰知道呢？這些富翁都是利己主義者，但我還是馬上帶著鮑里斯去拜訪他，坦率地對他說明吧！別人要怎麼想都隨便他們，只要能幫上兒子，我一切都不在乎，」公爵夫人站立起來，「現在是兩點鐘，你們四點鐘吃午餐，應該來得及出去走走。」

安娜素有精明能幹、善於利用時間的彼得堡貴婦的作風，她帶著兒子前往接待室。

「親愛的，再會，」她對送她到門口的伯爵夫人說道，「請祝我成功。」

「親愛的，您到基里爾．弗拉基米羅維奇伯爵那裡去嗎？」伯爵也來到接待室，對她說道，「如果皮埃爾身體好一些，請他來我家吃午飯，和孩子們一塊跳舞。」

12

「親愛的鮑里斯，」當他們搭乘四輪馬車駛入基里爾．弗拉基米羅維奇．別祖霍夫家的大庭院時，安娜．米哈伊洛夫娜公爵夫人對兒子說道，「親愛的鮑里斯，待人要殷勤、體貼。基里爾．弗拉基米羅維奇是你的教父，你未來的命運都操在他手上。」

「如果我知道，除了屈辱而外，還能得到什麼結果的話……」兒子冷漠地答道，「但是我已經答應您，我會照您說的去做。」

他們將四輪馬車停在台階前，未自報姓氏便徑直走進穿堂，門房意味深長地望了她那身舊衣，問起他們的來意，得知他們來拜訪伯爵之後，便說他今天不接見任何人。

「我們可以走了。」兒子說了一句法國話。

「親愛的！」母親央求地說道，又用手碰碰兒子的手臂。

鮑里斯默不作聲，他用疑問的目光望著母親。

「老兄，」安娜把臉轉向門房，溫柔地說道，「我知道，伯爵的病情嚴重，因此才來探視。我是他的親戚，我不會驚動他，但我必須見見瓦西里公爵，請通報一聲。」

門房憂鬱地拉了一下通往樓上的門鈴引線。

「德魯別茨卡婭公爵夫人求見瓦西里．謝爾蓋耶維奇公爵。」他向樓下一位僕人喊道。

母親把連衣裙的裙褶弄整齊，照了照牆上的威尼斯穿衣鏡。就沿著樓梯地毯上樓去了。

「親愛的，你答應過我，」她又向兒子說道，她用手碰碰兒子，要他振作起來。

兒子低垂著眼睛，不慌不忙地跟在她後面。

他們走進了大廳，廳裡有扇門通往瓦西里公爵的內室。一扇門的青銅把手轉動了，瓦西里公爵走出門來，他按照家常的穿戴方式，披上一件天鵝絨面的皮襖，只佩戴一枚金星動章，正在送走一名大夫。

「這是真的嗎？」公爵說道。

「我的公爵，雖然誤診是難免的，可是……」大夫用法國口音說出幾個拉丁詞。

「好啦，好啦……」

瓦西里公爵看見了安娜．米哈伊洛夫娜和她的兒子，便鞠了一躬把大夫打發走了，沉默地向他們走去。兒子發現母親的眼中忽然流露出極度的憂傷，便微微一笑。

「唉！公爵，這是多麼憂愁的情況啊！哦，我們親愛的病人怎麼了？」她說道，彷彿沒有注意到向她凝視的非常冷漠的、令人屈辱的目光。

瓦西里公爵疑慮地看看她，又看看鮑里斯。鮑里斯禮貌地鞠了一躬，瓦西里公爵沒有答禮，卻向安娜搖了搖頭，以回答她的問題，這動作意味著病人沒有多大希望了。

「該不會？」安娜驚叫道，「啊！太可怕了……這是我的兒子。」她用手指著鮑里斯說道，「他想親自向您表示感激。」

鮑里斯又彬彬有禮地鞠了一躬。

「公爵，請您相信我吧，我永遠也不會忘記您為我們做的善事。」

「我親愛的安娜．米哈伊洛夫娜，我很榮幸能為你們做這些。」瓦西里公爵說道，又把胸口的皺褶花邊弄平。他的姿態和聲調都比之前高傲得多了。

「好好供職吧，」他嚴肅地對鮑里斯說，「我非常高興……您要在這裡休假嗎？」

「大人，我接到新的任命就動身。」鮑里斯答道，他不因公爵的生硬語調而惱怒，也不表示交談的意願，公爵忍不住用那凝集的目光朝他瞥了一眼。

「您和母親住在一起嗎？」

「我住在羅斯托娃伯爵夫人那裡，」鮑里斯說道。

「就是那個娶了娜塔莉婭・辛辛娜的伊利亞・羅斯托夫。」安娜補充道。

「我知道，」公爵用說道，「我真搞不懂，娜塔莎竟嫁給這頭邋遢的狗熊。太荒唐了。」

「但他為人厚道。」安娜說道，臉上流露出會心一笑。

「大夫說了什麼呢？」公爵夫人發問道，那淚痕斑斑的臉上又流露出極度的哀愁。

「沒什麼希望了。」公爵說道。

「我想再一次地感謝叔叔對我和鮑里斯的恩賜。這是他的教子。」她高興地說道。

瓦西里公爵皺起了額頭。安娜心中明白，他怕鮑里斯成為爭奪遺產的敵手，於是又說：

「這最後的時刻多麼寶貴啊！沒有比臨終更慎重的事了，既然他的病情如此沉重，就必須早些作出打算。公爵，我們女人一向就知道該怎樣處理這種場面。我必須去見他一面，無論這件事多麼令我難受。」

公爵顯然已經明白，很難擺脫這位安娜・米哈伊洛夫娜夫人。

「親愛的安娜・米哈伊洛夫娜，沒有問題，」他說道，「但還是等到晚上吧。」

「公爵，這種時候，一刻也不能等啊！這是一個基督徒的義務……」

內室裡一扇門開了，一位公爵小姐——伯爵的侄女走出來，顯露出憂鬱而冷淡的臉色。

瓦西里公爵向她轉過臉來。

「哦，他怎麼樣了？」

「還是老樣子。不論您認為怎樣，這一陣吵鬧……」公爵小姐說道，回頭望著安娜。

「啊，親愛的，我沒認出您來，」安娜微笑著說道，並迅速地朝她走去，「我來幫您照料叔叔，我可以想像你有多辛苦。」她同情地說道。

公爵小姐不發一語，就立刻走出去了。安娜得意地坐在椅子上，並請公爵坐在她旁邊。

「鮑里斯！」她對兒子說道，「我要到伯爵叔叔那裡去，你先去找皮埃爾，別忘記轉告他，羅斯托夫家邀請他吃午飯。不過我想他去不成，對吧？」

她把臉轉向公爵說道。

「正好相反，」公爵不高興地說道，「如果您能夠使我擺脫這個年輕人，那我會感到非常高興。他就在這裡，伯爵一次也沒有問起他的情況。」

他聳聳肩。僕人領著這個年輕人到彼得．基里洛維奇那裡去了。

13

皮埃爾在彼得堡始終沒有找到一門職業，他因為滋事而被趕到莫斯科去，幾天前才回來，像平日一樣待在父親的住宅裡。雖然他推測，這些事早已在莫斯科家喻戶曉，他父親周圍的那些太太一向對他不懷好意，一定會藉此機會激怒他父親，但他還是到他父親的寓所去了。他走進公爵小姐平時駐足的客廳，向她們打招呼。她們共有三個人，年長的公爵小姐默不做聲，用恐懼的眼睛朝他瞄了一眼，那位年幼的公爵小姐也流露出同樣的表情，最年幼的小姐卻彎下腰去，藏起了笑意，大概她已預見到即將演出一幕鬧劇。

「表妹，您好，」皮埃爾說道，「您不認識我了？」

「我還記得很清楚，很清楚。」

「伯爵的健康狀況怎樣？我能見他嗎？」皮埃爾不好意思地問道。

「伯爵無論在身體還是精神上都遭受痛苦，您似乎打算使他在精神上遭受更大的痛苦。」

「我能見伯爵嗎？」皮埃爾重複自己說過的話。

「嗯！如果您想殺死他，那麼當然可以。奧莉加，去看看表叔喝的湯燉好了嗎，時間快到了。」她向皮埃爾表示自己很忙，正忙著安慰他父親，不像他只是忙著讓他父親心痛。

奧莉加走出去了。皮埃爾站了片刻，向那兩個表妹鞠了一躬，說道：

「那我就回房裡去好了。能見他的時候，請你們告訴我。」

他走出去了，身後傳來一個表妹洪亮悅耳的笑聲。

翌日，瓦西里公爵來了，他在伯爵家裡暫住。他把皮埃爾喊到身邊，對他說道：

「親愛的，假如您在這裡也像在彼得堡那麼不檢點的話，那將會弄得很難看。真的，伯爵的病情很嚴重，你沒有必要和他見面。」

從那天開始，大家不再打擾皮埃爾了，他整天一個人待在樓上的房間裡。

當鮑里斯走進皮埃爾房裡時，他正在來回踱步，有時又在屋角佇足不前，或在口中喃喃地說著不清楚的話語，他聳聳肩，攤開兩手。

「英國完蛋了，」他皺起眉頭說道，「皮特是個背叛民族、出賣民權的敗類，必須處死……」這時他正把自己當成拿破崙本人，經歷危險越過了加來海峽，攻佔倫敦；他看見一個身材勻稱、面目俊秀的青年軍官向他走來，不由得一愣。兩人最後一次見面時，鮑里斯還是個十四歲的男孩；儘管如此，皮埃爾還是展現出敏捷而熱情的樣子，微笑著握住他的手。

「您記得我嗎？」鮑里斯地說道，「我和母親來找伯爵，可是他好像身體欠佳。」

「是啊，人們老是打擾他。」皮埃爾答道，拚命回想這個年輕人到底是誰。

鮑里斯看出皮埃爾不認得他了，但他沒有說出自己的姓名。

「羅斯托夫伯爵邀請您今天到他家用午飯。」

「啊！羅斯托夫伯爵！」皮埃爾高興地說道，「那麼您就是他的兒子囉？我一下子沒認出您來。還記得我們和雅科太太坐車上麻雀山的事嗎？那是好久以前的事了。」

「您認錯了，」鮑里斯露出略帶譏諷的微笑，「我是鮑里斯，安娜·米哈伊洛夫娜·德魯別茨卡婭公爵夫人的兒子，羅斯托夫的兒子叫做尼古拉。我可不認識什麼雅科太太。」

皮埃爾揮了揮手，晃了晃腦袋，好像有蚊蚋或蜜蜂向他襲來似的。

「哎，真是的！我又搞錯了。有這麼多莫斯科的親戚！是的，您是鮑里斯……嗯，我有頭緒了。哦，您對布倫遠征有什麼看法呢？只要拿破崙渡過海峽，英國人就要遭殃了，是嗎？我想，遠征是十拿九穩的事。但願維爾納夫不要出差錯！」

鮑里斯對布倫遠征的事一無所知，他不看報，也是頭一次聽說維爾納夫這個人。

「在莫斯科，對午宴和謠言比對政治更為關心，」他平靜地說道，「這件事，我一無所知，也不想去了解它。莫斯科最關心的是謠言，最近大家都在談論您和伯爵呢！」

皮埃爾露出善意的微笑，好像在懼怕對方會說出什麼使他本人懊悔的話。

「莫斯科除了散佈流言蜚語而外，再也沒有別的事情可做了，」他繼續說道，「大家都在關心伯爵會把財產留給誰，不過，我衷心地希望他活得比我們更久。」

「說得好，」皮埃爾附和道。

「您想必以為。」鮑里斯漲紅了臉說道，「大家只關心能從富翁那裡得到什麼。」

「真的是這樣。」皮埃爾想了一會。

「為了避免誤會，我必須說，假如您把我和我母親都視為這類人的話，那就大錯特錯了。雖然我們很貧窮，但無論是我，還是我母親，都永遠不會向他乞討任何東西。」

當皮埃爾明白這句話的意思時，他從沙發上飛快跳起來，一把抓住了鮑里斯的手臂，滿懷著又羞愧又懊悔的感情說道：

「這太奇怪了！難道我……但又有誰了解呢？……我十分清楚……」

可是鮑里斯又打斷他：

「我很高興把想說的都說出來了，也許冒犯了您，請見諒。」他不讓皮埃爾安慰他，反而安慰皮埃爾，「但我習慣把話說清楚。我要如何回覆呢？您會去羅斯托夫家吃飯嗎？」

鮑里斯擺脫了尷尬的處境，又變得非常愉快。

「不，請聽我說，」皮埃爾心平氣和地說道，「您是個不平凡的人。您剛才的話很不錯，我們很久沒見面了，您那時還是兒童呢……我很高興能認識您，說來奇怪，」他笑了起來，「算了，這沒什麼，我們以後會認識得更加深入的，就這樣吧。」他握握鮑里斯的手，「伯爵那兒我一次也沒有去過呢！他沒邀請我，可是有什麼辦法呢？」

「您認為拿破崙會派兵越過海峽嗎？」鮑里斯面露微笑地問道。

皮埃爾明白鮑里斯想改變話題，於是也開始訴說布倫遠征之事的利與弊。

僕役來呼喚鮑里斯去見公爵夫人，她快要離開了，皮埃爾也答應赴午餐。鮑里斯離開以後，皮埃爾又在房間裡踱著步，當他回想起這個聰明、堅強的年輕人時，臉上微露笑容。

他對這個年輕人抱著一種特別的溫情，他發誓一定要和他做個朋友。

瓦西里公爵送走公爵夫人，公爵夫人用手巾捂著眼角，淚流滿面。

「這太可怕了！太可怕了！」她說道，「無論要付出多大的代價，我也要履行自己的義務。我要來過夜，不能就這樣丟下他不管。每一秒都很寶貴啊！我真不懂，小姐們為什麼拖拖拉拉，也許上帝會幫我想辦法為他準備後事……公爵，再見了！」

「親愛的，再見了。」瓦西里公爵答道，一面轉過臉去避開她。

「唉，他的病情糟透了，」當母親和兒子又坐上馬車時，母親對兒子說道，「他幾乎誰也不認得了。」

「媽媽，我不懂，他對皮埃爾的態度怎樣？」兒子問道。

「遺囑將說明一切，親愛的，我們的命運全繫在它上面……」

「但您憑什麼認為，他會留些什麼給我們呢？」

「唉，親愛的！他那麼富有，而我們卻這麼窮！」

「媽媽，這並不是什麼充分的理由啊。」

「哎呀，我的天！我的天！他病得多麼嚴重啊！」母親悲傷地說道。

14

當安娜・米哈伊洛夫娜偕兒子乘車去別祖霍夫伯爵家時，羅斯托娃伯爵夫人用手巾捂著自己的眼睛，她獨自端坐良久，然後按了一下鈴。

「親愛的，怎麼啦，」伯爵夫人對婢女氣憤地說道，「您不願意服務，是嗎？那我替您找別的事做。」每逢伯爵夫人情緒不佳時，總是用「親愛的」和「您」稱呼婢女，以示心境。

「我錯了，夫人。」婢女說道。

「請伯爵到我這裡來。」

伯爵踉踉蹌蹌地向妻子走來，像平時一樣，臉上露出一點慚愧的樣子。

「啊，伯爵夫人！特調醬汁加馬德拉葡萄酒炒花尾榛雞，非常可口！很值得！沒有白花我一千盧布。」他坐在妻子身旁，豪放地把手肘撐在膝蓋上，斑白的頭髮十分蓬亂。

「我的伯爵夫人，有什麼吩咐？」

「親愛的，原來是這麼回事，你這裡怎麼弄髒了？」她指著他的西裝背心說道，「這是調味汁，老實說，」她微笑地補充道，「聽我說，伯爵，我要用錢。」她的臉上露出愁容。

「啊，我的伯爵夫人！」伯爵慌張地取出皮夾子。

「伯爵，我要很多錢，五百盧布。」她掏出細亞麻手絹，擦拭丈夫的西裝背心。

「馬上，馬上。喂，誰在那裡呀？」他吼道，「叫米堅卡到我這兒來！」

米堅卡是在伯爵家受過教育的貴族兒子，現在是伯爵家中的管家。

「親愛的，聽著，」伯爵對走進來的年輕人說道，「你把……給我拿來，」他想了一下，「對，七百盧布，對！還有，像上次那種破爛骯髒的就不要了。」

「米堅卡，對，請你拿乾淨的紙幣來。」伯爵夫人憂鬱地說道。

「大人，您吩咐什麼時候拿來？」米堅卡問道，他發現伯爵開始急促地呼吸，這是他就快發怒的前兆，於是又補充道：「我差點忘了，您吩咐我馬上送來嗎？」

「對，對，就是這樣，送來吧。要交給伯爵夫人。」

「這個米堅卡是我的得力助手，」當年輕人走出門去，伯爵微笑著說，「沒有什麼『行不通』的事。我可不接受『行不通』這樣的說法啊！」

「唉，伯爵，金錢引起了人世間的多少悲傷！」伯爵夫人說道，「我很需要這筆錢。」

「我的夫人，您是個出了名的愛揮霍的女人。」伯爵吻吻妻子的手，又走回書房去了。

當安娜．米哈伊洛夫娜回到家裡時，那筆錢用手絹蓋著，擱在伯爵夫人身邊的茶几上，全是嶄新的鈔票。安娜發現，伯爵夫人不知為了何事掃興起來。

「喂，我的朋友，怎麼了？」伯爵夫人問道。

「唉，他的病勢十分惡劣！幾乎認不出他是誰了，我愣了一下，竟來不及說些什麼……」

「安娜，看在上帝的份上，不要拒絕我吧！」伯爵夫人忽然面紅耳赤地從手帕下掏出錢來。

安娜頓時恍然大悟，她彎下腰去，好在適當的瞬間巧妙地擁抱伯爵夫人。

「這是我給鮑里斯用來縫製軍裝的錢……」

安娜一面擁抱她，一面哭泣起來。伯爵夫人也哭起來了。她們之所以哭泣，是因為她們是青春時代的朋友，但現在關心的竟是卑鄙的東西——金錢；她們之所以哭泣，還因為她們的青春已經逝去了。可是從兩人眼裡流出的卻是愉快的眼淚。

15

羅斯托娃伯爵夫人與幾個女兒陪著許多客人坐在客廳裡。伯爵把幾位男客帶進書房，讓他們賞玩他收集的土耳其煙斗。不時走出來問道：「她來了沒有？」大伙正在等候瑪麗亞．德米特里耶夫娜．阿赫羅西莫娃——綽號叫做「恐龍」的夫人。整個莫斯科和彼得堡都知道她，她使兩個城市的人感到驚奇。他們悄悄地嘲笑她的粗暴，談論她的趣聞，但是人人都無一例外地敬畏她。

書房裡煙霧瀰漫，大家正在談論公告中的戰爭和徵兵事宜。伯爵坐在兩位客人之間的土耳其式沙發上，時而把頭側向兩邊，顯然正在留意這兩位抽煙的客人，靜聽他們的爭論。

交談者中一人是文官，已接近老年，但穿著相當時髦。他盤著兩腿坐在土耳其式沙發上，儼然一副屋主的姿態，嘴角叼著一根琥珀煙斗，若斷若續地抽煙，這位客人是伯爵夫人的堂兄辛辛，莫斯科的沙龍中都傳說他是個愛造謠的人；另一位客人長著一張白裡透紅的面孔，精神煥發，是個近衛軍軍官，他梳洗得整齊清潔，扣上了衣扣，嘴中叼著一根琥珀煙嘴，他就是謝苗諾夫兵團的軍官貝格中尉，鮑里斯和他一起在這個兵團入伍，娜塔莎曾經將他稱為薇拉的未婚夫。伯爵坐在他們之間，全神貫注地聽著。

「老兄，怎麼啦，可敬的阿爾萬斯．卡爾雷奇，」辛辛微笑說道，「您想獲得連隊的一筆收入嗎？」

「彼得．尼古拉耶維奇，沒那回事，我只是想說，在騎兵服役的收入比在步兵要少得多，彼得．尼古拉耶維奇，請您設想一下我現在的處境吧。」

貝格說起話來總是心平氣和，他的談話向來只關於他個人的私事，每當話題和他沒有直接關係時，他便沉默不言。

「如果我在騎兵隊服役，哪怕位至中尉，我用四個月掙的錢也不會超過兩百盧布，現在我已掙到兩百三十盧布。」他說道，臉上露出洋洋得意的微笑。

「除此之外，我調到近衛軍以後就嶄露頭角，」貝格繼續說道，「近衛軍的步兵裡常有空缺。想像一下，靠這兩百三十盧布，怎麼夠安排生活呢。我要存一些錢，還得寄一些給父親。」

「真的……俗話說，德國佬用斧背也能打出穀來。」老人說道，還向伯爵使了個眼色。

伯爵哈哈大笑起來，其餘的客人也走過來聆聽他的說話。貝格毫不在意他的嘲笑，繼續述說他調到近衛軍後的各種情形，顯得洋洋自得，那種年輕人固有的幼稚心理暴露無遺。

「老兄，不論您在步兵服役，還是在騎兵服役都沒問題的，這就是我對您的評語。」辛辛說道，拍拍他的肩膀，把腳從土耳其式沙發上放下來。

貝格喜悅地微微一笑。伯爵和跟隨在他身後的客人都向客廳走去。

離午宴還有一小段時間，客人都已就坐。主人不時望一下門口，客人紛紛猜測，主人究竟還在等候誰，是遲遲未到的高貴親戚呢？還是尚未煮熟的餚饌？

皮埃爾在接近午宴時到達了，他在客廳裡隨便一張椅子上不好意思地坐下。伯爵夫人想請他說話，但是他戴著眼鏡稚氣地四處張望，好像在尋找某人似的。大部分的客人都知道他闖出的禍，因此都很好奇，這個高大肥胖的老實人怎麼會戲弄警察分局長呢？

「您是不久以前回國的嗎？」伯爵夫人問他。

「夫人，是，是。」他答道。

「您沒有看見我丈夫嗎？」

「夫人，還沒有，沒有。」他不適時地微微一笑。

「您不久以前好像到過巴黎？我想這非常有趣。」

「非常有趣。」

伯爵夫人和安娜．米哈伊洛夫娜互使眼色。安娜明白這是請她接待這位年輕人，於是她坐在他的近旁，開始提起他父親的事，他也一樣用三言兩語來回答她的話。

「拉祖莫夫斯基家裡的人……太好了……這太好了……伯爵夫人阿普拉克辛娜……」四面傳來了話語聲。伯爵夫人站起身來，向大廳走去了。

「是瑪麗亞．德米特里耶夫娜嗎？」大廳裡傳來了她的聲音。

「正是。」有一個刺耳的女人嗓音回答。瑪麗亞．德米特里耶夫娜應聲走進房裡。

小姐與夫人們都站立起來。瑪麗亞在門口停步了，這個五十歲的太太身材肥胖、高大，長滿一頭斑白捲髮。她環顧了一下客人，不慌不忙地弄平自己的袖子。

「祝賀親愛的夫人與孩子們，」她說道，聲音洪亮而圓渾，「你這個老色鬼，怎麼樣了，」她把臉轉向伯爵說道，「莫斯科大概讓你覺得無聊吧？但是沒辦法啊，老爺，這些小鳥都要長大了，」她指著幾個女孩說道，「無論你願不願意，都應該為她們找個未婚夫。」

「我的哥薩克（娜塔莎的外號），怎麼樣了？」她說道，用手撫摸著歡歡喜喜走來吻她手的娜塔莎，「我知道她是個狐狸精，但是我還是喜歡她。」

她從大手提包裡取出一雙梨形藍寶石耳環，送給娜塔莎，又轉過臉去對皮埃爾說話。

「嗨，親愛的！到這裡來，」她尖聲說道，「親愛的，來吧……」她現出威嚇的樣子把衣袖捲得更高了。

皮埃爾走到面前來了，他透過眼鏡稚氣地望著她。

「親愛的，到這裡來！當你父親有權有勢的時候，只有我敢對他說真心話，對你也不例外。」

她沉默一會兒，大家都不說話，等待著可能發生的事。

「這孩子真是沒得挑剔……他父親躺在病榻上，他卻尋歡作樂，竟然把警察分局長捆在狗熊背上。我的天，真不要臉，真不要臉！去打仗好了。」

她把臉轉了過去，向伯爵伸出一隻手來，讓他差點要笑出聲來。

「好吧，我看差不多要就座了吧？」瑪麗亞說道。

伯爵和瑪麗亞起身走開，驃騎兵上校領著伯爵夫人尾隨其後，安娜則和辛辛湊成一對。貝格向薇拉伸出手來，做出親熱的姿態；笑容可掬的朱莉和尼古拉一同走向餐桌，準備入座。其他一些成對的男女跟隨在他們後面，兒童和家庭教師最後跟上。客人入席就座了，刀叉的鏗鏘聲、客人的說話聲取代了家庭樂隊的奏鳴聲。伯爵夫人坐在餐桌一端的首席上，瑪麗亞坐在右邊，安娜和其他女客坐在左邊，伯爵坐在餐桌的另一端，上校坐在左邊，辛辛和其他男客坐在右邊。年紀較大的年輕人坐在長餐桌的一旁；薇拉和貝格並排而坐，皮埃爾和鮑里斯並排而坐；兒童和男女家庭教師坐在另一旁。伯爵不時望向夫人，伯爵夫人也向丈夫回以意味深長的眼光；貝格面露微笑地向薇拉說，愛情並非是世俗的感情，而是純潔的感情；鮑里斯向他的新相識說出其他客人的姓名，並和對面的娜塔莎互使眼色；皮埃爾沉默少語，只顧著吃，一面露出快活的神態打量著客人；娜塔莎坐在對面，她正盯著她所熱戀的男孩，有時又把目光投在皮埃爾身上，讓他忍不住想笑出聲來。

尼古拉坐在朱莉身旁，離索尼婭很遠，當他情不自禁地和她說起話時，索尼婭又深受醋意的折磨，臉上一陣白一陣紅；一位女教師心神不安地環顧四周，彷彿要保護這些孩子似的；一名德國男教師極力記住桌上的各種佳餚及美酒，以便詳細地寫在寄回德國的家書中。

16

男客就座的餐桌一端，談話越來越熱烈了。上校提到，彼得堡頒布了宣戰文告，他親眼看見的一份文告已由信使遞交總司令了。

「真是的，我們幹嘛跟波拿巴作戰？」辛辛說道，「他已經打垮了奧地利，現在要輪到我們了。」

上校個子高大結實，是個活潑好動的德國軍人和愛國者，老人的話使他生氣了。

「為什麼？閣下，」他說道，「皇帝在文告中說道，不能對俄國遭受的威脅視若無睹，不能對帝國的安全、尊嚴和盟國的神聖權利遭受威脅而視若無睹。」

他憑藉著記憶，把文告中的引言複述了一遍：「唯一堅定不移的目標，乃是在鞏固的基礎之上奠定歐洲的和平，現擬派部分軍隊出國，竭盡全部之力以達成此一目標。」

「閣下，這就是原因。」他露出教訓人的神態，一面看看伯爵的臉色，想獲得讚揚。

「俗話說：『你不如坐在家中把紡錘磨平。』」辛辛微笑說道，「這對於我們非常適用，連蘇沃洛夫都被打得落花流水，我們國家還有像蘇沃洛夫這樣的人物嗎？」

「我們必須戰鬥到最後一滴血，」上校用手捶桌子，說道，「為皇帝獻身，盡可能少去說長道短，」他說完話，又朝伯爵轉過臉來，「這就是驃騎兵的論點，年輕的驃騎兵，您有什麼看法呢？」他把臉轉向尼古拉說道。尼古拉睜大兩眼，全神貫注地聽著。

「我完全同意，」尼古拉面紅耳赤地答道，「我深信，俄國人都要為國捐軀，才有可能贏得勝利。」

「很好！您說得很好。」朱莉在他身旁嘆息道。索尼婭也全身顫抖起來。

「說得真好。」皮埃爾點了點頭，說道。

「了不起的驃騎兵，年輕人。」上校又捶了一下桌子，嚷道。

「你們在吵什麼？」餐桌那頭傳來瑪麗亞低沉的聲音，「你為什麼捶桌子呢，」她又把臉轉向驃騎兵，「你發什麼怒？你真以為現在面前就有一群法國人嗎！」

「我說的是真話。」驃騎兵面露微笑說道。

「老是在說戰爭，」伯爵也嚷道，「瑪麗亞，你知道，我的兒子也要去作戰了。」

「我有四個兒子在服役，但我並不憂慮，一切都交給上帝。」瑪麗亞老神在在地說道。

「的確是。」

談話又集中火力了——女士在餐桌的一端，男子漢在餐桌的另一端。

「你問不到，」小弟弟對娜塔莎說道，「你問不到！」

「我一定要問。」娜塔莎答道。

她表現出無所顧忌的果斷，用目光暗示坐在對面的皮埃爾，請他仔細聽著，又將臉轉向母親。

「媽媽！」整個餐桌都聽見她的低沉洪亮的童音。

「怎麼了？」伯爵夫人驚恐地問道，但她看出女兒在胡鬧，就向她嚴肅地揮了揮手。

談話暫時停止了。

「媽媽！有什麼蛋糕？」娜塔莎脫口說出這句話，她的嗓音聽來更堅定。

伯爵夫人想皺起眉頭，可是她做不到，瑪麗亞於是伸出她那肥胖的指頭威嚇她。

「哥薩克！」她用威嚇的口氣說。

大多數客人都望著長輩，不知道該怎樣應付這場惡作劇。

「瞧我修理你！」伯爵夫人說。

「媽媽！有蛋糕吃嗎？」娜塔莎已經大膽任性地嚷起來，她確信她的惡作劇會大受歡迎。

索尼婭和胖乎乎的彼佳笑得躲藏起來，不敢抬頭。

「你看，我問了。」娜塔莎對小弟弟和皮埃爾輕聲地說，又向皮埃爾瞥了一眼。

「冰淇淋，只是不給你。」瑪麗亞說道。

娜塔莎明白，沒有什麼好怕的，因此她也不害怕瑪麗亞。

「瑪麗亞．德米特里耶夫娜，什麼口味的冰淇淋？我不愛吃奶油冰淇淋。」

「胡蘿蔔冰淇淋。」

「不是的，什麼口味的冰淇淋？」她幾乎叫喊起來，「我想知道啊！」

瑪麗亞和伯爵夫人都笑了出來，客人們也都跟著笑起來。大家都對這個女孩百思不解的大膽和機智覺得好笑，她居然有膽量這樣對待瑪麗亞．德米特里耶夫娜。

當人家告訴娜塔莎鳳梨冰淇淋就快上桌時，她才不再糾纏。樂隊又開始奏樂，伯爵吻了一下妻子，客人也站立起來向伯爵夫人道賀。喝完香檳後，他們依照原先的順序走回客廳。

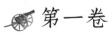

17

大牌桌擺開了，牌局也都湊成了，伯爵的客人們分別在休息室和圖書室裡就座。

伯爵把紙牌鋪成扇面形，對著大家露出一張笑臉。伯爵夫人要年輕人聚集在擊弦古銅琴和豎琴的旁邊，朱莉首先用豎琴演奏了一首變奏短曲，她們一起邀請娜塔莎和尼古拉唱一首歌。娜塔莎因此顯得十分高傲，但又有幾分膽怯。

「我們唱什麼？」她問道。

「《泉水》。」尼古拉答道。

「喂，鮑里斯，到這裡來，」娜塔莎說道，「索尼婭究竟到哪裡去了？」

她向四周環顧，看見她的朋友不在房裡，便跑去尋找她了。

娜塔莎跑進索尼婭房裡，找不到她，又跑到兒童室去，那裡也沒有索尼婭的人影。娜塔莎馬上明白，她一定是在走廊上，那裡是羅斯托夫家年輕女人們傾吐哀愁的地方。果然，她看見索尼婭待在那裡，俯臥在一張絨毛褥子上，用手蒙著臉痛哭，赤裸的肩膀不住顫抖。

「索尼婭，你怎麼了？……怎麼回事？嗚——嗚——嗚！……」

看著索尼婭哭泣，娜塔莎也咧開大嘴像個兒童般哭起來了。她在絨毛褥子上坐下，一面擁抱著朋友。索尼婭欠起身子，拭去眼淚，開始述說起來。

「再一個禮拜尼古連卡就要去打仗了，他的公文下達了……他親自告訴我的，我並不想哭……」她讓娜塔莎看看手中的一張紙條，那是尼古拉寫的詩句，「我並不想哭，可是誰也不懂……他的心腸多麼好啊。」

她於是又哭起來，哭他的心腸太好。

「你覺得很好……我不嫉妒……我愛你，也愛鮑里斯，」她說道，「他是個可愛的人……你們毫無問題。

可是尼古拉是我的表哥……必須要總主教允許……即使那樣也不行。而且，若是媽媽（指伯爵夫人）說我斷送尼古拉的前程，我忘恩負義，說實話……真的……」她在胸前劃了個十字，「我很愛她，也愛你們大家，只有薇拉……為什麼？我有什麼對不起她呢？我很感激你們，我樂於為你們犧牲一切，但是我沒有什麼可以……」

索尼婭無法再往下說了，她又把頭埋進絨毛褥子裡。娜塔莎安靜下來了。

「索尼婭，」她忽然說道，彷彿猜中了表姐傷心的原因，「薇拉對你說過什麼話？是嗎？」

「是的，尼古拉寫了這些詩，被她發現了，還說要把它拿給媽媽看，說我忘恩負義，說媽媽絕不會允許他娶我為妻，他要娶朱莉。你看見他整天跟她在一起嗎？這是為什麼……」

她哭得比原先更悲傷了。娜塔莎擁抱她，透過眼淚微露笑容，開始安慰她。

「索尼婭，親愛的，不要相信她。還記得我們和尼古拉三人在休息室裡說的話吧？我們不是把以後的事情計畫好了嗎？你看辛辛叔叔的兄弟娶了他的表妹，而我們不就是堂表姐妹嘛？鮑里斯也說可以這樣做，」娜塔莎說道，「索尼婭，你不要哭。」她吻了吻她，「別管薇拉了！她絕不會告訴媽媽的。尼古拉會親口把話說出來，至於朱莉，他連想也沒有想過她。」

索尼婭微微抬起身子，一雙小眼睛閃閃發光。

「你是這樣想的嗎？真的？」她說道，一面飛快地弄平連衣裙和頭髮。

「說實話嗎？真的嗎？」娜塔莎答道，一面為她把頭髮弄平。

她們二人都笑了起來。

「喂，我們去唱《泉水》這首歌吧。」

「走吧。」

「你知道嗎，坐在我對面的那個皮埃爾多麼好笑！」娜塔莎忽然說，「我覺得非常快活！」

娜塔莎於是在走廊裡奔跑起來了。

索尼婭拍掉身上的絨毛，把詩藏在懷裡，她邁著輕盈而快活的步子，跟著娜塔莎向休息室跑去。年輕人應客人之請唱了一首《泉水》，尼古拉也唱了一首背熟的歌曲。他還沒唱完，年輕人就在大廳裡準備跳舞，樂師們也按照舞曲的節奏開始跺腳。

皮埃爾坐在客廳裡，辛辛和這名歸國子女談論起無趣的政治話題；當樂隊開始奏樂時，娜塔莎進入客廳，向皮埃爾走去，臉色通紅地說道：「媽媽吩咐我請您去跳舞。」

「我怕會搞亂了舞步，」皮埃爾說道，「不過，假如您願意當我的老師……」

於是他低低地垂下他那只肥胖的手，遞給苗條的少女。

當一對對男女拉開距離站著、樂師正在調音律時，皮埃爾和他的小舞伴一同坐下。她在大家眼前坐著，裝出一副交際花的姿態搖搖扇子，和她的舞伴交談。

「這成何體統？你們看，你們看！」伯爵夫人走過大廳，指著娜塔莎說道。

娜塔莎兩頰通紅，笑了起來。

「媽媽，怎麼啦？這有什麼奇怪的呢？」

當蘇格蘭民間舞曲奏到一半時，客廳裡的坐椅被移動了，伯爵和大部分貴賓伸伸懶腰，一個個向大廳走去，他詼諧地向瑪麗亞伸出那圓圓的手臂。一跳完蘇格蘭民間舞，他向合唱隊吼道：

「謝苗！你熟悉《丹尼拉·庫波爾》嗎？」

這是伯爵青年時代喜歡跳的一種舞蹈。

「瞧瞧我爸！」娜塔莎嚷道，她洪亮的笑聲響徹了廳堂。

大廳裡的人都愉快地微笑打量這個老人和比他高大的瑪麗亞，準備欣賞將要出現的場景。當快樂的《丹尼拉·庫波爾》舞曲奏起，連家僕們也都露出笑臉，跑來觀看盡情作樂的老爺。

「我們的老爺！真是蒼鷹啊！」保姆從一道門口高聲地說道。

伯爵跳得很棒，不過他的女舞伴根本不懂跳舞。在場的人都目不轉睛地望著他們，可是娜塔莎卻拉拉這個人的袖子，扯扯那個人的連衣裙，要大家都來看她爸爸。在洪亮的掌聲和笑聲中，尤其是在娜塔莎的哈哈大笑聲中，伯爵用右手揮動一下，騰空畫了一個圓圈，終於結束了一支舞。兩個人都吃力地喘氣，並用手巾擦汗。

「我們那個時代就是這樣跳舞啊，老大娘。」伯爵說道。

「《丹尼拉．庫波爾》真不錯！」瑪麗亞捲起袖子，喘氣地說道。

18

別祖霍夫伯爵第六次罹患中風。大夫們宣布他已經沒有痊癒的希望了，住宅裡的人都亂哄哄地、惶恐不安地期待。賣棺材的人都聚集在住宅大門外，遇有馬車駛近，便躲到一邊去，等著承做安葬伯爵的棺材，大賺一筆。莫斯科軍區總司令不斷派人來打聽他的病情，這天晚上他親自前來和大官別祖霍夫伯爵作臨終告別。

接待室擠滿了人，軍區總司令獨自和病人一起待了半小時，當他出來時，大家都肅然起立，他微微鞠躬答禮，快速穿過人群。瓦西里公爵陪在總司令一旁，他的臉消瘦而蒼白。

瓦西里公爵送走軍區總司令後，獨自坐在大廳的一把椅子上，坐了片刻後，又站立起來，驚恐地向四下環顧一番，接著就邁著匆忙的腳步，到後院去找公爵的大小姐了。

人們在燈光黯淡的房裡竊竊私語，每當有人進出病人的房間時，他們就寂然無聲，用那洋溢著疑問和期待的目光，望著他的房門。

「人的命運，」一個年老的神職人員對一旁的女士說，「是註定的，不可逾越的。」

「我想，舉行塗聖油儀式為時不晚吧？」

「女士，這種儀式是很隆重的。」神職人員答道，一面用手摸摸他的禿頂。

「他是軍區總司令本人？」有人在房間另一端問道，「他看起來多麼年輕啊！」

「六十多歲了！聽說伯爵已經認不出他了，是嗎？大家想舉行塗聖油儀式嗎？」

「我知道有個人受過七次塗聖油禮。」

公爵的二小姐從病人的寢室走出來，淚痕斑斑地在大夫身旁坐下。

「是真的？」公爵小姐嘆息道，「可以讓他喝水嗎？」

大夫沉思起來。

「他服過藥了嗎？」

「服過了。」

大夫看了看懷錶。

「請您拿一杯開水，放進一小撮酒石。」

「沒有患了三次中風還能存活的例子。」另一名德國大夫對副官說道。

「他從前是個多麼精力充沛的男人啊！」副官補充道，「他的財產以後歸誰？」

「總會有人願意繼承的。」德國人面露微笑答道。

大家又向門口望了一眼，門打開了，公爵的二小姐依照大夫的指示送飲料給病人。

「他或許還能撐到明天早上吧？」德國人用蹩腳的法話問道。

這名大夫撇一撇嘴唇，在鼻子前嚴肅地揮動指頭，表示不贊同。

「今夜，不可能再晚了。」他輕聲說道，接著走開了。

與此同時，瓦西里公爵打開了公爵小姐的房門。

房間裡半明半暗，擺滿了櫃子、茶几之類的小傢俱。圍屏後面看得見臥榻上鋪著雪白床單。

「哦，是您呀，我的表兄嗎？」

她站起身來，把頭髮弄平。

「怎麼，出了什麼事嗎？」她問道，「我真是害怕得不得了。」

「沒什麼，還是老樣子，卡季什，我是來和你談談的，」公爵說道，困倦地坐在椅上，「到這裡來坐吧，我們談談。」

「我還以為出了什麼事呢，」公爵小姐說道，帶著嚴肅的表情在公爵對面坐下。

「我的表兄，我想熟睡一會兒，但就是睡不著。」

「親愛的，怎麼了？」瓦西里公爵說道，他一把握住公爵小姐的手，習慣地輕輕一按。

可以看出，「怎麼了」這幾個字是有關他們兩人不開口也能相互瞭解的許多事情。

公爵小姐冷冷地端詳著公爵，搖了搖頭，她的姿態說明她非常勞累，希望快點得到休息。

「唉！」他說道，「你以為我比較輕鬆嗎？我疲乏透了，可是，卡季什，我必須和你認真談談。」

瓦西里公爵沉默不語，他的兩頰時而抽搐起來，使得臉上帶有令人不悅的表情。他的眼神也一反常態，時而放肆無禮地望人，時而驚惶失措地環顧四周。

公爵小姐把一隻小狗抱在膝頭上，聚精會神地望著瓦西里公爵的眼睛。可是，連她也想不出該提出什麼問題來打破沉默。

「親愛的公爵小姐，我的表妹，卡捷琳娜．謝苗諾夫娜，你知道的，」瓦西里公爵說道，看來內心十分掙扎，「像這種時候，我們應該考慮到將來，考慮到你們……你知道，我愛你們就像愛自己的孩子一樣。」

公爵小姐還是那樣目光黯淡、滯然不動地望著他。

「最後，還應該考慮我的家庭，」瓦西里公爵惱怒地說下去，「卡季什，你知道，你們馬蒙托夫家的三個姐妹，包括我的妻子，只有我們才是伯爵的直系繼承人。我明白這些事令你覺得非常難受，但我也不輕鬆；我已經五十多歲了，一切事都必須有所準備。我派人去接皮埃爾了，伯爵一直用手指著他的肖像，要他過來，你知道嗎？」

瓦西里公爵用疑問的眼神望著她。

「我一直都在祈禱，表哥，」她答道，「祈禱上帝寬恕他，讓他高尚的靈魂平安地離開這個……」

「對，沒錯，」瓦西里公爵急躁地說道，「可是，問題就在於，你知道，去年冬天伯爵寫了遺囑，把他的全部產業留給皮埃爾，我們這些直系繼承人都沒有份了。」

「隨他寫吧，沒關係，」公爵小姐平靜地說道，「但是他不能把遺產交給皮埃爾，皮埃爾是個私生子。」

「親愛的，」瓦西里公爵又說，「假如他稟告皇帝，請求立皮埃爾為子，那怎麼辦？你明白，就憑伯爵的功勳，他的請求一定會得到尊重的……」

公爵小姐微微一笑。

「我還有話想對你說，」公爵一把抓著她的手，「信已經寫好了，儘管還沒有寄出，但若是不焚毀它，不久的將來一切都會完蛋的。」瓦西里公爵嘆了一口氣，「伯爵的信一被拆開，遺囑及奏疏就會呈交皇帝，他的請求將會得到尊重，皮埃爾就能作為合法的兒子繼承一切產業。」

「我們的那一份遺產呢？」公爵小姐譏諷地問道，好像不相信這件事會發生。

「可是，卡季什，這是千真萬確的事，到時候，只有他一人是遺產的合法繼承人，你們就得不到自己的那一份。親愛的，你應該知道遺囑和奏疏放在哪裡，我們必須找出來，因為……」

「太愚蠢了！」公爵小姐打斷他的話，露出惡意的微笑，「您或許認為我們都是些蠢蛋。可是據我所知，私生子不能繼承遺產，私生子！」

「卡季什，你怎麼還不明白！假如伯爵寫了奏疏給皇帝，請求國王承認他的兒子是合法的，到了那時，皮埃爾已經不是皮埃爾，而是別祖霍夫伯爵了，他就可以憑著遺囑獲得全部遺產；而你，除了能保有高尚品德，聊以自慰而外，什麼也撈不到。這是千真萬確的。」

「我知道遺囑已經寫好了，但我也知道它不會生效，您似乎覺得我很傻，表哥。」公爵小姐說道，表現出一副受了侮辱的神態。

「你是我親愛的公爵小姐卡捷琳娜．謝苗諾夫娜！」瓦西里公爵急躁地說道，「我不是來和你爭吵的，而是要和一個善良、誠摯的親人談談切身利益問題。我再次提醒你，假如伯爵的信中附有呈送皇帝的奏疏和對皮埃爾有利的遺囑，那麼，親愛的，你和你的幾個妹妹都不再是遺產繼承人了，相信我吧！」

顯然，公爵小姐的思想忽然起了什麼變化，她的嘴唇變得蒼白了。

「沒什麼不好啊，」她說道，「我從前不想要什麼，現在也不想要什麼。」

她把小狗從膝蓋上扔下去，弄平連衣裙的皺褶。

「這就是他對為他犧牲一切的人們的感恩，」她說道，「好極了！公爵，我什麼都不要了。」

「是的，但不是只有你，你還有幾個妹妹。」瓦西里公爵答道。

但是公爵小姐不聽他說話。

「是的，我當然知道，但我已經置之腦後了。除了卑鄙、騙局、嫉妒、陰謀詭計，除了忘恩負義以外，我在這棟住宅裡什麼也不能期待。」

「你到底知不知道遺囑放在哪裡？」瓦西里公爵問道，他的兩頰抽搐得比剛才更厲害了。

「是的，我十分愚蠢，竟然輕信人們，並且犧牲我自己。我曉得這是誰搞的陰謀詭計。」

公爵小姐想站起來，可是公爵緊握住她的手，不讓她走。公爵小姐失望、憤恨地望著他。

「親愛的，還來得及。卡季什，你要記住，這只不過是個意外，是在氣憤和罹病時發生的，馬上就會淡忘了。親愛的，我們的義務就是要糾正他的錯誤，不讓他做出這種不公平的事，減輕他臨終時的痛苦，不讓他懷著罪惡感死去……」

「那些為他犧牲一切的人，他從來不重視他們。不，表哥，」她嘆息道，「我要記住，在這個世上不能期待獎勵，在這個世上既無榮譽，亦無公理。在這個世上就要狡猾，凶惡。」

「好了，冷靜下來，我知道你的心地善良。」

「不，我的心地惡毒。」

「我很瞭解你，」公爵重複說道，「冷靜下來吧，正經地談談吧，還來得及，也許有一整天，也許只有一小時。把你知道有關遺囑的情形全部告訴我吧，最重要的是它放在哪兒，你一定知道。我們要把它拿給伯爵看，讓他把它毀掉。你明白，我之所以來到這兒，就是為了神聖地履行他的意願。」

「現在我什麼都懂了。我知道這是誰的詭計。」公爵小姐說道。

「親愛的，不是那麼回事。」

「就是受您眷顧的安娜．米哈伊洛夫娜，這個卑鄙的女人，做我的婢女都不夠格。」

「我們別浪費時間了吧。」

「唉，您別說了！她去年冬天悄悄溜到這裡來，向伯爵說了許多批評我們的話，害他一病不起，一連兩個禮拜不願意見我們，我知道他就是在這時寫下那份遺囑的，不過我認為它毫無意義。」

「問題就在這裡，你怎麼不早點告訴我呢？」

「藏在他枕頭底下的嵌花皮包裡。我現在才知道，」公爵小姐臉色全變了，「我痛恨這個可惡的女人，她幹嘛偷偷跑來這裡？我絕對要把我想說的話全部向她說出來！」

19

皮埃爾和安娜．米哈伊洛夫娜乘坐的四輪馬車開進了別祖霍夫伯爵的庭院。當馬車經過窗戶旁時，安娜向皮埃爾說了幾句安慰的話，她發現皮埃爾已在車廂的一端睡熟了，她便把他喊醒。皮埃爾跟著安娜從車廂裡出來，朝著後門走去，再沿著狹窄的石梯上樓，雖說皮埃爾心裡不明白為什麼要見伯爵，更不明白為什麼必須沿著後門的石梯上樓，但從安娜堅定和匆忙的樣子可以看出，他們非這麼做不可。

「這裡可以通往公爵小姐的房間嗎？」安娜向一名僕役問道。

「在這裡。」有個僕役大聲地回答道，「大娘，門在左邊。」

「伯爵也許沒有叫我，」皮埃爾說道，「我回到自己的房間去好了。」

安娜停下腳步，想和皮埃爾一同並肩走。

「啊，我的朋友，」她說道，彷彿把他當成了兒子，「我比您更難受，但您必須像個男子漢。」

「說實話，我去好嗎？」皮埃爾問道，透過眼鏡溫和地望著安娜。

「唉，請忘記別人對您的無禮吧。請您想想，他是您的父親，他危在旦夕了。」她嘆了口氣，「我就像愛兒子那樣愛著您，相信我吧，皮埃爾，我絕不會忘記您的切身利益。」

皮埃爾什麼也不懂，但彷彿感覺得出一切非這麼做不可，於是溫順地跟隨在安娜身後。

公爵小姐們的一個年老僕役坐在屋角裡編織，一個婢女手捧托盤，托著一只水瓶，從後頭趕上他們，安娜向她探問公爵小姐們的健康狀況。她帶領皮埃爾沿著走廊向前走去，左邊第一扇門通向小姐們的房間。皮埃爾和安娜從門旁走過時，情不自禁地朝房裡瞥了一眼，瓦西里公爵和公爵的大小姐正坐在房裡談話。瓦西里公爵看見有人走過，做了個不耐煩的動作，公爵的大小姐霍地跳起來，用力把門關上了。

他們反常的動作讓皮埃爾停下腳步，以疑問的目光看了看安娜，她只是微微一笑，好像在表示這一切都在她的意料之中。

「我的朋友，要做個男子漢，我會捍衛您的利益。」她對他說，同時腳下走得更快了。

皮埃爾不明白是怎麼回事，更不明白什麼叫做捍衛他的利益，但他卻相信一切理當如此。他們走到伯爵的接待室隔壁的大廳，接待室裡的那些人仍然在竊竊私語著，大家都靜默起來了，回頭望著走進門來的安娜，也望向個子高大的皮埃爾，他低垂著頭，順從地跟在安娜後面。

安娜的神色表明了她已經意識到現在正是緊要關頭，她不讓皮埃爾離開身邊，她覺得，自己領著一個病危的伯爵想見的人，因此有把握獲得接見。

「謝天謝地，總算趕到了，」她對一個神職人員說道，「我們這些親屬有多麼擔心啊！這個年輕人就是伯爵的兒子，」她小聲地補充了一句，「多麼可怕的時刻！」

她說完這些話，就向大夫面前走去了。

「親愛的大夫，」她對他說，「這個年輕人是伯爵的兒子……是不是有希望呢？」

大夫沉默不言，聳了聳肩膀，安娜也同樣地聳起肩膀，向皮埃爾面前走去。她的樣子顯得特別謙恭、溫柔而又憂愁。

「相信上帝的慈悲吧！」她對他說道，要他坐在小沙發上等候，她則悄悄地向大家注視著的那扇門走去，隨即在門後消失。

皮埃爾打定了主意，事事都聽從他的帶路人。當安娜躲在門後，他就發現，房裡的眾人都用既好奇又同情的目光望著他，他們竊竊私語，目光中流露出恐懼、卑微的樣子，大家都向他表示前所未有的敬意。皮埃爾暗自下了決心，為了今天晚上不做出傻事，他務必完全聽從其他人的指導。

不到兩分鐘，瓦西里公爵便穿著那件佩戴三枚星徽的長衣，傲慢地走進房裡。當他瞧見皮埃爾時，兩眼比平常瞪得更大了，他走向皮埃爾，一把握住他的手。

「我的朋友，不要氣餒。他吩咐人家把您找來。這很好……」他於是要走了。

但是皮埃爾認為，有必要問清楚。

「身體還好嗎……」他躊躇起來，不知道是否該稱那個人為伯爵，因為他覺得稱呼他父親是很難為情的。

「半小時前還發作過一次。……我的朋友……不要氣餒……」

皮埃爾處於思路不清的狀態中，他惶惑不安地望了望瓦西里公爵。公爵對大夫說了幾句話，就踮著腳尖走進門去，公爵的大小姐與幾個神職人員緊跟其後。最後，安娜跑了出來，她的臉色仍然蒼白，但流露著堅決的神色，她碰碰皮埃爾的手臂，說道：

「上帝的慈善是無窮的。馬上就要舉行塗聖油儀式了。我們走吧。」

皮埃爾踩著柔軟的地毯走進門來，他發現一名副官、一個不相識的女士，還有僕役都跟在他身後走進門來，好像此刻無須獲得許可就能進入這個房間了。

20

皮埃爾對這個大房間瞭若指掌，他所熟悉的父親別祖霍夫伯爵就躺在那張伏爾泰椅上，一床鮮綠色的被子蓋在他腰上，寬大的額頭上還露出獅子鬃毛般的白髮，俊美的紅臉上仍舊刻有貴族特有的皺紋。他直挺挺地躺著，兩隻大手從被子下伸出來，大拇指和食指間插著一根蠟燭，一名老僕從後面彎下腰去，扶著那根蠟燭；幾名神職人員站在椅前，手執點燃的蠟燭莊嚴地禱告著；兩名較年輕的公爵小姐站在他們身後，用手絹捂著眼角，大小姐卡季什站在她們前面，露出凶惡而堅定的神態；安娜．米哈伊洛夫娜流露著憂愁和包容的神色，和一個不認識的女士佇立在門旁；門的另一邊，瓦西里公爵站在雕花的椅子後面，左手執一根蠟燭撐在椅背上，臉上呈現出心安理得的虔誠。

一名副官、數名大夫和一名男僕站在瓦西里公爵後面，大家都沉默不語，只聽見祈禱聲、唱詩聲以及移動腳步的響聲和嘆息聲。安娜走到皮埃爾身邊，把一支蠟燭遞給他，他把蠟燭點燃了。

幾名神父輕聲地說了幾句話，一名老僕握著伯爵的手，站起身來，向女士們轉過臉去。大夫不聲不響地走向病人，拿起伯爵那隻空手，開始把脈，他沉思起來。皮埃爾看見瓦西里公爵從椅子後方走出來，他沒有走到病人跟前，而是從他身邊經過，他與公爵的大小姐一起走到寢室深處去了。但在祈禱結束前，他們二人又一前一後回到座位上。

唱詩中斷了，一個神職人員恭敬地祝賀病人受聖禮。病人依舊死氣沉沉地一動不動地躺著。大家在他周圍騷動起來，在這些話聲之中，安娜的聲音聽來最刺耳。

皮埃爾聽見她這樣說：

「一定要將病人移到床上去，在這裡絕對不行……」

大夫們、公爵小姐們和僕役們都圍在病人身邊，從圍在椅子旁邊的人們小心翼翼的動作來看，皮埃爾猜想，有人正在把垂危的人抬到別的地方去。

「抓住我的手，那樣會摔下去的，」一個僕役驚恐地說道，「從下面托住……再來一個人！」幾個人都開口說話，喘氣聲和腳步聲顯得更加急促了。

扛起伯爵的人們經過皮埃爾身邊，他看見伯爵的頭並未因臨終而變得難看，和三個月以前他打發皮埃爾去彼得堡時一模一樣，只是變得軟弱無力，微微地搖晃。

人們將病人抬上臥榻後，就各自散開了。安娜碰了碰皮埃爾的手，對他說：「我們走吧。」皮埃爾和她一同走到臥榻前。病人的頭部高高地靠在枕上，兩手平衡地放在綠色絲綢被子上。當皮埃爾走近時，伯爵的目光直直地注視著他，但沒有人能解釋那目光代表什麼。皮埃爾用疑問的目光看了看安娜，她趕緊使眼色示意他吻病人的手。於是，皮埃爾履行了她的忠告，接著又疑問地看了她，這回，安娜示意他坐在旁邊的安樂椅上，皮埃爾坐下後，兩眼望著伯爵。這次相會持續了兩分鐘，皮埃爾卻感覺像過了一小時似的。伯爵臉上肌肉和皺紋突然顫抖起來，抖得越來越厲害，扭曲的嘴裡發出模糊不清的嘶啞聲音，安娜極力地看著病人的眼睛，試圖猜出他想表達的事情。病人的眼睛和臉部流露出失去耐性的樣子，盯著站在床頭的僕人。

「老爺想把身子轉向另一側啦！」僕役輕聲地說道，他將那沉重的身軀側向另一邊。

皮埃爾站立起來，幫助這個僕人。

當眾人將伯爵翻過身去的時候，他的一隻手軟弱無力地向後垂下，他望了一下那隻不聽使喚的手，又望了一下皮埃爾臉上的可怖表情，臉上終於露出了萬分痛苦的微笑，彷彿在譏諷自己的虛弱無力。皮埃爾感到不寒而慄，鼻子感到刺痛，淚水頓時模糊了他的視線。病人嘆了口氣。

「他昏迷了。」安娜看見走來接班的公爵小姐，說道，「我們走吧。」

皮埃爾走出去了。

21

除了瓦西里公爵和公爵的大小姐而外，接待室裡沒有其他人，他們二人正在興致勃勃地談論什麼事，一看見皮埃爾和他的帶路人，就默不作聲了。

皮埃爾彷彿看見公爵的大小姐把一樣東西藏起來，並且小聲地說道：

「我不能跟這個女人見面。」

「卡季什已經叫人把茶端進客廳了，」瓦西里公爵對安娜說道，「可憐的安娜．米哈伊洛夫娜，您最好去提個神，否則您會沒有力氣的。」

他沒有對皮埃爾說話，只是親切地握了他的手。皮埃爾和安娜朝著客廳走去。

這天晚上，那些在別祖霍夫伯爵家裡的人，為了要提提精神，都聚集在桌子周圍。一張小茶几上亂七八糟地放著茶具和盤子，穿著得五顏六色的人們坐在這個房間裡竊竊私語。皮埃爾沒有去吃東西，他帶著疑問的目光看了安娜，看見她踮起腳尖又走回接待室，瓦西里公爵和公爵的大小姐還待在那裡沒走。皮埃爾愣了一會，便跟在她後面進去了。安娜站在公爵的大小姐旁，心情激動地說話。

「公爵夫人，請您讓我知道，什麼是需要的，什麼是不需要的。」公爵的大小姐說，她那激動的情緒顯然跟她大聲甩上房門時一樣。

「可是，親愛的公爵小姐，」安娜溫和而懇切地說，「在可憐的叔叔需要休息的時刻，這樣做好嗎？在他已經作好準備了的時刻，竟然還在談論俗事……」

瓦西里公爵坐在安樂椅上，擺出一副不太關心兩個女士談論的樣子。

「親愛的安娜．米哈伊洛夫娜，讓卡季什去做她該做的事吧。您知道，伯爵有多麼喜歡她啊！」

「這封信中包含了什麼，我真的不知道，」公爵小姐把臉轉向瓦西里公爵，用手指著手裡的皮包說道，「我只知道他的遺囑放在寫字台裡，而這是一份被遺忘的檔案——」

她想從安娜身邊繞過去，但安娜卻跳到她跟前，攔住她的去路。

「善良的公爵小姐，我知道，」安娜緊緊地抓住皮包，「我求您，憐憫憐憫他，我求您。」公爵的大小姐默不作聲，用力搶奪皮包。安娜仍然緊抓不放，但她的聲音仍保持著諂媚、委婉的語氣。

「皮埃爾，我的朋友，到這裡來。我想，他在這個場合不是多餘的，公爵，是嗎？」

「我的表兄，幹嘛不出聲？」公爵小姐突然叫喊起來，「你膽敢在這裡干涉別人的事，在臨終的人家裡大吵大鬧；您幹嘛在這個時候一聲不吭？一個陰險狡詐的女人！」她凶惡地說道，使盡全身力氣去拖皮包，但是安娜又換一隻手把它抓住。

「哎呀！」瓦西里公爵露出責備和驚訝的神態說，「太可笑了，夠了，放手吧。」

公爵的大小姐放開手了。

「您也放開手！」

安娜．米哈伊洛夫娜沒有聽從他。

「放開，我告訴您吧。我會負起責任去問他，您別這樣。」

「但是，我的公爵，」安娜說道，「在這樣盛大的聖禮以後，讓他安靜片刻吧。皮埃爾，把您的意見說出來。」她把臉轉向皮埃爾說道，他走上前，詫異地打量公爵小姐那副凶狠的面孔和瓦西里公爵顫動的兩頰。

「記住，您要對一切後果負責，」瓦西里公爵嚴肅地說，「您不知道您在做些什麼。」

「討厭的女人！」公爵小姐嚷道，又向安娜撲了過去，搶奪那皮包。

瓦西里公爵低下頭來，把兩手一攤。

這時，那扇房門忽然砰地一聲被推開了，公爵的二小姐從那裡跑出來，把兩手舉起輕輕一拍。

「你們在做什麼？」她無所顧忌地說道，「他就快死了，你們卻把我一個人留在那裡！」

公爵的大小姐放開皮包，安娜飛快地拾起它，就到寢室裡去了。公爵的大小姐和瓦西里公爵也跟在她後面走去。幾分鐘後，公爵的大小姐率先走出來，面色慘白，緊閉著嘴唇。她看見皮埃爾，臉上露出了難以抑制的憤恨。

「好了，您現在高興了，」她說道，「這就是您所期待的。」

她於是號啕大哭起來，用手絹蒙住臉，從房裡跑出去了。

瓦西里公爵跟在公爵的大小姐後面走出去，他用一隻手蒙住眼睛，步履踉蹌地跌倒在長沙發上。

「唉，我的朋友！」他一把抓住皮埃爾的手肘說道，「我們造了多少孽，欺騙多少人，這一切是為了什麼？我的朋友，我已經五十多歲了……要知道，人一死，什麼都完了……」他大哭起來。

安娜‧米哈伊洛夫娜最後一個走出來。她用徐緩的腳步走到皮埃爾面前。

「皮埃爾！……」她說道。

皮埃爾以疑問的目光望著她。她吻吻年輕人的前額，眼淚把它沾濕了。她沉默了片刻。

「他去世了。」

皮埃爾透過眼鏡望著她。

「走吧，我送您出去。盡情哭吧，沒有什麼比眼淚更能使人減輕痛苦。」

安娜將他帶回昏暗的客廳，那裡沒有任何人了。她離開一下，回來時，看見皮埃爾已經睡著了。

翌日清晨，安娜對皮埃爾說：

「我的朋友，我希望您如今是一大筆財產的擁有者。遺囑還沒有拆開，我很瞭解您，堅信這不會使您沖昏頭腦。但是您必須承擔義務，做個男子漢。」

皮埃爾沉默不言。

「也許我以後會告訴您，如果我不在場，天知道會發生什麼事。您知道，叔父前天答應我要照顧鮑里斯，但是來不及了。我的朋友，希望您能履行父親的意願。」

皮埃爾什麼也不明白，他羞澀地漲紅著臉，抬起頭望著這位公爵夫人。之後，安娜便回到羅斯托夫家。翌日清晨，她向羅斯托夫家裡的人敘述了別祖霍夫伯爵辭世的詳細情節。她說，伯爵就如同她意料中的那樣去世了，父子最後一次的會面竟如此感人，以致一想起此事她就會痛哭流涕。她也低聲地談起公爵的大小姐和瓦西里公爵的行為，但不予以讚揚。

22

在童山尼古拉・安德烈耶維奇・博爾孔斯基公爵的田莊裡，大家都在等待年輕的安德烈公爵偕同夫人歸來，但是期待沒有打亂老公爵一家嚴謹的生活秩序。上流社會中人稱「普魯士國王」尼古拉・安德烈耶維奇公爵，在保羅皇帝在位時期就被流放到農村，和女兒——瑪麗亞公爵小姐及她的女伴布里安小姐，在童山過著深居簡出的生活。雖然如今他已被允許進入都城，但他仍繼續定居農村，從不外出；他說，如果有誰需要他，那就得從莫斯科走一百五十俄里的路來到童山。他對任何事都一無所求，曾說過，人有兩大罪惡的根源：無所事事和迷信，還有兩大崇高品德：活動和才智。他親自培養自己的女兒，教導她代數、幾何課程，以便在她身上培養這兩大品德；並妥善地安排她的生活，要她不斷地完成作業。他本人也很忙，時而寫回憶錄，時而算高等數學題，時而在車床上車鼻煙壺，時而整理花園和監督田莊裡的建築工程。他的生活方式已達到一絲不苟與一成不變的程度，總是分秒不差。公爵對待所有人都十分粗魯，使得旁人對他十分敬畏。他雖已退休，但每個上任的省長仍會按時前來拜謁他。當他從書房中出來會客時，每個等候接見的客人都會對他產生一種尊敬甚至畏懼之感。

年輕夫婦抵達的那天早上，瑪麗亞照例在規定的時刻走進休息間請安，心中念著禱文。她每天都走進休息間，祈禱這天的會見能平安無事地結束。

休息間裡的那個老僕人動作緩慢地站起來，輕言細語地稟告：「請。」

門後可以聽見車床均勻轉動的聲響。公爵小姐羞答答地拉開了門，並在門旁停下來。公爵正在車床上，他回頭看了一眼後，又繼續幹活。

公爵具有老人百折不撓的毅力和極大的耐力。他轉了幾圈，便從車床踏板上把腳拿下來，把鑿頭擦乾淨，丟進車床上的皮袋裡。他向桌前走去，叫女兒過來，露出嚴肅的、溫和而關懷的樣子說道：

「你身體好嗎？……喂，坐下來吧！」

他拿起他親手寫的幾何學練習本，又用腳把安樂椅推了過來。

「是明天的啊！」他說道，很快找到了那一頁，在上面用指甲戳了記號。

公爵小姐在擺著練習本的桌前彎下腰來。

「等一下，有封你的信。」老人從桌上的皮袋中取出一封女人筆跡的信，扔在桌上。

公爵小姐看見信，立刻漲紅了臉，她趕快拿起信，低下頭去看。

「愛洛綺絲寄來的嗎？」公爵冷冷笑道。

「是的，是朱莉寄來的。」公爵小姐微笑說道。

「還有兩封信我不看，第三封我一定要看，」公爵嚴肅地說，「我怕你們寫一大堆廢話，我一定要看。」

「爸爸，這封信也給您看吧。」公爵小姐紅著臉答道，一面把信遞給他。

「我已經說了，第三封。」公爵把信推開，用手肘撐著桌子，把幾何圖形的練習本挪過來。

「喂，女士，」老頭子開始說話，他朝著練習本彎下腰來，並把手擱在公爵小姐坐著的椅背上，「喂，女士，這些三角形都是相似的——你看這個角……」

公爵小姐驚惶失措地望著向她逼進的父親的臉，雖然他講解得清清楚楚，但那一股畏懼總會妨礙她理解父親的說明。她答錯了，老頭子大發雷霆，一把將椅子推開，極力控制自己的怒火，但是，幾乎每次都會開口大罵，有時候又會把練習本扔到一邊去。

「嘿，你真是個蠢貨！」公爵嚷道。

他將身子移近一點，繼續講解。

「公爵小姐，不行的，不行的，」當公爵小姐拿起練習本準備離開的時候，他說道，「數學是首要的大事，我的女士。我不希望你像那幫愚昧的小姐。」

她想走出去，他用手勢把她攔住了，從那高高的枱子上取下一本尚未拆開的新書。

「還有，你的愛洛綺絲為你寄來的一部《奧秘解答》。一本宗教的書。我不過問任何人的宗教信仰……我瀏覽了一下，拿去吧。夠了，你走吧！」

他拍了一下她的肩膀，等她一出門，他就在她身後親自把門關上了。

瑪麗亞露出憂鬱和驚恐的神色回到寢室，這種神色使那副不俊俏的面孔變得更加難看了。她丟下練習本，急躁地拆開那封信。信是她童年時代的密友寄來的，也就是出席過羅斯托夫家慶祝會的朱莉．卡拉金娜。

朱莉在信中寫道：

親愛的朋友，離別是一件多麼令人痛苦的事啊！自從我們分離後，我就無法抑制住我心靈深處的憂慮。我們為什麼不能像過去一樣在您那寬大的書房裡聚會，一同坐在天藍色的沙發上呢？我為什麼不能像三個月以前那樣，從您溫順的目光中汲取新的精神力量呢？

瑪麗亞讀到這裡嘆了一口氣，一向怏怏不樂的眼睛失望地看著鏡子裡的自己。她那雙炯炯發光的大眼睛十分美麗，儘管整張臉孔不好看，但這雙眼睛卻格外迷人。她繼續讀信：

整個莫斯科只知道談論戰爭。我的兩個兄長，一個已在國外，另一個跟隨近衛軍向邊境進發。我們親愛的皇帝已經放棄彼得堡，有人猜測，皇帝即將御駕親征，願上帝保佑他，推翻這個煽動歐洲叛亂的科西嘉惡魔。姑且不提我的兄長，這次戰爭使我喪失了一個最親密的人，年輕的尼古拉．羅斯托夫。他離開了大學，投身軍旅。親愛的瑪麗，我向您承認，他這次從軍使我感到極大的痛苦，過去我曾向您談到這個人，他擁有高尚的品德和青春活力，在這個時代的年輕人之間十分難得；尤其是他心地善良，充滿著理想。雖然我與他的關係如同曇花一現，但卻使我嘗到極為甜蜜的歡樂。

總有一天我要和您談談我們離別的情形。我心中十分明白，尼古拉伯爵太年輕，除了當個朋友之外，我認為，不可能發展成其他關係。但這甜蜜的友情，這段純潔的關係，卻是我心靈之所需。這件事就說到這裡。

吸引整個莫斯科注意的頭條新聞，是老別祖霍夫伯爵的去世和他的遺產問題。您可以想像，三位公爵小姐各獲得一小部分，瓦西里公爵分文未得，而皮埃爾卻繼承了全部遺產，還被公認為法定的兒子，即別祖霍夫伯爵和俄國最大財富的擁有者。據說，瓦西里公爵在整件事中扮演了極其卑鄙的角色，很難為情地前往彼得堡了。我不太懂得遺囑方面的事情，可笑的是，自從這個叫皮埃爾的年輕人一夕致富之後，那些有年輕女兒的母親以及小姐本人，都對這位先生改變了態度。順帶一提，我總覺得皮埃爾是個十分渺小的人。

他們希望我成為別祖霍娃伯爵夫人，但您知道的，這件事完全不合乎我的心願。不妨順便提提婚事吧，您是否知道，安娜．米哈伊洛夫娜在不久偷偷把為您說親的意圖告訴我了，對象是瓦西里公爵的兒子阿納托利，他們想替他娶一個有錢的貴族姑娘，您被他的父母選中了。我不知道您對此事的看法，但我認為有責任提醒您，聽說他雖然長得英俊，卻是個十足的浪子。我打聽到的只有這些，沒有別的了。

夠了，不扯了，我快寫完第二頁了。媽媽要我坐車到阿普拉克辛家去出席午宴。

請您讀一讀我附上的這本神秘主義的書，這本書在我們這裡大受歡迎。雖然我們普通人很難弄懂這本書裡的部分內容，但這確是一本出色的書。再見。代我向您父親致意，並問候布里安小姐。衷心地擁抱您。

朱莉

附註：請將您長兄和他可愛妻子的消息告訴我。

公爵小姐微微一笑，她向桌前走去，取出一張紙，開始迅速地在紙上寫字。回信寫道：

親愛的朋友，您的來信使我感到非常高興。您仍舊愛我，可見離別在您身上沒有產生太大的影響。您埋怨別離，假如我還敢埋怨，那又該說些什麼？

當您談起您愛慕一個年輕人時，您為什麼認為我的目光是嚴峻的呢？我只是嚴謹地對待自己罷了，我明瞭這種感情，既然我從未體會過這種感情，無法予以讚揚，那我也不加以斥責。

在未接到您的來信以前，別祖霍夫伯爵去世的消息就已經傳到我們這裡，我父親聞訊悲慟萬分，他說伯爵是當代僅存的倒數第二個代表人物，再來要輪到他了。

我還是個女孩的時候就認識皮埃爾，我不能贊同您對他的意見。我覺得他的心腸永遠都是善良的，這正是我所珍惜的品德。至於他所繼承的遺產以及瓦西里公爵做的事，這對他們兩人都是極不光彩的。我憐憫瓦西里公爵，但我更憐憫皮埃爾，他這麼年輕就要肩負一大筆財富，將會經受多少命運的考驗啊！親愛的朋友，我再次向您表示感謝，感謝您寄來一本在你們那裡引起話題的書。我覺得，談奧妙難懂的東西是多餘的，不會給人們帶來半點裨益。這些書會在我們的腦中引起疑惑，激起他們的臆測，鑄成那種與基督的純樸完全對立的誇張性格。不如讀一讀《使徒行書》和《福音書》吧！

我父親沒有對我提起未婚夫的事，他只說他收到一封信，正在等待瓦西里公爵的訪問。至於我的婚姻一事，我要告訴您，在我看來，結婚是必須服從的教規，無論它多麼沉重，若萬能的上帝要我擔負賢妻良母的天職，我便將竭盡全力，忠誠地去履行；至於我對上帝賜予我的男人懷有什麼感情，則無心去研究。

我已經收到兄長的來信，他提到他將和妻子一起來童山。這次歡樂的團聚為時不長，因為他很快就要離開我們去參與戰爭。即使是在寂靜的農村中，也傳來戰爭的回聲，令人心情沉重。前天，當我照常在街道上漫步的時候，我看見一個令人心碎的場面……他們都是從這裡招募到的一批新兵，瞧瞧他們的母親、妻子和兒女，聽聽那些人的啼哭吧！人類已經忘記救世主博愛和寬恕的教義，而把互相謀殺的伎倆看作最大的優點。

親愛的朋友，再見。願救世主和聖母賜予您神聖而萬能的庇護。

瑪麗

「啊，您要寄信嗎？」布里安小姐用她那清脆、悅耳的聲音說道。

「公爵小姐，我得先告訴您，」她壓低嗓門補充道，「公爵把米哈伊爾．伊凡諾維奇大罵了一頓。他的心情不好，您知道的……」

「啊，親愛的朋友，」瑪麗亞公爵小姐答道，「拜託您不要評論我父親的心情吧，我不容許自己評論他，也不希望別人這麼做。」她看了一下鐘，發覺已經耽誤了五分鐘彈鋼琴的時間，驚惶地向休息室走去。

23

白髮蒼蒼的侍僕一面打著瞌睡，一面聽著書房裡公爵的鼾聲。住宅的另一端，緊閉著的門戶後面，傳來杜塞克奏鳴曲，難彈的段落都重複彈二十次。

這時，一輛四輪馬車和一輛輕便馬車開到台階前，安德烈公爵從馬車裡走出來，攙扶矮小的妻子下車，讓她走在前面。僕人從休息間的門裡探出頭來，告訴他公爵正在睡覺，隨即匆忙地關上了大門。僕人知道，就算是他兒子回來，都不能破壞他的作息。安德烈明白這一點，於是轉過臉去對妻子說：

「再二十分鐘他才起床。我們到瑪麗亞那裡去吧。」

公爵夫人在這段時間胖了不少，她抬起眼睛，長有茸毛的嘴唇微露笑意，十分討喜。

「真是皇宮啊！」她向四周打量一番，對丈夫說道，「喂，快點吧，快點吧！」

「是瑪麗亞在練琴嗎？我們不聲不響地走過去，免得她看見我們。」

安德烈公爵面露恭敬而憂鬱的表情，跟在她後面走去。

「吉洪，你變老了。」他走過去，一面對吻他的手的老僕人說道。

在那間傳出鋼琴聲的房前，一位貌美的淺髮法國女人從側門跳出來，那是布里安小姐。

「公爵小姐會多麼高興啊！」她說道，「終於來了！應該先告訴她才是。」

「不，不，真是的……您就是布里安小姐吧？我已經聽說過您了。」公爵夫人說道。

他們向休息室門前走去，從門裡傳出反覆彈奏的樂曲。安德烈停下來，皺起了眉頭。

公爵夫人走進去，音樂聲中斷了，隨之而來的是叫喊聲、公爵小姐瑪麗亞沉重的步履聲和接吻的聲音。當安德烈走進去的時候，公爵夫人和公爵小姐正在擁抱，雖然兩人只在安德烈的婚禮上短暫地見過一次面。布里安小姐站在一旁，露出忠實的微笑，安德烈公爵聳了一下肩膀。兩個女人又互相抓住一雙手，親吻起來，然後互相親吻臉皮，接著哭了起來。

「啊！親愛的！啊！瑪麗！」兩個女人忽然笑出聲，「我夢見……您沒料到我們會來吧？啊！瑪麗，您變瘦了，以前您可真胖啊！」

「我馬上就認出了公爵夫人。」布里安小姐插上一句話。

「我連想也沒想過……」瑪麗亞驚叫道，「啊！安德烈，好久不見了。」

安德烈和妹妹互吻了一下，他對她說，她還是跟過去一樣是個愛哭鬼。瑪麗亞那對迷人的大眼睛透過淚水，把柔和的目光投射到兄長的臉上。

公爵夫人述說起他們在途中經歷的一段危險的遭遇，還談起安德烈完全變了一個人。瑪麗亞默不作聲地望著兄長，眼睛流露著愛意和哀愁。她的嫂子談論彼得堡最近舉行的慶祝活動。在談話中間，她向兄長轉過臉去。

「安德烈，你堅決要去作戰嗎？」她嘆息道。

麗莎也嘆了一口氣。

「明天就動身。」兄長答道。

「他把我丟在這裡了，天曉得是為什麼，而且他是有能力晉升的……」

公爵小姐瑪麗亞向嫂子轉過臉來，用溫和的目光望著她的肚子。

「真的懷孕了嗎？」她說道。

公爵夫人的臉色變了。她嘆了一口氣。

「是的，真的懷孕了，」她說道，「哎呀！這很可怕……」

麗莎的嘴唇垂下來，把臉湊近小姑的臉，出乎意料地又哭起來了。

「她必須多休息，」安德烈皺起眉頭說，「對吧，麗莎？把她帶到自己房裡去吧，我要去爸爸那兒了。他現在怎樣？還是老樣子嗎？」

「還是老樣子，不曉得在你眼裡是怎樣。」公爵小姐高興地答道。

「還是在一樣時間，照常在林蔭道上散步嗎？在車床上工作嗎？」安德烈問道，幾乎看不出微笑，這表明儘管他十分敬愛父親，但也瞭解父親的弱點。

「還有數學，我的幾何課。」瑪麗亞高興地答道。

老公爵起床花了二十分鐘之後，吉洪來叫公爵去見他父親。老頭為了歡迎兒子的到來，打破了慣例，允許他在午膳前穿戴衣帽進入他的內室。當安德烈向父親房裡走去時，老頭帶著他和皮埃爾交談時那種興奮的神情，坐在更衣室裡一張寬大的安樂椅上。

「啊！士兵！你想征服波拿巴嗎？」老年人說道，「你得好好收拾他才行，否則他很快就會把我們當成他的臣民了！」

老年人睡醒後心情好極了，他高興地看著兒子。安德烈向父親走去，吻了吻他，不去理會父親對波拿巴的取笑言論。

「爸爸，我回來了，還把懷孕的妻子也帶來了，」安德烈興奮地說道，「您身體好嗎？」

「孩子，只有傻瓜和色鬼才不健康呢！你瞭解我，從早到晚都忙得很，飲食起居也很規律，再健康不過了。」

「感謝上帝！」兒子臉上流露出微笑，說道。

「不關上帝的事！嘿，你講講吧，」他又回到他喜歡的話題上，「德國人是怎樣教你們用所謂戰略的新科學去跟波拿巴戰鬥的？」

安德烈公爵微微一笑。

「爸爸，讓我清醒一下吧，」他說道，「我還沒有安頓下來呢。」

「胡扯，胡扯，」老頭子嚷道，「你妻子的房間準備好了，瑪麗亞會帶她去看房間，這是她們女人的事。你坐下來講吧！米切爾森的軍隊我是瞭解的，托爾斯泰也是……南方的軍隊想幹什麼呢？普魯士、中立……這是我所知道的。奧地利呢？」他從椅上站起來，在房間裡踱步，「瑞典的情況怎樣？他們要怎樣越過美拉尼亞呢？」

安德烈看見父親越談越興奮，還情不自禁地改說起法國話，於是也開始述說擬議中的軍事行動計畫。他談到，九萬大軍一定能迫使普魯士放棄中立，一部分軍隊將在施特拉爾松與瑞典軍合併；二十二萬奧軍和十萬俄軍合併，在義大利和萊茵河上採取軍事行動，五萬俄軍和五萬英軍隊將在那不勒斯登陸；共五十萬軍隊從四面進攻法軍。老公爵不時打斷兒子，有一次他喊道：

「白色的，白色的！」

他的意思是說僕人沒有把他想穿那件背心送到他手上。另一次，他停下來問道：

「她快要生了吧？」他流露出責備的神態說道，「很不好！繼續說下去，繼續說下去。」

第三次，當安德烈快要敘述完畢時，老年人唱道：「瑪律布魯去遠征，不知何時才回來。」

兒子只是微微一笑而已。

「這並不是我所讚賞的計畫，」兒子說，「拿破崙訂了一個更好的。」

「唉，你沒提到任何新鮮事，」老年人說道：「去餐廳裡吧。」

24

老公爵在規定的時間走進餐廳，媳婦、女兒、布里安小姐都在那裡等候他，他的建築師米哈伊爾・伊凡諾維奇也被允許入座，席間，公爵常和他開心暢談。

安德烈端詳著一副他初次看見的金色大框架，框架裡面放著博爾孔斯基公爵家的系譜表，對面懸掛著一個大框架，裡頭放著一副畫工蹩腳的世襲公爵畫像，他一定出身留里克家族，也就是博爾孔斯基家的始祖。安德烈看系譜表時搖了搖頭，不時地暗自微笑。

「我認得出這傢伙啊！」他對向他走來的瑪麗亞說道。

瑪麗亞驚奇地望了她的哥哥，不明白他在笑什麼。

「每個人都有致命的弱點，」安德烈繼續說下去，「憑他那卓越的才智，竟受制於這等瑣事！」

瑪麗亞無法理解兄長提出的見解，正準備反駁時，公爵像平常一樣邁著急速的腳步走進門來，就在這一瞬間，大鐘敲響了兩聲。公爵停下腳步，那炯炯有神的嚴峻目光向大家環顧一番，然後投射在年輕的公爵夫人身上，公爵夫人頓時感覺到一種大臣謁見皇帝時的心情。他用手摸了摸她的頭。

「我真高興，我真高興，」他說道，又聚精會神地看了她的眼睛，就飛快地回到自己的座位，「請坐，請坐！米哈伊爾．伊凡諾維奇，請坐。」

他向兒媳婦指了指身邊的座位，僕人為她拉出椅子。

「嘿嘿！」老年人望著她那渾圓的腰部，說道，「太匆忙了，不好！」

他冷漠地乾笑出來。

「你應該走動走動，盡量多走動。」他說道。

公爵夫人沉默不言，覺得困惑不安。公爵又向她問起她父親的情況，她才微露笑容，開口說話，並提起城裡的流言蜚語。

「可憐的阿普拉克辛娜失去了丈夫，眼睛都哭壞了，可憐的女人。」她興奮地說道。

她越顯得興致勃勃，公爵也越嚴肅地注視著她。他忽然把臉轉向他的建築師。

「喂，米哈伊爾．伊凡諾維奇，我們的波拿巴要遭殃了。安德烈公爵告訴我，為了擊潰他，聚集了多麼雄厚的兵力啊！我們一向認為他是個微不足道的人。」
這名建築師根本不知道「我們」在什麼時候談論過波拿巴的事，可是他心裡明白，主人請求他附和這個話題。他詫異地望了望年輕的公爵。
「他是我們這裡一位偉大的戰術家！」公爵用手指著建築師對兒子說。
談話又涉及戰爭，涉及波拿巴和當時的將軍、政治家。看來老公爵認為，當前的政要人物全是些不懂軍事和國事的年輕人，波拿巴也是個微不足道的法國佬，他之所以大受歡迎，只是因為沒有偉大的人物和他對立罷了。他甚至相信，歐洲這些所謂的戰爭，只是一些政客在演演木偶戲罷了！安德烈愉快地聽著父親說話。
「過去的一切都好極了，」他說道，「但蘇沃洛夫不也掉進了莫羅佈下的陷阱了嗎？」
「是誰說的？誰說的？」公爵嚷道，「蘇沃洛夫吧……安德烈公爵，想想吧。我知道有兩個人：一個是腓特烈，一個是蘇沃洛夫……莫羅呀！假如蘇沃洛夫有權力，莫羅早就是階下囚了，不過他很倒楣，受制於軍事參議院。蘇沃洛夫無法對付他們，米哈伊爾．庫圖佐夫又怎麼能呢？門都沒有，」他繼續說道，「你們制服不了波拿巴，就得雇用一批法國人，讓他們自相殘殺。在他們那兒，波拿巴竟然當上偉大的統帥了！哼！……」
「我並不是說他的指示都是可取的，」安德烈說道，「不過，我不懂您怎麼能這樣評論波拿巴。就算您這樣嘲笑他，但波拿巴仍然是個偉大的統帥！」
「米哈伊爾．伊凡諾維奇！」老公爵對開始吃烤菜的建築師喊道，「我以前對您說過波拿巴是個偉大的戰術家，是嗎？您看，他也是這樣說的。」
「是的，公爵大人。」建築師答道。
公爵又冷笑起來。
「波拿巴很幸運，他的士兵很精銳，而且他先進攻德國。自從宇宙存在以來，大家都打德國人，他們打不贏任何人，只曉得互相殺戮。他就是靠這樣聞名於世的。」
公爵於是開始分析波拿巴在戰爭及政治上犯的失誤，兒子雖不表示異議，但他也像父親一樣很難改變自己的看法。安德烈十分訝異，這個老人隱居多年，卻仍對歐洲的局勢瞭若指掌。

「你認為我這個老頭不懂時事嗎？」他說道，「我念念不忘啊！嘿，你那個偉大的統帥究竟在哪裡大顯身手呀？」

「這說來話長。」兒子答道。

「你到你的波拿巴那裡去好了！布里安小姐，你們的皇帝又多了一個崇拜者了！」他用法國話說道。

「公爵，您知道，我不是波拿巴份子啊。」

「天知道他什麼時候才回來。」公爵不自然地笑道，從餐桌後面走出來。

在午膳的其餘時間裡，公爵夫人默不作聲，時而驚惶不安地望向瑪麗亞，時而望向老僕人，當她走出餐桌時，她一把抓住小姑的手臂，把她叫進另一個房間。

「您爸爸是個很聰明的人，也許正是因為這樣我才害怕他。」

「啊，但他很善良！」公爵小姐瑪麗亞說道。

25

第二天黃昏，安德烈要動身了。老公爵遵守生活秩序，在午膳後回到房裡。公爵夫人待在小姑房間。安德烈穿好旅行服，在房裡和侍僕一同收拾行李。他親自檢查了馬車，把手提箱裝進車廂，就吩咐套馬車。

在生活即將改變的時刻，善於省思的人常會產生一種憂悶的情緒。安德烈露出感傷的表情，他把手放在背後，在房間來回踱步，也許是害怕上戰場，又或是離開妻子而憂心忡忡，也可能二者兼有。這時，他聽見瑪麗亞沉重的步履聲。

「有人告訴我，你已經要走了，」她氣喘吁吁地說道，「我想再和你單獨地聊一聊。天知道我們又要分開多久啊！你不會生氣吧？安德烈，你變得真多！」

「麗莎在哪兒？」他問道，只以微微一笑來回答她的問話。

「她非常疲倦，在我房裡的沙發上睡著了。啊，安德烈，你的妻子太好了，」她說道，「她完全是個小女孩，一個可愛而愉快的小女孩。我很喜歡她。」

公爵小姐發現安德烈的臉上流露出嘲諷、鄙夷的表情。

「你應該包容那些小缺點！安德烈，別忘了她是在上流社會中成長的。你想想，當她過慣了這種生活之後，怎麼能夠離開丈夫，孤零零地待在農村，而且還懷了孕……這對女人來說是非常痛苦的。」

安德烈望著妹妹，臉上露出自信的笑意。

「你在農村生活，可是你並不認為這種生活可怕。」他說道。

「我不一樣，幹嘛要討論我啊？安德烈，想像一下，一個年輕上流社會的女人，就這麼把青春年華斷送在農村……這多麼可憐，多麼不快活啊，除了布里安小姐……」

「我很不喜歡您那個布里安。」安德烈公爵說道。

「不，她很可愛，又善良，而且她是一個不幸的姑娘，沒有任何親人。老實說，我根本不需要她，你知道我喜歡獨處……但爸爸卻很喜歡她，他收留了這個街頭孤兒，要她在每晚為他朗讀，他喜歡她的朗讀。」

「說真的，瑪麗，我認為父親的性格有時令你覺得難受，對嗎？」安德烈問道。

瑪麗亞先是大為驚訝，然後又害怕起來。

「我覺得？……我覺得？我覺得難受？」她說道。

「我認為，他一向專橫，現在又更難相處了。」安德烈輕率地評論道，不曉得是想故意讓妹妹難堪，還是想試探她一下。

「你多才多藝，安德烈，可是你有點自傲，」公爵小姐說道，「你怎麼能評論父親呢？像他這樣的人，讓人崇拜都來不及了，我很滿足，也很幸福！只希望你們都像我這麼幸福。」

兄長疑惑地搖搖頭。

「除了一件事，那就是父親在宗教方面的觀點。但是近來他有了改善的跡象，他的嘲諷不再那麼惡毒了。他曾經接見一個教士，並且會談了很久。」

「啊，親愛的，我恐怕您和教士都是白費力氣。」安德烈嘲諷但親熱地說道。

「啊！親愛的，我只是祈求上帝聽見我的禱告，」她沉默片刻後，羞怯地說，「我有一件事求你。」

「親愛的，求我什麼？」

「請你保證不會拒絕我的請求。對你來說，這件事不費吹灰之力，也不會有損你的身分。請你答應吧！」

她把手伸進手提包裡，抓住一樣東西，但是不讓別人看見。然後用央求的目光羞怯地望著兄長。

「即使要我花很大的力氣……」安德烈答道，彷彿快猜到是怎麼回事。

「隨你怎麼想都行！但請你作到這件事！我們的祖父在南征北討中都隨身帶著它……」她依舊沒有從手提包裡取出她抓著的東西。「你會答應我嗎？」

「當然，究竟是怎麼回事啊？」

「安德烈，我用神像為你祝福，答應我你永遠不會把它取下來，可以嗎？」

「既然它的重量不重，為了讓你高興……」安德烈說道，他發現妹妹聽了這句戲言，臉上流露出憂傷的神情，「我很高興，我真的非常高興，親愛的。」他補充道。

「上帝一定會保佑你，唯有在祂身上才能獲得真理和安慰，」她用顫抖的嗓音說道，莊重地捧著一幀救世主像，神像上繫有一條銀鏈。

她在胸前畫十字，吻了吻神像，便把它遞給安德烈。

「安德烈，請你保存它，為我……」

她的一雙大眼睛羞怯地閃著光，使得她那瘦削的面孔變得十分美麗。安德烈在胸前畫了十字，吻了一下神像，臉上仍帶有溫和、嘲笑的表情。

「親愛的，我感謝你。」

她吻吻他的額頭，又在長沙發上坐下來。他們都沉默不言。

「安德烈，你要像平常那樣善良、寬容，不要嚴厲地責難麗莎，」她說道，「她很可愛，很和善，目前她的處境非常艱難。」

「瑪莎，我從未向你說過對她不滿的話，你幹嘛老是對我這麼說呢？」

瑪麗亞臉上紅一陣白一陣，她沉默起來了，彷彿覺得自己說錯了什麼。

「我什麼都沒對你說過，不過有人對你說了，真傷腦筋。」

公爵小姐臉上的紅暈變得更紅了。她很想說些什麼，可是說不出來。兄長猜中了，午飯後公爵夫人哭了一場，說她預感到不幸的分娩，她害怕難產，埋怨自己的命運，埋怨公公和丈夫。她痛哭一頓以後就睡著了。

「瑪莎，你聽著，我沒什麼可責備妻子的，過去不會，未來也不會；無論我處在何種情況下都是這樣。你問我是否幸福？我不幸福。她呢？也不幸福。究竟是為什麼？我不懂……」

他走向他妹妹，吻了一下她的額頭。但是他並未看著她，而是望著敞開的門戶。

「我們到她那裡去吧，應該向她道別了！不然你自己去吧，把她叫醒，我隨後就到。彼得魯什卡！」他向僕人喊道，「來收拾東西吧！」

公爵小姐站起身來，向門邊走去。這時她停住腳步了。

「安德烈，如果你有信仰，你就會祈禱上帝，要他賜予你那種體會不到的愛。」

「是啊，真有這種事嗎，」安德烈說道，「瑪莎，你去吧，我立刻就來。」

安德烈在前往妹妹房間的途中，遇見了笑容可掬的布里安小姐。

「啊，我還以為您在自己房裡呢！」她說道，不知怎地漲紅了臉。

安德烈臉上頓時流露出狂怒的神色，他用鄙夷的眼神瞥了她的額角和頭髮，一言不發地走開了。當他走到房間門口時，公爵夫人醒了，門裡傳來她那愉快的說話聲。

「不，你想像一下，老伯爵夫人祖博娃戴著一頭假髮，一口假牙，好像在嘲笑自己的年紀似的……瑪麗，哈，哈，哈！」

安德烈悄悄地走進房來。公爵夫人正坐在安樂椅上，手裡拿著針線活，不斷地說話。安德烈走來摸摸她的頭，問她是不是得到了充分的休息。她應聲回答，又繼續說下去了。

四輪馬車停在台階前面，外頭正是昏暗的秋夜。米哈伊爾．伊凡諾維奇、布里安小姐、瑪麗亞和公爵夫人都在客廳裡等待父子出來。安德烈走進書房會見父親，他想單獨跟兒子告別。

當安德烈走進書房時，老公爵正在桌旁寫字。他轉過頭來看了一眼。

「你要走了嗎？」他又握著筆寫起字來。

「我來告辭了。」

「吻我這裡吧，」他指指面頰，「謝謝，謝謝！」

「您為什麼要謝我？」

「因為你沒有拖延，沒有流連女人的衣裙。服役至上，謝謝，謝謝！」他繼續寫字，筆尖沙沙地作響。

「有什麼想說的就說吧，我可以一次做兩件事。」他補充一句。

「關於我的妻子……我把她留在這讓您老人家操勞，實在不好意思……」

「胡說什麼？說你該說的話吧。」

「我妻子分娩的時候，請您派人去莫斯科請個產科醫生……」

老公爵停住了，好像沒有聽懂他的意思，他用嚴肅的目光凝視他兒子。

「我知道，假如老天不幫忙，那就沒有人能幫得上忙，」安德烈說道，「但我相信，一百萬件事中通常只有一件是不幸的，但是，也許是幻覺，也許是有人對她說了什麼奇怪的話，她做了惡夢，心裡十分畏懼。」

「嗯……嗯……」老公爵喃喃地說，一面繼續把信寫完，「我一定辦妥。」

他簽了字，忽然很快地把臉轉向兒子，哈哈大笑了。

「事情糟糕透了，不是嗎？」

「爸爸，什麼事糟糕透了？」

「你的妻子呀！」老公爵三言兩語但卻意味深長地說道。

「我不懂。」安德烈公爵說道。

「親愛的，這毫無辦法，」公爵說道，「她們都是一樣的，離不成婚。你不要害怕，我絕不會對人說，但你必須了解。」

他用那彷彿要把人看透的目光朝著兒子的臉迅速地掃了一眼，然後又冷冷地笑了。

兒子嘆了一口氣，表示承認父親瞭解他。老年人繼續用那敏捷的動作折疊並封上幾封信，他飛快拿起火漆、戳子和信紙，之後又放下來。

「怎麼辦？長得俊俏嘛！我會辦妥一切，放心吧。」他若斷若續地說道。

安德烈沉默不言，被父親看透使他既愉快，又不愉快。老年人站起來，把信遞給兒子。

「聽我說，」他說道，「不要替妻子操心，我會幫你處理好一切。把這封信轉交米哈伊爾·伊拉里奧諾維奇。我請他替你安排個好職位，不要老是讓你當副官。尼古拉·安德烈耶維奇·博爾孔斯基的兒子因為不接受施捨，所以不肯在任何人麾下任職。喂，現在到這裡來。」

他把兒子領到寫字台前面，從抽屜取出一個筆記本，裡頭寫滿密密麻麻的小字。

「我想必會比你先死，這裡是我的回憶錄，等我去世後，把它呈給皇帝。這裡是一張債券和一封信。這裡是獎勵《蘇沃洛夫戰史》作者的一筆獎金，把這些東西寄到科學院去。這是我的詮注，你可以自由瀏閱，從中獲得裨益。」

安德烈沒有對父親說「他想必還能活很久」之類的話，他明白這種事無須多言。

「爸爸，我會辦妥。」他說道。

「好啦，再見吧！」他擁抱自己的兒子，「安德烈公爵，有一點你要記住，如果你被敵人打死，我這個老頭子會非常心痛的……」他繼續說，「如果我知道你的行為不像尼古拉·博爾孔斯基的兒子，我會……感到汗顏！」

「爸爸，您可以不必這樣提醒我。」兒子面帶微笑地說道。

老年人默不作聲了。

「我還有件事要求您，」安德烈繼續說下去，「如果我戰死，如果我將來有個兒子，請把他留在您身邊，別讓他離開，讓他在您這兒成長……」

「不交給妻子嗎？」老年人說了這句話，大笑起來。

他們沉默不言，面對面地站著。老年人臉頰的下部不知怎地顫抖了一下。

「辭別已經完畢了……你走吧！」他忽然說道。「你走吧！」

他把書房門打開，提高嗓門怒氣沖沖地喊道。

「怎麼回事？怎麼啦？」公爵夫人和公爵小姐看見安德烈和父親匆匆探出來的身子，問道。

安德烈公爵嘆了一口氣，一聲也沒有回答。

「好吧，」他向妻子說道，「現在輪到您了。」

「安德烈，怎麼，告別完了嗎？」公爵夫人說道，她臉色慘白，恐懼地望著丈夫。

他摟抱她。她尖叫一聲，不省人事地倒在他的肩膀上。

他小心翼翼地移開被她靠著的肩膀，望了望她的眼，扶她坐在安樂椅上。

「瑪麗亞，再見了。」他輕聲地對妹妹說道，互相親吻手後，他迅速地走出房間。

公爵夫人躺在椅子上，布里安小姐為她揉搓太陽穴；瑪麗亞攙扶嫂子，那雙美麗的淚眼仍然望著安德烈走出的門口；書房裡多次傳出老頭子擤鼻涕的聲音。安德烈剛走，書房門立刻就打開了，老人走了出來。

「他走了嗎？那就好！」他說道，憤怒地望向昏迷的公爵夫人，露出責備的神態搖了搖頭，砰地關上門。

第二部　一八〇五年十月

1

一八〇五年十月間，俄軍侵佔了奧國大公管轄的幾個村鎮，一些新兵團又從國內開來，駐紮在布勞瑙要塞一帶，總司令庫圖佐夫的大本營也座落在此。

十月十一日，剛抵達布勞瑙的步兵團在城外半英里處紮營，聽候總司令檢閱軍隊。這個兵團的外貌和俄羅斯中部任何一個準備接受檢閱的俄國士兵一模一樣。

那天傍晚，接到了一項關於總司令檢閱兵團的命令，營長會議決定讓士兵穿上閱兵服接受檢閱。於是士兵們目不交睫，徹夜縫補衣裳，洗濯汙穢。次日清晨，這個兵團已經不是前一晚那樣七零八落的烏合之眾，而是一支排列整齊的軍隊。只有一件事令人心煩，那就是鞋子：士兵們的皮靴多半穿破了。雖然多次提出要求，但奧國並未把軍需品撥給這個行軍了一千俄里的兵團。

團長是個鬚眉均已蒼白的老將軍。他在佇列前面慢慢地走動，看來相當欣賞自己的兵團。

「喂，老兄，米哈伊洛．米特里奇，」他把臉轉向一個營長說道，「昨晚我們都挨罵了。可是，還不錯，至少我們的兵團不是最差的，是嗎？」

營長聽懂了這句令人開心的諷刺話，笑起來了。

「就是在察里津草地舉行閱兵式，也不會有人把我們趕出去的。」

「什麼？」那團長說道。

這時，在那直通城市的大道上，出現了兩個騎馬的人；一個是副官，另一個是哥薩克。

副官是總司令派來向團長說明他的指示的，總司令意欲看見一個完全處於行軍狀態的兵團——穿軍大衣，罩上外套，不作任何檢閱準備。

前一天，一名奧國軍事參議員由維也納前來拜見庫圖佐夫，要求俄軍儘快與斐迪南大公和馬克的部隊會合，但是庫圖佐夫認為這麼做毫無意義。為了證明他的觀點，他邀請那位奧國將軍目睹一下俄軍的慘況。因此，兵團的處境越惡劣，總司令就越高興。

團長聽了這些話後垂下頭來，默不作聲地聳聳肩膀，很激動地把兩手一攤。

「太亂來了！」他說道。「米哈伊洛．米特里奇，我不是說過，行軍時就是要穿軍大衣嗎？」他流露出恭敬的神情對前來的副官說道，「上士！……他即將光臨？」

「我認為還要再過一個鐘頭。」

「還來得及換裝嗎？」

「將軍，我不曉得……」

這個團長親自走到了隊伍的前面，命令士兵們重新穿上軍大衣。一瞬間，整齊的隊形開始蠕動、喧嘩，士兵向四面八方來回奔走，一個個取下背袋，脫下軍大衣，把手伸進衣袖中。

過了半個鐘頭，一切又恢復了原有的秩序，四邊形的隊伍已由黑色變成灰色了。團長又走到兵團的前面，從遠處望向它。

「搞什麼？這在搞什麼？」他停下腳步大喊，「第三連連長！」

「傳呼第三連連長去見將軍，傳呼連長去見將軍，傳呼第三連連長去見團長！……」一列列士兵都聽見呼叫聲，一名副官跑去找那名磨磨蹭蹭的軍官。

當傳呼的聲音傳到被傳者的耳中時，原話已經變成「將軍被傳到第三連」了。一名上尉從後面跑出來，步履踉蹌地走到將軍面前。

「這在搞什麼？」團長喊道，他用下巴指了指第三連隊伍中一個穿著與別人截然不同的士兵，「您剛才待在哪兒？總司令就快到了，而您卻擅離崗位，啊，不是嗎？……我要教訓您一頓！」

連長愣愣地望著長官，把兩個指頭緊緊按在帽檐上。

「喂，為什麼不答話？您隊上那個扮成匈牙利人的是誰？」團長嚴肅地說道。

「大人……」

「喂，什麼『大人』？大人！大人！可是誰不知道『大人』是什麼。」

「大人，他是受降級處分的多洛霍夫……」上尉輕聲地說道。

「怎麼？他被貶為元帥，是嗎？還是貶為士兵呢？士兵就應該像大家一樣穿軍裝。」

「大人，您親自准許他在行軍時可以穿這種衣服。」

「我准許的？我准許的？你們這些年輕人總是這樣，」團長說道，「對你們隨便說句什麼話，你們就……怎麼？」他憤怒地說道，「請讓士兵們穿得體面一些……」

團長轉過頭看看副官，又向隊伍走去。走了一陣子之後，他又想再找一個發脾氣的理由。他威嚇一個軍官，因為這個軍官並未擦亮獎章；又威嚇另一個軍官，因為他的隊伍不整齊，之後他就向第三連走去。

「你是怎樣站的？腳怎麼擺？腳怎麼擺？」他在離身穿淺藍色大衣的多洛霍夫不遠處喊道。

多洛霍夫把那彎著的腿慢慢地伸直，用無禮的目光朝將軍的面孔瞥了一眼。

「幹嘛穿藍色的軍大衣？脫掉！替他換衣服！混帳……」團長還沒說完，多洛霍夫急忙答道：

「將軍，我必須執行命令。但是，我不應該忍受……」

「在隊伍裡不要胡扯！……不要胡扯，不要胡扯！……」

「我不應該忍受屈辱。」多洛霍夫用那洪亮的嗓音把話說完了。

將軍和士兵的視線相遇了。將軍怒氣沖沖地拉著腰帶，沉默不語了。

「請您換換衣服吧，我請求您。」他走開時說道。

2

「總司令來了！」信號兵喊道。

團長縱身上馬，並拔出了軍刀。他張開嘴，準備喊口令。整個兵團都屏住氣息，一動也不動。

「立正——！」團長用震撼人心的嗓音喊道。

幾輛高大的藍色維也納轎式四輪馬車，沿著大路疾馳而至。一個奧國將軍坐在庫圖佐夫身旁，穿著一套在俄國人的黑軍裝之中顯得突兀的白軍裝。馬車在兵團的隊列前停下來，庫圖佐夫微露笑容走出車廂。

兵團的隊伍一齊舉槍致敬，拉開了嗓子喊道：「大人——萬壽無疆！」當兵團的隊伍行進時，庫圖佐夫站在一個位置上不動。然後，他和身穿白軍裝的將軍並排地開始徒步檢閱。

與其他同時抵達布勞瑙的兵團相較，這個兵團由於團長的嚴厲和勤奮，而居於至為優越的地位。脫隊者和病號只有二百一十七人，除了皮靴而外，其餘一切都完整無缺。

庫圖佐夫有時停下來對軍官們說上幾句密切的話，有時也對士兵們說幾句話。當他望著皮靴時，多次憂鬱地搖了搖頭，並指著皮靴讓奧國將軍看看。一個英俊的副官緊緊地跟著總司令，他就是博爾孔斯基公爵，與同事涅斯維茨基校官並肩而行。

庫圖佐夫無精打采地從無數士兵眼前走過去，接近第三連的時候，他忽然停下腳步。

「啊，季莫欣！」總司令說道，認出了那個因身穿藍色軍大衣的士兵而嘗到苦頭的上尉。

「又一個伊茲梅爾戰役的戰友，」他向團長說道，「是個勇敢的軍官啊！你滿意他嗎？」

「大人，我很滿意。」團長顫慄了一下，答道。

「我們大家都有弱點，」庫圖佐夫微笑說道，「他篤信巴克斯（酒神）。」

第三連是最後一個連。庫圖佐夫陷入沉思，顯然想起什麼事情。安德烈從侍從之中走出來，輕聲說道：

「您吩咐我提醒您一件關於本團內受降級處分的多洛霍夫一事。」

「多洛霍夫在哪裡？」庫圖佐夫問道。

一個身材勻稱、淺色頭髮、藍眼睛閃著光的士兵出列了，他向總司令走去，舉槍敬禮。

「你有什麼事？」庫圖佐夫微微地皺起眉頭，問道。

「他就是多洛霍夫。」安德烈公爵說道。

「啊！」庫圖佐夫說道，「我希望這場教訓會使你改正錯誤，好好服役。皇帝是很慈悲的。只要你立下功績，我就不會忘記你。」

那雙藍眼睛放肆地望著總司令，彷彿要用他的表情衝破那層把總司令和士兵隔開的帷幕。

「大人，我有一事相求，」他說道，「求您給我一個贖罪的機會，證明我對皇帝和俄國的一片忠心。」

庫圖佐夫轉過臉來，他臉上掠過一絲微笑，好像想表明他對多洛霍夫可能說的話早就心裡有數了。這些沒意義的話使他厭倦。他轉過頭，向馬車走去了。

兵團開往布勞瑙附近的駐地，希望能在那裡弄到皮靴和軍服，在艱苦的行軍之後好好休息。

「普羅霍爾．伊格納季奇，您不會怨我吧？」團長對季莫欣上尉說道，在順利舉行閱兵式之後，他的臉上不禁流露出欣喜。「為沙皇效勞，必須謹慎……我有時會在人前威嚇你們一通……我先來道歉，您是懂我的，我十分感謝！」

「將軍，我怎麼敢埋怨您呀！」上尉面露微笑，露出他在伊茲梅爾城下被打落的門牙缺口。

「請轉告多洛霍夫，我絕不會忘記他，請他放心。我一直想問您，他是個怎麼樣的人？操行端正麼？各方面的表現……」

「大人，他努力工作……可是性格……」季莫欣說道。

「怎麼？性格怎麼樣？」團長問道。

「大人，每天都不一樣，」上尉說道，「有時很聰明、有學問、待人和善，有時卻變成野獸了。他在波蘭打死了一個猶太人……您知道……」

「是呀，是呀，」團長說道，「還是必須憐憫這個不幸的青年。他交遊廣闊，您必須……」

「大人，遵命。」季莫欣說道，他面露微笑，表示他明瞭長官的意願。

「是呀，是呀。」

團長在佇列中找到了多洛霍夫，並且把馬勒住了。

「作戰前先發肩章。」團長對他說道。

多洛霍夫環顧了四周，沒有說什麼，也沒有改變他那露出嘲笑的嘴角的表情。

「嗯，好了，」團長繼續說道，「我邀請各位痛飲一杯，感謝大家！感謝上帝！」他向另一連疾馳而去。

「他是個沒話說的好人，可以和他一同共事。」季莫欣對在一旁的連級軍官說道。

「簡單來說，他是個團長。」那名連級軍官一面發笑，一面說道。

長官們的喜悅心情也感染了士兵們，四面八方都傳來士兵愉快的談話聲。

「有人說庫圖佐夫是個獨眼人，只有一隻眼睛？」

「是啊！貨真價實的獨眼人。」

「不……老弟，他眼力比你還好呢！皮靴和包腳布，什麼都看得清清楚楚。」

「我的老弟，他看了看我這雙腳……嘿！我還以為……」

「還有那個和他一起來的奧國人，全身就像刷了一層白灰似的，白得像麵粉！」

「怎麼樣！……他不是說過哪時候開始打仗嗎？我聽說波拿巴本人就駐紮在布勞瑙。」

「波拿巴怎麼可能駐紮在這裡！笨蛋！他懂什麼呀！目前普魯士人在叛亂，只要奧國人把他們鎮壓下去，就要去向波拿巴宣戰了。」

「這些傢伙！你看，第五連已經進村了，他們就要煮稀飯了，我們卻還沒有到達目的地。」

「混蛋，給我一點麵包乾。」

「昨天你給了我一點煙葉，是嗎？老弟，怪不得。好吧，你拿去吧。」

「讓我們停下來休息也好，要不然，我們還要空著肚子走五俄里的路。」

「若是德國人給我們幾輛馬車就好了，坐上去挺威風的，不是嗎？」

「老弟，這裡的民眾狂暴得很，都是波蘭人，但現在清一色都是德國人。」

連隊後面可以聽見車輪和馬蹄聲，庫圖佐夫正要回到城裡去。他一看見跳舞的士兵和敏捷行進的士兵，就流露出喜悅的表情。隊列中，藍眼睛的多洛霍夫格外引人注目，庫圖佐夫侍從中的一名驃騎兵少尉向他疾馳而去。

這名驃騎兵少尉熱爾科夫在彼得堡曾是多洛霍夫的黨羽之一，他在國外遇見多洛霍夫時，原先不想與他相認；但當庫圖佐夫與這名降級軍官談過話之後，他又懷著與老友會面的心情前來找他。

「好朋友，你怎麼樣了？」他說道，一面使他的坐騎和連隊的步調一致。

「我怎麼樣？」多洛霍夫冷漠地答道，「就像你看見的這樣。」

「喂，你是怎樣和長官搞好關係的？」熱爾科夫問道。

「沒什麼，他們都是一些好人。你是怎樣混進司令部的？」

「暫時調來的，由我值班嘛。」

他們沉默了片刻。

「聽說奧國人被打垮了，是真的嗎？」多洛霍夫問道。

「大家都這樣說，誰知道啊。」

「我很高興。」多洛霍夫簡而明地答道。

「好吧，哪天晚上再來我們那裡打牌吧。」熱爾科夫說道。

「不行，我已經發誓，在沒有晉升以前，我不喝酒，不賭錢。」

「也罷，在打仗以前……」

「到時候就見分曉。」

他們又沉吟起來。

「需要什麼就來一趟吧，司令部裡的人都會幫忙的。」熱爾科夫說道。

多洛霍夫冷冷一笑。

「放心，我會靠自己弄到需要的東西。」

「好吧，我只是說說……」

「我也只是說說。」

「再見。」

「祝你健康……」

熱爾科夫疾馳起來，趕到連隊前面去追趕四輪馬車。

3

閱兵歸來之後，庫圖佐夫與奧國將軍走進辦公室，他吩咐一名副官將本地軍隊的文件和斐迪南大公的信函一併拿來。安德烈公爵隨身帶著總司令必需的文件走進他的辦公室。

「啊……」庫圖佐夫望著博爾孔斯基說道，似乎是要他稍等一下，接著便繼續剛才的談話。

「將軍，我只提醒一點，」庫圖佐夫說道，「如果這件事取決於我個人的願望，那弗朗茲國王的聖旨早就履行了，我也早就和大公會合了。不過，實際情況往往比我們的願望更有說服力。」他微微一笑，眼神彷彿在說：「不管您相不相信，我根本不在乎，但是您沒有證據反駁我的話。」

奧國將軍表現出不滿意的樣子，也用同樣的口吻回答庫圖佐夫。

「完全相反，」他用憤怒的口氣說，「陛下高度讚賞閣下的功績，但我們一致認為，眼下的拖延會使得俄軍喪失他們在戰爭中可能取得的勝利。」

庫圖佐夫臉上仍然保持著笑意，鞠了一躬。

「根據斐迪南大公的信函，我相信，奧國軍隊在馬克將軍如此高明的副司令統率之下，現已取得決定性勝利，再也不需要我們援助了。」庫圖佐夫說道。

奧國將軍皺起了眉頭。儘管還未傳出奧國軍隊敗北的確切消息，但已有許多跡象證實了失利的傳言，因此，庫圖佐夫的話聽來就像是一種嘲笑。

「把信拿過來，」庫圖佐夫把臉轉向安德烈說道，「請你看看，」庫圖佐夫嘴角流露出諷刺的微笑，用德語向奧國將軍唸出斐迪南大公來信中的內容：

我們擁有充分的兵力，約七萬人，如果敵人橫渡萊希河，我們一定能夠發動進攻，一舉殲滅。只要我們佔有烏爾姆，就可繼續控制多瑙河兩岸的有利形勢；因此，如果敵人不橫渡萊希河，我們就能隨時渡過多瑙河，衝擊敵人的交通線，並從多瑙河下游渡河返回原地。我們要振奮精神，等待俄軍完成備戰，然後團結一致，使敵人嘗到苦頭。

庫圖佐夫唸完了這段信，心情沉重地吸了一口氣，並瞧瞧那名軍事參議員。

「可是，閣下，您應該聽過，要作最壞的打算，」奧國將軍說。他用不滿的神態看了副官。

「將軍，對不起，」庫圖佐夫打斷他的話，也向安德烈轉過頭去。「親愛的，去找科茲洛夫斯基拿我們偵察員的全部資料吧。這是諾斯蒂茨伯爵的兩封信函，這是斐迪南大公殿下的信函，還有一些，」他說道，一面把幾份公文遞給他，「依據這些公文，用法文清楚地編寫一份官方公文，把我們掌握的奧軍行動的情報寫成一份呈文。然後呈交大人。」

安德烈低下頭來，收拾好文件，向二位鞠了一躬，就緩慢地朝接待室走去了。

雖然安德烈離開俄國沒多久，但這段時間裡他卻變了不少。他的表情、動作幾乎看不見從前的虛假與慵懶，他的神態就像正忙著做一件有趣的事一般，笑容和眼神也更加討喜了。

他在波蘭就趕上了庫圖佐夫。庫圖佐夫非常賞識他，把他帶到維也納，委託他辦理較重要的事務，還寫了一封信給他的老同僚——安德烈公爵的父親。

「令郎，」他寫道，「因為他兢兢業業、立場堅定，有機會當上一名不凡的軍官。我身邊能有這樣的部下，真是非常幸運。」

在庫圖佐夫的司令部，安德烈在同事間有著兩種完全相反的名聲，有一些人，也就是少數人，承認安德烈是個與眾不同的人物，期待他將來有所成就，他們服從、佩服，並且效法他，安德烈也對這些人大方、憨厚，愉快地和他們共事；而另一些人，即是多數人，都不喜歡安德烈，認為他是個盛氣凌人、令人厭惡的傢伙，安德烈善於應付這種人，使他們尊敬他，甚至畏懼他。

安德烈走出庫圖佐夫的辦公室，來到接待室，帶著公文朝正在窗前看書的值班副官科茲洛夫斯基走去。

「喂，公爵，怎麼啦？」科茲洛夫斯基問。

「我接到命令，要擬出一份官方記事公文，藉以說明我們為什麼不向前推進。」

「為什麼呢？」

安德烈公爵聳聳肩膀。

「沒有馬克方面的消息？」科茲洛夫斯基問道。

「沒有。」

「假如他確實已被擊潰，消息一定會傳來的。」

「大概吧。」安德烈說道，就向門口走去了。就在這時，一名像是剛從外地回來的奧國將軍迅速走進接待室，砰的一聲把門關上。他身穿常禮服，頭上裹著黑頭巾，頸上佩戴著瑪麗亞·特雷西婭勳章。

「庫圖佐夫上將在嗎？」這名將軍帶著刺耳的德國口音說道，一面朝著辦公室門口走去。

「上將沒有空，」科茲洛夫斯基說道，急忙攔住門前的通道，「請問尊姓大名？」

這個將軍鄙夷地把身材不高的科茲洛夫斯基打量一番，好像在訝異竟有人不認識他。

「上將沒有空。」科茲洛夫斯基心平氣和地重複了一次。

將軍皺起了眉頭，他取出筆記本，用鉛筆快速地寫了幾個字，撕下一頁遞給科茲洛夫斯基，然後就一屁股坐在椅子上。辦公室的門開了，庫圖佐夫出現在門框裡，裹著頭巾的將軍立刻向他走去。

「您親眼看見了不幸的馬克。」他突然改變聲調說道。

庫圖佐夫臉部的表情忽然僵住不動了。隨後，他恭敬地低下頭，默不作聲地讓馬克從身邊走過去，隨手把門關上了。

原來，奧國軍隊已被擊潰並在烏爾姆城下投降的消息是真的。過了半小時，副官們被派至各處傳達命令，表示目前尚未採取過行動的俄軍也將要和敵人交鋒了。

司令部裡只有幾名軍官關心戰事的全部進程，安德烈就是其中之一。他聽見馬克的軍隊覆沒的詳情之後，立刻明白俄軍的艱難處境。他想到軍隊即將面臨的局面，以及他即將在軍隊中發揮的作用；再過一個禮拜，也許就能親身經歷史無前例的俄法武裝衝突。

這些心事使安德烈感到激動和惱怒，於是回到房裡寫信給父親。他在走廊上遇見涅斯維茨基和熱爾科夫，他們仍和平日一樣面露微笑。

「你為什麼憂愁？」涅斯維茨基發現安德烈臉色蒼白，於是問道。

「沒有什麼好開心的。」博爾孔斯基答道。

前日剛抵達的奧國將軍施特勞赫和軍事參議員從走廊的另一端迎面走來，這個奧國將軍留駐於庫圖佐夫司令部，監督俄軍的糧食供應。雖然走廊夠寬闊，但熱爾科夫卻一把推開涅斯維茨基，氣喘吁吁地說：

「他們來了！……他們來了！……閃到一邊去吧，讓路！請讓路！」

兩個將軍匆匆地走過去，熱爾科夫臉上忽然露出愉快的傻笑。

「大人，」他向前邁出幾步，用德國話向奧國將軍說道，「祝賀您，我深感榮幸。」他低下頭來，就像學跳舞的兒童一樣笨拙地敬禮。奧國將軍嚴肅地瞄了他一眼。

「馬克將軍安然無恙，只是這裡撞傷了。」他指了指自己的頭，微笑著補充道。將軍皺起了眉頭，轉過身子向前走去了。

「我的天啊，多麼天真！」他走開幾步，憤怒地說道。

涅斯維茨基哈哈大笑起來，但是安德烈的臉色更加蒼白，熱爾科夫不合時宜的惡作劇令他感到憤恨，他將這一切全都發洩出來。

「閣下，」他顫抖地說道，「如果您想當一名小丑，我無法阻攔您。但我必須向您聲明，如果您敢再當著我的面胡鬧，我就會把您教訓一頓。」

涅斯維茨基和熱爾科夫都瞪大了眼睛，默默地望著他。

「怎麼了，我只是祝賀罷了。」熱爾科夫說道。

「我不跟您胡扯，住口！」安德烈基喊了一聲，抓住涅斯維茨基的手離開了。

「喂，老弟，你怎麼啦？」涅斯維茨基用安慰的口氣說道。

「怎麼了？」安德烈激動得停下來，「你要明白，四萬人捐軀了，我們的盟軍被殲滅了，可是你們居然開這種玩笑！」他用讓熱爾科夫聽得見的聲音說道，「您竟和這個先生交朋友，像他這樣的小人還情有可原，而您卻不可饒恕。」

他等了一會兒，看騎兵少尉是否回答。可是少尉轉過身去，離開了走廊。

4

保羅格勒驃騎兵團駐紮在布勞瑙兩英里外。士官生尼古拉・羅斯托夫服役的騎兵連在德國村莊札爾策涅克設營，自從他在波蘭趕上隊伍以來，就和連長傑尼索夫住在村裡一間極好的住宅。

十月八日，大本營正在為了馬克失敗的消息雞飛狗跳時，騎兵連的行軍生活依舊風平浪靜。清晨時，羅斯托夫騎著馬採買飼料回來，他策馬跑到台階前，一躍跳下馬來。

「啊，親愛的朋友，」他對著跑向他的驃騎兵說道，「把馬牽去遛一遛。」

「大人，遵命。」這名烏克蘭人愉快地答道。

「要當心，好好地牽馬遛一遛！」

羅斯托夫用手摸了摸馬脖子，然後摸了摸馬屁股，便在台階上停下。

「好極了！會變成一匹駿馬！」他暗想，鏗鏘一聲奔上了台階。德國屋主正拿著叉子清除牛糞，他一看見羅斯托夫，臉色頓時開朗起來。「早安，早安！」他重複說道。

「又在幹活啦？」羅斯托夫說道，他的臉上流露著親切的微笑。「奧國萬歲！俄國萬歲！亞歷山大皇帝，烏拉！」他向德國主人說出這些常說的話。

德國人笑了起來，走出牛欄門高聲喊道：「全世界萬歲！」

羅斯托夫也含笑地高喊：「全世界萬歲！」

雖然他們沒有任何理由高興，但是兩人仍心懷幸福的歡樂對望了一眼，以顯示彼此之間的友誼。德國人走回牛欄，羅斯托夫走進他和傑尼索夫共住的農舍。

「老爺怎麼啦？」他向傑尼索夫的僕役拉夫魯什卡問道。

「昨晚出去就沒有回來，大概是輸錢了吧，」拉夫魯什卡答道，「假如是贏錢的話，他會馬上回來吹噓；

假如到早上都還沒回來，就代表輸光了。要咖啡嗎？」

「嗯，端來吧！」

過了十分鐘，拉夫魯什卡端來了咖啡。

「來了！」他說道，「現在要倒大楣了。」

羅斯托夫朝窗外瞄了一眼，看見傑尼索夫走回家來。他的身材矮小，臉色紅潤，烏黑的眼睛閃閃發亮，鬍鬚和頭髮十分蓬亂。他身上的斗篷敞開著，皺巴巴的軍帽戴在後腦，滿面愁容地走向台階。

「拉夫魯什卡，」他怒氣沖沖地嚷道，「喂，脫掉它，蠢貨！」

「我已經在脫了嘛。」拉夫魯什卡答道。

「啊！你起來了。」傑尼索夫走進房裡來，說道。

「早就起來了，」羅斯托夫說道，「我來領乾草，見過瑪蒂爾達小姐了。」

「真的？老弟，我昨夜倒楣透了，把錢輸得精光！」傑尼索夫叫道，「真不走運！真不走運！你一走，事情就變得糟透了。喂，把茶端來吧！」

傑尼索夫伸出兩手，用那短短的手指搔著樹林般蓬鬆的黑髮。

「鬼迷心竅，竟然去找這個大騙子，」他搓了搓臉，說道，「你可以想像，他一張牌也沒有給我！」

傑尼索夫拿起僕人遞過來的煙斗，敲了敲地板，接著吼道：

「下一注他就讓，加倍下他就吃，下一注他就讓，加倍下他就吃！」

他把煙斗丟到一邊去，然後沉默片刻，又快樂地望了望羅斯托夫。

「有女人就好了，要不然，這裡除了喝酒什麼事也不能做，早點開戰也好……喂，誰在那裡？」他聽見了一些響聲，便朝門口轉過臉去問道。

「騎兵司務長！」拉夫魯什卡說道。

傑尼索夫的眉頭鎖得更緊了。

「真糟糕。」他說道，一邊把裝著一些金幣的錢包扔開。

「羅斯托夫，親愛的，數數那裡面剩下多少錢，再把它放到枕頭底下。」說完，他就朝騎兵司務長走去。

羅斯托夫取出錢來，把新舊金幣一堆一堆地擺放整齊，開始點錢。

「啊！捷利亞寧，你好！昨天我輸光了。」從另一個房間傳來傑尼索夫的說話聲。

「是在誰那裡？是在貝科夫那裡嗎？我知道。」另一個人說道，隨後也走進了這個房間。

羅斯托夫趕緊把錢包塞進枕頭底下。捷利亞寧中尉是從近衛軍調出來的，他在兵團中表現得十分出色，可是大家都不喜歡他，尤其是羅斯托夫。

「喂，年輕的騎兵，怎麼樣了？我的馬不錯吧？」他問道。他從來不看交談者的眼睛。「我看見您今天騎著馬走過去了……」

「是的，很不錯，是一匹駿馬，」羅斯托夫答道，這匹馬是花了七百盧布買來的，但牠不值這個價格的一半，「左前腿微跛……」他補充說道。

「馬蹄裂開了！沒關係。我來教您如何裝好蹄鐵。」

「是的，請多指教。」羅斯托夫說道。

「我為您解說一下。您買了這匹馬，以後一定會感謝我的。」

「那麼我請人把馬牽來。」羅斯托夫說道，他走了出去，以避開捷利亞寧。

傑尼索夫看見羅斯托夫，皺起了眉頭，指了指捷利亞寧坐著的那個房間，憎惡地抖抖身子。

「唉，我不喜歡這傢伙。」

羅斯托夫聳了聳肩，好像在說：「我也是，可是又能怎麼辦呢？」他吩咐完後，又回到屋裡去。

捷利亞寧仍然保持著剛才那副懶洋洋的樣子，一面搓著那雙潔白的小手。

「怎麼樣，您已經吩咐牽馬了嗎？」捷利亞寧站起身來，漫不經心地環顧四周。

「已經吩咐了。」

「我們一起去吧。我只是順便問問傑尼索夫昨天的命令，傑尼索夫，有接到命令嗎？」
「還沒有接到。您要去哪裡呀？」
「我要教年輕人怎麼釘蹄鐵。」捷利亞寧說道。
他們走到馬廄，中尉在解說完畢之後就離開了。
羅斯托夫回來時，桌上放著一瓶燒酒和一份香腸，傑尼索夫坐在桌前寫字。
「我要寫封信給她。」他說道。
他手裡拿著鋼筆，高興地把想寫的話全部寫下來，並向羅斯托夫道出信中的內容。
「朋友，你知道嗎，」他說道，「我們不戀愛，就能睡得痛快。但只要一戀愛，就會變成神仙了……又是誰？叫他滾吧！我沒時間。」他向走來的拉夫魯什卡喊道。
「還會有誰呢？您自己叫他來的，騎兵司務長來領款了。」
傑尼索夫皺起眉角，沉默下來了。
「糟透了，」他自言自語道，「錢包裡剩下多少錢？」
「七塊新幣，三塊舊幣。」羅斯托夫答道。
「唉，糟透了！醜八怪，你幹嘛站著，去打發司務長吧！」
傑尼索夫向拉夫魯什卡喊了一聲。
「傑尼索夫，先用我的錢吧，我這裡還有。」羅斯托夫漲紅著臉說道。
「我不喜歡向朋友借錢，我不喜歡。」傑尼索夫嘮叨道。
「如果你堅持不用我的錢，那我就會生氣了。反正，我有錢呢！」羅斯托夫重複說道。
「不。」
傑尼索夫於是走到床前，朝枕頭底下摸去。
「羅斯托夫，你把它放在那裡呢？」

「在下面的枕頭底下啊！」

「沒有啊。」

傑尼索夫把兩個枕頭丟到地上，錢包不見了。

「真怪！」

「等一下，你是不是把它丟掉了？」羅斯托夫說道，他把枕頭依序撿起來抖了一下。

他把被子也翻過來抖了抖，錢包不見了。

「我忘了？不可能的啊！我還以為你好像在藏寶物一樣，把它枕在頭底下，」羅斯托夫說道，「我把錢包放在這裡，錢包呢？」他把臉轉向拉夫魯什卡說道。

「我沒有進來過。您放在哪裡，就還在那裡。」

「可是，沒有看到錢包啊。」

「您老是這個樣子，把東西一丟就忘記了。請看看您的口袋吧。」

「不，我記得，我把它放好了的。」

拉夫魯什卡把床鋪翻遍了，還檢查了床底、桌底，找遍整個房間。當拉夫魯什卡驚奇地攤開兩手，說到處找不到錢包時，傑尼索夫轉過頭來看了羅斯托夫。

「羅斯托夫，你不要像孩子般胡鬧……」

羅斯托夫感到傑尼索夫的視線已經投到他身上了，他抬起眼睛，隨即低下頭來。他全身的血液彷彿全湧到他的臉頰和眼睛裡，令他簡直喘不過氣來。

「除了中尉和您自己之外，沒有人進來過房間，錢包還可能在哪裡？」拉夫魯什卡說道。

「喂，你這個傢伙，快給我找！」傑尼索夫面紅耳赤，裝出一副威嚇的姿勢喊道，「一定要找到，否則你們全都等著挨鞭子吧！。」

羅斯托夫扣緊制服上衣，扣上佩帶的馬刀，戴上制服帽。

「我告訴你，一定要找到錢包！」傑尼索夫喊道，一把抓住勤務兵的肩膀搖晃著。

「傑尼索夫，把他放開，我知道是誰把它拿走了。」羅斯托夫說道，頭也不抬地朝門口走去。

傑尼索夫愣了一下，顯然明白了羅斯托夫在暗示什麼，馬上抓住他的手。

「廢話！」他喊道，「你神經錯亂了，我不允許這樣。錢包就在這裡，只要把這個壞蛋揍一頓，錢包就會找到的。」

「我知道是誰把它拿走的。」羅斯托夫聲音顫慄地說道，向門口走去。

「我告訴你，絕對不准這麼做。」傑尼索夫喊道，撲過去想把他攔住。

羅斯托夫惡狠狠地盯著傑尼索夫，彷彿他是自己最大的敵人似的。

「你知道自己在說什麼嗎？」他說道，「除了我，誰也沒進過這個房間。也就是說……」

他無法再說下去，從房間裡跑出去了。

「咳，算了吧，你們大家算了吧。」這就是羅斯托夫聽見的最後幾句話。

羅斯托夫來到了捷利亞寧的住宅。

「老爺不在家呢，他到司令部去了，」捷利亞寧的勤務兵說道，「出什麼事了？」

「不，沒什麼。」

「早來幾分鐘，就能遇到了。」勤務兵說道。

司令部駐紮在札爾策涅克村三俄里之外，村裡有一家軍官們常光顧的酒館，羅斯托夫騎著馬來到酒館，在台階旁看見了捷利亞寧的座騎。

中尉坐在酒館的第二間房裡用餐，他身旁擺著一盤香腸、一瓶葡萄酒。

「啊，小伙子，您也來了。」他微笑著說道。

「嗯。」羅斯托夫說道，他在鄰近的桌旁坐下來。

二人都默不作聲，只聽得見刀子和盤子的碰撞聲和咀嚼食物的聲音，捷利亞寧吃完早餐後，從錢袋裡取出一個對折的錢包，掏出一塊金幣交給侍從。

「請你快點吧。」他說道。

這是一塊很新的金幣。羅斯托夫站起來走到捷利亞寧前面。

「讓我看看這個錢包。」他小聲地說道。

捷利亞寧的眼珠子不停地來回亂轉，把錢包交給他。

「是啊，這是個好錢包，是啊，是啊……」他說道，臉色忽然變得慘白，「小伙子，瞧瞧。」

羅斯托夫看看錢包，又看看裡面的錢，再看看捷利亞寧，忽然覺得愉快極了。

「在這個糟糕透了的小鎮上，有錢也無處可花，」他說道，「好了，還給我，我要走了。」

羅斯托夫默不作聲。

「怎麼了？您也要吃早餐嗎？餐點很不錯，」捷利亞寧繼續說道，「還給我吧。」

羅斯托夫放開錢包，讓捷利亞寧把它放進褲子口袋裡，那動作就彷彿是自己的錢包一樣。

「小伙子，怎麼了？」他說道，與羅斯托夫對望著。

「請到這裡來，」羅斯托夫將捷利亞寧拉到窗前，耳語道：「這是傑尼索夫的錢，您把它拿走了。」

「怎麼？……您怎麼敢這麼說？怎麼？……」捷利亞寧說道。

他的話聽起來像是絕望的喊叫，又像是在祈求寬恕。羅斯托夫心中的狐疑頓時煙消雲散。雖然他憐憫眼前這個傢伙，但仍必須把該做的事全部做完。

「誰知道這裡的人會怎麼想，」捷利亞寧喃喃地說，「應該說清楚……」

「我當然知道，讓我來證明一下。」羅斯托夫說道。

「我……」

捷利亞寧臉上的肌肉不停顫動，他不敢直視羅斯托夫，微微啜泣起來。

「伯爵……饒了我吧，這就是那些錢，拿去吧……」他把錢拋到桌上，「我還有年邁的父母……」

羅斯托夫拿起錢來，一句話也沒說，就往屋外走去。他在門旁停住了。

「我的天啊！」他兩眼泛著淚水說道，「您怎麼能這麼做？」

「伯爵——」捷利亞寧向他走去，說道。

「別跟我說話，」羅斯托夫避開他，說道，「如果您缺錢用，就把那些錢拿去吧。」他向他扔出了錢包，便從酒館中跑出去。

5

當晚，騎兵連的軍官們都在傑尼索夫的住宅中熱烈地交談。

「羅斯托夫，我要您向團長道歉。」騎兵上尉對激動不安的羅斯托夫說道。騎兵上尉基爾斯堅曾二度因為妨礙名譽被貶為士兵，但後來都恢復原職。

「我不允許任何人說我撒謊！」羅斯托夫大喊，「事情就是這樣，天天派我值勤也行，把我關進牢裡也行，可是沒有人能強迫我道歉，如果團長不屑與我決鬥，那麼……」

「老弟，請您聽我說，」上尉打斷他的發言，「您當著其他軍官的面，對團長說有個軍官行竊……」

「當著其他軍官的面又怎樣？我不是外交官，我之所以來當驃騎兵，就是因為騎兵隊裡用不著講究細節，可是他竟然說我撒謊，那麼就得同意和我決鬥……」

「您說得很對，沒有人覺得您是個懦夫，可是問題不在這裡。您問問傑尼索夫，士官生向團長提出決鬥，這成何體統？」

傑尼索夫臉色陰沉地聽著，對上尉的發問否定地搖了搖頭。

「您當著其他軍官們的面說這種話，」上尉繼續說道，「團長才阻止您的。」

「不是阻止，而是說我撒謊。」

「夠了，您對他說了這麼多蠢話，應該道歉。」

「絕不！」羅斯托夫高聲喊道。

「我沒想到您會這樣，」騎兵上尉嚴肅而冷漠地說，「可是，老弟，您本來就應該謹慎思考，或是請教別人如何處理這件事，可是您卻公然在軍官們面前把什麼都說出來了，你要團長怎麼辦呢？把這名軍官送交法庭審判，讓整個兵團蒙羞嗎？當然不行，所以團長才說您撒謊，這也是無可奈何。大伙兒都想私下了結這件案子，您卻執意不肯合作。不論團長做了什麼，他畢竟是個令人尊敬的老上校，難道您就不在乎玷汙兵團的名譽嗎？」上尉的聲音顫抖起來，「您難道不在乎別人說我們的兵團中有竊賊嗎？我們可是很在乎的，傑尼索夫，對吧？」

傑尼索夫總是沉默不答，不時用他那閃閃發亮的黑眼睛瞧瞧羅斯托夫。

「您不願意道歉，」上尉又說，「但對我們這些在兵團裡成長的老人來說，榮譽是很寶貴的，唉！您不明白，老弟！這樣很不好！我必須這麼說，很不好！」

騎兵上尉於是站起來，把臉轉過去不理羅斯托夫。

「老實說，你真了不起！」傑尼索夫一躍而起，說道，「喂，羅斯托夫，喂！」

羅斯托夫焦慮不安，來回環視其他的軍官。

「不是，先生們，不是……我十分明瞭，您對我的批評是毫無根據的……我為我自己……為兵團的光榮……不是嗎？我要證明，兵團的榮譽對我也是……嗯，反正，反正是我的錯！」他眼睛裡含著淚水。「我有錯，全是我不好！您還想怎樣呢？……」

「伯爵，就是這樣。」騎兵上尉轉過臉來說道，用他那巨大的手拍打著他的肩膀。

「我跟你說，」傑尼索夫喊道，「他是個不錯的人。」

「伯爵，這樣才好，」上尉彷彿在贊許他認錯似的，「伯爵大人，您去道歉吧。」

「先生們，我能辦到，我絕不會再亂說一句話，」羅斯托夫乞求地說道，「但是我不會道歉，你們想怎樣就怎樣吧，我不會道歉！我為什麼要道歉呢？」

傑尼索夫笑了起來。

「這只會更糟。團長愛記仇，您太固執己見是會受到懲罰的。」基爾斯堅說道。

「這不是固執！我無法向您描述這是一種什麼樣的感情……」

「哼，隨你的便，」上尉說道，「那個壞蛋溜到哪去了？他怎麼辦？」他問傑尼索夫。

「他說他自己有病在身，明天就下令開除他。」傑尼索夫說道。

「這是疾病，不能用別的理由來解釋。」騎兵上尉說。

「無論有沒有病，千萬別讓我遇到了，否則我會宰了他！」傑尼索夫吼道。

熱爾科夫走進房裡來。

「怎麼了？」軍官們忽然把臉轉向那個走進房裡來的人，說道。

「先生們，出征啊。馬克被俘，他帶著軍隊投降了。」

「胡說！」

「我親眼看見的。」

「怎麼？你親眼看見馬克還活著？」

「出征啊！出征啊！給他一瓶燒酒。你怎麼走到這裡來的？」

「因為馬克這個傢伙，才害我又被派到兵團裡來了。奧國將軍控告我，馬克來了，我向他祝賀……羅斯托夫，你怎麼了？怎麼好像剛從浴室裡走出來的？」

「老兄，從昨天到現在，我們這兒一直很混亂。」

兵團的副官來了，他證明熱爾科夫的情報是可靠的，已發布命令明天開拔。

「先生們，出征啊！」

「啊，謝天謝地，我們坐得太久了。」

6

庫圖佐夫燒毀一座座橋樑，向維也納撤退。十月二十三日，俄軍橫渡恩斯河。正午，俄國的輜重隊、炮兵和步兵隊從橋上魚貫地通過恩斯市。

高地上座落著幾座護衛橋樑的俄國炮台，在這些大炮之間，一個率領後衛部隊的將軍與一名侍從軍官在前面站著，並用望遠鏡觀察地形。後面不遠處，涅斯維茨基正坐在炮架尾部，用餡餅和茴香甜酒款待軍官們。

「這個奧國公爵不是笨蛋，在這裡修建了一座城寨。這個地方挺好的。先生們，幹嘛不吃呢？」涅斯維茨基說道。

「公爵，十分感謝，」一名軍官答道，「這地方真美。我們經過公園時，還看見兩隻鹿，房子多麼華麗啊！」

「公爵，請您看看，」另一位軍官說道，「我們的步兵已經到達那裡，走了那麼遠了。那裡有三個人正在拖曳著什麼東西，要為這座宮殿建築物除去雜草。」

涅斯維茨基指了指山上那間有塔樓的寺院，眼睛瞇起來微微一笑。

「先生們，這真是一派秀氣啊！」

軍官們笑了起來。

「嚇一嚇修女也好，聽說有些是義大利的少女呢！我願意為她們豁出五年的光陰！」

「她們本來就夠寂寞了。」一個更有膽量的軍官笑道。

這時，站在前頭的侍從軍官把某件東西指給將軍看，將軍也拿起望遠鏡觀望。

「果真如此，」將軍憤怒地說道，「敵人要攻擊了，他們幹嘛在那裡浪費時間呢？」

在河的對岸，可以看見敵軍的炮台冒出白色的硝煙，硝煙後面傳來了炮聲，俄國的軍隊匆忙地渡河。涅斯維茨基喘著氣，站起身來，面露微笑地向將軍面前走去。

「大人，要吃點東西嗎？」他說道。

「真糟糕，」將軍沒有回答他，「我們的軍隊磨蹭起來了。」

「大人，要不要過去一趟呢？」涅斯維茨基說道。

「對，請您走一趟，」將軍說道，「告訴驃騎兵，依照我的吩咐，最後一批渡河後把橋燒了，要檢查一下引火用的燃料。」

「很好。」涅斯維茨基答道。

他向牽馬的哥薩克兵喊了一聲，吩咐他收拾行囊和軍用水壺，然後輕巧地翻上馬鞍。

「我要找修女去了。」他向微笑看著他的軍官們說道，於是沿著一條曲折小道下山而去。

「喂，上尉，放一炮，看看能射到哪裡去！」將軍向炮兵說道。

「炮手們，各就各位！」一名軍官發出了口令，炮手們都俐落地跑出來，裝上炮彈。

「第一號，放！」發出了口令。

大炮發出震耳欲聾的隆隆聲，一枚榴彈從俄國官兵頭上呼嘯而過，在離敵軍陣地很遠的地方落下了。官兵們臉上都流露著愉快的神情，站立起來觀察山下俄軍的動態，以及逐漸靠近的敵軍動態。這時，太陽從雲裡探出頭來，與單調的炮聲一起，使人產生一種振奮的感覺。

7

兩枚敵人的圓形炮彈飛過橋樑上空，橋上擁擠不堪。涅斯維茨基在橋中間下馬，想向前走去，卻被一群士兵和車輛擠得無法動彈。

「老弟，你真是！」哥薩克對趕車的輜重兵說道，「不能等一等嗎？你明明看見將軍要過橋。」有人說出了將軍的姓名，但是這個輜重兵並不理會，大聲斥責那些擋路的士兵。

「喂！各位！請靠左走，等一等！」

可是，士兵們仍互相推擠，從橋上源源不斷地行進。

「你看，就像潰堤了一樣，」一名哥薩克絕望地說道，「那裡還有很多人嗎？」

「差一個就滿一百萬！」一名走過的士兵說道。

「假如敵人立刻在橋上烤起餡餅，那你就什麼都會忘掉了。」一名老兵說道。

「奇怪，包腳布塞到哪裡去了？」一名勤務兵說道。

有幾名士兵露出愉快的神情，也跟在這個士兵後面走去。

「瞧！他們手忙腳亂的！只開了一炮，就以為敵人都被打死了。」一個士官氣憤地說道。

「大叔，那炮彈從我身邊飛過去了，」一名年輕士兵幾乎要笑出聲來，「我簡直嚇呆了。老實說，我嚇壞了，真要命！」

這個士兵也走過去了，一輛德國製的馬車跟在後面，一個德國男人駕著馬車，車後面綁著一頭母牛，一個抱著嬰孩的婦人、老太婆和一個年輕的德國姑娘坐在車上，看來這些移民是憑特殊許可證通行的。士兵們的目光都投射到女人們身上。

「瞧，德國香腸也落荒而逃了！」

「把姑娘賣掉吧。」另一個士兵向德國人說道，那個德國人氣憤而驚恐地向前離去。

「瞧，打扮得這麼漂亮！真是的！」

「費多托夫，你應該在她們附近紮營！」

「老兄，我們是有修養的。」

「你們要去哪裡呢？」一個正在吃蘋果的步兵軍官也半露笑容地打量著那個美麗姑娘。

德國人閉上眼睛，表示聽不懂他的意思。

「你想吃，就拿去吧。」軍官說道，一面把蘋果遞給姑娘。

姑娘微微一笑，拿了一個蘋果。涅斯維茨基也目不轉睛地望著她們。所有人終於停住了，到了橋頭，連隊的馬匹不聽駕馭了，一群人只得待在那裡等候。

「幹嘛都停滯不前呢？沒有秩序了！」士兵們說道，「你要闖去哪裡？糟糕！必須等一下子。假如他燒毀橋樑，那就更糟了。你瞧，他們把那個軍官擠得無路可走。」一大群人面面相覷，還在橋頭上擠來擠去。

涅斯維茨基忽然聽見一種奇異的響聲，什麼東西正疾速地靠近，它的體積很大，撲通一聲掉進水裡。

「你瞧，射到那裡去了！」一個站在附近的士兵掉過頭來瞥了一眼。

「他正在鼓勵我們，希望我們快點過去。」另一名士兵焦急不安地說道。

一群人又開始向前移動。涅斯維茨基心裡明白這是一枚炮彈。

「喂，哥薩克，把馬牽過來！」他說道，「喂，你們閃到一邊去！讓出一條路來！」

他不斷地喊叫，緩慢向前移動，士兵們擠縮在一起，為他讓出一條路。

「涅斯維茨基！涅斯維茨基！你這個醜東西！」他後面忽然傳來嘶啞的嗓音。

涅斯維茨基回頭一看，看見了瓦西卡·傑尼索夫，他離涅斯維茨基有十五步遠，被一大群步兵隔開了。

「快叫這班蠢蛋讓路！」傑尼索夫大吼。

「哎，瓦夏！」涅斯維茨基愉快地答道，「你怎麼樣？」

「騎兵連沒辦法過去。」傑尼索夫惡狠狠地喊道。

「這是搞什麼？像一群綿羊，就像一群綿羊！滾開！……快給我讓路！這輛大馬車，真是夠了！我要用馬刀砍了！」他大聲喊道，拔出馬刀揮動起來。

士兵們面露驚恐的神色，擠縮在一起，傑尼索夫於是走到涅斯維茨基身邊去。

「你今天怎麼沒喝醉呢？」涅斯維茨基問道。

「哪有時間喝酒！」傑尼索夫答道，「整天把兵團帶來帶去。要打仗就打吧！天知道這是怎麼搞的！」涅斯維茨基與傑尼索夫擠到橋樑的另一頭，把步兵攔住了。涅斯維茨基在橋頭找到上校，把命令轉告給他，執行完委託的任務之後就返回崗位去了。

傑尼索夫停在橋頭，端詳著迎面走來的騎兵連士兵。騎兵連的隊伍四人一排，由軍官領在前頭，一字走過橋上。步兵帶著不同兵種相遇時常會產生的那種敵對感，望著從他們身旁走過的驃騎兵。

「多麼漂亮的小伙子啊！只配去參加嘉年華會了！」

「他們有什麼用啊！只能擺出來做做樣子！」另一個士兵說道。

「步兵們，不要把塵埃揚起來！」一個驃騎兵開了個玩笑，他的馬蹄下一踢，把爛泥全濺到了那個步兵身上。

「應該把你趕去行軍，讓你走上兩天的路，你那背包的帶子一定會磨破的！」那個步兵用袖子擦去臉上的泥巴，說道，「那樣你就不像人了，像隻趴在馬背上的鳥兒！」

「真想讓你騎馬呢！那你就舒服了。」驃騎兵譏笑那個被行囊壓得彎腰駝背的步兵。

「你可以拿根棍子架在胯下，那樣就有一匹馬了。」另一名騎兵附和道。

8

其餘的步兵擠在橋頭，匆匆忙忙地過橋。最後一個營也走到橋上。傑尼索夫騎兵連的驃騎兵留在橋那頭抗擊敵軍，從橋上還望不見他們。忽然間，身穿藍衣的法國軍隊在對面高地上出現了。傑尼索夫騎兵連的全體士兵都不停地注視地平線上出現的黑點，認為那是敵人的軍隊。在騎兵連和敵軍之間，除了小股的偵察兵而外，已經沒有人影了。敵軍已經停止射擊，把兩軍分隔開來的大約三百俄丈的空地，也變得更加清晰可見。

向這條界線跨出一步，就會面臨未知的痛苦和死亡。沒有人知道對面有著什麼，只知道逾越它是很可怕的，但卻又想逾越它，就像人類總是迫不及待地想要瞭解死亡的那一面是什麼一樣。

敵軍又放了一炮，炮彈從騎兵連頭頂上方呼嘯而過。騎兵連裡寂靜無聲。大家都望著連長，等待他發號施令。第二、第三枚炮彈都飛過去了。顯然炮彈的目標正是驃騎兵，但都沒有命中。從傑尼索夫到號手，每個人的臉上都流露出一種掙扎、興奮和激動的神情。羅斯托夫騎著他那匹有點跛腿的駿馬，站在左翼，得意地打量著眾人，彷彿自豪於自己在槍林彈雨下的鎮靜。但他的嘴角仍情不自禁露出嚴肅的表現。

「誰在那裡低頭彎腰？士官生朱羅諾夫嗎？很不好！您在看我嗎！」傑尼索夫高聲喊道。

傑尼索夫仰起蓬亂的頭，騎著馬朝著連隊的另一翼疾馳而去；他開始嘶啞地叫喊，要大家檢查手槍。這時他又策馬跑到基爾斯堅面前，騎兵上尉也向傑尼索夫走來，他的眼睛比平日更加炯炯有神。

「怎麼了？」他對傑尼索夫說道，「打不起來的，如你所見，我們必須撤退。」

「天知道他們在搞什麼！」傑尼索夫說。「啊！羅斯托夫！」他看見那副快活的臉孔，便向他喊道，「嗯，你總算等到了。」

他微微一笑，對羅斯托夫表示稱讚。這時，長官出現在橋上，傑尼索夫騎馬跑到他面前。

「大人！讓我們發動進攻！把他們統統擊潰。」

「有什麼好進攻的，」長官用沉悶的嗓音說道，「您幹嘛站在這裡？您看，兩翼的士兵正在撤退，快把騎兵連帶回去吧！」

這個騎兵連退出射程，沒有一人陣亡，第二騎兵連也緊隨在後，騰出了那一片土地。

保羅格勒兵團的兩個騎兵連依續往山上撤退。團長卡爾．波格丹內奇策馬來到傑尼索夫的騎兵連前面，他曾與羅斯托夫為了捷利亞寧的事發生衝突，但此刻沒有理睬他。羅斯托夫目不轉睛地望著團長。

熱爾科夫騎馬跑到團長面前，他在被逐出司令部之後，沒有留在兵團裡，而是憑自己的本事在巴格拉季昂公爵門下謀得了傳令官一職。他帶著後衛司令的命令來見昔日的上司。

「團長，」他把臉轉向波格丹內奇，嚴肅地說道：「上頭有令，停下來，燒毀橋樑。」

「向誰頒布的命令？」團長固執地問道。

「上校，我也不知道是向誰頒布的命令，」騎兵少尉一本正經地回答，「公爵只是命令我來告訴上校，要驃騎兵快點撤退，把橋樑燒掉。」

一名侍從武官跟在熱爾科夫身後，肥胖的涅斯維茨基又緊隨其後。

「上校，怎麼了？」他大聲喊道，「我說了燒掉橋樑，但有人把話傳錯，他們在那裡亂成一團！」

上校從容不迫地阻止了一團人，然後向涅斯維茨基說道：

「您對我說過引火燃料的事，」他說道，「可是燒橋的事，您從未說過。」

「老爺，怎麼可能呢？」涅斯維茨基停下來說道，「引火的燃料都放了，怎麼可能沒說過燒橋的事呢？」

「校官先生，我不是您的『老爺』，您沒有對我傳達燒橋的事啊！我總是嚴格執行命令，您說要燒橋，可是派誰去燒呢？我簡直搞不懂……」

「嗯，總會有這種事，」涅斯維茨基揮了揮手，又向熱爾科夫說道：「你怎麼在這裡呢？」

「為了一樣的事。不過你把衣服弄濕了，我來幫你擰乾吧！」

「校官先生，您是說……」上校氣惱地繼續說道。

「上校，」侍從武官打斷他的話，「要趕快採取行動，否則，敵軍的大炮就快接近了。」

上校無言地看看侍從武官，看看肥胖的校官，又看看熱爾科夫，皺起眉頭。

「由我來燒。」他莊重地說道。

上校用他腿踢了踢馬，開始挺進，並向羅斯托夫所在的第二騎兵連發出撤出橋上的命令。

「他是在考驗我！」羅斯托夫心中升起怒火，「就讓他看看我不是個膽小鬼。」

羅斯托夫目不轉睛地望著團長，但上校沒有看他一眼，而是像平常一樣嚴肅而得意地東張西望。

「趕快！趕快！」他周圍的幾個人異口同聲地說道。

驃騎兵匆匆忙忙地下馬，不知所措。羅斯托夫也心慌意亂，深怕落在隊伍後頭。傑尼索夫的身子向後傾斜，喊叫著什麼，從他身旁馳過去了。

「擔架！」他後面的人喊道。

羅斯托夫不停跑著，一到橋頭，卻陷入了稀爛的泥濘中，絆了一跤，其他人紛紛繞過他。

「騎兵上尉，靠西邊走！」他聽見團長說道，團長在離橋頭不遠處停住了。

羅斯托夫朝他的敵人望了一眼，想繼續向前跑。波格丹內奇朝著他喊了一聲：

「誰在橋中間？靠右！士官生，後退！」他朝著傑尼索夫喊道，傑尼索夫騎著馬跑上橋了。

「騎兵上尉，為什麼要冒險啊！請快下馬。」上校說道。

「哎！有罪的人才會倒楣。」傑尼索夫坐在馬鞍上，轉過臉來答道。

這時，涅斯維茨基、熱爾科夫和侍從軍官一同站在射程外的地方，時而注視在橋頭的士兵，時而望向慢慢接近的法國騎兵和炮兵。

「是他們先把橋燒掉，或是法國人先開炮把他們殲滅呢？」所有人都屏住氣息。

「哎！驃騎兵要遭殃啦！」涅斯維茨基說道，「他們進入射程內了。」

「這麼做是白費力氣。」一名侍從軍官說道。

「沒錯，」涅斯維茨基說道，「派兩個人就夠了，反正結果都是一樣的。」

「嘿，大人，」熱爾科夫插嘴了，「您怎麼這麼說呢？即使他們蠻幹，我們還是可以請上級頒獎給騎兵連，波格丹內奇自己也能獲得弗拉基米爾勳章呀！」

「喂，」一名侍從軍官說道，「那是霰彈！」

他指了指那幾台從前車卸下、急忙撤走的法國大炮。

法軍的炮兵隊中冒出一股硝煙，第二、第三股也幾乎在同時冒出，炮聲一聲接著一聲傳來。

「啊，啊！」涅斯維茨基一把抓著侍從軍官的手，「您看，有人倒下來了！」

「好像有兩個人倒下了，對嗎？」

「如果我是個沙皇，就再也不打仗了。」涅斯維茨基轉過臉去，說道。

法國大炮又開始充填彈藥，沒過多久，橋上再次響起霰彈的劈啪聲響。這時，橋上升起了一股濃煙，驃騎兵們終於燒毀了橋樑，幾座法國炮台齊向他們開炮。

驃騎兵急忙撤退，法軍也不停朝他們發射霰彈，有三名驃騎兵遭到擊中。

羅斯托夫站在原地張望四周，橋上又傳來劈啪的響聲，離他最近的一名驃騎兵哼了一聲倒在欄杆上，羅斯托夫與其他人抬起這名戰友，有人高聲喊道：「擔架啊！」

「啊！看在上帝的份上，請你們把我拋下吧！」負傷的人喊道，但仍然被抬上了擔架。

尼古拉．羅斯托夫轉過臉去望向遠方，心想：「只要我能待在那裡，就什麼都不奢望了，」他又望向太陽，「這輪太陽充滿著幸福之光，而這裡卻只有呻吟、苦難與恐怖；死亡在我的上方、四周迴蕩，我可能永遠看不見這輪太陽，這條流水，這座峽谷了……」

太陽漸漸被烏雲遮掩，擔架在羅斯托夫眼前來來去去，形成一種令人痛苦的景象。

「上帝啊！拯救我，饒恕我吧！」羅斯托夫喃喃地說。

驃騎兵回到馬上，周圍頓時變得平靜下來。

「老兄，你怎麼了？有聞到火藥味嗎？」傑尼索夫在他耳邊大聲喊道。

「一切都完了，我是個膽小鬼，是的，我是個膽小鬼，」羅斯托夫嘆了口氣，也騎上了馬離去。

「那是什麼，是霰彈吧？」他向傑尼索夫問道。

「當然是霰彈，還會是別的嗎！」傑尼索夫喊道，「這差事糟透了！衝鋒陷陣還比被人家當成活靶要好得多！」

傑尼索夫於是向附近的那群人——團長、涅斯維茨基、熱爾科夫和侍從軍官馳去。

「這是您的戰績報告，」熱爾科夫說道，「你瞧，我就要當上少尉了。」

「請稟告公爵，我把橋燒了。」上校得意地說道。

「如果有人向我問到傷亡情況呢？」

「沒關係！」上校說道，「兩名驃騎兵負傷，一名戰死。」

9

庫圖佐夫統率的三萬五千名俄軍，在受到波拿巴的十萬法軍追擊時，深感糧餉不足，從此不再信任盟國。俄軍被迫採取行動，經多瑙河下游倉皇撤退。雙方曾在蘭巴赫、阿姆施泰滕、梅爾克等地交戰，但這幾次戰役均以俄軍迅速撤退而告終。庫圖佐夫兵力不足，裝備老舊，防守維也納已無可能。

十月二十八日，庫圖佐夫在多瑙河左岸駐紮，與法軍主力分據於河道兩岸。三十日，庫圖佐夫擊潰左岸的莫蒂埃師團，並奪得法軍軍旗、大炮和兩名將領。這是撤退兩週以來的首次戰鬥，不僅守住了陣地，還驅逐了法國人，使得俄軍士氣大振。

作戰期間，安德烈公爵在奧地利將軍施米特（他在此戰中陣亡）身邊服役，他騎的馬負了傷，他本人也被子彈擦傷一隻手，傷勢輕微，於是，總司令派遣他至奧國宮廷報捷。當時，奧國的宮廷已遷至布呂恩。執行信使這一職務，除了獲得獎勵之外，還意味著朝升遷邁出了一大步。

安德烈坐在馬車裡，時而回想這場戰役，時而想像捷報將在宮廷造成的轟動。他彷彿覺得俄國人正在逃跑，而自己戰死了，又彷彿覺得是法國士兵在逃跑。最後，他想起大捷的詳情和他在戰場上的英勇表現，心安理得地打起盹來。

他在一個車站上追過了裝運俄國傷患的車隊，車裡的人帶著溫順、痛苦而幼稚的心情望著這名從他們身旁經過的信使。

安德烈吩咐手下停車，詢問一名士兵這些人是在哪裡負傷的。

「前天在多瑙河。」士兵回答。安德烈掏出三枚金幣交給士兵。

「給你們大家，」他補充道，「好好養傷，還有許多仗要打啊！」

「副官先生，怎麼了？有什麼消息？」一名軍官問道。

「好消息！前進。」他向馬車伕喊了一聲，便乘車疾馳而去。

當安德烈駛進布呂恩時，天已經黑了，這座大城市依舊燈火通明，熱鬧的氣氛對剛經歷過軍旅生活的安德烈來說，十分誘人。他抵達皇宮，原以為會有人帶他去覲見皇帝，但卻被官員領到另一扇門前。

「大人，前面右轉，您可以找到值班武官，」官員說道，「他會帶您去見軍政大臣。」

安德烈來到軍政大臣的辦公室，原本的愉快心情這時已蕩然無存，取而代之的是受辱的感覺，「他們大概以為不上前線也可以輕鬆地贏得勝利啊！」當安德看到軍政大臣坐在一張寬大的辦公桌前，對他毫不理睬時，這種感覺就更強烈了；他正低頭閱讀文件，當房門敞開時，他連頭也沒抬。

「把這份文件送出去。」他對副官說道。這時，他把其餘的文件推到一旁，隨後才抬起頭來，臉上出現了愚笨、虛偽的微笑。

「您是從庫圖佐夫元帥那裡來的？」他問道，「我希望您帶來好消息，是嗎？和莫蒂埃發生過衝突了？打贏了？正是時候啊！」

他拿起一份簽署自己名字的急電，帶著憂鬱的表情開始閱讀。

「哎！老天！施米特呀！」他用德國話說道，「太不幸了！太不幸了！」

他隨意看了一下電文，就把它放在桌上，若有所思地看了安德烈公爵。

「您認為，這是一場決定性的戰役嗎？莫蒂埃還沒有被俘虜呢！不過，我仍然很高興您帶來好消息，陛下也許會想見您，但不是今天。請您先稍作休息，明天再來吧！靜候我的通知。」

愚蠢的微笑又在軍政大臣臉上流露出來。

「再見，感謝您。國王也許會想見您。」他重複說道，低下頭去。

安德烈離開了皇宮，他覺得，勝利帶來的一切利益與榮譽現今已被他拋棄，交到了軍政大臣冷冰冰的手裡。他彷彿覺得這場戰鬥已是久遠的往事。

10

安德烈公爵在布呂恩的一名舊識——俄國外交官比利賓那裡住下來。

「啊，親愛的公爵，沒有比看見您更令人高興的事了，」比利賓迎接他時說道，「是來報捷的嗎？好極了，您看我正在生病呢！」

安德烈盥洗、更衣後，便走進外交官豪華的書房，比利賓安閒地坐在壁爐旁。

安德烈在經歷喪失一切舒適、優越條件的行軍生活後，終於能體會到奢侈的生活所帶來的那種心曠神怡的感覺。除此而外，能夠和一個俄國人談話，也令他相當愉快。

比利賓三十五歲左右，未婚，與安德烈在彼得堡就已相識，在安德烈隨同庫圖佐夫抵達維也納時，交往更加密切。比利賓從十六歲就開始任職，曾經留駐巴黎、哥本哈根，深受首相與駐維也納大使重視。他熱愛工作，而且善於工作，對他來說，重要的不是「為什麼要做」，而是「怎樣做」。他認為，熟練、雅緻而妥當地草擬通令、備忘錄或報告是他最大的樂趣；除此之外，他還擅長在上流社會致詞和交際。

「嘿，現在聊聊你們的戰功吧。」他說道。安德烈一次也沒有提到自己，而是謙虛地談到前線戰況和被軍政大臣接待時的情景。

「他們像對待一隻誤闖戲場的狗那樣接待我。」他說道。

比利賓苦笑一陣，舒展開臉上的皺褶。

「親愛的，」他說道，「雖然我十分尊敬俄國的戰士們，但我也認為，你們的勝利不是最輝煌的。」

他用法語繼續說下去，除了幾個輕蔑的詞才用俄語強調出來。

「不是嗎？你們以全軍人馬攻打只有一個師的莫蒂埃，竟然還讓他跑了！這算什麼勝利呢？」

「但是，嚴格來說，」安德烈答道，「我們至少能說，這比烏爾姆戰役略勝一籌……」

「你們為什麼不俘虜一個元帥呢？只有一個也好。」

「不是什麼事都能照計畫來。正如我說的，我以為早上七點前能迂迴到敵人後方，但到了下午五點都還沒有到。」

「你們為什麼不在早上七點以前到達呢？」比利賓微笑地說道，「應該在早上七點前到達。」

「你們為什麼不用外交手腕開導波拿巴，要他放棄熱那亞呢？」安德烈用同樣的語調反問道。

「我知道，」比利賓打斷他的話，「您正在想，抓住元帥是件容易的事，但你們為什麼沒有做到呢？不僅軍政大臣，甚至連弗朗茲陛下也不會對你們的勝利感到非常高興，就連我這個俄國使館的秘書也不覺得有什麼好高興的……」

他雙眼直盯著安德烈公爵，又舒展開前額繃緊的皮膚。

「親愛的，現在輪到我來問您『為什麼』，」安德烈說，「老實說，我也不懂，馬克損失了整支軍隊，斐迪南和卡爾大公也接連做出錯誤的決策，只有庫圖佐夫贏得了真正的勝利，但軍政大臣卻連聽都不想聽！」

「正是因為這樣。您要明白，為了沙皇，為了俄國，為了信仰，這就是個好消息；但是，你們的勝利干奧國朝廷什麼事？不如帶來卡爾大公或者斐迪南大公戰勝的好消息吧，到時我們一定會鳴炮慶祝。但事實上，卡爾與斐迪南大公毫無作為，你們也放棄了維也納，這個消息聽來格外諷刺，不是嗎？再也沒有比您帶來的消息更令人氣憤的了。再說，即使你們贏得輝煌的勝利，卡爾大公也贏得勝利，但維也納早已被法軍佔領，為時已晚了。」

「被佔領了？維也納已經被佔領了？」

「不僅被佔領，而且波拿巴正待在美泉宮。我們可愛的伯爵弗爾布納已動身前往波拿巴處乞求指示了。」

安德烈還不明白他聽到的這番話的全部意義。

「今天早上利希滕費爾斯伯爵來過，」比利賓繼續說下去，「他帶來一封信，信裡詳盡地描述了法國人在維也納舉行閱兵式的情形。您知道，你們的勝利不是很令人高興的事，您也不會像救世主那樣受到厚待……」

「老實說，我無所謂的，完全無所謂的！」安德烈說道。他開始明白，因為奧國首都已被佔領，所以克雷姆斯城郊一戰的消息就變得無足輕重了。「維也納怎麼被佔領了？那座大橋、那座舉世聞名的堡壘，還有奧爾斯珀格公爵怎麼了？我聽說他正在防衛維也納。」

「奧爾斯珀格公爵駐守在大河這一側保衛我們，雖然他的表現十分差勁；維也納在大河另一側，有一座橋還沒被佔領，橋上佈滿地雷。否則，我們早就搬到波希米亞去了，你們的軍隊也都要遭到兩面夾攻了。」

「但是，這不代表戰役已經結束。」安德烈公爵說道。

「我想，戰役已經結束了，大家都這麼想。我早就說過，決定戰爭結果的不是你們的交火，不是火藥，而是那些意圖發動戰爭的人，」比利賓說道，「問題在於亞歷山大皇帝和普魯士國王在柏林的會談結果。如果普魯士加入聯盟，那戰爭就會爆發。否則，雙方就會議定於何地擬訂新的坎波福朱奧和約。」

「太天才了！」安德烈忽然喊道，用拳頭捶打著桌子，「這個人多麼幸運啊！」

「波拿巴？」比利賓帶著疑問的語調說道，「是波拿巴嗎？」他調侃道，「不過我認為，當他在美泉宮制定奧國法典前，應該先把德國話練好。」

「不，別開玩笑，」安德烈說道，「難道您以為戰役已經結束了嗎？」

「我就是這樣想。奧國輸了，可是它不會甘於失敗，它會報復的。它之所以失利，首先是因為一些省份已被摧毀，其二是因為——親愛的，我只在我們之間說說——我感覺到，他們正在欺騙我們，他們和法國搭上了關係，秘密締結了和約草案。」

「這不可能！」安德烈說道，「真是太可惡了。」

「過些日子，就會真相大白。」比利賓又舒展皺起的皮膚，表示談話結束了。

安德烈公爵回到為他準備的房間，躺在絨毛褥子上。他感覺到，那次勝利的戰鬥與他已經相隔很遠了，他關心的是普魯士聯盟、奧國的變節、波拿巴的再次大捷、以及明日與弗朗茲皇帝的會見。

他閉上眼睛，這一瞬間他耳鼓彷彿響起槍炮聲和車輪聲，又看見一排法國士兵走下山來，開槍射擊。他的心在顫慄著，他和施米特並騎向前疾駛，子彈在他四周呼嘯而過，他體會到一種從未體驗過的活著的喜悅。

他醒悟了……

「是啊，一切已是過眼雲煙……」他說道，臉上流露出幸福的微笑，酣然入睡了。

11

次日，安德烈睡得得晚。他穿上一套許久未穿的檢閱服裝，一隻手綁著繃帶，走進比利賓的書房。那裡有四個外交使團模樣的人，安德烈認識公使館的秘書伊波利特·庫拉金公爵，比利賓向他介紹其餘三個人。

經常來拜訪比利賓的都是一些年輕、富裕的上流人士，他們結合成一個獨立的團體，有著自己一套與戰爭和政治無關的興趣。他們都樂意吸收安德烈加入他們的團體，並向他提出幾個有關軍隊和戰役的問題，隨後又閒談起來，話裡夾雜著許多亂七八糟的笑話，而且議論他人的長短。

「不過這沒什麼不好，」有個人提到同僚的失敗時說道，「因為奧國首相坦率地告訴他，他去倫敦上任是一種晉升，要他這樣看待這件事。你們能猜到他這時的模樣嗎？」

「各位，不過最糟的是，我要向你們揭發庫拉金，這個人多麼可怕啊！」

伊波利特公爵躺在一把伏爾泰椅上，大笑起來。

「喂，您講講吧，喂，您講講吧。」他說道。

「啊，唐璜！啊！一條毒蛇。」聽見幾個人異口同聲地說。

「博爾孔斯基，您不知道，」比利賓把臉轉向安德烈說道，「法國軍隊的可怕，比起這傢伙在女人之間幹的勾當來，根本算不上什麼。」

「女人是男人的伴侶。」伊波利特說道，戴上單眼鏡觀看自己架起來的腳。

比利賓和其他人哈哈大笑起來，安德烈明白伊波利特是這個團體的丑角，他曾幾乎因為伊波利特和妻子相好而感到嫉妒。

「不，我要請您品味一下庫拉金，」比利賓輕聲地對他說，「別看他這副傲慢的樣子，他議論政治時很有煽動性。」

他在伊波利特旁坐下，和他談論有關政治的問題。安德烈與其他人也站在他們周圍。

「柏林內閣不能表示對聯盟的意見，」伊波利特開始發言，「在最近的會談中……沒有表示……其實，你們都明白，如果陛下不改變聯盟的本質……」

「等一等！」他一把抓住安德烈的手，說道，「我還沒有講完……我想，干涉比不干涉更穩妥。而且……」他的話講完了。

「德摩西尼，我憑你放在金口中的石頭就能認出你來。」比利賓高興地說道。

大家都笑了起來，伊波利特的笑聲尤為響亮。

「喂，是這樣的，」比利賓說道，「無論在這裡，還是在布呂恩，博爾孔斯基總是我的客人，我要盡可能讓他體驗一下本地生活的樂趣。因此，我向你們大家請求，好好讓他飽嘗一番布呂恩的風味，看戲的事交給你們，社團的事由我負責，伊波利特，不用多說，女人的事就由您安排了。」

「讓他瞧瞧阿梅莉，她美呆了！」一個人說道。

「總而言之，應當讓這個嗜血的士兵傾向仁愛的觀點。」比利賓說道。

「各位，我無法享受你們的款待，我應該走了。」

博爾孔斯基看著錶，說道。

「去哪兒呢？」

「去覲見皇帝。」

「啊！啊！啊！」

「哦！博爾孔斯基，再見！公爵，再見！早點回來用午餐，」可以聽見幾個人異口同聲地說：「我們會好好款待您的。」

「和皇帝談話時，請盡量誇獎軍糧的供應線和行進路線的分佈。」比利賓把安德烈送到接待室時說道。

「我原本想，知道多少就誇獎多少，可是不行。」安德烈面露微笑答道。

「嗯，總之盡量多說點。他很喜歡接見人，可是不喜歡講話，也不善於講話，您會懂的。」

12

安德烈公爵站在奧國軍官中間，弗朗茲皇帝點點他那長長的頭，向安德烈致意。在受覲之後，弗朗茲皇帝又在接待室召見他。在開始談話之前，安德烈感到驚奇，因為皇帝彷彿不知道要說什麼，顯得手足無措。

「告訴我，戰鬥什麼時候開始的？」他問道。

安德烈回答了問題。皇帝又提出一些同樣簡單的問題：「庫圖佐夫身體好嗎？他離開克雷姆斯多久了？」他說話時的表情，顯示出對這些問題的回答並不感興趣。

「戰鬥是幾點開始的？」皇帝問道。

「我無法回答是在幾點鐘，但我所在的狄倫斯坦，軍隊是在下午五點多發動進攻的。」安德烈興奮地說。

皇帝微微一笑，打斷他的話。

「有幾海哩路？」

「陛下，從何地到何地？」

「從狄倫斯坦到克雷姆斯。」

「陛下，三點五海哩路。」

「法國人放棄了左岸嗎？」

「根據報告，最後一批法國人在深夜乘木筏渡河了。」

「克雷姆斯的軍糧夠用嗎？」

「軍糧沒有如數送到呢……」

皇帝又打斷他的話。

「施米特將軍是在幾點鐘犧牲的？」

「好像是在七點鐘。」

「是在七點鐘？太慘了！太慘了！」

皇帝說要向他表示感激，於是鞠了一躬。安德烈走出去時，廷臣們立即把他圍住，用一對對溫柔的眼睛端詳著他。軍政大臣走過來，恭賀他榮膺皇帝賜予的三級瑪麗亞．特雷西婭勳章。有人請他覲見皇后，大公夫人也願意和他見面。他還不知道該向誰回答，俄國公使已抓住他的肩膀，把他拉到窗戶旁。

與比利賓預料的相反，他帶來的消息很受歡迎。庫圖佐夫被授予瑪麗亞．特雷西婭大十字勳章，全軍官兵都獲得獎賞。安德烈得到各方的邀請，整個早上都得拜會奧國的主要官吏。下午四點多結束拜會以後，安德烈回到比利賓的家，比利賓的僕人費力地拖著一只皮箱走出門來。

「怎麼回事？」安德烈問道。

「哎，大人！」僕人說道，「我們要出發到更遠的地方去。有個壞蛋又跟著我們過來了！」

「怎麼回事？怎麼了？」安德烈問道。

比利賓迎面走出來。他平素恬靜的臉上流露著激動不安的神態。

「不，不，不得不承認，這真是太妙了，」他說道，「這就是塔博爾橋事件。他們毫不費力就過橋了。」

安德烈一點也不明白。

「您究竟是從哪裡回來的？您不知道城裡的馬車伕都知道這件事了嗎？」

「我是從大公夫人那裡來的。我在那裡沒有聽到任何消息。」

「您也沒看見到處都在收拾行李嗎？」

「沒有看見……這是怎麼一回事？」安德烈不耐煩地問道。

「怎麼回事？是這麼回事！法國人走過奧爾斯珀格佔據的那座橋了。橋還沒有炸掉，繆拉正沿著通往布呂恩的大路直奔而來，這兩天就會到達此地了。」

「怎麼可能呢？既然橋上埋了地雷，怎麼不把橋炸掉呢？」

「我也正想這麼問呢！這件事沒有人知道，就連波拿巴本人也不知道。」

安德烈聳聳肩。

「既然越過那座橋了，也就是說全軍都要覆沒了，軍隊會被切斷聯繫的。」

「問題就在這裡，」比利賓答道，「聽我說，法國人打進了維也納之後，第二天，也就是昨天，三位元帥——繆拉、拉納、貝利亞爾——就向那座橋進發。其中一個人說道：『諸位，你們都知道，這座塔博爾橋埋了地雷和掃雷裝置，橋前面聳立著一座森嚴的橋頭堡，還有那支受命炸橋並阻擋我們前進的一萬五千大軍。但是，如果我們佔領這座橋，拿破崙陛下將會十分喜悅。讓我們一起去佔領它吧！』『我們一起去吧！』另外兩個人也說道。於是他們就攻佔這座大橋了，現在他們正帶領全軍人馬朝著多瑙河這一側進發。」

「這玩笑開過火了。」安德烈嚴肅地說。

這消息使安德烈既痛苦又喜悅，他獲悉俄國軍隊正處於如此絕望的境地，卻又想到這一戰將為他開闢一條出人頭地的道路。他一面聆聽，一面思考著回到軍隊後要提出的意見。

「我從不開玩笑，」比利賓繼續說道，「沒有什麼比這更確實、更悲慘的事了。這幾位元帥獨自騎馬來到橋上，舉起白手絹，要對方相信他們打算暫時休戰，他們是來和奧爾斯珀格公爵談判的。值日軍官讓他們走進橋頭堡，他們對他講了一大堆誇張的蠢話，說戰爭已經結束，弗朗茲皇帝將和波拿巴會面等等。與此同時，一營法國兵卻不知不覺登上了大橋，把裝有可燃物的袋子扔到水裡去，隨即逼近。這幾位元帥真是吹牛高手，他們對奧爾斯珀格說了一大堆好話，很快就與他建立了密切關係，」比利賓停頓了一下，「一營法國兵跑進了橋頭堡，把幾樽大炮釘死了，佔領了橋樑。可是，還有更妙的事，」他繼續說下去，「最妙的是，一名被派來顧大炮的中士看見法軍上橋，立刻跑去對奧爾斯珀格說：『公爵，您被騙了，您瞧瞧，法國人啊！』繆拉知道，如果讓中士說下去，那就完了。於是他帶著假裝驚訝的神態告訴奧爾斯珀格：『這就是舉世聞名的奧國軍隊的紀律嗎？』他說道，『您竟然容許下級對您說出這種話！』太有趣了！奧爾斯珀格公爵覺得理虧，便逮捕了這名中士。不得不說，這座橋樑的歷史真是妙極了。這並不是什麼愚蠢，也不是什麼卑鄙……」

「也許應該說背叛。」安德烈說道。

「也不是，這會使朝廷處於十分狼狽的境地，」比利賓繼續說道，「這既不是背叛，不是卑鄙，也不是愚蠢，這……這是馬克作風。我們都馬克化了。」他收尾道，心想自己說了一句新鮮的俏皮話。

「您要去哪裡？」他忽然問道，安德烈公爵站起來，朝自己房裡走去了。

「我要動身了。」

「到哪裡去？」

「回軍隊。」

「您想再待一兩天嗎？」

「我馬上就要動身了。」

安德烈公爵吩咐準備出發後，就走回房裡去了。

「親愛的，聽我說，」比利賓對他說，「我考慮過您的事情了。您為什麼要走呢？」

安德烈公爵疑惑地望了望交談的人，什麼話也沒有回答。

「您為什麼要走呢？我知道，您認為軍隊正處於危及，此時回去是天經地義的，這一點我也明白，但這只不過是英雄主義作祟罷了。」

「一點也不對。」安德烈公爵說道。

「不過您是哲學家，您必須從另一面來看待事物，您會發現，保重自己才是您的職責。把那種事交給那些毫無用處的人去做吧……沒有人吩咐您回去部隊，也沒有人要您離開此地，因此，您可以留下來，和我們一起走。」

「比利賓，不要再開玩笑了。」安德烈說道。

「我是真誠而友善地對您說出這番話的。您考慮一下，當您還可以留下來時，您為什麼要走呢？要去哪兒呢？搞不好在您還沒有到達部隊之前，就已簽訂和約，或是庫圖佐夫已經戰敗了。」

比利賓心想，他的論點是無可辯駁的。

「我不能接受。」安德烈冷淡地說，他心裡想著：「我是為了拯救軍隊。」

「親愛的，您是個英雄。」比利賓說道。

13

就在那天夜裡，安德烈向軍政大臣辭行前往部隊。他根本不知道部隊在哪，更擔心途中被法國人截住。

布呂恩宮廷上上下下都在收拾行囊，大型的財物都已運到奧爾米茨。在埃采爾斯多夫附近一帶，俄國軍隊極其慌亂地前進著。安德烈向哥薩克長官雇了一匹馬和一名哥薩克兵，趕到車隊前面去尋找總司令和自己的馬車。

「我們要讓英國用黃金從天涯海角運來的這支俄國軍隊遭受與烏爾姆軍隊同樣的厄運。」他回想起波拿巴在戰前所說的話，這些話激起他屈辱的自豪感和沽名釣譽的希望。「假如除了陣亡之外一無所有，該怎麼辦？」他想道，「只要有必要，就沒關係！我會表現得比別人更出色。」

安德烈鄙夷地望著那些川流不息的混亂隊列。四面八方傳來車輪的轔轔聲、馬蹄的得得聲、士兵的咒罵聲。道路兩旁不時望見剝去外皮的倒斃馬匹，與被破壞的馬車，或是一些脫離隊伍的士兵從村裡拖出母雞、公羊、乾草及一些裝滿東西的布袋。在眾人的嘈雜聲中隱約聽得見軍官的說話聲，看得出他們已經喪失了控制混亂的能力。

「看，這就是可愛的……東正教軍隊。」安德烈回想起比利賓的話。

他駛近車隊，想向他們打聽總司令的下落。這時，一輛輕便馬車從他對面直奔而來，坐在車中的婦女拚了命地喊叫，她一看見安德烈公爵，便從擋布後面探出身子，揮動瘦弱的手臂嚷道：

「副官！副官先生！看在上帝的份上，救救我吧！我是第七獵騎兵團軍醫的妻子……不放我們過去，我們就要跟自己的人失散了……」

「我真想把你砸成薄餅！轉回去！」指揮車隊的軍官對駕車的士兵吼道，「跟你的邋遢女人轉回去！」

「副官先生，救救我吧！這是什麼世界？」軍醫的妻子喊道。

「請您讓這輛馬車通行，難道您沒看見這是婦女嗎？」安德烈駛至軍官面前說道。

軍官瞥了他一眼，沒有回答，又對士兵說道：

「我要繞到前面去……你後退！」

「我跟你說了，讓這輛馬車先過。」安德烈又重複說了一次。

「你是誰？」軍官問道，「你是什麼人？是長官？這裡最大的是我，不是你。你滾吧！」他又說道：「我真想把你砸成薄餅！」看起來，這名軍官更喜歡這句口頭禪。

安德烈狂暴得扭曲了面孔，舉起馬鞭說道：

「請您讓這輛馬車先過吧！」

軍官揮揮手，急忙走到一邊去。

「這些司令部的人把一切都搞得亂七八糟，」他嘮叨地說，「隨您的便吧！」

安德烈沒有看他，匆忙地朝打聽到的總司令所在的村莊疾馳而去，一面厭惡地回想這件難堪的爭吵。

他駛入村莊，翻身下馬，向一棟住宅走去，想休息片刻、吃點東西，以驅散這些屈辱的想法。

「這是一群壞蛋，不是軍隊。」他想道。這時聽到一個熟人喊出他的名字。

他回頭一看，涅斯維茨基的臉從一扇窗口探了出來。他一邊嚼著食物，一邊揮動著手臂。

「博爾孔斯基，博爾孔斯基！你聽不見嗎？快來吧！」他喊道。

安德烈走進住宅，看見正在用餐的涅斯維茨基和另一名副官，他們顯然相當驚慌。

「總司令在哪裡？」安德烈發問。

「在那棟住宅裡。」副官答道。

「啊，老實說，講和與投降都沒差，是嗎？」涅斯維茨基問道。

「我正想問您。我什麼也不知道，好不容易才找到這裡來的。」

「老兄，我們這裡怎麼了！不得了！老兄，我錯了，我們嘲笑過馬克，可是我們自己卻搞得更糟了，」涅斯維茨基說道，「你坐下，吃點什麼吧。」

「大本營究竟在哪裡？」

「我們要在茨奈姆落腳。」副官說道。

「我把我的全部行李放在兩匹馬背上，」涅斯維茨基說道，「即使要越過波希米亞山也沒問題。老兄，你看來不妙，好像病了，怎麼一直發抖呢？」他發現安德烈打了個哆嗦。

「沒什麼。」安德烈答道。

他想起了不久前跟軍醫太太和輜重隊軍官發生衝突的情景。

「總司令在此地做什麼？」他問道。

「我什麼都不知道。」涅斯維茨基說道。

「有一點我知道：什麼都令人厭惡，令人厭惡！」安德烈說完，就到總司令駐紮的住宅去了。

安德烈走進外屋，有人告訴他，庫圖佐夫和巴格拉季昂公爵、魏羅特爾都在一間農村木房裡，魏羅特爾是代替戰死的施米特的奧國將軍。在外屋裡，科茲洛夫斯基正在文書官面前蹲著，看來已經一夜未眠。他朝安德烈公爵瞥了一眼。

「第二行……寫好了嗎？」他向文書官口述道，「基輔擲彈兵團，波多爾斯克兵團……」

「大人，我跟不上呀。」文書官回頭望望科茲洛夫斯基，無禮地答道。

從門裡可以聽見庫圖佐夫極度興奮的說話聲，安德烈從這一切判斷出發生了什麼不幸的嚴重事件。他十分迫切地向科茲洛夫斯基提了幾個問題。

「公爵，馬上回答，」科茲洛夫斯基說道，「正要下一道命令給巴格拉季昂。」

「是要投降嗎？」

「根本不是，作戰命令已經頒布了。」

安德烈向門口走去，當他想要開門時，房間裡的話卻停住了。門打開了，庫圖佐夫出現在門前，他直直地望著他的副官的臉孔，沒有認出他是誰。

「喂，怎麼，寫好了嗎？」他把臉轉向科茲洛夫斯基，說道。

「立刻寫好，大人。」

巴格拉季昂身材不高，有著一副呆板而端正的臉孔，並不算老，他跟隨總司令走出來。

「遵命來到，榮幸之至。」安德烈遞上一封信，洪亮地說道。

「啊，是從維也納來的嗎？很好。稍等一下，稍等一下！」

庫圖佐夫隨同巴格拉季昂走上了台階。

「啊，公爵，再見，」他對巴格拉季昂說道，「基督保佑你，祝你建立豐功偉業。」

庫圖佐夫的臉色忽然變溫和了，眼裡含著淚水。他把巴格拉季昂拉到身邊，用戴著戒指的右手為他畫十字，又讓他吻了吻自己的頸項。

「基督保佑你，」庫圖佐夫再次說道，便向馬車走去，「跟我一起坐車吧。」他對安德烈說道。

「大人，我希望能在此地效勞。請允許我留在巴格拉季昂公爵的部隊中。」

「你坐下，」庫圖佐夫開口說道，「我身邊需要一些優秀的軍官。」

他們坐上了四輪馬車，默不作聲地駛了幾分鐘。

「你前途無量，還有許多該做的事，」他帶著老年人富有洞察力的表情說道，彷彿明白安德烈內心的想法似的，「假如他的部隊明天能有十分之一的人回來的話，我就要感謝上帝了。」

安德烈情不自禁地望著庫圖佐夫太陽穴上的傷疤，一顆子彈在伊茲梅爾戰役中射穿了他的頭顱，讓他失去一隻眼睛，「是啊，他有資格心平氣和地談論這些人的陣亡啊！」安德烈心想。

「正是因為這樣，我才請求把我派到這支部隊裡去。」他說道。

庫圖佐夫沒有回答，仍然靜靜地沉思著。五分鐘以後，他把臉轉向安德烈，帶著譏諷的神情問起關於他和皇帝會面的情形、在皇宮聽到什麼關於克雷姆斯戰役的評論，並問起幾位女人。

14

十一月一日，庫圖佐夫從偵察兵那裡得到了不妙的消息：法國人已越過維也納大橋，向庫圖佐夫和俄軍的交通線挺進。如果庫圖佐夫決心留守克雷姆斯，拿破崙的十五萬大軍就會截斷他的後路，包圍他精疲力竭的四萬軍隊。若是庫圖佐夫決定放棄他和俄軍聯繫的道路，他就必須進入人地生疏的波希米亞山區，喪失和布克斯格夫登取得聯繫的任何希望。若是庫圖佐夫決定沿途撤退，從克雷姆斯撤退到奧爾米茨與俄軍會合，那麼越過大橋的法國人將會搶先一步攔阻他，他會被迫與兩倍兵力、向他前後夾攻的法國人作戰。

庫圖佐夫選擇了最後一條方式。

偵察兵回報，法國人越過維也納大橋，正朝著庫圖佐夫撤退道路上的茨奈姆急行，比庫圖佐夫多走了一百多俄里。先法軍一步抵達茨奈姆，意味著得救的希望更大；遲法軍一步抵達茨奈姆，則意味著戰敗甚至全軍覆沒。然而，法軍一路行走的道路，比俄軍的道路更短，也更好走。

當晚，庫圖佐夫派遣巴格拉季昂的四千先鋒部隊從克雷姆斯─茨奈姆大道右側翻越山峰向維也納─茨奈姆大道推進。巴格拉季昂將馬不停蹄地行軍，在面朝維也納背向茨奈姆的地方紮營，盡可能地阻止法軍前進，庫圖佐夫則攜帶各種重裝備前往茨奈姆。

在暴風雨之夜，巴格拉季昂帶著一群挨餓受凍的士兵在沒有路的山中走了四十五俄里，三分之一的士兵脫隊。巴格拉季昂比法軍早幾個鐘頭抵達維也納—茨奈姆大道上的霍拉布倫。庫圖佐夫則還要再走一天才能抵達茨奈姆，意即巴格拉季昂必須率領四千名又餓又累的士兵，在霍拉布倫拖延法軍一天。乍看是不可能的事，但命運卻讓不可能的事變成可能。繆拉在茨奈姆大道上遇見巴格拉季昂兵力薄弱的部隊後，以為這就是庫圖佐夫的全部人馬；為了徹底殲滅這支部隊，他決定先休戰三天，以等候中途脫隊的士兵，一方面卻向俄軍發出和談的謊言，要求對方不得改變駐地，按兵不動。

前哨隊中的奧國將軍諾斯蒂茨伯爵信了繆拉的話，自行退卻了。另一名軍使也向俄國散兵線宣布同樣的和談消息，建議俄軍休戰三天。巴格拉季昂表示，他無法決定是否接受停戰，於是派出副官去見庫圖佐夫。

停戰對庫圖佐夫來說是爭取時間的唯一辦法，巴格拉季昂疲憊不堪的部隊可以稍事休息，他也能向茨奈姆多推進一段路程。這項停戰建議成為了意想不到的好機會。庫圖佐夫派部下溫岑格羅德前往敵營，不僅接受停戰條款，還提出投降條件；另一方面，庫圖佐夫又派出數名副官，催促克雷姆斯—茨奈姆大道上的輜重隊加緊趕路。只有巴格拉季昂的部隊仍在兵力強於七倍的敵人前岸然不動地設營。

庫圖佐夫的意料之事果然應驗了，首先，投降協議並不具有任何效力，還可使輜重隊贏得推進的時間；再者，繆拉的失誤很快就會被揭穿。當時，波拿巴駐紮在美泉宮，離霍拉布倫有二十五俄里之遙，他一接到繆拉的情報和停戰、投降的草案，便立刻看出這個騙局，於是寫了一封信給繆拉：

繆拉親王：

我找不到適當的言詞來表達我對您的不滿。您只能指揮我的先鋒，無權擅自停戰媾和。您使我喪失整個戰役的成果。請立刻撕毀停戰協議，並前去殲滅敵人。告訴他們，簽署這份降書的將軍無權作出這一決定，除了俄皇以外，誰也無權作出這一決定。

但是，如果俄皇同意這一條件，我也表示贊同。然而這只是一種計謀而已。您要去消滅俄軍，奪取他們的輜重和大炮。

俄皇的使者是個騙子，他沒有這種權力。在越過維也納大橋時，您欺騙了奧國人，但您卻受到俄皇使者的欺騙。

拿破崙

一八〇五年霧月二十五日八時於美泉宮

波拿巴的副官帶著這封書函前往繆拉處，波拿巴也率領親軍奔赴戰場。巴格拉季昂的四千士兵正在快活地烤乾衣服、取暖、煮飯，沒有人知道接下來會發生什麼事。

15

下午三點多鐘，安德烈在向庫圖佐夫堅決地請求後，終於獲准來到葛蘭特，拜見了巴格拉季昂。波拿巴的副官尚未抵達繆拉的陣中，因此會戰仍未開始。巴格拉季昂的軍隊對事態的進展一無所知，人人都在討論談和，但都不相信談和有可能實現。人人都在談論會戰，但也都不相信會戰迫在眉睫。

巴格拉季昂認為安德烈是個有能力的副官，十分厚待他。他告訴他，一兩天之內就要發生會戰，在會戰期間，他享有自由行動的權利。

「但是，眼下大概不會發生會戰。」巴格拉季昂說，好像在安慰安德烈似的。

「如果他是個派來領十字動章的司令部的闊少，那待在後衛隊就夠了。如果他願意留在我手下辦事，那就讓他幹下去……如果他是個勇敢的軍官，那就大有可為。」巴格拉季昂心想。安德烈什麼也沒有回答，他請求允許他去視察陣地，瞭解一下部隊的情形。一名軍官自告奮勇地陪伴他。

到處可以看見滿面愁容、渾身濕透的軍官，以及從村中拖出門板、條凳和柵欄的士兵。

「我們無法擺脫這些老百姓，都是指揮官縱容的緣故。瞧瞧這裡！」副官指了指隨軍商販搭起的帳篷，「今早才把他們全部趕走，現在又擠滿了人。要過去嚇唬他們一下嗎？」

「我們一起走吧，我也得向他要點乳酪和白麵包。」安德烈說道。

「公爵，您怎麼不早說呢？我很願意款待您。」

他們下了馬，走進了商販的帳篷。數名軍官現出疲憊不堪的樣子，坐在桌旁又吃又喝。

「啊，諸位，這到底是怎麼回事！」校官用責備的語氣說道，「擅離崗位是不行的，公爵已下令不准任何人過來。哎，上尉先生，您看看您！」他把臉朝向一名矮小瘦弱的炮兵軍官說道。

「圖申上尉，您不覺得羞恥嗎？」校官繼續說道，「您本該以身作則，但您卻連皮靴都沒穿。假如現在發出警報，真不知道會怎樣呢！諸位，請回到崗位上！」

圖申默不作聲，微露笑意，用那對聰明而善良的大眼睛來回望著安德烈公爵與校官。

「士兵都說，不穿靴子更方便。」圖申上尉詼諧地說道。

「你們都回到崗位上。」校官仍然嚴肅地說道。

安德烈再次看看這名炮兵，在他身上有一種特殊的可笑、但異常誘人的特質。

校官和安德烈公爵都騎上馬，繼續前行。

他們走到村外，看見那裡正在修築防禦工事，士兵穿著一件襯衣，像白蟻似地在工事上蠕動。他們騎馬走近，觀看了一下後，便繼續前進。在路上遇到幾十個從工事跑下來的士兵。

「公爵，這就是兵營的樂趣。」值日校官說。

他們騎馬走到山上，從那裡可以看見法軍，安德烈停了下來，開始仔細觀察。

「看，這裡就是我們的炮台，」校官指著一個制高點，「就是那個不穿靴子的怪人管理的炮台，從那裡可以看得更清楚。公爵，我們一起去吧。」

「感激不盡，我一個人就可以了，」安德烈說道，「不勞您費心了。」

越靠近敵軍，俄軍士兵就顯得更神氣、也更歡樂。分布在整片空地上的士兵搭起臨時用的棚子，愉快地有說有笑。一些士兵坐在篝火旁邊烤衣服，或是聚集在飯鍋周圍，用貪婪的表情望著蒸氣騰騰的飯鍋。

在另一個連隊裡，士兵們擠成一團，站在一名上士周圍，依序地用手中的軍用水壺蓋子斟伏特加酒，並露出虔誠的表情將酒一飲而盡，一臉滿足地離開。一點也看不出這是在即將有半數軍隊捐軀的戰場上出現的景象。安德烈又遇到了一排擲彈兵，一個光著身子的人躺在他們前面，任由兩名士兵拿著樹條鞭笞他的背部。一名少校在隊列前頭來回踱步，嘮叨地說：

「士兵偷東西是可恥的，士兵應當誠實、高尚而勇敢，偷弟兄是最不應該的。給我打！給我打！」

可以不斷地聽見樹條的抽打聲和受罰者的吼叫聲。安德烈帶著困惑和痛苦的心情離開了。

安德烈又沿著前線馳去，兩軍左右兩翼的散兵線相距很遠，但在中部地帶相距很近，他們彼此看得見臉孔，可以交談幾句。他們冷嘲熱諷，打量著古怪而陌生的敵人。安德烈也停下來仔細觀察法國官兵。

「你看吧！」士兵指著一名俄國火槍兵對戰友說道，這名火槍兵正與法國擲彈兵熱烈地談論著，「你看，他嘰哩咕嚕地講得多麼流利！連法國人也趕不上他呢！」

「你聽聽看，瞧！多麼流利啊！」。

那名被指出的士兵就是多洛霍夫。安德烈認出他來，也開始聆聽他談話。多洛霍夫正與他的連長從兵團駐守的左翼來到散兵線。

「喂，再說幾句吧，」連長竭力地聽著他的每句話，「請再說快點。他說什麼啦？」

多洛霍夫沒有回答連長，他與法國擲彈兵展開激烈的論爭。談論的當然是戰爭問題，法國人把奧國人和俄國人混為一談，他居然說俄國人投降了，從烏爾姆逃走了。多洛霍夫則要證明俄國人不但沒有投降，還打擊了法國人。

「我們奉命在這裡趕走你們，我們一定能趕走你們。」多洛霍夫說。

「那你們要努力些，別讓人家把你們和你們的哥薩克擄走了。」法國擲彈兵說道。

法國觀眾和聽眾笑了起來。

「我要讓你們團團轉，就像蘇沃洛夫在世時那樣。」多洛霍夫說道。

「他在那兒胡扯什麼？」一個法國人說道。

「古代史，」另外一個法國人說道，「皇帝也會教訓你們的蘇沃洛夫一頓！」

「波拿巴……」多洛霍夫本想開口說話，但是被法國人打斷了。

「不是波拿巴，是皇帝啊！見鬼去……」他氣沖沖地喊道。

「你們的皇帝見鬼去吧！」

多洛霍夫像士兵似的用俄國話粗魯地罵了一頓，提起槍來，走開了。

「伊凡．盧基奇，我們走吧，」他對連長說道。

「你看，法國話多棒，」散兵線上的士兵說道，「喂，你也說一句來聽聽。」

這名士兵把臉轉向法國人，開始急促地嘟囔著一些聽不懂的話。

「卡力，烏拉，塔法，沙菲，木特爾，卡斯卡。」他嘰哩咕嚕地說。

「嘿，嘿，嘿！哈，哈，哈，哈！喲！喲！」士兵中間傳來了快活的哄然大笑，笑聲透過散兵線感染了法國人，減輕了戰場劍拔弩張的氣氛。

只是，火槍裡仍然裝著彈藥，防禦工事裡的槍眼仍然威嚴地正視前方，大炮仍然對準著敵方。

16

安德烈登上校官提到的那座炮台，他下了馬，在一座緊靠邊緣的大炮旁停下來。前車停在大炮後面，再往後走就可以看見繫馬樁和炮兵生起的篝火。離大炮不遠處，可以看見一座用樹條編成的新棚子，棚裡傳出軍官們熱鬧的談話聲。

在對面山崗的地平線上，可以望見申格拉本村，在離村子兩側不遠的地方，可以從篝火的滾滾黑煙中分辨出一大批法軍，顯然他們都在村子和山後設營。我軍的右翼位於較陡峭的高地，聳立於法軍陣地之上；高地上分佈著俄軍步兵，邊緣處有龍騎兵。圖中的炮台位於中央，從炮台上觀察陣地，可看見中央地帶有一條筆直的緩坡路和通往小河的上坡路，小河把俄軍和申格拉本村分隔開來。法軍的戰線比俄軍更寬，看得出來，法軍能輕易由兩面包抄俄軍。俄軍陣地後面有一座陡峭的深谷，無法從那裡撤退。安德烈取出記事簿，畫了一張軍隊部署圖，他用鉛筆在兩處作了記號，打算向巴格拉季昂彙報一番。安德烈常在總司令近側，注意他的決策和指令，並經常研究戰爭史文獻，對於即將爆發的戰鬥，他的腦海中忍不住浮現出各種嚴重的偶發事件。

他不斷地聽見棚子裡傳來軍官說話的聲音，但是他們說的話他一句也聽不懂。突然，棚子裡發出幾個人的嗓音，令他情不自禁地傾聽起來。

「不，親愛的，」這似乎是他熟悉的說話聲，「我是說，假如有辦法知道未來的事，那麼我們之中就沒有人會怕死了。親愛的，的確如此。」

另外一個更年輕的男人打斷了他的話。

「怕也好，不怕也好，反正人遲早一死。」

「不過還是怕啊！唉，你們都是很有閱歷的人，」又一個人打斷了對話，「真的，你們這些炮兵之所以很有閱歷，是因為你們把什麼都帶來了，伏特加呀，小菜呀，要什麼有什麼。」

嗓音雄厚的漢子顯然是步兵軍官，他大聲笑起來了。

「不過還是怕啊！」第一位帶著熟悉嗓音的人繼續說道，「害怕未知的事物，雖然人總有一天會死……我們都知道，上帝是不存在的，只有大氣層而已。」

另一個人又把炮兵的話打斷。

「喂，圖申，讓我喝點您的酒吧！」他說道。

「他就是那個不穿皮靴的上尉。」安德烈想了想。

「可以請您喝一點，」圖申說道，「但未來的人生還是要明白……」

這時，空中傳來一片呼嘯聲。越來越近、越快、越清晰，一枚炮彈落在離棚子不遠處，炸成了碎片。

一剎那間，身材矮小的圖申叼著一根煙斗從棚子裡跑出來，其他的步兵軍官也跟在他後面走出來，朝著自己的連隊跑過去，一邊扣上軍衣的鈕扣。

17

安德烈騎著馬站在炮台上，抬頭看著大炮的硝煙。先前按兵不動的法軍開始動作了，兩名騎馬的法國副官從山上疾馳而過，敵軍的一個小隊也朝山下推進。隨著一陣又一陣的炮聲，戰鬥終於揭開序幕。安德烈調轉馬頭，前往葛蘭特尋找巴格拉季昂公爵。他聽見身後的炮聲越來越急，也越來越響亮。山下也傳來砰砰的槍聲。軍使攜帶著波拿巴嚴肅的書信趕至繆拉處，繆拉立刻將部隊調至中央陣地，並向左右兩翼迂迴，希望在傍晚皇帝駕到前粉碎自己面前的一小股敵軍。

「戰鬥開始了！」安德烈心想，「可是該在哪裡戰鬥？要怎麼把我的勇敢表現出來呢？」

他到處看見正在排隊和拿起火槍的士兵們敏捷的動作，還從大家的臉上發覺出與他一樣的那種興奮的感情。「看！戰鬥開始了！既可怕，又快活！」每個人都臉上都這麼表現出來。

還沒走到防禦工事的地方，他就看見幾名騎馬者向他迎面而來，領頭的正是巴格拉季昂公爵。他認出安德烈，向他點頭致意後，又繼續觀察前方。

巴格拉季昂的眼睛半睜半闔，彷彿沒有睡飽似的。安德烈焦急不安地凝視著這副呆板的面孔，想搞懂他在思考些什麼。巴格拉季昂點了點頭，說道：「很好。」接著就向圖申的炮台策馬疾馳。安德烈與侍從——公爵的私人副官熱爾科夫、傳令軍官、值日校官、一名檢察官——緊隨在後。

「瞧，他也想看看戰場，」熱爾科夫指著檢察官，對安德烈說道，「可是他的心窩上痛起來了。」

「真是的，你別說了。」檢察官天真而狡黠地微笑道。

「我的公爵先生，還真開心啊。」值日校官說道。

這時，他們都已接近圖申的炮台，一枚炮彈落在他們前面了。

「什麼東西掉下來了？」檢察官幼稚地問道。

「法式薄餅。」熱爾科夫說。

「就是說，用這個東西打仗嗎？」檢察官問道，「太厲害了！」

話剛說完，又響起一陣可怕的呼嘯。在離檢察官左後方不遠處，一名騎馬的哥薩克兵應聲而倒。熱爾科夫和值日校官調轉馬頭跑開了，檢察官在哥薩克兵旁邊停下來，好奇地審視著他。他已經死去了，馬還在掙扎。

巴格拉季昂瞇起眼睛環顧四周後，又漠不關心地轉過身去，彷彿在說：「不值得去做蠢事！」他們向炮台前馳去，安德烈剛才瞭望戰場時，就站在這裡。

「是誰的連隊？」巴格拉季昂問一個站在炮彈箱旁的炮兵士官。

他問「誰的連隊？」其實真正想問的是：「你們在這裡是不是膽怯呢？」

「大人，這是圖申上尉的連隊。」棕紅色頭髮士官抬頭挺胸地喊道。

「好，好。」巴格拉季昂說道，又心事重重地朝著邊緣那門大炮馳去。

當他快要走到時，這門大炮中傳出隆隆的炮聲，把所有人震得發聾，從硝煙中可以看見幾名托著大炮的炮兵，正拚了命地將大炮推回原位。

「再加兩俄分，這樣就恰好命中了，」他喊道，「第二號，梅德韋傑夫，殲滅敵人！」

巴格拉季昂把圖申喊過來，圖申的動作顯得膽怯且笨拙，向將軍面前走去。他正用燃燒彈去射擊前方的申格拉本村，因為大批的法軍正經過那裡。

沒有人命令圖中應該如何射擊，他與部下商量了一下，便決定焚燒村莊。「很好！」巴格拉季昂聽了他的彙報後說道，又開始仔細地觀察眼前的戰場。法軍從右邊推進時，離他們最近；基輔兵團駐守於高地，下方的河谷中可以聽見此起彼落的槍聲；右側遙遠處，在龍騎兵後面有包抄俄軍側翼的法軍縱隊；左邊的地平線上可以望見森林的邊緣。巴格拉季昂命令兩個營從中央陣地向右面推進，去支援友軍。一名侍從軍官指出，兩個營隊調走之後，大炮勢必缺乏掩護。巴格拉季昂默默地把臉轉向侍從軍官，安德烈也彷彿覺得這個意見是對的。就在這時，一名副官從駐守谷地的團長那裡帶來消息：大批的法軍從山下推進，一個兵團已經崩潰，正向基輔擲彈部隊方向撤退。巴格拉季昂公爵點了點頭，向右方騎馬緩行，將一名副官派至龍騎兵部隊，並下令進攻法軍。但這名副官不久後又傳來了戰報：龍騎兵團團長抵擋不住猛烈的火力，已經撤退到峽谷後面去了。

「很好！」巴格拉季昂說道。

他騎馬離開炮台，由於距離左翼太遠，他便派熱爾科夫前去告知那一名老將軍儘快撤退到峽谷後面。圖申和掩護他的一個營已被置於腦後了。安德烈仔細地傾聽巴格拉季昂和長官們的談話，他驚訝地發現，巴格拉季昂總是極力地裝出一切的事情都是出於必然或偶然，或出於個別長官的意志，這一切事情的發生雖未遵照他的命令，卻符合他的意願。長官們一走到巴格拉季昂面前時，都變得鎮靜自若，士兵和軍官在他眼前時，也都變得更有活力了，紛紛想向他展示一下自己的勇敢。

18

巴格拉季昂騎馬來到右翼的最高點，又沿著下坡馳去。越走近谷地，就越看不清楚，但也越感覺到臨近真正的戰場。他們穿過了大路，沿著陡坡走下去，在斜坡上看見幾個躺在地上的人，還碰見一群士兵。巴格拉季昂騎馬走到佇列面前，這裡時而響起的槍聲把談話聲都淹沒了。空氣中瀰漫著硝煙，士兵們的臉都被燻黑了，他們不停向著看不見的敵人射擊。「這是在做什麼呢？」安德烈心想，「這不能算是散兵線，因為他們擠成一堆了！這不能算是進攻，因為他們沒有向前推進；也不能算是方陣，因為他們站得不整齊。」

團長面露快活的微笑，騎馬來到巴格拉季昂跟前，向他報告法國騎兵曾向他的兵團進攻的消息，雖然這次進攻已被擊退，但兵團損失了半數以上的人員。他只記得，在剛開戰時，他的兵團遭到炮彈和榴彈射擊，有人喊道：「騎兵！」於是他的士兵開始射擊。但騎兵早已隱藏起來，他們射擊的對象其實是法軍的步兵。巴格拉季昂點了點頭，表示這與他預料的完全一樣。他下令將第六獵騎兵團的兩個營從山上調來。

團長把臉轉向巴格拉季昂，懇求他撤離這個危險的地方，「看在上帝的份上，聽我的吧！」他說道，「看，請您注意！」他要他們注意不停呼嘯而過的子彈，「我們已經習慣這些事了，但對您來說就不一樣了。」校官也加入規勸，但是巴格拉季昂什麼都不回答，只是下令停止射擊，要隊伍讓路給即將到達的兩個營。當他說話時，刮起一陣風，遮掩谷地的煙幕頓時被吹到左邊去，對面一座山在他們面前顯現了，山上的法國官兵漸漸地向他們逼進。

「他們走得挺不錯。」巴格拉季昂侍從中的一個人說道。

縱隊的先頭部分已經進入谷地，戰鬥應該在斜坡這一側發生。

俄軍殘部急忙整理隊伍，向右邊閃去。第六獵騎兵團的兩個營以整齊的隊形從他們身後接近。

密密麻麻的士兵臉上流露著不同的嚴肅神態，背包和槍枝的重量使他們感到不便；肥胖的少校喘著粗氣，走亂了腳步，從大路上的一棵灌木旁繞過去；一名掉隊的士兵面露驚恐的神情，快步流星地趕上連隊。一顆炮彈從巴格拉季昂和侍從們頭上飛過，命中了縱隊。可以聽見連長吼道：「靠攏！」士兵們從炮彈落下的地方繞過、跨過陣亡的人員。在令人恐懼的沉寂中，還可以聽得出整齊劃一的腳步聲與答數聲。

「好極了，伙伴們！」巴格拉季昂說道。

「為——大——人！」喊聲響徹了隊伍之中，一名士兵朝巴格拉季昂望了一眼，彷彿在說：「我們都知道。」另一名士兵則沒有回顧，直接走了過去。

發出了停止前進，取下背包的命令。

巴格拉季昂繞過隊伍，下了馬，伸展兩腿。這時，法國縱隊的先頭部分也從山下走出來了。

「願上帝保佑！」巴格拉季昂堅定地說道，便沿著戰場走去了。一瞬間，安德烈感覺心裡似乎有種力量拖著他往前走，他感到非常幸運。

法國人已經走得很近了，安德烈與巴格拉季昂並排地走著，能夠清楚地辨別出法國人的肩帶、紅色的肩章，甚至他們的臉孔。巴格拉季昂仍舊沉默地在隊列前面走著，忽然，法國軍隊中響起了數聲槍響，有幾個俄國人倒下了，巴格拉季昂回頭一看，大喊：「烏拉！」

俄軍的佇列之中響起一片「烏拉——拉」的吶喊聲。士兵紛紛追上巴格拉季昂，雀躍地成群跑下山，追擊潰不成軍的法國人。

19

第六獵騎兵團的進攻，確保了右翼的撤退。圖中的炮台也阻止了法軍的前進。法國人為了撲滅隨風蔓延的火勢，給了俄軍撤退的時間。各個部隊井然有序地後退，左翼由亞速和波多爾斯克兩個步兵團以及保羅格勒驃騎兵團組成，受到拉納的優勢兵力攻擊而處於潰亂之中。巴格拉季昂派熱爾科夫前去傳達火速撤退的命令。

熱爾科夫迅速地撥轉馬頭而去，但當他離開巴格拉季昂，一股不可克服的恐懼卻控制了他，使他不敢到那個危險的地方去。

左翼是由多洛霍夫所在兵團的團長所指揮，羅斯托夫在保羅格勒兵團服役，該團團長奉命指揮邊遠的左翼，因此發生了誤會。正當左翼早已開戰，法軍開始進攻之際，兩名長官竟忙於鉤心鬥角。無論是騎兵團還是步兵團，對於即將爆發的戰鬥都幾乎沒有準備。

「反正他的軍階比我高，」驃騎兵團團長對著前來的副官說道，「他想幹什麼，就讓他幹吧！我不能犧牲自己的驃騎兵。司號兵，吹撤退號！」

然而，戰事急如星火，拉納帶領的法國步兵已越過了磨坊的堤壩，在兩倍射程之外的地方列隊。步兵上校只好來到保羅格勒兵團團長面前，兩人恭敬地點頭行禮，但卻言不由衷。

「上校，再一次，」將軍說道，「我不能把半數人員留在森林中。我請求您，我請求您，」他重說一遍，「佔領陣地，準備進攻。」

「我請求您不要干預別人的事，」上校急躁地答道，「既然您是個騎兵——」

「上校，我不是騎兵，而是俄國將軍，既然您不清楚——」

「大人，我很清楚，」上校喊道，「您光顧一下散兵線，可以嗎？那樣您就會發現，這個陣地毫無用處。我不想損失自己的士兵來博取您的歡心。」

「上校，您誤會了，我並不注重自己的歡樂，而且不容許說這種話。」

將軍接受了這個挑戰，他挺起胸膛，與上校一同向散兵線走去。幾顆子彈從他們頭上飛過，他們沉默地停下來，可是散兵線沒什麼好看的，因為他們能看見，騎兵無法在灌木林和峽谷中作戰，法國人正向左翼繞過去。驃騎兵已經不能和步兵一起撤退了，他們被法軍散兵線截斷了向左撤退的道路。現在，無論地形如何不利，為了開闢一條道路，就必須發動進攻。

羅斯托夫所在的騎兵連迎頭遭遇敵人，於是停了下來。又像在恩斯河橋上的情形一樣，他們之間隔著一條危險而未知的恐怖界線，所有人都頗為不安。

沒有人下過什麼明確的指令，但是進攻的消息傳遍了騎兵連。發出了排隊的口令，並可以聽見出鞘的馬刀鏗鏘作響，只是誰也沒有前進一步。左翼的部隊，無論是步兵或是驃騎兵，都感覺得出長官們自己也不知道該怎麼辦，他們猶豫不決的心情感染了整個部隊。

「快一點，快一點！」羅斯托夫心想，他迫不及待地想享受進攻的樂趣。

「伙伴們，願上帝保佑，」傳來傑尼索夫的嗓音，「跑步走！」

前列中的一匹匹馬的臀部微微擺動起來，羅斯托夫的馬拽了拽韁繩，自己上路。

羅斯托夫望見前面稍遠的地方，有一塊的黑色的地帶，他認為那就是敵軍。

「跑快一點！」發出了口令，羅斯托夫感覺得出，他的馬也疾馳起來。

當部隊越過了位於中間那條界線時，他變得越來越高興，也不覺得可怕了。

「烏——拉——拉——拉！」響起了一片喊聲。

「啊！無論是誰，快放馬過來吧！」羅斯托夫已經看得見敵人，他舉起馬刀，準備砍殺，但前面疾馳的士兵忽然從他身邊走開了。一瞬間，羅斯托夫宛如進入夢鄉，他覺得自己還在神速地奔馳，同時又覺得停滯不前。另一名驃騎兵戰友趕上來，從他身旁繞過去了。

「這是怎麼回事？我沒有前進？我已經倒下，被打死了……」羅斯托夫開始自問自答，他眼裡所見的不是馳騁的戰馬和一閃而過的驃騎兵身影，而是一動不動的土地和已經收割的莊稼地。「不，我負了傷，馬被打死了。」他的馬壓傷了他的一條腿，羅斯托夫想站起來，卻做不到。周圍已經沒有一個人了。

「那條分隔兩軍的界線在哪裡？」他向自己問道，「我到底發生了什麼事情？我應該怎麼辦呢？」他支撐著站立起來，望著自己失去了知覺的左手。「你看，他們終於來了。」他看見幾個人向他跑來，高興地想道，「他們是來幫我的！」跑在最前頭的人，戴著古怪的高筒軍帽，身穿藍色大衣，還有許多人從後面跑來。說俄語之外的語言。在他們之中夾雜著一個俄國驃騎兵。有人抓著他的一雙手，另一人抓著他的馬。

「想必是我們的人被俘虜了，他們難道要把我也抓起來？他們是誰？」羅斯托夫心想，「難道是法國人？」他感到害怕起來，「他們是誰？為什麼過來？難道是要到我這裡來嗎？為什麼？要殺死我嗎？殺死人見人愛的我嗎？」領頭的法國人距離他越來越很近，他那急躁的臉孔使羅斯托夫感到驚恐，連忙使盡全力地朝灌木林跑去了。有時候他把臉轉過來，但背脊立刻一陣發冷，「不，最好不要看！」但他跑到灌木林前又回過頭來看看，那名領頭的法國人腳步已慢了下來，並回頭對著走在後面的伙伴大聲吆喝著什麼。「有點不太對勁，」他想了想，「他們想殺死我，這怎麼可能？」這時，一顆又一顆子彈從他身邊飛過，他才鼓足最後的力氣，向灌木林疾速跑去。俄國士兵都逃到那裡。

20

幾個步兵團從森林中跑出去，幾個連隊也混在一起，毫無秩序地逃出去了。一名士兵在恐懼中說出了一個駭人的詞：「切斷聯繫。」造成了不小的恐慌。

「迂迴！切斷聯繫！完了！」奔跑的人們喊道。

團長聽到槍聲和吶喊聲，明白兵團中發生了什麼可怕的事情，頓時忘了一個將軍應有的尊嚴，在槍林彈雨下朝著兵團疾馳而去。

他很幸運地穿過法軍中間，接近森林後的田野，俄國士兵正穿過森林逃跑，完全不聽口令。儘管原先在士兵心目中相當威嚴的團長拚命叫喊，士兵們仍然繼續逃跑。決定戰役結果的士氣動搖，顯然造成了極度恐怖的氣氛。

將軍在絕望中停了下來，似乎一切都已喪失殆盡了。這時，法軍忽然莫名其妙地向後方逃跑，消失在森林的邊緣。一隊俄國步兵出現在森林裡，那是季莫欣指揮的連隊，他埋伏在森林附近的溝渠，冷不防向法軍發動進攻。法國士兵還沒有反應過來，就扔下武器逃走了。多洛霍夫和季莫欣上前射擊，擊斃了一名法國人，並且抓住投降的軍官。逃跑者都回來了，重新集合在一起，法國人的左翼部隊瞬間都被擊退了。團長和埃科諾莫夫少校站在橋邊，讓各個連隊從身邊撤去，這時，一名士兵走過來抓住團長的馬鐙，他的臉色蒼白，一雙藍眼睛無禮地望著團長。

「大人，這裡是兩件戰利品，」多洛霍夫指著法國的軍刀和彈袋說道，「這個軍官是我俘虜的，我攔住了一連人，整個連隊都能作證。大人，請您記住！」

「好，好。」團長說道，向埃科諾莫夫少校轉過臉來。

但多洛霍夫沒有走開，他要讓團長看看他頭髮上凝結的一層血汙。

「是刺刀戳的傷口，我在前線留下來的。大人，請您別忘了。」

巴格拉季昂在戰事將結束時，派了一名值日校官到圖申的炮台去，之後又派安德烈去吩咐炮兵隊儘快撤退。在這次戰役之中，圖申的大炮之所以未被法軍佔領，只因為敵軍無法推測出這四門無人防守的大炮威力。相反地，敵軍曾誤認為俄軍主力集中在這裡，二度前來攻打，但都被四門大炮發射的霰彈所驅散。

巴格拉季昂公爵離開後不久，圖申燒毀了申格拉本村。

「你看，亂成一團了！著火了！太棒了！冒煙了，冒煙了啊！」炮手興奮地說道。

大火在風勢助長下，很快就蔓延開來。村莊外面的法軍縱隊已經回到原處了，彷彿是為了報復，他們在村莊右面架起了十門大炮，開始向圖申射擊。

俄軍的炮手送走了傷患，將四門大炮轉過來瞄準那座法軍的炮台，在一小時之內，四十名炮手中就有十七名退出戰場，但是他們仍然顯得激動且愉快。有兩次，他們發現法軍在山下離他們很近的地方出現了，他們又向他們發射霰彈。

隆隆作響的炮聲震耳欲聾，圖申時而清點火藥，時而吩咐換掉死傷的戰馬，臉上流露著越來越興奮的神色。士兵們大都是長得漂亮、比他高出兩個頭的小伙子，但都像處境尷尬的兒童似的，望著自己的連長。

「瞧，又噴煙了，」圖申輕聲地自言自語，這時，山上已冒出了一團硝煙，被大風吹到左邊去了，「現在，加倍奉還。」

「大人，有何吩咐？」站在他近旁的炮兵士官問道。

「沒什麼，準備一顆榴彈——」他答道。

「我們的馬特維夫娜，嘿，露一手！」他自言自語，彷彿把一旁的舊式大炮當成了馬特維夫娜，把炮台周圍的法軍當成一群螞蟻。

「聽，又喘氣了，喘氣了。」他又自言自語。

他覺得自己像個高大、有力，能用一雙手把炮彈向法國人擲去的男子漢。

「喂，馬特維夫娜，親愛的，別出賣我們啊！」他說道，並且走到大炮旁。

「圖申上尉！上尉！」

圖申驚恐地回頭望去，那名從商販帳篷中把他趕出來的校官，正氣喘吁吁的對他喊道：

「您怎麼了，您瘋了嗎？兩次命令您撤退，而您……」

「真是夠了，他們幹嘛這樣對我……」圖申驚恐地望著長官，暗自想道。

「我……沒什麼……」他把兩個指頭伸到帽檐邊，說道。

上校沒有說完，一顆呼嘯而過的炮彈制止了他。他撥轉馬頭飛也似地逃跑了。

「撤退！全部撤退！」他從遠處大聲地喊道。

士兵們笑起來了。過了一分鐘，副官帶著同樣的命令過來。

他是安德烈公爵，當他走到圖申駐守的那片空地時，看見了被打斷一條腿的戰馬，數名陣亡者橫臥在地。

他覺得，自己的背脊上掠過一絲涼意，但馬上又振作起來。「我不能害怕。」他下馬傳達了命令，在離開前，他決定親自監督運走這些大炮。

「長官剛才來過，可是馬上就跑了，」炮兵士官對安德烈說道，「不像您這樣。」

安德烈沒有說什麼。當他們把四門大炮中完好的兩門裝上車後，便向山下撤退了。安德烈走到圖申跟前。

「喂，再見了。」安德烈把手伸向圖申時說道。

「親愛的，再見，」圖申說道，眼淚不知怎地忽然奪眶而出。

21

天漸漸黑了，兩地的火光顯得更加明亮。炮聲變得低沉了，可是仍能聽見密集的槍響。圖申一走出前線，就遇見長官和副官們，包括校官和兩次被派遣、但沒有一次到達炮台的熱爾科夫。他們都搶先開口，向他傳達命令並且責備他。圖申默不吭聲，他害怕開口，因為每說一句話就想要大哭一場。雖然發布了拋棄傷患的命令，但仍然有許多人勉強掙扎著跟在部隊後面，懇求讓他們坐在炮身上。

「上尉，看在上帝份上，我的手震傷了，」一名驃騎兵士官生膽怯地說，「看在上帝份上，我沒辦法走下去了。看在上帝份上！」

這名士官生不止一次地懇求長官允許他在什麼地方坐下。他到處遭到拒絕，仍用訴苦的嗓音哀求著。

「請您讓我坐上去，看在上帝份上。」

「讓他坐上去，」圖申說道，「大叔，你墊上大衣，」他對著一個士兵說道，「負傷的軍官在哪？」

「把他扛下去了，已經死了。」有個人答道。

「讓他坐吧。親愛的，請坐，請坐。安東諾夫，幫他墊上大衣。」

士官生就是羅斯托夫。他用一隻手托著另一隻手，臉色蒼白，不停顫抖著。

「親愛的，怎麼？您負傷了嗎？」圖申向羅斯托夫坐的那門大炮走去時問道。

「不，我是被震傷的。」

「那炮架上為什麼有血呢？」圖申問道。

「大人，是那個軍官的血。」炮兵用大衣袖子擦拭血汗時答道。

他們在步兵的幫助下才把大炮搬運上山，抵達貢台斯多爾夫村。忽然，右面不遠處又傳來吶喊和槍炮聲，這是法軍最後一次進攻，群眾也從村子裡衝了出來。圖申的大炮不能移動了，炮手、圖申和士官生沉默地面面相覷，等待厄運降臨。這時，射擊聲開始停息，士兵從街上蜂擁而出。

「彼得羅夫，安然無恙嗎？」有一名士兵問道。

「老兄，收拾他們了。絕不會再過來了。」另一名士兵說道。

「什麼都看不見，烏漆抹黑的，他們收拾掉自己人了！有什麼可以喝的嗎？」

法國人最後一次被擊退了，圖申的大炮在喧鬧的步兵簇擁下，繼續向前方挺進。不久，人群騷動起來。一個騎著白馬的人與侍從經過一旁，不知說了什麼話。

「他說了什麼？要到哪兒去？是不是按兵不動呢？是不是表示謝意？」四面八方傳來問長問短的說話聲，流傳起停止前進的謠言。於是，大家都在泥濘的道路中央停下。

圖申派出一名士兵，替士官生尋找救護站或軍醫。士兵們在路上生起篝火，圖申便在篝火旁坐下，羅斯托夫也舉步維艱地走到篝火面前。由於疼痛、寒冷和潮濕，他渾身直打哆嗦，他很想睡覺，可是痛楚使他無法入睡。他時而閉上眼睛，時而注視燒得通紅的篝火，時而注視坐在一旁的圖申。他得看出，圖申全心全意地想幫助他，可是無能為力。

羅斯托夫茫然地望著眼前的情景，一名步兵走到篝火前，蹲下來，伸出手來烤火。

「大人，烤個火不要緊吧？」他疑惑地向圖申問道，「大人，我和連隊失散了，也不知道這是哪裡。真糟糕！」

一名步兵軍官和一名士兵走到篝火前，把臉轉向圖申，請他下令將大炮移開一點，好讓車子開過去。兩名士兵跟在連長後面，撞上了篝火，他們拖著一隻皮靴，拚命地互罵、鬥毆。

「怎樣，是你撿起來的嗎？你很聰明啊！」有一名士兵用嘶啞的嗓音喊道。

之後，一名士兵脖子上裹著血跡斑斑的布，走來向炮手們要點水喝。

「我為什麼要像狗那樣死掉，是吧？」他說。

圖申下令給他一點水。然後又有一名愉快的士兵跑來為步兵要一點炭火。

「給步兵一點炭火！鄉親們，祝你們在此地幸福，謝謝你們的炭火，我們償還時將會加上利息。」他一面說道，一面拿著通紅的炭火塊送往昏暗的地方。

四名士兵用大衣包著一件沉重的東西跟在後面，從篝火旁邊走過去，其中一人差點絆倒。

「你瞧，這些混蛋，把木柴丟在路上了。」他發了一句牢騷。

「他死了，幹嘛還要抬他？」其中有一人說道。

「真是夠了！」

他們挑著屍體在黑暗中隱沒不見了。

「怎樣？還痛嗎？」圖申輕聲地問羅斯托夫。

「痛。」

「大人，請過去將軍在的那間農舍裡一趟。」炮兵士官走到圖申跟前說道。

「親愛的，馬上就去。」

圖申站起來，扣上大衣，整理一下，從篝火旁邊走開了。

在篝火不遠的地方，巴格拉季昂坐在一間農舍裡吃午飯，並與聚集在那裡的幾名長官談話。包括一名從軍二十二年的將軍，他一面用餐，一面喝著伏特加；校官戴著一只刻有名字的戒指；熱爾科夫惴惴不安地望著眾人；安德烈臉色蒼白，緊閉嘴唇。

奪來的法國軍旗傾斜地靠在農舍角落，一名被龍騎兵俘虜的法國上校待在隔壁的農舍裡，被一群俄國軍官注視著。巴格拉季昂感謝各部隊的長官，並詢問戰事的詳情以及傷亡。那名曾經在布勞瑙請功的團長告訴公爵，說他帶領兩個營打了一場白刃戰，擊潰了法軍。

「當我看見第一營已經失去戰鬥力，便停下軍隊，心想：『讓他們撤走，用另一營的兵力去迎戰。』我就是這麼做的。」

遺憾的是，事實並非如此，但團長仍以為一切確乎如此，也許是吧？在一片兵荒馬亂中豈能分得清是真是假呢？

「大人，而且我應該提到，」他繼續說道，「我親眼看到，受到降職處分的多洛霍夫俘虜了一名法國軍官，表現得特別突出。」

「大人，在這兒我看見保羅格勒兵團的官兵衝鋒陷陣，」熱爾科夫神情不安地插話道，其實這只是從步兵那裡聽到的消息，「他們打敗了兩個方陣。」

雖然有許多人非常清楚地明白，熱爾科夫所說的全是毫無根據的謊話，但他們還是流露出嚴肅的神態。巴格拉季昂公爵把臉轉向年老的上校。

「各位，我感謝你們——步兵、騎兵和炮兵的英勇戰鬥。但怎麼有兩門大炮被拋棄在中央陣地呢？」他問道，「我好像是請您去辦事的。」他對著值日校官說道。

「有一門炮被摧毀了，」值日校官回答，「另一門炮我不清楚，我一直待在那裡指揮，剛剛才離開……說實在的，戰鬥很激烈。」他謙虛地補充說。

有人提起圖申上尉駐紮在此地的一個村子附近，就派人去找他了。

「您也到過那裡。」巴格拉季昂把臉轉向安德烈公爵，說道。

「是的，我們差一點相會了。」值日校官對安德烈愉快地說道。

「我沒機會看見您。」安德烈冷淡地說。

圖申出現在門口，他從將軍們身邊繞過去，在長官們面前顯得局促不安。

「怎麼放棄了一門大炮呢？」巴格拉季昂問道，皺起眉頭。

此刻，圖申才意識到自己的過失和恥辱，因為他還活著，卻失掉了兩門大炮。他顫抖地回答：

「大人……我不知道……大人，身邊沒有人。」

「您可以從掩護部隊中弄到幾個人！」

圖申絲毫沒有提到掩護部隊撤走一事，他害怕這麼說會為其他長官帶來麻煩，於是沉默不言，只是用呆滯的目光盯著巴格拉季昂。

沉默持續了一段時間，巴格拉季昂顯然不知道該說什麼，其餘人也不敢插嘴。安德烈皺起眉頭望著圖申。

「大人，」安德烈打破了沉默，「我抵達圖申上尉的炮台時，發現三分之二的人馬被打死，兩門大炮被摧毀，沒有什麼掩護部隊。」

此刻，巴格拉季昂和圖申均以嚴厲的眼光望著拘謹而激動地說話的安德烈。

「大人，如果您允許我說出自己的意見，」他繼續說道，「我們今日的成就應該歸功於這個炮台的行動和圖申上尉一連的英勇行為。」安德烈說著便站起來，離開了桌子。

巴格拉季昂瞥了圖申一眼，顯然不想對安德烈的話置之不理，但又覺得不能完全信任這些話，他告訴圖申他可以走了。安德烈也跟著走出門來。

「親愛的，感謝你幫了我一把。」圖申對他說。

安德烈回頭看看圖申，一言不發地離去了。他感到愁悶且難受，一切都與他希望的完全不同。

「他們是誰？想做什麼？這一切什麼時候才會結束？」羅斯托夫看著眼前來去的人影，一面想道。手臂的疼痛變得更難受，一名士兵正在燒著他手臂與肩膀上的腐肉，他閉起眼睛，以便擺脫這可怕的感覺。

在短暫的朦朧狀態中，他夢見數不清的事物：他夢見母親和她潔白的大手、夢見索尼婭瘦削的雙肩、娜塔莎的眼睛和笑容、傑尼索夫的嗓音和鬍鬚，還夢見捷利亞寧、波格丹內奇。他試圖擺脫他們，卻做不到。

他睜開兩眼望望上方。炭火上方一俄尺處就是一片黑暗，粉末般的雪花紛紛飛下。軍醫沒有來，圖申也不在，只有那名小兵在旁邊烤著火。

「沒有人需要我啊！」羅斯托夫心想，「沒有人幫我，沒有人憐憫我。我在家裡時強壯、快活，又受寵。」他嘆了一口氣，不由得呻吟起來。

「哎，痛嗎？」士兵問道，「一天之內死傷的人還少嗎？太可怕了！」

羅斯托夫沒有理睬他，他望著紛飛的雪花，回想起俄羅斯的冬天，舒適的房間、毛茸茸的皮襖、溫暖的家庭，「我幹嘛跑到這裡來！」他想道。

翌日，法國人沒有再發動進攻，巴格拉季昂的殘部與庫圖佐夫的軍隊會合了。

第三部

1

一八〇五年十一月

瓦西里公爵很少作出周密的計畫，更不會想到謀求私利和作出危害他人的事。他只是個上流社會人士，習慣於利用他的人脈。他常在與人們建立關係時訂出各種計畫，不是一兩個，而是幾十個，有一些正在他腦際浮現，另一些正在實行，還有一些要被取消。比如說，他沒有說過：「這個人有權有勢，我應該與他建立良好關係，好大撈一筆。」或是「皮埃爾很富有，我應該引誘他娶我的女兒，借到我需要的四萬盧布。」但是他的本能卻會向他暗示，某個有權有勢的人可能大有用途，讓他主動跟這個人靠近。

在莫斯科，皮埃爾和瓦西里公爵十分親近，公爵替皮埃爾謀到一個低級侍從的差事，便堅持要皮埃爾一起前往彼得堡，住在他家裡。他做了各種努力，試圖讓皮埃爾娶他的女兒為妻。他對這件事顯得信心十足。

不久以前，皮埃爾出乎意料成了財主和別祖霍夫伯爵，從此就被各種雜事糾纏，忙得不可開交，只有躺在床上時才能安享片刻清閒。他得簽署許多公文，到不熟悉的辦公場所交際，向管家詢問某些事情，去莫斯科附近的領地走走，接見形形色色的人士。他們都和善地對待年輕的繼承人，博取他的歡心；甚至連那些過去凶狠、顯然懷有敵意的人也對他客客氣氣，關懷備至。愛生氣的大公爵小姐，在安葬別祖霍夫之後，走進皮埃爾的房間；她滿面通紅地說，她對過去的誤會深表遺憾，現在只請求皮埃爾讓她在這棟住宅中逗留幾個星期，說著不禁大哭起來。皮埃爾頗為感動，他一把抓住她的手，請求她寬恕，雖然他也不明白為什麼要這麼做。從這天起，公爵小姐對皮埃爾的態度完全變了。

「親愛的，替她辦妥這件事吧，她畢竟為死者吃了許多苦啊！」瓦西里公爵對他說，一面要他在一張對公爵小姐有利的文件上簽字。

瓦西里公爵拿定了主意，要用這張三萬盧布的期票封住公爵小姐的口，不再去談起他參與搶奪皮包的醜事。皮埃爾在期票上簽了字，從那時起，公爵小姐與她的妹妹也對他親熱起來。

皮埃爾沒有時間去問自己，他周遭的人是否真的忠於他。他經常忙得不亦樂乎，陶醉在溫柔和歡愉之中。他覺得自己是公共活動的中心人物，人們都對他有所期待；因此，只要別人有求於他，他總是盡力而為。

自從別祖霍夫伯爵去世後，瓦西里公爵一直控制著皮埃爾，沒有放手過。瓦西里公爵擺出一副不畏辛勞的樣子，對這個可憐的少年關懷備至，以免他受到命運和騙子們的擺佈。別祖霍夫伯爵辭世後，公爵在莫斯科逗留過幾天，他常把皮埃爾喊到身邊，囑咐他應該做什麼事，每次都會刻意說道：

「你知道，我的負擔很重，但不能把你丟下不管；你也知道，我說的一切都是為了你好。」

「喂，我的朋友，我們明天終於要走了。」有一次他對他說，那語氣好像這件事是他們之間很早之前就決定的，並且沒有轉圜的餘地。

「你可以坐我的馬車。我很高興這裡的事情都辦完了，你看，我收到大臣的來信，我為你在他面前求到了一個低級侍從的職位，你被編入外交使團，未來的仕途將一帆風順。」

儘管皮埃爾心裡還想提出異議，可是公爵卻用低沉的嗓音打斷他的話。

「可是，親愛的，我是出於良心才這麼做的，所以，用不著謝我。等你回到彼得堡後就會明白了，你必須擺脫這些可怕的回憶。」瓦西里公爵嘆了一口氣，「親愛的，就是這樣。哎呀，對了，我差點忘了，」公爵又補充地說，「你知道的，我和死者有一筆舊帳，梁贊寄來的一筆錢，我先把它留下來，反正你還不缺錢用，我們以後再把帳算清。」

公爵所提到的「梁贊寄來的一筆錢」，是幾千盧布的代役租金，他把這筆錢留在自己身邊了。

在彼得堡像在莫斯科一樣，皮埃爾被殷勤的人群所包圍，他不能拒絕瓦西里公爵為他謀到的差事，各種交際、邀約和社會活動源源不斷，以致他比在莫斯科還要忙碌。

他過去那些未婚的伙伴中，許多人都隨軍遠征去了。多洛霍夫受到降級處分，阿納托利在外省軍隊服役，安德烈在國外，因此皮埃爾再也不能像從前那樣縱情玩樂，或是和可敬的朋友暢談了。他在午宴、舞會，或是瓦西里公爵家中消磨了全部的時光。

安娜．帕夫洛夫娜．舍利爾，也像其他人一樣，對皮埃爾改變了態度。以前，皮埃爾經常在安娜面前說出失禮、不適當的話。如今，無論他說什麼，都會被認為十分動聽。即使安娜不開口，他也感覺得出她是這麼想的。

從一八〇五年初冬至一八〇六年，皮埃爾接獲安娜寄來的一封玫瑰色請帖，請帖上附有一句話：「百看不厭的十分標緻的海倫也要到我這裡來。」

皮埃爾讀到這裡，第一次意識到他和海倫正逐漸形成別人公認的某種關係。這個念頭使他害怕，好像自己正承擔著一種他無法履行的義務似的，但同時又令他高興起來。

安娜．帕夫洛夫娜又舉辦一次晚會，這回她用來款待客人的菜，已經不是莫特瑪律，而是一位來自柏林的外交官，他帶來了詳細的新聞——亞歷山大皇帝駕臨波茨坦，與一位至為高貴的朋友在那裡立誓締結了牢不可破的聯盟，以對抗人類共同的敵人波拿巴。皮埃爾受到安娜的接待，安娜裝出為別祖霍夫伯爵之死感到哀傷的樣子，使他深感榮幸。她又摸了摸他的袖子。

「等一等，今晚我打算找您聊聊。」她望向海倫，對她微露笑容。「親愛的海倫，去陪陪我可憐的姑母吧，為了不讓您感到寂寞，這裡有個可愛的伯爵，他很樂意關照您。」

美麗的女郎向姑母走去了，但是安娜仍把皮埃爾留在身邊，彷彿要再次囑咐他什麼。

「她多麼惹人喜歡，不是嗎？」她對皮埃爾說道，「她的舉止多麼優雅啊！誰能擁有她，就會無比幸福。是嗎？我想知道您是怎麼想的。」

皮埃爾十分真誠而且肯定地回答了關於海倫的問題。說如果他曾經想到海倫，那肯定是因為她的姿色，以及她在上流社會中流露出的那種自信。

當安娜離開他們時，又用指頭摸摸皮埃爾的袖子，說道：

「希望下次您不要再說，在這裡覺得寂寞無聊。」她望了海倫一眼。

海倫回頭看看皮埃爾，對他嫵媚一笑，她在人人面前都這樣笑容可掬。皮埃爾看慣了這種微笑，因此未多加注意。

他欠一欠身，想繞過去，海倫向前彎下腰讓開一下，面露微笑回頭看著他。她和平素在晚會上那樣，穿著一件時髦而性感的連衣裙，皮埃爾向來認為她的胸部像大理石那樣又白又光滑，他情不自禁地用他那對近視眼看著她那迷人的肩膀和脖子。他聞到她的身體的熱氣、香水味，聽到她移動身體時衣服發出的聲響。

「您還沒發現我長得多麼漂亮嗎？」海倫的目光彷彿在對他說，「您還沒發現我是一個女人嗎？我可以屬於任何人，也可以屬於您。」在這一瞬間，皮埃爾心想，海倫不僅能夠、而且應該成為他的妻子。

皮埃爾垂下眼睛，又抬起眼睛，想重新把她視為一名遙遠而陌生的美女，但他現在已經做不到了。她和他太接近了，她已經支配了他。

「好的，你們就一起待在那裡吧，這樣挺好的。」安娜說道。

皮埃爾很驚恐地回過神來，滿面通紅地向四周環顧，似乎覺得大家都看透了他的想法。

不久，他走到另一組的客人面前時，安娜對他說道：

「據說，您正在裝修您在彼得堡的住宅。這很好，可是您不要搬出瓦西里公爵的家。留在這樣一個朋友身邊是件好事，」她笑著對公爵說，「您說說看，是吧？但您還年輕，很需要老人家的忠告。如果您結婚，那又另當別論。」

她把他們的視線連接起來。皮埃爾不看海倫，她也不看他，可是兩人的距離還是很近。他滿面通紅。

皮埃爾回家以後，久久不能入睡，不知道自己出了什麼事。他只知道，自己在兒時就認識一個女人，對於這個女人，他只能說：「是的，很標緻。」他明白，這個女人可能屬於他。

「可是她很傻，」他心中想道，「她使我產生了某種卑劣的情感。有人對我說，她的哥哥阿納托利曾與她相戀，因此阿納托利才被逐出家門；伊波利特是她的哥哥，瓦西里公爵是她的父親，真糟糕……」他同時想起她的渺小，幻想著她將成為他的妻子，她會變成一個截然不同的女人，永遠愛她，那些傳聞可能是一派胡言。

「不對，為什麼我以前沒有這樣想過呢？」他又告訴自己這是不可能的，他彷彿覺得這門婚事中含有某種卑鄙的東西。他回想起她從前說過的話、所持的觀點，以及旁人對他們兩人的看法；回想起瓦西里公爵和其他人所作的各種的暗示，他感到恐怖萬分。皮埃爾一邊想著不該這麼做，腦海中卻又一邊浮現出她那美麗的身影。

2

一八○五年十一月，瓦西里公爵要到四個省份去視察，順便去看看他那衰敗的領地。他帶著兒子阿納托利一同去拜訪尼古拉·安德烈耶維奇·博爾孔斯基公爵，目的是讓兒子娶到這個有錢老頭的女兒。但在出發之前，瓦西里公爵決心讓皮埃爾完成一些事情。近來皮埃爾整天待在他的家中消磨時光，對海倫深深迷戀，但遲遲沒有提出求婚的事。

「這一切都很美妙，但是，必須有個了結。」瓦西里公爵喃喃自語地說，「必須了結這件事，後天是海倫的命名日，我要請客，如果他不懂得該怎樣應對，那就是我的責任。是的，我有責任。我是父親啊！」

在安娜·帕夫洛夫娜的晚會之後，皮埃爾熬過了一個心情激動的不眠之夜，當晚他斷定，娶海倫是一件不幸的事，他要避開她，遠走高飛。但又過了一個半月，他仍然沒有遷出公爵家中；他很恐懼地發現，在人們眼中，他和海倫的關係日漸曖昧，他無法恢復對她的看法，也無法離開她，感到十分可怕。也許，他本來能夠克制自己，但是瓦西里公爵刻意在家中天天舉辦晚會，他為了不使眾人掃興，只得出席晚會。瓦西里對他十分親切，皮埃爾覺得不能辜負他的期望，只好每天對自己說著同樣的話：「我要瞭解她，搞清楚她是個怎樣的人？是過去的我錯了嗎，還是現在？不，她並不傻，她是一個很好的女人！」他自言自語地說，「她從來沒做錯過什麼，也沒有說過什麼蠢話，她真的不是壞女人啊！」

她對他總是露出愉快而信賴的微笑，這與她平時露出的微笑不同，有著更深長的意義。皮埃爾知道，眾人只等待他一句話，越過那一條界線，他也知道自己遲早要這麼做。可是每當他一想到這件事，就有一種不可思議的恐懼感，他不時對自己說：「這是怎麼搞的？要有決心啊！難道我沒有決心嗎？」

海倫的命名日那天，瓦西里公爵幾個最親近的親戚和友人在他的家中用晚餐。所有人都明白，這一天是決定那位過命名日的女郎命運的日子。皮埃爾和海倫並排坐著，瓦西里公爵沒有吃飯，他在餐桌旁踱著步，漫不經心地對每個客人說幾句動聽的話，只有皮埃爾和海倫例外，彷彿這兩個人不存在似的。他說起最近一次國務院會議的情形，在會議上，彼得堡新任總督謝爾蓋．庫茲米奇．維亞濟米季諾夫接獲皇帝在軍中發布的聖旨，聖旨中告知謝爾蓋：他接獲各地百姓效忠的宣言，彼得堡的宣言尤使他高興，他很榮幸能擔任這樣一個國家的元首，他要竭力而為，使自己無愧於國家。聖旨開頭寫著「謝爾蓋．庫茲米奇！據各方傳聞——」。

「唸到『謝爾蓋．庫茲米奇』就沒有再唸下去了嗎？」一個女士問道。

「是的，一個字也沒多唸，」瓦西里公爵笑著回答。「可憐的維亞濟米季諾夫再也唸不下去了，好幾次他想重頭唸起。但一唸到『謝爾蓋』就哽咽起來，又用手帕擦眼淚，又唸『謝爾蓋．庫茲米奇，據各方傳聞』，又流下眼淚，於是只好請別人幫他唸完。」

「庫茲米奇——據各方傳聞——又眼淚長流——」一名客人笑著重複道。

「留點口德啊，」安娜．帕夫洛夫娜裝出威嚇的樣子說道，「維亞濟米季諾夫是個好人。」

傳來了一陣哄堂大笑。人們看起來都很愉快，只有皮埃爾和海倫沉默不言。瓦西里公爵一面模仿謝爾蓋．庫茲米奇嗚咽的樣子，一面向女兒瞥了一眼，他的表情好像在說：「是的，一切都很順利，今天一切都會了結。」安娜．帕夫洛夫娜也用閃閃發亮的眼睛望向皮埃爾，彷彿在向公爵未來的女婿和女兒的幸福表示祝賀。

皮埃爾覺得他成了所有人的中心，這種感覺既使他高興，又使他靦腆。他什麼也看不清楚，什麼也聽不清楚。他的心中不時閃現出片斷的思緒和現實的印象。

「一切就這樣完了嗎！」他想道，「這一切是怎麼造成的呢？真是太快了！我現在才知道，這不只是為了她，也不是為了我，而是為了大家，這件事必然會實現。我相信這件事一定會實現，我不能讓他們失望。我不知道它怎樣實現，但它一定會實現！」

他又感到害羞，他的相貌醜陋，卻成為佔有海倫的帕里斯。「這大概是常有的事，應該這樣做，」他安慰自己，「但是我為這件事做了什麼呢？這是什麼時候開始的呢？我是和瓦西里公爵一起從莫斯科來的。後來我為什麼沒有住在他家？後來我和她一同打紙牌，和她一起坐馬車遊玩。這是什麼時候開始的？是什麼時候實現的？」皮埃爾感覺得到她的一舉一動、她的呼吸。他忽然聽到一種熟悉的聲音，對他說著什麼話，可是他正意亂情迷，完全不明白別人對他說了什麼。

「我問你，你什麼時候收到博爾孔斯基的信，」瓦西里公爵第三次重複問道，「親愛的，你是多麼漫不經心啊！」

皮埃爾看見，大家都對他和海倫微露笑容。「既然你們都知道了，那也沒有什麼，」皮埃爾自言自語，「這是事實，那又如何呢？」他露出稚氣的微笑。

「你是什麼時候收到的？是從奧爾米茨寄來的吧？」瓦西里公爵又說了一遍。

「是不是該討論這種瑣事呢？」皮埃爾心想。「是的，是從奧爾米茨寄來的。」最後，他嘆口氣答道。

吃完飯，皮埃爾帶著他的女伴與客人們進入客廳。客人們開始離去，有些人沒向海倫告辭就走了，有些人到她面前待一會兒就連忙離開，不讓海倫送他們，似乎不想妨礙她的好事。

「我好像可以向您道賀了，」安娜向公爵夫人輕聲說道，一面吻了她。「要不是頭有點痛，我一定會留下來的。」

公爵夫人什麼都沒有回答，女兒的幸福使她感到嫉妒。

客人走後，皮埃爾和海倫在小客廳裡待了很久。過去，他從未向她吐露愛意，但此時卻覺得非這麼做不可。只是，他無論如何都下不了決心踏出這最後一步。他彷彿覺得他在海倫心中佔據別人的地位，「這種幸福不屬於我。」他覺得應該說些什麼話，於是開口說了。他問海倫是否滿意今天的晚會，她也仍然像平時那樣簡單地回答他。

近親之中還有些人沒走，正坐在大客廳裡。瓦西里公爵拖著懶散的步伐走向皮埃爾。皮埃爾也站起來，說時間已經很晚了。瓦西里公爵用嚴肅而疑惑的目光望著他，彷彿他說了一句奇怪的話。接著又拉住皮埃爾的手，往下一按，讓他坐下，親切地微微一笑。

「啊，廖莉婭（海倫的愛稱），怎麼啦？」他把臉轉向女兒，漫不經心地問道。

他又把臉轉向皮埃爾，說道：「謝爾蓋．庫茲米奇，據各方傳聞。」

皮埃爾微微一笑，但他看得出，瓦西里公爵這時對謝爾蓋．庫茲米奇的笑話並不感興趣。他嘟噥了一陣後便走出去了，皮埃爾彷彿覺得，公爵也有些惴惴不安。他向海倫望了一眼，她好像也惶恐起來，眼神似乎在說：「沒有什麼，是您的錯。」

「一定要跨越過去，可是我不能，我不能。」皮埃爾心想。

當瓦西里公爵向客廳走去時，公爵夫人正和一位太太談論皮埃爾的事情。

「當然了，這是很棒的對象，我親愛的，但是幸福……」

「他們是天造地設的一對。」那位太太答道。

瓦西里公爵沒有去聽太太們說話，他在屋角的長沙發上坐下。閉上眼睛，好像在打瞌睡。他把頭垂到胸前，可是馬上又醒了過來。

「阿琳娜，」他對妻子說：「你去看看他們在做什麼。」

公爵夫人走到了門前，向客廳瞥了一眼。皮埃爾和海倫還坐在那裡聊天。

「還是那個樣子。」她回答丈夫。

瓦西里公爵皺起眉頭，表現出令人厭惡的粗暴表情。他振作精神，邁著堅定的腳步向小客廳走去，快速地來到皮埃爾面前，臉上流露出激昂的神情。皮埃爾嚇了一跳，站起來。

「謝天謝地！」他說道，「妻子把全部都告訴我了！」他用一隻手抱住皮埃爾，另一隻手抱住女兒。「廖莉婭，親愛的！我感到非常、非常高興。」他的聲音顫抖起來，「我愛你的父親，她將是你的好妻子……願上帝為你們祝福！」

他抱住女兒，然後又抱住皮埃爾，用嘴吻吻他，他的眼淚浸濕了皮埃爾的臉頰。

「我的公爵夫人，到這裡來。」他喊道。

公爵夫人與那名太太走出來，也都哭了。他們吻了皮埃爾，也吻了海倫。然後又讓他們兩人待在一起。

「這一切應該是這樣的，不可能是另一種樣子。」皮埃爾想道，因此也就不必追究這件事是好是壞了。事情既已決定了，以前折磨他的疑團就消失了。皮埃爾沉默地握著未婚妻的手，注視著她那美麗的胸部起伏。

「海倫！」他大聲地說，隨即停住了。

「在這種場合人們會說些什麼？」他想道，但是無論如何也想不起來。他望著她的臉色。她越來越靠近他，臉上泛起了紅暈。

「哎，摘下這個……就是這個……」她指著他的眼鏡。

皮埃爾摘下眼鏡，驚慌而疑惑地張望。他想彎下腰來吻她的手，可是她忽然將頭接近，吻住了他的嘴唇。她的臉色變了，露出一種不愉快、心慌意亂的表情。

「太遲了，一切都完了。不過我愛她。」皮埃爾想了想。

「我愛您！」他終於想起了在這種場合該說的話；但這句話聽來貧乏無味，令他羞愧。

一個半月後，他結婚了，人人都說他是個擁有美麗的妻子和數百萬家財的幸運兒，他在彼得堡一棟重新裝修的別祖霍夫伯爵大樓中住下來。

3

一八〇五年十二月間，尼古拉．安德烈耶維奇．博爾孔斯基老公爵接到瓦西里公爵一封信，告知將偕同兒子前來造訪。「我去各地視察，只要能晉謁您——至為尊敬的恩人，我認為就算走一百俄里路，也是值得的，」他寫道，「阿納托利陪我同行，他就要入伍了。我希望，您能允許他親自向您表示深厚的敬意。」

「用不著把瑪麗送出門，求婚的人就會自己來家裡。」公爵夫人冒失地說道。

公爵皺了皺額頭，什麼話也沒有說。

兩個禮拜後的某一晚，瓦西里公爵的僕人先到了，翌日，他本人與兒子也到了。

博爾孔斯基對瓦西里公爵的評價很低，這回，他從這封信和公爵夫人的暗示中明白了這是怎麼一回事，於是對瓦西里又更加輕蔑了。在瓦西里公爵即將來臨的那一天，博爾孔斯基公爵感到特別不高興，吉洪清早就勸建築師不要隨便到公爵面前去。

「您可以聽見他在走來走去，」吉洪說道，要建築師注意聽公爵的腳步聲，「只要他踮著後腳跟走路，我們就知道——」

公爵像平時一樣，八點多又出門散步。昨天夜裡下了一場雪，公爵經常走的那條小路打掃得乾乾淨淨，他走到暖房，又走到下房和木房，皺著眉頭沉默不言。

「雪橇可以通行嗎？」他向管家阿爾派特奇問道。

「大人，雪很深。我已經吩咐僕人把馬路打掃乾淨。」

公爵低下頭走回台階。管家心想：「謝天謝地，烏雲過去了！」

「大人，通行是有困難的，」管家補充道，「聽說有一位大臣要來拜謁大人，是嗎？」

公爵把臉轉向管家，用陰沉的目光盯著他。

「怎麼？大臣？什麼大臣？誰說的？」他說道，「不為我的女兒打掃馬路，卻為這位大臣打掃！我這裡沒有什麼大臣啊！」

「大人，我以為……」

「你以為！」公爵喊道，他說話越來越急促，「你以為……土匪！騙子！讓我教你該怎麼做！」他掄起手杖就要打去，管家本能地閃開，「你以為……騙子！」公爵繼續叫喊：「騙子……填好這條路！」他向屋裡跑去。

午飯前，公爵小姐和布里安小姐都知道公爵的心情惡劣，於是站在那兒恭候他。公爵看看女兒惶恐的神態，氣沖沖地說道：

「廢物……或者是個傻瓜！」

「那一個沒有到！真是被料中了。」他發現公爵夫人不在餐廳裡。

「公爵夫人在哪裡？」他問道。「躲起來了嗎？……」

「她不太舒服，」布里安小姐微笑著說道，「在她那種狀態下，也是可以理解的。」

「哞！哞！哞！哞！」公爵嚷道，在桌旁坐下。

他覺得盤子不乾淨，把它隨手一扔，吉洪接住盤子，遞給侍者。公爵夫人不是身體不舒服，而是害怕公爵的情緒，她決定閉門不出。

「我替孩子擔心，」她對布里安小姐說道，「我很不安，天知道會出什麼事。」

公爵夫人住在童山，經常惶恐不安，他對老公爵懷有一種厭惡感與恐懼感。她特別疼愛布里安小姐，常和她睡在一起，和她評論老頭子。

「公爵，有客人要來，」布思安小姐打開餐巾時說道，「據我所知，是庫拉金公爵大人與他的兒子。」

「哞……這個好小子，我安排他在委員會裡任職，」老公爵說，「帶兒子來做什麼，我完全不知道，麗莎和瑪麗亞也許知道。」他看看滿面通紅的女兒。

「你不舒服嗎？就像阿爾派特奇這個笨蛋說的，你被大臣嚇壞了。」

「不是的，爸爸。」

午飯後他去了媳婦那裡，公爵夫人正與侍女瑪莎嘮嘮叨叨地談話。她看見老人，臉色頓時變得蒼白。

「是的，很難受。」公爵問她有什麼感覺，她這樣回答。

「需要什麼嗎？」

「爸爸，謝謝你，不需要什麼。」

「嗯，好，好。」

他走出來，走到僕人休息室。阿爾派特奇低下頭來，在休息室裡站著。

「馬路填好了嗎？」

「大人，填好了。看在上帝份上，請原諒我這個糊塗人。」

公爵打斷他的話，不自然地大笑起來。

「嗯，好，好。」

他伸出手來，阿爾派特奇吻吻他的手，之後他走進了書房。

傍晚，瓦西里公爵到了。車伕和僕人們在大道上迎接他，他們把公爵的馬車和雪橇拉到後面，並為瓦西里公爵和阿納托利準備兩個單獨的房間。

阿納托利瞪著他那雙大眼睛，心不在焉地盯著桌子的一角。他把人生視為無休止的縱情作樂，心想今天的造訪將會順利地產生極為有趣的結局。「既然她很富有，幹嘛不娶她呢？這沒什麼不好。」阿納托利想道。

他刮了臉，細心地在身體灑上香水，帶著他那天生的漂亮面孔與自信的神情，走進父親房間。瓦西里公爵向兒子愉快地點了點頭，彷彿在說：「我就需要你這副樣子！」

「爸爸，說真的，她很醜陋嗎？」

「夠了，不要再說蠢話！最重要的是盡可能對老公爵表示尊敬，言行要慎重。」

「如果他開口罵人，我就走開，」阿納托利說道。「我最受不了這些老頭子了。」

「你要記住，這是你人生關鍵的一刻。」

這時，公爵小姐瑪麗亞一人坐在自己房裡，試圖克制自己內心的激動。

「他們幹嘛要寫信，麗莎幹嘛要提起這件事呢？這明明是不可能的！」她一面照鏡子，一面自言自語，「我要怎麼到客廳裡去呢？如果我真的喜歡他，我此時也還不能單獨跟他在一起。」一想到父親的眼光，就使她害怕。

公爵夫人和布里安小姐已經從侍女瑪莎那裡得到各種情報，他們來到瑪麗亞的房間。

「瑪麗，他們到了，您知道嗎？」公爵夫人說道，她辛苦地挺著大肚子坐上椅子。她已經換上一件不錯的連衣裙，布里安小姐也換了衣服，使她美麗的臉蛋增添幾分魅力。

「咦，您怎麼還穿著這件衣服？他們來了，你馬上就得到樓下去，略微打扮一下呀。」

公爵夫人按鈴呼喚侍女，並且著手為瑪麗亞挑選衣服。瑪麗亞面紅耳赤，任由這兩個女人為她換上衣服。這兩個女人真誠地想讓她變得漂亮，她們以為衣著可以使面容變得美麗。

「親愛的，說實話，不行，這件不夠美，」麗莎說道，「叫人拿那一件紫紅色的連衣裙來吧！要知道，也許今天就能決定一生的命運。可是這一件顏色太淺，不行，不夠美！」

不是連衣裙不美觀，而是公爵小姐的臉蛋和身材不美觀，可是布里安小姐和公爵夫人並未意識到這點，她們忘了她那副驚恐的面孔和身體是無法改變的。所以，無論她們怎樣改變她的外表，但是她的面孔仍然顯得很不美觀。瑪麗亞溫順地聽從她們三番兩次為她更換服裝。

「不，還是不行。」公爵夫人兩手輕輕一拍，堅決地說。

「瑪麗，不行，這件不適合您，就穿您每天穿的那件淺灰色的連衣裙吧。卡佳，」她對侍女說，「把公爵小姐那件淺灰色的連衣裙拿來，布里安小姐，您等著看我怎麼做吧！」

當卡佳把那件連衣裙拿來的時候，瑪麗亞一動不動地坐在鏡台前面，端詳著自己的臉蛋，卡佳從鏡中望見，她的眼睛裡泛著淚光，就快哭出來了。

「唉，公爵小姐，」布里安小姐說道，「忍耐一下吧。」

公爵夫人從侍女手中取來連衣裙，向瑪麗亞面前走去。

「那樣不行，現在我們要打扮得既簡樸又好看。」她說道。

「不，請別管我好了。」公爵小姐說。

她的聲音聽起來令人難受，那對美麗的大眼睛懇求地望著她們，她們明白，再堅持也是沒用的。

「至少換一下髮型，」公爵夫人說道，「我說過，」她用責備的腔調對著布里安小姐說道，「這種髮型根本不適合瑪麗的臉型。請您換一下吧！」

「別管我了，反正都一樣。」瑪麗亞勉強忍住眼淚回答道。

她用悲傷的表情不停地注視她們。她們知道，一但她臉上帶有這種神態，她就會沉默不言，一但她下定決心，就絕不動搖。

「換個髮型總可以吧？是嗎？」麗莎說道，瑪麗亞仍然一言未答，麗莎只好走出房間了。

瑪麗亞獨自留下來，她沒有照著麗莎的意願改變髮型，也沒有對著鏡子瞧瞧自己。她默不作聲地暗自思考著，她想像著一個丈夫，他把她帶進一個幸福的世界，她懷了一個自己的孩子，丈夫在一旁溫柔地望著她和孩子。「我錯了，這是不可能的，我的相貌太醜了。」她心想。

「請您去喝茶。公爵馬上要出來會客。」從門後可以聽見侍女的說話聲。

她回過神，站起身來走進禮拜室，她在神像面前呆立幾分鐘，心頭充滿著痛苦的疑慮。她是否能夠享受愛情的歡樂？瑪麗亞在產生結婚的念頭之際，她心中所想到的是家庭的兒女，但是最為強烈的宿願，那就是愛情。她越是對旁人隱瞞感情，這種感情就越強烈。她嘆了一口氣，在胸前畫了十字，就走下樓去。既沒有考慮連衣裙，也不考慮髮型，更不考慮如何走進門去，說些什麼話。

4

當瑪麗亞進房的時候，瓦西里公爵和他的兒子已經在客廳裡了，他們父子正與公爵夫人和布里安小姐交談。公爵夫人在男人們面前指著她，說道：「這就是瑪麗！」瓦西里公爵先走到她身邊，吻了吻她的手；接著阿納托利也走過來。她還沒有看見他，就感覺到一隻手溫柔地握住她的手，當她看他的時候，他俊美的相貌令她大為驚訝。阿納托利默不作聲，快活地望著公爵小姐，顯然完全沒有去想她。在與女人交往方面，阿納托利具有一種睥睨一切的氣質，這種氣質容易引起女人的好奇，甚至愛慕。公爵小姐已經有了這種感覺，她彷彿要向他表白，但馬上又向瓦西里公爵轉過臉去。

「親愛的公爵，我們要充分地享受您帶來的歡樂，」矮小的公爵夫人對瓦西里公爵說，「這可不會在安娜家的晚會上那樣了，您在那裡總是溜之大吉！」

「哎，您不要像安娜那裡一樣跟我談論政治啊！」

「可是，我們那張茶几呢？」

「噢，是的！」

「您幹嘛從來不到安娜那裡去呢？」公爵夫人向阿納托利問道，「啊，我知道了，」她說道，「您哥哥伊波利特把您的事講給我聽了。我還知道您在巴黎鬧的惡作劇啊！」

「那麼，他沒有告訴你嗎？」瓦西里公爵說道，「他卻沒有告訴你，他自己為這個可愛的公爵夫人苦惱不堪，而她卻把他趕走了？」

「公爵小姐，您真是最可貴的一個女人了！」他把臉轉向瑪麗亞說道。

布里安小姐一聽到巴黎這個詞，也抓住機會參與大家的談話。

她問阿納托利是不是離開巴黎很久了，他喜不喜歡那個城市。阿納托利很樂意回答這個法國女人的問題，打從他看見貌美的布里安小姐之後，心中就斷定，童山這個地方是不會令他感到寂寞的。「長得很不錯！」他邊想邊望著她，「這個妞兒長得很不錯。我希望公爵小姐嫁給我時，也把她帶過來。長得很不錯！很不錯！」

老公爵在書房裡穿上衣服，思考著要怎樣對付這些客人，「瓦西里公爵和他的愛子關我什麼事？老的，是個沒文化的吹牛家；小的，夠了！未必能成材。」惹他生氣的是，這些客人掀起了一個敏感的問題，也就是他能否下定決心離開女兒，讓她出嫁。雖然他似乎不太疼愛瑪麗亞，但是生活少了她是不可思議的。

「她為什麼要嫁人呢？」他想，「那只會變得不幸。你看，麗莎嫁給安德烈，她滿意她自己的命運嗎？誰會出於愛慕而娶她呢？她長得難看，又笨拙，一定是為了關係和財富才這麼做的。難道就不能終生不嫁嗎？那更幸福啊！」老公爵想道，可是這個懸而未決的問題卻必須馬上解決，因為瓦西里把他的兒子帶來了，顯然是有求婚的打算，也許這兩天就會要求直接的答覆。對方的名望和社會地位還不錯。「好吧，我不反對，」老公爵喃喃自語道，「但願他配得上她，我要先親眼瞧一瞧。」

「我要先親眼瞧一瞧。」他大聲地說，「我要先親眼瞧一瞧！」

他走進客廳，飛快地向眾人掃了一眼，他看見公爵夫人和布里安小姐的打扮，以及瑪麗亞難看的髮型，又看見布里安和阿納托利流露的微笑，和公爵小姐被冷落的孤獨。「她打扮得像個蠢貨！」他憤怒地看了女兒一眼，「無恥的傢伙！他根本不想和她交往！」

他走到瓦西里公爵面前。

「啊，你好，你好，看見你，我真高興。」

「為了看看好朋友，多繞七哩路也不嫌遠，」瓦西里公爵說道，「這是我的第二個兒子，請您多關照。」

尼古拉．安德烈耶維奇公爵看了看阿納托利。

「好極了，好極了！」他說道，「喂，來吻我吧。」他向他伸出面頰。

阿納托利吻了吻老頭，好奇地望著他，等著看他的怪脾氣會不會馬上發作。

老公爵坐在平常坐的沙發上，開始詢問政治事件和新聞。他彷彿聚精會神地聆聽瓦西里公爵講話，又不停地望向瑪麗亞。

「這麼說，信是從波茨坦來的？」他重複瓦西里公爵說過的話，忽然站起來，走到女兒面前。

「你是為了見客才打扮成這樣，是嗎？」他說道，「好看，很好看。但我卻要警告你，未經我許可，以後不得擅自改變衣著。」

「爸爸，這是我的錯。」公爵夫人面紅耳赤，為她抱不平。

「隨您的便，」老公爵說道，「她用不著醜化自己，本來就夠醜的了。」

他又坐回位子上，不去理會流淚的女兒。

「這個髮型對公爵小姐來說，倒是挺合適的。」瓦西里公爵說道。

「啊，年輕的公爵，叫什麼名字？」老公爵把臉轉向阿納托利，說道，「到這裡來，我們認識一下。」

阿納托利面露微笑，在老公爵身邊坐下來。

「親愛的，您目前在騎兵近衛軍任職嗎？」老頭子目不轉睛地望著他，問道。

「不，我已經調到陸軍來了。」阿納托利答道，好不容易才忍住笑。

「啊！很好。親愛的，怎麼樣？您願意為沙皇和祖國效勞嗎？目前是戰爭時期，像你這樣的英俊小伙子應當服役，上前線，是嗎？」

「不，公爵。我們的兵團出動了，我只是掛個名。爸爸，我在哪個單位掛名呀？」阿納托利放聲大笑。

「幹得好，幹得好！在哪個單位掛名呀！哈！哈！哈！」老公爵笑了起來。

阿納托利越笑越大聲，尼古拉·安德烈耶維奇公爵忽然皺起眉頭。

「也好，你去吧。」他對阿納托利說。

阿納托利含著笑意又走到女士們跟前。

「瓦西里公爵，你是在國外培養他們的，是嗎？」老公爵對瓦西里公爵說道。

「老實說，那裡的教育比國內的教育要來得好。」

「是啊，現在什麼都不一樣了，都要按新規矩來。嘿！小伙子，到我那裡去吧。」

他挽著瓦西里公爵的手，把他領進了書房。

瓦西里公爵和老公爵單獨留下來之後，馬上向他表明自己的意圖。

「你以為，」老公爵氣憤地說，「我想把她留在身邊，不願和她斷絕往來嗎？」他氣沖沖地說，「即使是明天離開也沒關係！但我得說，我要先瞭解女婿這個人！我明日會當著你的面問她，只要她願意，就讓他多住些日子，好讓我看個明白。」公爵又說，「她嫁不嫁，反正都一樣。」

「我老實告訴您，」瓦西里公爵說道，「您真是把人看透了，阿納托利並不是天才，卻是個誠實善良的小伙子。」

「嗯，嗯，好的，我們以後就能看出來。」

正如生活中長期缺少男伴的女人一樣，阿納托利一出現，老公爵家中的三個女人都同樣地感覺到，她們過去彷彿在黑暗中的生活忽然被前所未有的光輝照亮了。

瑪麗亞腦袋一片空白，那個也許將成為她丈夫的人的俊美面孔吸引了她全部的注意力。她彷彿覺得他很善良、勇敢、而且富有男子氣概，各種家庭生活的幻想不斷出現在她的腦海裡。

「我對他是不是太冷淡了？」瑪麗亞心想，「我極力地克制自己，因為覺得自己和他太接近了，可是他會不會以為我討厭他？」

瑪麗亞盡力地招待新來的客人，可是她不在行。

「可憐的女人！長得像鬼一樣醜陋。」阿納托利心裡這麼看待她。

阿納托利的來臨也讓布里安小姐極度興奮，不過她的想法有所不同了。當然，這個年輕貌美的女郎沒有什麼地位，沒有親戚朋友，甚至沒有祖國。她不想一輩子侍候老公爵，或是陪著公爵小姐。她早就在等待一個俄國公爵愛上她，並且把她帶走，現在這個人終於來到了。當布里安小姐跟他談論巴黎時，她的腦海裡逐漸形成對未來的各種夢想。她希望他能喜歡她，並盡可能地引起他的愛慕。

公爵夫人也不自覺地開始賣弄起風騷，把自己懷孕的事拋在腦後。不過她別無用心，只不過是出於一種輕浮而稚氣的愉快情緒罷了。

阿納托利看見自己對這三個女人已產生影響，不由得感到虛榮和滿足。此外，他開始對那個俊俏的布里安懷有一種狂熱的獸性與慾望，這種感覺促使他採取最大膽的粗暴行動。

飲茶完畢，這群人走進休息室，聽公爵小姐彈鋼琴。阿納托利靠近布里安，愉快地注視著公爵小姐。但是他的視線雖然集中在她的身上，注意的卻不是她，而是布里安小姐的那隻小腳。布里安也看著公爵小姐，瑪麗亞從她那對美麗的眸子裡察覺到一種前所未有的喜悅。

「她多麼愛我！」瑪麗亞想道，「現在的我真是幸福，有這樣一個朋友和這樣一個丈夫會是多麼幸福！他會成為我的丈夫嗎？」

晚飯後，大家各自離席時，阿納托利吻了公爵小姐的手，又去吻吻布里安小姐的手，布里安小姐漲紅了臉，驚恐地看了公爵小姐。

「多麼和藹可親，」公爵小姐想了想，「難道阿梅莉（布里安的綽號）以為我會吃她的醋，而不顧她對我的溫情和忠誠嗎？」她也過去吻了吻布里安，阿納托利則去吻公爵夫人的手。

「不，不！等到您的父親寫信告訴我，說您表現得很好時，我才會讓您吻我的手。現在不行。」她向上伸出指頭，微露笑容，從房裡走出去了。

5

大家各自散去。除了阿納托利倒頭就睡之外，這一夜沒有人睡得安穩。

「難道這個陌生、英俊又善良的男人會是我的丈夫嗎？」瑪麗亞想道，忽然感覺到一種莫名的恐懼把她控制住了。她按鈴叫來侍女喊來，要他在她房裡睡覺。

布里安在花房裡來回地踱步，徒然地等待某人，她時而微笑，時而被心中的想法感動得落淚。

公爵夫人埋怨侍女沒有把床鋪好，讓她怎麼趟都不舒服。她隆起的肚子十分礙事，比以前什麼時候都要礙事。阿納托利讓她回想起往日的時光，當時她未懷孕，做什麼事都輕鬆愉快。

老公爵也沒有睡覺。吉洪聽得見他憤怒地踱著步。老公爵覺得他為女兒蒙受了莫大的屈辱，因為受辱的不是他自己，而是別人，是他疼愛更甚於自己的女兒。他告訴自己，如果這件事是對的，就應該去做；可是他沒有這樣做，只是讓自己越來越憤怒而已。

「遇見一個男人，就把父親忘得一乾二淨了。她跑著，梳了頭髮，搖尾乞憐，成何體統！呸！呸！呸！我難道看不見，這個笨蛋只是盯著布里安瞧嗎？一點自尊心也沒有！既然沒有自尊心，不愛惜自己也罷，至少也要顧全我的人格。我應當跟她說明白，這個笨蛋心裡沒有她，只是盯著布里安。我要跟她說明這一點……」

老公爵知道，只要這麼對瑪麗亞說，他就會傷害她的自尊心，她也就不會離開他了。於是，他安下心來，喊了一聲吉洪，開始脫衣服。

「誰讓他們來的！」當吉洪為他換上睡衣的時候，他心想，「我沒有邀請他們，他們卻來打擾我的清靜，我剩下的日子不多了。」

「見鬼去吧！」他說道。

吉洪面不變色，與他那疑問而惱怒的目光相遇。

「他們都睡了嗎？」公爵問道。

吉洪猜出來，老公爵要問的是瓦西里公爵和他的兒子。

「大人，他們都睡了，連燈也熄了。」

「不必，不必……」公爵說道，向他睡的長沙發走去。

阿納托利和布里安小姐從清晨起就在尋找單獨見面的機會。當公爵小姐在平日規定的時刻去看父親的時候，布里安小姐便和阿納托利在溫室裡相會。

瑪麗亞發抖著走到書房門口，她彷彿感覺得出，所有人都知道今日就要決定她的命運，而且都曉得她對這件事的想法。

這天早上，老公爵對女兒的態度特別殷勤。當她完成算術題之後，他立刻開始談論正經事，說話時用「您」稱呼。

「有人在我面前向您求婚。」他說道，不自然地露出微笑。

「我想，您也猜得到，」他繼續說，「瓦西里公爵來到這裡，並帶來一個兒子，目的不是為了讓我瞧瞧。昨天他們在我面前向您求婚，您知道我的規矩，因此我想跟您商量一下。」

「父親，我該如何理解您的意思？」公爵小姐臉上紅一陣，白一陣。

「如何理解！」父親怒氣沖沖地喊道，「瓦西里公爵按照自己的品味挑中你做他的媳婦，替他的兒子向你求婚。就是這樣理解！由我來問你。」

「父親，我不知道您希望怎麼樣。」公爵小姐輕言細語地說。

「我？我？我怎麼樣？不用管我，又不是我要嫁。我只想知道您怎麼樣。」

瑪麗亞垂下眼簾，想避開父親的目光。她習慣性地唯唯諾諾，說道：

「我希望的只有一點——履行您的意旨，」她說，「假如要我表示自己的願望……」

她還沒來得及說完，公爵就打斷了她的話。

「好極了！」他喊道，「他要把你跟嫁妝一起帶走，順帶把布里安也帶走，她當太太，而你……」

公爵停了下來，他發現這席話對女兒產生的影響。她低下頭，想要哭出聲來。

「也罷，也罷，我在開玩笑，」他說。「記住，公爵小姐，我遵守做人的原則。少女有選擇的權利，我賜予你自由。記住，你一生的幸福就看你這次的決定了，不必管我。」

「父親，不過我不知道……」

「不要說了！他可以娶你，也可以娶他想娶的任何人；而你也有自由選擇的權利……回房間想想，一小時之後再過來，當著他的面作出回答。我知道你要祈禱，好吧，那就祈禱吧！不過要好好考慮。你去吧。」

「嫁還是不嫁？」公爵小姐宛如墜入五里霧中，搖搖晃晃地走出了書房。

她的命運決定了，而且幸福也決定了。父親說的關於布里安小姐的那些話，卻是一個可怕的暗示，她無法不去想它。她穿過溫室徑直地走去，忽然間，她聽見布里安小姐那熟悉的聲音。她抬起眼睛，在離自己兩步遠的地方看見了阿納托利，他正在擁抱那個法國女郎，對她輕聲說著話，臉上流露著可怖的神態，他呆呆地看著瑪麗亞，甚至忘了鬆開抱住布里安腰部的手。

「是誰？為什麼？請您等一下！」阿納托利的臉彷彿這麼說道，瑪麗亞也沉默地望著他們。布里安小姐驚叫一聲，跑開了。阿納托利微笑地向瑪麗亞鞠了一躬，然後聳了聳肩，往他的臥室走去。

一小時後，吉洪來叫瑪麗亞去見老公爵，還說瓦西里公爵也在那裡。吉洪一走，公爵小姐坐在房裡的沙發上，擁抱著號啕大哭的布里安小姐。瑪麗亞輕輕撫摸著她的頭，她那對美麗的眼睛閃閃發光，像從前一樣平靜，注視著布里安小姐美麗的小臉蛋。

「小姐，我永遠喪失了您的歡心。」布里安小姐說道。

「怎麼回事？我比以前更愛您了，」瑪麗亞說道，「我要為了您的幸福努力做到一切。」

「可是您會蔑視我的，您如此純潔，永遠不能明白這種強烈情欲的誘惑。」

「我明白，」瑪麗亞微笑說道，「放心，我的朋友。我去父親那裡了。」她說完就出去了。

瑪麗亞走進屋裡的時候，瓦西里公爵正笑容可掬地坐在那兒，一隻腿高高蹺在另一隻腿上。

「啊，親愛的，」他站起來，一把抓住她的兩隻手，「我兒子的命運就掌握在你手裡了。我可愛的、親愛的、溫柔的瑪麗，請您決定吧！我就像愛自己的女兒那樣愛您。」

他朝一旁走去，眼裡真的流出淚水。

「呸……呸……」老公爵哼著鼻子。

「公爵代表他的兒子向你求婚。你願不願意當阿納托利．庫拉金公爵的妻子？你說，嫁還是不嫁！」他高聲喊道，「我要保留發表意見的權利。是啊，我的意見也只是我的意見，」老公爵把臉轉向瓦西里公爵，補充說道，「嫁還是不嫁？」

「父親，我的答案是——永遠不離開您，我不想結婚。」她望著瓦西里公爵和父親，堅定地說。

「胡說八道，蠢話！胡說八道！」老公爵大聲喊道，他一把抓住她的手，拉到自己身邊來，沒有吻它，只是把自己的前額碰了碰她的前額。她的手被握痛了，忍不出叫出聲來。

瓦西里公爵站立起來。

「親愛的，我要說，我永遠忘不了這個時刻。但是，我親愛的，哪怕只有一線希望，也讓我們去觸動這顆仁慈寬厚的心吧。也許……來日方長，也許……」

「公爵，這全是我的真心話。我感謝您讓我有這份榮幸，但是我永遠不會做令郎的妻子。」

「親愛的，夠了，要說的話都說完了。回去房間吧，公爵小姐，」老公爵說道，「看見你我真的非常、非常高興。」他一面擁抱瓦西里公爵，一面重複說道。

「我的使命是另一種使命，」瑪麗亞心想，「無論付出何種代價，我都要替可憐的阿梅莉製造幸福。她是那樣愛他，她是那樣沉痛地懊悔。我要竭盡所能為他們安排婚事。假如他不富裕，我就給她錢；我要乞求父親，乞求安德烈，讓她成為他的妻子。既然她能忘掉自己，可見她有多麼愛他，說不定我也會做出同樣的事……」

6

羅斯托夫一家很久沒有得到尼古拉的消息，直到冬天的第二個月，伯爵才收到一封兒子的來信。安娜・米哈伊洛夫娜瞥見伯爵手中拿著那封信，又哭又笑地十分狼狽。

安娜・米哈伊洛夫娜的景況雖然有所好轉，但仍然繼續住在羅斯托夫家中。

「我的朋友，怎麼了？」安娜憂愁地問他。

伯爵哭得更厲害了。

「尼古拉在信上說，他負傷了……他升為軍官了，謝天謝地……該怎樣對伯爵夫人提起？」

午宴間，安娜不斷地談到戰爭的消息，以及尼古拉的情況。她說，搞不好今日又能接到他的一封信，當伯爵夫人聽到這些暗示，感到心慌意亂時，安娜又不著痕跡地把話題轉移到無關緊要的事情上。娜塔莎是一家人之中最聰明的，她已經看出父親和安娜之間發生了什麼涉及哥哥的事情。娜塔莎膽子很大，但也不敢在午宴間提出問題。午宴結束後，她跑去找安娜，在休息室摟住了她的脖子。

「好大媽，告訴我是怎麼回事？」

「親愛的，沒有什麼事。」

「不，親愛的，不說的話我絕不甘休，我知道您在隱瞞什麼。」

安娜．米哈伊洛夫娜搖搖頭。

「嘿，你真是個鬼靈精。」她說道。

「尼古連卡寄來的信嗎？一定是的！」娜塔莎從安娜的臉色看出了肯定的回答，大聲喊道。

「不過，看在上帝份上，請你小心點兒，你知道這可能會使你媽媽受到驚嚇的。」

「我會小心的，可是，說給我聽吧。不說嗎？也罷，我馬上去說。」

安娜把這封信的內容簡單講給娜塔莎聽了，還不忘提醒她，不要告訴任何人。

「一言為定。」娜塔莎一面畫十字，一面說道。接著立刻跑去見索尼婭。

「尼古連卡……負了傷……有一封信……」她激動而高興地說。

「尼古拉！」索尼婭一開口，臉色頓時變得蒼白了。

娜塔莎看見哥哥負傷的消息對索尼婭產生的影響，才終於意識到這個消息充滿著悲傷。她抱住索尼婭，大哭起來。

「負了一點傷，但是升為軍官了，他在信中寫道，目前身體健康。」

「所以說，你們這些女人都是愛哭鬼，」彼佳說，「哥哥立下大功，我很高興，但你們都哭哭啼啼！什麼都不懂。」

娜塔莎透過眼淚，微微一笑。

「你沒有看過信嗎？」索尼婭問道。

「我沒有看過，可是她說，一切都過去了，他已經當上軍官了……」

「謝天謝地，」索尼婭用手畫十字，「可是，她也許在騙你。我們到媽媽那裡去吧。」

彼佳沉默地在房裡踱來踱去。

「如果我是尼古拉，我會殺死更多法國人，」他繼續說，「他們是多麼卑鄙啊！我要把他們殺光，讓屍體堆積成山。」

「彼佳，你住口，你真是個傻瓜啊！」

「我不是傻瓜，那些為了一些小事而哭的人才是傻瓜。」彼佳說。

「你記得他嗎？」娜塔莎忽然問道。索尼婭微微一笑。

「記得尼古拉嗎？」

「不，索尼婭，你不僅要記得，還要記得清清楚楚，」娜塔莎說，「我也記得尼古連卡，」她說道「可是我不記得鮑里斯，根本記不得……」

「怎麼了？不記得鮑里斯嗎？」索尼婭驚奇地發問。

「不是不記得，我知道他長什麼樣子，可是不像記得尼古連卡那樣一清二楚。我閉上眼睛都記得他，可是不記得鮑里斯，」她閉上眼睛，「真的，一點也不記得了！」

「唉，娜塔莎！」索尼婭嚴肅地望著她的朋友，「既然我愛上你的哥哥，無論我倆發生了什麼事，我都會一輩子愛他的。」

娜塔莎那對好奇的眼睛，驚訝地瞧著索尼婭。她知道索尼婭說的是真心話，索尼婭所說的那種愛情也是存在的，但是她毫無這種經驗，一點也不明白。

「你要寫信給他嗎？」她問道。

索尼婭沉默起來，是否應該寫信，對她來說是個苦惱的問題。他已經當上軍官，她卻要他想起自己，好像他對她負有什麼責任似的，這麼做是否恰當呢？

「我不知道，我想，假如他寫信，我也寫信。」她漲紅著臉，說道。

「你寫信給他就不覺得羞恥嗎？」

索尼婭微微一笑。

「不覺得。」

「可是我覺得寫信給鮑里斯是可恥的，所以我不寫。」

「為什麼會覺得可恥呢？」

「我不知道，但我就是覺得可恥。」

「可是我知道，」彼佳說，「因為她愛上那個戴眼鏡的胖子（他指的是皮埃爾），又愛上那個歌手（教娜塔莎唱歌的義大利教師），所以覺得可恥。」

「彼佳，你太傻了。」娜塔莎說。

「親愛的，我才不比你傻。」九歲的彼佳像個老人似地說道。

自從聽了安娜在午宴時的暗示後，伯爵夫人已經有所心理準備。她回到房間，望著嵌在鼻煙壺上兒子的微型肖像，淚水湧上眼眶。安娜帶著信件走到門外，停了下來。

「請您不要進來，」她對跟在後面的伯爵說，「先等一下。」她隨手把門關上了。

伯爵把耳朵貼在鎖上，聆聽起來。

起初他聽見冷淡的談話聲，接著是一聲喊叫，兩個人都用歡樂的語調談話。這時，安娜為他打開了房門，她臉上流露著驕傲的表情，就像完成了一件傑作一樣。

「好了！」她指著伯爵夫人對伯爵說，伯爵夫人一手拿著煙壺，一手拿著書信，時而把嘴唇時貼在煙壺上，時而貼在信上。

她看見伯爵，便抱住他的禿頭，然後又推開，繼續親吻書信和肖像。薇拉、娜塔莎、索尼婭和彼佳走進房裡來，開始唸信了。信上簡略地提到行軍的情形、尼古拉參與的兩次戰鬥、他被提升為軍官，還提到對親人的想念；除此而外，他請求代他吻吻親愛的索尼婭，他仍然像過去一樣愛她。索尼婭聽到這句話，漲紅著臉跑到大廳裡去了。伯爵夫人悲痛地哭出來。

「媽媽，您哭什麼呀？」薇拉說道，「從他寫的信來看，應該高興，不要哭啊。」

雖然她說得沒錯，但是伯爵夫婦和娜塔莎都用責備的表情看著她。「她到底是像誰呀！」伯爵夫人心想。

尼古拉的信被唸了幾百遍，伯爵夫人每唸一次，就感覺到一種新的快慰。她覺得多麼奇怪，她的兒子——二十年前在她腹中微微亂動的兒子，居然成了一名英勇的戰士，獨自在無依無靠的情況下闖出了一番事業。

「他敘述得多麼動人，多麼優美的文章！」她邊唸邊說，「多麼高尚！他完全沒有提到自己，完全沒有！他提到一個叫做傑尼索夫的人，所有的人他都記得清清楚楚！他沒有忘記任何人。就像我過去常說……」

他們準備了一個多禮拜，把全家人寫給尼古拉的書信抄了一遍，籌措了一些必需品和錢款，為已擢升的軍官購置軍服和用品。安娜是個很會辦事的女人，甚至連和兒子通信的事也能在軍隊中託人求情。

她寄信給指揮近衛軍的康斯坦丁．帕夫洛維奇大公。羅斯托夫一家推測，「國外俄國近衛軍」是一個固定的通訊地址，假如把信寄到指揮近衛軍的康斯坦丁大公處，就沒有理由不會轉寄到附近的保羅格勒兵團團部。因此他們決定先靠著大公的信使將東西送到鮑里斯那裡，再由鮑里斯轉交給尼古拉。一家人的信都寄到了，還有伯爵給兒子添購用品的六千盧布也寄到了。

7

十一月十二日，駐紮在奧爾米茨附近的庫圖佐夫部隊，準備於翌日接受俄皇和奧皇的檢閱。剛從俄國開到的近衛軍在奧爾米茨十五俄里外處歇宿，於翌日上午十時以前前往奧爾米茨閱兵場接受檢閱。

這天，尼古拉．羅斯托夫接到鮑里斯的信，通知他說，自己正在離奧爾米茨十五俄里的伊茲梅洛夫兵團處等他，以便把金錢和信件轉交給他。羅斯托夫收到信後，獨自來到近衛軍營尋找他的童年伙伴。他還沒來得及購置軍服，仍然穿著破爛的士官生上衣和馬褲。當他接近伊茲梅洛夫兵團時，心裡想著，他這副身經百戰的驃騎兵模樣會使鮑里斯大為驚訝。

在行軍期間，鮑里斯始終待在現已擔任連長的貝格身邊。由於貝格善於執行命令，謹慎行事，已贏得上司們的信任，在辦理經濟事務上也相當有利。而鮑里斯廣於交際，也結識了一些有用的人；他憑著皮埃爾的介紹信認識了安德烈，希望能靠著他在總司令部謀得一個職位。貝格和鮑里斯在最後一天行軍結束後，得到了充分的休息，他們坐在住房內下棋。

「喂，你怎麼走得出來？」他說道。

「要用頭腦。」貝格回答，他用手撥動卒子。

這時候，門敞開了。

「他真的在這兒！」羅斯托夫喊道，「貝格也在這兒！」

「我的老天！你變得真多！」鮑里斯站起來，走上去迎接羅斯托夫。

半年沒有見面了，他們發現彼此都有很大的變化，那正是他們在人生中邁出第一步的那個全新環境的反映，因此他們都想儘快地互道心事。

「哎！你們真是群不務正業的傢伙！穿得像是從遊園會上回來似的。」羅斯托夫擺出軍人的架勢，指指自己穿的那條骯髒的馬褲。

「我沒料到你今天會來，」鮑里斯說，「我只是在昨天透過庫圖佐夫的一個副官博爾孔斯基把信轉交給你。沒想到他這麼快就送到你手上了。啊，你還好嗎？經過戰鬥的磨練了嗎？」

羅斯托夫晃了晃掛在制服滾條上的聖喬治十字勳章，又指了他那隻纏上繃帶的手臂，微笑地看著貝格。

「你也看見啦。」他說。

「原來如此，不錯！」鮑里斯微笑道，「我們也不差，你知道，皇太子經常隨著我們兵團行軍，因此我們擁有各種福利。我們在波蘭受到熱情的接待，出席了豐盛的午宴和舞會——我不能全部說出來。皇太子對我們相當大方。」

兩個朋友交談起來，一人講到驃騎兵的軍旅生活，另一人講到在上層人士手下服役的好處。

「啊！近衛軍啊！」羅斯托夫說，「先派人去打點酒來。」

鮑里斯皺起眉頭。

「如果你想喝的話。」

他於是走到床邊，從乾淨的枕頭下面掏出錢包，吩咐手下人去把酒端來。

「對，把錢和信都交給你吧。」他補充一句。

羅斯托夫把錢扔在沙發上，拿起一封信開始讀。他發現貝格在看他，凶狠地瞪了他一眼。

「寄了這麼多錢來給您，」貝格說，一面望著陷進沙發的錢包，「伯爵，我們都靠著薪俸勉強地生活，當然，這是我自己的情形……」

「貝格，親愛的，您聽我說，」羅斯托夫說，「當您接到一封家信，或是跟朋友見面時，如果是我在這兒，我就會立刻走開，免得妨礙你們。請您走開吧……隨便去哪都好！」

「哦，好吧，伯爵，我完全明白。」貝格站起來說道。

「到主人們那裡去吧，他們請您過去。」鮑里斯補充地說。

貝格穿著一件乾淨的常禮服，從房裡走了出去。

「哎！我真是畜生！」羅斯托夫一面唸信，一面說。

「怎麼了？」

「哎！我真是畜生！我一封信都沒寫，差點把他們嚇壞了。」他重複地說，「喂，叫加夫里洛去打點酒！我們喝他個痛快！」他說。

在雙親的信函中，附有一封呈給巴格拉季昂公爵的介紹信，伯爵夫人依照安娜．米哈伊洛夫娜的忠告，從熟人處弄到了這封信，要兒子把它送給特定的人，充分加以利用。

「真是愚蠢！我才不需要呢。」羅斯托夫把信扔到桌子底下。

「你為什麼把它扔掉呀？」鮑里斯問道。

「一封介紹信，什麼用也沒有！」

「怎麼會沒有用呢？」鮑里斯一邊拾起信來，一邊唸著署名，「這封信對你很有用處。」

「我並不需要什麼，我不要當任何人的副官。」

「為什麼？」鮑里斯問道。

「那是個奴僕般的差事！」

「你還是這樣理想主義。」鮑里斯搖了搖頭。

「怎麼了？」羅斯托夫問道。

「正如你所看見的，直到現在一切都很好；可是，我很想當個副官，不想老是待在前線。」

「為什麼？」

「既然服兵役，就要盡可能爭個功名，這才是唯一的目的。」

「是啊，原來是這樣！」羅斯托夫說道，看起來，他正在想著別的什麼。

他懷著疑惑的心情，看著自己的朋友，顯然在枉費心機地尋找某個問題的解答。

加夫里洛老頭把酒帶來了。

「要不要派人去把貝格叫來？」鮑里斯說道，「他能陪你一起喝，我不喝了。」

「叫他來吧！這個德國人怎麼樣？」羅斯托夫輕蔑地說道。

「他是個挺不錯的人，既正派而又令人喜愛。」鮑里斯說道。

羅斯托夫望著鮑里斯嘆了一口氣。貝格回來了，三名軍官喝著酒交談起來。這兩名近衛軍軍人把他們出征的情形講給羅斯托夫聽，貝格提到在加利西亞和大公談過一次話，那時候大公因軍人行為不軌而暴怒，於是傳喚了連長。

「伯爵，我什麼也不怕，因為我知道我是對的。我敢說，我已經把兵團的命令背得滾瓜爛熟，因此，我在連上是沒有什麼過失的。當我報到時，他把我罵得狗血淋頭，一下叫我『阿爾瑙特人』，一下又說『鬼傢伙』，還說『放逐到西伯利亞』。」貝格一面點燃煙斗，說道，「我知道我是對的，所以我默不作聲。第二天就沒事了，這就是沉默是金的道理！伯爵，就是這樣。」

「是的，真是妙極了。」羅斯托夫微笑說道。

鮑里斯怕羅斯托夫嘲笑貝格，於是請他述說自己負傷的經過。羅斯托夫開始向他們興奮地講起申格拉本之戰。剛開始，他講得恰如其分，可是後來就不自覺地開始胡說八道起來。

沒過多久，安德烈．博爾孔斯基公爵走進房裡來了。安德烈喜歡照顧年輕人，尤其對鮑里斯懷有好感，想滿足這個青年的心願。他向鮑里斯露出和藹的笑容，又向羅斯托夫微微地鞠躬行禮，倦怠地坐到沙發上。他看見一群討厭的人，心裡很不高興。羅斯托夫明白這一點，他也一向瞧不起司令部裡的副官，頓時沉默不言了。鮑里斯問起司令部裡的消息。

「他們想必會向前推進。」安德烈答道。

貝格恭敬地問道，他們會不會像傳聞中的那樣，把兩倍的糧食發給各連？安德烈微笑地作出回答，說他無法評論這樣重大的國家法令，貝格也哈哈大笑。

「關於您的事，」安德烈又對鮑里斯說道，「檢閱完畢後請來找我，我會盡我所能。」

他把臉轉向羅斯托夫，使得羅斯托夫那副稚氣的窘態瞬間轉變為憤怒。他說：

「您好像談過申格拉本之戰，是嗎？您去過那裡吧？」

「我去過。」羅斯托夫氣憤地說道。

安德烈略帶輕蔑的樣子，微微一笑。

「是啊，還編造了許多有關這次戰役的故事。」

「是的，有許多故事！」羅斯托夫高聲說道，「不過我們的故事都是一些衝鋒陷陣的的故事，而不是那些無所事事的司令部裡的花花公子的故事。」

「您覺得我是那種人，是嗎？」安德烈心平氣和地微笑著。

「我不是在說您，」他說道，「我不認識您，事實上，也不想認識您，反正，我說的是司令部的人員。」

「不過我得告訴您，」安德烈打斷他的話。「我不在乎您對我的侮辱，可是現在不是時候，改天我們可以再來舉行一次決鬥，」他站起來，「您知道我的姓氏，也知道能在哪裡找到我。可是，別忘了，」他補充地說，「我是個比您年長的人，所以我勸您放棄這件事。好吧，星期五檢閱完畢以後，我等您。德魯別茨科伊，再見。」安德烈對兩個人鞠了一躬，就走出去了。

羅斯托夫吩咐僕人備馬，冷淡地向鮑里斯告辭後離開了。他應該到大本營去向這個副官挑戰，還是放棄這件事？這個問題使他感到苦惱。他時而高興地想像，這個驕傲的人在他的手槍之下露出惶恐的神態；時而驚訝地感覺到，自己是多麼希望和這個他仇視的副官結為知交。

8

翌日，奧國和俄國部隊舉行了閱兵式。俄皇偕同皇儲、奧皇偕同大公檢閱了八萬盟軍。

從清早起，穿著整齊的部隊開始在要塞前面的空地上排隊。到了十點鐘，一切都如願地準備就緒。一列一列的士兵都站在自己的位置上了，全軍排列成三行，騎兵排在前頭，炮兵排在騎兵後面，步兵尾隨於其後。

軍隊的三個部分——庫圖佐夫的戰鬥部隊（保羅格勒兵團站在第一行的右翼）、剛從俄國來的集團軍直屬兵團和近衛兵團以及奧國部隊，明顯地分隔開來。但是都站在同一行列中，由同一個長官指揮。

「他們來了！他們來了！」可以聽見驚恐的說話聲，各部隊開始忙亂地進行最後的準備工作。

一群漸漸接近的官兵在奧爾米茨那一端出現。當兩位元首駕到的時候，軍隊傳出了一聲口令：「立正！」接著，各個角落裡重複著相同的口令。之後一切都沉默下來。

二位國王向側翼疾馳而至，第一騎兵團的司號員吹奏大進行曲。從這些聲音中，可以清楚地聽見亞歷山大皇帝親熱的說話聲。第一兵團高呼「烏拉！」呼聲震耳欲聾，令人歡欣鼓舞。

羅斯托夫站在庫圖佐夫率領的軍隊前列，皇帝先向這支軍隊過來。羅斯托夫體驗到一種忘我的感情、國家強盛引起的自豪以及對皇帝強烈的愛戴。

「烏拉！烏拉！」四面傳來雷鳴般的歡呼聲，一個兵團接著一個兵團鳴奏大進行曲來迎接皇帝，然後傳來「烏拉」聲，越來越高，越來越強烈，匯成一片震耳欲聾的轟鳴。

俊美而年輕的亞歷山大皇帝身穿騎兵近衛軍制服，頭戴一頂三角帽，他那喜悅的臉色、清晰而低沉的嗓音吸引了眾人的注意。

羅斯托夫從很遠就認出了皇帝，並注視著他的蒞臨。他察覺到一種他未曾察覺的溫情和欣喜，尼古拉似乎覺得皇帝的每個動作和每個特徵都富有魅力。

皇帝在保羅格勒兵團前面停步了，他用法語向奧國皇帝說了一句話，臉上露出微笑。皇帝傳喚了團長，並且對他說了幾句話。

「我的天呀，要是皇帝對我說話，會怎麼樣啊！」羅斯托夫心想，「那就真是太幸福了。」

國王也對軍官們講話：「我衷心地感謝諸位。」

如果羅斯托夫現在能夠為他的沙皇獻身，他會多麼幸福啊！

「你們贏得了聖喬治軍旗，今後你們要受之無愧。」

「只要為他而獻身，為他而獻身！」羅斯托夫想道。

皇帝又說了一些話，可是羅斯托夫沒聽清楚，只聽到士兵聲嘶力竭地高呼：「烏拉！」

皇帝在驃騎兵對面站了幾秒鐘，彷彿有點躊躇的樣子。

「皇帝怎麼會躊躇不前呢？」羅斯托夫想了想，可是他又覺得，就算是皇帝這種躊躇的樣子，也是一樣莊嚴、令人讚嘆的。

皇帝躊躇了片刻，輕輕地踢了一下馬的腹部，在副官的伴隨下策馬上路了。他越走越遠，羅斯托夫只能從皇帝的侍從們後面看見他皇冠的羽飾。

羅斯托夫在侍從中發現了安德烈，他回想起昨天他們發生的口角，想著是否應該呼喊他。

「無須考慮，」羅斯托夫心想，「在這種時刻，這件事不需要去考慮，在充滿愛心、喜悅和為皇帝奉獻之感的時刻，這些口角和屈辱又有什麼意義呢？今天我要愛大家，寬恕大家。」

皇帝巡視了大部分的兵團後，部隊開始逐列從皇帝面前走過去。羅斯托夫騎著馬走在騎兵連的最後，單獨一人從皇帝眼前走過去了。

快接近皇帝的時候，羅斯托夫用馬刺扎了馬兩下，讓牠邁出猛烈的迅步，威風凜凜地走過去了。

「保羅格勒兵團的士兵，好啊！」國王說道。

「我的天呀！假如他吩咐我馬上赴湯蹈火，那有多麼榮幸啊！」羅斯托夫心想。

檢閱完畢後，剛抵達的軍官和庫圖佐夫的軍官聚集起來，開始談論獎勵、奧軍與俄軍的服裝、奧軍的戰場、談論波拿巴，特別是在埃森軍團即將逼近、普魯士加入我方陣營時，波拿巴就要遭殃了。

但談論得最多的，是有關亞歷山大皇帝的事蹟，眾人提起他的一言一行，為之振奮不已。

大家想的都一樣：希望國王能帶領他們儘快殲滅敵軍。羅斯托夫和多數軍官都是這樣想的。

閱兵之後，大家都比打贏兩仗後更加充滿勝利的信心。

9

閱兵之後的翌日，鮑里斯前往奧爾米茨拜訪安德烈。他希望對方能為自己謀得一個好的職位，最好是某個顯要名下的副官職位。「羅斯托夫的父親一次寄給他一萬多盧布，但他卻一派輕鬆，說自己絕對不向任何人低頭，絕不去當任何人的僕役；而我一無所有，不得不為自己謀求功名，機不可失，我要充分利用它。」

當天，他沒有在奧爾米茨遇見安德烈。但奧爾米茨的景象卻加深了他對躋身上層世界的渴望。

在街上來來往往的高級官員坐著豪華的馬車，佩戴著羽飾、綬帶和勳章，他們比他的地位要高上許多，在他們眼裡，對這個近衛軍小軍官根本不屑一顧。他在庫圖佐夫的住宅打聽博爾孔斯基，所有的副官都輕蔑地望著他，彷彿不想應付像他這樣的人。次日午膳後，他又前往奧爾米茨。安德烈這時在家，有人把他帶進一間大客廳。在場的人誰也沒有注意鮑里斯，鮑里斯向一個正在寫字的人打聽情形，那人厭煩地把臉轉向他，告訴他安德烈正在執勤，要自己到接待室去見他。

當鮑里斯走進房間時，安德烈正在聽取一名年老將軍的彙報，他鄙夷地瞇起眼睛看著對方。

「很好，請等一下吧。」他用輕蔑的語氣對將軍說道。當安德烈看見鮑里斯以後，他就把將軍擱在一邊，愉快地走向鮑里斯。

「昨天讓您撲了個空，十分抱歉。我整天在和德國人周旋，真是沒完沒了。」

鮑里斯微微一笑，彷彿明白安德烈暗示的事。

「啊，親愛的，怎麼樣？您還想當副官嗎？我近來已經考慮了您的事情。」

「是的！」鮑里斯說道，「我想拜託總司令。庫拉金已經在給他的信中提到了，所以我想去拜託他，」他彷彿道歉似的，「因為我怕近衛軍不會參戰。」

「很好！我們來談論這件事吧，」安德烈說道，「您先等我把這位老先生的情況向上級稟報一下，然後我就任您差遣了。」

當安德烈離開時，那位老將軍直直盯著這個妨礙他和副官說話的準尉，鮑里斯不好意思地轉過臉來，不耐煩地等待安德烈從總司令辦公室回來。

「親愛的，聽我說，我已經考慮過您的情況了，」當他們走進大廳時，安德烈說道，「您不用到總司令那裡去了，」安德烈說道，「他會對您說一堆客套話來，請您去吃午飯，可是到頭來卻不會有什麼進展，因為庫圖佐夫和司令部根本起不了什麼作用，現在皇帝親自掌握了一切。不如去找我的朋友多爾戈魯科夫公爵，我已經向他提過您的事了，我們去看看他能不能把您安排在什麼地方任職。」

安德烈高傲自負，從來不接受別人的幫助，卻願意在幫助別人的藉口下，去接近那些吸引他的人。他很樂意一手包辦鮑里斯的事，於是就和他一起到多爾戈魯科夫公爵那裡去了。

當他們走進二位皇帝所在的奧爾米茨皇宮時，天色已經很晚了。

軍事會議就是在這天舉行的，軍事參議院的全體議員和二位皇帝都參與會議，會上反對庫圖佐夫和施瓦岑貝格的意見，決定立刻發動進攻，和波拿巴大戰一場。安德烈與鮑里斯來到皇宮尋找多爾戈魯科夫公爵時，會議剛剛結束。

多爾戈魯科夫是支持進攻的一份子，他剛從委員會回來，雖然疲憊不堪，卻仍精神飽滿。安德烈向他介紹了鮑里斯，但是多爾戈魯科夫只是握了一下鮑里斯的手，什麼話也沒對他說。顯然他已忍不住想把令他興奮的事告訴安德烈公爵。

「哎！親愛的，願上帝保佑，今後的戰事也會勝利結束，」他興致勃勃地說，「我應該在奧國人面前承認我的過錯，不過，親愛的，比我們目前更有利的條件是不存在的。奧國人的細心和俄國人的勇敢相結合，所向無敵，還能怎樣呢？」

「也就是說，最後決定要發動進攻了嗎？」安德烈說道。

「您知道嗎，我覺得波拿巴簡直白費唇舌。今天他寄了一封信給皇帝。」多爾戈魯科夫微微一笑。

「真的！他寫了什麼呢？」安德烈問道。

「還能寫什麼？還不就是老把戲，只是想拖延一些時間。我告訴您，他完了！可是最有趣的是，」他忽然笑了起來，「他們想不出該在回信上稱呼他什麼，不能稱他是執政官，更不能稱為皇帝，我倒覺得可以稱他為波拿巴將軍。」

「但是，不承認波拿巴是皇帝和把他稱為將軍，這二者之間是有差別的。」

「問題就在這裡，」多爾戈魯科夫說，「比利賓建議這樣稱呼：『篡奪王位者和人類的公敵』。」

多爾戈魯科夫愉快地哈哈大笑。

「沒有別的稱呼了嗎？」安德烈說道。

「比利賓想出了一個用於信件的頭銜。他真是個聰明的傢伙——」

「是啊，什麼頭銜？」

「法國政府首腦。」多爾戈魯科夫嚴肅又高興地說。「很妙，是不是？」

「很妙，他應該會很不高興的。」安德烈說道。

「噢，會很不高興的！我的哥哥認識他，他說沒有比波拿巴更機靈而敏銳的外交家了。他既有法國人的靈活，又有義大利人的虛情假意！您知道他和瑪律科夫伯爵之間的趣聞嗎？您知道手絹的故事嗎？太妙了！」

多爾戈魯科夫敘述起波拿巴試圖測試一下俄國公使瑪律科夫，他在瑪律科夫面前故意扔下一條手絹，然後停下來盯著他，打算讓瑪律科夫替他撿起來；瑪律科夫立刻也在身邊扔下一條自己的手絹，他撿起自己的手絹，卻沒有去撿波拿巴的。

「太妙了，」安德烈說道，「公爵，請聽我說，我是來替這個年輕人求情的，您還記得這件事嗎？」可是安德烈來不及把話說完，就有一名副官過來叫多爾戈魯科夫去覲見皇帝。

「唉，真可惜！」多爾戈魯科夫連忙站起來，「您知道，我很榮幸為您和這個可愛的年輕人辦到一切事情。」他再一次地握握鮑里斯的手。「可是你們也明白，下次再說吧！」

他們跟在多爾戈魯科夫後面來到走廊上，遇見一個從皇帝房間出來的矮小男人，他長著一副聰明的臉孔，頜骨明顯地突出。這個人對多爾戈魯科夫點點頭，又用冷淡的目光凝視安德烈，一面向他走來；安德烈既沒有鞠躬，也沒有讓路，臉上流露著憤恨的表情，於是對方只好繞過他走掉了。

「他是誰呀？」鮑里斯問道。

「他是最出色的、也是我最厭惡的人。外交大臣亞當．恰爾托里日斯基公爵。」走出皇宮後，安德烈嘆了一口氣說道，「正是由這些人來決定人民的命運的。」

翌日，部隊出征了。在奧斯特里茨戰役結束之前，鮑里斯又在伊茲梅洛夫兵團待了一段時間。

10

十六日凌晨，尼古拉．羅斯托夫所服役的騎兵連啟程上路，參加一場戰役。但他們的騎兵連被卻留下來當後備，讓羅斯托夫鬱悶地過了一天。上午八點多，他聽見前面的槍聲、「烏拉」聲，還有從前線撤退的傷兵、押解回來的法國騎兵。顯然戰鬥勝利了。後來，他們從參加戰役的士兵口中聽說了輝煌的勝利、維紹市的攻克、整整一個法國騎兵連的被俘。但尼古拉的內心卻更為痛苦，他白白錯過了一個殺敵立功的機會。

「羅斯托夫，來乾一杯，解解愁吧！」傑尼索夫喊道。

幾個軍官在傑尼索夫的旁邊圍成一圈，一面用冷菜下酒，一面聊天。

「瞧，又押來一個了！」一名軍官指著由被哥薩克兵押送的法國龍騎兵說道。

其中一人牽著一匹從俘虜手上奪來的法國戰馬。

「把這匹馬賣掉吧！」傑尼索夫對那個哥薩克兵大聲喊道。

「大人，好吧……」

軍官們站起來，把被俘的法國人圍在中間。這名法國龍騎兵激動地講起話來，他說自己會被俘虜全是班長的過錯，還不時補充道：「可憐可憐我的小馬吧！」一面撫摸自己的馬。

幾個哥薩克賣掉一匹馬，掙到兩枚金盧布。羅斯托夫用家中寄來的錢買下了這匹馬。

「可得對小馬好一點啊！」當這匹馬轉交給他之後，法國人和善地說道。

羅斯托夫面露笑容，安慰這個龍騎兵，把錢給他了。

「喂，走吧！」哥薩克兵說道，一面要俘虜繼續向前走。

「皇帝！皇帝！」忽然，驃騎兵之間傳來一陣呼喊聲。

大伙兒開始手忙腳亂地跑起來，羅斯托夫看見後面的大路上有幾個漸漸馳近的騎者。

一瞬間，羅斯托夫對於沒有參加到戰鬥的遺憾消失殆盡，取而代之的是一種因為皇帝即將駕臨而產生的幸福感，他聽見皇帝那既溫和又莊嚴的聲音。現場陷入一片沉寂，在這一片沉寂中可以聽見皇帝的聲音。

「是保羅格勒兵團的驃騎兵嗎？」他疑惑地說。

「陛下，是後備隊啊。」可以聽見某人的回答聲。

皇帝在羅斯托夫附近停了下來。眼睛偶而打量騎兵連，他的目光曾和羅斯托夫的目光相遇了，但只看了兩秒鐘左右。後來他忽然揚起雙眉，用左腿猛然踢了一下戰馬，向前疾馳而去。

年輕的皇帝也想參加戰鬥，不顧廷臣的一再進諫，在正午離開了他所殿後的第三縱隊，向後衛部隊狂奔而去。在尚未追上驃騎兵之際，他們便帶著戰勝的消息來迎接皇帝。

這場僅僅俘獲一個法軍騎兵連的戰役，被認為是擊潰法軍的一次輝煌勝利。在維紹——德國的小市鎮，羅斯托夫再次看見皇帝。不久之前，市鎮廣場上發生過相當猛烈的交戰，地上還躺著幾具來不及運走的屍體和傷兵。皇帝望著一個匍匐於地、頭上鮮血直流的士兵，肩頭顫抖了一下。一名副官下了馬，攙扶起這個士兵，把他放在擔架上，士兵呻吟起來了。

「安靜點，難道不能安靜一點嗎？」皇帝彷彿比這個將死的士兵更難受，騎馬走開了。

羅斯托夫看見皇帝的眼睛裡泛著淚光，並在臨走前對恰爾托里日斯基說：

「戰爭是一件多麼可怕的事啊！」

俄國的前衛部隊在維紹市外紮營。國王向前衛部隊表示謝意，並且答應授獎，給每人發放兩瓶伏特加，士兵們都相當開心。當晚，傑尼索夫慶祝他被升為少校，羅斯托夫也在酒宴結束時為了祝賀皇帝健康而乾杯。

「一旦國王在前面督陣，戰局將會變得怎樣呢？我們將會高興地為他捐軀，對嗎？我不要說了，我喝太多了，不過我是這樣想的，你們一定也是。為亞歷山大一世的健康乾杯！烏拉！」

「烏拉！」可以聽見軍官們的熱情洋溢的叫喊聲。

基爾斯堅斟滿另外幾杯酒，向士兵的篝火前面走去，在火光的照耀下停住了。

「伙伴們，為皇帝陛下的健康，為戰勝敵人而乾杯，烏拉！」

他用地那豪壯的老年驃騎兵的男中音喊道。

驃騎兵們都聚集起來，一齊用洪亮的喊聲回報。

夜深時分，大家都已四散了，傑尼索夫用手拍了拍他的好友羅斯托夫的肩膀。

「征途上沒人可愛，他就愛上沙皇了。」他說。

「朋友，我相信，我有同感，表示贊許……」

「不，你不明白！」

羅斯托夫站起來向前走去，他心想，如果能在皇帝眼前捐軀，那是何等幸福的事！他的確愛上了沙皇，愛上俄國軍隊的光榮，愛上對凱旋的希望。在奧斯特里茨戰役前的日子裡，不僅他一人有這種感覺，俄國軍隊中九成的士兵都愛上他們的沙皇，儘管沒有達到如此狂熱的程度。

11

翌日，皇帝在維紹市下榻，傳出他聖體欠安的消息。他食不下嚥，夜裡不能安睡，親信提到國王聖體微恙的原因，是因為看到傷亡的士兵，內心太受感動之故。

十七日拂曉，一名法國軍官薩瓦里被押送到維紹市，他打著軍使的旗幟，要求覲見皇帝。皇帝正在就寢，因此，薩瓦里一直到正午時分才得到召見。之後他和多爾戈魯科夫公爵一起動身到法軍前哨去了。

據聞，薩瓦里是來邀請亞歷山大與拿破崙會面的，這個提議遭到了拒絕，使得全軍感到高興和驕傲。多爾戈魯科夫代表俄皇去見拿破崙，進行談判，但願這次談判能締結和平。

夜晚，多爾戈魯科夫回來了，他徑直地去覲見國王，在那裡待了很久。

十一月十八日和十九日，部隊晝夜不停地行軍了兩天，在短暫的交火之後，敵軍的前哨部隊撤退了。十九日中午起，軍隊上層開始密集地活動著，一直到次日早晨，這一天，他們發動了值得紀念的奧斯特里茨戰役。

在十九日正午前，計畫在皇帝的大本營中被訂出；中午過後，活動傳達到庫圖佐夫和其他縱隊的司令部，晚間又由副官傳達到各個部門。當天一結束，八萬聯軍就浩浩蕩蕩地出發了。

這天安德烈公爵值勤，寸步不離總司令。

下午五點多，庫圖佐夫到了皇帝大本營，在那裡待了不久，便到宮廷事務大臣托爾斯泰伯爵那裡去了。

安德烈趁機去向多爾戈魯科夫打聽戰事的詳細情況。他隱約覺得，庫圖佐夫不知怎地非常不高興，而大本營的人也都對他表現出不滿。

「親愛的，您好，」多爾戈魯科夫和比利賓坐在一起用茶時說道，「明天是個大節日，您的老頭子怎樣了？心情不好嗎？」

「我不是說他心情不好，而是說他想要人家聽聽他講話。」

「大家在軍事會議上聽過了，但當波拿巴害怕決戰的時候，拖延、等待都是不行的。」

「是啊，您看見他了嗎？」安德烈說道，「啊，波拿巴怎麼樣？他給您留下什麼印象？」

「是啊，我見過，而且相信，他最害怕的就是決戰。」多爾戈魯科夫強調道，「如果他不怕，幹嘛要提出會面的要求？因為他需要撤退的理由，撤退是違反他的作戰模式的，對吧？相信我吧，他害怕決戰，他遭殃的時刻就要來了。」

「請您告訴我，他是個怎麼樣的人？」安德烈又問了一句。

「他是個讓我很想稱呼他『陛下』的人，但是，我始終沒有這麼稱呼他。就是這樣的人。」多爾戈魯科夫回答，含笑地望著比利賓。

「雖然我很敬重年老的庫圖佐夫，」他繼續說下去，「如果我們只是等待時機，讓波拿巴趁機逃走或欺騙我們，那才叫人難受呢！別忘了蘇沃洛夫的行為準則：不要使自己處於遭受進攻的地位，要自己發動進攻。請您相信，年輕人的精力在戰爭中時常比老年人的經驗能更指出道路。」

「可是我們又該向哪裡發動進攻呢？我今天去過前哨一趟，看不出他的主力位於何處。」安德烈說道，他想對多爾戈魯科夫說出他擬出的計畫。

「反正都一樣，」多爾戈魯科夫打開桌上的地圖，說道，「各種情況都設想到了，假如他駐紮在布呂恩附近——」

多爾戈魯科夫公爵隨意地敘述了魏羅特爾的側翼迂迴計畫。

安德烈開始表示異議，證明他的計畫比魏羅特爾的更好，遺憾的是，魏羅特爾的計畫已經通過了。多爾戈魯科夫心不在焉，望著安德烈的臉孔。

「庫圖佐夫今天要召開軍事會議，您可以在那裡把全部的想法說出來。」

「我正有此意。」安德烈從地圖旁邊走開時說道。

「先生們，你們關心的是什麼呢？」比利賓面露愉快的微笑說道，「不管是打贏還是打輸，都無損俄國的榮譽。因為除了你們的庫圖佐夫，再也沒有一個俄國長官了，全是波蘭人。」

「胡說八道，」多爾戈魯科夫說，「現在已經有兩個俄國人了：米洛拉多維奇和多赫圖羅夫，可能還會有第三個——阿拉克切耶夫伯爵，不過他的神經很脆弱。」

「我想米哈伊爾．伊拉里奧諾維奇已經出來了，」安德烈說道，「先生們，祝你們成功。」他握了握多爾戈魯科夫和比利賓的手，便走出去了。

安德烈回去後，忍不住向庫圖佐夫問到對明天戰鬥的看法。

庫圖佐夫嚴肅地望了他的副官，沉默了片刻，答道：

「我想這一戰是輸定了，我也這樣告訴了托爾斯泰伯爵，並且請他轉告皇帝。你想，他回答了我什麼呢？『可愛的將軍！我忙著做飯，做肉丸子，而您卻在研究軍事！』」

12

晚上九點多，魏羅特爾帶著他的計畫來到預定召開軍事會議的庫圖佐夫駐地。總司令傳喚縱隊的各個長官，除了拒絕出席的巴格拉季昂之外，所有的人都按時與會。

這天夜裡，魏羅特爾兩次親自察看敵軍的散兵線，兩次覲見俄皇和奧皇，彙報和說明軍事動態，並在自己的辦公室內口授德文的進軍命令。他已經精疲力盡，此刻正前來晉謁庫圖佐夫。

他顯然很忙，甚至忘了對總司令表示尊敬，不時地打斷他的話，匆忙而不清晰地發言，連眼睛也不瞧著對方的臉，不回答對方提出的問題，顯得過分自信和驕傲。

庫圖佐夫在奧斯特里茨附近佔用一座不大的城堡。他和魏羅特爾及軍委會的成員聚集在一間大客廳中。他們一邊喝茶，一邊等候巴格拉季昂。七點多鐘，他們才得知巴格拉季昂不克前來，安德烈趁機向總司令取得了出席會議的許可。

「因為巴格拉季昂公爵不會來，所以我們可以開始了。」魏羅特爾從座位上站起，向一張擺著布呂恩郊區地圖的桌子旁走去。

庫圖佐夫坐在椅子上，幾乎快要睡著了。一聽見魏羅特爾的聲音，他勉強睜開那隻獨眼。

「對，對，請吧，不然就太晚了。」他點點頭說道，又低下頭來，閉上眼睛。

軍委會的成員最初都以為庫圖佐夫故意裝出熟睡的樣子，直到後來，總司令的鼾聲才向眾人證明，他的確睡著了。魏羅特爾瞧瞧庫圖佐夫，心裡相信他真的睡熟了，於是拿起文件宣讀了一遍。

宣讀進軍部署遲續了一個多小時才結束，坐在魏羅特爾旁邊的朗熱隆伯爵提出了異議，想使這個滿懷自信的將軍難堪。庫圖佐夫睜開了眼睛，昏昏欲睡地傾聽朗熱隆的話，表情彷彿在說：「你們還在講些蠢話啊！」又急忙闔上眼睛，把頭垂得更低了。

朗熱隆想盡可能羞辱魏羅特爾在軍事上的自尊心，他於是證明，波拿巴不會挨打，而會輕而易舉地發動進攻，因此這項部署是毫無用處的。魏羅特爾則對這些異議付之一笑。

「如果他會向我們進攻，他現在就進攻了。」他說道。

「您因此以為他無能為力嗎？」朗熱隆說道。

「他頂多只有四萬軍隊。」魏羅特爾說，他面露微笑。

「在這種情況下，要是等著我們打過去，他就只有滅亡一途。」朗熱隆露出譏諷的微笑說，又回頭望著離他最近的米洛拉多維奇，希望他支持自己的觀點。

米洛拉多維奇顯然不太在乎將軍們辯論的事情。

「反正，」他說道，「明天戰場上就能見分曉。」

魏羅特爾又面露冷笑，對這些人提出的異議感到荒謬可笑而且古怪。

「敵人熄滅了燈火，敵營中不斷傳來喧嘩，」他說，「這意味著什麼？也許敵人走遠了，也許他們正在改變陣地。但即使他們佔領了圖拉斯陣地，也只不過讓我們省了許多麻煩，不妨礙原本的計畫。」

「究竟怎麼樣？」安德烈說道，他早就在等待時機表達自己的疑慮。

庫圖佐夫睡醒了，他咳了幾聲清清嗓子，並向將軍們環視一周。

「先生們，明天的進軍部署不能變動，」他說道，「你們都聽到了，我們都要履行我們的天職。而在作戰前……沒有比睡好一覺更重要的事了。」

他微微欠身，將軍們也鞠了一躬，離開了。已是午夜時分，安德烈也走出去了。

軍事會議讓他留下了模糊而又不安的印象。是誰說得對？是多爾戈魯科夫和魏羅特爾？還是庫圖佐夫、朗熱隆和其他不贊成進攻計畫的人呢？「難道庫圖佐夫不能直接向皇帝說出自己的看法嗎？難道沒有其他辦法了嗎？難道只因為朝廷和個人的意圖，就要幾萬人去冒生命危險嗎？」他心想。

「是的，十之八九，明天會死的。」他想了想。一想到死亡，他腦海中忽然浮現出一系列的回憶，變得激動不安，於是從居住的木房中走出來，在屋前踱來踱去。

「是啊，明天！」他想道，「也許明天一切都結束了，這一切回憶再也不會浮現出來，也不再有任何意義了。應該就是在明天，我有預感，我總算有機會表現我能做到的一切了。」他開始想像著一場戰鬥、戰鬥中的死傷、長官的倉皇失措，以及自己即將立下的戰功。

13

這天夜裡，羅斯托夫到了巴格拉季昂部隊前方的散兵線上。他強忍著睡意，與驃騎兵沿著這條散兵線來回騎行。他閉上眼睛，腦海裡時而想到皇帝，時而想到傑尼索夫，時而浮現出莫斯科的回憶，他又趕快睜開眼睛，在前面不遠處就能看見驃騎兵的身影，而遠處看見的仍是昏暗的霧氣。「究竟為什麼？」羅斯托夫心想，「可能是皇帝遇見我，就像遇見任何一個軍官那樣，交給我一項任務。」他說：「如果他讓我變成他的親信，那會怎麼樣啊？！啊，我要捍衛他，我要揭發那些和他作對的騙子！」忽然，一陣遠方的叫喊聲驚醒了羅斯托夫，他打了個哆嗦，睜開眼睛。

「我在哪裡啊！是的，在散兵線上，多麼令人懊喪，我們的騎兵連明天要當後備隊了。」他想了想，「我請求參戰。這也許是拜見皇帝的唯一機會。是的，沒多久就要換班了，我再去巡邏一趟，回來以後立刻去找將軍，向他提出請求。」他似乎覺得天更亮了，在左方可以看見被月亮照耀的山坡。

「閣下，靠右邊一點，不然會撞到這兒的灌木林。」傳來驃騎兵的說話聲，羅斯托夫昏昏欲睡地從他身邊走過去。他覺得非常想睡覺，於是又把頭低垂在戰馬的脖子上。突然，他覺得有人在向他射擊。「怎麼回事？怎麼回事？」羅斯托夫清醒了，當他睜開眼睛的那一瞬間，他聽見前方敵軍那一邊傳來千萬人的呼喊。火光在山頭上的法軍全線閃耀起來，喊聲更加響亮。羅斯托夫聽見法國人雜七雜八的說話聲。

「這是什麼聲音？你覺得如何？」他對身邊的驃騎兵說道，「這是敵人的說話聲，是嗎？」

「怎麼，難道你聽不見嗎？」羅斯托夫等了很久，一直沒得到問答。
「閣下，誰知道啊。」驃騎兵不樂意地回答。
「從地點來看，也許是敵人吧？」羅斯托夫又重複一句。
「也許是敵人，也許不是，」驃騎兵說道，「喂，別亂動！」他對微微騷動的馬嚷道。
羅斯托夫的馬也性急起來了，牠用蹄子踢著冰凍的土地，出神地望著火光。喊聲越來越響亮，火光蔓延的範圍越來越大。羅斯托夫已經不想睡了，敵軍的歡呼聲使他激動不安。他已經清晰地聽見「皇帝萬歲，皇帝！」的呼聲。
「可是離這裡不遠——大概在小河那邊？」他對驃騎兵說。
驃騎兵什麼沒有回答。到處都能聽見騎兵的奔馳聲，一名驃騎兵士官忽然從黑暗中閃現出來。
「閣下，將軍們到了！」驃騎兵士官走到羅斯托夫跟前時說道。
羅斯托夫隨同士官前去迎接幾位長官，巴格拉季昂、多爾戈魯科夫和幾名副官都來觀察敵軍奇特的行為。羅斯托夫向巴格拉季昂彙報了情況，接著就跟副官一起聆聽將軍們講話。
「請您相信我，」多爾戈魯科夫對巴格拉季昂說，「這是詭計，他已經撤退，卻故意點火、鼓噪，為的是欺騙我們。」
「未必如此，」巴格拉季昂說，「一入夜我就看見他們盤踞在那座小丘上，如果他們走了，那早就拔營了。」巴格拉季昂問羅斯托夫，「那裡還有他的側翼防禦部隊嗎？」
「大人，入夜時還有，現在我無法知道。請下命令，我立刻帶領驃騎兵去跟蹤追擊。」
巴格拉季昂停下來，不回答，努力地從霧氣中看清羅斯托夫的臉孔。
「嗯，去看看吧。」他沉默片刻後說道。
「大人，遵命。」
羅斯托夫叫來一名士官和兩名驃騎兵，與他們一起朝傳來吶喊聲的山下疾馳而去。他到了山下，已經看不見雙方的火光，但能聽見法國士兵的吶喊聲越來越響。到了谷地，他走上一條佈滿車痕的馬路，猶豫不決地勒住馬。是該沿著馬路向前走呢？還是穿過馬路向山下走去呢？看來沿著馬路騎行比較安全，因為一眼就能看清路上的行人。「跟在我後面！」他說道，穿過了馬路，開始迅速地爬山，向法軍晚上駐守的地方去。

「大人，這就是敵人！」一名驃騎兵在後面說。

羅斯托夫還沒來得及看清楚突然出現在黑暗中的東西，忽然一道火光閃耀，砰然響了一槍。羅斯托夫掉轉馬頭，快步地往回走去。緊接著又響了四槍，羅斯托夫微微勒住馬，一步一步地慢行。再也沒有聽見槍聲了。

羅斯托夫回到巴格拉季昂跟前，向他舉手行禮。

多爾戈魯科夫一直堅持法軍撤退了，他們四處點火，只是妄想欺騙我們罷了。

「這能證明什麼呢？」他看見羅斯托夫，說道，「也許他們已經退走，留下了步哨。」

「看來還沒有走光，」巴格拉季昂說道，「到明天早上就會見分曉。」

「大人，山上還有步哨，他們一直待在夜晚盤踞的地方。」羅斯托夫愉快地報告。

「好，好，」巴格拉季昂說，「軍官先生，謝謝您。」

「大人，」羅斯托夫說，「我有一個請求。」

「怎麼了？」

「明天我們的騎兵連被指派充當後備隊，求您把我暫時調到第一騎兵連。」

「您是？」

「羅斯托夫伯爵。」

「好！你就留在我這裡當傳令軍官吧。」

「伊利亞．安德烈耶維奇的兒子嗎？」多爾戈魯科夫說。

但是羅斯托夫沒有回答他。

「大人，那麼我就待命啦。」

「我來下命令。」

「明天可能會派人帶一項命令去見皇帝，」他想了想，「謝天謝地！」

法軍之所以發出喊聲，燃起火把，是因為他們向士兵宣讀拿破崙的聖旨；這時，皇帝正親自騎馬巡視營地。士兵們看見皇帝，點燃一捆捆麥稈，跟在皇帝後面奔走，高呼「皇帝萬歲」。

拿破崙的聖旨如下：

士兵們！俄軍來為奧軍復仇了。這幾營正是你們在霍拉布倫近郊的手下敗將。我們佔領的陣地具有極大的優勢，因此當他們前進，妄想從右面包抄我軍之時，勢必會向我軍暴露其側翼！士兵們！勝利無可動搖，尤其事關法國步兵的榮譽，法國步兵是為民族榮譽而戰的一支必不可少的武裝力量。

務必打敗這些仇恨我們民族的英國走狗。這次勝利將結束我們的征途，屆時，我所簽訂的和約將不辜負我的人民，不辜負你們，也不辜負我。

拿破崙

14

早晨五點鐘，天還很黑。中央陣地的軍隊、後備隊和巴格拉季昂的右翼均未出動，但是左翼的步兵、騎兵和炮兵都開始活動起來了，他們要離開高地，去進攻法軍的右翼。可以聽見幾千人單調的腳步聲，縱隊正在啟程，不知去向，因為四周擠滿了許多人，加上篝火冒出的煙，以及越來越濃的霧氣，使得他們不但看不見出發的地點，也看不見縱隊開進的地點。

霧氣很濃，雖然已是黎明，但在十步以外什麼都看不清楚，每個方向都有可能隨時出現看不見的敵人。但是縱隊在霧茫茫的地方走了很久，到處都沒有碰見敵人。相反地，四面八方看到的都是俄國的縱隊。

「你瞧，庫爾斯克兵團的人也走過去了。」有人在隊伍中說。

「我們的軍隊太壯觀了！昨天大家生火時，簡直看不見盡頭，就像莫斯科一樣！」

軍隊在濃霧中行走了一小時之後，各個隊列中開始蔓延起一種令人厭惡的混亂，大家都懷著異常興奮的心情把這種混亂的原因歸咎於頭腦不清的德國人。

「幹嘛停止前進了？是不是被擋住了？是不是遇到法國人？」

「不是的，什麼都沒聽見，要不然早就開槍了。」

「就是啊，催促別人出動；出動了，又沒頭沒腦地站在中間，這些可惡的德國人把什麼都搞混了。真是一幫頭腦不清楚的笨蛋！」

「真想把他們送到前頭去。要不然，他們恐怕會蜷縮在後頭。」

「怎麼了？快走到了嗎？據說，那些騎兵擋住了道路。」一名軍官說。

「可惡的德國人，連自己的土地都不熟悉呢！」另一名軍官說道。

「你們是哪一師的？」副官馳近時喊道。

「第十八師的。」

「那你們幹嘛待在這裡？你們早就該走到前面去，現在這樣，就算晚上也到不了的。」

「看，真是愚蠢的命令，他們自己也不知道在做什麼。」這名軍官走開時吼道。

「根本聽不懂他在說什麼，」士兵說道，「我真想把這些混蛋槍斃掉！」

「命令在八點多抵達目的地，可是我們連一半都還沒有走到。這算什麼命令啊！」四面傳來竊竊私語。

士兵的滿腔熱情開始轉變成沮喪，轉變成仇恨；痛恨不清不楚的命令，痛恨德國人。

一片混亂的原因在於，左翼的奧國騎兵行進時，最高長官認為俄軍的中心離右翼太遠，於是下令全部騎兵向右方轉移，當幾千人的騎兵移動時，步兵就不得不等待。

奧國縱隊長和俄國將軍發生了衝突。俄國將軍呵斥騎兵隊停止前進，奧國人則極力地證明錯不在他，而是最高長官。部隊不得不停在原地不動。耽擱一小時以後，部隊終於向山下走去。山上的霧氣漸漸地散開，山下的霧卻更濃了。在霧氣瀰漫的前方傳來一陣陣槍聲，霍爾德巴赫河上開始交戰了。

俄國人沒有料到會在山下的河邊遇見敵人，因為濃霧中看不見自己周圍的任何東西。俄國人行動遲緩地向敵人射擊，一邊向前推進。他們沒有去找自己的部隊，卻在不熟悉的地區徘徊尋路。下山的第一到第三縱隊就是這樣開始戰鬥的。庫圖佐夫則待在第四縱隊，它駐紮於普拉茨高地。

山上天氣晴朗，但一點也看不見前面的動靜，沒有人知道敵人的全部兵力是盤踞在十俄里以外的地方，還是滯留在這一片霧氣之中。

早晨九點鐘。山下的窪地依舊霧氣瀰漫，但高地上的施拉帕尼茨村卻十分晴朗，拿破崙和幾位元帥都在這個高地上，並未駐紮在那幾條小河的對面，也未駐紮在索科爾尼茨村和施拉帕尼茨村的窪地對面。因此，拿破崙能把俄軍的騎兵和步兵看得一清二楚。他騎著一匹阿拉伯的灰色小馬，身穿一件在義大利作戰時穿的藍色軍服，默默無言地凝視那幾座俄軍即將接近的山崗。他的設想是正確的，一部分俄軍沿著下坡路走進了谷地，空出了他打算進攻並認為是關鍵的普拉茨高地。他在霧氣中望見，普拉茨村附近兩座大山之間的窪地上，俄國縱隊都朝著同一個方向朝谷地前進，一個接一個消失在霧海中。根據得到的各種情報，他推測盟軍都認為他正在自己的遠前方。在普拉茨高地附近的俄軍中心已大為削弱，他能順利地予以迎頭痛擊，但是他尚未開始戰鬥。

今天是他的一個隆重的紀念日——加冕周年紀念日。黎明前，他小睡幾個小時，覺得精力充沛，臉上流露著自信的神情。元帥們站在他身後，不敢分散他的注意力。他時而觀看普拉茨高地，時而觀看從霧氣裡浮現出來的太陽。

當太陽完全從霧氣中探出頭來，並用它那耀眼的光芒照射田野和霧氣的時候，他從手上脫下一隻手套，用它向幾個元帥打個手勢，發出開戰的命令。幾個元帥在副官們的陪伴下朝著不同方向疾馳而去。幾分鐘以後，法軍的主力便向普拉茨高地迅速地推進——俄軍正向左邊的谷地移動，普拉茨高地顯得更加空曠了。

15

八點鐘，庫圖佐夫騎馬前赴米洛拉多維奇的第四縱隊前面的普拉茨村，第四縱隊必須接替下山的普熱貝舍夫斯基縱隊和朗熱隆縱隊。他馳至普拉茨村前面，停了下來，他的侍從中包括安德烈公爵。安德烈站在總司令後面，覺得既激動又興奮，他期待已久的時刻終於來臨了。

在左邊霧濛濛的窪地上，傳來看不見的軍隊互相射擊的聲音。安德烈彷彿覺得，有一場大規模的戰鬥將在那裡爆發，「我將被派往某地，」他心想，「我將率領一個旅，或一個師，在那裡舉著戰旗前進，摧毀我面前的一切障礙。」

安德烈望著從他身旁走過的各營官兵的旗幟，心裡想著，這也許就是那面他即將高舉的旗幟。

近衛軍正向右邊走進霧氣騰騰的地帶，那裡傳來馬蹄聲和車輪聲，並閃現刺刀光芒；在左邊的村莊後面，許多一模一樣的騎兵向附近馳來，又在霧海之中隱沒了；步兵陸陸續續推進。總司令站在村口，看著部隊從他身邊過去，當天早上，庫圖佐夫顯得疲憊不堪，有幾分怒色。從他身旁走過的步兵忽然停了下來。

「請您乾脆將部隊排成幾個營縱隊，迂迴到村莊後面去，」庫圖佐夫對馳近的將軍憤怒地說，「閣下，您怎麼還不明白，當我們進攻的時候，在這條狹窄的街上是不能拉開隊伍的。」

「大人，我原打算在村後排隊。」將軍答道。

庫圖佐夫憤怒地笑了起來。

「您在敵人眼前展開縱隊，這實在太好了，太好了！」

「大人，敵人還離得很遠。根據進軍部署……」

「進軍部署！」庫圖佐夫氣憤地喊道，「是誰告訴您的？給您什麼命令，請您照辦吧。」

「是的，遵命。」

「親愛的，」涅斯維茨基小聲地對安德烈說，「老頭子的心情很不好。」

一名奧國軍官騎馬走到庫圖佐夫面前，代表皇帝向他提問：「第四縱隊是不是已經參戰了？」

庫圖佐夫不回答他，轉過臉去，無意中看到了身旁的安德烈，那譏刺而凶狠的眼神頓時變得柔和起來。他不回答奧國副官的問話，卻對安德烈說道：

「親愛的，聽我說，看看第三師是不是離開村子了。吩咐它停止前進，聽候我的命令。」

安德烈剛剛走開，他又叫他停下來。

「問一下，是否已佈置偵察兵，」他補充說，「他們在搞什麼呀，搞什麼呀！」他自言自語地說，一直不回答奧地利人。

安德烈騎著馬跑去執行被委託的事務。

他趕過了幾個營，叫第三師停止前進，之後便騎馬跑回去了。庫圖佐夫還站在原地不動，將他那肥胖的身軀俯在馬鞍上，沉重地打著哈欠。部隊已經不前進了，士兵們放下槍站著。

「好，好，」他對安德烈說，又把臉轉向將軍。這位將軍手裡拿著一只錶，說左翼的各個縱隊已從坡地上下來，應該向前推進了。

「大人，還來得及，」庫圖佐夫打哈欠時說道，「還來得及！」

這時，後方傳來了各個兵團請安的聲音，這種聲音沿著俄國縱隊的全線逐漸接近，可以猜到那個接受請安的人快要來了。庫圖佐夫皺起眉頭，回頭一看，有一連穿著華麗服裝的騎士正好從普拉茨村外的路上疾馳而來。其中二人在最前面並騎地大步馳騁著，一人身穿黑制服，頭上露出白帽纓，騎在一匹棗紅馬背上，另一人身穿白制服，騎著一匹烏騅。那就是兩位由侍從伴隨的皇帝。庫圖佐夫站在佇列中，向部隊發出「立正！」的口令並舉手行禮。他的外觀和氣派瞬間改變了，帶著一副唯唯諾諾的下屬模樣，恭敬地朝皇帝走去。

皇帝比奧爾米茨閱兵場上看見時更為瘦弱，他勒住戰馬，回過頭來看看他的侍從們。弗朗茲皇帝是個長臉的、面頰緋紅的青年，他從容不迫地向四周環顧，又把一名副官喊到自己身邊，向他問了一句話。安德烈面露笑容，回憶著皇帝接見他的情景。

「米哈伊爾．伊拉里奧諾維奇，您幹嘛還不開始？」亞歷山大皇帝急忙把臉轉向庫圖佐夫，說道。同時畢恭畢敬地看看弗郎茨皇帝。

「陛下，我正在等待。」庫圖佐夫一面回答，一面恭敬地彎下腰來。

皇帝側起耳朵，微微地皺起眉頭，表示沒有聽清楚。

「陛下，我正在等待，」庫圖佐夫重複自己的話，「陛下，各個縱隊還沒有集合起來。」

皇帝顯然不喜歡這句回答，他聳了聳肩膀，向身旁的諾沃西利采夫瞥了一眼，彷彿在埋怨庫圖佐夫似的。

「米哈伊爾．伊拉里奧諾維奇，要知道，我們不是在閱兵場，非得等兵團到齊不可。」

「陛下，所以沒有開始，」庫圖佐夫用洪亮的嗓音說道，「之所以沒有開始，是因為我們不是在閱兵式上，也不在閱兵場上。」

皇帝的侍從互使眼色，責備的臉色彷彿在說：「無論他多麼年邁，都不應該那樣說話。」

皇帝凝視庫圖佐夫的眼睛，等待他是否還想說些什麼話，庫圖佐夫也恭敬地等待著。

「但是，陛下，既然您開了金口。」庫圖佐夫抬起頭來，說道。

他驅馬上路，一面把縱隊司令米洛拉多維奇喊到跟前，命令他進攻。

部隊又行動起來，諾夫戈羅德兵團的兩個營和阿普舍龍兵團的一個營從皇帝身旁開走了。

當阿普舍龍的一營人走過的時候，米洛拉多維奇朝著皇帝疾馳而去，英姿勃勃地舉手敬禮。

「將軍，上帝保佑您。」皇帝對他說。

「陛下，我們將竭盡所能。」他愉快地回答，蹩腳的法國口音引起皇帝的侍從們一陣譏笑。

米洛拉多維奇掉轉馬頭，站在皇帝背後不遠處。皇帝的在場使得阿普舍龍兵團的官兵感到激動和興奮，他們步調一致，雄赳赳地從兩位皇帝身邊走過。

「伙伴們！」米洛拉多維奇用那洪亮、愉快的嗓音高喊道，「你們現在要攻佔的不是第一個村莊啊！」他高聲喊道。

「我們都樂於效命！」士兵們高呼。

皇帝面露笑容，指著英姿颯爽的阿普舍龍兵團的士兵，向一位近臣說了一些話。

16

庫圖佐夫在副官們的伴隨下跟在卡賓槍手背後一步步地緩行。

他騎了半俄里左右，便在一個兩條大路的岔路口停下了。兩條大路向山下延伸，部隊都沿著它們前進。霧氣開始散開，大約在兩俄里外的地方，可以看見對面高地上的敵軍。山下的射擊聲聽來更加清晰了。庫圖佐夫停下來與一位奧國將軍談話。安德烈站在他們背後稍遠處，向一名副官要了望遠鏡。

「您看看，」這名副官說著，他沿著前面的一座大山向下望去，「這是法國人啊！」

忽然間，所有人的臉色都變了，個個流露著驚駭的神態。原以為在三俄里之外的法國人，竟然在俄國軍隊面前出現了。

「這是敵人嗎？……不是啊！是的，敵人……這是怎麼回事？」可以聽見眾人的說話聲。

安德烈在庫圖佐夫後方，用肉眼看著衝上山來迎擊阿普舍龍兵團的密密麻麻的法軍。

「看，法國軍隊，緊要關頭來了！」安德烈想了想，策馬走到庫圖佐夫跟前。

「應該阻止阿普舍龍兵團，」他大聲喊道，「大人！」

但就在這一瞬間，一切都被硝煙遮蔽了，近處傳來槍聲。離安德烈不遠的地方可以聽見一聲驚惶失措的喊叫：「喂，弟兄們，停下來！」大家一聽見喊聲都急忙逃命。

混亂的人群越來越多，一齊向後退卻，完全無法遏止。安德烈不停地向四下張望，感到困窘不安，他無法瞭解眼前發生的情況。涅斯維茨基裝出一副凶惡的樣子，向庫圖佐夫大聲喊道，如果他不馬上離開，勢必遭到俘虜。庫圖佐夫取出一條手帕，沒有回答，他的面頰上流出了鮮血。安德烈從人群中擠過去，走到他面前。

「您負傷了嗎？」他聲音顫抖地問道。

「傷口不在這裡，而在那裡！」庫圖佐夫說，一面用手帕緊緊按著受傷的臉頰，一面指著奔跑的官兵。

「叫他們站住！」他喊了一聲，但也知道要他們停下是不可能的，於是驅馬向右邊疾馳而去。另一群蜂擁而至的逃跑者卻把他拖在一起，向後撤退了。

密密麻麻的部隊拚命奔跑，有人喊道：「走吧！別拖拖拉拉的！」庫圖佐夫等人好不容易才從左邊的人流中鑽出來，朝著近處隱約可聞的炮聲響起處馳去。安德烈也從奔跑的人群中擠出來，跟在庫圖佐夫背後。他從硝煙瀰漫的山坡上看見了還在射擊的俄國炮台和向它跑來的法國士兵。俄國步兵駐守在地勢較高的地方，但他們既沒有去支援炮隊，也沒有隨著奔跑的士兵往後退卻。一位將軍騎著馬離開了步兵，朝庫圖佐夫跑來。庫圖佐夫的侍從只剩下四人，個個都臉色蒼白，沉默地看著彼此。

「叫這些壞蛋站住！」庫圖佐夫指著奔跑的士兵，氣喘吁吁地對團長說，就在這一瞬間，一枚枚子彈掠過兵團和庫圖佐夫的侍從頭頂，發出咻咻的響聲。

法國人在攻打炮台時看見了庫圖佐夫，朝他開槍射擊。團長的腿被射中了，幾名士兵也倒下，一名旗手拋開了手中的軍旗。俄國士兵開始還擊。

「哎呀！」庫圖佐夫露出絕望的神情說道，「博爾孔斯基，」他指著潰散的營隊，又指著敵人，低聲地說：「這是怎麼回事啊？」

他還沒有說完，安德烈就感覺到羞愧和憤怒的眼淚湧進了他的喉嚨，於是翻身下馬，向軍旗面前走去。

「伙伴們，前進！」他用尖銳的嗓音喊了一聲。

「看，這就是軍旗！」安德烈心想，他抓起旗杆，高興地聽著子彈的呼嘯聲。

「烏拉！」安德烈喊道，他勉強舉起一面沉重的軍旗，向前跑去，堅信著全營的人都會跟隨著他邁進。

他獨自一人跑了幾步，其餘士兵也一個接著一個行動起來了，全營都高喊「烏拉」，跑步前進，並且朝他聚攏。一名士官接過了安德烈手裡的軍旗，但是他馬上就被擊斃了。安德烈又急忙撿起軍旗，帶領一營人跑步前進。他看見前方有己方的炮兵，又看見法國的步兵，他們正在抓著炮兵的馬，掉轉大炮。安德烈帶領一營人走到了離大炮二十步遠的地方，頭頂的子彈不停地呼嘯，他左右的士兵接連倒下。但是他不看他們，只注視著炮台上發生的事情。他清楚地看見一個炮兵的身影，他從一端拖著洗膛杆，而法國士兵卻抓著另一端。

「他們在幹什麼？」安德烈心想，一面看著他們。

「既然這個炮兵沒有武器，他為什麼不跑呢？為什麼法國人不殺他呢？如果法國人想到自己的槍，用刺刀刺殺他的話，他連跑都來不及了。」

果然，另一個法國人向前提著槍，朝這兩個拚搏的人跑去，炮兵還沉浸在奪得洗膛杆的勝利感中，他的命運就已經被決定了。但是安德烈沒有看見這件事的結局，他感覺到附近的某個士兵舉起了一根棍子朝他頭部使勁地打去，一陣疼痛分散了他的注意力，妨礙他去看清他眼前的東西。

「這是怎麼回事？我倒下了嗎？我的兩腿發軟了。」他睜開眼睛，想看清楚兩個法國人和一名炮兵搏鬥的結局，但除了天空，他什麼都看不見，「多麼寂靜，多麼雄偉，完全不是我奔跑時的那樣子，」安德烈想了想，「我原先怎麼看不見這一片天空呢？我終於認識它了，我是多麼幸福啊！是啊！除了這廣闊無垠的天空之外，什麼都是虛幻，什麼都是欺騙。除了它，什麼也沒有了。但是除了寂靜和安寧，甚至連天空也沒有有……謝天謝地！……」

17

九點鐘，巴格拉季昂的右翼還沒開始戰鬥，他不想同意多爾戈魯科夫出戰的要求，並想推卸自己的責任。他建議多爾戈魯科夫派人去請示總司令，因為他知道，假如這名使者沒有死在路上，甚至能夠找到總司令，也不可能在傍晚以前趕回來。

巴格拉季昂用那毫無表情的眼睛看看他的侍從們，羅斯托夫那張童稚的臉首先引起了他的注意。他於是派他去見總司令。

「大人，如果我在遇見總司令以前先遇見陛下，該怎麼辦呢？」羅斯托夫問道。

「您可以稟告陛下。」多爾戈魯科夫插嘴道。

羅斯托夫在黎明前睡了幾個鐘頭，感到十分愉快、堅定，並充滿了信心。

這天早上他的一切願望都實現了，打了一場仗、參加了戰鬥，而且還在將軍麾下擔任傳令官，不僅如此，還奉命前往庫圖佐夫駐紮地，或是覲見皇帝陛下。早晨的天氣晴朗，他接獲命令後，便策馬疾馳而去。當他經過烏瓦羅夫騎兵隊的駐紮地之後，已能清楚地聽見前方傳來的陣陣炮聲。

在普拉茨高地前面的山坡上，可以聽見被炮聲打斷的此起彼落的槍聲，炮聲十分頻繁，融匯成一片隆隆的轟鳴。在硝煙中刺刀閃耀的地方，一群群步兵和攜帶彈藥箱的炮兵正向前行進著。

站在小山崗上的羅斯托夫停留片刻，以便仔細觀察前面發生的情況，可是不管他怎樣集中注意力，也無法明白發生的情況。但這些情景、聲音卻為他增添了堅毅和力量。

「哎！再加把勁呀！」他在心中對這些人說。繼續騎馬深入戰場之中。

「那裡將要發生什麼，我不知道，可是一切都很順利！」羅斯托夫想道。

當他經過某些奧國的部隊時，發現下一段戰線的部隊已經投入戰鬥了。

「這樣好了，我在附近觀察一下。」他想了想。

他沿著前沿陣線騎行前進，幾名槍騎兵向他疾馳而來，他們潰不成軍，從前線敗退下來。羅斯托夫從他們身邊走過，無意中看見一個渾身是血的槍騎兵，他繼續前進。

「這件事與我無關！」他又走出幾百步遠，有一大群白色軍裝的騎兵出現在田野裡，他們正在飛速地疾馳。羅斯托夫清楚地辨視出那是俄軍的近衛重騎兵，他們去迎擊攻來的法國騎兵。

近衛重騎兵一面馳騁，一面微微地勒住戰馬。羅斯托夫已經看見他們的面孔，並聽到領隊軍官發出的口令：「快走，快走！」他擔心自己被拖進一場戰鬥中，於是使盡全力地催馬狂奔，仍然來不及避開他們。

迎面而來的近衛重騎兵看見擋路的羅斯托夫，凶狠狠地皺起眉頭，用那巨大的馬刺使勁地朝馬匹腹部刺去，戰馬搖搖尾巴，伸直脖子，從羅斯托夫身邊跑過了。他回頭一看，望見這支隊伍和法國騎兵混雜在一起，接著就被大炮的煙霧籠罩住，什麼都看不見了。

他來到步兵近衛軍附近，一枚枚炮彈飛過了步兵的隊列和它周圍的地方，讓士兵們的臉上流露出驚慌不安的神色。當他從步兵的一條陣線後方經過的時候，有個人喊了他的名字。

「羅斯托夫！」

「什麼？」他沒有認出鮑里斯，應聲喊道。

「怎麼樣，我們到了第一線！我們的兵團發動過進攻！」鮑里斯說道，臉上流露著幸福的微笑，這是初次上前線的年輕人時常露出的微笑。

羅斯托夫停下來了。

「原來是這麼回事！」他說道，「怎麼樣了？」

「擊退了！」鮑里斯興奮地說，「你能想像嗎？」

鮑里斯開始講起，近衛軍官兵在某處停留時，看見前方的部隊，以為是奧軍，但對方突然間發射出一枚枚炮彈，近衛軍才知道他們已經來到前線，出乎意料地投入戰鬥。

羅斯托夫沒有聽完鮑里斯說話，就驅馬上路。

「你去哪裡？」鮑里斯問道。

「受託去覲見陛下。」

「哦，他在這兒！」鮑里斯說道，他以為羅斯托夫要見「殿下」，而不是「陛下」。

他指了指不遠處的大公，他頭戴鋼盔，身穿騎兵制服，正在呵斥一位奧國軍官。

「這是大公，我要見的是總司令或皇帝。」羅斯托夫說完，策馬出發。

「伯爵，伯爵！」貝格喊著，他興致勃勃地從另一邊跑來，「伯爵，我的右手負傷了，但我還是留在隊上。我們姓馮・貝格的一族，都是英雄豪傑。」

貝格還想說些什麼話，但是羅斯托夫沒有把話聽完，便繼續騎行。

羅斯托夫不再深入前線，而是遠遠繞過聽得見槍炮聲的地帶。忽然，在俄軍的後方，無論如何也料想不到會有敵人出現的地方，他聽見了近處的槍聲。

「有可能嗎？」羅斯托夫想了想，「敵人在我軍的後方？不可能，」忽然，他為戰事可能的結局感到驚恐，「可是，無論如何。我應該去找總司令，假如一切已經完了，那麼我的事業也該隨著大家一起毀滅。」

羅斯托夫向普拉茨村後方被士兵佔據的空地往前走，發現他那不祥的預感應驗了。

「這是怎麼回事？怎麼回事？是誰在射擊？向誰射擊呢？」羅斯托夫站在俄奧兩國的士兵身旁時問道，這一群群混亂的士兵奔跑著，擋住了他的去路。

「鬼才知道呢？全完蛋啦！」一群群逃跑的士兵也無法確切地說明這裡發生的事情。

「宰了德國人！」有一人吼道。

「讓他們這幫叛徒見鬼去吧！」

「這些俄國人見鬼去吧！」這個德國人嘟噥著什麼。

槍聲停息了，後來羅斯托夫才知道，俄國士兵和奧國士兵對射了一陣。

「我的天啊！怎麼回事？」羅斯托夫想道，「不是的，一定只是幾個壞蛋幹的。不是那麼回事，不可能！」他心想，「不過，得快點從這裡走過去！」

羅斯托夫無法想像失敗和逃亡的事情。雖然他也看見，總司令所在的普拉茨山上還有法國的大炮和軍隊，但是他不願意相信這種事。

18

羅斯托夫奉命在普拉茨村附近尋找庫圖佐夫和皇帝。但是這裡只有一群群潰散的各種部隊的士兵。他驅趕著疲憊的馬，想快點穿過這些人群，但是他越往前走，這些人群就顯得更加紊亂。

「皇帝在哪裡？庫圖佐夫在哪裡？」羅斯托夫到處問道，但是沒有獲得任何人的回答。最後他抓住一個士兵的衣領，強迫他回答。

「哎，老兄！大家早就跑了，往前面溜了！」士兵對羅斯托夫說，一面掙脫。

羅斯托夫又攔住一位長官的勤務兵詢問。勤務兵說，大約一小時前，有人讓皇帝乘坐四輪馬車沿著這條大路拚命地疾馳而去，皇帝負了傷，很危險。

「不可能，」羅斯托夫說，「一定是別人。」

「我親眼見過。」勤務兵說道，臉上流露出自信的冷笑。

「我認得皇帝，我在彼得堡看見他多少次啊！他坐在馬車上，看上去臉色蒼白，從我們身旁駛了過去。」

羅斯托夫想繼續往前走。一名經過的負傷軍官轉過臉來和他談話。

「您要找誰呀？」軍官問道，「找總司令嗎？他被炸死了，就在我們團裡。」

「沒有被炸死，負傷而已。」另一名軍官糾正了他說的話。

「是誰？庫圖佐夫嗎？」羅斯托夫問道。

「不是庫圖佐夫，哦，想不起他是誰。反正都一樣，倖存的人不多了。瞧，您到那裡去吧，長官們都集合在那裡。」這名軍官指著霍斯蒂拉德克村時說道。

羅斯托夫一步一步地緩行，他不知道現在該去找誰，目的何在。皇帝負傷了，這一仗打輸了。他還不願意相信這件事。羅斯托夫朝著軍官指的方向馳去，可以遠遠望見塔樓和教堂，「若是皇帝和庫圖佐夫還活著，沒有負傷，那麼要對他們說些什麼呢？」

「大人，請您走這條路吧！走那條路會被打死的，」士兵對他喊道。

「噢，你說什麼！」另一名士兵說道，「他要去哪兒？走那條路更近。」

羅斯托夫思考了一會，朝著士兵告訴他會被打死的那個方向疾馳而去。

「反正都一樣，既然皇帝受了傷，難道我應該貪生怕死嗎？」他心想。馳入那一塊死傷最多的空地。法軍還沒有佔領這裡，而那些生還的俄國士兵早就放棄了這個地區。每俄畝就有十至十五名傷兵躺在戰場上。

法軍看見這位沿著戰場騎行的副官之後，便用大炮朝他射擊。他聽見可怕的呼嘯，看見周圍的一具具死屍的慘狀，在心裡產生了恐怖的印象，心中想起母親最近寫的一封信。「假如她現在看見我在這裡，幾門大炮對著我瞄準，她會怎麼想呢？」他想道。

從戰場退下來的俄國部隊駐紮在霍斯蒂拉德克村，這裡已經脫離了法軍的炮彈射程。所有的人都在談論這一仗打輸的事，無論羅斯托夫問誰，都沒有人能告訴他皇帝在哪裡，庫圖佐夫在哪裡。有一名軍官對羅斯托夫說，他在村子的後方看見一位高級長官，羅斯托夫便朝那裡去了。大約走了三俄里，他在一座菜園附近看見兩位騎士。其中一人頭戴白纓帽，羅斯托夫感覺這人很面熟，另一位不認識的騎士正騎著一匹棗紅色的馬。他畢恭畢敬地把臉轉向戴帽的騎士，和他談話，騎士否定地搖搖頭，擺擺手，羅斯托夫只憑這個姿勢就立刻認出他正是萬人景仰的皇帝。

「他不能獨自一人置身空曠的田野中，」羅斯托夫心想。這時，亞歷山大轉過頭來，羅斯托夫看見了皇帝臉色蒼白，兩頰塌陷，雙眼無神。儘管如此，羅斯托夫仍慶幸國王負傷的謠言並非事實。他知道，他應該徑直地去拜見皇帝，把長官命令他傳達的事稟告皇帝。

但他像個談情說愛的青年，當朝思暮想的時刻終於來臨時卻渾身顫抖、呆若木雞，竟不敢對她說出心事。羅斯托夫的腦海中浮現出千萬種心緒，他覺得這樣覲見不適宜，有失禮儀。

「怎麼行呢！趁他獨自一人心灰意冷之時前去拜見，而且還為此竊喜。在這悲哀的時刻，一張陌生的臉孔想必會令他感到厭惡和難受！」事到如今，他就連一句話也想不到了。

「而且，現在已經下午三點多了，這一仗也打輸了，我還能向他請示什麼呢？不對，我根本就不應該上前，不應該破壞他的沉思。」羅斯托夫下定決心，帶著憂鬱和絕望的心情走開了。

正當羅斯托夫悲傷地離開皇帝時，馮·托爾上尉無意中來到這裡，看見了皇帝，他徑直地向他走去，替他效勞。羅斯托夫懷著嫉妒和懊悔的心情，從遠處看見托爾心情激動地對皇帝說了很久的話，皇帝用一隻手捂住眼睛，握了握他的手。

「我原來也可以像他一樣啊！」羅斯托夫暗想，他失望地繼續向前走，不知該往哪裡去。

他那絕望的心情之所以更加強烈，是因為他覺得，他本身的軟弱是他痛苦的原因。

他原來可以……他應該走到皇帝跟前去，這是他向皇帝表示忠誠的唯一機會，可是他沒有把握住。「我做了什麼？」他又撥轉馬頭，朝皇帝所在的地方跑回去，可是那裡已空無人影了。羅斯托夫從一個馬車伕處打聽到，庫圖佐夫的司令部駐紮在不遠的村子裡，於是跟在車隊後面走去了。

下午四點多鐘，各個據點都打了敗仗。有一百多門大炮落入法軍手中。

普熱貝舍夫斯基的兵團已經放下武器，其他縱隊的傷亡人數將近一半，潰不成軍地撤退了。

朗熱隆和多赫圖羅夫的殘餘部隊，在奧格斯特村的池塘附近和堤岸上混亂地擠來擠去。

下午五點多鐘，只有奧格斯特堤壩附近能聽見劇烈的炮聲，法軍在普拉茨高地的側坡上佈置了許多炮隊，向撤退的俄軍射擊。

後衛部隊的多赫圖羅夫和其他人，聚集了幾個營的士兵，正在抵抗追擊而來的法國騎兵。暮色降臨了，狹窄的堤岸上，人們互相踐踏，直至死亡；他們踩在將死的人身上往前走，互相殘殺，僅是為了多活幾秒鐘。

每隔十秒鐘就有一顆炮彈發出隆隆聲響，或者有顆手榴彈在密集的人群中爆炸。多洛霍夫的一隻手負了傷，他帶著十個士兵步行著（他已經晉升為軍官），這些人是全團僅存的士兵。

多洛霍夫向堤壩邊上直衝過去，打倒了兩個士兵，奔跑到池塘滑溜溜的冰面上。

「轉彎！」他在劈啪作響的冰上蹦蹦跳跳時喊道，「冰經得住……」

他腳下的冰發出劈啪的響聲，快要迸裂了。人們注視著他，蜷縮在岸邊，還不敢走下去。忽然間有顆炮彈從人群的上方直直飛過，人們都彎下腰去。炮彈擊中了將軍。

「走到冰上去！走吧！聽見了嗎！走吧！」可以聽見無數人在叫喊。

士兵一個接著一個登上堤岸，走到冰上去了。那些在前面行走的士兵中，有一人的腳下的冰塊破裂了，一條腿掉進水裡，他原想站穩身子，卻陷入了齊腰深的水中。幾個站在他附近的士兵卻步不前了，從後面可以聽見一片吶喊聲：「幹嘛停住，走啊！」原先經得住步兵踐踏的冰面塌陷了一大塊，沿著冰面行走的四十多個人，互相推擠地落入水中，快要淹死了。

一顆顆炮彈仍然發出的呼嘯聲，撲通地落在冰上、水中，不斷地落在擠滿堤壩、池塘和池岸的人群中。

19

安德烈公爵正躺在普拉茨山上他倒下的地方，身上流淌著鮮血，毫無意識地輕聲、淒厲地呻吟。

時近黃昏，他安靜下來了，他不知道自己不省人事了多久。他的頭顱像炸碎似地劇痛。

「我眼前這個高高的天空是哪裡？」這是他腦海中首先想到的事情。

「我並不曉得這種痛苦，」他想了想，「是的，我至今一無所知。可是我在哪裡呢？」

他聽見漸漸臨近的馬蹄聲和用法語說話的聲音。他沒有轉過頭來，沒有去看那些已經向他馳近、停止前進的人們。

向他馳近的騎者是拿破崙和隨行的兩名副官。波拿巴在視察戰場時發出最後的命令：加強射擊奧格斯特堤壩的炮台，並審視戰場上的傷亡戰士。

「英勇的戰士！」拿破崙瞧著一名戰死的擲彈兵說。

「陛下，再也沒有炮彈了！」這時，一名從射擊奧格斯特村的炮台馳來的副官說道。

「吩咐把後備隊的炮彈運過去。」拿破崙說道，向一旁走了幾步，在仰臥的安德烈面前停住了。

「死得好！」拿破崙瞧著安德烈說。

安德烈明白這是在說他，他聽見有人稱說話者為陛下。他知道這是拿破崙——他心目中的英雄，但是在這個時刻，與那一望無垠的高空中所發生的各種情況相比，他彷彿覺得拿破崙是如此渺小，如此微不足道。在這個時刻，不管是誰站在他的跟前，談論什麼有關他的事情，他都毫不在乎。他所希望的只是人們來救他，因為他發現生命是如此寶貴，他現在對它的理解已有所不同。他軟弱無力地抖一下腳，發出微弱而痛苦的呻吟。

「哦！他還活著，」拿破崙說，「把這個青年抬起來，送到救護站去！」

說完這句話，拿破崙便朝著拉納元帥走去，這位元帥脫下禮帽，走向皇帝，微笑著恭賀勝利。

之後的事，安德烈什麼都不記得了，陣陣的劇痛使他失去知覺。當他甦醒過來時，他已和其他的俄國傷兵一併被送到野戰醫院。他覺得自己的精力稍微恢復，已經能夠環顧四周，甚至開口說話了。

醒來後他首先聽到法國護衛軍官講的幾句話，他說：

「停下來，皇帝馬上要駕臨了，看著這些被俘的先生會讓他感到高興的。」

「俘虜太多了，俄國士兵幾乎全部被俘了，這件事大概會讓他厭煩的。」另一名軍官說道。

「啊，有這種事！據說，這位是亞歷山大的近衛軍的指揮官。」第一名軍官指著一個身穿重騎兵制服的俘虜。安德烈認出他是自己曾在彼得堡見過的列普寧公爵。另一名少年站在一旁，他也是一名重騎兵軍官。

波拿巴策馬疾馳而來，他勒住戰馬。

「誰是長官？」他看見這些俘虜後說道。

有人說出了上校列普寧公爵的名字。

「您是亞歷山大皇帝的重騎兵團團長嗎？」拿破崙問道。

「我指揮過騎兵連。」列普寧回答，「一名偉大統帥的讚揚是對士兵的最佳獎賞。」

「我很高興能給予您獎賞，」拿破崙說，「這個站在您身邊的年輕人是誰？」

列普寧公爵說出中尉蘇赫特倫的名字。

拿破崙朝他瞥了一眼，面露微笑地說道：「他太年輕了。」

「年輕並不妨礙我當一名勇士，」蘇赫特倫用若斷若續的嗓音說。

「回答得好！」拿破崙說道，「年輕人，前途光明！」

為了充分展示俘虜，安德烈也被擺到前面來，讓皇帝親眼瞧瞧。拿破崙想起自己在戰場上見過他，於是向他轉過臉來。

「唔！是您，年輕人？」他對安德烈說道。「您覺得怎樣？我的勇士。」

安德烈兩眼直直地望著拿破崙，沉默無言了。他彷彿覺得，在這個時刻，與他所看見的正直而仁慈的天空相比，那使拿破崙著迷的各種利益是如此微不足道，他彷彿覺得，他心目中的英雄懷有卑鄙的虛榮和勝利的歡愉，竟是如此渺小，使他無法回答他的問題。

皇帝沒有等他回答，就扭過臉去，臨行時對一名長官說：「叫他們照料這些先生，把他們送到我的野營地去，讓我的醫生拉雷為他們檢查傷口。列普寧公爵，再見。」他策馬離去。

幾名士兵摘下了那尊瑪麗亞掛在安德烈身上的金質小神像，但當他們看見皇帝溫和地對待戰俘，於是又急忙把小神像還給他。

擔架被抬了起來，出發了。每當擔架一顛簸，他又會感到難以忍受的疼痛，他開始囈語，腦海中浮現出童山的幽靜生活和安逸的家庭幸福。他正在享受這種幸福，拿破崙忽然在他面前出現，他流露出冷漠無情、愚昧平庸的眼神，於是痛苦和疑惑隨之而生；種種幻覺混合成一團，使他陷入不省人事的昏厥狀態。依據御醫拉雷的意見，這種病狀的結局十之八九是死亡，而不是痊癒。

「這是個神經質、易怒的人，」拉雷說。「他不會復元的。」

安德烈被歸類在無藥可救的傷患之列，交給當地居民照顧了。

War and Peace

第二卷 *Volume 2*

一八〇六年，奧斯特里茨戰役落幕，
俄國生聚教訓，捲土重來，
人們也再度回到生活的漩渦之中。
宮廷裡的鉤心鬥角，
愛人的紅杏出牆，
親友的出生與離世，
權力、金錢、詐欺、背叛；
戰爭殘酷，和平亦殘酷，
唯有生命之長河依舊川流不息。

Война и мир

第一部　一八〇六年

1

一八〇六年初，尼古拉．羅斯托夫休假回家。他邀請傑尼索夫一起去莫斯科，並住在他的家中。途中，傑尼索夫遇見一位同事，喝了三瓶葡萄酒，於是挨著羅斯托夫睡著了。當馬車駛近莫斯科時，他還沒有睡醒。

「傑尼索夫，我們到了！還在睡呀！」他說道，傑尼索夫並沒有回答。

「你看，這就是十字路轉角，車伕札哈爾時常在這裡停車。你看，那就是札哈爾；這就是大家常去買蜜糖餅乾的店鋪。喂！快到了嗎？」

「向哪棟大樓走呢？」馬車伕問。

「在街道的盡頭，就是那棟大樓！」羅斯托夫說道，「那就是我們的家！傑尼索夫！傑尼索夫！馬上就到了。」

傑尼索夫抬起頭，咳了幾聲清清喉嚨，什麼話也沒有回答。

「德米特里，」羅斯托夫對坐在車伕座上的僕人說，「那是我們家裡的燈光嗎？」

「是的，少爺。老爺的書房裡射出了燈光。」

「還沒睡嗎？你覺得如何？」

「別忘了，馬上替我拿件驃騎兵的新上衣來。」羅斯托夫撫摸著最近留的鬍鬚補充道。

「喂，跑快一點！」他對馬車伕喊道，「瓦夏，醒醒吧。」

他把臉轉向那個又低下頭打盹的傑尼索夫說。

「喂，跑快一點，給你三個盧布喝酒，跑快點！」

到了門口，羅斯托夫看見了灰泥已經脫落的屋簷、台階、與柱子。車還沒停下，他就從雪橇中跳了出來，向大門跑去。

「我的天啊！一切都還好吧？」羅斯托夫想了想，他緊張地停了片刻，旋即打開了門把。

接待室裡點著一根明亮的蠟燭。僕役普羅科菲正用布條編織著鞋子，他望向敞開的大門，那昏昏欲睡的表情忽然變得既驚恐又喜悅。

「我的老天！年輕的伯爵！」他喊道，「這是怎麼回事？親愛的！」普羅科菲激動得向屋裡衝去，也許是想去稟告，但似乎又改變了主意，回頭走向少爺。

「大家都健康嗎？」羅斯托夫問道。

「都還好嗎？」

「謝天謝地！剛才吃過飯了！大人，讓我來看看您！」

「謝天謝地！謝天謝地！」

羅斯托夫不希望有人搶在前頭去稟告，於是踮著腳尖跑進昏暗的大廳。但是有人已經看見少爺了，他還沒進到客廳，家人就飛快地從各自的門裡跑出來，擁抱他、親吻他。他無法分辨誰是父親，誰是娜塔莎，誰是彼佳，大家同時叫喊、說話、吻他，只有母親一人不在場。

「可是我呢，不曉得……尼古連卡……我的親人！」

「瞧，我們的親人，全變了！……沒有蠟燭啊！把茶端來！」

「你要吻吻我！」

「我的心肝……吻吻我吧。」

索尼婭、娜塔莎、彼佳、安娜·米哈伊洛夫娜、薇拉、老伯爵都在擁抱他，男女僕人擠滿了幾個房間，高興地說東道西。

彼佳緊緊摟住他的一雙腿。

「吻吻我吧！」他喊道。

娜塔莎叫他彎下腰來，在他臉上熱烈地吻了好幾下，然後跳到旁邊去，像隻山羊似地活蹦亂跳，發出刺耳的尖叫聲。

索尼婭滿面通紅，也握著他的手，幸福的目光投射在他的眼睛上。索尼婭今年已經十六歲了，她的相貌非常俊美，尤其是在這個熱情洋溢的幸福時刻。他懷著感謝的心情看了看她，但是他還在等待和尋找什麼人，老伯爵夫人尚未出現。一陣腳步聲從門裡傳出來了，那正是他母親的腳步。

她穿著一件新的連衣裙。大家都從他身邊走開，於是他向母親跟前跑去。當他們接近的時候，她號啕大哭地倒在他懷裡。傑尼索夫走進房來，一面注視母子二人，一面不停地擦拭眼淚。

「我叫做瓦西里．傑尼索夫，是您兒子的朋友。」他向伯爵自我介紹時說道。

「歡迎光臨，我聽說過您，」伯爵說，「尼古拉在信上提過。娜塔莎，薇拉，他就是傑尼索夫。」幾張幸福的、熱情洋溢的面孔朝著傑尼索夫過來，把他圍在中間。

「親愛的，傑尼索夫！」娜塔莎發出刺耳的尖聲，抱住他吻了吻。傑尼索夫也漲紅了臉，握住她的手吻了吻。

傑尼索夫被領到為他準備的房裡，而羅斯托夫一家人圍著尼古拉，聚集在擺有沙發的休息室裡。所有人都在觀察尼古拉的每個動作，聆聽他的每句話，尋視他的目光，並用欣喜而愛憐的眼睛直盯著他。小弟弟和姐姐們爭先恐後地要坐在靠近他的位置。羅斯托夫在眾人的愛護下感到無比幸福。

翌日早晨，旅途勞累的人都睡到九點多鐘。

房裡亂七八糟地放著行李與軍用品，幾個僕人端來了臉盆、熱水和幾件乾淨的衣裳。房裡散發著煙草和男人的氣息。

「嗨，格里什卡，把煙斗拿來！」傑尼索夫喊道，「羅斯托夫，起床吧！」

羅斯托夫揉揉雙眼，從枕頭上抬起他那蓬亂的頭。

「怎麼，太晚了嗎？」

「很晚了，九點多了。」娜塔莎大聲地回答，在略為敞開的房裡出現了娜塔莎、索尼婭和彼佳的面孔，他們來看他是否起床了。

「尼古連卡，起床吧！」房門口又傳來娜塔莎的說話聲。

「我馬上起來！」

彼佳在第一個房間裡看見了幾柄馬刀，急忙拿了起來，感到異常高興。他打開房門，竟忘了房裡有脫光衣服的男人，少女們連忙躲到一邊去。

「這是你的馬刀嗎？」他喊道。

傑尼索夫驚恐地把毛茸茸的腳藏進被窩裡。門打開了，她們把彼佳放進來，又關上了門。門後可以聽見一陣笑聲。

「尼古連卡，穿上長罩衫出來吧。」傳來娜塔莎的說話聲。

「這是你的馬刀嗎？」彼佳問道，「要不然，是您的？」他將臉轉向傑尼索夫。

羅斯托夫趕快穿起皮靴，披上長罩衫，走出去了。當他走出去的時候，索尼婭正在轉圈子，想鼓起連衣裙行個屈膝禮。這兩個女人穿著同樣的天藍色連衣裙，都顯得嬌嫩。索尼婭跑開了，娜塔莎挽著哥哥的手，把他領到休息室，二人開始聊天。

「啊，太美妙了！」她對於聽到的一切都這麼說道。

「不，聽聽吧，」她說道，「你現在是個真正的男人了嗎？你是我的哥哥，使我感到無比高興，」她摸了摸他的鬍鬚，「我想知道，真正的男人是怎麼樣的？是不是都像我們這樣子呢？不一樣嗎？」

「索尼婭幹嘛跑掉了？」羅斯托夫問道。

「說來話長了！你跟索尼婭交談時都稱呼『你』還是『您』？」

「看情形。」羅斯托夫說。

「請稱呼她『您』，以後再跟你解釋。」

「這是怎麼回事？」

「唔，我現在就告訴你吧。你知道，索尼婭是我的好朋友，我為她寧可燒傷自己的手臂。你看！」她捲起袖子，那瘦長而柔軟的小手臂上有一塊紅印。

「我把尺放在火上燒紅，向這個部位一按！這是為了向她證明我的愛。」

「那又怎樣呢？只有這些嗎？」他問道。

「嘿，我們感情很好！這麼做雖然愚蠢，但我們永遠是朋友。她一愛上什麼人，就會愛上一輩子；可是我不明白這一點，我立刻就置之腦後了。」

「那又怎樣呢？」

「是啊，她這樣愛我，也愛你。」娜塔莎漲紅了臉，「你還記得，離別之前，她要你忘記這一切——她說：『我永遠愛他，但願他自由安樂。』這真是太美妙、太高尚了，對嗎？」娜塔莎嚴肅而激動地問他。羅斯托夫陷入沉思了。

「我絕不會收回自己的諾言，」他說，「索尼婭長得這麼美麗，什麼樣的蠢蛋會想放棄自己的幸福呢？」

「不，不，」娜塔莎喊道，「這件事我已經和她談過了。我們知道你會說出這些話，但是不能這麼做。你要明白，假如你這麼說，就好像你是為了諾言而被迫娶她為妻的，那就不對了。」

羅斯托夫明白了她們別出心裁的計畫。當他昨天看見索尼婭時，她的姿色就已使他傾倒。今天看見她之後，又覺得她更漂亮了。這樣一個十六歲的迷人姑娘怎麼能令人不愛她，甚至不想娶她呢？羅斯托夫心想，但是……現在還有多少其他的樂子和活動啊！「是的，她們想得很妙。」

他思考了一下，「仍然要做個自由人。」

「啊，太妙了。」他說，「以後再談吧。啊，看見你我多麼高興！」他補充一句話。

「嗯，你為什麼沒有對鮑里斯變心呢？」哥哥問道。

「這太愚蠢了！」娜塔莎笑著喊道，「無論是他，還是其他人，我既不考慮，也不想知道。」

「原來是這麼一回事！那你想怎麼樣呢？」

「我嗎？」娜塔莎再問一遍，幸福的微笑使她容光煥發。

「你看見迪波爾了嗎？」

「沒有。」

「你見過有名的舞蹈家迪波爾嗎？我就是這麼跳的。」娜塔莎像跳舞那樣撩起裙子，把雙臂蜷曲成圓形，兩腳互相拍擊，踮著腳尖走了幾步。

「看，我不是站住了嗎？」她說，「我就是這樣跳的！我永遠不嫁給任何人，我要當個舞蹈家。不過請你不要告訴別人。」

羅斯托夫愉快地哈哈大笑，娜塔莎也忍不住跟他一起放聲大笑。

「不，你看妙不妙？」她總是這樣說。

「很妙。你已經不想嫁給鮑里斯了吧？」

娜塔莎漲紅了臉。

「我不願意嫁給任何人。當我看見他時，我也會對他說一樣的話。」

「原來是這樣！」羅斯托夫說道。

「是呀，這全是廢話，」娜塔莎繼續閒聊道，「怎麼，傑尼索夫是個好人吧？」

「他是個好人。」

「嗯，再見，去穿衣服吧。傑尼索夫是個可怕的人？」

「為什麼可怕呢？」尼古拉問，「不，瓦西卡是個很好的人。」

「你叫他瓦西卡嗎？……真奇怪。怎麼，他很好嗎？」

「很好。」

「喂，快點來喝茶。大家一起喝茶。」

娜塔莎踮著腳尖從房裡走出去。羅斯托夫在客廳裡遇見索尼婭，臉漲得通紅，不知該怎麼對待她。昨天他們在見面的瞬間互相接吻了，但是今天他覺得不能這樣做，他感覺母親、姐妹們都帶著疑惑的目光注視著他，等著看他用什麼方式對待她。他吻了她的手，稱呼她「您」。她藉著眼神請求他原諒，因為她透過娜塔莎向他提及他的承諾，並感謝他的愛戀。他也用眼神感謝她，因為她允許他擁有個人的自由，並且說，無論情況怎麼樣，他將永遠愛著她。

「可是這太奇怪了，」薇拉後來說道，「索尼婭和尼古連卡現在就像陌生人一樣，會互相稱呼『您』。」薇拉的評論一向合乎情理，可是總令大家聽來很不自在。老伯爵夫人漲紅了臉，因為她害怕兒子愛上索尼婭，而不去選擇名門望族的配偶。傑尼索夫穿著一身新制服，打扮考究地出現在客廳，對所有人獻上殷勤，他的模樣讓羅斯托夫都大感意外。

2

尼古拉．羅斯托夫回到莫斯科以後，家人都把他看成一個最優秀的兒子，親戚們把他看成一個可愛的青年，熟人們把他看成一個俊美的軍人、舞蹈家，以及莫斯科最優秀的未婚夫之一。

老伯爵把地產全部重新典當了，尼古拉買了一匹新馬、一條最時髦的緊腿馬褲，還添置一雙帶有小銀馬刺的尖頭皮靴，極為愉快地消度時光。他彷彿覺得，自己已經長大成人，現在的他是一個驃騎兵中尉，身披銀絲鑲邊的披肩，佩戴喬治十字勳章，和幾個知名的獵手一起訓練馬匹。他有個交往甚篤的女伴，夜晚常到她家裡去。他常上英國俱樂部，與傑尼索夫為他介紹的那位四十歲的上校結交，親熱地以「你」相稱。

在莫斯科城，他對皇帝的熱烈感情稍微減弱了，因為很久沒有親眼看見他的緣故。不過他仍舊常常提起國君，提起他對國君的愛戴；他與當時的莫斯科公眾都對亞歷山大皇帝有種莫名的崇敬之情，他們把他稱為「天使的化身」。

在動身回部隊以前，羅斯托夫沒有和索尼婭接近，反而和她斷絕往來了。她長得標緻、可愛，而且已經愛上他了，可是他處在風華正茂的年齡，還有許多事業要完成，沒有閒暇去幹這種勾當，他害怕拘束。每當他想到索尼婭，總會告訴自己：「唉，像這樣的姑娘可多了！在某個地方還有許多我不熟悉的姑娘呢！只要我願意，我隨時都能談情說愛，可是現在沒空。」

三月初，老伯爵在英國俱樂部籌辦一次歡迎巴格拉季昂公爵的宴會。

伯爵穿著長罩衫在大廳中走來走去，吩咐俱樂部的管理人和英國俱樂部的大廚為了迎接巴格拉季昂的宴會準備美食。自從俱樂部成立以來，伯爵就是成員和主任，他受俱樂部之託，籌辦一次盛大的酒會，因為很少有人能這樣慷慨待客，而且願意自掏腰包。所有人都滿面春風地聽候伯爵吩咐，他們都知道，在伯爵的手下籌辦一次奢華的酒會將有油水可撈。

「注意，甲魚湯裡要放一點雞冠，雞冠，你知道嗎？」

「也就是說，要三個冷盤？」廚師問道。

伯爵沉思了片刻。

「要三個……不能少於三個，一盤沙粒子油涼拌菜。」他屈著指頭說道。

「那麼，吩咐人去買大鱘魚囉？」管理人問道。

「去買吧！我的老天！我差點忘了了，還有一道冷盤要端上桌。哎呀，我的老天！」他嚷道，「誰去把花運來？米堅卡！你立刻快馬加鞭到莫斯科郊外的田莊去，叫園丁馬上派人手過來。告訴他，用毯子把暖房的花包好，運到這裡來。叫他在禮拜五以前送來兩百盆花。」

他又發出了一連串的指示，正想回到伯爵小姐那裡休息，可是又想起一件重要的事情，於是又走回去向管理人和廚師作出一些指示。這時，年輕的伯爵走進來了，他的臉色紅潤，蓄起一撮黑色的鬍鬚。顯然莫斯科的安逸生活使他得到了充分的休息和精心的照料。

「啊，我親愛的！我簡直暈頭轉向了，」老頭子笑著說，「來幫個忙吧！我們還需要大批歌手啊。把那些吉普賽人叫來嗎？你們的軍人兄弟喜歡這種事。」

「爸爸，我想，巴格拉季昂公爵在準備申格拉本戰役時也沒像你們這麼忙呢！」

老伯爵裝作怒氣沖沖的樣子。

「既然你會說，你來試試吧。」

廚師露出聰穎而可敬的神情，仔細觀察著這對父子。

「啊，費奧克蒂斯特，這年輕人太不像話了，」他說，「居然嘲笑起我們的老頭子來了。」

「大人，也罷，他們只會痛痛快快地吃，至於怎麼收拾、怎樣擺桌，他們就不管了。」

「是啊，是啊！」伯爵大聲喊道，抓起兒子的一雙手，「聽我說，你馬上駕雪橇到別祖霍夫那裡去走一趟，告訴他，我派你向他要些草莓和新鮮鳳梨。如果他不在家，就到拉茲古利阿伊去，在那裡找到吉普賽人伊柳什卡，還記得吧？就是那個在奧爾洛夫伯爵家跳舞的、身穿白色卡薩金服裝的人，把他拖到我這裡來。」

「把他和幾個吉普賽女郎都送來嗎？」尼古拉面露微笑，說道。

「嗯，嗯！……」

這時候，安娜．米哈伊洛夫娜悄悄地走進屋來，臉上流露著平常那認真而憂鬱的表情。

「我到別祖霍夫那裡去一趟，」她說，「年輕的伯爵，我們可以從他的暖房里弄到各種花。我也要見見他，他把鮑里斯的一封信寄給我了。謝天謝地，目前鮑里斯正在司令部任職呢！」

伯爵很高興安娜能分擔他的一部分任務，於是吩咐為她準備一輛四輪馬車。

「您告訴別祖霍夫，請他到我這裡來。他會跟夫人一起來嗎？」他問道。

安娜翻了翻白眼，臉上露出了深深的悲痛。

「唉，親愛的，他很不幸啊。」她說，「如果我們聽到的是真的，就太可怕了。當我們為他的幸福感到高興的時候，可曾想過有這麼一天！崇高、純潔的別祖霍夫啊！我由衷地替他惋惜，我要盡可能地給他安慰。」

「怎麼回事？」羅斯托夫父子二人異口同聲地問道。

安娜深深地嘆一口氣。

「瑪麗亞．伊凡諾夫娜的兒子多洛霍夫，」她低聲說道，「據說，他讓她聲名狼藉。皮埃爾領他出來，請他到彼得堡的家裡住下，你看……她到這裡來了，那個不顧死活的傢伙也追蹤而來。」安娜說道，她想同情皮埃爾，但看得出她真正同情的人是她稱為「不顧死活的傢伙」的多洛霍夫。

「據說，皮埃爾受盡了痛苦的折磨。」

「喂，您還是告訴他，請他來俱樂部，一切都會煙消雲散的。」

翌日，三月三日，下午一點多，二百五十名英國俱樂部的成員和五十位客人正在等候遠征奧國的英雄巴格拉季昂公爵蒞臨盛宴。奧斯特里茨戰役的消息令莫斯科陷入不安。當時俄國人已習慣百戰百勝，簡直無法容忍這種敗北的消息；過了一些時日，莫斯科的各個角落開始談論這件難以置信的事情的原因，例如奧國人的背叛、軍糧供應的不足、波蘭人普熱貝舍夫斯基和法國人朗熱隆的變節、庫圖佐夫的無能、在背後議論皇帝長短的一幫小人。但是人人都肯定俄國部隊的不平凡，並將士兵、軍官、將軍都奉為英雄，巴格拉季昂就是英雄中的英雄，他憑著申格拉本之戰和奧斯特里茨撤退二事名揚天下。巴格拉季昂在莫斯科沒有人脈，但這些事卻足以讓他被選為莫斯科的英雄。人們時常把他和蘇沃洛夫的名字聯繫在一起。此外，從他的地位提升一事，可以清楚地看出庫圖佐夫的失寵。

「如果沒有巴格拉季昂，那就應該虛構一個出來。」辛辛滑稽地說道。沒有人提到庫圖佐夫的事，有些人小聲地責罵他，說他是個宮廷裡的老滑頭和耽溺酒色的老傢伙。

全莫斯科都在傳誦一樁樁有關俄國士兵在奧斯特里茨戰役中作出的英勇事蹟。誰保全了軍旗，誰殺死了五個法國人，誰獨自一人把五門大炮裝好炮彈；那些不認識貝格的人也在談論貝格，說他右手負傷了，又用左手緊握軍刀衝鋒陷陣。誰也沒有提到安德烈，只有熟諳他身世的人才憐憫他，說他死得太早了，留下了懷孕的妻子和脾氣古怪的父親。

3

三月三日，英國俱樂部的各個廳中都聽見一片嘈雜聲，出席者大多是德高望重的人士，一小部分是由臨時來的客人組成的——主要是年輕人，包括傑尼索夫、羅斯托夫和多洛霍夫，多洛霍夫又當上謝苗諾夫兵團的軍官了。所有年輕軍人的臉上都流露出輕視而又尊重老人的表情，彷彿在告訴前輩們：「我們願意尊敬你們，但是請記住，未來是屬於我們的。」

涅斯維茨基也待在這個地方。皮埃爾遵照妻子的吩咐，蓄一頭長髮，摘下了眼鏡，穿著得合乎時尚，但是卻流露著沮喪的神色，在大廳來回踱步。他所到之處，總是被崇拜財富的人圍住，他也擺出一副蔑視的態度對待他們。

羅斯托夫伯爵憂慮不安，他有時用目光搜尋英姿勃勃的兒子，興高采烈地把目光停留在他身上，向他使個眼色。年輕的羅斯托夫和多洛霍夫都站在窗口，他在不久前結識了多洛霍夫，並珍惜他們的交情。老伯爵走到他們面前，握了握多洛霍夫的手。

「歡迎你，你跟我的小子交上朋友了，你們在那兒並肩作戰，一同建立英雄功績……啊！瓦西里．伊格納季奇，老朋友，您好。」他把臉轉向一旁的老頭，說道。

這時，一個僕人面露驚恐地跑來，稟告：「貴賓已光臨！」

鈴響了，幾個領導者衝上前來，分佈在各個房裡的客人，聚集成一堆，在大客廳前的舞廳門旁停步了。

巴格拉季昂在接待室門口出現，他身穿一件緊身的新制服，佩戴有俄國以及外國的各種勳章，左胸前戴著聖喬治金星勳章，臉上流露著童稚而歡愉的表情，加上他那剛勇而堅定的特徵，給人幾分滑稽可愛的印象。他走在接待室的鑲木地板上，感到靦腆、不靈活，不知道該把手放在哪裡。幾名顯要在門口迎接，向他說出了幾句歡迎的話，接著就把他圍在中間，領他進客廳。俱樂部的成員你推我擠，搶著把巴格拉季昂打量一番。羅斯托夫伯爵喊著：「親愛的，讓路，讓路！」推開一群人，把客人們領進客廳入座。

嗓音洪亮的管家通報菜餚已經準備好了，於是房門敞開，餐廳裡響起了波洛涅茲舞曲。於是巴格拉季昂又站在眾人前面向餐桌走去，三百人按照官階和職位高低依序入座。酒宴之前，伊利亞・安德烈耶維奇伯爵向公爵介紹了他的兒子。巴格拉季昂認出他之後，說了幾句詞不達意的話。

尼古拉和傑尼索夫以及多洛霍夫一起坐在餐桌正中間。皮埃爾和涅斯維茨基並排坐在他們對面。老伯爵和其他幾個重要人士坐在巴格拉季昂對面，試圖表現出莫斯科殷勤好客的熱忱。

他準備的菜饌都十分美味，但在酒會結束之前，他仍然無法平靜。僕人開始打開瓶塞斟香檳酒了。老伯爵和其他理事互使眼色，他輕聲說了一句什麼話，便捧起高腳酒杯，站立起來。眾人都沉默著等待他說話。

「祝皇帝萬壽無疆！」他高呼一聲。此時奏起了樂曲，眾人都從位子上站立起來，高呼：「烏拉！」年輕的羅斯托夫幾乎要哭出聲來，他一口氣喝乾一杯酒，把杯子擲在地板上，很多人也仿效他的舉動。歡呼聲持續了很久，之後，眾人都各自入座，彼此攀談起來。老伯爵再次起立，為了巴格拉季昂這位英雄的健康而舉杯，三百位客人又高呼「烏拉」，歌手們也開始合唱。

合唱完畢後，人們就接著一次又一次地舉杯祝酒，越來越多的酒杯被打碎了，歡呼聲也越來越響亮。人們為俱樂部全體成員的健康、為列位來賓的健康乾杯，最後，單獨為宴會籌辦人伊利亞・安德烈耶維奇伯爵的健康乾杯。舉杯時，伯爵用手帕捂住臉，放聲大哭起來。

4

皮埃爾坐在多洛霍夫和羅斯托夫對面，貪婪地大吃大喝。但是熟悉他的人都能從他身上看出某種巨大的變化。他自始至終默不作聲，一雙呆滯的目光環顧四周，表現得漫不經心。他的面孔變得沮喪而憂鬱，心裡思考著一個沉重的問題。

這個折磨他的問題，就是住在莫斯科的公爵小姐向他暗示，說多洛霍夫和他妻子的關係密切一事。他今天早上收到一封匿名信，信裡含有戲謔的意味，說他的視力很差，竟看不出妻子和多洛霍夫的關係。皮埃爾不相信公爵小姐的暗示，也不相信信中的內容，但此時看見坐在面前的多洛霍夫，卻使他覺得害怕。每當他的目光和多洛霍夫無禮的眼神相遇時，皮埃爾就覺得心裡浮現出一種可怕的東西，他不得不立刻轉過臉去。皮埃爾情不自禁地想起，戰役結束後多洛霍夫恢復原職了，他回到彼得堡來見他，憑著自己與皮埃爾之間的友情，在他家中住下，借錢花用。皮埃爾想起海倫如何對這件事表示不滿，多洛霍夫如何厚顏無恥地誇獎他妻子的姿色，從那時候開始，他片刻也沒有離開他們。

「是的，他長得非常英俊，」皮埃爾心中思考著，「他覺得侮辱我的名聲很有趣。假如真有其事，這就會為他的那套騙術增添一分風趣。但我絕不會去相信這種事。」他回想起多洛霍夫幹下殘忍勾當時露出的表情，例如，他把警察分局長和狗熊綁在一起扔進水裡，或是無緣無故要求與人決鬥，或用手槍打死馬車伕的時候。當他注視皮埃爾時，臉上也常帶有這樣的表情。

「是的，他是個好鬥的人，」皮埃爾想道，「在他看來，殺死一個人不痛不養，他一定覺得大家都怕他，他一定也知道我在怕他。」多洛霍夫、傑尼索夫和羅斯托夫坐在皮埃爾對面，似乎都很高興。羅斯托夫不友善地看著皮埃爾，因為皮埃爾在他心中，只是個遊手好閒的暴發戶、美女的丈夫。當所有人為皇帝的健康開始乾杯的時候，皮埃爾陷入沉思狀態中，沒有舉起酒杯。

「您怎麼啦？」羅斯托夫向他喊道，「難道您沒有聽見，為皇上的健康乾杯嗎！」皮埃爾嘆了一口氣，溫順地站起來喝了一杯酒，等其他人坐下後，他露出和善的微笑對羅斯托夫說話。

「我竟然沒有認出您來。」他說。但羅斯托夫沒有理他，他正在高呼「烏拉！」

「幹嘛不重修舊好呢？」多洛霍夫向羅斯托夫說。

「蠢蛋，去他的吧！」羅斯托夫說。

「應該愛護好女人的丈夫們。」傑尼索夫說。

皮埃爾沒有聽見他們說什麼，但是他知道對方正在談論他。他紅著臉轉過身去。

「唉，現在為美女們的健康乾杯。」多洛霍夫說，他嘴角含著微笑，他舉起酒杯，望向皮埃爾。

「彼得魯沙，為美女們和她們的情夫乾杯。」他說道。

皮埃爾不去瞧多洛霍夫，也不回答他的話。僕人正在把大合唱曲發給客人，把一張放在皮埃爾面前。他正想把它拿起來，可是多洛霍夫彎卻從他手裡把它奪走了。皮埃爾向多洛霍夫瞪了一眼，一種可怕的情緒把他控制住了。他那肥大的身體探過桌子彎下來。

「您竟敢拿走！」他高喊一聲。

涅斯維茨基和其他人聽見喊聲嚇了一跳，他們趕緊對別祖霍夫說：「夠了，夠了，您想幹嘛？」多洛霍夫用那雙殘忍的眼睛看了皮埃爾一眼，含著微笑，彷彿在說：「啊，我就喜歡這麼做。」

「我不給。」他斬釘截鐵地說。

皮埃爾臉色蒼白，嘴唇顫抖，奪回那張紙。

「您……您這個惡棍！我要跟您決鬥。」他推開椅子站了起來。就在說出這些話的一瞬間，他覺得近來一直折磨著他的問題已經徹底地解決了。他痛恨她，永遠和她斷絕關係了，雖然傑尼索夫要求羅斯托夫不要干預這件事，但是羅斯托夫同意充當多洛霍夫的決鬥證人。酒會結束後，他和別祖霍夫的決鬥證人涅斯維茨基談了決鬥的條件。皮埃爾回家去了，羅斯托夫和多洛霍夫、傑尼索夫在俱樂部坐到深夜。

「那麼，明天在索科爾尼克森林碰面吧。」多洛霍夫在台階上和羅斯托夫告別時說道。

「你心情平靜嗎？」羅斯托夫問道。

多洛霍夫停下來了。

「我告訴你，如果你在決鬥前，先寫下遺囑，並且向父母寫幾封溫情的信，然後以為自己能逃過一死，那麼你就是個傻瓜！若是你很堅定，想著儘快且準確地把殺掉對方，那就能平安無事。親愛的，明天見。」

次日早上八點鐘，皮埃爾和涅斯維茨基來到了索科爾尼克森林中，並且在那裡發現多洛霍夫、傑尼索夫和羅斯托夫。皮埃爾一夜沒有睡覺，心不在焉地環顧四方，凝神地思索著兩個問題：他的妻子有罪，經過一夜他對這點深信不疑；再來是多洛霍夫無罪，因為他沒有理由去顧全別人的榮譽。「我若是處在他的地位，大概也會做出同樣的事情，」皮埃爾想道，「為什麼要決鬥？為什麼要殘殺？要不就是我把他殺掉，要不就是他射中我的頭部、手臂、膝蓋。」他裝出一副鎮靜的樣子，問道：「時間快到了？準備好了吧？」

一切都準備妥當，馬刀都插在雪地裡，標誌著雙方相遇的界線。手槍裝上子彈了，涅斯維茨基走到皮埃爾面前。

「伯爵，如果我在這個重要的時刻，沒有把這些話告訴您，我就是失職，辜負了您挑選我當見證人所給予的信任和榮譽！」他用膽怯的嗓音說，「我認為決鬥這件事沒有充分的理由，不值得為了它流血……您做得不對，您太急躁了……」

「是啊，糊塗透頂了……」皮埃爾說。

「那麼就由我去轉達您的歉意吧，我相信對方會接受您的道歉的，」涅斯維茨基說，「伯爵，您知道，意識到自己的錯誤，總比把事情弄到無法挽回的地步要好得多。請允許我去進行談判吧……」

「不，有什麼好說的！」皮埃爾說，「反正都一樣，準備好了嗎？」他補充說，「您只要告訴我，該往哪裡走，朝哪裡射擊？」他拿起手槍，開始詢問使用扳機的方法，因為他從來沒有拿過手槍，儘管他不想承認，「對了，就是這樣，我知道，我只是忘了。」

「沒有任何道歉的必要，根本沒有必要。」多洛霍夫對傑尼索夫說，傑尼索夫也試圖講和。

決鬥的地點距離停放雪橇的大路約八十步遠，那裡有一小片松林空地，地面被融化的殘雪覆蓋。兩個敵手分站空地兩側，距離約四十步。冰雪持續消融，霧氣不斷地上升，四十步外什麼也看不清楚。大約過了三分鐘，一切都準備就緒，但是他們遲遲沒有開始。

5

「喂，開始吧！」多洛霍夫說。

「也好。」皮埃爾說，仍然面露微笑。

那情景逐漸令人覺得可怕。很明顯，一切已經無法阻止了，不進行到最後誓不罷休。傑尼索夫走到界線面前，宣布：

「由於兩人拒絕調停，所以就開始。拿起手槍，喊到『三』時，就向決鬥地點前進。」

「一！二！三！……」傑尼索夫高呼，之後他就走開了。二人沿著踩出來的小路越走越近，在霧氣中漸漸地認出自己的對手。當他們走到決鬥線前面的時候，假如有一方願意，就有權開槍射擊。多洛霍夫並沒有舉起手槍，他走得很慢，雙眼盯著敵手的面孔，嘴角一如平日帶著微笑。

皮埃爾聽見喊「三」時，就邁開腳步，飛快地往前走去，大約走了六步路，就離開小徑，向雪地裡大踏步走去。他看看腳下，又迅速地瞄了多洛霍夫一眼，便學人家教他的用指頭勾了一下扳機，開了一槍。他停住了，硝煙在霧氣中份外濃密，妨礙了他的視線，但是他所等待的另一聲回擊並沒有繼之而至。只聽見多洛霍夫急促的腳步聲，他的身影出現在煙霧中。他用一隻手按著左邊的肋部，另一隻手緊握著手槍。他臉色慘白，羅斯托夫朝他跑去。

「不……」多洛霍夫透過牙縫說，「不，還沒有完。」他一跛一跛地走了幾步，就倒在雪地上。他的左手沾滿了鮮血，勉強支撐著身體，臉色慘白，皺著眉頭，不停地顫抖。

「請……」多洛霍夫開口道，「請吧。」他費力地說完了這句話。皮埃爾忍住眼淚，向多洛霍夫面前跑去，多洛霍夫大喊：「回到界線上去！」皮埃爾於是在自己的馬刀旁停住了，兩人的間隔只有十步之遙。多洛霍夫低下頭，吃了幾口雪，又抬起頭來，抖擻一下精神，吃力地坐了起來。他的嘴唇不停顫抖，但仍舊面露微笑，他鼓足最後的力氣舉起手槍，開始瞄準了。

「側著身子，用手槍擋住身體。」涅斯維茨基說道。

「您擋住吧。」甚至連傑尼索夫也忍不住向自己的敵手喊了一聲。

皮埃爾面露遺憾的微笑，叉開兩腿，張開兩臂，挺立在多洛霍夫面前，憂鬱地望著他。傑尼索夫、羅斯托夫和涅斯維茨基瞇起眼睛。就在同時，他們聽見了槍聲和多洛霍夫的喊聲。

「沒有射中！」多洛霍夫喊道，軟弱無力地俯臥在雪上。皮埃爾猛然轉身，踩著雪往森林裡走去，大聲說出聽不懂的話。

「糊里糊塗！死亡，與謊言……」他皺著眉頭重複說道。涅斯維茨基叫住他，把他送回家去。

羅斯托夫和傑尼索夫把負傷的多洛霍夫送走了。

多洛霍夫闔上眼睛，默不作聲地躺在雪橇裡；但是駛入莫斯科後，他忽然醒過來，一把抓住身旁的羅斯托夫的手。那副突然變得興奮而溫和的表情使羅斯托夫大吃一驚。

「嘿，怎麼啦？你覺得身體如何？」羅斯托夫問道。

「很糟！可是問題不在那裡。我的朋友，」多洛霍夫若斷若續地說道，「我們在哪？我知道是莫斯科。我沒事，不過我害死她了……她受不了的，她受不了的……」

「是誰呢？」羅斯托夫問。

「我的母親，我的母親，我的天使，我所崇拜的天使，母親。」多洛霍夫緊緊握住羅斯托夫的手，哭起來了。當他稍微安靜後，他對羅斯托夫解釋道，他和母親住在一起，如果母親看見他危在旦夕，肯定受不了的。他懇求羅斯托夫到她那裡去，請她先做好心理準備。

羅斯托夫先一步去履行這個委託，使他大為驚訝的是，他瞭解到多洛霍夫這個愛惹事的人竟是個非常孝順的兒子和弟弟。他在莫斯科與老母親和姐姐一同居住。

6

皮埃爾近來很少單獨和妻子見面。無論在彼得堡，還是在莫斯科。決鬥後的隔天晚上，他像平常一樣，沒有到臥室裡去，而是留在他父親的那間大書房裡。

他靠在長沙發上想睡一覺，好忘掉發生的事情，但是他辦不到。他不得不從沙發上一躍而起，在房裡踱來踱去。他時而想起結婚之後，剛開始她常袒露雙肩，疲倦的眼神充滿著激情；時而想到多洛霍夫倒在雪地上時，那張俊美的臉孔依然放肆、無禮，只是變得慘白與痛苦而已。

「究竟發生了什麼呢？」他想道，「我打死了一個情夫，我妻子的情夫。是的，就是這樣。為什麼？我怎麼會落到這個地步？因為我娶她的關係。」心裡的聲音答道。

「可是我有什麼錯呢？」他問，「錯就在於你不愛她而娶她，你既欺騙了自己，也欺騙了她。」他清楚地回憶起在瓦西里公爵家的晚宴結束後的那個時刻，當時他說了一句不由衷的話：「我愛你。」一切都是由此而起！他想道，「那時候我就覺得不是這樣，我沒有說這句話的權利。果真如此。」一回憶起往事，就令他感到沉痛、委屈和可恥。

「我有多少次為她感到驕傲，為她的容貌端莊、為她在社交場合的態度得體感到驕傲，」他想，「她在家中接待整個彼得堡的人士，為她那傲慢不可接近的神態和美貌而感到自豪，我所感到的驕傲原來就是這些嗎？」

「她談論我的時候曾說：『他願意幹什麼，就讓他幹什麼。』有一回我問她，她是否有懷孕了的感覺。她輕蔑地大笑，說她不會那麼愚蠢，想要生兒育女，她絕不會為我生孩子的。」

他又回想起，雖然她在上層貴族社會中受過教育，但她的思想卻很粗陋而且簡單，她慣用的言詞十分庸俗。皮埃爾常看見她在人們心目中取得的風評，但是他無法明白自己為什麼不愛她。「可是我從來沒有愛過她，」皮埃爾對自己說，「我知道她是一個淫蕩的女人，」他重複地說，可是又不敢承認。

「你看，多洛霍夫正坐在雪地上，他就快死了，還勉強露出微笑，想用來回答我的懺悔！」

有些人的性格相當軟弱，但是他們卻不讓別人來分擔自己的痛苦，皮埃爾就是其中之一。他獨自體會自己的痛苦。

「她在各個方面都是有錯的，那麼，我為什麼要和她結合在一起呢？我為什麼要說我愛她呢？這是句謊話，比謊話更惡毒，」他自言自語，「我有錯，應該承擔……什麼？壞名聲嗎？不幸的生活嗎？唉，全是廢話！」他想了想，「無論是怎樣，一切的責任都不在我。」

她忽然在他腦海中浮現出來，他感覺到一股熱血湧上心頭，不得不站立起來，舉步向前，隨手折斷、撕破碰到的東西。「我為什麼要說我愛她？」他於是嘲笑起自己來了。

晚上，他把僕人喊來，吩咐他準備行裝前往彼得堡。他不能跟她住在同一個屋簷下了，他不能想像現在應該怎樣跟她說話。他決定明天啟程，留下一封信給她，在信中告訴她即將永遠與她分離。

清晨，當僕人端著咖啡走進書房時，皮埃爾躺在沙發上，手中拿著一本打開的書睡著了。

他醒來了，睜開一對驚惶失措的眼睛環顧四周，還沒意識到自己在哪裡。

「伯爵夫人命令我來問問，大人是不是還待在家裡。」僕人問。

皮埃爾還沒決定是否要回答，伯爵夫人就親自走進房裡來，神態安靜而莊嚴，額頭有一條憤怒的皺紋。她已經聽說了決鬥的事，準備來談論這件事。皮埃爾膽怯地望著她，試著繼續看書，但又覺得這樣做毫無意義。她沒有坐下來，臉上流露出蔑視的微笑，注視著他，等待僕人走出門去。

「又怎麼了？我問您，您幹了什麼蠢事？」她嚴厲地說。

「我？我幹了什麼？」皮埃爾說。

「喂，您回答，決鬥是怎麼回事？您想憑著這件事證明什麼呢？我問您。」

皮埃爾張開口，可是無法回答。

「既然您不回答，那麼我就對您說——」海倫繼續說下去。

「您相信人家告訴您的一切。有人告訴您——」海倫大笑起來，「多洛霍夫是我的情夫，您真的相信！您憑這件事證明了什麼呢？您憑這次決鬥證明了什麼呢？證明您是個蠢蛋！這還會使我成為全莫斯科的笑柄！最後，每個人都會說您醉得神智不清，才會把那位您毫無根據地嫉妒的人叫出來決鬥，」她的聲音越來越大，「其實那個人在各個方面都比您優秀……」

「哼……哼……」皮埃爾皺著眉頭，不去看她。

「您為什麼會相信他是我的情夫呢？為什麼？因為我喜歡和他來往嗎？如果您更聰明，更可愛，我就寧願和您在一起。」

「別說了……我懇求您。」皮埃爾小聲地說。

「為什麼不能說？我不但要說，而且要大膽地說，凡是您這種丈夫的妻子，很少有人不找幾個情夫的，可是我沒有幹這種事。」她說道。皮埃爾用奇怪的眼神望望她，又躺下來。他覺得胸口很悶，幾乎不能呼吸。

「我們最好分手吧。」他若斷若續地說。

「分手也行，只要您給我一份財產，」海倫說，「您想用分手來嚇唬我！」

皮埃爾從沙發上跳起來，踉踉蹌蹌地向她撲過去。

「我打死你！」他大聲喊道，迅速地從桌上拿起一塊大理石板，做出要打她的樣子。

海倫的臉色變得慘白，尖叫一聲跳開了。皮埃爾把石板扔過去，砸得粉碎，又朝海倫面前跑去，大喊：「滾開！」那嗓音非常嚇人，要是海倫當時沒有離開，沒人知道他會做出什麼事來。

一週後，皮埃爾將全部的大俄羅斯領地交給妻子管理，這些領地佔他財產的一半以上。皮埃爾獨自坐車到彼得堡去了。

7

自從童山接獲有關奧斯特里茨戰役以及安德烈公爵捐軀的消息後，已經過了兩個月，雖然曾透過大使館竭力地詢問並偵查，但始終沒有找到公爵的屍體，在俘虜之中也沒有他的蹤影。老公爵從報紙上得悉奧斯特里茨戰敗的消息，但是報導的資訊非常簡短而且不清楚。又過了一個禮拜，庫圖佐夫寄來一封信，在信中告知公爵有關他兒子的遭遇。

「我親眼看見令郎，」庫圖佐夫寫道，「手中舉著一面軍旗在兵團前面倒下了，他不愧為他父親和祖國的英雄。令我和全軍感到遺憾的是，直至今日依舊不知道他是否還活著。否則，在戰地傷亡軍官名單中必定會有他的姓名。」

第二天清晨，老公爵一如往常又外出散步，他默不作聲，未對任何人說出一句話來。

瑪麗亞在規定的時間走進屋裡看他，他正在車床旁邊作工，一樣沒有轉過頭來看她。

「啊！公爵小姐瑪麗亞！」他突然不自然地說道。

瑪麗亞走到他跟前，一看見他的臉色，她身上便像有件什麼東西忽然沉下去了。父親的面色既不憂愁，也不沮喪，而是凶狠異常。她從父親的面色看出一種可怕的不幸，而這種不幸代表著親人的去世。

「爸爸！是安德烈嗎？」公爵小姐說，她那無法言喻的悲痛和難以控制的神情，讓父親忍不住轉過頭去。

「我得到消息了。庫圖佐夫在信上寫著，俘虜名單中沒有他，陣亡官兵名單中也沒有他，」他刺耳地尖叫一聲，「被打死了！」

一瞬間，瑪麗亞把對父親的畏懼忘記得一乾二淨，她走到他跟前，一把抓住他的手，拉到自己身邊來，抱住他那乾瘦的青筋爆露的脖子。

「爸爸，」她說道，「不要離開我，讓我倆在一起痛哭吧。」

「這些壞蛋，卑鄙的傢伙！」老頭喊道，「葬送了軍隊，葬送了人們！為什麼？你去，去告訴麗莎！」

公爵小姐軟弱無力地坐到旁邊的椅子上號啕大哭起來。她彷彿看見哥哥帶著那溫和而傲慢的神態跟她和麗莎告別，又彷彿看見他溫和地替自己戴上小神像。

「爸爸，請您把這件事的經過告訴我吧。」她淚眼汪汪地問道。

「你去吧！你去吧！他在戰鬥中被打死了，那場戰鬥中死了許多優秀的俄國人，玷汙了俄國的榮譽。瑪麗亞，您去吧。去告訴麗莎。我馬上就來。」

當公爵小姐離開父親時，公爵夫人正在做針線活，她用平靜而幸福的眼神看向瑪麗亞。

「瑪麗，」她說道，「把你的手給我。」她一把抓住瑪麗亞的手，把它放在自己的肚子上。她的一對眼睛微露笑意，像個幸運的兒童不停地翹著嘴唇。

瑪麗亞跪在她面前，把臉藏在嫂嫂的連衣裙皺摺裡。

「喏，你聽見了嗎？我覺得很奇怪。瑪麗，你知道，我是很愛他的，」麗莎說，她用那閃閃發光的眼睛望著小姑。瑪麗亞無法抬起頭來，她哭泣著。

「瑪莎，你怎麼了？」

「沒有什麼……我很悲傷……為安德烈而悲傷。」她說道，一面在嫂嫂的膝上擦乾眼淚。公爵夫人望望瑪麗亞，然後就陷入沉思，開始大哭起來。

「從安德烈那裡得到什麼消息嗎？」她說。

「沒有，你知道還不會傳來什麼消息，不過爸爸的心情很不穩定，讓我害怕起來。」

「這麼說，沒有什麼事嗎？」

「沒什麼，」瑪麗亞說，她用那亮晶晶的雙眼盯著嫂嫂。公爵夫人最近幾天就要分娩，她決定不向她說什麼，並勸父親在她分娩前也向她隱瞞收到的消息。老公爵不想抱任何希望，雖然他派了人去奧地利尋找兒子的行蹤，但仍然在莫斯科為兒子訂購了一塊墓碑，打算把它立在自己的花園裡。他努力不改變從前的生活方式，但已經力不從心了。他很少步行，吃得更少，睡得也更少，身體一天天衰弱下去。瑪麗亞則還抱有一線希望，她仍替他祈禱，時時刻刻等待哥哥回家。

8

「親愛的。」三月十九日早上，公爵夫人在吃完早飯後說道。自從接到可怕的消息後，這棟屋裡的所有的人，不僅在微笑之中，而且在說話聲中，甚至在步態中，都充滿著悲傷，矮小的公爵夫人的微笑也是如此。

「親愛的，我怕今天我吃了這頓早餐會頭昏目眩。」

「親愛的，你怎麼了？你的臉色慘白。哎呀，你的臉色好白！」瑪麗亞惶恐不安地朝著她跑去。

「公爵小姐，要不要派人把瑪麗亞．波格丹諾夫娜叫來？」一名女僕說道。

「確實，」瑪麗亞附和道，「也許是真的。我得走一趟。我的天使，你別害怕！」她吻吻麗莎，想走出房間。

「唉，不，不！」公爵夫人的臉色更加蒼白，她由於肉體上的痛苦流露出稚氣而恐懼的表情。

「不，這是胃……瑪莎，請你說這是胃……」公爵夫人任性地、像個兒童般地痛哭起來。公爵小姐跑出去找瑪麗亞．波格丹諾夫娜。

「哦！天啊！天啊！」她聽見自己身後傳來的喊聲。

產婆向她走來，她搓著一雙白白胖胖的小手，臉上流露出十分鎮靜的神情。

「瑪麗亞．波格丹諾夫娜！好像開始陣痛了。」瑪麗亞驚恐地望著老太婆，說道。

「啊，謝天謝地，公爵小姐，」產婆說道，「你們這些小姑娘，不應該知道這種事情。」

「莫斯科的醫生怎麼還沒有來啊？」公爵小姐說。

「沒關係，公爵小姐，別擔心。」產婆說道，「沒有醫生在也行的。」

五分鐘後，公爵小姐在自己房裡聽見有人抬著什麼笨重的東西。她出去看看，有幾個僕人正把安德烈書房裡的沙發抬到寢室裡去，僕人們的臉上露出一種激動和冷靜的神情。

瑪麗亞獨自一人坐在房裡，當有人經過時，就打開房門，仔細觀察走廊上的動靜。她不敢打聽情況，關起門來，時而坐在安樂椅上，時而捧著《禱告書》，時而在神像前面跪下。突然她的房門被輕輕地推開了，保姆普拉斯科維亞．薩維什娜出現在門口。

「瑪莎，我到這裡來跟你坐一會兒。」保姆嘆了一口氣，說道。

「啊，保姆，我多麼高興。」

「親愛的，上帝是慈悲的。」保姆在神像前點起幾支蠟燭，之後就坐在門旁編織襪子。瑪麗亞拿起一本書來閱讀。這棟住宅的每個人們都懷著公爵小姐體驗到的那種情感，並被它控制住了。根據迷信，知道產婦痛苦的人越少，她遭受的痛苦也就越少，因此大家都極力地裝作一無所知的樣子，但在所有人的臉上都能看出一種共同的憂慮。

女僕人住的房間裡聽不見笑聲，僕人休息室裡的所有人都坐著不動；老公爵在書房裡來回踱步，又派吉洪到產婆那裡去問問情況怎樣。

「只要說，是公爵吩咐你來問的。再回來告訴我她說了什麼。」

「你稟告公爵，開始臨盆了。」產婆意味深長地望著派來的僕人，說道。吉洪回去稟告公爵。

「好。」公爵說了一聲，隨手關上房門，再也沒有發出一點聲音。這天夜裡，誰也沒有就寢。

這是三月的一個夜晚，天上撒下最後的雪花，刮起一陣陣暴風。他們已經派出了換乘的馬匹以及提燈的騎者到路上，準備隨時迎接莫斯科來的德國醫生。

瑪麗亞已經把書本擱下了，她默不作聲地坐著。保姆薩維什娜一面編織，一面講話。

「上帝會保佑，醫生從來都是不必要的。」她說。忽然一陣風朝房裡吹來，吹開了窗框，瑪麗亞打了個哆嗦。保姆走到窗前，一把抓住被風掀開的窗框。

「小姐，天哪，有人沿著大路走來了！」她說道，「有人提著燈籠呢，一定是醫生——」

「唉，我的天呀！謝天謝地！」瑪麗亞說，「應該去迎接，他不會說俄國話。」

瑪麗亞披上肩巾，向來者迎面跑去。當她穿過接待室，她從窗戶看見一輛輕便馬車停在門口。在樓梯的轉角上，她聽見穿著厚皮靴的人漸漸走近的腳步聲，以及一個熟人的說話聲。

「謝天謝地！」可以聽見說話聲，「爸爸呢？」

「他就寢了。」管家開口回答。

腳步聲沿著樓梯轉彎處迅速朝近處傳來。「這是安德烈吧！」瑪麗亞心想，「不，這不可能，這太奇怪了。」當她在思索的時候，安德烈的臉孔和身影忽然出現在樓梯的平台上。是的，這就是他，只是面色蒼白、瘦弱，表情也變得柔和。他登上樓梯，雙手抱住了妹妹。

「您沒有收到我的信嗎？」他問道。公爵小姐簡直說不出話來。安德烈是和產科醫生一起回來的，他走上樓去，又把妹妹抱在懷裡。

「多麼神奇的命運！」他說，「親愛的瑪莎！」他把皮襖和皮靴脫下來，到妻子房裡去了。

9

公爵夫人靠在枕頭上，她的陣痛剛剛減輕了，臉上含著愉快的微笑。安德烈走進房裡來，在她睡的沙發旁站著。她的一雙大眼露出孩子般惶恐不安的樣子看著他，表情似乎在說：「我愛你們大家，我不曾傷害任何人，為什麼我要受苦？幫幫我吧！」她看見丈夫，還不明白他的出現代表著什麼。安德烈繞過沙發，親吻了她的額頭。

「我的心肝，」他說，「上帝是慈悲的。」

「我曾經期盼你的救援，但什麼也沒得到，你也是這樣啊！」她瞥了他一眼，眼神彷彿這樣說。她對於他的到來並不感驚訝，那也無助於減輕她的痛苦。難忍的陣痛又發作了，產婆勸安德烈離開房間。

安德烈從房裡出來，遇見了瑪麗亞。他們開始低聲地講話，一邊等待著。

「親愛的，你去吧。」瑪麗亞說道。安德烈又回妻子那兒去了，他坐在隔壁房裡等待。過了幾分鐘，他聽見門後悲慘的呻吟，於是走到門前，想把門打開，卻不知道是誰抓著門把。

「不准進去，不准進去！」門外傳來驚恐的說話聲，他只好在房裡踱步。喊聲停止了，又過了幾秒，隔壁忽然傳來一聲可怕的叫喊，那不是她的聲音，安德烈向門前跑去，叫喊聲停息了，可以聽見嬰孩的啼哭聲。

「幹嘛把小孩帶來呢？」安德烈愣了一下，「小孩？為什麼這裡會有小孩呢？有人生了一個小孩嗎？」

當他總算意識到這一聲啼哭的意義時，他將兩隻手支撐在窗台上，像個兒童般大哭起來。房門開了，醫生臉色蒼白，顫抖著從房裡走出來，悵然若失地朝安德烈望了一眼，就一言不發地走過去。他走進妻子的房間，她躺著不動，已經死去了。雖然她的眼睛滯然不動，兩頰慘白，但那美麗的臉蛋依然流露出同樣的表情。

「我愛你們大家，我不曾傷害任何人，為什麼我要受苦？」她那可憐的臉孔在說話。在房間的角落裡，產婆抱著一樣紅通通的小東西，它正在哇哇大哭著。

兩小時後，安德烈悄悄走進父親的書房。老頭子已經知道全部情形，他緊靠門站著，默不作聲地摟住兒子的脖子，痛哭起來。

過了三天，他們為公爵夫人舉行安魂祈禱，安德烈和她的遺體告別時，走上了靈柩的階梯，看著靈柩中她的面孔，她彷彿在說：「唉，你們為什麼這麼對我呢？」安德烈感覺到他的心靈中有一樣東西猝然脫落了，他犯了無可挽救的罪過，但卻哭不出來。老頭子也過來，吻了吻她的手，他看到她的面孔，氣憤地轉過身去。

又過了五天，他們為小公爵尼古拉．安德烈耶維奇舉行洗禮儀式。由祖父充當子的教父，公爵小姐瑪麗亞當教母。儀式結束後，當保姆抱出嬰兒，告訴安德烈儀式進行得很順利時，他點了點頭表示贊許。

10

羅斯托夫參與了多洛霍夫和別祖霍夫的決鬥，幸好在老伯爵的奔走下，他不但未被降級，反而被派至莫斯科總督名下擔任副官。多洛霍夫的傷已經好了，休養期間，他與羅斯托夫特別要好。他的老母親瑪麗亞・伊凡諾夫娜也喜歡羅斯托夫，常對他談到兒子的事情。

「是啊，伯爵，對這個邪惡的世界來說，他的心靈太高尚、太純潔了。」她說道，「唉！請您說說，別祖霍夫的行為對嗎？費佳（多洛霍夫的小名）從來沒有說過他一句壞話。在彼得堡捉弄警察分局長的事，不是他們一起幹的嗎？別祖霍夫沒什麼事，費佳卻獨自承擔了全部罪責！現在又為什麼要決鬥？這些人還有人性嗎？明明知道他是獨生子，卻硬要挑起決鬥，還把他擊中了！好在老天保佑我們。他以為費佳欠他的錢，所以敢怒不敢言，這多麼卑鄙啊！我知道您瞭解費佳，親愛的伯爵，所以我由衷地疼愛您。」

在多洛霍夫逐漸康復時，他時常對羅斯托夫說些意想不到的話。

「我知道，人家把我看成凶惡的人，」他說，「隨便他們怎麼想吧！除了我所愛的人之外，我不願意認識任何人；但一旦我愛上什麼人，就會強烈地愛，甚至獻出我的生命，而只要有人攔住我的去路，我就會殺掉他們。我有個可貴的母親、兩三個朋友；而其他的人，特別是女人，幾乎都是對我有害的，」他繼續說，「我遇過一些崇高的男人，但我還沒遇過一個真正純潔、忠誠的女人，假如我能找到這樣的女人，我願意為她付出生命。」他做出輕蔑的手勢，「我之所以珍惜我的生命，只是因為我還希望遇見這樣一個聖潔的靈魂，她會使我變得光明磊落，使我重新振作起來。可是你不明白。」

「不，我十分明白。」羅斯托夫回答。

秋天，羅斯托夫一家回到莫斯科，過了不久傑尼索夫也回來了，他暫時住在羅斯托夫家中。這是尼古拉在莫斯科度過的一八〇六年的初冬，這是他們一家最幸福的、也最愉快的日子。薇拉是一個二十歲的美麗少女；

索尼婭十六歲，像一朵剛剛綻開的嬌豔鮮花；娜塔莎既是半個小姐，又是半個小女孩，時而像兒童般的逗趣，時而像少女般富有魅力。

羅斯托夫時常把許多年輕人領到父母的住所，在這些年輕人之中，多洛霍夫深受家裡所有的人喜愛，除了娜塔莎之外。她幾乎要為了多洛霍夫的事和哥哥爭吵起來。她認為他是個令人厭惡、裝腔作勢的人，至於決鬥一事，皮埃爾才是對的。

「沒什麼好說的！」娜塔莎固執地喊道，「他是個凶狠、無情的人，我還比較喜歡傑尼索夫。」

「傑尼索夫是另一回事，」尼古拉設法讓別人感覺到，與多洛霍夫相比，甚至連傑尼索夫也是微不足道的，「你應該看看多洛霍夫是怎麼對待母親的，這才是善良的心腸啊！」

「這我就不知道了，可是和他相處的時候，我感到難堪。你知道他已經愛上索尼婭了嗎？」

「這真是一派胡言……」

「我相信，你以後就會看出來……」

娜塔莎的預言應驗了。這個不喜歡和女士社交的多洛霍夫時常上門，正是為了索尼婭。索尼婭雖然不敢聲張，卻心知肚明。

多洛霍夫頻頻向索尼婭獻殷勤，兩隻眼睛盯著她，讓她滿面通紅，就連老伯爵夫人和娜塔莎看見這種目光後也漲紅了臉。

羅斯托夫發現，多洛霍夫和索尼婭之間存在某種他無法理解的關係，使得他跟索尼婭和多洛霍夫在一起時沒有從前那樣自在了，於是他更少待在家裡。

自從一八〇六年秋季以來，大家又談到俄國和拿破崙交戰的問題，討論的氣氛比過去更加熱烈。每千人之中就要募集十名新兵、九名民兵。莫斯科議論紛紛，羅斯托夫一家也關心戰爭，但更關心一件事：尼古拉絕不會留在莫斯科，只要等到傑尼索夫休假期滿，就會和他一起回到軍中。

11

聖誕節後的第三天，尼古拉在家中用午餐，這是一次正式的告別午宴，因為他和傑尼索夫馬上就要動身回到兵團裡去。出席者有二十幾人，包括多洛霍夫和傑尼索夫。

尼古拉遍訪邀請他做客的地方，回到家裡時正好趕上吃午飯。剛走進來，就感覺家裡有一種緊張的戀愛氣氛，此外，他還發現在幾個社交界人士之間顯露出一種奇怪的慌張神態。索尼婭、多洛霍夫、老伯爵夫人特別焦急，娜塔莎也微露不安，尼古拉明白，索尼婭和多洛霍夫在午飯前肯定發生了什麼事情。這天晚上，舞蹈老師約格爾將在家中為男女學生舉行一次舞會。

「尼古連卡，你也到約格爾那裡去吧。」娜塔莎對他說道，「他特別邀請你，傑尼索夫也會去。」

「有什麼好怕的呢！」傑尼索夫說，他詼諧地裝扮成娜塔莎的騎士，「我準備跳披巾舞。」

「來得及的話！我答應參加阿爾哈羅夫的晚會了。」尼古拉說道。

「你呢？」他把臉轉向多洛霍夫，說道。才剛開口，就發現根本沒必要問。

「也許會吧——」多洛霍夫看了看索尼婭，惱怒、冷漠地回答，又用這種目光瞥了他一眼。

「發生了什麼事？」尼古拉心想。多洛霍夫在午飯後馬上就離開了，這更加證實了尼古拉的猜測。他問娜塔莎這是怎麼一回事。

「我跟你說過好多次了，但你都不相信，」娜塔莎得意地說，「他向索尼婭求婚了。」

不管尼古拉最近有多麼不關心索尼婭，但當他聽到這件事以後，他彷彿失去了什麼東西。多洛霍夫對孤獨無依的索尼婭來說，算得上一個不錯的配偶，因此實在沒有拒絕的理由。因此，當尼古拉聽到這件事以後，有些埋怨索尼婭。「應該把兒時的諾言忘了，接受求婚才對。」他心想。

「你可以想像！她拒絕了！」娜塔莎開口道，「她說，她愛著另外一個人。」

「我的索尼婭不會有別的做法啊！」尼古拉想了片刻。

「無論媽媽怎麼求她，她還是拒絕了，我知道，無論如何她都不會改口的……」

「媽媽求過她呀？」尼古拉責備地說。

「是啊，」娜塔莎說，「尼古連卡，不用生氣，但我知道你是不會娶她的。天知道是為了什麼，但我知道你絕不會娶她為妻的。」

「夠了，你哪知道什麼，」尼古拉說，「但我應該跟她談談，這個女孩多麼漂亮啊！」他面露微笑說道。

「她漂亮極了！我把她帶來。」娜塔莎吻吻哥哥，就跑開了。

一分鐘後，索尼婭走進來，露出惶恐不安的樣子。尼古拉走向她，吻吻她的手，這是他回家以後他們頭一回單獨地傾吐愛慕之情。

「索菲，」他說道，「既然您拒絕他這個傑出的配偶，他是一個完美的、高尚的人，還是我的朋友……」

索尼婭打斷他的話。

「我已經拒絕了。」她連忙說。

「如果您為我而拒絕的話，那麼我怕我……」

索尼婭又打斷他的話，用懇求的目光看看他。

「尼古拉，不要向我提這件事。」她說。

「不，我應該說。也許這是我一廂情願，但最好把一切都說出來。如果您為了我而拒絕的話，那麼我想我應該把事實告訴您。我愛您，我想，我最愛您……」

「我很滿足。」索尼婭滿面通紅地說。

「不，雖然我不曾對任何人像對您這樣，但我戀愛過好幾次，以後還會戀愛。而且我還年輕，媽媽並不希望我這麼做，我索性什麼都不答應。我請您考慮多洛霍夫的求婚。」他吃力地說出這句話。

「請您別說了，我什麼都不想要，我會像愛哥哥一樣永遠愛您，其他的什麼都不需要了。」

「您是個天使，我配不上您，不過，我也害怕欺騙您。」

尼古拉又一次地吻吻她的手。

12

約格爾的舞會是莫斯科最快樂的舞會。今年，在這個舞會上促成了兩件婚事，戈爾恰科夫家的兩位公爵小姐覓得未婚夫，並已出嫁，使這個舞會因而享有盛譽。參加舞會者，除了少數幾個人之外，個個都打扮漂亮，婀娜多姿的娜塔莎尤其出類拔萃。舞會上有許多漂亮的小姑娘，羅斯托夫家的小姐都是佼佼者，她們倆人都特別幸福和愉快。這一晚，索尼婭感到驕傲，因為她拒絕了多洛霍夫的求婚，並向尼古拉表白愛情，她在家裡不停地旋舞，由於激動和欣喜而容光煥發。

娜塔莎第一次穿著長長的連衣裙出席真正的舞會，她感到相當幸福。從她走進舞會的那時起，她就沉浸在愛情中了。她沒有特別愛上誰，她愛上大家了，無論是她望向誰，都會馬上愛上他。

「啊，好極了！」當她跑到索尼婭面前時，說道。

尼古拉和傑尼索夫在幾個大廳裡逛來逛去，帶著溫和的神情環顧跳舞的人們。

「她多麼可愛，將來一定是個美人。」傑尼索夫說。

「誰？」

「伯爵小姐娜塔莎。」傑尼索夫答道。

「她跳得很好，多麼優雅！」他沉默了片刻後又說。

「你說的是誰？」

「是你的妹妹！」傑尼索夫氣憤地喊了一聲。

羅斯托夫冷冷一笑。

「親愛的伯爵，您是我的得意門生之一，您應該跳舞。」約格爾走到尼古拉面前說道，「您瞧，有許多美麗的姑娘。」他同樣邀請傑尼索夫，他過去也是他的學生。

「不，親愛的，我最好坐下來看一會兒。」傑尼索夫說，「難道您忘了，我學不會您教的這門課嗎？」

「噢，不對！」約格爾連忙安慰他，「您只是不太用心，是的，您是有才華的。」

尼古拉未能拒絕約格爾，於是邀請索尼婭跳舞。傑尼索夫坐在老太婆們旁邊，愉快地逗著她們發笑。約格爾和他引以為豪的學生娜塔莎共舞，傑尼索夫目不轉睛地望著她，一面打拍子，當舞跳到一半的時候，他把羅斯托夫叫過來。

「才不是這樣跳呢！」他說，「這算是波蘭瑪祖爾卡舞嗎？不過她跳得真好。」

尼古拉知道傑尼索夫以跳波蘭瑪祖爾卡舞而聞名，他跑到娜塔莎面前說：

「你去跟傑尼索夫跳吧！他跳得很棒！棒極了！」他說。

當又輪到娜塔莎的時候，她站起來，羞答答地穿過舞廳跑到傑尼索夫坐的那個角落。尼古拉看見傑尼索夫和娜塔莎微露笑容，爭執著什麼，傑尼索夫拒絕了，但依然露出愉快的微笑。

他向前跑去。

「瓦西里．德米特里奇，請吧，」娜塔莎說道，「我們一起跳舞，請吧。」

「怎麼了，伯爵小姐，免了吧，別給我添麻煩。」傑尼索夫說。

「好啦，夠了，瓦夏。」尼古拉說。

「簡直像在勸一隻貓似的。」傑尼索夫詼諧地說。

「以後我整個夜晚唱歌給您聽。」娜塔莎說道。

「女魔法師，隨便你想怎麼做吧！」傑尼索夫說，他從椅子後面走出來，緊緊地握住女舞伴的手，稍微抬起頭，伸出一條腿，等待著音樂的拍節。忽然間，他用一隻腳輕輕一頓，富有彈力地從地板上跳起，帶著女舞伴飛也似地開始旋轉。娜塔莎不知道自己怎麼會不自覺地聽任他擺佈，他時而帶著她旋轉，時而用右手，時而用左手，時而屈膝，引導她繞著自己轉動，又霍然站立起來，飛快地向前衝去，又忽然停下來，出人意外地跳出一個新花樣。

「這究竟是怎麼回事呢？」她說。

儘管約格爾不認為這是道地的瑪祖爾卡舞，但是人人都讚賞傑尼索夫的舞技，開始搶著選他當舞伴。傑尼索夫累得滿面通紅，用手絹擦乾臉上的汗，在娜塔莎旁邊坐下。

13

之後的兩天，羅斯托夫都沒有再遇見多洛霍夫。到了第三天，接到了他的一封便函。

「基於你所熟知的各種原因，我不再登門拜訪。我即將重返部隊，因此打算與各位朋友舉行告別酒會，屆時務必蒞臨英吉利飯店。」羅斯托夫與家人和傑尼索夫在劇院看過戲後，於九點多鐘離開劇院，在約定的時間來到了英吉利飯店。他立刻被人領到多洛霍夫預訂的上等客房去。

大約二十人聚集在桌子周圍，多洛霍夫坐在桌前。桌上擺著金幣和紙幣，多洛霍夫正在發牌。這是他在求婚被拒絕之後，首次跟尼古拉見面。

多洛霍夫冷淡地望向站在門旁的羅斯托夫，彷彿老早就在等候他似的。

「好久不見了，」他說，「我很高興你來了。」

「我去過你家。」羅斯托夫滿臉通紅地說道。

多洛霍夫沒有回答他的話。

「你可以下注。」他說。

這時，羅斯托夫想起多洛霍夫曾說的一句話：「只有笨蛋們才靠牌運來賭錢。」

「也許你害怕跟我賭吧？」多洛霍夫微笑說道，彷彿猜中了他的想法。

羅斯托夫感到尷尬萬分，他在腦海中尋思一句反擊的話，但他還來不及想到，多洛霍夫就望著他，慢條斯理地當著大家的面說道：

「不過，你總會記得，我和你聊過賭博——笨蛋才會靠運氣來賭博。要有把握再賭。我想試試看。」

「是靠運氣來試試，還是有把握才來試？」羅斯托夫想了想。

「最好不要賭，」多洛霍夫補充一句，把翻開的一副牌往桌上一丟，說道：「各位，下注吧！」

羅斯托夫在他身邊坐下來，他最初沒有賭錢。多洛霍夫不時注視著他。

「你怎麼不賭呀？」多洛霍夫說。奇怪的是，尼古拉覺得非拿牌不可，於是押下一小筆賭注，開始賭博。

「我身上沒有帶錢。」羅斯托夫說。

「可以賒帳！」

羅斯托夫押了五盧布，輸了，再押下賭注，又輸了。多洛霍夫接連贏了羅斯托夫十張牌。

「各位，」玩了幾把後，他說道，「請各位把錢放在牌上，免得我算錯帳。」

賭徒中有一人說，他希望能夠賒帳。

「可以賒帳，但我怕算錯帳，請把錢放在牌上，」多洛霍夫回答，「不要覺得不好意思，以後再一起算。」他對羅斯托夫說。

賭局又持續下去，僕人不停為每個賭徒送來香檳。

羅斯托夫的牌一張張被蓋過，他欠了八百盧布。他本來想在一張牌上押八百盧布，但當人家為他送上香檳的時候，他又改變主意，只押了二十個盧布。

「別管它了，」多洛霍夫這樣對他說，「你快贏回輸掉的錢吧！我輸給別人就算了，可是我要贏你的錢。你怕跟我賭嗎？」

羅斯托夫聽了他的話，押了八百盧布在一張缺了角的紅心七上面，並拿起一截粉筆在牌面上寫下數目「八〇〇」。他喝了一杯香檳，極度緊張地注視多洛霍夫那雙拿牌的手，期待著翻開一張紅心七。這一局的輸贏，對羅斯托夫具有重大意義。上個禮拜天，老伯爵給了他兩千盧布，告訴他這是五月的最後一筆錢了，並要兒子節省一些；尼古拉也保證，在入春以前不會再向父親拿錢。現在這筆錢只剩下一千二百盧布，這張牌不僅意味著他輸掉一千六百盧布，還意味著他必須違背諾言。他看著多洛霍夫的手，心想：「嘿，快點吧！把這張牌給我，我就回家，跟傑尼索夫、娜塔莎和索尼婭一起吃晚飯了，我保證，我再也不打牌了。」

「你真的不怕跟我一起賭錢嗎？」多洛霍夫把牌放下，愉快地說道。

「對了，各位，聽說莫斯科最近流傳著一個謠言，說我是個賭棍，所以你們應該多提防我一些才是。」

「喂，發牌吧！」羅斯托夫說。

「哦，莫斯科的娘兒們！」多洛霍夫說道，面露笑容地抓起了紙牌。

「哎呀！」羅斯托夫抓住頭髮，喊了出來。他要的紅心七居然放在最上面，他輸了，輸的錢超出他的償還能力。

「不過，太拚命也不好。」多洛霍夫說，瞥了他一眼，又繼續發牌。

14

又過了一個半鐘頭，多數賭徒都在開玩笑地瞧著自己的牌。賭局的焦點聚集在羅斯托夫一個人身上。他欠的帳上寫下了一長串數字，不是一千六百盧布，而是已經累積上萬盧布了，他估計這個數目高達一萬五千盧布，而實際上已經超過兩萬了。多洛霍夫不再講故事，他注意羅斯托夫兩隻手的動作，有時迅速地回頭看看他欠的賭帳。他堅決賭下去，直到這筆欠帳增加到四萬三千盧布，因為「四十三」正是他和索尼婭的年齡總和。羅斯托夫用手托著頭，坐在堆滿紙牌的桌前。「六百盧布、愛司、角、九點……不可能贏回來了！待在家裡多愉快啊？他幹嘛要這樣對我呢？」羅斯托夫心想。他時而環顧其他賭徒，向他們求救，時而瞥向多洛霍夫那副冷漠的面孔，極力地想搞清楚他在想些什麼。

「他明明知道，輸錢對我意味著什麼。他不會想把我毀滅吧？他是我的朋友，我疼愛過他……但是他沒有錯，現在是他走運的時候，有什麼辦法呢？」他自言自語說，「我從未做出害人的事。我殺了人嗎？侮辱了什麼人嗎？為什麼會面臨這種可怕的災難？事情怎麼會變成這樣？我原本只想贏個一百盧布，買一個首飾匣送給媽媽，然後就回家去。我那時多麼幸福，多麼自由啊！這一切是什麼時候結束的？這究竟是什麼時候發生的？不，不可能！一切都會好轉的。」

雖然房間裡不太炎熱，但是他滿臉通紅，渾身出汗，面孔顯得可怕而且可憐。

欠帳已高達四萬三千這個不祥的數目。羅斯托夫剛輸掉三千盧布，他挑了一張牌，再下四分之一的賭注，這時多洛霍夫把紙牌往桌上一扔，挪到一邊，拿起一根粉筆，開始為羅斯托夫結帳。

「該吃晚飯了！你看，吉普賽人來了！」幾個面目黝黑的男女從戶外走進來，帶著吉普賽人的口音說話。

尼古拉明白，一切都完了，可是他冷漠地說：

「怎麼，你不賭了？我選了一張好牌。」

「一切都完了，我完蛋了！」他想道，「現在只剩一條路，朝腦袋開一槍自殺吧。」

同時他又愉快地說：「喂，再來一張牌吧。」

「很好，」多洛霍夫結完帳，說道，「很好！押二十一盧布的賭注，」他指著數字的零頭「二十一」，拿起一副紙牌，準備發牌。羅斯托夫也用心地在紙牌一角寫上「二十一」，以取代原本押的六千。

「反正都一樣，」他說道，「我只想知道，你要把這個十點吃掉，還是讓給我。」

多洛霍夫開始認真地發牌。這回，羅斯托夫贏了。

「您欠四萬三千，伯爵，」多洛霍夫站起來，慵懶地說道，「不過，坐太久了，會累的。」

「是的，我也累了。」羅斯托夫說。

多洛霍夫打斷他的話，好像在提醒他，現在不是開玩笑的時候。

「我什麼時候去拿錢，伯爵？」

羅斯托夫面紅耳赤，把多洛霍夫喊到另一間房裡。

「我無法立刻支付全額，你可以拿張期票。」他說道。

「羅斯托夫，聽著，」多洛霍夫露出微笑，「你知道有句俗話：『在戀愛中走運，在賭博中就倒楣。』你的表妹愛上你了。我知道。」

「噢！我被這傢伙掌握了，太可怕了。」羅斯托夫心想。他明白，一旦這次輸錢的事被公開，會使他父母遭受多麼大的打擊！他也明白，多洛霍夫知道自己能讓他擺脫這種恥辱，卻像貓兒玩弄老鼠那樣戲弄他。

「你的表妹——」多洛霍夫想說一句話，可是被尼古拉打斷了。

「我的表妹與此事無關，用不著談論她！」他瘋狂地喊道。

「那麼，什麼時候可以拿到錢？」多洛霍夫問道。

「明天。」羅斯托夫說完這句話，便從房裡走出去了。

15

說出一聲「明天」並不是一件困難的事，但要回到家去，向家人承認錯誤，並伸手要錢，這倒是一件可怕的事，因為他在許下諾言之後已經沒有理由再要錢了。

家裡的人都還沒有睡覺。索尼婭和娜塔莎穿著天藍色的連衣裙，帶著惹人憐愛的微笑站在鋼琴旁邊，薇拉和辛辛在客廳中下棋；伯爵夫人正和老太太一起玩牌，一邊等候兒子和丈夫；傑尼索夫坐在鋼琴旁，用指頭敲擊著琴弦，彈出和絃，並吟唱出他創作的詩歌。

「美極了！再唱一段吧！」娜塔莎說著，沒有發覺尼古拉走進來了。

「這裡還是老樣子。」尼古拉心想。他朝客廳裡張望，看見了薇拉、母親和老太太們。

「啊，你看，尼古連卡來了！」娜塔莎跑到他跟前。

「爸爸在家嗎？」他問道。

「你回來了，我好高興！」娜塔莎說道，沒有回答他的話，「瓦西里·德米特里奇為我多待了一天，你知道嗎？」

「爸爸不在家，還沒回來過。」索尼婭說道。

「真想不到，你回來了，過來我這裡，親愛的。」客廳裡傳來伯爵夫人的說話聲。尼古拉走到母親面前，吻了吻她的手，一聲不響地坐在她旁邊。

「好了，好，好，」傑尼索夫喊道，「現在該輪到您唱一首了，拜託您。」

伯爵夫人掉過頭來看看默不作聲的兒子。

「你怎麼了？」母親問尼古拉。

「哦，沒有什麼，」他說道，「爸爸快回來了吧？」

「我想，快回來了。」

「他們還是老樣子，什麼也不知道！我該怎麼辦？」尼古拉想了想，又到擺放鋼琴的大廳裡去了。

索尼婭坐在鋼琴旁邊，彈奏著傑尼索夫愛聽的船夫曲。娜塔莎想要唱歌了，傑尼索夫用得意洋洋的眼光看著她。

尼古拉開始在房裡走來走去。

「何必強迫她唱歌！她會唱什麼歌？一點兒好事也沒有！」尼古拉想道。

索尼婭彈奏了序曲的第一個和絃。

「我的天，我毀了，我是個無恥的人。只剩下一條路，朝自己的腦袋開一槍自殺，不要唱歌吧！」他想了想，「離開嗎？可是去哪兒呢？反正都一樣，讓他們唱吧！」

尼古拉憂鬱地在房裡踱步，不時看著傑尼索夫和幾個小姑娘，想避開他們的目光。

「尼古連卡，您怎麼啦？」索尼婭目不轉睛地注視著他，她的目光彷彿在問他似的。

尼古拉把臉轉過去不看她。娜塔莎也察覺出哥哥的神態，但在這個歡樂的時刻，她根本沒興趣去想到什麼悲哀、憂傷和內疚，她對自己說：「不，也許是搞錯了，他應該像我一樣快樂。」

「喂，索尼婭。」她說了一聲，走到大廳中央，用力地把重心放到腳尖上，在房間中央走了一圈。

「你瞧，就是這樣！」她向傑尼索夫答道。

「她為什麼高興！」尼古拉看著他的妹妹想道，「她怎麼不覺得寂寞，不覺得羞恥！」娜塔莎拉開嗓門，唱起了歌，眼裡露出嚴肅的表情。

這年冬天，娜塔莎非常認真地唱起歌來。在她的歌聲中已經沒有從前那種滑稽可笑的童音，但是，內行人都說她還唱得不太好。「雖然還沒有訓練，但嗓子很不錯，應該好好訓練。」人人都這麼說。

「這究竟是怎麼回事？」尼古拉聽見她的聲音，瞪大眼睛想道。在他看來，世界上的一切都被分成三拍：「一、二、三、……一、二……三……唉！我們的生活多麼荒謬啊！」尼古拉心想，「所有這一切，金錢也好，多洛霍夫也好，憤恨也好，榮譽也好，這一切全是廢話！只有這才是真正的東西。啊，娜塔莎，她唱得真好！謝天謝地！」

音樂使羅斯托夫心靈中至為美好的東西被觸動了。它不因任何事而改變，它高於世上的一切！賭場上的輸贏、多洛霍夫之輩、謊言……全是廢話！只要聽到歌聲時，就能覺得幸福……

16

羅斯托夫很久沒有像今天這樣享受音樂了。但當娜塔莎一唱完，他又回到了現實中。他一言不發地走出門，回到自己房裡去。十五分鐘後，老伯爵從俱樂部回來了，尼古拉立刻去找他。

「怎麼樣，玩得開心吧？」老伯爵說。尼古拉想回答「是的」，但是說不出口，幾乎要痛哭起來。

「唉，這也是沒辦法的事！」尼古拉心想。他用漫不經心的口氣對父親說話，心裡十分鄙視自己。

「爸爸，我有事情要找您，我差點兒忘了。我需要錢。」

「原來是這樣，」父親愉快地說，「我對你說過，錢不太夠用了。要很多嗎？」

「要很多，」尼古拉面紅耳赤，流露出愚蠢的微笑，「我賭博輸了一些錢，應該說，輸了很多、很多，四萬三千盧布。」

「什麼？輸給誰？你在開玩笑！」伯爵大喊，像中風似地漲紅了脖子和後腦勺。

「我答應明天付錢。」尼古拉說。

「真的嗎？……」老伯爵說，攤開兩手，軟弱無力地坐到沙發上。

「究竟該怎麼辦！誰都會遇到這種事。」兒子用放肆的口氣說，心裡卻認為自己是個無法饒恕的混蛋。他很想吻吻父親的手，跪下來請求原諒，卻用粗魯的口氣說這是難免的。

「是的，是的，」伯爵說道，「很難，我恐怕湊不出這筆錢……誰都會遇到這種事！是的，誰都會遇到……」他瞥了兒子一臉，從房裡走出去了。尼古拉沒料到父親有這種反應，他已準備好挨罵。

「爸爸！爸爸！」他在父親背後痛哭流涕，大聲喊道，「原諒我吧！」他一把抓住父親的手，用他的嘴唇緊緊地親吻，大哭起來。

當父子正在商談的時候，母親和女兒也在談一件重要的事情。娜塔莎緊張地來找母親。

「媽媽！媽媽！他向我求……」

「求什麼？」

「求、求婚，媽媽！媽媽！」她大聲喊道。

伯爵夫人不相信自己的耳朵。傑尼索夫求婚了？向誰求婚？向這個小姑娘求婚，她不久前還在玩洋娃娃，現在還在學習呢！

「娜塔莎，夠了，別說蠢話！」她說道，仍然希望這只是個玩笑罷了。

「才不是蠢話！我是認真的，」娜塔莎氣憤地說，「我來問您該怎麼辦，可是您卻說我撒謊……」

伯爵夫人聳了聳肩。

「如果傑尼索夫先生真的這麼做了，那你就回答他，他是個傻瓜，也就好了。」

「不，他不是傻瓜。」娜塔莎嚴肅地抱怨道。

「好，那你想怎麼樣？好，你愛上他了，那就嫁給他吧！」伯爵夫人生氣地發笑道。

「不，媽媽，我沒有愛上他，也許並沒有愛上。」

「好，那你就這樣告訴他。」

「媽媽，您在生氣嗎？您不要生氣，我到底有什麼錯呢？」

「不，親愛的，你沒有錯，對嗎？若是你願意，我可以去跟他說。」伯爵夫人面露微笑地說。

「不，我自己去說，只要您教教我就好，」娜塔莎說道，「如果您知道他說了什麼就好了！我早就發現這件事了，他原本也不願意提起這件事，只是在無意間說出來的。」

「嗯，還是應該拒絕他。」

「不，不應該。我很同情他，他多麼可愛啊！」

「嗯，那你就接受求婚吧，反正也該嫁人了。」母親氣憤地嘲笑道。

「不，媽媽，我很同情他，我不曉得該怎麼跟他說。」

「用不著你說，我親自去說。」伯爵夫人說，令她憤慨的是，竟有人敢把這個孩子當大人看待。

「不，您不要去，我自己去，您就在門邊聽吧！」娜塔莎向大廳跑去，傑尼索夫用手捂住臉，還坐在鋼琴旁邊的椅子上。他一聽見她輕盈的步履聲，便一躍而起。

「娜塔莎，」他飛快地朝她走去，「決定我的命運吧。它掌握在您手裡！」

「瓦西里．德米特里奇，我很同情您！不過，您是個好人……可是不應該這樣……我會永遠疼愛您。」

傑尼索夫朝她彎下腰來，她吻了他那蓬亂的頭。這時，伯爵夫人也倉促地走到他們面前。

「瓦西里．德米特里奇，我感謝您的垂愛，」伯爵夫人用困窘不安的聲音說道，「可是我女兒太年輕了。

我當您是我兒子的朋友，要是您先告訴我的話，就不會使我非拒絕您不可了。」

「伯爵夫人……」傑尼索夫低垂著眼睛，露出慚愧的神情。

娜塔莎看見他那副模樣，開始大聲地哽咽起來。

「伯爵夫人，我冒犯您了，」傑尼索夫若斷若續地說道，「不過您知道，我非常喜愛您的女兒和你們全家人，為了……我寧可獻出兩次生命。」他看看伯爵夫人嚴肅的面孔，「伯爵夫人，好，再見吧。」他吻吻她的手，便頭也不回地離開了房間。

次日，羅斯托夫送走了傑尼索夫，因為他不願在莫斯科多待一天了。傑尼索夫在莫斯科的朋友們都在吉普賽人那裡為他餞行。

傑尼索夫離開後，羅斯托夫等著拿錢，可是老伯爵無法一下子弄到這筆錢，於是羅斯托夫又在莫斯科待了兩個禮拜，足不出戶。

索尼婭對他比以前更溫柔、更忠誠了。顯然她認為，他為了她賭博輸錢是一件偉大的英勇行為，讓她更愛他了。但是尼古拉卻認為自己更配不上她了。

他終於寄出四萬三千盧布，並且拿到多洛霍夫的收據。之後，他未與任何人辭行，便在十一月底啟程趕上已抵達波蘭的兵團。

第二部 一八〇六年～一八〇七年

1

皮埃爾和妻子反目之後，就啟程前往彼得堡。那時托爾若克驛站上沒有可用的馬匹，皮埃爾不得不等候。他躺在皮革沙發上沉思起來。

「請問，要把箱子搬進來嗎？請問，要鋪床、沏茶嗎？」僕人問道。

皮埃爾不回答，因為他什麼都聽不見，也看不見。他在前一站就已陷入沉思狀態，他還在想一件重要的事情，因此，就算在這個驛站多待幾個鐘頭，甚至待一輩子，他也同樣滿不在乎。

決鬥之後，他從索科爾尼克森林走回家去，度過了一個折磨他的不眠之夜，從那天起，縈繞在腦際的總是一樣的問題，而在此時寂寞的旅行中，這些問題就更加牢牢地把他控制住了。無論他想到什麼，總會再回到那些他無法解決的問題上來。

驛站長走進來了，告訴他只要再等兩小時，就會有特快驛馬。驛站長顯然是在撒謊，他只想向過路旅客索取更多的錢罷了。「這是好還是壞？」皮埃爾問自己，「對我來說是好事，對別的旅客來說卻是壞事，對他來說則是不可避免的事，因為他一無所有。什麼是好事？什麼是壞事？應該愛什麼？應該恨什麼？活著是什麼？死亡是什麼？是什麼支配著一切？」在這些問題之中，沒有一個得到解答。

托爾若克的女商販拉開嗓子兜售自己的商品，「我有幾百盧布，無處可花，可是她穿著一件破皮襖站在這裡，畏縮地望著我，」皮埃爾想道，「幹嘛需要這些錢？這些錢可以為她增添一點幸福和安慰嗎？難道有什麼東西能夠使她和我脫離災難和死亡的擺佈嗎？」

僕人為他遞上一本書——蘇札夫人的書信體長篇小說。他開始瀏覽關於阿梅莉・德芒費爾德的痛苦、為維護高尚品德而奮鬥的故事。「當她愛著那個誘惑她的男人時，又為什麼要和他對抗？」他想道，「我的妻子不與我對抗，她的做法或許是對的，」皮埃爾又對自己說，「什麼結論也沒有。我們只知道，我們一無所知。這就是人類智慧的高度表現。」

在他看來，他周圍的一切都是紊亂、毫無意義的，卻又有一種令人激動的喜悅。

「請您稍微靠攏些，這是別人的位子。」驛站長說道，領著一位客人走進房裡。這名客人是個滿臉皺紋的老頭，炯炯有神的灰眼睛上垂著斑白的眉毛。

皮埃爾站起來，走到為他準備的一張床上，不時地望著走進來的人。這個人在沙發上坐下來，朝別祖霍夫瞥了一眼。他那聰明銳利的眼神使皮埃爾驚訝不已，他很想和這名客人談話，但對方卻閉上了眼睛，似乎是在休息。手腳俐落的老僕人擺好茶桌，端來滾燙的茶。一切備妥後，這個年老的客人睜開了眼睛，走到桌前，倒了一杯茶。皮埃爾開始感到不安，他覺得自己必須過去跟這位客人談話。

僕人把一只空茶杯和沒有吃完的糖塊端回去，問他還要什麼。

「不用了，把書遞過來。」客人說。僕人遞上一本教會的書，他於是埋首閱讀。沒多久又把書闔起來，閉上眼睛。皮埃爾注視著他，老頭卻忽然睜開眼睛，嚴肅地看著皮埃爾。

皮埃爾覺得不好意思，想避開他的目光，但老人炯炯有神的眼睛卻強烈地吸引著他。

2

「如果我沒搞錯，我有幸正在和別祖霍夫伯爵攀談。」客人從容不迫地說。皮埃爾沉默不言，透過眼鏡疑問地注視著對方。

「久仰大名，」客人繼續說，「我也聽說閣下遭遇不幸。」

皮埃爾面紅耳赤，急忙向老頭彎下腰來，不自然地露出微笑。

「閣下，我不是出於好奇提到這件事情，而是因為更重要的理由。」他一直盯著皮埃爾，又示意皮埃爾在他身旁坐下。皮埃爾很不想和這個老頭談話，但又情不自禁地朝著他走過去。

「閣下，您很不幸，」他繼續說道，「您很年輕，我已經老了。我願意竭盡全力幫助您。」

「哎呀，」皮埃爾不自然地笑道，「非常感謝……請問您從哪裡來？」客人的表情顯得冷漠而嚴峻，但他的言談和面容卻對皮埃爾產生強烈的吸引力。

「但是，如果我們的談話使您感到不愉快的話，」老頭子說，「那麼，閣下，請您老實說出來。」於是他又流露出父親般溫柔的微笑。

「啊，沒那回事，相反地，我很樂意和您交朋友。」皮埃爾說，又向對方的手上瞥了一眼，他看見對方的戒指上刻出的骷髏圖樣——共濟會的標誌。

「請允許我問問，」他說道，「您是共濟會員嗎？」

「是的，我屬於共濟會，」客人說，「我代表自己，並代表他們向您伸出友誼之手。」

「我恐怕，」皮埃爾流露出微笑，「恐怕我頭腦簡單，難以理解您對整個宇宙的觀點。」

「我瞭解您的觀點，」共濟會員說，「您所說的那種觀點，也正是大多數人的觀點，它是驕傲、懶惰和愚昧造成的後果。閣下，請見諒，如果我不瞭解它，就不會這麼說了。您的觀點是一種可悲的愚見。」

「正如我所推斷的那樣，您也陷入了謬誤之中。」皮埃爾微笑說道。

「我絕不敢說我洞悉真理，」共濟會員堅定地說，「誰也不能單獨明白真理，從亞當到我們這一代，只有靠著千萬代人的共同參與，才能一磚一瓦地興建起偉大的上帝所在的殿堂。」

「我應該對您說，我不信……不信上帝。」皮埃爾遺憾地說，他覺得必須把事實說出來。

共濟會員瞧了瞧皮埃爾，微微一笑，那表情就像一個富翁對一個窮人露出微笑似的。

「是的，閣下，您不知道祂，」共濟會員說，「您不知道祂，所以您也不幸。」

「是啊，是啊，我不幸，」皮埃爾承認，「可是，我應該怎麼辦呢？」

「您不知道祂，不過祂就在這兒，在我心中，在我的話語中，也在您心中，甚至在您剛才說的那些褻瀆的言語中。」共濟會員用嚴肅的聲音說。

他沉默片刻，嘆了一口氣，似乎力圖鎮靜。

「如果祂不存在，」他說，「我和您就不會談到祂，閣下，我們談到的是什麼？是誰？您否定誰呢？」他的聲音中帶有極度的威嚴，「既然他不存在，是誰虛構出來的？為什麼您身上會有一個假設，有這樣不可理解的內心世界？為什麼你們能推測出這種內心世界的存在？」他停下來，很久地沉默不言。

皮埃爾無法打破這種沉默。

「祂是存在的，可是難以理解祂。」共濟會員又說起話來，「如果祂是一個人，我可以把祂帶到您面前讓你瞧瞧。但是我這個微不足道的凡人怎能向他人展示祂的萬能、永恆和仁慈呢？」他沉默一會兒，「您是什麼人？您自命不凡，以為自己是個賢人，因而說出這些褻瀆的話，」他譏笑道，「認識上帝是很困難的。從亞當到現在，許多個世紀以來，我們一直努力著，但仍遠不能達到目的，正因為祂的偉大和我們的弱點——」

皮埃爾聆聽著，沒有打斷他的話，也沒有發問，而是誠心地相信這個陌生人的話。他看著這名老年人的內心裡閃耀出光輝的那種沉著、堅定，以及對自己使命的認識，與自己的頹喪和失望相比，共濟會員的這些特點使皮埃爾大為驚訝。他由衷地希望確立自己的信念，而且也這樣做了，他體會到一種泰然和復活的快感。

「上帝不是用智慧能理解的，而是要從生活中理解。」共濟會員說。

「我不明白，」皮埃爾說，「人類的智慧為什麼不能領悟您所說的知識。」

共濟會員流露出慈父般的溫和微笑。

「至高的智慧和真理就好比最乾淨的水分，」他說，「我能不能把這些乾淨的水分裝進不乾淨的器皿，再來評論它的潔淨呢？只有從內心洗滌自我，才能使吸收的水分達到真正的乾淨。」

「是啊，是啊，正是這樣！」皮埃爾高興地說。

「至高智慧的根基不光是理性，也不是世俗的知識。至高智慧是獨一無二的，它包含一門科學，即是包羅萬象的科學、解釋整個宇宙和人類在宇宙中的意義的科學。為了學習這門科學，必須洗滌人的內心，因此在汲取知識之前，務必有所信仰。」

「對，對。」皮埃爾承認他說的話是對的。

「請您看看自己的內心，捫心自問，您是否滿意自己？您憑著智慧獲得了什麼成就？您是個什麼樣的人呢？閣下，您非常年輕，非常富有，而且有學問。您憑著這些做出了什麼事業？您是否滿意自己的生活？」

「不，我仇恨自己的生活。」皮埃爾皺著眉頭說。

「您仇恨生活，那麼就改變它吧，淨化自己吧！閣下，看看您自己的生活，您是怎樣生活的？您在狂歡和暴飲中遊手好閒，後來還結婚了，您究竟做了什麼呢？您沒有幫助她尋找真理的道路，卻使她陷入虛偽和不幸的深淵；有個人侮辱您，您竟然把他打死；您說您不認識上帝，您仇視自己的生活。閣下，這之中沒有什麼難以瞭解的東西！」

說完這些話之後，共濟會員似乎有些疲倦了，他把手臂支撐在沙發背上，闔上了眼睛。皮埃爾注視老人嚴肅的面孔，心中想說：是的，這是令人厭惡的、淫逸的生活。

共濟會員沙啞地咳了幾聲，清清喉嚨，又向僕人喊道：

「驛馬怎麼樣了？」

「牽來了，」僕人回答，「您不再休息一下嗎？」

「不，去吩咐駕馬。」

「他要離開了，沒把話說完，也沒說要幫助我，就把我一人留在這裡嗎？」皮埃爾一面想道，一面站起來，「是的，我過著令人蔑視的生活，但我不喜歡這種生活，也不想有這種生活。這個人知道真理，只要他樂意，他會向我揭示真理。」老人收拾好東西之後，又向別祖霍夫轉過臉去，用那冷淡而恭敬的口吻對他說：

「閣下，請問您現在到哪裡去？」

「我？……我到彼得堡去，」皮埃爾猶豫不決地回答，「我向您表示感謝，我在各方面同意您的看法，但您不要以為我很壞。我誠心地希望做一個您希望我做的人……您幫助我吧！教教我吧！說不定，我將會……」

皮埃爾一邊喘息，一邊轉過身去。

「只有上帝才會幫助人，」他說，「但是，閣下，共濟會有權代替上帝賜予您幫助。請您到彼得堡，把這樣東西交給維拉爾斯基伯爵，」他掏出一個公文夾，在一大張紙上寫了幾個字，「請允許我給您一個忠告。抵達首都後，請先閉門幽居，檢討自己，別走上從前的道路。祝您順利，閣下。」

皮埃爾從旅客登記簿上獲悉，這個客人就是奧西普·阿列克謝耶維奇·巴茲傑耶夫。巴茲傑耶夫早在諾維科夫時期就是著名的共濟會員和馬工派神秘教徒。他離開了很久後，皮埃爾並沒有就寢，也沒有出發，而是在驛站的房間裡來回踱步，回想著往事。他的心中不再有疑惑了，他堅信，人們在通往美德的途中，以互相扶持為目的而和衷共濟是可行的，他想像中的共濟會就是如此。

3

皮埃爾抵達彼得堡以後，沒有把抵達的消息告訴任何人。他足不出戶，整天閱讀一部湯瑪斯·肯庇斯的書。他再三領會到他從未體驗過的樂趣：深信人們有可能達到盡善盡美的境界，有可能實現堅貞不移的博愛，這是奧西普·阿列克謝耶維奇向他揭示的道理。在他抵達後一個禮拜，某天晚上，年輕的波蘭伯爵維拉爾斯基一本正經地走進他房裡，在確認房裡沒有旁人後，轉過臉來對他說話。

「伯爵，我受託來見您，」他說，「共濟會有個重要人士出面指出，希望提前讓您入會，並由我擔任保證人。我十分重視這項使命。您是否願意在我的保證下加入共濟會？」

皮埃爾經常在舞會上看見他露出善意的微笑，因此他此刻冷淡、嚴峻的腔調令皮埃爾感到驚訝。

「是啊，我希望。」皮埃爾說道。

維拉爾斯基低下頭來。

「伯爵，還有個問題，」他說，「我請求您以一個老實人的角度回答我，您是否拋棄您從前的信念，您是否信仰上帝？」

皮埃爾沉吟起來。

「是……是啊，我信仰上帝。」他說。

「那麼，我們可以上路了，」維拉爾斯基說，「我的馬車聽候差遣。」

維拉爾斯基一路上沉默不言，皮埃爾問他待會應該如何回答，維拉爾斯基要皮埃爾老實以告。

他們駛入共濟會分會的大門，從前廳走進另一個房間。有個人穿著奇特的衣裳在門旁出現，維拉爾斯基向他走去，輕聲地對他說了什麼話，就走到衣櫃前，從衣櫃中拿出一條手絹，捂住皮埃爾的眼睛，然後把他領到什麼地方去。皮埃爾邁著不穩的腳步向前走去。

維拉爾斯基帶他走了十步左右，便停住了。

「無論您發生什麼事，」他說，「如果您毅然加入共濟會，您就應該勇敢地忍受住一切考驗。當您聽見敲門聲，就自己解開蒙住眼睛的手絹，我祝您成功。」

於是維拉爾斯基握握皮埃爾的手，走出去了。

皮埃爾一個人留下，蒙上眼睛待了五分鐘。就在此時，可以聽見幾陣強烈的敲門聲。皮埃爾解開綁住眼睛的手絹，環顧了四周。房間裡一片漆黑，只有一處閃現出一具白色的骷髏頭，裡面有一盞燈，擺在黑色的桌子上，桌上有一本翻開來的《福音書》。皮埃爾唸完《福音書》的前幾句以後，便繞過桌子，看見一個打開的大箱子，裡面裝著骨頭。這些東西絲毫沒有使他感到驚奇，他期待著不平凡的事物，顱骨、棺材、福音書，這一切都是他所預料到的東西，他還期待著更多。門打開了，不知是什麼人走進門來。

來者是一個身材不高的人，他小心翼翼地走到桌前，把那雙戴著皮手套的手放在桌子上。這個人穿著一條圍住胸前和一部分下肢的白色圍裙，脖子上戴著一串項鍊。

「您為什麼來到這裡？」他對皮埃爾問道，「您這個不相信真理的人為什麼來到這裡？您向我們要什麼？卓越的智慧、高尚品德、教育嗎？」

皮埃爾的心臟幾乎要跳出來，他向著導師跟前走去。當他走近時，認出對方就是他的熟人斯莫利亞尼諾夫。皮埃爾久久說不出話，導師不得不重複提出問題。

「是啊，我……我想洗心革面。」皮埃爾很吃力地說出這句話。

「很好，」斯莫利亞尼諾夫說，「您對共濟會的訴求，有沒有概念？」導師心平氣和地說。

「我……希望，指導……幫助……自新。」皮埃爾心情激動，顫抖著說道。

「您對共濟會有什麼概念？」

「我的意思是，『共濟』是指人們的友愛和平等，」皮埃爾說，「我的意思是……」

「很好。」導師說道，看來他很滿意這種回答，「您是否在宗教上尋求過達到目的的方法？」

「沒有，我當時認為宗教不是正義的，所以沒有信仰宗教。我曾是一個無神論者。」

「您尋求真理是為了在生活中遵循真理的規律，因此您尋求智慧和高尚品德，是嗎？」導師又問。

「是啊，是啊。」皮埃爾承認他的話沒有錯。

導師咳嗽了幾聲，清清嗓子，把戴著手套的手交叉在胸前，開始說話。

「現在我應該向您坦白說出共濟會的宗旨，」他說，「如果這個宗旨符合您的目的，那麼加入共濟會才對您有益。本會的首要宗旨和根基在於保存並向後世傳達某種重要的玄理——從亙古就傳承至今，它決定了人類的命運。因此，任何人都無法認識它、應用它，除非他勤奮地淨化自己，即使如此，也不是人人都能通曉這一玄理。因此，我們還具備第二目的，也就是借助各種方法，盡可能地訓練我們的會員，淨化他們的內心，啟迪他們的理智，使他們具備領悟這一玄理的能力。第三，在淨化和改造我們的會員時，還要千方百計地改造全人類，由我們為全人類樹立虔誠和美德的典範，從而對抗把持世界的邪惡。請您好好考慮，我待會再來看您。」

他說完這句話，便從房裡走出去了。

「反對把持世界的邪惡……」皮埃爾重複地說道。導師所列舉的三大目的中，拯救全人類這個最終目的最讓他感覺親切。第一條的重要玄理雖然引起他的好奇心，但是他不認為這是本質的東西，至於第二個目的——

淨化和改造自己，他則不太感興趣，因為他認為自己已糾正了從前的惡習，只要全心全意去行善就行。

隔了半小時，導師回來了，向求道者傳達與所羅門神殿的階梯數相符的七條高尚品德，分別是謙虛、服從、品行端正、愛人類、勇敢、慷慨、獻身。

「第七條，」導師說，「要時常想到獻身，極力地讓自己覺得死亡不再是可怕的敵人，而是朋友。它能把您由於修行而遭受折磨的靈魂從苦難中解救出來，把它領進天主賞賜的安息處。」

「是的，一定是這樣。」皮埃爾想。導師又留下他獨自思考。「我喜愛自己的生活，只是現在才領悟到生活的意義。」他想起了其他的品德，只是第七條他無論如何也想不起來。

導師這次回來得更快，他問皮埃爾是否意志堅定，對於一切條件是否堅決服從。

「我準備奉獻一切。」皮埃爾說。

「我還應該告訴您，」導師說，「共濟會不僅是憑藉言語，還憑藉其他方法來傳授教理。在今後入會的過程中，您也許會親眼看見這類方法。我們共濟會仿效古代借助象形符號揭示教理，那是一種不受制情感的事物，包含了象徵的功能。」

皮埃爾沉默地傾聽導師講解，他預感到考驗就要開始了。

「如果您意志堅定，那麼我就要開始引導您了，」導師走向皮埃爾，「請您向我交出全部的貴重物品，以示慷慨。」

「可是我身邊沒有什麼東西。」皮埃爾說。

「交出您隨身帶著的東西：懷錶、金錢、戒指……」

皮埃爾連忙掏出錢包、懷錶，以及訂婚戒指。接著，導師說道：

「請您脫下衣服以示服從，」皮埃爾脫下燕尾服、皮靴。導師掀開他胸前的襯衣，又把他的褲管捲到膝蓋以上。皮埃爾情不自禁地露出兒童般的害羞。

「最後，請您向我坦白您的嗜好，藉以表示心胸坦蕩。」他說。

「我的嗜好呀！太多了。」皮埃爾說。

「說出那種最能阻礙您通往美德之路的嗜好。」共濟會員說。

皮埃爾沉默半晌，思索著要說什麼話。

「酗酒？暴飲暴食？遊手好閒？懶惰？急躁？憤恨？女人？」他一一列舉自己的缺點。

「女人。」皮埃爾用幾乎聽不見的聲音說。共濟會員聽見後，並未開口說什麼。最後他走到皮埃爾面前，又用手絹把他的眼睛蒙起來。

「我最後一次告訴您：要將全部注意力移往自己身上，控制自己的感情，在內心尋找無上幸福。無上幸福的泉源不在外部，而在我們的內心——」

皮埃爾已經感覺到這種無上幸福，他的心靈中充滿著欣喜和柔情。

4

不久之後，保證人維拉爾斯基走到這座昏暗的宮殿來找皮埃爾，再次詢問他的志向是否堅定，皮埃爾作了如下的答覆：「是的，我同意。」

有人把他帶出房裡，在走廊上繞來繞去，最後到達分會的門口。維拉爾斯基咳了一聲，裡頭有人用槌子咚咚地敲打幾下，以示回答，他們面前的門敞開了。有個男人問皮埃爾是什麼人、在何處定居、在何時出生等等，後來又把他帶到某個地方。他發覺引導人之間低聲地爭論起來，有一人硬要他從地毯上走過去；之後將他的右手放在一件東西上面，叫他用左手把一只圓規貼在左胸，吩咐他說出忠於共濟會法規的誓言。之後就取下了蒙住他眼睛的手絹，皮埃爾看見幾個人穿著導師的圍裙，手拿長劍，站在他對面。有一人穿著血跡斑斑的白襯衫，皮埃爾挺起胸膛，朝著幾柄長劍走去，想讓劍刺入他的胸膛，但是那把劍避開了，有人又立即為他蒙上眼睛。

「現在你看見了一小束光線。」有人說道。然後他們又點燃蠟燭，並且拿下蒙住他眼睛的手絹，並有十幾個人齊聲地說：

「塵世的光榮就這樣漸漸消逝。」

皮埃爾環顧房裡的人們，約有十二個人坐在一張長桌周圍，穿著之前看到的那種服裝。有幾個人是皮埃爾在彼得堡交際場合中認識的。大家都沉默不語，聆聽主席發言。有兩個會員把皮埃爾領到祭壇前，把他的兩腿擺成直角形，命令他躺下，並要他拜倒在神殿門前。

「他得先領到一把鏟子。」有個會員輕言細語地說。

「啊！夠了，別再說了。」另一個說。

皮埃爾用慌亂的眼睛環顧四周，心裡感到懷疑：「我在哪兒？我在做什麼？他們是不是在嘲笑我呢？這是不是一件可恥的事呢？」這種疑惑只維持了片刻。皮埃爾明白，不能半途而廢。於是拜倒在神殿門前，不多時，就有人要他站起來，替他圍上一條白色圍裙，將一把鏟子和三雙手套交到他手上。這時，共濟會分會長告訴他，要他設法不讓任何東西汙染這條象徵堅貞和純潔的白色圍裙，並憑著這把鏟子了解到勞動的可貴，用以淨化自己的內心。然後他講到第一雙男用手套，要皮埃爾好好保存它，並戴上另一雙男用手套參加會議；至於第三雙女用手套，他說：

「這雙女用手套是送給您的，請您轉贈給您最敬重的女人。您將選擇一位共濟會員作為伴侶，透過這件禮物使她相信您內心的純潔。」他沉默片刻，「但是，要遵守一條規定，不能讓這雙手套美化不潔的手。」

有個前輩把皮埃爾領到地毯前面，開始從筆記本中為他唸出地毯上繪製的圖形（日、月、槌子、鉛錘、鏟子、立方體、柱子、三扇窗戶等）的說明文字。之後他們指定一個座位，把分會證章拿給他看，告訴他入門暗語，最後允許他坐下。分會長開始宣讀分會章程。

「在神殿裡，」分會長宣讀道，「我們不承認任何損害平等的階級；會友間應相互扶持，不應相互憎恨或敵視；要在人人心中點燃美德的火焰，並與他人分享幸福，不讓嫉妒破壞這項純潔的美事。」

「寬恕你的敵人，不要復仇，要對他行善。」他說完這些話後，擁抱皮埃爾，吻吻他。

皮埃爾的眼裡含著喜悅的淚水，環顧四周，不知該如何回答周圍人們的祝賀。他不承認任何舊識，把大家都當成前輩，並且迫不及待地要和他們一起行動。

分會長敲了一下槌子，大家都各自入座，宣讀有關謙遜的訓詞。

到了布施的時刻，募集人在眾人身邊繞了一圈，皮埃爾很想把所有的財產寫上名冊，但又怕這麼做會顯得高傲，於是寫了和別人一樣多的捐款。

會議結束了，皮埃爾回家後彷彿覺得自己從一次長途旅行歸來，彷彿過了幾十年，他完全變了，與從前的生活習慣格格不入。

5

皮埃爾加入共濟會的第二天，坐在家中看書，試圖弄清共濟會的四方形圖騰的意義，有時又在腦中構思新的生活計畫。昨天分會有人對他提到，皇帝已獲知了決鬥的事情，他最好馬上離開彼得堡。皮埃爾打算前往南方領地，處理農民的事務。這時，瓦西里公爵突然走進他的房間。

「親愛的，你在莫斯科搞了什麼？你為什麼跟海倫爭執？你大錯特錯！」公爵走進房裡說道，「我什麼都曉得，我可以明白地告訴你，海倫並沒有對不起你。」

皮埃爾想回答，可是公爵打斷他的話。

「你為什麼不直接跟我談談？我什麼都知道！」他說，「你要珍惜自己的榮譽，你太性急了，請你記住，這麼做會在整個社會、甚至在朝廷中使她和我處於什麼樣的地位！」

「她住在莫斯科，你在這兒。親愛的，請你記住。」他按住皮埃爾的手，「這只是一個誤會，你自己也能體會。我們馬上寫封信給她，把一切解釋清楚；否則，親愛的，你會嘗到苦頭的。」

瓦西里公爵很威嚴地向皮埃爾瞥了一眼。

「據我所知，孀居的皇太后非常關心這件事，你知道，她很寵愛海倫。」

皮埃爾曾有幾次準備說話，但瓦西里公爵不准他開口。他害怕用堅決否定的語氣回答他的岳父。此外，他也想起共濟會章程中的「要和藹可親」。但他感覺到，他今後的命運取決於他即將說出的話：是沿著過去的老路走，還是沿著共濟會為他指出的一條光明的道路。

「喂，親愛的，」瓦西里公爵說，「請你說聲『是』，我就寫信給她，然後我們宰一頭牛。」公爵還沒把笑話講完，皮埃爾就露出狂怒的表情，說道：

「公爵，我沒有叫您來，請您走吧！」他跳起來打開了房門，「您走。」

「你怎麼啦？你生病了？」瓦西里公爵的臉上露出困窘的神色。

「您走吧！」他再次說道。瓦西里公爵沒得到皮埃爾的任何答覆，只好走了。

過了一個禮拜，皮埃爾向共濟會員們告別，留給他們一大筆施捨的錢，之後啟程前往自己的領地。他們也交給他幾封寫給基輔和奧德薩的共濟會員的書信，並承諾會給予進一步指示。

6

雖然皇帝當時嚴格禁止決鬥，但由於皮埃爾和多洛霍夫之間已經私下了結，因此無論是決鬥雙方還是證人，都沒有受到懲罰。決鬥與皮埃爾夫婦鬧翻的消息傳遍社會，大家把發生的事歸咎於他一個人，都說他是個頭腦不清的、愛吃醋的人，還說他像父親一樣容易發怒。當皮埃爾動身後，海倫回到彼得堡，她的熟人們殷勤地接待她，並且同情她的不幸。當談話涉及她的丈夫時，海倫流露出莊重的表情，表示她決定無怨無悔地忍受自己的不幸；瓦西里公爵更直接地說出了他的意見：

「他是半個瘋子——我總是這樣說的。」

「我早就說了，」安娜．帕夫洛夫娜談到皮埃爾時說，「我第一個發現到，他是個狂妄的、思想被汙染了的年輕人。你們還記得，當他剛從國外回來時，我就說了這番話。結果呢？我那時就不太贊成這門婚事，沒想到一語成讖。」

安娜在閒暇時依舊會舉辦晚會，就像從前一樣。出現在晚會上的，都是真正的上流社會的精英、彼得堡社會知識界的優秀人物。

一八〇六年後，當俄國獲悉拿破崙在耶拿和奧爾施泰特兩地殲滅普魯士軍隊，普軍放棄大部分要塞的可悲情報時；當俄軍已開進普魯士並對拿破崙發動第二次戰爭的時候，安娜又在自己家中舉辦了一次晚會。出席的人士包括不幸被丈夫遺棄的海倫、莫特瑪律，以及剛從維也納回來的伊波利特公爵等人。

這天晚上安娜用來取悅客人的人物是鮑里斯，他剛從普魯士軍隊中歸來，正在一位顯貴名下擔任副官。鮑里斯穿著一身考究的副官制服，輕鬆愉快地走進客廳，照例先去問候姑母，隨後就加入交談的小組。

安娜讓他吻吻她那乾瘦的手，為他介紹了幾位不認識的人，並且小聲地把各人的特徵描述一番。

「伊波利特．庫拉金公爵是一個可愛的青年，克魯格先生是哥本哈根駐俄使館代辦，一位才智卓越的人……希托夫先生是個品格高尚的人。」

在任職期間，鮑里斯得到安娜．帕夫洛夫娜的關照，加之工作適合他的志趣和性格，他已經謀得最有利的職位。他在一位頗為重要的官員名下擔任副官，前赴普魯士執行事務，並以信使身分從普魯士回來。他花掉最後一筆錢，讓自己穿得比別人考究；他只和那些地位高、對他有用的人來往。他喜歡彼得堡，藐視莫斯科。每當他回想起羅斯托夫家，以及他小時候對娜塔莎的愛慕，心裡就感到不高興，因此自從入伍以後，他一次也沒有登上羅斯托夫家的大門。他在安娜的客廳中用心觀察每一張面孔，並且評估每個人能為他帶來什麼益處。

「維也納認為正在擬定的條約超出可能限度，對我們是否有足夠根據表示懷疑，」丹麥使館代辦說，「這種懷疑值得讚頌！」

「要把內閣和皇帝區別開來，」莫特瑪律說，「奧國皇帝絕不會這樣想，只有他的內閣會這樣說。」

「哎呀，親愛的子爵，」安娜插嘴道，「歐洲絕不會成為我們忠實的盟邦。」

接著，安娜把話題轉到普魯士國王的剛毅和堅定的信念上，希望引導鮑里斯參加談話。

鮑里斯聆聽旁人說話，不時回頭看著鄰座的美女海倫，海倫面露笑容，目光有幾次和年輕英俊的副官相遇。

當安娜說到普魯士的局勢時，她請鮑里斯聊聊他在格洛高的旅行，聊聊普魯士軍隊處於怎樣的狀態。鮑里斯不慌不忙地講了許多關於軍隊和朝廷中的有趣細節，並盡可能避免加入自己的見解。海倫比其他人都更聚精會神地聽他說話，並幾次提出問題。當他把話說完，她就帶著微笑把臉轉向他。

「務必來跟我見面。」她對他說道，「禮拜二，八點至九點。您將為我帶來愉快的心情。」

鮑里斯答應了，正想和她談話，安娜卻藉口姑母想聽他講話，把他喊去了。

「您不是認識她的丈夫嗎？」安娜裝出憂愁的樣子，指著海倫說，「唉！這是個多麼不幸又迷人的女人啊！別當著她的面提到她丈夫，她太難受了。」

7

當鮑里斯和安娜．帕夫洛夫娜回到人群後，伊波利特在椅上說道：

「普魯士國王！」他說完就笑起來了，大家都向他轉過身去，「普魯士國王？」伊波利特又笑了起來，接著又嚴肅地坐在椅上。安娜等了一會兒，看見伊波利特沒打算再說下去，於是她開始發言，說波拿巴在波茨坦偷走了腓特烈大帝的寶劍。

「這是腓特烈大帝的寶劍，我把它……」她正要開始說，卻又被伊波利特打斷。

「普魯士國王……」大家剛一向他轉過身來，他又沉默了。安娜皺了皺眉頭。

伊波利特的朋友莫特瑪律把臉轉向他，說道：

「普魯士國王又怎麼樣呢？」

伊波利特笑起來了，好像為自己的笑聲感到害羞。

「沒有什麼，不過我想說……我們替普魯士國王打仗是無濟於事的。」

鮑里斯謹慎地微微一笑，其他人則全都放聲大笑。

「您的玩笑太不適當。我們是為了美好的原則，而不是為普魯士國王而戰。哦，這個伊波利特公爵多麼惡毒啊！」安娜用佈滿皺紋的指頭威脅他說。

整個夜晚談話沒有停止，話題主要是以政治新聞為軸心。在晚會快要結束，大家都起身要離去時，整晚寡於言談的海倫又向鮑里斯提出邀請，親切地提醒他禮拜二到她那裡去。

「這對我很有必要。」她回頭對著安娜說道。

禮拜二晚上，鮑里斯來到海倫富麗堂皇的客廳時，海倫並沒有明確地告訴他，自己為什麼要他過來。她只是低聲地對他說：

「明天來出席宴會……晚上，您要來……請您來吧。」

鮑里斯這次來到彼得堡，成為伯爵夫人別祖霍娃親密的朋友。

8

局勢越來越緊張，戰線已逼近俄國邊界。到處都可以聽見詛咒波拿巴的聲音，農村正募集民兵和新兵，前線也傳來各種沒有根據的消息。

一八〇五年以來，博爾孔斯基老公爵、安德烈公爵和公爵小姐瑪麗亞的生活發生了許多變化。

一八〇六年，老公爵被任命為俄國後備軍八大總司令之一。他雖然年老體弱，仍認為自己無權拒絕皇帝委派的職務，這件事使他倍感興奮，身體也健壯起來。老公爵經常巡視由他管轄的三個省份，執行任務時極為認真、嚴厲，而且事必躬親。瑪麗亞已不再跟父親學習數學，只是每天帶著小公爵尼古拉到父親的書房走走。尼古拉和奶媽及保姆一同住在已故的公爵夫人房裡，瑪麗亞常在兒童室度過一整天，盡力地代替孩子去世的母親，布里安小姐也一起幫著照顧這名小天使。

安德烈回來後不久，老公爵把博古恰羅沃——離童山四十俄里的一大片領地分給他。安德烈想要躲避童山的沉痛回憶及父親的脾氣，因此充分利用博古恰羅沃，在那裡度過了大半時光。

奧斯特里茨戰役後，安德烈毅然決定不再服役，為了避免兵役，他在父親手下擔任募兵的職務。老公爵和兒子彷彿從此互換了角色，老公爵對戰事顯得精神振奮，安德烈卻相反。

一八〇七年二月二十六日，老公爵前往轄區視察，在父親離開的時候，安德烈大都待在童山。小尼古連卡已有四天身體不適。馬車伕從城裡回來，為安德烈帶來了公文及信件，他此時正在兒童室裡。

「大人，彼得魯沙把公文帶來了，」一個女僕對安德烈說。他坐在一張兒童椅上，皺著眉頭，從玻璃瓶裡把藥水滴入盛著一半水的杯子裡。

「怎麼回事？」他怒氣沖沖地說。一不小心把杯裡的藥水灑在地板上。

「親愛的，」瑪麗亞站在小床旁邊說道，「最好等一下……以後……」

「哎呀，夠了！你只會說些蠢話，只會一直叫我等，看，這下慘啦！」安德烈凶狠地說。

「親愛的，真的，最好不要吵醒他，他睡熟了。」公爵小姐用央求的聲音說。

安德烈站起來，拿著高腳杯，踮起腳尖走到小床前。

「真的不要把他吵醒嗎？」他猶豫不決地說。

「隨你高興，說真的……我想……隨你高興。」瑪麗亞說。

他們已經兩夜沒睡，照料著發燒的男孩。他們不信任家庭醫生，等待著城裡來的醫生，並嘗試著各種不同的藥。

「彼得魯沙帶來了公爵的公文。」女僕低聲地說。安德烈走出去。

「那兒怎麼了！」他氣憤地說，聽了父親的口頭命令後，他拿起公文和一封信，回到兒童室去了。

「怎麼了？」安德烈問道。

「還是老樣子，再等等吧。卡爾·伊凡諾維奇常說『睡眠第一』。」瑪麗亞小聲說道。

安德烈走到小孩面前，摸了摸他。他還在發燒。

「您和您的卡爾·伊凡諾維奇都滾吧！」他拿起一只裝了藥水的高腳杯，又走過來。

「安德烈，不可以！」瑪麗亞說。

可是他露出陰鬱的神色，拿著杯子向孩子彎下腰來。

「可是我想這樣做，」他說，「喂，我求你，讓他把藥喝下去。」

瑪麗亞聳了聳肩，開始讓小孩喝藥。孩子哭喊起來，發出了嘶啞的聲音。安德烈只好雙手抱著頭走出房間，在隔壁房裡的沙發上坐下。

他拆開了信。老公爵在藍色的紙上用粗而長的字體寫著：

若消息屬實，貝尼格森已在普魯士—艾勞大捷，徹底擊敗波拿巴。彼得堡上下都為之狂歡。貝尼格森雖為德國人，亦值得慶賀。某個叫做漢德里科夫的科爾切瓦區首長，不知何故，兵源與食糧至今尚未補齊。你立即前往告知，於一週內備妥，否則軍法論處。如果一切順利，那麼憑德國人便足以殲滅波拿巴。據聞法軍潰不成軍，正在倉皇逃跑。你視情況前往科爾切瓦，執行使命！

安德烈嘆一口氣，拆開另一個封套。這是比利賓寄來的信，他看也不看，就把它折起來。他又看了他父親寫的信，信的末尾寫著：

前往科爾切瓦，執行使命！

「不，請您原諒，小孩還沒有康復，我不能離開他。」他想了想，朝兒童室瞥了一眼。

「是啊，真是諷刺，」安德烈想起信裡的內容。「就在我離開軍隊的時候，我軍打敗了波拿巴。是啊，他還在開我的玩笑……夠了，隨他的便。」他開始讀比利賓的信，以讓自己不再去想令他異常痛苦的事情。

9

此時，比利賓作為一名外交官待在大本營裡。這封信是在普魯士—艾勞戰役之前寫的，現在已經是一封舊信了。比利賓寫道：

自從我軍在奧斯特里茨贏得輝煌勝利以來，親愛的公爵，您知道，我始終沒有離開大本營。無庸置疑，戰爭使我著迷，並為此深感滿意，三個月來的見聞令人難以置信。

我從頭講起。波拿巴向普魯士人進攻，他不等普魯士的閱兵式結束，就以野蠻無禮的方式向普魯士人發動猛攻，擊潰他們，並進駐波茨坦皇宮。

普魯士的將軍們都在法國人面前說些恭維話，引以為榮。只要他們一開口，就向敵人投降，警備司令領著一萬人，問普魯士國王應該怎麼辦。儘管我們原本只想藉著軍威使敵人望而生畏，但還是被捲入戰爭了。我們和普魯士聯手作戰，萬事俱備，只缺一個總司令。

我們逐一評審八十歲的將領們，終於在普羅佐羅夫斯基和卡緬斯基二人之間選擇了後者。這位將領以蘇沃洛夫的姿態，在一片歡呼聲中坐著馬車前來上任。

四日，第一個信使從彼得堡過來，我們從所有信件中挑出寄給元帥的信。我們找著找著，卻沒發現他的信。元帥怒不可遏，拆開了幾封寄給別人的信，「啊，竟敢這樣對我，不信任我！要他們監視我。好，滾吧！」於是他就寫了一道有名的命令給貝尼格森伯爵。

「我受了傷，不能騎馬，因此不能指揮軍隊。您把您的兵團帶到普圖斯克去了，既沒有木柴，也沒有糧秣，不得不加以補給，您昨日已向布克斯格夫登伯爵發出公函，應該向我國邊境退卻，請務必履行使命。」

「由於四處奔波，」他在給國王的信寫道，「我被馬鞍擦傷了，再加上幾處舊傷，這完全妨礙了我騎馬和指揮這支龐大的軍隊，所以我把指揮權交給職位比我略低的將領——布克斯格夫登伯爵，把司令部的一切事物移交給他，並建議他：如果糧食短缺，就向普魯士內陸撤退。在傷勢痊癒前，我會待在奧斯特羅連卡野戰醫院。我必須說，如果軍隊在目前的野營地再待十五天，恐怕明天春天連一個健康的人都不剩。」

「請您免去我的職務，把我送到農村去，我無法完成如此偉大而光榮的使命。我在野戰醫院聽候您的差遣，我的離開就像少了一個盲人，絕不會造成絲毫損害，像我這樣的人，俄國俯拾即是。」

元帥生皇帝的氣，並且懲罰我們所有的人，這是完全合乎邏輯的！

這是喜劇的第一幕。不得不說，以後幾幕越來越可笑了。元帥離開後，敵人在我們眼前出現，不得不展開戰鬥。雖然布克斯格夫登是總司令，但貝尼格森將軍有不同的意見，他想趁此機會打一仗。於是，他贏得了偉大的普圖斯克戰役。但是依我看，普圖斯克之戰是我們輸了，簡單來說，我們在戰後撤退，又遣使向彼得堡告捷，而且貝尼格森將軍不願意把指揮權讓給布克斯格夫登將軍，他希望從彼得堡獲得總司令頭銜，以此表示對他戰勝的感謝。在這期間，我們的敵人已不是波拿巴，而是布克斯格夫登。

由於遭到我們的排擠，布克斯格夫登幾乎遭到敵軍殲滅和俘獲。布克斯格夫登為了報復，幾乎要跟我們打起來。幸虧在緊急關頭，回彼得堡告捷的信使已返回，帶來了總司令委任狀。於是我們搞定了布克斯格夫登，現在可以來考慮第二號敵人——波拿巴。然而，第三號敵人——信奉正教的軍人忽然又出現了，他們大聲疾呼，要麵包、牛肉、乾草——什麼都要！

這些軍人開始搶劫，極盡掠奪之能事。那些掠奪兵甚至兩度襲擊大本營，被總司令的士兵趕走。國王打算讓各師師長就地槍決掠奪兵，但是我擔心，這樣勢必槍決掉一半的軍隊。

安德烈讀到此處，把信揉成一團扔開了。他閉上眼睛，用手擦了擦額頭，彷彿在驅散他對信裡內容感到的任何興趣。忽然，他覺得門後傳來奇怪的聲音，於是踮起腳尖走到兒童室門前，把門打開了。

當他走進來的時候，紅臉的男孩橫臥在床上睡著，滿身大汗，疾病的危險期過去了，他正在復元中。安德烈注視著嬰孩的面孔，傾聽他均勻的呼吸。此時，瑪麗亞悄悄地走到床前，撩起帳子，又隨手把它放下來。安德烈向她伸出手來，讓她緊緊握住。

「他出汗了。」安德烈說。

「我正想跟你說這句話。」

嬰孩在夢中稍微動了一動，流露出笑容，用額頭擦了一下枕頭。

安德烈看了看妹妹，瑪麗亞那雙閃閃發光的眼睛也泛著幸福的眼淚。他們在光線微弱的帳裡站了一陣子，彷彿不願意離開這個小世界。安德烈第一個離開床邊，「是的，這是現在留給我的唯一東西。」他嘆息道。

10

加入共濟會之後，皮埃爾前往基輔省，他的大部分農民在那裡種田。

到達基輔後，皮埃爾便在總辦事處召集全體管理人，對他們說，應該即將採取措施解放農民，使其擺脫農奴制的依賴關係，同時不應加重農民的勞動負擔，不宜將婦女、兒童送去從事勞動，並於各處設立醫院、孤兒院、養老院和學校。管理人都吃驚地聽他說話。

別祖霍夫伯爵獲得了巨大的財富，每年均有五十萬盧布的收入，但反而感到比從前還要不富裕。各個領地要向管理局繳納八萬盧布；莫斯科近郊及市內的住宅消費和幾位公爵小姐的生活費用約三萬盧布；支付養老金和撥給慈善機關的款項各佔一萬五千盧布；撥給伯爵夫人的生活費佔十五萬盧布；支付債務的利息約七萬盧布；用在著手興建的教堂上約一萬盧布；還有十萬盧布連他自己都不曉得是怎麼花掉的，因此他不得不年年舉債。而總管時而在信中稟告天災、歉收，時而提到作坊、工廠必須改良。因此，皮埃爾不得不開始研究業務，儘管他對此缺乏志趣和能力。

皮埃爾每天都要研究業務，但是他的研究並沒有讓業務好轉。總管甚至更為悲觀，他建議將農奴投入新的勞動，以增加收入，皮埃爾卻不同意。

為了達到解放農奴的目的，皮埃爾打算出售科斯特羅馬省的森林，以及窪地和克里米亞的領地。但管理人說，這些交易手續非常複雜，不僅要撤銷禁令，還得申請、聽候批准等等。皮埃爾一竅不通，只得回答：「是的，是的，交給您辦。」

皮埃爾缺乏不屈不撓的辦事能力，所以他不喜歡業務，只是在管理人面前極力裝出一副忙碌的樣子。人們都熱情地歡迎這位本省最大的地主，皮埃爾的生活又像在彼得堡一般，整天碌碌無為地在宴會中度過，他在另一種環境中過著從前那樣的生活，而不是他嚮往的新生活。

皮埃爾意識到，他沒有履行共濟會員的使命。七條美德中，他缺少兩條：品行端正、獻身。令他感到欣慰的是，他具備另外兩條美德：愛人類，特別是慷慨。

一八〇七年春季，皮埃爾決定回到彼得堡。他想在歸途中訪遍他的領地，並用雙眼確認自己完成了什麼使命，檢查他施以恩澤的居民們現在處於何種境地。

總管認為年輕伯爵的所作所為毫無理智可言，對自己、對他、對農民都是不利的，但還是作出了讓步。他吩咐在各地修建學校、醫院、孤兒院、養老院，並做好迎接老爺的準備。他知道皮埃爾不喜歡鋪張的隆重儀式，但還是準備了宗教感恩之類的儀式。

南方的春天、馬車的飛奔和旅途的孤獨，都使皮埃爾感到心曠神怡。他的領地富有一個比一個優美，他似乎覺得到處的人民都很幸福，對他的恩惠深表謝忱。有個農民向皮埃爾獻上麵包、食鹽和聖人像，以對他的恩典表示感激；又一次，攜帶嬰孩的婦女們來迎接他，感謝他使她們擺脫沉重的勞動；還有一次，一名神父感謝伯爵的寵信，讓他能教兒童識字、信奉宗教。皮埃爾親眼看見一個個正在興建中的醫院、學校和養老院，看見管理人呈上的報告書，並聽著身穿藍衫的農民向他說出感激的話語。

但皮埃爾不知道，向他獻麵包和鹽的地方是個商業重鎮，來見他的都是富裕農民，而村裡九成的農民卻很貧窮；他不知道，婦女們不再服勞役，但卻必須在屋裡負擔艱苦的家務勞動；他不知道，那個拿著十字架來迎接他的神父向農民課徵重稅，又逼學生的家長花一大筆錢贖回孩子；他不曉得，設施的興建加重了農民的勞役，使減輕勞役成了一紙空文；他不知道，管理人將租金減少三分之一，卻讓賦役卻增加了一半。皮埃爾對遊歷領地一事感到相當滿意，於是寫了一封熱情洋溢的信給會長。

「多麼簡單，就做了這麼多善事，」皮埃爾想道，「我們應該多付出關心的！」

總管完全瞭解這個幼稚的伯爵，他看到偽裝的假象對皮埃爾產生了影響，便更加堅決地說解放農奴是不可能的，就算不解放，農奴也已過得非常幸福。

皮埃爾在心底也同意總管的看法，認為沒有比農奴更幸福的人了。管理人答應盡力貫徹伯爵的意志，他知道，伯爵不僅永遠無法知道他是否真的賣出森林和領地，是否已還清管理局的債務，而且也永遠不會問起興建完成的房舍為什麼擱置不用，農民為什麼還在辛勤地付出勞役和金錢。

11

皮埃爾懷著非常幸運的心情從南方遊歷歸來，又驅車去拜訪兩年未見的友人博爾孔斯基。

博古恰羅沃村位於平坦地帶，滿佈田地與已被砍伐的樅樹樺樹林。公爵的庭院在村莊盡頭的大路旁，後方有一個池塘，一片幼林散佈在周圍，其間聳立著幾棵高大的松樹。

皮埃爾向遇見的僕人詢問公爵住在何處時，他們指了指池塘旁一棟新蓋的小廂房。安德烈的老僕人安東攙扶皮埃爾下車，把他領進一間乾淨的小前廳。

皮埃爾對朋友住在這棟乾淨但樸素的小房子感到驚訝不已。他急急忙忙走進一間小客廳，還想繼續往前走，但是安東先一步向前跑去，敲了敲房門。

「喂，那裡怎麼啦？」傳來刺耳的令人厭惡的嗓音。

「是客人。」安東回答。

「請你等一等。」皮埃爾邁著飛快的腳步走到門邊，迎面撞上向他走來的安德烈，安德烈皺起眉角，顯得衰老了。皮埃爾擁抱他，吻他的臉頰，在一旁注視著他。

「真想不到，我很高興。」安德烈說道，他身上發生的變化令皮埃爾詫異。安德烈的話非常親熱，臉上流露著微笑，但是目光黯淡、毫無表情。最令皮埃爾感到陌生的是他那渙散的眼神和額頭的皺紋，這足以表明他長期聚精會神地思考著某個問題。

他們的談話逐漸涉及過去中斷的話題、近來的生活、未來的規劃、皮埃爾的遊歷、他的業務、戰爭問題等等。安德烈公爵彷彿盼望著、但又不能參與他所提起的那種活動。皮埃爾感覺到，在這名朋友面前，任何喜悅的心情、想法都是不適宜的。他開始向朋友表露自己的新思想，並向他展示自己已經改頭換面了，變成一個比在彼得堡時更好的皮埃爾了。

「我無法告訴您這段時間發生了多少事情，就連我自己也不認得自己了。」

「是的，從那時起，我們都有很多、很多的變化。」安德烈說。

「可是您怎樣呢？」皮埃爾問，「您有哪些計畫？」

「計畫嗎？」安德烈諷刺地重複道，「我的計畫嗎？你也看見了，我在蓋房子，想在明年搬遷——」

皮埃爾默不作聲，目不轉睛地盯著安德烈的面孔。

「不，我是問你……」皮埃爾說，可是安德烈打斷他的話。

「我的事沒什麼好說的……講講你的旅行，講講你在領地裡做的一切吧！」

皮埃爾開始講到他在領地做的事情，盡可能瞞住他參與改革這件事。有幾次，安德烈在皮埃爾開口前就講出了他想講的事，好像一切早已人盡皆知似的。

皮埃爾開始覺得和這個朋友交際很不自在，甚至十分難受。他不吭聲了。

「親愛的，你聽著，」安德烈說道，顯然他也感到不自在，「我今天又要到妹妹那裡去，我把你介紹給她們認識一下。對了，你們好像早就認識了，」他說道，「吃完午飯後一起去吧。想看看我的莊園嗎？」他們走出門去，一直蹓躂到午餐時間。他們的話題不離政治和普通的熟人，安德烈只有在聊到他所興建的新莊園時，才有一點興趣。談到一半，安德烈忽然停住了，「這裡沒什麼有趣的東西，去吃飯，然後出發吧！」午宴間，話題轉到皮埃爾的婚事上。

「當我聽到這件事，我覺得非常詫異。」安德烈說道。

皮埃爾漲紅了臉，急急忙忙地說：

「我以後會把一切經過說給您聽。不過您知道，一切都結束了，永遠結束了。」

「永遠嗎？」安德烈說，「根本不會有永遠的事情。」

「不過您知道，這一切是怎樣結束的嗎？您聽過有關決鬥的事嗎？」

「是的，你也經歷過這種事。」

「我只感謝上帝一點，就是我沒有打死這個人。」皮埃爾說。

「為什麼？」安德烈公爵說，「打死一隻兇惡的狗甚至是件好事情。」

「不，打死人不好，沒有道理……」

「為什麼沒有道理？」安德烈又說，「人們並沒有判斷是非的天賦。人們經常會犯錯，將來也會犯錯，無非是錯在他們認為對與不對的問題上。」

「危害他人就是不對的。」皮埃爾說，他高興地發現安德烈終於振奮起來，開始說話，想把讓他變成現在這個樣子的原因全都說出來。

「什麼叫做危害他人？」他問。

「壞事，」皮埃爾說，「我們都知道，什麼是別人危害自己。」

「我們知道，我們不能用意識到的那種壞事來危害他人，」安德烈說，「生活上只有兩種真正的不幸：良心的譴責和疾病，只要沒有這兩大禍患，就是幸福，生活的目的就是為了避免這兩大禍患。」

「對人仁愛嗎？自我犧牲嗎？」皮埃爾說，「不，我不能贊同您的觀點！生活的目的只是為了不做壞事，不後悔，但這還不夠。我曾經為了自己而生活，並因此毀滅了自己；只有現在，當我為他人活著的時候，我才明白生活的種種幸福。」安德烈默不作聲地望著皮埃爾，露出譏諷的微笑。

「你一定會跟我的妹妹瑪麗亞很合得來，」他說，「或許你覺得自己是對的，可是每個人都有自己的生活方式，我的感受剛好相反。我以前為榮耀而活，為了他人而活，到頭來卻完全毀滅了我自己。自從我只為自己而活以來，我的心情變得更平靜了。」

「怎麼能夠只為自己而活呢？」皮埃爾激昂起來，「兒子呢？妹妹呢？父親呢？」

「但這一切依舊是我，不是別人，」安德烈說，「而別人就是謬誤和禍患的主要根源。」

他用譏諷和挑釁的目光朝皮埃爾瞄了一眼，顯然在向皮埃爾挑釁。

「您在開玩笑！」皮埃爾說，「儘管我做得不多，做得不好，但是好歹也做了一點善事，這算是什麼謬誤？什麼壞事？那些不幸的農民想接受上帝的教誨，這算是壞事嗎？我向病人提供醫院，向老年人提供養老院，這算是謬誤、壞事嗎？我讓農夫與攜帶嬰孩的農婦得到休息，這難道不是一件福利事業嗎……」皮埃爾急促地說，「您的話一點也不能動搖我的想法，因為我知道，行善是生活上唯一的幸福。」

「是啊，如果你這樣說，那又另當別論了，」安德烈說，「我蓋一座花園，你興建醫院，這二者都能成為一種消遣。至於說什麼是正義，什麼是善行，就讓通曉一切的上帝來判斷。如果你想爭論，」他補充一句，「那就來爭論吧。」他離開桌子，在門廊上坐下來。

「啊，那就來爭論吧，」安德烈說，「你談到學校、教育，你想把他——」他指著一個從旁邊走過去的農夫，「從牲畜群中拯救出來。可是我覺得，他唯一的幸福就是牲畜的幸福，你卻想奪去他這種幸福。你想減輕他的勞動，可是依我來看，體力勞動對他來說，就像腦力勞動之於你我，是生存的條件。我不能不思考，就像他不能不耕田，不割草一樣，否則他就會走進酒館，或者生病了。你還說了什麼？」

安德烈屈起了第三個指頭。

「哦，是的，醫院。他病得奄奄一息，而你把他治好了，讓他成了殘廢再活上十年，變成眾人的累贅。死亡對他來說，反而簡單得多。雖然你是出於愛護他才醫治他，可是這卻不是他所需要的。」他把臉轉過去，不再理睬皮埃爾。

顯然，安德烈不止一次思考過這件事，他滔滔不絕地說著，目光越來越興奮。

「哎呀，這多麼可怕，多麼可怕！」皮埃爾說，「我不懂，懷著這樣的思想怎麼能夠活下去。我也曾像你一樣，以至於無法活下去，一切都令我感到可憎，尤其是我自己……我不吃飯，不洗臉……哎，你怎麼了？」

「幹嘛不洗臉？那樣很邋遢，」安德烈說，「相反地，應該盡量讓自己過得更愉快。我沒有做錯什麼，因此要想辦法過得更好，不妨礙他人，一直到死。」

「到底是什麼讓您懷著這樣的思想過日子？您坐著不動，無所事事——」

「即使如此我也得不到安寧，我寧願什麼都不做。本地的貴族推舉我擔任首席貴族，我好不容易拒絕了。他們不懂，我缺乏這種能力，缺乏擔任這種職務必須具備的偽善、鑽營的庸俗本領。再說，我還必須蓋好這棟房子，讓自己有個悠閒度日的棲身之處。其他還有民兵的事情。」

「您怎麼不到軍隊服役呢？」

「這是奧斯特里茨戰役以後的事啊！」安德烈憂鬱地說，「不了，我許下諾言，不會再去作戰。即使波拿巴打到這裡，打到斯摩棱斯克附近，威脅童山，我也不會再到俄國軍隊服役。哦，對了，現在又有民兵的事務，我父親被任命為第三軍區總司令，在他手下服務，是我避免兵役的唯一手段。」

「這麼說，您還是在服役囉？」

「我是在服役。」他沉默片刻後說道。

「那麼您為什麼要服役呢？」

「我告訴你為什麼。我父親是當代最傑出的人物之一，雖然他的本性並不殘酷，但是他太愛活動了，現在皇帝賜予他民兵總司令的權力。兩個禮拜前，如果我遲到兩小時，他就會把尤赫諾夫的書記官絞死的，」安德烈含笑說道，「我之所以服役，是因為除了我而外，沒有什麼人能夠影響他，某些情況下我可以讓他少做出一些日後會後悔的事。」

「啊，這樣就對了嘛！」

「嗯，但並不像你想像的那樣，」安德烈繼續說，「無論是過去還是現在，我都不想憐憫這個書記官，我甚至寧願看見他被絞死。但是我憐憫父親，也可以說我憐憫自己。」

安德烈越講越興奮，尤其是當他試圖證明自己從來不想對他人行善的時候。

「嗯，你想解放農民，」他繼續說下去。「這好極了，但這不是為了你自己，更不是為了農民。如果把他們鞭打一頓，放逐到西伯利亞去，我想他們一樣能在那裡過著牲畜般的幸福生活。相反地，有一群人，他們道德淪喪，卻能夠對他人施以懲罰，因此變得冷酷無情，我所憐憫的正是這些人。這些人在權力的薰陶下成長，隨著年歲的增長變得越來越易怒、殘酷、粗暴，他們無法克制住自己，於是變得越來越不幸。」

安德烈津津有味地說著這番話，皮埃爾不由地想起安德烈的父親。他什麼也沒有回答。

「那麼我憐憫的就是這種人——具有人類的尊嚴、善良、純潔與高貴的人，不管你怎麼鞭打他的背脊與前額，它仍然是背脊和前額。」

「不，不，要說出一千個不！我絕不同意您的看法。」皮埃爾說。

12

夜裡，安德烈和皮埃爾乘坐馬車前往童山。安德烈不時觀察皮埃爾，或說出幾句話來，藉此表明一下他的心情甚佳。

他指著一片田野，講述自己在經營方面的成果。皮埃爾一聲不響，面露憂愁的神色。

皮埃爾心想，安德烈很不幸，他正誤入迷途，自己必須啟發他，讓他振作起來。但是皮埃爾又預感到，當他開口的時候，安德烈只要說一句話，舉出一個證據，就會貶低他的一切論點，因此他害怕開口，害怕自己喜愛的神聖教義遭受嘲弄。

「不，您怎麼會這樣想呢，」皮埃爾忽然開口說話，擺出一副固執的樣子，「您怎麼會這樣想呢？您不應該這樣想。」

「我想什麼？」安德烈詫異地問。

「想著生活與使命。並非如此，我也曾經這麼想，您知道是什麼拯救了我嗎？是共濟會。不，您不必笑，共濟會不是我過去想像的那種拘於儀式的教派；它是人類永恆美德的唯一表現。」於是，他開始向安德烈敘述他所瞭解的共濟會。

他說，共濟會的觀點是從國家和宗教桎梏中解放出來的教義，是關於平等、友情、仁愛。

「只有神聖的兄弟情誼才是人生真正的意義，其餘一切都是幻影，」皮埃爾說，「我的朋友，您知道的，在共濟會以外的一切充斥著虛偽和謊言，而聰明善良的人，只能盡可能像您一樣獨善其身。但是您得接受我們的信念，把您自己交給我們，讓我們引導您前進。」皮埃爾說。

安德烈不吭一聲地傾聽皮埃爾發言。由於馬車轔轔的聲響，他幾次因為沒有聽清楚而向皮埃爾提出問題。從他眼睛裡閃耀的光輝可以看得出，皮埃爾的話並非毫無裨益的。

他們駛近洪水氾濫的河邊，安置了馬車和馬匹後，登上渡船。

安德烈把手肘撐在欄杆上，盯著被夕陽映照得閃閃發亮的水面。

「喂，您對這件事有什麼看法？」皮埃爾問，「您為什麼不吭一聲呢？」

「我有什麼看法？我都聽你的，你說的都是對的，」安德烈說，「你要我加入你們，以明白生活的目的、人的使命以及統治世界的規律，但你們是誰？是人類。為什麼你們洞悉一切呢？為什麼我看不見你們看見的東西？你們看見地球上的真理與良善，而我卻看不見它。」

皮埃爾打斷他的話。

「您相信來生嗎？」他問道。

「相信來生嗎——」安德烈喃喃自語。皮埃爾知道安德烈一直是無神論的支持者。

「您說您看不見地球上的真理與良善，我也看不見。在地球上沒有真理——一切都是虛偽與邪惡，但是在宇宙中卻有真理。就像宇宙間沒有什麼會消逝一樣，我不僅現在不會消失，而且在過去和未來也是永遠存在的。真理就存在於這個宇宙之中。」

「是的，這就是赫爾德的學說，」安德烈說，「可是，親愛的，使我信服的是生與死。你看見一個可貴的、與你有關的人，你在他面前犯了錯，希望能證明自己無罪，」安德烈的聲音顫抖了一下，「這個人忽然感到痛苦，遭受折磨，不再存在了……為什麼？不可能沒有答案的！我相信一定有個答案……就是這件事使我信服了。」

「是啊，是啊！」皮埃爾說，「難道這不就是我所說的嗎？」

「不，我只是說，使我相信來生的不是論點，而是實例。當你和某人攜手前進時，這個人忽然在消失了，而你卻在這深淵前停住了，然後你朝那裡張望……」

「啊，那又怎麼樣呢？您是否知道某人就在那裡？那裡就是來生，某人就是上帝。」

安德烈沒有去回答。

「假如有上帝，有來生，那麼就會有真理和美德，人類至高無上的幸福在於追求真理和美德。要活下去，要愛，要有信仰，」皮埃爾說，「我們不僅今天在這一片土地上生活，而且曾經生活過，將來也永恆地在那裡——在天上生活。」

安德烈傾聽著皮埃爾的話，目不轉睛地望著一輪夕陽的紅光映照在湛藍的水面。他彷彿覺得，水浪的拍打聲正在附和皮埃爾的話：「你快相信這一點吧。」

安德烈嘆了一口氣，用溫柔的目光望了望皮埃爾的面孔。

「是啊，但願如此！」他說，「我們上岸去坐車吧！」他走下船來，向天空望了一眼。在奧斯特里茨戰役後，他頭一次看見他躺戰場上看見的那個天空，他知道，他不善於表達的這種情感還留在他心裡。對於安德烈來說，與皮埃爾的會面標誌著一個時代，表面上他還過著一樣的日子，但他的內心世界早已開始了新生活。

13

當安德烈和皮埃爾駛近童山的住宅大門時，天漸漸黑了。有一個背著行囊的駝背老太婆和一個蓄著長髮的男人站在台階上，看到馬車立刻往大門裡跑。

「這是瑪麗亞的神親，」安德烈說，「他們把我們誤認是父親了。他曾命令把朝聖者趕走，可是她偏要接待他們。」

「什麼叫做神親呀？」皮埃爾問。

安德烈沒來得及回答，僕人們就迎面走來，他問他們老公爵什麼時候回家。老公爵還在城裡，他們每時每刻都在等候他。

安德烈把皮埃爾帶到自己的臥室，之後就到兒童室去了。

「我們到妹妹那裡去吧。」安德烈回來時說道，「我還沒看到她，她躲起來了，她和幾個神親待在一起，所以羞於見人。活該，你一定可以見到這些神親。真的，這很有趣。」

「什麼是神親？」皮埃爾問。

「你會看見他們的。」

當他們走到她跟前的時候，她漲紅了臉。她的房裡正坐著一個穿著正教僧袍的男孩。一個滿臉皺紋的老太婆帶著溫和的表情坐在旁邊的安樂椅上。

「安德烈，幹嘛不事先通知我呢？」瑪麗亞用溫和的責備口吻說。

「看見您我非常高興，非常高興。」當皮埃爾吻她的手的時候，她說道。

她和皮埃爾還是兒童時就認識了，他那和善樸實的面孔、他和安德烈的交情，以及他和妻子之間的不幸，更博得了她的好感。他們寒暄幾句之後，便坐下來了。

「啊，伊凡努什卡也在這裡。」安德烈面露微笑地指著年輕的朝聖者說道。

「安德烈！」公爵小姐瑪麗亞懇求地說。

「你知道，這是個女人。」安德烈對皮埃爾說。

「安德烈，看在上帝份上！」瑪麗亞重複地說。

看來，安德烈對朝聖者的輕視和瑪麗亞枉費心機的庇護，是兩人之間一種習以為常的關係。

「親愛的，」安德烈說，「你必須感激我才是，我跟皮埃爾解釋你和這個年輕人之間的親密關係。」

「真的嗎？」皮埃爾好奇地問道，他仔細地瞧著伊凡努什卡的面孔。

老太婆斜視著進來的人，一動不動地坐在安樂椅上，等著有人再為她斟一杯茶。伊凡努什卡一邊喝茶，一邊皺起眉頭，打量著幾個年輕人。

「你到過哪裡，到過基輔嗎？」安德烈問老太婆。

「去過，老爺，」老太婆回答，「我剛從科利亞津來，那裡揭示了偉大的神蹟——」

「伊凡努什卡和你一起去的吧？」

「先生，我是自己去的，」伊凡努什卡說，「在尤赫諾沃才和佩拉格尤什卡相遇——」

佩拉格尤什卡打斷朋友的話，顯然她很想把她目睹的情形講給他聽。

「老爺，在科利亞津揭示了偉大的神蹟。」

「怎麼，又發現聖屍了嗎？」安德烈問。

「安德烈，夠了，」瑪麗亞說，「佩拉格尤什卡，別講下去了。」

「不……小姐，為什麼不能講下去呢？我喜歡他，他曾經給了我十個盧布。我還記得，當我在基輔的時候，有個人自稱是神親，要我去科利亞津，因為聖母在那裡的一座神像上顯聖了。我聽了那些話，立刻到那裡去了——」

大家都默不作聲，只有女朝聖者吸了一口氣，繼續說話。

「等我到了那裡，人們告訴我，發現了偉大的神蹟，聖油正由聖母臉上往下滴——」

「啊，很好，很好，你以後再講。」瑪麗亞漲紅著臉說。

「讓我來問問她，」皮埃爾說，「是你親自看見的嗎？」

「不是，是我聽說的。她的臉就像上天之光，燦爛輝煌，聖油從臉上不停地往下滴——」

「這是個騙局。」皮埃爾天真地說。

「哎呀，老爺，你說什麼呀！」佩拉格尤什卡驚恐地說，她把臉轉向瑪麗亞，向她求助。

「他們在欺騙老百姓。」他重複說道。

「耶穌保佑，」女朝聖者用教訓的語氣說，「唉，老爺，別說了，這樣說是會遭天譴的！有個將軍死都不信，說修士都在騙人，他的話才剛講完，眼睛就瞎了！後來他又夢見聖母對他說：『相信我，我可以治好你的眼疾。』於是他拜託人們把他送到聖母那裡，他跪倒在她面前乞求說：『治好我的眼睛。我把沙皇賞給我的全都奉獻給你。』雙眼果然復明了！我親眼看見這件事，就把金星勳章掛在她身上。」

「為什麼要掛上金星勳章？」皮埃爾問。

「聖母也升為將軍了嗎？」安德烈面露微笑地說。

佩拉格尤什卡的面色忽然變得蒼白了，她舉起雙手輕輕一拍。

「老爺，老爺，你有罪，你有個兒子！」她面紅耳赤地說道。

「老爺子，你竟敢這麼說，上帝原諒你！」她在胸前畫了十字，「老天啊！原諒他吧！小姐，這是怎麼回事呢？」她把臉轉向瑪麗亞，接著站立起來，開始收拾行囊。顯然對曾在這個家族中受過恩惠感到可恥，卻又為了必須拋棄這些恩惠感到可惜。

「您何苦呢？」瑪麗亞說，「您為什麼到我這裡來？」

「不，佩拉格尤什卡，我只是開玩笑的，」皮埃爾說，「公爵小姐，我不想使她感到委屈。別想太多，我只是開個玩笑罷了。」他尷尬地微笑著。

佩拉格尤什卡停住了，流露出懷疑的樣子，看見皮埃爾臉上露出真心悔改的表情，於是安靜下來。

14

女朝聖者又開始說話。她講到阿姆菲洛希神父的事情，這個神父的一隻手發散著神香的氣息；又講到基輔的幾名修士，他們給了她一把洞穴的鑰匙，她和幾名朝聖者在洞穴裡待了兩天兩夜。

皮埃爾很認真地聽她講話。後來，安德烈離開了房間，瑪麗亞留下那些神親，把皮埃爾帶到客廳裡去。

「您很善良。」她對他說道。

「哦，我真的不想侮辱她，我非常理解而且珍惜這種感情。」

瑪麗亞沉默無言地瞥他一眼，露出溫柔的微笑。

「我早就認識您了，也很敬愛您，」她說，「您認為安德烈怎麼樣？去年春天他的舊傷復發了，我很替他擔心。他的性情和女人不同，不擅長在憂患中煎熬，用哭來發洩痛苦，而是將一切都忍在心裡。今天他的精神很好，這一定是您對他產生的影響。您能夠勸他出國嗎？他需要工作，這種平靜的生活會把他毀掉的！」

九點多，老公爵回來了，他匆忙奔向台階。安德烈和皮埃爾也登上台階。

「這是誰啊？」老公爵走下馬車，看見皮埃爾後問道。「啊！我很高興！來親吻吧。」當他知道對方是誰之後，說道。

老公爵心緒很好，親熱地對待皮埃爾。

晚飯前，安德烈來到父親書房，正遇見老公爵和皮埃爾在熱烈爭辯。皮埃爾說沒有戰爭的日子一定會來臨，老公爵則半開玩笑地對他的話提出了異議。

「女人的夢話，女人的夢話！」他說，和藹地拍拍皮埃爾的肩膀。安德烈似乎不想參加談話，正在翻閱父親從城裡帶來的文件。老公爵走向他，開始談論一些事情。

「羅斯托夫伯爵沒有把一半人馬送來。他到達城裡了，我為他舉辦了一次午宴……看看這份文件……喂，小子，」老公爵拍了拍皮埃爾的肩膀，把臉轉向兒子說，「你的朋友很不錯，我喜歡他！他使我激昂起來。喂，去吧，去吧！」他說道，「我要出席你們的晚宴，到時再來辯論。去見見我的傻姑娘瑪麗亞吧。」

皮埃爾和嚴厲的老公爵以及溫順的瑪麗亞相處時，雖然他幾乎不熟悉他們，但立刻有見到老朋友的感覺。他們都很喜歡他，一歲的尼古拉小公爵也走向皮埃爾，要他抱抱自己。米哈伊爾．伊凡諾維奇和布里安小姐也帶著愉快的微笑看著他。

在童山逗留的兩天，老公爵對皮埃爾很親切，還請他以後常到他這裡來。

皮埃爾離開以後，他們一家聚在一起評論他，所有人都說他的好話，這倒是罕見的事。

15

羅斯托夫這次收假回來後，第一次意識到他與傑尼索夫和整個兵團的關係是何等鞏固。

當羅斯托夫駛近駐地的時候，拉夫魯什卡欣喜地向著老爺叫喊：「伯爵來了！」睡在床上的傑尼索夫立刻起床，從土窯裡跑出去擁抱他；當軍官們向剛抵達的人湧去的時候，羅斯托夫體驗到他的家人擁抱他時的那種感情。兵團也是他的家，就像雙親的家一樣是可愛、可貴的。

羅斯托夫晉見了團長，接到回原先的騎兵連服役的任命，負責採辦飼料。這裡沒有使人坐立不安的社會亂象，沒有令他苦惱的索尼婭，沒有應該如何消磨一整天的問題，沒有與父親不明不白的金錢關係，沒有在賭博中輸掉一大筆錢的回憶！在兵團裡，一切都是簡而明的。

在這次戰役中，兵團的生活使羅斯托夫感到更加愉快，因為在他輸給多洛霍夫一大筆錢之後，痛下決心要做一名優秀的軍官，這件事在兵團裡是做得到的。

羅斯托夫決心在五年內償還父母這筆債務。他父母每年寄給他一萬盧布，他決定只用兩千盧布，其餘的錢用來還債。

俄軍經過幾次攻防，並在歷經普圖斯克、普魯士—艾勞戰役之後，就在巴滕施泰因附近集結等候皇帝駕臨，開始一場新的戰役。

保羅格勒兵團由於遲到，沒趕上前幾次戰鬥。它既未參加普圖斯克戰役，亦未參與普魯士—艾勞戰役，在戰役後期加入作戰部隊，隸屬普拉托夫部隊。

普拉托夫部隊不依賴俄軍，單獨作戰。保羅格勒兵團曾擄獲多名敵人，有一次甚至奪取了烏迪諾元帥的幾輛馬車。四月，他們在一個荒廢的德國村莊按兵不動了數週。

時值融雪期，道路無法通行，一連數日，人馬得不到糧秣供應。人們只好四出尋找馬鈴薯，可是能夠尋覓到的為數甚少。什麼都吃光了，居民四散而逃，留下來的人也一無所有，士兵甚至把剩下的食糧送給他們。

保羅格勒兵團由於嚴寒和疾病，傷亡人數達到一半。開春時，士兵發現從土裡鑽出一種像龍鬚菜的植物，他們把它叫做瑪莎甜根。上級雖下令不准食用這種植物，但是士兵仍然在田野中尋找這種甜根來吃。不久後，士兵們的手、足和臉部浮腫，醫生判斷這種甜根是發病原因。然而，傑尼索夫騎兵連仍以這種甜根作為主食，熬了一個多禮拜。

戰馬也靠著屋頂的乾草充飢，瘦得很難看，身上的毛被磨成一團一團的。

羅斯托夫依舊和傑尼索夫住在一起，這次休假讓他們的友誼變得更加密切了。羅斯托夫意識到，這個老驃騎兵對娜塔莎的不幸愛情，增強了他們的友誼，傑尼索夫竭盡全力地保護羅斯托夫，使他不遭遇危險。有一次，羅斯托夫來到一個滿目瘡痍的村子尋找食物，在這裡發現了一個波蘭家庭，他們都衣不蔽體，飢餓不堪。羅斯托夫把他們送到駐紮地，讓他們住在自己的房子裡，負擔他們的生活費用。羅斯托夫的一個同事譏笑他，說他應該把那名被他搭救的漂亮波蘭女子介紹給同事們認識。羅斯托夫怒不可遏，對那個軍官說了一堆刺耳的話，傑尼索夫好不容易才阻止他們兩人決鬥。

「她對我來說就像妹妹一樣，我無法向你解釋，他說的話使我多麼委屈，因為……」傑尼索夫拍打他的肩膀，在房間裡來回踱步，當他心情激動時總是這副模樣。

「你們羅斯托夫家的人都有這種傻勁。」他說道，眼裡泛著淚光。

16

四月份，皇帝駕臨軍中的喜訊令部隊十分振奮，他在巴滕施泰因舉行閱兵式，羅斯托夫未能出席，因為保羅格勒兵團駐紮在遠處的前哨陣地。

早晨七點多，羅斯托夫值夜結束，他換了一套衣裳，烤過了火，就穿著一件襯衫仰臥下來，一邊愉快地想起自己由於最近一次偵察有功，將在幾天內晉升官階。

土窯外可以聽見傑尼索夫斷斷續續的叫喊聲，顯然在發脾氣，羅斯托夫向窗戶走去，看看他在跟誰說話。那是騎兵連司務長托普琴科。

「我已經說不准吃了，什麼瑪莎甜根啊！」傑尼索夫喊道，「我看到拉札丘克從田裡把那種甜根抱來了。」

「大人，我下了命令，他們都不聽。」司務長回答。

羅斯托夫又躺回床上，心想：「讓他去忙吧，反正我忙完了，太棒了！」

土窯外又傳來傑尼索夫的叫喊聲：「準備馬鞍，第二排！」

「打算到哪裡去啊？」羅斯托夫想了想。

五分鐘後，傑尼索夫走進土窯裡，兩腿沾滿了汙泥，但仍然爬上床去，憤怒地抽完一袋煙，便又走出去了。羅斯托夫問他要去哪裡，他只是含糊其詞地回答說有點事情。

「讓上帝和皇帝審判我吧！」傑尼索夫走出土窯時說。羅斯托夫還想不出傑尼索夫要去哪，就睡著了，直到傍晚才起床。他看見傑尼索夫還沒回來，於是加入了軍官和士官生們的投釘遊戲。玩到一半時，有幾輛大車在驃騎兵的押送下朝他們駛來。

「你看，傑尼索夫還很悲觀，」羅斯托夫說，「糧秣還是來了。」

「果然來了！」軍官們說，「士兵們可真高興啊！」在驃騎兵後面不遠處，傑尼索夫由兩名步兵軍官陪同，騎著馬走過來了。羅斯托夫向他迎面走來。

「上尉，我要向您提出警告。」一名軍官惱怒地說道。

「我說了，絕不交出去。」傑尼索夫回答。

「您必須為此負責，上尉，這是掠奪自己人的行為！我們的人有兩天沒吃東西了。」

「而我的人有兩星期沒吃東西了。」傑尼索夫回答。

「閣下，這是搶劫的行為，您必須負責！」這個步兵軍官提高嗓音重複地說。

「可是您幹嘛糾纏我呢？」傑尼索夫勃然大怒，大喊道，「負責的是我，不是您，不要在這裡嘮嘮叨叨，還是快滾吧！」

「好吧！」那個軍官毫無懼色，也不走開，大聲嚷道：「搶劫，您必須明白……」

「你快滾，見鬼去吧！」傑尼索夫掉轉馬頭離去了。

「好，好！」那名軍官用威脅的語氣說，縱馬疾速地馳去。

傑尼索夫疾馳到羅斯托夫跟前，哈哈大笑起來。

「你用武力從步兵手中奪來了運輸車！」他說道。

「怎樣，大伙兒不會餓死了吧？」

那幾輛大車是給步兵團用的，傑尼索夫得知運輸車單獨駕駛後，就帶領驃騎兵把它奪了過來。他們把相當多的麵包乾發給士兵，甚至還與其他連隊一同飽餐一頓。

翌日，團長傳喚傑尼索夫，他用手指蒙著自己的眼睛，說道：「我只有一個立場：我什麼都不知道，我不會去追究這件事；但我勸您去司令部一趟，在軍糧管理處簽個字，證明拿到多少軍糧，否則，就得寫在步兵團的帳上，這會引起訴訟的，結果可能很不利。」

傑尼索夫聽從團長的忠告，徑直前往司令部去了。夜晚，他上氣不接下氣地回到土窯，羅斯托夫問他出了什麼事，他用嘶啞而微弱的嗓音破口大罵。

羅斯托夫被傑尼索夫的狼狽相嚇了一跳，要他脫下衣服，喝一點水，然後請人去找醫生。

「審判我！因為犯了搶劫罪！再給我一點兒水。就讓他們審判吧！可是我一定要揍這些卑鄙的傢伙，我要向皇帝稟告！給我一點冰。」他說。

前來治病的醫師從傑尼索夫的手臂上放出一盤黑血，他開始講出他遭遇的一切情況。

「我到了之後，」傑尼索夫講，「有個長官走出來，我告訴他，拿軍糧來維持士兵伙食不算是搶劫，把軍糧塞進自己口袋才叫做搶劫！於是他要我到代理人那裡去簽個字，把案子轉送上級。我走到代理人那裡，一進門，你猜坐在旁邊的是誰！你想想！是誰讓我們挨餓？」傑尼索夫握緊的拳頭在桌上捶了一下，「是捷利亞寧啊！我當場賞了他一巴掌，然後又把他推倒，讓他滾來滾去！真痛快，要不是有人把我拉開，我一定會把他揍死！」

「你為什麼老是那麼大聲，安靜下來吧！」羅斯托夫說，「看，又出血了。」

有人為傑尼索夫重新包紮好傷口，讓他上床睡覺。第二天，他心平氣和，看起來很高興。

但在正午的時候，一名團部副官來到土窯裡，十分惋惜地拿出團長的正式公文，並告訴他，案情急劇地惡化，目前已成立軍事法庭，將對這起搶劫進行嚴厲制裁，至少也得降級處分才能了結這個案子。

原告方面的說法是這樣的：傑尼索夫少校搶走運輸車之後，酩酊大醉地跑去見軍糧管理委員會主席，謾罵他是竊賊，並作勢要毆打他，有人阻止他，他就闖進辦公廳，痛毆兩名官吏，把其中一人的手打脫臼了。

傑尼索夫笑著說，他彷彿記得有個人被扭傷了，不過這根本不重要，他絕不會想到什麼法庭，如果這些卑鄙傢伙敢動他一根汗毛，他就會讓他們嘗到他的厲害。

雖然傑尼索夫輕蔑地談起這件案子，但羅斯托夫知道，他只是在掩飾自己的害怕罷了。每天均有公文和傳票送來，五月一號，長官命令傑尼索夫將騎兵連移交低一階的軍官，然後到師司令部去說明他的脫序行為。就在出發前一天，傑尼索夫在一次偵查任務中被子彈射中大腿，藉著這個機會進了野戰醫院。

17

六月份，弗里德蘭爆發了一場戰鬥，保羅格勒兵團沒有參與這次戰役，之後宣布休戰。羅斯托夫趁機請假到醫院去探望傑尼索夫。

醫院位於普魯士的一個小鎮，鎮上到處都是殘垣斷壁，構成了份外陰暗的景象。

醫院的庭院裡可以看見拆掉的圍牆遺址，門窗與玻璃也殘破不堪。幾個綁著繃帶、臉色慘白的士兵時而踱來踱去，時而在院子裡曬太陽。

羅斯托夫一走進屋門，就聞到腐爛的屍體味和醫院的藥水味。他在樓梯上遇見一個俄國軍醫，還有一個護士跟在他後面。

「我沒辦法同時做那麼多事，」醫生說道，「你晚上到馬卡爾．阿列克謝耶維奇那裡去，我也會到。」醫護士又向他問了什麼話。

「咳！隨便你怎麼辦吧！反正不都一樣嗎？」

醫生看見走上樓來的羅斯托夫。

「大人，您來幹嘛？」醫生說道，「您來幹嘛？想染上傷寒嗎？」

「為什麼不能來呢？」羅斯托夫問道。

「傷寒病！老兄。無論是誰，走進來只有死路一條。我的醫生兄弟有五個死在這裡，新人進來一星期就會完蛋的！」醫生得意地說，「有人想請普魯士醫師，可是他們都不想來這裡。」

羅斯托夫向他說明，他想探視住在這裡的驃騎兵少校傑尼索夫。

「我不知道，老兄，您可以想像，我一個人做三家醫院的工作，四百多個病人！還好，好心的普魯士太太每月會寄給我們兩俄磅咖啡和兩俄磅絨布，不然的話，真的會完蛋的！」他笑了起來。「老兄，四百個病人，還經常有新的呢！」

醫護士露出疲憊不堪的樣子，顯然在等待醫生趕快走開。

「傑尼索夫少校，」羅斯托夫重複地說，「他是在莫利坦負傷的。」

「他好像死了。是嗎？馬克耶夫，」醫生冷淡地問醫護士。

但這名醫護士並沒有證實醫士的話。

「他長什麼樣子？高個子、紅頭髮嗎？」醫生問。

羅斯托夫描述了傑尼索夫的外表。

「有過，有這樣的人，」這位醫生說，「這個人也許死了，不過我要查一下，我這裡有名單。馬克耶夫，你有名單嗎？」

「名單在馬卡爾·阿列克謝耶維奇那裡，」醫生說，「請您自己到軍官病房去找吧！」他把臉轉向羅斯托夫說道。

「咳，不過，最好不要去！」醫生說，「要不然，您也會留在那裡的。」但羅斯托夫向醫師鞠了一躬，請醫護士帶他去。

「一言為定，到時別怪我！」醫生從樓梯下方大喊道。

羅斯托夫和醫護士來到走廊。打開右邊的一扇房門，羅斯托夫朝門裡一望，看見了病人與傷患都躺在鋪了一層乾草和大衣的地板上。

「可以進去看看嗎？」羅斯托夫問道。

「究竟想看什麼呀？」醫護士說。顯然不想讓他進入病房，但羅斯托夫硬是走了進去。

在這個房間裡，病人和傷患分成二排靠牆躺著，中央留了一條通道。大部分的人昏迷不醒，而清醒的人欠起身子，目不轉睛地望著羅斯托夫，流露出無助的表情。羅斯托夫走到病房中間，沉默不語地環顧四周。

「不，這樣不是辦法，」羅斯托夫低下頭，想要走出去，但是他覺得有一種意味深長的目光從他右邊射來，於是他回頭望去。在屋角處，有個老兵正目不轉睛地望著羅斯托夫，一旁的人指著羅斯托夫，對他低聲地說了些什麼。羅斯托夫明白老人想向他提出請求，於是走了過去。老頭身旁的一個人仰面躺臥，一動也不動，翻著白眼，羅斯托夫感覺一陣涼意掠過他的脊背。

「瞧，看來這個士兵……」他對醫護士說。

「大人，我們請求過了，」老兵顫抖著說，「早上就死了。我們也是人，不是狗……」

「我馬上派人把他抬走，」醫護士連忙說，「大人，請您離開這裡。」

「走吧，走吧！」羅斯托夫連忙說，他頭也不回地走出了這間屋子。

18

穿過走廊後，醫護士把羅斯托夫領進軍官病房，那裡有三個房間，裡頭擺著幾張床鋪，負傷和生病的軍官在床上躺著或坐著，幾個人在房裡踱來踱去。羅斯托夫看見一個身材矮小的獨臂人，他努力地端詳著這個人，努力回想起在什麼地方見過他。

「沒想到會這兒遇見您！」這個人說，「您還記得把您帶到申格拉本的圖申嗎？您瞧，這一小塊被砍掉了……」他面露微笑，讓羅斯托夫看看他空無一物的袖子，「您是來找瓦西里．德米特里耶維奇．傑尼索夫的嗎？他就在這兒沒錯！」圖申把他帶進另一間房裡，那裡傳來幾個人的哈哈大笑。

「他們怎麼能在這裡哈哈大笑，而且活下去呢？」羅斯托夫心想。

雖然已是上午十一點多，但傑尼索夫還用被子蒙著頭，睡在床上。

「啊，羅斯托夫！你好！」他喊道，那聲音就跟他還在兵團裡時一樣，但羅斯托夫能察覺到，他的表情、語調和談吐流露著前所未有、潛藏心底的難堪。

他負傷以來已過了六個禮拜，傷勢還沒有癒合，他的臉蒼白而且浮腫，但使羅斯托夫驚奇的是，傑尼索夫好像並不想看見他，而且，既不問兵團的事，也不問戰事的進程。

羅斯托夫甚至發現，當他向傑尼索夫提起兵團的時候，他就變得很不高興。他彷彿力圖忘掉過去的生活，只關心他和軍糧官的那件案子。他從枕頭下面拿出一份他從委員會得到的公文和他草擬的答覆。他興奮地開始唸這份公文。唸到一半時，鄰床的槍騎兵打斷了傑尼索夫的話。

「在我看來，」他對羅斯托夫說，「索性請求皇帝赦免。或許能夠得到饒恕的……」

「要我去求皇帝！」傑尼索夫說，「求什麼呢？如果我是個土匪，我就會請求開恩，但我受到審判是因為我揭露了一些土匪！我不畏懼什麼人，我誠實地為沙皇、為祖國效力，沒有盜竊行為！竟把我革職……你聽著，我要上奏：如果我是盜竊國庫者……」

「寫得真是無可挑剔，」圖申說，「可是問題不在那裡。你應該順從，要知道，檢察官曾對您說過，您的案情很糟糕。」

「讓它糟糕吧！」傑尼索夫說。

「檢察官替您寫好了呈文，簽個字讓他送去。」圖申指了指羅斯托夫，「想必他在司令部裡也有靠山，您找不到更好的機會了。」

「我不是說過，我不想卑躬屈膝。」傑尼索夫打斷他的話，又繼續唸他的公文。

傑尼索夫連續讀了一個多小時，才把幾份公文讀完。羅斯托夫懷著愁悶的心情，一面敘述自己知道的情況，一面傾聽旁人的敘述，就這樣度過了一天。傑尼索夫整晚心情憂鬱，不吭一聲。

羅斯托夫打算深夜啟程，他問傑尼索夫有沒有要委託他辦的事情。

「是啊，請你等一下。」傑尼索夫說道，他從枕頭下面拿出公文來，走到墨水瓶前，坐下來寫字，然後把一個大信封交給羅斯托夫，這是檢察官草擬的呈給皇帝的呈文。傑尼索夫未在其中提及軍糧管理處的過失，只是請求予以赦免。

「請你轉交吧，看來……」他沒有把話說完，虛偽地微微一笑。

19

羅斯托夫回到兵團，向指揮官轉告傑尼索夫的案情之後，便帶著呈文前往蒂爾西特覲見皇帝。

六月十三日，法國皇帝和俄國皇帝在蒂爾西特會面。鮑里斯向上級請求將他編入隨員之列。

「我想見一位偉人。」

「您說的是波拿巴嗎？」那位將軍面露微笑地對他說。

鮑里斯疑惑地望著自己的將軍，立刻明白這是一種幽默的刺探。

「公爵，我是說拿破崙皇帝。」他回答。將軍微笑地拍拍他的肩膀。

「你大有作為。」他對他說，並且把他帶在身邊了。

在覲見皇帝的那天，為數不多的人員來到涅曼，其中包括鮑里斯。他看見拿破崙在河對岸從法國近衛軍近旁駛過，當亞歷山大皇帝在涅曼河岸上的一家酒館中等候拿破崙駕臨的時候，露出了沉思的面容；他看見兩位皇帝上了小船，拿破崙首先靠攏木筏，邁著飛快的腳步前去迎接俄皇，接著他們就消失在帳幕中了。蒂爾西特之行讓鮑里斯感覺到，自己的地位完全確立了。人人不僅認識他，而且看慣了他，連皇帝也記得他。

鮑里斯和另一名副官波蘭伯爵日林斯基住在一起。日林斯基是在巴黎受教育的，很有錢。在蒂爾西特停留期間，法國近衛軍和司令部的軍官幾乎每天都在他們那裡集合，共進早餐和午餐。

六月二十四日晚上，日林斯基伯爵為他的法國熟人舉辦了一次晚宴。就在這一天，羅斯托夫也穿著一身便服來到蒂爾西特，走進了日林斯基和鮑里斯的住所。

羅斯托夫與軍隊在對待拿破崙和法國人的態度上，還未發生大本營和鮑里斯身上所發生的這種巨大變化。軍隊中仍能體會到仇視、輕蔑和畏懼波拿巴與法國人的情緒，因此，在鮑里斯住宅中的法國軍官令羅斯托夫大感驚訝。當鮑里斯乍見羅斯托夫，臉上流露出懊惱的神情。

「啊，是你，很高興看見你。」他面露微笑朝他走去，但羅斯托夫已看出了他的想法。

「我好像來得不是時候，」他說道，「我原本不想來，可是我有事情。」

「不，我只是驚訝，你怎麼從兵團來到這裡了，我馬上為您效勞。」他轉過頭來回答。

「我知道，我來得不是時候。」羅斯托夫重複地說。

鮑里斯臉上的懊惱消失了，顯然已經決定要怎麼辦，他沉著地握住羅斯托夫的手，把他帶到隔壁房裡。這裡擺好了桌子準備開飯。

「哎，真是夠了，怎麼會來得不是時候呢？」鮑里斯說道，將他一一介紹給其他客人。羅斯托夫皺起眉頭望著這些法國人，不樂意地鞠躬行禮，一言不發。

日林斯基顯然不想讓新來的俄國人加入他的小團體，因此未對羅斯托夫說什麼話。另一個法國人則恭敬地向羅斯托夫搭話，問他是不是來蒂爾西特覲見皇帝的。

「不，我有我自己的事。」羅斯托夫簡短地回答。

羅斯托夫發現鮑里斯面露不滿，立刻顯得心情不舒暢。「他幹嘛坐在這裡呢？」客人的眼光彷彿這樣說。他站了起來，走到鮑里斯面前。

「不過，我使你感到不自在，」他小聲對他說，「我們去談談一件事，談完我就走。」

「不，不是這樣的，」鮑里斯說道，「如果累了就到我房裡去吧！躺著休息一下。」

「果然是……」

他們走進鮑里斯的小房間。羅斯托夫立刻談起傑尼索夫的事，他問鮑里斯是否願意透過自己的將軍向皇帝求情，並轉交一封信。鮑里斯蹺著腿，一面聆聽羅斯托夫說話。

「我聽說，皇帝對這種案件一向態度嚴厲，還是別讓他知道比較好。不如向軍長求情。但一般說來，我想……」

「如果你什麼也不想做，就直接說！」羅斯托夫吼道。

鮑里斯微微一笑。

「我會盡力，不過——」

這時，門外傳來了日林斯基呼喚的聲音。

「喂，去吧。」羅斯托夫說。他獨自一人留在小房間裡踱步，並傾聽隔壁房裡的談話聲。

20

羅斯托夫未經上級允許即來到蒂爾西特，因此無法見到將軍；鮑里斯也無法在隔天就辦妥這件事。六月二十七日這天，簽訂了最初的和約條款。法國近衛營為普列奧布拉任斯基營舉辦了一次宴會，兩位皇帝均出席這次盛大的宴會。

晚餐之後，鮑里斯回來看羅斯托夫，他假裝睡著了。隔天一早，他悄悄離開了住宅，在城裡閒晃。

「鮑里斯不想幫我，我也不想求他。這個案子判決了，」尼古拉想道，「我們之間已經完了，不過在我把呈文交給皇帝之前，我絕不能離開！」他不自覺地走近亞歷山大下榻的樓房。

幾匹馬正停在樓房門口，侍從們正在集合，顯然是為皇帝出巡作準備。

「我隨時有可能看見他，我只要把呈文交給他，說出全部情況就行了。他會明白正義在誰那一邊，他一定明白，有誰能比他更公正，更寬大呢？」他一面想著，一面望著走進樓房的軍官，「應該可以進去吧！雖然這樣做對鮑里斯不好意思，但也是他逼我的。」羅斯托夫摸了摸口袋中的呈文，毅然地朝樓房走去。

「我不能再像在奧斯特里茨戰役那樣放過這個好機會。」他感到熱血沸騰，一邊想像皇帝將會對他說些什麼，一邊登上了台階。

「您要找誰？」有人問。

「將呈文遞給陛下。」尼古拉帶著顫抖的聲音說。

「請交到值日那裡，」有人向他指了樓下的門，「不過他們不會接受的。」

羅斯托夫忽然害怕起自己作的事情，以至於打算逃走，但是這名宮廷侍僕已為他打開了通往值日室的門，於是羅斯托夫走進去了。

一個三十來歲的矮胖男人站在房裡，正和另一間房裡的某人說話。他看見羅斯托夫之後，停止說話，皺起了眉頭。

「您有什麼事？交呈文？」

「什麼事情？」另一間房裡的人發問。

「又是一個請願的人。」

「請您告訴他，以後再來。他馬上要出門了。」

「以後，以後，明天吧！太晚了……」

羅斯托夫轉過身，正想走出去，可是被那個人攔住了。

「您是從誰那裡來的？您是誰？」

「我是從傑尼索夫少校那裡來的。」羅斯托夫回答。

「軍官，您是誰？」

「中尉，羅斯托夫伯爵。」

「好大的膽子！要經由上級遞來。您走吧！走吧……」

羅斯托夫走出房間，許多軍官和將軍正穿著閱兵服站在台階下。

羅斯托夫暗罵自己魯莽，他明白自己的行為很不光彩，於是灰頭土臉地從房子鑽了出來。這時，一個熟人喊了他一聲，用手把他攔下。

「我的老天！您穿著燕尾服在這裡做什麼？」

這是個騎兵將軍，在這次戰役中得到皇帝的寵信，曾是羅斯托夫過去的師長。

羅斯托夫激動地向將軍轉告了全部案情，並請求將軍為傑尼索夫求情。將軍聽了羅斯托夫的話，嚴肅地搖了搖頭。

「我替這個英俊的小伙子惋惜，把呈文交給我吧。」

羅斯托夫剛交出呈文，樓梯口就傳來疾速的腳步聲，皇帝的侍從跑了下來，接著又傳來輕盈的腳步聲，羅斯托夫一下子就聽出那是誰。他忘了自己的處境，跟著幾個好奇的居民向台階走去。在兩年之後，他再度看見了他所崇拜的那張面孔，看見了偉大和溫順的結合……皇帝穿著普列奧布拉任斯基兵團的制服，走上了台階。他停下來環顧四周，對某個將軍說了幾句話。他也認出了羅斯托夫從前的師長，把他喊到自己身邊來。

皇帝與他說了幾句話，就走到那匹馬前面。接著又把臉轉向將軍，大聲地說道：

「將軍，我不能處理這件事，因為法律比我更有權力。」皇帝說道。他騎上馬，在街道上疾馳起來。羅斯托夫也得意忘形地跟著人群一起跑在他後面。

21

在廣場上，右邊是普列奧布拉任斯基兵團的一個營，左邊是法國近衛軍的一個營，兩營面對面佇立著。

在皇帝馳近兩營官兵時，另一群騎士也漸漸接近，羅斯托夫認出帶頭的正是拿破崙。他來到亞歷山大面前，微微舉起禮帽。兩營士兵都高呼：「烏拉」和「皇帝萬歲」。二位皇帝下了馬、手牽手。拿破崙臉上露出虛偽的微笑，亞歷山大帶著親熱的表情與他談論著。

羅斯托夫目不轉睛地注視亞歷山大和波拿巴的每個動作，令他驚奇的是，兩位皇帝竟互相以平等地位對待，波拿巴很自然地和俄皇親近，彷彿是件習以為常的事。

亞歷山大、拿破崙走到了普列奧布拉任斯基營前面，忽然一群人出現在二位皇帝旁邊。

「陛下，請允許我把榮譽團勳章發給您最勇敢的士兵。」一個聲音尖銳的人開口道。身材矮小的波拿巴說了這席話，他從下往上直直地盯著亞歷山大的眼睛。亞歷山大用心地聽他說話，低下頭，快活地微微一笑。

「發給在這次戰爭中表現最勇敢的人。」拿破崙補充說。

「請允許我問問上校的意見，好嗎？」亞歷山大說，並向營長科茲洛夫斯基公爵走去。與此同時，波拿巴取下一隻手套，把它撕破，拋在地上。一名副官急忙跑過去把它撿起來。

「發給什麼人？」亞歷山大皇帝低聲地問科茲洛夫斯基。

「陛下，請吩咐。」

皇帝不滿地皺了皺眉頭，環顧四周後說道：

「真的要答覆他呀？」

科茲洛夫斯基神情堅定地環視自己的隊伍。

「拉札列夫！」上校喊出口令，排在第一的士兵拉札列夫勇敢地向前走去。

拿破崙從侍從那裡拿起一枚繫有紅色授帶的勳章，走向拉札列夫，將十字勳章貼在他的胸前，然後把頭轉向亞歷山大。

拉札列夫一動也不動地舉槍敬禮，又直直盯著亞歷山大，彷彿在向皇帝提問：他是否要繼續站下去？是否要走動一下？或者做些什麼？但是皇帝沒有對他作出任何指示。

兩位皇帝騎馬走了。普列奧布拉任斯基營的士兵和法國近衛軍混合起來，在餐桌旁就坐。

拉札列夫坐在貴賓席上，俄國和法國軍官都擁抱他，祝賀他，和他握手。餐桌周圍的廣場洋溢著俄國人和法國人吵鬧的說話聲。兩個軍官滿臉通紅，開心地從羅斯托夫身邊走過去。

「老弟，酒宴還豐盛吧？」一名軍官說，「看見拉札列夫嗎？」

「看見了。」

「聽說明天普列奧布拉任斯基營要款待他們。」

「不過，拉札列夫多麼幸運！他獲得一千二百法郎的終身恤金。」

「弟兄們，瞧瞧，一頂好帽子！」一個普列奧布拉任斯基營的人戴上法國人的帽子，高聲喊叫。

「好極了，妙極了！」

「你聽到口令嗎？」一名近衛軍軍官對另一名軍官說，「前天是『拿破崙，法國，勇敢』，昨天是『亞歷山大，俄國，偉大』，兩國皇帝輪流發出口令。因此，明天就換我們的皇帝為法國近衛軍中最勇敢的人頒發喬治十字動章了。」

鮑里斯和日林斯基也來觀看普列奧布拉任斯基營舉辦的宴會。鮑里斯在回程途中發現了羅斯托夫。

「羅斯托夫！你好！我們沒遇到你。」鮑里斯問他出了什麼事，因為羅斯托夫表現得很不愉快。

「沒什麼，沒什麼。」羅斯托夫答道。

「你要順道來一趟嗎？」

「嗯，我會去的。」

羅斯托夫從遠處觀察參加盛宴的人們，腦海中浮現了無法忍受的痛苦。他時而回想傑尼索夫臉部的表情、整個醫院的氣氛；時而回想起這個洋洋得意的波拿巴。殺了那麼多人，到底是為了什麼呢？他又想到獲得獎賞的拉札列夫和遭到懲罰的傑尼索夫。他對自己的古怪想法感到害怕。

他來到一間飯店，想在動身前吃點東西。飯店裡有許多老百姓和軍官，兩個同師的軍官跟他聊了起來。正如軍隊中的大多數人，都不滿意這次締結的和平，因為據說拿破崙的部隊裡早已沒有麵包，也沒有彈藥了。尼古拉不吭一聲地吃著，還喝了兩瓶酒。這時，有一名軍官說，他一看見法國人就難受，羅斯托夫聽了忽然大吼大叫起來，令兩名軍官大為驚訝。

「您怎麼知道怎樣做才是對的！」他漲紅了臉大喊，「您怎麼能評論皇帝的所作所為？我們有什麼評論的權利？我們既不瞭解皇帝的想法，也無法瞭解皇帝的作為！」

「我從未提到皇帝。」軍官替自己辯護道。

但是羅斯托夫不聽他的話。

「我們不是外交官，而是士兵，」他一面捶桌子，一面叫喊，「他要我們死，我們就死。他要處罰我們，那就是我們有錯；我們無法評論。他願意承認波拿巴是個皇帝並和他結盟，那這麼做就是對的。要是我們對一切都作出評論，那麼世上就沒有神聖的東西，也沒有上帝了。」

「我們的事業是履行天職，上戰場殺敵，沒別的了。」他歸納出結論。

「喝吧！」軍官不願爭吵，說道。

「對，喝吧！」尼古拉附和地說，「喂！你呀！再喝一瓶！」

第三部 一八〇八年～一八一〇年

1

一八〇八年，亞歷山大在埃爾富特城和拿破崙再次會晤，彼得堡上流社會對此議論紛紛。

一八〇九年，拿破崙和亞歷山大宣稱，兩國的關係已相當密切，以至於拿破崙在這一年對奧地利宣戰時，俄國竟協助他對抗從前的盟友。甚至傳說拿破崙可能與亞歷山大的妹妹成婚。

然而，人們的一切生活都與平日無異，沒有因為俄國與拿破崙的親近或敵對而改變。

安德烈公爵在農村定居已兩年。皮埃爾的事業並未取得任何成果，而安德烈卻沒有花費多大的勞力，就完成了同樣的事。他擁有皮埃爾缺乏的執行能力，可以輕鬆地促使事業進展。

他的一塊擁有三百農奴的領地被改革了，農奴都成為自由莊稼人；而在其他領地，代役租制已取代徭役租制。在博古恰羅沃，他出錢聘請一位接生婆助產，也請神父教兒童識字。

安德烈在童山和父親以及兒子一起消磨一半時間，在博古恰羅沃修道院消磨另一半時間。儘管他對皮埃爾說，自己對外界發生的事漠不關心，但他仍然竭力地注視著一切。那些從彼得堡來訪問他們父子的人，對於政策的了解遠遠不及他這個足不出戶的人。

安德烈還批判了俄軍最近兩次不利的戰役，並且制訂出修改軍事條令和決議的草案。

一八〇九年春天，安德烈前往兒子名下的梁贊領地。

他坐在四輪馬車上，曬曬初春的太陽，什麼也不思考，用那愉快的茫然目光到處觀望。僕人彼得對馬車伕說了一句什麼話，又向老爺轉過身來。

「大人，這多麼舒服！」他恭敬地面露笑容說。

「什麼！」

「大人，這多麼舒服。」

「他在說什麼？」安德烈想了想。「想必在說春天吧！」他環顧四周，「什麼都轉綠了，無論是樺樹、李樹、還是赤楊都已經開始，瞧，橡樹也是。」

路邊有一株橡樹，它比成熟的樺樹粗九倍，高出一倍。有許多樹枝早就折斷了，裂開的樹皮滿佈著傷痕，彎曲多節的樹幹不對稱地展開。這棵年老畸形的橡樹聳立在樺樹之間，彷彿不想屈服於春天的魅力。

「春天、愛情和幸福呀！」這棵橡樹好像在說話，「總是一樣愚蠢的欺騙，怎能不使人厭惡啊！它總是騙局！既沒有春天，也沒有幸福！看，無論我的樹幹從哪裡長出來，我還是那個樣子，我不相信你們的冀望和欺騙。」

安德烈在經過森林時，多次轉過頭來看這棵橡樹，彷彿對它有所期待似的。橡樹底下也長著花朵和野草，但它仍然一動不動地屹立在它們中間。

「是啊，它是正確的，」安德烈想道。「讓年輕人去受騙吧！但我們是明白的，我們的一生已經結束了！」這棵老橡樹讓安德烈的心中產生一種憂喜參半的消極思想。他彷彿又考慮起自己的一生，他無須從頭再來，無須為非作歹，也無須懷抱任何希望，就這樣過一輩子。

2

安德烈為了承辦梁贊領地的事務，不得不與本縣首席貴族會面，也就是伊利亞．安德烈耶維奇．羅斯托夫伯爵。安德烈於五月中旬前去拜訪他。

他駛近奧特拉德諾耶村羅斯托夫家的寓所時，覺得不高興，因為想起了一些要向對方詢問的事情。右邊樹林中傳來女人愉快的喊聲，一群姑娘飛奔而來，擋住他的馬車。一個苗條的黑髮姑娘大聲說了一些話，沒有理會他，又哈哈大笑地跑走了。

安德烈忽然覺得心裡很難受。日子是如此美妙，一切是如此歡樂，而這個苗條的姑娘卻不知道、也不想知道他的存在，「她為什麼如此開心？她在想什麼？她沒有想到軍事條令，沒有想到梁贊的代役租制。究竟在想什麼？她為什麼幸福？」安德烈情不自禁地問著自己。

一八〇九年，伊利亞·安德烈耶維奇伯爵還住在奧特拉德諾耶，他接待了全省的客人，安德烈就像每個賓客一樣，使他感到高興，他費了很多力氣才把他留下來住宿。

二位年長的主人和一些城裡的貴賓接待安德烈。命名日快到了，老伯爵的家中擠滿了貴賓。安德烈有幾回盯著娜塔莎，不知她為什麼開心地笑，他一直問自己：「她在想什麼？為什麼這麼開心？」

晚上，他獨自一人留在房裡，久久不能入睡。他埋怨那個笨老頭把他留下來，也埋怨自己不該留下來。安德烈走到窗前，盯著天空。他的樓上傳來女人的說話聲。

「只要再來一次。」

「你什麼時候才要睡覺？」另一個人回答道。

「我不睡，我睡不著，我該怎麼辦！喂，最後一次……」

兩個女人又拉開嗓門唱了一首小曲。

「啊，真是太妙了！好了，現在睡覺吧，結束了。」

「你睡吧，我可睡不著。」可以聽見窗戶這一端有人回答。顯然她把身子完全探出窗外了，因為可以聽見她衣服的窸窣聲，甚至還能聽見呼吸。安德烈不想暴露自己，因此不敢動彈。

「索尼婭！索尼婭！」她又說道，「喂，不能睡！你看看，多麼迷人啊！索尼婭，醒過來吧！從來沒有這麼迷人的夜晚。」

索尼婭不樂意地回答了什麼話。

「你瞧瞧，多麼迷人的月光！過來這裡吧。親愛的，過來這裡，喂！你看見了嗎？最好像這樣蹲下來，這樣托住自己的膝蓋，托緊一點，然後鼓足力氣，才會飛起來。瞧，就像這樣！」

「夠了，你會摔倒的。」

可以聽見掙扎的響聲和索尼婭不高興的說話聲：

「瞧，已經一點多了。」

「唉，你只會傷害我。好吧，你走吧，你走吧。」

四周又安靜下來，可是安德烈知道她還坐在那兒，上面不時傳來微微的移動聲，或一聲聲嘆息。

「啊，天呀！這到底是怎麼回事啊！」她突然喊道，「睡就睡吧！」砰地一聲關上了窗戶。

「不在乎我的存在呀！」安德烈想了想，「又是她！就像是故意的！」他的心中忽然湧現出年輕人雜亂無章的思想和希望，這和他的生活互相牴觸。他無法解釋自己的這種心態，於是立刻睡著了。

3

翌日，安德烈向伯爵一人告別，不等候女士們出來，就動身回家了。

已經是六月初，當安德烈快要回到家中時，又駛進那座白樺樹林。他想起那棵彎曲多節的老橡樹呈現著古怪的模樣，令他感到驚奇。

「是的，在這裡，那棵橡樹在這座森林裡，我們是志同道合的。」安德烈找到了那棵樹，靜靜欣賞著。完全變了樣的老橡樹蔭覆如蓋，暗綠色的葉子鬱鬱蔥蔥，在夕陽的餘暉中微微搖動。無論是彎曲多節的樹幹，還是傷痕，都看不見了。在沒有樹枝的地方，居然透過堅硬的老樹皮鑽出了一簇簇嫩綠的樹葉。這棵老頭般的橡樹竟能長出嫩綠的樹葉來，令人難以置信。「這正是那棵老橡樹。」安德烈想了想，心中忽然有種煥然一新的感覺。他回憶起他一生中最美好的瞬間、奧斯特里茨戰場和那高懸的天空、已故妻子的臉孔、渡船上的皮埃爾，欣賞美麗夜色的少女——他突然想起了這一切。

「不，三十一歲還不是終點。」安德烈堅決地說，「只知道自己心中的一切是不夠的，而且還要大家都知道。要讓他們知道，我不是為了自己而活，我要讓我的人生對大家產生影響，與大家一起生活！」

安德烈打定主意，要在秋天到彼得堡去。他不明白，自己怎麼會對積極參與生活一事如此猶豫不決，正如同一個月前他不明白怎麼會想離開村莊一樣。他清楚地知道，如果他不把生活中的全部經驗應用於事業上，不再積極參與生活，那麼他的經驗就會是毫無意義的。在這次旅行之後，安德烈開始感覺到鄉下的寂寞，他對過去的事務不感興趣，常常一個人在書房裡，有時走到鏡台前盯著自己的臉，然後又轉過頭來注視亡妻的畫像。安德烈背著手在房裡踱步，時而皺起眉頭，時而微露笑容，反覆琢磨那些難以言喻的思想，這些思想牽涉到皮埃爾、榮譽、待在窗口的女郎、橡樹和愛情，這些思想改變了他的整個生活。

「親愛的，」瑪麗亞走進來，說道：「尼古連卡今天不能去散步，天氣很冷。」

「如果天氣暖和，」這時安德烈冷漠地回答，「他只要穿件襯衫就行了。既然天氣很冷，就應該給他穿一件暖和的衣裳，而不是硬要他留在家裡。」

4

一八〇九年八月，安德烈已抵達彼得堡。當時皇帝由於馬車翻車，傷到了腿，在彼得霍夫市休養三週，期間只與斯佩蘭斯基一人會面。他們準備擬訂一套憲法，以實現亞歷山大即位時懷抱的自由主義理想。

安德烈抵達後不久，擔任宮廷高級侍從，參加宮廷朝覲時的活動。皇帝有幾次遇見他，都沒有對他說一句話。安德烈彷彿覺得皇帝憎惡他，廷臣們向他解釋，那是因為陛下對他自一八〇五年以來未曾服役表示不滿。

「我對於人們對他人產生的好感或反感無可奈何，」安德烈心想，「但事情本身能說明問題。」他把他的呈文內容轉告父親的友人——老元帥，元帥答應把這件事稟告國王。過了幾天，有人告訴他，應該去見軍政大臣阿拉克切耶夫伯爵。

在約定的那天，上午九點，安德烈來到接待室求見阿拉克切耶夫伯爵。

安德烈本人不認識阿拉克切耶夫，但是根據他聽得的一些傳聞，他並不怎麼尊敬這個人。

在阿拉克切耶夫的接待室裡，在等待接見的低階官員臉上，可以看到一種羞愧和恭順的表情；而在較顯要的官員臉上，可以普遍看出困窘不安的表情。有的人若有所思地踱來踱去，有的人竊竊私語。有一個將軍顯然是因為等了太久而感到十分委屈，他坐在那裡，交替地蹺著腿，暗自輕蔑地微笑。

但一當房門打開了，所有人的臉上頓時露出恐懼的表情。安德烈拜託值班人員替他通報，但是大伙兒卻帶著嘲笑的眼神瞥了他一眼，並對他說，到適當的時候就輪到他了。當這幾個人被接見過後，輪到一個軍官走進去，他那低聲下氣的驚慌模樣令安德烈大為驚訝。在一段很長的時間過後，這個軍官臉色蒼白，顫抖著從門裡走了出來。

緊接著，安德烈公爵被帶到門口，值班人員輕聲地說：

「右邊，向那個窗口走去吧。」

安德烈走進一間擺設簡單的辦公室，他在桌旁看見一個四十歲的人，頭髮剪得短短的，臉上皺紋很深。阿拉克切耶夫向他轉過頭來，眼睛卻不看他。

「您有何請求？」阿拉克切耶夫問道。

「大人，我什麼都不……請求。」安德烈低聲地說。阿拉克切耶夫向他轉過臉來。

「請坐，」阿拉克切耶夫說，「博爾孔斯基公爵。」

「我什麼也不請求，陛下叫我把遞上的呈文轉送給大人——」

「親愛的，我看過您的奏折了，」阿拉克切耶夫打斷他的話，語氣顯得越來越輕蔑，「您提出新的軍事條令嗎？法令很多，但沒有人可以執行，寫比做來得容易。」

「我遵照陛下的旨意來向大人打聽，您打算如何處理遞上的呈文？」安德烈恭敬地說。

「我對您的奏折作出了批示並轉送委員會。我不贊成。」阿拉克切耶夫站起來，從寫字台上拿起一份公文，「瞧！」他把公文遞給安德烈。

公文紙上寫著一行字：毫無理由抄襲法國軍事條令，毋需放棄軍法條例。

「呈文究竟轉交給什麼委員會？」安德烈問道。

「轉交給軍事條令委員會，我推薦閣下擔任委員。只是沒有薪水。」

安德烈微微一笑。

「我不需要。」

「沒有薪水的委員。」阿拉克切耶夫說，「很榮幸認識閣下。喂！報上名字！還有誰？」阿拉克切耶夫向安德烈鞠了一躬，又大聲喊道。

5

安德烈在等候錄取通知時，重新聯絡了一些老友，尤其是一些有權力的人，或是對他有用的人。此時他的感受就好像戰鬥前一夜一樣，他感覺到，眼下的彼得堡正醞釀著一場大規模的內戰。總司令是他不熟悉的天才政治家——斯佩蘭斯基。

安德烈在彼得堡的上層社會受到厚待。革新派招待他，因為他學識淵博，以及他解放農民之義舉。交際界招待他，因為他是個富有、高貴的未婚男子。此外，所有舊識都異口同聲地說，他的性格變得溫和，已沒有從前的虛假和高傲。大家都在談論他，並希望和他會面。

第二天，安德烈拜見阿拉克切耶夫後，晚間他到科丘別伊伯爵家中。他把晉見軍政大臣的情形講給科丘別伊伯爵聽。

「親愛的，您必須把這件事告訴米哈伊爾．米哈伊洛維奇（斯佩蘭斯基的名字）。他今晚會到這裡來。」

「軍事條令關斯佩蘭斯基什麼事？」安德烈問道。

科丘別伊微微一笑，搖搖頭，好像對安德烈的幼稚感到詫異。

「前幾天我和他提到您，」科丘別伊繼續說，「談到您的自由農民——」

「對，您，解放了自己的農民嗎？」一個老人輕蔑地把臉轉向他，說道。

「小領地不會有什麼收入。」安德烈回答，力圖不激怒這個老人。

「有一點我不懂，」老頭說，「如果給他們自由，那麼誰來耕地呢？擬訂法律很容易，執行法律卻很困難。伯爵，我問您，如果人人都參加考試，那麼誰來當首長呢？」

「我想，由那些考試及格的人來當。」科丘別伊答道。

「哦，我手下有個出類拔萃的人，可是他六十歲了，他也應該參加考試嗎？」

「對的，這很棘手，因為教育還不普及，但是……」科丘別伊還沒說完，就一把抓住安德烈的手，走去迎接進來的人。這個人身材魁梧，約莫四十歲，前額寬大，臉色雪白，他就是斯佩蘭斯基。

安德烈特別仔細地觀察斯佩蘭斯基的每句話和每個動作，就像人們常有的行為那樣，尤其是眼前又是大名鼎鼎的斯佩蘭斯基，他期待能在他身上發現完美的人格。

斯佩蘭斯基告訴科丘別伊，說他很抱歉未能更早一步抵達，因為在皇宮裡被耽擱了。安德烈看出了那種矯揉造作的謙遜。當科丘別伊向他介紹安德烈的名字時，斯佩蘭斯基仍然面露笑容，把目光慢慢地移到安德烈身上，開始沉默地打量他。

「很高興認識您，我也久仰大名。」他說道。

科丘別伊說了幾句有關阿拉克切耶夫接見安德烈的話，斯佩蘭斯基又微微一笑。

「軍事條令委員會主任是我的好朋友馬格尼茨基，」他說，「如果您願意，我可以帶您去認識他一下。我希望您能得到他的同情，他願意促進一切合理的事業。」

斯佩蘭斯基周圍立即形成了一個小圈子。安德烈沒有參加談話，他在觀察斯佩蘭斯基的各種動作，這個人不久前還是個微不足道的學員，如今卻掌握著俄國的命運。斯佩蘭斯基那蔑視、冷靜的態度使安德烈大為驚訝，彷彿他是從至高無上的地方對別人說著寬容的話。

斯佩蘭斯基在小組中講了一會之後，便走到安德烈面前，把他叫到房間的另一頭。

「公爵，剛才來不及與您交談，」他說道，「我早就聽說過您。首先，因為您在解決農民問題上為我們樹立了一個典範；再來，因為您是宮廷高級侍從。關於宮廷官銜的新法令正引起爭議，但高級侍從們不認為自己因此而蒙受屈辱。」

「是的，」安德烈說，「我父親不希望我享有這樣的權利，我是從基層開始任職的。」

「令尊顯然比反對這些措施的人們更高尚，但這些措施只不過是恢復原有的正義罷了。」

「不過我認為，這些批評也是有道理的。」安德烈說，他開始感覺到斯佩蘭斯基對他產生的影響，於是力圖反對它，不願意輕易贊同他的意見。

「也許是一種維護個人虛榮的理由。」斯佩蘭斯基輕描淡寫地說道。

「一部分是為了國家。」安德烈說道。

「您指的是什麼？」斯佩蘭斯基垂下眼睛，說道。

「我是孟德斯鳩的擁護者，」安德烈說，「他說榮譽是帝制的基礎，我覺得這是毫無疑問的。我認為貴族的某些權利和優越地位是維護這種虛榮心的手段。」

斯佩蘭斯基臉上的笑容消失了，也許是覺得安德烈的思想相當有趣。

「如果您從這個角度看問題，」他說，「榮譽，不可能受到對職位有害的優越地位維護；榮譽，或許是不做爭議行為的消極概念，或許是為贏得嘉獎而進取的一種動力。」

他的論據簡明而扼要。

「這個維護榮譽的制度，是類似拿破崙的榮譽團的制度，它不僅無害，而且有助於成就事業，不過它並非階級或宮廷的優越地位和權力。」

「不能否認，宮廷的優越地位和權力達到了同樣的目的，」安德烈說，「每個朝臣都認為自己應該名正言順地履行職務。」

「公爵，可是您不想利用優越的職位，」斯佩蘭斯基說，「如果您在禮拜三光臨寒舍，我會把和馬格尼茨基磋商的結果告訴您；並更加詳細地和您談談。」他躬了一躬，悄悄地離開大廳。

6

在彼得堡停留期間，安德烈感到瑣事眾多，把他在孤獨生活中形成的一大堆想法全搞亂了。晚上回家時，他在記事本中記下必須出席的約會。機械的生活耗費了他的大部分精力，他有時發現，他在一天中於不同的場合重複敘述著同一件事情，但是卻沒有時間思考從未想過的事情。

週三那天，斯佩蘭斯基在家中單獨接待安德烈，和他談了很久。安德烈對斯佩蘭斯基留下了強烈的印象，在他身上發現了某種美德的典範。

安德烈認為他是一個富有理性且善於縝密思考的聰明人，他以卓越的智慧和堅韌不拔的意志獲得了權力，並用來為俄國謀求福利。在安德烈的心中，斯佩蘭斯基能明智地說明生活中的各種現象，並善於利用合理的現象來衡量一切事物。他的一切都是對的，一切都很好，只有一點使安德烈困惑不解，那就是斯佩蘭斯基的目光——它像鏡子一樣冰冷、清澈，使人無法洞察他的心靈；同時，他發現斯佩蘭斯基過分地蔑視他人，運用各種手法來證明自己的意見，這使安德烈十分訝異，感到有些不高興。

安德烈和斯佩蘭斯基結識之初，曾對他懷有強烈的欽佩感，如同以往他對波拿巴懷有的感情一樣。斯佩蘭斯基是牧師的兒子，一些愚昧的人可能會蔑視他的出身，但也因為如此，使得安德烈特別珍惜他對斯佩蘭斯基的感情，而且不知不覺地在心裡加深了這種感情。

安德烈在斯佩蘭斯基那裡度過的第一晚，斯佩蘭斯基暢談法律編輯委員會的情形，他帶著譏諷的口氣提到，法律編輯委員會成立五十年，耗費幾百萬公帑，毫無作為，只不過在條文上貼了一張張標籤。

「這就是國家花費幾百萬盧布取得的全部成果！」他說道，「我們要賜予參政院新的司法權，可是我們還沒有法律依據。因此像您這種人，公爵，現在不應該再隱居了。」

安德烈說，做這項工作要受過法律教育，而他沒有這樣的教育水平。

「誰也沒有這樣的教育水平，那怎麼辦呢？這是一個必須努力突破的桎梏。」

一星期以後，安德烈成為軍事條令編輯委員會的委員，並兼任法律編輯委員會的一個科長，這是他意想不到的事。他根據斯佩蘭斯基的要求，編輯民法的第一部分，並參考《拿破崙法典》和《查士丁尼法典》，編寫「人權」這一章的條文。

7

兩年前，一八〇八年，皮埃爾遍歷領地後回到彼得堡。他迫不得已當上了彼得堡共濟會的首長，興建共濟會分會的食堂，修築墳上的建築物，招收會員。大多數的會員都很吝嗇，不按時捐錢，他幾乎獨自承擔共濟會在彼得堡建造的一座貧民院開銷。

同時，他的生活一如往常，仍舊沉溺於享受。他愛吃美食，愛飲美酒，雖然認為這是一種有損自尊的行為，但卻無法拒絕那些單身漢的娛樂活動。

在忙於瑣事和享樂的生活中度過一年之後，皮埃爾開始覺得，他越想在共濟會這片土地上站穩腳跟，他腳下的這片土地就越往下沉，越往下沉，他就越不由自主地去依附它。當他參與共濟會活動的時候，就有著這樣的感覺。

約瑟夫．阿列克謝耶維奇不在彼得堡。共濟會分會的會員都是皮埃爾平日認識的人，他很難把他們只當成是共濟會的兄弟，而不把他們當成某某公爵。每當皮埃爾募集損款，往往從十個會員處得到僅二三十盧布，大部分都是欠帳，但有一半人都像他一樣有錢，因此皮埃爾想起共濟會的誓詞：為他人獻出全部的財產。這令他心中產生一種難以化解的疑團。

他把認識的會友分成四類。不積極參加分會工作，只專注於研究共濟會神秘教理的是第一類，年老的前輩和約瑟夫．阿列克謝耶維奇都歸在其中，皮埃爾尊敬這一類人，但他並沒有與他們相同的志趣。

他把自己歸為第二類，這一類人還在徬徨，他們還沒在共濟會裡找到自己的定位，但都希望找到它。

第三類的人數最多，這一類人只看見外部形式和儀式，卻不關心它的內容和意義。維拉爾斯基，甚至連主要分會的首領都算在此類。

此外，第四類的人也不少，尤其是最近加入的後輩。根據皮埃爾的觀察，這些人既無信仰，亦無志向，他們入會只是為了與會中年輕、富有的兄弟接近，並拓展人脈。

皮埃爾開始感到不滿。他認為俄國共濟會正沿著一條錯誤的道路走著，它已背離了原本的精神。於是，皮埃爾在年底時出國，希望從共濟會上級獲得指點。

一八〇九年夏天，皮埃爾回到彼得堡，他在外國得到許多上層人士的信任，獲得許多指點，被授予高位，並為俄國共濟會的公共事業帶回許多好處。彼得堡的共濟會員都來登門拜訪。

二級分會的大會已確定舉行，皮埃爾答應代替領導人向彼得堡的會友們傳達訓諭的內容。出席會議的人極多，在舉行普通儀式後，皮埃爾站起來致詞。

「親愛的會友們，」他漲紅了臉，結結巴巴地說，「在分會的僻靜之地保守秘密是不夠的，要採取行動。我們都處在沉睡的狀態，要採取行動。」皮埃爾拿起筆記本，開始唸下去。

「為傳播純潔的真理並獲得高尚品德，」他唸道，「我們要消除人們的偏見，傳播符合時代精神的準則，承擔教育的義務，將聰明的人聯合起來，克服迷信、無神論與愚昧現象。」

「為達此一目的，應該使美德壓過罪惡，竭力使誠實的人憑藉自己的德行獲得賞賜。但是現時的政治體系卻為我們帶來極大的阻礙，我們該怎麼辦呢？是不是應該激起革命，以暴力推翻暴力呢？不，我們沒有那樣的意圖，任何暴力都應受到指責，因為它絲毫不能糾正邪惡。」

「共濟會的計畫必須建立在這種基礎上：培養立場堅定、道德高尚並有共同信念的人。必須確立健全的管理方式，使它普及於全世界，同時不得損害國民的相互關係；其餘一切治理機構可以繼續存在，但不能阻礙共濟會的偉大目標，即使美德戰勝罪惡。基督教勸人做個賢能而善良的人，我們應以最優秀而賢明的人為榜樣，遵循他們的教導。」

「當一切沉浸於黑暗的時候，只要佈道就夠了。但我們現在需要更為有效的方法，要讓受情欲支配的人在美德中發現肉欲的魅力。根除情欲是不可能的，只有極力將它引向崇高的目的，因此人必須在德行界限內滿足自己的情欲。」

「我們的國家將會出現一些優秀人物，這些人又教育另外兩個人，到那時候，共濟會將能夠實現一切，因為它已秘密地為人類的福利作出許多貢獻。」

這篇談話在分會引起了軒然大波，大多數的會員從這場演講中看見光明教的危險企圖，表現出預料之外的冷淡，也有人反駁皮埃爾。演講現場成了前所未有的辯論大會，令皮埃爾驚訝的是，人的智慧無窮無盡，因此會導致不同的人對真理有著不同的見解。這是他不能贊同的，因為皮埃爾的最大心願正是將他理解的思想如實地傳達給他人。

會議結束之後，有人輕蔑地指責皮埃爾，說他的這番話不是出於對美德的熱愛，而是對爭辯的濃厚興趣，並說他的建議不會被採納。皮埃爾沒有回答，便走出分會，乘車回家去。

8

皮埃爾心中又產生了一種他最畏懼的苦悶。在分會演講後的三天，他一直躺在家裡的沙發上，什麼人都不見，什麼地方都不去。

這時他接到妻子的來信，她懇求與他見面，並提到自己思念他，希望把一生都奉獻給他。她在這封信的末尾通知皮埃爾，她將在幾天內從國外回到彼得堡。

緊接著妻子的來信，有個共濟會的會友上門拜訪，這個人談到皮埃爾的夫妻關係，表達了自己的看法，他說皮埃爾對妻子的苛刻態度是不合理的，背離了共濟會的原則。

就在這個時候，他的岳母派人來找他，央求他與她商談一件重要的事情。皮埃爾明白，他們試圖要他與妻子重新結合。在他現在的情況下，這樣做倒也沒什麼不好；受到那一股苦悶的影響，他既不珍惜自己的自由，也不重視他懲罰妻子的那股執拗。

「誰也不對，誰也無罪，因此她也無罪。」他想道。與那吸引住他注意力的事情相比，是否要與妻子住在一起，就顯得無關緊要了。

皮埃爾沒有答覆任何人，他在某天夜裡前往莫斯科拜訪約瑟夫．阿列克謝耶維奇。他在日記寫道：

我剛從恩人那裡回來，急著記下我感受到的一切。約瑟夫．阿列克謝耶維奇的生活貧困，兩年來深受膀胱炎所苦，但從未發出呻吟或怨言。從早到晚，他除了吃飯花費一些時間之外，其餘時間全部用來鑽研科學。他親切地接待我，問我在普魯士和蘇格蘭分會的見聞，我盡可能把一切都說給他聽，把我在彼得堡分會受到的冷遇告訴他。約瑟夫．阿列克謝耶維奇沉默了很久，並向我闡述他的觀點，這些觀點頓時照亮了我面前的道路。他問我，是否還記得共濟會的三大目的——保守與認識秘密、淨化並改造自己、改造全人類。

在三大目的中哪一個最為首要？當然，是第二者。但在此同時，我們又要為改造全人類而奮鬥。光明教的教義不是純潔的教理，正是因為它迷戀於社會活動，才顯得傲氣十足。約瑟夫．阿列克謝耶維奇根據這個理由譴責我的思想，我贊同他的意見。當我們談到家事的時候，他對我說，共濟會的主要職責在於自我完善；但我常常想到，只有排除生活上的一切困難，才能更快達到這個目的。然而他卻說，只有活在塵世的騷動中才能達到三大目的——自我認識、自我完善、愛死亡。

只有人生的波折才能向我們證明人生的空虛，才有助於我們加深對死亡或新生的愛。這些話說得十分中肯，因為約瑟夫．阿列克謝耶維奇在肉體上痛苦萬分，但他從未感到生活的苦惱，他熱愛死亡。後來，他勸我切勿躲避彼得堡的會友，勸我在分會中只擔任次要職務，竭力勸導會友戒除驕傲，把他們引向自我認識和自我完善的道路。同時，他勸我檢點自己，並給我一本筆記簿，今後我會將自己的一切行為都記在上面。

莫斯科，十一月十七日

我又和妻子同居了。我的岳母含著淚水上門，央求我聽海倫的話。她說她沒有罪，我卻遺棄她，使她感到不幸福。我知道，一但我去見她，那麼就再也無法拒絕任何請求了。我不知道該找誰幫忙。我回到自己房裡，把約瑟夫．阿列克謝耶維奇的信件翻閱了幾遍，想起了他的話，從中得出結論——我不應拒絕請求的人，我應該向每個人伸出援手，何況這個人和我關係如此密切。我對妻子說，請她忘記過去的一切，寬恕我過去的錯誤。我沒有讓她知道，我看見她時心裡有多難受。我在住宅的樓上安頓下來，感覺獲得了新生。

彼得堡，十一月二十三日

9

像平常一樣，當時的上流人士在朝廷和大型舞會上分成幾個小團體，這些團體各有特色。法國人的小團體以魯緬采夫伯爵和科蘭庫爾為首，人數眾多。海倫在這個小團體中佔有重要的地位。法國使館的人員以及同一派系的人士經常到她家裡拜訪。

兩國皇帝的會晤期間，海倫就在埃爾富特和歐洲所有親拿破崙的名人建立了關係，拿破崙也對她的美貌給予高度評價。使皮埃爾感到驚奇的是，在這兩年間，她的妻子得到了「聰明、迷人的可愛女人」的名聲。有名的德利涅公爵寫給她一封八頁的長信；比利賓也準備了俏皮話，要在見到她時說出來；一些年輕人閱讀大量的書，只為了在她面前有話可談；大使館的秘書、公使們都把外交上的秘密告訴她。皮埃爾知道，她非常愚昧，然而，或許主持這種活動正需要愚昧無知。海倫．瓦西里耶夫娜．別祖霍娃的名聲不可動搖地確立起來了，即使她說出一些庸俗的話，大家還是會讚美她，並試圖從中找出深刻的涵義。

皮埃爾正是這個傑出女人的丈夫，他是個心不在焉的怪人。他不妨礙任何人，默默擔任妻子的陪襯。他在乏味的交際場所養成了一種漠不關心和對任何事表示贊許的態度。他走進客廳就像走進戲院似的，他認識所有的人，又對所有的人漠不關心。有時他口齒不清地說出自己的意見，這些意見完全不符合當時的氣氛。但是，大家都認定他是個古怪的人，誰也沒有認真地對待他的論點。

在天天上門的年輕人中，鮑里斯．德魯別茨科伊在事業上已有很大的成就，當海倫從埃爾富特回來後，他是別祖霍夫家最親近的人。海倫稱呼他「我的少年侍從」，像對待兒童一樣對待他，這讓皮埃爾感到不高興。

「不，她現在已經變成了知性的女人，拋棄了從前的風流韻事。」他自言自語地說著一條使他堅信不疑的準則。奇怪的是，鮑里斯的出現對皮埃爾的身體產生了一種影響，他的四肢彷彿被捆綁起來，變得不自然，也不靈活。

「多麼奇怪的反感，」皮埃爾想道，「可是以前我甚至非常喜歡他。」

在上流社會人士的心目中，皮埃爾是個大老爺，是他那有名妻子的可笑丈夫，是個聰明的怪人，又是個無所事事、但人畜無害的大好人。在這段時間裡，皮埃爾的內心經歷著一個複雜而艱苦的成長過程，這使他獲得許多啟示，但也產生許多疑惑和快感。

10

他繼續寫他自己的日記。

八點鐘起床，讀聖書，然後去工作，午飯前回家，獨自用餐，節制飲食，午餐後抄寫聖書，夜晚到伯爵夫人那裡去。

我滿懷幸福和平靜的心情就寢。偉大的主，祢幫助我走祢的道路——以寧靜、從容之心克服憤怒；以節制和厭惡之心克服淫欲；回避塵世的空虛，但不逃避。

十一月二十四日

起得很晚。睡醒後又懶洋洋地躺在床上。天啊！幫助我吧，讓我堅定吧！使我能夠走祢的道路。我讀著聖書，但缺乏應有的感情。烏盧梭夫前輩來了，他講起皇帝的計畫，我正想斥責他，但又想到行為準則和恩人說的話：當國家需要真正的共濟會員參與活動的時候，他應該當個熱心的政治家。幾個會友都來拜訪我，為接納一個新成員舉行事前磋商。他們要我擔任導師的職務，我覺得自己沒有資格。晚上舉行了接納會員的儀式，鮑里斯·德魯別茨科伊已被接納為會員。由我推薦他並充當導師。

當我倆在黑暗的神殿中停留時，我心中忽然產生一種難以克服的仇恨。我誠心想使他擺脫邪惡，引導他走上真理之路，但是卻無法拋棄對他的不良想法。我忍不住想到，他入會的目的只是為了與人們接近，想得益於分會的成員罷了。他幾次打聽某位顯貴是否在我們分會中，我沒有回答他。除了這些根據而外，我能觀察出他並不尊重共濟會，也不夠誠實。當我和他單獨站在黑暗中時，我始終覺得他對我的話報以輕蔑的微笑，我真想用手中的長劍刺入他袒露的胸膛。我無法將我的疑惑告訴會友。主啊，請你幫助我找到脫離虛偽的真理之路。

十一月二十七日

起得很晚，讀聖書，但缺乏感情。然後走出房間，在大廳裡踱步。想思考一下，但腦海中浮現的卻是四年前的一件事。我在莫斯科再次見到多洛霍夫，他對我說，雖然妻子現在不在我身邊，但他希望我充分享受安樂，當時我無話可說。如今我回想起這件事，在心中對他說了極為惡毒的回答。之後鮑里斯來訪，他一來就令我感到不滿，我對他講了一些粗魯的話，他的反駁又使我勃然大怒。當我醒悟過來的時候，已經太遲了。我的天啊！我完全不會和他打交道。他對我的粗魯百般忍讓，而我卻一味地蔑視他。

午飯後，我睡了一覺。我夢見我被幾隻狗包圍住，有一隻狗咬住我的大腿不放，於是我勒住牠的脖子。才剛把牠拖開，又有一隻更大的狗咬我，我把牠舉起來，牠卻變得越來越重。接著，我的前輩走過來，把我帶到一棟樓房前面，我爬過圍牆，看見前輩站在圍牆上，向我指著一條寬大的林蔭道和一座花園，花園裡有一幢雅致的高大樓房，於是我醒了。主啊！幫助我掙脫這幾隻可怕的狗，幫助我步入夢中那象徵美德的神殿吧！

十二月三日

我做了一個夢，彷彿夢見約瑟夫·阿列克謝耶維奇坐在我家裡，我非常高興，想款待他。但一向他靠近，我就發現他的臉變了，變年輕了，他向我低聲說了一些關於共濟會教義的話。之後我們都從房裡走出來。我們坐在地板上，他對我說了幾句話，我深受感動，淚水奪眶而出。但他懊喪地看了我一眼，打斷了談話。緊接著，我們忽然不知不覺走到我那間擺著雙人床的臥室。他躺在床沿，問我：「告訴我，您有什麼嗜好？」這個問題使我感到困窘，我回答是懶惰，他不信任地搖搖頭。我又回答他說，雖然我聽從他的忠告和妻子同居，但我不是她的丈夫。他表示了異議，說我不該冷落妻子。一切忽然消逝了，我醒了。我想到聖書上的一句話：「生命就是人的光，光在黑暗中照亮，黑暗籠罩不住它。」

這天我收到了約瑟夫·阿列克謝耶維奇的來函，他在書函中提及有關夫妻的責任。

十二月七日

做了一個夢，醒來不寒而慄。我夢見我待在莫斯科住宅中的一間寬大休息室中，約瑟夫·阿列克謝耶維奇從客廳中走出來，我跑上去迎接他。他對我說：「你是否發現，我的臉已經變成了另一個樣子？」我朝他的臉看了一眼，彷彿看見他變年輕了，可是頭上沒有頭髮，而且臉孔完全不同了。他手裡拿著一本大書，跟我一起走進書房。我打開書本，每一頁都是美觀的素描圖，我彷彿看見一個穿著透明衣裳、飛向雲端的美麗少女的畫像。我看著這些圖畫，感到自己的行為卑劣，但卻無法把目光從圖畫上移開。主啊，請祢幫助我吧！如果我自己招致不幸，請祢教我該怎麼辦。如果祢拋棄了我，那我就要因為貪淫好色而毀滅。

十二月九日

11

羅斯托夫家在農村居住的兩年，他們的經濟情況都沒有好轉。

雖然尼古拉·羅斯托夫在偏遠的兵團服役，花費減少了，但他們的債務仍與年俱增。老伯爵認為，唯一的辦法就是在政府機關任職，於是他來到彼得堡謀求差事。

他們來到彼得堡不久，貝格向薇拉求婚，他的求婚被接受了。

羅斯托夫家在彼得堡就像在莫斯科一樣殷勤地接待客人。在男客之中，鮑里斯、皮埃爾和貝格成了羅斯托夫家最親密的客人；貝格在他們家中消磨整天的時光，對伯爵的大小姐非常關心，通常只有打算求婚的年輕人才會對她如此關心。

貝格讓大家看看他那隻在奧斯特里茨戰役負傷的右手，津津有味地向大家講述這一件事，以及他因在奧斯特里茨立功而獲得的兩枚獎章。

他在芬蘭戰爭中也立了功。當時，一枚手榴彈炸死了總司令身邊的副官，貝格撿起炸彈的碎片，把它送到長官面前，他因此又獲得兩枚獎章。一八〇九年，他升為近衛軍上尉，並在彼得堡擁有一席之地。

四年前，貝格在莫斯科劇院遇見一名德國籍同事，他把薇拉·羅斯托娃指給他看，並說道：「瞧，她將是我的妻子。」從那時起，他就決定娶她為妻。如今，他把羅斯托夫家和自己的地位相比，斷定時機到了，便向她求婚。

起初，人們都懷著一種疑惑的心情看待他的求婚，他們訝異於一個利沃尼亞貴族的兒子居然向伯爵小姐求婚，但羅斯托夫一家都相信這是件美妙的事情，加上他們的事業這時遭受很大的挫折；最重要的是薇拉已經二十四歲了，還沒有任何人向她求婚，於是也就同意了。

「您要明白，」貝格對他的同事說，「我把一切都考慮進去了，否則我就不會娶她。我自己有一份薪俸，她有一份財產，在多年的經營下，我已經能在彼得堡活得很好。我不是為了錢才娶她，她有她的人脈，在我們這個時代，這些東西總會有一點用，不是嗎？而且，她長得非常漂亮，是個可敬的姑娘，而且她愛我……」

貝格漲紅了臉，微微一笑。

「我之所以愛她，是因為她的性格很好，十分理性。她的妹妹就完全不同，她的性格令人厭惡，也沒有她那麼聰明……」

這門親事使她的親人流露出一種不安和羞愧的心情。他們開始感到不好意思，因為他們很少疼愛薇拉，現在又把她從手上丟掉。老伯爵最為難堪，他根本不知道自己還有多少財產，能拿出什麼給薇拉作嫁妝。距離舉行婚禮只剩一個星期，伯爵還沒解決嫁妝的問題，也沒有向妻子提到這件事。伯爵時而想把梁贊的領地送給薇拉，時而想賣掉森林，時而想借一筆錢。結婚前幾天，貝格愉快地走進伯爵的書房，恭敬地問起薇拉可以得到什麼嫁妝。伯爵感到困窘，反射性地說道：

「你這樣關心，我很高興，你感到滿意，我很高興……」

他拍拍貝格的肩膀，想停止談話。但是貝格面露微笑地解釋說，如果他不能確切地知道他們會給她什麼嫁妝，他就不得不拒絕這門婚事。

「是這樣的，伯爵，請您想想，要是我在擁有足夠的財產養活妻子前就結婚，那我就是幹了一件卑鄙的勾當……」

談到最後，伯爵只好說，要先給貝格八萬盧布的期票。貝格微微一笑，對伯爵說，他非常感激，但在拿到三萬盧布現金之前，絕不能安排新生活。

「伯爵，即使是兩萬盧布也好。」他補充說。

「對，對，很好，」伯爵說，「我給你兩萬盧布，再給你八萬盧布的期票。」

12

一八〇九年，娜塔莎十六歲，正是她和鮑里斯接吻後四年。從那時起，她一次也沒有看見鮑里斯，當話題涉及鮑里斯時，她就在索尼婭和母親面前解釋說這一切只是孩子氣的舉動，不足掛齒。但是在她的心靈深處，她對鮑里斯作出的諾言是否算數，這個問題一直使她難受。

自從一八〇五年鮑里斯從軍以來，他就不曾和羅斯托夫一家見面。他有幾次回到莫斯科，但一次也沒有到羅斯托夫家裡去。

娜塔莎有時心想，他不願意見到她，長輩在談到他時常用的憂愁語調證實了她的猜測。

「這個時代，沒有人會想念老朋友。」伯爵夫人在聽到鮑里斯的名字後說道。

安娜．米哈伊洛夫娜近來也較少到羅斯托夫家裡去，她每次都興奮地談到她兒子的優點以及他的大好前程。當羅斯托夫一家人來到彼得堡時，鮑里斯便上門拜訪。

鮑里斯在途中就下定決心，要讓她和她的父母明白，他和娜塔莎在童年時許下的諾言，絕不是必須履行的義務。他與伯爵夫人別祖霍娃關係密切，因此在社會上左右逢源，加上受到貴人庇護，地位變得十分顯赫，於是打算娶一個彼得堡最富有的年輕姑娘。當娜塔莎聽說鮑里斯的到來後，興沖沖地跑到客廳裡。

鮑里斯記得四前的娜塔莎，那時她穿著短連衣裙，長著一對烏黑發亮的眼睛，不時發出孩子氣的笑聲。因此，當成熟的娜塔莎走進來的時候，他頓時靦腆起來，臉上顯露出喜悅和驚奇。

「還認得你的淘氣小情人嗎？」伯爵夫人說。鮑里斯吻吻娜塔莎的手。

「您比以前好看多了！」

「當然！」娜塔莎發笑的眼睛彷彿答道。

「可是爸爸變老了？」她問道。

娜塔莎坐下來，一言不發地打量她兒時的情人。鮑里斯感覺到她的目光帶來的壓力，不時朝她瞥上一眼。鮑里斯的一切服飾都是最時髦的，他稍微側著身子坐在伯爵夫人身旁的椅子上，文雅地閉緊嘴唇，聊起彼得堡上流社會的娛樂活動，帶著嘲笑的意味回想起莫斯科的往日時光的熟人。他刻意地說出高級貴族的姓名，以及曾出席的大型宴會。

娜塔莎始終默不作聲地坐著，皺起眉頭望著他，這種目光使鮑里斯感到困窘。他只坐了不到十分鐘，就站起來告辭。在這次訪問後，鮑里斯告訴自己，娜塔莎還像從前一樣使他著迷，但他不該沉溺於這種感情，因為娶這個沒什麼錢的姑娘會斷送他的前程。鮑里斯決心避開娜塔莎，但幾天後他又來了，從此常在羅斯托夫家裡消磨一整天的時光。他時常在想，自己必須對她直說，請她忘記從前的一切，但他總是做不到。而在母親和索尼婭的眼裡，娜塔莎也仍舊鍾情於鮑里斯。她把他喜歡的歌曲唱給他聽，把紀念冊拿給他看，不對他提起往事，要他明白新事物是多麼美妙。他每天都迷迷糊糊地離開，沒有說出想說的話，也不知道自己在做什麼。鮑里斯不再到海倫那裡去了，儘管每天接到她語帶責備的書信，他仍然去羅斯托夫家裡度過每一天。

13

某天晚上，伯爵夫人跪在地毯上做晚禱，娜塔莎忽然穿著睡衣跑進房裡。她看見在祈禱的母親後，興奮地跳到伯爵夫人的床榻上，鑽進羽毛被裡。她的笑聲隱約可聞，她時而把頭蒙住，時而探出頭來看看母親。伯爵夫人做完了晚禱，走到床前，慈祥地微微一笑。

「喂，喂，喂。」母親說。

「媽媽，可以談談嗎，行嗎？」娜塔莎說，「嘿，親一下脖子，再親一下。」她摟住母親的脖子，吻了吻她的下巴。

「要談什麼呀？」母親說道，裝出一副嚴肅的表情，和她一起躺下來。

在伯爵從俱樂部回家之前，這對母女總是這樣消遣時間的。

「現在究竟要談什麼呀？可是我應該跟你說過……」

娜塔莎用手捂住母親的嘴。

「就談談鮑里斯吧……我知道，」她嚴肅地說，「我是為了這件事才來的。您不用說，我曉得。不，您說吧！」她放下手來，「媽媽，告訴我，他熱情嗎？」

「娜塔莎，你十六歲了，我在你這個年紀已經出嫁了。鮑里斯很熱情，但是你想怎麼樣？你使他完全沖昏了頭腦，這一點我看得出來……」

伯爵夫人說這些話的時候，回頭望了望她的女兒。娜塔莎一動也不動地盯著床角。她看見女兒的側臉流露出凝神思索的表情。

娜塔莎一面傾聽，一面思考。

「唉，那又怎樣呢？」她說。

「你使他完全沖昏了頭腦，為什麼？你想要他怎樣呢？你知道的，你不能嫁給他。」

「為什麼？」娜塔莎不改變姿勢，說道。

「因為他年輕，因為他貧窮，因為他是個親戚……因為你不會愛他。」

「為什麼您會知道呢？」

「我就是知道，這不太好，我親愛的。」

「如果我願意——」娜塔莎說。

「不要再講蠢話了。」伯爵夫人說。

「如果我願意——」

「娜塔莎，我要一本正經地說……」

娜塔莎不讓伯爵夫人說完，就把她的一隻手拉到身邊，把它吻了一遍，同時小聲地說：「一月，二月，三月，四月，五月。」

「媽媽，您為什麼不說話？告訴我吧。」她回頭對她的母親說。母親溫柔地看著女兒。

「這怎麼行，親愛的。不是所有人都知道你們小時候的關係，要是讓其他年輕人看見你們這麼親密，對你是很不利的，還會白白讓他難受。他也許已經找了一位情投意合的有錢姑娘，現在簡直要發瘋了。」

「要發瘋了嗎？」娜塔莎重複道。

「我把我的情形說給你聽。我有個表哥……」

「我知道——基里拉·馬特維奇，他是個老頭子，是嗎？」

「他並非一直是個老頭子。聽我說，娜塔莎，我要跟鮑里斯談談，他不應該這麼常來。」

「既然他想來，為什麼不讓他來？」

「因為我知道，這不會有任何結果的。」

「為什麼您會知道呢？不，媽媽，別對他說吧。真是胡說八道！」娜塔莎說，「啊，我不結婚。既然他開心，我開心，那就讓他來吧！」娜塔莎微露笑容，瞥了母親一眼。

「我不出嫁，就這樣過下去。」她再次說道。

「怎麼回事，親愛的？」

「對，就這樣過下去。嗯，我不結婚，但是……就這樣過下去，很有必要。」

「就這樣，就這樣。」伯爵夫人喃喃自語，她全身顫抖著，突然發出了和善的笑聲。

「不要再笑了，」娜塔莎喊道，「您也跟我一樣，是個喜歡大笑的人……」她抓起伯爵夫夫的兩隻手，又開始吻起來，「媽媽，他很專情，是嗎？您的看法怎麼樣？以前有人這樣專情於您嗎？他很可愛，不過我對他不太感興趣，他像食堂裡的鐘那樣狹窄……您不明白嗎？狹窄的，淺灰色的……」

「你說什麼謊！」伯爵夫人說。

娜塔莎繼續說：

「難道您不明白嗎？尼古拉會明白的……別祖霍夫是藍色的，暗藍色中帶有紅色，又是四角形的。」

「你也向他賣弄風情。」伯爵夫人笑著說。

「不，他是個共濟會員，我探聽到了。他很好，暗藍色中帶有紅色，要怎麼向您解釋……」

「我親愛的伯爵夫人，」門後傳來伯爵的說話聲，「你還沒睡嗎？」

娜塔莎霍地跳起來，跑回自己房裡去了。她久久不能入睡，覺得沒有人能理解她心裡想的一切。

「索尼婭？」她想了想，「不，她哪能明白！她是個高尚的人。她愛上了尼古拉，不想再知道什麼了。媽媽也不明白。真奇怪，我多麼聰明，而且——」她說道，「聰明、可愛又美麗，游泳、騎馬都很出色，還有一副好嗓子！」她唱了幾句喜歡的曲調後，就撲到床上去，進入了幸福的夢境。

第二天，伯爵夫人把鮑里斯請來商量事情，從此他不再到羅斯托夫家裡去了。

14

一八一〇年元旦的前一晚，葉卡捷琳娜時期的一名大官舉辦舞會，外交使團的官員和皇帝都要來參加。在英吉利海岸街上，大官的宅邸被彩燈映照得金碧輝煌。警察在鋪有紅地毯的台階上站崗，許多馬車在門口來來去去。幾乎每當一輛馬車開到門口，人群中就會傳來一陣低語聲，人人都脫下自己的帽子。

「是皇帝嗎？不是，大臣……親王……公使……」可以聽見人群的說話聲，對來者的身分竊竊私語著。

三分之一的客人均已出席，而羅斯托夫一家此時仍忙於整裝待發。

羅斯托夫一家人為這次舞會作了許多準備，他們害怕拿不到請帖，害怕服裝不齊全，害怕安排不好一切。

瑪麗亞．伊格納季耶夫娜．佩隆斯卡婭陪羅斯托夫一家人出席舞會，她是伯爵夫人的親戚，是一個宮廷女宮，也是外來的羅斯托夫家在彼得堡上流社會的介紹人。

晚上十點，羅斯托夫一家要先去道利達花園找宮廷女官，可是直到出門前五分鐘，小姐們都還沒穿好衣裳。

娜塔莎第一次出席大型舞會。她早上八點就起床，激動不安地準備著，她和母親、索尼婭都打扮得十分講究，各個部位都仔細地噴上香水，髮型也差不多做好了。索尼婭穿好衣裳，正把佩針別在一根絲帶上。

「不是這樣，索尼婭！花結不是這樣打的。」娜塔莎說道，替索尼婭重新打好了花結。

「不行，小姐，不是這樣打的。」一個侍女說。

「唉，我的老天，好啦，以後再說！就這樣吧，索尼婭。」

「你們好了嗎？」可以聽見伯爵夫人的說話聲，「現在已經十點了。」

「馬上就好，馬上就好，媽媽，您好了嗎？」

「只差釘好直筒帽子了。」

「我來幫您，您別亂釘，」娜塔莎喊了一聲，「您不內行！」

「已經十點了。」

她們決定在十點半參加舞會，可是娜塔莎還在打扮，她們還得到道利達花園去一趟。

「瑪夫魯莎，快一點，親愛的！」

「小姐，請把頂針遞給我。」

「快好了吧，到底怎麼樣？」伯爵走進來說，「這是給你們的香水。我們讓佩隆斯卡婭等太久了。」

「小姐，好了。」侍女說道。這時娜塔莎開始穿連衣裙，索尼婭把門關上。一分鐘後才讓伯爵進來。

「等一等，小姐。」女僕跪著說，一面幫她弄平裙子。

「哎！」索尼婭望著娜塔莎的連衣裙，失望地喊道，「還是太長了！」

娜塔莎向後走遠些，照照鏡子，連衣裙真的太長了。

「真的，小姐，一點也不長。」瑪夫魯莎說。

「嗯，太長了，讓我們繚個幾針。」做事果斷的杜尼亞莎說，她取出一根針，跪在地上忙碌起來。這時，伯爵夫人羞澀地走進房間。

「嘿，我的美人兒！」伯爵喊道，「她比你們大家都漂亮！」他想摟抱她，但她滿面通紅，閃到一邊去，免得裙子被弄皺了。

「媽媽，把帽子戴歪一點，」娜塔莎說，「我來幫您弄好。」她忽然向前奔跑，正在縫裙子的女僕們不小心扯下了一小塊薄紗。

「天哪！怎麼會這樣！我從未出過差錯……」

「沒關係，我再繚個幾針就看不出來了。」杜尼亞莎說。

「我的美人兒啊！」從門外走進來的保姆說，「索尼婭，啊，您真美！……」

十點十五分，他們才離開家門，順路來到了道利達花園。

佩隆斯卡婭已經打扮好了。雖然她衰老而醜陋，但也打扮整齊，噴了香水。她誇獎羅斯托夫一家的打扮，羅斯托夫一家也稱讚她的穿著。十一點鐘，所有人都坐上馬車出發了。

15

從大清早起，娜塔莎沒有一刻空閒，也未曾想到她將要面臨的情形。

在那顛簸的馬車中，她才第一次想像，舞會上有什麼在等著她——音樂、鮮花、舞蹈、皇帝、彼得堡的傑出青年。當她從台階上的紅地毯走過時，她感到眼花繚亂，心跳加速，竭力擺出一副莊重的姿態。同樣穿著舞會服裝的客人從她們前後走過，樓梯上的幾面鏡子映出了穿戴華麗的女士們的身影。

在第一個大廳的入口，男女主人站在那裡，對各位來賓說著同樣的話：「我非常、非常高興看你們。」他們歡迎羅斯托夫一家人和佩隆斯卡婭。

女主人的視線在苗條的娜塔莎身上停留了好一陣子，露出了特殊的微笑，也許是想起了她的少女時期及她的第一次舞會。男主人也看著娜塔莎，問伯爵哪個是他的女兒。

「非常可愛！」他說道。

伯爵夫人在客人的前排坐下來。娜塔莎感覺到有幾個人開口打聽她，端詳著她。她明白這些人愛慕著她，這種目光使她得到了一點安慰。

佩隆斯卡婭在伯爵夫人面前說出了參加舞會的那些達官顯要的名字。

「這就是荷蘭公使，您看見嗎？」佩隆斯卡婭一面說，一面指著一個老頭。

「她是彼得堡的皇后，伯爵夫人別祖霍娃。」她指著走進來的海倫說。「她多麼漂亮！毫不遜於瑪麗亞．安諾夫娜。您看，不分老少都死心塌地追求她，據說親王也為了她神魂顛倒。而這兩位，雖然不漂亮，可是纏著她們的人更多。」

她指了指那位帶著醜陋女兒走過大廳的夫人。

「這是一個有百萬盧布作嫁妝的年輕姑娘，」佩隆斯卡婭說，「您瞧，他們是求婚者。」

「他是別祖霍娃的哥哥，阿納托利．庫拉金。」她用手指著一名近衛重騎兵團軍官時說，「他很英俊，是嗎？據說有人要他娶這個有錢的女人，您的表哥德魯別茨科伊也拚命追求她。」

「可不是，這就是法國公使本人。」當伯爵夫人詢問科蘭庫爾是誰時，她答道，「您瞧，法國人畢竟是可愛的，在社交場合沒有人比他們更可愛了。」

「這個戴眼鏡的胖子是共濟會會員，」她指著別祖霍夫時說，「他站在妻子旁邊時就像個小丑！」

皮埃爾搖搖晃晃地走路，漫不經心地向左右兩旁的人點頭，就從人群中擠過去，看起來在找什麼人。

娜塔莎愉快地望著皮埃爾的臉孔，她知道皮埃爾正在找她，因為他答應她會來出席舞會，並為她介紹一名舞伴。

可是別祖霍夫還沒走到她們面前，就在一個穿著白色制服的黑髮男子身旁停住了。娜塔莎立刻認出這個年輕人就是英俊的安德烈。

「您瞧，又有一個熟人，您看見博爾孔斯基了嗎？媽媽，」娜塔莎指著安德烈說道，「他在我們奧特拉德諾耶的家裡住過一晚。」

「啊，你們認識他嗎？」佩隆斯卡婭說，「我不喜歡他，他太驕傲了！就向他父親一樣。您瞧他是怎麼對待女士們的！她們跟他說話，可是他卻轉過臉去不理。如果他敢用這種態度對我，我會把他痛罵一頓。」

16

忽然間，一切都歡騰起來。人群紛紛閃到兩邊，讓出一條路。皇帝在奏樂聲中走進了客廳，男女主人跟在他身後。男人們開始走到女士們跟前，兩人一排地站好，就要跳波蘭舞了。

國王面露微笑，攙著女主人的手走出了客廳，男主人和公使、大臣以及將軍們尾隨其後。半數的女士都有舞伴，一個個走出來。娜塔莎和母親、索尼婭仍然待在那些未被邀請跳舞的女士中間。她站在牆邊，吃驚地注視著前方。「難道沒有一個人走到我跟前來？難道我不能在第一批舞伴中跳舞？難道這些男人都不會注意到我？」她想道，「他們都應該知道，我很想跳舞，我跳得最好，他們和我一塊跳舞是會感到開心的。」

她很想哭出聲來，伯爵夫人、索尼婭和她單獨地站在陌生的人群中，猶如置身於森林，誰也不對她們發生興趣，誰也不需要她們。安德烈從她們身邊經過，顯然沒有認出她們；阿納托利微笑著與舞伴交談，他瞥了娜塔莎一眼，彷彿在看一堵牆壁似的；鮑里斯兩次從她們身邊經過，都把臉轉過去，不理睬她們；貝格則帶著妻子走向她們。

娜塔莎覺得這一家人在這個舞會上團聚是一件屈辱的事，當薇拉向她提到自己穿的綠色連衣裙時，娜塔莎不聽她說話，也不想看她。

皇帝終於在最後一個舞伴身旁停步，這時，又奏起了華爾滋舞曲。皇帝微露笑容，看了看大廳，過了一分鐘還沒有人走出來。主持舞會的副官走到伯爵夫人別祖霍娃跟前，請她跳舞。她微笑著抬起一隻手，擱在他的肩膀上。副官緊緊地摟抱舞伴，自信地帶著她跳起舞。娜塔莎眼睜睜地望著她們，她因為不能跳這一輪華爾滋舞，幾乎要哭出聲來。

安德烈穿著白色上校軍服，站在離羅斯托夫一家不遠處的舞池前排。時而看看皇帝，時而看看那些想跳但又不敢走進舞池的男舞伴們。

皮埃爾走到安德烈面前，一把抓住他的手。

「您經常跳舞。這裡有我的一位保護人——羅斯托娃，她還很年輕，去邀請她吧。」

「在哪裡？」安德烈問道，他朝著皮埃爾指的方向走去，認出了娜塔莎。他想起她在窗台上的談話，便帶著愉快的表情走到伯爵夫人面前。

「請讓我向您介紹我的女兒。」伯爵夫人滿面通紅地說。

「我深感榮幸。」安德烈恭敬地走到娜塔莎跟前，鞠了一躬。接著一手摟抱住她的腰，請她跳一輪華爾滋舞。娜塔莎慌張的表情起了變化，幸福、感激、稚氣的微笑使她容光煥發。

他們是走進舞池的第二對舞伴。安德烈是當時最優秀的舞蹈家之一，娜塔莎也跳得很出色。她的臉散發出幸福的光輝，她那裸露的脖子和手臂又瘦又難看，她的肩頭跟海倫比起來也太過瘦削，她的胸部還不夠豐滿；然而海倫的身體由於被千百隻眼睛玩賞過，彷彿塗了一層油漆，而娜塔莎還是個含苞待放的少女。

當安德烈一抱起這個苗條的靈活身軀，她就在他身邊轉動起來，她那迷人的魅力沖到他頭上。當他喘一口氣，把她放開，停下來看別人跳舞的時候，他覺得自己精力充沛，變年輕了。

17

緊接著安德烈，鮑里斯走到娜塔莎跟前，請她跳舞，一些年輕人也紛紛邀請她共舞。娜塔莎把一些舞伴讓給索尼婭，她徹夜不停地跳舞，顯得很興奮。晚餐前，安德烈又帶著娜塔莎一起跳輕快的科季里昂舞。他向她提起他們在奧特拉德諾耶首次相會的情景，她在月明之夜無法入眠，他偶然聽到她說話。娜塔莎知道安德烈在無意中偷聽了她的話時，感到有些不好意思。

安德烈喜歡看見那些未被上流社會汙染的事物，娜塔莎也是如此。安德烈坐在她身旁，和她談論最平凡、瑣細的事情，一邊欣賞她的眼睛和笑容散發出的喜悅。有人邀請娜塔莎，於是她面帶微笑站起來，走進大廳中間。當一支舞跳完時，新舞伴又來邀請她，她雖然累得喘不過氣，但還是快活地把手搭在對方肩上，並且向安德烈微微一笑。

「我也想和您坐在一起休息，但您知道，他們都選我當舞伴。我很高興，也很幸運，我喜愛所有的人，您知道的。」她的微笑彷彿這麼說道。當舞伴把她放開以後，娜塔莎跑過大廳，找了兩個女伴一起跳舞。

「如果她先走向她表姐，然後再走向另一個女伴，那麼她將是我的妻子了。」安德烈望著她，對自己說道。她首先走到她表姐面前。

「我竟然會想到這麼荒誕無稽的話！」安德烈心想，「不過有一點千真萬確，這個女孩多麼可愛，是個珍貴的寶物，她在這裡不到一個月就會嫁人了……」

科季里昂舞跳完之後，老伯爵邀請安德烈到他家裡做客，又問問女兒是否玩得開心？娜塔莎沒有回答，只是微微一笑，彷彿在說：「這一點還需要問嗎？」

「這輩子從來沒有這麼開心啊！」她說道。

皮埃爾在舞會上第一次感覺到，他的妻子在上流社會的地位使他蒙受屈辱。他神色鬱悶地望著窗外。娜塔莎去用晚餐時，經過他身旁。皮埃爾憂愁的面孔使她大吃一驚，於是她在他面前停下腳步。

「伯爵，多麼開心，」她說，「是嗎？」

「對，我很開心。」他說。

「他們會有什麼不滿呢？」娜塔莎想道，「尤其是像別祖霍夫這樣的好人？」在娜塔莎看來，出席舞會的人都是仁慈、可愛的，他們相親相愛，誰也不會傷害彼此，因此都應該是幸運的。

18

第二天，安德烈想起了昨天的舞會，「是的，很棒的舞會。還有……是的，羅斯托娃很可愛。她身上有一種新奇的、特別的東西。」他喝了一些茶，就坐下來工作。

或許是因為疲倦或失眠，安德烈這天什麼事也做不好，他總是批評自己工作上的缺點，過去也常有這種事情。當他一聽到有人來訪，心裡感到高興。

來訪的人是比茨基，他在許多委員會中任職，狂熱地崇拜斯佩蘭斯基和新思想。他顧慮重重地前來拜訪安德烈，敘述起皇帝在早上召開的國務會議。

「皇帝說，國務院和參政院均為國家組織，治理國事不應橫行霸道，而應本於堅實的原則。他認為必須改造財政，並公開一切決策。」比茨基講述道，「是的，這件事開闢了新的紀元，歷史上一個最偉大的紀元。」他作出結論。

安德烈仔細聆聽著，他很急切地期盼這次會議，並認為它具有重大意義。奇怪的是，在這件事已經發生的當下，他不但沒有感動，還覺得它是件毫無意義的事。他的腦中浮現出一個想法：這關我什麼事？這一切能使我變得更幸福嗎？

這種見解突然破壞了安德烈對政治的興趣。這一天他將在斯佩蘭斯基家出席午宴，出席者都是他所尊敬的人士；這在以前會使他感興趣，可是現在他卻不想去了。

然而，安德烈還是在約定的午宴時間走進了斯佩蘭斯基的私人住宅。客人中有熱爾韋、馬格尼茨基和斯托雷平，他還在接待室就聽見斯佩蘭斯基的笑聲。

安德烈走進了餐廳。斯佩蘭斯基愉快地站在餐桌旁，客人們站在他周圍。馬格尼茨基正向米哈伊爾・米哈伊洛維奇敘述一則趣聞，斯佩蘭斯基聽著，發出清晰而含蓄的笑聲。

斯佩蘭斯基還在不停地發笑，他向安德烈伸出一隻手。

「公爵，很高興看見您，」他說，「我們今天舉辦一次快樂的午宴，宴間切勿談論國家大事。」接著他又把臉轉向講故事的人，開始大笑起來。

安德烈驚訝而失望地看著他，彷彿覺得這個人不是斯佩蘭斯基，而是另一個人了。從前安德烈認為斯佩蘭斯基神秘莫測，富有魅力，而今一切忽然被他看穿，不再惹人矚目了。

雖然斯佩蘭斯基會在工作之餘休息一下，與朋友尋歡作樂。但安德烈彷彿覺得這種娛樂是沉重、不愉快的，斯佩蘭斯基的笑聲更令他感到羞辱。然而，在場沒有人發覺他的情緒，大家都非常愉快。

午宴完畢後，斯佩蘭斯基的女兒和她的家庭教師都站起來。斯佩蘭斯基撫摸女兒，吻吻她，安德烈又彷彿覺得這個動作很不自然。

當談話涉及拿破崙在西班牙的所作所為時，受到眾人一致的讚揚，安德烈卻反駁他們的意見。斯佩蘭斯基微微一笑，用一則與話題無關的趣聞引開了話頭。

過了一會兒，大家都站立起來，唧唧喳喳地走進了客廳。有人將兩封信遞給斯佩蘭斯基，他拿起信函回到書房，不久後又回來了。

詩歌朗誦完畢後，安德烈走到斯佩蘭斯基跟前，向他告辭。

「這麼早，您想去哪裡呢？」斯佩蘭斯基說。

「我答應出席……晚會。」

他們沉默了片刻。安德烈看著向他逼視的人們，覺得可笑，他怎麼能對斯佩蘭斯基抱有什麼期望，對他的活動抱有什麼期望？當他離開以後，這種有節制的、憂鬱的笑聲長久地在安德烈的耳邊迴響。

安德烈回家後，開始回憶四個月來在彼得堡的生活。他想起他東奔西走，阿諛奉承；想起他草擬軍事條令的經過，這份草案被另一份極為拙劣的草案取代了；想起委員會的幾次會議，會議上並未討論任何實質的問題；想起他很費心地把羅馬法典和法國法典譯成俄文。最後，他想起博古恰羅沃村、他在農村的事業、他赴梁贊的經歷。他感到驚奇，他竟能從事這種無益的工作如此之久。

19

次日，安德烈公爵訪問了幾家人，包括羅斯托夫一家。除了禮節上的考量外，他還想在他們家裡看到那個活潑的、特別的、為他留下愉快回憶的姑娘。

娜塔莎隨著幾個人走出來迎接他。她身穿一件藍色的連衣裙，安德烈彷彿覺得她比舞會那天還要漂亮。羅斯托夫一家大方而親切地接待安德烈，他過去曾嚴厲地指責這家人，現在卻覺得他們都是優秀的、善良的人。「是的，他們是善良而可愛的人，構成了最美的背景，讓這個充滿生命力的迷人姑娘顯得格外明豔動人！」

午宴後，娜塔莎在安德烈的請求下走到鋼琴前面，唱起歌來。安德烈站在窗前和幾個女士談話，一面聽她唱歌。當她唱到中間，安德烈望向娜塔莎，心中忽然產生了一種幸福的感覺，既幸福，又憂鬱。他用不著哭，但卻很想哭出聲來，為什麼呢？為了從前的愛情嗎？為了她的亡妻嗎？為了絕望嗎？為了對未來的希望嗎？也許是，也許不是。

娜塔莎剛唱完，就走到他面前，問他是否喜歡她的歌聲。他端詳著她，微微一笑，並且說喜歡聽她唱歌，就像他喜歡她所作的一切事情。

安德烈直到深夜才離開羅斯托夫家，他躺下來睡覺，但又覺得無法入睡。他從來沒有想到他會愛上羅斯托娃，他彷彿覺得自己的生活煥然一新。「當生活中的歡樂在我面前展現的時候，我為什麼要害怕，為什麼要在這個與外界隔絕的框架中勞勞碌碌？」於是他終於著手擬訂未來的規劃。他決定培養自己的兒子，讓他受教育；然後就退休到國外去，遊覽英國、瑞士、義大利。「趁我風華正茂、精力旺盛的時候，我應該享受我應有的自由。皮埃爾是對的，他說過，要做一個幸福的人，就必須相信幸福是可以得到的。我相信他的話，我要趁我活著的時候，做一個幸福的人。」他想道。

20

一日早晨，阿道夫．貝格上校打扮鄭重地前來拜訪皮埃爾。皮埃爾認識莫斯科和彼得堡的一切人士，因此也認識他。

「我剛才到過您夫人那裡，不幸的是，我的請求未能如願以償。伯爵，我希望在您這裡會更幸運些。」他微笑著說。

「上校，您有什麼事？我願意為您效勞。」

「伯爵，目前我的新家完全安頓好了，」貝格說，「因此我想為我和我妻子的朋友舉行一次小型晚會。我想請伯爵夫人和您光臨寒舍喝茶，並用晚餐。」

海倫瞧不起貝格的地位，因此不顧情面地拒絕他的邀請。但皮埃爾沒有回絕，他答應到他家裡去。

「謝謝您，伯爵，請您別遲到了。」

皮埃爾一改平常老是遲到的習慣，提前十五分鐘到了貝格家裡。貝格夫婦已佈置好一切，準備接待客人。

貝格和妻子坐在一間整潔而明亮的書房裡。貝格向妻子說明，一個人應該結交一些比自己地位更高的人，才能體會到廣於交遊的樂趣。

「這樣你就能學到些什麼，你看我是怎麼從最低的官階一級一級升上來的。目前我的同學們大都碌碌無為，而我就要接任團長的空缺了，還有幸成為你的丈夫，」他吻吻薇拉的手，「我憑什麼得到這一切呢？正是因為善於擇交。」

薇拉微微一笑，在她看來，丈夫跟所有男人一樣，對生活理解得極不正確。當她評論丈夫時，總是認為所有的男人都以為自己明智，但卻一無所知，只是夜郎自大罷了。

貝格站起來，擁抱住自己的妻子，對準她嘴唇的正中間吻了一下。

「只希望我們別太早生孩子。」他不自覺地說道。

「是的，」薇拉回答，「我根本不想那麼快生孩子，應該為了社會而活。」

「公爵夫人尤蘇波娃穿的那件短披肩也是這樣的。」

貝格指著披肩說道，臉上流露著幸福而和善的微笑。

這時，有人通報別祖霍夫伯爵到了，夫婦互使眼色，洋洋自得地微笑。

「善於結交多麼重要，」貝格心想，「待人接物多麼重要！」

「不過，當我接待賓客的時候，要記住，」薇拉說道，「別打斷我的話，因為我知道該如何接待每位客人，在什麼場合該說什麼話。」

貝格也微微一笑。

「那可不行，有時和男人打交道，就該談談男人的事情。」他說。

他們在一間新客廳接待了皮埃爾，爭先恐後地應酬這位賓客，晚會就這樣開始了。

薇拉考慮了一會，認為皮埃爾應該會對法國使館的事有興趣，但貝格卻打斷她的發言，聊起對奧作戰的話題。雖然薇拉對丈夫的插嘴感到十分惱怒，但是他們夫婦二人都很滿意。儘管在場只有一位客人，他們依舊認為晚會十分成功，因為既有談話，也有茶點，還有點燃的蠟燭。

不久後，鮑里斯也到了，他在貝格和薇拉面前顯現出幾分優越感。一名女士和上校、繼而是將軍本人，然後是羅斯托夫一家都在鮑里斯之後上門。貝格和薇拉忍不住流露出愉快的微笑。

21

皮埃爾是最受尊敬的貴賓之一，他與伊利亞・安德烈耶維奇、將軍和上校坐在同一張波士頓牌桌上。他看見牌桌對面的娜塔莎，對她在舞會之後的變化感到吃驚。娜塔莎沉默寡言，露出漠不關心的樣子，相貌變得十分難看。

「她怎麼了？」皮埃爾瞥了她一眼，心中想道。她坐在姐姐旁邊，不樂意地回達一旁的鮑里斯的問題。不久之後，他又朝她瞥了一眼。

「她發生了什麼事呢？」他驚奇地自言自語。

這時，安德烈露出關懷而溫柔的表情站在她面前，對她說著什麼話。她抬起頭來望著他，滿臉通紅，她的臉上又煥發出光彩，難看的模樣又變回舞會上那樣俊俏了。

安德烈走到皮埃爾跟前，皮埃爾發現他的朋友臉上重新流露出充滿青春活力的表情。

打牌的時候，皮埃爾接連幾次改變坐位，不斷地觀察娜塔莎和他自己的朋友。

「他們之間發生什麼事了。」皮埃爾心想，又喜又悲的感情使他激動不安。

打完幾圈後，所有人休息片刻。娜塔莎在一旁和索尼婭、鮑里斯談話，薇拉帶著含蓄的微笑跟安德烈說著什麼話。皮埃爾走到朋友面前，問他在聊些什麼，然後在他們旁邊坐下。薇拉發現安德烈在意娜塔莎，於是和他談論愛情，以及她妹妹的事，企圖用自己的外交手腕做些什麼。

「你認為如何？」薇拉說，「公爵，您富有洞察力，一下子就能明白人們的性格。您對娜塔莎有什麼看法？她的愛情能否堅定不移？她能否與其他女人一樣，一愛上某人，就永遠忠貞不渝？我認為這是真正的愛情。公爵，您認為如何？」

「我對您的妹妹知道得太少了，」安德烈微笑答道，「不過我漸漸注意到，越是不討人喜歡的女人，就越忠貞不渝。」他看了看朝他走過來的皮埃爾。

「是的，一點都沒錯，公爵。在這個時代，」薇拉繼續說，「女孩享有過多的自由，以致於被愛慕的快樂往往淹沒她內心的真實情感。我知道，娜塔莎對這件事是很敏感的。」話題回到娜塔莎，安德烈又皺起眉頭，他想站起來，但薇拉仍不停地說下去。

「我認為，沒有人比她更受到喜愛了，」薇拉說，「可是一直以來，她從未認真地喜歡過什麼人。伯爵，您知道，」她把臉轉向皮埃爾說，「就連我們可愛的表弟鮑里斯，也為她煩惱不已。」

安德烈露出陰鬱的神色，默不作聲。

「您不是跟鮑里斯交情很好嗎？」薇拉對他說。

「是啊，我知道他……」

「他想必向您談過童年時代他對娜塔莎的愛情吧？」

「有過童年的愛情，是嗎？」安德烈漲紅了臉，忽然出乎意料地問道。

「是啊。您知道，表兄妹之間常會產生愛情，不是嗎？」

「啊，的確。」安德烈說道。他站起來，把皮埃爾拉到一旁去。

「怎麼啦？」皮埃爾說，驚訝地觀察他的朋友異常興奮的神色，並發覺他投向娜塔莎的目光。

「我應該跟你談談，」安德烈說道，「可是我呢，算了，以後再談……」安德烈的眼裡閃爍出奇異的光彩，慌慌張張地走到娜塔莎跟前，在她身旁坐下。皮埃爾看見安德烈向她問了什麼，她滿臉通紅地回答了。

就在這時，貝格走到皮埃爾跟前，請求他參加將軍和上校之間就關於西班牙問題的討論。

22

第二天，安德烈應老伯爵之邀，前往羅斯托夫家出席午宴，並在那裡度過了一整天。

全家人都很清楚，安德烈是為了誰而來。他也毫不掩飾，整天都設法和娜塔莎待在一起。娜塔莎驚惶失措，但感覺幸福和喜悅，全家人的心中也都產生一種恐懼感，擔心將要發生重大的事情。伯爵夫人用憂愁而嚴峻的目光偷偷注視他，索尼婭害怕離開娜塔莎，但又怕自己成為他們的阻礙。當娜塔莎和他單獨相處時，她由於害怕期待發生的事而臉色蒼白，但安德烈靦腆的神情卻使她驚奇。

她覺得他想對她說些什麼話，但他拿不定主意。

夜晚，安德烈離開後，伯爵夫人走到娜塔莎面前，低聲說：

「怎麼啦？」

「媽媽，看在上帝份上，請您先不要問，我還無法回答您。」娜塔莎說。

儘管如此，這天晚上娜塔莎激動不安地躺在母親床上，向她述說安德烈是怎樣誇獎自己，他說他將要到國外去，問起她們要在哪裡度過這個夏天，還問到鮑里斯的事。

「可是，我從來沒有遇過這種事！」她說，「我只要在他面前就感到害怕，這代表著什麼？代表這不是真的害怕，對嗎？媽媽，您睡著了？」

「沒有，親愛的，連我也感到害怕，」媽媽答道，「你去睡吧。」

「我不想睡覺，睡覺是多麼愚蠢的一件事啊！媽媽，我從來沒遇過這種事啊！」她帶著驚奇而恐懼的神情說，「我們從來沒想到……」

娜塔莎覺得，當她在奧特拉德諾耶初次見到安德烈的時候，她就愛上他了，而他對她也不是漠不關心的，「我們來到彼得堡，他也特地來到這裡，與我們在舞會上重逢了。顯然，這一切都是命中註定的。當我一看見他，我就有一種非比尋常的感覺。」

「他對你說過什麼？那是一首什麼詩呢？唸給我聽……」

母親若有所思地說，她一面問起安德烈寫在娜塔莎的紀念冊上的詩句。

「媽媽，當別人的後母是不是挺難為情的？」

「娜塔莎，夠了，別胡說八道了。向上帝禱告吧，婚姻是由天定的。」

「親愛的，媽媽，我多麼愛您！」娜塔莎一面哭著，一面擁抱母親，流出幸福和激動的眼淚。

就在這時，安德烈坐在皮埃爾身旁，向他提起對娜塔莎的愛情，並且決定娶她為妻。

這一天，海倫舉辦了隆重的招待晚會，邀請法國公使、親王，以及許多傑出的人士。皮埃爾住在樓下，當他穿過大廳時，他那漫不經心的憂鬱神情使全體賓客都大吃一驚。

上次舞會之後，皮埃爾覺得自己的疑心病又快發作了。自從親王和海倫建立密切聯繫以來，皮埃爾突然受封為宮廷高級侍從，他感到心情沉重，羞恥得無地自容。當他發現由他監護的娜塔莎和安德烈公爵產生了感情，這種憂鬱情緒又加深了。他的心中浮現出一個問題：「為什麼？」為了驅散這些煩惱，他日夜鑽研共濟會的作品。十一點多鐘，皮埃爾正在房裡抄寫蘇格蘭共濟會的正式記錄，安德烈走了進來。

「哦，是您，」皮埃爾漫不經心地說，「我在工作。」他指著一本練習簿說。

安德烈容光煥發，帶著洋洋自得的表情站在皮埃爾面前，幸福地對他一笑。

「啊，親愛的，」他說，「我昨天原本想對你說，今天我就是為了這件事過來的。我從來沒有遇過這種事情，我的朋友，我戀愛了。」

皮埃爾突然沉重地嘆了一口氣，倒在安德烈旁邊的長沙發上。

「你愛上了羅斯托娃，娜塔莎，是嗎？」他說道。

「是啊，還能有誰呢？我從來都不相信我會戀愛，可是這種感情卻把我征服了。昨天，我一直忍受折磨，很不好受，但我卻不想把這種折磨讓給任何人。過去的我等於白活了，我的生活現在才開始。但若沒有她，我也活不下去。不過，她會不會愛我呢？在她看來，我太老了。你幹嘛不說話？」

「我？我？我該說什麼呢？」皮埃爾說道，他站起來，開始在房裡踱步，「我是這樣想的……這個姑娘是一塊瑰寶，珍奇的瑰寶……這是個不可多得的好女孩……親愛的朋友，我勸您不要胡思亂想，不要猶豫不決，向她求婚吧……我相信，沒有人比您更幸福了。」

「可是她呢？」

「她愛您。」

「請別說廢話。」安德烈一面微笑，一面望著皮埃爾的眼睛。

「她愛您，我知道。」皮埃爾憤怒地喊道。

「不對，聽我說，」安德烈說道，「你知不知道我的處境？我必須把這一切告訴誰。」

「好，好，您說吧，我很高興。」皮埃爾說。他忽然放鬆下來，愉快地傾聽安德烈說話。安德烈於是把心裡所想的一口氣說出來，他時而輕鬆地聊起對未來的規劃，時而對自己感情的變化表示驚訝。他說，一定要說服他的父親同意這門婚事，否則寧願瞞著他與她結婚。

「如果有人對我說，我會這樣迷戀她，我絕不會相信，」安德烈說，「在我眼裡，世界已分成兩半，有她的那一半充滿著幸福、希望和光明；沒有她的那一半則充滿沮喪和黑暗……」

「沮喪和黑暗，」皮埃爾喃喃自語，「對，對，這一點我是明白的。」

「我不能不愛光明，我沒有錯。我很幸福，你明白嗎？我知道，你為我感到高興。」

「對，對。」皮埃爾一面承認，一面用那深受感動的憂鬱目光望著自己的朋友。他覺得安德烈的前途越光明，他自己的前途就顯得越黯淡。

23

由於結婚必須取得父親的同意，安德烈公爵隔天便回去拜訪父親。

父親聽了兒子的稟告，表面上顯得很鎮靜，但內心卻充滿憤恨。他無法理解，在他的生命即將結束的時候，竟然有人打算將新事物帶進他的生活，「至少讓我順心地活到老死吧，之後你們想怎樣就怎樣。」老頭子心想，但他還是帶著嚴苛的語氣跟兒子討論這個問題。

首先，對方在身世、財產和地位都與他不相稱；其次，安德烈已過了中年，身體孱弱，但她還很年輕；再說，他不想讓兒子娶這個小丫頭。最後，父親譏諷地說：「請你將婚禮延緩一年，去國外走走，並為尼古拉找一位德國家庭教師。到了那時，如果愛情真的那麼了不起，你就娶她吧！這是我最後的叮嚀，記住，最後的！」

安德烈清楚地明白，父親希望他們的感情經不起一年的考驗，或是拖到他去世之後。於是，他決意遵從父親的遺志，在求婚後將婚禮延緩一年。

安德烈離開的隔天，娜塔莎整天等待著他，但他沒有來。第二天、第三天依然如此，就連皮埃爾也沒有來。她不知道安德烈回到父親那裡去了，因此無法理解他為什麼遲遲不露面。

這樣過了三個禮拜。娜塔莎不想到任何地方去，就像個幽靈似的。她悶悶不樂地在房間裡走來走去，晚間悄悄地哭個不停。她心情激動，彷彿覺得大家都明白她的失望，嘲笑她、憐憫她。

有一回她到伯爵夫人那裡去，想對她說些什麼，但忽然哭起來了，就像一個受委屈的孩子一般。伯爵夫人安慰娜塔莎，卻被她打斷：

「媽媽，別說了，我什麼也沒有想，我不願去想！才來了一次，就不再來了……」

她的聲音顫抖起來，差點要哭出聲，但又恢復了平靜，接著說下去：

「我根本不想嫁人。我害怕他，現在我完全、完全安心了……」

在談話後的第二天，娜塔莎又開始上次舞會後已經中斷的生活方式。她喝了茶，走進大廳做歌唱練習。她的歌聲悠揚婉轉，洋溢著整個大廳，她愉快地傾聽悅耳的音調，忽然心曠神怡。

「想那麼多幹嘛？本來就很好了。」她對自己說，開始在大廳裡走來走去，當她從鏡台旁邊經過時，照了一下，「瞧，這就是我！很不錯，我不需要任何人。」

接待室的門打開了，有人問道：「在家嗎？」接著傳來了腳步聲。娜塔莎在照鏡子，但是她看不見鏡裡的自己，她傾聽著接待室裡的聲音，鏡中的臉色忽然變得蒼白。她知道那是他，雖然她從關著的門裡勉強聽見說話聲，但是她仍確信那是他。娜塔莎臉色蒼白，驚惶失措地跑進客廳。

「媽媽，博爾孔斯基來了！」她說，「媽媽，這很可怕，很討厭！我不想……折磨自己！我該怎麼辦？」

伯爵夫人還來不及回答，安德烈就露出忐忑不安而嚴肅的樣子走進了客廳。他一看見娜塔莎，就笑顏逐開。他吻吻伯爵夫人和娜塔莎的手，在沙發旁坐了下來。

「我們很久沒見到……」伯爵夫人剛要開始說話，安德烈卻打斷她的話，顯然急著說出他想說的話。

「這些時日我沒有登門拜訪，因為我回我父親那裡去了，我需要和他商量一件非常重要的事情。昨天深夜我才回來。」他望了娜塔莎一眼，說道，「我需要和您談一件事，伯爵夫人。」

伯爵夫人沉重地喘口氣，垂下了眼睛。

「我願意為您效勞。」她說。

娜塔莎知道她應該迴避，但是她做不到，好像有什麼東西哽住她的喉嚨。她把眼睛睜得大大的，直盯著安德烈。

「現在嗎？就現在！……不，不可能！」她想道。

他又瞥了她一眼，這一瞥使她相信她沒有猜錯，「對，現在，就是現在要決定我的命運。」

「娜塔莎，你去吧，我會叫你。」伯爵夫人用耳語說。

娜塔莎用央求的目光望了望安德烈和母親，就走出去了。

「伯爵夫人，我是來向您女兒求婚的。」安德烈公爵說。

伯爵夫人滿面通紅，她沒有說出什麼話。

「您的求婚……」伯爵夫人莊重地說，「我們都很高興，而且……我接受您的提親，我丈夫一定也是……我希望……但是，這將取決於她的意思……」

「您得先同意，我才能跟她談……您同意我的求婚嗎？」安德烈說道。

「我同意。」伯爵夫人說，向他伸出手來。他在她的手邊彎下腰來，她懷著複雜的感情吻了他的額頭。

「我相信我的丈夫會同意的，」伯爵夫人說，「但是您父親……」

「我把這件事告訴我父親了，他也同意，但作為附加條件，必須將婚禮延緩一年。我想把這件事說給您聽。」安德烈說道。

「的確，娜塔莎還很年輕，但是……時間這麼長啊！」

「如果不這樣，就不行。」安德烈嘆息道。

「我把她帶到這裡來。」伯爵夫人說完便從房裡走出去。

「天哪，饒了我們吧！」她在尋找女兒時喃喃自語道。娜塔莎臉色蒼白地坐在床上，一看見母親，立刻跳進了她的懷抱。

「媽媽，怎麼啦？……怎麼啦？」

「你去吧，到他那裡去吧。他向你求婚。」伯爵夫人冷淡地說，「你去吧，去吧！」

娜塔莎走進客廳，看見他就坐在那裡，「難道這個人現在變成我的一切了？」她自問自答，「對，他是。對我來說，這個世界上只有他是最寶貴的。」

安德烈這時走向她。

「自從我初次看見您的時候，就愛上您了。我能夠抱有希望嗎？」

他看著她，為她那莊重而熱情的表情感到吃驚，彷彿在說：「為什麼要問？為什麼要懷疑那不需懷疑的事情？為什麼要傾訴那言語無法表達的感情？」

他緊緊握住她的手，吻了吻它。

「您愛我嗎？」

「愛，愛。」娜塔莎懊惱地說，她急促地喘了起來，忽然又號啕大哭。

「您為什麼哭呢？是怎麼回事？」

「啊，我太幸福了！」她回答，透過淚水露出微笑，偎依在他身旁。

安德烈握著她的一雙手，注視著她的眼睛。

「您母親有沒有告訴您，婚期必須延後一年？」安德烈說道。

「難道這就是我？那個小丫頭，」娜塔莎心想，「難道我從這一刻起就是個妻子，和這個陌生的、聰明的，連我父親也敬重的人平起平坐了嗎？難道這是真的嗎？現在的我已經是個大人了，我要對我的一切言行負責，難道這都是真的嗎？是的，他向我問了什麼？」

「沒有。」她回答，但她不知道他問的是什麼。

「請您原諒我，」安德烈說道，「但是您這麼年輕，我擔心您沒有自知之明。」

娜塔莎全神貫注地聽他說話，但還是不懂他話裡的涵義。

「無論這一年我多麼痛苦，我都必須延後我的幸福，」安德烈繼續說，「請您在一年後再給我幸福。在這段期間，您是自由的，我們的訂婚暫不公開，如果您不愛我，或是愛上了……」

「您為什麼要這樣說呢？」娜塔莎打斷他的話，「自從您第一次來到奧特拉德諾耶，我就愛上您了。」

「一年不算太長，您可以認識自己……」

「一年！」娜塔莎突然說，現在她才知道婚期要延後一年，「可是，為什麼要推遲一年？為什麼？」安德烈向她說明延後的原因，但娜塔莎不聽。

「一定要這麼做嗎？」她問道。安德烈沒有回答，但是臉上露出堅定的表情。

「這太可怕了！不行，太可怕了！」娜塔莎號啕大哭起來，「等待一年，這會要了我的命的，不行，太可怕了！」她看到她的未婚夫臉上流露著憐憫和困窘的表情。

「不，不，我做得到的，」她忽然止住了眼淚，「我非常幸福啊！」

她的父母都走進房裡，為這對未婚夫和夫婚妻祝福。

從這天起，安德烈經常以未婚夫的身分到羅斯托夫家裡作客。

24

沒有舉行訂婚禮，也沒有向任何人宣布訂婚的消息。安德烈說延後結婚是他的錯，因此全部的責任都應落在他身上。他說他將會用諾言約束自己，但是他不願意束縛娜塔莎，要給她充分的自由。如果在半年後她不愛他了，她有擺脫他的權利。安德烈每天都到羅斯托夫家裡去，但他不以未婚夫身分和娜塔莎交談，仍稱呼她「您」。他和她的家人們逐漸混熟，也參與他們家中的生活。他擅長與伯爵談論產業，和伯爵夫人談論穿著，與索尼婭談論紀念冊。

當未婚夫妻在場的時候，家裡常充滿著富有詩意的苦悶和沉寂的氣氛。有時候大家站起來走開了，留下未婚夫妻二人，他們也默默無言。他們很少聊到未來，安德烈對這件事感到害怕和慚愧，娜塔莎也猜出了這一點。有一回，她問起他的兒子，安德烈頓時漲紅了臉，他說，他的兒子不會和他們住在一起。

「為什麼？」娜塔莎吃驚地說。

「我不能從他爺爺那裡把他奪走，而且……」

「我很喜歡他！」娜塔莎猜出了他的心思，說道，「但我知道，您希望避免任何被責難的藉口。」

老伯爵有時走到安德烈面前，向他請教彼佳的教育和尼古拉的職務問題；老伯爵夫人望著他們時，長吁短嘆；索尼婭隨時都害怕成為多餘的人，盡可能地讓他們兩人獨處。當安德烈說話的時候，娜塔莎驕傲地聽著；當她說話的時候，他也以審視的目光看著她，讓她又驚又喜。「他在我身上尋找什麼？他能用目光看出什麼？如果我身上沒有他想找到的東西，會怎樣呢？」

安德烈離開彼得堡的前夜，他帶來了皮埃爾，皮埃爾看來悵然若失，感到難為情。他和伯爵夫人交談，娜塔莎和索尼婭則邀請安德烈下棋。

「您不是早就認識別祖霍夫了嗎？」他問道，「您喜歡他嗎？」

「是啊，他是個好人，不過太可笑了。」

就像她經常談論皮埃爾那樣，她講起有關他的趣聞。

「您知道，我把我們的事告訴他了，」安德烈說道，「我從兒時起就認識他了，他有一副天生的好心腸。我請求您，娜塔莎，」他嚴肅地說，「我要走了，沒人知道會發生什麼，您可能不再愛我……唔，我知道，我不應該這麼說。我只想說，當我不在的時候，無論您發生什麼事——」

「會發生什麼事呢？」

「無論發生什麼事，」安德烈轉向索尼婭繼續說道，「索菲小姐，我請求您，有任何需要幫助或商量的事，儘管去找他。雖然他是個漫不經心的人，卻有一副好心腸。」

無論是誰，都無法預見與未婚夫的離別會對娜塔莎產生怎樣的影響。這天她滿臉通紅，十分激動。她在房間裡來回踱步，彷彿不知道等待著她的是什麼，當他告別時，最後一次吻了她的手。

「您不要走吧！」她只說了這句話。他走了以後，她沒有哭，只是待在自己的房間裡。她對什麼都不感興趣，有時會喃喃自語：「哦，他怎麼走了！」

過了兩個禮拜，她忽然又從失意中恢復過來，變回從前的模樣了，但精神狀態發生了變化，就如同久病初癒的孩子，臉上出現另一副面孔。

25

兒子離開的這一年，博爾孔斯基老公爵的身體越來越弱，意志力也衰退了。他變得比從前更易怒，並將無緣無故的怒火發洩在瑪麗亞身上。他極力挑剔她的各種缺點，殘酷地從精神上折磨她。瑪麗亞有兩種嗜好：侄子尼古連卡和宗教，二者都是老公爵喜歡用來嘲笑的題材。「你想把他變成像你這樣的老處女，白費心機！安德烈需要的是兒子，不是處女。」或是在他和布里安交談時，當著瑪麗亞的面大開神父和神像的玩笑。

冬天，安德烈常到童山來，他很快活而溫和，瑪麗亞很久沒有看到他這副模樣了。她預感他發生了什麼事，但他卻沒有對瑪麗亞談到任何戀愛問題。安德烈在動身前和父親談了很久，瑪麗亞注意到他們兩人都對彼此表示不滿。

安德烈離開後，瑪麗亞寫信給彼得堡的朋友朱莉．卡拉金娜。她這時正為戰死在土耳其的哥哥服喪。

親愛的朋友朱莉，悲傷看來是我們共同的命運。我只能向我自己解釋，這是上帝的特殊恩賜，他要考驗您和您優秀的母親。啊，我的朋友，唯有宗教才能安慰我們，使我們擺脫失望，唯有宗教能說明人類無法理解的問題。我對親愛的嫂嫂的死亡念念不忘，如同您問起為什麼您那優秀的哥哥捐軀一樣，我也同樣想問，麗莎從未危害他人，心靈中從未有任何邪念，為何這個天使竟會死去呢？從那時起，已經過了五年。我已經開始明白她為何死去，她的死是造物主仁慈的表現，也許是她過於純潔無瑕，無力承擔母親的義務。她也許不能做個好母親，但卻遺留給安德烈純粹的憐惜和懷念。這種可怕的死亡雖然令人哀痛欲絕，但都為我和家兄帶來好的影響。此刻我把這一切寫給您看，我的朋友，為了使您相信《福音書》中的真理。

您問我們明年會不會在莫斯科過冬，雖然我想和您見面，但我仍不希望這樣做。最大的原因是波拿巴，因為我父親的身體已明顯地衰弱，並漸漸變得易怒，而憤怒的情緒多半來自政治問題：一想到波拿巴竟與歐洲所有國君平起平坐，尤其是與我們的國君——偉大的葉卡婕琳娜的孫子平起平坐，他就忍無可忍！當人們對波拿巴致以敬意時，彷彿地球上只有他不承認波拿巴是個偉人，更不承認他是法國皇帝。我父親不願前往莫斯科，在那裡與人爭執有關波拿巴的問題。

正如我在信中所寫的那樣，我的哥哥安德烈近來有了很大的變化，他變得和氣、溫柔，有著一顆善良的心。他似乎明白，對他來說生命還沒有終結，但是隨著這種精神上的變化，他的體力變得比以前虛弱了。我替他擔心，但又感到高興，他遵照醫生的建議出國去了，希望國外的療養能使他復元。

我感到奇怪的是，有些奇怪的謠言從彼得堡傳到莫斯科來，其中包括一則有關我哥哥和羅斯托娃結婚的消息。我不認為安德烈會結婚，尤其是跟她結婚。這是因為我知道，他妻子的死在他心中造成的悲痛已根深蒂固，以致他絕不會再娶；再說，這個姑娘並不是安德烈喜歡的女人類型。老實說，我不希望他這麼做。不過我聊得太久了，快寫完第二張紙了。再見，我親愛的朋友，願上帝把您置於神聖而有力的保護之下。布里安小姐也向您問候。

瑪麗

26

瑪麗亞於仲夏接到安德烈從瑞士寄來的一封書信，他在信中告訴她一則可怕的消息。安德烈宣布，他和羅斯托娃訂婚了。整封信都流露出對未婚妻的愛情和對妹妹的溫情。他請求妹妹原諒，沒有在童山把決定訂婚的事告訴她。不過他寫道，這件事當時還沒有決定，現在就不一樣了。「那時父親給我一年的期限，如今已過了六個月，現在的我比任何時候都更堅定。如果大夫們沒把我留在這裡治療，我早就回俄國去了，我必須將歸期再延後三個月。你知道我和父親的關係，但我們和他相處的時間也許不會太長了，不應在這時做出違背他意旨的事情。我會寫一封一樣的信給他，請你找機會把信轉交給他，並告訴我他的看法，看他是否有可能把期限縮短三個月。」

在長時間的猶豫之後，瑪麗亞把信交給父親了。隔天，老公爵心平氣和地對她說：

「寫信給你哥哥，叫他再等等……我活不了太久了，很快就會讓他自由……」

公爵小姐想反駁什麼，可是父親不讓她開口，把嗓音提高了。

「結婚吧！結婚吧！親愛的……是個好對象！不是嗎？很有錢，不是嗎？寫封信給他，即使明天就結婚也行，讓她當尼古連卡的繼母，我就娶布里安！哈！哈！但是我們家不需要更多女人了，叫他自己獨立生活，你也會搬過去，是嗎？」他對瑪麗亞說道，「願上天保佑，挨餓受凍吧！挨餓受凍吧！」

在這次發怒之後，公爵再也沒提這件事了。但一種沮喪的氣氛卻出現在父女關係上，他的嘲笑題材又多了一個新的話題——關於繼母以及布里安小姐的話題。

「我幹嘛不和她結婚呢？」他對女兒說，「她會是個很好的公爵夫人！」令瑪麗亞感到困惑和驚奇的是，她的父親的確越來越靠近法國女人了。瑪麗亞寫信給安德烈，告訴他父親如何看待他的來信，但是她安慰哥哥，她認為父親可能採取容忍的態度。

尼古連卡和他的教育，安德烈和宗教，是瑪麗亞僅有的慰藉。她特別喜歡一個名叫費多秀什卡的雲遊派女教徒。有一天，費多秀什卡在瑪麗亞的房裡講起自己遊歷各地的生活史，瑪麗亞的腦海裡突然出現一個念頭：她也要效法費多秀什卡到各地漫遊。於是，她準備好女教徒穿的全套服裝，但仍然猶豫不決，懷疑實現她意願的時刻是否已經到來。

「我來到一個地方，便祈禱一會兒，還沒有習慣這裡，又繼續向前走了。我一直走到兩腿發軟，躺下來，在某個地方死去，終於走到一個永恆、安逸的環境，那裡既無悲傷、亦無嘆息！」

可是後來，她看見父親，又看見了尼古拉，她的意願漸漸打消了，她悄悄地哭著，心裡覺得自己是個罪人，她愛父親和侄子，更甚於上帝。

第四部　一八一〇年～一八一一年

1

一八〇七以後，尼古拉．羅斯托夫繼續在保羅格勒兵團服役，他已經接替傑尼索夫，指揮一個騎兵連了。羅斯托夫變成一個粗野、不雅的老好人了，但他卻受到同事、部屬和長官的尊敬和愛護，並且對自己的生活感到滿意。一八〇九年時，他常在家書中發現母親連番的怨言，說家境每況愈下，他應該回來陪陪他年老的雙親。

尼古拉在讀家書的時候，心裡常感到一種恐怖。他害怕管帳目、爭吵、陰謀詭計、人際關係、索尼婭的愛情、求婚的誓言，這一切是那麼地紊亂不堪。因此，他總用冷淡的語調回信給母親，開頭是「親愛的媽媽」，結尾是「您恭順的兒子」，對於何時回家則是絕口不提。一八一〇年，他接到幾封父母的信，告知他娜塔莎和安德烈訂婚的事情。這使尼古拉感覺受到了侮辱，除了因為家裡少了可愛的娜塔莎會令他惋惜之外，他更遺憾訂婚的時候自己不在場。他考慮著是否要請假回去看看娜塔莎，但立刻想起即將來到的大演習，想到索尼婭，想到亂七八糟的事情，於是又延緩了。就在這年春天，他接到母親的一封信，勸他立刻回家去。她寫道，如果尼古拉不回來處理，那麼家中的產業都要變賣，大家都得淪落街頭了。「看在上帝的份上，我懇求你，如果你不想讓我和全家人遭到不幸，就馬上回來吧。」信上寫道。

尼古拉看完這封信後，決定啟程回家。一星期以後，他的請假被批准了，全團甚至全旅的驃騎兵同事都捐了十五盧布，為羅斯托夫舉辦一次舞宴。宴會上，羅斯托夫和巴索夫少校跳了一段特列派克舞，又被喝得爛醉的軍官們抱起來往上拋；然後他們就把羅斯托夫放在雪橇上，把他送到第一站。

從克列緬丘格到基輔的道路已經走了一半，羅斯托夫開始不安地問自己，在奧特拉德諾耶等著他的是什麼。他越駛近家門，想家的情緒就越強烈。到了奧特拉德諾耶之後，他給了馬車伕三盧布，氣喘呼呼地跑上住宅的台階。

父親和母親還是那個樣子，只是變老了一些；索尼婭已經十九歲了，自從他回來後，她完全陶醉在幸福和愛情之中，那忠實、堅定的愛情真使他心曠神怡。使尼古拉感到驚奇的莫過於彼佳和娜塔莎，彼佳是個十三歲的大男孩，聲音也變了，長得很好看；娜塔莎的樣子使尼古拉驚訝了很久，他一面端詳著她，一面發笑。

「完全不是那個樣子。」他說。

「幹嘛，我變醜了嗎？」

「完全相反，不過架子太大了。公爵夫人啊！」他用耳語對她說。

「對，對，對。」娜塔莎愉快地說。

娜塔莎把她和安德烈的愛情和他來奧特拉德諾耶時的事說給他聽，還把安德烈最近寫的一封信拿給他看。

「怎麼樣，你高興嗎？」娜塔莎問道，「我現在非常平靜，非常幸福。」

「我很高興，」尼古拉回答，「他是個很好的人。不過，你夠專情嗎？」

「該怎麼說呢，」娜塔莎回答，「我愛過鮑里斯，愛過教師，愛過傑尼索夫，但是這種愛情根本不算一回事。現在的我很堅定，我知道，沒有人比他更好了，所以我感到平靜，跟以前完全不同……」

尼古拉向娜塔莎表示，他對延後婚期一年很不滿意，但是娜塔莎凶狠地朝哥哥大罵，說她一定得這麼做，因為她不能違背他父親的意旨。

「你根本不瞭解！」她說。尼古拉不開口了，他對她的看法表示同意。

他發現，她根本不像一個遠離夫婿夫的未婚妻，還是像以前一樣恬靜和快活。這使得尼古拉感到驚訝，甚至對安德烈的婚約抱著不信任的看法。他不相信這是她的命運，他總覺得這門婚事有欠妥的地方。

「為什麼延期？為什麼不訂婚呢？」他發現，母親有時也對這門婚事抱持不信任的看法。

「你看，他是這樣寫的。」她把安德烈的信拿給兒子看，矛盾地說道，「他在十二月以前不能回來，究竟是什麼事妨礙他呢？想必是疾病？他的身體很虛弱。別告訴娜塔莎。不過，上帝保佑，事事都會稱心如意的。」她每次都這樣作出結論，「他是個最優秀的人。」

2

尼古拉回來以後，起初他覺得心情沉重，尤其是必須處理那些無聊的家務。為了儘快卸下這個重擔，在他回到家裡的第三天，他就怒氣沖沖地去找管家米堅卡，叫他把全部帳目攤出來。在房外等候的村長、人民代表和行政長官，流露著恐懼而喜悅的神態，他們聽見年輕伯爵的嗓門越來越大，接著是一句又一句的咒罵。

「強盜啊！忘恩負義的壞蛋！砍死你這條狗……你偷光了……」

然後他們看見年輕的伯爵面紅耳赤，眼睛裡充血，一把抓住米堅卡的脖子，把他拖出來。他用力推了他一把，大聲吆喝：「快滾，壞蛋！別再待在這裡了！」

米堅卡拚命地從台階飛奔下來，跑進了花壇，他的妻妾惶恐地從房門探出身子張望。年輕的伯爵上氣不接下氣，邁著堅定的腳步從她們身旁經過，向住宅走去。

第二天，老伯爵把他兒子喊來，含著膽怯的微笑對他說：

「親愛的，你知道嗎，你無緣無故地發了一陣火！米堅卡把什麼都告訴我了。」

「我知道，」尼古拉想了想，「在這個愚昧的世界裡，我什麼都不明白。」

「他沒有把這七百盧布記在帳上，你就生他的氣。你不知道，他把那筆帳記在轉欠頁上，那一頁你就沒有看了。」

「爸爸，我知道他是個壞蛋、小偷。做過的事就算了，如果您不希望這樣，我就不再跟他說什麼了。」

「不，親愛的，不過，我請你來管理家業，我太老了，而且……」

「不，爸爸，如果我做了使您不愉快的事，請您原諒，我沒有您在行。」

「這些農夫、金錢、轉欠頁上的帳目全都見鬼去吧！」他心想，「我知道怎樣在紙牌的一角下注，可是過戶轉帳的事，我什麼也不懂。」從此他再也不過問家業了。只有一次，伯爵夫人對兒子說，她有一張安娜·米哈伊洛夫娜的二千盧布的期票，她問尼古拉應該怎麼辦。

「原來是這樣，」尼古拉回答，「要是您問我的話。我不喜歡安娜·米哈伊洛夫娜，也不喜歡鮑里斯，不過我們有交情，而且他們生活貧苦。就這麼辦吧！」他撕了這張期票，這讓伯爵夫人喜極而泣。之後，年輕的伯爵不再過問任何家事，他投入一種新的嗜好——犬獵。

3

那時已是初寒，正是狩獵的最佳時節。獵人全會上決定先讓獵犬休息三天，九月十六日遠行，這次狩獵從橡樹林開始，因為林中有一個未被驚動的狼窩。

九月十五日清早，尼古拉走上被雨淋濕的汙泥滿地的台階，這裡散發著枯萎的樹木和獵犬的氣味。那隻黑腿的母犬米爾卡一看見主人便站起來，向後伸了個懶腰，然後一躍而起，朝他的鼻子和鬍鬚舔了一下。另外一隻母靈狸在花園中的一條小路上看見了主人，也向台階飛奔而去，牠翹起尾巴，開始蹭尼古拉的腿。

「丹尼洛！」

「好啊。」獵犬訓練管理人和狩獵長丹尼洛從牆角走出來，他在老爺面前摘下帽子，向他望了一眼。

「大人，有什麼吩咐？」

「是個好日子，對嗎？去追逐獵物一趟，好嗎？」尼古拉用手搔著獵犬，說道。

丹尼洛不回答，眨了眨眼睛。

「拂曉時分，我派烏瓦爾卡出去偵查過，」他回答道，「他說母狼遷移到奧特拉德諾耶禁伐區去了，還在那裡不停地嗥叫。」

「那我們就到那裡去，是嗎？」尼古拉說，「你跟烏瓦爾卡一起到我這裡來。」

「隨您吩咐，好吧！」

「等一下再餵狗吧。」

「是的。」

過了五分鐘，丹尼洛和烏瓦爾卡來到尼古拉的書房向他彙報，尼古拉從丹尼洛那裡瞭解到獵犬的狀況都不錯，於是就吩咐備馬。丹尼洛才剛要離開，娜塔莎卻匆忙地走進來，彼佳也和她一起。

「你要去嗎？」娜塔莎說，「我就知道！雖然索尼婭說你們去不成了，但我知道，你今天一定會去。」

「我們要走了，」尼古拉不樂意地回答，他想好好打一次獵，不想再把娜塔莎和彼佳帶在身邊，「我們要走了，可是今天要獵的是豺狼，你會感到無趣的。」

「不，這是我最大的樂趣，」娜塔莎說，「太糟了，他要去獵狼，卻不向我們吐露半句話。」

「俄國人不可阻擋，我們去吧！」彼佳喊道。

「你本來就不能去，媽媽不是說你不能去嗎？」尼古拉把臉轉向娜塔莎說。

「不，我要去，我一定要去，」娜塔莎堅決地說，「丹尼洛，為我們備馬，叫米哈伊爾把我的一群獵犬帶去好了。」

丹尼洛覺得待在房裡有點難為情，他害怕與小姐打交道，於是趕緊走了出來。

4

這一天，九月十五號，老伯爵活躍起來，也想親自去狩獵。

過了一個鐘頭，所有參加狩獵的人都來到台階旁。尼古拉把各個小組察看了一遍，先派出一群獵犬和獵人前去圍獵，他則騎著一匹棗紅色的馬，率領他的獵犬朝奧特拉德諾耶禁伐區的田野出發了。老伯爵乘坐一輛馬車同行，由馬伕將他的馬牽過去。

獵犬共計五十四頭，由六名獵犬訓練管理人帶領；除了主人之外，有八名靈狸看管人，由他們帶領四十多頭靈狸，連同主人的幾群獵犬，約有一百三十頭獵犬、二十名騎馬的獵人，都朝著田野的方向出發。

當他們走了一俄里左右，有五個帶著獵犬的騎士出現在霧氣中，他們向羅斯托夫一群人迎面走來，最前頭是一位精力充沛、鬍鬚斑白的老人。

「大叔，您好。」尼古拉說。

「很好，走吧！我就知道，」大叔開口了，「我就知道你忍不住了，你想打獵，很好！走吧！你馬上佔領禁伐區，聽說伊拉金一家帶著一幫獵人盤踞在科爾尼克，別讓他們從你眼下搶走一窩狼仔。」

「我也要到那裡去，我們把獵犬合在一起吧？」尼古拉問道。

他們把獵犬合成一大群，大叔和尼古拉並轡而行。娜塔莎騎馬走到他們前面，她裹著頭巾，露出一張興奮的臉孔；彼佳和米哈伊爾都寸步不離地陪著她。

大叔用不贊同的眼光看了看彼佳和娜塔莎，他不喜歡把打獵這件嚴肅的事跟嬉戲混為一談。

「大叔，您好，我們也要走。」彼佳喊道。

「您好，您好，可是別壓到獵犬了。」大叔厲聲地說。

「尼古連卡，多麼好看的獵犬『特魯尼拉』！牠認出我了。」

娜塔莎談到她那隻心愛的獵犬。

「特魯尼拉不是普通的狗，牠是一隻公獵犬。」尼古拉嚴肅地朝妹妹瞥了一眼，想使她明白，她應該與他們保持一些距離。

「大叔，您不要以為我們會妨礙別人，」娜塔莎說，「我們要待在原地不動。」

「伯爵小姐，這很好，」大叔說，「不過別從馬上摔下來，走吧！」

在一百俄丈遠處可以看見奧特拉德諾耶禁伐區了，羅斯托夫和大叔決定從那裡放出獵犬，並且要娜塔莎待在特定的地方，接著就朝著圍獵的方向走去。

「喂，小子，那隻大狼由你對付了，」大叔說，「就這麼說定，別追丟了。」

「遇到再說，」羅斯托夫回答，「卡拉伊，走吧！」他喊了一聲。卡拉伊是一隻難看的老公狗，牠曾因單獨捕獲一隻大狼而聞名。

所有人都各就各位了。

老伯爵已經乘著馬車到達留給他的一條獸徑。他裝備好打獵工具，騎上他的馬。雖然他並非醉心於狩獵的獵人，卻熟諳狩獵規章。他來到灌木林邊緣地帶，面露微笑，向四周環顧一下。

一名叫做謝苗．切克瑪律的僕役也站在他身旁。謝苗牽著三隻勇猛的捕狼犬，帶著兩隻未繫住的老狗；伯爵的另一名馬伕米季卡站在不遠處的樹林邊緣上。伯爵依照習慣在狩獵前喝了一盅燒酒，以及半瓶他愛喝的波爾多酒。

「你看見娜塔莉婭．伊利尼什娜（娜塔莎的尊稱）嗎？」他問謝苗，「她在哪裡？」

「她和彼得．伊利奇（彼佳的尊稱）站在札羅夫草地附近。」謝苗微笑說道，「雖是女子，打起獵來卻很出色。」

「看到她騎馬，你會感到驚奇，謝苗……怎樣？」伯爵說，「即使是男人也不過如此！」

「的確令人驚奇！非常勇敢，非常靈活！」

「尼古拉在哪裡？在利亞多夫斯克高地上嗎？」伯爵用耳語問道。

「是的，老爺。他知道他該待在什麼地方。他擅長騎馬，我和丹尼洛有時候也感到驚訝。」

「他很會騎馬，是嗎？騎在馬上是什麼樣子？」

「真應該畫張圖來說明一下！一匹馬值一千盧布，而騎手卻是無價！這麼棒的小伙子該去哪找！」

「該去哪找……」伯爵喃喃自語道。

沉寂的空中清晰地傳來兩三隻獵犬追捕野獸的嗥叫和其他獵犬的吠叫。謝苗低下頭傾聽，小聲地向伯爵暗示：「找到狼窩啦！有人帶著大家往利亞多夫斯克高地追捕去了。」

伯爵向前面的副林帶遠眺，緊接著犬吠之後，可以聽見丹尼洛用以追狼的角笛聲，獵犬不時地吠叫，夾雜著其他獵犬的呼應聲，這聲音足以作為追捕豺狼的信號。獵犬訓練管理人發出口令，叫獵犬抓住野獸。在這一片呼喚聲中，尤以丹尼洛的聲音最大，彷彿充滿了整個森林，並響徹遙遠的田野。

獵犬已分成兩群，其中一群為數較多，牠們漸漸走開了；另一群獵犬沿著森林從伯爵身旁疾馳起來，在這群獵犬中可以聽見丹尼洛催促牠們抓住野獸的叫聲。兩股喊聲漸行漸遠，謝苗與伯爵都嘆了一口氣。

忽然間，追趕野獸的喊聲傳到近處來了，這是打獵時常有的情形，彷彿吠叫的一張張狗嘴和丹尼洛的喊聲就要出現在他們面前。

伯爵回頭看了米季卡，米季卡瞪大眼睛瞧著伯爵，指著另一側的前方。

「你來護衛吧！」他喊叫起來，並放出獵犬，朝著伯爵那個方向疾馳而去。

伯爵和謝苗疾馳而出，從左邊看見一隻狼，這隻狼搖搖晃晃地跳到森林邊緣，幾隻凶惡的獵犬尖叫了一聲，向豺狼飛奔而來。

這時，狼突然跳進森林裡不見了，一整群獵犬緊追在後。接著丹尼洛也出現了，他汗流浹背地騎在馬背上。當他看見伯爵的時候，眼中閃出了凶光。

「啊！」他向伯爵舉起短柄長鞭，威嚇道，「放走了狼！……算什麼獵人啊！」他用力鞭撻一下馬匹，跟在獵犬後面疾馳去了。

伯爵呆立不動，竭力地露出微笑以掩飾尷尬。謝苗已經不在那裡了，他騎馬繞過灌木林，去攔截豺狼。靈狸看管人也加入攔截，但是這隻狼逃走了，沒有人截住牠。

5

與此同時，尼古拉．羅斯托夫正在原地等待，他做過數千次預測，認為野獸會怎樣跑出來，從哪個方向跑出來，他如何用獵狗追捕野獸。羅斯托夫不時用那緊張而不安的目光打量森林的邊緣。

「不，不可能這麼幸運的，」羅斯托夫這樣想，「無論是打牌，或是作戰，我總是處處倒楣。」奧斯特里茨和多洛霍夫又匆匆地閃過他的腦海，「我只希望這輩子能捕獲一隻大狼，別無所求！」他又向右邊望去，發現有一樣東西沿著荒漠的田野向他迎面跑來。「不，這不可能！」羅斯托夫不敢相信自己的眼睛，但這種懷疑只延續了一秒多。那隻狼從容不迫地跑著，顯然以為沒有人看見牠。

「我來呼喚獵犬抓住野獸。」羅斯托夫小聲說道。獵犬都抖抖鐵鍊，跳起來，豎起耳朵聽。

「放？還是不放？」當豺狼離開森林向他跑來的時候，尼古拉這麼問自己。忽然狼的臉色變了，牠看見羅斯托夫的眼睛後，哆嗦了一下，停住腳步。接著又向前衝過來。

「抓住牠！」尼古拉喊道，他騎著馬獨自向山下疾馳，幾隻獵犬趕過了他，更迅速地奔跑。米爾卡首先追上那隻野獸，可是這隻狼只是斜睨著牠。米爾卡忽然翹起尾巴，用兩隻前腳支撐在地上，停住了。

「抓住牠！」尼古拉喊道。

叫做柳比姆的獵犬接著跳出來，動作迅速地向狼撲去，咬住牠的後腿。但在這一瞬間，牠又驚惶地跳到一旁。那隻狼向前跑去，所有的獵犬在一俄尺外緊追著。

「牠跑掉啦！不，這不可能。」他一面想道，一面用嘶啞的嗓音繼續喊叫。

「卡拉伊！抓住牠！」他看到前方不遠處就是森林，只要讓牠逃進去，就再也追不到了。幾隻獵犬和獵人在眼前出現了，一隻小公犬迅速竄到狼的面前，幾乎把牠撞翻。那隻狼朝著公犬撲過去，咬了它一口，公犬應聲而倒，發出尖聲的慘叫。

「卡拉伊！我的老天！」尼古拉哭喊。

那隻狼停下來了，老公犬便去攔阻牠的去路。狼斜眼看著卡拉伊，接著又加快速度跳開了，就在這時，卡拉伊瞬間撲到狼身上，和牠一起滾進了水坑。

幾隻獵犬在水坑裡與豺狼搏鬥，豺狼抿著兩耳，喘不過氣來，露出惶恐的樣子。尼古拉看著這副情景，只覺得這是他一生中的最幸福的時刻。他準備下馬刺殺這隻豺狼，忽然牠又從獵犬中探出頭來，跳出了水坑，掙脫了獵犬向前走去。卡拉伊似乎受傷了，吃力地從水坑爬出來。

「我的天！這是為什麼？……」尼古拉絕望地喊道。

其他獵人從另一邊疾馳而來，截斷豺狼的去路，他的幾隻獵犬把野獸包圍住了。

丹尼洛也來了，他左手拿著一柄拔出的短劍，策馬朝野獸跑過去。當尼古拉接近時，他看見丹尼洛在一群獵犬中間，竭盡全力地揪狼的耳朵，很明顯，一切都已經結束了。丹尼洛把沉重的身軀壓在狼身上，同時用手抓住牠的耳朵。尼古拉想刺殺牠，但是丹尼洛說：「用不著，我們把牠捆住吧！」他們把一根棍子塞在狼嘴裡，把牠捆住，又縛住牠的兩腿。

他們露出幸運而疲憊的臉色，把那隻被活捉的大狼放到馬背上，運送到約定集合的地點。獵人們都來觀看這隻大狼，老伯爵也騎馬走來，碰碰這隻狼。

「哦！多麼大的狼啊！」他說道，「是嗎？」他問站在他身旁的丹尼洛。

「大人，這是一隻大狼。」丹尼洛連忙脫下帽子，回答。

伯爵想起了他因為放走狼而與丹尼洛發生衝突的情景。

「老弟，不過你生氣了。」伯爵說。丹尼洛什麼話也沒有說，羞怯地微笑著。

6

老伯爵騎馬回去了，娜塔莎和彼佳也答應馬上回家。狩獵還在持續，因為時間還很早。

尼古拉聽見他所熟悉的獵犬追捕野獸時斷斷續續的叫聲，其他獵犬和牠合在一起。牠們時而停止嗥叫，時而又開始追趕。一分鐘以後，林子裡傳來追逐狐狸的叫聲。他看見幾個獵人沿著峽谷邊緣疾馳，甚至還看見獵犬，他時刻等待狐狸從那邊的綠蔭中出現。

一隻形狀古怪的狐狸沿著翠綠色的田野匆忙地迅跑，幾隻獵犬立即上前追捕，把牠包圍起來。這時，一隻不知是誰的白犬衝出來，一隻黑犬尾隨於其後，與其他獵犬混在一起。兩個獵人騎著馬朝獵犬走去，一人頭戴紅帽，另一人身穿一件綠色長衣。

「這是怎麼回事？」尼古拉想了一下，「這個獵人是哪來的？這不是大叔的獵人。」

幾個獵人搶走了狐狸，站在那裡不動。忽然間，傳來了號角──鬥毆的信號。

「這是伊拉金的獵人和我們的伊凡鬧起來了。」尼古拉的馬伕說。

尼古拉派馬伕去召回妹妹和彼佳，慢步地馳向獵犬訓練管理人和獵犬聚集的地點，有幾名獵人向鬥毆的地方疾馳而去。

尼古拉翻身下馬，在娜塔莎及彼佳身旁停下來，等待鬥毆結束的消息。參與鬥毆的獵人也從森林後面馳過來了，他臉色蒼白，喘不過氣來，流露著憤恨的表情，一隻眼睛被打傷了。

「那裡出了什麼事？」尼古拉問道。

「真是夠了！他從我們的獵犬爪下搶走野獸！我那隻灰色的母犬捉住了狐狸。請過來，講講道理吧！他要搶走這隻狐狸啊！」這個獵人說道，彷彿還在跟他的敵人爭執似的。

尼古拉他妹妹和彼佳稍等一會兒，便朝著伊拉金的獵人幫所在地點疾馳去了。伊拉金竟然在屬於羅斯托夫家的地區狩獵，還容許自己的獵人在別人的獵犬身邊追捕野獸。

尼古拉從未見過伊拉金，但是光憑這個地主的橫行霸道就對他滿懷仇恨。他十分憤怒地向他騎去，手中緊緊地握著一柄長鞭，準備向他的敵人採取最堅決的報復行動。

他剛來到森林後面，就看見一個肥胖的地主迎面向他走來，對方騎著一匹黑馬，有兩個馬伕伴隨著他。

尼古拉發現伊拉金不是敵人，而是一個儀表堂堂、令人尊敬的老爺。伊拉金馳近羅斯托夫後，微微舉起他的帽子，並向羅斯托夫表示歉意。他希望能結交伯爵，為了替手下獵人贖罪，他希望羅斯托夫到一俄里外的他的獵場去狩獵。尼古拉同意了，於是，他們的獵人會合在一起，向前進發了。

途中，伊拉金向羅斯托夫聊到了今年的收成，談話進行到一半時，尼古拉指了指他那隻紅花斑的母犬。

「您這隻母犬多麼好看啊！」他漫不經心地說，「牠跑得快嗎？」

「這隻母犬嗎？是的，這是一隻良種母犬，牠善於捕捉野獸。」伊拉金冷淡地回答，又繼續聊著剛才的話題。伊拉金認為應該向年輕的伯爵回禮，於是也把他的獵犬打量了一番。

「您這隻黑花斑母犬很好看——長得多端正！」他說。

「是啊，還不錯，會奔跑，」尼古拉回答，「我只希望有隻大灰兔跑到田裡來，我就能向您顯示一下，這隻獵犬有多能幹！」

「我不懂，」伊拉金說，「獵人為什麼會嫉妒別人捕獲的野獸，嫉妒人家養的獵犬？對我來說，我只不過覺得騎馬走走很開心罷了……至於能捕獲多少獵物，我根本就不在乎！」

「是啊。」

「或者說，其實我只是在欣賞追捕野獸的情景而已，伯爵，是這樣嗎？以後我再解釋……」

「捉住牠！」這時，一名靈狸看管人大喊，他站在小丘上，舉起鞭子，「捉住牠！」

「啊，他好像看見獵物了，」伊拉金心不在焉地說，「也好，伯爵，我們去追逐牠吧！」

「好的，騎馬過去……要一起去嗎？」尼古拉一面回答，一面跟大叔和伊拉金向前走去。

「大兔子嗎？」伊拉金向那名發現野兔的獵人問道。

「米哈伊爾．尼卡諾維奇，您怎麼了？」他把臉轉向大叔問道。大叔皺著眉頭繼續前進。

「我何必管呢？隨便你們吧！為了買一隻獵犬，付出了全村數以千計的盧布。就讓我瞧瞧你們的獵犬吧！」

「魯加伊！看你的了！」他對自己的紅毛公犬說道。

老爺們緩緩地向那名獵人馳去，地平線上的幾隻獵犬和獵人們都從兔子身邊走開了。忽然間，這隻灰色的兔子似乎預感到不祥之事，跳起來了。一群獵犬立刻衝下山去捉野兔，幾隻靈狸也從四面八方追上去，獵犬看管人和靈狸看管人在在田野上奔跑起來。伊拉金、尼古拉、娜塔莎和大叔都奔跑著，生怕錯過了追捕野獸的情景。伊拉金的那隻紅花斑母犬葉爾札從後面飛奔出來，以最快的速度衝過去，但兔子拱著背，跑得更快了。尼古拉的米爾卡也從葉爾札後面飛也似地竄出，很快就追上兔子了。

「米爾卡！我親愛的！」尼古拉得意地喊道。但那隻美麗的母犬葉爾札也迎頭趕上，就在牠即將抓住灰兔的一瞬間，灰兔霍地一轉身，滾到田野之間的界溝裡去了。兩隻獵犬並排地追捕著。

「魯加伊！看你的了！」另一人喊道，大叔的那隻紅毛公犬向前跑去，奮不顧身地撲向那隻兔子，把牠從界溝撞到田裡，其他獵犬立刻上前包圍。走運的大叔翻身下馬，把野兔的小腿割下來，輕輕地抖動那隻野兔，讓血流出來。「瞧吧，這隻獵犬，牠在所有的獵犬中出類拔萃，無論是價值一盧布還是一千盧布的獵犬，全都比不過牠！」他上氣不接下氣，憤恨地環視四周，「瞧瞧你們那價值一千盧布的——」

「魯加伊，給你兔子的小腿！」他說把那割下來的小腿扔給牠，「這是你應得的！」

「牠累壞了，一連三次獨自追趕逃走的兔子。」尼古拉說。

「這樣攔截算什麼！」伊拉金的馬伕說。

「只要一有空檔，任何一隻看門狗都能捉住牠。」伊拉金滿臉通紅地說道。大叔自己把捕獲的灰兔繫在鞍後，然後跨上馬背，疾馳而去。所有人都悶悶不樂，覺得受了很大的委屈，紛紛四散。

過了很久，當大叔騎馬走到尼古拉面前和他談話的時候，尼古拉感到非常榮幸，因為在發生這一切之後，大叔又肯理睬他，跟他說話了。

7

傍晚，伊拉金和尼古拉告辭。尼古拉由於離家太遠，於是接受大叔的建議，留下獵人和獵犬，在米哈伊洛夫卡村留宿。

「如果您想到我這裡來，就來吧！」大叔說，「這再好不過了！您看，天氣很潮濕，」大叔說，「休息一下吧，讓伯爵小姐坐馬車回家。」他們派人到奧特拉德諾耶要一輛馬車，尼古拉帶著娜塔莎及彼佳到大叔那裡去了。

大約有五個男僕，跑到台階上迎接老爺。幾十個婦女探出頭來觀看馳近的獵人。娜塔莎的出現，勾起了家僕的好奇心，許多人都向她走去，看看她的眼睛，並品頭論足，彷彿在評論一件展示品一樣。

「阿琳卡，你瞧，她騎在馬背上，下擺晃晃蕩蕩……瞧，還有小角笛呢！」

「我的老天爺，有一把小刀！……」

「瞧，她是韃靼女人！」

「你怎麼沒有倒栽蔥地滾下來呢？」一個女人更大膽地向娜塔莎問道。

大叔在小木屋的台階旁下馬，朝家裡的人瞥了一眼，用命令的口氣叫他們走開，去作好迎接客人的準備。

他把娜塔莎從馬鞍上抱下來，帶她登上不穩的木板台階。房子不太整潔，但也算不上雜亂。門裡發散出新鮮蘋果的香味，到處掛滿了狼皮和狐狸皮。

大叔領著客人們進入書房，書房裡放著破舊的傢俱，散發著一股強烈的煙草味。大叔請客人們就座後暫時離開了。娜塔莎、尼古拉和彼佳都脫下衣服，在沙發上坐下來。彼佳立刻睡著了，娜塔莎和尼古拉默不作聲地坐著，他們都很餓，也很愉快。兩人互相瞥了一眼，忍不住大笑起來。

過了不久，大叔走了進來，穿著一套華麗的服裝。他看見兄妹正在發笑，也跟著大笑起來。

「好一個年輕的伯爵小姐，真行！我從沒見過像她這樣的小姐啊！」他說，一邊把一桿煙袋遞給羅斯托夫。

「她騎馬跑了一天，像個男子大丈夫，若無其事！」

門打開了，一個約莫四十歲的肥胖女人捧著一只擺滿食物的托盤走進房裡來，她是大叔的女管家阿尼西婭・費奧多羅夫娜。她環視客人，露出溫和的微笑，恭敬地向他們行禮，接著走到桌前，把托盤放下，靈活地把酒瓶和菜餚擺在桌上，然後就離開了。

羅斯托夫和大叔一邊喝著櫻桃酒，一邊暢談打獵的事。娜塔莎兩眼閃閃發光，聆聽他們的話。彼佳還沒有睡醒。

「瞧，人活了一輩子，總要壽終正寢的——什麼都化為烏有。想那麼多幹嘛！」

大叔的表情意味深長，羅斯托夫不禁想起他從父親和鄰居那裡聽說的有關大叔的傳聞。大叔在省內享有最高尚、無私的美名；有人請他評斷家務事，請他擔任遺囑執行人，把秘密告訴他，推舉他擔任審判官或其他職務。但他拒絕了一切公務，每年春秋騎著馬在田野裡消磨時光，冬季在家中休息，夏季在茂盛的花園裡乘涼。

「大叔，您為什麼不在政府任職呢？」

「我做過工作，後來不做了，因為不中用了。算了，這交給你們去做吧！我不夠聰明。但說到打獵，那就不同了！請您把門打開吧，」他喊了一聲，「您為什麼把門關起來了？」走廊末端通往僕人的住所，只聽見一陣腳步聲，僕人住所的門打開了，走廊裡傳來清晰的巴拉萊卡琴聲。娜塔莎走到走廊上，以聽得更清楚。

「這是我的馬車伕米季卡，我替他買了一把很好的巴拉萊卡琴，我很喜歡聽。」大叔說。他總是習慣打獵回來時，叫米季卡在住所裡彈奏巴拉萊卡琴。

「彈得多麼好啊！真是太棒了！」尼古拉輕蔑地說，彷彿羞於承認琴聲的動聽。

「什麼太棒呀？」娜塔莎說。「不是太棒，而是富有什麼樣的魅力啊！」

「請您再彈一曲吧。」琴聲一停止，娜塔莎就對著那扇門說道。米季卡調了一會兒音，又彈奏起另一首舞曲，大叔坐在那裡，面露微笑地聽著。女管家也走進來，把肥胖的身軀靠在門楣上。

「您喜歡聽嗎？」她含著微笑對娜塔莎說。「他在我們這裡彈得最出色。」

「這一段他彈得不好，」大叔忽然說，「這一段要彈出一陣陣爆發的聲音，沒錯，就是這樣。」

「您會彈琴嗎？」娜塔莎問道。大叔沒有作答，微微一笑。

「阿尼西婭，去看看那把吉他的琴弦還好嗎？好久沒碰它了，真的！都荒廢了。」

阿尼西婭．費奧多羅夫娜把吉他拿來了。

大叔吹掉吉他上的灰塵，用手指敲了敲琴面，調準琴弦，接著向女管家使個眼色，奏起一聲清脆而嘹亮的和絃，之後悠閒自得地彈奏著名的曲子《在大街上》。尼古拉和娜塔莎心中默默唱著這首歌的調子。阿尼西婭笑嘻嘻地走出房去。大叔的臉上微微發笑，尤其是在彈得起勁的時候，嘴角流露出得意的笑容。

「好極了，好極了，大叔，再來一首！」他剛奏完，娜塔莎就大聲喊道。

大叔又彈了第二次。之後他站起來，彷彿身上有兩個人，其中一人露出嚴肅的微笑，另一個人卻做出一個幼稚的起舞動作。

「喂，侄女！」大叔喊了一聲，向娜塔莎揮了揮那隻停奏和絃的手。

娜塔莎向大叔面前跑去，她雙手叉腰，聳聳肩膀，停下來了。

這個伯爵小姐不知道在哪裡學習了如此道地的俄羅斯精神和舞姿，她跳得完全準確，當她一停下來，又向大伙兒微微一笑，顯得莊嚴而高傲、狡黠而愉快。

「嘿，伯爵小姐，做得好！」大叔跳完舞，面露愉快的笑意，「啊，侄女呀！真希望給你選個好丈夫。」

「已經選好了。」尼古拉微笑地說。

「哦？」大叔疑惑地望著娜塔莎，驚訝地說。娜塔莎幸福地點點頭。

「要說他是誰呀！」她說道。但是忽然又想到：「尼古拉說這句話時，他的笑容意味著什麼？他對這件事感到高興，還是不高興？安德烈目前在哪兒呢？」娜塔莎的臉色變得嚴肅起來，「不去想它，也不敢再想這件事。」她自言自語道。隨即坐在大叔身旁。

大叔又彈奏一支曲子和華爾滋舞曲，然後唱了他最愛的獵人曲。他的歌唱使娜塔莎欣喜萬分，她決定不再學習彈豎琴，只要彈奏吉他就行了。

她向大叔要來一把吉他，立刻試彈了這首歌的和絃。

九點多，一輛敞篷馬車、一輛輕便馬車來接娜塔莎和彼佳，還有三個騎馬的人。其中一人說，伯爵和伯爵夫人不知道他們在哪兒，心裡焦急不安。

他們把彼佳抬到敞篷馬車上，娜塔莎和尼古拉乘坐輕便馬車。大叔懷著前所未有的親情和她告別。

「親愛的侄女，再會！」可以聽見他在黑暗中喊了一聲。

在他們駛過的村莊可以看到紅色的燈光，聞到令人愉快的炊煙味。

「這個大叔多麼富有魅力啊！」當他們駛到大路上的時候，娜塔莎說道。

「是啊，」尼古拉說，「你不覺得冷吧？」

「不，我很好，非常舒服。」娜塔莎說。

夜晚是黑暗、潮濕的。看不見馬匹，只聽見牠們在泥濘的路上發出啪嗒啪嗒的響聲。

「尼古連卡，你現在心裡在想什麼呢？」娜塔莎問道。

「我嗎？」尼古拉說，「我覺得，假如魯加伊這隻公犬是人，牠一定會把大叔養在自己身邊，因為他很好相處。是嗎？嗯，那你在想什麼？」

「我嗎？我在想，我們坐在馬車裡，心裡想著回家去，可是我們卻來到一個地方，這裡不是奧特拉德諾耶，而是仙境。之後我還想……不，我想說的就是這些了。」

「我知道，那個時候你一定是在想他。」尼古拉微笑著說。

「不，」娜塔莎回答，雖然她的確想到安德烈，但也想到他會喜歡大叔，「我一直在想，阿尼西婭人很好，很好……」娜塔莎說道。尼古拉聽見她忽然發出幸福的笑聲。

「你知道，」她忽然說，「我永遠不會像現在這麼幸福，這麼平靜。」

「真是蠢話！無稽之談！」尼古拉心想，「我的娜塔莎多麼有魅力！不僅現在，我以後也不會有像她這樣的伙伴。她為什麼要結婚？我希望能和她永遠一起乘車閒遊。」

「我的尼古拉多麼可愛！」娜塔莎想道。

「哦！客廳中還有燈光，」她指著自家的窗戶說，這幾扇窗戶反射出美麗的光輝。

8

伊利亞·安德烈耶維奇伯爵已辭去首席貴族的職位，因為這個職位的開銷龐大，而他的經濟狀況一直沒有好轉。娜塔莎和尼古拉常看見雙親激動不安地私下商議，常聽見有關出售羅斯托夫家的豪華住宅和莫斯科近郊的地產的傳言。辭去首席貴族的職位後，奧特拉德諾耶的生活比以前更為清靜了，但這棟高大的住宅仍然住滿了人，除了家庭成員之外，還有樂師及其妻子、舞蹈教師及其眷屬、經年住在家裡的老小姐別洛娃、彼佳和小姐們的家庭教師，以及一些覺得住在伯爵家裡很舒適的人。因此，伯爵夫婦不得不設想如何支撐下去。獵事依然如故，馬廄裡仍有五十匹馬和十五名馬車伕，命名日裡仍舊舉行盛大的宴會，款待全縣佳賓；伯爵家中照常打紙牌，每天都讓客人贏走幾百盧布。

伯爵夫人意識到孩子們都要破產，她正在尋找解決之道。從一個女人的角度出發，她只有一條辦法，就是叫尼古拉娶一個富有的女子。她意識到這是最後一線希望，如果尼古拉拒絕她為他找的配偶，那麼就等於永遠放棄改善家境的機會了。這個配偶是朱莉·卡拉金娜，她的父母都是高尚的好人，從童年時代起，羅斯托夫一家就認識她。由於她的兄弟相繼辭世，她成為一名有錢的年輕姑娘。

伯爵夫人寫信給莫斯科的卡拉金娜，向她提出兩家兒女之間的親事。卡拉金娜在回信中表示同意，但這件事必須取決於她女兒的心意。卡拉金娜邀請尼古拉到莫斯科去作客。

伯爵夫人有幾次眼裡泛著淚光，對兒子說，她的女兒都已出閣，她只希望能再親眼看見他娶妻。她又說，她看中了一個極好的姑娘，想問一下他對這門婚事的意見。

她曾在幾次談話中誇耀朱莉，並勸他去莫斯科度假，後來甚至向他直言：目前改善家境的全部希望都寄託在他和卡拉金娜的這門婚事上。

「如果我愛一個沒有財產的姑娘，那又怎麼樣呢？媽媽，難道您要我為了財產而犧牲愛情和榮譽嗎？」他問道。

「不，你不瞭解，」母親說，但她不知該如何為自己辯護，「尼古連卡，你不瞭解，我希望你活得幸福。」她露出窘態，哭了起來。

「媽媽，您別哭，您只要說您希望這麼做。您也知道，為了讓您安心，我願意獻出我的生命，獻出我的一切，」尼古拉說，「我可以為您犧牲一切，甚至犧牲自己的感情。」

伯爵夫人不願意聽到這種話，她不希望兒子為自己作犧牲，她更希望自己能為他作出犧牲。

「不，你不瞭解，我們不要談了。」她一邊拭淚。

「是啊，也許我真的愛一個貧苦的姑娘，」尼古拉自言自語說，「我要為了財產而犧牲愛情和榮譽嗎？母親怎麼會這麼說呢？只因為索尼婭貧窮，就不能愛她，不能回報她那堅貞不移的愛情？我和她在一起，比和朱莉這種玩物在一起更加幸福。我不能強制自己的感情，」他對自己說，「我愛索尼婭，對我來說，我的愛比一切都更強烈，更崇高。」

尼古拉沒有到莫斯科去，伯爵夫人也不再跟他提到結婚的事情，她很憂愁、甚至憤恨地看著兒子和沒有嫁妝的索尼婭越來越親近。她為此責備自己，還常為此事對索尼婭大發脾氣，但這個外甥女是如此溫柔、仁慈，簡直無可挑剔。

尼古拉快過完自己的假期，他們收到了安德烈從羅馬寄來的信，信中寫道，他的傷口突然裂開，以至於不得不將行期延後至來年初，如今他已在歸國的路上了。娜塔莎仍然愛她的未婚夫，可是在離別的第四個月，有一種她無法克服的憂愁卻向她襲來，她憐憫自己，覺得自己白白地糟蹋了時光。

羅斯托夫家中籠罩著怏怏不樂的氣氛。

9

聖誕節假期到了，羅斯托夫家沒有任何慶祝的行為，在這無風的零下二十度的嚴寒中，在這冬夜的星光下，令人感到想要慶祝這個節日的強烈願望。

節日的第三天，午膳後，大家都各自回到房裡。尼古拉在休息室裡睡著了，老伯爵在自己的書房裡休息，索尼婭坐在客廳的桌旁畫圖，伯爵夫人和老太太在打牌。娜塔莎走向索尼婭，看看她在做什麼，然後就走到母親面前，默不作聲地站住了。

「你為什麼走來走去呢？像個無家可歸的人，」母親對她說，「你需要什麼？」

「我需要他……現在，我立刻需要他。」娜塔莎說道，她的眼睛閃閃發亮，面露笑容。伯爵夫人抬起頭，目不轉睛地向女兒瞥了一眼。

「媽媽，別看我，我就快哭了。」

「坐下，和我一起坐下來吧。」伯爵夫人說。

「媽媽，我需要他。為什麼讓我一個人憋著？媽媽？……」她的話中斷了，眼淚奪眶而出，為了不讓人注意，她飛快地離開了房間。她向女僕的房間走去，一個老女僕正在對侍女們說教。

「她想去玩，」老太婆說，「但一切都得照規矩來。」

「放開她吧，孔德拉季耶夫娜，」娜塔莎說道，「去吧，瑪夫魯莎，去吧。」

娜塔莎准許瑪夫魯莎走開後，又穿過大廳向外走去。一個老頭子和兩個年輕僕人正在打牌。當小姐走進房裡，他們停止打牌，站了起來。

「好的，尼基塔，請你走一趟……」

「沒錯，你到僕人那裡去拿一隻公雞；是的，米沙，你去拿點燕麥來。」

「您要我拿點燕麥嗎？」米沙欣喜地、樂意地說。

「你去吧，快點去吧。」老頭子再次地吩咐他。

「費奧多爾，幫我拿一段粉筆來。」

她走過小吃部時，吩咐管理人福卡煮茶，雖然這時間根本不是喝茶的時候。

「我應該做什麼事呢？應該到哪裡去呢？」娜塔莎在走廊中行走時想道。

她又跑到約格爾那裡去，約格爾與妻子住在樓上，有兩個家庭女教師正在那裡閒聊。娜塔莎坐了一會兒，帶著嚴肅的表情聽了聽她們談話，隨即站起來。

她的弟弟彼佳也在樓上，他和照顧小孩的男僕在佈置晚上要放的煙火。

「彼佳，彼得卡，」她對著他大喊，「把我背下樓去。」彼佳跑到她面前，讓她跳到自己背上，「不，不用了——」她又跳下來，走下樓去。

娜塔莎彷彿走遍了她的王國，試了她的權力，但她還是覺得寂寞，於是走到了大廳，拿起吉他開始彈出幾個低音，彈奏她在彼得堡和安德烈一起聽過的曲調。她一面聽著自己彈奏，一面回憶往事。

索尼婭拿著一只酒杯走過，娜塔莎看看她。

「索尼婭，這是什麼曲子？」娜塔莎用指頭撥弄一根琴弦時說道。

「哦，你在這裡呀！」索尼婭嚇了一跳，她走到娜塔莎跟前，傾聽她說話，「不知道。不是《暴風雨》嗎？」她膽怯地說道，深怕說錯了。

「不對，這是《擔水人》裡面的合唱，你聽見了嗎？」娜塔莎為了讓索尼婭能夠聽懂，唱完了整首曲子。

「你到哪裡去了？」娜塔莎問道。

「去倒一杯水。我快把圖案描完了。」

「你總是忙得不亦樂乎，可是我卻不行。」娜塔莎說道。

「尼古連卡在哪裡？」

「他好像在睡覺。」

「索尼婭，你去把他叫醒，」娜塔莎說，「告訴他，我叫他來唱歌。」她坐了一會兒，想想過去的一切意味著什麼，又想想自己跟他在一起，他用鍾情的目光凝視她的情景。

「唉，還不快回來，我怕他不回來了啊！而且我也變老了，我以後就不會是現在這個模樣了。他也許今天回來，等一下就回來。也許已經回來了，就坐在那個客廳裡。也許昨天就回來了，我卻忘記了。」她放下吉他，走到客廳裡去。全家人、教師、客人和僕人都在那裡，可是安德烈沒有來，一切都跟以前一樣。

「啊，是她，」老伯爵看見走進來的娜塔莎之後說，「喂，坐到我旁邊吧！」可是娜塔莎在母親身旁停下，她環視四周，彷彿在尋找什麼似的。

「媽媽！」她說道，「把他給我吧！給我吧！媽媽，快點，快點！」她拚命忍住不哭出來。

她坐在桌旁，聽著長輩和後來加入的尼古拉說話，「我的天呀！還是一樣的面孔，一樣的談話，爸爸一樣拿著那個茶杯，一樣對著茶杯吹氣！」她的心中升起了一股對家人的厭惡感。

喝完茶以後，尼古拉、索尼婭和娜塔莎都走到休息室去，回到他們經常傾心交談的地方。

10

「你是否常有這種感覺，」娜塔莎對哥哥說，「你彷彿覺得未來不會發生什麼好事，一切美好的事情都已成為過去，令人愁悶。你是否常有這種感覺？」

「有，」他說，「我常有這種感覺，一切都很如意，可是又是那麼令人厭煩。有一回，我沒有出席兵團裡的遊園會，那裡正在奏樂……我忽然感到厭煩……」

「哎呀，這個我知道，我知道。」娜塔莎接著說。

「你還記得，有一次我因為李子的事情被處罰了，你們大家都在跳舞，而我卻在教室裡號啕大哭。那時我感到委屈，同情自己，也同情所有的人。但其實我根本沒有錯，」娜塔莎說道，「你還記得嗎？」

「記得，」尼古拉說，「後來我朝你走去，想安慰你，我感到很不好意思。當時我有個木偶玩具，我想把它送給你。你記得嗎？」

「你應該記得，」娜塔莎微笑說道，「很久以前，叔叔把我們叫到舊屋的書房裡去，那裡很暗，我們一走進去，忽然間有個人站在那裡……」

「一個黑人，」尼古拉愉快地說，「當然記得，我甚至懷疑那只是一個夢。」

「你還記得，他露出雪白的牙齒，注視著我們……」

「您記得嗎，索尼婭？」尼古拉問道。

「記得，我也記得一點。」索尼婭膽怯地回答。

「我還向爸爸媽媽問過這個黑人，」娜塔莎說，「他們說，家裡沒有任何黑人，還記得嗎！」

「是啊，他的牙齒我至今還印象深刻。」

「多麼奇怪，真像一個夢。」

「你還記得，我們在大廳裡滾雞蛋，忽然也有兩個老太婆在地毯上打滾，多有趣啊！」

「是啊，你還記得，爸爸穿著藍皮襖站在台階上誤射了一槍？」他們懷著回憶往事的喜悅心情，逐一回想那些夢境和現實融為一體的久遠印象，不時發出輕微的笑聲。

在他們回憶的往事中，索尼婭已經忘記許多了，而她記得的往事也無法在她心中激起跟他們一樣強烈的感情。她只是竭力地仿效他們，分享他們的歡樂。

當他們提起索尼婭首次來到他們家中的時候，她才參加談話。

「我還記得，有人對我說，你是在白菜下面出生的，」娜塔莎說，「當時我竟然相信了。」

在談話時，一個女傭從休息室的後門探出頭來。

「小姐，有人把公雞拿來了。」那個女僕用耳語說。

「不用了，波利婭，吩咐他們把牠拿走吧！」娜塔莎說。

「你知道，我在想，」娜塔莎向尼古拉和索尼婭身邊靠近一些，小聲說道，「如果一直這樣回想，再回想，就能回想起我出生前的事情……」

「這就是輪迴，」索尼婭說道，她的學習成績一向優良，「埃及人相信我們的靈魂曾經附在牲畜身上，以後又會回歸到牲畜身上。」

「不，我不相信這種看法，」娜塔莎說，「我知道，我們曾是天使，而且到過某個地方，所以我們什麼都記得很清楚……」

「既然我們曾經是天使，那怎麼會降到這麼低的地方？」尼古拉說道，「不，這不可能！」

「我之所以知道我的前世，」娜塔莎堅定地駁斥，「因為靈魂是不朽的，只要我是永生的，那麼我從前一定也活著，永恆地活著。」

「娜塔莎！唱首曲子給我聽。」可以聽見伯爵夫人的說話聲，「你們幹嘛一直坐在這裡，就像在打什麼壞主意似的？」

「媽媽，我不想唱。」娜塔莎說道。

但是娜塔莎還是站起來，像平常一樣，走在大廳正中間，開始唱一支母親愛聽的樂曲。

她說她不想唱歌，但她從來沒有唱得像今天晚上這麼好。老伯爵和米堅卡在書房裡談話，一聽到她的歌聲，立刻停止了討論；尼古拉目不轉睛地看著妹妹，和她一同喘息；索尼婭一面聽著，一面想到，她真希望能像她表妹那樣令人傾倒；老伯爵夫人流露出幸福而憂鬱的微笑，眼睛裡滿是淚水。

「唉，我多麼替她擔憂！」伯爵夫人喃喃自語道。娜塔莎還沒有唱完曲子，面露喜色的彼佳跑進房裡來，通知大家，說有一些穿化裝衣服的人來了。

娜塔莎忽然站住了。

「傻瓜！」她對哥哥喊道，倒在椅子上，號啕大哭起來。

「媽媽，沒什麼，真的沒什麼，是彼佳嚇到我了。」她極力露出微笑，但眼淚仍不停地流。

家僕們一個個化裝成狗熊、土耳其人、飯店老闆和老太太，為大廳帶來了歡樂的氣氛，他們和諧地唱歌、跳舞、玩聖誕節的遊戲。伯爵夫人對著化裝的人笑了一陣子，便走進客廳裡去。老伯爵坐在大廳裡笑顏逐開。一些年輕人不知溜到哪裡去了。

半小時後，一個穿著筒裙的老夫人在大廳出現，那是尼古拉扮的。彼佳扮成土耳其女人，娜塔莎扮成驃騎兵，索尼婭扮成切爾克斯人。他們都覺得這身裝扮太妙了，應該到別人面前展示一番。

尼古拉想用他的雪橇載著他們到大路上遊玩一下，他建議帶上十名化裝的家僕去大叔那裡走一趟。

「不行，幹嘛這樣捉弄老頭子！」伯爵夫人說，「真要去的話，就去梅柳科娃家。」

梅柳科娃是一個寡婦，她住在羅斯托夫家四俄里遠的地方，有幾個不同年齡的孩子。

「親愛的，好主意，」老伯爵附和道，「讓我也化裝跟你們一起去吧！」但伯爵夫人不讓他這麼做，因為他那條腿痛了好幾天了。

索尼婭打扮得比誰都漂亮。她那用軟木炭畫的鬍子和眉毛與她非常相稱。她顯得異常興奮和精神充沛，一種發自內心的聲音對她說，今天或許將決定她的命運。半小時之後，幾輛帶有鈴鐺的雪橇開到了台階前面。

驛馬拖著前二輛雪橇，老伯爵乘坐第三輛，尼古拉乘坐第四輛。娜塔莎和索尼婭、家庭女教師和兩個侍女坐在尼古拉的雪橇上，彼佳坐在老伯爵的雪橇上，僕人分別坐在其餘的雪橇上。

「札哈爾，你先走吧！」尼古拉對父親的馬車伕喊了一聲，他跟在第一輛雪橇後面出發了。當他們一駛出圍牆，灑滿月光的雪原就像鑽石似的發出灰藍色的反光，從四面展現出來。這幾輛雪橇莽莽撞撞地打破禁錮著的寂靜，開始向前駛去。

「野兔的腳印，很多的腳印！」在冰冷的空氣中傳來娜塔莎的說話聲。

「看得多麼清楚啊，尼古拉！」索尼婭說道。尼古拉回過頭來看看索尼婭，他把身子靠近她，凝視她那張可愛的臉龐。

「還是以前的索尼婭。」尼古拉心想，他從更近的地方看著她，微微一笑。

「您怎麼了，尼古拉？」

「沒什麼。」他說，又向那幾匹馬轉過臉去。

走上了平整的大路，這些馬兒不自覺地拉緊韁繩，加快了速度。札哈爾的黑色雪橇已經駛到很遠的地方去了，可以聽見他的雪橇中傳來的喊聲、歡笑聲和化裝者的說話聲。

「喂，加把勁，親愛的！」尼古拉喊了一聲，輕輕地拉著一根韁繩。他回頭望了一眼，另外幾輛雪橇也緊追在後，裡頭傳來一片吶喊聲和尖叫聲。

尼古拉趕上了第一輛雪橇。他們從一座山上駛下來，已經到達河邊草地中寬闊的路上。

「我們在什麼地方呢？」尼古拉想了想，「大概是在科索伊草地上。不對，這是個我從沒見過的地方！」他對幾匹馬大喝一聲，開始繞過第一輛雪橇。

札哈爾勒住馬，把臉轉過來。

「喂，少爺，沉住氣！」他說道。幾輛並排的雪橇駛行得更快，尼古拉衝到前面去了。

「少爺，走錯了！」他向尼古拉喊道。尼古拉勒住馬，向周遭望了一眼。四下裡仍舊是繁星閃耀的、完全沉浸在月光中的平原。

「札哈爾叫我往左走，可是為什麼要往左呢？」尼古拉想道，「難道這裡就是梅柳科娃的村莊嗎？天知道我們在哪裡駛行！天知道我們會發生什麼事情！不過我現在感到非常舒暢。」他朝雪橇裡瞥了一眼。

「你瞧，他的鬍鬚和睫毛全是白的。」一個長著細鬍子、細眉毛、樣子古怪的陌生人說。

「這個人好像是娜塔莎，」尼古拉想了想，「也許不是。這個有鬍鬚的切爾克斯人，我不知道她是誰，可是我愛她。」

「你們不覺得冷嗎？」他問道。她們哈哈大笑起來。

「對，對。」可以聽見有幾個人一面發笑，一面回答。

「不過，如果這真是梅柳科娃的村莊，那就太奇怪了。」尼古拉想道。

這裡的確是梅柳科娃的村莊，一些丫頭和僕人拿著蠟燭，愉快地跑到大門口。

「是誰啊？」有人在大門口問道。

「看到那些馬，我就曉得，這是化了裝的伯爵家的人，」可以聽見幾個人回答的聲音。

11

佩拉格婭．丹尼洛夫娜．梅柳科娃是一個精力充沛的女人，戴一副眼鏡，穿一件寬大的連衣裙，坐在客廳中，幾個女兒圍在她身邊。當接待室傳來客人的腳步聲和說話聲的時候，她們都朝那裡望去。化裝成驃騎兵、老太太、巫婆、狗熊的人在接待室裡清了清嗓子，然後進入大廳。化裝成丑角的家庭教師和化裝成老太太的尼古拉首先跳起舞來。其他人則向女主人鞠躬行禮。

「啊，真認不出來！是娜塔莎嗎！瞧，她像誰啊！我的天呀！切爾克斯人扮得真出色，說真的，索尼婭這個角色太合適了。這又是誰？唔，原來是尼基塔！」

「哈！哈！哈！驃騎兵啊！她真像個男孩子，看看那雙腳！……我看不清楚……」

娜塔莎和梅柳科娃家裡的年輕人一同溜進後面的房裡去了，過了十分鐘，這些年輕人也化了裝，和其他人混在一起。

佩拉格婭．丹尼洛夫娜在那些化裝的人中間來回走著，端詳他們的面孔，但一個也不認不出來。她不但認不出羅斯托夫家裡的人，也認不出她的幾個女兒。

「這是誰的什麼人呀？」她仔細望著化裝成韃靼人的女兒，說道，「好像是羅斯托夫家裡的什麼人。喂，驃騎兵先生，您在什麼兵團服役呢？」她問娜塔莎。

有時候，佩拉格婭．丹尼洛夫娜看見他們跳著古怪而滑稽的舞步時，她這個慈祥的老太婆就忍不住笑出聲來，肥胖的身子不住地顫抖。

「我的小薩沙！小薩沙！」她說。

在跳完俄羅斯舞和輪舞之後，佩拉格婭．丹尼洛夫娜讓所有人圍成一個大圈子，玩了各種團體遊戲。又過了一個鐘頭，大家的衣裳都被揉皺了，臉上的化妝也因為熱汗而變得模糊。佩拉格婭．丹尼洛夫娜開始認出化裝的人，她讚美服裝做得很精緻，姑娘們穿起來也很合身。為了感謝所有的人，她邀請客人在客廳中吃宵夜。

「不，在浴室裡占卜，這太可怕了！」吃宵夜時，一個梅柳科娃家裡的老女人說。

「那是為什麼？」梅柳科娃的長女問道。

「您不敢去，要有勇氣……」

「我一定要去。」索尼婭說。

「告訴我，這個小姐出了什麼事？」梅柳科娃的次女說。

「對，沒錯，有個小姐已經到浴室去了。」老女人說，「她拿走一隻公雞、兩套餐具，在那裡坐下來。過了一會兒，她聽見一輛雪橇駛近了，發出鈴鐺的響聲，有個人走進來。那個人就跟人類一樣，好像是個軍官，走進來，坐在她身旁，拿起餐具吃飯——」

「啊！啊！……」娜塔莎驚駭萬狀，瞪起眼睛大聲喊叫。

「它怎麼了？和我們人類一樣說話嗎？」

「對，就像人一樣，它開始規勸她，一直談到天亮。她膽怯起來，簡直想用手蒙住眼睛。它把她抱起來。好在，這時有幾個姑娘跑過來了——」

「唔，它要嚇唬她們啊？」佩拉格婭．丹尼洛夫娜說道。

「媽媽，您自己也占卜過……」女兒說。

「在糧倉裡怎麼占卜呢？」索尼婭問道。

「最好現在就到糧倉去，聽聽那裡的聲響。要是聽到敲打得咚咚響，就是凶兆，若是聽到裝穀的聲響，就是吉兆，否則——」

「媽媽，告訴我，您在糧倉裡遇到了什麼？」

佩拉格婭．丹尼洛夫娜微微一笑。

「怎麼啦，我已經忘了……」她說，「你們都不敢去，是嗎？」

「不，我一定要去，佩拉格婭．丹尼洛夫娜，讓我去吧！」索尼婭說道。

「唔，如果你不怕，那就沒關係。」

「路易莎．伊凡諾夫娜，我可以去嗎？」索尼婭問道。

無論玩遊戲時，還是像此刻這樣聊天，尼古拉都未曾離開索尼婭，他用全然不同的眼光看待她，彷彿覺得，多虧那副軟木炭畫的鬍子，讓他能充分地認識她。這天晚上索尼婭的確相當快樂、活潑而且漂亮，尼古拉從未看見她這副模樣。

「瞧，她多麼漂亮，我卻是個笨蛋！」他一面想道，一面望著她那閃閃發亮的眼睛和幸福的微笑，這一笑使那鬍子下面現出了一對酒窩。

「我什麼也不怕，」索尼婭說，「可以馬上去嗎？」旁人向她指明了糧倉的位置，然後就把一件皮襖遞給她。她把皮襖披在頭上，向尼古拉望了一眼。

「這個少女多麼迷人！」他想了想，「到目前為止我一直在想什麼啊！」

索尼婭走到通往糧倉的走廊上，尼古拉說他覺得很熱，急忙向正門庭階走去。

戶外仍然是停滯不動的寒氣，仍然是一輪皓月，只是更加明亮了；雪地上的星星是那麼繁多，令人不想抬頭去仰望夜空。

「我真是笨蛋！目前為止我到底在等什麼？」尼古拉想了想，他沿著一條通往後門庭階的小徑繞過了屋角。他知道索尼婭會到這裡來。

女僕住房前的台階上響起了咯吱咯吱的腳步聲，可以聽見老女人的說話聲：

「一直向前走，沿著這條小徑向前走，小姐，但是千萬別回頭！」

「我不怕。」索尼婭回答道。她沿著一條小徑朝尼古拉在的地方走來。

當她看見尼古拉的時候，她發現他已不是她從前認識並有點駭人的他了，他穿著一件女人的連衣裙，頭髮蓬亂，流露著未曾見過的幸福微笑。索尼婭很快地跑到他眼前。

「樣子變了，可是還是一樣的人。」尼古拉一面想著，一面注視她那被月光照亮的臉蛋。他把手伸進她的皮襖下面，緊緊摟住她，親吻她的嘴唇。索尼婭用一雙小手托住他的兩頰。

「索尼婭！……」

「尼古拉！……」

他們只說出這幾個詞。所有人都跑到糧倉前面，之後他們都走下台階，走回去了。

12

當大家乘坐雪橇回家的時候，娜塔莎為他們安排好了坐位，她和家庭教師坐進同一輛雪橇，索尼婭、尼古拉和幾個侍女坐在一起。

回程途中，尼古拉已不再爭先恐後地催馬疾馳，而是平穩地駛行。他不時地打量索尼婭，試圖從那畫出來的眉毛和鬍子後面尋找從前和現在的索尼婭。他已經下定決心永遠不離開她了。

「索尼婭，你覺得舒服嗎？」他有時這樣發問。

「舒服，」索尼婭答道。「你覺得怎樣？」

在半路上，尼古拉叫馬車伕把馬勒住一會兒，他跑到娜塔莎的雪橇前面待了幾分鐘。

「娜塔莎，」他低聲對她說，「你知道，我和索尼婭的事已經定了。」

「你對她說了嗎？」娜塔莎問道，她忽然高興得容光煥發起來。

「噢，你臉上畫著鬍子和眉毛，還真古怪，娜塔莎！你高興嗎？」

「我很高興，非常高興！但是只有我高興，索尼婭卻不在身邊，讓我覺得不好意思。」娜塔莎說，「你去找她吧。」

「不過，你真是太滑稽了！」尼古拉說道。他不時地端詳她，他在妹妹身上也發現一種他前所未見的溫柔，「娜塔莎，十分神奇，是不是？」

「是的，」她回答，「你做得很好。」

「如果我以前就看見她這副模樣，」尼古拉心想，「我早就向她開口了，不管她吩咐我做什麼，我什麼都願意做。」

「這麼說，我真的做得很好？」他說。

「咳，真的呀！不久前我還為了這件事跟媽媽吵起來。媽媽說她想勾引你，怎麼可以這麼說呢？我差點要破口大罵了。我不許任何人說她的壞話，因為她身上只有好的一面。」

「真的嗎？」尼古拉說。他從雪橇上跳下來，朝自己的雪橇跑去。她依舊是那個幸福的笑容可掬的切爾克斯人，想必也正是他未來的妻子。

小姐們回到家裡以後，向母親敘述在梅柳科娃家裡度過的這一段時光，之後就各自回到房間，脫下服裝，但沒有把鬍子抹掉。她們坐在那裡討論自己的幸福，說到她們出嫁後如何生活，她們和丈夫如何相愛，她們會感到多麼幸福。

「只不過，什麼時候才能實現？我恐怕永遠都無法……假如能夠實現，那就太好了！」娜塔莎說道，一邊走到鏡子前。

「娜塔莎，坐下吧，也許你能從鏡裡看見他。」索尼婭說。

「我看見一個有兩撇鬍子的人。」娜塔莎看著自己的面孔時說。

她臉上帶著嚴肅的表情，默不作聲。她什麼都看不見，於是從鏡子前面走開了。

「為什麼別人看得見，而我卻看不見呢？」她說，「你坐吧，索尼婭，你一定看得見的。」

索尼婭在鏡子前面坐下來，裝作一副照鏡子的架勢，開始觀看起來。她聽見娜塔莎用耳語說：

「我知道，她一定能看見，因為她以前也看見了。」她們沉默了大約三分鐘，索尼婭忽然移開鏡子，用一隻手捂住眼睛。

「噢，娜塔莎！」她說道。

「看見了嗎？看見了嗎？看見什麼呀？」娜塔莎托著鏡子，喊叫起來。

索尼婭什麼也看不見，她不想欺騙娜塔莎。她不知道為什麼坐在那裡覺得難受，也不知道為什麼當她捂住眼睛的時候，會不由自主地叫了一聲。

「看見他了嗎？」娜塔莎抓著她的手問道。

「是的。等一等……我……看見他了。」索尼婭情不自禁地說，儘管不曉得娜塔莎指的他是誰，是尼古拉，或是安德烈。

「誰會知道我看見了，或是我沒有看見呢？」這個念頭在索尼婭的腦中閃了一下。

「是的，我看見他了。」她說。

「是什麼樣子？是什麼樣子？是站著，還是躺著？」

「我看見了……本來沒怎麼樣，忽然躺了下來。」

「安德烈躺著？他病了嗎？」娜塔莎驚惶失措地看著她，問道。

「不，正好相反，正好相反，是一副愉快的面孔。」

「喂，後來怎樣，索尼婭？」

「這時我沒有看清楚，有一種既藍又紅的物體……」

「索尼婭，他什麼時候回來呢？我什麼時候可以看見他？我的天呀！我多麼替他感到擔心，為他擔心受怕啊……」娜塔莎說道。她躺在床上，一動不動地望著窗外的月光。

13

聖誕節假期後不久，尼古拉告訴母親他愛上索尼婭並已承諾娶她為妻。伯爵夫人早就發覺索尼婭和尼古拉之間的愛情，而且也預料到他會這麼說，她默不作聲地聽他說話，然後對兒子說，他可以和喜歡的人結婚，但無論是她，還是父親，都絕不會祝福這樁婚事。尼古拉首次感到母親的失望，儘管她十分愛他，但也絕不讓步。她派人把丈夫找來，當伯爵來到後，伯爵夫人想向丈夫解釋是怎麼回事，但卻忍不住氣得哭出來，離開了房裡。老伯爵勸尼古拉放棄自己的打算，但尼古拉說自己絕不能違背誓言，於是父親嘆了一口氣，到伯爵夫人那裡去了。他覺得，他的事業受到挫折，有愧於家人，因此無法埋怨兒子選了沒有嫁妝的索尼婭。

父母不再向兒子談論這件事。過了幾天，伯爵夫人把索尼婭叫到身邊，狠狠地責備外甥女引誘她兒子，責備她忘恩負義。索尼婭默默地聽著伯爵夫人的殘酷話語，她不明白自己應該怎麼做，她願意為恩人們犧牲一切，但她不曉得該為誰作出什麼犧牲。她愛伯爵夫人和羅斯托夫一家，但是她也愛尼古拉。她怏怏不樂，沒有回答她的話。尼古拉感到再也無法忍受這種現狀，於是去向母親表白一番。他時而央求母親答應他們結婚，時而威嚇母親，說如果索尼婭遭到迫害，他就要秘密和她結婚。

伯爵夫人以從未見過的冷淡表情回答他的話，說他是個成年人，他可以學安德烈未經父親同意就貿然結婚，但她永遠也不會承認這個狐狸精是自己的媳婦。

狐狸精這個詞觸怒了尼古拉，他提高音量對母親說，他沒想到她竟會強迫他出賣自己的感情。就在他將要說出令自己後悔莫及的狠話之前，他發現娜塔莎站在門外偷聽。她臉色蒼白、神態嚴肅地從門口走進來。

「尼古連卡。你閉嘴吧！閉嘴吧！我叫你閉嘴吧！」她大聲叫喊，以壓過他的聲音。

「親愛的，媽媽，這絕不是因為……親愛的，可憐的媽媽。」她向媽媽轉過頭來，媽媽恐懼地望著兒子，但仍不願意退讓。

「尼古連卡，讓我來講清楚，你走開！親愛的媽媽，聽我說。」她對母親說。

伯爵夫人憂傷地啜泣，把臉藏在女兒懷裡。尼古拉站了起來，慌張地走出房間了。

娜塔莎從中調解，最後，母親答應不迫害索尼婭，尼古拉也答應不會瞞著雙親做任何事情。

尼古拉毅然決定，在處理好兵團的事務以後，就退伍回家和索尼婭結婚。與父母失和，使得尼古拉感到憂鬱，但他又覺得自己沉溺於熱戀之中。他在元月初動身返回兵團。

尼古拉離開之後，羅斯托夫家中變得更加沉悶，伯爵夫人由於心緒不佳而病倒了。

索尼婭與尼古拉分離，又遭到伯爵夫人不友善的態度對待，讓她感到十分憂愁。伯爵比前更加焦慮不安，因為家裡的經濟狀況越來越糟。他們不得不賣掉莫斯科的房子和莫斯科近郊的領地，為此他們必須到莫斯科去一趟，但伯爵夫人的健康狀況迫使他們將行期無限期地延後。

娜塔莎也變得更加焦急和難以忍耐了，安德烈的來信總是引起她的怒氣。他覺得，自己專心一致地關注他，他卻過著逍遙的生活，觀察那些令他感興趣的地方和人物；當她想到這一點，心裡就感到委屈。他的書信越有趣，她就越覺得懊喪。她不擅長寫信，封封都一樣枯燥乏味，但她對此毫不重視，伯爵夫人多次替她修改草稿中的拼寫錯誤。

伯爵夫人的身體仍舊沒有痊癒，但莫斯科之行已無法再拖延了。必須儘快賣掉房子，備妥嫁妝。除此而外，還得在那裡等候安德烈，娜塔莎相信，安德烈已經抵達莫斯科了。

最後，伯爵夫人仍留在鄉下，伯爵帶著索尼婭和娜塔莎，於元月底啟程前往莫斯科。

第五部

一八一一年～一八一二年

1

在安德烈向娜塔莎求婚之後，皮埃爾再也無法繼續過著從前的生活。無論他怎樣相信恩人向他啟示的真理，無論內心修煉給了他多大的喜悅，在安德烈和娜塔莎訂婚之後，在約瑟夫．阿列克謝耶維奇死去之後，從前的生活魅力對他來說已消失殆盡。他的生活只剩下他的那幢住宅，以及一個姿色迷人的妻子——她已獲得某個要人的寵愛。皮埃爾忽然覺得從前的生活份外地令人討厭，他停止寫日記了，避免與會友來往，又開始出入俱樂部，開始飲酒作樂。海倫於是對他嚴加指責，皮埃爾為了不破壞她的名聲，於是動身前往莫斯科。

當他回到莫斯科後，他感覺到置身於家中的安心感。整個莫斯科的上流社會，從老太太到小孩，像迎接一位翹盼已久的客人那樣迎接他。在這些人的心目中，皮埃爾是個至為可愛、仁慈聰穎的傳統俄國貴族。

如果說七年前，他剛從國外回來的時候，有人對他說他不必尋覓什麼，他的軌道命運早已註定不變，那麼，他聽了之後肯定會膽戰心驚——他絕不會相信這些話的，他一心一意想在俄國締造共和，既想當拿破崙，又想當哲學家，還想當軍事家。

但是他未能實現這一切，他成了一個不貞的妻子的富有丈夫，一個暴飲暴食、憤世嫉俗的退休高級侍從，一個莫斯科英國俱樂部的成員，還是一個人見人愛的上流份子——這正是七年前他極度蔑視的那種人。

他有時會感到高傲，想到自己的地位，他認為自己和從前蔑視的那些退休宮廷高級侍從截然不同，那些人鄙俗而愚蠢，安於現狀，「而我直到現在仍然感到不滿足，仍然想為人類作一點貢獻。」他在莫斯科住了一些時日，已不再藐視那些和他過著一樣生活的同事了，而開始尊敬他們，而且像憐惜自己那樣憐惜他們。

皮埃爾不再像從前那樣時時刻刻都感到絕望、憂鬱且厭惡人生，「為什麼？這個世界上發生了什麼事？」一天之中他總會多次惶惑不安地問自己。但他也知道，這些問題都沒有答案，於是趕緊設法迴避它。他時常看書，或是上俱樂部，或者到阿波隆．尼古拉耶維奇那裡去閒談市內的流言蜚語。

「海倫．瓦西里耶夫娜除了愛自己的地位，她不愛任何東西，她是世界上最愚蠢的女人之一，」皮埃爾想道，「但是人們都覺得她是智慧和美麗的化身，並且崇拜她。拿破崙在成為偉人前一直被世人藐視，但如今，弗朗茲皇帝卻想把女兒嫁給他；我的共濟會會友們曾發誓為他人犧牲一切，可是他們卻不肯向貧民捐獻一個盧布；我們都信守基督教寬恕、愛人的教規，可是昨天就有一名逃兵被鞭笞至死，在宣布死刑前，神父還叫那名士兵親吻十字架。」皮埃爾心想，他對人類的這種虛偽感到詫異，「我瞭解這種虛偽，」他想道，「但要怎麼把我瞭解的一切講給他們聽呢？他們的靈魂深處也一樣對一切瞭若指掌，只是不想去看它罷了。那我也應該這麼做，但應該藏到哪裡去呢？」皮埃爾心想道。他感到這些問題太可怕了，為了忘懷這些問題，他沉緬於各式各樣的樂事。他進入形形色色的交際場所，縱情地飲酒，收購圖畫，整修房子，尤其是讀書。

他經常讀書，每當回到家裡以後，他就拿起一本書，讀完之後就睡覺，睡醒後在客廳和俱樂部閒聊，閒聊後又狂飲、追求女人。酒成為他生理和精神上的需要，雖然大夫們都說他長得太胖，酒對他的健康危害很大，但是他仍舊貪杯。他喝了一兩瓶葡萄酒以後，才模糊地意識到，過去使他恐懼的難題已不再可怕了。「這沒什麼，我會搞定它的，但我現在沒空，以後再來考慮吧！」

早上空腹的時候，一切的問題又彷彿變得難以解決了，於是皮埃爾趕緊拿起一本書來讀，每當有人來拜訪他時，他就感到異常高興。

當士兵們處於槍林彈雨之下，他們躲在掩蔽物內，為了承受住生命危險造成的壓力，他們會盡可能地找事做。皮埃爾彷彿覺得所有人都是逃避人生的士兵，有的人貪圖功名，有的人賭博成癮，有的人編寫法典，有的人玩弄女性，有的人好酒貪杯，「不管是無名小卒，還是高官顯貴，反正都一樣，都是在逃避人生！」皮埃爾心想，「不想正視人生，可怕的人生。」

2

冬初，尼古拉．安德烈耶維奇．博爾孔斯基帶著女兒來到莫斯科，由於當時反法和愛國的思想遍及莫斯科，老公爵立即成為莫斯科人尊敬的對象，並成為政府中的反對派要角。

這一年，公爵年紀很大了。他變得嗜睡、健忘、愛慕虛榮；儘管如此，這個老人仍維持著一成不變的生活方式，並使客人對他懷有敬重之感。然而，這種家庭生活對瑪麗亞來說卻變得十分難受，在莫斯科，她已經喪失了她的最大的樂趣：不能再與神親們談話。她也不能出席交際場所，大家知道，她父親不讓她獨自外出，而他自己卻因身體欠佳不能出門，因此也就沒有人邀請她出席宴會。瑪麗亞已不對結婚抱持希望，她看見父親用冷淡而凶惡的表情對待那些上門的年輕人。瑪麗亞沒有朋友，來到莫斯科後，她又對兩個最親近的朋友大失所望。其中一人是布里安小姐，她由於某些原因開始避著她；另一個是朱莉，當瑪麗亞和她在莫斯科重逢時，她感到兩人完全生疏了。當時，朱莉已成為莫斯科最富有的未婚女子之一，她正享受著被年輕人包圍的極度歡樂。在莫斯科，瑪麗亞沒有什麼人可以談心，還增添了許多憂愁。安德烈即將回家，她未能達成他的期望，讓父親作好心理準備，每當她一提到伯爵小姐羅斯托娃時，老公爵就感到惱怒。另一方面，她驚訝地發現六歲的侄兒也有著她父親那種易怒的性情，她變得嚴厲起來，卻激起了尼古連卡的叛逆之心。近來，更讓瑪麗亞苦惱的是，老公爵更加接近布里安小姐了，看來，之前那個玩笑的念頭讓他感到心喜，為了羞辱女兒，他執著地對布里安表示寵愛，卻對女兒表示不滿。

有一次，老公爵當著瑪麗亞的面吻了布里安小姐的手，又把她拉到身邊，親熱地擁抱她。瑪麗亞紅著臉跑出房間，幾分鐘以後，布里安走到瑪麗亞身邊，愉快地說著什麼事情，瑪麗亞連忙擦掉眼淚，堅定地走向布里安，帶著惱怒的嗓音向她大喊：

「卑鄙！下流！無恥地利用……軟弱！」她沒有把話說完，「離開我房間！」

第二天，公爵沒有對女兒說出一句話，但她發現，吃午飯時他吩咐先為布里安小姐上菜；吃完後，當僕人按照原有習慣先為公爵小姐遞上咖啡時，公爵卻勃然大怒，把手杖往他擲去。

「沒聽見嗎……我說了兩遍啊！……沒聽見？她是這一家的主人，也是我最好的朋友，」公爵喊道，接著又把臉轉向瑪麗亞，「假如你膽敢再像昨天那樣在她面前放肆，我就會給你顏色瞧瞧，讓你知道誰是一家之主！你滾，我不想看到你，向她道歉！」

瑪麗亞只好為了自己，也為乞求庇護的僕人向布里安和父親陪罪。

在這種時候，瑪麗亞的心中總是充滿一種殉道者的自豪感。當她看到父親忽然在她面前尋找眼鏡，或者竟把剛才發生的事忘得一乾二淨，或是在吃飯時竟打起瞌睡的時候，「他太老了，我不該譴責他！」她心想。

3

一八一一年，一位聞名的法國大夫住在莫斯科，他就是梅蒂維埃。上流社會的家庭接待他，不把他視為大夫，而視為與自己齊頭平等的人。

尼古拉．安德烈耶維奇公爵過去嘲笑醫學，近來卻接受布里安的忠告，准許這位大夫到他家裡來，並漸漸和他熟稔。梅蒂維埃每個禮拜到公爵家裡去一兩次。

公爵的命名日那天，全莫斯科的人士都聚集在他的家門前，但是他不接見任何人，只宴請少數幾個人，他把客人的名單交給瑪麗亞。

這天早晨，老公爵的情緒糟透了，一整個早上都在屋裡踱來踱去，不停挑大家的毛病。瑪麗亞擅自讓梅蒂維埃醫生進來之後，便拿著一本書在客廳坐下來，從這裡傾聽書房中的動靜。

起初她聽見梅蒂維埃一人的說話聲，接著聽見父親的說話聲，之後是兩個人同時說話的聲音。不久後，梅蒂維埃跟著公爵出來了，公爵面露怒色。

「你不明白嗎？」公爵喊道，「可是我明白！法國的間諜！波拿巴的奴隸！滾出我的屋子，滾！」他砰然一聲關上門。

梅蒂維埃聳聳肩膀，走到布里安小姐面前。

「公爵不太舒服，是膽囊病與腦充血。別擔心，明天我會再來。」梅蒂維埃說完，匆匆地走出去了。

從門後傳來腳步聲和叫喊聲：「這群間諜！叛徒！到處是叛徒！家裡沒有片刻的平靜！」

梅蒂維埃走後，老公爵把女兒叫來，向她大發雷霆。她這回的罪名是：把一個間諜放進屋裡來。

「不行，天呀！搬走！搬走！您要曉得！我再也無法忍受了。」他說完這句話，便從房裡走出去，但又回到她身邊，說道：「別以為我在說氣話，我已經考慮清楚了，只能這樣做。搬走！您自己找個地方住吧！」他忍無可忍地晃了晃拳頭。

「哪怕有個什麼笨蛋把她娶走也好！」他砰然一聲關上房門，又把布里安小姐叫進去。

兩點鐘時，拉斯托普欽伯爵、洛普欣公爵和他的侄兒、公爵的老戰友恰特羅夫將軍、皮埃爾和鮑里斯·德魯別茨科伊——共六位賓客都來到公爵的客廳中。

目前正在莫斯科休假的鮑里斯，極欲結識老公爵，他博得了公爵的好感，使他破例在家中接見單身青年。

這個小團體聚集在擺著陳年傢俱的舊式客廳裡，儼然像一次開庭，大家都默不作聲。尼古拉·安德烈耶維奇公爵走出來了，他態度嚴肅，一言不發；公爵小姐瑪麗亞比平時顯得更嫻靜而羞怯。

拉斯托普欽伯爵時而講到最近的市內新聞，時而講到政治領域的新聞，洛普欣和年老的將軍有時也參加談話。老公爵聆聽著，偶爾發表一些意見。談話涉及近來的消息：拿破崙佔領奧爾登堡大公的領地、俄國致信歐洲各國朝廷反對拿破崙。

「波拿巴對待歐洲，就像海盜對付一條被奪去的船一樣。」拉斯托普欽伯爵說，「各國國王對他的容忍令人不可思議，連教皇都被捲入了。人人都不吭聲，只有我們的皇帝獨自對侵佔奧爾登堡大公的領地一事表達抗議。即使如此……」

「有人提議用其他領地代替奧爾登堡公國，」老公爵說，「他叫大公們遷來遷去，就像我叫農夫從童山遷到博古恰羅夫和梁贊的領地去一樣。」

「奧爾登堡大公以其驚人的毅力和鎮靜的態度忍受自己的不幸。」鮑里斯恭敬地說道。老公爵瞧瞧這個年輕人，想說出一些看法，但又覺得他太年輕，於是打消了念頭。

「我讀過我國就奧爾登堡事件提出的抗議書，上頭的措詞拙劣，令我詫異。」拉斯托普欽漫不經心地說。皮埃爾看了看拉斯托普欽，不明白他所說的話。

「伯爵，如果內容有說服力，文辭的優劣難道有什麼差別嗎？」他說。

「我親愛的，擁有五十萬軍隊的人，理應擁有優美的文筆。」拉斯托普欽說。皮埃爾終於明白了他擔心的原因。

「看來，文人變多了，」老公爵說，「彼得堡人人都會寫，不僅會寫通牒，還會編法典。我的安德烈也在那裡為俄國編了一整部法典。誰都會寫嘛！」他不自然地笑起來了。

談話停頓了一會，年老的將軍咳嗽了幾聲，引起別人的注意。

「您是否聽說近來彼得堡舉行閱兵式時發生的事件？新任的法國公使大出風頭啊！」

「怎麼了？沒錯，我略有所聞，他在陛下面前說了些什麼話。」

「陛下要他注意擲彈兵師和分列式，」將軍說，「那個公使卻沒有注意到，還大膽地說，他們在法國根本不注意這等瑣事。皇帝沒說什麼，但之後就不去理睬他了。」

「放肆！」公爵說，「您知道梅蒂維埃嗎？我今天把他趕走了。雖然我說不准讓任何人進來，可是他們還是讓他來到我面前。」公爵說，氣憤地瞥了女兒一眼。他說出自己認為梅蒂維埃是間諜的原因，人們都不相信他，但誰也沒有開口反駁。

吃完烤菜之後，端來了香檳酒。客人們紛紛起立祝賀老公爵，瑪麗亞也走到他跟前。他用冷漠而凶惡的目光瞪了她一眼，那表情說明了他並沒有忘記早晨的談話。

在他們走到客廳裡喝茶時，老人們都坐在一起。老公爵變得更加興奮，說出了他對當前戰爭的見解。

他說，當俄國決定插手歐洲的事務時，就註定了與波拿巴的戰爭將會很不幸。他們用不著為奧國而戰，也用不著為反對奧國而戰，俄國的政策重心應放在東方，至於波拿巴，只要派兵駐守邊境，他就永遠不敢逾越。

「公爵，我們怎能對法國宣戰啊！」拉斯托普欽說，「我們能組成軍隊去反對我們的教師和上帝嗎？瞧！我們的上帝是法國人，我們的天國是巴黎。」

他開始說得更響亮，看來要讓大家聽見他說話。

「咳，公爵，看看我們的青年，我要從博物館裡拿出一根彼得大帝時代的粗棒子，按照俄國的方式把他們痛打一頓，讓他們醒悟過來！」

大家都沉默不言。老公爵露出微笑，讚賞地看著拉斯托普欽。

「閣下，再見，祝您健康。」拉斯托普欽說，他快速站立起來，向公爵伸出手。

「親愛的，再見，您的話令我如沐春風！」老公爵握住他的手。其他人也跟著站起來。

4

瑪麗亞坐在客廳裡，聽著老人們的對話。她對那些事一竅不通，心裡只想到客人們是否注意到父親對她的態度。她甚至沒有注意鮑里斯向她獻殷勤，他第三次拜訪他們家。

瑪麗亞漫不經心地把臉轉向皮埃爾，在公爵離開以後，皮埃爾拿著一頂帽子，面露微笑地走到她面前，他們單獨地留在客廳裡。

「還可以再坐一會兒嗎？」他懶散地躺在瑪麗亞身旁的椅子上說道。

「啊，可以。」她說。「您什麼都沒有發現嗎？」她的目光彷彿這樣說。

皮埃爾在午餐後心情愉快。他兩眼望著前面，悄悄地微笑。

「公爵小姐，您早就認識這個年輕人嗎？」他說。

「哪個年輕人？」

「德魯別茨科伊？」

「不，不久前才……」

「怎麼樣，您喜歡他嗎？」

「是的，他是個討人喜歡的年輕人……您幹嘛這麼問呢？」

「因為我察覺到了，這個年輕人平時總是來莫斯科休假，為的只是娶一個有錢的姑娘。」

「您察覺到了這種事嗎？」

「是啊，」皮埃爾面露微笑，繼續說下去，「這個年輕人的方式是這樣的：哪裡有富裕的未婚女子，他就到哪裡去。我把他看得一清二楚。他如今躊躇不前，不知道該向誰發出攻勢，是向您呢，還是向朱莉・卡拉金娜小姐呢？」

「他常到她們那裡去嗎？」

「是的，他常到那裡去。您知道一種追求女人的新方式嗎？」皮埃爾帶著譏諷的心情微笑說道。

「不知道。」

「要得到莫斯科少女的歡心，就應該鬱鬱寡歡。他在她面前裝得非常鬱鬱寡歡。」

「真的？」瑪麗亞說，她想起自己的痛苦，「要是我能把自己的感覺說給誰聽，心裡就會輕鬆一些。皮埃爾是個善良、高尚的人，我很願意把一切說給他聽，請他為我出主意。」

「您願意嫁給他嗎？」皮埃爾問道。

「天啊！伯爵，有時我願意嫁給任何人。」瑪麗亞用快哭出來聲音說道，「唉！當你愛一個人，但除了痛苦之外什麼都不能為他做，這有多麼難受啊！唯一能做的就是離開他，但是我能到哪裡去呢？」

「公爵小姐，怎麼了，發生了什麼事情？」

可是瑪麗亞並沒有把話說完，就放聲大哭起來。

「我不曉得我今天是怎麼搞的。別管我，把我對您說的話忘掉吧。」

皮埃爾的愉快心情已消失殆盡。他擔心地探問公爵小姐，請她把心事全部說出來，向他傾訴自己的煩惱。但她只是再三地請他忘掉她的話，她沒什麼煩惱，除了害怕安德烈的婚事可能引起父子間的爭執。

「您是否聽到羅斯托夫一家的情況？」為了改變話題，她問道，「有人說他們不久以後會到這裡來。我也天天在等待安德烈，希望他們在這兒會面。」

「公爵對這件事有什麼看法？」皮埃爾問道，瑪麗亞搖搖頭。

「但是該怎麼辦？離年底只剩幾個月了。我只希望幫哥哥消除見面時的尷尬，我渴望他們快點來，我希望與她合得來——」瑪麗亞說，「您認識他們，請告訴我，她是個怎樣的姑娘？您認為她怎樣？請告訴我一切。您知道，安德烈冒了很大的風險，違反父親的意旨行動，我想知道……」

皮埃爾隱約感覺到，公爵小姐對未來的嫂子懷有惡意，她希望皮埃爾反對安德烈的決定，但皮埃爾還是說出了他想說的話。

「我不知道該如何回答您的問題，」他說，「我不知道她是個怎樣的姑娘，我怎樣也無法分析她。她十分迷人，我能說的就是這些。」

「她很聰明嗎？」瑪麗亞問道。皮埃爾沉吟起來。

「我認為，她不聰明。」他說，「但是，她也很聰明，她不讓人家看出她是一個聰明人……不對，她很有魅力，沒有別的了。」

瑪麗亞不贊成地搖搖頭。

「啊，我很願意疼愛她！如果您見到她，就請您把我的話告訴她吧。」

「我聽說，他們最近就要來了。」皮埃爾說。

瑪麗亞告訴皮埃爾，一旦羅斯托夫家的人到達，她就要親近未來的嫂子，設法讓老公爵與她熟稔。

5

鮑里斯沒能在彼得堡娶一個有錢的未婚女子，於是他來到莫斯科。他在朱莉和瑪麗亞之間躊躇不前。儘管瑪麗亞長得難看，但鮑里斯覺得她比朱莉更迷人；他試圖在老公爵的命名日上向她搭話，但是她顯然不想聽他說話。

與之相反，朱莉儘管具備更佳的才貌，但是卻樂於接受他的追求。

朱莉已經二十七歲了。她在兄弟相繼去世之後，變得很富有，而且長相也比從前好看多了，但她卻對自己的財富和年齡感到迷惘。十年前，男人害怕登門拜訪，免得損害了這個少女的名譽，而今卻可以大膽地去看她了，他們和她交際時，不把她視為未婚女子，只把她視為沒有性別的熟人。

這年冬天，在卡拉金的家中舉辦了晚會，招待一大群人。朱莉的服裝是所有人之中最時髦的，儘管如此，她似乎對一切感到失望。她既不相信友誼，也不相信愛情，更不相信人生的任何歡樂。但這種心情並沒有妨礙她尋歡作樂，也沒有妨礙那些上門的年輕人愉快地消遣。只有鮑里斯在內的幾個人，能體會到朱莉抑鬱寡歡的心情，她跟他們談論塵世的空虛，並讓他們看她在紀念冊上寫滿的悲傷詩句。

朱莉對鮑里斯特別親切，她同情他這麼年輕就對人生失望，並盡可能地給予他安慰。她向他展開了一本紀念冊。鮑里斯在紀念冊上為她畫了兩棵樹，並且題了詞，又畫了一座陵墓。

朱莉用豎琴為鮑里斯彈奏最悲哀的夜曲，鮑里斯也為她朗誦《可憐的麗莎》。當他們在大庭廣眾下相會的時候，兩人的目光相遇，就像望見世界上唯一的知音一般。

時常到卡拉金娜家作客的安娜．米哈伊洛夫娜在和朱莉的母親打牌的時候，對朱莉的嫁妝作了一番調查，她知道她們將會把奔薩省兩處領地和下城森林作為陪嫁，於是對兒子和朱莉的結合表現出贊同的態度。

「我們可愛的朱莉還是那麼迷人和憂鬱。」她對朱莉說。

「鮑里斯說，他只有在您家裡時，心靈才感到安逸。」她對朱莉的母親說。

「啊，親愛的，我多麼喜歡朱莉，」她對兒子說，「我無法形容，誰會不喜歡她呢？她是個多麼特別的人啊！噢，鮑里斯！」她沉默片刻，「我多麼憐憫她的媽媽，今天她把從奔薩寄來的帳目和信件拿給我看（她們有片廣大的領地），她很可憐，全靠自己一個人，人家都欺騙她！」

鮑里斯傾聽母親說話時，臉上微露笑容。他態度溫和地嘲笑她的狡猾，但又仔細地聽她說話，有時向她詢問奔薩和下城領地的情形。

朱莉早就在等待她那憂鬱的追求者向她求婚，但鮑里斯對她那不自然的態度懷有一種潛在的厭惡感，遲遲沒有開口求婚，他的假期就快結束了。他每天都在卡拉金家裡消磨一整天的時光，時常催促自己明天就去求婚，但一看到朱莉，他又把到嘴邊的話吞了下去。朱莉看見鮑里斯猶豫不決，她的抑鬱寡歡漸漸轉變成沮喪，在鮑里斯動身前不久，她決定採取行動。當時，阿納托利．庫拉金正在莫斯科，他常出現在卡拉金家中，朱莉忽然變得十分快活，細心照料著他。

「親愛的，」安娜對兒子說，「我聽說瓦西里公爵把兒子送來，是要讓他娶朱莉的。我很喜歡朱莉，親愛的，你覺得怎樣？」

鮑里斯感覺受到愚弄，他一想到即將到手的嫁妝落入了別人手裡，尤其是落入愚蠢的阿納托利手裡，就感到屈辱。他乘車前往卡拉金家，毅然決定求婚。朱莉表現出愉快的樣子出來迎接他，心不在焉地問他什麼時候動身。鮑里斯來這裡是打算傾訴愛慕之情，但他竟在衝動下開始指責她喜新厭舊。朱莉覺得受到侮辱，她回答說，事實的確如此，女人需要一點新花樣，否則很容易就感到厭煩了。

「為此我奉勸您——」鮑里斯正想開口譏諷她，心中忽然產生一種屈辱的想法：他很有可能徒勞無益地離開莫斯科。他停頓下來，「我來這裡，不是想和您爭吵，恰恰相反……」他朝她瞥了一眼，她那憤怒的表情消失了，用一雙焦慮不安、央求的眼睛看著他，「我總能設法少與她見面，」鮑里斯想了想，「事情總得有始有終！」他突然面紅耳赤，對她說：「您知道我對您充滿愛意！」朱莉的臉上煥發出自信的光彩，她知道，她已經得到了她所要求的一切。

這對未婚夫妻不再提及那兩棵陰鬱和淒涼的樹了，他們規劃著將來如何在彼得堡修建一座金壁輝煌的住宅、訪問親戚朋友以及籌備隆重的婚禮。

6

一月底，伊利亞．安德烈耶維奇伯爵帶著娜塔莎、索尼婭抵達莫斯科。他們天天等待安德烈回到莫斯科，同時，還必須準備嫁妝，出售莫斯科近郊的田莊，並讓老公爵認識一下未來的媳婦。他們在莫斯科的瑪麗亞．德米特里耶夫娜．阿赫羅西莫娃家中暫住。

深夜，他們抵達了瑪麗亞．德米特里耶夫娜家中。瑪麗亞一個人住，她的女兒出嫁了，她的幾個兒子都在政府機關服務。當羅斯托夫一家抵達的時候，她站在大廳門口，顯露出對客人不滿的神態。

「是伯爵的行李嗎？拿到這裡來，」她指著那幾只手提箱，但沒有對任何人打招呼，「小姐們，到這裡來。喂！」她對幾個丫頭喊道，「煮一壺茶！——你長胖了，變得更好看了！」她把臉凍得通紅的娜塔莎拖到身邊來，「嘿！覺得冷吧！快去換衣服吧。」她又對伯爵喊了一聲，「你凍僵了嗎？待會喝杯糖酒吧！——索尼婭，你好。」她用略嫌藐視的態度對索尼婭說。

大伙兒脫下外衣，整理一下自己的服裝。當他們走過來飲茶的時候，瑪麗亞依次地吻吻大家。

「我很高興你們光臨，」她說道，「早就該來了呀！」她說道，又看向娜塔莎，「老頭子在這裡，他兒子一兩天內就會回來。哦，這件事以後再談吧！現在聽著，」她向伯爵轉過臉去，「明天你要做什麼？要請誰來呢？把辛辛請來？把安娜．米哈伊洛夫娜也請來，她和兒子都在這裡，兒子快結婚了呢！然後再去請別祖霍夫，他和妻子也在這裡。啊，至於她們，」她指指小姐們說，「明天我會帶她們到伊韋爾小教堂去，然後順路到服裝店去一趟。你有什麼事要辦？」她把臉轉向伯爵，嚴肅地說。

「各式各樣的事情，」伯爵答道，「要幫姑娘們添購衣服，還要帶一位買主去看莫斯科近郊的田莊和住宅。如果您肯幫忙，我就把我兩個小姑娘交給您照顧。」

「好，好，她們在我這裡萬無一失。」瑪麗亞說道，一面用她的手玩弄姑娘們的臉頰。

第二天早上，瑪麗亞把兩個小姐帶到伊韋爾小教堂去，又把她們帶到奧貝爾．夏爾姆時裝店，在那訂購了全部嫁妝。她回家後，便把所有的人從房裡趕出去，只留下娜塔莎一個人。

「啊，我們談談吧！我祝賀你訂婚了，你找到一個好小子！我替你高興，我從他小時候就認識他了。」

娜塔莎高興得滿面通紅。

「我喜歡他，也喜歡他全家人。現在我告訴你，年老的公爵很不希望他的兒子娶妻，他是個神經質的老人！雖然，安德烈已經不是小孩子了，他不需要父親同意也能做到這件事，不過違背父親的意旨結婚總是不太好。你是一個聰明人，要好好跟他們一家相處。這樣，一切都會好起來。」

瑪麗亞以為娜塔莎因為靦腆而不說話，事實上，娜塔莎感到非常不愉快，她不喜歡大家干預她與安德烈之間的事，她覺得誰也不能理解它。她只知道自己愛安德烈，他也愛她，而且最近幾天內就會來接她。除此之外，她再也不需要什麼了。

「你要明白，我老早就認識他，我也喜歡他的妹妹瑪麗。她拜託我讓她和你見面。你明天和父親一起到她那裡去，你要對她表示親切一些。等你的愛人抵達時，你已經認識他的家人了，他們也都很喜歡你，這樣不是很好嗎？」

「是很好。」娜塔莎不樂意地回答。

7

次日，伯爵帶著娜塔莎到老公爵那裡去了。伯爵感到害怕，他記得和老公爵最後一次見面時正值徵兵時期，當時他未能如數提供士兵，因此老公爵曾厲聲呵斥他。娜塔莎穿了一身華麗的連衣裙，她感到心情愉快，「他們不會不喜歡我的。」她想道，「所有人都疼我，我願意為他們做他們希望的一切，他們怎麼可能不疼愛我呢！」

他們駛近了弗茲德維仁卡街一棟古舊的住宅，走進了屋子。

「啊，上帝保佑！」伯爵有點開玩笑地說。一名怒形於色的老僕役告訴他們公爵不見客，但公爵小姐請他們去見她。布里安小姐第一個出來迎接客人，她恭敬地帶他們去見公爵小姐。瑪麗亞顯得有些驚慌，乍看之下，她不喜歡娜塔莎，她覺得她的裝束過分講究，顯得愛慕虛榮。她不知道，自己因為嫉妒她的美貌、年輕，又嫉妒哥哥對她的愛情，所以已經先對她懷有惡意了。

「可愛的公爵小姐，瞧！我為您帶來了我的歌手。」伯爵說，一面不安地回頭張望，似乎害怕老公爵會忽然出現，「我很高興能讓你們認識，公爵老是生病，很遺憾，很遺憾。」他又說了幾句類似的話，「如果允許的話，我把娜塔莎留給您照顧一刻鐘，我先去辦事一趟，馬上就回來接她。」伯爵想為小姑和嫂嫂製造談話的機會，又想避免碰見他所懼怕的公爵。娜塔莎明白父親的想法，她覺得自己受到了侮辱，於是用那挑釁的目光朝公爵小姐瞥了一眼，彷彿在說自己什麼都不怕。公爵小姐請伯爵放心，於是他離開了。

儘管瑪麗亞想單獨跟娜塔莎談話，但無論她怎麼暗示，布里安就是不離開房間。她不改變話題，拚命談論莫斯科的娛樂和劇院。娜塔莎不喜歡瑪麗亞，她覺得瑪麗亞長得不好看，既虛偽又冷淡，因此說話也帶著不客氣的腔調，這使得兩人更加疏遠了。五分鐘後，外頭傳來飛快的腳步聲，瑪麗亞的臉上露出驚恐的神色，公爵穿著睡衣打開了房門。

「啊！小姐，」他開口說，「小姐，伯爵小姐羅斯托娃，請您原諒，請原諒……上帝明鑒，我不知道您光臨寒舍，我穿著這樣來看女兒了，請原諒……」他很不自然地說道。瑪麗亞低著頭，既不敢看父親，也不敢看娜塔莎。娜塔莎站起來行禮，她也感到不知所措。

「請您原諒，請原諒！上帝明鑒，我不知道！」老頭子唸唸有辭，他把娜塔莎從頭到腳打量了一番，然後就走出去了。娜塔莎和瑪麗亞面面相覷，什麼都沒有說。

當伯爵回來以後，娜塔莎很高興地離開了。她討厭這個年長、醜陋的公爵小姐，她完全沒有提到安德烈，就這樣和她一起待了半個鐘頭，「我才不要在這個法國女人面前談到他。」娜塔莎想道。瑪麗亞也是這麼想的，她知道應該對娜塔莎說些什麼，但是她不能在布里安小姐面前講出來。當伯爵離開房間，瑪麗亞便走到娜塔莎面前，握住她的手，沉重地嘆了一口氣。娜塔莎譏笑似地瞧著瑪麗亞。

「可愛的娜塔莎，」瑪麗亞說，「您知道，我很高興哥哥找到了幸福……」她覺得自己在說違背心意的話，於是停了下來。娜塔莎猜中了她的想法。

「我想，公爵小姐，現在不適合說這件事。」娜塔莎說，她覺得自己快哭出來。

「我說了什麼，我做了什麼！」她剛走出房門，就這麼想。

這天，娜塔莎坐在自己房裡，像孩子一樣號啕大哭。索尼婭站在身旁，吻她的頭髮。

「娜塔莎，你哭什麼？」她說，「不用管他們，娜塔莎，一切都會過去的……」

「不，若是你知道，這多麼令人氣惱……就像我這樣……」

「娜塔莎，別說了，你沒有做錯，這不關你的事。」索尼婭說。

娜塔莎抬起頭來，吻吻表姐的嘴唇，把那被淚水沾濕的臉貼在她身上。

「我不能說，我不知道，誰都沒有錯，」娜塔莎說，「我有錯，但是這一切非常可怕啦。唉！他怎麼沒有來啊！」

她兩眼通紅地出來吃午飯。瑪麗亞・德米特里耶夫娜知道公爵怎樣對待羅斯托夫家的人，但她假裝沒有發覺娜塔莎的臉色，仍然與伯爵與其他客人不停地大聲說笑。

8

這天晚上，羅斯托夫一家乘車去看歌劇。

娜塔莎不想去，但是瑪麗亞・德米特里耶夫娜的熱情令她無法推辭。當她穿好衣服，走到大廳裡去等候父親時，她照了一下大鏡子，看見自己長得十分標緻，就感到一種莫名的憂愁。

「天啊！假如他此刻在這裡，我絕不會像過去那樣畏縮不前，」娜塔莎想道，「我跟他父親和妹妹有什麼關係呢？我只愛他一人……不過，這時候最好不要去想他，不想他，把他忘掉。我受不了這種等待的煎熬，我想大哭一場。」她從鏡子旁邊走開，克制住不哭出聲來。

「索尼婭怎麼能如此平靜地愛著尼古連卡，這麼長久地、耐心地等待？」她想了想，望著走進來的索尼婭，「不，她完全不同。我不能！」

當她坐在馬車上、若有所思地望著窗外閃爍的燈光時，她覺得自己越來越憂愁，甚至忘了自己正駛向何方。接近戲院門口了，娜塔莎和索尼婭從馬車上跳下來，與伯爵走進戲院包廂的走廊。

劇場引座員恭敬地打開包廂門，門裡出現一排排坐著露肩女士們的明亮包廂，一位鄰座的女士用嫉妒的目光瞥了娜塔莎一眼。娜塔莎弄平連衣裙，和索尼婭一同走到位子上坐下來，一面環視對面一排排燈光明亮的包廂。幾百雙端詳著她那裸露手臂和脖子的目光，勾起了她一連串的回憶與欲望。

這兩位姿色出眾的少女吸引了大家的注意。除此而外，大家隱約地聽說娜塔莎和安德烈的婚約，他們帶著好奇的目光觀察這名優秀未婚夫的未婚妻。

這天晚上，由於娜塔莎心情激動，所以就顯得格外漂亮。她那充沛的活力和美麗的容貌，再加上對周圍一切事物的漠不關心，這就更令人驚嘆了。她用那雙烏黑的眼睛觀看著眾人，卻不尋找任何人。

「你看，那就是阿列尼娜，」索尼婭說，「她好像和母親在一起啊！」

「我的老天！米哈伊爾·基里洛維奇變胖了！」老伯爵說。

「瞧，我們的安娜·米哈伊洛夫娜戴著一頂直筒高女帽啊！」

「卡拉金家裡的人，朱莉、鮑里斯也和他們在一起。」

「是啊，德魯別茨科伊求婚了！我今天才聽說的。」辛辛走進他們的包廂時說道。

娜塔莎朝父親看的那個方向望過去，看見了朱莉，她的頸子上掛著一串珍珠，露出幸福的樣子坐在母親身旁。在她們後面可以看見頭髮梳得整齊的鮑里斯，他臉上露出微笑，側著耳朵靠近朱莉的嘴。接著，他皺起眉頭望著羅斯托夫一家，笑笑地對未婚妻說了些話。

「他們在談論我跟他呢！」娜塔莎心想，「他一定是在安慰未婚妻，要她忘記對我的嫉妒。真是多心了！我跟他們毫無瓜葛啊。」

安娜·米哈伊洛夫娜坐在後面，臉上流露著幸福而愉快的表情。他們的包廂裡洋溢著未婚夫婦互相依戀的氣氛，這就是娜塔莎所熟悉而且喜愛的氣氛。她驀地回想起拜會時所受的屈辱。

「他憑什麼不願意接納我呢？唉，最好別去想這件事，在他回來前不去想它！」她自言自語地說，開始打量著劇院裡的其他面孔。她看見多洛霍夫，他的捲髮向上梳平，穿著一套波斯服裝。他站在戲院中眾目睽睽的地方，被莫斯科的傑出青年包圍著，看來在他們之中佔有主導地位。

伯爵露出笑意，輕輕地推一下臉紅的索尼婭。

「你認得嗎？」他問道，「他是從哪裡冒出來的？」伯爵對辛辛說，「他不是去了某個地方嗎？」

「沒錯，」辛辛回答，「去過高加索，可是又溜掉了。據說，他在波斯某個公爵那裡當大臣，殺了波斯王的一個兄弟。唔，莫斯科的女士們為他瘋狂！叫他『波斯人多洛霍夫』，」辛辛說。「多洛霍夫和阿納托利兩個人，讓我們的女士們為之瘋狂。」

一個身材高大的漂亮太太走進了鄰近的廂座，她留著一根大辮子，裸露出雪白而豐滿的肩頭，脖子上戴著兩串大珍珠。

娜塔莎情不自禁地瞧著她的打扮，這名太太也回過頭來，對著伯爵微微一笑。她就是皮埃爾的妻子，認識所有上流社會人士的伯爵把身子探過去和她談話。

「伯爵夫人，到很久了吧？」他說，「我一定去拜訪，一定。我來這裡辦些事情，還把兩個女兒帶來了，彼得．基里洛維奇伯爵也在這裡嗎？」

「在這裡，他想順道來看您。」海倫說，並仔細地瞧瞧娜塔莎。

伊利亞．安德烈耶維奇伯爵又在原來的位子上坐下來。

「很漂亮，是嗎？」他用耳語對娜塔莎說。

「美極了！」娜塔莎說，「真令人神魂顛倒！」這時，可以聽見歌劇序曲最後的和音，舞台上揭幕了。

9

從鄉下回來以後，娜塔莎的心情還很沉重，她覺得舞台上的一切都很粗俗，她無法繼續注視劇情的進展，她甚至不能再聽音樂了。她不時為演員們害臊，又覺得他們滑稽可笑。她環顧四周，想從觀眾的臉上尋找她心中的那種譏笑和困惑不安的感覺。娜塔莎漸漸進入陶醉的狀態中，她忘了自己是誰，自己在哪裡，以及眼前發生了什麼事。

一扇通往羅斯托夫家包廂的門打開了，可以聽見一個男人的腳步聲，「他就是庫拉金！」辛辛小聲說道。伯爵夫人別祖霍娃含著笑容把臉轉向他，娜塔莎也順著她目光的方向看過去，看見一個異常清秀的副官，他就是她在彼得堡的舞會上見過的阿納托利．庫拉金。他將頭高高抬起，從走廊的地毯上走過去。他走到妹妹面前，指著娜塔莎，彎下腰來問了一句什麼話。

「很可愛！」他說道，顯然是在指娜塔莎。然後他走到第一排，坐在多洛霍夫身旁，愉快地使了個眼色。

「兄妹多麼相像啊！」伯爵說，「兩個人都長得清秀。」

辛辛小聲地向伯爵講述庫拉金在莫斯科的不檢點行為，娜塔莎仔細聆聽著。

第一幕已經演完了，觀眾都站起來，有的人走來走去，有的人走出觀眾廳。

鮑里斯走到羅斯托夫家的包廂，接受了祝賀。他漫不經心地露出微笑，向娜塔莎和索尼婭轉告他的未婚妻邀請她們出席婚禮之事，之後便離開了。娜塔莎臉上帶著歡喜的笑意和他說話，並且恭賀鮑里斯的新婚之喜。在她所處的那種陶醉狀態中，一切似乎都再平常不過了。

海倫的包廂擠滿了人，她被在座那些最顯貴、聰明的男人們包圍住了，他們彷彿爭先恐後地想向眾人表示，他們都是她的熟人。

幕間休息時，庫拉金和多洛霍夫始終站在前面的戲台邊緣上，不時望著羅斯托夫家的包廂。娜塔莎知道他正在談論她，這令她感到高興，甚至轉過身來，好讓他看見自己的側面。在第二幕開始前，皮埃爾也出現了，他比以前更加肥胖。他滿面愁容，頭也不回地走到前排。當他看見娜塔莎時，頓時變得愉快起來，急忙朝他們的包廂走去，微笑著跟娜塔莎交談起來。她聽見伯爵夫人別祖霍娃的包廂裡傳來庫拉金的說話聲，她回頭一望，和他的目光相遇了。

第二幕上演的時候，娜塔莎每次轉頭，總是看見阿納托利．庫拉金把一隻手搭在椅背上，端詳著她。她發現他已經被自己迷住，覺得很高興，並不覺得這有什麼奇怪的。

這一幕結束時，伯爵夫人別祖霍娃站起來，把臉轉向羅斯托夫家的包廂。她把老伯爵招呼過來，臉上流露出善意的微笑，開始和他說話。

「請把您的幾個可愛女兒介紹給我認識吧！」她說，「全城都在宣揚她們，可是我竟然不認識她們。」

娜塔莎站起來，向美麗的伯爵夫人行屈膝禮，這個美女的誇獎使她高興得臉紅起來。

「我現在也想當一個莫斯科人，」海倫說，「您竟然把珍珠埋在農村裡！」

海倫享有迷人女人的聲譽。她可以很輕易、自然地說出想說的話，尤其是諂媚他人。

「不，可愛的伯爵，請允許我照顧一下您的女兒們。我在彼得堡時就聽過許多有關您的事情，我很想認識您，」她對娜塔莎說，「我從我的少年侍從——德魯別茨科伊那裡聽說過您，也從我丈夫的朋友——博爾孔斯基公爵那裡聽說過您。」她用這句話暗示她知道他跟娜塔莎的關係。為了更充分地互相認識，她請求伯爵讓娜塔莎到她的包廂去坐一陣子。

第三幕上演了，一個裸露著兩腿的男人在舞台上獨自跳起舞來，跳得很高，而且迅速地跺腳。這個男人叫做迪波爾，憑著這種技藝每年可掙得六萬盧布。所有觀眾都拚命地鼓掌喝彩，這個男人於是停了下來，面露笑容，向觀眾鞠躬行禮。大家的臉上都帶著得意的神情，開始呼喊起來。

「迪波爾！迪波爾！迪波爾！」

娜塔莎愉快地微笑著環顧四周。

「迪波爾真討人喜歡，不是嗎？」海倫把臉轉向她，說道。

「啊，一點都沒錯。」娜塔莎回答。

10

幕間休息時，海倫的包廂門打開了，阿納托利彎下身子走了進來。

「請允許我把哥哥介紹給您認識。」海倫說道，把視線投向阿納托利。娜塔莎也把頭轉向美男子，微微一笑。阿納托利挨著她坐下，並說他早就希望能認識她，之前她有幸看見她，真使他永生難忘。庫拉金和女人們相處時顯得聰明得多，他說話大膽且大方；更令娜塔莎感到驚奇的是，這個人身上不僅沒有可怕的地方，反而常流露出最天真活潑的微笑。

庫拉金向她問到她對戲劇表演的看法，並提到謝苗諾娃在上次演戲時倒在地上的事。

「伯爵小姐，您知道，」他說道，「我們要在阿爾哈羅夫家舉辦化裝舞會，您應該參加，一定會很開心。好嗎？」他說道。

他面露微笑，目不轉睛地望著娜塔莎的臉蛋、脖子和那裸露的臂膀。娜塔莎知道他在讚美她，這使她非常愉快，但不知為什麼又憋得發慌。她害怕地感到，她和他之間完全沒有她和其他男人在一起時的隔閡，她覺得兩人太接近了。娜塔莎回頭看看海倫和父親，好像在問他們這是怎麼一回事。海倫正在和某位將軍談話，並未回答她的目光；父親則彷彿說著一慣的那句話：「你高興，我就高興。」

為了打破沉默，娜塔莎問阿納托利，他喜不喜歡莫斯科。阿納托利微微一笑。

「起初我不太喜歡，因為我不知道這個城市有什麼迷人之處，但現在我知道了——那就是容貌美麗的女人，」他意味深長地望著她，「伯爵小姐，您會出席化裝舞會吧？您將是最標緻的，去吧。」

娜塔莎覺得，在他那難以理解的話中包含著不太體面的意圖。她不知道該說什麼，於是轉過身去，彷彿沒有聽見他說的話似的，但又想道，他就在自己身後不遠處。

「他現在怎樣了？他感到害羞？他生我的氣了嗎？要不要補救一下？」她問自己。她忍不住回過頭去，朝他的眼睛看了一下，他仍然站在那裡，露出溫和而親切的微笑。她頓時感到，他和自己之間沒有任何隔閡了。

又開幕了。阿納托利從包廂裡走出來，顯得相當愉快；娜塔莎也回到父親的包廂，她已經完全屈從於環境了。她覺得眼前發生的一切都十分自然，她的腦海中一次也沒有出現她過去考慮的事情——未婚夫、公爵小姐瑪麗亞，或是農村的生活，彷彿一切都是很久以前的事。

當他們從戲院出來的時候，阿納托利走到他們面前，把自己的馬車叫來，攙扶著他們上車。當他攙扶娜塔莎時，兩眼閃閃發光，凝視著她，令娜塔莎感到激動不安，漲紅了臉。

回家後，娜塔莎才清醒地回想起她遭遇到的一切，她突然想起安德烈，驚叫了一聲，從家人身邊跑開。「天呀！我墮落了！我怎麼能這麼做呢？」她想道。她用手蒙住自己的臉，極力使自己意識到發生了什麼事，但她什麼都無法明白。「這是怎麼回事？他使我恐懼，怎麼回事？我感覺到罪惡感，怎麼回事？」

深夜，娜塔莎獨自躺在床上，竭力想把這個使她痛苦的問題解釋清楚。

「我對安德烈的愛情毀滅了嗎？」她問自己，又自我解嘲地回答道：「我真蠢，我為什麼要這麼問呢？我究竟怎麼了事？什麼都沒有，什麼錯也沒有，沒有人會知道。我永遠不會再看見他了，」她自言自語。「看來，什麼都沒有發生，沒什麼好後悔的。安德烈真的會愛我這樣的人嗎？唉，我的天！他為什麼不在這兒！」娜塔莎安靜了片刻，一種本能彷彿告訴她說，她對安德烈的愛情完全消失了，她又回想自己和庫拉金的對話，腦海中浮現著這個美男子在握住她的手時露出的微笑。

11

阿納托利．庫拉金住在莫斯科，他被父親從彼得堡送來，因為他在那裡每年要花費兩萬多盧布，而且還有債主向他父親索取同樣多的金額。

父親告訴兒子，說這是自己最後一次替他償還債務。他希望兒子到莫斯科去當一名總司令的副官，並設法在那裡找一門好親事。他又把瑪麗亞和朱莉．卡拉金娜指給他看。

阿納托利前往莫斯科，住在皮埃爾家中。起初，皮埃爾不想接待他，但後來與他混熟了，時常一同去狂飲，皮埃爾借給他不少錢用。

阿納托利來到莫斯科後，把當地的女士們迷得神魂顛倒。他經常出席上流社會舉辦的各種晚會和舞會，還在舞會上追求過幾個女士，但是他不接近少女，尤其是那些長得醜陋的有錢姑娘。事實上，阿納托利在兩年前結婚了，但只有一些最親密的朋友知道這件事——兩年前他隨軍駐紮在波蘭時，一個不富裕的波蘭地主強迫阿納托利娶他女兒為妻。

阿納托利寄給岳父一筆錢，不久後就遺棄妻子，取得恢復單身的權利。

阿納托利向來就對自己的一切感到滿意，他不認為自己做過什麼壞事。他不善於考慮自己的行為會對他人產生何種影響，他深信，上帝創造他，讓他生來就在社會上佔有最高的地位。

他不貪圖功名，也不吝嗇，他所喜愛的只有一點，那就是玩樂和女人。對他來說，這些嗜好沒有任何不高尚的地方，他從不考慮自己的欲望會造成什麼後果，因此他認為自己是一個無可挑剔的人，過得心安理得。

這年，多洛霍夫又在莫斯科露面了，他仍然過著聚賭和狂飲的生活。他接近彼得堡的老同事庫拉金，以利用他的名聲、地位和人脈，引誘富有的青年加入賭博，而阿納托利也由衷地欣賞多洛霍夫的聰明與剽悍。

看完歌劇之後，阿納托利在多洛霍夫面前評論娜塔莎的姿色，並說他已決定追求她。阿納托利無法明白這種求愛會引起什麼後果，正如他一向不知道他的所作所為會引起什麼後果一樣。

「老兄，她很美麗，但不是我們的。」多洛霍夫對他說。

「我要叫我妹妹邀請她吃午飯。」阿納托利說，「好嗎？」

「你最好等她結婚之後……」

「你知道，」阿納托利說，「我很喜歡小姑娘，她們馬上就局促不安了。」

「別忘了你曾經上了小姑娘的當！」多洛霍夫想起阿納托利結婚的事，說道。

「啊，再一次又何妨！是嗎？」阿納托利說，他和善地大笑起來。

12

從戲院回來第二天，羅斯托夫一家哪裡也沒去，也沒有客人上門。瑪麗亞．德米特里耶夫娜偷偷跟伯爵商量著什麼，娜塔莎惶惶不安，認為他們在談論老公爵。她時時刻刻都在等待安德烈，她不僅不耐煩地想著他，而且不悅地回憶起她與瑪麗亞和老公爵見面的情景，於是莫名其妙地感到恐懼。她總覺得他永遠回不來了，或是她在他回來前就發生什麼事了。每當她一想到他，她的頭腦中就浮現起老公爵、公爵小姐以及庫拉金。她又思考著一個問題：她對安德烈的忠貞是否已經毀滅？在家人看來，娜塔莎比平常更為活躍，卻遠遠不如從前那樣安穩和幸福了。

禮拜天早晨，瑪麗亞．德米特里耶夫娜邀請客人們到她教區的聖母升天堂去做禱告。禱告完後，他們在客廳裡暢飲咖啡，僕人前來稟告，說四輪馬車已經備好。她露出嚴肅的神態，站立起來，說她要去拜訪博爾孔斯基公爵，向他說明有關娜塔莎的事。

當她離開後，夏爾姆時裝店的設計師來到羅斯托夫家，幫娜塔莎試穿新連衣裙，她對這種娛樂感到很滿意。正當她在照鏡子，看看衣服是否合身的時候，忽然聽見客廳裡傳來父親和一個女人興致勃勃的談話聲，那是海倫的說話聲。娜塔莎還來不及脫下試穿的衣服，門就敞開了，伯爵夫人別祖霍娃面露微笑地走進來。

「啊，我可愛的姑娘！」她對漲紅了臉的娜塔莎說，「真好看！不，這太不像話了，親愛的伯爵，」她對著身後的伯爵說，「她不應該一直待在莫斯科。不，絕對不行！今晚喬治小姐在我那裡朗誦，還有一些人也會到場，請您把您這兩個長得比喬治小姐更美麗的姑娘帶來。我丈夫不在這裡，他到特韋爾去了，不然我就叫他來接你們。請您一定光臨，八點多鐘。」她在鏡子旁邊的椅子上坐下來，不停地讚賞娜塔莎的美貌，還建議她也訂做一套跟她一樣的連衣裙

「不過，您穿什麼都合身的，我可愛的姑娘。」她說。

娜塔莎受到這個可愛的伯爵夫人誇獎，感到心花怒放。過去她覺得海倫心高氣傲，但如今，她幾乎愛上了這位如此美麗、善良的女人。海倫是為了幫阿納托利結識娜塔莎而來，哥哥的這個念頭使她感到可笑。雖然她曾埋怨娜塔莎奪走了她的鮑里斯，但現在已不去想這件事了，她全心全意地祝娜塔莎幸福。當她離開羅斯托夫家時，把娜塔莎叫到一邊去。

「昨天我哥哥待在我那裡，他食不下嚥，一想到您就唉聲嘆氣。我可愛的姑娘，他愛您愛到神經錯亂了。」

娜塔莎聽了這些話，漲紅了臉。

「您臉紅了！我可愛的姑娘。」海倫說，「您一定要來。如果您愛上了什麼人，這也絕不是您足不出戶的

理由。我相信，您的未婚夫與其希望您苦悶得要死，想必更希望您躋身於上流社會。」

「也就是說，她知道我訂婚了。她和丈夫皮埃爾都談論並嘲笑過這件事了，不過，這不算什麼。」娜塔莎心想。她受到海倫的影響，覺得這件可怕的事情，現在卻變得稀鬆平常了，「她是個可愛的夫人，看得出她是全心全意疼愛我的。我應該開心一些。」娜塔莎瞪大眼睛看著海倫。

午飯前，瑪麗亞·德米特里耶夫娜回來了，她默默不語，顯然在老公爵那裡遭到挫敗。她回答伯爵一切都很順利，明天再講給他聽。當她聽說海倫來訪並邀請娜塔莎出席晚會時，說道：

「我不喜歡和別祖霍娃來往，也勸你們不要和她結交。唔，既然已經答應了，就去散散心吧。」

13

伊利亞·安德烈耶維奇伯爵把他兩個姑娘送到伯爵夫人別祖霍娃那裡去了。許多人出席晚會，但娜塔莎幾乎不認識這些人，他們大多是以自由散漫聞名的人士。老伯爵決定不打牌，寸步不離女兒，等喬治小姐表演完畢就回家去。

伯爵一走來，阿納托利立刻向他問好，然後跟在娜塔莎後面。娜塔莎一看見他，又被那種虛榮的感覺控制住了，但同時也令她心中產生一種恐懼感。

海倫愉快地接待娜塔莎，大力誇獎她的容貌和服裝。阿納托利把椅子向娜塔莎挪近，但是伯爵盯緊了娜塔莎，坐在她身旁，阿納托利只好坐到後面。

喬治小姐嚴肅地環視了觀眾，開始用法語朗誦一首詩，詩中敘述著她對兒子非法的愛情。

「真令人陶醉，太美了！」可以聽見四面八方的喝采，但娜塔莎什麼也聽不見、看不見，她正沉浸在可怕而瘋狂的世界。在那裡，她不知道什麼是善，什麼是醜，什麼是理性，什麼是狂妄。

在初次獨白之後，所有的人都站起來，圍住了喬治小姐，向她表示喜悅之情。

「她多麼漂亮！」娜塔莎對父親說，她和其他人一同向喬治小姐身邊走去。

「跟您比起來，我不認為她美麗。」阿納托利跟在娜塔莎後面說，「您非常可愛……自從我看見您，我始終……」

「娜塔莎，我們走吧！」伯爵走來叫女兒，「她非常漂亮！」

娜塔莎不說一句話，走到父親跟前，用疑惑的目光望著他。

喬治小姐朗誦了幾次後就離開了，伯爵夫人別祖霍娃請大家到大廳裡去。

伯爵想回去了，但是海倫央求他不要掃興，羅斯托夫家只好留了下來。阿納托利邀請娜塔莎跳華爾滋舞，他緊緊握著她的腰和肩膀，說他很愛他，因為她非常迷人，之後就一言不發地盯著她。娜塔莎看著他和藹的眼神與溫柔的微笑，什麼話也說不出口。她低下頭。

「您不要對我說這些話，我已經訂婚，我愛著另一個人。」她朝他瞥了一眼。阿納托利神色自若，沒有因為她說的話而難過。

「您不必提起這件事。這關我什麼事？」他說，「我愛上您了，愛得快發瘋了，您是那麼迷人，難道是我的錯嗎？……該我們跳了。」

娜塔莎滿心歡喜，但又惴惴不安。當他們跳完蘇格蘭民間舞和格羅斯法特舞後，父親要她離開，她請求父親讓她去更衣室整理一下服裝。這時，海倫跟在她身後，向她提到他哥哥的愛情，她們在休息室裡又遇見阿納托利，海倫藉故溜走了，只留下兩人在那裡。阿納托利緊握她的手，溫柔地說：

「我不能到您那兒去，難道我永遠看不到您了嗎？我如此愛您，難道……」

他那閃閃發亮的大眼睛離她太近了，使她幾乎什麼也看不見。

「娜塔莎？」他低聲地說，「娜塔莎？」

「我一點也不明白，我沒什麼好說的。」她的目光彷彿這樣說。

他的嘴唇緊緊地貼住她的嘴唇，娜塔莎滿面通紅，用恐懼而疑問的眼神看了看他，就朝門口走去。

「看在上帝的份上，一句話，就一句話！」阿納托利說。

她停住了。她希望他說一句話來解釋發生了什麼事，她也好給他一個答覆。

「娜塔莎，一句話，就一句話。」他重複說道，直到海倫走到他們面前才停下。

娜塔莎回家後徹夜未眠，她究竟愛誰？阿納托利？還是安德烈？這個問題令她心裡很難受。她清楚地記得自己愛過安德烈，但是她也愛阿納托利，這是毫無疑問的。「不然怎麼會發生這一切呢？」她心想，「在告別時，我既然能夠對他的微笑報以微笑，那也就是說，我從一見面起就愛上他了。他慈善、高尚而英俊，令人不能不愛他。我愛他，又愛另一人，該怎麼辦呢？」她自言自語道。

14

隔天，吃完早餐後，瑪麗亞·德米特里耶夫娜在安樂椅中坐下來，把娜塔莎和老伯爵喊到身邊。

「朋友們，我考慮過一切了，我要給你們這樣的建議，」她開始說，「你們知道，昨天我去找過尼古拉公爵，把一切都跟他直說了！」

「他怎麼樣？」伯爵問道。

「他怎麼樣？瘋瘋癲癲的，什麼都聽不進去，」瑪麗亞說，「我勸你們把事情辦完就回家去，在奧特拉德諾耶等候……」

「唉，不行！」娜塔莎突然喊道。

「不，你們要去，」瑪麗亞說，「在那裡等候。等你的未婚夫回來，和老頭子當面把一切談妥，再去拜訪你們。」

伯爵明白她的用意。要是老頭子心軟，以後再到莫斯科或童山去找他，如果不行，就只好違背他的意旨在奧特拉德諾耶結婚。

「這樣的話，」他說道，「早知道我就不去找他了。」

「有什麼好後悔的？你向他表示敬意是對的，他高不高興是他的事。嫁妝準備好了，要是還缺什麼，我一定替你們送去。你們還是走吧！」她從手提包中拿出一樣東西，交給娜塔莎。那是公爵小姐瑪麗亞的一封信，「她真可憐！她怕你以為她不喜歡你。」

「她真的不喜歡我。」娜塔莎說。

「胡說！別再講了。」瑪麗亞．德米特里耶夫娜喊了一聲。

「我不相信，我知道她不喜歡我。」娜塔莎大膽地說，臉上流露著一種冷淡而憤懣的表情。

「親愛的，我說的句句屬實，你回個信吧。」

娜塔莎不回答，便走進自己房間裡去看公爵小姐的信。

瑪麗亞在信中寫到，不管她父親懷有什麼感情，她絕不會不喜歡她，因為她是她哥哥選擇的配偶，她願為哥哥的幸福犧牲一切。

「不過，請別認為我父親對您懷有惡意。他是個病人，應該原諒他；他很善良且寬宏，一定會疼愛為他兒子帶來幸福的人。」她寫道，同時希望娜塔莎訂出一個時間再次會面。

娜塔莎只在回信上寫了「親愛的公爵小姐」後就停下。在經過昨天的事之後，她還能寫什麼呢？「應該拒絕他嗎？這非常可怕……」為了不想起這些可怕的問題，她立刻跑去找索尼婭。

午飯後娜塔莎又回到房間，拿起那封公爵小姐的信，「難道一切都結束了？難道一切這麼快就發生，又毀滅了過去的一切？」她全神貫注地回想她對安德烈的愛情，同時又覺得自己愛庫拉金。

「為什麼兩者不能兼顧呢？」她有時心想，「只有這樣我才能完全幸福，無論少了哪一個都不行。」

「小姐，」一名女僕走進房裡，用神秘的表情說道，「有個人叫我把這個交給您，但看在上帝的份上……」女僕遞交了一封信，那是多洛霍夫幫阿納托利寫的情書。娜塔莎一句也看不懂，只知道這是愛人寫給她的信。「對，我愛他，否則怎麼會發生這種事呢？我手裡怎麼會有他的情書呢？」

「從昨晚開始，我的命運已經決定了，我要不就得到您的愛，要不就死去！沒有別的選擇。」信上寫道，同時還說，他知道她的父母不會讓他娶她的。但是，只要她愛他，人間的任何力量就都不能妨礙他們的幸福。他要偷偷地把她帶到天涯海角。

「是啊，是啊，我愛他！」娜塔莎想道。

這天晚上，瑪麗亞．德米特里耶夫娜要到阿爾哈羅夫家裡去，並且吩咐小姐們和她同去，娜塔莎藉口頭痛，留在家裡。

15

深夜，索尼婭回家，發現娜塔莎還沒有寬衣就睡了，阿納托利的信就放在身旁的桌上。索尼婭讀了信，臉頓時變得蒼白，身子由於害怕而顫抖。她緊緊地抓住胸口，在安樂椅上坐下。

「怎麼會變成這樣？難道她不愛安德烈公爵了嗎？她怎麼能容許庫拉金這麼做呢？他擺明是一個騙子，如果尼古拉知道這件事會怎麼樣？這幾天她的表情很不自然，原來是這麼一回事，」索尼婭心想，「但是她不可能愛他呀！她絕不會做出這種事的！」

索尼婭走到娜塔莎面前，仔細瞧了瞧她的臉龐。

「娜塔莎！」她說道。

娜塔莎睡醒了，看見索尼婭。

「啊，你回來了？」

她在索尼婭臉上看出困惑不安的表情，於是也表現出困窘和懷疑的樣子。

「索尼婭，你看了信嗎？」她說。

「看了。」索尼婭低聲地說。

娜塔莎臉上流露出一絲喜悅的微笑。

「索尼婭，我不能再隱瞞你了！」她說，「你知道，我們很相愛！索尼婭，這是他的信……」

索尼婭不相信自己的耳朵，睜大眼睛注視著娜塔莎。

「博爾孔斯基呢？」她說。

「哎！索尼婭，你應該知道我有多麼幸福！」娜塔莎說，「你不知道什麼是愛情……」

「不過，娜塔莎，難道那一切都結束了嗎？」

娜塔莎張大眼睛望著索尼婭，彷彿不明白她在問什麼。

「你會拒絕安德烈嗎？」索尼婭說。

「哎呀，你什麼都不明白，別再胡說了！」娜塔莎懊惱地說。

「不，我無法置信，」索尼婭說，「我不懂，你在一整年內愛著一個人，但又忽然……而你只見過他三次，在三天內就把這一切全都忘掉！」

「三天呀！」娜塔莎說，「我彷彿覺得我愛他一百年了。我覺得過去我從未愛過任何人。你不懂，索尼婭，坐到這裡來。」娜塔莎摟抱她，吻吻她。

「有人說，這是很正常的。這種愛情與過去截然不同，我一看見他，就成了他的奴隸，我不能不愛他。你不瞭解這一點。我究竟該怎麼辦呢？索尼婭？」娜塔莎露出幸福而驚恐的表情說道。

「你好好考慮，自己在做什麼，」索尼婭說，「這種事我不能置之不理，這些秘密的情書……你怎麼能允許他這麼做？」她懷有恐懼和厭惡的心情說道。

「我說了，」娜塔莎回答，「我六神無主，你不明白，我愛他！」

「我絕不會允許他這麼做！我要告訴別人。」索尼婭突然喊了一聲，淚水奪眶而出。

「看在上帝份上，如果你敢告密，你就是我的敵人！」娜塔莎說，「你不懷好意，想拆散我們兩個。」

索尼婭看見娜塔莎這種恐怖的樣子，不禁流出了羞恥和憐憫的眼淚。

「你們之間發生了什麼事？」她問道，「他對你說了什麼？為什麼不到家裡來呢？」

娜塔莎沒有回答她的問題。

「索尼婭，看在上帝份上，不要告訴任何人，」娜塔莎央求，「別干預這件事。我把一切都對你說了……」

「但是為什麼要保密呢？為什麼他不到家裡來呢？」索尼婭問道，「為什麼他不直接向你求婚呢？娜塔莎，你一定也想到，也許有什麼不可告人的原因。」

娜塔莎驚奇地望著索尼婭，看來，這個問題頭一次浮現在她的腦海裡，她無話可說。

「我不知道有什麼原因，不過一定有個原因吧！」

索尼婭嘆了一口氣，不信任地搖搖頭。

「如果有什麼原因——」她開始說。但娜塔莎惶恐地打斷她的話。

「索尼婭，不能懷疑他，不能！你明白嗎？」她喊道。

「他愛你嗎？」

「他愛我嗎？」娜塔莎喃喃自語，「你不是看過信了嗎？你沒見過他嗎？」

「如果他不是高尚的人呢？」

「他！……不是高尚的人嗎？但願你能瞭解他！」娜塔莎說。

「如果他是個高尚的人，就應該表明自己的意圖，或是不再和你見面。如果你不願意，就由我來代替你回信給他。我去告訴爸爸！」索尼婭斬釘截鐵地說。

「可是，沒有他我活不下去！」娜塔莎喊道。

「娜塔莎，你在說什麼呀！想想父親，想想尼古拉。」

「我不需要任何人，除了他我不愛任何人，難道你還不懂嗎？」娜塔莎喊道「索尼婭，走開，我不想跟你爭吵，走開！你知道我很難受。」

索尼婭痛哭起來，從房間裡跑出去了。

娜塔莎走到桌前，果斷地回信給公爵小姐。她寫道，托安德烈的福，她們之間的誤會已經化解了，如果她犯了錯，請她務必原諒；但是她不能做他的妻子。瞬息間，她彷彿覺得這一切是如此簡單、明瞭。

禮拜三，伯爵和買家一同到莫斯科近郊的田莊去了。這一天，索尼婭和娜塔莎應邀出席卡拉金家的盛大宴會，她們在這次宴會上又遇見阿納托利。娜塔莎偷偷跟他說了什麼話，顯得比以前更加激動了。當她們回家後，她首先和索尼婭談起話來，想消除一些誤會。

「今天，我跟他作了一番解釋。」娜塔莎溫和地說道。

「怎麼了？他到底說了什麼？娜塔莎，請把一切都告訴我，他到底說了什麼？」

娜塔莎沉吟起來。

「哎呀，索尼婭，如果你能像我一樣瞭解他就好了！他問我是怎樣答應安德烈的，當他知道是否拒絕安德烈這件事取決於我時，他感到非常高興。」

索尼婭憂愁地嘆了一口氣。

「可是你還沒有拒絕博爾孔斯基呀？」她說。

「也許我已經拒絕了！也許我和安德烈的婚事全完了。為什麼你把我想得這麼糟呢？」

「我什麼也沒有想，只是不明白這一點……」

「索尼婭，你會懂的，你會知道他是怎麼樣的人。不要把我跟他想得這麼糟。」

「我不會那麼想的，我喜歡一切人，憐憫一切人。但我到底該怎麼辦呢？」

娜塔莎的溫柔聲調未能使索尼婭讓步，她的表情變得越來越溫柔而諂媚，索尼婭卻變得越來越嚴肅。

「娜塔莎，」她說，「我不相信他。為什麼要對這件事保密？」

「又來了，又來了！」娜塔莎打斷她的話。

「娜塔莎，我替你擔心。」

「要擔心什麼？」

「我擔心你毀滅自己。」

娜塔莎臉上又流露著憤恨的表情。

「我毀不毀滅都跟你無關，倒楣的是我，不是您。不要管我，我恨你！」

「娜塔莎！」索尼婭驚惶失措地呼喚。

「我恨你，我恨你！你永遠是我的敵人！」娜塔莎從房裡跑出去了。

娜塔莎不再和她說話，時時躲著她。她仍然帶著激動、驚訝和心虛的表情在屋裡走來走去。雖然索尼婭很難過，但她還是緊緊盯著她的朋友。

有一天，索尼婭發現，娜塔莎整個早上都坐在客廳的窗前，好像在等待什麼。索尼婭更加仔細地觀察她，她發覺，娜塔莎處於奇怪的精神狀態中，她對別人的問題總是雞同鴨講，說話總是說一半，無論對什麼都流露出笑意。

喝茶之後，索尼婭看見一個女僕進了娜塔莎的房間，她偷聽到又有一封信遞給她了。索尼婭忽然明白，娜塔莎今晚有個可怕的行動計畫。索尼婭敲了她的門，但娜塔莎不讓她進去。

「她要跟他私奔啊！」索尼婭想道，「她什麼事都做得出來，她臉上流露出可憐而堅決的表情。她要和他私奔。伯爵不在家，我該怎麼辦呢？寫信責備庫拉金嗎？還是寫給皮埃爾？……」她想起，娜塔莎昨天寄了一封信給公爵小姐，也許她真的拒絕了安德烈。

瑪麗亞·德米特里耶夫娜如此信任娜塔莎，索尼婭也不放心把這件事告訴她。

「無論如何，」索尼婭心想，「要不就趁早阻止，要不就乾脆不理它；但我必須表明，我記得他們一家對我的恩惠。即使三天不睡，我也不離開走廊，我要拚命攔住她，不讓他們一家人蒙羞。」

16

近來阿納托利搬到多洛霍夫家裡去了。多洛霍夫訂出秘密帶走羅斯托娃的計畫，並準備了好幾天。當索尼婭在門外竊聽到計畫的時候，這個計畫眼看就要實現了。娜塔莎答應晚上十點在後門坐上庫拉金的馬車，到莫斯科六十俄里外的卡緬卡村結婚，再由卡緬卡村經華沙大道逃到國外。

阿納托利攜帶護照和驛馬使用證，並從妹妹和多洛霍夫那裡各弄到一萬盧布。

兩個證婚人坐在房裡飲茶，一人叫做赫沃斯季科夫，是個退伍的公務員；另一人叫做馬卡林，是一名退役驃騎兵。他們都熱愛多洛霍夫與庫拉金。

多洛霍夫正坐在書房裡，一面算鈔票，一面記帳。阿納托利穿過書房，走進後面的房間，幾名僕人在那裡為他收拾行李。

「喂，」多洛霍夫說，「要給赫沃斯季科夫兩千盧布。」

「嗯，給他吧。」阿納托利說。

「馬卡林自願為你赴湯蹈火，分文不取。這樣就算清了。」多洛霍夫把帳單拿給他看，「對嗎？」

「是的，當然。」阿納托利心不在焉地回答道。

多洛霍夫砰一聲關上寫字台的蓋子，帶著譏諷的微笑，把臉轉向阿納托利。

「聽我說，現在放棄這一切還來得及啊！」他說。

「笨蛋！」阿納托利說，「別說蠢話了！……」

「我是認真的，放棄那一切。你想出了什麼名堂？」多洛霍夫說。

「啊，又來捉弄我嗎？見鬼去吧！」阿納托利皺起了眉頭，「真是的，哪有時間聽你開這些蠢玩笑。」

阿納托利走出房間，多洛霍夫臉上露出輕蔑而寬厚的微笑。

「你等一等，」他在阿納托利身後說，「我是認真的，來吧，到這兒來吧。」

阿納托利又走進房裡，專心地看著多洛霍夫。

「我怎麼會跟你開玩笑呢？是誰替你安排這一切的？是誰找來牧師的？是誰替你領到護照的？誰替你把錢弄到手？都是我。」

「謝了，我不會忘記這份恩情的。」阿納托利嘆了一口氣，擁抱了多洛霍夫。

「我幫了你的忙，但我仍然要告訴你事實。你只要思考一下，就會發現這是一件危險、愚蠢的事情。你認為他們會放任你與她私奔嗎？他們都知道你已經結婚了，一定向法庭控告你——」

「唉！一派胡言！」阿納托利皺起眉頭說，「我不是說了嗎？如果那次結婚無效，我就不必負什麼責任；如果結婚有效，那也沒差，反正國外沒有人知道這件事，不是嗎？別提了！」

「真的，放棄吧！你只會束縛自己……」

「見鬼去吧！」阿納托利坐在靠近多洛霍夫的椅子上，「怎麼回事？我的心跳得好快！她那可愛的小腳，那迷人的眼神！她真是個女神！對嗎？」

多洛霍夫臉上流露出冷淡的微笑，凝視著他。

「喂，錢用光了，到時怎麼辦啊？」

「怎麼辦？呃？」阿納托利喃喃自語。他顯然對未來感到困惑不安，「到時我也不知道要怎麼辦……啊，何必想呢！」他看了一下錶，「時候到了！」

阿納托利往後面的房間走去。

「喂，你們弄好了嗎？還在拖拖拉拉！」他向僕人們喊道。

多洛霍夫收起了錢，大聲呼喚僕人準備食物，然後就走進赫沃斯季科夫和馬卡林的房間。阿納托利躺在沙發上，若有所思地自言自語。

「你來吃點東西，喝點酒！」多洛霍夫從另一個房裡向他大聲喊道。

「不想吃！」阿納托利回答，臉上還掛著一絲微笑。

「過來吧，巴拉加到了。」

阿納托利站起來，走進餐廳。巴拉加是個有名的車伕，他侍候多洛霍夫和阿納托利六年了，熟知他們所有的越軌行為。為了替他們趕車，巴拉加累死了許多馬，還必須冒著生命危險及遭受體罰的痛苦，但他卻喜歡為這兩位老爺服務。

由於喜好相同，巴拉加也深受兩位老爺的喜愛。他是個淡褐色頭髮的莊稼漢，滿嘴短鬚，大約二十七歲。這時他走到多洛霍夫跟前，伸出一隻不大的黑手。

「費奧多爾．伊凡諾維奇！」他在鞠躬時說道。

「老兄，你好，他來了。」

「大人，您好。」他對阿納托利說，也向他伸出手來。

「巴拉加，我告訴你，」阿納托利把手搭在他肩上，「你喜歡我嗎？現在請你幫個忙……你是用什麼馬把車子拉來的？」

「遵照您的吩咐，用您的幾匹馬把車子拉來了。」巴拉加說。

「喂，巴拉加，聽見了沒！就算累死你那三匹馬，也要在三個鐘頭內拉到！」

「把馬累死了，那要用什麼拉車呢？」巴拉加遞個眼色說。

「啊，我打爛你的嘴巴，別開玩笑！」阿納托利瞪大了眼睛，嚷道。

「我哪敢開玩笑，」馬車伕笑瞇瞇地說，「為了老爺，我有什麼好可惜的？馬兒能跑多快，車子就跑多快。」

「啊！」阿納托利說，「請坐下。」

「怎麼，快坐呀！」多洛霍夫說。

阿納托利替他斟了一大杯馬德拉葡萄酒。馬車伕欣喜地喝乾了，並用手絹擦了擦嘴。

「好吧，大人，什麼時候動身呢？」

「我看看——」阿納托利看了錶，「馬上出發吧！趕得到嗎？」

「要碰運氣，不然，有何不可呢？」巴拉加說。

「還記得嗎？有一次我從特韋爾出發去過聖誕節，」阿納托利把臉轉向馬卡林，說道，「我們飛也似的疾馳，後來還撞上了車隊，是嗎？」

「這幾匹馬真不錯！」巴拉加繼續說下去，「那時我把他們套在一起，這幾頭牲畜飛奔了六十俄里，簡直勒不住！最後只花了三個鐘頭就奇蹟似地趕到，只累死了一匹馬。」

17

阿納托利換好衣服，他照了一下鏡子，擺出一個帥氣的姿勢，便向多洛霍夫走去。

「喂，費佳，再見，承蒙照顧，非常感激，再見吧！」阿納托利說，「喂，伙伴們，朋友們……我的青春的……再會了。」

儘管大家都要與他同行，但阿納托利顯然想對伙伴們說些激昂而動人的話。

「大家舉杯吧！我們都飲酒作樂，過了逍遙快活的日子，是不是？現在我要到國外去了，什麼時候還能再見面呢？再會了，伙伴們，祝你們健康！烏拉！」他一口喝乾，把酒杯扔在地上。

「祝你健康。」巴拉加說，他也喝完一杯酒。馬卡林含著眼淚擁抱阿納托利。

「哎，公爵，我真不想與你分開。」他說。

「要走了，要走了。」阿納托利大聲喊道。

巴拉加走出房間。

「別走，站住，」阿納托利說，「把門關上，大家都坐下來。」

於是關上了房門，大家都坐下來。

「喂，伙伴們，現在要走了！」阿納托利站起來說。

僕人把手提包和馬刀遞給阿納托利，大家走進接待室。

「皮襖放在哪裡？」多洛霍夫說，「哎，伊格納季！你到瑪特廖娜那裡要一件貂皮女外衣。要知道，她穿著一件在家裡穿的衣裳半死不活地逃出來，你只要稍微延遲，她馬上就會凍僵的。要馬上用皮襖把她裹起來，抱到雪橇上。」

那個僕人拿來一件狐皮女外衣。

「傻瓜，我是說貂皮女外衣。哎，瑪特廖娜，貂皮女外衣！」他高喊一聲。

一個俊美、消瘦的吉普賽女郎手上拿著貂皮女外衣，走了出來。

「好吧，給你，我不是捨不得這件外衣。」她說道，顯然有些膽怯。

多洛霍夫沒有回答，他拿起皮襖，隨便地披在瑪特廖娜身上，把她裹起來。

「就像這樣，」多洛霍夫說，「看見了嗎？」他叫阿納托利把頭湊近領口。

「喂，瑪特廖莎，再見，」阿納托利親吻她時這樣說，「唉！飲酒作樂的日子結束了！請代我向斯捷潘致意。再見！瑪特廖娜，再見，祝我幸福。」

「好，公爵，上帝保佑您，賜您幸福。」瑪特廖娜帶著吉普賽口音說道。

兩輛馬車停放在台階旁，巴拉加坐在第一輛馬車上，不慌不忙地用兩手握住韁繩。阿納托利和多洛霍夫在他旁邊坐下，馬卡林、赫沃斯季科夫和僕人坐到另一輛馬車上。

「準備好了嗎？」巴拉加問道。

「出發吧！」他喊了一聲。於是馬車沿著尼基丁林蔭大道迅速地行駛。

巴拉加沿著波德諾文斯基大街走了兩段路，在舊馬廄街十字路口停住了。

阿納托利和多洛霍夫沿著人行道走去。接近大門口時，多洛霍夫吹了聲口哨，一名女僕立刻跑出來了。

「你們走進院子裡吧！不然會被人看見，她馬上就會出來。」她說。

多洛霍夫留在大門口，阿納托利跟在侍女身後走進了庭院，拐過了牆角，跑上台階。

一名瑪麗亞．德米特里耶夫娜的僕人出來迎接阿納托利。

「請您到夫人那裡去吧。」僕人低聲地說。

「見哪個夫人？你是誰？」阿納托利上氣不接下氣地說。

「請進，我領您進去。」

「庫拉金，回來！」多洛霍夫喊道，「被出賣了！回來！」

多洛霍夫使盡全身的力氣，推開管院子的僕人，抓住了阿納托利的手，把他拖到小門外，兩人一起朝著馬車跑去。

18

瑪麗亞．德米特里耶夫娜在走廊上遇見淚流滿面的索尼婭，她要索尼婭坦白說出所有事情。之後，她攔截了娜塔莎的便條，拿著它去找娜塔莎。

「壞東西！不知羞恥的女人！」她對她說，「我什麼也不想聽！」她一把推開娜塔莎，任由她欲哭無淚地看著她。她把娜塔莎鎖起來，並吩咐門房，如果今晚有人來，就讓他們進來，但不要放他們出去，直接帶來見她；接著她就在坐在客廳裡等待。

當僕人走來稟告她，說那些人都逃走了，她才皺起眉頭，站起來，在房裡來回踱步，思考著該怎麼做。深夜十一點多，她來到娜塔莎的房間。索尼婭坐在走廊上號啕大哭。

「看在上帝的份上，讓我進去看她吧！」她說。瑪麗亞沒有理會她，打開房門走了進去，「卑鄙！下流……好一個壞姑娘……只是可憐她的父親啊！」瑪麗亞拚命壓抑她的憤怒，「我必須瞞著伯爵這件事。」

娜塔莎用手蒙著頭，一動不動地躺在沙發上。「好哇！」瑪麗亞．德米特里耶夫娜說，「約一個情人在我家裡幽會！裝也沒有用。我在跟你說話呢，你給我聽著！」瑪麗亞碰碰她的手，「你這個死丫頭，把自己的臉都丟盡了。我原想好好教訓你一頓，可是我憐憫你父親，我會瞞著他。」娜塔莎啜泣著，渾身顫抖。

「他逃掉了，算他走運，不過我會逮到他的，聽見了沒有？」她把娜塔莎的臉轉過來。她的眼睛閃閃發亮，顯得冷淡，雙唇緊閉，兩頰凹陷。

「不要管我……不要煩我……我……要死了……」她說道，惱恨地從瑪麗亞手中掙脫出來，再次躺下去。

「娜塔莉婭！……」瑪麗亞，「我希望你好，你就這麼躺著吧，聽著……我並不想說你做錯了什麼，你自己心裡有數。不過，你父親明天就會回來，我該怎麼跟他說呢？啊？」

娜塔莎又哭得渾身顫抖起來了。

「啊，他會知道的，還有你哥哥、未婚夫都會知道的！」

「我沒有未婚夫，我已經拒絕他了。」娜塔莎說。

「都一樣，」瑪麗亞繼續說，「你認為他們會善罷甘休嗎？如果他們要求與他決鬥，那會怎麼樣？」

「唉，不要管我，為什麼你們每次都要阻撓！為什麼？是誰叫你們這麼做的？」娜塔莎從沙發上欠起身子，憤恨地盯著瑪麗亞。

「你究竟想怎麼樣？」瑪麗亞又大發脾氣，「有人把你關在房間裡嗎？有人阻止他到家裡來嗎？為什麼要像拐騙吉普賽女郎那樣拐騙你呢？即使他把你偷偷帶走了，你以為別人就找不到他嗎？你父親，或是你哥哥，或是未婚夫都能找到他。他是個壞蛋，就是這麼一回事！」

「他比你們大家都更好！」娜塔莎喊道。

「如果你們不阻撓……哎呀，我的天！為什麼會這樣！為什麼呀！走開吧！……」她失望地號啕大哭。瑪麗亞還想開口，但是娜塔莎又喊叫起來，「都走吧！走吧！你們恨我、鄙視我吧！」

瑪麗亞告訴娜塔莎，只要她保證忘記這一切，就會幫她把這件事瞞著伯爵。娜塔莎沒有回答，她不再號啕大哭。瑪麗亞為她墊上一個枕頭，蓋上兩層棉被。

「嗯，讓她睡吧。」瑪麗亞離開她的房間。但是娜塔莎徹夜未眠，她瞪著一雙凝滯不動的眼睛直視前方，索尼婭幾次走到她面前，她沒有理會她。

第二天，伊利亞・安德烈耶維奇伯爵在早餐前回來了。他的生意已經談妥，非常愉快。瑪麗亞迎接他，告訴他娜塔莎身體不太舒服，已經看過大夫了。這天早上娜塔莎沒有走出房間，她呆坐在窗前，焦急不安地注視街上的行人，慌張地注意朝她房裡走來的人。她希望盼到他的消息，或是看到他親自前來。

她聽見伯爵的腳步聲，激動不安地轉過身來，臉上帶著冷漠、甚至是凶惡的表情。

「怎麼了，我的天使，病了嗎？」伯爵問道。

娜塔莎沉默片刻。

「是的，我病了。」她回答。

伯爵問起她沮喪的原因，是不是她的未婚夫出了什麼事，但娜塔莎和瑪麗亞都請他放下心來。雖然伯爵看出這段期間發生了什麼事，但他沒有追問下去，唯一使他遺憾的是，由於女兒的身體欠佳，他們回鄉的時間不得不延後了。

19

自從皮埃爾的妻子來到莫斯科後，他便想找個地方去，以免與她生活在一起。他前往特韋爾拜訪約瑟夫・阿列克謝耶維奇的遺孀，她答應把已故丈夫的文件轉交給他。

當皮埃爾回到莫斯科後，有人交給他一封瑪麗亞・德米特里耶夫娜的信，說她有重要的事要請他去一趟，這件事與安德烈的未婚妻有關。皮埃爾想躲避娜塔莎，他覺得，自己對她懷有的感情已超出一名男子對朋友的未婚妻應有的感情。但命運經常把他們兩人撮合在一起。

「發生了什麼事情？他們有什麼事找我？」他一面出發，一面想道，「但願安德烈快點回來和她結婚！」

在特韋爾林蔭道上，有個人喊了他一聲。

「皮埃爾！什麼時候回來的？」一個熟悉的聲音說道。皮埃爾抬起頭來，看見阿納托利和馬卡林正乘坐著雪橇駛過。

「這傢伙真是個聰明人！」皮埃爾心想，「他只圖一時的快樂，沒有任何遠見，沒有什麼煩惱。我願意付出一切，只為了成為像他一樣的人！」皮埃爾嫉妒地想著。

他走進阿赫羅西莫娃的接待室，一名僕役替他脫下皮襖，告訴他瑪麗亞請他到臥室裡去。

皮埃爾進入大廳，看見娜塔莎帶著消瘦、蒼白的面孔坐在窗前。她回過頭來瞥了他一眼，皺起眉頭，露出冷漠的表情走出房間。

「出了什麼事？」皮埃爾向瑪麗亞．德米特里耶夫娜問道。

「好事啊！」瑪麗亞答道，「我活了五十八年，還沒遇過這麼丟人的事！」瑪麗亞告訴他，娜塔莎未經父母的許可就拒絕了未婚夫，皮埃爾的妻子把她和阿納托利撮合在一起，娜塔莎想趁著父親不在家與他私奔，並秘密舉行婚禮。

皮埃爾簡直不敢相信自己的耳朵。如此討人喜歡的娜塔莎竟然拋棄了安德烈，愛上這個已經結婚的傻瓜阿納托利，還同意與他私奔！皮埃爾簡直無法想像這種事情。

他從小就認識娜塔莎，他無法把她過去可愛的形象與她卑劣、愚蠢的行為聯想在一塊。他十分惋惜安德烈，但越是這麼想，就越懷著蔑視、甚至憎惡的心情去看待娜塔莎。

「怎麼能舉行婚禮！」皮埃爾說道，「他不能舉行婚禮，他已經結婚了。」

「越來越複雜，」瑪麗亞說，「真是個好傢伙哇！真是個壞蛋！可是她還在痴痴地等他，等了兩天了。非告訴她不可，叫她不要再等了。」

瑪麗亞擔心伯爵或是安德烈在得知這件事後，跑去找庫拉金決鬥，因此請求他讓阿納托利先離開莫斯科。

皮埃爾答應了她的一切請求，之後兩人一起前往客廳。

「伯爵什麼也不知道，你也要裝出一副什麼也不知道的樣子！」她對他說，「我去叫她不要等了！如果你願意，就請你留在這兒吃午飯。」

皮埃爾遇見了老伯爵，他心情欠佳，因為娜塔莎已經告訴他自己拒絕安德烈的事。

「真糟糕！太糟了！我的朋友，」他對皮埃爾說，「這些小丫頭真糟糕，我感到懊惱極了。你應該聽說了，她沒徵求任何人的意見就拒絕了未婚夫，還生了病，天知道是怎麼回事！伯爵，真糟糕，太糟糕了……」

索尼婭露出驚惶的臉色走進客廳裡來。

「娜塔莎覺得不太舒服，想請你到房裡去，瑪麗亞也在那裡，她也請您過去。」

「是的，你不是和博爾孔斯基很要好嗎？有什麼想說的嗎？」伯爵說，「唉！我的天呀！從前一切都很好啊！」他抓著稀疏的頭髮，走出了房門。

瑪麗亞把阿納托利結過婚的事實告訴娜塔莎，但她不相信，要求皮埃爾親口證實這件事。當皮埃爾走進門來，她疑惑地看著他，沒有流露一絲微笑，彷彿在問：他在這件事上，究竟是她的朋友，還是她的敵人？

「他知道一切，」瑪麗亞指著皮埃爾說道，「我所說的是不是真的，就讓他告訴你。」

娜塔莎露出懇求的眼神望著向她走近的皮埃爾。

「娜塔莉婭．伊利尼什娜，」皮埃爾開始說，他心裡十分同情她，厭惡自己即將要做的這件事，「是真還是假，對您來說反正都一樣，因為……」

「他結婚了，這是假的吧？」

「不，是真的。」

「很久以前他就結婚了嗎？」她問道，「你確定？」

皮埃爾對她做出了保證。

「他還在這兒嗎？」她連忙問道。

「是的，我剛剛才看見他。」

雖然她不能繼續說下去，但她打了一個手勢，叫大家離開。

20

皮埃爾沒有留下來吃午飯，他立刻坐車離開了。他在城裡到處尋找阿納托利，他只要一想到這個人，血液就會湧上心頭。他去了滑雪橇的高台上、吉普賽女郎的家裡、科莫涅諾家裡，都沒有看見他的人影。皮埃爾又去了俱樂部，但是還是沒有遇見阿納托利，於是他回家去了。

這一天，阿納托利正在多洛霍夫家裡吃中飯，和他商量該怎麼補救這件事，他彷彿覺得非與羅斯托娃見面不可。晚上他去拜訪妹妹，和她商量安排會面的辦法。當皮埃爾繞了莫斯科一圈，返回家中之後，僕人卻稟告他，阿納托利就在伯爵夫人那裡。

伯爵夫人的客廳擠滿了客人，皮埃爾不與妻子打招呼，徑直朝阿納托利走去。

「啊，皮埃爾，」伯爵夫人向丈夫說，「你不知道，我的阿納托利正處於什麼境地……」她從丈夫的眼神中看出了他與多洛霍夫決鬥後的那種狂暴的表情，於是停住了。

「哪裡淫蕩、哪裡作惡，您就在哪裡出現！」皮埃爾對妻子說，「阿納托利，走吧，我要和您談談。」

阿納托利回頭看了看妹妹，順從地站立起來，準備跟在皮埃爾後面。皮埃爾抓住他的手，把他拽出房裡。

「假如您敢在我的客廳裡亂來——」海倫小聲地說，但皮埃爾沒有回答她。

阿納托利和平素一樣，邁著矯健的步伐跟在他後面，但顯然有些驚慌不安。

皮埃爾走進自己的書房，關上了房門，然後朝他轉過身去。

「您向伯爵小姐羅斯托娃發誓要娶她為妻嗎？您想把她拐走嗎？」

「親愛的，」阿納托利說道，「我不認為自己有義務回答您的盤問。」

皮埃爾的面孔因為狂怒變得更加難看了，他用那隻大手抓住阿納托利衣領用力搖晃，直到阿納托利臉上出現驚恐萬狀為止。

「當我說，我要和您談談——」皮埃爾重複一句話。

「怎麼啦，簡直是胡鬧！」阿納托利摸著被扯掉的扣子時說道。

「您是個壞蛋和惡棍！不知道為什麼，我很遺憾沒有拿東西打破您的頭！」皮埃爾說道。

「您答應和她結婚嗎？」

「我、我、我沒有這樣想，其實，我從來沒有答應，因為……」

皮埃爾打斷他的話。

「您有她的信嗎？有嗎？」

阿納托利看了他一眼，從口袋裡拿出一個皮夾。皮埃爾拿起他遞來的一封信，一屁股坐到沙發上。

「不用怕，我不會對您怎麼樣。」皮埃爾說，「首先，把信留下；再來——」他沉默片刻後，站起來繼續說道：「明天您必須離開莫斯科。」

「可是我怎麼能……」

「然後，」皮埃爾不聽他的話，「您和伯爵小姐之間的事情，永遠不許向人提及。我知道我無法強迫您，但如果您還有一點良心的話，您終究會明白，除了您的歡樂之外，尚有別人的幸福和安寧。您想玩弄像我妻子那樣的女人就算了，但是答應和一個姑娘結婚，欺騙她，拐騙她……這種事就像毆打老人或小孩一樣可恥！」

皮埃爾沉默起來，他用疑問的眼神向阿納托利瞥了一眼。

「這我就不知道了，」阿納托利說，「我不知道，也不想知道；可是您說我是可恥的，我這個誠實人就無法容忍別人說這種話。」

皮埃爾驚奇地看著他。

「雖然沒有旁人在場，」阿納托利繼續說，「但是我不能——」

「怎麼，您需要我向您陪罪嗎？」皮埃爾譏諷地說。

「至少您可以收回您說的話。」

「我收回！我收回我說的話，」皮埃爾說，「並且請您原諒我。如果您需要路費，就把錢拿去。」

阿納托利微微一笑，就像皮埃爾從妻子臉上見過的可鄙的微笑一樣。

「唉！可鄙又殘忍的傢伙！」他說完這句話，便走出了房裡。

第二天，阿納托利就前往彼得堡了。

21

皮埃爾來到瑪麗亞．德米特里耶夫娜家，告訴她庫拉金已被逐出莫斯科。娜塔莎的病情加重，全家人都焦慮不安。瑪麗亞偷偷告訴他，就在她對她透露阿納托利已婚的那一晚，她服下一點砒霜，所幸及時採取了必要的解毒措施，已經脫離險境。但她的身體還很衰弱，無法回到農村，因此已派人去接伯爵夫人。皮埃爾這一天未能看到娜塔莎。

他在俱樂部裡吃中飯，他聽見有人談論羅斯托娃遭到誘拐的事件，他嚴厲地駁斥這些閒話，並請大家相信，這只不過是謠言罷了。皮埃爾認為，他有責任隱瞞事實真相，並恢復娜塔莎的名譽。

他心驚膽戰地等待安德烈回來，並且每天到老公爵那裡去打聽一下情況。

老公爵從布里安小姐處聽說了這件傳聞，還讀了公爵小姐瑪麗亞收到的信，娜塔莎在信中拒絕了她的未婚夫。老公爵似乎變得愉快起來，並且迫不及待地等候兒子。

阿納托利離開後幾天，皮埃爾接到一封安德烈的信，告知皮埃爾自己回來了，並請他有時間就去看他。

安德烈已經到達莫斯科，他一走進家門，就從父親那裡接到娜塔莎寫給瑪麗亞的絕交信，還聽見父親加油添醋地敘述有關拐騙的消息。

隔天早晨，皮埃爾來了。當他聽見書房中傳出安德烈興奮地談話聲時，他感到非常訝異。瑪麗亞向皮埃爾迎面走來，她嘆了一口氣，朝安德烈的房門瞥了一眼，顯然也對哥哥表示同情。但是皮埃爾能從她的臉色看出，她對於發生的事情感到高興。

「他說，他早就預料到這種事，」她說，「我知道，他不允許自己表露感情，但是他在忍受痛苦這方面，表現得比我預期的還要好。而且，非這樣不可……」

「難道一切都結束了嗎？」皮埃爾說。

皮埃爾走進書房。安德烈完全變了，變得更加強壯，眉間也增加了一條皺紋。他穿著便服，站在父親和梅謝爾斯基公爵對面，熱烈地辯論。

話題是關於斯佩蘭斯基。莫斯科剛得到消息，說他忽然被判處流刑，以及有人捏造事實指控他叛國。

「那些一個月前欽佩他的人如今都在審訊和指控他，」安德烈說，「審訊一個失寵的人極為容易，一切都算在他頭上。我得說，不管你生前有什麼建樹，一切的功績都是屬於皇帝一人的……」他看見皮埃爾，臉上的肌肉顫動了一下，立刻流露出凶惡的表情。

「只有後世才會賜予他以正義。」他說完這句話，旋即把臉轉向皮埃爾。

「你很好啊！越來越胖了，」他興奮地說。「是啊！我很健康，」他在回答皮埃爾的問候時冷冷一笑，皮埃爾明白他想說：「很健康，不過也沒人在乎我健不健康。」安德烈聊起他在國外的所見所聞，當話題回到斯佩蘭斯基時，他又開始激昂陳詞。

「既然他叛國，與拿破崙秘密勾結，那麼就要公諸於世，」他急躁地說，「我從來不喜歡斯佩蘭斯基，但我喜歡維護正義。」皮埃爾知道，他的朋友總是藉著爭論和自己毫無關係的事情，以壓抑那過分沉重的心情。

梅謝爾斯基公爵離開後，安德烈拉著皮埃爾到房裡去。他走到一只箱子前面，取出一只小匣子，又從小匣子裡取出一個紙包。他的面孔陰鬱，嘴唇緊閉。

「如果造成你的麻煩，請原諒我……」皮埃爾明白，安德烈想談論娜塔莎，他露出同情和惋惜的神態，這樣的表情激怒了安德烈。他說：「我遭到伯爵小姐羅斯托娃的拒絕，除此之外，我還聽到你夫人的哥哥向她求婚的傳聞。這是不是真的？」

「是真，也是假。」皮埃爾開口說，但是安德烈打斷他的話。

「這些是她的信件和相片。」他說。他從桌上拿起一包東西，遞給皮埃爾。

「如果你看見伯爵小姐，就把這些東西轉交給她……」

「她病得很厲害。」皮埃爾說。

「這樣說，她還在這裡？」安德烈說，「庫拉金公爵呢？」

「他早就走了。她快死了……」

「我深表遺憾。」安德烈像他父親那樣無情地冷冷一笑。

「也就是說，庫拉金先生沒有向伯爵小姐羅斯托娃求婚？」安德烈用鼻子哼了幾聲。

「他不能結婚，因為他結過婚了，」皮埃爾說。

安德烈又像他父親那樣不高興地大聲笑起來。

「目前您夫人的哥哥在哪裡，我可以打聽一下嗎？」他說。

「他到彼得堡去了……其實我並不曉得。」皮埃爾說。

「不過，反正都一樣，」安德烈說，「請你轉告伯爵小姐羅斯托娃，她的過去和現在都完全自由，我祝她諸事順利。」

皮埃爾拿起一包信件。安德烈盯著他，心裡想著自己是否還需要說些什麼。

「聽我說，您還記得我們在彼得堡時的那次爭論吧？」皮埃爾說。

「我記得，」安德烈連忙回答，「我說過要原諒不忠的女人，但是我沒打算原諒她。我不能。」

「這難道可以相提並論嗎？」皮埃爾說。

安德烈打斷他的話，他用刺耳的嗓音叫喊道：

「是啊，又要向她求婚，做個寬宏大量的人，是嗎？……很好，這很高尚，但我不會再犯相同的錯誤。如果你還是我的朋友，就永遠不要提起這個……提起這一切。再見，能替我轉交嗎？」

皮埃爾離開房間，回到老公爵和公爵小姐那裡去了。皮埃爾從他們的表情看出，他們已對羅斯托夫一家懷著極度蔑視和憤恨的心情。午宴時聊到了戰爭，安德烈滔滔不絕地談話，皮埃爾十分清楚他如此興奮的原因。

22

為了完成安德烈的委託，當天晚上皮埃爾又去了羅斯托夫家。娜塔莎還躺在床上，伯爵去俱樂部了，於是他把信件交給索尼婭，然後就到瑪麗亞．德米特里耶夫娜那裡去了。十分鐘以後，索尼婭走進房間。

「娜塔莎想和彼得．基里洛維奇伯爵見面。」她說。

「怎麼了？要把他帶去她那裡嗎？那裡還沒收拾好啊！」瑪麗亞說。

「不，她已經穿好衣服，到客廳裡去了。」索尼婭說。

瑪麗亞．德米特里耶夫娜只得聳聳肩膀。

「你要小心，別把什麼話都告訴她了，」她把臉轉向皮埃爾，「別責備她，她好可憐啊！」

娜塔莎非常消瘦，面色蒼白且嚴肅。當皮埃爾出現的時候，她顯得有些慌張，不曉得是該向他走去，還是等他過來。

「彼得．基里洛維奇，」她說，「博爾孔斯基公爵從前是您的朋友，現在也還是您的朋友，當時他對我說，要我拜託您……」

皮埃爾靜靜地望著她，直到如今他還在心中不停責備她、藐視她，但如今卻被憐憫所取代。

「告訴他……叫他饒恕……饒恕我。」她開始急促地呼吸，但沒有哭泣。

「是的……我會告訴他，」皮埃爾說，「不過……」他不知道要說什麼話。

娜塔莎顯然擔心皮埃爾頭腦中會有那種想法。

「不，我知道，這一切已經完了，」她連忙說，「只是我做了對不起他的事，這令我感到痛苦。請您告訴他，我乞求他原諒，原諒我的一切……」她渾身顫抖起來，坐在椅子上。

皮埃爾彷彿從來沒有對一個人如此憐憫過。

「我會告訴他，我會再次把一切告訴他，」皮埃爾說，「但是，我想知道一點……」

「知道什麼？」娜塔莎的眼神在發問。

「我想知道您是否愛過……」皮埃爾不知該如何稱呼阿納托利，「您是否愛過這個壞人？」

「請您不要叫他壞人，」娜塔莎說，「但是我什麼，什麼都不知道……」她又哭起來。

憐憫與愛慕的感情強烈地支配了皮埃爾，他感覺到眼淚從眼鏡下面簌簌地流下。

「不要講了，親愛的。」皮埃爾說。

娜塔莎忽然覺得他這種柔和、溫情、誠摯的說話聲非常奇怪。

「我們不要講了，親愛的，我會把一切告訴他。我還要求您一件事：請把我當成朋友。如果您需要幫助、忠告，或者傾聽心事時，務必想到我。」他抓住她的手吻了吻，「如果我能夠……我就會感到幸福。」皮埃爾靦腆起來。

「您別這樣說，我不配！」娜塔莎喊道，她想從房裡走出去，卻被皮埃爾攔住。

「不要再講了，不要再講了，您還有大好前途。」他對她說。

「我的前途嗎？不怎麼好！我已經完了。」她抱著妄自菲薄的心情說道。

「一切都完了？」他說，「如果我不是我自己，而是世界上最俊美、聰明，最優秀的人，而且是無拘無束的，我就會立刻跪下來向您求婚。」

娜塔莎許多天以來第一次流出了感激的眼淚，她看了皮埃爾一眼，便走出房間。

皮埃爾回到接待室，他忍住幸福而感動的眼淚，坐上了雪橇。

「請問，現在去哪裡？」馬車伕問道。

「去哪裡？」皮埃爾問自己，「究竟該去哪裡？去俱樂部？或者去作客？」與他所體驗到的感動相比，與她眼中投射出的感激相比，所有人都顯得如此卑微、可憐。

「回家吧。」皮埃爾說。

一路上，皮埃爾只是仰望著夜空，感到塵世的一切東西與他的靈魂相比都是微不足道的。進入阿爾巴特廣場時，他的眼前展現出一顆巨大而明亮的彗星，它的周圍密佈著繁星，放射出一道白光，長長的尾巴向上翹起，據說，這正是預示一切災難和世界末日的凶兆。但這顆璀璨的彗星並沒有為皮埃爾帶來任何恐怖感，相反地，皮埃爾興高采烈地用那雙被淚水沾濕的眼睛凝視它，他彷彿覺得，這顆彗星和他那顆欣欣向榮的、大受鼓舞的心靈完全重合。

War and Peace

第三卷 *Volume 3*

一八一二年，硝煙再度升起，
暴君的野心無限膨脹，
與人民的勇氣在博羅金諾相撞，
展開史上最血腥之殺戮。
法軍長驅直入，美麗古都淪陷，
波拿巴的榮耀達到顛峰，
但也隨即殞落。
在莫斯科的熾熱火焰中，
俄國人民的復仇意志逐漸重生。

Война и мир

第一部

1

一八一二年五月～七月

一八一一年底起，西歐的軍隊開始加強軍備並集結力量。隔年，數百萬名武裝部隊向東朝俄羅斯邊境移動。而俄羅斯的軍隊也同樣向其邊境集結。六月十二日，西歐軍隊越過了俄羅斯邊界，戰爭開始了。數百萬人相互對立，犯下了難以計數的罪惡，但當時那些人並未把它視為罪行。

是什麼引起了這場不平常的事件呢？天真的歷史學家們說，這是由於奧爾登堡公爵的受辱、違反大陸體系、拿破崙的貪權、亞歷山大的強硬態度、外交家們的錯誤等等。

因此，只要梅特涅設法把公文寫得更巧妙些，或是拿破崙寫一封信給亞歷山大說：「我的兄弟，我同意把公國還給奧爾登堡公爵。」戰爭就不會發生了。

顯然，當時的人就是這樣看待此事的。雖然每個人都有各自的解讀與觀點，但對我們這些後世的人來說，這些原因還不夠充分。我們不懂的是，數百萬人相互殘殺，只因為拿破崙、亞歷山大、奧爾登堡一人？為什麼由於公爵受辱，來自歐洲另一邊數以千計的人們就來屠殺斯摩棱斯克和莫斯科的人們，並反過來被他們所殺？

戰爭的原因多不勝數，每一個單獨的原因或是一系列的原因都是正確的，例如說，一個法國士兵不願意服兵役，第二個、第三個、第一千個士兵都不願服役，拿破崙的軍隊就少了一千個人，而戰爭也就不會發生了。

如果拿破崙不把撤回維斯拉視為恥辱，不命令軍隊進攻，就不會有戰爭；如果所有士兵不願意服兵役，戰爭也不會發生；如果英國不玩弄陰謀，如果沒有奧爾登堡公爵，如果亞歷山大沒有在俄國專制，如果沒有法國大革命和隨之而來的帝制等等，也同樣不會爆發戰爭。由此可見，所有的原因巧合在一起，導致了這件事。

要實現拿破崙和亞歷山大的意志，必須有無數個事件的巧合，必須有數百萬士兵，他們必須同意執行這個人的意志，並且有無數複雜的、各式各樣的原因使他們不得不這麼做。

人自覺地為自己而生活，卻不自覺地成為工具，以達到歷史的、全人類的目的。當一個人的行為在特定時間裡與無數人的行為巧合在一起，就具有歷史的意義了。

「國王的心握在上帝手裡。」國王，就是歷史的奴隸。歷史，也就是人類不自覺的共同的集體生活，它把國王們隨時的生活都作為達到目的的工具。

現在，一八一二年，儘管拿破崙感到戰爭的發生與否全取決於他，但他也不得不服從必然的法則，該法則使他不得不為了歷史，完成他必須完成的事業。

他們的每一個行為，他們都覺得是自己單獨決斷，其實從歷史的意義來看，他們是不能隨心所欲的。他們的每一個行動都與歷史的進程相聯繫，是預先確定了的。

2

五月二十九日，拿破崙離開逗留三星期的德勒斯登。臨走前，他親切地撫慰那些親王、國王和皇帝，對那些他不滿意的諸侯予以申斥。他把從其他國王那裡搜刮而來的珍珠和鑽石送給奧國皇后，並溫柔地擁抱瑪麗亞．路易莎皇后——儘管他在巴黎另有妻室。拿破崙親自寫信給亞歷山大，稱他為「我的兄弟」並表示自己不希望戰爭，但他仍然動身催促軍隊向東。他坐著四輪馬車，在一群侍從、副官和衛隊的簇擁下前進，每到一座城市都有成千上萬的人歡喜地迎接他。

六月十日，他趕上了軍隊，在維爾科維斯基森林——一座以波蘭伯爵命名的莊園裡過夜。

第二天，拿破崙越過軍隊，抵達涅曼河，他換上波蘭制服，來到河岸勘察渡河地點。

他看到對岸的哥薩克和廣闊的草原，草原中央就是莫斯科。隔天，法軍開始橫渡涅曼河。

十二日一大早，他走出搭在涅曼河畔的帳篷，用望遠鏡眺望自己的大軍。士兵知道皇帝來了，都用眼睛尋找他。當他們發現拿破崙就站在山上的帳篷前，紛紛把自己的帽子拋向空中，高呼「皇帝萬歲！」

六月十三日，人們為拿破崙牽來一匹阿拉伯純種馬。他騎上馬奔向一座橫架在涅曼河上的浮橋，河畔響起的歡呼聲令他苦惱，那使他不能專心考慮軍事上的問題。他抵達河對岸，朝著科夫諾方向飛奔，一直跑到維利亞河邊，他在波蘭槍騎兵團附近停下來。

「萬歲！」波蘭人也熱烈地呼喊起來。拿破崙默默地揮了手，拿起望遠鏡，開始察看河對岸，然後又低頭仔細看了地圖。他說了一句什麼話，他的兩個副官就朝波蘭槍騎兵馳去。

他下令尋找一個過河的淺灘。波蘭槍騎兵上校向副官請求，希望能允許他直接帶領自己的騎兵泅水過河。他想當著皇帝的面游過河去，但副官說，皇帝會反感這種過份的忠誠。

副官話一說完，這位老軍官就喜形於色，大呼「萬歲！」帶著槍騎兵撲通一聲跳入水中，游向急流深處。士兵們紛紛從馬上掉入水中，一些馬淹死了，人也淹死了，剩下的則奮力游向對岸。副官回去後，向皇帝提到波蘭人的忠心，拿破崙站起來，與貝爾蒂埃一同在岸邊漫步，向他下達指示，偶爾也不高興地瞧瞧那些淹死的槍騎兵。之後，他招來自己的座騎，騎回駐地去了。

大約有四十名槍騎兵溺死，大多數被河水沖回原來的岸邊。上校和幾人游過了河，艱難地爬上對岸。他們高呼：「萬歲！」神情激動地望著拿破崙曾站過的地方，為此自滿不已。

傍晚，拿破崙發布了兩道命令：一是命令儘快把偽造的俄羅斯紙幣送來，一是命令槍斃一個通敵的撒克遜人。之後又發布了第三道命令——把那個游過河的波蘭上校編入拿破崙的榮譽團。

要誰毀滅——先使其失去理智。

3

俄羅斯皇帝此時已住在維爾紐斯，一個多月來都在視察和檢閱軍隊。人人都預料到這場戰爭，皇帝也專程從彼得堡前來，但對於戰爭卻沒有絲毫準備，也沒有確立一個作戰計畫。三支軍隊各有自己的總司令，卻沒有一個總指揮官，連皇帝也沒有擔任這個官銜。

皇帝在維爾紐斯住得越久，人們對戰爭的準備卻越少。原來，皇帝周圍的人作的一切只是為了讓他高興，使他忘掉面臨的戰爭。

波蘭的達官貴人舉行了許多大型的慶祝活動。六月十三日，皇帝的一位波蘭侍從武官為皇帝舉辦宴會，一位受到皇帝青睞的女士被受邀擔任主持人，還有一位維爾紐斯的地主提供了自己的別墅，作為場地。

就在同一天，拿破崙發出橫渡涅曼河的命令，他的先頭部隊擊退哥薩克，越過俄羅斯邊界，而亞歷山大卻與人們在大型舞會上歡度夜晚。

那真是一個快樂的日子，聚集了來自各地的美人。別祖霍娃伯爵夫人也參加了這個舞會，她隨皇帝從彼得堡來到維爾紐斯，令那些波蘭夫人們黯然失色。

鮑里斯．德魯別茨科伊，一位把妻子丟在莫斯科，自稱單身漢的人，也參加了這次舞會。鮑里斯早已成為一位顯赫的富翁，能與那些高貴的同輩們平起平坐了。

午夜十二點，人們還在跳舞。海倫親自邀請鮑里斯跳了一曲瑪祖爾卡舞，皇帝沒有跳舞，他站在門邊，不時對人們說些親切的話。鮑里斯看見侍從武官巴拉瑟夫走向皇帝，對他說了幾句話，皇帝臉上立刻露出吃驚的神情。他拉著巴拉瑟夫走過大廳，走進燈火輝煌的花園。

鮑里斯告別了海倫，向通往花園的門口跑去，他看見皇帝和巴拉瑟夫走向露台，就站了一會兒。這時，他們又向門口來。鮑里斯連忙恭敬地低下頭來。他聽見皇帝激動不安地說道：

「不宣戰就進入俄羅斯！只要還有一個敵人留在俄國土地上，我就絕不講和！」皇帝說出了這些話，感到很痛快，卻不滿意鮑里斯聽到他的話。

「不要讓任何人知道！」皇帝皺著眉頭對他說，接著又走進大廳，在舞會逗留了半小時。

鮑里斯第一個得知法軍渡過涅曼河的消息，他又有機會向別人炫耀只有自己知道的事情，也正因為如此，他才有機會提高自己在這些人心目中的地位。

皇帝離開舞會後，在凌晨兩點召見秘書希什科夫，吩咐他寫一道命令給軍隊，並下一道聖諭給大元帥薩爾特科夫。第二天，他寄給拿破崙一封信：

皇兄大人！雖然我信守對您所負的義務，但卻於昨日收到彼得堡來的通牒，知悉您的軍隊越過了俄國邊境。洛里斯東伯爵對我說，自從庫拉金公爵申請護照那時起，您就認為我倆互相懷有惡意。巴沙那公爵拒發護照的理由令我大感意外，沒想到我國大使申請護照這一舉動竟成為入侵的藉口！實際上，正如大使所聲明的，我並未授權他提出此申請，且已對他表示了不滿。如果陛下不願因這類誤會而使兩國人民流血，同意從俄羅斯領土撤出軍隊，我將既往不咎，同意和解。否則，我方將被迫對貴國挑起的進攻作出反擊。

4

六月十三日深夜二點，皇帝召來巴拉瑟夫，要他將自己的親筆信送交拿破崙，同時再三叮嚀他，一定要向拿破崙傳達那句話：「只要還有一個敵人留在俄國土地上，就絕不講和！」巴拉瑟夫帶著隨從連夜出發，在拂曉前抵達涅曼河右岸的雷孔特村法軍陣地，被哨兵攔住。

巴拉瑟夫通報了自己的身分。他一邊等候從村裡來的軍官，一邊環顧周圍。

一位法國驃騎兵上校出來了，他竭力忍住打哈欠，但卻很有禮貌。上校似乎明白巴拉瑟夫的來意為何，領著他繞過軍隊，告訴他說，他應該馬上就能見到皇帝，因為皇帝就住在不遠處。

太陽已經升起，照耀著鮮綠的草木。他們走到村子後面的一家小酒館，正要上山時，山腳下迎面走來一群騎馬者，為首的騎者身材高大，黑髮垂肩，身穿紅色禮服，帽上的羽毛、寶石、金飾在陽光下閃耀著。

他就是被稱為「那不勒斯王」的繆拉，雖然沒有人知道為什麼這樣稱呼他，但他本人卻確信這一點，因而顯出一副了不起的姿態。

一看見俄羅斯將軍，他擺出國王的架式，威嚴地昂起了頭。法國上校畢恭畢敬地向他轉達了巴拉瑟夫的使命，卻記不住巴拉瑟夫的姓氏。

「巴里瑪瑟夫！」國王說，「很高興認識你。」當他一開始說話，那王者的尊嚴瞬間消失無蹤，又不自覺地回到那本來的親熱、隨和的腔調。

「怎麼樣？將軍，看來非打一仗不可了。」他用遺憾的表情說道。

「陛下，」巴拉瑟夫答道，「俄羅斯皇帝並不想打仗，您也知道。」

繆拉的臉上露出得意洋洋的神情。他認為自己身為國王，有必要與亞歷山大的使者談談國家大事。於是他下馬，拉著巴拉瑟夫的手臂，一邊漫步一邊談話。他提到拿破崙對從普魯士撤軍的請求感到不滿，這冒犯了法國的尊嚴。巴拉瑟夫說，這個要求毫無冒犯之處。繆拉說：「那麼，你認為主謀不是亞歷山大皇帝嗎？」

巴拉瑟夫說，拿破崙才是戰爭的發動者。

「啊，親愛的將軍！」繆拉又說，「我衷心希望兩國能夠達成協議，儘早結束這場戰爭。」隨後，他莊重地挺直身子，揮著手說道：「我不再耽誤您了，將軍，祝您順利完成使命。」

巴拉瑟夫繼續騎馬前進，在下一個村子，他遇到拿破崙達烏步兵軍團的哨兵，再次被攔住。一個軍長副官送他到村裡去見達烏元帥。

5

達烏是拿破崙手下的阿拉克切耶夫——那種死板、殘酷而忠誠的人。在政府機關中常有這種人，就像自然界需要有豺狼一樣。

巴拉瑟夫在一間農家裡見到了達烏元帥，他坐在木桶上忙著處理文件。當俄國將軍被帶進來時，達烏卻更專心一意地作自己的事，他掃了一眼巴拉瑟夫的臉，沒有站起來，反而把眉頭皺得更緊，惡毒地冷冷一笑。

達烏發現巴拉瑟夫臉上露出不愉快的表情，於是抬起頭來，冷漠地問他有何貴幹。巴拉瑟夫通報了自己的身分和使命，但達烏聽完後卻更冷淡，更不禮貌了。

「您的公事包呢？」他說，「把它給我，我來呈交皇帝。」

巴拉瑟夫說，他奉命要親自把公文交給皇帝本人。

「貴國皇帝的命令只能在貴國軍隊裡執行，而在這裡——」達烏說，「叫您怎麼做，您就怎麼做。」

巴拉瑟夫取出裝有皇帝信件的公事包，放到桌子上。達烏取過公文，讀著上面的字。

「您有權不尊重我，」巴拉瑟夫說，「但是請容我向您說，我是皇帝的高級侍從武官……」

達烏默默地看了他一眼，對巴拉瑟夫表現出的激動不安感到滿意。

「您會受到應有的尊重。」他說，把公事包放入衣袋中，走出屋子。

過了一分鐘，元帥的副官走進來，把巴拉瑟夫帶到為他準備的住處。

第二天一早，達烏召見了巴拉瑟夫，要他留在這裡，與軍車同行，途中除了他的副官之外，不准與其他任何人談話。

巴拉瑟夫被送到已被法軍佔領的維爾紐斯，進了四天前他走出的那座城門。第二天，皇帝的高級侍從杜倫伯爵來見巴拉瑟夫，告訴他拿破崙即將召見他。

四天前，巴拉瑟夫也被領進同一棟屋子，當時房門外站著普列奧布拉任斯基團的哨兵，現在卻站著兩名身穿藍制服的擲彈兵，以及一隊恭候拿破崙出來的驃騎兵和槍騎兵，一群服飾華美的侍從及將軍們都站在台階前。拿破崙就在那座亞歷山大曾召見巴拉瑟夫的宅邸裡接見他。

6

雖然巴拉瑟夫已經習慣於宮廷隆重宏偉的場面，但拿破崙行宮的豪華和奢侈仍使他大吃一驚。

杜倫伯爵把他領進一間接待室，那裡已有許多將軍、侍從和富豪等待著。他說，拿破崙將在散步前接見俄羅斯將軍。

等了幾分鐘後，值班侍從官走進接待室，恭敬地向巴拉瑟夫鞠躬，請他隨自己走。

巴拉瑟夫走進另一間接待室，等了約兩分鐘。門後忽然響起一陣堅定而果斷的腳步聲，這就是拿破崙。他穿著藍色制服走進來了，表現出威風凜凜的樣子，心情似乎非常愉快。

他對巴拉瑟夫點了一下頭，並朝他走來，趕時間似地開始說話。

「您好，將軍，」他說，「亞歷山大皇帝的信，我收到了，很高興見到您。」他那雙大眼睛看了一眼巴拉瑟夫，隨即轉向旁邊。

「我從來不希望戰爭，」他說，「但人們逼我訴諸戰爭。即使是現在，我也準備接受你們的解釋。」接著他明確而簡短地說明自己對俄國不滿的原因。從拿破崙講話時溫和、平靜而友好的語調判斷，巴拉瑟夫堅信他是希望和平的。

拿破崙結束了自己的談話，疑問地看了一眼俄羅斯使者，巴拉瑟夫也開始說出己方的聲明。他說，亞歷山大皇帝不認為戰爭的起因是庫拉金申請護照一事，庫拉金自作主張，並未經皇帝同意。亞歷山大皇帝不希望戰爭，與英國也沒有任何瓜葛。

巴拉瑟夫正要說起亞歷山大皇帝同意談判的一個條件，也就是那一句話：「只要還有一個敵人還留在俄國土地上，就絕不講和。」但此時卻有一種複雜的感覺控制了他，他說不出口。他猶豫了一下，說道：條件是法國軍隊必須撤退到涅曼河後方。

拿破崙看出了巴拉瑟夫說這一句話時的慌亂。他站著不動，開始用更高亢而急促的聲音說話。

「我渴望和平並不亞於亞歷山大皇帝，」他說，「十八個月來，我做的一切不正是為了贏得和平嗎？這些日子，我等待著談判，究竟還要我做什麼呢？」他皺緊眉頭說道。

「把軍隊撤過涅曼河，陛下。」巴拉瑟夫說道。

「撤過涅曼河？」拿破崙重複道，「所以，您希望撤過涅曼河？只是撤退到涅曼河後方嗎？」他朝巴拉瑟夫看了一眼。巴拉瑟夫恭恭敬敬地低下頭來。

四個月前被要求撤出波美拉尼亞，而現在只要求撤過涅曼河。拿破崙猛地轉過身，在房裡踱起步來。

「您說，談判的條件是撤過涅曼河；但兩月前卻要求我撤過奧德河和維斯納河，你們才同意進行談判。」

他默默地從房間一角踱到另一角，然後又在巴拉瑟夫對面停下來。

「撤過奧德河和維斯納河之類的提議，儘管向巴登斯基親王說，不要跟我說，」拿破崙大叫道，「即使你們給我彼得堡和莫斯科，我也不會接受這些條件。您認為是我挑起了戰爭嗎？那是誰先出兵的？是亞歷山大皇帝，不是我。而當形勢對你們不利時，你們才來要求談判！為什麼要與英國結盟？它給了你們什麼好處？」話題漸漸偏離，不討論媾和的可能性，只一味證明他多麼理直氣壯，以及亞歷山大多麼無理和錯誤。

「據說，你們與土耳其講和了？」

巴拉瑟夫肯定地點了點頭。

「締結了和約……」他開始說。但拿破崙立刻粗魯地打斷了他。

「是的，我知道，你們沒得到摩爾達維亞和瓦拉幾亞，就與土耳其締結了和約。而我本來可以把這兩個省送給你們的，就像我把芬蘭給他一樣。」他說，「我答應過把摩爾達維亞和瓦拉幾亞給亞歷山大皇帝，而他現在再也得不到這些美麗的省份了，也無法把俄羅斯領土從波的尼亞灣擴大到多瑙河口了！」拿破崙越說越激動，「他本來可憑我的友誼得到這一切的。啊！多美好的朝代啊！」他從衣袋掏出了一個鼻煙壺，貪婪地吸起來。「亞歷山大皇帝的朝代本來是一個多麼美好的朝代啊！」

他遺憾地瞥了巴拉瑟夫一眼。

「他憑著我的友誼都沒有找到的東西，還能指望得到嗎？」拿破崙聳了聳肩，「他把叛徒、陰謀家召到身邊，這些傢伙無論在戰爭還是和平時都不中用！這些朝臣們都在做些什麼啊！他們敗壞皇帝的名譽，把所有責任都推到他身上。一個皇帝只有在他是一個軍事家時才應待在軍隊裡。」拿破崙知道，亞歷山大想成為一個軍事家，他這麼說顯然是向亞歷山大公開挑釁。

「戰爭已開始一個星期了，你們沒能保住維爾紐斯，被趕出了波蘭，你們的軍隊正怨聲載道。」

「正好相反，陛下，」巴拉瑟夫費力地說，「我們的軍隊正熱血沸騰。」

「我都知道，」拿破崙打斷他的話，「我對你們的兵力瞭若指掌。你們沒有二十萬大軍，而我卻有比你們多兩倍的軍隊。老實說，我在維斯杜拉河這邊有五十三萬人。土耳其人只是一群草包，幫不上你們的忙；瑞典人則被一個瘋子統治，只有瘋子才會跟俄羅斯結盟。」拿破崙不懷好意地笑了笑。

巴拉瑟夫一直想出口反駁，卻總是被拿破崙打斷。他感到很尷尬，作為一個使者，他害怕失去尊嚴，認為必須反駁；但作為一個人，在拿破崙顯然處於歇斯底里狀態的時候，他又畏縮了。

「你們與誰同盟關我什麼事？」拿破崙說，「我也有同盟——波蘭人，他們有八萬人，像獅子一樣勇猛作戰，而且他們將達到二十萬人。」

巴拉瑟夫仍然一言不發，這使拿破崙更氣憤了，他大喊起來：

「告訴您，如果您們挑撥普魯士來反對我，我會讓它從歐洲地圖上消失！」他說，「是的，我會把你們趕過德維納河，趕過第聶伯河，這就是你們的命運，這就是你們與我作對的報應。」他說，然後又默默地來回踱步。最後他在巴拉瑟夫面前停下來，小聲說：「然而你們的皇帝本應有一個多麼美好的朝代啊！」

巴拉瑟夫終於反駁，他說，在俄羅斯眼裡，事情並沒有那麼糟，他們仍對戰爭抱持樂觀態度。拿破崙沒有出聲，只是帶著嘲笑的神情盯著他。

巴拉瑟夫的話說完了，拿破崙叫侍從遞上帽子和手套，又轉向巴拉瑟夫。

「我向亞歷山大皇帝保證，」他說，「我一如既往地忠於他，我很瞭解他，也尊敬他高尚的品格。不耽擱您了，將軍，我會再回信給你們的皇帝。」他朝門口匆匆走去，下了樓梯。

7

巴拉瑟夫相信，拿破崙已不願再看見他。但令他吃驚的是，當天他又收到了皇帝的宴會邀請書。出席宴會的還有貝歇爾、科蘭庫爾和貝爾蒂埃。

拿破崙帶著愉快的表情迎接了巴拉瑟夫，並讓他坐在自己身旁。筵席間的談話時，拿破崙提到了莫斯科，於是向他詢問當地的情況，就像旅行家打聽一個自己即將前往的地方。

「莫斯科的居民有多少，住宅有多少？教堂又有多少呢？」

當他聽說那裡共有兩百多所教堂後，回答：

「幹嘛要這麼多教堂？」

「俄國人信仰上帝。」巴拉瑟夫答道。

「但是大量的修道院和教堂一向是俄國人落後的象徵。」拿破崙說。

巴拉瑟夫畢恭畢敬地表示，他不能贊同法國皇帝的意見。

「每個國家都有自己的習俗。」他說。

「但在歐洲卻沒有這種情形。」拿破崙說。

「容我提醒您，」巴拉瑟夫說，「除了俄國，西班牙也有大量的教堂和修道院。」

這句話暗示了法軍不久前在西班牙遭遇的慘敗，但在拿破崙的宴會上卻沒得到什麼迴響。

拿破崙沒有理會這句話，繼續向巴拉瑟夫詢問，從這裡到莫斯科的路上會經過哪些城市，巴拉瑟夫回答：

「正如條條大路通羅馬，條條大路也通莫斯科。」

午餐完畢後，大家都到拿破崙的書房裡喝茶。拿破崙坐下來，用手撫摸茶杯，讓巴拉瑟夫坐在他旁邊。

「聽說亞歷山大皇帝在這個房裡住過，是真的嗎？將軍？」

巴拉瑟夫默默地垂下頭來，沒有回答他。

「是的，四天前溫岑格羅德和施泰因在這裡開過會，」拿破崙流露著譏諷而自信的微笑說道。

「我不懂的是，為什麼亞歷山大皇帝老是把我的敵人都網羅到身邊來呢？」他用疑惑的表看著巴拉瑟夫，這種回憶顯然又勾起他早上的惱怒。

「讓他知道我要怎麼做吧！」拿破崙站立起來，「我要把他的親屬，符騰堡的、巴頓的、威瑪的，全部趕出德國！叫他在俄國替他們準備一個避難所吧！」

巴拉瑟夫低下頭，他想告辭，卻又不得不繼續聽下去。

「為什麼亞歷山大皇帝要帶兵？這有什麼用？打仗是我的職業，他的職業是當皇帝，而不是帶兵。他幹嘛要這麼做？」

拿破崙沉默不言地走來走去，忽然又走向巴拉瑟夫，一把揪住他的耳朵，輕輕拉了一下，這在法國朝廷中被視為無上的光榮。

「喂，您怎麼不說話？亞歷山大皇帝的崇拜者和廷臣？」

「為這位將軍準備好馬了嗎？」

「把我的那幾匹馬給他好了，他要跑很遠的路。」

巴拉瑟夫帶回來的信是拿破崙寫給亞歷山大的最後一封信。戰爭就此開始了。

8

安德烈在莫斯科見過皮埃爾後，便前往彼得堡，希望在那裡遇見阿納托利。但抵達後卻打聽到庫拉金不在那裡。由於皮埃爾的通風報信，阿納托利早已啟程前往摩爾達維亞部隊。安德烈在彼得堡遇見庫圖佐夫將軍，受邀一同前往摩爾達維亞，庫圖佐夫已被任命為當地的總司令。安德烈在接獲委任書後便啟程前往土耳其。

安德烈認為以書信向庫拉金要求決鬥是不適當的，這會使娜塔莎的名譽受到損害，因此他便尋找與庫拉金見面的機會。然而他在土耳其軍隊中也未能遇見庫拉金——庫拉金在他抵達後不久又回國了。安德烈在一個新環境中感到輕鬆多了，自從未婚妻背棄他之後，以前他深感幸福的生活條件，如今卻使他痛苦不堪。他開始關心與過去無關的、眼前的實際問題。

在所有他想得到的工作中，他認為軍隊的工作最為簡單而熟悉。他在司令部裡執勤時，對工作的執著和勤懇，連庫圖佐夫都感到吃驚。他未能在土耳其找到庫拉金，又覺得沒有必要回到俄國跟蹤他；但是他明白，總有一天要向庫拉金挑戰，以消心頭之恨。

一八一二年，俄法開戰的消息傳到布加勒斯特後，安德烈懇請庫圖佐夫將他調到西線去。於是，庫圖佐夫派他前去巴克萊．德．托利那裡執行任務。

安德烈在抵達派駐的軍隊之前，順路去了童山。多年來，安德烈的生活起了很大的變化，但是當他來到童山時，這裡的一切卻仍然像從前一樣，不禁令他感到奇怪。

家裡的人都聚在一起吃飯，但每個人都惶惶不安。安德烈感覺到由於自己在場，使得大家很不自在，於是他不說話了。夜晚，安德烈去見父親，對他講起小伯爵卡緬斯基遠征的事情，但老公爵突然向他提到瑪麗亞，指責她的迷信，說她不愛布里安小姐。

老公爵說，如果他病了，那全是瑪麗亞的錯，她故意折磨他。他很清楚，是他讓女兒過得如此痛苦，可是他不能不這麼做，這是她活該。「為什麼安德烈看出了這一點，卻隻字不提他的妹妹呢？他是否以為我是個壞人，或是老糊塗了呢？我應該向他說明，讓他傾聽我的話。」老公爵心想。

「假如您問我，」安德烈不看父親，說道，「我本來不想說，但如果您真的要問我，那麼我只好坦白了。我知道瑪莎非常敬愛您，若是您們之間有什麼不和的話，那我也不會責怪她。」安德烈急躁地說，「我只能說，假如有什麼誤會的話，那麼，問題是出在那個卑微的女人身上，她不配當我妹妹的女伴。」

老頭子目不轉睛地看著兒子，不自然地微笑著。

「親愛的，什麼女伴？嗯？你們都串通好啦？嗯？」

「爸爸，我不想當裁判，」安德烈有點惱怒地說，「但是您先向我挑釁的，我說了，瑪麗亞沒有罪，有罪的正是那……是那法國女人。」

「呵！輪到你來定我的罪啦！」老人低聲地說，接著忽然跳起來，「給我滾！不要讓我看見你的影子！」

安德烈想立刻離開這個家，但是瑪麗亞勸他再多待一天。安德烈沒有再和父親見面。翌日臨走前，安德烈來看兒子，說故事給他聽。他把兒子抱在膝蓋上，想觸發內心對他的柔情，但是他無論如何也找不到過去對兒子的愛。

安德烈只要一把工作拋開，回到他過去生活那個環境，憂愁的心緒就會強烈地向他襲來，使他不得不迴避往事的回憶，找點事情來做。

「安德烈，你一定要走嗎？」妹妹對他說。

「我可以離開，謝天謝地，」安德烈說，「可惜你走不了。」

「你為什麼這麼說！」瑪麗亞說，「你是去打一場可怕的戰爭。他這麼老了，你怎麼能說出這種話啊！布里安小姐說，他老是問起你……」她的嘴唇顫抖起來，淚如雨下。

「啊，天呀！我的天呀！」他說道，「你怎麼就不懂，不管是多麼微不足道的人，都有可能使人不幸！」

她明白，微不足道的人，指的不僅是布里安小姐，也指那個破壞他幸福的傢伙。

「安德烈，我求你，」她說，「不要認為不幸是人造成的，人是上帝的工具。」她朝安德烈頭上虔誠地看了一眼，「不幸是上帝的恩賜，不是人造成的。他們都是無罪的。如果你覺得有人得罪你，那麼請你忘掉吧！原諒吧！我們沒有懲罰的權利，你會明白寬恕的幸福的。」

「瑪麗亞，如果我是女人，我一定會那樣做。但是男人絕不能忘記和寬恕。」

瑪麗亞懇求哥哥多待一天，免得父親難過。可是安德烈回答說，也許他不久後就會回來了，他會寫信給父親。因為他在家裡住得越久，關係只會越惡劣。

「安德烈，再見！記住，不幸是來自上帝，人是沒有罪的！」妹妹向他道別時說道。

「是的，也只能這樣！」馬車駛出童山時，安德烈心想，「這個可憐的女人，只能忍受昏聵的老人折磨。老人知道自己不對，但是改不了。我的孩子正在成長，享受人生的快樂。為什麼我要到軍隊去呢？我也不知道，我想遇見那個小人，給他一個打死我的機會！」一些不連貫的、毫無意義的畫面在安德烈的腦海中接二連三地浮現。

9

安德烈是六月底來到總司令部的。皇帝所在的第一軍在德里薩設置了防禦工事；第二軍被法軍切斷了，正力圖與第一軍會合。

安德烈在德里薩河岸找到巴克萊．德．托利。由於營地周圍沒有大村莊，高官與將軍們都住在距河岸十俄里內的宅院裡。巴克萊．德．托利住在離皇帝四俄里的地方，他冷淡地接待了安德烈。安德烈沒在軍隊中發現阿納托利，他去了彼得堡，這讓安德烈非常愉快。前四天，他未被分派任何任務，安德烈巡視所有營地，設法瞭解軍隊的情況。在奧斯特里茨戰役後，安德烈已經得到一個結論：在戰爭中，任何深思熟慮的完善計畫都沒有任何意義，一切都取決於突發的、無法預見的戰局變化，取決於由誰指揮戰役。

當皇帝還在維爾紐斯時，軍隊就被分成三部分：第一軍由巴克萊．德．托利統率，第二軍由巴格拉季昂統率，第三軍由托爾馬索夫統率。皇帝在第一軍，卻不是作為總司令，而只是跟隨軍隊。然而大家都明白，即使皇帝不承擔總司令的名義，但是他卻號令全軍，而他周圍的人都是他的助手。在這個龐大、忙碌而驕傲的集團中，安德烈發現所有的思想可明顯分為許多派系。

第一派是普弗爾，那些軍事理論家，他們相信軍事科學，要求撤退到俄國內地，按照軍事理論而行動。屬於該派的大多是德國人。

第二派與第一派相反，他們要求從維爾紐斯攻入波蘭，並擺脫所有預訂的計畫。他們是俄羅斯人：巴格拉季昂、葉爾莫洛夫和其他一些人。

第三派最受皇帝信任，他們是介於兩派間的宮廷侍臣們，大多是軍人，包括阿拉克切耶夫。他們是一群既沒有原則，又想要有原則的人；他們說，與波拿巴這樣的天才作戰，必須要有最深思熟慮的計畫，同時又不能完全相信理論，必須聽聽擁有作戰經驗的人們的意見。這一派主張守住德里薩營地，改變其他各軍的行動。

第四派以皇太子為代表，他對奧斯特里茨的慘敗記憶猶新，害怕拿破崙。他們都直截了當地說：「趁我們還未被趕出彼得堡之前，儘快締結和約。」這個觀點深受文官們歡迎。

第五派是巴克萊．德．托利的支持者，他們說：「請把權力交給他吧！他將在戰爭中展示他的才能。如果現在用貝尼格森代替巴克萊，那麼一切就完了！」

第六派是貝尼格森派，正好相反，他們說，「不管怎樣，沒有比貝尼格森更能幹、更有經驗的人了。不需要什麼巴克萊，只需要貝尼格森這樣的人。」

第七派是那些隨侍皇帝左右的將軍、侍從武官，他們對皇帝無限忠誠，全心全意地崇拜他。他們希望皇帝捨棄過份的謙虛，公開宣布做軍隊的統帥，親自指揮軍隊，這樣才能極大地鼓舞士氣。

第八派是人數最多的一派，他們既不希望和平，又不希望戰爭；既不贊成進攻，也不想設防。他們只在乎一件事，就是自己的利益。他們今天同意普弗爾，明天又反對普弗爾，後天又宣布中立，只要能逃避責任和討好皇帝，撈取他們想要的盧布、勳章和官位。這批人數眾多，自私自利的第八派成為了俄軍極大的阻力。

安德烈來到軍隊後，又形成了第九派。這一派由年事已高、有治國經驗、聰明幹練的人組成，他們不贊成互相對立的任何派別，冷靜地觀察一切，思考如何擺脫目前搖擺不定的混亂局勢。這一派人認為，所有壞現象皆源於皇帝及其軍事顧問，擺脫這種狀態的唯一辦法是讓皇帝脫離軍隊。

正當安德烈在德里薩閒暇無事的時候，這一派代表之一的希什科夫寫了一封信給皇帝，巴拉瑟夫和阿拉克切耶夫也在信上署名。他以必須鼓舞首都人民為藉口，在信中恭請皇帝離開軍隊。這個建議被皇帝接受了。

10

巴克萊在吃飯時告訴安德烈，皇帝本人將要召見他，向他垂詢有關土耳其的情況。下午六點，安德烈來到貝尼格森的寓所，此時那封信還沒有呈交皇帝。

貝尼格森不在寓所中，但皇帝的侍從武官切爾內紹夫接待了安德烈，向他解釋說皇上帶著貝尼格森和保羅西侯爵去視察德里薩的防禦工事。

寓所大廳有兩扇門，一扇通往原先的客廳，另一扇通向書房。從第一道門裡傳來用德語或法語談話的聲音，那裡正按照皇帝的旨意舉行非軍事會議。出席的有瑞典將軍阿姆菲爾德、侍從武官沃爾佐根、溫岑格羅德、米紹、托爾、施泰因伯爵，最後是普弗爾。當安德烈抵達後不久，普弗爾也來了，他仔細打量了他。

普弗爾身材不高，很瘦，滿臉皺紋，眼窩深陷。他心神不寧地向四處張望，一邊聽著切爾內紹夫說皇帝去視察他設計的工事，一邊匆匆地點著頭，帶著譏諷的表情微笑著。他自言自語地嘟噥了一句，安德烈沒有聽到他說什麼，想走過去，但切爾內紹夫把他介紹給普弗爾認識，普弗爾向他瞥了一眼，輕蔑地笑了笑，就向那間傳出談話聲的房間走去。

安德烈透過這一次短暫的會見，就為這個人勾勒出了鮮明的形象——那種自信到無可救藥、一成不變、寧願為此殉道的人；這類人只能是德國人，只有德國人由科學建立了如此的自信。法國人的自信是來自個人的魅力，英國人的自信是來自身為優秀國家公民的自豪感，義大利人的自信是來自熱情與健忘，俄羅斯人的自信卻是來自無知與天真。德國人的自信比所有人都更糟、更頑固，也更討厭，因為他們認為自己掌握了真理——科學。普弗爾顯然就是這樣的人。

一八〇六年，普弗爾策畫了耶拿和奧爾施泰特的那場戰爭，他沒有在這場戰爭的結局中發現自己的理論錯誤。相反地，他認為失敗的唯一原因是沒有按照他的理論去做。他用幸災樂禍的口吻說：「我早就說過，一切都要搞砸的。」這類理論家偏愛理論本身，而忘掉了理論的目的——應用於實際。

他與安德烈和切爾內紹夫說了幾句關於當前戰爭的話，神情彷彿在說「我早知道一切都會搞砸的」，甚至有幾分得意。

他走進另一間房，那裡立刻傳來他低沉而憤慨的聲音。

11

普弗爾才剛離開，貝尼格森伯爵也出現了，他向安德烈點點頭，腳步不停地走進了書房。皇帝就在後面，他神情疲倦地下了馬，聽著保羅西侯爵講話，看起來有些不耐煩。

「至於那個建設德里薩陣地的人——」保羅西說。這時皇帝已走上台階，看見安德烈，打量了一下這張他不熟悉的面孔。

「陛下，」保羅西繼續說道，「至於那個建設德里薩陣地的人，我看他只有兩條路：一是瘋人院，二是絞架！」皇帝沒聽完，他認出了安德烈，親切地對他說：「很高興看見你，到他們聚集的那裡等我吧！」皇帝與沃爾康斯基公爵、施泰因伯爵走進了書房。安德烈則與他在土耳其認識的保羅西一同走進聚會中的客廳。

沃爾康斯基公爵擔任類似參謀長的職務，他拿著一些地圖走進客廳，並把地圖攤在桌子上，向在座的人詢問意見。根據情報，法軍將迂迴進攻德里薩陣地。

阿姆菲爾德將軍第一個發言，他提出一個全新、但也什麼都不能說明的方案：在通往彼得堡和莫斯科的大路旁構築陣地，並集結軍隊以等待敵人。有些人反對他，也有些人支持他。當兩派進行爭論時，普弗爾和他的翻譯官沃爾佐根沉默不語。普弗爾只是輕蔑地冷笑，扭過頭去，表示他不屑於反駁這些廢話，但是當主持討論的沃爾康斯基請他發表意見時，他只是說：

「何必問我呢？阿姆菲爾德將軍提出了一個絕妙的向敵人暴露陣地的主意，很好啊，問我幹嘛呢？」他說，「你們不是比我更清楚嗎？」當沃爾康斯基皺起眉頭，說他是代表皇帝問他的意見時，普弗爾忽然興致勃勃地說：

「一切都搞砸了！所有人都比我聰明，還找我來幹嘛呢？怎麼補救？沒什麼要補救的，只要確實按照我所主張的原則去做——」他走近地圖，用手指點著地圖，開始快速地講起來。他證明德里薩陣地絕對是無懈可擊的，一切都在掌握之中。

普弗爾說，不僅已發生的一切，就連可能發生的一切，也全在他的算計之中，如果有什麼困難的話，那都是因為沒有分毫不差的執行他的計畫。保羅西和米紹齊聲用法語反駁沃爾佐根。阿姆菲爾德用德語與普弗爾說話。托爾用俄語向沃爾康斯基解說。安德烈默默地聽著，觀察著。

在所有人當中，最能引起安德烈同情的，就是那個憤怒、固執的普弗爾。顯然，只有他不為個人私利著想，不敵視任何人，一心只想把他鑽研多年的理論付諸實行。雖然他的冷嘲熱諷令人不快，但他對自身理想的忠誠卻使人肅然起敬。此外，除了普弗爾，在座的人都難掩對於拿破崙的天才的恐懼，只有普弗爾一人把拿破崙視為反對他理論的野蠻人。然而，除了尊敬的感情以外，安德烈還產生了憐憫之情，因為所有人都感覺得出，普弗爾垮台的日子已經不遠了。

辯論持續了很久，而且越來越激烈，甚至大吼大叫，要想從所有發言中得出一個共同的結論也更不可能了。對安德烈來說，在他從軍期間，他總是認為所謂的軍事科學是不存在的，也沒有任何軍事天才。

「如果一場戰爭的條件和環境不明，投入的兵力也不明確，又怎麼談得上理論和科學呢？沒有人會知道兩方的軍隊明天將是怎樣的情勢，也沒有人會知道兩支部隊的實力如何。有時，一個人在隊伍前喊道：『我們被截斷了！』五萬人就在八千人面前潰逃，就像在奧斯特里茨戰役一樣；有時，一位勇敢的人呼喊『烏拉！』一支五千人的部隊就抵得上三萬人，中格拉本戰役就是這樣。在戰爭中談不上什麼科學，什麼也不能確定，一切都取決於無數的條件，取決於誰也無法預料的突發事件。自古以來人們編造了一套天才的理論，其實軍事上的勝負並不取決於它們，而取決於那些在隊伍中喊著『我們完了！』或是『烏拉！』的人們。」安德烈一面聽著議論，一面這樣思考著。

第二天閱兵的時候，皇帝問安德烈想去那裡任職，安德烈沒有請求留在皇帝身邊，而是請求到軍隊去服務，他永遠失去了置身宮廷的機會。

12

羅斯托夫在開戰前收到父母的來信，簡短地告知他有關娜塔莎的病情以及與安德烈公爵解除婚約的事；同時要求他退伍回家。尼古拉並未打算請假或退伍，他回信給父母，說他對娜塔莎的遭遇感到惋惜，同時又寫了一封信給索尼婭。

「我最親愛的朋友，」他寫道，「除了榮譽，什麼也不能阻止我返回你身邊。但在開戰前夕，我必須把個人的幸福置於對祖國的責任和愛之下。然而，這是最後一次離別了，要是戰爭結束後我還活著，我將立刻回到你的身邊，把你永遠擁抱在懷裡。」

休假回來後，尼古拉被派去添購馬匹，他從烏克蘭領回了好馬，而且博得長官的讚賞。當他外出時，他被擢升為騎兵大尉，後來又回到原來的騎兵連。

戰爭開始了，團隊向波蘭進發。隊伍中洋溢著即將面臨戰爭的興奮和歡樂的情緒，而羅斯托夫也完全沉浸在軍隊生活的趣味中。

由於各種原因，俄軍從維爾紐斯撤退了。但對保羅格勒兵團的驃騎兵來說，在美好的夏季進行這種撤退卻是一件愉快的事情。真的感到惋惜的話，也只是為了不得不離開住慣的營房，告別漂亮的波蘭姑娘罷了。後來軍隊又接連撤退到斯文齊亞內、德里薩，並接近俄羅斯邊境。

七月十三日，保羅格勒兵團第一次發生了嚴重的事情。

前一晚，下了一場帶著冰雹的暴風雨。羅斯托夫和一位年輕軍官伊林坐在臨時搭的棚子裡，他們團裡一位留著落腮鬍的軍官從司令部返營時，順道來看他。

「伯爵，我剛從司令部回來，您聽說過拉耶夫斯基的功績嗎？」這位軍官把他在司令部聽到有關薩爾塔諾夫戰役的詳情講了一遍。

羅斯托夫吸著煙斗，漫不經心地聽著，不時看看伊林。這位軍官是位十六歲的男孩，不久前才到團裡，他與尼古拉的關係就像七年前尼古拉與傑尼索夫的關係一樣。

羅斯托夫聽著那名軍官茨德爾任斯基的故事，不僅沒有附和他，反而露出不屑的樣子。在奧斯特里茨戰役之後，羅斯托夫明白，當人們敘述戰績時，總是會說謊；其次，他知道在戰場上發生的一切，與人們想像和描述的完全不一樣。但是他並不說出自己的想法，他知道這類故事可以為俄軍增光，最好裝得不疑有他。

「我受不了啦！」伊林發現羅斯托夫不喜歡茨德爾任斯基的談話，說道，「襪子、襯衫都濕透了。我要去找個躲雨的地方。現在雨好像變小了。」伊林走出去，茨德爾任斯基也跟著離開了。

五分鐘後，伊林踩著泥濘跑回棚子。

「羅斯托夫，我們快走。找到了！兩百多步外有一個小酒館，我們的人都聚在那兒了。至少我們可以把衣服烤一烤。瑪麗亞．亨里霍夫娜也在那兒。」

瑪麗亞．亨里霍夫娜是隨軍醫生的妻子，是一位年輕、漂亮的德國女人。醫生帶著她隨軍東奔西走，他吃醋的事在驃騎軍官之間常成為茶餘飯後的話題。

羅斯托夫披上斗篷，叫拉夫魯什卡帶上東西跟著自己，隨後與伊林一起走出去。他們冒著小雨，踏著泥濘前進，遠方的雷電不時劃破黑暗的夜空。

「羅斯托夫，你在哪裡？」

「在這裡。好大的閃電！」他們彼此交談著。

13

小酒館已經聚集了五六個軍官。瑪麗亞·亨里霍夫娜，一位淡黃色頭髮的德國女人，正坐在屋角的一張板凳上。她的丈夫在她後面睡覺。羅斯托夫和伊林走進了屋子。

「哦，你們這兒好快活。」羅斯托夫笑著說。

「您怎麼錯過了好時光？」

「喂！你們這對落湯雞！不要把我們的客廳弄濕了。」

「不要弄髒了瑪麗亞的衣裳！」幾個聲音一齊答道。

羅斯托夫和伊林趕緊找了一個角落換掉濕衣服。人們在一只破爐子裡生了火，又弄到一組茶具、食品櫃和半瓶羅姆酒。大家圍坐在瑪麗亞·亨里霍夫娜周圍，有人遞給她一條乾淨的手帕讓她擦手，有人把衣服鋪在她腳下防潮，有人把斗篷掛在窗戶上擋風，有人揮手趕走她丈夫臉上的蒼蠅。

「不要吵他，」瑪麗亞羞怯地說，「他很少睡得這麼熟。」

「不，瑪麗亞，」一個軍官回答道，「應該巴結一下醫生，將來他為我截肢時，也許會可憐可憐我。」

看來，今晚所有的軍官都愛上了瑪麗亞，甚至在隔壁玩牌的幾個軍官也感染上了向她獻殷勤的情緒，紛紛丟下紙牌跑到這裡來了。瑪麗亞高興得容光煥發，但極力不顯露出來。

只有一把茶匙，大家決定由她輪流為每個人攪拌。羅斯托夫接過杯子，倒入羅姆酒，就請瑪麗亞攪拌。

「可是您還沒放糖啊？」她微笑著說。

「我不要糖，只想要您親手攪攪就行了。」

瑪麗亞同意了，開始找那把被誰拿走了的茶匙。

「用手指頭攪吧！瑪麗亞，」羅斯托夫說，「這樣更好。」

「燙！」瑪麗亞高興得紅了臉，說道。

伊林提了一桶水，在桶裡滴了幾滴羅姆酒，請她用手指攪攪。

「這是我的茶杯！」他說，「只要您把手指伸進去，我全部喝乾。」

茶喝完後，羅斯托夫取來一副牌，邀請瑪麗亞一起玩「國王」，以抽籤的方式決定她的搭檔。當了「國王」的人有權親吻瑪麗亞的手，而當了「壞蛋」的人則要為醫生煮茶。

「那要是瑪麗亞當了國王呢？」伊林問道。

「她本來就是女王！她的命令就是法律。」

遊戲剛開始，醫生就醒了。他仔細聽著人們的談話，顯然認為他們的遊戲沒什麼有趣的。他搔了搔頭，請擋路的人讓他過去。他一走出去，全體軍官就哄然大笑，瑪麗亞臉紅得哭出來，這讓她在軍官的眼中更有吸引力了。醫生從外面回來，對妻子說雨已經停了，他要去篷車裡過夜，不然東西要被人偷光了。

「我派一個勤務兵去守夜，派兩個！」羅斯托夫說，「就這樣，醫生。」

「我親自去站崗！」伊林說。

「不，先生們，你們已經睡過覺了，但我兩夜未眠。」醫生說著。悶悶不樂地在妻子旁邊坐下，等著遊戲結束。

醫生帶著妻子一起回到篷車，軍官們也在小酒館躺了下來，但是他們久久不能入眠，時而談論醫生和妻子剛才的表情，時而跑去偷窺篷車裡的動靜。羅斯托夫多次想入睡，卻又被什麼評論吸引了，讓他加入談話。

14

兩點多了，誰也沒有睡著。司務長此時進來傳達了進駐奧斯特羅夫納鎮的命令。

軍官們急忙開始做出發的準備。天剛亮，雨也停了，羅斯托夫從小酒館出來，和伊林在晨光中看了一下醫務車的皮篷，可以看見帷幕下露出醫生的兩隻腳，並聽見她熟睡中的呼吸聲。

「真的，她太迷人了！」羅斯托夫對伊林說。

「多麼迷人的女人！」伊林一本正經地答道。

半小時後，驃騎兵們四人一排，跟在步兵和炮兵後面開拔了。只聽見馬蹄踩在泥巴路上的噗哧聲、佩刀的碰撞聲和輕微的談話聲。

途中，羅斯托夫無拘無束地騎著一匹奇薩克馬，這對他來說是一種享受。他想著馬，想著早晨，想醫生的妻子，卻未想到面臨的危險。

以前羅斯托夫常對戰場感到恐懼，現在卻沒有絲毫害怕，不是因為他習慣了火藥味，而是他學會如何在危險面前控制自己的內心。在作戰時，他盡量不去想當前的危險。他不忍去看伊林那激動不安的臉孔，他知道這個騎兵少尉正處於等待恐懼和死亡的煎熬下，他也知道自己無法給予任何幫助。

太陽完全升起了，彷彿在回應它的亮光似的，前方立刻響起了大炮聲。

羅斯托夫還來不及判斷炮聲的遠近，奧斯特曼．托爾斯泰伯爵的副官就從維捷希斯克馳來，命令他們沿大路跑步前進。

騎兵連超越步兵和炮兵，衝下山坡，穿過一個無人的村莊，又衝上一個山坡。

「立定，看齊！」前面傳來營長的命令。

「左轉，起步走！」前邊又傳來口令。

驃騎兵趕到陣地的左翼，在第一線的槍騎兵後停下。右方是俄軍的步兵縱隊。遠處的山上可以看見俄軍的大炮。前方谷地則是敵人的縱隊和大炮，谷地裡傳來槍聲，戰鬥已經開始。

羅斯托夫感到舒暢，他好久沒有聽到這種聲音了。槍聲接連響起，在沉寂一陣子後，又隨即響起。

驃騎兵原地不動站了一個鐘頭，炮擊也開始了。奧斯特曼從騎兵連後馳來，與團長交談了幾句，就向山上的炮兵陣地馳去。

奧斯特曼剛離去，槍騎兵們就聽到口令：

「成縱隊，準備衝鋒！」步兵分成兩排，以便騎兵通過。槍騎兵出動了，長矛上的小旗飄動，朝山下左方的法國騎兵衝去。驃騎兵奉命上山掩護炮兵，他們剛在槍騎兵的陣地上停下，散兵線那裡就遠遠地飛來炮彈，但沒有命中。

羅斯托夫從未如此興奮，他觀察開闊的戰場，專心注視著槍騎兵的行動。過了五分鐘，槍騎兵退了回來，在他們的中間和後面是一大片身著藍色制服的法國龍騎兵。

15

羅斯托夫第一個看見法國龍騎兵追趕己方的槍騎兵，隊形混亂的槍騎兵就快被追上，可以看見這些人們如何互相廝殺、追趕，如何揮舞手臂或佩刀。

羅斯托夫感覺到，如果現在率領驃騎兵衝向法國龍騎兵，他們就會崩潰；可是，如果要衝鋒，就必須立刻行動，否則會錯過良機。他環視周圍，大尉就站在身旁，也目不轉睛地望著下面。

「安德烈．謝瓦斯季揚內奇，」羅斯托夫說，「我們可以衝垮他們——」

「這一招不錯。」

「確實——」大尉說。

還沒聽完，羅斯托夫就策馬來到騎兵連前面，他未發出口令，但整個騎兵連都很有默契地驅動了戰馬。羅斯托夫不知道為什麼這樣做，他只知道時機在轉瞬之間，一放過就沒了。他策動了戰馬，發出口令，一瞬間，展開隊形的騎兵連一齊飛奔著衝向山下的龍騎兵。越接近敵人，他們就騎得越快。那些看見他們的龍騎兵開始掉轉馬頭，後面的則停住了。羅斯托夫完全放開自己的馬，疾馳著攔堵隊形混亂的龍騎兵。幾乎所有的法國龍騎兵都向後逃跑，羅斯托夫挑了一個騎灰馬的龍騎兵緊追不捨，眼看就快追上。這個法國人穿著軍官的制服。

頃刻之間，羅斯托夫的馬差點把對方撞個四腳朝天，他舉起佩刀，照著那法國人劈去。

就在這一剎那，羅斯托夫全身的狠勁忽然消失了。那軍官倒下了，不是由於刀傷，而是由於馬的衝撞和恐懼，他的手臂只受了一點輕傷。羅斯托夫勒住馬，檢視自己的手下敗將。那名龍騎兵嚇得瞇起眼睛，帶著恐怖的表情看著羅斯托夫。他很年輕，淡黃色頭髮，眼睛是淺藍色的，下巴有酒窩，就像一個平凡人那樣。這名軍官大喊「我投降！」他慌張地想把腳從馬蹬抽出來，但卻做不到；趕至的驃騎兵幫他把腳抽出，並把他扶上馬鞍。驃騎兵們四處俘虜龍騎兵，把他們帶回後方。羅斯托夫也跟著他們一起返回，但一種不愉快的感覺充溢著他的胸中，他無法解釋這種模糊的、混亂的感覺。

奧斯特曼．托爾斯泰伯爵迎接歸來的驃騎兵，並喚來羅斯托夫。羅斯托夫原以為長官要懲罰自己未經命令就發起衝鋒，但奧斯特曼卻對他讚揚了一番，並向皇帝申請授予他聖喬治十字勳章。然而，羅斯托夫仍然感到一種不愉快的感覺。「是什麼讓我這麼痛苦呢？」他問自己，「是我做了什麼丟臉的事嗎？不，沒那回事！」一件後悔的事折磨著他。「是的，是那個年輕的法國軍官，我記得很清楚，我舉起手臂又停住了。」

羅斯托夫看見被押走的俘虜，於是來到他們後面，想看看那位下巴有酒窩的法國人。他坐在驃騎兵的馬上，神色不安地望著四周。他向羅斯托夫微笑，向他揮手致意。羅斯托夫感到有些不好意思。

之後兩天，羅斯托夫的朋友們發現他悶悶不樂，總是一個人躲起來思索著什麼。

羅斯托夫在想他立下的輝煌戰功，在想授予他的聖喬治十字勳章，甚至在想獲得的勇士名聲；但他有一點弄不明白。

「這麼看來，他們比我們還膽小！」他想，「這樣就叫做英雄氣概嗎？難道我這麼做就是為了祖國嗎？那個有酒窩的人有什麼罪呢？他多害怕啊！他認為我會殺死他。為什麼我要殺他呢？我的手發抖了，但他們卻授予我動章，我完全不明白！」

無論尼古拉多麼煩惱這些問題，他也無法得到一個明確的答案。這時，幸運又降臨在他頭上，他再度被擢升了，負責指揮一個營的驃騎兵。

16

伯爵夫人得知娜塔莎生病的消息時，身體仍未完全康復，但還是帶著彼佳和全家人來到莫斯科。於是，羅斯托夫一家搬進了自己的房子，並永久在莫斯科定居。

娜塔莎病得很嚴重，使得別人忘了她的病因、她的行為、她與未婚夫決裂的事。她不吃不睡，越來越消瘦，常常咳嗽，從醫生的言談中可以得知她還沒有脫離險境。他們為她開出了醫治各種疾病的藥方。

伯爵為了醫治娜塔莎，花費了數千盧布，還想送她去國外會診。伯爵夫人則不時因為女兒不遵守醫生囑咐而與她吵嘴。

「這樣你永遠也不會康復！」她生氣地說，甚至忘了自己的病痛，「如果你不聽醫生的話按時服藥！要知道，這不是開玩笑的，會變成肺炎的！」伯爵夫人說出了她一竅不通的醫學術語後，感到莫大的安慰。

索尼婭沒有那種愉快的感覺，她在最初三個晚上都沒有換過衣服，嚴格按照醫生的囑咐行事。她經常熬夜，只為了不錯過讓娜塔莎服藥的時間。

至於娜塔莎，雖然她自己也說，沒有什麼藥可以治好她的病；但看見大家為她做了這麼多的犧牲，即使她必須按時服藥也感到高興。她甚至為了自己不遵守醫生的囑咐，以表示她不珍惜自己的生命這一行為感到高興。

醫生每天都來，不顧她悲傷的表情，和她開玩笑。可是當醫生跟著伯爵夫人走到另一間房間時，總是立刻換上另一副嚴肅的面孔，若有所思地搖著頭說，他希望這最後一帖藥能有效，娜塔莎得的多半是精神方面的病，但是……

伯爵夫人偷偷把一枚金幣塞到醫生手裡，每次都懷著寬慰的心情回到病人那裡。

娜塔莎的症狀是吃得少、睡得少、咳嗽，精神萎靡不振。醫生們說病人離不開醫療，所以仍讓她待在鬱悶的城裡。一八一二年夏季，羅斯托夫一家都沒有回到鄉下去。

儘管服了大量的藥丸、藥水、藥粉，儘管缺少了舒適的鄉村生活，但是青春佔了上風。娜塔莎的悲傷開始蒙上日常生活的印象，不再那麼痛苦折磨她的心了，痛苦開始成為往事，娜塔莎身體逐漸好起來。

17

娜塔莎更平靜了，但是卻不快樂。她避開所有使人愉快的環境：舞會、溜冰、音樂會、劇院。她不能唱歌，每當她想唱歌的時候，便因為流淚而哽咽。她恨自己白白毀掉了本來的幸福生活，懊悔純潔的時光一去不復返。她認為歡笑和歌唱對她的悲傷是一種褻瀆，也不想搔首弄姿。內心的恐懼禁止她享受任何歡樂，她已沒了往日的生活趣味。最使她痛心的是回憶起往日的秋季——狩獵、大叔、尼古拉，以及在奧特拉德諾耶度過的聖誕節。她不惜付出一切代價，只為了再過上這樣的日子！但這一切都永遠地結束了。

她問自己：「以後怎麼辦呢？」生活中已沒有任何歡樂，只是不停流逝。娜塔莎盡力不為任何人添麻煩，她避開家人，只與弟弟彼佳在一起。她足不出戶，在所有上門拜訪的人之中，使她高興的只有皮埃爾。沒有人能比他更溫柔、更謹慎的了，娜塔莎與他在一起時感到非常快樂，可是她並不感激他，因為皮埃爾總是那樣自然地善待任何人，他的善良並沒有任何特殊。自從他無意中說出如果他是自由之身，就會跪下來向她求婚的話之後，皮埃爾再也沒有傾訴任何對她的感情；因此在她看來，那些顯然只是安慰的話，並不是因為皮埃爾已婚，而是由於娜塔莎認為她與皮埃爾之間有著很高的精神障礙，他們之間不可能產生愛情，甚至連一般男女間的溫柔多情也不可能出現。

聖彼得齋戒日要結束時，羅斯托夫家的女鄰居阿格拉菲娜·伊凡諾夫娜·別洛娃來到莫斯科朝拜。她建議娜塔莎齋戒祈禱，娜塔莎欣然接受了。這種齋戒祈禱不像羅斯托夫家平常在家裡作的那樣，而是整個星期都不能錯過晚禱、彌撒和晨禱。

伯爵夫人認為，既然醫療無效，或許禱告比藥物更能為她帶來幫助。她瞞著醫生，把娜塔莎託付給別洛娃。每天夜裡三點，阿格拉菲娜·伊凡諾夫娜就來叫醒娜塔莎，帶她走到朝霞通明、空曠無人的大街上；她們不在自己的教區禱告，而是到另外一所教堂。每當娜塔莎在早晨凝視著被燭光和晨光照亮的聖母臉龐，聽到自己跟著唸的禱文，她總有一種未曾體驗的感覺。她畫十字、鞠躬，求上帝原諒她、寬恕她的一切。當大清早回家，發現所有人仍在酣睡時，娜塔莎體驗到一種從未有過的心情，她感覺自己的罪惡能夠被洗清，能重新過上純潔、幸福的生活。

禮拜日終於來臨，在這對她值得紀念的日子裡，娜塔莎穿著雪白的衣裳領過聖餐回家時，她在數月以來第一次感受到了平靜。

這天，醫生來看娜塔莎，叮嚀她繼續服用完他之前開的那些藥粉。

「每天早晚一定要繼續服藥，」他顯然對自己的成果相當滿意，「不過，不能大意。伯爵夫人您放心吧！」醫生一面說，一面接過一枚金幣。最後一帖藥對她非常有效，病情大有起色。

18

七月初，莫斯科流傳著令人驚慌的消息，因為直到七月十一日還未見到宣言和告民眾書。人們議論著皇帝從軍隊中回到莫斯科一事，據說，這是因為軍隊陷於危險之中；還有人說斯摩棱斯克已經失守，拿破崙擁有百萬大軍，唯有奇蹟能拯救俄羅斯。

七月十一日，星期六，宣言完成了，卻未印刷好；皮埃爾答應第二天到羅斯托夫家吃午飯，並把宣言和他從拉斯托普欽伯爵那裡弄到的告民眾書帶來。

星期日，羅斯托夫一家照常去拉祖莫夫斯基家的家庭教堂做彌撒。到這間家庭教堂做禮拜的都是莫斯科的貴族，也都是羅斯托夫家的熟人。娜塔莎陪著母親穿過人群的時候，聽見一個年輕人正在談論她：

「那是羅斯托娃，就是……」

「瘦多了，但還是那麼漂亮！」她彷彿聽見人們提到庫拉金和博爾孔斯基的名字。她常感覺所有的人都在盯著她，議論著發生在她身上的事，這讓她內心總是很痛苦。她越保持平靜、端莊，她的心裡就越痛苦和羞愧。「又是一個禮拜天，又過了一星期。」她自言自語地說，「一切還是那種平淡無奇的生活，我很漂亮、年輕，我知道；從前的我不好，現在的我是善良的，我知道。」她心想，「可是，就這樣白白虛度這最美好的年華。」她站在母親身旁，與熟人互相點頭致意。娜塔莎習慣性地打量女士們的裝束，她指責一位女人的舉止不夠得體，但馬上又想到別人也在議論她。她為自己的卑鄙而心驚，又為失去過去的純潔而恐懼。

教堂的門關上了，簾幕緩緩地拉上，她的胸中充滿感動的淚水，一股既喜悅又苦惱的感情令她激動。

「教導我該怎麼辦，該如何生活，該如何永遠痛改前非！……」她想。

助祭走上佈道台，把十字架放在胸口，便高聲地朗誦禱文。

「讓我們向主禱告吧。」

當人們為戰士們禱告時，她想起了哥哥和傑尼索夫；當人們為旅行者禱告時，她想起了安德烈，並請求上帝寬恕她做了愧對他的事；當為愛我們的人禱告時，她想起自己的家人，並感覺到她有多麼虧欠他們；當為恨我們的人禱告時，她總想起帶給她不幸的阿納托利，雖然他不是恨她的人，她還是把他當成敵人禱告。

禱告時，伯爵夫人幾次回頭看著女兒那副深受感動的臉孔，她祈求上帝幫助她的女兒。

禮拜進行到一半，忽然有一個戴著紫色絲絨法冠的神父走出來，吃力地跪下。所有人也跟著跪下，莫名其妙地面面相覷。這是剛從最高會議上送來的禱文，祈求把俄羅斯從敵人的入侵下拯救出來。

這個禱告也強烈地影響了娜塔莎。她對罪人所受到的懲罰，特別是對自己罪過的懲罰，感到由衷的虔誠和敬畏。她祈求上帝原諒所有的罪人，也原諒她，賜給他們平安而幸福的生活。她覺得上帝聽見了她的禱告。

19

自皮埃爾離開羅斯托夫家的那天起，他回味著娜塔莎感激的目光，感到有一件新的東西在他的面前展現出來。總是折磨他的那個問題消失了，並不是問題被替換了，也不是有了答案，而是他心中有了個她。每當他心中疑惑時，他總是回憶起最後一次看見她的模樣，於是所有的懷疑都消滅了；這不是因為她解答了問題，而是她將他帶入了一個光明璀璨的精神境界，那是個值得為愛和美而活的境界。

皮埃爾仍然出入交際場所，仍然喝很多酒，仍然過著悠閒懶散的生活。但是，當戰地傳來令人不安的消息時，當娜塔莎不再喚起他心目中的憐憫時，一種莫名煩躁的情緒就縈繞著他。他感到目前的生活已不能再持續多久了，必然會有一場毀滅降臨。共濟會一位會友引用了《啟示錄》中有關拿破崙的預言。

《啟示錄》第十三章十八節說：「這裡有智慧；擁有聰慧的，可以計算獸的數目：因為這是人的數目，他的數目是六百六十六。」

第五節說：「又賜給他說誇大話褻瀆話的口；又有權柄賜予他，可以任意而行四十二個月。」

根據《啟示錄》中的預言，拿破崙就是那隻獸，他的霸權將在四十二歲那年，也就是一八一二年結束。皮埃爾對這種預言深信不疑。他對娜塔莎的愛情、反基督、拿破崙的入侵、彗星、拿破崙皇帝、他自己——所有這一切都是必然的，要把他從那毫無價值的莫斯科習慣充斥的世界中拯救出來——他覺得自己被這習慣俘虜了，這一切將都引導他建立豐功偉業和獲得幸福。

在他誦讀禱文的前一天，他曾答應把告民眾書與軍隊的消息帶去羅斯托夫家，為了得到這些資料，第二天一大早，皮埃爾去了拉斯托普欽伯爵家，在那裡遇到一位來自軍隊的信使。那是皮埃爾的一位熟人，莫斯科舞會的常客。

「您可以幫幫我嗎？」信使說，「我有一整個口袋的家書。」

這些信中，有一封是尼古拉．羅斯托夫寄給父親的信，皮埃爾把它拿走了。另外，拉斯托普欽伯爵把剛印好的告民眾書、剛發給軍隊的幾項命令和最新告示給了他。皮埃爾從受獎人員名單中找到了尼古拉的名字，他因在奧斯特羅夫納戰役中表現英勇而被授予四級聖喬治勳章；還有安德烈，他被任命為獵騎兵團團長。他把告民眾書、告示和其他命令留下，以便親自帶給他們，而鉛印的命令和信則先派人送去羅斯托夫家。

拉斯托普欽伯爵憂心忡忡，談及前方戰事有多麼糟糕，謠傳莫斯科發現間諜及宣傳單，傳單上說，拿破崙秋天將要佔領俄羅斯兩座都城。還有關於皇帝明天將要蒞臨的消息——這一切都在皮埃爾心中激起躁動和期待的情緒，自從戰爭爆發以來，皮埃爾一直懷著這種情緒。

雖然他早就有參軍的想法，但一來，他是共濟會會員，共濟會是宣揚和平與反戰的；再者，當他看到許多莫斯科人穿著軍服，宣揚愛國主義，他不知為什麼羞於為伍。最大的原因，是因為他認為在預言中，那結束拿破崙霸權的偉大事業，早已註定由他完成，因此，他什麼也不必做，只要等待那必然實現的事情實現。

20

像平時一樣，禮拜天總有一些熟人在羅斯托夫家吃飯。皮埃爾想單獨見到他們，於是提早上門。

這一年，皮埃爾發胖了，幸好他身材高大，不致變得太難看。他氣喘吁吁地走上樓梯，羅斯托夫家的僕人為他脫下斗篷，接過手杖和帽子。

他第一個看見的人就是娜塔莎，她在大廳作歌唱練習。他知道，自從她生病後不曾唱過歌，因此她的歌聲使他又驚又喜。當她忽然轉身，看見他肥胖的臉時，她臉紅了，快步走向他。

「我又想試試唱歌，」她說，「總算有點事做了。」

「好極了。」

「很高興您來了！我今天真是幸福！」她帶著許久未見的活潑神態說道，「您知道嗎？尼古拉得了聖喬治十字勳章了，我真為他高興。」

「當然，消息是我帶來的。好了，我不打擾您了。」他補充道，要往客廳走。

娜塔莎攔住他。

「伯爵！怎麼啦，我唱得很糟嗎？」她紅著臉，疑問地望著皮埃爾。

「哪裡？正好相反……可是您為什麼這樣問我呢？」

「我也不知道，」娜塔莎飛快地答道，「但我不願做您不喜歡的事情。您不知道，您對我是多麼重要，您為我做了多少事情啊！」她說，「在那一個命令中，我看見了博爾孔斯基——他又去服役了。您覺得如何？他會原諒我嗎？他不會恨我吧？你覺得如何？您覺得如何？」

「我想——」皮埃爾說，「他沒什麼要寬恕您的，如果是我是他的話……」

「您啊，」她欣喜地說道，「您是另一回事，沒有人比您更善良、寬厚了，如果當時沒有您，我不知道自己會怎麼樣，因為……」淚水突然湧出她的眼眶，她轉過身去。

這時，彼佳從客廳裡跑出來了。

彼佳現在是一個漂亮、健康的十五歲男孩，他準備上大學，但是近來他悄悄決定與同學奧博連斯基一起去當驃騎兵，他就是為此來找皮埃爾的。

彼佳請求皮埃爾打聽一下驃騎兵收不收他，皮埃爾在客廳裡踱著步，沒有聽進他的話。彼佳拉了他的手，要他注意自己。

「我的事情怎麼樣了？彼得．基里洛維奇，全仰賴您了！」彼佳說。

「啊，是的，你的事。當驃騎兵？我去說，我去說，今天就去說。」

「怎麼樣，親愛的，弄到宣言了嗎？」老伯爵問。

「弄到了，」皮埃爾回答，「明天，皇帝要舉行貴族會議，據說，每千人入選十人。對了，祝賀您。」

「是的，是的，感謝上帝。軍隊有什麼消息嗎？」

「我軍又在撤退。據說已經退到斯摩棱斯克了。」皮埃爾回答。

「我的上帝，我的上帝！」伯爵說，「宣言在哪裡？」

皮埃爾在衣袋裡面找，一邊吻了走過來的伯爵夫人的手。

「怪了，放到哪兒去了？」他說。

「看看你，總是丟三落四的。」伯爵夫人說。這時，娜塔莎走了過來，皮埃爾的面容頓時容光煥發，他一邊找著文件，一面向她瞄了幾眼。

「看來我要回去一趟，我忘在家裡了。必須……」

「那來不及吃飯了。」

但是，索尼婭卻在皮埃爾的帽子裡找到了宣言。皮埃爾拿起它，正想朗讀。

「別讀，吃完飯再說。」老伯爵說道。

吃飯時，大家喝著香檳，祝福剛獲得聖喬治十字勳章的人。辛辛提起近來有個德國人被押送到拉斯托普欽處，被指控是間諜，但最後獲釋了，並證明他只不過是一個普通的糟老頭。

「到處在抓人，」伯爵說，「我也告訴伯爵夫人，這年頭還是少講法語。」

「你們聽說了嗎？」辛辛說，「戈利岑公爵還請了一位俄語教師。在街上講法語成了危險的事了。」

「怎麼樣，彼得．基里洛維奇伯爵，您也要跨上戰馬了嗎？」老伯爵問皮埃爾。

皮埃爾好像沒弄明白似的，他看了看伯爵。

「不！我算什麼戰士？而且，一切都這麼奇怪！連我也搞不懂。我對軍事一竅不通，可是，誰知道呢？」

飯後，伯爵安詳地坐在椅子裡，要索尼婭為他朗讀告民眾書。

對古老的首都莫斯科的通告：

敵人強大的兵力入侵俄羅斯境內，它要毀滅我們親愛的祖國——

娜塔莎筆直地坐著，時而看著父親，時而看著皮埃爾，皮埃爾盡可能避開她的目光。伯爵夫人對宣言的語句不以為然地搖了搖頭，她知道她的兒子仍然必須面臨險境。

索尼婭帶著顫抖的聲音讀完了最後幾句：

我們要立即到首都的人民之中，到全國各地，與民團協商，指揮他們阻止敵人前進。讓敵人妄圖加在我們身上的命運，落到他們自己的頭上吧！讓被解放的歐洲讚美俄羅斯之名！

「好極了！」伯爵喊起來，「只要皇上下令，我們就不惜犧牲一切。」

娜塔莎從座位上躍起來，向父親跑過去。

「多可愛啊！這個爸爸！」她一邊說，一邊親吻他，又瞥了皮埃爾一眼，帶著她那恢復了的嫵媚與活潑。

「好一個女愛國者！」辛辛諷刺地說。

「才不是什麼愛國……」娜塔莎氣憤地回答，「您覺得好笑，但這才不是笑話……」

「才不是玩笑！」伯爵重複道，「只要他下令，我們都上……我們不是那些德國佬……」

「你們注意到了嗎？」皮埃爾說，「上面寫說『要協商』。」

「無論他們決定了什麼——」

這時，彼佳走到父親跟前，滿臉通紅地說：

「現在，爸爸，媽媽，我要鄭重地說，請你們允許我參軍，因為……這就是我想說的……」

伯爵夫人吃驚地兩眼一翻，兩手一拍，生氣地對丈夫說：

「果然出事了吧！」她說。但伯爵卻很快從激動中冷靜下來。

「夠了，夠了，」他說，「又一個戰士！別胡鬧了！你必須上學。」

「這不是胡鬧，爸爸。奧博連斯基．費佳比我還小，他也要去。再說，反正現在我什麼也學不進去，當……」彼佳慌張地說，「當祖國遭遇危險的時候。」

「夠了，夠了，胡鬧……」

「是您自己說的，我們可以犧牲一切。」

「彼佳，我說，住嘴！」伯爵喊道。他看了一眼妻子，她臉色蒼白地盯著小兒子。

「而我要說。這也是彼得．基里洛維奇要說的……」

「我告訴你，休想！小小年紀就想當兵！」伯爵抓起文件就往外走，「怎麼了？彼得．基里洛維奇，要去吸煙嗎？」

皮埃爾窘迫不安。娜塔莎用興奮的眼神凝視著他，使他陷入了這種狀態。

「不，我該回家了……」

「這怎麼行，您不是要待到晚上嗎？最近您不常來，而且……」伯爵和藹地指著娜塔莎說，「她只有您在的時候才開心。」

「對了，我忘了……我非回家不可，有事情……」皮埃爾匆匆忙忙地說。

「那就再會了。」伯爵說著，走出屋去。

「您為什麼要走？您為什麼心神不安呢？」娜塔莎問皮埃爾。

「因為我愛你！」他想說，但是說不出口，臉紅得幾乎要流下眼淚。

「因為我最好少在這裡出現……因為，不，我只是有事情罷了……」

「不，告訴我。」娜塔莎堅決地說，突然又沉默了。他們兩人都窘迫地望著對方。他默默地吻了她的手，就走出去了。

皮埃爾暗自決定，再也不到羅斯托夫家去了。

21

遭到拒絕之後，彼佳把自己鎖在房間，把眼睛都哭紅了。

第二天，皇帝即將駕臨。彼佳穿戴了很久，打扮得跟大人們一樣，悄悄地從後門出去了。他決定直接去找皇帝，向某個侍從表示自己願為祖國服務的決心，他預先想好了要說的話。

彼佳估計自己能夠自薦成功，因為他是一個孩子，大家都會為他的年幼驚奇不已。聚集在克里姆林宮的人越來越多，彼佳被人群擠到牆上，他用臂肘推了前面那個農婦，她氣憤地喝斥：

「你擠什麼，小少爺？全部人都站著沒動，你擠什麼擠呀？」

「大家都來擠吧！」一個僕役說，也用他的臂肘把彼佳擠到了門邊的角落裡。

彼佳用手擦拭臉上的汗水，整了整被汗浸濕的衣領。

突然間，人們脫下帽子，一直向前衝去，高呼：「烏拉！」彼佳踮起腳尖，但是除了周圍的人群，他什麼也看不見。

所有人的表情都顯得非常感動和興奮，一個站在他身旁的女商販號啕大哭。

「父親！天使！老天啊！」她邊說，邊用手抹去眼淚。

「烏拉！」四面八方的人們都在呼喊。

人群在某個地方停了一會兒，然後又向前湧去。彼佳咬緊牙關，拚命向前擠，一面高喊「烏拉！」在他身邊攢動著的人們也同樣喊著「烏拉！」

「原來這就是皇帝！」彼佳想道。「不行，我不能親自把呈文遞給皇上，這樣太冒失了！」儘管如此，他仍拚命向前鑽；這時人群忽然踉踉蹌蹌往後退，皇帝從宮裡向聖母升天大教堂走去了。彼佳的肋骨被人狠狠地撞了一下，他兩眼發黑，昏了過去。當他醒來時，一個教士把他挾在腋下，用另一隻手臂擋住擠過來的人群。

「把小少爺擠死了！」教士說，「這樣不行！輕一點……擠死人了！」

皇帝進入聖母升天大教堂，人群又安靜下來，教士把面色蒼白的彼佳帶到炮台旁。有幾個人同情彼佳，湊過來照顧他，責罵那些擠他的人。

「這樣會把人擠死。真不像話！瞧瞧這可憐的孩子，臉色白得像塊布！」

彼佳很快就清醒過來，想從炮台上看見回來的皇帝。彼佳現在已經不再想遞呈文了，他覺得只要能看見皇帝，就夠幸福了。

聖母升天大教堂正在為皇帝駕臨和與土耳其談和舉行聯合祈禱。彼佳坐在高高的炮身上，想到皇帝，想到對他的愛戴，心中仍然激動不已。

忽然從河岸傳來禮炮聲，人們紛紛向河岸擁去。彼佳也想往那兒跑，但教士怕他危險，不讓他去。這時從聖母升天大教堂跑出軍官、將軍和侍衛，然後又走出幾個步履從容的人，最後是四個穿制服、佩綬帶的男人。

「烏拉！烏拉！」一群人又高呼起來。

「是誰？是誰？」彼佳哭喪著臉問道，但是沒有人回答。彼佳盯著四個人之中的一個，雖然那個人不是皇帝，但他還是高興得哭了出來，高喊「烏拉！」他決定，無論如何都要當一個軍人。

人群一直跟著皇帝到皇宮，然後就散去了。時間已經很晚，但是彼佳沒有回家，他與剩下的人站在宮殿前面，向宮殿的窗戶張望，他們非常羨慕那些正走進宮殿的達官貴人，也羨慕那些宮廷侍者。

當皇帝吃飯的時候，侍從朝窗外看了看，說道：

「民眾還想再見一見陛下。」

用完午飯，皇帝站起身來走到陽台上。民眾都湧向陽台。

「天使，老天啊！烏拉！父親啊！」彼佳和人們一起喊道。皇帝拿著餅乾，開始從陽台上往下撒，彼佳兩眼充血地跟著人群向前衝去。他不知道為什麼要這樣做，但是他一定要得到那一片餅乾，不惜任何代價。他搶到一塊，嗓子嘶啞地高呼「烏拉！」

皇帝走了，隨後大部分人也散去了。

「我就說嘛！還要再等一等，果然就等到了。」四周的人都快樂地議論著。

離開克里姆林宮後，彼佳沒有直接回家，而是去找他的伙伴奧博連斯基。回到家裡，他十分固執地說，如果不讓他參軍，他就逃家。第二天，老伯爵出門打聽，希望能為彼佳謀一個較安全的職位。

22

十五日早晨，斯洛博達宮門前停著無數的馬車。

大廳裡擠滿了人，有身穿制服的貴族，還有佩帶獎章、留著大鬍子的商人。在皇帝掛像下的一張桌子旁，一些顯貴人士坐在椅子上，許多貴族在大廳裡走來走去。這些人都是皮埃爾每天在俱樂部或是在家裡見過的。

一大早，皮埃爾身著貴族制服來到大廳。他心情很激動，這次集會引起他一連串的關於民約論和法國大革命的聯想。告民眾書中提到，皇帝返回首都是為了與民眾共商國事，這更肯定了他的想法，他認為自己期待已久的重要事件就要來了。

一個穿著退役海軍服的中年男子正在大廳裡說話，四周圍著許多人。皮埃爾傾聽起來。伊利亞·安德烈耶維奇伯爵穿著葉卡捷琳娜時代的將軍服，也走近了這一群人。

這名退役海軍的談話很大膽，他說話帶有一種習慣性的囂張和發號施令的語氣。

「斯摩棱斯克人建議皇帝組織民兵，難道是他們說了算嗎？別忘了一八〇七年的民團！結果得益的只是那些教會人士，再來就是小偷強盜……」

伊利亞·安德烈耶維奇伯爵帶著微笑，贊許地點著頭。

「請問，難道我們的民兵對國家有利嗎？完全沒有！只會糟蹋我們的財產。應該要徵兵，不然兵不像兵，農不像農。貴族們不吝惜自己的生命，人人都去參軍；只要皇上一聲令下，我們全都去為他犧牲！」

伊利亞・安德烈耶維奇越聽越高興，不停地戳戳皮埃爾。皮埃爾也急著想說話，他擠向前去，剛要開口，一個樞密官卻打斷了他的話。

「我認為，閣下，」樞密官說，「我們來此不是討論什麼對國家更有利，我們是來響應陛下的號召的。至於徵兵有利還是民兵有利，我們恭候上意。」

皮埃爾的滿腔熱血忽然有了發洩的機會，他走向前，打算駁斥樞密官那迂腐而狹隘的觀點。

「請見諒，閣下，」他開始說，「雖然我不贊同這位先生……也不贊同這位先生。但是我認為，我們受邀來此，除了表達同情和喜悅，還應該商討救國大計。」他激昂地說，「如果皇上只是看見我們把農奴獻給他，或是親身充當炮灰，而沒有提出救亡的策略，那麼他是不會滿意的。」

許多人聽見皮埃爾大放厥詞，紛紛離開了，但老伯爵卻對他的話很滿意。

「我認為，在討論這種問題之前，」皮埃爾接著說，「我們應當詢問皇上，請他告訴我們，我們有多少軍隊，我軍的作戰情況如何，然後……」

皮埃爾還沒說完，就遭到了三方面的攻擊。一個人說：「閣下，我們無權向皇上詢問此事，其次，皇上也不可能答覆我們。軍隊是要視敵人行動而行動的……」

另一個聲音打斷了他的話。

「而且現在不是議論的時候，」這個人說，「而是要行動。戰火已經蔓延到俄國了，它要消滅俄國，踐踏我們祖先的墳墓，掠走我們的妻女。我們必須行動起來，勇往直前，為沙皇而戰！」

「為了捍衛我們的信仰、皇帝和祖國，俄羅斯人不惜流血犧牲！我們要讓歐洲知道，俄國人是如何保衛祖國的。」

皮埃爾想反對，但一句話也說不出；與其說對方有什麼高見，不如說他的聲音比皮埃爾來得更為響亮。

在那個貴族慷慨陳詞之後，又有許多人發言。有些人說得極好，而且見解獨到，包含《俄羅斯導報》的出版家謝・尼・格林卡。

人群向一張大桌子走去，桌旁坐著幾位七十多歲的達官顯貴，幾乎都是皮埃爾認識的人。講話的人一個接著一個，沒說到話的人也在熱烈的氣氛中絞盡腦汁，試圖想出一些可以說的話。皮埃爾的情緒高昂起來，他不放棄自己的意見，設法作出辯解。

「我只想說，當我們明白什麼是最迫切的需要，我們的犧牲就會更有價值。」

「是的，就要放棄莫斯科了！它將要成為犧牲品！」有人喊道。

「他是人類的敵人！」另一個人喊道。「聽我說，先生們……擠死我了！」

23

這時，貴族紛紛讓出一條路，拉斯托普欽伯爵快速走進了大廳。

「皇上立刻就到，」拉斯托普欽說，「我認為，在目前的情況下，沒有什麼可指責的。皇上降旨將我們和商人召來，那裡已經捐獻出數百萬盧布了，」他指了指商人大廳，「而我們的任務是提供民兵且不吝惜生命……這是我們所能做到的！」

坐在桌旁的高官開始開會了，整個會議都非常安靜，只聽到老人們一個接著一個說「同意」，或是「我也這樣想」，十分沉悶。

最後作出決議：莫斯科貴族和斯摩棱斯克貴族一樣，每千名農奴提供十名民兵。開會的人們彷彿鬆了一口氣，一個個回到大廳閒聊起來。

「皇上！皇上！」突然的喊聲傳遍了整個大廳，所有的人都擁向門口。

貴族們站成了兩堵人牆，皇帝穿過中間的通道走進大廳。有一個人向他報告了剛才貴族做出的決議。

「諸位先生！」他說，「我從來不懷疑俄羅斯貴族的熱忱。然而今天你們的熱忱卻超出了我的想像。我代表祖國感謝你們！諸位先生，我們要立刻行動，時間寶貴——」

皇帝停住了，人群開始湊近他的周圍，到處都是歡喜的讚嘆聲。

「是的，最寶貴的……是皇帝的話。」一老伯爵後面痛哭失聲地說。

皇帝又到商人大廳逗留了十幾分鐘。當他出來時，眼裡含著感動的淚水，兩個商人陪伴在一旁，其中一人不停地說：「既要活命，也要發財，陛下！」

皮埃爾表示，他不在乎任何事，已有犧牲一切的心理準備。他得知馬莫諾夫將要贊助一個軍團，於是也向拉斯托普欽伯爵說他要捐贈一千名士兵和軍餉。

羅斯托夫伯爵含淚對妻子述說了經過的情形，他同意彼佳的請求，並親自去為他登記。

第二天，皇帝離去了。所有出席集會的貴族都脫下制服，再度回到家裡和俱樂部，不時漫不經心地向管家發出組織民兵的命令，並對自己作出的決定感到吃驚。

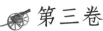

第二部 一八一二年

1

拿破崙之所以與俄國開戰，是因為他不能不被榮耀與地位所迷惑，不能不受到六月早晨誘發出的野心影響，不能不當著庫拉金與巴拉瑟夫的面發怒。

亞歷山大之所以拒絕談判，是因為他感到自己受了侮辱；巴克萊．德．托利之所以努力指揮軍隊，是為了竭盡自己元帥的天職；羅斯托夫之所以躍馬向法軍衝鋒，是因為他在平坦的田野上就忍不住要縱馬馳騁。就像這樣，參加這場戰爭的無數人，都是按照各自的習慣和目的行動。他們認為自己所做的事，都是為了自己而做的，但其實他們無意間成為了歷史的工具。

現在，一八一二年的人物，早已退出歷史的舞台，他們的個人興趣也已消失得無影無蹤，留下的只有當時的歷史後果。

現在，我們已經明白一八一二年法軍覆滅的原因。一是他們深入俄國腹地，卻未作好過冬的準備；二是由於焚燒俄國城市和在俄國人民中激起的仇恨。但是，當時不僅沒有人預見到，人們甚至各自努力，做著對自己不利的事情。

在有關一八一二年的歷史論著中，法國作者總是喜歡提到拿破崙如何感到戰線拉長的危險，如何尋覓決戰的機會，他的元帥如何勸他在斯摩棱斯克按兵不動，並援引一些論據，證明當時法軍就已意識到戰爭的危險性；而俄國的作者則更喜歡談論，從戰役一開始就有一個引誘拿破崙深入俄國腹地的作戰計畫，並且引用筆記、方案和書信為證。但這一切暗示之所以公諸於世，只不過是因為既成的事件證明了它的正確性。如果事件沒有發生，這些暗示就會被人遺忘。關於每一個事件的結局，總是有那麼多的假設，不管事件的結局是什麼，總有人會說：「我早就知道會這樣。」但他們卻忘了，仍然有許多完全相反的意見存在著。

歷史學家牽強附會地將各種推測強加於拿破崙與俄國將領身上，但所有的事實都與這些假設完全相反。在俄國的戰爭時期，不但沒有誘敵深入俄國腹地的意圖，而且打從敵人入侵俄國起，他們就千方百計地阻止法軍深入；而拿破崙不但不怕戰線拉長，反而為自己前進的每一步洋洋得意，也並不急於尋求決戰。

戰爭剛開始，俄國的軍隊就被切斷，他們拚了命地讓軍隊會合，雖然這麼做沒有太大意義。皇帝御駕親征，希望鼓舞部隊堅守國土，而不是撤退。每後退一步，他都要嚴厲責備總司令。可是不但莫斯科遭到焚燒，連斯摩棱斯克都失陷了。皇帝對沒能在城外決戰一事感到憤怒不已。

皇帝是這麼想的，而俄國將帥和人民一想到讓軍隊退回腹地，他們就更加憤慨了。

拿破崙切斷了俄軍，繼續向俄國腹地推進，並放棄了幾次決戰的機會。八月他在斯摩棱斯克一心只想如何推進，我們知道，這麼做顯然是自取滅亡。

事實證明，拿破崙既沒有預見向莫斯科進軍的危險性，亞歷山大也沒有想到引誘拿破崙深入腹地，他們想的完全相反。引誘拿破崙深入俄國腹地，並非出於什麼人的計畫，一切都是偶然發生的。戰爭初期，軍隊力求會合，為了避免和最強大的敵人作戰，不自覺地向後撤退，並把法軍引到了斯摩棱斯克。

皇帝親臨軍隊，是為了鼓舞士氣，但他的優柔寡斷，加上軍事顧問的掣肘，反而破壞了第一軍的戰鬥力，於是軍隊後退了。

他們原打算堅守德里薩陣地，但參謀們卻說服亞歷山大放棄了這個計畫，將一切軍務託付給巴克萊。但是各軍不服巴克萊，使他的權力受到了限制。

由於這種混亂，俄軍表現出猶豫不決，避免了一切戰鬥。

後來皇帝終於離開軍隊，而他的莫斯科之行，又使俄國的軍隊增加到三倍。

皇帝離開軍隊是為了不束縛總司令的權力，但軍隊中的領導地位卻更加紊亂，巴克萊在皇帝的耳目監視之下反而更不自由，對於決定性的行動更加小心，總是避免戰鬥。

巴克萊主張謹慎行事，皇太子卻要求進行一場大會戰。於是，他們決定在斯摩棱斯克前向法軍進攻，正當俄軍對戰場的問題進行爭吵時，正當他們搞錯了法軍的所在地時，敵人已突破涅韋羅夫斯基的師團、並且兵臨斯摩稜斯克城下。

為了挽救我們的交通線，他們在斯摩稜斯克打了一場出乎意外的惡仗，雙方都陣亡數千人，斯摩稜斯克失守了。家破人亡的居民心中燃起對敵人的怒火，向莫斯科逃去。拿破崙繼續前進，我們則向後退，於是正好達成了戰勝拿破崙的條件。

2

兒子離家的第二天，尼古拉·安德烈耶維奇公爵把瑪麗亞叫到他面前。

「怎麼樣，你現在滿意了吧？」他對她說，「你讓我跟兒子吵了一架！滿意了吧？這就是你想要的！滿意了吧？……」此後，公爵生病了，一整個星期都沒有離開書房。

一週後，公爵又恢復了從前的生活，並斷絕了和布里安小姐的一切關係。他的神態和對瑪麗亞冷淡的語氣彷彿在說：「你胡思亂想，向安德烈說我和法國女人的關係，害我跟他吵架；現在你知道了吧？我既不需要你，也不需要她！」

瑪麗亞每天有一半時間和尼古連卡度過，監督他做功課，教他俄語和音樂；另外一半時間則看書、與老保姆或神親們一起消磨時間。

瑪麗亞為參戰的哥哥擔心，她對人們互相屠殺的舉動既感到恐怖，又難以理解，她認為這次戰爭跟過去的所有戰爭都是一樣的。儘管德魯別茨卡婭公爵夫人——朱莉又與她恢復了書信往來，從莫斯科寄來許多愛國的信件，但她仍然不明白這次戰爭的意義。

老公爵從來不談論戰爭，也不承認有戰爭，而且在吃飯時嘲笑提到這次戰爭的家庭教師德薩爾。老公爵的口氣是如此平靜且自信，使得瑪麗亞毫無異議地相信他的話。

整個七月，老公爵都非常積極，顯得朝氣蓬勃。唯一使瑪麗亞感到不安的是，他的睡眠時間變少了，他的習慣也改變了。他每天在不同地方過夜，有時在走廊，有時在客廳的沙發上，有時甚至在食堂裡。

安德烈離開後不久，寄來了一封信，在信中恭順地請求原諒他說的話。老公爵回信給他之後，就與法國女人疏遠了。八月一日，他們收到安德烈的第二封信，這封信是在法軍佔領的維捷布斯克附近寫的，信中簡述了戰役的過程和示意圖，以及他個人的看法。同時，安德烈還提到，他們住的地方接近戰場，十分危險，他建議父親到莫斯科去。

這天吃飯的時候，德薩爾說，他聽說法軍已經入侵維捷布斯克，老公爵頓時想起了安德烈的來信。

「今天收到了安德烈的來信，」他對瑪麗亞說，「你看過了吧？」

「沒有，爸爸。」公爵小姐吃驚地回答，她甚至不知道收到了什麼信。

「他在信裡又談到這次戰爭。」公爵帶著習已為常的輕蔑的微笑。

「想必很有趣！」德薩爾說，「公爵會知道的……」

「啊，很有趣嗎？」布里安小姐說。

「去把信拿來！」老公爵對布里安小姐說，「您知道，就放在小桌子的壓板下。」

布里安小姐高興地跳了起來。

「啊，不用啦！」他大聲說道，「你去吧，米哈伊爾・伊凡諾維奇！」

米哈伊爾・伊凡諾維奇起身到書房去。沒過多久，老公爵也神色不安地親自去取信。

「他們什麼都不會，只會弄得亂七八糟。」

當老公爵回來後，他把信遞給瑪麗亞，命令她大聲朗讀。讀完之後，瑪麗亞疑問地看了看父親，他顯然正在沉思。

「您有何看法？公爵？」德薩爾問道。

「我？我？……」公爵說。好像剛醒過來似的。

「或許，戰場離我們不遠了……」

「哈！哈！戰場！」公爵說，「我說過，戰場在波蘭，敵人永遠不會越過涅曼河的。」

德薩爾大為驚訝，當敵人已經到了第聶伯河，公爵卻還在說涅曼河。但瑪麗亞忘了涅曼河的地理位置，以為父親說的話是對的。

「等冰雪融化的時候，他們就會陷在波蘭的沼澤地裡。」老公爵說。

「但是，公爵，」德薩爾膽怯地說，「信裡提到的是維捷布斯克……」

「啊，信裡提到了嗎？是的……」公爵不滿意地說，「他在信中寫到，法軍是在哪條河上被擊潰的呀？」

德薩爾低下頭。

「公爵在信裡並沒有提到這件事。」他低聲說。

「沒有提到嗎？哼，我才沒騙你呢。」

大家又陷入了沉默。公爵生氣地看了看瑪麗亞和德薩爾一眼，便到房裡去了。

瑪麗亞發現，德薩爾吃驚地看著她的父親，但是她怕問起他沉默不語的原因，而且也怕想到這件事。

傍晚，公爵派米哈伊爾．伊凡諾維奇來取忘在客廳裡的信。瑪麗亞鼓起勇氣，向米哈伊爾．伊凡諾維奇詢問她父親在做什麼。

「在忙！」米哈伊爾．伊凡諾維奇帶著恭敬又譏諷的笑容說，「他看了一會兒書，而現在——」他壓低聲音，「應該在寫遺囑吧！」

「要派阿爾派特奇到斯摩棱斯克去嗎？」瑪麗亞問。

「是啊，他已經等了好久。」

3

當米哈伊爾．伊凡諾維奇拿著信回到書房的時候，公爵正坐在辦公桌旁，讀著將在他死後呈交給皇帝的文件。他把信放到衣袋裡，擺好文件，就把阿爾派特奇叫來。

他在一張小紙條上寫著去斯摩棱斯克要辦的事，接著一面在房裡踱步，一面向站在門邊等候的阿爾派特奇發出命令。

「聽著！信箋，要八組，就是這種，金邊的……，清漆、火漆——按照單子上寫的辦。」

他在房裡走了一會兒，看了看備忘錄。

「然後把信親自交給省長。」

這些指示持續了兩個多小時，公爵仍然不放阿爾派特奇走。他坐下來沉思，打起盹來。

「好啦，走吧，走吧；如果還要什麼，我會再叫你來的。」

阿爾派特奇出去了。公爵又摸了摸辦公桌裡的文件，坐在桌旁寫信給省長。

他寫好了信，想要睡覺，於是叫來了吉洪，與他一起走了幾個房間，以便告訴他今晚該把床放到哪裡。他走來走去，打量著屋裡的每個角落。

他選了休息室大鋼琴後面那個角落。吉洪和一個僕人搬來一張床，開始鋪起來。

「不是這樣！不是這樣！」公爵大聲說道，親自挪動了床的位置。

「好，終於把事做完了，現在我要休息了。」

公爵讓吉洪幫他脫了衣服後，困難地往床上一坐，「唉！多麼困難！哪怕快一點結束這些勞動也好！快放我走吧！」他想。好不容易躺了下來，卻覺得整個床晃來晃去，就像在喘氣一般，幾乎每晚都是一樣。他睜開了剛閉上的眼睛。

「不得安寧，該死的東西！」他埋怨道，「是的，還有一件重要的事，而且非常重要，我特別留到最後才做。是門閂嗎？不，這件事我交待過了。是在客廳裡提到過的，瑪麗亞，德薩爾——他們不知說了什麼。口袋裡有什麼東西——我想不起來了。」

「季什卡！吃飯的時候講過什麼？」

「講到米哈伊爾公爵……」

「別說了，別說了！」公爵用手拍桌子，「是的，我知道了，安德烈的信，瑪麗亞還讀過，德薩爾不知說了維捷布斯克什麼的，現在我來唸。」

他叫人把信從衣袋裡拿出來，便戴上眼鏡，開始讀起信來。他第一次意識到信裡說的事。

「法軍到了維捷布斯克，再過四天就會到斯摩棱斯克了；也許他們已經到了。」

他把信藏好，閉上了眼睛。想起了多瑙河，想起過去與朝臣波將金見面的情景；又想起那位個子不高的皇太后，她親切地接見他時露出的笑容和說的話；想起她在靈柩中的遺容，以及為了吻她的手而與祖博夫發生衝突的事情。

「唉！快點，快回到那個時代去吧，讓現在的一切快點結束吧！叫他們別打擾我，讓我安靜一下吧！」

4

童山在斯摩棱斯克後方六十俄里，離莫斯科大道三俄里。

就在公爵對阿爾派特奇作出指示的那一晚，德薩爾對瑪麗亞說，根據安德烈信中的內容看來，留在童山顯然是不安全的，因此他勸她寫一封信給總督，讓阿爾派特奇帶去斯摩棱斯克，並向她回報戰事的情況，瑪麗亞同意了。

阿爾派特奇接到指示後，就坐上了馬車，準備出發。他的家人與跟班們都出來為他送行。他的女兒把鴨絨坐墊放在他背後和屁股下面，妻子偷偷塞給他一小包東西。然後才由一個馬車伕攙扶著他上車。

「如果有什麼……您就回來吧。看在基督的面上，別忘了我們！」他的妻子喊道。

阿爾派特奇上路了。當他快到斯摩棱斯克時，聽到了遠處的槍聲。他看見有些士兵正在割一片燕麥田，田裡駐紮著一個兵營，這種情景使阿爾派特奇大吃一驚。

八月四日傍晚，阿爾派特奇抵達斯摩棱斯克，住宿在第聶伯河對岸的加欽斯克郊區，費拉朋托夫的旅店裡。十二年前，費拉朋托夫在阿爾派特奇的幫忙下，從公爵手裡買下一片小樹林，開始做生意，如今在城裡已經有了一棟房子、一家旅店和一間麵粉店。他看見了阿爾派特奇，便向他走過去。

「歡迎，歡迎，雅科夫・阿爾派特奇！人家都出城，你卻進城了。」

「為什麼要出城？」阿爾派特奇問道。

「我就說嘛，老百姓太愚蠢！還不是怕法國人！」

「婦人之見！婦人之見！」阿爾派特奇說。

「我也是這樣想。他們已下令絕不讓敵人進來。不過一個人要收三盧布車費，真是喪盡天良！」

阿爾派特奇漫不經心地聽著，他要來一壺茶和草料。喝足了茶之後，便躺下睡著了。整夜，軍隊都不停地從街上走過。

第二天，阿爾派特奇出門辦事。從早晨起就聽得見城外的槍聲，槍聲中夾雜大炮的轟鳴，但街上仍和平時一樣，馬車依舊來來往往，商人站在店鋪裡，教堂做著禮拜。但大家都在談論軍隊，談論已經開始攻城的敵人；大家都在互相探詢該怎麼辦，都在竭力互相安慰。

阿爾派特奇來到總督府，在台階上遇到兩位貴族，其中一個他認識，那個人正激動地說：

「要知道，這不是開玩笑的！」他說，「一家十三口人，還有全部的財產……弄得家破人亡，這算什麼長官呀？……唉！應該絞死這群強盜……」

「夠了！夠了！」另一位貴族說。

「就告訴他我犯什麼法好了！我們又不是狗。」那名貴族說完，回頭看了一下。

「啊，雅科夫．阿爾派特奇，你來幹什麼？」

「奉公爵的命令，前來拜會總督。」阿爾派特奇回答，「派我來打聽戰況。」

「是的，你去打聽吧！」一位地主大聲說，「他們搞得一輛大車也沒了，甚至什麼都沒了！瞧！你聽見了嗎？」他指著傳來槍聲的方向說。

「搞得大家都完了……狗強盜！」他又說了幾句，然後才走下台階。

阿爾派特奇搖了搖頭，便上樓去了。他將兩封信遞給接待室裡的一名官吏。

「這是博爾孔斯基公爵交給阿什男爵的信。」

那位官吏把信接過去。過了幾分鐘，總督就接見了阿爾派特奇，並匆匆忙忙地對他說：

「請告訴公爵和公爵小姐，就說我什麼都不知道，因為我是遵照高層的命令行動的……」

接著他遞給阿爾派特奇一份公文。

「不過，我建議公爵去莫斯科，我也馬上就要走了……」總督話還沒有說完，一名軍官滿身大汗地跑進來，向他說了句話。總督的臉上露出驚駭萬分的神情。

「去吧！」他向阿爾派特奇點了點頭說話後，又開始向那位軍官詢問什麼。返回旅店途中，阿爾派特奇不由自主地聽著距離很近的猛烈槍炮聲。人們神情不安地在街上走來走去。

阿爾派特奇匆匆忙忙回到旅店，他叫醒車伕，吩咐他套馬，然後走進穿堂。在店主的房裡聽見一群人的哭聲和尖叫聲，廚娘正在穿堂裡亂跑。

「打死人了，老闆娘要被打死了！……又打，又拖啊！……」

「為什麼？」阿爾派特奇問。

「她央求離開這裡，於是就被毒打了。又打，又拖呀！」

阿爾派特奇點了點頭，但又不想再聽下去，便朝店主房間走去，因為他買的東西放在那裡。

「你這個惡棍！凶手！」一個瘦削的女人，手中抱著一個孩子，尖叫著從門裡跑出來，費拉朋托夫緊跟在後。一見到阿爾派特奇，便打了個呵欠，尾隨阿爾派特奇進屋去了。

「難道你想走了嗎？」他問。

阿爾派特奇沒有回答他，只顧檢查自己買的東西，問店主應付多少房錢。

「怎麼樣，到總督那裡去了嗎？」費拉朋托夫問，「有什麼決定嗎？」

阿爾派特奇說，總督根本沒對他說什麼。

「幹我們這一行的，難道搬得走嗎？」費拉朋托夫說。「租輛大車到多羅戈布日得付七個盧布。所以我說他們喪盡天良！」他說。

套馬的時候，阿爾派特奇和費拉朋托夫一同喝茶，討論糧價、收成和好天氣。

「終於停下來了！」費拉朋托夫說，「一定是我們打贏了，我們有實力……據說，前幾天馬特維・伊凡諾維奇・普拉托夫把他們趕到了馬里納河裡，淹死了一萬八千個人呢！」

阿爾派特奇收拾好買的東西，交給車伕，與店主結清了帳，便駛出了大門。

時間已過了正午了，街的一半是陰影，另一半則被太陽照得明亮。阿爾派特奇朝窗外望了一眼，突然聽見遠方傳來呼嘯聲和碰撞聲，隨後又傳來一陣炮彈的隆隆聲。

四面八方傳來了炮彈的轟隆聲，以及落在城內的榴彈爆炸聲，但是比起城外的槍炮聲，幾乎沒有人注意它們。這是拿破崙在下午四點發出的命令，他下令用一百三十尊大炮轟擊這座城市。當時，老百姓還不理解這次轟炸的意義，只是感到好奇罷了。

費拉朋托夫的妻子抱著孩子朝門口走去，傾聽著槍炮聲。廚娘和一個伙計也來到門口。大家都懷著愉快的心情，好奇地看著從他們頭頂飛過的炮彈。

「這威力真大！」有一個人說，「把屋頂和天花板都打得粉碎。」

「真厲害！好大的威力！」

「好在你跳開了，否則會把你炸得稀巴爛！」

這時，又有一些炮彈不停地從空中飛過。阿爾派特奇坐上馬車走了，店主仍站在門前。

「沒什麼好看的！」他對廚娘喊道。

「這真奇怪！」廚娘說道，走了出去。

又響起了呼嘯聲，這一次離得很近，只見街心火光一閃，不知什麼東西爆炸開了，街上頓時瀰漫著硝煙。一瞬間，四面八方的婦女都悲慘地呼號，小孩也驚恐地哭起來，人們都聚集在廚娘的周圍，聽得見她的呻吟聲和說話聲。

「唉喲，我的好人啊！別讓我死啊！我的好人啊！……」

廚娘被榴彈碎片打傷了大腿，她被抬到廚房裡。阿爾派特奇、他的車夫、費拉朋托夫的妻兒們都躲到地窖裡聽著外頭的動靜，隆隆的炮聲和廚娘的哀號聲一刻也沒有停止過。

接近黃昏時，炮彈聲開始平靜下來。阿爾派特奇走出地窖，站在門口。城市的上空變得寂靜了，只剩下滿城的腳步聲、呻吟聲和喊叫聲。穿著各種制服的士兵，散亂地朝著不同的方向跑去。

「這個城市放棄了，走吧！走吧！」一個看見他的軍官說道。

阿爾派特奇回到屋裡，吩咐車伕趕車上路，費拉朋托夫一家也跟著阿爾派特奇走出來，婦女們看著濃煙與大火哭起來了，街道各處也傳來了一樣的哭聲。

費拉朋托夫的店裡有十來個士兵，一面大聲說話，一面把麵粉和葵花子裝進口袋和背包。費拉朋托夫看見他們之後，愣了一下，又哭又笑起來。

「把東西都拿走吧！弟兄們！不要留給魔鬼！」他喊道，並親自搬了幾袋麵粉扔到街上。

「完了！俄羅斯！」他大喊大叫，「阿爾派特奇！完了！我要親自放火，完了……」

士兵川流不息地在街上走著，堵住了阿爾派特奇的路，他不得不停下等待。費拉朋托夫的妻子也帶著孩子們坐在一輛大車上等待。

已經是夜晚了。阿爾派特奇的車輛在通往第聶伯河的斜坡上緩緩移動著，幾處住宅和店鋪在燃燒著，阿爾派特奇看見幾個士兵從火場裡拖出一段著火的圓木，又有幾個人抱著乾草到街對面的院子裡去。

「阿爾派特奇！」突然，一個熟悉的聲音叫了他的名字。

「我的天啊，原來是公爵大人！」阿爾派特奇立刻聽出這是誰的聲音。

安德烈穿著外套，騎著一匹烏黑的馬，正在人群後面望著阿爾派特奇。

「你怎麼到這裡來了？」他問。

「公爵大人！」阿爾派特奇哭了起來，「公爵大人，我們完了嗎？我的上帝！」

「你怎麼到這裡來了？」安德烈又問。

阿爾派特奇解釋了自己是如何被派來這裡。

「怎麼樣，公爵大人，我們真的完了嗎？」他又問。

安德烈沒有作回答，他掏出筆記本，撕下一頁紙，在上面寫了給妹妹的訊息：

> 斯摩棱斯克要放棄了！一週之後童山就會落入敵手。你們立刻動身去莫斯科。告訴我何時上路，並派一名信使去烏斯維亞日。

他把便條交給阿爾派特奇，並交待他如何安排家人上路，如何回信。他還來不及說完這些指示，便有一個參謀長向他疾馳而來。

「您是團長嗎？」一個安德烈熟悉的聲音說道，「房子當著您的面失火，您卻站著不動？這是什麼意思？您必須要負責！」貝格叫嚷道。他現在是第一軍步兵左翼司令官的副參謀長。

安德烈沒有回答他，繼續向阿爾派特奇說：

「告訴他，要是十日我還沒得到他們啟程的消息，我就要親自回童山一趟。」

到巷子裡去了。

「公爵，原諒我……我職責所在，」貝格認出了安德烈，辯解道。

「那麼，」安德烈又向阿爾派特奇說，「把我說的一切轉告他們。」他一句話也沒有回答貝格，便策馬走到巷子裡去了。

5

斯摩棱斯克的大火和棄守，對安德烈來說是一個重要轉捩點，一種新的仇視敵人的感情使他忘了自己的悲痛。他全神貫注於軍團事務，關心自己的士兵和部屬。但也只有在和本團的人相處時才是善良而溫和的；一旦他遇到從前的舊識或是司令部的人，又會立刻變得兇狠好鬥。所有讓他聯想起過去的東西，都使他反感。

在安德烈眼裡，一切都處於黑暗和憂鬱之中——尤其是八月六日放棄了斯摩棱斯克之後，他的老父親不得不逃往莫斯科，拋棄他經營多年的童山，任由敵人劫掠。八月十日，他的軍團行至靠近童山的地方，安德烈已於兩天前得知家人去了莫斯科的消息，但他仍決定到童山去一趟。

他騎著馬來到父親的鄉村，那裡現在已經一個人影也沒有。看門人的小屋空無一人，花園的小徑已被雜草淹沒，牲畜在莊園裡遊蕩。

安德烈走到住宅前，一個童僕看見他，立刻跑進住宅去了。阿爾派特奇送走家眷後，獨自一人留在童山。他正坐在屋裡讀一本《聖徒傳》。聽說安德烈回來，連忙走出宅院，來到公爵身邊，吻他的膝蓋，一句話不說地哭了起來。

之後，他開始報告各種事務：貴重物品都已運往博古恰羅沃。糧食約有一百俄石，也已運走。乾草和春播作物，還沒成熟就被軍隊徵收了。農奴們都破產，有人去了博古恰羅沃，也有人留下來。

安德烈不等他說完，便問道：

「父親和妹妹是什麼時候去的？」阿爾派特奇回答七號——其實那是去博古恰羅沃的日子。

「如果您覺得院子裡雜亂無章，」阿爾派特奇說道，「那是沒辦法的，有三個團經過這裡，特別是龍騎兵。我記下了指揮官的名字，以便告他一狀。」

「你有什麼打算？留下來嗎，敵人來了怎麼辦？」安德烈問他。

阿爾派特奇看著安德烈公爵，突然莊嚴地舉起一隻手。

「上帝是我的保護人，聽從他的意旨！」他說。

「唉，再會了！」安德烈在馬背上對他說，「你也走吧！能帶的都帶上，把人都打發到梁贊或莫斯科附近的莊園去。」

他離開了童山，在大路上趕上正在休息的軍團。當時已經午後一點多，太陽透過黑外衣烘烤著他的背脊，令人難受。在隊伍經過堤壩時，安德烈聞到池塘的綠藻和清涼的氣息，赤裸的士兵在池中又笑又叫地玩水。岸上、堤壩上和池塘裡，到處都是脫光的肉體。紅鼻子的軍官季莫欣在堤上擦拭身體，看到公爵時，難為情地對他說：

「真是痛快，閣下，您也來吧！」他說。

「太髒了。」安德烈皺了皺眉頭說。

「我們馬上為您清場！」季莫欣還未穿上衣服就跑走了。

「公爵要來洗了！」

「哪個公爵？我們的公爵嗎？」大家都急忙地爬出池塘，安德烈好不容易才阻止了他們。

「肉，軀體，炮灰！」他在棚子裡沖澡時心想，全身哆嗦起來，不是因為寒冷，而是因為看到眾多裸體在池塘裡洗澡，產生了一種無法理解的厭惡和恐怖。

6

自從一八〇五年以來，俄國與拿破崙結盟又斷交，多次立了憲法，又廢除它；但安娜．帕夫洛夫娜的沙龍和海倫的沙龍卻一如往常。在安娜那裡，人們困惑地談論波拿巴的成功，並將他的成功歸咎於某種惡毒的陰謀。而在海倫那裡，人們興奮地談論著法國民族和拿破崙的偉大，並遺憾地看待與法國的決裂。

在皇帝離開軍隊之後，這兩個對立的沙龍集團出現了相互指責的情況。安娜．帕夫洛夫娜的集團表現出愛國的思想，他們專心地注視戰事進展，並傳播對俄軍有利的新聞。在海倫的圈子裡，關於戰爭和敵人殘酷的傳聞往往受到駁斥，他們盡情討論各種與拿破崙求和的可能性。

皇帝抵達彼得堡後不久，瓦西里公爵在安娜的客廳中嚴厲譴責巴克萊．德．托利，但被問到該由誰當總司令時，他又猶豫不決。一位客人提到了彼得堡民團司令庫圖佐夫在省稅務局召開的徵兵會議，並表達了自己的看法：庫圖佐夫是一個不錯的人選。

安娜笑了笑，指出庫圖佐夫除了為皇帝製造不愉快之外，什麼也沒做過。

「我也在貴族會議上一再說過，」瓦西里公爵插嘴道，「我說推舉他當民團司令會使皇上不悅。但沒有人聽我的。」

「呵，庫圖佐夫伯爵，俄國最老的將軍，在稅務局召開會議適當嗎？難道一個不能躍馬揚鞭的、開會打瞌睡的、脾氣最壞的人可以當總司令嗎？難道這種時刻可以任命一個老朽的瞎子嗎？他什麼也看不見！」

沒有人發出異議。

這在七月二十四日是所有人的共識。二十九日，庫圖佐夫被加封公爵頭銜。八月八日，由重臣們組成的委員會討論戰爭事宜。他們一致認為，戰事不利原因在於缺乏統一指揮，雖然委員會知道皇帝不喜歡庫圖佐夫，但在商議之後，仍推舉庫圖佐夫為總司令。因此，就在那一天，庫圖佐夫被任命為俄軍的全權總司令。

八月九日，瓦西里公爵又在安娜·帕夫洛夫娜家出現了，他像一個勝利者那樣喜氣洋洋，「你們可知道一個重大消息？庫圖佐夫成為元帥了。我真高興！」瓦西里公爵說，「他畢竟是個人才。」

之前那名客人忍不住提醒公爵他曾發表過的言論。

「但是聽說他眼睛瞎了，公爵？」他使瓦西里公爵想起他說過的話。

「呃！胡說，他看得相當清楚，放心吧。」瓦西里公爵咳嗽著說道，「我之所以高興，是因為陛下授予他掌握全國軍隊的權力。從未有人得到過這種殊榮啊！」他露出勝利的微笑。

「但願如此，但願如此。」安娜說道。

「據說，陛下不情願授予庫圖佐夫這一權力。當庫圖佐夫被告知『皇帝與祖國賜予您這一榮譽』時，他的臉紅得就像聽到情詩的姑娘那樣。」

「或許不完全合他的心意。」安娜說。

「噢！不，不，」瓦西里公爵激烈地偏袒庫圖佐夫，「不，這不可能，因為皇上從以前就賞識他。」

「但願庫圖佐夫公爵能不負眾望，不讓任何人攪局。」安娜說。

瓦西里公爵明白了她指的是誰，他低聲地說：

「我已獲悉，庫圖佐夫提出讓皇太子離開軍中作為條件。你們知道他對皇上說了什麼嗎？」瓦西里公爵複述道，「『如太子行為不軌，臣不便處罰他，反之，亦不便獎賞他。』啊！真是太聰明了，庫圖佐夫公爵，我早就說了。」

「他們甚至說，」客人說，「公爵要皇帝不要親自駕臨軍隊。」

這個人話剛說完，瓦西里公爵和安娜·帕夫洛夫娜就轉過身去，為他幼稚的談吐而嘆息，兩人憂鬱地交換了一下眼神。

7

在此同時，法軍已開過斯摩棱斯克，越來越逼近莫斯科。繼斯摩棱斯克之後，拿破崙先在多羅戈布日以西的維亞濟馬附近，然後又在察列沃—札伊米希附近尋求會戰，但直到博羅金諾——離莫斯科只剩一百二十俄里處，俄軍仍不交戰。拿破崙從維亞濟馬下令，朝莫斯科前進。

拿破崙騎著馬，由護衛、侍從和副官陪同，從維亞濟馬前往察列沃—札伊米希。參謀長貝蒂埃留下來審問俄軍俘虜。他在翻譯官的陪同下，縱馬追上拿破崙，滿臉高興地勒住了馬頭。

「呃，怎麼了？」拿破崙問。

「一個哥薩克說，普拉托夫軍團正與主力軍會合，庫圖佐夫就任總司令。」

拿破崙微微一笑，他吩咐帶那名哥薩克來見他。一個小時後，傑尼索夫讓給羅斯托夫的農奴拉夫魯什卡騎在法國騎兵的馬上，帶著一張狡黠、快活的面孔來見拿破崙。

「您是哥薩克？」

「是的，大人。」

拉夫魯什卡某天被派到鄉間去買雞，卻因為喝醉搶劫而被法軍俘獲。他輕而易舉地認出了拿破崙，但一點也不驚惶失措，只想著如何為新的主人效勞。

他隨口說出在勤務兵之間的閒聊，當拿破崙問他俄國人是否覺得自己有勝算時，拉夫魯什卡瞇起眼睛，皺著眉頭沉思起來。

「是這樣的，如果有會戰，」他邊想邊說，「假如會戰在三天前爆發，法國人就會贏，但如果在三天之後呢？那只有上帝才知道會怎樣了。」

翻譯官微笑著轉達了他的話，拿破崙並沒有笑，但他心情顯然很愉快，並吩咐重說一遍。拉夫魯什卡發覺了這一點，為了取悅拿破崙，故意裝成不知道他是誰的樣子。

「我們知道你們的皇帝，他打敗了世界上所有的人，但對我們來說，情況卻不同……」他說。波拿巴微笑了，他轉身對貝蒂埃說，他想告訴這個俘虜，他眼前的談話對象正是皇帝本人，看他會有什麼反應。

拉夫魯什卡為了討好新的主人，立刻裝出驚詫慌亂的樣子，就像他被鞭笞時露出的表情。拿破崙賞賜哥薩克，並下令還他自由。

拿破崙繼續往前走，一邊想著那個令他嚮往的莫斯科。拉夫魯什卡回去尋找其他的哥薩克兵，打聽到了普拉托夫軍團在哪裡，傍晚便在揚科沃找到了自己的主人尼古拉·羅斯托夫。

8

如同安德烈所想像的，他的妹妹瑪麗亞不曾到過莫斯科，也沒有脫離險境。

在阿爾派特奇從斯摩棱斯克回來之後，老公爵突然像醒過來一樣，下令從各鄉召集民兵並加以武裝，同時又寫一封信給總司令，誓言留下來保衛童山，並向家人宣布，他絕不離開童山。

公爵本人留在童山，但是他要女兒和德薩爾帶領小公爵經博古恰羅沃到莫斯科去。瑪麗亞不能丟下父親不管，她生平第一次違抗他，拒絕出發。公爵對她大發雷霆，但也沒有強令把她帶走。

在尼古連卡走後的第二天，老公爵身著軍裝，正要去見總司令。瑪麗亞坐在窗邊，傾聽著從屋外傳來的聲音。突然間，從林蔭道上跑來幾個驚慌失色的人。

瑪麗亞立刻跑出門外，一群民兵和家僕迎面而來，扶著一個身著軍裝的老頭。瑪麗亞朝他飛奔過去，她看到父親先前那種嚴厲果斷的表情，已變成一副怯懦和屈服的表情。他看到女兒之後，動了動無力的嘴唇，發出微弱的聲音。人們把他抬進書房，安放在沙發上。

醫生在當天夜裡給他放了血，並說明公爵罹患中風，右半身不遂。

留在童山已經越來越危險了，公爵中風的隔天就遷往博古恰羅沃，醫生也跟著去了。當他們前往博古恰羅沃時，德薩爾已帶領小公爵動身前往莫斯科。

癱瘓的老公爵在博古恰羅沃的安德烈宅邸中躺了三個星期，病情沒有好轉，也沒有惡化。老公爵昏迷不醒，他不停地嘟噥著什麼，眼眉和嘴唇抽動著，彷彿很痛苦，想說出什麼話。

醫生說，這種躁動不安並不意味著什麼，但瑪麗亞想到，當她在他面前時，他總是更加躁動不安，她猜想父親想對她說些什麼。

治癒已無希望，也不可能遷往他處，因為有在路途中死去的風險。「是不是結束更好一些？結束吧！」瑪麗亞有時想道。她不分晝夜地守護著父親，奇怪的是，她總是不希望發現病情好轉的跡象，而希望發現臨近結局的跡象。

對瑪麗亞來說，更可怕的是，自從她父親生病之後，她內心多年來深藏的願望——沒有嚴父的自由生活、愛情和家庭幸福，都在她心中甦醒過來了。有一個問題在她腦海裡揮之不去，那就是父親去世後，她該如何安排自己的生活？公爵小姐試著禱告。然而她祈禱不下去，她感到自己已完全置身於一個世俗的、勞碌的、自由的世界，這個世界與先前禁錮她的精神世界完全相反。

博古恰羅沃也變得危險起來了，從四面八方傳來法國人迫近的消息，在十五俄里外的一個村莊已遭到法國士兵的搶劫。

醫生堅持把公爵遷到遠處；首長也派一名官員來見公爵小姐，勸告她儘早離開。警察局長也來了，他說，如果公爵小姐不在十五日之前帶著父親離開，那麼他將不負任何責任。

公爵小姐決定十五日動身，她忙著作好各種準備。從十四日夜裡，她從公爵的隔壁房間裡聽到了他的悶哼聲，以及吉洪和醫生替他翻身的聲音。好幾次她走近房門，想進去看看，卻又不敢進去。

她從來沒有如此憐惜、如此害怕失去他。她回憶起和他生活的日子，在這些回憶中間，魔鬼的誘惑——全新的自由生活，時時浮現在她的想像之中。她以厭惡的心情驅散這些念頭。快到早晨的時候，他安靜了下來，她也睡著了。

她睡得很晚，醒來之後，又在門外側耳傾聽屋裡的聲音，她聽見他仍在喘息，她嘆了一口氣。

「不然要怎樣呢？我希望他怎麼樣呢？我希望他死！」她懷著厭惡自己的心情叫道。

她整理好儀容，唸完了祈禱詞，然後就走到門廊上，那裡正停著幾輛馬車，人們把東西搬上車。瑪麗亞站在門廊上，她要在進屋看父親之前，整理一下自己的思緒。

醫生下樓向她走來。

「他今天好些了，」醫生說，「可以聽得出他在講什麼，他的頭腦清醒一點了。我們一起去吧，他正在叫您呢……」

一聽到這個消息，瑪麗亞的心一下子劇烈地跳動起來，臉色變得蒼白，為了不致暈倒，她倚靠在房門上。

「我們走吧。」醫生說。

瑪麗亞來到父親床前。他仰臥著，左眼直盯著天花板，右眼歪向一邊，眉毛和嘴唇一動也不動，整個身子變得又瘦又小。瑪麗亞吻了他的手，他用左手握住她的手，眉毛和嘴唇憤怒地抽動著。

她惶恐不安地望著他，希望猜出他有什麼指示。他開始說話了，他用懇求的目光看著她，顯然怕她可能聽不懂自己說的話。

「呵呵——波依……波依……」他重複了好幾次。

瑪麗亞無論如何也不能搞懂這些話。醫生問道：「公爵小姐害怕嗎？」他搖了搖頭表示否認，又重複發出同樣的聲音。

「心裡，心裡難過。」瑪麗亞猜測著說道。他肯定似地發出一種含糊的聲音，抓住她的手按在他胸前。

「整顆心！都在想你……整顆心。」他的聲音比以前更清楚了。瑪麗亞把頭貼在他的手上，極力隱藏住她的啜泣聲和眼淚。

他用手撫摸著她的頭髮。

「我整夜都在叫你……」他說。

「要是我知道……」她流著眼淚說道，「我不敢進來。」

他握著她的手。

「你沒有睡嗎？」

「沒有，我沒有睡。」瑪麗亞否定地搖了搖頭。

「親愛的……」他或許是說，「好孩子……」瑪麗亞弄不懂他說的話，但她看得出，他大概說了一句從未說過的溫柔的話，「為什麼不進來呢？」

「而我希望，希望他死去！」瑪麗亞心想。他沉默了一會兒。

「謝謝你……女兒，好孩子……為了一切，謝謝……原諒……謝謝！……」淚水奪眶而出。

「去把安德留沙叫來。」他突然說，但似乎也知道這個要求是沒有意義的。

「我收到他的一封信。」瑪麗亞回答道。

他驚訝而膽怯地看著她。

「他在哪裡？」

「他在軍隊裡，爸爸，在斯摩棱斯克。」

他閉上眼睛，沉默了一陣子；然後，彷彿明白了一切似地點了點頭，又睜開眼睛。

「是啊，」他說道，「俄國完了。他們把她給毀了！」他又閉上了眼睛，流下眼淚。瑪麗亞再也無法克制自己，看著他的臉，哭了起來。

隨後他又睜開眼睛，說了一些什麼話。只有吉洪一個人聽懂：

「穿上你的那件白色裙子，我喜歡它。」他說。

瑪麗亞放聲大哭，醫生把她扶到陽台上，勸她冷靜並準備動身的事。當她離開房間後，公爵又說起兒子，說起戰爭、皇帝，相當激動。於是，他的中風再次發作了，這也是最後一次。

瑪麗亞感到她從未這樣熱愛她的父親。她哭著跑向花園，沿著林蔭小道向池塘跑去。

「是的……我希望他死，我希望快點結束……我想得到寧靜……我將來會怎麼樣呢？當他不在以後，寧靜又有什麼用呢？」她在花園裡轉了一圈，又來到住宅前。這時她看見布里安小姐（她不願離開博古恰羅沃）帶著本地的首長迎面走來，他親自來催促公爵小姐離開此地。瑪麗亞把他請進屋裡用早餐，然後向他道了歉，就起身往老公爵的房門走去。

醫生面色驚慌地出來，對她說現在不能進去。

「走吧，公爵小姐，走吧，走吧！」

瑪麗亞又回到花園裡，在那裡坐了一陣子。她的女僕杜尼亞莎忽然沿著小徑跑過來，一看見小姐的神色，好像受到驚嚇一樣停住了腳步。

「請您，公爵小姐……公爵……」杜尼亞莎斷斷續續地說。

「我現在就去，就去！」公爵小姐說道，不等杜尼亞莎說完，她就往家裡跑去。

「公爵小姐，這是上帝的旨意，您應該做好一切準備。」首長在門口對她說。

「不要管我，這不是真的！」她憤怒地對他吼道，一把推開醫生，朝門裡跑去，「這些人為什麼攔著我？我不需要任何人！他們在這裡幹什麼？」她推開門，屋裡有幾個婦女和一個保姆，她們為她讓出一條路。公爵依然躺在床上，安詳的臉上露出嚴厲的表情。

「不，他沒有死！這不可能！」瑪麗亞克制著恐懼走近他面前，把嘴唇貼近他的面頰，但是她立即向後縮了回來，一瞬間，她心中的柔情被恐懼完全取代，「完了，他不在了！他死了！」瑪麗亞雙手捂著臉，倒在醫生的手臂上。

他們清洗了他的遺體，為他穿上佩戴勳章的制服，把遺體安放在一張桌子上。他的棺材周圍點燃了蠟燭，地板上撒了杜松枝，頭顱下墊著一張禱文，由一名教堂的助祭為他唱讚美歌。

家人和外人都擠在客廳裡，擠在棺材周圍。他們畫著十字，鞠躬、親吻老公爵冰涼而僵硬的手。

9

阿爾派特奇是在老公爵臨終前不久來到博古恰羅沃的。他發現這裡的人之間有一種激動不安的情緒，這與童山的情況完全相反——那裡方圓六十哩內的農民都逃走了，他們把村莊留給哥薩克破壞。而在博古恰羅沃周圍的草原地帶，據說他們跟法國人有所協議，都停留不動。他聽說一個外地來的消息，說哥薩克破壞了那些居民逃走的村莊，而法國人卻不動他們一根毫毛；還有一個農民昨天從法軍佔領的維斯洛烏霍沃村帶回一張法國將軍頒發的佈告，上面說只要居民留在原處不動，他們就不會加害居民，凡是從居民手中取得東西，一律照價付錢。事實上，他們支付的全是假鈔。

最重要的是，阿爾派特奇知道，就在村長把公爵小姐的行李從博古恰羅沃運走的當天早上，村裡舉行了一次集會，並作出暫緩搬遷的決定，但時間已不允許再等。在公爵去世的八月十五日，首長極力勸說瑪麗亞立即動身；他答應隔天公爵下葬時再來，但他沒有來，連夜帶著家人和貴重物品走了。因為根據他們得到的消息，法國人正出人意料地向前推進。

村長德龍管理博古恰羅沃已經三十多年，他是一名身強體壯的農民，滿臉大鬍子，雖然已經六、七十歲，但仍然像年輕人一樣剛健有力。

農民們怕他，勝過怕自己的主人——老公爵、小公爵，以及管家。他在任職期間沒有醉過一次酒，也沒有生過一次病；就算一連幾天不睡覺，或是做了多麼勞累的活，也從來沒露出過一絲倦容；他雖然目不識丁，卻從來不曾忘記一筆帳。

在老公爵下葬的那一天，從童山來的阿爾派特奇喚來德龍，吩咐他為公爵小姐的準備十二匹馬和十八輛馬車，以便離開博古恰羅沃。此地有二百三十戶交免役稅戶，他們都很富裕，阿爾派特奇估計這個命令不會有什麼困難；然而，村長聽到這個命令，卻默默地低下頭，回答說，這些農民沒有馬，都去為政府運輸了，不僅沒有馬匹可拉行李，連拉車的馬也弄不到。

阿爾派特奇皺著眉頭看了看德龍，他立刻明白，德龍的回答並不代表他本人的意志，而是代表博古恰羅沃村裡普遍的情緒，這位村長已屈服於農民的這種情緒。然而，他也看出，德龍正在地主和農奴兩個陣營之間搖擺不定。他向他走近了一些。

「聽著！德龍努什卡，你少說廢話。安德烈·尼古拉耶維奇公爵大人親自吩咐過，全體百姓都得走，不能留在敵人佔領區，沙皇也下了同樣的命令。誰敢留下，誰就是叛徒。聽見沒有！」

「聽見了！」德龍漫不經心地應道。阿爾派特奇對這聲回答不滿意。

「唉！德龍，不會有好下場的！」阿爾派特奇搖著頭說。

「全聽您的！」德龍悲哀地說。

「唉！德龍，別說了！」阿爾派特奇指著德龍的腳下，「我不但看穿你，還看穿你腳下三尺的土地。」

德龍慌了起來，他偷看阿爾派特奇一眼，又低下頭。

「廢話少說，去通知百姓收拾好，準備前往莫斯科。明天一大早就把車子準備好，你不准去參加集會，聽見沒有？」

德龍突然跪下來。

「雅科夫·阿爾派特奇，把我免職吧！看在耶穌的份上，把我免職吧！」

「少來這套！」阿爾派特奇嚴厲地說，「我可以看穿你腳下三尺的土地！」

德龍站起身，想要說點什麼，但是阿爾派特奇阻住了他。

「您怎麼會來這裡？哼？您是怎麼想的？哼？」

「我能拿百姓怎麼辦呢？」德龍說，「全都瘋了，我也是這麼對他們說的……」

「他們在喝酒？」阿爾派特奇簡短地問了一句。

「全都發瘋了。他們又弄來一桶。」

「聽著，我到警察局長那裡去，你去管一下百姓，叫他們不要做這種事，把車子準備好。」

「我知道了。」德龍回答道。

雅科夫．阿爾派特奇不再堅持了。他知道，使人們服從的最主要手段就是不向他們流露出懷疑。雖然他對德龍的回答感到滿意，但他不僅懷疑，甚至完全不相信他們能弄到馬車。

果然，到了晚上，馬車並未來到。在村中的酒館旁又舉行了一次集會，會上決定把馬趕到森林中去，並且不交出馬車。阿爾派特奇沒有把這件事告訴公爵小姐。他吩咐把從童山來的馬車上屬於他的行李全部卸下，並把馬套在公爵小姐的馬車上，之後就親自去找地方長官了。

10

父親安葬後，瑪麗亞把自己關在房裡，不許任何人進來。女僕來到門外請示出發的事。瑪麗亞卻朝門口的方向說，她哪裡也不去，叫人不要來打擾她。

瑪麗亞面對牆壁躺著，她那模糊的思緒集中在一點上：父親的死，以及她在父親患病期間表現出的卑鄙。她想祈禱，但又不敢這麼做，就這樣躺在床上。

忽然，她的思路停住了。她毫無意識地坐起身，站起來走到窗前，晚風送來了新鮮的空氣，她不由得深深吸了一口。

「是的，現在你可以隨心所欲欣賞傍晚的風光了！他已經不在了，誰也不會打擾你了。」她心想。

有人從花園的方向輕聲呼喚她的名字，她抬頭看了看，原來是布里安小姐。她悄悄走到瑪麗亞面前，一邊吻她，一邊哭了起來。瑪麗亞想起過去跟她的一切衝突、對她的猜疑，以及公爵近來對她的態度；瑪麗亞感到自己對她的責備是多麼不公平。「難道我沒有盼著他死嗎？我有什麼資格責備別人呢！」她想道。

她想起布里安小姐的處境，心裡對她憐憫起來。她溫和而疑惑地看看她，遲疑地伸出手。布里安小姐立刻又哭起來。

「你的處境好可怕，親愛的小姐，」布里安小姐說道，「我明白，你從不會想到自己，但是由於我愛您，我必須這麼做……阿爾派特奇來過這兒嗎？他和您提過動身的事嗎？」

瑪麗亞沒有回答。她不明白是誰要走，要到那裡去，「現在還能做什麼，想什麼呢？難道不是都一樣嗎？」她沒有吭聲。

「您知道嗎，親愛的瑪麗亞，」布里安小姐說，「我們的處境十分危險，我們被法國軍隊包圍了，現在出發一定會被俘虜，天知道……」

瑪麗亞望著她的女伴，不清楚她在說些什麼。

「唉！真希望有人瞭解我，我現在對一切都不在乎，」她說。「當然，我無論如何都不願離開他……您去和阿爾派特奇談吧，我現在對什麼都無能為力，也不想管……」

「我和他談過，他希望我們明天就走。可是我認為，現在最好留下，」布里安小姐說，「因為，要是落入士兵或是暴民手裡——那太可怕了！」布里安小姐從手提包裡取出一張法國將軍的佈告，上面曉諭居民不得離家逃走，法國政府將給予應有的保護。

「我想，最好還是求助這位將軍，」布里安小姐說，「我相信他會給您應有的尊重。」

瑪麗亞讀了那張佈告，無聲的哭泣使她的臉頰抽搐。

「您是從誰手裡拿到這個的？」她說。

「大概他們從我的名字看出我是法國人。」布里安小姐紅著臉說。

瑪麗亞臉色蒼白，她拿著佈告站起來，走到安德烈以前的書房裡。

「杜尼亞莎，去叫阿爾派特奇、德龍努什卡，或是什麼人過來！」瑪麗亞說，「告訴阿馬利婭·卡爾洛夫娜，不要來見我。」她聽見布里安小姐的說話聲，又說，「要趕快走！快點走！」一想到她可能留在法軍佔領區，她就不寒而慄。

「要是讓安德烈知道我落入法國人手裡，那還得了！要尼古拉．安德烈耶維奇．博爾孔斯基公爵的女兒去向拉莫將軍請求保護，那怎麼行！」她越想越害怕，感到從未體驗過的憤怒和驕傲。她想像即將面臨的處境是多麼地困難、屈辱，「那些法國人住在這個家裡，拉莫將軍佔著安德烈的書房，翻弄他的書信和文件來取樂；布里安小姐恭恭敬敬地招待他，他們賞我一個房間；士兵們挖掘我父親的墳墓，取走他的十字架和勳章；他們對我講述打敗俄國人的經過，假裝同情我的不幸……」對於她個人來說，不論遭遇什麼下場都無所謂，但她卻認為自己代表著父親和哥哥，她不由得用他們的思維來看待事情。她那隨著父親去世而消失的求生欲望，突然以前所未見的力量出現了。

她激動得滿臉通紅，時而呼喚阿爾派特奇，時而呼喚米哈伊爾．伊凡諾維奇、吉洪、德龍。阿爾派特奇到警察局去了，米哈伊爾．伊凡諾維奇睡眼惺忪，什麼也回答不出來。老僕人吉洪正深陷悲哀之中，對瑪麗亞所有的問話一律回答「是的」，幾乎就要大哭起來。

最後，德龍走進房間，他向公爵小姐深深地鞠了一躬，在門邊站住了。

「德龍努什卡，」瑪麗亞，「德龍努什卡，現在，在我們遭遇不幸之後……」她剛開始說，就停住了，再也沒有力氣說下去。

「一切都按上帝的安排。」他嘆息著說。兩人沉默了一會兒。

「阿爾派特奇不知去哪裡了，我沒有人可以問。有人說我不能走，是真的嗎？」

「為什麼不能走？公爵小姐，可以走。」德龍說。

「有人說路上危險，有敵人。今天晚上或明天一大早，我一定要走。」

德龍皺著眉頭，瞥了公爵小姐一眼。

「沒有馬，」他說，「我已經跟阿爾派特奇說過了。」

「為什麼沒有馬？」公爵小姐說。

「有的馬被軍隊徵收了，有的馬餓死了；不僅沒東西餵馬，連人也快餓死了！有的人一連三天沒飯吃，一無所有，完全破產了。」
瑪麗亞聚精會神地聽他說的話。
「農民都破產了？他們沒有糧食？」她問。
「他們快餓死了，」德龍說，「哪裡還談得上什麼車……」
「我們不是有地主的存糧嗎？我哥哥的？」她問。
「地主的存糧原封不動，」德龍驕傲地說，「公爵沒有發出放糧的命令。」
「把它發放給農民吧！他們要多少就發多少。我代表哥哥允許你。」
德龍一句話也沒有回答，只是深深地嘆了一口氣。
「去把糧食分給他們吧，如果糧食夠分的話，全分了吧！我代表哥哥向你下令，跟他們說，我們的就是他們的，只要是為了他們，我們沒什麼好吝嗇的。」
德龍目不轉睛地望著她。
「好小姐，請開除我吧！」他說，「我當了二十三年村長，沒出過一次差錯；開除我吧！」
瑪麗亞不明白他想做什麼，他為什麼希望被開除。她對德龍說，她從來不懷疑他的忠誠，她願為他和農民做任何事。

11

一個鐘頭之後，杜尼亞莎向公爵小姐報告，說德龍有事要跟她商談，他已按照小姐的吩咐把農夫都集合在穀倉旁。
「是嗎？我並沒有叫他們來，」瑪麗亞說，「我只是叫德龍努什卡把糧食分給他們。」
「看在上帝的份上，親愛的小姐，把他們趕走吧，絕不要到他們那裡去，那是個圈套，」杜尼亞莎說，

「等阿爾派特奇回來，我們就走……您千萬別……」

「什麼圈套？」公爵小姐驚訝地問。

「看在上帝的份上，您一定要聽我說。據說他們都不願照您的吩咐離開村子。」

「你在說什麼？我從來沒有吩咐他們離開村子……」瑪麗亞說，「把德龍努什卡叫來。」

德龍來了，他證實了杜尼亞莎說的話——農民是按照公爵小姐的吩咐來的。

「可是我從來沒有召集他們，」公爵小姐說，「你大概弄錯意思了。我只是叫你把糧食分給他們。」

德龍沒有回答，嘆了一口氣。

「您只要下一道命令，他們就會散去了。」他說。

「不，不，我去見他們。」瑪麗亞說。

她不顧杜尼亞莎的勸阻，來到台階上。德龍、杜尼亞莎、保姆和米哈伊爾·伊凡諾維奇都跟在她後面。

「他們大概以為我發放糧食，是希望他們留下來，而我自己逃之夭夭。」瑪麗亞心想，「我要在莫斯科近郊的莊園安頓他們；我相信，如果是安德烈，一定會做得更多。」她一面想，一面朝站在穀倉旁的人群走去。人群開始移動，聚集在一起。瑪麗亞走近他們，她對這群人的目光感到不知所措，但當她意識到自己是父親和哥哥的代表時，便精神一振。

「很高興你們來了，」瑪麗亞說，「德龍努什卡告訴我，戰爭使你們破產，這是我們共同的不幸。為了幫助你們，我不惜獻出一切。敵人越來越接近了，我必須離開……我把一切都給你們，請你們拿走一切，這樣就不致挨餓了。我這麼做並不是希望你們留在這裡，相反地，我請求你們帶著全部財產搬到我們在莫斯科近郊的莊園，我保證，你們在那裡不致貧窮。」她停住了，只聽見人群中的嘆息聲。

「我這麼做，不僅是我個人的意志，」公爵小姐接著說，「更代表我逝世的父親，你們的好主人，以及我的哥哥和他的兒子。」

她又停住了，沒有人打破這種沉默。

「我們的不幸是共同的，讓我們一起分擔吧！」她說完，掃視了一下人群。

每個人都用一樣的表情望著她，她看不出這種表情是代表好奇、忠誠、感激，還是驚慌或不信任。

「我們非常感激您的恩典，不過，我們不能拿地主的糧食。」後面傳來這樣一句話。

「為什麼呢？」公爵小姐問。

沒有人回答，瑪麗亞環視人群，她發現所有的眼睛一對到她的目光，就立刻垂下了。

「為什麼你們不想要呢？」她又問，仍沒有人回答。

這種沉默使瑪麗亞公爵小姐感到窘迫，她竭力捕捉隨便哪個人的目光。

「你們為什麼不說話？」她向面前一個老人說，「如果你還需要什麼，你就說吧！我什麼都答應。」但是他似乎很生氣，把頭低了下來，嘟噥了一句：

「有什麼同不同意的，我們不需要糧食。」

「要我們拋棄一切？不同意……我們絕不同意。我們同情你，但絕不同意，你自己走吧，一個人走……」人群鼓譟起來，他們的臉上露出了憤怒、堅決的表情。

「你們大概沒有搞懂我的話，」瑪麗亞憂鬱地一笑，「你們為什麼不走呢？我答應供應你們吃住。留在這裡只會被敵人凌虐而已……」

「我們絕不同意！就讓敵人來破壞吧！不要你的糧食，我們絕不同意！」

瑪麗亞繼續在人群中捕捉他們的目光，但是沒有一個人是注視著她的；顯然，所有眼睛都在迴避她。她覺得奇怪，也感到難堪。

「瞧！她說得多好聽？放棄家園，跟著她去當農奴？怎麼樣？我給你們糧食，瞧她說的！」人群中發出這些聲音。

瑪麗亞低著頭離開人群，她再次吩咐德龍準備好明天啟程的馬，然後就回到房間，獨自一人思考著。

12

這天夜裡，瑪麗亞在窗邊坐了很久，仔細聽著村裡傳來的農民的說話聲，但卻不去想他們，她覺得自己無論如何也無法理解這群人。她總在思考一件事，那就是自己的不幸，在經歷過稍早那些事情之後，這種不幸對於她已成往事。她能夠回憶，能夠哭泣，也能祈禱了。

父親的病和臨終的時刻，不停地在她的腦海裡閃現。這些景象在她的腦海裡是那麼清晰、歷歷在目。她時而想起父親中風的情景，人們攙扶著他從花園走出來，他用無力的舌頭嘟噥著什麼，不安地望著她。

「他當時就想說臨死那天對我說的話，」她想，「他經常這麼想。」於是她回憶起他中風前一晚的情景，當時瑪麗亞就預感到大禍臨頭，因此一直沒有就寢，她偷偷來到父親房門前，側耳傾聽他的聲音。他和吉洪正在說話，「他為什麼不找我呢？為什麼不讓我和吉洪互換呢？他永遠也說不出心裡話了，他本來可以的；本來應該是我聽到他的話，當時我為什麼不走進屋裡呢？」她想，「也許他當時就會說出那些話了，而我卻站在門外。為什麼我不進去呢？他能把我怎樣？我能有什麼損失呢？」瑪麗亞重複著父親臨死時對她說的話，放聲大哭起來。

「他說這些話時，在想什麼呢？他現在又在想什麼呢？」她的腦海裡忽然浮現出這個問題，緊接著，她想起了棺材裡的那具死人的面孔，感到不寒而慄。

「杜尼亞莎！」她狂叫一聲，「杜尼亞莎！」她跑向女僕的房間，迎面碰上向她跑來的保姆和女僕們。

13

八月十七日，羅斯托夫和伊林帶著剛回來的拉夫魯什卡和一名驃騎軍傳命兵，從博古恰羅沃十五俄里外的揚科沃出發，打聽這一帶村子裡有無乾草。

最近三天，博古恰羅沃處在對峙的兩軍之間，俄軍和法軍的士兵都常到那兒去。羅斯托夫打著如意算盤，想搶在法國人前頭，取走留在博古恰羅沃的糧食。

羅斯托夫和伊林心情十分愉快。他們有時向拉夫魯什卡問起拿破崙的事，有時互相賽跑；就這樣馳向博古恰羅沃的莊園，希望在那裡能找到大批農奴和漂亮的女郎。

羅斯托夫從來沒想到，他要去的那個村子就是和他的妹妹訂過婚的安德烈的莊園。

接近博古恰羅沃時，羅斯托夫和伊林沿著坡地作最後一次賽跑。羅斯托夫追過伊林，首先跑到了博古恰羅沃村的街上。之後，他們慢慢朝著站著一大群農民的穀倉走去。

農民看見他們，有的脫帽，有的沒有脫。人群裡走出一個農民，來到羅斯托夫面前。

「你們是什麼人？」他問。

「法國人，」伊林開玩笑地指著拉夫魯什卡，「這就是拿破崙。」

「這麼說來，你們都是俄國人了？」那個農民又問。

「你們這裡的軍隊很多嗎？」另一個農民走近前來，問道。

「很多，很多，」羅斯托夫回答，「你們聚在這裡做什麼？」

「老人們聚在一起，商量公社的事。」那個農民說道。

這時，通往莊主宅邸的路上出現了兩個女人和一個戴白帽子的人，他們也朝軍官走來。

「那個穿粉紅色衣服的女人歸我，別搶！」伊林看見杜尼亞莎，說道。

「是我們大家的！」拉夫魯什卡說。

「您需要什麼，我的美人？」伊林笑著問。

「公爵小姐說，她想知道你們是哪個團的，以及你們的大名。」

「這是羅斯托夫伯爵，驃騎兵連長，我是您忠實的僕人。」

跟在杜尼亞莎後面的阿爾派特奇向羅斯托夫走來，老遠就摘下帽子。

「大人，恕我打擾，」他恭敬地說道，但又因這個軍官很年輕而帶有幾分輕視，「我們家小姐，本月十五日去世的尼古拉．安德烈耶維奇．博爾孔斯基公爵之女，由於這些人的愚昧無知而陷入困境。」他指著那些農民說，「她歡迎您光臨，不知可否……」他苦笑著說，「請您移動尊駕，不然當著他們的面不太方便。」

「這是怎麼回事？」羅斯托夫一邊說，一邊騎馬往前走。

「此地的鄉民不讓小姐離開，他們凶巴巴地要把馬卸下來，讓小姐走不了。」

「不可能！」羅斯托夫喊了一聲。

「我向您稟告的是真實情況。」阿爾派特奇說道。

羅斯托夫把自己的馬交給傳令兵，和阿爾派特奇一同往住宅走去。

自從昨天公爵小姐把事情搞砸後，終於使得德龍站到農民那一邊，不再聽從阿爾派特奇的使喚了。早晨瑪麗亞吩咐出發，但大批農民聚在穀倉前，不讓她離開村子，硬是把馬從車上卸下來。

瑪麗亞看見幾個騎兵馳來，以為是法國人，家裡頓時響起婦女們的一片哭聲。當人們把羅斯托夫引見給她的時候，她正驚惶失措，渾身無力地坐在大廳裡。但當她看見他那俄羅斯人的模樣後，立刻認出他與自己是同一個階級的人。瑪麗亞用她那深沉的目光看了他一眼，說起話來激動得時斷時續，讓羅斯托夫立刻感到這次相遇十分浪漫，「一個無助、悲傷的姑娘！獨自落入粗魯的農民手裡，聽任他們擺佈！多麼離奇的命運啊！」羅斯托夫凝視著她，心想。

「她的相貌和神情多麼溫柔、高尚！」他聽著她怯生生地講述，想道。

瑪麗亞怕羅斯托夫以為她有意引起他的憐憫，她疑惑、驚慌地看了看他，發現羅斯托夫的眼裡泛著淚光。瑪麗亞感激地看著他，那目光是那麼地明亮，讓人忽視了她那不怎麼美的面貌。

「公爵小姐，我偶然來到這裡，很榮幸能為您效勞，」羅斯托夫站起來說道，「您動身吧，我以名譽向您擔保，只要由我護送，絕對沒有人敢找您的麻煩。」他像對一位公主敬禮一樣，恭敬地鞠了一躬，走出門外。

羅斯托夫謙恭有禮的態度似乎表明，雖然他很高興與她相識，但也不願趁她不幸時博取她的好感。瑪麗亞理解並十分珍惜這種態度。

「我非常感激您！」她說，「但我希望這只是一場誤會，誰也沒有錯呀！」她突然哭起來，「原諒我。」羅斯托夫皺起眉頭，又深深鞠了一躬，走出屋去。

14

「怎麼樣，可愛嗎？不，老兄，我那個穿粉紅衣服的女郎才迷人呢！她叫杜尼亞莎……」伊林一瞧見羅斯托夫的臉色，就不吭聲了。

羅斯托夫凶狠地瞪了伊林一眼，沒有理會他，就快步地向村子走去。

「我要給他們一點顏色瞧瞧，非收拾他們不可！」他自言自語地說。

阿爾派特奇踏著急速的腳步，勉強追上羅斯托夫。

「您作了什麼決定？」他追上後，問道。

羅斯托夫停下腳步，握緊拳頭，忽然神色嚴厲地向阿爾派特奇邁了一步。

「什麼決定？你這個老東西！」他呵斥道，「你這個管家怎麼當的？農民造反，你卻管不了？你也是叛徒，我再清楚不過，我要剝了你們的皮……」他扔下阿爾派特奇，快步向前走去，阿爾派特奇緊追在後，向羅斯托夫提出自己的想法。他說，農民非常頑固，沒有足夠的武力，最好不要抵抗他們。

「把軍隊叫來收拾他們……我要跟他們較量！」尼古拉一邊嘟噥著，一邊邁著急促、堅定的腳步向人群走去。阿爾派特奇隱約覺得，他這種魯莽的行為搞不好能帶來良好的結果。

從這幾個驃騎兵剛進村以來，人群中就發生了騷動。有些農民說，這些俄國人可能會怪罪他們扣留小姐。德龍也這麼認為，但當他一發表意見，立刻被一些農民嚴厲抨擊。

「你在公社橫行霸道多久了？」農民卡爾普斥責他，「你當然不在乎！反正你賺飽了錢，我們的家毀不毀，都與你不相干，是嗎？」

「總之，任何人都不准離開，什麼都不准運走，就是這樣！」另一個人叫道。

「我和公社並不是對立的，」德龍說。

「當然！你已經填飽肚皮了！……」

羅斯托夫帶著伊林、拉夫魯什卡和阿爾派特奇剛來到人群面前，卡爾普就走出來，露出一絲冷笑。德龍卻躲到後排去了，人群更緊密地擠在一起。

「喂，你們誰是村長？」羅斯托夫快步走到人群前，喊道。

「村長嗎？您找他做什麼？……」卡爾普問。

可是他還沒把話說完，腦袋就挨了重重的一掌，帽子飛走了。

「脫帽！叛徒！」羅斯托夫厲聲命令道，「村長在哪兒？」

「找村長呢……德龍．札哈雷奇，有人找您呢。」人群中傳出慌張的聲音，帽子都從頭上脫了下來。

「我們沒有造反，我們是守法的。」卡爾普說。

「還狡辯？……強盜！叛徒！」羅斯托夫大叫著，抓住卡爾普的脖子，「綁起來，把他綁起來！」

拉夫魯什卡跑過去，架住卡爾普的兩隻手臂。

「要不要把我們山下的人叫來？」他喊道。

阿爾派特奇隨口喊了兩個農民，叫他們綁住卡爾普，那兩個農民順從地照做了。

「村長在哪裡？」羅斯托夫又喊道。

德龍皺著眉頭，臉色蒼白，從人群中走出來。

「你是村長嗎？綁起來，拉夫魯什卡！」羅斯托夫喊道，又有兩個農民跑出來，德龍也很自動地把自己的腰帶遞給他們，讓他們捆綁自己。

「你們聽著！」羅斯托夫對農民說，「馬上回家！別讓我再聽到你們的聲音！」

「怎麼了？我們沒有得罪人，只不過一時糊塗，瞎鬧了一場……我就說嘛，真是太亂來了！」可以聽見農民們互相責備的聲音。

「我不是說過了嗎？」阿爾派特奇威風地說，「這樣不好，幼稚的傢伙！」

「都怪我們糊塗！雅科夫．阿爾派特奇。」一些人回答，人們立刻在村子裡四散了。

兩個被綁著的農民被帶到了主人的宅院。兩小時後，幾輛大車停在博古恰羅沃住宅的庭院。農民們賣力地將主人的東西搬到車上，瑪麗亞釋放了德龍，讓他在院子裡指揮農民。

羅斯托夫不願厚著臉皮去結交瑪麗亞，因此沒去見她，在村子裡等待著。當他看到她的馬車駛出宅院時，羅斯托夫騎上馬，一直把她送到博古恰羅沃外十二俄里的路上，然後在揚科沃的客店裡恭敬地向她告別，並第一次吻了她的手。

「這沒什麼，」當瑪麗亞對他表示謝意時，他紅著臉回答，「任何一個警察局長都辦得到！有緣與您結識，是我的榮幸。再見！公爵小姐，祝您幸福，希望再次和您相會。」

瑪麗亞心想，要是沒有這個人的話，她一定會毀在暴徒和法國人手裡；他為了搭救她，寧可冒著最可怕的危險。他是一個崇高、尊貴的人，能理解她的處境和不幸；他那善良、正直、為了她的不幸而湧出淚水的眼睛，總在她的腦海中縈繞。

當瑪麗亞和他告別，只剩下獨自一人時，她含著眼淚再一次想著那個奇怪的問題——她是不是愛上他了？

在之後的路途中，雖然她的處境並不算好，但與她同車的杜尼亞莎不止一次看見，她向車窗外探出身子，不知什麼緣故又喜又悲地微笑。

「我愛上了他，又怎麼樣？」瑪麗亞想著。

她有時回憶起他的眼神、他說的話，她覺得幸福不是不可能的。這個時候，杜尼亞莎就看見她正微笑著望向窗外。

「正巧他來到博古恰羅沃，而且時間正巧！」瑪麗亞心想，「正巧他的妹妹拒絕了安德烈！」在俄國習俗中，嫁給嫂子的兄弟是不被允許的。她似乎從這一切之中看到了神的旨意。

瑪麗亞給羅斯托夫的印象是愉快的。他一想起她，心裡就很高興。當同事們拿他這次的奇遇開玩笑時，羅斯托夫就大為惱火，之所以惱火，是因為與他中意的、擁有巨大財產、性情溫和的瑪麗亞結婚，這個念頭不止一次地在他腦中浮現。對尼古拉來說，不可能有比瑪麗亞更合適的妻子了，和她結婚能使他的母親高興，能改善家境，甚至，還能使瑪麗亞幸福。

但是索尼婭怎麼辦？曾許下的誓言呢？當人們拿博爾孔斯卡婭公爵小姐跟他開玩笑的時候，也正是因為這個原因，惹得羅斯托夫相當生氣。

15

庫圖佐夫接到統率全軍的命令後，想起了安德烈，於是命令他來總部報到。

安德烈抵達察列沃－札伊米希的那天，正遇上庫圖佐夫檢閱軍隊。他在村裡的牧師住宅旁停下來，坐在大門旁的長凳上坐待。村外的田野裡時而傳來軍樂聲，時而傳來巨大的歡呼。一位黑臉、生著濃密鬍鬚的驃騎兵中校騎到大門前，他看了一下安德烈，問他總司令是不是在這裡。

安德烈說自己也是剛來報到的，驃騎兵中校於是問一旁的勤務兵，勤務兵傲慢地說道：「大概快回來了。您有何貴幹？」

中校只是冷笑了一聲。他下了馬，走到安德烈面前向他致敬。安德烈在長凳上挪出一個位子讓他坐。

「您也在等總司令嗎？」中校問，「幸好大家都見得到。和那些德國佬打交道真夠倒楣！至少現在俄國人也能發言了。天知道在搞什麼鬼，只知道後退、後退！您參加過戰役嗎？」

「我有幸參加過，」安德烈回答，「不僅參加過撤退，而且在撤退中失去了一切。除了田莊和家園外……

我父親就死於憂憤。我是斯摩棱斯克人。」

「啊？您是博爾孔斯基公爵嗎？很高興認識您，我是傑尼索夫中校，大家都叫我瓦西卡。」傑尼索夫說，「是的，我聽說了，簡直是野蠻人的戰爭。您是安德烈·博爾孔斯基公爵嗎？非常高興能認識您。」他握著他的手，帶著感傷的微笑說道。

安德烈聽娜塔莎說過，知道傑尼索夫是她的第一個求婚人。這段既甜蜜又痛苦的回憶觸動了他那敏感的心靈，他已很久沒去想它，即使想起來，對他的影響也遠不如先前那麼大了。可是對傑尼索夫來說，博爾孔斯基這個名字卻勾出他一連串富有詩意的過往。他忍不住微微一笑，然後又把心思放回目前所專注的事情上，也就是他在撤退期間想出的作戰方案，他打算向庫圖佐夫提出這個方案。

「他們想守住整個戰線，這是不可能的！給我五百人，我保證突破他們的防線，把他們的交通線切得七零八落！唯一的方法就是打游擊戰。」

傑尼索夫一邊比著手勢，一邊向安德烈描述他的方案。這時，從檢閱處傳來軍隊的吶喊聲，其中夾雜著軍樂和歌聲。村裡傳來馬蹄聲和喊聲。

「他來了，」站在大門旁的哥薩克喊道，「他來了！」

安德烈和傑尼索夫向大門走去，他們看見那裡排著一列儀仗隊，庫圖佐夫騎馬沿大街馳來，一大群將軍、侍從跟隨著他，一群軍官高喊著：「烏拉！」

庫圖佐夫煩躁地騎到儀仗隊前面，默默地看了看他們，然後又轉向身旁的軍官。他臉上的神情突然起了微妙的變化，不知所措地聳了聳肩。

「有這麼棒的部下，還老是撤退，撤退！」他說，「再見，將軍。」他朝著大門口騎來。

自從安德烈上次看見庫圖佐夫之後，他變得更胖了，但是那熟悉的白眼、傷疤，以及疲倦的樣子依然如故。他騎在精壯的小馬上，沉重地搖晃著。

當他騎進院子後，臉上頓時出現鬆了一口氣的表情。他翻身下馬，瞇起眼睛環顧四周。他看到安德烈，好像沒認出是誰，又邁著腳步朝台階走去。

他吹著口哨，又轉過頭看看安德烈，幾分鐘後才把這個人的面孔和相關的回憶聯繫起來。

「啊，你好，親愛的朋友，來吧……」他疲憊地走上台階，坐在階上的一條長凳上。

「你父親怎麼了？」

「昨天接到他辭世的消息。」安德烈簡短地說。

庫圖佐夫睜大眼睛看了安德烈，「願他在天國安息！我們應服從上帝的意旨！」他沉重地嘆了口氣，沉默了片刻，「我敬愛他，我衷心地同情你。」他擁抱安德烈，久久地沒有放開。

「走，到我那裡去吧。我們談一談。」他說。這時，傑尼索夫不顧兩旁副官的阻攔，大膽地朝他走了過來，向庫圖佐夫自報了姓名，聲稱自己有關於國家利益的大事要向他彙報。庫圖佐夫疲倦地望著傑尼索夫，

「有關國家的利益？是什麼事？說吧？」傑尼索夫開始侃侃而談。庫圖佐夫一邊聽著，不時望向隔壁的院子，似乎在等待什麼令人不快的事情發生。果然，沒過多久，就來了一個拿著公事包的將領。

「怎麼樣？」傑尼索夫還在講話，庫圖佐夫就問那個將領：「準備好了嗎？」

「總司令，準備好了。」將軍說。庫圖佐夫搖了搖頭，繼續聽傑尼索夫講話。

「我用俄國軍官高尚而誠實的誓言向您保證，」傑尼索夫說，「我能切斷拿破崙的交通線。」

「軍需總監基里爾·安德烈耶維奇·傑尼索夫是你什麼人？」庫圖佐夫打斷他的話，問道。

「是我叔父。」

「噢，我們是老朋友了，」庫圖佐夫挺高興地說。「好的，好的，親愛的，你就留在總部吧，我們明天再談談。」他向傑尼索夫點了點頭，就伸手去拿科諾夫尼岑交來的文件。

「總司令是否要到屋裡去？」那名將軍不滿地說。但是，庫圖佐夫似乎想等事情辦完再回屋裡去。

「不，把桌子搬來，我就在這裡審閱文件。」他說，「你先別走。」他向安德烈說。安德烈於是站在台階上，聽那個執勤的將官作報告。

報告結束後，將軍呈上一份因為士兵偷割燕麥，地主要求軍隊賠償損失的文件，並請總司令在上面簽字。

聽了這件事，庫圖佐夫搖了搖頭。

「扔進火裡吧！……我告訴你，親愛的，」他說，「農作物，讓他們儘管割吧！木材，讓他們儘管燒吧！我不允許他們這麼做，但也不禁止，只是我絕不賠償。」

16

「好，到此結束。」庫圖佐夫簽署了最後一份文件，一臉愉快地向門口走去。

副官前來請安德烈一起用早飯。半小時後，他被召喚到庫圖佐夫那兒。庫圖佐夫躺在沙發上，他看見安德烈，便闔上了手中的書。

「坐在這兒，我們談談，」庫圖佐夫說，「悲哀啊！很悲哀。但是別忘了，親愛的朋友，我也是你的父親，第二個父親……」安德烈把他知道關於父親臨終時的情形和在童山目睹的情形對庫圖佐夫敘述了一遍。

「這成何體統……成何體統！」庫圖佐夫激動地說道，「給我一段時間，再一段時間！」他似乎不願繼續這個令他激動的話題，說道：「我叫你來，是想讓你留在我身邊。」

「多謝大人，」安德烈說，「但是我恐怕不再適任參謀工作了。」庫圖佐夫疑惑地看了看他，「因為，我已經習慣部隊的生活，要是離開部隊，我會感到可惜的。我必須推辭在您身邊服務的殊榮，請相信我……」

庫圖佐夫的臉上流露出聰明、和善，同時又有幾分嘲笑的表情。

「真遺憾！我真的需要你。不過你是對的，我們這裡不缺人，顧問多的是，可是缺乏人才。如果所有顧問都像你一樣到部隊裡去任職，俄國軍隊就不會是現在這副德性了。」他說道，一面回想起奧斯特里茨戰役。

「上帝保佑，走你自己的路吧！我知道，你的道路，是一條光榮的道路。」他忽然改變了話題，談到土耳其戰爭和締結和約的事，又談起顧問一事，這個問題老是困擾著他。「唉！顧問，顧問！」他說，「如果誰的話都聽，那麼與土耳其的和約就締結不成了。欲速則不達，要贏得整個戰役的勝利，最需要的不是突擊和衝鋒，而是忍耐和時間，我就是靠著這兩樣東西逼得土耳其人吃馬肉！」他搖了搖頭，「法國人也會有這個下場！相信我，我要讓他們吃馬肉！」庫圖佐夫拍著胸脯，興奮地說道。

「但總要打一仗吧？」安德烈公爵說。

「打一仗是可以的……可是要知道，親愛的，沒有比忍耐和時間這兩位戰士更厲害的了。最大的問題就在於，顧問們不肯聽從，該怎麼辦呢？」

「你說說看，我該怎麼辦？」他重複說道，等待著回答。

「我告訴你該怎麼辦——要是你猶豫不決，親愛的，那你就先做別的事。」他緩慢地說道。

「好吧！再會，親愛的。記住，我會與你分擔你的損失，我不是你的總司令，也不是公爵，而是你的父親。需要什麼就來找我，再見，親愛的。」他又擁抱他，吻他。安德烈還沒走出門，庫圖佐夫又舒了一口氣，捧起那本沒有看完的書。

安德烈說不清這種感覺是怎樣產生的，但在與庫圖佐夫見面之後，他對於戰爭的進展感到放心。「他沒什麼個人的東西，他什麼也不思考，什麼也不去做，」安德烈心想，「可是他聽取一切，記取一切，把一切都安排得合情合理。既不妨礙有益的事，也不縱容有害的事情。他懂得，有一種東西比他的意志更重要，那就是事件的必然過程。他善於觀察並理解它們，放棄對它們的干預。最重要的是，人們信任他，他是俄國人。」

17

在皇帝離開之後，莫斯科的生活又回到以往的平淡之中，這樣的生活令人難以想起前些日子高漲的愛國熱情，難以相信俄國真的岌岌可危，難以相信那些俱樂部會員都是不惜犧牲的愛國兒女；人們唯一記得的，就是關於出資贊助戰爭的承諾，一但它受到法律限制後，就成為非做不可的事了。

隨著敵人逐漸逼近，莫斯科人不但沒有變得嚴肅，反而更輕率了。他們心想，與其自尋煩惱去考慮不可避免的危險，倒不如在苦難來臨前不去想它，只想些愉快的事。於是，莫斯科很久沒有像這一年如此歡樂了。

在俱樂部轉角的一棟屋子裡，人們聚在一起講著法國人的笑話。當有人提到所有的政府機關都遷出了莫斯科時，他們立刻開起一連串玩笑，說應該為此感謝拿破崙。人們談到馬莫諾夫在他的兵團上花費了八十萬盧布，別祖霍夫花費了更多；不過，要是他能穿上軍服，騎馬走在部隊的前面，那就更好了。

朱莉打算在第二天離開莫斯科，現在正舉行告別晚會。

「別祖霍夫這個人很可愛。他那麼和善、可愛，為什麼老愛造謠中傷他啊？」她回過頭來對皮埃爾親切地微笑，「我們正聊到你呢！」

朱莉用她那上流社會女人特有的說謊本領，對他說：「我們說您的兵團比馬莫諾夫的好。」

「唉！別提我的兵團了，」皮埃爾一邊吻著女主人的手，一邊在她身旁坐下，「它讓我厭煩死了！」

「您想必要親自指揮他們吧？」朱莉說。

「不，」皮埃爾看了看自己肥胖的身體，笑著說，「我會成為法國人絕佳的目標，再說，我怕我爬不上馬背……」

朱莉在閒談她的社交圈裡的一些人時，提到了羅斯托夫家。

「聽說他們的家的情況很糟。」朱莉說，「伯爵真是糊塗。拉祖莫夫斯基要買他的房子和莫斯科近郊的田莊，可是這件事老是拖著。他開價太高了。」

「不，聽說幾天內就會成交，」一個客人說，「雖然目前在莫斯科置產極不明智。」

「為什麼？」朱莉說，「難道您認為莫斯科有危險嗎？」

「那您為什麼要走呢？」

「我？奇怪的問題。我走是因為……因為大家都走了。」

「如果他善於管理家務，那就可以還清所有的債務了。」那個客人繼續說道。

「他倒算是一個老實人，就是太軟弱了。他們為什麼在這裡住這麼久？娜塔莎應該好了吧？」朱莉狡黠地望著皮埃爾。

「他們在等小兒子呢，」皮埃爾說，「他加入奧博連斯基的哥薩克部隊，到白采爾科維去了。不過現在已經調到我的兵團，他們天天在等他回來，在等到之前，伯爵夫人怎麼也不肯離開莫斯科。」

「前天，我在阿爾哈羅夫家看見他們。娜塔莉又變得漂亮、活潑了。竟有人這麼輕易就把一切忘掉！」

「忘掉什麼？」皮埃爾不高興地問。朱莉微微一笑。

「伯爵，您知道嗎？像您這樣的騎士，只有在蘇札夫人的小說中才找得到。」

「什麼騎士？為什麼？」皮埃爾漲紅了臉問。

「親愛的伯爵，好了，好了，全莫斯科都知道，真的。您真令我驚訝。」

「全莫斯科都知道什麼了？」皮埃爾站起來，生氣地問。

「伯爵，好了，您知道的！」

「我什麼都不知道。」皮埃爾說。

「我知道您跟娜塔莎要好，因此……不，我跟薇拉更要好，可愛的薇拉！」

「不，夫人，」皮埃爾不滿地說，「我根本沒有擔任羅斯托娃小姐的騎士這個角色。我已經一個月沒到她們那裡去了。但這種殘忍的玩笑……」

「越是為自己辯解，就越是揭發自己。」朱莉微笑著，隨即改變了話題，「聽我說！可憐的瑪麗亞・博爾孔斯卡婭昨天到莫斯科了。你們聽說了嗎？她父親去世了。」

「真的呀？她在哪裡？我很想見到她。」皮埃爾說。

「昨晚我和她度過了一個晚上。她這幾天就會和侄兒一起到莫斯科近郊的田莊去。」

「她怎麼樣，還好嗎？」

「還好，只是很憂愁。您知道是誰救了她嗎？這真是一個浪漫的故事。是尼古拉・羅斯托夫！她被一群要殺她的人包圍，羅斯托夫衝進去把她救了出來……」

「又一個浪漫故事，」那個客人說，「這一次逃難一定是為了讓老小姐們都能嫁出去！」

「您知道嗎，我真的覺得，她有點愛上那個年輕人了。」

18

皮埃爾回到家裡，僕人交給他兩張當天取來的拉斯托普欽的傳單。

第一張寫道，拉斯托普欽因為女士們陸續離開城裡而感到高興，但是他認為拿破崙絕對到不了莫斯科。第二張則寫道，維特根施泰因伯爵在維亞濟馬打敗了法國人，許多居民紛紛武裝起來，並贊助他們各式武器。面對這些傳單，皮埃爾沉思起來，顯然，一場可怕的風暴已經漸漸迫近。

「我該去參軍呢，還是再等一等？」他向自己問道。他從桌上拿起一副牌，開始占卜起來。

「假如猜中了，」他自言自語道，「那就是說……說什麼呢？」他還沒來得及決定該說什麼的時候，書房門外傳來大公爵小姐的聲音。

「就是說，我應該去參軍。」他對自己說，「進來！進來！」

「請原諒，表弟，我來打擾您。」她用責備、激動的口氣說，「遲早得想個辦法才是！大家都離開莫斯科了，老百姓在鬧事。我們留下來做什麼呀？」

「正好相反，看來一切順利，表姐。」皮埃爾帶著開玩笑的語氣說。

「是啊，一切順利……好一個順利！可是老百姓卻造反了，他們不肯聽話，連我的侍女也是。照這樣下去，他們很快就會來對付我們了。我簡直不敢上街！更重要的是，法國人說不定哪天就打來了，我們還等什麼！我只求您一件事，表弟，」公爵小姐說，「請把我送到彼得堡去吧！我無法活在波拿巴的統治之下。」

「夠了，表姐，您從哪兒聽來這些消息的？完全相反……」

「我絕不做您那拿破崙的臣民。別人愛怎樣就怎樣，如果您不願意的話……」

「我做，我做，我馬上吩咐他們。」

公爵小姐在椅子上坐下，口中不停地嘟噥。

「不過，您聽到的消息不可靠，城裡很平靜，什麼危險也沒有。您看，」皮埃爾把傳單給她看，「伯爵寫說，他要用生命擔保，絕不讓敵人進莫斯科。」

「唉！您的那位伯爵，」公爵小姐惱怒地說，「他是個偽君子！壞蛋！就是他鼓勵老百姓鬧事的！」

「就是這樣……您想太多了。」皮埃爾說，開始擺他的紙牌。

皮埃爾猜中了紙牌，但還是沒到軍隊去。他留在莫斯科，隨時都在驚慌、猶豫，但又喜悅地期待著什麼事情發生。

次日傍晚，公爵小姐走了。皮埃爾的總管向他報告說，若不賣掉一處莊園，將湊不出軍團所需的費用。

「那就賣了吧！」他說，「沒辦法，我現在不能退縮！」

情況越來越糟，城裡幾乎沒有皮埃爾的熟人了。朱莉走了，瑪麗亞公爵小姐走了。只有羅斯托夫一家沒走，但皮埃爾不常到他們那裡去。

這天，皮埃爾到沃羅佐沃村散心。回家途中，經過沼澤廣場時，皮埃爾看見一個被指控為間諜的法國廚師正在受鞭刑，另一個面色蒼白、身體瘦削的罪犯站在旁邊，看起來兩人都是法國人。皮埃爾擠進人群。

「這是怎麼回事？是誰？為了什麼？」他問。但是沒有人答話。人們大聲交談，藉此抑制自己的憐憫。

皮埃爾皺著眉頭，返回車上。他不斷自言自語，在回家途中不時渾身顫抖，大聲地喊叫，以至於車伕問他：

「您有什麼吩咐嗎？」

「你要去哪？」皮埃爾對正把馬車趕向魯比揚卡去的車伕喊道。

「您說要去見總司令的。」

「蠢蛋！畜生！」皮埃爾少見地大罵道，「我說過要回家！快走，蠢貨！我今天就要離開。」

看到那個受刑的法國人和圍著刑場的人群以後，皮埃爾決定不再留在莫斯科了，他立刻就去參軍。

一回到家，皮埃爾吩咐車伕把他的幾匹馬送到莫札伊斯克，他要連夜前往當地參軍。但這個吩咐無法立刻達成，他的行期延遲了一天。

二十四日，皮埃爾在午飯後離開莫斯科，翌日拂曉抵達莫札伊斯克。

莫札伊斯克的所有房屋都駐有士兵，皮埃爾的馬伕和車伕都在旅店迎接他，旅店已沒有空房間了，都住滿了軍官。

城內外都有軍隊駐紮，到處可以看見哥薩克、步兵、騎兵、軍車、彈藥箱和大炮。皮埃爾匆忙地向前趕路，越是遠離莫斯科、越是深入軍隊，他就越感到焦急不安，以及一種從未體驗過的喜悅之情。

19

八月二十四日，在舍瓦爾金諾打了一仗，二十五日，雙方都沒有交火，二十六日，博羅金諾戰役爆發了。

博羅金諾戰役的目的為何呢？不論是對法國人，還是對俄國人來說，這次戰役都是毫無意義的。它促成了莫斯科的毀滅，也促成法軍的全軍覆沒。這個結局在當時是顯而易見的，然而拿破崙還是發起了這次戰役，庫圖佐夫也應戰。

如果他們以理智判斷，拿破崙應該明白，深入俄國兩千俄里，冒著損失四分之一兵力的風險發動大戰，他必然趨於毀滅；庫圖佐夫也應當明白，冒著損失四分之一兵力的風險應戰，他必然失去莫斯科。

當敵方有十六顆棋子，己方有十四顆棋子時，己方比敵方弱八分之一；但如果雙方拚掉了十三顆棋子，對方就比己方強三倍了。

在博羅金諾戰役之前，俄法兩軍兵力相比大致是五比六，戰役之後卻變成一比二；也就是戰前是十萬比十二萬，戰後是五萬比十萬。然而庫圖佐夫應戰了，拿破崙在這場戰役中損失四分之一的兵力，更拉長了戰線。

拿破崙和庫圖佐夫對於博羅金諾戰役都是不由自主的，雖然後世史學家們常利用這些既成事實，強牽附會地證明他們的遠見和天才，事實上，他們卻只是歷史最不由自主的工具。

古人留下許多英雄史詩的典範，但是這類歷史對於人類的時代是沒有意義的。

另外，關於博羅金諾戰役是如何打起來的，也存在一個完全錯誤的概念。史學家都說，俄軍從斯摩棱斯克撤退時，就開始為決戰尋找最有利的陣地，最後他們在博羅金諾找到了。

事實上，俄國人並沒有尋找最好的陣地；恰恰相反，他們在撤退途中放過了許多比博羅金諾更好的陣地。博羅金諾陣地不但不理想，甚至不像一個陣地。

在博羅金諾戰場，俄國人不但沒有設防，甚至在八月二十五日之前，都從未想到這裡將會進行一場大戰。因此，這次戰鬥實際上是在一個出乎意料之外、幾乎沒有任何工事的地點爆發的。

若不管戰鬥是怎麼進行的，只要看一看博羅金諾戰場，就能一目了然：這個戰地是以科洛恰河為掩護，用來阻止沿斯摩棱斯克大路進犯莫斯科的敵軍。

二十四日，拿破崙來到瓦盧耶瓦，他沒有看見博羅金諾的俄國陣地——因為它並不存在，也沒有看見俄國的前哨。出乎俄國人意料之外的是，拿破崙把他的軍隊移過科洛恰河，如此一來，俄軍來不及迎接大會戰了，只好撤掉原本計畫據守的左翼陣地，佔領一個不曾料到、也沒有修築工事的新陣地。於是，二十六日的大會戰就在烏季察、謝苗諾夫斯科耶和博羅金諾之間的平原上打響了。

由於俄軍的將領不願、或者來不及在二十四日晚上展開大會戰，以至於博羅金諾戰役的第一仗，也是主要的一仗，在二十四日就打輸了，並導致二十六日那一仗的失敗。

在舍瓦爾金諾多面堡淪陷後，二十五日清晨俄軍已經沒有左翼陣地了，不得不把左翼往後撤，選擇任意一個地方倉促地構築工事。

更加不利的是，俄軍將領不肯承認左翼已失守、戰場已由右向左轉移的事實，仍駐留在諾沃耶村至烏季察的狹長陣地之內。因此在戰鬥期間，俄軍僅能以一半兵力抵抗法軍對左翼的進攻。

由此可見，博羅金諾戰役並不是在一個選定的、設了防的陣地上進行的，俄軍的兵力也並非稍弱於敵軍；實際上，俄軍由於失去舍瓦爾金諾多面堡，不得不在防禦薄弱的地區，以約只有法軍一半的兵力應戰。而在這樣的條件下，連續堅守十小時，並將戰局拉平，就顯得不可思議了。

20

二十五日清早，皮埃爾離開莫札伊斯克，出城做禮拜。他下了馬車，徒步前進。後方有一個騎兵團正從山坡下來，他們迎面來了一隊大車，載運昨天在戰鬥中負傷的士兵，在陡峭的山坡路上顛簸著。路被騎兵團堵住了，皮埃爾停下來，靠到鏟平的山路邊上。一輛傷兵車停在皮埃爾身旁，一名手臂受傷的年老士兵跟在車後步行，他轉頭看了看皮埃爾。

「我說，老兄，要把我們扔在這裡？還是送去莫斯科？」他問。

皮埃爾正陷入沉思，沒聽見有人問他，他時而看向騎兵團，時而看向身旁的大車。

「這年頭，不僅看見了士兵，也看見了農夫！農夫也被趕上戰場了！」那名傷兵苦笑道，「沒什麼分別了……為了莫斯科，要老百姓一起衝上去，他們要硬拚到底啊！」皮埃爾明白了他的意思，贊同地點點頭。

路通了，皮埃爾走下山坡，坐車繼續前進。

皮埃爾一路上左顧右盼，想找到一張熟悉的面孔，一直走了四俄里，才遇到第一個熟人，高興地向他打招呼。對方是一名軍醫，他坐著一輛篷車，向皮埃爾迎面駛來。

「伯爵！您怎麼到這裡來了！」醫生問。

「想來看看……」

「是啊，是啊，有得看了……」

皮埃爾跟醫生交談起來，他說自己打算參加戰鬥，醫生勸他直接去見總司令。

「在開戰的時期，您何必來這個誰也找不到的地方呢？」他說，「無論如何，總司令會厚待您的。老兄，就這麼辦吧！」醫生說。他好像很疲倦而且匆忙。

「您是這麼想的嗎……不過我還想問您，陣地在哪裡？」皮埃爾說。

「陣地？」醫生說，「那就不關我的事了。過了塔塔里諾沃，那裡有許多人在挖戰壕，您爬上那個山丘就能看見了。」

「從那裡可以看見？要是您……」

但是醫生打斷了他的話，向篷車走去。

「我本來可以送您一程，可是，我的事情太多了，我還得趕到兵團司令那裡去……您知道嗎？伯爵，明天就要打一場大仗，至少會有兩萬名傷患！可是我們的器材與人手還不夠應付六千人，只好自己看著辦了。」

在那成千上萬活潑的、健康的、年輕或年老的人之中，有兩萬人註定要傷亡，這個奇怪的念頭使皮埃爾不由得感到吃驚。

在往塔塔里諾沃的路上，有一棟地主的住宅，那裡停著幾輛馬車、一些勤務兵和哨兵。總司令就住在那裡。但是當皮埃爾到的時候，他卻不在，跟著幾乎所有參謀去做禮拜了。皮埃爾繼續坐車朝戈爾基前進。

皮埃爾的車到了山村裡一條不大的街上，他在這裡第一次看見了農民後備軍，他們一邊大聲談笑，一邊滿身大汗地在一座長滿青草的大土丘上幹活，兩個軍官站在土丘上指揮。

皮埃爾看見這些農夫正為了當上軍人而開心、他想起了莫札伊斯克的那些傷兵，他開始明白士兵說的「要老百姓一起衝上去」的意思。這些在戰場上幹活的農夫們穿著笨重的靴子，汗流浹背，領口敞開著，露出裡面曬黑的鎖骨，這副景象比皮埃爾過去所見到的一切都更加使他感到嚴肅。

21

皮埃爾下了馬車，從幹活的後備軍人身邊走過，爬上醫生告訴他的土丘。

這時是上午十一點左右。一輪太陽高懸在皮埃爾的左後方，照耀著面前如圓劇場般隆起的戰地全貌。斯摩棱斯克大路從左上方穿過圓形劇場，蜿蜒在座落於土丘前的博羅金諾村，又從村子下方穿過，跨過一座橋，一起一伏地盤旋在幾個山坡上，一直延伸到六俄里外的瓦盧耶瓦村，之後就隱沒在地平線上一片森林裡了。在森林和大路的兩旁，到處都可以看見冒煙的篝火和敵我雙方的士兵。

皮埃爾眼前看到的一切，都是那麼不明確。他看見田野、草地、軍隊、篝火、村莊、丘陵、小河，但無論怎麼看，都無法從這充滿生命力的地方找到戰場，甚至分不清敵我的隊伍。

「得問一個熟悉情況的人。」他想，於是轉身問一個軍官。

「請問，」皮埃爾對那個軍官說，「前面是什麼村莊？」

「是布林金諾吧？」那個軍官問他的伙伴。

「博羅金諾。」另一個糾正他說。

顯然，這個軍官樂於與他談話，於是湊近皮埃爾。

「那裡是我們的人嗎？」皮埃爾問。

「是的，再往前去就是法國人，」那個軍官說，「那些就是他們，你看。」

「哪裡？哪裡？」皮埃爾問。

「用肉眼就看得見。就在那裡！」軍官指著河對岸的煙霧。

「啊，那是法國人！那裡呢？……」皮埃爾指著左邊的山丘，那附近有一些隊伍。

「那是我們的人。」

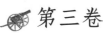

「啊，是我們的人！那邊呢？」皮埃爾指著另一座山丘，旁邊有一個座落在山谷裡的村子，也有一些篝火在冒煙。

「那昨天是我們的，現在是他的了。」那個軍官說。那就是舍瓦爾金諾多面堡。

「那麼我們的陣地呢？」

「陣地？」那個軍官得意地說，「這個我可以回答您，因為我修築過我軍所有的工事。在那裡，看見嗎？我們的中心在博羅金諾，就在那裡。」他指著前方的村莊，「您瞧，那裡有一座橋，那是我們的中心。那裡是莫斯科河，有三個多面堡，修築得非常堅固。右翼……」軍官停住了，「這很難解釋清楚……昨天我們的右翼在那裡，舍瓦爾金諾，看到了嗎？現在我們把左翼撤了，撤到那裡——看見那個村子嗎？那是謝苗諾夫斯科耶，而那裡，」他指了指那座土丘，「不過，仗未必在那裡打，無論如何，明天我們的人都要大大地減少了！」

一個年老的中士走過來，打斷了長官的話。

「該去取土筐了。」他說，口氣頗為嚴厲。

軍官慌了起來，似乎想起自己不該說這些話。

「對了，還要派三連去。」軍官急忙說。

「您有何貴幹，是醫生嗎？」

「不是，我隨便看看。」皮埃爾回答道，然後繞過那些後備軍人走下山丘。

「該死的東西！」軍官跟在他後面，捂著鼻子從幹活的人們身旁跑過，說道。

「瞧，他們來了！那是聖母……馬上就要到了！」突然聽見嘈雜的人聲。

博羅金諾山腳下出現了遊行的教會隊伍，後備軍人們都扔下鐵鍬跑去。隊伍後面，是穿著法衣的神父們，再後面是由士兵和軍官抬著的聖像，聖像周圍是成群的軍人，他們走著，跑著，跪拜叩頭。

聖像抬到山上就停了下來，讀經員開始祈禱，並唱詩歌。所有人的臉上都露出即將面臨重大事件時的表情，聽得見嘆息聲和在胸前畫十字發出的聲音。

圍著聖像的人群忽然閃開來，推擠著皮埃爾。從人們匆忙地讓路這一點來看，向聖像走來的大概是一個非常顯要的人物。

這是視察陣地的庫圖佐夫。他在回塔塔里諾沃的路上前來祈禱。皮埃爾立刻認出了他。

庫圖佐夫在神父後面停住，他畫了十字，然後鞠了一躬，低下了頭。他的後面是貝尼格森和侍從。後備軍人和士兵不曾看過總司令一眼，繼續虔誠地禱告著。

祈禱完畢了，庫圖佐夫走到聖像前，跪下叩頭，接著又鞠了一躬，將軍與軍官們也照做了。士兵和後備軍人互相推擠著，流露出激動的神情在地上爬行。

22

被擠得跌跌撞撞的皮埃爾，向四處張望著。

「伯爵，彼得．基里洛維奇！您怎麼在這裡？」不知是誰在叫他，皮埃爾回頭看了一眼。

鮑里斯．德魯別茨科伊微笑著走了過來，他穿著雅致，一副剽悍英武的氣派。

這時，庫圖佐夫向村莊走去，到了最近一戶人家，坐在陰涼處的一張長凳上，被侍從包圍著。

聖像向前移動了，後面跟著一大群人。皮埃爾站在離庫圖佐夫不遠處跟鮑里斯談話。他說自己想參加戰鬥，並且察看一下陣地。

「好啊，這樣做很好，」鮑里斯說，「我會代表軍營招待您，您可以從我的上司貝尼格森伯爵要去的地方把一切看清。如果您想巡視陣地，可以跟我們去左翼。回來後就在我們那裡過夜，您不是認識德米特里．謝爾蓋耶維奇嗎？他也住在那裡。」

「不過我很想看看右翼，聽說右翼很強。」皮埃爾說。

「好的，這以後再說，最重要的是左翼……」

「是的，是的。博爾孔斯基的團在哪裡？您能告訴我嗎？」皮埃爾問道。

「安德烈．尼古拉耶維奇嗎？我們會從那裡經過，我帶您去找他。」

「我們的左翼怎麼樣？」皮埃爾問。

「偷偷告訴您，天知道左翼的情況怎麼樣，」鮑里斯小聲地說，「貝尼格森伯爵完全不是這麼想的，他原打算在那個山丘上設防，而不是現在這樣。但是……」他聳了聳肩，「總司令不同意，您知道……」話還沒說完，庫圖佐夫的副官凱薩羅夫就來了，「啊！派西．謝爾蓋耶維奇，我正為伯爵介紹我們的陣地呢。真奇怪，總司令對法國人的意圖怎麼預料得這麼准！」

「您是說左翼嗎？」凱薩羅夫說。

「是的，是的。我們的左翼現在非常堅固。」

雖然庫圖佐夫把參謀部多餘的人都調走了，鮑里斯仍然留在司令部，他從貝尼格森伯爵那裡謀了個職位。貝尼格森對他賞識有加。

軍隊領導層中有兩派。庫圖佐夫派與參謀長貝尼格森派，鮑里斯屬於後者，但仍曲意奉承庫圖佐夫。由於明天的戰鬥將有重賞，一批新人將被提拔。因此，鮑里斯整天情緒激昂。

在凱薩羅夫之後，又有一些熟人走過來，每個人的表情都既興奮又驚慌。皮埃爾心想，有些人之所以緊張，八成是因為考慮到個人得失；而另一些人緊張，則是關心全體的生死問題。這種緊張始終縈繞在皮埃爾心頭。庫圖佐夫看見了皮埃爾和圍著他的一群人。

「叫他來見我。」庫圖佐夫說。副官將皮埃爾領向長凳，但有一個後備軍人搶在他的前頭朝庫圖佐夫走去。這人是多洛霍夫。

「這傢伙怎麼在這裡？」皮埃爾問。

「這個騙子，沒有他到不了的地方！」有人這樣回答道。

「他被降為士兵，現在又被提升了。他提出一些作戰方案，還在夜裡潛入敵人的散兵線……倒是條好漢！」

皮埃爾脫下帽子，恭恭敬敬地向庫圖佐夫鞠了一躬。

「我認為，如果我向您稟報，您可能會把我趕走；或是說您已經知道我報告的事；即使這樣，也沒有關係……」多洛霍夫說。

「是的，是的。」

「但如果我對了，就會為祖國帶來好處，我隨時準備為祖國獻身。」

「是的……是的……」

「假如總司令需要不吝惜生命的人，請想起我……也許您用得上我。」

「是的……是的……」庫圖佐夫重複著，微笑地望著皮埃爾。

這時，鮑里斯迅速走到皮埃爾身邊，低聲對他說：

「後備軍人都穿上了乾淨的白襯衫，準備為國捐軀。多麼英勇啊，伯爵！」

他對皮埃爾說這話，顯然是為了讓總司令聽見。他知道庫圖佐夫一樣會注意到這句話。

「你說後備軍人怎麼了？」庫圖佐夫問鮑里斯。

「總司令，他們穿上白襯衫，準備明天去赴死。」

「啊……無與倫比的人民！」庫圖佐夫說，「無與倫比的人民！」他嘆息著，重複說了一遍。

「您想聞聞火藥味嗎？」他對皮埃爾說。「是的，令人愉快的氣味。我很榮幸作為尊夫人的崇拜者。她好嗎？我的住處可以供您使用。」

當皮埃爾離開庫圖佐夫時，多洛霍夫走近皮埃爾，握起他的手。

「我很高興在這裡看見您，伯爵，」他堅定而激昂地說著，「在這沒有人知道自己死活的前夕，我很高興能有機會對您說，我為我們之間發生過的誤會感到抱歉，希望您對我不再有任何芥蒂。請原諒我。」

皮埃爾看著多洛霍夫，不知該說些什麼，只是微笑著。多洛霍夫擁抱皮埃爾，吻了吻他。

鮑里斯對他的將軍說了幾句話，於是貝尼格森轉向皮埃爾，邀他一同去視察戰線。

「那會使您感興趣的。」他說。

「是的，會非常有趣。」皮埃爾說。

半小時後，庫圖佐夫向塔塔里諾沃進發。貝尼格森帶著侍從和皮埃爾，一起去視察戰線。

23

貝尼格森離開戈爾基，順著山坡大路向大橋進發，這就是軍官剛才指出的陣地中心。他們馳過橋，進入博羅金諾，再向左轉，來到一座有士兵在挖土的山丘。

皮埃爾沒有特別注意這個多面堡。隨後他們經過一條山溝來到謝苗諾夫斯科耶村，又翻過一座山，經過一片像平坦的黑麥田，來到了正在構築的凸角堡。

貝尼格森在凸角堡停下來，向前眺望那座原屬於俄軍的舍瓦爾金諾多面堡，他們說，拿破崙或是繆拉就在裡面。皮埃爾也往那邊看，極力猜測那裡面的人哪一個是拿破崙。

貝尼格森開始對軍官們講解俄軍的形勢。皮埃爾聽著這一番講解，絞盡腦汁想弄清戰役的真相，但是他很苦惱，一點兒也沒聽懂。

貝尼格森停住了，看著仔細傾聽的皮埃爾，忽然對他說：

「你大概不感興趣吧？」

「啊，正好相反，非常感興趣。」皮埃爾說了違心的話。

他們離開凸角堡向左轉，沿著蜿蜒的小道前行，走進一片稠密的樹林中，來到一片林間空地上，這裡駐紮著防守左翼的圖奇科夫兵團。

貝尼格森在這裡激動地講了很久。在圖奇科夫的駐地前方有一個高地，那裡並未駐紮軍隊，貝尼格森大聲地批評這個錯誤，幾名將軍也附和了這個意見。於是，貝尼格森自作主張，命令把軍隊都轉移到高地上去。

皮埃爾完全明白他們說的話，也贊成他們的意見；但也正因為如此，他無法理解那個把軍隊部署在山下的人怎麼會犯下如此明顯、重大的錯誤。

皮埃爾不知道，這些軍隊佈置在那裡，並不像貝尼格森所想的是為了守衛陣地，而是隱蔽起來的伏兵，用來出其不意地打擊來犯的敵人。貝尼格森不知道這一點，沒有向總司令報告，便自作主張把軍隊調到前面去。

24

八月二十五日傍晚，安德烈在克尼亞茲科沃村的一間破棚屋裡躺著，他的團就駐紮在村邊。

安德烈覺得，儘管他現在的生活煩悶、痛苦，無人關心，但仍然像七年前在奧斯特里茨戰役前夕那樣，心情激動而焦躁。

他知道，明天的戰鬥將是他參加過的戰鬥中最激烈的一次，他生平第一次生動地、確信無疑地想到了死亡的可能，這死亡與塵世生活無關，只關係他本身的靈魂。從這個層面來看，從前使他痛苦和擔心的一切，忽然被一道寒冷的白光照亮了，那道白光既無陰影，也無遠景，更無輪廓的差別。

「榮譽、幸福、愛情，甚至祖國——我過去覺得這些景象是多麼壯麗，蘊藏著多麼深刻的思想！而今天在寒冷的白光下，卻變得如此簡單、蒼白和粗糙。」他此時的注意力特別集中在他生平的三大不幸之上：他的愛情、父親的去世和法國人的入侵，「愛情！那個充滿了神秘的小姑娘。我多麼愛她啊！我為她訂了幸福的計畫。啊，我真傻！」他憤恨地說，「我曾相信，就算我整年不在，她仍會對我忠貞不渝！而這一切都想得太簡單了……太簡單了，討厭！」

「我父親辛苦建設童山，可是拿破崙卻來了，把他的童山以及他的生活都摧毀了。瑪麗亞說這是上天的考驗，可是既然他已經死了，這考驗又是為了什麼呢？是對誰的考驗呢？祖國！莫斯科的毀滅！明天我就要死了，他們會把我扔進坑裡埋掉。然後新的生活就形成了，而我卻不會知道它們，因為我將不存在了。」他望了望窗外的白樺樹，「明天我被殺死，我就不存在了……這些東西還在，可是我不在了。」他生動地想像他不存在時生活中的情景，忍不住打了一陣寒戰。於是趕緊站起來，走出屋外。

突然，他聽到棚屋後面有說話聲。

「誰？」安德烈吆喝了一聲。是季莫欣上尉，他現在已當了營長。他膽怯地走進棚屋，後面跟著一個副官和團部的軍需官。

安德烈聽軍官們彙報公事，然後對他們作出一些指示。這時，屋後傳來熟悉的低語聲。

「見鬼！」一個人被什麼絆了一下，說。

安德烈往外看去，看見了向他走來的皮埃爾，差點被地上一根杆子絆倒。

看見皮埃爾，讓安德烈感到不愉快，因為這令他想起了莫斯科之行的痛苦，「噢，是你！」他說，「你怎麼來了？真想不到。」

當安德烈說話時，他的臉上表現出冷淡且敵視的意味，皮埃爾察覺了這一點，立刻從原本的興高采烈變得局促不安起來。

「我來……嗯……您知道……因為很有趣。」皮埃爾說，「我想看一看戰鬥的情況。」

「是的，是的，共濟會員們對戰爭有什麼看法？怎樣才能防止戰爭啊！」安德烈譏諷地說，「莫斯科怎麼了？我家人怎麼了？他們都到莫斯科了嗎？」

「他們都到了。是朱莉·德魯別茨卡婭告訴我的。我去拜訪過他們，但是沒遇見，他們到莫斯科近郊的莊園去了。」

25

軍官們要告辭了，但安德烈似乎不願和他的朋友單獨待在一起，於是請他們留下來喝茶。軍官們驚訝地看著皮埃爾，聽他講述莫斯科的情形，以及在巡視中見到的軍隊部署。安德烈臉色陰沉，皮埃爾盡量不去看他。

「所以，整個軍隊的部署你都清楚了？」安德烈打斷他的話說。

「是的，怎麼了？」皮埃爾說，「我不是軍人，不敢說全部懂，但大致清楚。」

「這麼說來，你比誰知道得都多。」安德烈說。

「啊！」皮埃爾狐疑地盯著他，「您對任命庫圖佐夫有什麼看法？」

「我非常高興，我能說的就是這些。」

「嗯，那您對巴克萊．德．托利有什麼看法？」

「你問他們。」安德烈指著軍官們說。

皮埃爾帶著虛心請教的微笑望著季莫欣，大家也都帶著情不自禁地微笑看他。

「大人，自從總司令上任以來，大家又看見希望了。」

季莫欣說，不時不安地看看他的團長。

「那是為什麼呢？」皮埃爾問。

「就說關於木柴或飼料的事吧！我們從斯文齊亞內撤退時，沒有帶走一根樹枝、一根乾草，全留給拿破崙了，是吧？大人，」他轉向公爵說，「為了這件事，團裡有兩名軍官被送交軍事法庭，但卻被總司令擋下來了。我們看見希望了……」

「那麼他為什麼禁止呢？」

「為了留給敵人，」安德烈挖苦地說，「理由很簡單：不讓士兵養成搶劫的習慣。至於巴克萊，他在斯摩棱斯克的判斷很正確，他說法國人可能憑恃優勢兵力包圍我們。但是他不明白，」安德烈喊叫起來，「他不明白，我們是為了俄羅斯的土地而戰！我們一連兩天打退了法國人，但他卻下令撤退，白費了所有的努力和損失。他努力把一切都做好，把一切都考慮得周到，但也正是因此壞事的。」

「可是，聽說他是一個精明的統帥。」皮埃爾說。

「我不懂什麼是精明的統帥。」安德烈嘲笑地說。

「精明的統帥，」皮埃爾說，「能預見一切偶然的事件……也能猜到敵人的意圖。」

「這是不可能的。」安德烈堅定地說道。

皮埃爾驚奇地看了看他。

「不過，」他說，「大家都說，戰爭就像下棋。」

「是的，」安德烈說，「不過還是有些差異，下棋沒有時間限制。而且下棋時，馬永遠比卒強，兩個卒比一個卒強；但在戰爭中，一個營可能比一個師還強，也可能反而不如一個連。」他說，「如果說軍隊的部署是關鍵的話，那麼我就留在司令部當參謀了，但我沒有那麼做，而是到軍團裡服務。我認為，勝利從不取決於陣地，也不取決於武裝，甚至不取決於數量。」

「那麼取決於什麼呢？」

「取決於士氣——我的，他的，」他指著季莫欣說，「以及每個士兵的。」

安德烈一反平時沉默寡言的態度，變得激動起來了，顯然情不自禁想說出腦中的想法。

「誰的決心最強，誰就能勝利。為什麼我們在奧斯特里茨戰敗了？因為我們太早認輸了，所以失敗。我們一心想撤離戰場，高喊：『輸了！快逃吧！』於是我們逃跑了。明天我們就不會這麼說了，勝負取決於千千萬萬的偶然事件，是我們還是他們要逃跑？是這個人還是那個人被打死？至於和你一起巡視陣地的那些人，不僅對戰役的輸贏不會有幫助，而且只有妨礙。他們只關心自己的利益。」

「在這關鍵的時刻嗎？」皮埃爾責怪地問。

「一點都沒錯，」安德烈說，「對他們來說，這個時刻只不過是能暗算對手和謀取一枚勳章或一條綬帶的機會罷了。對我來說，卻是十萬俄軍和十萬法軍的互相廝殺。而誰打得最凶、最不怕死，誰就會取勝。我可以告訴你，明天勝利的一定是我們，無論如何，一定是我們！」

軍官們站起身來，安德烈與他們走出棚屋，並叮嚀副官一些事。軍官們走後，皮埃爾正想對安德烈說話，不遠的路上突然傳來了馬蹄聲，安德烈往那邊一看，認出是沃爾佐根和克勞塞維茲（後《戰爭論》之作者）。他們一邊談話，一邊走近。

「戰爭應當移到廣闊的地帶，這個意見我十分讚賞。」其中一個說。

「哦，是的。」另一個說，「目的在於削弱敵人，不應計較個人的得失。」

「哦，是的。」第一個同意說。

「是的，移到廣闊的地帶，」當他們走後，安德烈氣憤地哼了一聲，「留在童山的我的家人，就在那廣闊的地帶，反正對他來說無所謂。這些德國人明天不是去打贏這場戰鬥，而是盡其所能地搞破壞，他們的腦中只有些一文不值的空洞理論，卻來教訓我們——真是好老師啊！」

「那麼，您認為明天這一仗能打贏嗎？」皮埃爾問道。

「是的，是的。」安德烈心不在焉地回答，「如果我可以的話，我絕不收容俘虜！這些法國人毀掉我的家園，又想毀掉莫斯科，他們是我的敵人、是罪犯，應該把他們處死！不管他們在蒂爾西特是怎樣談判的。」

「是的，是的，」皮埃爾說著，「我完全、完全贊同您的意見！」

一整天以來困擾著皮埃爾的問題，現在終於完全解決了。他理解了這場戰爭的全部意義及其重要性，也明白了人們為什麼那樣從容地、滿不在乎地去赴死。

「不收容俘虜。」安德烈繼續說，「這種寬大為懷的原則，簡直令人作嘔。就像一名千金小姐，她一看見被宰殺的牛犢就會暈倒，但是卻津津有味地吃著牛排。什麼戰爭法、騎士精神、軍使的責任、憐憫等等，全是廢話！他們搶劫我們的住宅、發行假鈔，屠殺我們的孩子和父親；誰要是跟我遭受過同樣的痛苦……」

安德烈突然間停住不說了，他默默地來回踱步，眼睛閃閃發光。當他又開始說話時，他的嘴唇哆嗦著：

「如果戰爭沒有寬大，那麼人們就只有在值得赴死的時候，就像現在這樣，才會去打仗。戰爭不是請客吃飯，而是世上最醜惡的事情，應該瞭解這一點，不要把戰爭當兒戲，不然，戰爭就成為懶漢與輕浮之輩喜愛的消遣了。但是什麼是戰爭呢？怎樣才能打勝仗？軍隊應該是什麼樣子？戰爭的目的是殺人，戰勝的手段是間諜、叛變、欺騙、搶劫，軍隊應該守紀律、無知、殘忍，誰殺人最多，誰就得到最高獎賞，並為了殺死了許多人而舉行感恩祈禱，隆重地宣布勝利。上帝會怎樣從天上看待他們啊！」安德烈喊道，「啊，朋友，近來我很難過，我懂得太多了，唉！日子不長了！」他又說，「不過，你我都該休息了，你快回戈爾基吧。」

「啊，不！」皮埃爾回答說，用吃驚、同情的目光望著安德烈。

「走吧！走吧！戰鬥前必須好好睡一覺。」安德烈擁抱了皮埃爾，並吻他，「再會，你走吧！我們不會再見面了……」他連忙轉身回到屋裡。

天已經黑了，皮埃爾看不清安德烈臉上的表情是凶惡還是溫柔。他默默地站了一會兒，思考該不該跟安德烈進去，「不，他不希望我再進去！」他心想，「我知道，這是我們最後一次見面了。」他深深嘆了口氣，騎馬回戈爾基去了。

安德烈回到棚屋裡，躺在毯子上，怎麼也睡不著。

他閉上眼，一幅幅畫面在他腦中輪流地出現。他生動地回想起在彼得堡的一個晚上，娜塔莎興高采烈地對他講述去年夏天她採蘑菇的事情。安德烈當時望著她的眼睛微笑著，現在也同樣愉快地面帶笑容。「我瞭解她，」安德烈想道，「不僅瞭解，而且愛她那內在的精神力量，她的真誠坦率，她那彷彿和肉體融為一體的靈魂……愛得如此強烈，如此幸福……」他突然想起這段愛情是如何結束的，彷彿被燙了一下似的跳起來，又在屋前走來走去。

26

八月二十五日，博羅金諾戰役前一晚，法國皇宮長官德波塞和法布維埃前來瓦盧耶瓦覲見皇帝，前者從巴黎來，後者從馬德里來。

德波塞進了拿破崙帳篷的第一個房間，一面和周圍的拿破崙的副官談話，一面打開獻給皇帝的禮盒。法布維埃沒進帳篷，在門口跟認識的將軍們談話。

拿破崙還沒出來，他正在打扮。一個副官走進臥室，向皇帝報告昨天在戰場上抓獲多少俘虜，報告完後就站在門旁，等候吩咐。拿破崙皺著眉頭，翻眼看了看副官。

「沒有俘虜，」他重複副官的話，「他們逼我殲滅他們，這對俄軍更壞！」

「好了！讓德波塞進來，法布維埃也進來。」他對那個副官點點頭，說道。

「是，陛下。」副官走出了帳篷。

兩個近侍連忙為皇帝穿好衣服。於是他穿著近衛軍的藍制服，快速走進接待室。

德波塞正忙著把皇后送的禮物放在正對皇帝進門處的椅子上。沒料到皇帝這麼快就穿好衣服走了出來，以至於他來不及佈置好這驚喜的場面。

拿破崙看出他們在做什麼。他不希望失去了驚喜的快樂，於是裝著沒看見德波塞，只把法布維埃叫過來。他皺著眉頭，默默地聽著法布維埃講述法軍在薩拉曼卡的戰鬥，那場戰爭的結局是可悲的。

「我一定會在莫斯科扳回一城，」拿破崙說，「再見。」他把德波塞叫來，德波塞這時已經佈置好驚喜的場面，他把東西放在椅子上，用一塊布蓋著。

拿破崙愉快地接見他，揪了揪他的耳朵。

「我很高興您趕來了，巴黎有什麼消息嗎？」他說。露出了和藹可親的表情。

「陛下，全巴黎都在想念您呢。」德波塞回答。拿破崙聽了很高興，又揪了揪他的耳朵。

「讓您遠道而來，很抱歉。」他說。

「陛下！我就知道會在莫斯科城下見到您。」德波塞說。

拿破崙微笑了一下，心不在焉地接住副官遞來的金質鼻煙壺。

「是的，您來得正巧，」他說，「您喜歡旅行，三天後您就可以在莫斯科觀光了。」

德波塞鞠了一躬，對此關心表示了謝意，雖然他根本沒有旅行的愛好。

「啊！這是什麼？」拿破崙說，他看向那一件用布蓋著的東西。德波塞倒退兩步，揭開了那塊布說道：

「皇后獻給陛下的禮物。」

那是弗朗索瓦畫的一幅孩子的肖像，那孩子是奧國公主為拿破崙生的兒子。這個俊秀的孩子正在玩一顆球。球代表地球，另一隻手中的小棒代表權杖。

「好極了！」拿破崙走到肖像前，做出含情沉思的神態。他打了個手勢，要所有人都離開房間，留下這位大人物獨自在那兒欣賞。

他坐了一會兒，又把德波塞和值日官叫來，命令他們把肖像移到帳篷前，讓附近的近衛軍人有欣賞他們崇拜的皇帝之子的榮幸。

早餐後，拿破崙當著德波塞的面寫下給軍隊的指示。

「簡捷有力！」他讀著自己的告示時說道。

戰士們！這是你們期盼已久的戰鬥。勝利寄託在你們身上，我們一定要取勝！勝利能為我們帶來需要的一切——舒適的住宅、凱旋的榮耀。希望你們像在奧斯特里茨、弗里德蘭、維捷布斯克和斯摩棱斯克那般英勇戰鬥。讓我們的後代能自豪地回憶你們的豐功偉業。讓他們在提到你們時都說：他參加過莫斯科城下之戰！

「莫斯科城下！」拿破崙重複道，然後邀請德波塞去散步。他離開帳篷，走向已備好的馬。這時，他聽到近衛軍人在他兒子畫像前的歡呼聲，皺起了眉頭。

「把它拿開吧。」他用手指著畫像說，「參觀戰場對他來說還太早。」

德波塞閉上眼睛，低下頭，表示對皇帝的話完全理解。

27

八月二十五日這一整天，拿破崙是在馬上度過的。他觀察地形，研究元帥們遞上來的計畫，親自向將軍們發布命令。

俄軍沿著科洛恰河的戰線被突破了，俄軍的左翼由於舍瓦爾金諾多面堡的失陷，也向後撤了，新的戰線沒設防禦工事，無險可守，面對一片廣闊的平面。法國將領都認為應該進攻這一側戰線，但拿破崙卻另有想法，他否決了達烏元帥迂迴俄軍左翼的建議，又不顧內伊元帥的反對，命令康龐將軍率領他那一師穿過樹林。

拿破崙觀察過舍瓦爾金諾多面堡對面的地形之後，思索了一會兒，指出要在天亮以前佈置兩個炮兵陣地，以攻打俄軍的防禦工事，又指出與炮兵陣地並列的地點安置野戰炮。

他發出這些命令之後，就回到大本營，寫下了戰鬥部署。

> 內伊在平原上新建的兩個炮兵陣地，拂曉時向對面兩處敵人的炮兵陣地開火。
>
> 在此同時，第一團炮隊司令佩爾涅提將軍率領康龐的大炮，以及德塞和弗里昂的全部榴彈炮，向前推進、開火，用榴彈壓倒敵人的炮兵陣地。
>
> 第三兵團炮兵司令富歇將軍將第三、第八兵團的榴彈炮，安置在轟擊敵人左方工事的炮兵陣地兩側。
>
> 索爾比埃將軍隨時待命，一接到命令，立即用近衛軍的榴彈炮轟擊敵人的所有防禦工事。

炮擊時，波尼亞托夫斯基公爵通過樹林迂迴敵人的陣地。

康龐將軍通過樹林奪取第一個堡壘。

一聽見右翼炮聲，左翼立即開始炮擊，莫朗和繆拉一見右翼開始進攻，立即猛烈開火。

繆拉要佔領村子（博羅金諾），然後越過三座橋，率領莫朗和熱拉爾兩師進攻多面堡。

進入戰鬥後，將視敵人行動隨時發布命令。這一切都要有條不紊地完成，盡可能保留後備部隊。莫札伊斯克附近御營。

一八一二年九月六日

從戰爭的結果來看，這些部署是極端模糊而混亂的，它包括四項命令，沒有一項成功實現。

第一項命令：拿破崙所指定的炮隊陣地，要向俄國的凸角堡和多面堡開火。這是辦不到的，因為在他指定的那些地點，炮彈射不到俄國的工事。

第二項命令：波尼亞托夫斯基通過樹林向博羅金諾進軍，迂迴俄軍的左翼。這也是不可能的，因為波尼亞托夫斯基在進軍途中，就遭遇圖奇科夫的阻擊。

第三項命令：康龐將軍通過樹林奪取第一座堡壘。但他們沒能做到，因為一走出樹林，他們就面臨了拿破崙意想不到的霰彈火力。

第四項命令：繆拉佔領博羅金諾，然後率領莫朗和熱拉爾兩師進攻多面堡。實際上，繆拉卻從左方向多面堡進攻，而莫朗和弗里昂兩師則從正面進攻。

他的一切部署都未曾執行。繆拉越過博羅金諾，在科洛恰被打退；多面堡沒有被莫朗和弗里昂兩師佔領，而是在最後被騎兵攻下。部署又提到說，當戰鬥開始後，將按照敵人的行動隨時發布命令，實際上，戰鬥發生時拿破崙距離戰場很遠，不可能知道戰鬥的情形。他的命令沒有一項是可行的。

28

許多史學家說，法國由共和變為帝制，或是入侵俄國，全出於拿破崙一個人的意志；而法軍未能在博羅金諾戰役取勝，也是因為拿破崙的感冒干擾他的判斷力所致。這些論斷在一些史學家看來無疑是合乎邏輯的。

但是對於不認同這個觀點的人來說，這項結論不僅是不正確、不合理的，而且與人類的現實生活互相矛盾。關於歷史事件形成的另一個原因是：世界上的一切事是上天註定的，它取決於參加事件的人們的任意行動的巧合，拿破崙之類的人物對於事件程序的影響，不過是表面的。

因此，博羅金諾八萬人的死傷也不是依拿破崙的意志發生的，他不過是發布命令罷了，既沒有對任何人射擊，也沒有殺一個人，一切都是士兵做的。由此可見，殺人的不是他。

而法國士兵在博羅金諾戰役中屠殺俄國士兵，並不是由於拿破崙的命令，而是出於自願。當他們飢腸轆轆，累得精疲力盡，一看見阻礙他們前往莫斯科的軍隊，他們立刻就殺紅了眼。假若拿破崙當時禁止他們和俄國人戰鬥，他們就會反過來把他殺掉，然後再去打俄國人，因為這是他們非做不可的事。

在戰鬥過程中發號施令的也不是拿破崙，因為他的戰鬥部署沒有一條是付諸實行的，而且在他不知道戰場的狀況。因此，那些人互相殘殺，並不是按照拿破崙的意志發生的，而拿破崙感冒，並不比隨便一個運輸兵感冒具有更大的歷史意義。

一些作者又說，由於拿破崙感冒，他的部署和戰時的命令沒有過去高明，這完全不正確，正是這一點說明拿破崙八月二十六日的感冒沒有什麼意義。

這次的戰鬥部署並不比他先前的所有戰鬥部署來得差，甚至還要好些。他在戰鬥中發布的命令也並不比以前的更差。之所以會顯得比以前差，只不過是因為博羅金諾戰役是拿破崙的第一場敗戰罷了。

拿破崙在博羅金諾戰役中的表現並不比在其他戰役中來得差，甚至更好些。他並沒有作出妨礙戰鬥進行的事情，他傾聽比較合理的意見，他沒有手忙腳亂，沒有自相矛盾，沒有驚慌失措，也沒有從戰場上逃跑，而是施展了他那巨大的節制能力和作戰經驗，鎮靜而莊嚴地扮演了他那貌似統帥的角色。

29

拿破崙在第二次細心地巡視了前線歸來後，說：

「棋盤擺好了，比賽明天就開始。」

他叫來德波塞，開始和他聊起巴黎。他對宮廷瑣事仍記得十分清楚，使這位宮廷長官感到驚奇。

喝完第二杯酒之後，拿破崙覺得明天有一樁嚴重的事情在等待著他，就先去休息了。

他擔心即將面臨的事情，以致無法入睡，而夜裡的潮濕更加重了他的感冒。凌晨三點鐘，他大聲擤著鼻子，走進帳篷的大房間。他問俄國人是否已經撤退，人們回答說，敵人的火光仍在原地不動。他點了點頭。

值日副官走進帳篷。

「喂，拉普，你看我們今天能打贏嗎？」他問副官。

「毫無疑問，陛下。」拉普回答說。

拿破崙看了看他。

「您還記得您在斯摩棱斯克對我說的話嗎？」拉普說，「瓶塞已經打開，就要把酒喝掉。」

拿破崙皺起眉頭，用手支著頭默默地坐了很久。

「可憐的軍人！」他突然說，「自從斯摩棱斯克戰役以來，大大地減少了。可是，拉普，近衛軍還完整吧？」他疑惑地說。

「是的，陛下。」拉普回答。

拿破崙把藥放進嘴裡，看了看錶。他不想睡了，離天亮還很久，於是想著如何打發時間。

「麵包和米都發給近衛軍了嗎？」拿破崙嚴厲地問。

拉普回答說，他已經傳達了發米的命令，但是拿破崙不滿意地搖搖頭。僕人拿著酒走進來，拿破崙吩咐給拉普一只杯子，然後默默地飲起酒來。

「既沒有味覺，也沒有嗅覺，」他聞著杯子說，「感冒可把我害慘了。這些醫生連感冒都治不了，還談什麼醫學？我們的身體是一架活機器，別去干預它，讓它自己保護自己，比用藥去妨害它要好得多。」他侃侃而談道，「拉普，您知道什麼是軍事藝術嗎？就是在一定的時間內變得比敵人強的藝術。如此而已。」

拉普什麼也沒有回答。

「明天我們要和庫圖佐夫對決了！」拿破崙說，「您記得嗎？他在布勞瑙指揮一支軍隊，一連三個禮拜都沒有去視察。等著瞧吧！」

他又看看錶，才四點鐘。他走出了帳篷，看見近處法國近衛軍的篝火不太亮，遠處沿著俄軍戰線的篝火透過煙霧閃著亮光。寂靜無聲，只聽得見法軍開始進入陣地的沙沙聲和腳步聲。

拿破崙在帳篷前走了走，經過一個正在站崗的高個子衛兵。衛兵一看見皇帝，就把身子挺得像根柱子。

「你是哪一年入伍的？」他問。那個士兵回答了他。

「啊！是一個老兵了！你們團裡領到米了嗎？」

「領到了，陛下。」

拿破崙點點頭，就走開了。

五點半鐘，拿破崙騎著馬到舍瓦爾金諾村。

天漸漸亮了，萬里晴空。被遺棄的篝火在晨曦中快燃盡了。

右邊響起一聲沉重的炮擊聲，過了幾分鐘，響起第二、第三聲炮擊，右邊不遠處又響起第四、第五聲。最初的炮擊聲還沒完全消失，新的炮擊又響起來，接二連三地響成一片。

拿破崙帶著隨從來到舍瓦爾金諾多面堡，下了馬。棋賽開始了。

30

皮埃爾回到戈爾基，命令馬伕把馬備好，明天一早叫醒他，然後就在鮑里斯隔壁的一個角落裡睡著了。

第二天早晨，當皮埃爾醒來時，屋裡已經沒有人了。窗戶玻璃震動著，馬伕站在床前推他。

「大人，大人，大人，……」馬伕拚命地推他的肩膀，一面呼喚。

「什麼？開始了嗎？時間到了？」皮埃爾醒來就問。

「您聽聽炮聲，」馬伕說道，「老爺們全出動了，司令也早就過去了。」

皮埃爾連忙穿上衣服，跑到門廊上。外面的炮聲聽得更清楚了。一個副官帶著哥薩克從街上急馳而過。

「時候到了，伯爵，時候到了！」副官喊道。

皮埃爾吩咐馬伕牽著馬跟他走。他步行到昨天瞭望戰場的那個土丘上，那裡有一群軍人，庫圖佐夫正用望遠鏡看著前面的大路。

皮埃爾登上土丘，眼前仍然是他昨天在這裡欣賞到的美景，但現在那一帶卻硝煙瀰漫，滿山遍野都是軍隊。最讓皮埃爾吃驚的，是博羅金諾和科洛恰河兩岸平川地帶的戰場景象。

在科洛恰河上面，以及博羅金諾村的兩邊，槍炮的硝煙和霧混在一起，透過煙霧可以看見白色的教堂、農舍的屋頂、密集的士兵、綠色的彈藥箱和大炮。博羅金諾附近的窪地和高地上，不斷地騰起大炮的團團濃煙。

皮埃爾很想到那有煙、有閃光、有活動、有聲音的地方去。他轉頭看了看庫圖佐夫和他的侍從，他發現大家都和他一樣，懷著同樣的感情望著前面的戰場。

「去吧，親愛的朋友，願基督與你同在。」庫圖佐夫對站在身旁的將軍說。

那個將軍領命之後，就從皮埃爾面前走過，下了山丘。

「到渡口去！」將軍冷淡地、嚴厲地對一個參謀人員說道。

31

「我也去，我也去。」皮埃爾心想，也騎上馬，追隨那個將軍去了。

皮埃爾跟隨的這名將軍，下山以後陡然向左轉，就消失在他的視線中了。皮埃爾馳進前面的步兵隊伍中，這些士兵帶著不滿的疑問目光看著這個胖子。

「幹嘛騎馬在隊伍裡亂闖！」一個人對他喊道。他只好馳到前面比較寬敞的地方。

前面是一座橋，橋旁的一些士兵正在射擊。這座在戈爾基和博羅金諾之間的橋，是法國人在戰役中首先進攻的目標。皮埃爾不知道這裡就是戰場，臉上流露笑容，四處張望著。

「那個人在前面幹什麼？」又有人對他喊道。

「靠左走！靠右走！」有些人對他喊道。

皮埃爾向右走去，意外地碰見他認識的拉耶夫斯基將軍的副官。這個副官怒目看了皮埃爾一眼，顯然也想喝斥他，但是認出他後，點了點頭。

「您怎麼到這裡來了？」他說了一句，就向前馳去。

皮埃爾覺得這不是他應該來的地方，就跟著副官馳去了。

「這裡怎麼啦？我可以跟著您嗎？」皮埃爾問。

「等一等。」副官回答，他馳到一個站在草地上的胖上校跟前，向他傳達了幾句話，然後才轉向皮埃爾。

「您怎麼到這裡來了？」他微笑對皮埃爾說，「您對什麼都好奇啊？」

「是的，是的。」

「這裡還算好，」副官說，「左翼的巴格拉季昂正打得不可開交。」

「真的嗎？」皮埃爾問，「那是哪裡？」

「來，我們一起到土丘上去，從那裡看得很清楚。」副官說，「怎樣，要來嗎？」

「好，我跟您去。」皮埃爾說。他和副官沿著山溝向拉耶夫斯基土丘走去，皮埃爾的馬一步一顛地落在副官後面。

「看來您不習慣騎馬，伯爵？」副官問。

「不，沒什麼，不知為什麼牠老是一蹦一蹦的。」皮埃爾莫名其妙地說。

「呃！……牠受傷了，」副官說，「右前腿，膝蓋上方。大概中彈了，恭喜您，伯爵，炮火的洗禮。」

他們在硝煙中經過第六兵團，走進一座不大的森林。皮埃爾和副官下了馬，徒步走上山丘。

「將軍在這裡嗎？」登上山丘時，副官問，

「剛才還在這裡，剛走。」人們指著右方，回答道。

副官回頭看了看皮埃爾，好像不知現在要怎樣安排他才好。

「不必費心，」皮埃爾說，「我到土丘上去，可以嗎？」

「去吧，那裡什麼都看得見，也不會危險。我待會再去找您。」

副官騎著馬走開了，他們再也沒有見面，很久以後皮埃爾才知道，他在當天失去了一隻手。

皮埃爾上去的那座土丘就是鼎鼎有名的拉耶夫斯基炮壘，在它周圍死了好幾萬人，法國人認為那是整個陣地最重要的據點。

這個多面堡是一座三面挖有戰壕的土丘。戰壕裡設有十門大炮，這時正伸出土牆的炮眼發射著。山丘兩旁的防線另有一些大炮，也在不斷地射擊。皮埃爾登上土丘，怎麼也沒想到，這條挖得不深的壕溝，和幾門正在發射的大炮，是這次戰役中最重要的地點。相反地，他覺得這個地方是最無關緊要的場所。

皮埃爾在戰壕末端坐下，帶著愉快的表情看著周圍發生的事情。與在掩護部隊中間的恐怖感相反，這裡的炮兵連只有一些人忙碌著，它被一道戰壕與別的部隊分隔開來，氣氛極為歡樂。

非軍人裝束的皮埃爾出現，使這些人感到不愉快。一個年輕炮兵軍官走到皮埃爾面前，好奇地看了看他。

「先生，請您讓開點，」他嚴厲地說，「這裡不行。」

士兵們望著皮埃爾，不以為然地搖搖頭。但是當大家發現這個胖子不僅不會做什麼壞事，而且會安份地坐在斜坡上，或是彬彬有禮地為士兵讓路，或是在槍林彈雨中悠閒地散步時，對他的敵意和懷疑漸漸變為親熱和嘲笑的同情。他們很快地接納他，並善意地拿他開玩笑。

一個炮彈在離皮埃爾兩步外炸開來。他拍拍身上的塵土，微笑著環顧四周。

「您怎麼不害怕！老爺，真行！」一個士兵咧開嘴來，對皮埃爾說。

「難道你害怕嗎？」皮埃爾問。

「哪能不怕？」那個士兵回答，「撲通一聲，五臟六腑就出來了。能不怕嗎？」他笑著說。

「我們當兵是為了混口飯吃，可是一位老爺？真怪！」

「各就各位！」那個年輕軍官對聚集在皮埃爾周圍的士兵喊道。

戰場的槍炮聲越來越密集，特別是在巴格拉季昂的凸角堡所在的左翼。但在皮埃爾這裡，硝煙瀰漫，幾乎什麼都看不見。

快到十點鐘的時候，有二十多人被抬出炮壘，兩門炮被擊毀，炮彈越來越密集地落在地上，但是在裡頭待久了的人們好像不理會這些，到處仍能聽見談笑聲和戲謔聲。

「餡餅！熱的！」一個士兵對呼嘯而飛來的炮彈喊道。

「不是到這裡！是朝步兵去的！」另一個士兵看著炮彈落到掩護的部隊裡，笑著又說。

「怎麼，是你的熟人嗎？」又一個士兵對那個在炮彈飛過時蹲下去的農夫譏笑道。

有幾個士兵聚集在牆邊觀看前面發生了什麼事。

「散兵線撤了！瞧，往後退了！」他們指著牆外說。

「管好自己就好！」一個老軍士喝斥他們，他抓住一個士兵的肩膀，用膝蓋頂了他一下。

「快到五號炮位，把它推上來！」人們從一邊喊道。

「一起吧！努力！」傳來移動大炮的歡樂的喊聲。

「哎！差一點把我們老爺的帽子打掉了。」一個士兵嘲笑皮埃爾，他對著一顆落下的炮彈罵道。皮埃爾看出，每當落下一顆炮彈，受到損失，大家就越活躍，也越激動。

十點鐘時，炮壘前方矮林裡和長緬長河沿岸的士兵撤退了。一個將軍帶著隨從登上土丘，與上校談了一會兒，就走下去了。他命令站在炮壘後方的士兵臥倒，以減少危險。接著，炮壘右方的步兵隊伍中傳來擂鼓和發號施令的聲音，他們開始向前移動。

皮埃爾從土牆往外望去，有一個人引起了他的注意。那是一個面色蒼白的年輕軍官，一邊往後退，一邊不安地向四處張望。

步兵隊伍被濃煙淹沒了，傳來呼喊聲和密集的射擊聲。幾分鐘後，成群的傷兵從那裡走過來。落到炮壘上的炮彈越來越密，士兵也越來越忙碌，已經沒有人去注意皮埃爾了。年輕軍官跑到上校面前，向他敬禮。

「上校先生，我向您報告，只剩八發炮彈了，還要繼續發射嗎？」他問。

「霰彈！」那名正看著土牆外的年長軍官沒有答話，喊了一聲。

突然間，年輕軍官哀號一聲，坐到了地上。在皮埃爾眼裡，一切都變得奇怪、模糊、黯淡。

炮彈一個接著一個飛來，打到土牆上，打到士兵身上、大炮上。在炮壘的右側，士兵一邊喊著「烏拉」，一邊向前跑。

一顆炮彈打在皮埃爾面前的土牆上，塵土撒落下來，一個黑球撲通一聲，打到了什麼東西上。正要走進炮壘來的後備軍人都往後跑了。

「都用霰彈！」一個軍官喊道。

一個軍士跑到軍官面前，驚慌地說，已經沒有火藥了。

「一班強盜，都在幹什麼！」軍官一面喊，「快到後備隊去取彈藥箱！」

「我去。」皮埃爾說。那個軍官沒有理他，邁開大步走掉。

「不要放……慢著！」他喊道。

那個奉命去取彈藥箱的士兵，撞了皮埃爾一下。

「唉，老爺，這不是您該待的地方。」他說完就跑下去了，皮埃爾也跟著他，跑向綠色的彈藥箱。

突然，一個可怕的氣浪把他拋到後面的地上。就在那一瞬間，火光一閃，爆炸聲震得他的耳朵嗡嗡作響。

皮埃爾清醒過來，用兩手撐著地坐起。他身旁的彈藥箱不見了，只剩下燒焦的碎木片和破布散落在燒焦的草地上，有一匹馬也像他一樣躺在地上，發出淒厲的長嘯。

32

皮埃爾嚇得魂飛魄散，拔腿就往炮壘跑。

當他進入戰壕時，發現炮壘裡已經沒有射擊聲了。有些人在那裡不知道做著什麼，皮埃爾不知道他們是誰，他看見老上校背對著他趴在土牆上，彷彿在察看什麼東西似的，他還看見一個士兵一邊想掙脫幾個抓住他的人，一邊喊著「弟兄們！」，他又看見另外一些奇怪的事情。

他還來不及意識到發生什麼事，上校就被打死了，那個喊「弟兄們」的士兵也被俘虜，親眼看著刺刀捅進了另一個士兵的後背。這時，一個手持軍刀的法國軍官喊叫著向皮埃爾衝過來，與他扭打成一團。

皮埃爾那隻有力的手，受到恐懼本能的驅使，把那名法國人的喉嚨掐得越來越緊。那個法國人正想說話，忽然，一顆炮彈在他們的頭頂低空飛過，法國軍官立刻把頭低了下去。

皮埃爾也低下頭，鬆開兩手。那個法國人不再思考自己俘虜了誰，就跑回炮壘去了。皮埃爾也跑下山丘，跳過死傷的人們。迎面跑來一大群密密麻麻的俄國士兵，他們吶喊著往炮壘上跑。

一度佔領炮壘的法國人逃跑了。俄國的軍隊喊著「烏拉」驅逐法國人，追得他們遠遠地逃離了炮壘。

從炮壘上帶下來一群俘虜，其中有一個負傷的將軍，還有成群的傷患；有俄國人，也有法國人。皮埃爾登上土丘，那裡已經找不到一個人了，有許多他不認識的屍體，也有幾個認識的。

皮埃爾跑下了土丘。

「不，他們該住手了，現在他們該為所做的事感到恐懼了！」皮埃爾心想，朝著撤離戰場的擔架隊走去。在前方，特別是在謝苗諾夫斯科耶村的左側，有什麼東西正在煙霧裡沸騰著。隆隆的槍炮聲、炮彈的爆炸聲，不但沒有減弱，反而加強了，就像一個人竭盡全力地拚命叫喊一樣。

33

博羅金諾戰役最主要的一仗是在博羅金諾和巴格拉季昂的凸角堡之間一千俄丈的地帶，並以最簡單，最普通的方式進行的。

戰鬥在雙方幾百門大炮的轟擊聲中展開了。當硝煙籠罩著整個戰場的時候，法軍的德塞和康龐兩個師從右方進攻凸角堡，繆拉的幾個團從左方進攻博羅金諾。攻打凸角堡的德塞師，直到他們進入堡前的溝壑時才被發現，並遭到堡上的大炮和步槍一齊攻擊。

拿破崙站在舍瓦爾金諾多面堡上，這裡離凸角堡有一俄里遠，離博羅金諾超過兩俄里。他看見煙霧在凸角堡前面蔓延開來，可以聽見射擊聲和人們的吶喊聲，但無法知道他們在做什麼。

他走下土丘，在土丘前徘徊著。有時停下來，聽聽槍炮聲，看看戰場的情況。但不論從哪個角度，都無法看清楚戰場上發生的事。

拿破崙的副官以及元帥們的傳令兵不斷向他馳來，向他報告戰鬥的情況，但這些報告都是無用的。當戰鬥進行得正激烈的時候，無法準確地說出發生了什麼事；而且，許多副官並未真正到過戰鬥地點，只是轉述從別人口中聽見了消息罷了；再加上這些副官從兩、三俄里外跑來，其間戰況已有所變化。

元帥和將軍們離戰場較近，但也和拿破崙一樣沒有參加戰鬥，只是偶爾走到步槍射程以內，沒有向拿破崙請示，就自行發出了命令。但是就連他們的命令也和拿破崙的命令一樣，並未被徹底執行。那些置身於戰鬥中的士兵和軍官都是按照一時的心情而行動、亂竄，他們不怕因為未執行命令或擅自行動而受處分，一心只想保住最寶貴的東西——生命。當他們一離開槍林彈雨的區域時，後方的長官就立刻逼他們服從紀律，又把他們送回炮火連天的戰場；出於對死亡的恐怖，他們再度又失去紀律，並亂竄起來。

34

拿破崙的將軍們——達烏、內伊和繆拉，都離火線很近。他們好幾次率領大批隊伍親上火線。然而，不但沒有敵人潰逃的消息，反而是那大批的隊伍從火線逃回來，潰不成軍。中午，繆拉派他的副官到拿破崙那裡請求援軍。

拿破崙正坐在土丘上喝酒，繆拉的副官騎馬走來，保證說，只要再給他一個師，必能打垮俄國人。

「增援？」拿破崙帶著嚴峻、詫異的神情，心想，「他們手中有一半的軍隊，去進攻一群軟弱的、沒有防禦工事的俄國人，怎麼還要援軍？」

「告訴那不勒斯王，還沒到正午，我還沒看清棋局。去吧……」拿破崙嚴肅地說。

副官深深地嘆了口氣，又跑回戰場去了。

拿破崙站起來，把科蘭庫爾和貝蒂埃叫來，與他們談一些與戰鬥不相干的事。

在談話中間，貝蒂埃將目光轉向一個將軍，這個將軍帶著侍從，騎著馬向土丘跑來，那是貝利亞爾。他下了馬，快步走到皇帝面前，大膽地說明增援的必要。他發誓說，只要皇帝再給一個師，俄國人就會完蛋。

拿破崙聳了聳肩，什麼也沒有回答，繼續散他的步。貝利亞爾高聲地與皇帝周圍的將軍和侍從們談話。

「您太性急了，貝利亞爾。」拿破崙又走回來，「在戰鬥激烈的時候，很容易犯錯的。你再去看看，然後再來見我。」

貝利亞爾還沒離開，又有一個使者從戰場另一側騎馬跑來。「噢，又有什麼事啊？」拿破崙惱怒地說。

「陛下，公爵……」副官說。

「請求增援？」拿破崙問。副官肯定地低下頭，然後開始報告。但是皇帝轉過頭去不理他，他走了幾步，又把貝蒂埃叫來，「應該派後備軍了，您看該派誰去？」

「陛下，派克拉帕雷德師吧？」對所有的軍隊都瞭若指掌的貝蒂埃說。

拿破崙同意地點點頭。

副官向克拉帕雷德師跑去。幾分鐘後，駐紮在土丘後方的近衛軍開動了，拿破崙默默地朝那裡望去。

「不。」他突然對貝蒂埃說，「我不能派克拉帕雷德。派弗里昂師去吧。」

雖然這麼做並沒有任何好處，但命令仍被嚴格地執行了。拿破崙絲毫不知道，自己就像一名用藥品危害病人的醫生。

弗里昂師也像別的師一樣，在戰場的煙霧中隱沒了。副官們從四面八方不斷馳來，不約而同地要求增援，都說俄國人堅守陣地，法國軍隊在可怕的炮火下逐漸減少。

拿破崙坐在折椅上沉思起來。德波塞走到他面前，壯著膽子恭請陛下用早餐。

「我希望現在就可以向陛下恭賀勝利了。」他說。

拿破崙一言不發，否定地搖搖頭。德波塞嬉皮笑臉地說，世上沒什麼事可以妨礙一個人吃早餐。

「滾開……」拿破崙突然陰沉地說。德波塞露出抱歉的微笑，走到一旁去了。

拿破崙感到沮喪，就像一個一向幸運的賭徒，他總是贏錢，但忽然間，正當他對賭局的一切可能性都作出了盤算時，卻發現考慮得越周全，輸的可能性就越大。

軍隊、將軍依然是那樣，告示也依然是那樣，所有的部署、告示也依然是那樣，而他本人又比過去更加經驗豐富，敵人也依然跟奧斯特里茨和弗里德蘭戰役時一樣。但是，這場仗打下來卻意外地軟弱無力。不僅沒取得勝利，且到處都傳來同樣的消息：將軍們傷亡，必須增援，無法打退俄國人，自己的軍隊陷入混亂之中。

以前，只要發幾道命令，元帥們和副官們就會帶著祝賀的笑臉跑來報告繳獲了多少戰利品，在濟迪、馬倫戈、阿爾柯拉、耶拿、奧斯特里茨、瓦格拉木等地都是這樣。現在是怎麼了？

雖然佔領了一些凸角堡，但拿破崙看出，這與他過去所有的戰役不同。他與周圍那些富有作戰經驗的人都感受到了這點，所有的面孔都是憂慮的，所有的目光都在互相迴避。拿破崙十分清楚，連續進攻八個小時，用盡一切努力仍未贏得這場戰役，這一仗可以說是打輸了，眼前的戰局正處於千鈞一髮的時刻，隨便一個最小的偶然事故，都可以毀掉他和他的軍隊。

他默默地回顧這次奇怪的遠征，這次遠征沒打過一次勝仗，兩個月來連一面旗幟、一門大炮、一批軍隊都沒有繳獲或俘虜。一種可怕的感覺揪住了他的心，他忽然想到可能毀掉他的那些突發事件：俄國人可能攻打他的左翼，或是突破中央，或是他本人被流彈打死……這一切都是可能的。在過去，他只考慮成功的可能性，現在卻有無數不幸的可能擺在他面前。一種恐怖感正威脅著這個束手無策的人。

俄國人進攻法軍左翼的消息，引起了拿破崙的恐懼。他在折椅上默默坐著，貝蒂埃走到他面前，建議他去視察戰線，確切地瞭解一下實際情況。

「什麼？您說什麼？」拿破崙問，「好，備馬。」

他騎上馬到謝苗諾夫斯科耶去了。

戰場的硝煙緩緩地消散著。拿破崙走過的地方，馬和人，有的單個，有的成堆，躺在血泊裡，他和他的將軍從未見過如此恐怖的景象。拿破崙登上謝苗諾夫斯科耶高地，透過煙霧，看見一隊隊穿著軍裝的俄國人。

在謝苗諾夫斯科耶和土丘後面，站著密集的俄國士兵，他們的大炮不斷地轟擊。一個將軍走到拿破崙面前，向他建議把老近衛軍投入戰鬥。拿破崙低下頭，沉默了很久。

「在遠離法國三千二百俄里之外，我不能讓我的近衛軍去送死。」他勒轉馬頭，回舍瓦爾金諾去了。

35

庫圖佐夫坐在長凳上，不發任何命令，只對別人的建議表示同意或不同意。

「對，對，就那樣做吧。」他回答說，「對，對，去吧，親愛的，去看一看。」或是「不，不要，我們還是等一等好。」在他聽取報告時，彷彿並不關心報告者說了什麼，使他感興趣的是報告者臉上表情和說話語調中的一種東西。多年的戰爭經驗使他知道，領導數十萬人作戰，絕不是一個人能夠勝任的；他還知道，決定戰鬥命運的，不是總司令的命令，不是軍隊所佔的地形，不是大炮和殺死人的數量，而是一種所謂士氣的不可捉摸的力量，他正是在注視這種力量，盡他的能力指導這種力量。

上午十一點，他接到消息說，被法軍佔領的凸角堡又奪回來了，但是巴格拉季昂公爵受了傷。庫圖佐夫驚嘆一聲，搖搖頭。

「快去彼得．伊凡諾維奇公爵（巴格拉季昂）那裡，問一下詳細情形，看看是怎麼回事。」他對一個副官說，然後轉向站在身後的符騰堡公爵。

「請殿下指揮第一軍，好嗎？」

公爵剛離開不久，他的副官就回來向總司令報告說，公爵請求增援軍隊。

庫圖佐夫皺了皺眉頭，命令多赫圖羅夫去接替公爵，讓公爵回來，因為在這樣緊要的時刻，他離不開公爵。當傳來繆拉被俘（實際被捕的是波納米將軍）的消息時，參謀人員都向他祝賀，庫圖佐夫微笑了。

「再等一等，諸位。」他說，「俘虜繆拉並不是什麼了不起的事。不過，還是等一等再高興吧。」他雖這樣說，仍然派一名副官把這個消息通告全軍。

當來自左翼的謝爾比寧報告法軍佔領凸角堡和謝苗諾夫斯科耶村的時候，庫圖佐夫站起身，把謝爾比寧拉到一邊。

「你走一趟，親愛的，」他對葉爾莫洛夫說，「去看看有什麼困難。」

庫圖佐夫在戈爾基陣地。拿破崙對俄軍左翼的攻勢被擊退了好幾次。在中央，法軍沒有越過博羅金諾一步。烏瓦羅夫的騎兵從左翼趕跑了法國人。

下午兩點多，法軍的攻勢停止了。庫圖佐夫對白天的成果感到滿意，但也已體力不支，好幾次低頭打盹。

副官沃爾佐根來向他報告左翼狀況——巴克萊·德·托利見到成群的士兵逃跑，軍隊的後衛紊亂，斷定戰敗了，於是派心腹來向總司令報告這個消息。

庫圖佐夫眯著眼，微笑著看了看沃爾佐根。沃爾佐根也漫不經心地走向他，嘴角帶著輕蔑的微笑，以表示自己是受過高等教育的軍人。

「我軍的所有據點都落入敵人手中，士兵紛紛逃跑，因此無法反擊。」他報告說。

庫圖佐夫驚訝地望著他，好像不懂他在說什麼。沃爾佐根笑著說：

「我認為我無權向總司令隱瞞我所看見的……軍隊完全亂了……」

「您看見了嗎？您看見了嗎？……」庫圖佐夫霍地站起來，向沃爾佐根走去，「您怎麼……您怎麼敢！」他做出威嚇的姿勢，氣喘吁吁地喊道。

「您怎麼敢對我說這種話？閣下，代我轉告巴克萊將軍，他的報告不確實，對於戰鬥的真正情況，我比他更為清楚。」

沃爾佐根想辯解，但是庫圖佐夫打斷他的話。

「仔細看吧！閣下，左翼的敵人被擊退了，右翼也贏了。請您回去通知巴克萊，我明天一定會向敵人進攻。」庫圖佐夫嚴厲地說。沃爾佐根聳了聳肩，一聲不響地走到一旁。

「啊，他來了，我的英雄。」這時，一名身材魁梧的黑髮將軍登上土丘，他是拉耶夫斯基，整天都在博羅金諾戰場的主要據點度過。他向庫圖佐夫報告說，在俄軍堅守下，法軍不再進攻了。

「這麼說來，您不像別人那樣認為我們應當撤退了？」

「完全相反，大人，勝利屬於最頑強的那一方，」拉耶夫斯基回答說，「我是這樣想的。」

「凱薩羅夫！」庫圖佐夫叫他的副官，「寫下明天的命令。還有你，」他對另一個副官說，「到前線去宣傳，明天我們要進攻。」

得知俄軍明天要進攻，並且從最高指揮部證實了他們希望的事，疲憊、動搖的人們得到了安慰和鼓舞。

36

安德烈公爵的團留在後備隊，直到下午一點鐘，仍然駐守在謝苗諾夫斯科耶村後面抵擋猛烈的炮火。一點多時，這個團在損失兩百多人的情形下，移到謝苗諾夫斯科耶村和土丘炮壘間的一片被踩平的燕麥田裡。這個團在這裡又損失了三分之一的人。前方的大炮隆隆地發射著，整個地區都瀰漫著煙霧。陣亡的人不斷被拖走，受傷的則被抬走了。

隨著一次次的攻擊來臨，存活者的生還機會越來越少了。全團人沉默不語，面色陰鬱，在不斷的死亡恐怖中不吃不喝地站了八個多鐘頭。

安德烈也像團裡的所有人一樣，臉色蒼白而陰鬱。起初，他認為自己有責任鼓舞士氣，為士兵作一個榜樣；但是，他後來意識到，他無須教他們，也沒有什麼可以教他們的。他和每個士兵一樣，都在努力避免想像自己處境的危險。他用疲倦的聽覺細聽著槍彈的呼嘯聲和炮彈的轟隆聲，「它來了……這一個又是朝我們來的！」他心想，「一個，兩個！又一個！打中了……」他停下來看了看隊伍。

「不是，飛過去了。不過這個打中了。」他又開始走來走去。

一顆炮彈在他不遠處炸開了。他又看了看隊伍，在第二營聚集著一大群人。

「副官先生，」他喊道，「命令他們不要集中在一起。」這時，一個營長從另一方向馳來。

「當心！」士兵驚慌地喊道，一顆榴彈又落在那位營長的戰馬旁邊，發出砰的一聲。

「臥倒！」副官喊道。安德烈站在那裡猶豫不決，一顆榴彈在他和副官之間像陀螺一般冒著煙旋轉。

「難道這就是死嗎？」安德烈一面想，一面看著榴彈冒出的煙，「我不能死，不想死，我愛生活，愛這片青草，愛大地，愛天空……」

「可恥呀！」他對副官說，「這多麼……」他沒能把話說完。就在這一剎那，發出了爆炸聲，榴彈的碎片四面飛射。安德烈胸部朝下摔倒了。

幾個軍官向他跑過來。血從右側腹部流出來，在草地上流了一大灘血。安德烈俯臥著，臉埋在草裡，發出沉重的喘氣聲。

「你們站著幹嘛，快過來！」

後備軍人們走過來，抓住他的肩膀和腿，但是他淒慘地呻吟起來，農夫們又把他放下了。

「抬起來，放下，快點！」有一個人喊道。他們又托住他的肩膀抬起來，放到擔架上。

「啊，老天啊！這是怎麼啦？……肚子！這下完了！哎呀，我的天哪！」軍官們發出嘆息聲。幾個農夫把擔架搭在肩上，匆忙地向救護站走去。

「大人嗎？啊？是公爵？」季莫欣跑過來，朝擔架看了看，聲音顫抖地說。安德烈睜開眼，從擔架裡看看說話的人，又闔上了眼睛。

後備軍人們把安德烈抬到樹林邊，救護站就在那裡。擔架兵把安德烈抬到一座較近的帳篷，停在那裡聽候指示。安德烈睜開眼睛，過了好久才想起發生了什麼事。離他不遠處，有一個頭上裹著繃帶的高個子士官，他周圍聚集著一群傷患和擔架兵，正熱切地聽他講話。

「我們把他狠狠揍了一頓，嚇得他棄甲逃跑，連皇帝也被抓住了！」那個軍士環顧四周，喊道，「要是後備軍及時趕到，弟兄們，一定把他們殺得片甲不留，我保證……」

安德烈用閃光的眼睛望著他，感到了欣慰。「不過，現在不是一切都無所謂了嗎？」他想，「來世是怎樣？今世是怎樣？我過去為什麼那樣留戀人世？在這世上有一種我永遠無法明白的東西。」

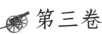

37

一個醫生從帳篷裡走出來，圍著一條血跡斑斑的圍裙，兩隻手沾滿了血。他向左右張望了一下，嘆了口氣，闔上了眼睛。

「馬上就來。」他回答道。助手向他指了指安德烈，於是醫生吩咐把他抬進帳篷。

安德烈被抬上一張桌子，他看不清帳篷裡的東西。只注意到四周痛苦的呻吟聲、以及他自己身體劇烈的疼痛，這種情形使他感到恐怖。

一個助手捲起袖子，為安德烈解開鈕扣，脫下衣服。醫生彎下腰來查看傷勢，摸了摸，深深地嘆了一口氣，然後對別人打了個手勢。安德烈由於劇痛，失去了知覺。他醒來時，大腿裡的碎骨已被取出，炸開的一塊肉被切除，傷口也包紮好了。他剛一睜眼，醫生就向他俯下身來，默默地吻了他的嘴唇，又匆匆地走開了。

自從經受了那次痛苦以來，安德烈好久不曾有過幸福的感覺了。他一生中最美好、最幸福的時光，就是最遙遠的童年。那時，有人為他脫衣，把他抱到床上，保姆唱著催眠曲哄他睡覺；對他來說，生活只有一個感覺，就是幸福。恍惚中，這樣的時光彷彿不是過去，而是現實。

醫生們在另一名傷患周圍旁忙著，把他扶起來，安慰他。

「給我看看……噢噢噢噢！噢噢噢噢噢！」傳來了撕心裂肺的呻吟聲。聽到這種聲音，安德烈不禁感到想哭，不知是因為自己將默默地死去，還是因為他捨不得離開人世，或是因為那一去不復返的童年回憶，因為他在受苦，別人也在受苦——不管是為什麼，他想哭，流出了孩子般天真無邪的眼淚。

人們給那名傷患看了看他那條被截去的腿。

「噢！噢噢噢噢！」他像個女人似地慟哭起來。那個擋住了傷患的臉的醫生走開了。

「我的上帝！這是怎麼回事？他怎麼在這兒？」安德烈自言自語道。

他認出那個痛哭失聲、虛弱無力、剛被截去腿的人就是阿納托利．庫拉金。人們扶起他，遞給他一杯水，但是他仍痛苦地啜泣著，「是的，這是他，是的，這個人不知怎地和我密切而沉痛地連在一起。」安德烈心想。突然間，在他那純潔可愛的童年世界中浮現出另一種意外的回憶。他想起在舞會上第一次看見娜塔莎，想起她那纖細的脖子和手臂，她那隨時都顯得興奮、驚喜的臉龐。他對她的眷戀和柔情又甦醒了，比任何時候都更為生動、強烈。他又想起了他與那個人之間的關係，強烈的憐憫和摯愛之情頓時充滿了他那幸福的心。

安德烈流出了溫柔、深情的眼淚，他哭了，為別人哭，也為自己哭，為他們之間錯誤的認識而哭。

「對兄弟們、對愛人們的同情和愛，對仇人的、對敵人的愛——是的，這就是上帝在人間散播的、瑪麗亞教我的那種愛；這就是我為什麼捨不得離開人世，這就是我所唯一剩下的東西。但是為時已晚了，我知道！」

38

死者與傷者遍佈戰場的可怕景象，加上二十名將軍傷亡的消息，這一切在拿破崙的腦中形成了一種意想不到的印象。他連忙離開戰場，回到了舍瓦爾金諾土丘。他坐在折椅上，憂鬱地盼望結束這場由他挑起的戰爭，但已無力阻止它。

他親自感受到了戰場上的苦難和死亡的恐懼，使他想到自己也有遭受苦難和死亡的可能。在這頃刻之間，他不想要莫斯科，不想要勝利，不想要榮譽；只希望一件事，那就是得到休息、安靜和自由。

一名副官前來報告說，遵照皇帝的命令，調來了二百門大炮轟擊俄軍，但俄軍仍堅守著。

「他們被炮火成排地撂倒，但仍然一動也不動。」那個副官說。

「他們還嫌不夠！……」拿破崙聲音沙啞地說。

「陛下？」那個副官沒聽清楚，問道。

「嫌不夠的話，就再多給他們一些。」拿破崙皺著眉頭，嗓子嘶啞地說。

於是，他又回到他原來那個充滿偉大幻影的虛幻世界，馴服地扮演起註定要由他扮演的那個殘酷、可悲、沉重、不人道的角色。

他直到生命的終結，也不能理解真、善、美，不能理解他的行為的意義。他不能摒棄他自己的名譽和事業，所以他要摒棄真、善、以及人性。

他巡視那遍佈死者和傷者的戰場，計算著多少俄國人抵一個法國人，由此自欺地找到了令自己高興的理由：五個俄國人抵一個法國人。他在寄回巴黎的信中寫道：「戰場的景象是壯麗的，因為在戰場上有五萬具屍體。」

天意註定他充當一名屠殺人民的、可悲的、不由自主的劊子手，他相信自己的動機是造福人民，相信自己能支配千百萬人的命運，能憑藉權利施捨恩惠。

渡過維斯杜拉河的四十萬人中，說法語的幾乎不滿十四萬人。對俄國的遠征，其實法國的損失不到五萬人。俄軍從維爾紐斯撤退到莫斯科，以及在各次戰鬥中，損失比法軍多三倍；莫斯科的大火使十萬俄國人喪生，他們由於森林裡的寒冷和物資匱乏而死亡；在由莫斯科至奧德河的進軍中，俄軍也受到嚴酷季節之苦；抵達維爾紐斯時，只剩下五萬人，到了長利什，更不到一萬八千人了。

設想對俄戰爭是按照他的意志引起的，所以可怕的景象沒有使他的靈魂震驚。他勇敢地承擔了事件的全部責任，甚至從幾十萬犧牲者中法國人少於黑森人和巴伐利亞人這一事實中找到了辯解的證據。

39

幾萬名死人，躺在屬於達維多夫老爺家和皇室農奴的田地及草地上。在救護站周圍一俄畝的地方，鮮血浸透了青草和土地，一群群來自不同隊伍的士兵，帶著驚慌的面孔，步履艱難地返回莫札伊斯克，另一批返回瓦盧耶瓦。還有一些站在原地不動，繼續射擊。

烏雲聚集著，開始下雨了，雨點彷彿在說：「好啦，好啦。住手吧……清醒吧。你們到底在幹什麼呀？」雙方的人們，都同樣懷疑起來——他們是否還要互相殘殺？「為了什麼？為了誰？非得殺人、被殺？你愛殺就殺吧，愛幹嘛就幹嘛吧，我卻不想再繼續了！」到傍晚時，幾乎所有人都這樣想著。

雖然他們樂於停戰，但仍有一種不可思議的力量在指使他們。儘管炮兵都累得走不穩路，踉踉蹌蹌，氣喘呼呼，但他們仍在送火藥，裝炮彈，安上導火線，瞄準。那種不是按照人的意志，而是按照上帝的旨意進行的可怕事情，仍在繼續著。

如果有人看到俄軍後方混亂的情況，就會說，只要法國人再加把勁，俄軍就完了。如果有人看到法軍的後方，也會說，只要俄國人再加把勁，法國人就垮了。但無論是法國人還是俄國人，都沒有加這把勁，戰爭的火焰慢慢地熄滅。

俄國人沒有加這把勁，因為他們不是進攻方，他們只想守著通往莫斯科的道路。而且，所有的俄軍都已被擊潰，每一支部隊都在戰鬥中遭受損失，他們光是堅守陣地，就損失了一半人馬。

至於法國人，曾有史學家說，只要拿破崙派出他完整的近衛軍，那一仗就會打贏了，但這是不可能的，拿破崙沒派出近衛軍，不是因為他不願意這麼做，而是因為不能這麼做。低落的士氣不允許他這麼做。

拿破崙和全體將士都體驗到惡夢般的感覺。過去，他們只要用十分之一的力量，敵人就會望風而逃；而現在卻遇到了損失已達一半、但直到最後一刻仍然巍然不動的敵人。俄國人在博羅金諾取得了勝利，這次戰役的直接結果是，拿破崙無緣無故地從莫斯科沿著斯摩棱斯克原路逃回，五十萬侵略軍被殲滅，拿破崙在博羅金諾第一次遭遇到精神上更為強大的對手。

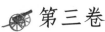

第三部 一八一二年九月

1

人類的運動由不計其數的人們的隨意行為所產生，是持續不斷地進行著的。瞭解這一運動的規律，是歷史學的目的。史學的第一個步驟，是任意抽取一系列連續發生的事件，將其逐個分開來加以研究，但這就不可能明白任何事件的開端。第二步驟是把個人的、帝王的、統帥的行動，作為人們行為的總和來研究，但個別歷史人物的行動卻又反映不出人類行為的總和。

歷史科學在本身的運作中，經常劃分出極小的單元以供研究，以此逼近對真理的認識。但無論怎樣劃分，若假設所有人的隨意行為會在個別歷史人物的行動中反映出來，其本身便是虛妄。

只有採取無限小的觀察單位——歷史的微分，即人們的共同傾向，並運用積分法得到這些無限小的總和，我們才有希望瞭解歷史的規律。

十九世紀初，歐洲出現了一次數百萬人的不尋常的運動。人們從歐洲的一端到另一端去搶劫和廝殺。這一運動的原因何在，是按照什麼規律運行的呢？人類的智慧要問個明白。

歷史學家回答這一問題時，向我們敘述巴黎城內幾十個人的言行，稱這些言行為革命；然後出版與拿破崙相關的人物的傳記，講述他們對另一些人的影響，並說：這就是這一運動發生的原因，這就是它的規律。

但是，人類的智慧不相信這種解釋，因為這種解釋是把最微弱的現象視為最有力的論據。人們無意識行為的總和造成了革命，也造就了拿破崙；也正是這些無意識行為的總和，才容忍、爾後又消滅了兩者。

為了研究歷史規律，我們應該完全改變觀察目標，撇開帝王、大臣和將軍們，轉而研究民眾所遵循的無窮小的因素。誰也無法說出，這一方法能使人類獲得對歷史規律的更多瞭解；但是顯而易見，這條途徑有機會獲取歷史規律，它耗費人類智慧的精力，還不及史學家用來描述帝王將相的行動、並據此行動發揮其想像所費精力的百萬分之一。

2

法軍入侵了俄國。俄國軍隊和平民為了避其鋒芒而退到斯摩棱斯克，再由斯摩棱斯克退到博羅金諾。法軍以不斷增漲的聲勢衝向莫斯科，它後面是幾千俄里的充滿仇恨的國土，前面則距目的地只有幾十俄里了。因此，拿破崙軍隊的每一個士兵都感覺得到，入侵行動在不由自主地推進，全憑一股衝力。

至於俄軍，越往後退，抵抗敵人的士氣便加高漲，終於在博羅金諾交火。任何一方的軍隊都沒有潰敗，而俄軍一經交火便立即撤出戰鬥，正如一顆球碰到另一顆衝力更大的球朝它撞來，必然會往後滾去一般。

俄國人後退了一百二十俄里——撤離了莫斯科。法國人在莫斯科停留，他們沒有再推進，猶如受了傷的野獸，待在莫斯科五週毫無動靜，突然又無緣無故地向後逃跑，逃到斯摩棱斯克，逃到維爾紐斯，逃到別列津納河，又往更遠的地方逃去。

早在八月二十六日晚上，庫圖佐夫和全軍將士都相信博羅金諾戰役已經獲勝，庫圖佐夫亦如此稟報皇帝。然而，當晚及第二天接連傳來傷亡消息，他們才知道損失了半數軍隊，已無法再發動新的戰役殲滅法軍。

與此同時，在交戰的次日早晨，法國軍隊卻以迅猛之勢直向俄軍撲來。庫圖佐夫不得不撤退一天，然後又撤退了兩天，甚至把莫斯科讓給了敵人。

有些人認為，整場戰爭以至各戰役的計畫，都是由統帥制訂的。這些人坐在辦公室看地圖，設想該如何指揮戰役，並據此對庫圖佐夫的行動提出各種質疑；但他們卻忘記了統帥採取行動所必備之條件。一個統帥的行動與我們輕鬆地坐在辦公室裡所設想的行動截然不同，因為在辦公室裡，我們是在已知兵力、地形的條件下分析戰役，從某一已知的環節開始設想的。總司令往往不具備一個事件的起始點的條件，我們卻往往具備這樣的條件；總司令總是處於事件進程的中間，因此絲毫不可能對事件進程的意義作通盤考慮。事件默默地一分一秒地展現其意義，而在每一個關頭，總司令都處在極其複雜的算計、牽制、權力、威脅和欺騙等等的中心，隨時必須對出現在面前的無窮無盡、相互矛盾的問題做出回答。

3

俄軍撤離博羅金諾後，駐紮於菲利附近的地區。葉爾莫洛夫策馬視察了陣地後，來見元帥。

「在這樣的陣地上打仗是行不通的，」他說。庫圖佐夫驚奇地看了他一眼。

「把手給我，」他說。他把那隻手翻看了一下，把了把脈，說道：「你不舒服，親愛的。想想你說了什麼。」

庫圖佐夫在距多羅戈米洛夫城門六俄里處下了馬車，在路邊一張長凳上坐下。一大群將軍們聚在他四周，包括從莫斯科來的拉斯托普欽伯爵。這群精英分成了小組，互相議論陣地的利弊、部隊的狀態、各種不同的方案，以及莫斯科的現狀。總司令在傾聽，並時而詢問周圍的人在說什麼，但未參與談話，也不表示意見。他的臉越來越陰沉。從這些人的所有談話中，庫圖佐夫看出一點，那就是俄軍的兵力是絕不可能保衛莫斯科的。軍官乃至士兵都認為據守已不可能，他們討論著放棄這場防守戰之後該怎麼做，只有貝尼格森堅持防守戰，但沒有任何意義。

選好陣地的貝尼格森，熱烈地表現了一番愛國精神，堅持保衛莫斯科。庫圖佐夫清楚地看出了他的如意算盤：如果保衛戰失敗，就把過失推給他；如果成功，功勞卻記在自己的頭上；要是建議不被採納，就能躲過放棄莫斯科的罪責。但比起這樣的陰謀，這名老人更在乎一個可怕的問題，他從未聽人說出解決它的答案。「難道是我放拿破崙到莫斯科的嗎？我什麼時候放他進來的？什麼時候決定的？難道是昨天我向普拉托夫下令撤退的時候嗎？或是前天晚上我命令貝尼格森處理軍務的時候？或者還要更早嗎？……究竟是在什麼時候決定這件可怕的事的呢？莫斯科應該放棄，軍隊應該後撤，所以必須這樣下令。」下達這道可怕的命令，就像拒絕就任總司令一樣。但是又不一樣，他愛掌權，也習慣於掌權，他相信自己肩負拯救俄羅斯的使命，因此才違背皇上的旨意，順從民心，被選為總司令。他相信，只有他一人能在此危難之際完成這項重責大任，全世界也只有他一人能無所畏懼，承認拿破崙是自己的對手。然而，一想到他必須下達的那一道指令，他便不寒而慄。

應該決定些事情了，應該制止他周圍越來越漫無邊際的談話了。

他召來幾個為首的將軍。

「不管我的腦袋是好是壞，也只能依靠它了。」說完，他從凳子上站起來，然後乘馬車去菲利，他的軍隊就駐紮在那裡。

4

兩點整，在一名農民的房屋裡召開了會議。庫圖佐夫坐在壁灶後面不見亮光的角落裡。來人相繼走到陸軍元帥身旁，有的握手，有的鞠躬，副官凱薩羅夫想要拉開庫圖佐夫對面的窗簾，但庫圖佐夫生氣地朝他揮手，於是凱薩羅夫明白，總司令不想讓人看見他的臉。

杉木桌上擺著地圖、計畫、鉛筆和紙張，桌旁的人多得坐不下，勤務兵只得又抬來一張長凳放在桌邊。坐在凳子上的是剛來的葉爾莫洛夫、凱薩羅夫和托爾。在聖像下面的坐著掛聖喬治十字勳章的巴克萊·德·托利，和他並排坐的是烏瓦羅夫。矮胖的多赫圖羅夫坐在奧斯特曼·托爾斯泰伯爵對面，還有拉耶夫斯基和科諾夫尼岑也在座。

大家都在等貝尼格森，他藉口視察陣地，其實正在享用美味的午餐。他們從四點等到六點，這段時間內沒有正式開會，只是小聲談些不相關的話。

庫圖佐夫在貝尼格森進屋時，才從角落裡起身，移近桌子，但不讓桌上的燭光照到他的臉。

貝尼格森率先說道：「是不戰而放棄俄羅斯神聖的古都呢？還是戰而保衛它？」接著是長時間的普遍沉

默，大家都陰沉著臉，看著庫圖佐夫。

「俄羅斯神聖的古都！」他突然憤怒地說道，「請允許我告訴您，閣下，您不該提出這樣的問題，這樣的問題沒有意義。我請這些先生們來討論的是一個軍事問題——軍隊是用來拯救俄國的，犧牲軍隊冒險在莫斯科打仗值得嗎？還是放棄莫斯科不打這一仗更有利呢？我想知道你們對這個問題的看法。」

辯論展開了。貝尼格森並不服輸，儘管他同意巴克萊等人認為無法在菲利周邊打一場防禦戰的意見，但懷著愛國的精神和對莫斯科的眷戀，他建議連夜把軍隊從右翼調往左翼，在第二天進攻法軍右翼。贊成和反對兩派爭論起來，莫衷一是。儘管有些將軍認為在放棄古都前應該作出一些努力，但事實上，這次會議已無法改變既定的計畫，莫斯科即將放棄。明白事理的將軍都撇開了莫斯科問題，談起了部隊撤離時應向何方移動。

「先生們，」庫圖佐夫說，「我不能贊同伯爵的計畫。在離敵人極近的距離內調動軍隊，是很危險的。」他看了貝尼格森一眼，「就拿弗里德蘭戰役來說吧！我相信伯爵還記得很清楚，這一戰役進行得……不完全順利，僅因為我軍在距敵軍太近的地方重新部署……」接著是一分鐘的沉默，但大家覺得這時間長極了。

辯論又重新進行下去，但時斷時續，都有一種無話可說了的感覺。

在一次談話的空檔，庫圖佐夫深深地嘆了一口氣，好像要發言的樣子。全體都望著他。

「諸位，看來得由我賠償打破的罐子了。」他慢慢起身，走向桌旁，「我聽了你們的意見。有人不贊成我，但我憑著陛下和祖國賜予的權力，命令撤退！」

將軍們隨即莊嚴肅穆地退場，像參加完了葬禮一樣。

打發了將軍們之後，庫圖佐夫用手肘支撐著桌子坐著，不停思考那個可怕的問題：「究竟是什麼時候，決定要放棄莫斯科的？是誰的錯？」

「您該休息一下了，大人。」副官說。

「現在不行！他們將會吃馬肉的，就像土耳其人一樣，」他沒有理睬副官，大聲咆哮著，「他們也會的，如果……」

5

當時與庫圖佐夫意見相左的拉斯托普欽，在放棄莫斯科與火燒莫斯科的問題上採取了與庫圖佐夫完全相反的行動。

這一事件，與博羅金諾戰役後不戰而退一樣，都是不可避免的。

從斯摩棱斯克起，這片俄國大地上的所有城市鄉村，也曾發生過跟莫斯科一樣的事情。人民漠然地等待著敵人，沒有惹事生非，也沒有騷動，而是平靜地聽天由命。直到敵人快要抵達時，最富裕的居民才出走，撇下財產不顧，最貧窮的則沒有離開，燒掉和摧毀了留下的東西。

在一八一二年，那些在六月份和八月初就離開莫斯科的人，帶著拿得走的財物，留下房屋和一半財產，他們這樣做是由於深藏內心的愛國主義，它無須用言辭表達，不以違反自然的方式來表現，而是不知不覺地、簡單地表示出來，因此，總是產生出最有力的效果。

「躲避危險是可恥的，從莫斯科逃跑的是懦夫。」拉斯托普欽在通告上向民眾如此灌輸，但他們仍然在走，並不是因為拿破崙製造的暴行嚇壞了他們。首先走掉的是富有且受過教育的人們，他們很清楚，維也納和柏林保存完整，在拿破崙佔領期間，那裡的居民與法國人相安無事，當時的俄國貴族們，尤其是女士們，都很愛法國人。

他們走，是因為俄國人根本不去考慮，讓法國人統治莫斯科是不是一件好事——門都沒有。他們在博羅金諾戰役前後就陸續離去，無視於任何守城的號召。因為要是軍隊不作戰，憑著太太、小姐和家僕們，又如何抵抗拿破崙呢？應該走，無論放棄財產有多麼痛心，於是他們走了，也正因為他們走了，才造成一個偉大的事件。

拉斯托普欽時而羞辱逃跑的人，時而疏散政府機關，時而把一批不能用的武器發給一群醉鬼，時而禁止大主教運走聖骸和聖像，時而暗示他將燒毀莫斯科；時而命令民眾捉住所有奸細，時而又為此責備民眾，時而遣散法國人，時而徵召民眾去與法軍打仗，時而又臨陣退縮。這個人並不理解正在發生的事件的意義，只想做些驚人的事，達成某種愛國主義的英雄行為。

6

海倫隨王室從維爾紐斯回到彼得堡後，陷入了困境。

在彼得堡時，海倫受到一位身居高位的官員眷顧。在維爾紐斯，她又與一位年輕的親王過從甚密。當她回到彼得堡時，這兩人都在那裡，雙方都宣布他們有保護她的權利。海倫不想傷害任何一方，試圖兩面討好。

這對於其他女人來說，似乎是難以辦到的，卻沒讓別祖霍娃伯爵夫人花費太多力氣。

當年輕的親王初次敢於責備她時，她高傲地昂起美麗的頭，朝著他堅定地說：

「哼，自私殘忍的男人！我沒存什麼奢望。女人為您犧牲自己，吃足了苦，而這就是報答！殿下，您有何權利查問我的愛情和友誼？那是一位比我父親還親的人。」

對方還想說什麼，海倫打斷了他，「那好，」她說，「就算他對我的感情不完全是父親一般的，但我也不能因此拒絕他上門呀！請殿下明白，我珍惜的感情只告訴上帝和我的良心。」她說完，一隻手微掩美麗高聳的胸部看著天空。

「但是請聽我說，看在上帝份上……」

「娶了我吧，那我就是您的奴僕了。」

「可是這不可能。」

「您不能紆尊降貴跟我結婚，您……」海倫哭著說。

那個人開始安慰她，海倫則啜泣著說，沒有什麼能妨礙她結婚。她舉了拿破崙和一些顯貴的例子，還說她從來不是她丈夫的妻子，她是被當作犧牲品的。

「然而法律，宗教……」那個人垂頭喪氣地說。

「法律，宗教……有什麼用，如果這種事都辦不到的話！」

親王吃了一驚，這樣簡單的道理他竟然沒有想過，連忙去請教耶穌會的教友們。

幾天之後，海倫在她的別墅舉行了一次宴會。在宴會上，人們向她引見了一位年老的耶穌教士德若貝爾。他和海倫談了很久，談了對上帝的愛、對耶穌的愛、對聖母聖心的愛，以及真誠的天主教給予人們的慰藉，令海倫大為感動，有幾回她的眼裡含著淚水。第二天，教士又單獨來找海倫，之後時常上門。

一天，他把伯爵夫人帶到天主教堂，領她去見一位長老。長老聽了她的懺悔，寬恕了她的罪過。幾天後，海倫滿意地獲知，她已加入天主教會，教皇將於數日內親自批准，並發給她證書。

海倫明白，他們接納她入教的目的，只是為了從她那裡獲得捐款。但她也在捐款之前，堅持要他們為她履行脫離丈夫的宗教手續。出於這一目的，她在一次與神父的談話中，堅決要求他回答一個問題：她的婚姻對她到底有多大的約束。

這位導師的觀點如下：「您在不明白自己所作所為的情況下，就對一個人作出了信守婚約的誓言，而那個人也在不相信婚約的宗教意義下完婚，因此，這樁婚姻缺少它應有的意義。無論如何，您的誓言還約束著您，而您違背了誓言。然而，您所犯的是可恕之罪，因為您並無不良圖謀。假如您是為了生兒育女而再婚，您的罪就會得到寬恕……」

「但我認為，」感到無聊的海倫帶著迷人的微笑說道，「我信奉真誠的宗教，便可不受虛假宗教加之於我的約束。」

神父對於女信徒提出的問題大為驚異，他為她意想不到的進步感到狂喜。

「讓我們來分析，伯爵夫人。」他微笑說，開始反駁她的道理。

7

海倫明白，事情從宗教觀點看來非常簡單，神父之所以為難，僅因為他們害怕世俗對這件事的看法。所以，海倫決定，應該在社交界中多加著墨。她對那名顯赫的官員說了對第一個追求者說過的話，也就是挑明：佔有她的唯一途徑是與她結婚。她讓這個年老的貴族相信，丈夫還在世而又另嫁他人的行為，就像姑娘出嫁一樣稀鬆平常。接著，她天真無邪地向她的密友講述，親王和官員均已向她求婚。

消息立刻傳遍彼得堡。不是海倫要與丈夫分手的傳聞，而是不幸的海倫陷入了不知該嫁給誰的兩難境地。雖然有些人從這件事中看到對婚姻的褻瀆，但大多數的人卻著眼於海倫的幸福，對她的丈夫還在世一事避口不提。

只有瑪麗亞．德米特里耶夫娜．阿赫羅西莫娃敢於直率地說出反對意見。而近來變得健忘的瓦西里公爵，每次遇見自己的女兒，總是重複對她說：

「海倫，我該跟你談談，」他對她說，「聽說你有些打算，是關於……你知道的。我親愛的孩子，你知道，你父親是高興的，因為你吃了那麼多的苦…但親愛的孩子……照你內心的指示去做，這就是我的忠告。」他激動地走開了。

聰明的比利賓是海倫的朋友，是她的府邸常客中之一。他有次在她們的小圈子對海倫說出了自己的看法。

「聽我說，比利賓，」海倫說道，「像告訴姐姐一樣告訴我怎麼辦。挑選誰比較好？」

比利賓皺起眉頭，嘴角掛著微笑，陷入沉思。

「這個問題並不使我感到突然，您知道，」他說，「作為真正的朋友，您的事情我考慮已久。如果嫁給親王，您將不可能再成為另一人的妻子，此外，宮廷也會不滿。如果嫁給老伯爵，您就是他晚年的幸福，然後……親王娶一名貴族的遺孀也不會有失身分。」

「這才是真正的朋友！」海倫容光煥發，「可是我兩個都愛，不願使任何一個傷心。為了他們的幸福，我甘願犧牲生命。」

比利賓聳聳肩膀，表示連他也無法解決這樣的難題。

「好厲害的女人！她想同時當三個人的妻子。」比利賓心想。

「您丈夫會如何看待這件事情？」他說，「他會同意嗎？」

「啊！他多麼愛我！」海倫天真地說，「他會為我做任何事情。」

「連離婚也在內？」他說。海倫笑了。

海倫的母親庫拉金娜公爵夫人，也對於這件事的合法性表示懷疑。她不能容忍這種事，於是去請教一位俄國神父，丈夫在世時是否能夠離婚或再嫁。神父說這是不允許的。

公爵夫人打算以這些她認為無懈可擊的論點駁倒女兒。一大早，她就單獨出發去女兒的家。聽完母親的意見後，海倫調皮地微微一笑。

「啊，媽媽，別說蠢話。您什麼也不懂。我所處的地位有我應盡的義務。」

「可是，親愛的……」

「啊，媽媽，您怎麼就是不懂，神父有權寬恕……」

這時，住在海倫家裡的一位夫人的女伴前來通報，說親王在客廳求見。

「不，對他說，我不想見他。他激怒我了，因為他不守諾言。」

「伯爵夫人，請寬恕我的罪過。」進來的金髮年輕人說。

老公爵夫人恭敬地起身行禮。她朝女兒點了點頭，悄悄向門口走去。

「她是對的，」老公爵夫人心想，她的信念早已蕩然無存，「我們年輕時怎麼就不明白這些呢？這是多麼簡單啊。」她想著，坐上了馬車。

八月初，海倫的事情完全確定了，她寫了一封信給丈夫，通知他自己要嫁給某人的打算，同時告訴他必須完成的離婚手續。

我祈禱上帝，願您受到神聖而有力的保佑。您的朋友海倫

這封信送到皮埃爾家的時候，他正在博羅金諾戰場上。

8

博羅金諾戰役還沒結束，皮埃爾又一次逃離拉耶夫斯基的炮壘，與一群士兵沿著河谷向克尼亞濟科沃村走去。

他一心想著儘快擺脫這一天經歷的可怕事情，回到過去的生活環境，在自己房間的床上安穩地睡一覺。沿著莫札伊斯克公路走了三俄里左右，皮埃爾在路邊坐了下來。他枕著手臂躺下，就這樣過了很久。半夜，三位士兵拖來一些乾樹枝，在他身旁坐下，開始點燃火堆。

士兵們在火堆上放上一口小鍋，把麵包乾掰碎放進鍋裡，又加了一點豬油，食物的香味混合著煙味，皮埃爾坐直了些，嘆了口氣。士兵們邊吃邊談，沒有注意他。

「你是幹什麼的？」其中一個突然對皮埃爾說，想問他要不要吃。

「我？我……」皮埃爾吞吞吐吐，覺得有必要降低自己的地位，以便接近士兵們，「我是一位民防軍官，真的。不過這裡沒有我的弟兄們，我和自己人失散了。」

「看看你！」一個士兵說。

另一個士兵搖了搖頭。

「好吧，想吃就吃！」第一個士兵說，把湯匙遞給了皮埃爾。

皮埃爾坐近火堆吃起來，三個士兵默默地望著他。

「你要去哪裡？你說！」其中一個又問。

「我要去莫札伊斯克。」

「你大概是老爺吧？」

「是的。」

「怎麼稱呼呢？」

「彼得．基里洛維奇。」

「喏，彼得．基里洛維奇，一起走吧！我們送你去。」

在什麼也看不見的黑暗中，士兵與皮埃爾一同向莫札伊斯克走去。他們登上莫札伊斯克市郊的一座山峰，在半山腰遇到了他的馬車伕。

「老爺，」他斷斷續續說，「您怎麼在走路？您要去哪裡啊？」

「啊，好了。」皮埃爾說。

士兵停住了腳步。

「怎麼了？找到自己人了？」一個問。

「喏，再見！彼得．基里洛維奇，是嗎？再見了！」其餘兩人的聲音說。

「再見。」皮埃爾說，與他的馬車伕一起往客棧走去。

「該給他們錢。」皮埃爾心想，「不，不用。」有一個聲音對他說。

客棧已沒有空房了，皮埃爾穿過院子，在自己的馬車裡躺下睡覺。

9

皮埃爾一躺在枕頭上，便立刻進入了夢鄉，但又彷彿聽見了槍炮的射擊聲，聽見了呻吟、喊叫和炮彈落地的聲音，聞到血腥和火藥味。恐怖的感覺使他驚醒過來，他看見院子裡一切仍然靜悄悄。

「感謝上帝，這下再也聽不到了。」皮埃爾想，「多嚇人！多麼難為情！可是他們……他們始終堅定沉著……」他心想。「他們」指的是士兵，是駐守炮壘的、給他飯吃的、對著聖像禱告的士兵。這群過去他毫無所知的人，卻在他腦子裡明顯異於常人。

「當兵去，就當一名士兵！」皮埃爾想著，漸漸要入睡了。

「全身心地投入這種團體的生活中去，深刻體驗使他們變成那樣子的一切。過去我本來能夠做到這一點的，我本來可以逃離父親，或是在與多洛霍夫決鬥後被送去當兵。」他欠起身來，就在這一剎那，他覺得下半身很冷，原來腿已露了出來。

他感到難為情，將滑下的大衣拉到腿上。這時，他一下子睜開了眼睛，看見那院子已泛出藍色、發亮、蒙著一層露珠的光澤。天亮了。

皮埃爾後來回想起這些想法時，他覺得，儘管那些想法是由這一天的印象引發而來，但他從未在清醒的時候這樣思考和表達自己的想法。

「戰爭，是人的自由最大限度地服從上帝的規律，」有一個聲音說道，「純樸，是對上帝的忠順；你離不開上帝。他們就是純樸的。他們不說，而是實幹。人一怕死，便什麼也主宰不了。不怕死的，便擁有一切。假如沒有苦難，人就不會認識自己，知道自己的極限。最難以做到的，是要把這一切的意義在自己的心中統一起來。統一嗎？」皮埃爾自問，「不，不是統一，不可能統一各種想法，而是把所有想法結合起來，對，結合，應該結合！」皮埃爾欣喜地喃喃自語。他感覺這句話將拆磨他的問題解決了。

「對，應該結合，是結合的時候了。」

「應該套車了，是套車的時候了，老爺！老爺！」一個聲音重複說道。

馬車伕來叫醒皮埃爾。太陽已直射在皮埃爾臉上，他掃視這座骯髒的院子，不屑一顧地轉過臉去，又躺在馬車座位上。「不，我不想看見這個，我想瞭解我剛才想的事，再一秒鐘我就會明白。現在怎麼辦？結合，怎樣把一切結合起來呢？」皮埃爾恐懼地發現到，他夢中所想的事已完全失去了意義。

馬車伕和店老闆告訴皮埃爾，有位軍官帶來了消息，說法軍已兵臨莫札伊斯克，俄國人正在撤退。皮埃爾起身，吩咐把東西收拾好後上路。他把一輛馬車撥給一位受傷的將軍使用，和他一起趕往莫斯科。在途中，皮埃爾得知阿納托利和安德烈的死訊。

10

三十日，皮埃爾回到莫斯科。接近城門口時，拉斯托普欽伯爵的副官迎了過來。

「我們到處找您，」副官說，「伯爵要見您，請您立即到他那裡去，有一件非常重要的事情。」皮埃爾沒有回家，雇了一輛馬車就到總督那裡去了。

拉斯托普欽伯爵的住宅前廳和接待室擠滿了官員，有奉召而來的，也有來請示的。瓦西里奇科夫和普拉托夫已見過伯爵，並向他解釋莫斯科無法防守，只得放棄。這件事雖然瞞著居民，但官員們都已知道莫斯科將落入敵手，為了推卸責任，紛紛來向總督請示他們的部門應該怎麼辦。

皮埃爾進入接待室時，一位軍隊的信使正從伯爵辦公室出來，他對大家的提問無可奈何地擺了擺手，徑直穿過接待室走了。

皮埃爾走到一群官員前面，裡面有一個他認識的。他們與皮埃爾寒暄後，繼續談他們的話。

「先撤出，然後再回師，不會吃虧。處在目前這種情況，沒有人負得起責任。」

「可是這個，他寫的。」另一人說，指著他手裡的印刷品。

「這是另一回事。這對民眾是必須的。」剛才來的那人說。

「這是什麼？」皮埃爾問。

「一張新的通告。」皮埃爾拿過來讀。

尊貴的公爵已越過莫札伊斯克，以便與其他部隊會合，並已駐防於堅固陣地。總司令稱，他將保衛莫斯科直至最後，且已作好巷戰準備。弟兄們，別管政府機關是否關閉，務必盡到個人本份！一兩天內我會發出號召，屆時，將需要大量勇士。如今我身體無恙，雙目可視。

「軍方人士告訴我，」皮埃爾說，「城裡不能作戰，地形……」

「是啊，我們正在談論這件事呢。」剛才那位官員說。

「但這是什麼意思？雙目可視？」皮埃爾問。

「伯爵的眼睛長了個瘡。而您呢，伯爵？」副官朝皮埃爾笑著說，「我們聽說您有家庭糾紛，伯爵夫人——您的夫人似乎……」

「我一無所知，」皮埃爾心不在焉地說，「您聽到什麼啦？」

「沒有，您知道，常有人編造故事。我是從外頭聽來的。」

「您究竟聽到什麼啦？」

「有人說，」副官說，「伯爵夫人打算出國，大概是謠言吧……」

「也許，」皮埃爾沮喪地看了看周圍，「這人是誰？」皮埃爾指著一個矮老頭問道。

「他？他是一個商人，就是飯店老闆韋列夏金。您也許聽說了佈告的事。」

「噢，原來他就是韋列夏金！」皮埃爾說，打量著老商人那張堅強而鎮定的面孔，在他臉上尋找間諜的表情。

「那是他兒子寫的，」副官說，「那年輕人坐牢了，看來完了。」

一些人紛紛朝這裡湊過來。

「你們知道嗎？」副官說，「事情搞錯了。那篇宣言是兩個月前發現的，經手過六十三個人。他們一直追查到韋列夏金——一個沒讀過什麼書的小商人，」副官微笑著說，「我們知道他一定是從郵政局長那裡拿到的，但是他死不承認，堅決說是自己寫的。喏，你們都瞭解伯爵！」副官愉快地說，「他勃然大怒。你們想想，竟敢如此大膽、頑固地說謊！……」

「哦！我懂了，伯爵要他供出克柳恰廖夫！」皮埃爾說。

「完全不需要，」副官驚慌地說，「即使少了這一條，克柳恰廖夫也有罪。問題是伯爵非常氣憤。伯爵把他父親召來，他仍然不肯改口，於是打算讓法庭判處他服苦役。現在他父親來為他求情，為了這個壞小子！你們知道嗎……」

11

在這場有趣的談話中間，皮埃爾被請去見總督。

皮埃爾走進拉斯托普欽伯爵的辦公室，他進去時，伯爵正皺著眉頭用手揉著額頭和眼睛。

「啊！您好，偉大的軍人，」拉斯托普欽說，「我們聽說您的功績了！但問題不在那裡。這裡沒有外人，親愛的，您是共濟會員嗎？」拉斯托普欽嚴厲地說道。皮埃爾沉默不語。「親愛的，我什麼都知道，我知道有各式各樣的共濟會員，希望您不是那種以毀滅俄國為目標的共濟會員。」

「是的，我是共濟會員。」皮埃爾回答。

「那，親愛的。我想您不會不知道，斯佩蘭斯基和馬格尼茨基已被放逐了，克柳恰廖夫也即將遭到同樣下場。您知道，這麼做是對的。現在，我又得知，您把自己的馬車借給他出城用，還從他那裡收下了一些文件。我是愛您的，我要像父親一樣勸您停止與這種人來往，並儘快離開此地。」

「可是，伯爵，克柳恰廖夫究竟犯了什麼罪？」皮埃爾問。

「這不是您該問的。」拉斯托普欽喊叫起來。

「如果有人指控他散佈拿破崙的公告的話，那還是未經證實的事啊！」皮埃爾說，「還有韋列夏金……」

「您說的沒錯，」拉斯托普欽突然沉下臉來，「韋列夏金是個叛徒，他會得到應得的極刑。但我請您來不是為了討論這件事，而是給您忠告，或者說是命令。我請您停止與克柳恰廖夫這種人的聯繫，並且離開這裡。」大概他意識到別祖霍夫是沒有過失的，於是又友好地說：「我們處於災難前夕，我沒有閒工夫去注意自己的態度。好啦，親愛的，您個人有何打算？」

「沒什麼打算。」皮埃爾回答。

伯爵皺緊了眉頭。

「趕快離開。這是我友誼的忠告，再見！噢，對了，」他從門裡向皮埃爾大聲說，「伯爵夫人陷入耶穌會神父們的股掌之中了。」

皮埃爾什麼也沒回答，便走了出去。他露出一副愁眉不展的樣子。

當他坐車回到家裡，已是黃昏時分。當晚，有七八個不同身分的人來找他，皮埃爾對他們的事毫無興趣，隨口打發了他們。等到剩下他一個人時，他拆開了妻子的信。

「他們就是炮壘上的士兵，安德烈陣亡了……老頭……純樸就是對上帝的忠順。應該受苦……一切的意義應該結合……妻子出嫁……應該忘記和懂得……」他走近床鋪，衣服也不脫就倒在床上睡著了。

當他隔天早上醒來，管家來稟報，說拉斯托普欽伯爵派人來詢問別祖霍夫伯爵走了沒有。

又有十幾位客人有事要見皮埃爾，正在客廳裡等候。皮埃爾急忙穿好衣服，從後面的門廊溜了出去。從此直到莫斯科浩劫結束，別祖霍夫家的人再也不知道皮埃爾的下落。

12

羅斯托夫家直到九月一日，也就是法軍進入莫斯科前夕，都還留在城裡。

彼佳跟著奧博連斯基哥薩克團前往駐地之後，恐懼找上了伯爵夫人。他的兩個兒子從軍打仗，或許哪一個今天或明天就會陣亡也說不定。這個想法清楚地呈現在她的腦際，她試圖把尼古拉召回來，又想親自去找彼佳，把他調回彼得堡，但兩件事都辦不到。伯爵夫人輾轉難眠，最後，伯爵終於想出一個安慰妻子的辦法——他把彼佳調到在莫斯科郊外整編的別祖霍夫團。在這一調動之後，伯爵夫人終於看得到一個兒子置於自己的羽翼之下而得到慰藉。隨著彼佳回莫斯科的日期越來越近，望眼欲穿的伯爵夫人也越來越焦急不安。

八月底，羅斯托夫家收到尼古拉的第二封來信。信是從沃羅涅日省寄來的。這封信並沒有使伯爵夫人安心，在知道一個孩子平安的情況下，她反而更強烈地擔心起彼佳來了。

從八月二十日起，羅斯托夫家的熟人都紛紛離開莫斯科。雖然大家都勸伯爵夫人儘快出發，但在她的彼佳回來之前，她一點也聽不進出發的事。二十八日，彼佳回來了，但他害怕在母親的呵護下失掉男子氣概，便對她冷漠、躲避她，只肯與娜塔莎為伴。

因為伯爵一貫的疏忽大意，八月二十八日還沒有作好啟程的任何準備，中梁贊和莫斯科鄉下派來搬運家當的車輛，三十日才抵達。

自八月二十八日至三十一日，全莫斯科都處於忙亂之中，傷兵、居民和馬車在街上來來去去。各種相互矛盾的、聳人聽聞的消息在城裡流傳。無論是離開還是留下的人都明白，儘管沒有明講，但莫斯科必將陷落，應該儘快收拾東西逃走。但直到九月一日為止，什麼事都沒有發生，於是，莫斯科不由自主地繼續著它的日常生活，儘管明白覆滅之期已近。

在莫斯科落入敵手的三天前，羅斯托夫一家都雜亂無章地忙於各種生活瑣事。身為一家之主的老伯爵天天在城裡奔波，收集四面八方的傳聞，但對於家裡的準備，只作了一些表面上的安排。

伯爵夫人監督家裡人整理東西，不時望向處處躲著她的彼佳，為此對娜塔莎嫉妒不已。索尼婭一個人默默地收拾包裹，她近來顯得憂鬱和少言，為了尼古拉那封提到瑪麗亞公爵小姐的信。

「博爾孔斯基做娜塔莎的未婚夫，我從來沒有高興過，」伯爵夫人說，「但我總是希望，而且我有預感，尼古連卡會娶公爵小姐。那有多好啊！」

索尼婭覺得這是對的。振興羅斯托夫家的唯一希望，就是娶一位有錢的媳婦，而公爵小姐正好符合這個條件。儘管這件事令索尼婭痛苦，她還是把所有繁雜的打包工作全攬了下來，整整忙碌了好幾天。相反地，彼佳和娜塔莎不僅沒有幫忙，還不時作出令人感到厭煩和礙事的舉動。他們幾乎整天都在宅院中追逐、叫喊和大笑。

13

八月三十一日，星期六，羅斯托夫府上彷彿被翻了一遍似的，所有房門都敞開來，傢俱也被搬出或挪動了地方。屋裡擺著箱子、乾草、包裝紙和繩索。農夫和家僕搬著東西，來回走動，院子裡停滿了大車。屋子內外人聲鼎沸，人們忙得不可開交。伯爵一早就外出了，伯爵夫人由於頭痛，躺在客廳裡。彼佳也出門了。索尼婭在大廳包裝著瓷器和玻璃器皿。娜塔莎坐在凌亂的地板上發呆。

她感到慚愧，因為自己什麼事都沒做。她看到索尼婭，想幫她的忙，但立刻又拋開了這裡的工作，跑回房間收拾衣物；可是沒過多久又覺得索然無味了。

「杜尼亞莎，你來收拾好不好，親愛的？」

娜塔莎又坐到地板上陷入沉思。她聽見隔壁女僕房裡的說話聲和她們匆忙的腳步聲，便站起來往窗外看。街上停著一長串傷兵車輛。所有僕人都站在大門口觀看。

娜塔莎用一條白手絹蓋住頭髮，兩手扯著手絹角走出了大門。

過去的管家瑪夫拉．庫茲米尼什娜老太婆，走近一輛大車，與躺在車上的年輕軍官談話。娜塔莎怯生生地跟在後面，聽管家說話。

「這樣說來，您在莫斯科一個親友也沒有？」瑪夫拉．庫茲米尼什娜說，「您最好找一家安靜些的住宅……比如我們家。老爺和夫人就要走了。」

「不知道可不可以，」軍官有氣無力地說，「那是長官……問他吧。」他指向一位肥胖的少校，這名少校正沿著車隊往回走來。

娜塔莎驚嚇地向受傷軍官的臉掃了一眼，便朝少校迎面走去。

「可不可以讓您的傷兵住到我們家裡？」她問。

少校面帶微笑向她行禮。

「可以，為什麼不行呢？可以。」他說。

娜塔莎點了點頭，又走回瑪夫拉．庫茲米尼什娜身邊。

「可以，他說可以！」娜塔莎低聲說。

軍官的那輛篷車駛進了羅斯托夫家的院子，幾十輛載有傷兵的大車也應市民的邀請，開進了波瓦爾大街各家院子和門廊。娜塔莎顯然很喜歡這種與陌生人的往來。她與瑪夫拉．庫茲米尼什娜一起歡迎更多的傷兵進入自家院子。

「還是得向老爺知會一聲。」瑪夫拉．庫茲米尼什娜說。

「沒關係，反正都一樣！我們搬到客廳去住，讓給他們一半都行。」

「哎，小姐，這怎麼行！就算是住廂房、下房和保姆的房間，也得問一聲呀！」

「嘿，我去問。」

娜塔莎跑回家，踮腳走進半掩著的房門。

「您睡著了嗎？媽媽。」

「唉，睡什麼覺啊！」伯爵夫人被驚醒，說道。

「媽媽，親愛的。」娜塔莎說，她把臉貼近母親的臉，「對不起，我吵醒您了。是瑪夫拉．庫茲米尼什娜叫我來的。傷兵運到了，都是軍官，您答應嗎？他們沒地方住，我知道您會答應……」她一口氣說道。

「什麼軍官？把誰運來了？我一點也聽不懂。」伯爵夫人說。

娜塔莎笑了，伯爵夫人也有氣無力地笑了。

「我知道您會答應……那麼，我就去說啦！」娜塔莎吻了母親，起身朝房門走去。

在大廳裡，她遇上帶回壞消息的父親。

「我們還留在這裡！」伯爵懊惱地說，「俱樂部卻關門了，警察也走了。」

「爸爸，我把傷兵請到家裡來了，可以嗎？」娜塔莎對他說。

「當然，可以。」伯爵隨口應道，「問題不在這裡，別管那些不重要的事，快幫忙收拾東西，明天就走，走……」伯爵向管家和僕人發出同樣的命令。

午飯時才回家的彼佳講了自己的見聞。他說，民眾今天都到克里姆林宮領武器，拉斯托普欽似乎已作出了安排，命令全體民眾帶著武器，去與法軍打一場仗。

伯爵夫人膽怯地望著兒子神采飛揚的臉龐。她知道，如果她開口求彼佳別去參加，那反而會激起他固執的性格。因此，她希望在打仗之前就離開，並帶上彼佳一起走。她找來了伯爵，淚眼汪汪地求他儘快用車子送她走，當晚就走。

14

午飯後，羅斯托夫一家興奮地忙著收拾財物，準備啟程。娜塔莎也以一股愛管閒事的熱情，開始認真做了起來。她的第一件功勞是收裝地毯。大廳裡有兩只大木箱，一只裝滿了瓷器，另一只裝了地毯，還有許多瓷器要裝，於是人們去抬第三只箱子。

「索尼婭，等等，裝得下的。」娜塔莎說。

「不行，小姐，我們試過了。」僕人說。

「不，等等。」娜塔莎開始從箱子裡取出用紙包好的碟子和盤子。

「碟子應該放這裡，放到地毯裡。」她說。

「還有些地毯，希望三只箱子夠裝。」僕人說。

「可是，請等一下。」娜塔莎迅速而靈巧地重新挑選起來。

「這個不要裝，」她拿著基輔盤子，「這個要，把這個放進地毯裡。」她指著薩克森碟子。

「放下！娜塔莎。好，可以了，我們裝吧，」索尼婭責備地說。

但娜塔莎毫不退讓；她把全部東西拿出來，捨棄了陳舊的地毯和器皿後，快速地開始重新裝箱。果然，取出來的多半是些不值得帶走的便宜貨；裝地毯的箱子蓋不起來，但娜塔莎也堅持己見，要僕人和彼佳一起用力幫她蓋上。

「好了啦，娜塔莎，」索尼婭對她說，「我知道你是對的，就拿掉一張吧！」

「不要！」娜塔莎大叫，「快壓！彼季卡，用力！瓦西里奇，壓啊！」箱蓋終於蓋上了，娜塔莎高興地尖聲叫喊。多虧娜塔莎的指揮，之後的事情進行得很順利，不需要的東西留了下來，最貴重的東西則裝得緊緊的，收拾得穩妥恰當。

但是，不管全家人如何忙碌，直到深夜都無法把一切收拾停當。行期被延至早晨，所有人都去睡了。

當晚，又有一名乘坐馬車的傷患被瑪夫拉請進羅斯托夫家，這名傷患似乎是極有身分的人。

「請進來吧，老爺夫人都要走了，家裡空了。」老太婆對僕人說。

「只好這樣了，」僕人嘆口氣說，「趕不回去啦！我自己的家也在莫斯科，但遠著呢！」

僕人回到馬車旁，朝裡面望了一望，搖搖頭，吩咐車伕把車駛進院子，他則停在瑪夫拉身旁。

「主耶穌基督！」她喃喃地說。

瑪夫娜·庫茲米尼什娜建議把傷患抬進屋裡去。

「老爺夫人不會反對的……」她說。他們把傷患安置在一間廂房裡，這位傷患是安德烈。

15

莫斯科的末日來臨。那天是星期天，像往常一樣，教堂響起了作禮拜的鐘聲。但誰也不明白，等待莫斯科的是什麼。

大批工人、家僕和農夫，以及一些小官、中學生和貴族，他們抵達城外後，卻沒看見拉斯托普欽，並得知莫斯科將被放棄，於是一哄而散，回到莫斯科。之後，武器、黃金和車輛馬匹的價格不斷上漲，紙幣和日用品價格不斷下跌，大家都拚了命地設法逃離莫斯科。

睡到凌晨，伊利亞·安德烈耶維奇伯爵悄悄走出臥室，來到室外的台階上。管家正站在門廊裡，與一位老勤務兵和一位年輕的軍官交談。一看到伯爵，他作了一個手勢，示意兩名軍人走開。

「怎麼樣？都弄好了嗎，瓦西里奇？」伯爵說道，和藹地看著軍人，向他們點頭致意。

「套上車，隨時都可以走，老爺。」

「嗯，很好，夫人快醒來了，上帝保佑！你們怎麼了？先生們。」他對軍官說。

軍官靠近了些。蒼白的臉刹那間有了血色。

「伯爵，請允許我……看在上帝份上……搭上您的大車，我沒帶什麼……讓我上行李車也行……」軍官還沒講完，勤務兵也替自己的主人向伯爵求情。

「噢，好，好，」伯爵連聲回答，「我很高興。瓦西里奇，這件事歸你管了。喏，那邊空一二輛車出來，就在那邊……沒關係，需要的就……」伯爵隨口吩咐道。一瞬間，院子裡、門廊裡、窗戶旁，都出現了傷兵。他們望著伯爵，向台階走來。

「老爺，那些畫怎麼辦？」管家說。

「唔，沒什麼，有些東西不必帶走。」伯爵悄悄地說，好像怕有人聽見一樣。

九點鐘，伯爵夫人醒了，她得知自己的行李從車上被卸下來，已捆裝好的財物也正被解開、卸下，傷患被往車上抬。伯爵夫人立刻要丈夫來見她。

「這是怎麼回事？親愛的，我聽說裝好的東西又在往下搬？」

「你知道，親愛的，我正要對你說……有個軍官來找我，請求撥幾輛車載運傷患。那些財物都是找得回的，但他們留下會怎樣呢？你想想！……親愛的，就帶上他們吧……你急什麼嘛？」伯爵難為情地說，每當涉及錢財的事，他總是如此支吾搪塞。

伯爵夫人露出欲哭的樣子對丈夫說：

「聽我說，伯爵，你把這個家弄到一文不值的地步，現在我們的財產沒了，你還要把孩子們的財產全丟掉！傷兵有政府會負責。你看看，對面的洛普欣家，前天就把東西都運走了。別人都這麼做，只有我們是些傻瓜！不可憐我，也得可憐孩子啊！」

伯爵攤了攤手，沒再說什麼，離開了房間。

「爸爸！你們談些什麼呀？」跟著他走進母親房間的娜塔莎問。

「沒談什麼？不關你的事！」伯爵生氣地說。

「我，我聽見了，」娜塔莎說，「媽媽幹嘛不願意？」

「關你什麼事？」伯爵吼了起來。娜塔莎朝窗戶走去，在那裡沉思起來。

「爸爸，貝格到我們家來了。」她望著窗外說。

16

羅斯托夫家的女婿貝格雖然還是第二軍團第一支隊副參謀長，但已是擁有弗拉基米爾和安娜兩枚勳章的上校了。

九月一日，他從部隊來莫斯科。這裡沒有任務可執行，他決定請假去辦些家務事。

他乘車來到岳父的府上。在客廳裡，他擁抱伯爵、親吻娜塔莎和索尼婭的手，並問候岳母的健康。

「還談什麼健康？哎，你說說看，」伯爵說，「部隊怎麼了？要撤離，還是要打一仗？」

「只有上帝才能決定祖國的命運。」貝格說，「但我大致告訴您，爸爸，在二十六日那次戰役中，」他又更正說，「俄國軍隊表現出來的英雄氣概，是無法用言語來形容的……告訴您吧，爸爸，我們這些長官就算不用督戰，也能奮力保持住這種……這種，勇敢的功勳，」他急不擇言地說。

「我們的軍團就守在山坡上。您可以想像！」貝格把他記得的各種傳聞講了一遍。

「總而言之，俄國軍人顯示出的英勇氣概，是難以想像的，值得讚揚的！」貝格說，看了看娜塔莎，想得到她的讚賞。

這時，面容疲倦、憤怒的伯爵夫人走出來了。貝格吻了她的手，問候她的健康，搖頭嘆息地表示同情。

「說真的，媽媽，這對所有俄國人來說都是艱難的時刻。您為何如此不安呢？還來得及走……」

「我不明白，人們到底都在做些什麼，」伯爵夫人對丈夫說，「剛才有人告訴我，說什麼東西都沒有準備好！」

伯爵想談一談，但顯然忍住了。他從椅子上起身朝門口走去。貝格憂鬱而沉重地搖了搖頭，沉默了片刻。

「爸爸，我有件大事求您。」他說。

「嗯？……」伯爵止住了腳步，說道。

「剛才我經過尤蘇波夫家，」他笑著說，「我在那裡看到一個小衣櫃和一個梳妝檯，您知道，薇拉一直想要這兩件東西，我要讓她大吃一驚。撥一輛車給我用吧！我會開出高價的，而且……」

伯爵皺起眉頭。

「向伯爵夫人要，那不是我負責的。」

「如果為難，那就不要了，」貝格說。「我只是想買給薇拉。」

「咳，都走開！都見鬼去！見鬼去！……」老伯爵大叫，「頭痛死我了！」他走出了屋子。

伯爵夫人哭了。

「的確，媽媽，是個艱難的時刻！」貝格說。

娜塔莎跑到院子裡去，看到彼佳正在向離開莫斯科的人發放武器。

「知道為什麼嗎？」彼佳問娜塔莎，他指的是父母親之間的爭執。她沒有回答。

「因為爸爸想把車撥給傷患坐，」彼佳說，「瓦西里奇跟我說的。我認為……」

「我認為，」突然，娜塔莎憤怒地叫了起來，「我認為，真可恥！可惡！……我不知道了，難道我們是德國人嗎？」她轉過身去，飛快登上台階，來到母親面前。

「這是恥辱！這是作惡！」她喊叫著，「您不能那樣下命令。」

貝格和伯爵夫人不解地望著娜塔莎。伯爵則在窗戶旁聽著。

「媽媽，這樣不行，您瞧瞧院子裡的情況！」她大聲說，「他們要留下……」

「你怎麼啦？他們是誰呀？你要什麼？」

「傷兵，就是他們！這不行，媽媽……請您原諒，媽媽……那些要運走的東西對我們有什麼用嘛！您只要看看院子裡……媽媽！……這樣不行啊！……」

伯爵夫人望著女兒，看到她為母親感到羞恥的臉，明白了為什麼丈夫現在連看都不願看她一眼，因此驚惶失措地環顧周圍。

「唉！你們想怎樣就怎樣吧！我妨礙誰了！」她說。
「媽媽，親愛的，請原諒我。」
伯爵夫人卻推開女兒，朝伯爵走去。
「親愛的，你來管吧！……我什麼都不知道啊。」她說，悔恨地低下頭。
伯爵流出了眼淚，擁抱住妻子，伯爵夫人則高興地把臉藏在丈夫懷裡。
「爸爸，媽媽！可以由我來管嗎？可以嗎？」娜塔莎問。
「我們就只帶上最重要的……」她說。
伯爵向她點點頭，娜塔莎隨即跑下台階，來到院子裡傳達命令。
家僕們把車輛撥出來，將箱子搬回貯藏室，開始俐落地安置傷兵。傷兵圍住大車，蒼白的臉上露出喜色，住在鄰近的傷患也紛紛湧向羅斯托夫家的院子裡。人們找出了那些不必帶走的東西，騰出一輛接一輛的空車。
「還可以再搭四個人，」管家說，「我把我的車也讓出來。」
「把我運衣服的車也給他們，」伯爵夫人說，「杜尼亞莎跟我坐一輛車。」
所有家僕和僕人都忙得十分起勁，娜塔莎也充滿了興奮且幸福的情緒。
索尼婭也一樣忙個不停，但她做的事卻和娜塔莎完全相反。她把不帶走的東西一一登記，並盡力多帶走一些東西。

17

一點多，運送傷兵的大車一輛接一輛地駛出了院子。當載著安德烈的馬車從台階旁經過時，引起了索尼婭的注意，她正在車上佈置伯爵夫人的座位。
「這是誰的馬車？」索尼婭從車窗探出頭來問。

「您還不知道嗎，小姐？」女僕回答，「受傷的公爵，他也要跟我們一起走。」

「是誰呢？姓什麼？」

「是我們之前的未婚老爺，博爾孔斯基公爵！」女僕嘆息道，「聽說快死了。」

索尼婭跳下馬車，跑著去找伯爵夫人。伯爵夫人已著裝完畢，疲倦地在客廳踱來踱去。娜塔莎不在這裡。

「媽媽，」索尼婭說，「安德烈公爵在這裡，性命垂危。他也跟我們一起走。」

伯爵夫人驚嚇地睜大眼睛，並抓著索尼婭的手朝周圍看了看。

「娜塔莎呢？」她開口問。

「娜塔莎還不知道。但他會跟我們一起走的。」索尼婭說。

「你說他生命垂危？」

索尼婭點了點頭，伯爵夫人抱著她哭了。

「命運捉弄人！」她想，感到一股神奇的力量正在人們不知道的時候活動著。

「哎！媽媽，準備好了。你們在談什麼？」娜塔莎興高采烈地跑進來說。

「沒什麼，」伯爵夫人說，「準備好了，那就出發。」伯爵夫人彎下腰拿手提包，把悲傷的面孔遮起來。

索尼婭抱住娜塔莎，吻了她。

「你怎麼啦？出什麼事了？」

「沒什麼……沒有……」

「跟我有關的事嗎？……什麼事？」敏感的娜塔莎問。

索尼婭嘆氣，但什麼也沒有回答。

台階上、院子裡，要走的僕人們正在與要留下的人們告別。兩名隨從站在敞開的車門旁，靜候伯爵夫人上車；同時，女僕們抱著坐墊和包袱，在房屋到馬車之間的路上來回跑動。

「老是忘東忘西的！」伯爵夫人說，「你應該知道，我不能這樣坐！」杜尼亞莎一臉委屈，跑過來重新整理座位。

「唉，這些人哪！」伯爵搖著頭說。

大家終於就座，車門關上。這時，馬車伕葉菲姆從頭上摘下帽子，畫了個十字。

「上帝保佑！」葉菲姆戴好帽子，隨即啟動馬車。車身搖晃了起來，在駛上不太平整的馬路時顛簸了一下。其餘馬車也陸續駛上街道，朝前進發，留守莫斯科的家人在兩旁夾道送行。

娜塔莎從未有過像今天這樣的愉快感覺，她挨著伯爵夫人坐著，兩眼盯著遠方漸漸消失的莫斯科城牆。她常探出頭來朝前後張望，看到了走在最前頭的安德烈的馬車，但她不知道誰在裡頭。

經過蘇哈列夫塔樓時，娜塔莎好奇地望著乘車和步行的人們，突然驚喜地叫起來。

「老天爺！媽媽，索尼婭，快看，那是他！」

「誰？誰？」

「瞧，真的，別祖霍夫！」娜塔莎說，她從車窗裡探出頭來，看到一個穿著馬車伕服裝的高大胖子，他正與一個小老頭一起，在蘇哈列夫塔樓的拱門下方。

「真的，是別祖霍夫！」娜塔莎說，「看哪，看哪！」

「不是，那才不是他。怎麼可能呢？胡說！」

「媽媽！」娜塔莎叫了起來，「那是他，我會讓您相信的。停！停！」她向車伕喊道，但車伕無法停下來，因為後面還有其他的車隊在催促他們。

皮埃爾穿著車伕的長褂，一臉嚴肅地和一個老頭並排走著，這個老頭似乎是僕人，他看到有人從車窗裡朝皮埃爾指指點點，立刻告訴主人。皮埃爾順著他指的方向看，認出了娜塔莎，隨即毫不猶豫地朝馬車走去。但走了幾步，又忽然想起了什麼，停下了腳步。

娜塔莎將臉探出車廂，露出溫柔的嘲笑。

「彼得．基里洛維奇，來啊！我們認出您啦！好意外啊！」她把手伸出去，「您怎麼啦？為什麼這樣？」

皮埃爾抓住伸過來的手，一邊跟著馬車前進，一邊笨拙地吻它。
「您發生什麼事啦，伯爵？」伯爵夫人用驚奇和同情的聲音問。
「什麼事？沒什麼，請別問我。」皮埃爾說，又回頭看了一眼娜塔莎。
「您怎麼啦，還是要留在莫斯科？」
皮埃爾沉默了片刻。
「留在莫斯科？」他用問話的語氣說，「對，留在莫斯科。再會了。」
「唉，如果我是男人就好了，我一定陪您留下來。」娜塔莎說。「媽媽，讓我留下來，我要留下來！」
皮埃爾茫然地看了娜塔莎，正要開口說話，但伯爵夫人打斷了他。
「據說您打過仗了，是嗎？」
「是的，打過了，」皮埃爾回答，「明天還要打呢……」他說道，娜塔莎又打斷了他：
「您究竟出了什麼事？伯爵，您不像您自己……」
「別問了，請別問我，我自己也不知道。明天……啊不！再會了，再會了，」他說道，「可怕的時代！」
然後離開馬車走上人行道。
娜塔莎久久地探出車窗外，朝他溫柔地，帶點嘲弄意味地高興地笑著。

18

皮埃爾見到拉斯托普欽伯爵後的次日，忽然被一種混亂而沮喪的心情控制住了。他覺得一切都完了，前途無望，沒有任何擺脫困境的出路。他不自然地傻笑，小聲地自言自語，時而在沙發上坐下，時而走向門口，透過門縫往接待室裡瞧，時而又抓起一本書來看。管家進來稟報，說伯爵夫人的使者想見他；同時，巴茲傑耶夫的遺孀也請他去接收書籍，因為她就要啟程前往鄉下了。

「啊，是的，馬上……不，跟他們說我馬上就來。」皮埃爾對管家說。

但是，當管家一出房間，皮埃爾就拿起桌上的帽子，從後門溜出了家裡，來到大街上。

在他今天早晨要做的事情中，整理約瑟夫．阿列克謝耶維奇的文件對他來說是最重要的。

他雇了一輛馬車，吩咐車伕趕到總主教湖去，巴茲傑耶夫遺孀就住在那裡。

他看著窗外正在駛離莫斯科的車輛，體會到一種蹺課的愉快心情，與車伕聊了起來。車伕告訴他，今天將在克里姆林宮發放武器，明天就要把民眾全部趕到城外打一場大仗。

抵達總主教湖，皮埃爾找到了巴茲傑耶夫家。他走近住宅的便門，一個小老頭格拉西姆出來應門。

「在家嗎？」皮埃爾問。

「由於目前時局不穩，索菲婭．丹尼洛夫娜帶著孩子到托爾若克鄉下去了，老爺。」

「我還是得進去，我要清理一下書籍。」皮埃爾說。

「請進吧！歡迎大駕，過世主人的弟弟馬卡爾．阿列克謝耶維奇留在家裡，可是，不瞞您說，他身體很虛弱。」老僕人說。

馬卡爾．阿列克謝耶維奇是約瑟夫．阿列克謝耶維奇的弟弟，據說是個嗜酒如命的人。

「對，對，我知道。我們進去吧，進去吧……」皮埃爾說著進了屋。一個高大禿頂紅鼻子的老頭正站在前廳裡，他一看見皮埃爾，不滿地嘟囔了幾句，就離開了。

「要去書房嗎？」格拉西姆說。皮埃爾點頭，「書房封起來了，夫人吩咐過，要是您來了就發書。」

皮埃爾走進陰暗的書房，他過去曾經來過。這間書房自從約瑟夫．阿列克謝耶維奇逝世後就沒有人動過，變得更加陰暗。

皮埃爾在書房轉了一圈，從放手稿的書櫥中取出一件非常重要的共濟會聖物，那是附有注釋的《蘇格蘭教律》真本，他在寫字台前坐下，用手支撐著頭部，沉思起來。

他一直維持著這個姿勢，就這樣過了兩個多小時。格拉西姆輕敲了門。

「您要不要讓馬車伕先走？」

「噢，是的，」皮埃爾回過神來，急忙起身，「聽著，」皮埃爾說，他抓住格拉西姆外衣的鈕扣，興奮地告訴他：「你知道明天將要打仗嗎？」

「外頭都在說呢。」格拉西姆回答。

「我請您別告訴任何人我是誰，並照我的話去做……」

「遵命，」格拉西姆說，「您要不要吃東西？」

「不，但我需要別的東西。我要一套農民的衣服和一支手槍。」

「遵命。」格拉西姆想了想說。

剩餘的時間裡，皮埃爾獨自一人在書房裡度過，最後就睡在書房裡的床鋪上，度過了一夜。見過各種怪事的格拉西姆對皮埃爾遷來暫住並不吃驚，而且，他似乎也很高興有人可以侍候。當晚，他為皮埃爾弄來一件長褂和氈帽，並答應在隔天弄到手槍。就在皮埃爾與格拉西姆一同去蘇哈列夫塔樓買手槍時，遇見了羅斯托夫一家人。

19

九月一日晚間，庫圖佐夫發布了俄軍經莫斯科撤退至梁贊公路的命令。首批部隊於夜裡開拔，到了九月二日上午十點，除後衛部隊以外，所有軍隊都已抵達莫斯科的另一側。

與此同時，在九月二日上午十點，拿破崙與他的軍隊站在波克隆山上，望著展開在他面前的景觀：莫斯科從山下開始，向前廣闊地伸展，河水蜿蜒，花園和教堂星羅棋布，屋宇在陽光下有如星星般閃爍。

面對從未見過的、建築風格奇特的城市，拿破崙心裡難免有點嫉妒和不安，就像人們面對異邦的生活方式一樣。在遠處模糊不清的景象中，他仍能準確無誤地分辨認出那不同於死人的活力。這一巨大而美麗的城市正在呼吸。

「這座城市中有數不清的教堂，莫斯科！神聖的莫斯科！終於到了這座名城！時候到了。」拿破崙說，他吩咐把莫斯科的地圖攤開，並叫來翻譯官。「被敵人佔領的城市，猶如失掉貞操的少女。」他心想，時而看看城市，時而看看地圖，佔領它的決心使他又激動又恐懼。

「難道有可能不是這樣嗎？」他想，「這就是它，這個國都正躺在我的腳下，等待厄運的降臨。」他一邊想，一邊掃視身邊的軍隊，「我只須一句話，只須一舉手，這座歷代沙皇的古都就完了。但我的仁慈隨時準備賜予戰敗者，我應該寬容而偉大……但是，不對，我在莫斯科是不真實的，」這想法突然出現在他腦際，「可是它明明在我腳下。我會寬恕它，我要在古老的紀念碑上寫下正義和仁慈的偉大詞句，我將頒布正義的法律，曉諭他們文明的真正含義，我將讓世世代代的大臣們，以敬愛之心記住征服者的名字。我將在莫斯科接受人民對和平與尊嚴的條件，我不要戰爭，我希望我的臣民享受和平和福祉。」

「去把大臣們召來。」他對侍從說。一名將軍立刻帶領隨從去找俄國大臣。

過了兩個小時。拿破崙又站在波克隆山上，等候使節團。構思著對俄國大臣的演說。

他為自己在莫斯科的行動所定下的寬容方針頗為自豪。與此同時，在皇帝侍從的背後，將軍和元帥們正在激動地議論著。去請使節團的侍從們帶回消息說，莫斯科空空如也，所有的人都離開了。將帥們惶恐不安，不知該用怎樣的言辭向皇帝解釋，為什麼城裡沒有半個俄國大臣的影子，只有一群又一群的醉鬼。有人建議說，可以隨便召集一個使節團，但有人卻反駁這個意見。

「然而總得告訴他……」侍從們說。情況更加尷尬了，因為皇帝正在推敲自己的仁政計畫，時而耐心地走近地圖，時而望著通向莫斯科的道路，開心而高傲地微笑著。

「但不方便……不可能……」侍從官們聳了聳肩說。

皇帝由於徒勞的等待而感到疲倦了，他做了個手勢。信號炮發出了單調的聲音，於是，包圍莫斯科的法軍開始從特維爾、卡盧日斯基和多羅戈米洛夫等城門開進莫斯科，在腳下掀起了塵霧，吼叫聲震撼了整個天空。

拿破崙與隊伍一同抵達多羅戈米洛夫城門，翻身下馬，在土牆旁等待使節團。

20

莫斯科此時已形同一座空城，只有五十分之一的居民留了下來。如同失去蜂王的蜂巢一般。雖然裡面已經沒有生命，但從表面來看，它仍像其餘的蜂巢一樣是活的。

蜜蜂依然愉快地繞著蜂巢飛舞，蜂巢依然散發著芬芳，依然有蜜蜂飛進飛出。但只要養蜂人敲敲蜂巢外壁，就會發現，回應他的不再是數千隻蜜蜂齊鳴的嗡嗡聲，而是支離破碎的、沉悶的嘶嘶聲；散發出的不再是蜜糖濃郁的香氣，而是混合著一股腐朽的氣味。出入孔旁，再也感覺不到均勻而平靜的顫動，再也不見剽悍警惕的兵蜂；只聽見散亂無序的嘈雜聲，只剩下狡猾而黏滿蜜糖的強盜蜂。養蜂人打開底巢向蜂箱底部望去，再也不見辛勤勞作的蜜蜂，只剩下昏昏欲睡的乾癟蜜蜂，茫然地在巢壁上爬來爬去。

養蜂人打開巢頂，查看蜂箱的上端。蜂室本應有一排排蜜蜂為蜂蛹保暖，現在卻變得空蕩蕩而髒兮兮的；兩隻蜜蜂正在清掃蜂巢，吃力地把死蜂拽出窩去；在另一個角落，兩隻老蜂動作遲緩地互相廝打著、清洗著、餵食著，不知道為什麼要這樣做；在第三處，一群蜜蜂互相聯手，向一個犧牲品進攻，把它趕進屍體堆中。養蜂人只看見半死不活、如同空殼般的蜜蜂，它們身上散發出腐爛的死亡氣息。他把蜂桶關上，用粉筆作上記號，準備到時候砸毀它、燒掉它。

莫斯科就像這樣，空空蕩蕩的，各個角落仍有人一如往昔地生活著，不知其所為何事。

疲乏而又煩躁的拿破崙眉頭深鎖，在土牆旁來回走著，等候使節團到來。當有人稟報他，說莫斯科已變成一座空城的時候，他生氣地看了一眼稟告者，轉過身去繼續來回踱步，

「馬車。」他說。與副官一起乘上馬車向郊區駛去。

「莫斯科空了。這太不可能了！」他自言自語。

他沒有進城，停留於多羅戈米洛夫郊區一家旅舍。

21

俄軍從夜間兩點到次日下午兩點穿過莫斯科，撤離的居民和傷兵尾隨其後。

當軍隊繞過克里姆林宮，聚集在莫斯科河橋和石橋上時，許多士兵趁著擁擠、混亂的機會，從橋頭折回，偷偷摸摸地回到紅場附近的小山上。他們感覺到，在那裡能夠輕而易舉地拿走別人的東西。士兵擠滿了商場內的各條大小通道，沒拿武器，空著手走進一家家店鋪，走出來時全身口袋都是鼓起來的。商場附近的廣場上站著軍鼓隊，在敲集合鼓。但是鼓聲並沒有使趁火打劫的士兵集合過來，反而跑得更遠了。在士兵中間，可以看見一些被釋放出來的囚犯。兩名軍官正站在伊利英卡街轉角上交談，第三名軍官騎馬向他們走來。

「將軍下令，無論如何得立刻把他們趕出來。這太不成體統！一半人跑散了。」

「你去哪裡？……你們去哪裡？」他朝三名步兵大聲問，這三人提著大衣下擺，正往市場溜去。

「站住，混蛋！」

「能讓他們集合嗎？」一個軍官問道。

「集合不起來的，只能快點走，免得剩下的人再跑，只能這樣！」

「怎麼走呢？都擠在橋上一動也不動。要不設置一條封鎖線阻止剩下的人逃跑，好嗎？」

「夠了，快往那邊去！把他們趕出來。」上級軍官吼叫著。

一名軍官叫來鼓手，與他一起走進商場拱門。幾個士兵拔腿就跑，一名商人鎮定地來到軍官面前。

「大人，」他說，「行行好吧，保護我們吧，不管什麼我們都樂意奉送。怎麼說呢？簡直是搶劫！勞駕您派個衛兵讓我們把門關上……」

幾個商人這時圍攏了過來。

「唉！有什麼好說呢！」一個瘦個子板著臉說。「腦袋都掉了，還哭頭髮。愛拿就拿吧！」他使勁一揮手，把頭轉向軍官。

「你這傢伙，還敢說，」剛才那位商人生氣地插話，「請進吧！大人。」

「你說什麼！」瘦個兒叫了起來，「我有三間店鋪，十萬盧布的貨物。難道軍隊走了你還保得住嗎？唉，上帝的旨意是不可違抗的。」

「請進吧，大人，」剛才那個商人鞠著躬說。軍官困惑地站著，臉上出現遲疑不決的神態。

「這與我無關！」他突然大聲地說，順著店鋪快步走開。在一間店鋪裡，傳出鬥毆和叫嚣的聲音，當軍官經過時，門裡跳出一名囚犯。

這個人彎著腰從商人和軍官身旁溜走了。這時，莫斯科河橋上傳來恐怖的喊叫聲，軍官立即跑回廣場上。

「怎麼回事？怎麼回事？」他問。當他騎馬跑到橋邊，才從士兵口中得知，原來葉爾莫洛夫將軍聽說士兵們跑到商店去了，成群的百姓堵塞了大橋，便命令把大炮卸下，做出要向橋上開炮的樣子。於是人群大聲叫喊，推擠著疏通了大橋，軍隊終於向前開動。

22

城內此時空曠無聲，大街上幾乎沒有一個行人。羅斯托夫家的院子裡也不見一個人影，但仍有兩個人待在大客廳裡，那是看門人伊格納特和小男孩米什卡，他是跟爺爺瓦西里奇一起留在莫斯科的。米什卡打開鋼琴蓋，用一個指頭彈了起來。看門人笑嘻嘻地站在鏡子前面。

「彈得多好啊！伊格納特叔叔！」小孩說。

「嘖，嘖，你呀！」伊格納特回答，望著鏡子裡越來越高興的笑容，他很是驚奇。

「不害臊！真不害臊！」兩人背後傳來瑪夫拉·庫茲米尼什娜的聲音，「真是白養你了！什麼都沒收拾好，瓦西里奇累壞了。等著找你算帳！」

伊格納特收斂起笑容，馴服地低下頭，匆匆走出屋子。

「大嬸，我輕輕彈了一下。」小孩說。

「我也輕輕揍你一下，淘氣鬼！」瑪夫拉·庫茲米尼什娜喊道，「去！幫爺爺燒茶。」

瑪夫拉·庫茲米尼什娜闔上了琴蓋，然後走出客廳，鎖上了房門。

寂靜的街上響起了急促的腳步聲，在門旁停住了。門閂發出了響聲，一隻手正用力推開它。

瑪夫拉·庫茲米尼什娜走到便門前。

「找誰？」

「伯爵，伊利亞·安德烈耶維奇·羅斯托夫伯爵。」

「您又是誰呢？」

「我是軍官。我想要見他。」一副悅耳高雅的腔調在說話。

瑪夫拉·庫茲米尼什娜打開了門，一個十七八歲的軍官走進院子裡。

「都走啦，少爺。昨天傍晚走的。」瑪夫拉·庫茲米尼什娜客氣地說。

「噢，太遺憾了！」他說，「我本該昨天……噢，真遺憾！……」

瑪拉夫·庫茲米尼什娜從年輕人臉上，看見了她所熟悉的羅斯托夫家的特徵，又看看他身上的破舊的軍大衣和皮靴。

「您為什麼要來找伯爵呢？」他問。

「那就……沒辦法了！」軍官沮喪地說，正想走出門去，又遲疑地停下。

「您看出來了嗎？」他突然說道，「我是伯爵的親戚，他一向對我很好。現在，您瞧，」他微笑著看了自己的衣著，「都穿破了，但又沒有錢，我想請求伯爵……」

瑪夫拉·庫茲米尼什娜不讓他說下去。

「您稍等一下，少爺。一分鐘就好。」老太婆轉過頭去，迅速朝自己的房間走去。

軍官低下頭望著裂開的皮靴，臉上露出些許笑意，在院子裡躑躂。「真遺憾，沒碰到叔叔。但是老太婆很好啊！她跑到哪裡去了？我該怎麼趕上軍隊呢？他們現在恐怕已經到羅戈日城門了。」他想著。瑪夫拉．庫茲米尼什娜手裡捧著一個包袱走出來，她解開包袱，從裡面拿出一張白色的二十五盧布鈔票遞給他。

「老爺要是在家，他們一定會好好招呼親戚，但是，也許……現在……」瑪夫拉．庫茲米尼什娜有些不知所措。但年輕軍官不慌不忙地接過紙鈔，並感謝老太婆。瑪夫拉鞠著躬送他離開，軍官微笑地搖著頭，快步跑過空曠的街道，去追趕自己所屬的團隊。

瑪夫拉．庫茲米尼什娜含著眼淚，感覺到自己對這名陌生人懷有母性的柔情和憐愛。

23

在瓦爾卡街的一家酒店裡，傳出了醉漢的叫喊和歌聲，一間骯髒的小房間裡圍坐了十來個工人，正醉醺醺地唱著歌。其中有一個高個子的淺黃色頭髮的年輕人，他高踞於眾人之上，舉起手在那些人頭上揮動著，偶爾不自然地使勁伸直手指，顯然是在思考些什麼。他唱著唱著，走廊裡和台階上忽然傳來了鬥毆的喊聲和碰撞的聲音，於是把手揮了一下。

「停下！」他發號施令地喊道，「打起來了，弟兄們！」

附近幾家鐵匠鋪的鐵匠聽到酒店的吵鬧聲，以為酒店被打劫，便也想拚命往裡衝。老闆與一個鐵匠扭打在一起，當工人出來的時候，鐵匠掙脫老闆，撲倒在馬路上。另一個鐵匠衝向門口，用胸膛頂著老闆。那名年輕人一上來，就朝這個往門裡衝的鐵匠臉上揮去一拳，並且狂叫：

「弟兄們！我們的人挨打了！」

倒下的鐵匠從地上爬起來，把被打傷的臉抓出血來，哭著喊叫：

「救命啊！打死人了！……有人被打死了！弟兄們！……」
「哎呀，打死人了！」隔壁大門裡出來一位農婦尖叫道，一群人圍住了鐵匠。
「你搶人搶得還不夠，搶到別人身上的衣服來了！」某個人對酒店老闆說道，「怎麼？你打死人了？強盜！」
站在台階上的年輕人看看老闆，又看看這幾個鐵匠，好像在考慮現在該跟誰打架。
「凶手！」他突然朝老闆喊道，「把他捆起來。兄弟們！」
「為什麼只捆我一個！」老闆大叫，推開朝他撲來的人，並把帽子用力扔到地上。包圍老闆的工人遲疑地站著不動。
「講規矩嘛！老兄，我清楚得很。我要到警察局去，讓他們評評理！」老闆喊道。
「走啊！瞧你說的！走就走……」酒店老闆和年輕人嚷道，隨後兩人就走到街上。看熱鬧的人群吵吵鬧鬧地跟著他們走。臉上流血的鐵匠也走在一旁。
馬羅謝卡街轉角處，一家靴匠鋪對面，站著二十幾位沮喪的靴匠，他們瘦弱憔悴，衣著破爛。
「他應該給我們遣散費！」一名瘦個子工匠說，「他把我們的血吸乾，就扔下不管了，這算什麼？他騙我們，騙了整整一個禮拜！」
說話的工匠看見這一大群人，都默不作聲，帶著急不可耐的好奇心朝他們走去。
「這伙人要去哪兒去啊？」
「想也知道，去告狀的。」
「也就是說我們的人沒佔上風，是嗎？」
「你以為會怎樣！瞧瞧人們怎麼說。」
老闆聽著人們的一問一答，趁著人越來越多的時候，轉身溜回酒店去了。年輕人沒發現老闆不見，仍然不停地說話，吸引眾人注意。

「他們要維護法律，這就是警察的工作，是嗎？兄弟們？」年輕人說。

「他以為沒有政府了，是吧？難道有可能嗎？不然搶東西的人就會更多了。」

「胡說！」人群中有人開口，「連莫斯科都被放棄了！我們的軍隊不少，卻眼睜睜看著敵人進來！這就是政府做的好事！還是聽聽老百姓怎麼說吧！」

在中國城的城牆附近，一個穿厚大衣的人手中拿著一份文件，被人群包圍著。

「告示，讀告示了！」有人喊道，於是，一伙人朝那裡湧去。

穿厚大衣的人讀起了八月三十一日的佈告。

我明天早上去見公爵閣下，與他商量採取行動，幫助軍隊消滅匪徒。我們將消滅他們，把這些客人打發去見鬼吧！午飯時我會回來，然後著手進行這件事，把匪徒解決掉。

在場一片沉默。年輕人憂鬱地低下頭，顯然，沒有人明白最後幾句話，尤其是「午飯時我會回來」，這種話太簡單，太粗俗，完全不像出自上層當局的告示。

大家默默地傷心地站著。年輕人不停地嘟噥：

「應該問問他！這是他自己嗎？當然要問！……不會指點的……他應該說清楚……」

突然，人群後傳來說話聲，警察局長的馬車在兩名龍騎兵的護送下，駛進了廣場。局長剛奉伯爵之命去燒毀貨船，並在任務過程中撈了一大筆錢。他看到人群朝他走來，叫車伕停車。

「你們是什麼人？」他喊道，「幹什麼的？我在問你們！」

「局長，他們，」穿厚大衣的那位小官說，「他們是遵照伯爵大人的通告，不顧性命而願意效勞的，絕不是暴動，正如伯爵大人的命令裡所說……」

「伯爵還在此地，馬上就會作出指示，」局長說，「走吧！」他對車伕說。人群仍然站著不動，同時望著遠去的馬車。

這時，警察局長恐慌地回頭看了一眼，對車伕說了句話，馬車跑得更快了。

「騙子，兄弟們！我們追！」年輕人大喊，「別放過他，弟兄們！抓住他！」

眾人喊了起來，跑著去追馬車。這群人鬧哄哄地朝盧比揚卡街跑去。

「什麼嘛！老爺和商人都走光了，卻要我們犧牲！我們是他們的狗嗎？還是什麼？」人群裡的怨言越來越多。

24

九月一日晚上，拉斯托普欽伯爵在與庫圖佐夫會面之後，深感受辱，因為他未獲邀參加軍事會議，同時，庫圖佐夫不僅未重視他提出關於保衛古都的建議，甚至認為對古都的愛國熱情是毫無必要的。拉斯托普欽伯爵回到了莫斯科，晚飯後就在沙發上就寢，直到十二點被庫圖佐夫的信使喚醒。信使說，由於俄軍要撤往莫斯科以東的梁贊公路，希望伯爵能派出警力引導部隊通過城市。雖然這一消息對拉斯托普欽來說並不意外，但仍使他感到驚訝和氣憤。

拉斯托普欽雖然有愛國熱情，卻是暴躁易怒的一個人。他一直生活在高層政界，對於民眾沒有絲毫的瞭解。他希望透過措詞、告示和傳單支配莫斯科人民的心情，其實上面寫的一派胡言，連民眾都瞧不起。然而，拉斯托普欽仍為此而自鳴得意，也正因為如此，到了真的必須放棄莫斯科的時候，他頓時失去賴以站立的土地，變得茫然不知所措了。而與此有關的事情，則一件也沒有作。

從睡夢中被喚醒，還接到庫圖佐夫冷冰冰的命令口吻的便箋，拉斯托普欽越來越氣憤，越來越感到自己做錯了。所有託付他的東西還留在莫斯科，包括全部的公家財產，全部運走已不可能了。

「這件事究竟是誰的錯？是誰造成的？」他想，「當然不是我。我把一切都準備好了，瞧，我把莫斯科掌握得牢牢的！瞧他們把事情鬧到了什麼地步！這些壞蛋，叛徒！」他想，雖然不知道壞蛋和叛徒是誰，但他覺得有必要仇恨這些傢伙，他們害他處於如此虛偽可笑的境地，是有罪的。

整個晚上，拉斯托普欽都在對來自莫斯科各處的人下達命令。近侍們從未見過伯爵如此氣急敗壞。

「大人，領地註冊局長派人來請示……宗教法庭、樞密院、大學、孤兒院、副主教都派人來問……關於消防隊您有何指示？典獄官來了……瘋人院監督來了……」

對於所有的問題，伯爵一概給予憤怒的答覆，以表示他已經無能為力了，因為他竭盡心力準備好的一切都被某個人破壞了，這個人必須為即將發生的一切負責。

「喂，告訴那個木頭人，」他回答領地註冊局的人，「他得留下來看管他的文件。喂，幹嘛問關於消防隊的廢話？有馬啊！讓他們騎到弗拉基米爾去。不要留給法國人。」

「大人，瘋人院的監督來了，您有何指示？」

「有什麼指示？讓他們都走，就這樣……讓瘋子都到城裡去，反正我們都是由瘋子指揮軍隊，上帝就是這樣安排的。」

對於獄中的囚犯問題，伯爵斥責典獄官：「怎麼？派給你兩營人護送嗎？不可能！放掉就好了！」

「大人，還有政治犯：梅什科夫．韋烈夏金呢？」

「韋列夏金！他還沒被絞死嗎？」拉斯托普欽喊道，「把他帶來我這裡。」

25

早晨九點鐘，當部隊已經通過莫斯科時，再也沒有人來請示伯爵了。所有能走的人都走了，留下來的人則自己決定該怎麼辦。

伯爵吩咐套馬，準備到索科爾尼茨去，他皺起眉頭，默不作聲地坐在辦公室裡，惱火不已。

受到人群追趕的警察局長，和前來報告馬已套好的副官，一起走進伯爵辦公室。兩人臉色蒼白，局長談了執行任務的情況後，報告說，院子裡有一大群民眾希望見伯爵。

拉斯托普欽一言不發，快步走進客廳，朝窗戶走去，從那裡能夠看清全部的人群。那名高個子年輕人站在前幾排中間，繃著臉，揮動一隻手在講話。透過窗戶可以聽見鬧哄哄的聲音。

「馬車準備好了？」拉斯托普欽問，離開了窗戶。

「好了，大人。」副官說。

拉斯托普欽又走到窗邊。

「他們有什麼要求？」他問警察局長。

「大人，他們只不過是一群暴徒，我好不容易才脫身。大人，在下斗膽建議……」

「隨你便吧，沒有我您也知道怎麼辦，」拉斯托普欽生氣地說，「他們把俄國搞成這樣！他們把我也搞成這樣！」拉斯托普欽心想，感到心裡升起一股不可遏制的怒火，「這一群賤民、敗類！老百姓的愚蠢把這些賤民和敗類鼓動起來了，他們需要一個犧牲品。」

「馬車準備好了嗎？」他又問了一次。

「好了，大人。您要如何處置韋列夏金？他已被帶來，在門廊旁等著。」副官說。

「噢！」拉斯托普欽大叫了一聲，彷彿被意外想起的一件事震驚了。

他迅速拉開門，堅定地走上陽台。說話聲突然靜止，所有的人抬頭望著走出來的伯爵。

「你們好，同胞們！」伯爵說，「感謝你們到來。我馬上下去見你們，但我們得先處置一個壞人，一個毀掉莫斯科的壞人。等我！」伯爵砰地一聲關上了門。

幾分鐘後，從正門匆匆走出一位軍官，下達了一句命令，於是龍騎兵排成長列。拉斯托普欽憤怒地走上門廊，掃視了周圍，似乎在尋找誰。

「他在哪裡？」伯爵問道，剛一說完，他就看到兩名龍騎兵挾著一名囚犯模樣的年輕人從屋角走了出來。

「噢！」拉斯托普欽說，指著門廊最下面的一級台階，「把他帶到這裡來。」年輕人拖著腳鐐，艱難地走到台階下，嘆了一口氣，露出溫順的姿勢。

拉斯托普欽陰沉沉地用手擦了擦臉。

「同胞們！」拉斯托普欽用洪亮的嗓音說道，「這個人，韋列夏金，就是那個毀了莫斯科的壞人。」

囚犯低著頭，溫順地站著。當他聽到伯爵的話之後，緩慢地抬起頭來，想要對伯爵說話，但拉斯托普欽不理他。年輕人耳後的一根青筋頓時像一條繩子那樣鼓起來，臉色突然發紅。所有的目光一齊射向他。他看了看人群，似乎從他們臉上看到尚有希望的表情，他淒然地笑了一笑，又低下了頭。

「他背叛了自己的君主和祖國，效忠波拿巴，就是他玷汙了俄國人的名聲，並毀掉了莫斯科！」拉斯托普欽舉起手，尖聲地喊叫道，「由你們來審判他吧！我把他交給你們！」

人群默不作聲，只是靠得越來越緊，等待著某種不可預知的可怕事情發生。

「打他！……教訓這個叛徒，不許他汙辱俄國人的名聲！」拉斯托普欽喊道，「砍他！我命令！」人們聽見伯爵憤怒的聲音，紛紛騷動起來，隨後又停止。

「伯爵！……」在一片短暫的寂靜中，出現了韋列夏金的說話聲，「伯爵，在我們的頭頂，有一個上帝……」他抬起了頭，臉上泛出了血色，但很快又消失。

「砍他的頭！我命令……」拉斯托普欽突然臉色蒼白，大吼起來。

「拔刀！」軍官向龍騎兵發出口令。

人群又一次地更為劇烈地騷動起來，湧上門廊的台階。高個子年輕人與韋列夏金站在一起，臉上的表情呆若木雞，舉起的那隻手也僵著不放下來。

「砍！」軍官小聲命令道。於是，一個士兵突然舉起一把鈍馬刀砍向韋列夏金的頭部。

「啊！」韋列夏金驚叫了一聲，恐懼地環顧四周，人群同樣發出恐懼的驚呼。

「哦，上帝！」不知誰發出悲傷的嘆息。

韋列夏金痛得呼喊出來。壓力到達極限的人們，感情的堤防瞬間瓦解了。罪行既然開了頭，就必須把它做到最後。砍了一刀的龍騎兵想再砍一刀，韋列夏金卻抱頭跑向人群，被高個子年輕人掐住扭打成一團。一些人毆打韋列夏金，另一些人毆打年輕人。很長一段時間，那些對韋列夏金拳打腳踢的人，都未能把他打死。人群從各個方向壓過來，由一邊滾到另一邊，既打不死他，也不放掉他。

「用斧頭砍呀！怎麼了？……打成一團了……叛徒，還活著……用閂打！……還沒死啊！」

直到犧牲品不再掙扎，它的吶喊才變成嘶啞的喘息。人群匆忙離開倒在地上渾身是血的屍體，都帶著恐怖、責備、驚慌的神情朝身後退去。一名龍騎兵把屍體拖到街上，人群推擠著躲開屍體。

當韋列夏金倒地，人群狂叫著朝他撲上去，東倒西歪時，拉斯托普欽突然變得臉色蒼白，渾身發抖。他沒有朝著馬車所在的後門走去，反而不由自主地沿著一條走廊快步走去。

「大人，往這裡……您要去哪？……往這邊走。」他身後一個害怕的聲音說。

拉斯托普欽已無力答話，只是順從地朝他指的方向走去，坐上了馬車。一直行駛到再也聽不到人群哄鬧聲的地方後，伯爵才開始感到後悔。

「成群的民眾是可怕的，他們像狼群，除了肉，什麼也滿足不了他們。」

「伯爵，我們的頭頂有一個上帝！」他突然想起韋列夏金的話，一陣涼意穿透了他的背脊，但也僅在一瞬間。拉斯托普欽輕蔑地自嘲：「這是我職責所在，」他想，「犧牲品必須為了公眾利益遭到滅亡。」

他的心情逐漸趨於平靜。自從世界存在以及人們開始互相殘殺起，人類總是以這一種思想安慰自己——也就是公眾利益，別人的利益。

拉斯托普欽不僅沒有責備自己的作為，反而找到了自我滿足的理由，非常成功地利用這一時機——既懲治了罪犯，又安定了民眾。

「韋列夏金已受審，並判了死刑，」拉斯托普欽想，「他是賣國賊和叛徒，我必須依法行刑；為了維持秩序，我讓民眾處置犧牲品，懲罰了壞人。」

抵達郊外別墅，作了些家務安排，伯爵完全心平氣和了。

半小時之後，伯爵的馬車經過索科爾尼茨田野，要前往雅烏茲橋見庫圖佐夫。他已想好一些憤怒而尖刻的言辭，準備用來批評庫圖佐夫，並把種種不幸的責任歸咎給他。

索科爾尼茨田野一片荒涼。在田野盡頭的養老院和瘋人院旁邊，可以看見一群群穿著白衣衫的人，其中一些正在田野上走著，一邊吼叫，一邊揮舞手臂。

伯爵本人、車伕和龍騎兵們，都驚恐而好奇地看著這些被放出來的瘋子。有一個人拚命追著馬車跑，兩眼緊盯拉斯托普欽，用嘶啞的嗓子對他吼叫，並比劃著要他停車。

「停！別動！我說！」他尖叫著趕上馬車，與它並排跑著。

「他們殺死我三次，我三次復活。他們用石頭打我，把我釘上十字架……我將復活……復活。他們撕碎了我的身軀。天國要毀滅……我摧毀它三次，重建它三次！」他嚷叫著，嗓門越來越高，嚇得伯爵臉色慘白。

「走……走快點！」他用顫抖的聲音對車伕喊道。

馬車全速奔馳，伯爵仍隱約聽得到身後漸遠漸弱的瘋子絕望的呼喊。

在雅烏茲橋頭，軍隊十分擁擠。陰沉的庫圖佐夫坐在橋邊的一條凳子上，望見了遠處駛來的馬車。拉斯托普欽伯爵帶著不知是憤怒還是恐懼的表情向他走來，告訴他，莫斯科已經不存在了，剩下的只有軍隊。

「如果大人告訴我，您打算不戰而拱手讓出莫斯科，這一切就不會發生了！」他說。

庫圖佐夫望著拉斯托普欽，似乎不明白他這番話的意義。

「不，我不會不戰而交出莫斯科的。」

庫圖佐夫隨口說道。拉斯托普欽伯爵沒有再提什麼，匆匆地離開了。他跑到橋頭去驅趕擠成一團的大車。

26

下午三點多，繆拉的部隊進入莫斯科。前面是一隊符騰堡的驃騎兵，他則率領大批隨從跟在後面。

繆拉在聖尼古拉修道院附近停了下來，等候先頭部隊傳回市內要塞的情況。

在他周圍，聚集了一小部分留下未走的居民。他們都以膽怯而疑惑的目光望著這名打扮華麗的長官。

先頭部隊的一名軍官駛近繆拉身旁，報告說要塞的門已被堵上，可能有埋伏。

「好。」繆拉說，並下令朝要塞大門炮擊。

炮隊沿阿爾巴特街駛去，在弗茲德維仁卡街盡頭停下，在廣場上排好隊伍。幾名法國軍官指揮著大炮，並用望遠鏡觀看克里姆林宮。

克里姆林宮內，晚禱鐘聲正響著。法國人以為鐘聲是發出的作戰信號，於是由一名軍官率領著一小隊士兵朝庫塔菲耶夫門跑去，門裡開了兩槍。站在大炮旁的將軍對那名軍官發了口令，軍官立刻帶著士兵跑了回來。

門裡又響了三次射擊聲。有一槍打中一個法軍士兵的腿。

這名將軍和軍官，以及士兵的臉上，剛才顯得輕鬆愉快的表情，頓時都變成頑強、專注的表情。大炮被推了出來，一名軍官發出口令：「開火！」兩發炮彈便一前一後地呼嘯而去，打在大門的石牆、門口的原木和盾牌上，發出劈啪的爆炸聲。

「開火！」炮兵軍官又重複了一次口令，一聲火槍和兩發炮彈的射擊聲便又響了起來。

盾牌後面沒有動靜，於是，法軍步兵與軍官一起向大門走去。門裡躺著三個傷兵和四個戰死者。兩名俄國士兵彎下身子，沿著牆沿往茲納緬卡逃跑。

「把這些清理掉。」一名軍官指著原木和屍體說道。

繆拉接到報告，說道路已被掃清。法軍進入宮門，在樞密院廣場架起了帳篷。士兵們把椅子從樞密院窗戶扔到廣場上，升起了火堆。另一些隊伍穿過克里姆林宮，在各個街道紮營。

儘管軍服襤褸，飢餓疲憊，人員銳減至三分之一，法軍仍以整齊佇列進入莫斯科。在這一天裡，法軍各部長官接連幾次發布命令，禁止軍隊在城內閒逛，嚴禁騷擾居民和搶劫行為。但無論採取何種措施，士兵們仍然滲透到藏有大批財富的富足而空無人跡的城市各處，就如同飢餓的畜群踏上了肥美的牧場一般。

士兵們從克里姆林宮開始向四面八方擴散，只要聽說哪裡有值錢的東西，就往那裡湧去。長官前去阻止部下，但也不由自主地捲入這種行為。留下來的居民們把長官請到自己家裡，希望能保證他們免遭搶劫。財富多得不可勝數，簡直是無窮無盡，法國人認為，在他們足跡未到、未被佔據的地方，還藏有更多的財富。莫斯科漸漸地把法軍吸入體內，就像在乾涸的土地澆水一樣，最後的結果是玉石俱焚，兩者一起消失。於是，滿城汙穢，都化為大火和搶劫。

法國人把莫斯科大火歸咎於拉斯托普欽的愛國主義；俄國人則歸咎於法軍的暴行。實際上，莫斯科毀於火，是由於居民撤走所致，這是不可避免的。任何一座木頭城，就算在有居民、屋主以及警察的情況下，夏天仍然每天都發生火災；何況城裡沒有居民，只有一群抽著煙斗、用椅子在廣場上升火、每天煮兩餐飯吃的士兵呢？在和平時期，只要有軍隊駐防的地區，這些地區的火災次數便會立即上升，何況是一座被敵軍佔據的木頭城？拉斯托普欽的愛國主義和法軍的暴行，在此問題上均無任何過失。莫斯科被焚是由於敵軍士兵的煙斗、炊爨、篝火和粗心大意所致，無論有沒有人縱火，結果都是一樣的。

莫斯科必然毀於火，無庸置疑，它是被居民焚毀的，但不是被留在那裡的居民焚毀，而是被離開它的居民焚毀的。法軍佔領下的莫斯科，沒有像柏林、維也納和其他城市那樣完好地保住，僅僅是因為它的居民沒有向法國人奉獻麵包、鹽和鑰匙，而是棄城逃走了。

27

在莫斯科散開來的法國人，於九月二日傍晚才到達皮埃爾居住的那一地區。

皮埃爾離群索居，以迴避紛擾的人生。他藉口整理死者的書籍和文件而到約瑟夫．阿列克謝耶維奇的家裡，僅僅是為了擺脫人生的困擾並尋找慰藉。當他在書房裡的寫字台前坐著時，腦子裡忽然浮現了博羅金諾戰役的回憶，尤其是被他銘刻在心的「他們」那一群人，與他們的真理、純樸和實力相比，他感到了自己的渺小。當格拉西姆把他從沉思中喚醒時，他想起了自己要去參加保衛莫斯科的戰鬥，為了這一目的，他請格拉西姆為他弄來一件農夫服裝和一支手槍。之後，他又記起了關於他的與波拿巴的名字之間的神秘關聯，俄國人別祖霍夫註定要終結野獸權力的想法，成為他心馳神往的幻想之一。

在皮埃爾遇到羅斯托夫一家的隔天，他懷著一個念頭，那就是不惜犧牲自己，也要阻止法國人進入莫斯科。但當他回到家裡，確定人們不會保衛莫斯科時，他突然感到，以前被認為註定他去做的事，現在卻成了不可避免的事了。他決定隱姓埋名，留在莫斯科暗殺拿破崙，結束這場由拿破崙一人造成的災難，不成功便成仁。

皮埃爾知道，一八〇九年，曾有一名德國學生在維也納刺殺拿破崙，這名學生被槍決了，但執行這個計畫所冒的生命危險卻反而使他情緒更加高漲。

已經過了下午一點，法軍已開進莫斯科。皮埃爾也知道了，他未採取行動，只是考慮著他要做的這件事，並把未來的各種行動都設想好了。在他的想像中，對於刺殺過程和拿破崙之死並未作出太生動的想像，但對自己的慷慨赴死及英勇氣概卻想像得異常鮮明，並為之自我欣賞。

「是的，捨己為人，不成功便成仁！」他想，「是的，我就去……然後突然……用槍還是匕首呢？」「其實都一樣。不是我，而是上帝要消滅你……我將說，」皮埃爾想著在殺死拿破崙時要說的話，「好吧，要殺要剮都隨便你吧。」皮埃爾繼續低著頭自言自語。

當皮埃爾站在房間正中央盤算著的時候，門被推開了，有些醉意的馬卡爾．阿列克謝耶維奇出現在門框中。他壯著膽子，搖晃著細瘦的雙腿走進房間。

「他們膽怯了！」他沙啞著嗓子嚷道，「我說：絕不投降！我說……是這樣嗎？先生？」他沉默了，突然間，他看見桌上的手槍，意外迅速地抓起它就往外跑。

格拉西姆和看門人立刻攔住他，要奪他的槍。皮埃爾也走出來，憐憫而厭煩地看著這個發酒瘋的老人。馬卡爾．阿列克謝耶維奇緊抓住槍不放，用沙啞的嗓子大吼大叫著。

「拿起武器呀！衝啊！胡說，你奪不走！」他喊道。

「夠了，行行好，給我們個面子，請放下吧！老爺……」格拉西姆說。

「你是誰？波拿巴！……」馬卡爾．阿列克謝耶維奇叫著。

「這不好，老爺。請您到房裡去，休息一下，把手槍給我吧！」

「滾！奴才！別碰！看見了嗎？」他搖晃著手槍，喊道，「衝啊！」

「抓住他。」格拉西姆小聲地對看門人說。

他們抓住馬卡爾．阿列克謝耶維奇的手，把他拖到門口去。大廳充滿了一片亂糟糟的喧囂和醉漢嘶啞的喘息聲。

突然，一聲刺耳的女人叫喊從門廊傳了過來，緊接著，廚娘跑進了客廳。

「他們！我的老天爺！……真的，是他們。四個，騎著馬！」

她叫喊著。

格拉西姆和看門人鬆開了手，於是，在安靜下來的走廊裡，清晰地聽見幾隻手叩門的聲音。

28

皮埃爾暗自決定，在他的計畫實現之前，既不公開自己的頭銜，也不顯示他懂法語。他打算等法國人一進門，就立刻躲起來。但當法國人進屋之後，好奇心卻使皮埃爾站立不動。

他們有兩個人，一個是英俊的高個子軍官，另一個顯然是普通士兵。軍官拄著一根棍子走在前面。他走了幾步，似乎覺得這棟住宅不錯，於是停了下來，轉向身後那位士兵，命令他牽馬進來。吩咐完畢後，他瀟灑地向屋內的人微微行禮。

「你們好，各位！」他愉快地說，並微笑著打量四周。

沒有人作出任何回答。

「您是主人嗎？」軍官對格拉西姆說。

格拉西姆恐懼地看著軍官。

「房間？住房？住宿處？」軍官說，露出寬厚而和善的笑容，打量著這個小老頭。「法軍是好人。哎！我們不會吵架，老爺爺。」他拍了拍格拉西姆的肩膀。

「難道這裡沒有人會講法語？」他又說道。他與皮埃爾的目光相遇，皮埃爾很快走開了。

軍官再轉向格拉西姆，要求他帶自己去看看屋子裡的房間。

「主人不在，別以為……我的，你們的……」格拉西姆比手劃腳說道。

法國軍官微微一笑，攤了攤手，表示自己也聽不懂他的話，然後走到皮埃爾剛才待過的門邊。皮埃爾想避開他，就在這時，他看見馬卡爾．阿列克謝耶維奇握著手槍，從廚房的門裡探出身來，帶著瘋狂的表情，舉槍瞄準。

「衝啊！」這個醉鬼大叫一聲，扣下扳機。這一剎那，皮埃爾撲向他，抓住手槍朝上舉。頓時響起了震耳欲聾的槍聲，硝煙籠罩了所有的人，軍官臉色蒼白，朝門口退出去。
皮埃爾忘了不暴露自己懂法語的決定，把手槍奪下來扔了，跑過去與軍官用法語交談起來。
「您沒受傷吧？」他說。
「好像沒有，」軍官回答，摸了摸身上，「但這次靠得很近。」他指著牆上開花的彈孔，然後嚴厲地望了皮埃爾一眼，問道：「你是誰？」
「啊，剛才的事真令我遺憾。」皮埃爾急忙說道，完全忘了自己的角色，「那是一個瘋子，他不知道自己在幹什麼。」軍官走近馬卡爾．阿列克謝耶維奇，抓住他的衣領。
「匪徒，你要為此償命！」軍官說，同時鬆開了手，「我們是仁慈的，但我們不饒恕反叛者。」他補充說，臉上的表情陰沉而凝重。
皮埃爾勸軍官不要追究這個醉鬼。法國人默默聽著，忽然，他微笑著轉向皮埃爾，伸出手來。
「您救了我一命！您是法國人。」他說。
「我是俄國人。」皮埃爾趕緊說。
「嘖！嘖！」法國人搖了搖手指，並微笑著說，「您遲早會告訴我實話的，很高興見到同胞……」他幾乎已把皮埃爾當成親兄弟。
皮埃爾再次解釋，說馬卡爾．阿列克謝耶維奇是怎麼樣的人，希望他們赦免他的行為。
軍官挺直胸膛，作了一個威嚴的手勢。
「您救了我的命。您是法國人，您要我寬恕他？我答應您。把他拖出去！」軍官挽著救命恩人的手臂，一起走進屋子。
院子裡的士兵聽到槍響，跑過來一探究竟，並準備懲罰凶手，軍官嚴厲地阻止了他們。
「必要時，我會叫你們。」他說。士兵都退下去，之前那名隨從來到軍官面前。
「上尉，廚房裡有肉湯和炸羊肉。您要不要弄一些來？」

「是的，還要酒。」上尉說。

29

皮埃爾與法國軍官走進屋子後，覺得有必要再次提醒上尉，他不是法國人，並想要離開。但軍官根本聽不進去，他向皮埃爾真誠地感謝救命之恩，皮埃爾感到盛情難卻，只好與他在廳裡坐了下來。

「是法國人也好，化名的俄國公爵也好，」他說，「您救我了一命，我得感謝您。法國人既不會忘記屈辱，也不會忘記恩惠。我獻出我的友誼，僅此而已。」

軍官的聲音和表情是那樣地和善和高尚，使得皮埃爾不由得報以微笑，握住了伸過來的手。

「朗巴萊上尉，第十三輕騎兵團。」他自我介紹說，臉上堆起了笑容，「是否勞煩您告訴我，我現在有幸在和誰談話？」

皮埃爾說，他不能奉告自己的名字，並解釋他不能這麼做的理由，但法國人又打斷他。

「哦，夠了。」他說。「我明白，您是軍官——或許還是司令部軍官。您與我們作過戰。但這不關我的事，我的命是您救的，願為您效勞。」皮埃爾聽了，低下頭來。

「尊姓大名？您說您是皮埃爾先生？好極了。這就是我想知道的，您是貴族吧？」

食物和酒都端上來之後，朗巴萊請皮埃爾一起吃午餐。他像一個健康而又飢餓的人那樣，狼吞虎嚥地吃了起來；皮埃爾也餓了，便欣然一同用餐。之後，他們喝了一瓶從莫斯科弄到的波爾多葡萄酒，酒足飯飽的情形下，使得上尉更加活躍，不停地說話。

「是的，親愛的皮埃爾先生，我要敬您一支蠟燭，以感謝您從瘋子手裡救了我。您瞧，我身上有不少彈孔呢！一顆是在瓦格拉木留下的，」他指著腰部，「另一顆是在斯摩棱斯克留的，」他指著臉上的疤，「而這條腿，瞧！這是九月七號在莫斯科大戰（博羅金諾戰役）時負的傷。啊！那太壯觀了！你們真給我們出了一道難題。說真的，沒見到那個場面就實在太可惜了。」

「我當時在那裡。」皮埃爾說。

「啊，真的嗎？那也好，我得承認，你們是英勇的敵人，防守得很不錯，還讓我們付出了慘痛的代價呢！我們衝鋒了三次，三次都被趕了回來；你們的擲彈兵真了不起！我看見他們六次集結隊伍，前仆後繼地前進。好極了！好極了！皮埃爾先生，法國人在戰場上是可怕的，對美麗的女人是多情的，是嗎？」

大概是「多情」這個字眼使上尉想到了莫斯科的狀況，他問道：「順帶一提，女人們是否都離開了莫斯科？真奇怪，她們怕什麼呢？」

「如果俄國人開進巴黎，難道法國女人不會離開嗎？」皮埃爾說。

「哈哈哈！……」法國人神經質地哈哈大笑起來，拍拍皮埃爾的肩膀，「這只是玩笑話。巴黎？可是巴黎……巴黎……」

「巴黎是世界之都。」皮埃爾替他說完。

上尉用笑容和溫柔的目光看了看皮埃爾。

「如果您沒說出自己是俄國人，我一定覺得您是巴黎人。您身上有……」他又看了看他。

「我到過巴黎，在那裡住過多年。」皮埃爾說。

「啊，的確是，巴黎！……不知道巴黎的人就是野蠻人，」他又補充道，「全世界只有一個巴黎。您到過巴黎，但仍然是一個俄國人，我不會因此降低對您的尊重。」

皮埃爾喝了葡萄酒，幾天來，他一直在孤寂中想著鬱悶的心事，因此對於能與這位快活而和善的人談話，他情不自禁地高興起來。

「談談你們的女士吧！聽說她們很美，但竟然在法國人到莫斯科時躲起來，錯過了美妙的機會！你們應該多瞭解我們，我們拿下了維也納、柏林、馬德里、那不勒斯、羅馬、華沙。他們怕我們，但也愛我們。和我們來往沒有害處，況且皇帝——」他侃侃而談，皮埃爾打斷了他。

「皇帝……」皮埃爾說道，他的臉色突然變得困窘起來，「皇帝怎樣……」

「皇帝？他是寬厚、慈善、正義、秩序、天才的化身！他的偉大和光榮庇蔭著法國。過去我曾是反對他的，但當我明白他的想法，看到他讓我們走上光榮的前程，我便告訴自己：這是我的王，我要獻身於他。呵！是的，親愛的，他是空前絕後的偉人啊！」

「他在莫斯科？」皮埃爾口吃地問道。法國人看著他的表情，笑了出來。

「不，他會在明天入城。」他說，並繼續講自己的故事。

這時，大門口傳來嘈雜聲。隨從進來報告上尉，說符騰堡的驃騎兵來了，要把馬匹安置在院子裡，可是那裡已經有上尉的馬匹。最麻煩的是，他們聽不懂法語。

上尉找來了驃騎兵上士，嚴厲地質問他們是哪個團的，長官是誰，怎麼敢侵入已經有人佔領的住宅。懂德語的皮埃爾為兩方翻譯後，這些德國兵立刻表示服從，帶走了自己的人。上尉也走出屋子，站在台階上下了幾道命令。

皮埃爾坐在原來的位子上，雙手捧著頭，臉上盡是痛苦的表情。使他痛苦的不是莫斯科被佔領，也不是勝利者在這裡作威作福；而是他意識到自己的軟弱，為了幾杯葡萄酒、幾句和善的言談，就破壞了他執行計畫的情緒。拿破崙第二天就要入城，皮埃爾依然認為殺死這個惡人是正確的，可是他現在他覺得自己做不到了。先前那股復仇、殺人和犧牲的憂鬱心情，在接觸到第一個法國人之後，就像灰塵一樣飄散了。

上尉吹著口哨，又走進屋子裡來。

「我現在就離開，不再跟他說一句話。」皮埃爾心想，但又被一股軟弱禁錮在位子上。

上尉似乎極為高興，他在屋裡走來走去，雙眼發光，彷彿為某種有趣的想法沾沾自喜著。

「真迷人，」他突然說，「這些符騰堡士兵的上校。雖然他是德國人，但還挺英俊的。」他在皮埃爾對面坐下。

上尉望著燭光裡的皮埃爾，顯然為他此時沮喪的模樣吃了一驚。他帶著同情而又痛苦的表情走到皮埃爾身旁，對他說：

「怎麼回事，愁眉苦臉的，」他碰了碰皮埃爾的手臂，「我激怒您了？不，其實是您對我有什麼不滿吧？」他問道，「可能與局勢有關，是嗎？」皮埃爾沒有回答，直視著他的眼睛。

「老實說，即使我沒欠您人情，我仍然會對您友好。有什麼我能效勞的嗎？請吩咐吧！」他拍著胸脯說。

「謝謝。」皮埃爾說。上尉看著皮埃爾，臉上突然容光煥發。

「啊！對了，為我們的友誼乾杯！」他斟滿兩杯酒，快活地大聲說。皮埃爾拿起酒杯一飲而盡。朗巴萊又一次握了皮埃爾的手，然後心事重重地把手肘靠在桌上。

「是啊，我的朋友，這全是命運的安排，誰料到我會成為波拿巴麾下一名龍騎兵上尉呢？我應該告訴您，親愛的。」他緩緩地說道，「我們是法國最古老的家族之一呢！」接著，上尉開始向皮埃爾聊起他祖先的歷史、他的童年、少年和青年，以及親人、財產和家庭狀況。

「但這一切只是人生的開始，愛情才是重頭戲呢！不是嗎？皮埃爾先生！」

「再來一杯！」皮埃爾再次乾杯，又給自己斟滿第三杯酒。

「噢！女人！女人！女人！」上尉又聊起愛情和自己的風流韻事，他把女人描述得那麼撩人，使得皮埃爾好奇地聽地講下去。

皮埃爾專注於上尉所講的一切，一樁樁往事突然出現他的腦際。他對娜塔莎的愛情突然意外地湧上心頭，他一面重溫一幕幕浪漫的場面，一面有意地與朗巴萊的故事作比較。當聽到愛情和責任的矛盾時，皮埃爾眼前浮現了在蘇哈列夫塔樓旁與她見面的詳細情形。

「彼得．基里洛維奇，請走過來，我認出您了。」他彷彿聽見她說這些話，看見她的眼睛、微笑，以及露出的一頭秀髮……這一切都帶有動人而又令人憐憫的色彩。

上尉講完了一名波蘭女人的故事，他問皮埃爾，是否有過為愛情而犧牲的經驗，是否嫉妒合法的丈夫。

皮埃爾抬起了頭，回答說，他所認識的愛情有點不一樣。他說，自己一生中只愛一位女人，但這位女人絕不可能屬於他。

「我的老天！」上尉說。

皮埃爾又解釋說，他從少年時期就愛上了這個女人，但當時她還年輕，而他只是一個私生子；後來，他繼承了家業，但仍不敢想她，因為他太愛她，認為她是超出世間一切的。

「柏拉圖式的愛情，虛無縹渺……」他嘟噥道。

幾杯酒下肚，加上鬱悶的情緒，使得皮埃爾終於卸下心防，開始暢談自己的一生：自己的婚姻、娜塔莎與他朋友的愛情、她後來的背叛，以及他與她的關係。他甚至吐露出起初隱瞞的事——他的社會地位，以及他的姓名。

在整個故事裡，最令上尉吃驚的，是皮埃爾非常富有，在莫斯科擁有兩座府第，而他全部捨棄了，沒有離開莫斯科，隱姓埋名留在城裡。

夜深時，他們一起走上了街頭。這個夜晚是溫暖而明亮的，天際被莫斯科的大火映照得通紅。格拉西姆、廚娘和兩名法軍士兵站在大門口，聽得見他們的笑聲和牛頭不對馬嘴的談話，他們都在觀看市區的火光。

皮埃爾感到一陣痛快，「啊！多好啊！還有什麼好求的呢？」突然間，他想起了自己的計畫，腦袋一陣暈眩，趕緊靠著柵欄。

沒有與新朋友道別，皮埃爾就搖搖晃晃地回到房間，躺到沙發上睡著了。

30

逃亡的居民和撤退的部隊，各自以不同的感觸，從各地遙望著九月二日燃起的火光。

羅斯托夫家的車隊當晚停留在梅季希村，離莫斯科二十俄里。他們一家人與同行的傷患們分別住進了這座大村子裡的幾家大院和農舍裡。羅斯托夫家的僕人和車伕們，以及軍官的勤務兵們，在安頓好各自的主人後，就走到門廊上來。

在這漆黑的夜裡，一名僕人站在馬車的頂篷上，看到了另一處不大的火光。他們知道那是小梅季希村起了火，放火的是馬蒙諾夫的哥薩克。

「這一場火是剛燒起來的。」勤務兵說。大家注視著火光。

「不是說了嗎？小梅季希村被馬蒙諾夫的哥薩克放火燒了。」

「就是他們！不過，那裡的火光還更遠呢！」

「瞧，那就是莫斯科。」

幾個人湊過來，「看！燒得好厲害，」一個人說，「那是莫斯科的大火，要不就在蘇謝夫街，要不就在羅戈日街。」在場的人都默默地望著遠處那場大火。

老丹尼洛．捷連季奇——伯爵的跟班，向人群走來。

「您覺得如何？丹尼洛．捷連季奇，那好像是莫斯科的火光吧？」一個僕人說。

丹尼洛沒有回答，於是，大家又沉默了很久。火勢漸漸蔓延。

「上帝保佑！……有風，天也乾……」一個聲音又說。

「看啊！燒成了這樣，上帝寬恕我們吧！」

「會撲滅的，是吧？」

「誰會去撲滅？」丹尼洛平靜地說道，「就是莫斯科，兄弟們，她是聖潔的母親……」他的聲音中斷，並突然嗚咽了起來。所有人都明白他們看到的火光代表著什麼，頓時響起了一片嘆息聲、祈禱聲，和老人的嗚咽聲。

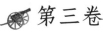

31

伯爵和索尼婭都跑出來看，只有伯爵夫人和娜塔莎留在房間裡。（彼佳沒有與家人同行，因為他隨著所屬的軍團趕往前面去了。）

伯爵夫人聽到莫斯科大火的消息，哭了起來。娜塔莎面色蒼白，目光呆滯，沒有注意父親說的話。

「啊，多麼可怕！」索尼婭從院子裡回來說，「我想，整個莫斯科都會燒光！好嚇人的火光啊！娜塔莎，你看看，從窗戶就看得見。」她對表妹說。娜塔莎看了看她，似乎沒聽懂她問什麼，又把眼睛盯在壁爐上。自從當天早上索尼婭擅自向她吐露安德烈負傷的消息後，娜塔莎就一直這樣呆呆地坐著。伯爵夫人當時對索尼婭大發雷霆。她彷彿為了彌補自己的過失，不停地體貼表妹。「快看，娜塔莎，燒得多可怕啊！」

「哪裡在燃燒？」娜塔莎問，「啊，對，莫斯科。」她把頭轉向窗戶，心不在焉地朝那裡看了看，然後又照原來的姿勢坐著。

「你沒有看見吧？」

「不，我看見了。」娜塔莎不耐煩地說道。

伯爵夫人和索尼婭這才明白，無論莫斯科或莫斯科的火災，都無法對她產生影響。

伯爵夫人靠近娜塔莎，用手背摸一下她的頭，然後吻了吻她。

「你很冷嗎？全身發抖呢。你最好躺下。」她說。

「躺下？對，好，我躺下。我現在躺下。」娜塔莎說。

自從她得知安德烈傷勢嚴重，並與他們同行的時候起，她先是問了一連串問題：他在哪裡？傷勢如何？有生命危險嗎？能否去看他？但都只得到一些敷衍的回答，於是便停止提問了。一路上，娜塔莎睜大眼睛，一動也不動地坐在馬車裡。伯爵夫人看得出來，她正在盤算著什麼。

「娜塔莎，脫衣服，寶貝，睡到我床上來吧。」

「不，媽媽，我要躺在這裡的地板上睡。」娜塔莎生氣地回答。她走到窗子前，把頭伸出窗外，外頭傷兵的呻吟聲使她發抖。伯爵夫人與索尼婭交換了一下眼神。

「躺下吧，寶貝，躺下吧，」伯爵夫人輕輕拍著娜塔莎的肩膀，「好啦，躺下睡嘛。」

「啊，好……我馬上，馬上躺下。」娜塔莎說道，急忙脫掉衣服，悄悄鑽進被褥裡。

「娜塔莎，你睡在中間。」索尼婭說。

「我睡在這裡就好，」娜塔莎回答，「你們也躺下嘛。」她惱怒地說道，把臉埋進枕頭下。

所有人都就寢了，院子裡仍被兩俄里外的火光照得通紅，街上的小酒館仍然傳來人們的喧鬧聲。娜塔莎仔細聆聽室內外的聲音，一動也不動。不久之後，伯爵夫人呼喚娜塔莎，她卻不回應。

「看來她睡著了，媽媽。」索尼婭輕輕回答。伯爵夫人又叫喚了一次，沒有人回應她。

娜塔莎很快地聽到母親均勻的呼吸，她小心翼翼地把一隻腳伸出被窩，坐了起來。

「索尼婭？你睡了嗎？媽媽？」她輕聲呼喚，沒有人回答。娜塔莎慢慢地起身，將雙腳踏上骯髒的地板，像小貓一樣迅速地跑到了門邊。

她打開門，跨過門檻，踩到外頭潮濕而冰涼的地上，撲面而來的冷空氣使她精神一振。她跨過一個睡著的人，進入了安德烈住的那間農舍。

自從她得知安德烈負傷，並住在這裡的那一刻起，她就決定去看他。她不知道為什麼要這樣做，但她知道，這次見面將是痛苦的，但也因為如此，她才堅定地認為必須見面。

一整天，她都在期待著晚上去見他。現在，當這一時刻來臨，她又對即將見到的場景產生恐懼。她小心地踏出一步，又一步，在這間堆放雜物的房子中央，有幾張拼起來的長凳，上頭躺著另一個人（那是季莫欣），地板上又躺著兩個人（那是醫生和隨從）。

娜塔莎快速地走近躺在屋角的那個人，無論這副軀體多麼不成人形，她都要見他。她走過隨從身旁，清楚地看見了躺著的安德烈，就像她從前見到的那副樣樣。

他的臉頰發紅，興奮地注視著她的眼睛，散發著一種稚氣的感覺，這是她從未在他身上見到過的。她輕快地走到他身旁跪了下來。

他微笑了，把手伸給她。

32

自從安德烈在博羅金諾戰場救護站甦醒以來，已經過去七天了。在這段時間裡，他幾乎處於昏迷狀態。根據醫生的意見，持續發燒和傷口發炎遲早會要了他的命。但到了第七天，他的燒退了，並恢復了意識。當他來到梅季希村，一度因為疼痛而失去知覺。儘管最後又睜開了眼，但醫生憑著經驗，判斷安德烈活不久了，就算他現在不死，也會在稍後因痛苦而死去。

有人為他端來了茶。他一邊喝著，一邊望著眼前的門，彷彿正努力想起什麼事情。

「我喝夠了。季莫欣在嗎？」他問。季莫欣朝著他爬過去。

「我在，大人。」

「傷怎麼了？」

「我的傷嗎？沒什麼。您呢？」

安德烈又沉思起來，好像要想起什麼事。

「找一本書來，可以嗎？」他問。

「什麼書？」

「《福音書》。」

醫生答應幫他找，並問他身體如何了，安德烈不情願地回答了一切問題。醫生察看了他的傷口，並重新為他護理，最後替他翻了身。他又因疼痛昏了過去，並開始說囈語。他不停嘮叨著快點幫他找到那本書，放在他身體下面。

安德烈在喝茶時，再次回想起自己遭遇的一切。他在救護站看到仇人遭受痛苦，因此生出了一些幸福的念頭；如今又有了新的幸福，而這新的幸福與《福音書》有某種共通點。因此他希望得到《福音書》。當他第三次醒來時，已經是夜深時分了。

他的精神處於不正常的狀態。他的精力比任何時候都更充沛，但卻不受他的意志支配，各式各樣的思想和觀念佔據他的頭腦。

「是的，一種新的幸福，一種無法剝奪的幸福，」他睜大呆滯的眼睛望著天花板，「不會被外在因素影響的幸福，心的幸福，愛情的幸福！」他心想。

「是的，愛情，但不是有任何目的的愛情，而是我在將死之時體會到的愛情，就算這時我看到了敵人，我依然愛他。愛親人，用人類之愛；而愛敵人，則要用上帝之愛。上帝之愛不會改變，它是靈魂的本質。而我一生卻恨過許多人啊！在所有的人裡面，我最愛也最恨的，莫過於她了。」於是，他生動地想像出娜塔莎的樣子，他第一次想像到了她的靈魂，並且理解了她的感情、她的痛苦、羞恥和懊悔。他第一次明白了他的拒絕有多麼殘忍，與她決裂是多麼殘酷。

「要是能再見到她一次該有多好啊。只要一次，看著那兩隻眼睛說……」

隨後，一張蒼白的面孔，和他正思念著的娜塔莎的眼睛出現在他的上方。

「唉！無止盡的幻想多麼難受！」安德烈心想，竭力想把這張臉趕出他的想像，但是這張臉卻真實地出現在他的面前，而且不斷靠近。安德烈拚了命地想讓自己清醒，他翻動身子，忽然又痛得失去了知覺。當他醒來的時候，看見娜塔莎就在他的面前，跪在他的床邊。她驚恐地看著他，忍住不哭出來。

安德烈鬆了一口氣，微笑了，並且伸出手去。

「是您？」他說，「真是幸運！」

娜塔莎迅速地靠近他，握住他的手，把頭低下去輕輕吻它。

「請您寬恕！」她抬起頭看著他，喃喃地說，「請寬恕我吧！」

「我愛您。」安德烈說。

「請寬恕……」

「寬恕什麼？」安德烈問。

「寬恕我犯的錯……」娜塔莎用微弱的聲音說道，開始更頻繁地用親吻他的手。

「我比以前更加愛你了。」安德烈說，並用手托起她的臉，看她的眼睛。

這雙充滿著幸福淚水的眼睛，羞怯地而又同情地注視著他，娜塔莎這時消瘦而蒼白的臉十分難看，但安德烈沒有看見這張臉，他看見的是光彩奪目的眼睛，它們是美麗的。

隨從已從夢中醒來，推醒了醫生。沒有睡著的季莫欣也看到了發生的一切。

「有什麼事啊？」醫生從睡鋪上坐起來，「請您走吧，小姐。」

這時，有個女僕敲門，是伯爵夫人派來找她的。

娜塔莎魂不守舍地走出了房間，一回到自己的農舍，便倒在床上號啕大哭。

從這一天開始，在羅斯托夫一家趕路的整個期間，娜塔莎寸步不離受傷的安德烈。連醫生也不得不承認，他沒料到她竟如此堅強，如此善於照顧傷患。

伯爵夫人一想到安德烈有可能在途中死於女兒的懷抱，就覺得非常可怕。安德烈和娜塔莎目前的親密關係會使人聯想到，一旦他康復，這對未婚夫妻的關係有可能恢復，但誰也不去談論這件事，俄國存亡的問題懸而未決，它掩蓋了其餘一切的臆測。

33

九月三日，皮埃爾醒得很晚，他頭痛，心裡為昨晚與朗巴萊上尉的談話感到愧疚。

十一點了，皮埃爾起床，看見格拉西姆放在寫字台上的手槍後，想起了他在哪裡，以及當天要做的事。

「我是不是遲到了？」皮埃爾想，「不，他應該不會在十二點前進入莫斯科。」皮埃爾不去思考將要做的事，只想馬上去做。

皮埃爾穿好外套，就抓起手槍準備動身。此時他才想到，要如何攜帶武器在街上行走呢？不能提在手上，而即使在他那件寬大的長袍下，也難以藏住這支手槍，也不能插在腰帶裡，或是夾在腋下；此外，槍裡還沒有填入子彈。

「反正都一樣，就用匕首吧。」皮埃爾心想。他急忙拿起在蘇哈列夫塔樓與手槍一起買來的匕首，把它藏在背心下面，就悄悄地穿過走廊到了大街上。

他前一晚看見的那場大火，一夜之間蔓延開來，莫斯科的四面八方都在燃燒，大部分房屋的門窗都已緊閉，大街小巷空寂無人。空氣裡瀰漫著燒焦和煙燻的氣味，街上遇爾出現一些神色慌張的俄國人，或是一副鄉巴佬模樣的法國士兵。

皮埃爾預計經過幾條小巷到波瓦爾大街，再到阿爾巴特街上的聖尼古拉教堂，他老早就在那附近設想好一個地點，要在那裡完成他的計畫。事實上，早在四個多小時以前，拿破崙就已經進入克里姆林宮，這時正消沉地坐在沙皇的辦公室內，發布立即滅火以及安定民心的命令。但皮埃爾根本不知道，他專注於自己的事，雖然看不見也聽不見周圍的一切，但憑著本能辨別道路，並準確無誤地穿過幾條小巷子，終於來到了波瓦爾大街。

街道上的人漸漸多起來，個個驚惶不安。當皮埃爾穿過通往一片空地的小路時，突然聽到身旁一個女人絕望的痛哭聲。他停下腳步，抬起頭來。

在小路一側的野草上，放著一堆傢俱，一旁坐著一位不年輕的瘦女人，她搖晃著身子，一面訴苦，一面慟哭。在她身旁有兩個小女孩、一個小男孩、她的丈夫，以及保姆和女僕。

女人一見到皮埃爾，幾乎趴在他腳下。

「親愛的老爺，救救我們吧！親愛的！……」她痛哭著，「孩子！……我的小女兒還沒救出來！……她被燒死了！嗚嗚！我白養你了……嗚嗚！」

「好了，瑪麗亞·尼古拉耶夫娜，」丈夫小聲對妻子說，「一定是姐姐把她帶走了。」

「木頭人！壞蛋！」妻子突然止住哭泣，惡狠狠地大罵。

「你沒有心肝，不疼自己的孩子！你是個木頭！不是人！不是父親！您是高尚的人，」她對皮埃爾泣訴，「從隔壁燒起來了，我們趕緊收拾東西逃了出來……才搶救出這一些東西，其餘的一切都丟了。孩子們呢？卡捷奇卡不見了。嗚嗚！……」她又放聲大哭，「我的女兒啊，燒死了！燒死了！」

「在哪裡呢？她是在哪裡失散的呢？」皮埃爾問。

「老爺！我的恩人！」她看出皮埃爾願意幫助自己，抱住他的腿哭喊，「這下我放心了……阿尼斯卡，去帶路！」她向女僕大叫道。

「帶路，帶路，我……我……我辦得到。」皮埃爾喘著氣說。

女僕從箱子後面走出來，赤腳沿著小路走去。皮埃爾迅速地跟在她後面，來到了波瓦爾大街。滿街飄起一團團烏雲般的黑煙，有些地方的黑煙裡冒出火舌，人們在大火前擠成一團。女僕帶著皮埃爾走向街心，被法國士兵攔住了。

「此處不通行。」一個聲音向他喊話。

「走這邊！」女僕叫道，她跑過街去，向左拐進一條橫巷，經過三棟房屋，又向右拐進了一家大門。

「在這裡！」她跑過院子，在木柵欄的小門旁停了下來，指出一間熊熊燃燒的木屋。它的一邊已經塌陷，另一邊還在燃燒，火舌不斷從窗戶和屋頂竄出。皮埃爾走進小門，熱氣逼得他停下。

「哪一間是你們的家？」他問。

這姑娘指出一個房間，「就是那間！那就是我們的家。可憐的卡捷奇卡，我的乖小姐，哇！」阿尼斯卡對著大火痛哭。

房屋的熱氣很猛烈，皮埃爾不由得圍著它繞了半圈，來到另一個房間外側，這裡只有一側屋頂著火，一群法軍士兵在附近亂成一團。他看見士兵正在搶劫，但沒工夫去理會。

正當他準備衝進還沒倒塌的部分時，他的頭頂有幾個人在大喊，隨後，一件笨重的東西砰地一聲掉在他的腳邊。

皮埃爾回頭一看，發現窗戶裡有幾個法國人，正把一個櫥櫃裡的金屬器皿倒出來。

「你這傢伙要幹什麼？」一個士兵朝皮埃爾喊。

「屋裡有一個小孩。你們有看見小孩嗎？」皮埃爾說。

「這人還在胡扯，見鬼去吧！」上面幾個人說，一名士兵害怕皮埃爾想奪取抽屜裡的器皿，惡狠狠地逼近他。

「小孩？」樓上一個法國人喊道，「我聽到有個東西在花園裡哭，可能是他的小孩。好吧，我們應該重視人道……」

「在哪裡？在哪裡？」皮埃爾問。

「不遠！不遠！」法國人對他喊道，同時指著房屋後面的花園。「等一等，我馬上下來。」

一分鐘後，這名矮小的法國人從樓上跳下來，帶著皮埃爾跑向花園。「哎！快一點，」他對同伴喊叫，「熱氣逼近了。」

法國人跑到屋後一條鋪著沙子的路上後，為皮埃爾指出前面的花園。一條長凳下躺著一個穿著連衣裙的三歲小女孩。

「這就是您的孩子。噢，是女孩，很好。」法國人說，「再會了，胖子。對吧，該重視人道，都是人嘛。」法國人朝自己的同伴跑回去了。

皮埃爾高興地抱起小女孩，但她一見到陌生人便尖叫起來，使勁地咬他的手。皮埃爾感到厭惡，但仍抱著她回到剛才的房屋。阿尼斯卡已經不見了，皮埃爾只得跑過花園，尋找另一個出口。

34

在原來的地方，那一家人已經不在了。皮埃爾在人群裡尋覓著，他手裡抱著小女孩，比之前更為引人注目。很快地，周圍就聚集了幾個俄國人。

「你和誰走散了，好人？」

「您是貴族，對吧？這是誰的孩子？」眾人問他。

皮埃爾回答說，她是一個穿著黑色長衫的女人的孩子，她剛才與家人就坐在這裡。

「這一定是安菲羅夫家的孩子，」一名老人說，「上帝保佑，上帝保佑。」

「安菲羅夫一家在哪裡？」

「安菲羅夫家一早就離開了。這娃娃要不就是瑪麗亞．尼古拉耶夫娜的，要不就是伊凡諾夫家的。」

「她的牙齒很長，人瘦瘦的。」皮埃爾說。

「那就是瑪麗亞．尼古拉耶夫娜了。他們躲到花園裡去了。」一名大娘說。

「呵，上帝保佑。」老人又說了一聲。

「您朝那邊走吧，他們在那裡。」大娘又說。

但是皮埃爾沒有聽她說話，他目不轉睛地盯著不遠處的地方。兩名法國士兵正朝著一個阿爾明尼亞人的家庭走去，他們在年輕的女兒面前停下，一言不發地打量著她。

「接著，」皮埃爾把小孩遞給大娘，匆忙對她說，「把她交給家人！」然後，他回過頭去看法國士兵和阿爾明尼亞的那家人。一名士兵搖頭晃腦地走近年輕女郎，忽然把手從口袋裡伸出來，從她的脖子上扯下佩戴的項鍊。年輕女郎尖聲叫出來。

「放開那個女人！」皮埃爾狂怒地大喊，抓住那名士兵的肩膀，把他摔到一邊去。另一名士兵立刻拔出佩刀，朝皮埃爾接近。

「喂，喂！別胡鬧！」他叫了一聲。

皮埃爾正在極度的憤怒之中，他不等法國士兵抽出佩刀，就撲過去把他打倒在地，用拳頭猛捶。圍觀的群眾響起一片吆喝聲，這時，一隊法國巡邏隊出現在街角，他們迅速把皮埃爾和士兵圍住。之後的事，皮埃爾就什麼也不記得了。只記得自己挨了打，然後雙手被綁起來，一群法國士兵圍著他搜身。

「中尉，他有一把匕首。」他們說了第一句話，皮埃爾聽明白了。

「啊，一把武器！」軍官說，把臉轉向與皮埃爾一同被抓的士兵。

「好，好，有什麼在軍事法庭上說吧！」軍官說，隨即轉向皮埃爾，「你懂法語嗎？」

皮埃爾看看四周，沒有回答。軍官於是低聲說了一句話，四名槍騎兵立刻站到他的兩邊。

「你懂法語嗎？」軍官重複地問道，「把翻譯叫來。」一個穿俄國服裝的小矮子騎馬出列，皮埃爾看出他是一名商店的法國店員。

「他不像普通人。」翻譯看看皮埃爾後說。

「噢，噢！他很像縱火犯。問他，他是誰？」

「你是誰？」翻譯問，「你得回答長官。」

「我不會說我是誰，我是你們的俘虜。帶我走。」皮埃爾突然用法語說。

「啊！啊！」軍官皺起眉頭說，「帶走！」

槍騎兵周圍聚集了人群，當巡邏隊開始行進，那名帶著小女孩的大娘湊近前來。

「他們要帶你去哪呢，親愛的？」她說，「我應該把孩子送去哪呢？如果她不是他們家的？」

「她要幹什麼？」軍官問道。

「她抱著我的女兒，我剛從火裡把她救出來。再會了！」連他自己也不明白為什麼會脫口說出這句謊話，但還是邁開得意的步伐往前走。

這支法兵巡邏隊，是奉迪羅涅爾之命在莫斯科的街道制止搶劫、並捉拿縱火犯的。在巡邏幾條街道之後，他們又抓了五名俄國嫌疑犯，還有幾個搶劫犯。但在這些人之中，皮埃爾是頭號嫌疑犯。他們被帶到祖波夫要塞，皮埃爾被嚴格地單獨監禁起來。

War and Peace

第四卷 *Volume 4*

一把火，將莫斯科燒成了灰燼，
也焚毀法國勝利的希望；
拿破崙的野心到達了盡頭，
不得不向後退縮。
在萬里無垠的白色大地上
人們開始奔跑、追趕、踐踏，
不為皇帝，不為榮譽，只為生存。
在法國士兵的吶喊聲中，
英雄的時代也悄悄劃下句點。

Война и мир

第一部

1

一八一二年八月

在彼得堡的宮廷中，仍舊過著安定、奢侈的、只關心現實中的虛幻的生活，絲毫沒有意識到俄國老百姓身處的危險和困難。皇帝出朝、跳舞晚會、法國戲院依然和從前一樣，人們對宮廷的關注、謀求職位和鉤心鬥角的現象依然和從前一樣。只有上層社會人士竭力地使百姓想起目前的困難形勢。

八月二十六日，博羅金諾戰役的當天，安娜．帕夫洛夫娜家舉辦了一次晚會，其中的重頭戲是由瓦西里公爵朗讀主教獻給皇帝的信，這封信被視為愛國主義的象徵。今天的晚會將有幾位顯貴出席，他們希望能藉此鼓舞這些顯貴的愛國精神。安娜在客廳裡看到重要的人士還沒到齊，因此先讓大家隨便聊聊。

席間最重要的話題是別祖霍娃伯爵夫人的病。她在幾天前意外生病了，不僅缺席了幾次聚會，而且不接待任何人，也不請經常為她看病的彼得堡醫生，而是信任某個義大利醫生用一種新的不尋常的方法為她醫治。

「聽說，可憐的伯爵夫人病情嚴重。大夫說，是心絞痛。」

「心絞痛？嘿，好可怕的病！」

「聽說兩個死對頭和解了，因為心絞痛……」大家饒有興味地重複「心絞痛」這個字。

「聽說老伯爵很悲痛。當大夫說病情危險時，他像孩子似地哭了。」

「噢！這將是一大損失。這麼迷人的女人。」

「你們在談論可憐的伯爵夫人嗎？」安娜走過來說，「我已派人去問候過，聽說她好多了。毫無疑問，她是世界上最迷人的女人。」她微微一笑，「我們屬於不同的派系，但這不妨礙我對她的尊敬。她是多麼不幸！」

安娜轉身朝比利賓走去，他正在另一個圈子裡談論奧地利人。

「我發現這太妙了！」他在談一份由他起草的外交文件，這份文件與一面被繳獲的奧國國旗一同被送往維也納。

「皇帝奉還了奧國國旗，」比利賓說，「這些誤入歧途的旗幟，是在大路旁發現的。」

「妙極了，妙極了。」瓦西里公爵說。

「是華沙大道，有可能。」伊波利特公爵忽然大聲說道。大家都把目光轉向他，不明白他這句話的用意。伊波利特也帶著開心的表情望向四周，他也不懂自己說這句話的用意。他在外交界任職時期，曾注意到，以這種方式突然開口發言，似乎顯得自己很機智。

就在尷尬的氣氛瀰漫開來的時候，安娜等待的人出現了，於是，她邀請瓦西里公爵走到桌子旁邊就座，遞給他兩支蠟燭和一份手稿，請他開始唸。

「最仁慈的皇帝陛下！」瓦西里公爵一臉嚴肅地開始朗誦。朗誦過程中，人們露出一付擔心受怕的樣子，似乎在詢問自己有何過錯。安娜也像老太婆唸禱詞似地喃喃自語。

「多麼有力！多好的文體！」朗讀者和撰寫者都受到了讚揚。

聆聽完畢而受到鼓舞的客人們，又談起了祖國的情勢，並對最近幾天內戰鬥將出現的結果作了各種猜測。

「我有預感，」安娜說，「明天，在陛下的誕辰，會有好消息的。」

2

安娜．帕夫洛夫娜的預感的確應驗了。次日，在宮中為皇帝舉行的祝壽儀式中，沃爾康斯基公爵收到庫圖佐夫的一封信，那是他在戰鬥當天從塔塔里諾沃送來的急報。看來，俄軍打了一場勝仗。所有人就地在教堂對上帝表示了感謝。

城裡整個上午都流露著節日的歡樂氣氛，大家都認為俄國贏了，有些人甚至開始議論俘虜拿破崙本人，談論廢黜他和擁立新的法國國王之事。

但是，第二天就沒了軍隊的消息，大家又變得不安起來。

人們不再像兩天前那樣讚揚庫圖佐夫。不僅如此，當天傍晚，又有一條可怕的消息來湊熱鬧了——海倫・別祖霍娃伯爵夫人突然死於那可怕的病症。在交際場所中，大家都一本正經地說她死於心絞痛發作，但在私底下，人們卻談到她的私人醫生，說他為海倫開了某種不明的藥物；由於海倫受到老伯爵猜疑，她丈夫又不回信給她，讓她十分痛苦，於是服用了大量的那種藥物，痛苦地死去了。

在收到庫圖佐夫報告的第三天，莫斯科一位鄉紳抵達彼得堡。於是，古都被拱手讓給法國人的消息傳遍了全城。人們議論紛紛，討論皇帝的處境將會如何，或是庫圖佐夫是叛徒之類的話。而當瓦西里公爵在女兒的喪禮上，提起先前曾受他讚揚的庫圖佐夫時，他說不可能向一個瞎眼的老頭子指望什麼。

「我甚感吃驚，怎麼可以把俄國的命運交給這樣一個人。」

又過了一天，送來了拉斯托普欽伯爵的報告：

庫圖佐夫公爵派副官送來一封信，他在信中要求我派警員把軍隊引導到梁贊大路。他聲稱將要放棄莫斯科。陛下！庫圖佐夫的行動決定了古都和帝國的命運。一旦偉大的莫斯科失守，俄國必將為之顫慄。我已運走一切，唯有為祖國的命運慟哭。

收到這封急報，皇上派沃爾康斯基公爵將詔書帶去給庫圖佐夫：

米哈伊爾・伊拉里奧諾維奇公爵！從八月二十九日起，我就不曾接到您的任何報告。但在九月一日，我收到莫斯科總督送來的一則可悲的消息，說您已決定放棄莫斯科。您明白這一消息將為我帶來什麼影響，您的沉默更加深了我們的驚恐。我派沃爾康斯基公爵傳達旨意，並聽取軍隊的情況，以及使您採取這項決定的理由。

3

放棄莫斯科九天之後，庫圖佐夫的信使米紹攜帶正式的報告來到彼得堡，皇帝立刻在皇宮的書房中接見了他。

「您為我帶來怎樣的消息？壞消息嗎？上校？」

「很壞的消息呢，陛下，」米紹嘆了口氣，「放棄了莫斯科。」

「難道是不戰而放棄了我國的古都？」皇帝勃然大怒，話說得很快。

米紹恭敬地轉達了庫圖佐夫的話，他說，在莫斯科城下作戰是不可能的，要不就同時失去軍隊與莫斯科，要不就只失去莫斯科，他選擇了後者。

「敵人進城了嗎？」皇帝問道。

「是的，陛下，此刻莫斯科已化為灰燼。我離開它時，大火舌噬著它。」

皇帝開始急促而沉重地呼吸，他的下嘴唇在顫抖，眼睛頓時被淚水濕潤了。但只持續了一分鐘，他又突然皺緊眉頭，抬起頭堅定地對使者說：

「上校，我已經看出，上帝要我們付出重大的代價……我準備服從他的意旨。但請告訴我，軍隊現在的情形怎麼樣呢？士氣是否低落？……」

米紹看到皇帝平靜下來，他也平靜下來，但是並未打算立即回答皇帝的問題。

「陛下，您允許我說出實話嗎？」他說道。

「上校，我一貫這樣要求。」皇帝說，「什麼也別隱瞞，我要知道全部真相。」

「陛下！」米紹嘴角上露出微笑說，「我離開軍隊時，從長官到每一士兵，無一例外地深陷絕望的恐怖之中……」

「怎麼會這樣?」皇帝皺起眉頭,打斷他的話。「難道我的俄國人會在失敗面前灰心喪氣……絕不可能!」

「陛下,」他帶著恭敬而快活的神態說,「他們只怕陛下出於善心而與敵方締結和約呢!他們急於回到戰場,用自己的性命來向陛下表明他們的忠誠……」

「噢!」皇帝大感欣慰,拍拍米紹的肩膀,「您使我放心許多,上校。」

皇帝低下頭,沉默了片刻。

「那麼,你可以回去了。」他溫和地對使者說,「在您所到之處,請告訴我的將士與臣民,如果到了必要的關頭,我將親自率領貴族和農夫們,不惜用盡我國最後的資源投入戰鬥。」皇帝越來越興奮地說,「但是,萬一天意註定,帝國將終結在我這一朝代,那麼,在用盡所有的資源以後,我寧願與我的農民一起吃馬鈴薯,也絕不簽署有辱祖國和人民的和約!」他突然轉過身,彷彿不想讓米紹看見他的淚水。

「米紹上校,別忘了我說過的話。也許,將來我們會愉快地回憶起它們……」

他頭一偏,讓米紹走了。

4

在俄國一半國土被佔領、莫斯科居民逃往偏遠省份,各地民兵相繼起來保衛祖國的時候,人們會自然而然地設想到,全體俄國民眾,不分男女老幼,都一心想犧牲自己、拯救祖國、或痛哭祖國的淪陷。但實際上並非如此,那時的大多數民眾,絲毫不在意歷史的進程,只以眼前的個人利益為準則。

在彼得堡和遠離莫斯科的一些省份,婦女和穿著民兵制服的男人為俄國以及古都而哭泣,揚言不惜犧牲。但在放棄了莫斯科的軍隊裡面,則幾乎沒有人談論、也沒有人思念莫斯科;當望著那一片大火時,誰也沒想著向法國人復仇,只想著下一旬的軍餉、下一個駐紮地,以及隨軍的女商販等等……

尼古拉．羅斯托夫並未抱著自我犧牲的打算。因此，他對俄國當時的情況並不感到失望，也沒有憂鬱的心情。他不去關心俄國的時勢，只關心如何補齊軍團的編制，照他看來，這場仗再打個一兩年也不足為奇。

在博羅金諾戰役前幾天，尼古拉奉命去沃羅涅日為他的那一師補充軍馬。他絲毫不掩飾自己高興的心情，騎著驛馬上路了。

只有當一個人接連數月處於軍旅和戰鬥生活中，才能體會到尼古拉此時享受到的那種歡樂。他擺脫了替部隊籌集糧秣、運送軍糧和設置野戰醫院的差事，眼前看見的不再是士兵、大車和汙穢的軍營，而是美麗的鄉村、住宅，以及放牧畜群的田野。

心情極為愉快的尼古拉於晚間抵達沃羅涅日一家旅館，隔天就穿著檢閱服裝，去見各長官。

他見過了民兵長官，又去見省長。省長是一位溫和、純樸的人，他告訴尼古拉一些可以弄到馬匹的養馬場，建議他去找一位城裡的馬販和城外二十俄里處的一位地主，並承諾盡力協助。

「您是伊利亞．安德烈耶維奇伯爵的公子？我妻子與您的母親很要好呢！今天我家有聚會，有空的話就來賞光吧！」省長和他告辭時說。

一離開省長那裡，尼古拉隨即雇了一輛馬車，直奔二十俄里外的養馬場。他要找的那位地主是一個老單身漢，當過騎兵，又是養馬高手和獵人。

尼古拉三言兩語就以六千盧布買下十七匹優良種馬。他在地主家吃過午飯、喝了點匈牙利葡萄酒之後，就與親切的地主告別，急著回到城裡參加省長家的晚會。

聚集在省長家的人們，是沃羅涅日的精英份子。那裡有許多夫人小姐，也有幾個尼古拉在莫斯科的舊識，但是，能與佩戴聖喬治勳章、驃騎兵軍官、性格好、教養也好的羅斯托夫伯爵相匹敵的男人，一個也沒有。

尼古拉一到場，便立刻被包圍起來，所有的目光都朝向他，使他立刻感受到自己在這一省的優越地位。數不清的年輕女士和姣好的姑娘迫不及待地與他調情；老人們從見到他的那一天開始，便興致勃勃地為這位驃騎兵青年尋找對象。在這些人之中，便有省長夫人在內，她把尼古拉當成自己的近親，親暱地稱呼他。

整個晚上，尼古拉最為注意的是一位碧眼的、美麗、豐滿的金髮女人，一位官員的妻子。他沒有離開過那位夫人，並且友好地、有默契地應酬她的丈夫。丈夫憂鬱地應付著尼古拉，有時卻又不自覺地受到他愉快心情的感染。不過，在晚會即將結束時，隨著妻子的臉色越來越紅潤、興奮，丈夫的臉孔也越來越陰沉、嚴峻。

5

尼古拉臉上掛著微笑，坐在扶手椅上，俯身挨近金髮女人，對她講一些恭維的話。他告訴她，他想在沃羅涅日拐走一位女士。

「什麼樣子的？」

「迷人的，女神般的。她的眼睛是蔚藍色的，嘴像紅珊瑚，雪白的……」他看著她的肩膀，「身材如同月神黛安娜……」

這時，她的丈夫走過來，陰沉地問妻子在談什麼。

「噢！尼基塔．伊凡諾維奇，」尼古拉恭敬地站起來說，也跟他開起玩笑。丈夫仍面露憂鬱，妻子卻笑得開心。和藹的省長夫人帶著不以為然的神色向他們走來。

「安娜．伊格納季耶夫娜想見你，尼古拉，」她說，「我們走吧，尼古拉。」

「好的，伯母。她是誰呢？」

「安娜．伊格納季耶夫娜．馬利溫采娃。她聽外甥女說你救了她的命……你猜到了嗎？」

「我救過很多女士呢！」尼古拉說。

「她的外甥女博爾孔斯卡婭公爵小姐。她就住在沃羅涅日，跟姨媽一起。哎呀！臉紅了！難道，是不是？……」

「沒想到，別亂猜，伯母。」

「哦！好，好。呵！你真是的！」

省長夫人把他領到一個老太太前面，她是馬利溫采娃，瑪麗亞公爵小姐的姨媽。她嚴厲而傲慢地瞇起眼睛看了羅斯托夫一眼。

「很高興見到你，親愛的，」她說，並把手伸給他，「有空請來舍下坐坐。」

這位老太太提了一下瑪麗亞和她的亡父，又問起安德烈公爵的情況，說了幾句邀他上門的客套話，就讓他離開了。

尼古拉漲紅了臉，當她一提起瑪麗亞，他就體驗到一種他無法理解的、羞澀的、甚至害怕的感覺。

離開馬利溫采娃後，省長夫人將尼古拉帶進房裡，說想跟他談談。

「知道嗎？親愛的，」省長夫人嚴肅地說，「你與她真是般配的一對！需要我為你作媒嗎？」

「誰呀，伯母？」尼古拉問。

「公爵小姐呀！你願意嗎？我相信你母親會感謝我的，多好的姑娘！她一點也不醜。」

「一點也不，」尼古拉委屈地說道，「伯母，我是一名軍人，既不伸手索要，也不擺手拒絕。」

「我是認真的，不是開玩笑。」

「怎麼會是玩笑呢！」

「對，對，」省長夫人自言自語地說，「還有一點，親愛的，你對那個金髮女人太殷勤了，她的丈夫怪可憐的……」

「噢，不，我們是朋友。」尼古拉天真地說，他從未想到這種消遣會給別人帶來不愉快。

「老天，我對省長夫人說了些什麼蠢話！」晚餐時，尼古拉才突然想起來，「她要是開始作媒，索尼婭怎麼辦？」當他和省長夫人告辭時，他把她帶到一旁說：

「是這樣的，我要對您老實說，伯母……」

「說什麼？親愛的，我們坐下來說吧。」

尼古拉突然覺得，自己必須把心底的想法，講給這個幾乎是外人的女人聽。

「是這樣的，伯母，我母親早就要我娶一位富家女子。但我反對為了金錢而結婚的想法。」

「哦，對，我懂。」省長夫人說。

「但博爾孔斯卡婭公爵小姐——這是另一回事。我老實對您說吧，我很愛慕她；此外，我在那種情況下邂逅她，我常認為這是命運的安排。我母親明白到這點，但卻不知是什麼原因，沒有讓我們見面。而且，只要我的妹妹娜塔莎還是她哥哥的未婚妻，我就不可能娶她。事情就是這樣……我從未對誰講過，今後也不會告訴其他人了。」

省長夫人感激地按了按他的手臂。

「您知道我表妹索菲嗎？我愛她，我承諾要娶她……所以，這件事就不可能了。」尼古拉紅著臉說。

「親愛的，你怎麼會這樣想呢？索菲不是什麼也沒有嗎？你爸爸的事業情況很糟不是嗎？還有你母親呢？……不，親愛的，你和索菲應該明白這點。」

尼古拉默然。他聽到這樣的結論是愉快的。

「總之，伯母，這是不可能的，」他嘆口氣說，「也不知道她是否願意嫁給我呢！況且，她父親剛去世，難道能考慮這種事嗎？」

「難道你以為現在就能結婚？什麼事都得照規矩來的。」省長夫人說。

「您是多麼好的媒人啊，伯母……」尼古拉吻著她的小手說。

6

瑪麗亞與羅斯托夫相遇之後，來到莫斯科，找到了侄兒和家庭教師。並得到安德烈的一封信，指示他們到沃羅涅日的姨媽那裡去。搬遷的忙碌暫時壓下了瑪麗亞心中的那種情感。在事過一個月之後，喪親的悲痛與俄國的危機，對她內心的影響越來越深。她為了哥哥身處的危險終日提心吊膽，對侄兒的教育力不從心；但令她感到欣慰的是，她意識自己抑制住了那由於羅斯托夫的出現而引起的幻想和希望。

省長夫人在晚會後的第二天拜訪了馬利溫采娃，與這位姨母討論了自己的計畫，並得到同意後，就當著瑪麗亞的面講起了羅斯托夫。瑪麗亞並不感到高興，反而感到憂傷：她內心的和諧再度蕩然無存，燃起了欲望、疑慮、內疚和期待。

之後的兩天，瑪麗亞不斷地思考著應用什麼態度去對待羅斯托夫。她時而認為，在服喪期間見客是不適當的；時而認為對恩人避不見面，未免太失禮；時而又認為在父親剛死的時候，提親對於去世的父親是一種褻瀆。她又設想著與他見面時要說的話，害怕自己現出窘態，暴露出想見到他的想法。

星期天作過禮拜之後，當僕人通報羅斯托夫伯爵來訪時，瑪麗亞未現窘態，一抹淡淡的紅暈泛上臉頰，眼裡閃出煥然一新的光芒。

「您見過他嗎？姨媽？」瑪麗亞平靜地問。

當羅斯托夫走進屋裡時，瑪麗亞一瞬間低下了頭。然後，恰好在尼古拉轉向她的時候，她抬起頭來，用一雙明亮的眼睛與他的目光相對。她的動作優雅，充滿尊嚴，並用不一樣的女性聲音說起話來。布里安小姐驚訝地看著她。

「也許是喪服襯托出她的容貌，也許是她真的變得好看了。最重要的——是她的態度有分寸而且優雅！」布里安小姐心想。

當瑪麗亞一見到那張親切可愛的面孔，一種全新的生命力便佔有了她，使得她不由自主地說話和行動。她的容貌打從羅斯托夫走進客廳起，便突然起了變化。她的痛苦、對善的追求，恭順、愛情、自我犧牲——這一切此刻都在明亮的眼睛裡、在典雅的微笑中、在溫柔面容中閃耀著光輝。

羅斯托夫對這一切看得非常清楚，他感到在他面前的完全是另外一個人，比他至今遇過的任何人都要好，尤其是，比他本人還更好。

他們聊起了戰爭，聊起上次的邂逅，聊起善良的省長夫人，以及雙方的家人。當談話停頓的時候，尼古拉就向安德烈的兒子求助，他撫摸他，問他想不想當驃騎兵。他抱起小男孩，帶他活潑地旋轉，並回頭看看瑪麗亞，她也含情脈脈地用幸福又羞怯的目光看著他們。尼古拉發現了投來的目光，高興得漲紅了臉。

瑪麗亞在服喪期間是不能外出的，尼古拉也認為常去她們家不禮貌。但省長夫人仍然努力說媒，她催促羅斯托夫去向瑪麗亞表明態度。

就這樣，她安排兩個年輕人於做禮拜前在主教家見面。

在遇見瑪麗亞之後，羅斯托夫的生活表面上一如往昔，但過去的所有樂子對他卻已失去魅力。他常常思念瑪麗亞，但不像他想起社交界的小姐那樣，也不像他思念索尼婭那樣。當他想到瑪麗亞時，他完全無法從中想像出一點夫妻生活的影子。每當他試著那樣想，結果將會是不和諧的、虛假的，令他覺得可怕。

7

有關博羅金諾戰役、我方傷亡人數，以及莫斯科失守的可怕消息，在九月中旬傳到沃羅沃日。瑪麗亞從報紙上得知哥哥負傷，尚未接獲進一步訊息。尼古拉聽說，她打算去尋找安德烈。

在聽說這些不幸的消息後，羅斯托夫並沒有同仇敵愾的情緒，反而懷有一種寂寞惆悵的感覺。一切都使他覺得羞愧和不安，他不知道如何面對這一切，因而打算回到團裡去。

在羅斯托夫啟程的前幾天，大教堂預定舉行慶祝俄軍勝利的祈禱，尼古拉也參加了。他站在省長後方，一邊思考著各式各樣的問題。當祈禱結束時，省長夫人把他叫到身邊。

「你見到公爵小姐嗎？」省長夫人說，用眼神指出了後方穿黑衣服的女士。

尼古拉立即認出瑪麗亞，她顯然心事重重，正在畫著離開教堂前的最後一次十字。

尼古拉驚奇地看著她的臉。這張臉如今流露著令人心碎的悲傷、疑惑和希望的表情。他徑直朝她走去，說他得知了有關她的不幸情形，非常同情她的哥哥。瑪麗亞一聽到他的聲音，臉上頓時閃現出既悲傷又喜悅的光芒。

「我想告訴您一件事，公爵小姐，」羅斯托夫說，「假如安德烈．尼古拉耶維奇公爵已不在人世，作為上校軍官，報上會立刻登出訃聞的。」

公爵小姐看著他，雖不明白他說的話，但他臉上同情的表情使她感到欣慰。她優雅地低下頭去，感激地看他一眼，就跟著姨母走了。

這一天的晚上，尼古拉辦完事情後，獨自在房裡踱來踱去，考慮著今後的生活，這對他來說是件難得的事。

「真是美妙的姑娘！一位天使！」他對自己說，「為什麼我不自由呢？為什麼我急於向索尼婭表白愛情呢？」他在心裡比較著兩人，並想像著如果沒有誓言的束縛，情況會怎樣。他會向她求婚，她就會成為他的妻子吧？不，他無法想像。他對索尼婭早已描繪好一幅未來的藍圖，他知道索尼婭的一切；但對瑪麗亞，他無法設想出未來的生活，因為他不瞭解她，只是愛著她。

「她在祈禱什麼啊？」他回憶著，「我相信，她的祈求能夠實現。為什麼我不為我需要的東西祈禱呢？」他想起來了，「我需要什麼呢？自由，了結與索尼婭的關係。伯母說得對，我娶了她，除了不幸，不會有別的結果。媽媽的痛苦，家業……一團糟！是的，我也並不愛她。上帝啊！指點我一條出路吧！」說完，他交叉雙手在聖像前站定，開始祈禱。這時，拉夫魯什卡拿著公文走進門來。

「混蛋！進來幹什麼？又沒有叫你！」尼古拉說，立刻改變姿勢。

「省長派來了信差。」拉夫魯什卡用沒有睡醒的聲音說。

「噢！好的，謝謝，走開！」

尼古拉接過兩封信，一封是母親的，一封是索尼婭的。他先拆開索尼婭的信，還沒讀完幾行，臉色就發白，眼睛也高興地睜得大大的。

「不，這不可能！」他說出聲來。他捧著信一邊讀，一邊在房裡走來走去。剛才他對上帝祈求的事，立刻就實現了，他為此感到驚奇。

索尼婭寫道，近來不幸的際遇使得羅斯托夫家在莫斯科的財產幾乎喪失殆盡，伯爵夫人多次表示希望尼古拉娶博爾孔斯卡婭公爵小姐，加上他近來的沉默和冷淡，所有的一切使得索尼婭決定放棄他的承諾，還他充分的自由。

當我想到我會成為眷顧我的家庭的痛苦或不睦的源頭，我就感到沉痛不已。我的愛情只有一個目的，就是讓我愛的人們得到幸福；因此，我懇求您，尼古拉，現在請把您自己看成是自由的，同時要知道，無論如何，沒有人比索尼婭愛您。

另一封伯爵夫人寫的信中，敘述了離開莫斯科前幾天的情況，附帶提到了安德烈的事，他與他們同行，傷勢十分危險，索尼婭和娜塔莎像細心照料著她。

尼古拉第二天帶著這封信去拜訪瑪麗亞。雖然他們都刻意避談「娜塔莎照料著他」的含意，但由於這封信，兩個人一下子變得很親近。

又過了一天，尼古拉送瑪麗亞啟程去雅羅斯拉夫爾，幾天之後，自己也動身回團。

8

讓尼古拉娶一位富有小姐的想法，越來越困擾伯爵夫人。她知道索尼婭是最大的障礙，因而讓她近來在家中日子越來越難過，伯爵夫人不放過任何機會給索尼婭羞辱或是殘酷的暗示。

但在離開莫斯科的前幾天，驚惶不安的伯爵夫人把索尼婭叫到自己身邊，不是責備和強求，而是淚眼婆娑地懇求她和尼古拉斷絕關係，以報答這個家為她做的一切。

「只要你不答應我，我便永遠不得安寧。」

索尼婭歇斯底里大哭起來。她願意為他人的幸福犧牲自己，每當犧牲自己時，她總感覺到，這種行為提高了自己在別人眼裡的價值，也更配得上她愛慕的尼古拉；而現在，她卻必須犧牲對她犧牲的獎賞和生活的全部意義。同時，索尼婭第一次感到，她對尼古拉平靜而純潔的愛情中，忽然萌生出熾熱的情感，它超出了原則、道義和宗教。索尼婭含糊其辭地回答了伯爵夫人，決定等待與尼古拉見面，抱著永遠把自己跟他拴在一起的打算。

羅斯托夫家在莫斯科逗留的最後幾天，索尼婭得知安德烈在他們家。雖然她對他和娜塔莎懷著真誠的同情心，但高興的心情和迷信上帝不要她跟尼古拉分開的感覺支配了她。她知道，他們在這種情形下相聚，將會重新相愛，結為親屬關係，那麼，尼古拉就不能娶瑪麗亞了。

在特洛伊茨修道院，羅斯托夫家第一次在旅途中停留了一整天。

特洛伊茨修道院的客棧分給羅斯托夫家三間大房間，安德烈佔了其中一間。他的傷口好多了，娜塔莎陪他坐著。在隔壁房裡，伯爵夫婦正坐著恭敬地和修道院長談話。索尼婭也在座，她好奇安德烈與娜塔莎的談話內容，於是從門外聽著他們的說話聲。這時，門開了，娜塔莎激動地走了出來，抓住索尼婭的手，帶她走進一個空房間。

「索尼婭，是嗎？他會活下來嗎？」她說，「索尼婭，我多麼幸福，又多麼不幸！索尼婭，親愛的，一切又像從前一樣。只要他能活下來。但他不能……因為……」娜塔莎大哭起來。

「是這樣！我知道了！謝天謝地，」索尼婭不停地說，「他會活下來的！」

索尼婭也激動不已，她哭泣著吻娜塔莎，安慰她。之後，她們向安德烈的房間走去，兩人並肩站在半掩的門邊。

安德烈高臥在三個枕頭上。他蒼白的臉十分平靜，眼睛閉著，呼吸也很均勻。

「噢，娜塔莎！」索尼婭突然叫了起來，抓著表妹的手從房門口退出。

「什麼？什麼？」娜塔莎問。

「這是那，那，是……」索尼婭臉色蒼白、嘴唇發抖地說。

娜塔莎輕輕帶上房門，與索尼婭朝窗戶走去。

「你還記得嗎，」索尼婭帶著驚慌又嚴肅的神情說，「記得我替你照鏡子算卦嗎？在奧特拉德諾耶，過聖誕節的時候……記得我看見什麼了嗎？」

「是的，是的！」娜塔莎睜大著眼睛說，模糊地回憶著。

「記得嗎？」索尼婭繼續說，「我當時看見了，有你，有杜尼亞莎，還有他躺在床上，」她說出每一個細節，「閉著眼睛，蓋著紅色被子，把手疊起來，」索尼婭說道。雖然她當時什麼都沒看見，只不過是在講她憑空想像的東西，但她卻覺得她心裡想的東西就像其他回憶一樣真實。

「但這意味著什麼呢？」娜塔莎沉思著問道。

「噢，我不知道，這太離奇了！」索尼婭說。

幾分鐘後，娜塔莎進了安德烈的房間。索尼婭感到一種前所未有的激動和感動，留在窗戶旁，繼續思索這不可思議的一切。

這天，伯爵夫人寫了要給兒子的信。

「索尼婭，」伯爵夫人對外甥女說道，「你不寫信給尼古連卡嗎？」伯爵夫人用顫抖的聲音說道，索尼婭從她疲憊的目光裡領會出了祈求、困窘、仇恨的含意。她走近伯爵夫人，並跪下來吻她的手。

「我這就寫，媽媽。」她說。

這天所發生的一切，使索尼婭深有感觸。當她知道娜塔莎與安德烈恢復關係了，尼古拉不能與瑪麗亞結婚，她高興地重新感覺到自我犧牲的精神。於是她含著眼淚，懷著寬容而喜悅的心情，寫完了那封使尼古拉大感意外的信。

9

在關押皮埃爾的拘留所裡，逮捕他的軍官和士兵對他懷有敵意，但又尊敬他。他們擔心他的真實身分是某位大人物。

到了第二天，換班的守衛不再對他感興趣了。他被與其他嫌疑犯關在一起，因為他的房間被一位軍官佔用了。

和皮埃爾關在一起的全是俄國人，都是最低階層的。他們認出他的貴族身分後，更加疏遠他。皮埃爾抑鬱地任憑他們嘲笑自己。

隔天晚上，皮埃爾得知，所有人將被以縱火罪受審。又過了一天，皮埃爾與另一些人被帶進一間房子，幾名法國人用優越的語氣開始審問他。

這場審判只有一個目的，就是判處他的罪行。顯而易見，任何回答均可能被當成招供的罪狀。

當皮埃爾被問到被捕時在做什麼，他有些悲壯地回答說，他正在把那個從火裡救出的孩子交給他的父母。問他為什麼與搶劫者打架，皮埃爾回答，他正在保護受辱的女人；他講到一半就被打斷了，因為這些事與案情無關。問他為什麼到失火的院子裡去，他說他想看看莫斯科發生的事情；但他又被打斷了，因為這不是他們想得到的答案。最後又再度問他是誰，皮埃爾依然回答說，他不想談這個問題。

「記下來，這不好，很不好。」一名將軍嚴厲地說。

第四天，祖博夫斯基要塞失火。

皮埃爾與另外十三人被押送到克里米亞淺灘一家商人的馬車房。通過街道時，皮埃爾被籠罩全城的煙悶得喘不過氣來，四面都在失火。皮埃爾當時還不明白莫斯科被焚燒的意義，只是恐怖地看著各處的火勢。

皮埃爾在馬車棚裡又過了四天，在這期間，他從法國士兵的談話中得知，所有囚犯都在等著大元帥作出裁決，至於是哪位大元帥，皮埃爾未能從士兵口裡聽出來。

九月八日前，也就是第二次受審之前的日子，皮埃爾覺得最難過。

10

九月八日，來了一位重要的軍官，也許是參謀部的人。他拿著一份名單，一一對俄國人點名，並懶洋洋地環視了一遍囚犯，吩咐看守軍官讓他們穿戴整齊，然後帶去見元帥。一個小時後，皮埃爾和另外十三個人被帶往聖母廣場。天空已看不見火光了，但四面八方都有煙柱裊裊上升，整個莫斯科成了一片廢墟。

士兵把皮埃爾帶到一處，又把他與另外幾十個人帶到另一處。皮埃爾想起他回答審訊時，被人稱呼「不願說出姓名的人」。他頂著這個現在使他感到害怕的頭銜，又被帶往某個地方。

皮埃爾與其他罪犯被帶到聖母廣場右邊，離修道院不遠，靠近一座白色的巨大宅院，那是謝爾巴托夫公爵府。皮埃爾從士兵談話得知，這裡目前駐紮著達烏元帥。

他們被帶至門廊前，開始逐一被領進屋子，皮埃爾是第六個。他進入一間狹長的辦公室，門口站著一名副官，達烏坐在房間的盡頭，俯身靠著桌子，鼻梁上架著眼鏡。皮埃爾走近他。達烏沒有抬頭，低聲問到：「你是誰？」

皮埃爾沉默著說不出話來。他知道，達烏是以殘忍出了名的人。皮埃爾望著達烏的那張冷酷的臉，感到每延遲一秒鐘，都要付出生命作為代價，但他卻不曉得應該說什麼。還在猶豫時，達烏忽然抬起了頭，瞇著眼睛仔細觀察了皮埃爾一番。

「我認識他。」他從容不迫地說道。一股寒氣穿過了皮埃爾的背脊。

「您不可能認識我，將軍，我從未見過您……」

「這人是俄國間諜。」達烏對屋內的另一位將軍說。皮埃爾連忙聲音顫抖地解釋道：

「不，閣下……」他說，「您不可能認識我。我是民兵長官，我沒有離開過莫斯科。」

「您的名字？」達烏再問一遍。

「別祖霍夫。」

「誰能證明您沒說謊？」

「閣下！」皮埃爾喊叫起來，口氣充滿了祈求。

「您怎麼向我證明您說的是真的呢？」他冷冷地說。

皮埃爾想起了朗巴萊，叫出他的團名、姓氏，和房子坐落的街道。

「您說謊。」達烏又說。

皮埃爾拚了命地舉出各種例子，來證明自己說的是事實。

這時進來一位副官，向達烏報告某件事。達烏立刻露出高興的樣子，他指示副官把皮埃爾帶走，但不知道帶往何處。是回到牢房？還是上刑場？

皮埃爾記不得是怎樣走的，走了多久，往哪裡走。他在腦子一片空白，看不見周圍的任何東西，只是動腳與其他人一起走，直到大家停下，他也停下。

11

離開謝爾巴托夫公爵府，囚犯們被帶著繼續往前走，經過聖母廣場，來到聖母修道院左邊，然後又被帶到一個菜園，那裡豎立著一根柱子。柱子後面是一個掘好的大坑，邊緣有新堆起的泥土。土坑和柱子附近，呈半圓形站著一大群人，有一些是俄國人，大部分是拿破崙的軍人。

罪犯按名單上的順序排好，一一帶到柱子前面去。幾面軍鼓突然敲響了，皮埃爾感到，他的靈魂隨著鼓聲飛走了大半。他失去了思考和理解的能力，只是看著和聽著。他只希望，能儘快結束應該發生的可怕事情。

皮埃爾聽到法國人在商議如何槍決，一次槍決一個？或是兩個？「兩個。」帶頭的軍官冷冷地說，於是士兵開始忙碌起來。

一個法國官員走近一排犯人，用俄語和法語宣讀判決書。接著，兩對法國士兵帶出站在前頭的兩名囚犯。囚犯走到柱子前停下，默默地看著周圍。士兵們伸出手來，開始為他們蒙上眼睛，用袋子套住他們的頭，並把他們綁到柱子上。

十二名持槍的步兵，整齊地走出隊列，在離柱子八步遠處停下。皮埃爾轉過身去，避免看見將要發生的事。突然響起了炸裂聲和隆隆聲，皮埃爾轉過臉去，看見了硝煙。法國人在大坑旁做著什麼，接著又帶走了另外兩個囚犯。

皮埃爾想要不看，但又回過頭去；一種可怕的爆炸聲再一次震撼了他的耳朵。皮埃爾沉重地呼吸著，他從所有俄羅斯人的臉上，法軍士兵、軍官的臉上，都無一例外地看到了驚嚇、害怕和掙扎，他內心也這樣想著。

「八十六團的步兵，出列！」有人在喊口令。皮埃爾的前一名囚犯被帶出去——只有一人。皮埃爾不明白他得救了，他的恐懼繼續增長，既沒有高興，也沒有放心的感覺。他轉過身去閉住眼睛。在槍決第五個人時，他與人群的好奇和激動達到了最高點。

當士兵把屍體埋好後，又聽到一聲口令。柱子兩旁成行的法軍隊伍轉了個半圓，與其他士兵跑步歸隊。

「這就是他們放火的報應。」一個法國人說。皮埃爾朝說話的人看去，看見對方是一個士兵，他想為自己作的事自我安慰一下。他的話沒有說完，擺擺手走開了。

12

行刑後，皮埃爾與別的犯人隔離開來，單獨被囚禁在一座破舊的小教堂內。

傍晚前，士兵向皮埃爾宣布，他被赦免了，現在要到戰俘營去。皮埃爾被帶到廣場高處一排排用木板搭起的棚子裡。黑暗中，有二十多個人向皮埃爾圍來，皮埃爾聽著他們的話，看著他們的面孔和身影，感到一陣茫然。

從他看到那場的可怕屠殺開始，他心裡那根維繫著一切、使一切有生氣的發條，彷彿突然被拔掉了，他對和平、對人類和靈魂、對上帝的那種信仰，都已蕩然無存。他覺得，要回到對人生的信仰上來，已不可能。

他的周圍站著一些人，他們告訴他一些事，又問他一些事，然後把他帶到一個地方去，最後，他在一個角落安頓下來，聽著身旁的人們笑語喧鬧。

「就這樣，兄弟……就是那個王子……」俘虜營裡的一個聲音說。

皮埃爾沉默地坐在靠牆的乾草上，眼睛一下子睜開，一下子閉上。當他一闔眼，他便在面前看見那些慘不忍睹的屍體的表情，以及惶惶不安的屠殺者的臉孔。於是，他又睜開眼睛，茫然地看著周圍。

「你遭受過很多苦難，是吧？老爺。」坐在他身旁的小個子突然說道。皮埃爾很想回答，但他的下巴在發抖，他覺得眼淚掉下來了。

「哎！別難過，」他溫和地說道，「別難過，朋友，忍一下就過去了！我們待在這裡，沒有委屈。這裡的人有壞的，一定也有好的。」他一邊說話，一邊站起身來，走向某個地方。

「喲，壞東西，你來啦！」皮埃爾聽到棚子那一頭傳來同樣的聲音。「你來啦！壞東西，還記得我！好，好，行了！」這名士兵把跳到他面前的小狗推開，回到位置上坐下。他的手裡拿著一個包袱。

「來，吃一點，老爺。」他打開捲起的包袱，遞給皮埃爾幾個馬鈴薯。

「中午喝的是稀湯。馬鈴薯才是最好吃的！」

皮埃爾整天沒吃東西，馬鈴薯的香味讓他覺得異常好聞。他開始吃起來。

「怎樣，好吃吧？」士兵微笑著說，拿起一個馬鈴薯，「像這樣，」他又拿出一把小刀，在自己掌上把馬鈴薯切成兩半，撒上一些包袱裡的鹽，遞給皮埃爾。

「好極了。」他又說一遍，「你就這樣吃吧。」

皮埃爾覺得他從未吃過這麼好吃的東西。

「不，我怎樣都行，」皮埃爾說，「他們為什麼要槍斃那些不幸的人！」

「嘖，嘖，罪過啊，罪過啊……」他說，「您怎麼搞的，老爺，怎麼會留在莫斯科？」

「我沒想到他們這麼快就來了，我偶然留下的。」皮埃爾說。

「那他們是怎麼抓到你的呢？在你的家裡抓到的嗎？」

「不是，我去看火災，他們在那裡抓到我，把我當成縱火犯送審。」

「哪裡有法庭，哪裡就有不公平的事。」小個子插嘴道。

「你被關在這裡很久了吧？」皮埃爾問。

「我嗎？上星期日他們把我從莫斯科的軍醫院裡抓來的。」

「你是誰，士兵嗎？」

「阿普舍龍團的士兵。他們撤退時把我們留在那裡，真難以置信。」

「那麼，你在這裡煩悶嗎？」皮埃爾問。

「當然悶！我叫普拉東·卡拉塔耶夫，」他說，顯然要皮埃爾這樣稱呼他，「莫斯科燒掉了，看著這一切怎能不煩悶！」他繼續問道，「您呢？老爺，有領地嗎？有房子嗎？有妻子嗎？父母還健在嗎？」皮埃爾感到士兵露出了溫情的微笑，顯然正為了他的父母不在世而感到難過。

「那麼，有孩子嗎？」他接著問，但皮埃爾的否定回答又使他痛心，「沒什麼，你還年輕，總會有的。只要和睦地相處……」

「現在有沒有都一樣了。」皮埃爾情不自禁地說。

「哎！你這個幸福的傢伙。」普拉東表示異議。

「告訴你吧！朋友，我當時還在家裡生活。我們家很富有，土地很多，一家七口本來過得好好的，忽然出事了……」普拉東．卡拉塔耶夫長篇大論地說起他如何趕車去別人的林子砍柴，被看林人捉住，最後被判決充軍。「沒什麼，其實應該高興！要不是我犯了罪，本該由弟弟去當兵。他有五個孩子，而我呢？瞧，只有一個妻子。」

「告訴你，親愛的朋友。人們老是要計較幸福，但這是不對的。幸福就像網裡的水，當你把網子從水裡拖出來，裡頭什麼也沒有。就是這樣。」

沉默片刻後，普拉東站了起來。

「好了，你想睡了吧？」他說，並開始禱告。結束後躺到乾草上，把大衣蓋在身上。

皮埃爾久久不能入睡，他睜開眼睛躺在自己的位子上，聽著旁邊睡著的普拉東均勻的鼾聲，漸漸感覺到，那個已毀壞了的世界，如今帶著一種全新的美，在全新的不可動搖的基礎上，重新在他的心裡活動起來。

13

皮埃爾的那間戰俘營裡住了二十三名戰俘、三名軍官、兩名文官。

在所有人之中，普拉東．卡拉塔耶夫給皮埃爾留下最強烈也最寶貴的印象。第二天清晨，皮埃爾看到自己的鄰居時，又再次證實了自己的第一印象。

從普拉東．卡拉塔耶夫的外表，以及他的經歷來看，他應該有五十多歲了。但他的牙齒仍然又白又堅固，也沒有一根白頭髮；同時，他的身軀十分靈活、結實而富有耐力。

成了囚犯後，他彷彿拋棄了加之於他身上的一切士兵的東西，不由自主地恢復了從前的農夫的習慣。他不願講述自己的當兵生涯，當他聊天的時候，總是在說自己陳年的、他所珍視的農夫生活的記憶。

他談話的主要魅力，在於他說的事都是單純的，往往是皮埃爾視而不見的，而一經他道出，便具有莊嚴優雅的特點。他喜歡聽一個士兵晚上講故事，但更喜歡聽關於現實生活的閒聊。至於思念、友誼、愛情這些事，照皮埃爾對他的瞭解來看，似乎未曾有過。但他曾經戀愛過，並和生活中遇到的一切——不論是人或狗、是獄友或是法國人，相親相愛。

普拉東．卡拉塔耶夫對其他的俘虜來說，只是個一般的士兵；但對皮埃爾來說，他在第一個晚上的作為卻已使皮埃爾感到，他已成為一個不可思議的、完美的、永恆而純樸的真理化身，永遠留在自己心中。

普拉東．卡拉塔耶夫說起話來，好像只知道開頭，而不知如何收尾。皮埃爾有時為他的話感到驚異，請他重複一遍時，普拉東總是回憶不起一分鐘前講過的內容。他的每一句話和每一個行動，都是現實生活的表現。但他的生活，照他自己看來，本身是沒有意義的。只有作為他經常感覺到的那個整體的一部分時，才有了意義。他的話和行動的表露，都是順暢、必然和直接的，不可能從單獨抽出的一個行動和一句話上理解其價值或意義。

14

從尼古拉那裡得知哥哥與羅斯托夫家一起住在雅羅斯拉夫爾的消息後，瑪麗亞不顧姨母的勸阻，立刻準備趕往那裡去，並帶著侄子。她不在乎這樣做是否困難，她只想要守在垂危的哥哥身旁，並盡一切可能把他的兒子帶去。於是她坐上車子走了。

與她一起走的有布里安小姐、尼古連卡和家庭教師、老奶媽，三個女僕、吉洪，以及姨媽派給她的一個年輕跟班。

取道莫斯科已無可能，瑪麗亞必須繞路。她取道利佩茨克、梁贊、弗拉基米爾和舒亞。這條路很長，也很艱難，而且，據說梁贊一帶已出現法國軍隊。

在這艱難的旅途中，布里安小姐、德薩爾和僕人都為她的辦事能力感到驚訝。她比任何人晚睡，也比所有的人早起，而且不屈不撓。因此，在第二週結束前，他們已抵達雅羅斯拉夫爾。

在沃羅涅日的最後幾天，瑪麗亞嘗到了一生中最大的幸福。她對羅斯托夫的愛已不再使她感到焦躁不安，它充滿了她整個靈魂，她再也不去抗拒它。瑪麗亞確信自己已墜入情網，她知道，這是她生命中第一次也是最後一次愛，並且覺得，她享受到了愛情，她幸福，因而很平靜。

但心靈上的幸福，不僅沒有阻礙她對哥哥的掛念，相反地，心情的平靜，使她更加陷入對哥哥的思念。然而，旅途的勞頓和操心使她暫時拋開悲痛，並給了她力量。

當接近雅羅斯拉夫爾時，那些聯想又出現在她的腦際，很快地，瑪麗亞的不安便達到了極端的程度。被提前派去城裡打聽消息的跟班，在城門口碰到她的馬車時，被公爵小姐那張慘白的臉嚇了一跳。

「我打聽到了，公爵小姐：羅斯托夫家住在廣場旁，在商人布龍尼科夫家。不遠，就在伏爾加河邊。」

「公爵好嗎？」她問。

「公爵也跟他們住在那裡。」

「那麼，他還活著，」公爵小姐心想，低聲問：「他好嗎？」

「僕人們說：他還是老樣子。」

瑪麗亞沒有追問「老樣子」是什麼意思，她迅速地瞄了一眼七歲的尼古連卡。他坐在她對面，正高興地看著這個城市，於是，她低下頭，沒有再抬起來，直到這輛大馬車停下來為止。

車門開了。左邊是一條大河，右邊是台階，台階上站著數名僕人。公爵小姐跑上台階，索尼婭帶著她走進前廳，伯爵夫人就坐在那裡。她一看到瑪麗亞，就帶著感動的表情快步走來，抱住她，開始吻她。

「我的孩子！」她說道，「我愛您，並且早就認識您了。」

瑪麗亞知道她是伯爵夫人，跟她說了幾句客氣話，又問：「他現在怎樣？」

「大夫說沒有危險。」伯爵夫人回答，但說話時嘆了一口氣。

「他在哪裡？可以看他嗎？」公爵小姐問。

「馬上，公爵小姐。這是他的兒子？」伯爵夫人朝著與德薩爾一起走進來的尼古連卡說道，「都住下來吧，房子很大。哦！多迷人的男孩子！」

伯爵夫人把公爵小姐帶進了客廳。老伯爵出來歡迎她，他與上次見面時相比，有了非常大的變化。當時他是一個精神抖擻、愉快、自信的長者，現在卻變得可憐而不知所措。在莫斯科放棄他的家財之後，他便失去了活著的目標。

「這是我的外甥女，」伯爵介紹索尼婭說，「您不認識她吧，公爵小姐？」

公爵小姐向她轉過身去，並壓下心頭對這姑娘的敵意，吻了她。但她與周圍的人心情仍然沉重。

「他在哪裡？」她再次問道。

「在樓下，與娜塔莎一起，」索尼婭回答，「已派人去問了。我想您累了吧，公爵小姐？」

門裡忽然響起急促的腳步聲。公爵小姐回過頭去，看見跑進來的娜塔莎。過去她曾在莫斯科見過娜塔莎，很不喜歡她，但如今她卻是自己同病相憐的伙伴。她急忙迎了上去，抱住她，靠在她肩上哭了起來。

娜塔莎在安德烈的床邊，聽到了瑪麗亞來訪的消息，便立刻邁著愉快的腳步跑來看她。當她跑進客廳時，激動的臉上洋溢著愛情——對他、對她，以及對所有愛他的人的愛。在這一刻，娜塔莎心中絲毫沒有到考慮自己，以及自己與他的關係。聰敏的瑪麗亞從娜塔莎的臉上看出這一切，又悲又喜地伏在她肩頭上哭了一場。

「我們去看他吧，瑪麗。」娜塔莎說道，並帶著她向另一間房間走去。

公爵小姐抬起臉來，擦乾眼睛，然後看著娜塔莎。

「他怎樣了？」

娜塔莎看著她，但好像害怕和猶豫不決，是否該說出她所知道的一切。她的嘴唇突然抖動，嘴角出現了歪曲的皺紋，蒙住臉失聲痛哭。

瑪麗亞什麼都明白了，但她仍然抱著希望，用半信半疑的語氣問道：

「他的傷現在怎樣？總之，情況怎樣？」

「您，您……會看到的。」娜塔莎說。

她們在他的房間外坐了一會兒，以讓心情平復。

「病情經過是怎樣的？早就惡化了嗎？是什麼時候開始的？」瑪麗亞問道。

娜塔莎說，他在特洛伊茨時已脫離險境，但到了雅羅斯拉夫爾，傷口開始化膿。大夫說，化膿並不是壞事；接著又發燒發冷，大夫也說，發冷發燒並沒什麼危險。

「但是兩天前，」娜塔莎開始說，「突然發生了那種事……我不知道原因，您馬上就會看到他的情況了。」

「衰弱了嗎？瘦了嗎？……」公爵小姐問。

「不只那樣，更糟，您會看到的。噢，瑪麗，他救不活了，因為……」

15

當瑪麗亞走進他的房門時，她的喉嚨哽咽得幾乎就快放聲大哭。

瑪麗亞明白娜塔莎說的是什麼意思，她知道，那意味著他突然變溫和了，而這種溫和與易於感動是死亡的前兆。她跨進了房間，用近視的眼睛漸漸分辨出他的身影，找到了他的臉，並和他的目光相遇。

他躺在沙發上，身形消瘦，一隻枯瘦的手拿著一條小手巾，另一隻手搔著稀疏的鬍子，眼睛呆呆地望向進來的人。

瑪麗亞看到他的臉，和他相互對視的時候，突然放慢了腳步，並且感到眼淚一下子乾了，哭泣也止住了。

她捕捉到他臉上和眼裡的表情，突然膽怯起來。

當他緩緩打量妹妹和娜塔莎的時候，他那深刻的目光裡幾乎含有敵意。他與妹妹接吻，互相吻了吻手，就像從前那樣。

「你好，瑪麗，你是怎麼來到這裡的？」他平靜地說，聲音格外陌生。「尼古連卡也來了嗎？」

「你現在身體怎麼樣了？」瑪麗亞心驚地問。

「這個嘛，親愛的，該問醫生，」他裝出和顏悅色的表情說道，「謝謝你來了，親愛的。」

當瑪麗亞握住他的手時，他微微皺起眉頭，沉默不語。她從他的冷淡的聲調，以及含有敵意的目光裡，感覺出一個活人對世俗生活的疏遠，彷彿難以理解一切有生命的東西。

「瞧，命運多麼奇怪，把我們帶到了這裡！」他說，指著娜塔莎，「她一直照顧著我。」

瑪麗亞不明白，聰穎、溫柔的安德烈，怎麼可能當著愛人的面說出這種話呢？只有一種解釋，也就是一切對於他都無所謂了。

談話是沒有生氣的，不連貫的，並時時中斷。

「瑪麗是經梁贊來的。」娜塔莎說。

「哦，又怎樣呢？」他說。

「她聽說，莫斯科全城燒毀了，好像……」

「是啊，燒毀了，都在說呢，」他說道，「這很可惜。」他開始茫然地直視前方。

「瑪麗，你見到尼古拉伯爵了嗎？」安德烈突然說道，看來是希望讓她們高興，「他寫信回來，說他非常喜歡你，假如你也愛上了他，假如你們結婚……那就好了呢。」

「幹嘛談我！」她平靜地說，看了娜塔莎一眼。

「安德烈，你想……」突然，她用顫抖的聲音說，「你想見尼古連卡嗎？他一直很想你。」

安德烈漸漸露出了微笑，但瑪麗亞卻恐懼地看到，這不是歡樂的微笑，或是對兒子慈愛的微笑，而是輕微的、溫和的嘲笑，嘲笑瑪麗亞試圖用這一招來激發他的感情。

「好，我為尼古連卡感到高興。他好嗎？」

當尼古連什卡被帶到安德烈面前，他害怕地看著父親，沒有哭。安德烈吻了他，卻不知道該對他說什麼。尼古連卡被帶走後，瑪麗亞再次走近哥哥，吻他，接著忍不住地哭了。

他凝視著她。

「你為尼古連卡哭嗎？」他問道。

瑪麗亞哭著，肯定地點點頭。

「瑪麗，你知道《福音》……」但他突然沉默下來。

「你說什麼？」

「沒什麼。不該在這裡哭呢。」他說，仍然用冷漠的目光看著她。

他明白，她是哭尼古連卡就要沒有父親了。於是，他沉默了。

安德烈的兒子只有七歲。他剛學會識字，什麼也不懂；但看到了瑪麗亞和娜塔莎之間的場面，他什麼都明白了，一聲不響就離開了房間。他走到尾隨他出來的娜塔莎身旁，把頭靠在她身上哭了。

從這天起，他躲著德薩爾，躲著撫摸他的伯爵夫人，要不就一個人坐著，要不就膽怯地去接近瑪麗亞和娜塔莎，他似乎喜歡娜塔莎勝過自己的姑姑。

瑪麗亞走出安德烈的房間，她不再與娜塔莎討論救活他的希望。她們兩人輪流守候在他的沙發旁，不再哭泣，只是不停地祈禱。

16

被娜塔莎稱之為「那種事」的狀況，發生在瑪麗亞到來的前兩天。這是生與死在安德烈精神上的搏鬥，死亡取得了勝利。這是對生命之珍惜的突然覺醒，它體現於對娜塔莎的愛情，也是最後一次面對未知的恐怖。

這是一個晚上，安德烈處於低燒狀態，但思想異常清晰。他正在打盹，身上突然出現一種幸福的感覺。

「啊，這是她來了！」她心裡想。果然，傳來娜塔莎進門的腳步聲。

從她開始照顧他的時候起，他便時時體會到與她親近的這種感覺。在特洛伊茨修道院，他倆談起了過去，他告訴她，如果他活下來，他會為自己負傷而永遠感謝上帝，是受傷使他又與她在一起。但從那之後，他們從未提到過未來。

「這有可能嗎？」他一邊看著她，一邊想著，「難道命運神奇地把我帶到她面前，只是為了讓我死去？難道人生的真理出現在我面前，只是為了讓我在虛妄中度過一生？我愛她勝過世上的一切，可是愛她又能怎麼辦？」他想，同時不由自主地呻吟起來，每當他痛苦時總是如此。

聽到呻吟聲，正在編織襪子的娜塔莎走向他身邊，俯下身去。

「您沒睡？」

「沒有，我一直看著您。沒有人像您一樣給我如此柔和的寧靜……我高興得想哭。」

娜塔莎更靠近了些。她的臉閃耀著狂喜的光輝。

「娜塔莎，我太愛您了，超過世上的一切。」

「但是我呢？」一瞬間，她轉過臉去，「為什麼太愛呢？」她說。

「為什麼太愛？……唔，您是怎麼想的？您覺得我能活下去嗎？」

「我相信，我相信！」娜塔莎幾乎喊叫出來，熱烈地握住他的兩隻手。

他不作聲。

「那該有多好啊！」於是，他握住她的手吻了一下。

娜塔莎感到幸福和激動；但她立刻想起這不應該，他需要安靜。

「原來您沒有睡，」她壓下自己的喜悅，「請試著睡著吧……務必。」

她回到蠟燭旁，坐回原來的姿勢。沒過多久他就睡著了。

他睡了不久，突然嚇出一身冷汗，驚醒了過來。

他入睡之際，仍在想著生與死的問題，他覺得自己離死更近了。

「愛呢？什麼是愛？」他想道。

「愛妨礙死亡。愛便是生存。因為我愛，我才明白一切，才擁有一切。一切都只與愛聯繫著。愛是上帝，而死即是我，作為愛的分子，回歸到永恆的泉源裡去。」他懷抱著不安與疑問睡著了。

他夢見他躺在房間裡，毫髮無傷，許多人物出現在他面前，與他爭辯著無意義的事情，不知不覺地，這些人物全部開始消失，夢境裡只剩下一道門，他朝門走去，以便把門關好，但他的腳無法踏出，於是鼓足了全身力量。他陷入一陣恐怖之中，這恐怖就是死亡——「它」就站在外面，拚命朝門裡衝進來。他勉強地朝門爬過去，把門頂住，但仍然擋不住「它」。死亡衝進來了，於是，安德烈死去。

就在死去的那一瞬間，安德烈醒了過來。

「是的，我死了——我醒了。死——便是覺醒。」他感到彷彿掙脫了某種捆住他的力量，體驗到了一種奇特的輕鬆感。

當他醒來的時候，娜塔莎走到他身旁，問他怎麼了。他沒有回答她，只是用奇怪的目光看著她。

這就是瑪麗亞到達前兩天發生的情形。從那天起，病情有了壞的發展，但娜塔莎並不在意醫生的話，她看到了更可怕的精神上的徵兆。

安德烈最後的日子過得既平常又單純。

寸步不離的瑪麗亞和娜塔莎也感覺到了這點。她們不哭，不顫抖。在最後的時間裡，她們也感覺到，自己不是在照顧他，而是在照顧他的身軀而已。

她倆都看得出，他正在緩慢而平靜地離開她們，但她們兩人都知道，應該如此。

為他作了懺悔，領了聖餐後，大家都來向他告別。當兒子被帶到他眼前，他用嘴唇吻了他便轉過頭去，他哭了；人們請他為兒子祝福，他照做了，又睜開眼張望，彷彿想問還有什麼需要做的。

靈魂正在離去的軀殼做著最後的顫動，瑪麗亞和娜塔莎在他旁邊。

「逝世了？」瑪麗亞說道。他的軀體一動也不動，並且漸漸冷卻。娜塔莎走過去，闔上了那雙僵死的眼睛。

「他到哪裡去了？他現在在何方？」

他們幫屍體穿好壽衣，讓他躺在棺材裡，並向他告別。大家都哭了。

娜塔莎和瑪麗亞也哭了，但她們不是出於個人的悲傷，而是由於虔敬的感動。她們為了自己目睹死亡之奧秘而深受感動，它是那麼地簡單而莊嚴。

第二部

1

一八一二年十月

人的智力難以理解產生各種現象的根本原因，於是只抓住最先碰到的、最容易理解的一個近似的條件，然後說：這就是原因。在許多歷史事件中，上帝的意志是最原始的條件，其次是最顯著的歷史人物的意志。但是，只要深入剖析每一個歷史事件的本質，就會明白，英雄們的意志非但沒有支配群眾的行動，而且他們的意志總是被群眾的意志所支配。

歷史學家認為，在博羅金諾戰役和莫斯科被敵人佔領並焚毀之後，一八一二年的戰爭中最重要的插曲就是俄軍從梁贊大路進入卡盧日斯卡雅大路，然後直趨塔魯丁諾營地的行動。歷史學家把這一項行動歸功於各種不同的人，並且爭論，榮譽究竟屬於誰。但是，為什麼軍事著作家們會認為，這次拯救了俄國和擊敗拿破崙的側翼進軍，是某個人深思熟慮的創舉？三歲小孩都知道，軍隊所處的最佳位置，是在糧草多的地方，因此，最有利的地點是在卡盧日斯卡雅大路。於是，第一，不能理解，歷史學家們為了明白這次行動的奧秘之處，使用了什麼樣的推理方法？第二，歷史學家們究竟是如何看出這次行動使俄國得救，並使法國失敗？這次側翼進軍，如果沒有其他一些的巧合，不僅不會為俄軍帶來好處，反而可能毀滅整支大軍。

如果莫斯科沒有被焚毀，將會怎樣呢？如果繆拉不知道俄軍的行蹤，那會怎樣呢？如果拿破崙沒有按兵不動，那會怎樣呢？如果按照貝尼格森和巴克萊的建議在帕赫拉附近打一仗，那會怎樣呢？如果法國人在俄軍渡過帕赫拉河的時候發動進攻，那會怎樣呢？如果拿破崙在到達塔魯丁諾的時候，立刻用他進攻斯摩棱斯克的十分之一的兵力進攻俄軍，那會怎樣呢？如果法國人進攻彼得堡，那會怎樣呢？所有這些假設中，只要有任何一條成為事實，側翼進軍的結局就會是一場災難。

第三，這次側翼進軍不能歸功於任何一個人，從來沒有任何一個人對它有所預見，它是由無數的各式各樣的條件一步一步地、隨著時間推移而逐漸顯露出來的，只有當它已經完成並成為過去的時候，它的全貌才呈現出來。

菲利的軍事會議上，俄軍將領們多半認為應該沿著下城大路筆直撤退。但蘭斯科伊向總司令報告說，補給點主要集中在奧卡河沿岸的圖拉和卡盧加省，如果向下城撤退，補給點就會被寬闊的奧卡河阻斷。當軍隊沿梁贊大路向南行進，進入圖拉大路時。俄軍將領們曾打算在波多爾斯克停留，但是，法國軍隊的出現、作戰計畫的改變、加上卡盧加的糧秣充足，迫使俄軍向南移動，從圖拉大路轉到卡盧日斯卡雅大路，直趨塔魯丁諾。也因此，無法回答到底是誰決定進軍到塔魯丁諾的，只有當軍隊由於無數的因素抵達那裡之後，人們才自信地說，他們本來就是這樣想的，早就預料到這一點了。

2

事實上，著名的側翼進軍只是俄軍在敵人進攻下不停撤退，在法軍停止追擊後，又自然而然地轉向補給充足的地區。

從下城大路往梁贊、圖拉和卡盧日斯卡雅大路轉移，是那麼自然而然的事，就連逃兵們都往那個方向跑，而且彼得堡方面也要求庫圖佐夫朝那個方向進軍。

庫圖佐夫的功績不在於什麼天才，而在於他懂得發生的事件的意義，只有他一個人在當時就明白法軍已失去作戰能力，只有他一個人堅信博羅金諾戰役是一次勝利，只有他一個人竭盡全力阻止俄軍去作無益的戰鬥。

而法國人派了洛里斯頓到庫圖佐夫營地求和，這正是他們行將滅亡的前兆。

拿破崙在給庫圖佐夫的信上寫了幾句毫無意義的話：

庫圖佐夫公爵，我派一名參謀與您談判許多重要的問題。我請求閣下相信他說的話，特別是我對您由來已久的尊敬和景仰。並祈禱上帝給您神聖的庇護。

拿破崙

「如果我與他進行任何和談，我將會受到咒罵。這就是俄國人。」庫圖佐夫回答說，但他仍不遺餘力地阻止軍隊進攻。

法國軍隊在莫斯科搶劫了一個月，俄國軍隊在塔魯丁諾附近駐紮了一個月，雙方的軍隊實力發生了變化。俄國人佔據了優勢，無數的跡象都表現出必須立刻發起進攻。這些跡象包括派遣洛里斯頓、塔魯丁諾的充裕補給、來自各地關於法軍混亂的消息、各軍團都補充了新兵、晴朗的天氣，俄國士兵長期休整後對任務躍躍欲試的心情、對於久未見面的法軍的好奇心、農民和游擊隊戰勝法軍的消息、以及莫斯科被佔據的復仇情緒；最重要的是士兵的信心，他們都意識到優勢已回到自己這邊，於是，進攻就勢在必行了。

3

在彼得堡尚未獲悉莫斯科失守的消息前，那裡就擬定好一個詳細的作戰計畫，並交到庫圖佐夫手中。庫圖佐夫回應說，將在外，軍令有所不受。過了不久，彼得堡又發出了新的指示，並派來了監視庫圖佐夫的人員。除此之外，俄軍改組了參謀部，填補了巴格拉季昂陣亡以及巴克萊辭職後留下的空缺，並作了人員調動。在參謀部裡，由於庫圖佐夫與他的參謀長貝尼格森對立，加上皇帝派來的心腹以及人員調整，派系鬥爭比平時更加複雜、激烈了。在那些相互暗算中，最主要的目標是爭奪領導權，但是，戰況卻不因他們的意志而改變，而是順應群眾的意願。

塔魯丁諾戰役後，皇帝在十月二日寫的信中寫道：

米哈伊爾・伊拉里奧諾維奇公爵！莫斯科於九月二日落入敵人手中，您上一次的報告是在二十日；在此期間，不僅沒有對敵人採取行動和解救古都，反而仍然繼續往後撤退。謝爾普霍夫已經被敵人佔領，圖拉的兵工廠也處於危險之中。我從溫岑格羅德將軍的報告中得知，敵軍一支上萬人的兵團正向彼得堡移動，另一支幾千人的軍隊正向德米特羅夫移動，第三支軍隊正沿著弗拉基米爾大路移動。第四支是相當龐大的軍團，駐紮在魯查和莫札伊斯克之間。拿破崙本人則直至二十五日仍留在莫斯科。可以推測，他可能正用比您的軍隊軟弱得多的分隊追擊您，您可以利用這些條件去擊敗比您弱的敵人，奪回被佔領的重要都市。如果敵人進攻彼得堡，威脅到防禦薄弱的首都，那您將要負起這個責任，因為你掌有我託付給您的軍隊。您要記住，您必須為了莫斯科的失守、為了祖國的受辱負責。我和俄羅斯要求您全力以赴，獲得成功。您的軍事才能和您的軍隊的驍勇善戰，都告訴我們，您不會辜負我們的期望。

然而，就在這封信還在路上的時候，庫圖佐夫已經無法制止他的軍隊，戰鬥開始了。

十月二日，一名外出偵察的哥薩克遇到了沒有設防的繆拉的左翼部隊，這件事被逐級上報到參謀部。派出的偵察騎兵證實了那名哥薩克的報告，這足以證明，時機已經成熟。庫圖佐夫不能再無視貝尼格森呈給皇帝的報告，以及全體將軍們的一致願望；他意識到戰鬥已經無可避免了，於是被迫下達命令，去做他認為有害而無益的事情。

4

定於十月五日開始進攻。

十月四日早晨，庫圖佐夫在作戰命令上簽了字。托爾對葉爾莫洛夫宣讀了那個作戰命令，請他作出進一步的部署。

「好的，好的，我現在沒有時間。」葉爾莫洛夫說道，就離開了他的小屋。

於是，由托爾將作戰計畫寫好之後，指派一位軍官把文件送去給葉爾莫洛夫，讓他去執行。這位年輕的軍官對這個任務感到滿意，立即馳往葉爾莫洛夫的住處去了。

「出去了。」葉爾莫洛夫的勤務兵回答道。

軍官又前往葉爾莫洛夫常去拜訪的一位將軍那裡。

「不在，將軍不在。」

軍官騎上馬，又前往另外一個人那裡。

「不在，都出去了。」

「別讓我承擔這種延誤的責任！可惡！」那個軍官想道。他騎著馬走遍了整個營地，一直找到下午六點鐘。哪裡都沒有葉爾莫洛夫，也沒人知道他在哪裡。軍官在一位同事那裡吃了點東西，然後又去找米洛拉多維奇。米洛拉多維奇也不在家，家裡的人對他說，米洛拉多維奇去參加基金將軍舉行的舞會，葉爾莫洛夫大概也在那裡。

「那舞會在哪裡呢？」

「嘿，在葉奇金。」一個哥薩克軍官指著遠處一棟地主的房子，說道。

「怎麼在那裡？在防線以外？」

「他們派了兩個團去防衛，就為了在那裡找樂子，簡直嚇人！」

那個軍官向那棟房子馳去，大老遠就聽見和諧而歡樂的士兵舞曲。他聽到這些聲音，心中也很高興，但是又害怕延誤了重要命令的送達。他走進這棟保存完好的地主住宅，立刻就看見軍隊所有重要的將領們，包括葉爾莫洛夫。所有的將軍站成半圓形，都解開了上衣，興高采烈地大笑。

「哈，哈，哈！尼古拉·伊凡諾維奇，好啊！哈，哈，哈！」

那個軍官覺得，他在此時帶著重要命令進來，將受到嚴厲責備，因此他只好等了一會。然而，有一位將軍看見了他，並告訴了葉爾莫洛夫。葉爾莫洛夫陰沉著臉從他手中拿過文件，一句話也沒說。

「你以為他是偶然走開的嗎？」參謀部裡的一名同事那天晚上對這名軍官說道，「這是一種手段。這全都是故意的，要跟科諾夫尼岑作對。等著瞧，明天會亂成什麼樣子！」

5

第二天清晨，年老的庫圖佐夫起床後，坐上馬車，出發到負責進攻的各縱隊集合的地點。他在馬車裡傾聽著，想知道戰鬥開始了沒有。然而，四周一片寂靜。走近塔魯丁諾時，庫圖佐夫看見路上有騎兵正牽著馬去飲水，庫圖佐夫問他是屬於哪一個單位。那些騎兵所在的縱隊早就該到很遠的前線去埋伏。「可能是弄錯了。」老總司令心想。然而再往前走一段，庫圖佐夫又看見步兵團的士兵正無所事事地閒晃，於是叫來一位軍官。這位軍官報告說，沒有任何進攻的命令。

「怎麼沒有……」庫圖佐夫立刻按捺住自己，派人去找一位高階軍官來見他。當被叫來的軍官一到，庫圖佐夫的臉被氣得發紫，這並不是因為軍官犯了什麼錯誤，只是因為他成為發洩怒氣的一個目標。

「你這個混蛋！槍斃你！壞蛋！」他嘶啞地喊叫著。他擁有俄國有史以來最大的權力，如今卻落到這種地步——在全軍面前鬧了個大笑話。「我白白為了今天祈禱上帝，白白熬了一整夜，白白浪費腦筋考慮各種事情！」他心想，「當我還是一個小軍官的時候，也沒有人敢這樣來取笑我……但如今！」他不得不用憤怒和喊叫來發洩情緒，但是很快就洩了氣。他向四下裡看了看，坐上馬車，默默地回去了。

庫圖佐夫不再發怒，他無精打采地聽著那些辯解和袒護的話，聽著貝尼格森和托爾提出將行動延後到第二天的堅決要求，而他又不得不同意。

6

第二天，部隊在天黑以後集合，在夜晚行軍。人們愉快地走著，有些縱隊以為他們已經達到了目的地，停了下來，架起槍，在冰冷的土地上躺了下來；大多數縱隊走了一整夜，仍走到他們不該到的地方。

奧爾洛夫．傑尼索夫伯爵帶領一隊哥薩克到達了指定地點。這支分隊駐紮在一座森林的邊緣——由斯特羅米洛瓦村去德米特羅夫斯科耶村的一條小路上。

快天亮的時候，奧爾洛夫伯爵被驚醒了，一名法軍的逃兵被帶進來。這人是波尼亞托夫斯基兵團的波蘭籍中士，他解釋說，他之所以投奔俄軍，是因為他在軍中受人排擠，想要報復他們。他說，繆拉就在離他們一俄里的地方過夜，只要讓他帶一百名士兵，就可以把他活捉過來。奧爾洛夫和他的同事們商量了一下，決定由格列科夫少將帶領兩團哥薩克執行這一任務。

「你要記住，」奧爾洛夫對那名中士說，「你要是說謊，我一定把你吊死，要是真的，我就賞給你一百個金幣。」

那名中士面帶堅決的表情跨上馬，與格列科夫的人馬一同出發了。奧爾洛夫伯爵送走了格列科夫，軍隊隱沒在樹林中。他走出樹林瞭望敵人的營地，在右方的斜坡上，本應有俄國的縱隊駐紮，但此刻卻沒有看見。同時，他發現法國軍營開始活動了起來。

「啊，太慢了。」奧爾洛夫突然覺得，那個中士是一個騙子，他說了個大謊，天知道他把兩團人馬帶到哪裡去了，由於這兩團的人馬不在，俄國的攻擊被打亂了。再說，怎麼可能在這麼龐大的軍隊中活捉一個總司令？

「的確，他撒謊，這個壞蛋。」伯爵說。

「可以把他叫回來。」一個侍從說道。

「呃？真的……你是怎樣想的嗎？應不應該讓他們去？」

「您要叫他們回來，是嗎？」

「叫他們回來，叫他們回來！」奧爾洛夫看看錶，突然堅決地說，「恐怕太遲了，天亮了。」於是一位副官馳進樹林去找格列科夫。當格列科夫回來的時候，奧爾洛夫伯爵由於一直等不到步兵縱隊出現，加上敵人就在眼前，激動之下決定發動進攻。

「上馬！」他低聲命令道。士兵們各就各位。

「烏拉——」喊聲響徹整個森林，哥薩克士兵一連接著一連，飛快地越過小溪，向敵軍營地殺過去。法國人發出一聲絕望而驚恐的叫喊，全營的人還沒來得及穿上衣服，就迷迷糊糊地扔下大炮、槍枝和馬匹，向四面八方逃跑。

哥薩克繳獲了大量物資和俘虜之後，不肯再繼續推進，為了分配戰利品忙得不亦樂乎。另一方面，法國人重整了隊伍，開始進行還擊。奧爾洛夫伯爵仍然在等待別的縱隊到來，沒有繼續進攻。

與此同時，貝尼格森和托爾的那些遲到的步兵縱隊，已經按照應有的順序出發，但卻到達錯誤的地點，於是又返回中途，往另一個方向走。有些縱隊到達指定地點，但已太遲了，只能單方面地挨打。托爾騎著馬到處奔忙，發現到處都事與願違。天大亮時，他找到停紮在樹林中的巴戈烏特軍團，這個兵團在計畫中應該與奧爾洛夫會合。托爾為此感到焦急、憤怒，他策馬來到軍團司令官面前，嚴厲地斥責他。巴戈烏特是一個文靜的老將軍，但也因為一路上的混亂被搞得一肚子氣，他一反平日的溫文爾雅，對托爾大發雷霆。

「我不願受任何人教訓，我和我的士兵不會比別人怕死！」他說完，就率軍隊前進了。

心情激動的巴戈烏特冒著法國人的槍林彈雨衝上前去。一顆子彈把他打死了，接著幾排子彈，打死了許多士兵。他的人馬冒著炮火徒勞地堅持了一會兒。

7

庫圖佐夫十分清楚，這次違反他的意志進行的戰鬥，除了弄得狼狽不堪以外，不會有別的結果，於是他盡可能地利用自己的權力，阻止部隊進攻。

庫圖佐夫騎著馬，懶洋洋地回答向他提出的發動進攻的建議。

「您總是把進攻掛在嘴上，但我們不擅長打複雜的運動戰。」他對請求前進的米洛拉多維奇說。

「今天早上沒能生擒繆拉，部隊沒有按時到達指定地點，現在什麼也辦不到啦！」他對另一個人說。

根據哥薩克的情報，法軍後方一個人也沒有，但現在已有兩個營的波蘭士兵，他轉過臉，斜眼瞧了瞧身後的葉爾莫洛夫。

「您瞧，還要求進攻呢！制定了種種作戰方案，可是一旦行動，什麼都沒有準備好，而敵人卻採取了應對的措施。」

葉爾莫洛夫聽了這些話，瞇起眼睛，淡淡一笑。

「他這是在調侃我。」葉爾莫洛夫碰了一下身旁的拉耶夫斯基，悄悄說道。

過了沒多久，葉爾莫洛夫走近庫圖佐夫，恭敬地報告說：

「閣下，現在還來得及，敵人還沒走。您否要下令進攻？」

庫圖佐夫一句話也不說，當人們向他報告說繆拉的部隊在撤退的時候，他下了進攻命令——但是每前進一百步要停三刻鐘。

整場戰鬥下來，除了奧爾洛夫的哥薩克部隊有所斬獲外，其餘軍隊只是白白損失了幾百人。在這場戰役後，庫圖佐夫與貝尼格森都獲得了獎勵，其他人也都按級別得到了好處，同時，參謀部又作了新的調動。

所有的戰役——塔魯丁諾、博羅金諾、奧斯特里茨等戰役，都不是按照戰役的制定者的設計進行的，這就是最根本的情形。無數自由的力量影響著戰鬥的趨勢，而這個趨勢從來都不可能為人所預知，也從來不會與某種力量的趨勢相符合。

塔魯丁諾戰役顯然沒有達到托爾設想的目的，也沒有達到貝尼格森等人想要一舉殲滅整個師團的目的。然而，正由於這場戰役矛盾百出，反而達到了更好的結果。俄軍用最少的力量，在極大的混亂，以及微不足道的損失下，使退卻轉為進攻，暴露了法國人的弱點，對拿破崙軍隊即將逃跑一事起了推動作用。

8

拿破崙進入了莫斯科。勝利是無庸置疑的，因為戰場在法國人手中，俄國人撤退了，放棄了首都。莫斯科豐富的糧草、武器、裝備和數不盡的財富，全都在拿破崙手中。只有法國軍隊半數兵力的俄國軍隊，在整整的一個月中不曾有過任何一次進攻。若是他以兩倍的兵力殲滅俄軍殘部，並提出有利的講和條件，一旦被拒絕，就進軍威脅彼得堡，萬一受挫，就返回斯摩棱斯克或維爾紐斯，或者就留在莫斯科，總之，要保持法國軍隊的勝果，似乎用不著什麼特殊的天才，只要禁止軍隊搶劫、準備冬季服裝、用正當的方法徵收糧草就行；但是，拿破崙卻沒有做任何一件事情。

相反地，他選擇了一條最為愚蠢也最為有害的道路。他可以在莫科斯過冬，或向彼得堡進軍，或向下諾夫哥羅德進軍，或向南向北撤退；但他卻在莫斯科停留到十月底，任由部隊搶劫這個城市，後來，又退出了莫斯科，接近了庫圖佐夫，卻不進行戰鬥，接著轉向右方，走近小雅羅斯拉維茨，放棄了強行突破的機會。就算讓最有經驗的戰略家來設法毀掉自己的軍隊，也想不出另外一系列的行動，能像拿破崙所做的那樣確定無疑地、徹底地毀滅整個法國軍隊。

他在莫斯科的行動，就如同在其他地方一樣，令人嘆為觀止，顯示了他的天才。從他進入莫斯科到他撤出莫斯科的這段時間裡，他發出了一個接一個的命令，制定了一個又一個的計畫。莫斯科的居民跑光了，沒有使節團前來見他，甚至連莫斯科大火都沒有使他驚慌失措。他沒有忽略軍隊的利益，也沒有忽略敵人的動靜，更沒有忽略俄國人民的利益，或是巴黎的政務，以及在外交上的考慮。

9

在軍事方面，拿破崙一進駐莫斯科，就命令塞巴斯蒂安尼將軍注意俄軍的行動，命令繆拉去尋找庫圖佐夫，然後又大力加強克里姆林宮的防衛工作。外交方面，拿破崙把雅可夫列夫上尉叫來，詳細地對他說明他的政策和他的寬大，並要他轉交一封給亞歷山大的信，他在信中敘述了拉斯托普欽在莫斯科製造的混亂；他又派遣圖托爾明到彼得堡去進行談判。

在司法方面，他下令捉拿縱火犯，處以死刑。燒掉拉斯托普欽的住宅，以示懲罰。

在行政方面，他賜給莫斯科一部憲法，成立市政府。

在軍隊補給方面，拿破崙告示全體士兵，命令他們一路洗劫進入莫斯科，以取得糧草。

在宗教方面，拿破崙命令召回神父，教堂恢復做禮拜。

在商業和軍隊供應方面，到處張貼了佈告，鼓勵恢復商業活動。

為了鼓舞和提高部隊和人民的精神，他不斷地舉行閱兵和頒獎。皇帝騎著馬巡視街道，安撫居民，他雖然操勞著國家大事，仍然親臨他下令建造的劇院看戲。

在慈善事業方面，拿破崙也做了他所能做的一切事情。他吩咐在慈善院的建築物上書寫「吾母之家」幾個大字，他參觀孤兒院，讓被他拯救的孤兒吻他的手，和藹地和圖托爾明談話。隨後，他命令把偽造的俄國鈔票發給士兵們作為薪餉。為了進一步擴大這些措施，他下令補助在火災失去財產的人家；但因食品太珍貴，不發給懷有敵意的外國人，拿破崙認為最好直接發給他們錢，讓他們自己去尋找食物。

在軍紀方面，連續發出了嚴懲怠忽職守和禁止搶劫的命令。

10

但奇怪的是，所有這些指示、關注和計畫，卻沒有觸及事情的本質，正如一座時鐘的指標，脫離了機械與齒輪沒有契合，任意地、盲目地轉動著。

在軍事方面，他的天才從來沒有發揮得如此巧妙，令人嘆服。但這些計畫從來不可能執行，因為它沒有任何一點切合實際情況。為了克里姆林宮的設防，應當把聖瓦西里教堂夷為平地；而在克里姆林宮佈雷，只不過是便於皇帝在離開後把它炸掉。追擊俄國軍隊是拿破崙非常關心的事，但法國將軍始終不知道六萬名俄國軍隊的去向，由於繆拉的精明，才終於像找到一根針一樣找到了俄國軍隊。

在外交方面，拿破崙向圖托爾明和雅可夫列夫所作出的指示毫無用處，因為亞歷山大沒有接見這兩位使者，對他們的使命也沒有作出回應。

在司法方面，在處決了一些所謂的縱火犯之後，莫斯科的另一半也被燒光了。

在行政方面，成立的自治市政局未能阻止搶劫，只有參加了自治市政局的人得到了好處，他們在維持秩序的藉口下，要不自己搶劫莫斯科，要不就是保護自己不受搶劫。

在宗教方面，拿破崙在莫斯科找到兩三個神父，但其中一個在做禮拜時被一名法國士兵打了嘴巴。另一個則被法國士兵鎖了起來，當天夜裡又把教堂的門和鎖都砸壞，把書也撕了，還做了其他壞事。

在商業方面，對勤勞的工人和農民的佈告，沒有得到任何反應。城內已經沒有勤勞的工人了，而農民把攜帶告示出城的人員捉住，並把他們殺掉。

在建立提供娛樂的劇院方面，也同樣失敗了。在克里姆林宮和波茲尼亞科夫家設立的劇院，立刻就關門大吉了，因為男女演員都遭到了搶劫。

就連慈善事業也沒有收到預想的結果。真假鈔票充斥莫斯科，已經失去了價值。法國人只掠奪黃金，不僅拿破崙賞賜的假鈔不值錢，就連白銀的價值也大大降低。

所有措施的失敗，最驚人的例子是拿破崙制止搶劫和恢復紀律的努力。

軍隊的長官們是這樣報告的：

雖然張貼了禁止搶劫的詔令，但城內搶劫現象仍持續不斷地發生，秩序仍然沒有恢復。沒有一個商人是合法進行買賣活動的，只有隨軍小販敢做生意，不過他們賣的都是搶來的東西。

除了士兵們的明搶暗偷之外，沒有什麼可以報導的。強盜和搶劫行為仍在繼續肆虐，本區有一夥盜賊，必須對他們採取嚴厲措施。

皇帝痛心地看到，這些經過精心挑選出來保護他的士兵，理當作出服從紀律、執行命令的榜樣，然而，他們卻違抗命令達到這種程度，不僅搶劫貯藏軍隊供需品的地下室和倉庫，甚至有些士兵不但不聽從哨兵和軍官的勸阻，還想辱罵和毆打他們。宮廷司禮長抱怨說，儘管一再發出禁令，士兵們仍然在院子裡，或是在皇帝的窗子下方便溺。

這支軍隊在駐紮於莫斯科期間無所事事，一天天地崩潰、滅亡。當輜重隊在斯摩棱斯克被劫和在塔魯丁諾發生戰鬥之後，這支軍隊便驚慌失措，開始逃跑。正在閱兵的拿破崙收到了塔魯丁諾戰役的消息，這一消息使他決定懲罰俄國人，於是他發出了全軍出發的命令。

當逃出莫斯科時，每個士兵都隨身攜帶著搶來的東西。拿破崙也帶走他個人的財寶，當他看到拖累軍隊的輜重隊時，曾大吃一驚。

這支軍隊猶如一頭已經預感到自己的滅亡而不知所措的負傷野獸，當牠一聽見沙沙聲，就向獵人的槍口猛撲過去，橫衝直撞，又轉身往後跑；最後，牠沿著最為不利、最危險，卻也最熟悉的足跡往回逃跑。拿破崙就是這麼做的。

11

十月六日清晨，皮埃爾走出棚子，返回的時候，在門旁停了下來，逗起一隻圍著他跳的身長、腿短、毛色雪青的小狗，牠的名字是阿佐爾。

皮埃爾在這一時期身體的變化很大。雖然從外表來看，他依然具有家族遺傳的強健有力的體魄，但已經沒有那麼胖了，臉上長滿了鬍子，滿頭亂髮生滿蝨子。過去那種鬆懈、散漫的眼神，現在卻換上一副精力飽滿、隨時準備行動和反抗的振奮。

一個法軍班長從棚子的角落處走了出來，到皮埃爾面前，友好地向他擠擠眼。

「多麼好的太陽？嗯，基里爾先生，簡直是春天。」那個班長靠在門上，把煙斗遞給皮埃爾，雖然皮埃爾總是拒絕。

「要是在這樣的天氣行軍……」他剛要說下去。

皮埃爾問他有沒有聽說要出發的消息，那個班長說，幾乎所有的部隊都出發了，今天應該會得到處理俘虜的命令。在皮埃爾住的棚子裡有一個叫索科洛夫的士兵，患了重病，皮埃爾對班長說，應該妥善地安置他。班長請皮埃爾放心，因為他們的醫院都會照應病患的，總之，可能發生的一切事情，長官們全都想到了。

「還有，基里爾先生，您只要跟上尉說一聲就行了，您知道他這個人……什麼都放在心上。他再來巡視時，您就告訴他吧，他什麼都會為您做到的……」

班長所說的那個上尉，時常和皮埃爾長談，給他各種照顧。

「湯瑪斯前幾天跟我說，基里爾是個有教養的人，他會說法語；雖是落難的俄國貴族，但也是個大人物，盡可能滿足他的需求……基里爾先生，前幾天，如果不是您的話，事情可就糟了。」

前幾天，俘虜們和法國人打了一架，當時，皮埃爾勸退了自己的同胞，才使事件平息下來。那個班長又問聊了一會兒以後就走了，皮埃爾把班長說的消息告訴了幾名同胞。這時，一個衣衫襤褸的法國兵來到棚子前，問皮埃爾，幫他縫襯衫的士兵普拉東是否在棚子裡。

一星期之前，法國人領到了一批皮料和麻布，分發給俘虜們縫製靴子和襯衫。

「做好了，小伙子！」卡拉塔耶夫拿著折疊整齊的襯衫走出來，說道。「好兄弟！說好星期五做好，就星期五做好。」他一邊笑著，一邊解開縫好的襯衫。

那個法國人趕緊脫下他的制服，穿上那件襯衫。

「瞧，多合身！」普拉東一面幫他拉平皺摺，一邊說道。「怎麼樣，小伙子，這不是裁縫鋪啊，沒有一件正常的工具。」普拉東說，他的臉笑得更圓了，顯然，他很欣賞自己的手藝。

「好，好，謝謝，剩下的布料呢？」法國人說。

「你要是貼身穿，會更舒適。」卡拉塔耶夫評論著自己的作品，「真漂亮，真舒服……」

「謝謝，謝謝，我的朋友，剩的布料呢……」法國人微笑地說道，他掏出一張鈔票給了卡拉塔耶夫，「還給我吧……」

卡拉塔耶夫拿了法國人的錢，仍在繼續欣賞自己的作品。那個法國人堅持要拿回剩下的碎布，於是，他請皮埃爾把他的話翻譯一下。

「他要那些碎布做什麼？」卡拉塔耶夫說，「好吧！上帝保佑他。」卡拉塔耶夫突然臉色陰沉下來，從懷裡掏出一卷碎布，還給了那個法國人，「哎！真是的！」他掉頭就回走。法國人看了一下那些碎布，沉思片刻，以詢問的目光看著皮埃爾。

「普拉東，我說，普拉東，」法國人的臉突然漲紅，尖聲叫道：「你拿去吧！」說著，他把那些碎布又遞了過去，轉身離開了。

「瞧，多麼奇怪！」卡拉塔耶夫搖著頭說，「人們都說他們不是基督徒，但他們也有良心。他自己光著身子，但還是把那些東西還給我了。」卡拉塔耶夫若有所思地笑了一笑，然後望著那些剩下來的碎布，「可以用這東西做一副很不錯的包腳布呢，朋友們。」他說了這句話後，就走回棚子裡去了。

12

皮埃爾被俘已經四個星期了。雖然法國人想把他從士兵的棚子裡移到軍官的棚子裡，但是他依然留在他一開始待的那個棚子。

在莫斯科，皮埃爾幾乎飽嘗了一個人所能遭受的艱辛和痛苦，因此，如今他不僅過得很輕鬆，而且對自己的處境感到高興。正是在這一段時間，他得到了過去曾經努力追求而又追求不到的寧靜和滿足。長期以來，他在自己生活中的各個方面尋求這種寧靜、這種內心的和諧，以及那些出現在博羅金諾的士兵身上的東西，但一切的嘗試都失敗了。而現在，他從死亡的恐怖中、從艱辛困苦的生活中、從卡拉塔耶夫的身上，找到了這種寧靜的內心的和諧。在他的腦海中，既沒有俄羅斯，沒有戰爭，沒有政治，也沒有拿破崙。他清清楚楚地感覺到，這一切都與他毫不相干。

所有這一切，都讓皮埃爾覺得，這無疑是人類最高的幸福了。只有在這裡，當他飢餓的時候，他才能體會到吃東西的快樂；只有當他口渴的時候，才能體會到喝水的快樂；只有當他寒冷的時候，才能體會到溫暖的快樂；只有當他想睡覺的時候，才能體會到進入夢鄉的快樂；只有當他渴望聽見人的聲音的時候，才能體會到和人談話的快樂。他感覺到，能夠滿足這些需求，就是最大的幸福；而生活條件的過分優越，卻會破壞人類的需求獲得滿足時的快樂。

現在，皮埃爾的一切幻想，都集中在自己什麼時候可以獲得自由。但是，在往後的日子裡，在他的一生中，皮埃爾都是以一種欣喜若狂的心情回憶起他這一個月的俘虜生活，以及那些一去不復返的、強烈的、喜悅的感觸；最重要的是，回憶起只有在這個時期才感受到的內心完全的寧靜和自由。

他來到這個棚子之後不久，就在同伴們中間享有極高的聲譽。皮埃爾藉著自己的語言知識，藉著法國人對他的尊敬，藉著他的正直、寬大，藉著他的力氣，藉著他和藹可親的態度，他在士兵的心目中成為一個神通廣大的人物。這些特性讓他在過去生活的上流社會中感到拘束，可是在這裡，卻獲得了一種近乎英雄的地位。

13

從十月六日晚到七日早晨，法國人一夜之間展開了撤退行動。他們拆掉棚子和廚房，裝好車子，由部隊和輜重隊先行出發。

早上七點，棚屋前站著一列整裝完畢的軍隊，整個隊伍喧鬧著，不時發出法式的咒罵。

棚子裡所有人都作好了準備，穿好了衣服，等候出發的命令。只有那個生病的士兵索科洛夫，既沒有穿衣服，也沒有穿靴子，仍坐在原來的地方，盯著自己的同伴，不時發出低聲的呻吟。

皮埃爾走到病人身旁，蹲下身子。

「怎麼樣？索科洛夫，他們不會全部走光！他們在這裡還有間醫院，你會得到更好的安置。」皮埃爾說。

「上帝啊！我都快死了！上帝啊！」那個士兵發出更大的呻吟聲。

「那我再去求他們看看。」皮埃爾站起身，朝門口走去。正好昨天那個班長帶領著兩個士兵從外面走了進來。他也是奉長官命令來關門的。在放出俘虜之前，必須清點俘虜的人數。

「班長，病人怎麼辦？……」皮埃爾問道。但是，眼前這個班長在這一瞬之間彷彿變成了另外一個人。他聽了皮埃爾的話，又聽到兩邊響起咚咚的鼓聲，立刻皺起了眉頭，一邊咒罵一邊關上了門。

「來了！……又來了！」皮埃爾自言自語道，他的背脊不由得發涼。從班長改變了態度的臉上，從他說話的聲音上，皮埃爾已經感覺到，那種迫使人們違反自己的意志去屠殺同類的殘酷力量又在作祟了，在這種力量之前，任何哀求、勸告都毫無用處。於是，皮埃爾不再到病人那裡去，他皺著眉頭，站立在門旁。

門開了，俘虜們爭先恐後向門外擠去。皮埃爾擠到他們前面，走到那名上尉跟前。上尉同樣是行軍打扮，他那張冷冰冰的臉上也透露出了皮埃爾領悟到的那種特質。

「快走！快走！」上尉嚴厲地催促著俘虜。皮埃爾知道，自己的嘗試不會有什麼結果，但仍然向他走去。

「喂，還有什麼事？」這名軍官冷冷地看了皮埃爾一眼，好像不認識他一樣。皮埃爾把那個病人的情形告訴他。

「他也得走，該死的！」上尉說，「快走！快走！」

「不行啊，他快死了……」皮埃爾說。

「去去去！」上尉皺著眉頭，氣沖沖地大喝。

皮埃爾明白，那一神秘的力量已經完全控制住這些人了，無論再說什麼都沒有用。

俘虜中的軍官與士兵分開，走在前面。軍官共有三十幾名，包含皮埃爾，士兵有三百多名。從別的棚子出來的被俘軍官都是陌生人，他們以一種懷疑和疏遠的神情看著皮埃爾。

「哎呀！哎呀！他們到底做了些什麼呀！」俘虜們望著火災遺址，你一言我一語地說，「還有莫斯科河南岸市區，還有祖博沃區，還有克里姆林宮……看！都剩下不到一半了。我就跟你們說了，莫斯科河南岸市區全完啦，就是這樣。」

「既然都知道全燒掉了，還提它幹嘛！」一名少校說。

在經過未被燒毀的哈莫夫尼克區的一所教堂時，全體俘虜突然閃到一旁，發出恐怖和憎惡的叫喊聲。

「哎呀，這些壞蛋！真是些沒心肝的東西！」那是個死人，臉上黑糊糊的。

皮埃爾聽到驚叫聲，向教堂走過去，隱約地看見有個東西倚靠在教堂的牆上。他從同伴口中得知，那是一具死屍，直立著靠在牆上，臉上塗滿煤灰。

「走！走……你們這些魔鬼……」法國士兵的咒罵道，他們的態度又粗暴起來，揮著刀把觀看死屍的俘虜們趕走。

14

到了橋頭，所有人都停了下來，等待前面的人先過。他們在橋上看見前後連綿不絕的輜重車隊。在卡盧日斯卡雅大路經過涅斯庫奇內轉彎的地方，無窮無盡的部隊和車輛一直延伸到遠方。這是先頭部隊博加爾涅兵團；在後面，沿著河堤通過卡緬內橋的是內伊的軍隊。

涉水經過克里米亞淺灘之後，來自四面八方的車輛和人們越來越擁擠。走到了莫斯科河南岸大街和卡盧日斯卡雅大街匯合處的廣場上，俘虜們擠成一堆，在交叉路口站著等了幾個小時。皮埃爾靠在一處焚毀的房屋殘壁上，傾聽著這些混合在一起的喧囂聲。

幾個俘虜軍官爬到皮埃爾靠著的那堵牆壁上，以便看得更清楚。

「好多人！嘿，真是人山人海！連一些炮上都堆滿了東西！你們看，是皮衣……」他們說，「看那些流氓搶的東西……看那輛車後面的東西……那一定是從聖像上弄下來的！這些壞蛋！……看他們載了多少東西，連路都走不動了！……看那個傢伙坐在箱子上，我的天哪！他們打起來了！……」

「對，打他的嘴巴！打他的嘴巴！看那裡，那一定是拿破崙。看，多好的馬！還有帶花體字的皇冠。又打起來了……那個抱小孩的女人長得真不錯！……看，是俄國姑娘，真的是俄國姑娘們！就坐在馬車裡！」

自從皮埃爾意識到那種神秘的力量已經出現的那一刻起，似乎已經沒有任何東西可以使他感到驚奇和害怕。皮埃爾對現在所見到的一切，都不會留下任何印象——彷彿他的靈魂正在準備應付一場艱苦鬥爭，因而拒絕接受任何可能削弱它的印象。

快到傍晚時，押送隊的軍官把隊伍集合起來，與運載彈藥的車隊一同走上卡盧日斯卡雅大路。

他們沒有休息，直到太陽下山時才停了下來，準備過夜。所有人都一肚子氣，到處可以聽見咒罵聲、喊叫聲和鬥毆聲。

在這次休息中，押送隊對俘虜的態度比出發時更惡劣了。從軍官到每一個士兵彷彿都對俘虜抱有一種個人的仇恨，出人意外地改變了先前友善的態度。

清點俘虜人數時，發現有一個俄國士兵在路上逃跑了，於是這種仇恨越發來越深。皮埃爾看見一個法國人在毒打一個俄國士兵，就因為他離開大路遠了一點；他又聽到那個上尉為了那名逃走的士兵，正在斥責下級軍官，還說凡是停住不走的，一律槍斃。

皮埃爾的晚餐是喝黑麥麵湯和吃馬肉，他邊吃邊和同伴們閒談。

不論是皮埃爾，還是他的任何一個同伴，都絕口不提他們在莫斯科見到的任何事情，不提及法國人的粗暴態度，也不提要槍斃他們的命令。為了抵抗目前更加惡劣的處境，大家都表現出特別的興奮和愉快。

皮埃爾離開軍官，向路的另一邊走去，他聽說那裡有被俘虜的士兵，想和他們談談。他在路上被一個法國哨兵攔住，叫他回去。

皮埃爾只好返回了，但他卻朝著一輛卸了套的馬車走去，那裡沒有一個人。他盤起腿，低著頭，坐在車輪旁邊的土地上冥思苦想，就這樣過了一個多小時。突然，他放聲大笑，周圍的人都驚奇地轉頭著他。

「哈！哈！哈！」皮埃爾大笑，接著大聲自言自語道：「那個兵不讓我過去。抓住我？把我關起來？他們俘虜了我，我？——我不朽的靈魂！」他笑得流出淚來。

皮埃爾仰望天空，看著天上漸漸遠去的閃爍星斗。「這都是我的，都在我心中，這一切就是我！」皮埃爾想，「可是，他們捉住了這一切，關在一間用板子圍起來的棚子裡！」他笑了笑，就走到同伴處躺下睡了。

15

十月初，又有一位信使帶著拿破崙的信來見庫圖佐夫，提出和談。庫圖佐夫作出了同樣的答覆：不可能進行和談。

不久之後，在塔魯丁諾左側一帶活動的多洛霍夫的游擊隊送來一份報告，稱在福明斯克出現布魯西埃的一個師，這個師和其他部隊失去了聯繫，很輕易就能殲滅。參謀部的將軍們要求庫圖佐夫採納多洛霍夫的建議，但庫圖佐夫認為沒有必要發動任何進攻，於是採取了折衷辦法，派出了一支不大的部隊。

多赫圖羅夫接受了這一任務。多赫圖羅夫是個謙虛、矮小的人，大家都認為他優柔寡斷、沒有遠見，然而，在整個俄法戰爭中——從奧斯特里茨到一九一三年的歷次戰爭中，只要哪裡戰況艱難，他就出現在哪裡。

十月十日，多赫圖羅夫前往福明斯克途中抵達阿里斯托沃村，停止了前進，準備正確執行上級命令。就在同一天，全部的法國軍隊開到了繆拉的陣地，似乎打算打一仗，可是忽然又無緣無故地向左轉向新卡盧日斯卡雅大路，進駐原先只有布魯西埃駐紮在那裡的福明斯克。而此時屬於多赫圖羅夫指揮的，除了多洛霍夫游擊隊之外，還有菲格納和謝斯拉溫領導的兩支小游擊隊。

十月十一日晚，謝斯拉溫帶著一名俘虜的法國士兵來見司令官。俘虜說，當天進入福明斯克的軍隊是整個大軍的前衛部隊，拿破崙就在其中。就在當天晚上，從博羅夫斯克來了一名雜役，說曾經看到大批法軍進城裡；多洛霍夫游擊隊的哥薩克也報告，他們看到了法軍順著大路開往博羅夫斯克。所有情報都明顯地指出，原先預料那裡只有一個師，而現在卻有全部法國軍隊，他們從莫斯科出發之後，出人意料地走了舊卡盧日斯卡雅大路。多赫圖羅夫沒有採取任何行動，因為他還不確定自己的責任是什麼。他接受的任務是襲擊福明斯克，但原先在那裡只有一個師，而現在卻是全部法國軍隊。葉爾莫洛夫打算見機行事，但多赫圖羅夫堅持必須等待最高長官的命令。於是，他決定派人去向總部報告。

夜裡十一點多，軍官博爾霍維季諾夫接受了書面報告和口頭指示，就帶領一名哥薩克連夜馳往總司令部。

16

已經下了三天多的小雨，博爾霍維季諾夫在泥濘的道路上疾馳了三十俄里，於半夜一點多來到列塔舍夫卡，走進總司令下榻的農舍。

「我要立刻見值勤的將軍！非常重要！」他在黑暗中對一個人說道。

「大人從昨晚開始就很不舒服，一連三個晚上沒睡了，」勤務兵小聲說，「您還是先叫醒上尉吧。」

「很重要，我是多赫圖羅夫將軍派來的，」博爾霍維季諾夫一邊說著，一邊走進打開的門。勤務兵走到他前面去叫醒一個人。

「大人，大人，來了一個信使。」

「什麼？什麼？誰派來的？」傳來一個睡眼惺松的人的說話聲。

「從多赫圖羅夫和阿列克謝·彼得洛維奇那裡來的。拿破崙在福明斯克。」博爾霍維季諾夫在黑暗中看不見這個人，但是，那聲音不是科諾夫尼岑的。

被叫醒的人打了個哈欠，伸了伸懶腰。

「我不想叫醒他，」他說道，「他病的很厲害！或許那是謠言吧？」

「這是書面報告，」博爾霍維季諾夫說，「我必須立刻交給值勤將軍。」

「請等一下，我把燈點上。」伸懶腰的人說道，他是科諾夫尼岑的副官謝爾比寧。

借助燭火的亮光，博爾霍維季諾夫看到了謝爾比寧年輕的面孔，在前面屋角處睡著一個人，那就是科諾夫尼岑。

「是誰報告的？」謝爾比寧拿起一封公文問道。

「情報是可靠的，」博爾霍維季諾夫說，「俘虜、哥薩克、偵察兵，所有的報告都一致。」

「沒辦法了，應該叫醒他。」謝爾比寧站起來，走向那個睡著的人，「彼得，彼得洛維奇！」他說道，科諾夫尼岑一動也不動。

「到總司令部去！」他微笑說道，因為這句話多半可以叫醒他。果然，科諾夫尼岑立刻醒過來，哆嗦了一下；一瞬間，他的臉上就露出平時那種鎮靜而堅定的表情。

「哦，什麼事？誰派來的？」他一邊聽軍官的報告，一邊拆開公文讀了一遍。他剛一讀完，就把腳伸到地上，開始穿靴子。

「我們馬上去見總司令。」

科諾夫尼岑明白，這一情報十分重要，不能有絲毫拖延。他和多赫圖羅夫一樣，知識淺薄、能力有限，也從未制定過作戰計畫；但也和多赫圖羅夫一樣，總是朝最困難的地方前進，打仗時總是身先士卒。

科諾夫尼岑走出小屋，腦海中浮現出一種不愉快的情景：當參謀部獲悉這一情報時，立刻亂成一團，和庫圖佐夫針鋒相對的貝尼格森又提出各種建議、爭吵，下了命令，又取消命令。這種預感使他極不愉快，儘管這是無法避免的事情。

果真，當他順路將這一情報告訴托爾時，托爾立刻向另一位將軍提出他的高見。科諾夫尼岑懶洋洋地聽著，他提醒托爾，應該去見總司令了。

17

庫圖佐夫像所有的老年人一樣，晚上睡得很少，白天卻常常打盹。他夜晚和衣而臥，幾乎沒有睡著，不停思索著。

自從貝尼格森成了參謀部最有勢力的人之後，他總是躲著庫圖佐夫。但庫圖佐夫反而清靜許多，因為他們不再逼他發動無謂的進攻，但使庫圖佐夫痛苦的塔魯丁諾戰役的教訓，仍然記憶猶新。

「他們應該明白，發動進攻只會失敗。只有忍耐和時間才是無敵的勇士！」庫圖佐夫心想。作為一個有經驗的獵人，他知道野獸已經受了傷，至於傷勢是否致命，尚無法判斷。現在，根據洛里斯頓和別爾捷列米送來的情報，以及游擊隊的報告，庫圖佐夫幾乎可以斷定，牠受了致命傷，但是，還需要證據。

他們想跑去看野獸是怎麼受傷的，因此，不停地運動、不停地進攻。「他們想一顯身手，好像打仗是個遊戲；他們想炫耀自己打得多好，可是問題根本不在那裡。」

「他們對我提出了多麼巧妙的戰術啊！他們以為，自己想到了兩三種可能性，就等於想到了一切，卻不知偶然事件多得難以計數。」

庫圖佐夫覺得，他和全體俄國人民竭盡全力的一擊，足以致敵人於死。但他還需要證據，為此，他已經等待一個月了。這每一個不眠之夜裡，他躺在床上設想著各種可能性；他想像拿破崙所有軍隊的動向——進攻彼得堡、進攻他、包圍他、或是他最害怕的——留在莫斯科反擊他，甚至退回梅德內和尤赫諾夫；但是他沒想到的是，拿破崙竟在離開莫斯科後的十一天裡瘋狂地逃跑。來自各方的消息都證實法軍已經潰敗，並準備逃跑。但庫圖佐夫越是希望這是真的，他就越不讓自己去相信它。

十月十一日夜，他用手支著頭，想這件事。

隔壁房間傳來托爾、科諾夫尼岑和博爾霍維季諾夫的腳步聲。

「誰在那兒？進來，進來！有什麼消息？」

托爾進來講述了消息的內容。

「誰帶來的消息？」庫圖佐夫問道，他那冷峻的神情使托爾吃了一驚。

「這是無可懷疑的，閣下。」

「把他叫來，把他叫來！」

庫圖佐夫坐了起來，瞇著他那一隻看得見的眼睛，仔細地打量信使。

「說吧，說吧，親愛的，」他對博爾霍維季諾夫說，「走近一點。你帶來了什麼消息呀？呃？拿破崙已經離開了莫斯科？可靠嗎？呃？」

博爾霍維季諾夫把他奉命報告的消息又從頭詳細報告了一遍。

「說快一點，說快一點！別吊我胃口！」庫圖佐夫打斷他的話。

博爾霍維季諾夫把一切報告完畢，然後默默站立著，聽候命令。庫圖佐夫突然瞇起眼睛，然後轉向神像所在的陰暗角落。

「主啊！我的造物主啊！你傾聽了我們的祈禱……」他合起手掌，聲音顫抖地說，「俄國得救了。主啊，感謝你！」於是，他哭了。

18

自從獲悉法國人撤出莫斯科直至戰役結束，庫圖佐夫的全部活動是：用盡各種權力、計謀、勸告來阻止軍隊無益的進攻，與行將滅亡的敵人發生衝突。他率全軍按兵不動，並下令撤離卡盧加。

庫圖佐夫不停地撤退，但是敵人也向著相反的方向逃跑。

後世史學家曾斷言，如果拿破崙深入富庶的南方各省，就會截然不同。事實上，什麼都已救不了拿破崙的軍隊，因為它本身已具備滅亡的條件。這支軍隊能在莫斯科得到補給，卻不保住它，反而任意踐踏；在斯摩棱斯克沒有徵收糧食，而是搶劫；那麼憑什麼在卡盧加省就能恢復元氣呢？

每一位法國軍人，都跟隨長官漫無目的地逃跑，只希望能儘快逃離絕境。

正因為這樣，在小雅羅斯拉維茨會次上，將軍們假裝正經地商議，發表各種意見，憨直的穆頓卻說出了大家心裡的話——趕快逃跑。這個意見一下子堵住了眾人的嘴，連拿破崙也說不出任何話來反駁這句真理。

會後的第二天，拿破崙佯裝視察軍隊和戰場，騎著馬穿行於軍中，差點被一群哥薩克活捉。在他飽受驚嚇之後，立刻就同意了穆頓的意見，讓軍隊向斯摩棱斯克大路撤退。

拿破崙同意了穆頓的意見，這證明了影響了全軍的那種力量，也就是促使全軍取道莫札伊斯克大路的那種力量，同時也影響了拿破崙。

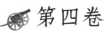

19

法國人想撤退到斯摩棱斯克，並非因為那裡有豐富的補給和兵源，而是因為唯有這樣才能賦予他們力量及忍受煎熬。他們把斯摩棱斯克當作樂土，以驚人的毅力和空前的速度，向那裡奔逃。

他們每個人都只有一個願望——當俘虜，擺脫一切恐怖和不幸。但一方面，奔赴斯摩棱斯克的共同願望把每個人牽引到同一方向；另一方面，一個團不可能向一個連投降。雖然法國人找出一切機會脫隊、投降，但這種機會並不常有，人數的密集和移動的迅速使他們失去這種可能，同時使俄國人難以阻止法國人的全力逃亡。

俄軍將領中只有庫圖佐夫懂這個道理。已證實法軍沿斯摩棱斯克大路逃跑，將領們都想立功，想切斷、截擊、俘虜、殲滅法國人，都要求進攻。只有庫圖佐夫一人反對。

他想對他們說：「何必去打呢？何必封鎖大路呢？何必折損我們的人，殘忍地屠殺那些不幸的人？既然他們從莫斯科撤到維亞濟馬就損失了三分之一的軍隊，我們又何必多此一舉呢？」他根據他那老年人的智慧，向他們闡述為敗軍留一條逃路的道理。可是人們譏笑他、中傷他，他們在那頭已死的野獸面前耀武揚威。

在維亞濟馬附近，葉爾莫洛夫、米洛拉多維奇、普拉托夫及一些人距離法國人很近，他們按捺不住切斷與殲滅法國兵團的渴望，為了向庫圖佐夫報告他們的意向，他們送給庫圖佐夫一封信，信封裝的不是報告，而是一張白紙。

儘管庫圖佐夫盡可能約束軍隊，但俄軍還是出擊了，他們向前衝鋒，殺死了好幾千人，但自己也損失了好幾千人。

他們並沒有切斷和殲滅任何人。法軍在危險之前更加團結，繼續沿著通往斯摩棱斯克的道路逃跑，一路上不斷地被削弱。

第三部

1

一八一二年十月～十一月

博羅金諾戰役之後，莫斯科被法軍佔領，接著法軍又逃跑了。在此期間沒有新的戰役，這是一個最典型的、最富有教育意義的歷史現象。

所有歷史學家都認為，國家之間和民族之間在相互往來中，彼此發生衝突的最高表現形式是戰爭；戰爭的結果，將直接影響國家和民族的政治力量的消長。

無論是哪一個國王或皇帝，當他們與另一個國王或者皇帝發生爭執之後，他們便集結軍隊互相廝殺，殺死了對方成千上萬的人，最後征服了人口數以百萬計的國家和整個民族。令人難以理解的是，為什麼僅僅一個民族力量的百分之一的軍隊戰敗，就使得整個民族屈服？歷史的事實證實了一個道理：一個民族的軍隊在作戰時所獲得的戰果，是這個民族實力消長的根本原因。軍隊打了勝仗，它的權利便由於戰敗者的損失而增長了；軍隊打了敗仗，它立刻按照失敗的程度而失去權利，如果一個民族的軍隊徹底失敗，那它就徹底被征服。

拿破崙戰爭證明了這一條法則。按照奧國軍隊失敗的程度，奧地利喪失了權利，而法國的權利和力量增加了；法國人在耶拿和奧爾施泰特的勝利，使普魯士喪失了獨立。

出人意外的是，一八一二年法國人在博羅金諾打了勝仗，法軍佔領了莫斯科，之後沒有新的戰役，但拿破崙擁有的六十萬軍隊和他的法國卻毀滅了。

如果這是中國歷史上的例子，史學家會說這一現象與史實不符；如果這只是在小部隊之間的短暫衝突，我們可以把它視為例外；但這一事件卻是決定祖國生死存亡的大事，這次戰爭是有史以來最大的戰爭之一。

從博羅金諾戰役到驅逐法國人的史實證明，決定民族命運的力量不在於征服者，也不在於軍隊和戰鬥，而在於某種特別的東西。

在法軍退出莫斯科之前，大軍井然有序，只有騎兵、炮兵和輜重兵除外，他們沒有草料餵牲口，因為城郊的農民寧可把自己的草料燒光，也不留一點給法國人。

可以想像，從斯摩棱斯克大火起，一場沒有任何先例的戰爭開始了。邊打邊退，撤退時，把城市和村莊都燒掉，博羅金諾戰役後又撤退，莫斯科大火，搜捕法國搶掠兵，截擊運輸隊，游擊戰——所有這一切都不符合戰爭的常規。

拿破崙已感覺到了這一點，他抱怨庫圖佐夫和亞歷山大皇帝，說這場戰爭違反了一切規則。儘管法國人抱怨不遵守規則，儘管俄國的上層人士也覺得這樣作戰是可恥的；但人民卻不在乎什麼規則，他們以近乎愚魯的純樸起身反抗，直到把法國侵略者擊退為止。

2

有一種違背戰爭規律的、但也最有利的戰鬥行動，那就是分散成小股的部隊攻擊龜縮成一團的敵人。這種行動不是兩軍對壘，而是一方把軍隊分散開來，小軍隊單獨行動，襲擊敵人，遇到敵方大部隊攻擊時，立刻逃跑，一有機會，又進行襲擊。

人們把這種戰鬥行動稱為游擊戰。這類戰鬥行動不但不符合任何法則，而且與公認的戰術規則恰恰相反。法則規定，進攻者應當集中兵力，以使自己比對方更強大。

游擊戰恰好違背這個法則。而歷史證明，游擊戰往往是勝利的。

歷史上有數不清的軍隊的數量與實力不符的例子，即小部隊打敗大部隊。於是，軍事學上便含糊其辭地承認，有一種未知的因數存在，軍事學家力圖在陣形、裝備、或是統帥的才能上尋找這一未知的因數。但是，所有的努力都不能得到與歷史吻合的結果。

事實上，這個因素就是軍隊的士氣，也就是軍隊的每個人所具有的鬥志和決心，這種鬥志和決心與統帥是否天才、是排成三列還是兩列、是用棍子還是用槍炮完全無關。

進攻時要集中優勢兵力，退卻時要分散行動，這一戰術規則無形中證明了這個真理，即軍隊的力量在於它的士氣。率領大軍發起進攻比堅守陣地打退敵方進攻更需要嚴明的紀律，而這樣的紀律只有在集團行動中才得以實現。無視軍隊士氣的戰術規則，不斷地被證實是錯誤的，特別是在所有的人民戰爭中軍隊士氣的高低，這一事實與規則相矛盾的現象，尤為突出。

法國人撤退時，在戰略上本應分散防禦，然而他們卻縮成一團，因為他們的士氣已低落到只有縮成一團才不致垮掉。而俄國人則完全相反，在戰略上本應集結軍隊大舉進攻，而實際上卻分散成小部隊，因為士氣已經高到士兵們不等命令下達就主動出擊，他們不怕疲勞、不怕犧牲。

3

從敵軍進入斯摩棱斯克的時候起，這種被稱為游擊戰的戰爭就開始了。

在游擊戰的名稱尚未出現之前，已經有數千名掉隊的法軍士兵被哥薩克和農民殺掉，他們打死這些法軍是不自覺的，就像一群狗咬死一條喪家的瘋狗一樣。

八月二十四日，傑尼斯．達維多夫組建了第一支游擊隊，緊接著別的游擊隊也組成了。隨著戰爭的進行，游擊隊也越來越多。

到了十月，也就是法國人往斯摩棱斯克逃跑時，大大小小的游擊隊就達到數百個之多。有的游擊隊完全仿效軍隊，分為步兵、騎兵、司令部；有的只有哥薩克騎兵；有的是小股的，兵種混雜的，還有些是來路不明的農民和地主。

十月下旬，游擊戰爭達到高潮。在這一階段，游擊隊時刻提防著被法軍活捉或者包圍，因此，他們總是人不離馬地躲在森林裡，伺機襲擊敵人。如今，這一階段已經過去，戰爭逐漸明朗化，人人都知道該如何與法國人抗爭。

十月二十二日，游擊隊員傑尼索夫和他的伙伴們鬥志昂揚，一大早就開始行動。他們在靠近大路的森林中監視一支押送騎兵物資和俄國俘虜的隊伍，這支隊伍與其餘法軍距離較遠，正要開往斯摩棱斯克。幾支游擊隊獲悉了這支運輸隊的行縱，他們都磨拳擦掌。兩名頭領寫信給傑尼索夫，邀請他們聯手來襲擊這支運輸隊。

傑尼索夫婉拒了他們的邀請，卻又聯合多洛霍夫襲擊這支運輸隊。十月二十二日，運輸隊從米庫林納村出發，當天的目的地是沙姆舍沃村。這段路途的左側有片森林，傑尼索夫和同伴們一整天都在森林中跟蹤這支隊伍。整個白天，游擊隊沒有發動攻擊，只是監視著法國人的行動，並不驚動他們。讓他們順利地抵達沙姆舍沃村，他要在那裡和多洛霍夫一同進行襲擊。多洛霍夫在傍晚時分來到沙姆舍沃村外的小屋密談，預計次日黎明行動，兩面夾擊。

游擊隊在米庫林納和沙姆舍沃的兩端佈置了監視崗哨，在米庫林納村後兩哩路佈置了六名哥薩克，只要一有法國軍隊出現，就立刻回報。

同樣地，在沙姆舍沃村的前方，多洛霍夫也派人監視著大路，要查出附近是否還有別的法國軍隊。運輸隊在數量上佔優勢，但這並沒有使傑尼索夫膽怯，但他必須知道，這支運輸隊究竟是什麼兵種。為達此目的，傑尼索夫派了一名農民吉洪·謝爾巴特到沙姆舍沃村去，隨便活捉一個運輸隊的士兵。

4

這是一個溫暖多雨的秋日，天空一片混沌，一會兒飄起大霧，一會兒又下起傾盆大雨。

傑尼索夫騎在馬上，急切地注視著前方。他那長滿短鬚的臉龐顯露出滿面怒容。

傑尼索夫身旁是一名哥薩克一等少尉，以及一等上尉洛瓦伊斯基，在他們稍前一點的地方，走著一個渾身濕透了的農民嚮導。在他們身後，有一個騎著馬的軍官。

和他們並排行進的是一個驃騎兵，坐在驃騎兵身後的是一個穿著法國軍裝的少年。這個少年用雙手抓住驃騎兵，驚恐地四下張望，他是早晨俘獲的法國小鼓手。

再後面，三三兩兩地走著驃騎兵、再來是哥薩克們。在拉得很長的哥薩克隊伍中間，有兩輛套著法國馬的大車在路上顛簸著，發出噗哧的聲響。

傑尼索夫的坐騎為了繞過一個水窪，向旁邊一拐，他的膝蓋撞在一棵樹上。

「唉，該死！」傑尼索夫惡狠狠地咒罵了一句。他的心情不好，除了下雨跟飢餓以外，最重要的是到現在都還沒有多洛霍夫的消息，而派去捉士兵的人也還沒有回來。

「很難再有這麼好的偷襲機會了！自己單獨下手太危險，如果拖到隔天，又會讓另一支游擊隊搶走。」傑尼索夫一邊想，一邊注視著前方。

傑尼索夫撥轉馬頭，在可以遠眺右前方的地方，停了下來。

「有個騎馬的人。」他說。

哥薩克一等上尉朝傑尼索夫所指的方向望去。

「有兩個騎馬的人——一個軍官，一個哥薩克。但是難以肯定是少校本人。」哥薩克說。

過幾分鐘，兩名騎馬者過來了。前面那名軍官馳近傑尼索夫，遞上一封濕淋淋的信。

「將軍送來的，」那個軍官說，「請原諒，不怎麼乾……」

傑尼索夫皺著眉頭，他接過信，立即拆開。

在傑尼索夫看信的時候，軍官指著身後的哥薩克說：「我和科馬羅夫，每人都有兩支手槍……這是什麼人？」他看見法國小鼓手，問道，「俘虜嗎？你們已經交手過了？我可以和他談一下嗎？」

「羅斯托夫！彼佳！」傑尼索夫匆忙看過信，大聲叫道，「你怎麼不早點說你是誰呢？」他含笑轉向那個軍官，並把手伸了過去。

這個軍官是彼佳·羅斯托夫。

彼佳一路上都在思考，在見到傑尼索夫時，要怎樣才能使自己像一個大人，同時還要裝出不認識的樣子。但當傑尼索夫對他一笑，彼佳立刻開心得漲紅了臉，把預先想好的軍官架子忘得一乾二淨。他開始講述，他如何從法國人旁邊走過，他接受任務時是如何高興，他參加了那次維亞濟馬戰鬥，並且立了戰功。

「好，我很高興見到你。」傑尼索夫打斷了他的話，臉上又顯露出焦慮。

「米哈伊爾・費奧克利特奇，」他對哥薩克一等上尉說，「這是那個德國頭領送來的。他（彼佳）是他的部下。」那名游擊隊頭領再一次向他提出聯手的要求，「如果我們不把它拿下來，它就會在我們眼底下被搶走。」

「閣下有什麼指示？」彼佳對傑尼索夫說，「我是不是應該留在閣下這裡？」

「指示？……」傑尼索夫若有所思地說，「你能留到明天嗎？」

「是，聽候差遣……我可以留在您的手下囉？」彼佳大聲說。

「可是將軍是如何吩咐你的？立即返回嗎？」傑尼索夫問道。彼佳臉紅了。

「他什麼也沒吩咐。我想，可以吧？」他帶著詢問的口氣說。

「那好吧。」傑尼索夫說。接著他快速作出部署，由一名軍官去找多洛霍夫，查出他的動向；傑尼索夫本人帶著哥薩克和彼佳到沙姆舍沃村附近的森林偵察。

「喂，鬍子。」他對那個農民嚮導說，「帶我們去沙姆舍沃。」

傑尼索夫、彼佳和幾名哥薩克，以及一個押著俘虜的驃騎兵，一行人馬向左拐過一道山溝，向森林邊緣行進。

5

雨停了，又飄起霧。傑尼索夫一行人跟著嚮導往森林邊走去，又上了一道斜坡，從那裡可以看見法國人。

在右邊，有一條陡峭的山谷，對面有一個小村子，村裡佈滿成群結隊的人，能清楚聽見用俄語以外的語言吆喝的聲音。

「把俘虜帶過來。」傑尼索夫低聲命令，他的眼睛仍然緊盯著那些法國人。

哥薩克把孩子抱下馬，把他帶到傑尼索夫跟前。傑尼索夫指著那些法國軍隊，問他那是什麼兵種。孩子驚恐地看著傑尼索夫，但總是答非所問，傑尼索夫皺起了眉頭。

「不管多洛霍夫來不來，應該吃掉！……嗯？」傑尼索夫閃了閃愉快的目光說道。

「這裡很好。」哥薩克一等上尉說。

「派步兵下去那片窪地，」傑尼索夫繼續說道，「他們可以朝那個花園爬過去；您帶領哥薩克騎兵從那裡過去，」傑尼索夫指著村後的一片樹林，「我帶領驃騎兵從這裡走。槍一響就全面出擊——」

「窪地過不去，有個泥潭，」哥薩克一等上尉說，「馬會陷下去，要從左側繞過去……」

正當他們低聲交談時，池塘旁的窪地上響起了槍聲，山坡上的幾百名法國人頓時快活地齊聲吶喊。在下面，一個身穿紅衣的人迅速跑過窪地，顯然法國人正在向他射擊和喊叫。

「哎！那不是吉洪嗎？」哥薩克一等上尉說。

「是他！正是他！嘿，這個調皮鬼。」傑尼索夫說。

「跑掉了！」哥薩克一等上尉說道。

吉洪跑到河邊，撲通一聲跳入河中，三兩下就爬上岸，渾身都是泥巴。追趕他的法國人在河邊停住了腳步。

「嘖！手腳真快。」哥薩克一等上尉說。

「好一個狡猾的傢伙，」傑尼索夫氣憤地說，「目前為止他都在搞什麼？」

「他是什麼人？」彼佳問。

「是我們的偵察員。我派他去捉一個士兵。」

「噢，原來如此。」彼佳裝出自己懂的樣子，點了點頭。

吉洪．謝爾巴特是格札特附近波克羅夫斯科耶村的農民，傑尼索夫在打游擊的途中來到波克羅夫斯科耶村，收留了這個農民作為部下。

起初，吉洪只幹些粗活，但他很快就對游擊戰表現出極大的愛好和才能，常在夜間去找戰利品或是俘虜。於是，傑尼索夫把他編入哥薩克隊伍，讓他跟隨自己外出偵察敵情。

吉洪是隊裡最有用、最勇敢的人。沒有誰比他找到的好機會更多，沒有誰比他活捉和打死的法國人更多。但這一次，不知是他不滿於只捉一個俘虜，還是因為他在夜裡睡過了頭；他在大白天鑽進法國人中間去了，於是，正如傑尼索夫從山上看見的那樣，被法國人發現了。

6

傑尼索夫望著近在咫尺的法國人，他和哥薩克一等上尉交換了對明天發起襲擊的意見。他們心意已決，於是他調轉馬頭，往回走去。

「喂，老弟，現在我們去把衣裳烘乾。」他對彼佳說。

當他們接近小屋的時候，傑尼索夫看到吉洪從林中走出來。吉洪一發現傑尼索夫，慌忙地把一件東西扔進樹叢中，就走到長官面前。他高昂著頭，彷彿忍住笑似的，注視著傑尼索夫。

「喂！你到哪裡去了？」傑尼索夫說。

「抓法國佬去了。」吉洪大膽地回答。

「你為什麼大白天鑽進去？混帳！什麼也沒抓到？……」

「抓是抓到了。」吉洪說。

「在哪？」

「天一亮我就抓到一個，」吉洪接著說，「我把他帶到樹林裡，可是這傢伙派不上用場。我想，得再去弄個像樣的來。」

「你瞧，這個滑頭，果然不出我所料，」傑尼索夫說，「你怎麼不把這一個帶來？」

「把他帶來？」吉洪氣呼呼地說，「這是一個沒用的東西。難道我不知道你需要什麼樣子的？」

「你這滑頭！……可是……」

「我再去捉一個，」吉洪接著說，「我就這樣往林子裡鑽，然後臥倒。」吉洪臥倒，開始表演他是怎樣做的，「來了一個，我就這樣一下把他抱住。我說，跟我去見上校。那傢伙哇哇亂叫，一下子又來了四個，手持匕首向我刺來，於是我舉起斧頭迎上前去。」

「對，對，我們都看見你從窪地裡跑掉。」哥薩克一等上尉擠著眼說道。

「別裝傻！」傑尼索夫生氣地咳嗽著，「你為什麼不把第一個帶來？」

吉洪用搔了搔頭，忽然露出一副傻笑的模樣。傑尼索夫與所有人都笑了。

「是這樣子的，他是一個十足的廢物，」吉洪說。「他穿得破爛不堪，又十分粗野，我怎麼好意思把他帶來呢？」

「我要狠狠抽你一百鞭子，看你還裝不裝傻。」傑尼索夫厲聲說道。

「別生那麼大的氣，」吉洪說，「您需要什麼樣的人，我會不知道嗎？等天一黑，要我捉三個也行。」

「哼，我們走吧。」傑尼索夫說。一直回到小屋裡，一路上，他眉頭緊鎖，一言不發。

吉洪跟在後面，彼佳聽見哥薩克們和他說笑，也忍不住笑了。忽然他明白，原來吉洪殺了一個人，他的心裡像被什麼刺了一下，感到不是滋味，他看了一眼俘虜的小鼓手。但這種感覺只有一瞬間，他又昂起頭，振作起精神。

派出的那個軍官回來了，他報告說，多洛霍夫馬上就到，他那邊一切進展順利。

傑尼索夫忽然高興了起來，把彼佳叫到跟前。

「喂！快告訴我你們的情況吧！」他說。

7

彼佳在莫斯科告別了雙親，回到了自己的部隊。不久，他就成為一個指揮游擊隊的將軍的傳令兵，參加過維亞濟馬戰役。他為自己長大成人感到高興，沉醉於軍營中的戰鬥生涯，對軍中的所見所聞都有著濃厚的興趣。

十月二十一日，他的將軍要派一個人前往傑尼索夫的游擊隊，彼佳自告奮勇。將軍想起了彼佳在維亞濟馬戰役中的莽撞行為，於是特別交待他，不准參加傑尼索夫的任何戰鬥行動。也正是因為這樣，當傑尼索夫問他能不能留下來的時候，彼佳立刻慌了手腳。他原打算立即返回部隊，但當他親眼看見了法國人，又聽到當晚要對法軍進行襲擊時，迅速改變了主意。他認為，傑尼索夫與這些人都是英雄，在這困難時刻，離開他們是可恥的。

傑尼索夫、彼佳和哥薩克一等上尉進了小屋，屋內有三名軍官正把一扇門板搭成桌子。彼佳脫下濕衣服，交給人烘乾，然後也幫忙那三個軍官佈置餐桌。

十分鐘後，餐桌準備好了，彼佳和軍官們一起坐在桌旁吃著香噴噴的肥羊肉。彼佳天真爛漫，他愛一切人，因而也相信別人同樣愛著他。

「您認為如何？瓦西里．費奧多羅維奇，」他對傑尼索夫說，「我在您這裡住一天，可以吧？」他又自問自答道：「我是奉命來瞭解情況的……不過，求您讓我參加最主要的……我不需要獎賞，我只希望……」彼佳咬著牙，環視了四周。

「參加最主要的……」傑尼索夫笑著重複彼佳的話。

「請你交給我一個小隊，由我來指揮，」彼佳繼續說，「這對您來說不算什麼吧？噢，你要小刀？」他對一個想切羊肉的軍官說，並遞過一把折疊小刀。

「請留著吧，這種刀我還有好幾把。」彼佳紅著臉說。

「哎！老兄！我差點忘了，」他忽然叫了起來，「我有葡萄乾，沒有核的那種，我從隨軍小販那裡買了十斤。大家要吃嗎？」彼佳跑到門口，從他的哥薩克那裡拿來幾個袋子。「請吃吧！先生們！」

「您要咖啡壺嗎？」他對哥薩克一等上尉說，「我跟小販買的。還有，你們的火石也許用完了，我這裡也有……」他指了指那些袋子，「我買了很多，要多少就拿去用吧……」彼佳突然停住了口，臉紅了，覺得自己扯太遠了。

他開始回憶起今天做的事情，一下子想到了那個法國小鼓手。「他現在怎麼樣了？他在哪？有吃的嗎？被欺負了嗎？」他在想。

「可以問嗎？」他想，「他們一定會說，我還是個孩子，小孩同情小孩。我明天一定要讓他們知道，我是一個怎樣的孩子！」

「如果由我來問，是不是挺難為情的？」彼佳想，「唉，反正都一樣！」他的臉一下子紅了，驚慌地望了那些軍官，看看他們臉上有沒有嘲諷的表情。

「可不可以把那個小俘虜叫來，給他一點吃的……可能……」

「是啊，可憐的小傢伙，」傑尼索夫毫不在意地說，「把他叫來，他叫范尚·柏斯。叫他來吧。」

彼佳從軍官們中間穿過去，走到傑尼索夫身旁。

「讓我吻吻您，親愛的。」他說，「嘿，多好啊！太好了！」

他吻了一下傑尼索夫，立刻往院子裡跑去。

「柏斯！范尚！」彼佳在門口喊道。

「您找誰？先生！」一個聲音說。彼佳回答：「我要找今天俘虜的那個法國小孩。」

「噢！韋辛尼嗎？」一個哥薩克說。「他正在火堆旁烤火呢。喂，韋辛尼！」

「那孩子挺機靈的，」彼佳身旁的驃騎兵說，「剛才我們給他東西吃了。他餓得不得了！」

在黑暗中響起了腳步聲，小鼓手光腳踏著泥濘，來到了門前。

「啊，就是你呀！」彼佳說：「要吃東西嗎？別怕，不會把你怎樣的。」他羞怯地、熱情地撫摸著他的手，又說了一句：「進來吧。」

「謝謝，先生。」小鼓手用顫抖的童音回答，但仍站在屋前不敢進去。

「進來吧，進來吧。」彼佳輕聲地說。

「嗯，我能為他做些什麼呢？」他自言自語，打開了門，讓那孩子先進去。

小鼓手進到屋裡，彼佳在離他不遠處坐了下來。他把手伸進口袋摸著球，猶豫著是否應該把球送給小鼓手。

8

多洛霍夫來了。彼佳曾在隊上聽說過許多關於他驍勇善戰和殘殺法國人的故事，因此，打從多洛霍夫一進屋，彼佳就目不轉睛地望著他。他對多洛霍夫的樸素外表感到十分驚奇。

多洛霍夫的臉刮得乾乾淨淨，穿著近衛軍大衣，頭上端端正正地戴了一頂普通軍帽。他在牆角處脫下斗篷後，就徑直走到傑尼索夫面前談起正事。

「原來如此，但必須弄清楚是什麼部隊，有多少人，」多洛霍夫說，「不把人數調查清楚，就不能貿然行動。得去一趟，」他又問，「哪位先生願意跟我一起到法國軍營裡走一趟？」

「我，我……我跟您去！」彼佳喊道。

「用不著你去。」傑尼索夫對多洛霍夫說，「至於他，我無論如何也不會讓他去。」

「我去最好了！」彼佳喊道，「為什麼我不能去？」

「沒有這個必要。」

「請原諒我，因為……我一定要去，就是這樣。您帶我去嗎？」彼佳問多洛霍夫。

「有何不可？」多洛霍夫漫不經心地回答道。他盯著法國小鼓手的臉。

「這孩子早就在這裡了？」他問傑尼索夫。

「今天捉到的，但他什麼都不知道，我把他留下來了。」

「噢，你把其他人弄到哪裡去了？」多洛霍夫說。

「什麼哪裡？」傑尼索夫突然紅著臉大喊，「我從沒害過一條命，俘虜全都押解到城裡去了，不玷汙軍人的名譽。恕我直言，這對你來說一定很難吧！」

「這種話適合從這個小伯爵的口中說出來，」多洛霍夫冷笑，「你已不是說這種話的年紀了。」

「什麼呀？我什麼也沒有說，我只說我一定要跟您一起去。」彼佳怯生生地說。

「不過，老兄，對我們來說，是該拋開這種婦人之仁的時候了，」多洛霍夫繼續說，似乎對這個刺激傑尼索夫的話題特別感興趣，「你留下這孩子幹嘛？是因為憐憫他？要知道，你送回去的俘虜，不是餓死，就是被打死。結果不都一樣嗎？」

哥薩克一等上尉瞇著眼睛，贊同地點著頭。

「那也沒關係，至少我不願意使我的良心不安。只要他們不是死在我手裡就好。」

多洛霍夫哈哈大笑起來。

「要是換成你被捉去，你會連同你那騎士風度，一起被吊到樹上。」接著，他問彼佳：

「還是幹正經事吧！我帶來了兩套法軍服裝。怎麼樣，要跟我去嗎？」

「我？對，對，當然去。」彼佳著急地說。

對於傑尼索夫的一切勸阻，彼佳總是回答說，他做事一向很細心，不是手忙腳亂地碰運氣。而且，他一向把生死置之度外。

「因為，您必須同意這一點，如果不查出他們到底有多少人，這可會關係到數百條人命！而我們只不過兩個人。再說，我非常想去，一定得去，您別再阻攔我了，」他說，「那樣子，只會讓事情更糟糕……」

9

彼佳和多洛霍夫穿上法國軍大衣，朝著傑尼索夫觀察敵營的林間空地馳去。天已全黑了，他們走出樹林來到窪地裡。一到下面，多洛霍夫就吩咐跟隨他的哥薩克在那裡等候，然後就順著大路向橋頭馳去。彼佳和他並騎而行，激動得喘不過氣來。

「如果落到敵人手中，我絕不會讓他們活捉，我有槍。」彼佳悄聲說。

「不要說俄語，」多洛霍夫耳語道。就在此時，黑暗中傳來一聲喝問：「什麼人？」可以聽見扳動槍栓的聲音。

彼佳興奮而又緊張，他握住自己的手槍。

「第六團的槍騎兵。」多洛霍夫回答。他若無其事地往前走，可以看見橋上站崗的哨兵。

「口令？」

「喂，熱拉爾團長在這裡嗎？」多洛霍夫說。

「口令！」哨兵不回答，攔住他說。

「長官在巡查，還問什麼口令！」多洛霍夫突然發了火，朝著哨兵騎去。「我問你團長在不在這裡？」不等那個哨兵回答，多洛霍夫已策馬向山坡上走去。

看見一個橫越大路的人影。多洛霍夫攔住那個人，問他司令官和軍官們在哪裡，那個士兵回答說，司令官和軍官們都在右邊山坡上的莊園裡。

多洛霍夫沿大路往前走，兩側的篝火堆傳來法國人的談話聲。多洛霍夫轉進莊園的院子裡，翻身下馬，走到一個燒得正旺的火堆前。幾個人正圍坐在那裡。

「你們好，諸位！」多洛霍夫大聲響亮地說。

這群人動了一下，一個高個子的軍官繞過火堆，走到多洛霍夫面前。

「是您啊，克萊蒙？」他說，「從哪來的，你這傢伙……」他發覺認錯了人，於是皺了皺眉頭，問多洛霍夫有什麼需要。多洛霍夫說，他和同伴正在追趕自己的團隊，他問那些人知不知道第六團的消息。彼佳感覺出那些軍官都懷有敵意和疑問，注視著他和多洛霍夫。

那名軍官目不轉睛地盯著多洛霍夫，又問了他是哪一個團的。多洛霍夫沒有回答，他從衣袋裡掏出煙斗，抽起煙來，並問那些軍官，要怎樣才能避免在路上遭到哥薩克襲擊。

「那些強盜遍地都是。」一個軍官回答。

多洛霍夫說，哥薩克只敢襲擊掉隊的人，卻不敢招惹大部隊。沒有一個人接話，於是多洛霍夫又提起中斷了的話題——直截了當地問他們有幾個營？每個營有多少人？有多少俘虜？在提到俄國俘虜時，多洛霍夫說：

「拖著這些死人挺煩的，不如把他們全斃了。」說完，他怪聲怪氣地大笑起來。沒有任何一個人對他的話作出反應，一個法國軍官和旁邊的同伴嘀咕了幾句。彼佳感到，騙局即將要被識破，不由得從火堆旁後退了一步。

「再見，諸位。」多洛霍夫說。

彼佳也想說「再見」，但他說不出口。軍官們在低聲議論著什麼。多洛霍夫跨上馬，緩緩地馳出大門，彼佳和他並騎而行，他很想回頭看有沒有追兵，卻又不敢。

來到大路上，多洛霍夫不從郊外回去，而是穿過村子。他在一處停了下來，側耳傾聽。

「你聽到了嗎？」他說。

彼佳聽到了俄國人的談話聲，看到了火堆旁俄國俘虜的身影。他們下了山坡，走過剛才的哨兵，朝哥薩克等候的窪地走去。

「好啦，再見吧。告訴傑尼索夫，天一亮就打響第一槍。」

多洛霍夫說完，正要離去，彼佳抓住了他。

「嘿！」他喊到，「您是一個了不起的英雄！太棒了！我十分敬愛您。」

「好啦，好啦！」多洛霍夫吻了吻他，笑著撥轉馬頭，消失在黑暗中。

10

彼佳回到小屋。傑尼索夫正焦急地等他回來，後悔不該派彼佳去。

「感謝上帝！」他喊道，「啊！感謝上帝！」他聽了彼佳興高采烈的講述之後，又說：「你這小鬼！為了你，我整夜沒睡！啊！現在可以躺下了。天亮前還來得及睡一會兒。」

「不，」彼佳說。「我不想睡，我知道我一定會睡過頭，戰鬥前我習慣不睡覺。」

彼佳在屋裡坐了一會兒，愉快地回憶著深入敵營的細節，生動地想像明天的情景。他看見傑尼索夫已經熟睡，於是站起來，向院子裡走去。

他在黑暗中舉目四望，然後向大車走去。在那裡認出了自己的坐騎。

「喂，卡拉巴赫，我們明天要去執行任務了。」他說，吻了一下馬。

「怎麼？長官，還沒睡？」坐在大車下面的一個哥薩克說。

「沒有。你，你叫利哈喬夫對吧？我剛回來，我們到法國人那裡去了一趟。」彼佳詳細地向哥薩克描述了這次行動，而且講了他為什麼要去。

「唉，還是睡一會兒吧。」哥薩克說。

「不，我習慣了，」彼佳回答，「你的子彈用完了吧？我還有很多，拿去用吧。」

那個哥薩克從大車下面探出身子，以便更仔細地看見他。

「我做事前都要先準備好，」彼佳說，「有些人態度隨便，不作準備，事後才後悔。我不喜歡那樣。」

「一點也沒錯。」那個哥薩克說。

「對了，還有。朋友，能幫我磨一下佩刀嗎？」

「當然可以。」

利哈喬夫站起身，在袋子裡摸索了一下。不一會，彼佳就聽到哥薩克在車下磨著刀。

「怎麼樣，弟兄們都睡了嗎？」彼佳說。

「有的睡了，有的還沒睡，就像我們一樣。」

「唉，那個孩子呢？」

「韋辛尼嗎？他在門廳睡著了，沒人管他。他飽受驚嚇，現在可高興啦！」

黑暗中傳來了腳步聲，出現了一個黑影。

「在磨什麼？」那人走近大車，問道。

「幫這位少爺磨佩刀。」

「很好，」那人說，彼佳覺得他是個驃騎兵。「我的茶杯是不是忘在這裡了？」

「在那邊。」

驃騎兵拿起杯子。

「天快亮了吧？」他打著呵欠說道，然後走到一旁去了。

現在的彼佳，彷彿置身於神話般的天堂裡，在那裡一切現實都不相似。無論彼佳現在看見什麼，沒有一樣能使他驚奇。在這個天堂裡，一切都是可能的。他閉上雙目，搖晃了一下身子。

不知道這樣持續了多久，利哈喬夫的聲音喚醒了他。

「長官，磨好了，您可以用它把法國人劈成兩半了。」

彼佳醒了。

「天亮了，真的天亮了！」他喊道。

從光禿禿的樹枝縫中，透露一片水光。彼佳跳起身，抖擻了一下，從口袋裡掏出一盧布給利哈喬夫，把刀揮動了幾下，插入刀鞘。

「司令官來了。」利哈喬夫說。

傑尼索夫從小屋裡走出來，把彼佳叫過去，他下令集合。

11

彼佳提著馬韁，迫不及待等候上馬的命令。一陣寒氣透過他的背脊，迅速傳遍全身，他不由得打了個哆嗦。

「都準備好了嗎？」傑尼索夫說，「牽馬來。」

傑尼索夫翻身跨上馬背，彼佳也跨上馬，向他馳去。

「瓦西里．費奧多羅維奇，交付我任務吧！求求您……」他說。傑尼索夫彷彿把彼佳的存在給忘了，他轉身看了他一眼。

「我只有一個條件，」他嚴厲地說，「聽我的命令，不要亂跑。」

傑尼索夫沒有再和彼佳說話，他默默地走著。來到林邊，天已經大亮了。傑尼索夫策馬向山坡下馳去，彼佳和他並騎前行。下到窪地後，傑尼索夫朝後面看了看，向站在身旁的一等上尉點了點頭。

「發信號！」他說。

那個哥薩克舉起手開了一槍。一瞬間，馬蹄聲、吶喊聲、槍聲，從四面八方響了起來。

就在馬蹄聲和吶喊聲響起的瞬間，彼佳不顧傑尼索夫的警告，揚鞭躍馬，直奔向前。他在橋上碰見一個落在後面的哥薩克，又繼續往前衝。前面有一些人，一定是法國人，他們正從大路右邊向左邊跑去。

「烏拉！弟兄們……我們的……」彼佳喊道，他縱馬沿著村裡的街道奔馳。

前面響起了槍聲，從路兩旁跑出來的哥薩克、驃騎兵和衣衫襤褸的俄國俘虜大聲喊叫著。彼佳向槍聲最密集的地方飛奔過去，那是昨晚他和多洛霍夫去過的那間莊園，法國人正躲藏在茂密的樹叢中，從籬笆後面向大門口的哥薩克射擊。彼佳向大門口跑去，他看見多洛霍夫臉色鐵青，正對人們吆喝：「繞過去，等一等步兵！」就在這時，彼佳來到他跟前。

「等一等？……烏拉！……」彼佳喊道。他飛快向槍聲密集和硝煙瀰漫的地方衝了過去，一排子彈立刻呼嘯而過。哥薩克們和多洛霍夫隨著他衝進了大門。彼佳穿過院子，這時，他忽然鬆開了韁繩，身子朝馬鞍一側滑下去，摔倒在潮濕的泥地上。哥薩克們看見他的手臂和腿抽搐著，頭卻一動也不動，子彈射穿了他的頭。

一個法國軍官用刀挑著一塊白手帕，從屋裡走出來，宣布投降。多洛霍夫對他說了幾句話，然後下馬，走到一動也不動的彼佳身旁。

「完了。」他皺緊眉頭說，然後朝大門走去，傑尼索夫迎面騎來。

「死了嗎？」傑尼索夫喊道，他老遠就看見彼佳躺在地上，那是他所熟悉的屍體的姿勢。

「死了。」多洛霍夫說道。他疾步朝法國俘虜走去，這些俘虜已被哥薩克們團團圍住。「不要收容他們！」他對傑尼索夫大吼。

傑尼索夫沒有回答，他來到彼佳身旁，下了馬，用顫抖的雙手捧起彼佳慘白的臉，號啕大哭起來。哥薩克們驚愕地回頭看，傑尼索夫急忙轉身走到籬笆前，緊緊地抓住籬笆。

在傑尼索夫和多洛霍夫救出的俄國俘虜中，有皮埃爾．別祖霍夫。

12

自從皮埃爾所在的俘虜隊伍由莫斯科出發後，法軍司令部一直沒有下達任何新的命令。十月二十二日，與這個俘虜隊同行的早已不是從莫斯科出發時的陣容了。他們後頭的車隊被哥薩克擄走了一半，另一半走到前頭去了；走在前方的騎兵全部失蹤了，原本是炮隊的位置，現在卻是朱諾元帥的龐大車隊，後面是騎兵的車隊。從維亞濟馬出發時，分成三個縱隊，現在已亂成一團。途中發生過幾次虛驚，士兵們舉槍射擊，盲目地亂跑，然後又集合起來，為這無端的驚嚇互相埋怨、咒罵。

由騎兵的車隊、俘虜押送隊和朱諾的輜重隊，組成構成一個統一的整體，但人數不停減少。

這三者當中，俘虜押送隊的人減少最多，他們都覺得，俘虜比起馬鞍和輜重更為累贅。馬鞍和輜重還有點用處，但是同樣又冷又餓的俄國人有什麼用處？押送隊士兵的處境和戰俘們同樣悲慘，也對戰俘更加冷漠和嚴厲。

從莫斯科出發時，俘虜中的軍官和士兵是分開的，但這個規定無形中已取消了。現在，凡是還能走得動的都一起走，第三天開始，皮埃爾和卡拉塔耶夫又會合到了一塊。

卡拉塔耶夫因患了瘧疾，在莫斯科住進了醫院。離開莫斯科後的第三天瘧疾又發作了，身體逐漸衰弱。皮埃爾不得不離開了他。

上路的第二天，皮埃爾在火堆旁看著他的兩隻腳，覺得沒辦法再走路了。可是，當大家都站起來出發時，他卻又一步一拐地跟著走，也不覺得痛了。到了晚上，那雙腳看起來比先前更加可怕，他不去看，試著去想些其他的事。

他不曾去看，也不曾去聽法軍槍殺掉隊俘虜的聲音，雖然已經有一百多人因此消失；他不去想身體日益衰弱的卡拉塔耶夫，很明顯，他自己很快就要遭到一樣的命運；皮埃爾更少想他自己，他的處境越困難，他的前途就越可怕，他心中也出現令人愉快、欣慰的思想。這樣就使自己更加脫離目前的困境。

13

二十二日中午，皮埃爾沿著泥濘打滑的道路向山上走，他看著自己的腳，又看看那崎嶇的山道。他偶而看一眼他周圍熟悉的人群，然後又看那雙腳，這一切都是他所熟悉的。

他覺得自己什麼都不想，但是，在他的內心深處，他的靈魂卻在想一件重要而令人欣慰的東西。這是他昨天和卡拉塔耶夫的談話中領悟出的最奧妙的精神收穫。

在昨天的宿營地，皮埃爾覺得很冷，他站起身走到最近的火堆，聽見普拉東微弱、病態的聲音，看到他那被火光照亮了的可憐的臉。他對這個人的同情使他吃驚，他想走開，但是沒有別的火堆可去，於是皮埃爾極力不看普拉東，在火堆旁坐了下來。

「你身體好嗎？」他問道。

「身體？如果我們埋怨疾病，上帝就不會把死神賜給我們。」

卡拉塔耶夫為他講述一個故事。雖然皮埃爾早就熟知這個故事，但現在聽起來仍覺得新鮮，卡拉塔耶夫說話時表現出的安詳和喜悅感染著皮埃爾。

這個故事是講一個老商人，他和一個富商在馬卡里發生的事情。

他們倆下榻在一間旅店。第二天早晨，那個富商被人發現遭到殺害並劫走了財物，而老商人的枕頭下則有一把染著血跡的刀子。這個老商人遭到審判，他被流放去外地做苦工。

「就是這樣，兄弟。十多年過去了，那個老頭在勞動營服苦役，他非常安份守己，只乞求上帝賜他一死。嘿！一天夜裡，犯人們聚在一起，討論自己犯下的罪。有的殺過人，有的放過火；接著，大家問那個老頭犯了什麼罪。『我是為我自己的也是為別人的罪過而受罪的，』他把事情經過詳細地告訴了大家，『我不為自己難過，這是上帝的旨意。但是，』他說，『我的妻兒太可憐了。』講到這裡，老人哭了。碰巧，真正殺死富商的那名凶手也在場，他問起了所有情形，感到十分哀痛。他走到老人跟前，跪倒在他腳下。『老人家，』他說，『你是因我而受罪的，刀是我趁你睡著了塞到你枕頭下的。看在上帝的份上，原諒我吧！』」

「那個老頭說：『上帝會饒恕你的，我們在上帝面前都有罪，我是為我自己的罪而受罰。』他哭了，淚流滿面。你們想不到吧？善良的人們。」卡拉塔耶夫說。他露出喜悅的笑容，眼裡閃著光彩。

「這個凶手向官府自首了。終於，老頭被無罪釋放，發還沒收的財產。當公文下來後，大家到處尋找那老頭。而那個無辜的老頭在哪裡呢？」卡拉塔耶夫顫抖地說，「上帝已經饒恕了他——他死了。你看，事情就是這樣，親愛的朋友們。」卡拉塔耶夫說完，默默地凝視著遠方。

皮埃爾如痴如醉，心裡充滿了喜樂，不是因為故事本身，而是卡拉塔耶夫講故事時露出的那種陶醉的神態隱含的神秘意義。

14

「各就各位！」突然間喊出一聲口令。

俘虜和押送隊中發生了一陣騷動。四面八方傳來了口令聲，所有的人都緊張起來，俘虜們被趕到一邊，擠成一團。押送隊的士兵們列隊集合。

「皇帝！皇帝！元帥！」一隊剽悍的後衛騎兵剛駛過，接著就有一輛由兩匹馬拉動的四輪馬車隆隆地駛過，上面坐著一位元帥。管理軍隊的將軍，驚慌地在馬車後面奔跑著。有九個軍官聚在一起，一些士兵站在他們周圍。所有人的表情既興奮又緊張。

「他說什麼？他說什麼？」皮埃爾聽見人們問。

俘虜們擠在一堆，皮埃爾看到了卡拉塔耶夫，他正靠著一株樺樹坐著。他臉上除了昨天講故事時表現出的歡喜神情外，還露出寧靜、莊嚴的表情。

卡拉塔耶夫睜著他那溫和的、泛著淚光的眼睛望著皮埃爾。顯然希望他能走近一點。但皮埃爾擔心自身的處境，只好裝作沒有看見了。

當俘虜又啟程的時候，皮埃爾回頭看了一眼，卡拉塔耶夫仍坐在樺樹旁，兩個法國人在一旁說些什麼。皮埃爾沒有再回頭看，他一跛一跛地朝山坡上走去。

從後面傳來一聲槍響，接著，兩名法國士兵從皮埃爾身旁跑過，其中一個提著一支還在冒煙的槍。他們倆臉色蒼白，其中一個怯生生地看了皮埃爾一眼，他們的表情和皮埃爾見過的負責行刑的士兵的表情一樣。

在他後面，在卡拉塔耶夫坐過的那個地方，一隻狗在哀嗥。「愚蠢的畜牲，叫什麼？」皮埃爾想。

他和同行的伙伴一樣，都沒有再回頭看那發出槍聲的地方，但每個人的表情都十分嚴峻。

15

軍需物資、俘虜和元帥的輜重隊都駐紮在沙姆舍沃村。皮埃爾走近火堆，吃了些烤馬肉，就躺下身子睡著了。

「你聽懂了沒？該死的！」一個聲音把他吵醒了。

皮埃爾坐了起來。火堆旁蹲著一個法國人，他推開一個俘虜，拿一根肉串，放在火上烘烤。他的緊鎖雙眉，臉色十分陰沉，在通紅的火光中清晰可見。

「他反正一樣……是個土匪，沒錯！」他轉過身對後面的一個士兵說。

那個士兵冷冷地向皮埃爾瞥了一眼。皮埃爾轉過臉，向黑暗中看去。被法國人推開的那個俘虜正坐在火邊，用手拍打著什麼。皮埃爾靠近一看，認出了那隻卡拉塔耶夫的狗。

「啊，你來啦？」皮埃爾說，「啊，普拉東……」

突然間，往事在腦際湧現：普拉東從樹下投來的目光，從那裡傳來的槍聲、狗叫聲，兩個法國人從他身旁經過時的表情，那支還在冒煙的槍，再也見不到的卡拉塔耶夫。皮埃爾又閉上了眼。

日出之前，他被巨大而密集的槍聲和吶喊聲驚醒。法國人從他身旁跑過。

「哥薩克！」一個法國人喊叫道，一分鐘後，皮埃爾周圍都是俄國人。

皮埃爾有好一陣子沒弄清楚是怎麼一回事，只聽見周圍同伴們歡喜的哭泣聲。

「弟兄們！我的親人們，親愛的！」那些老兵邊哭邊喊叫著擁抱哥薩克和驃騎兵。驃騎兵和哥薩克圍著俘虜們，給他們衣服、靴子，或是麵包，皮埃爾坐在他們當中放聲大哭，激動得一句話也說不出來。他緊緊擁抱第一個走到他面前的士兵，一邊哭，一邊狂吻著。

多洛霍夫站在一間倒塌的房屋的大門旁，投降的法國人從他面前走過。那些法國人激動地互相議論著，但當他們從多洛霍夫面前走過時，就立刻被他那冷峻的目光嚇得不再吭聲了。另一側有個哥薩克正在清點俘虜人數，每數到一百就在門上劃個記號。

「多少了？」多洛霍夫問哥薩克。

「兩百了。」哥薩克回答道。

「快走！快走！」多洛霍夫不停地說，他的目光一碰到俘虜的目光時，眼裡立刻迸發出殘酷的光芒。

幾個哥薩克抬著彼佳的屍體向挖好的墓穴走去，傑尼索夫脫下帽子，陰沉著臉跟在後面。

16

十月二十八日以後，大地開始結凍。法軍的遭遇更加悲慘，有的被凍死，有的被火堆烤死。皇帝、總督和公爵們身穿皮衣，駕著馬車，攜帶搶來的財物，繼續往前趕路。

從莫斯科到維亞濟馬，法軍原有七萬三千人，現在只剩下三萬六千人了，其中有五千人在戰爭中陣亡。

從莫斯科到維也納，法軍不停地減少和毀滅。在維亞濟馬時，原先分三路縱隊行進的法軍，只剩下一團，就這樣一直走到最後。十一月九日，離斯摩棱斯克尚有三十俄里，貝蒂埃向皇帝上了一道奏章。

這些軍團已潰不成軍，只剩下四分之一的士兵，餘者四散奔逃，以尋找食物或逃避任務。他們都想早日趕到斯摩棱斯克，以獲得喘息的機會。

不論陛下今後如何打算，我們都必須在斯摩棱斯克進行休整。由於飢餓和勞累，士兵們已精疲力盡，最近幾天有許多士兵死於行軍途中和宿營地。這種情況不斷惡化，如不迅速採取補救措施，一旦發生戰鬥，我們將不堪一擊。

法國人湧入被他們視為天堂的斯摩棱斯克之後，為了奪得食物，他們互相殘殺或搶劫自己的倉庫。把一切洗劫一空之後，又繼續奔逃。

法國人一味向前奔逃，他們不知道要去哪裡，也不知道為了什麼。而拿破崙知道得比別人更少，因為沒有人對他下指令。但是他和周圍的人依然保持慣例，下命令、發公函、寫報告、在報表上彼此稱呼「陛下、賢弟、埃克木爾王、那不勒斯王」，所有的書信都是廢紙一堆，因為已不可能辦到。他們裝出關心軍隊的樣子，其實每個人心裡都只有自己，只想著逃過一條命。

17

在從莫斯科撤退到涅曼的途中，俄、法兩軍就像在捉迷藏一樣。一開始，拿破崙在沿著卡盧日斯卡雅大道行進的時候，還讓人知道他們的位置。可是，當他們走上斯摩棱斯克大道時，他們就開始隱蔽行縱。當他們以為自己已經避開，這時卻又迎頭碰上俄國人。

兩軍的行動都十分迅速，同時，戰馬精疲力盡，已無法再用騎兵進行偵察。在這種情況下，即使獲得情報也不可能及時地送達部隊。

從斯摩棱斯克出發時，法國人本可以有更多條不同的道路供選擇。在他們停留的四天之中，大可以查出敵人在什麼地方，據此作出有利的戰略決策；可是四天之後，這一群烏合之眾完全沒有新戰略，他們又沿著最壞的原路，向克拉斯諾耶和奧爾沙逃跑。

法國人在逃跑過程中，隊伍過於分散、拉長，首尾足足相距二十四小時的路程。他們在通往克拉斯諾耶的大道附近遇到了俄軍，陷入一片混亂，走在前頭的扔下後方的同伴，又繼續逃跑。就這樣，一連過了三天，他們扔掉了笨重的東西，扔掉了大炮和一半的人員，沒命地逃亡。

走在最後面的是內伊，因為他必須執行炸毀斯摩棱斯克城牆的任務。內伊的軍團本來有一萬人，當他回到奧爾沙的時候，只剩下一千人，其餘的人和大炮全都被拋棄掉了。

他們從奧爾沙沿著通往維爾紐斯的大路繼續逃跑。到了別列津納河，他們又亂成一團，許多人淹死在河中，許多人棄械投降，渡過河的人則又繼續逃。他們的主帥坐著一輛雪橇，扔下同伴們獨自向前狂奔。

18

法國人在潰逃過程中，作盡了能斷送自己好運的一切事情。

從小雅羅斯拉維茨撤退的時候，拿破崙可以通過一個物產豐富足以補充物資的地區，並且還有一條與此平行的道路可供選擇（後來庫圖佐夫就是沿這條路追擊他的），他卻走了那條已經被破壞的道路。在克拉斯諾耶時，據說，他準備在那裡部署一次戰鬥，由他親自指揮，他手持一條樺木棍，不停來回走動著，說道：

「我已經當夠皇帝了，現在該當一下將軍了。」他說道，但是說完這些話之後卻立刻逃走，拋下了他身後潰不成軍的隊伍，讓他們去聽天由命。

至於他的元帥們，尤其是內伊，他在夜間繞道穿過森林，偷偷地渡過了第聶伯河，拋棄了軍旗和九千名將士，狼狽地向奧爾沙逃命。

最後，這位偉大的皇帝離開了他偉大的軍隊。

每當歷史提到這些與善良、正義相違背的行為時，歷史學家們就會說出「偉大」這個詞，彷彿「偉大」這個詞可以排除衡量善良和醜惡的標準。「偉大的人物」沒有邪惡的行為，不必擔心因為他的過失遭到譴責。

「這是偉大的！」當歷史學家這麼說時，就沒有了善良與醜惡之分，只有「偉大」和「不偉大」。偉大就是善良，不偉大就是醜惡。按照這些人的觀點，「偉大」是被他們稱作英雄的人物的特質。

「從崇高到可笑只有一步之遙。」可是，誰都不曾想一下，承認偉大，而不顧及善良和醜惡的標準，這只能說明他的卑劣和渺小罷了。

對於我們來說，基督已賦予我們區別善良和醜惡的標準，這就沒有不可衡量的東西。哪裡沒有純樸、沒有善良、沒有真理，哪裡就沒有偉大。

19

既然俄國的三路大軍以優勢兵力包圍了法軍，既然潰逃的法國人又餓又凍，成群地投降，既然俄國的計畫是要阻截、活捉他們；那麼，為什麼又沒有俘獲和殲滅所有法軍呢？

歷史學家回答，這是因為庫圖佐夫、托爾馬索夫及奇恰戈夫等人並未執行有效的策略。

那他們為什麼不執行這些策略呢？假如這一切全是庫圖佐夫和奇恰戈夫等人的罪過。那麼，為什麼俄軍在克拉斯諾耶和在別列津納擁有優勢條件時，卻也沒有俘虜法國軍隊及其元帥、王侯和皇帝呢？

為什麼俄軍以弱勢的兵力在博羅金諾戰勝了敵人，卻在克拉斯諾耶和別列津納處於優勢兵力的情況下，敗給了一群烏合之眾呢？

如果俄國人的目的是切斷和生擒拿破崙和元帥們，那麼，這個目的完全沒有達成，因此可以說法國人獲得了一連串的勝利，而庫圖佐夫遭遇了失敗。

但是，我們都知道，這個結論本身自相矛盾，因為法國人一連串的勝利導致了他們徹底滅亡，俄國人的一連串失敗卻導致他們消滅敵人，把法國人全部趕出國境。

這個矛盾的根源在於，歷史學家說，這場戰爭的目的是要切斷法軍退路，活捉拿破崙及其元帥。而這樣一個目的從來就不存在，完全是他們虛構出來的。

這一目的從來不曾有過，而且也不可能有，因為它沒有任何意義，要實現也是絕不可能的。

第一，拿破崙的軍隊竭盡全力逃離俄國，這正是每個俄國人所期望的事情。對於逃得如此之快的法國人，再去組織戰役又有什麼意義呢？

第二，截斷那些一心只顧逃跑的人的道路，是沒有意義的。

第三，為了消滅法國軍隊，必須損失自己的軍隊，而法軍一路上早已在自我毀滅中。

第四，俘獲皇帝、王侯和公爵們是沒有意義的，俘虜這些人會讓俄國人十分為難，而俘虜整個軍團更沒有意義。押解這些俘虜需要人手，而自身的糧食都已匱乏了。

而這個目的也是不可能達到的。

第一，在一次戰役中，一旦各縱隊的戰線延伸到五俄里以上，任何時候都不可能使部隊的行動與作戰計畫完全符合。

第二，要阻擋住法軍瘋狂的逃跑，需要更多的軍隊。

第三，「切斷」在軍事上是沒有意義的，就算堵住它的去路，周圍仍然會有許多地方可以繞過去，以及伸手不見五指的黑夜。只要敵人寧死也不投降，就很難俘獲他們，而對於法國軍隊來說，這樣做是不適合的，因為無論是逃跑還是被俘虜，等待著他們的都是死亡，不是凍死，就是餓死。

第四，俄軍在追擊法國人時就用盡了一切力量，只要再多做一點事情，就會自取滅亡。在從塔魯丁諾到克拉斯諾耶的行軍途中，沒有打仗，僅因生病和掉隊，就減少了五萬人，這相當於一個大省省會的人口數目。

軍隊沒有靴子和皮衣，糧食不足、沒有伏特加酒，一連數月都露宿在零下十五度的嚴寒中。白天只有七、八個小時，其餘時間則是無法維持紀律的黑夜。一連數月，士兵每分鐘都害怕被凍死或餓死。一個月內軍隊會死去一半的人。

俄軍有一半的人死掉了，但他們做了自己所能做的和應該做的一切事情，只為了達到人民所期望的目的。人民的目的只有一個：把侵略者從國土上趕出去。這個目的達到了，但它是順其自然達到的，法國人正在逃跑，只要不去阻擋他們就行了；而這個目的的達到，靠的是人民的戰爭；最後，再由俄國軍隊在法國人後面緊追不捨，只要他們一停下來，就使用這支力量。

俄國軍隊的作用，就像驅趕畜牲的鞭子。放牧人都知道，對於奔跑中的牲口，最好是揚鞭嚇唬牠，而不是迎頭抽打牠。

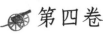

第四部　一八一二年~一八一三年

1

安德烈死後，娜塔莎和瑪麗亞在精神上處於崩潰狀態，他們感受到對死亡的恐懼，不敢正視人生。她們把所有的事情都視為一種侮辱，破壞了她們所需要的寧靜。

只有她們在一起時，才不覺得遭受侮辱和痛苦。她們之間很少交談。即便談話，也只說些最無關緊要的事情，避免談到有關未來的一切事情。因為她們覺得，承認有一個未來，就是對他的侮辱。

然而，單純的悲哀和單純的歡樂一樣都是不可能的。瑪麗亞除了主宰自己的命運之外，同時又是侄子的監護人和教師，兩個星期後，她就從陷入的悲傷中被喚醒。她收到了家中來信，應該回信；尼古連卡的房間潮濕，害得他咳嗽了；阿爾派特奇來雅羅斯拉夫爾報告了一些事情，並建議她們搬回莫斯科的住宅。生命不停息，應該活下去。於是，她和阿爾派特奇清理了帳目，和德薩爾商量了侄子的事情，就準備遷往莫斯科。

自從瑪麗亞開始做啟程準備後，娜塔莎總是躲著她，獨自一人在一邊。

瑪麗亞向伯爵夫人提出，讓娜塔莎和她一起去莫斯科。娜塔莎的父母欣然同意，他們看到女兒的體力日漸衰弱，認為換一下環境對她是有益的。

娜塔莎卻說：「我哪兒都不去，你們不要管我！」與其說她是悲哀，不如說是氣惱和憤恨。

自從娜塔莎感覺自己被瑪麗亞拋棄後，她大部分時間就一個人躲在房間裡。這種孤獨的生活使她疲倦、痛苦，然而又是必須的。只要一有人進來，她就立刻站起來，改變她的姿勢和表情，或是做些別的事，急切地等待那個打擾她的人走開。

十二月底，娜塔莎蹺曲著腿坐在沙發上，心煩意亂地注視著房門一角。

她正在回想著他的臉、他的聲音，並不斷重述他對自己說過的話。

那時，他躺在安樂椅裡，頭支在瘦削、蒼白的手上。額頭上的皺紋不時出現，隱約可見，一條腿不停地顫抖。娜塔莎知道，他正在和難以忍受的疼痛對抗。「這是一種什麼痛苦呢？為什麼會有這種痛苦？」娜塔莎心想。他發覺她在注視他，於是抬起頭來。

「有一件事最可怕，」他說，「就是把我和一個受苦的人永遠捆綁在一起。」於是，他以試探的眼光望著她。娜塔莎想也不想，立刻回答：「不會一直這樣的，您一定會恢復健康。」

她這時彷彿又看見了他，並體會到她當時感受的一切。她回想起他那憂愁、嚴峻的目光。她明白，那帶有責備和絕望的意思。

「的確，」娜塔莎自言自語道，「假如他永遠受苦，那一定是可怕的。我當時這樣說，只是想同意他的話，可是他卻想到另一個方向了。假如讓我把現在的想法說出來，我就會說：讓他在我的眼前慢慢死去吧。那樣，我就會比現在幸福，但現在……什麼都沒了。他永遠不會知道這一切，我永遠無法挽回了。」娜塔莎想著另一種回答：「您要知道，或許您覺得可怕，但我卻不覺得。在我的生活中，沒有了你，便沒有了一切，和您一起受苦更為幸福。」她在想像中對他說著各種溫柔的話，「我愛你……我愛……」她緊握著雙手，拚命地咬緊牙關。

她沉浸在一種甜蜜的悲哀之中。就在此時，門環被敲得嘩嘩直響，女僕杜尼亞莎慌慌張張地闖入了房間。

「請您快點到爸爸那裡去。」杜尼亞莎異常緊張地說，「彼得．伊利耶維奇不幸的消息……有信來。」她一邊哭一邊說。

2

娜塔莎對所有的人都有疏遠的感覺，尤其是她的親人。她認為他們一如往常的言談、感情，都是對她近來所處的那個世界的一種侮辱。因此她不僅對他們冷淡，而且敵視他們。她聽到杜尼亞莎的話，不明白她說的是什麼意思。

「他們會有什麼不幸？怎麼可能有不幸？他們總是老樣子，平平靜靜。」娜塔莎心想。

當她走近大廳時，父親匆忙從伯爵夫人房間走出來，老淚縱橫。他看見娜塔莎，柔和的臉上劇烈抽搐著、扭曲著，發出痛苦的哽咽聲。

「彼……彼佳……你去吧，她……她……叫你……」

他像小孩子一樣大哭著，兩手捂著臉，倒在椅子上。

忽然間，某種東西出其不意地襲擊了娜塔莎的心窩，令她疼痛萬分。在這一陣劇痛消失以後，她忽然感到自己已擺脫那自我禁錮的生活。她看見父親，聽見母親從門裡發出一陣可怕的叫喊，她立刻就把自己和自己的不幸都置之腦後了。她朝父親面前跑去，他軟弱無力地指著母親的房門。瑪麗亞走出門來，臉色慘白，緊緊抓住娜塔莎的手，對她說了什麼話。娜塔莎對她視若無睹，迅速往門裡走去，跑向她的母親。

伯爵夫人躺在安樂椅上，不停地把頭往牆上撞去，索尼婭和女僕們按住她的雙手。

「娜塔莎！娜塔莎！……」伯爵夫人喊道，「不是真的，不是真的……他說謊……娜塔莎！」她把周圍的人推開，「你們都走開！不是真的！死了？……哈！哈！……不是真的！」

娜塔莎俯下身子，以出乎意料的力氣抱起母親，把她的臉轉向自己。

「媽媽！……親愛的！……我在這裡，親愛的……媽媽。」

她哭天喊地，娜塔莎用力抱緊，並要來水和枕頭，解開母親的衣服。

「我的好媽媽，親愛的……媽媽……親愛的媽媽。」她不停地呼喚著。

伯爵夫人抓住女兒的手，閉上了眼睛，稍稍安靜下來。突然她站起身來，茫然四顧，她看見娜塔莎，拚命摟著她的頭，久久地凝望著。

「娜塔莎，你是愛我的，」她說，「你不會騙我吧？你能把實話告訴我嗎？」

娜塔莎熱淚盈眶地看著母親，她的臉上和眼睛只有祈求寬恕和憐愛的表情。

「我的好媽媽呀！好媽媽！」她不停地說道，她竭盡所有的愛，希望能分擔母親的悲哀。

娜塔莎不記得那之後的兩天是怎麼過的，她沒有睡覺，也沒有離開母親。第三天夜裡，伯爵夫人安靜了幾分鐘，娜塔莎於是闔上了眼睛，睡了一會兒。不久之後，娜塔莎睜開眼，伯爵夫人坐在床上，輕聲說道：

「你回來了，我好高興，你累了，要喝點茶嗎？」娜塔莎走到她面前，「你長得好看多了，長成大人了。」伯爵夫人握住娜塔莎的手，繼續說道。

「媽媽，您在說什麼啊！……」

「娜塔莎，他不在了，永遠不會回來了！」伯爵夫人抱住女兒，第一次哭出聲來了。

3

瑪麗亞延後了啟程日期。索尼婭、伯爵都很想把娜塔莎替換下來，但是，只有她才能使她的母親不致陷入絕望。娜塔莎在母親身邊守候了三個星期，寸步不離，陪她睡覺，餵她喝水、吃飯，不停地和她說話。

得知彼佳死訊後的一個月，伯爵夫人才從屋裡走出來。她原本是一個精神飽滿、熱愛生活的中年女人，這時卻變成一個半死不活，對生活失去興趣的老太婆了。然而，奪去伯爵夫人半條命的這一創傷，卻喚醒了娜塔莎。

她想到，她的生命已經終結了。然而，對母親的愛突然證明，生命的本質，愛，仍然活在心中，愛復甦了，於是生命也復甦了。

安德烈臨終前的那些日子，把娜塔莎和瑪麗亞聯繫在一起，新的不幸又使她們更加親近。在最近三個星期中，瑪麗亞像照顧一個生病的孩子那樣，照顧著娜塔莎。娜塔莎在母親的房裡待了幾個星期，幾乎耗盡了她的體力。

一天中午，瑪麗亞發現娜塔莎冷得發抖，就把她拉到自己房間，讓她躺在自己床上。但是當瑪麗亞放下窗簾要出去時，娜塔莎叫住她。

「我不想睡，瑪麗，陪我坐一會兒。」

「你累了，一定要睡一下。」

「不，不。你為什麼帶我來這裡？媽媽會找我的。」

「她好多了。她今天說話很正常。」瑪麗亞說。

娜塔莎躺在床上，藉著房間陰暗的光線仔細端詳瑪麗亞的臉龐。

「她像他嗎？」娜塔莎心想。既像，又不像，但是，她是一個完全不一樣的人。她是愛她的，她的內心又怎樣呢？她是怎麼想的？她對她有什麼看法？她是好人，是的，她太好了。

「瑪莎，」她羞怯地拉住她的一隻手，「你不要以為我很壞。瑪莎，我是多麼愛你啊，讓我們做真正、真正的好朋友吧。」

娜塔莎擁抱瑪麗亞，吻她的手和臉。瑪麗亞對她表現出的這種情感又喜又羞。

從這一天起，瑪麗亞和娜塔莎之間建立了親切而溫情的友誼。她們相互親吻，說著溫情的話，並形影不離。如果有一個外出，另一個就煩躁不安，趕緊跟在後面。

她們倆都覺得，兩人一起比獨自一人更加和諧。她們之間的感情比友誼更強烈——那是一種只有在一起才能生存下去的特殊感情。

娜塔莎瘦了，身體也變差了，但她反而高興。不過，她有時忽然變得怕死、怕生病、怕失去美貌；她有時仔細看著瘦得出奇的手臂，或者照鏡子看著瘦得可憐的臉。她覺得應該如此，但又覺得可怕。

一月底，瑪麗亞啟程赴莫斯科，伯爵堅持要娜塔莎和她同行，以便在莫斯科請醫生看病。

4

在維亞濟馬戰役之後，庫圖佐夫已遏止不了俄軍想殲滅、切斷敵人的願望。但法國人逃跑速度如此之快，以至於在其後窮追的俄軍怎麼也追不上，而法軍的行縱也總是查不清楚。

俄國軍隊一天行軍四十俄里，但也已累得人仰馬翻，要想再快一點都不可能。

俄國人的窮追與法國人的奔逃，都給自己造成了巨大損失。庫圖佐夫不去阻擋法國自取滅亡的這種行動，而是促成這種行動，同時減慢自己的行軍速度。

但是，庫圖佐夫減緩追擊速度，除了想減輕傷亡之外，另一個原因就是希望等待更有利的時機。法軍的潰逃路線捉摸不定，跟的越緊，走的路就越多；只有保持一定距離，才能抄近路截擊法軍所走的路線。

庫圖佐夫不憑著智慧或科學，而是憑著他與所有士兵共同的想法，他明白以這樣空前的速度和在這種季節行軍的全部困難。

但是，將軍們只想著表現自己，他們認為這正是打幾仗、戰勝某人的好時機。當庫圖佐夫接到一個又一個的作戰計畫時，他只聳了聳肩。要執行這些計畫，就得讓那些服裝破爛、餓得半死的士兵繼續追趕到邊境，而前方的路途比已經走過的還要遠。

當俄軍和法軍遭遇時，想出風頭，想打垮、切斷敵人的願望就特別明顯地表現出來了。

在克拉斯諾耶，他們遇上了拿破崙親自率領的一萬六千名軍隊。儘管庫圖佐夫為了保存自己的部隊，竭盡全力避免那次毀滅性的遭遇戰。然而疲憊不堪的俄國軍隊一連三天屠殺潰不成軍的法國軍隊。

人們爭論著誰立了功，都對這一仗感到高興。唯一遺憾的是沒捉到拿破崙，連一個英雄或一個元帥也沒捉到，他們為此互相指責，尤其責備庫圖佐夫。

他們指責庫圖佐夫，說他從一開始就妨礙他們戰勝拿破崙，說他只知道滿足私欲，在敵人面前貪圖安逸；

說他在克拉斯諾耶按兵不動，因為他害怕拿破崙；說他和拿破崙暗通款曲，被收買了等等。

不僅當時被沖昏頭的人那麼說，連後代和歷史都承認拿破崙偉大。至於庫圖佐夫，外國人說他狡猾、好色、是軟弱的老官僚；俄國人說他難以捉摸、是個傀儡，唯一可稱道的，就是他是個俄國人罷了。

5

在當時，遵照皇帝旨意編寫的歷史，就說庫圖佐夫是一個老奸巨滑的宮廷騙子，他害怕拿破崙的名字，而他在克拉斯諾耶和別列津納的錯誤，使得俄軍失去了獲得徹底勝利的榮譽。

庫圖佐夫在一八一二年戰爭期間，他的一言一行自始至終從未違反初衷，他是一個歷史上最不平凡的，具有自我犧牲、能事先洞察出將要發生的事件意義的典範。然而，在某些人的心目中，他卻是一個難以捉摸的可憐蟲，一談到庫圖佐夫和一八一二年，他們就覺得有點可恥似的。

然而，很難想像這樣的歷史人物，他的活動為了達到既定目標，始終如一。難以設想會有比這更可貴、更符合全體人民意願的目標。在歷史上便難以找出另外的例子，像庫圖佐夫在一八一二年，為了達到歷史所賦予的那個目標。他竭盡全力，終於達到那個目標。

庫圖佐夫從不談他為祖國作出的犧牲，不談他想做和已經做了的事；總之，他根本不談自己，不裝腔作勢，永遠表現出最普通、最平凡的一面，說最普通、最平凡的話。他寫信給女兒和情婦、讀小說、喜歡和漂亮女人交際、和戰友們開玩笑，從不駁斥那些力圖向他證明某件事的人。

但是，正是這樣的一個人，在他的全部活動中，沒有說過一句與他的目的不相符合的話。顯然，他懷著不為人知的沉重心情，在各式各樣的場合中再三地表示了他的思想。自從博羅金諾戰役一開始，他就與周圍的人有了分歧，只有他說博羅金諾戰役是勝利，只有他說失去莫斯科不等於失去俄羅斯；他拒絕了洛里斯頓的和談請求，因為這是人民的意志；在法國人退卻時，只有他反對俄軍的調動，主張順其自然。

庫圖佐夫老成持重，他的座右銘是「忍耐和時間」，他與那些主張死纏濫打的人是水火不相容的，是他以前所未有的嚴肅態度，在做好一切準備之後，發動了博羅金諾戰役；是他在奧斯特里茨戰役尚未爆發之前，就斷言那次戰役必定失敗。

他之所以能對事件的意義看得如此透徹，其原因就在於他擁有十分純潔和強烈的人民感情。

正是由於人民承認他具有這種情感，人民才以那樣奇特的方式，違反了沙皇的心願，選定他——這個不得寵的老頭子——作為人民戰爭的代表。正是這種情感把他捧到人間最高的地位，他這位身居高位的總司令，不是用他的全副精力去屠殺和迫害人們，而是去拯救和憐憫他們。

他樸實、謙虛，因而偉大。他不能與歷史所虛構出來的所謂統治人民的英雄混為一談。

對於奴隸來說，不可能有偉大的人物，因為奴隸有奴隸對偉大這個概念的理解。

6

十一月五日是克拉斯諾耶戰役的第一天。黃昏時分，一切情況都十分清楚了，敵人已經四散奔逃，不會再有戰鬥。於是，庫圖佐夫離開了克拉斯諾耶，前往多布羅耶的總司令部。

在離多布羅耶不遠處，一大群衣衫襤褸的俘虜們站在路旁說著話。當總司令走過來的時候，談話聲停了下來，所有的眼睛都盯著庫圖佐夫。一位將軍正在向他報告那些人是在哪裡俘虜的。

庫圖佐夫似乎正掛念著什麼事情，因而完全沒有聽見那位將軍的報告。他不悅地瞇著眼睛，專注地凝視那些法軍俘虜。這些凍傷的俘虜樣子都特別可憐，庫圖佐夫若有所思地搖了搖頭。

在另外一個地方，他看見一個俄國士兵笑著拍一個法國人的肩膀，和氣地跟他說著話。庫圖佐夫再次搖了搖頭。

「你說什麼？」他問那位將軍。將軍一面繼續報告，一面請總司令注意在普列奧布拉任斯基團的前線繳獲的法軍軍旗。

「啊，軍旗！」庫圖佐夫說，他從沉思中回到了現實，心不在焉地環顧四周，數千雙眼睛從四面八方望著他，期待他講話。

他在普列奧布拉任斯基團前面停了下來。一名隨從叫士兵們把那些法國軍旗擺在總司令的周圍。庫圖佐夫沉默了好幾分鐘，看來極不樂意，然而又不得不去做他必須做的事情，於是他抬起了頭，開始講話了。

「感激大家！」他朝著士兵與軍官們說道，「為了你們的辛苦，為了你們的忠誠，感激你們大家！我們勝利了，俄羅斯不會忘記你們，光榮永遠屬於你們！」

「烏拉——拉——拉！」響起了數千人的歡呼聲。

當士兵們正在歡呼雀躍的時候，庫圖佐夫的眼裡閃爍出一種溫情的、但又彷彿是譏諷的光芒。

「是這樣的，弟兄們。」當歡呼聲停下來時，他說。

「是這樣的，弟兄們。我知道你們很辛苦，但是這有什麼辦法呢？要忍耐，不會太久了。等我們把客人送走，那時就可以休息了，沙皇絕不會忘記你們的功績。你們辛苦，但畢竟還是在自己的國土上；可是他們，看看他們已經落到何等地步！」他指著俘虜們說道，「比最悲慘的乞丐還不如。他們強大的時候，我們不憐憫他們，但現在可以憐憫，對嗎？弟兄們。」

他環顧四周，從那些盯住他的目光中，他看出士兵們都同意他所講的話。

「不過，話說回來，到底是誰要他們過來的？真是活該，這些畜……畜……」他突然說道。他把鞭子一揮，策馬疾馳而去，離開了正在縱聲大笑、高喊著「烏拉」的士兵們。

部隊未必能聽懂庫圖佐夫所講的話，然而，他的由衷之言不僅已經被理解，而且他在善良的咒罵中表現出對敵人的憐憫以及對俄國正義性的理解，這種感情也深藏在每一個士兵心中，他們以興高采烈，經久不息的歡呼聲表達出來了。在此之後，一個將軍向總司令請示，是否要把他的車叫來，當庫圖佐夫回答時，竟激動地嗚咽起來。

7

十一月八日，這是克拉斯諾耶戰役的最後一天，當部隊到達宿營地的時候，天已經黑下來了。

穆什卡捷爾斯基團在離開塔魯丁諾時有三千人，現在只剩下九百人。這個軍團最先到達指定的宿營地，迎接他們的人說，村裡所有房子都住滿了生病和死亡的法國人。只有一間房子供團長住。

團長到他的住處去了。團隊經過村子，開始為自己營造住處和準備食物。一些士兵走進村子外的樺樹林中砍柴，另一些士兵在車輛和馬匹集中的地方取出大鍋和麵包乾，並餵食馬匹；一些士兵分散到村裡各處，為長官準備住處。他們把屋裡所有法國人的屍體搬出去，然後拖來一些木板、乾柴和從屋頂上扯下來的禾草，準備生起火堆和做擋風用的籬笆。

大約有十五名士兵在一間房屋後面，愉快地搖晃一間棚屋的高大籬笆牆。

「喂，加把勁呀，大家一起用力推呀！」

終於，那堵高大的籬笆牆與搖晃它的士兵們一齊倒了下來，爆發出一陣狙獷的大笑聲。

進入村裡的二十多個人也過來幫忙了，他們把那一堵有十多米長、兩米多寬的籬笆牆扛在肩上，沿著村莊裡的街道往前移動，沿途不停地說著快活的、各式各樣的髒話。

「你們在幹什麼？」突然一名士兵向他們跑過來，厲聲問道。

「大人們都在這兒，你們這些魔鬼，我揍你們！」司務長喊道，順手打了一名士兵一拳。「不能小聲一點嗎？」

士兵們都不吭聲了。那個挨打的士兵撞到籬笆上，擦破了臉，滿臉都是血。

「瞧，這傢伙，打的好重，弄的滿臉都是血。」司務長走後，他小聲說道。

「怎麼？你不喜歡嗎？」一個笑著的聲音說道。於是，士兵們壓低了嗓門，繼續往前走。一走到村外，他們就又像先前那樣有說有笑，講著那些無聊的髒話。

籬笆牆被拖到指定地點時，到處都生起了做飯的營火，木柴劈啪作響，雪正在融化。在營地被踏碎的雪地上到處都晃動著士兵們的身影。

四面八方都響起了刀斧劈砍的聲音。一切都已準備就緒，拖來了過夜所需的木柴，為軍官們架好帳篷，大鍋裡煮著飯，武器和裝備都安置妥當。

士兵拖來的籬笆牆朝北面豎立成半圓形，用槍枝撐住，牆前生起了火堆。吃過晚飯後，士兵們在火堆旁準備過夜，有的人在補鞋襪，有的在吸煙，還有一些脫光了衣服，烘烤衣衫裡面的蝨子。

8

俄國士兵當時的處境極其艱難，沒有保暖的衣物，沒有房屋可以棲身，露宿在零下十八度的嚴寒雪地之中，甚至沒有足夠的口糧。

在這種情況下，士兵們本應表現出狼狽和悲慘的景象。事實卻相反，即便在最好的條件下，也從未表現出比現在更快樂、更活躍的景象。這是因為部隊每天都把意志薄弱和體力衰弱的人淘汰掉，剩下的全是部隊的精銳——不論在身體方面，還是精神方面，都是堅強的人。

在用籬笆遮擋的八連駐地聚集的人最多。有兩個司務長也坐在那裡。

這時，一個年輕的士兵抱著一大捆木柴向著火堆的光亮處走了過來。

「抱來這裡，真是雪中送炭！」

大伙兒劈開木柴，加到火堆裡。那個抱木柴來的年輕士兵，兩手叉腰，跺著凍僵的腳。

「我的媽呀！真冷，還好我是一個火槍兵……」他說。

「喂，鞋底要飛了！」一名紅臉的士兵對一名跳舞的士兵說道，「好一個舞蹈家。」

跳舞的人停住腳，把鞋底的皮扯下來，扔進了火堆。他坐下來，從背包裡掏出一塊布包住腳，「都凍僵了。」他說道。

「快要發新的了。聽說，打完仗，每個人發兩套服裝。」

「你看，彼得羅夫還是掉隊了。」司務長說。

「我就知道。」另一個說。

「唉，一個不中用的小卒……」

「聽說，三連昨天少了九個人。」

「是啊，腳都凍壞了，還能走路嗎？」

「嘿，廢話！」司務長說。

「今天捉的法國人真不少，這些人連一雙像樣的靴子也沒有，」一個士兵說道。

「哥薩克把他們的靴子全搶走了。他們幫團長打掃房子時，把屍體都拖走，真是慘不忍睹！」那個跳舞的人說，「翻動屍體時，有一個還活著，你相信嗎？他嘴裡還唸唸有辭呢！」

「個個都白白淨淨的，有的儀表威武，說不定還是貴族。」

「不然呢？他們人人都要當兵。」

「不過，奇怪的是，」剛才的士兵說道，「莫札伊斯克的農民說，他們在掩埋死人時，那些法國人的屍體已經擺在那裡一個多月了，但還是白白淨淨，連一點臭味都沒有。」

「或許是因為寒冷的緣故吧？」一個人問。

「可是當時天氣還很熱呢！農民說，我們的人的屍體全腐爛了，還長了蛆。」他說，「可是他們的人卻像紙一樣白，邊一點臭味都沒有。」

大家都默不出聲。

「可能是吃得好吧，」司務長說，「他們吃的都是上等的伙食。」

沒有人反駁。

「那個農民說，在莫札伊斯克附近打過仗，十個村莊的人運了二十天，也沒辦法把死屍運完。有很多都餵了狼……」

「那是一場真正的戰鬥，」一個老兵說，「只有那一場戰鬥令人難忘，而之後的一切……只是折磨人罷了。」

「是啊！前天我們追擊他們，還沒靠近，他們就趕緊扔下槍，跪在地上求饒。還有人說，普拉托夫曾兩次捉住拿破崙，但是他又變成一隻鳥，從他手心飛走了。」

「我看你是一個吹牛大王！」

「什麼吹牛，這是千真萬確的。」

「假如他落在我的手裡，我一定要把他埋起來，他害了多少人啊！」

「一切都快結束了，他再也不能作惡了。」老兵打著哈欠說道。

談話停止了，士兵們都躺下睡覺，可以聽得見幾個人的打呼聲，其餘的人輾轉翻身烤火，時而交談幾句。從不遠處的一個火堆旁傳來歡樂的大笑。

「瞧，五連那邊多熱鬧。」一個士兵說，「人真多！」

一個士兵站起來，到五連那邊去了。

「挺有意思的，」他回來說，「有兩個法國人，一個凍僵了，另一個很活潑，在唱歌。」

「哦，哦？我也去看看……」幾個兵到五連去。

9

半夜裡，五連的士兵聽見森林裡的雪地上有腳步聲和樹枝發出的響聲。

「弟兄們，有狗熊。」一個士兵說。大家都抬起頭來仔細傾聽，兩個衣衫奇異、互相攙扶著的人影從林中朝著火堆的亮光走來。

那是兩個躲藏在森林裡的法國人。他們聲音嘶啞，說著士兵們聽不懂的話，走近火堆。一個頭戴軍官帽，看樣子已筋疲力竭。他走近火堆，想坐下來，卻倒在地上了。另一個臉上包著手巾，把他的同伴從地上扶起來，用手指指自己的嘴，說了幾句話。士兵們圍著兩個法國人，為生病的鋪上了軍大衣，又為他們拿來稀飯和伏特加酒。

那個精疲力竭的法國軍官就是朗巴萊；臉上包著手巾的是他的勤務兵莫雷爾。

莫雷爾喝完伏特加和一碗稀飯之後，突然振作起來，不停地說著士兵聽不懂的語言。朗巴萊不吃也不喝，躺在火堆旁默不作聲。莫雷爾指著他的肩膀，向士兵們示意，這是一位軍官，應該讓他暖和一點。一位俄國軍官向團長請示過後，要帶他進屋取暖。朗巴萊站起來想走，卻站不穩。

「怎麼了？不來了嗎？」一個士兵對朗巴萊譏諷地說。

「唉，傻瓜！你胡說些什麼！真是個鄉巴佬。」大家齊聲責備那個開玩笑的士兵。大家圍著朗巴萊，由兩個士兵把他抬進屋子裡去了。朗巴萊摟住一個士兵的脖子，悲傷地說：

「哦，好人哪！哦，善心的朋友們哪！這才是真正的人，我的好心的朋友們！」

莫雷爾坐在火邊最好的地方，士兵們包圍著他。他顯然喝醉了，摟著坐在他身旁的士兵，聲音嘶啞地唱著法國歌曲。士兵們緊盯住他，捧腹大笑，有的士兵也模仿他的調子，高聲唱起來。

「好哇！跟法國人唱的一樣！啊……哈哈！怎麼樣，你還要吃一點嗎？」

「給他一點稀飯；餓過了頭是沒辦法一下子吃飽的。」

於是莫雷爾又吃了一碗。年輕的士兵們看著莫雷爾，臉上露出快樂的微笑。年長的士兵認為做這種無聊的事有失體面，他們躺在火堆的另一邊，時而微笑著望向莫雷爾。

「他們也是人哪！」一個裹著大衣的士兵說。

10

曾被大量描繪過的強渡別列津納河一役，只是消滅法軍的諸多戰役之中的一次戰役，而非決定性的一次戰役。唯一不同的是，在此戰役之前，法軍是逐步毀滅的，而這一次突然成群地被殲滅在頃刻之間。

而事實上，法國人在別列津納河戰役中損失的武器和人員，比在克拉斯諾耶戰役所遭受的損失要小得多。

別列津納河戰役唯一的意義是，它確切無疑地證明了所有切斷敵人的計畫都是錯誤的，而庫圖佐夫主張——只在敵人後面跟蹤追擊——是唯一可行的行動方式。法軍在逃跑過程中不斷加快速度，要擋住他們是不可能的。與其說是強渡，倒不如說是橋上發生的情形證明了這一點——當橋倒塌時，徒手的士兵們和在法軍輜重隊中的莫斯科居民和一些帶著小孩的婦女們，都因慣性的影響，而湧到船上和冰涼的河水中。

這種願望是合乎情理的，逃跑的人和追趕的人的境遇都一樣糟糕。要是落在自己人手裡，還可以指望伙伴們的幫助，保持一定的地位；要是投降了俄國人，雖然還是處在一樣的境地，但在分配生活必需品時，他必然會低人一等。如今的俄國軍隊也正經歷著毀滅法國人的那種災難，每一個士兵對於俘虜都是愛莫能助。

慢了則必死無疑，除了集體逃跑，沒有別的道路可以選擇。於是法國人竭盡全力這麼做。越是逃跑下去，其殘餘部隊的處境就越悲慘，尤其是在別列津納河戰役之後更是如此。

俄國軍官們互相責怪，尤其是責怪庫圖佐夫的情緒也更加激烈。他們認為，若別列津納河的計畫失敗，必然歸咎於庫圖佐夫，因此，對他的不滿、輕視和譏笑也越來越激烈。他們在向他報告和請求批准的時候，談話極不認真，隨時隨地都在欺騙他。

庫圖佐夫明白這一點，他只是嘆口氣，聳了聳肩。只有一次，就是在別列津納河戰役之後，他生氣了，並寫了一封信給獨自向皇帝密奏的貝尼格森。

因舊病復發，見此信後，請閣下即刻前往卡盧加，聽候陛下的旨意和任命。

在打發走貝尼格森之後，接著康士坦丁．帕夫洛維奇大公來到了軍隊，他曾在戰爭初期參戰，後來被庫圖佐夫調離軍隊。現在大公來到軍中，他告訴庫圖佐夫，皇帝對俄軍的戰績不滿意，打算近期親自到軍隊中來。

庫圖佐夫是在宮廷和軍隊裡打滾多年的人，他立刻明白，自己的時代已經結束了，他手中這種虛假的權力已不復存在。一方面，他感覺出自己的使命已經完成；另一方面，他也感覺到自己那衰老的身體已十分疲憊，需要休息。

十一月二十九日，庫圖佐夫進駐維爾紐斯。在這個他曾兩度擔任總督的、華麗的、保持完好的維爾紐斯城，庫圖佐夫除了找到舒適的生活條件之外，還找回了一些老朋友和回憶。於是，他突然拋開對軍隊和國家的一切憂慮，盡可能沉浸在平穩、寧靜的生活之中。

在維爾紐斯，庫圖佐夫違背皇帝的意願，把大部分軍隊留在這裡。據庫圖佐夫周圍的人透露說，他的精神顯得疲憊不堪，體力十分衰弱。他不願意去過問軍中的事情，把大小事都交給他的將軍們去辦，他整天過著閒散的生活，等待皇帝到來。

皇帝率領著托爾斯泰伯爵、沃爾康斯基公爵、阿拉克切耶夫等人，在十二月七日離開彼得堡，於十一日抵達維爾紐斯，並徑直前往庫圖佐夫進駐的城堡。雖然天氣嚴寒，一百多位將軍和參謀人員仍穿著檢閱服裝，與謝苗諾夫團的儀仗隊在城門前等候。

一位信使坐著雪橇，在皇帝駕臨前來到城堡，高聲喊道：「聖駕到！」於是科諾夫尼岑跑進門廳，向在門房小屋內的庫圖佐夫通報。

一分鐘後，老人肥胖的身軀搖晃著走出門廊，他身穿大禮服，胸前掛滿胸章，斜側著身子吃力地走下台階，他手上拿著準備呈送給皇帝的報告。

只見一輛三馬雪橇飛奔而來，所有眼睛都緊盯著那輛漸漸駛近的雪橇，坐在上面的皇帝和沃爾康斯基的身影已清晰可見。

庫圖佐夫小心翼翼地整理了一下儀容。當皇帝下了雪橇，抬起頭來看著他的時候，他挺直身子，把報告呈了上去，開始用他那緩慢的聲音說起話來。

皇帝微微皺了一下眉頭，但立刻控制住自己，走向前抱住了老將軍。接著，他向軍官們和儀仗隊問好，然後再一次握住老將軍的手，和他一起走進城堡。

當皇帝與老元帥單獨在一起的時候，皇帝對追擊的遲緩、在克拉斯諾耶和別列津納河所犯的錯誤表示不滿。他把將戰爭擴大到國境以外的意圖告訴了庫圖佐夫，老人既不作辯解，也不發表意見。

當庫圖佐夫從書房走出來，步履蹣跚地經過大廳時，有一個聲音叫住了他。

「閣下！」

庫圖佐夫抬起頭，托爾斯泰伯爵手托銀盤站在他的面前，庫圖佐夫好像不明白要他做什麼。

突然間，他似乎想起來了，一絲幾乎看不出的笑容掠過他的臉上，他恭敬地俯下身子，拿起了那枚一級聖喬治勳章。

11

第二天，元帥府舉行了宴會，皇帝也親臨現場。庫圖佐夫被授予一級聖喬治十字勳章，然而，皇帝對他的不滿已人盡皆知。儘管皇帝仍以禮節對待他，但所有人都知道，這個老人犯了錯誤，已經沒有用處了。

在維爾紐斯期間，皇帝對庫圖佐夫更加不滿，特別是因為庫圖佐夫明顯地不願意或是不能理解未來戰役的意義。

第二天早晨，皇帝召集了軍官，對他們說：「你們不僅拯救了一個俄羅斯，而且拯救了整個歐洲。」大家在當時就明白了——戰爭還沒有結束。

只有庫圖佐夫一人不同意這一點，他公開說出了自己的意見。他認為，新的戰爭不但不能改善俄國的地位與增加俄國的榮譽，而且還會損害它的地位，降低俄國如今得到的榮譽。他努力向皇帝證明徵召新兵是不可能的事情，講述了人民的困苦，還談到失敗的可能性。

為了避免和這個老人發生衝突，皇帝就像在奧斯特里茨應付他和在這場戰爭開始時應付巴克萊那樣，不驚動他，也不宣布要收回他的軍權，而是逐漸改組司令部。很快地，庫圖佐夫被架空了，一切實權重新回到皇帝手裡。

大家都謠傳這是因為他的健康狀況太差，實際上，他的健康也確實不佳。

當庫圖佐夫從土耳其回到彼得堡，再回到軍隊的時候，由於人們需要他，因此這一切是自然、簡單而逐步的；可是現在庫圖佐夫演完了自己的角色，需要有符合新的要求的人來取代他的地位，這同樣是自然、簡單而逐步的。

一八一二年的戰爭除了對俄國本身的民族意義之外，還有另外的意義，即對歐洲的意義。而在新的戰爭中，需要一位新的活動家，他應具有與庫圖佐夫不同的素質、觀點，為不同的動機而行動。

庫圖佐夫不理解歐洲、均勢，以及拿破崙等等意味著什麼。在敵人被消滅，俄羅斯已獲得解放，並且達到了光榮的頂峰時，一位俄羅斯人民的代表就再也沒有什麼可做的了。留給他的，除了一死之外，再也沒有別的了。於是他死了。

12

當皮埃爾從俘虜營中被釋放出來後，他來到奧廖爾。他打算第三天去基輔，可是卻因病在那裡休養了三個月；據醫生說，他的病是膽熱引起的，靠著醫生給他治療、放血、服藥，終於恢復了健康。

皮埃爾對獲救到生病這一段期間經歷的一切事情，幾乎沒有一點印象。他在獲救的那一天看見了彼佳．羅斯托夫的屍體；也就在同一天，他得知安德烈在博羅金諾戰役後只活了一個多月，就在雅羅斯拉夫爾的羅斯托夫家中去世；也就在同一天，傑尼索夫向他提到海倫的死，他以為皮埃爾早就知道了。這一切對當時的皮埃爾來說只覺得奇怪，他感到自己無法明白這所有消息的意義。他急於離開這些人們互相殘殺的地方，到一個安靜的地方，使自己的心情平靜下來，整理一下他所獲得的這些資訊。但是，他剛一抵達奧廖爾，就生病了。

當皮埃爾在病中清醒過來時，他看見兩個從莫斯科來的僕人——捷連季和瓦西卡，還有大公爵小姐。她聽說皮埃爾獲救並生了病，特地前來照顧他。

他在健康恢復期間，才逐漸擺脫掉過去幾個月中已經習慣了的現象，又重新恢復到過去的作息。皮埃爾開始明白了他獲釋後聽到的那些消息：安德烈去世，妻子的死，以及法國人的潰敗。

一種快樂的自由感覺充滿了他的靈魂。他獨自一人住在陌生的城市裡，一個人也不認識，沒有任何人向他提出任何要求；也沒有任何人派他到任何地方去。他想要的東西都有了，一直折磨他的、對於亡妻的煩惱則沒有了，因為她已不在世了。

於是，他向自己提出了問題：「那麼往後要怎麼樣呢？我要怎麼辦呢？」他回答自己，「沒有關係，我要活下去。啊，多麼美妙啊！」

先前一直使他苦惱的人生的目的，現在已經不復存在了。正因為這樣，他獲得了完全的、可喜的、自由的感覺，這種自由的感覺就是他的幸福。

他現在有了信仰——不是信仰某種規章制度，或者是某種言論、思想，而是信仰一個感知得到的上帝。過去，他抱著自己提出的一些目的去尋求祂，但在他被俘期間，他突然明白了小時候聽過的那個道理：上帝就在你的眼前，祂無所不在。在卡拉塔耶夫心目中的上帝比共濟會承認的造物主更為偉大、高深莫測。這就像一個人極目遠眺，最後卻在自己的腳跟前找到了想尋找的東西。

13

表面上，皮埃爾幾乎沒什麼改變。不同的是，過去當他忘了某些事的時候，他總是緊皺眉頭，好像看不清一種距離他很遙遠的東西；現在，他會帶著彷彿是嘲諷的微笑注視著眼前的東西，傾聽著人們說的話。從前，他是個善良但不幸的人，人們總是遠遠地躲著他；現在，他的嘴角經常掛著快樂的微笑，眼睛裡閃著同情的光芒，彷彿在問：他是不是跟我一樣滿足？只要他在場，人們都不由自主感到愉快。

從前，他一說起話來總是慷慨激昂，只顧著自己說，很少聽別人說的話；現在，他樂於聽人說話，而人們也樂於把心事告訴他。

公爵小姐一直不喜歡皮埃爾，但在她抵達奧廖爾後，很快就感覺到自己喜歡上皮埃爾了。起初，公爵小姐覺得，皮埃爾投向她的目光中帶有冷漠和嘲笑的意味，她只好表現得十分拘束，只顯露出她強悍的一面；現在則相反，他彷彿在探索她靈魂深處隱藏的東西，她因而懷著感激的心情對他表露出她善良的一面。

「是的，只要他不受壞人的影響，就是個非常善良的人。」公爵小姐心想。

為皮埃爾治病的醫生每天都會上門，他常在皮埃爾那裡一坐就是幾個小時，講述他喜歡的一些故事和他對一般的病人（尤其是女病人）情緒的觀察。

「是的，跟他這樣的人聊聊是一樁樂事。他和本省人不一樣。」他說。

在奧廖爾有幾位被俘的法國軍官，醫生帶來了其中一個年輕軍官。這個義大利人經常來找皮埃爾，彷彿只有在跟皮埃爾交談的時候，自己才是幸福的。他向皮埃爾講述他的過去、他的家庭生活、他的愛情和他對法國人——特別是對拿破崙的憤慨。

「假如俄羅斯人都能像您這樣，」他對皮埃爾說，「與您這樣的人民打仗，簡直是罪過！法國人使您受了那麼多苦，您甚至一點也不仇恨他們。」

皮埃爾在奧廖爾逗留的最後幾天，他的一位老會友維拉爾斯基伯爵——就是一八〇七年介紹他入會的人，前來拜訪他。維拉爾斯基娶了一個富有的俄羅斯女人，她在奧廖爾省擁有幾所大莊園，他則在市內的軍用糧站找到了一份臨時工作。

雖然維拉爾斯基與皮埃爾並不熟識，但是他對於能在奧廖爾遇到一位和自己同屬一個圈子、同時又在興趣上與自己相仿的人，感到十分高興。

然而，維拉爾斯基感到吃驚的是，他很快就發現皮埃爾遠遠落於現實生活之後。他斷定皮埃爾已陷入淡漠和利己主義之中。

「你太消沉了，我的朋友。」他說，不過他感到與皮埃爾相處比以往更加愉快了，他每天都要去找皮埃爾。而皮埃爾也帶著他現在那種平靜、快活的嘲笑欣賞維拉爾斯基那種與自己過去相同的生活方式。

他有了一個全新的結論，那就是承認每個人都能按照自己的方式去思索、感覺和觀察事物；承認不可能用語言來改變一個人的信念，這在過去曾使皮埃爾激動和惱怒過，如今卻成為激起同情和興趣的一種基礎。人與人在生活中的觀點不同，這使得皮埃爾感到高興，並露出嘲諷的、溫和的微笑。

在一些實際問題上，皮埃爾出乎意料之外地有了主見。過去，在每一件金錢問題上，他總是感到進退兩難，無法應付。因此，只要他有錢就給，誰向他要，他就給誰。

現在，令他感到驚奇的是，他不再對這些問題猶豫不決或焦急不安了。他的心中出現了一把尺，他能以自己也不知道的某些法則決定，哪些事情該做，哪些事情不該做。

一位被俘虜的法軍上校來找皮埃爾，向他要四千塊法郎，用來寄給他的老婆和孩子。皮埃爾毫不費力地回絕了，這使他自己也感到驚奇。另一方面，皮埃爾又使出一些計策，讓那個顯然需要用錢的義大利軍官收下了他的錢。至於在處理妻子的債務和是否要修復在莫斯科的房子的問題上，他又一次表現出了主見。

皮埃爾的管家到奧廖爾來找他，與他一同對收入作了大致的計算。按照管家的估計，皮埃爾在莫斯科大火中損失了約二萬盧布。

管家說，儘管遭受了這些損失，只要他拒絕償還妻子欠下的債務，且不去修復莫斯科的住宅和別墅的話，他的收入不但不會減少，反而會有所增加。

但是，薩韋利耶維奇一月時從莫斯科來到這裡，他提到了建築師為修復莫斯科的住宅和別墅開出的預算；同時，皮埃爾還收到瓦西里公爵和一些熟人從彼得堡的來信，信中提及他妻子欠下的債務。於是，皮埃爾認為管家的計畫是不正確的，他必須親自去彼得堡處理好妻子的一切後事，再去莫斯科修繕好房屋。他不知道為什麼要這麼做，但他卻很清楚地知道，應該這麼做。他的這一決定使收入減少了四分之三。

維拉爾斯基要到莫斯科去，因此他們決定一同前往。

在旅途中，皮埃爾感受到如同小學生放假時的高興。所有的人——趕馬車的車伕、驛站看守人、村子裡的農民，在皮埃爾的眼中都具有一種新的意義。維拉爾斯基一路上不停地抱怨俄國的窮困、落後、無知，而皮埃爾卻在漫天大雪中，在這一望無垠的土地上看見了非凡的生命力，這種力量支持著這個完整的、獨特的、統一的民族的生命。

14

肅清了敵人之後，人們懷著各式各樣的動機，從四面八方擁入莫斯科。過了一星期以後，莫斯科已有居民一萬五千人；兩個星期以後，就有二萬五千人了。這個數字不斷地增加，到了一八一三年秋天，已超過一八一二年的人口數量。

第一批進入莫斯科的俄國人是溫岑格羅德部隊的哥薩克、莫斯科附近的農民和躲藏在郊區的莫斯科居民。進入莫斯科的俄國人，發現莫斯科已被洗劫之後，也開始搶劫起來。他們繼續做法國人做過的事情；農民們把貨車趕到莫斯科，以便把被丟棄在莫斯科的一切都運回鄉下去；哥薩克把能搬走的東西都搬運到他們的營房裡；屋主們把在別人房子裡發現的東西全部搬走，並謊稱那些是他們的財產。

法國人佔領了莫斯科後，這裡雖已是一座空城，但仍具有一個城市的一切組織形式，它有各式各樣的商業、手工業，有奢侈品，有政府機構和宗教團體，這些機構雖然完全癱瘓了，卻依然存在著。法國人佔領的時間越久，這些城市的組織形式就被消滅的越多，最後，變得一塌糊塗，呈現出一片死氣沉沉的廢墟。

而俄國人佔領了自己的首都之後，開始了俄國人自己的搶劫，這種搶劫越是進行，參與的人就越多，莫斯科的財富和城市的正常生活反倒恢復得越快。

除了搶劫者之外，還有各式各樣的人，有的受好奇心驅使，有的為了政府的公務，有的為了個人打算；他們從四面八方就像血液流入心臟那樣湧進莫斯科。

一個星期之後，那些趕著載貨的農民被政府扣了下來，強迫他們用大車把城裡的死屍運出城外。其他人聽說城內搶不到東西，於是把糧食、燕麥、乾草運到城內，互相壓低價格。農村裡的木匠，為了多掙點工資，從四面八方湧入莫斯科；一時間，到處都在建造或修理房屋。商家、旅店重新開始營業，神父們在逃過火劫的教堂裡恢復了禮拜，官員們在小屋裡安放辦公桌和文件櫃，拉斯托普欽伯爵也回來寫他的告示了。

15

一月底，皮埃爾回到莫斯科，在一間未被大火焚毀的房間住了下來。他拜訪了拉斯托普欽伯爵和幾位返回莫斯科的熟人，打算第三天動身去彼得堡。皮埃爾對所有人都懷有特別的好感；然而，現在他不由自主地對每個人保持了戒心，以免受到牽連。

他聽說羅斯托夫一家在科斯特羅馬，然而他卻很少想到娜塔莎。如果說他曾想起她，那也只是對一件往事的愉快回憶罷了。他感到自己不僅擺脫了世俗的瑣事，而且也擺脫了那種自作多情的意境。

在抵達莫斯科之後的第三天，他得知瑪麗亞公爵小姐在莫斯科，於是當天晚上就去拜訪她。

在前往途中，皮埃爾不停地思念安德烈，想著他和安德烈的友誼以及他們在各種不同場合見面的情景，特別是在博羅金諾最後一次相見的情景。

皮埃爾懷著極為嚴肅的心情來到老公爵家。一個神情嚴峻的老僕出來迎接他，並說公爵小姐已經回房去了，只有星期天才接見客人。

「請通報一下，可能會接見的。」皮埃爾說。

「是，老爺，」僕人回答道，「請到肖像室稍候。」

幾分鐘後，僕人和德薩爾走了出來，德薩爾向皮埃爾轉達了公爵小姐的邀請，她很高興見他，請他到她在樓上的房間去。

在一間點著蠟燭的房間裡，公爵小姐和一位身穿黑色裙子的女人坐在一起。皮埃爾想起瑪麗亞身邊常有女伴相陪，但是，他從不記得、也不知道這些女伴都是些什麼人。

公爵小姐立即起身迎接並伸出了手。

「是啊，」在他吻了她的手之後，她仔細端詳皮埃爾那張已改變了的面龐，「我們又見面了，他在臨終前經常談到您。」她說，並把目光從皮埃爾移到面容羞澀的女伴身上。

「得知您平安無恙，我十分高興，很久沒有聽到這樣的好消息了。」瑪麗亞又不安地向女伴看了一眼。

「您可以想像，有關他的情形，我絲毫不知道，」他說，「我還以為他是戰死的我所知道的一切都是從別人口中得知的。我知道他遇見了羅斯托夫一家……多麼巧的命運啊！」

皮埃爾說得又快又興奮，他看了一眼那個女伴的臉。她正以特別關切的、非比尋常的目光注視著他，他不知怎地感覺出這個女人是個可愛、善良的好人，絕不會妨礙他們的交談。

然而，當他提到羅斯托夫一家的時候，瑪麗亞的臉上表現出更加困惑不解的表情。她再次把視線從皮埃爾身上移到身著黑衣的女士臉上。

「難道你真的認不出她了嗎？」

皮埃爾又一次看了一下那個女伴的蒼白而瘦削的、有一雙黑眼睛和奇特嘴唇的面孔。從她那極為關心的眼神中，可以看出一種親切、可愛的神態。

「不、不，這不可能，」他想，「這不是一張嚴肅、瘦削、蒼白、顯得老了一些的面孔嗎？這不可能是她。只是長得像罷了。」這時，瑪麗亞說了聲「娜塔莎」，於是，那張眼神極為關切的面孔，吃力地露出了笑容。這副笑容令皮埃爾陶醉不已，這是他忘卻多時的幸福。他不再有什麼懷疑了，那正是娜塔莎，而他愛著她。

在這一瞬間，皮埃爾不由自主地對瑪麗亞吐露了那個秘密，他的臉由於狂喜而漲得通紅。他想掩飾自己的激動，但越是想掩飾就越明顯——他愛著她。

「不對，這太出乎意料了。」皮埃爾心想，他又向娜塔莎看了一眼，臉更加漲紅了。他既感到萬分激動，又有一種莫名的恐懼，口中早已語無倫次。

皮埃爾起初沒有注意到娜塔莎，是因為沒想到會在這裡遇見她；而他後來之所以沒有認出她，則是因為自從上一次見到她以來，她的變化確實太大了。過去，從她的臉上、眼睛裡，總能看到對人生的歡樂的微笑；而現在，連這種微笑的一點影子也沒有，只有一對專注、善良和哀傷的眼睛。

皮埃爾的窘態並沒有使娜塔莎惶惑不安，她臉上顯露出一絲不易察覺的愉快神情。

16

「她是來這裡作客的，」瑪麗亞說，「伯爵夫婦幾天內就會來。伯爵夫人的健康狀況很不好，娜塔莎本人也需要治療，他們強迫她跟我一起來的。」

「是啊，沒有一個家庭能逃過不幸，」皮埃爾把臉轉向娜塔莎，「您知道，這件事就發生在我們獲救的那一天，我看到他了，一個多麼可愛的孩子！」

娜塔莎望著他，她把眼睛睜得更大更亮，以此作為她的回答。

「還能說出什麼安慰的話？還能想出什麼值得安慰的事呢？」皮埃爾說，「什麼也沒有。為什麼非要讓那麼可愛、活潑的孩子死去呢？」

「是的，在這個時代，如果沒有信仰的話，就很難活下去……」瑪麗亞說。

「是的，是的。這是正確無誤的真理。」皮埃爾趕忙接話。

「為什麼？」娜塔莎聚精會神地盯著皮埃爾問道。

「怎麼——為什麼？」瑪麗亞說，「只要想到那等著我們的……」

娜塔莎不等瑪麗亞說完，又用試探的目光望了一眼皮埃爾。

「那是因為，」皮埃爾繼續說，「只有相信有一個主宰我們的上帝，才能忍受像她的……您的這樣的損失。」

娜塔莎剛要開口，忽然又停了下來。皮埃爾連忙轉過身子，再次向瑪麗亞問起安德烈死前那段時光的情況。皮埃爾的窘困這時幾乎完全消失，但先前那種自由的感覺卻也消失了。他每說一句話，就立刻會想起這句話會給她帶來什麼印象，他不刻意說一些討好她的話，但無論他說什麼，都要以她的觀點來評判自己。

「是啊，是啊，是這樣……」皮埃爾全神貫注地傾聽瑪麗亞的敘述，「是啊，那麼，他平靜了嗎？變得溫和了嗎？他總是這樣全心全意地想成為一個完美的人；如果說他有缺點的話，那也不是出於他自身的原因。這麼說來，他變溫和了嗎？」他突然轉向娜塔莎，滿含淚水望著她，「他見到了您是多麼幸福啊！」

娜塔莎的臉抽搐了一下。她皺起眉頭，一下子猶豫不決：是要說，還是不說？

「是的，是幸福的。」她說，「對我來說，這大概是幸福的。」她頓了一頓，「而他……他說，他也一直期待著這個呢……」娜塔莎的臉漲得通紅，顯然是在盡力克制自己。

「我們從莫斯科出來時，什麼也不知道。索尼婭突然對我說，他要和我們同行。我什麼都沒有想，只想見到他，跟他在一起，」她聲音顫抖，喘著氣說。接著，她講述了她從未向任何人提起的事情：講述了她們在旅途中和在雅羅斯拉夫爾三個星期生活中的所有事情。

皮埃爾聽著她的話，用滿含眼淚的眼睛注視著她。他既沒有想到安德烈，也沒有想到死亡，也沒有想到她述說的事，只有對她表示出的痛苦的同情。

門外傳來德薩爾的聲音，他問可不可以讓尼古連卡進來說晚安。

「就這些了，就這些了……」娜塔莎說。在尼古連卡進來的時候，她迅速站起身，朝門口跑過去。她的頭撞在門上，呻吟著跑出房去。

皮埃爾望著她跑出去的那扇門，不明白為什麼世上突然只剩下他一個人了。

瑪麗亞把他從恍惚的精神狀態中喚醒，請他看一下進來的小侄子。

尼古連卡的臉酷似他的父親，使皮埃爾深受感動。他吻了一下尼古連卡後，想向瑪麗亞告辭，但瑪麗亞留住了他。

「不，再坐一會，我叫人準備晚餐。請下樓吧！我馬上就來。」

在皮埃爾走出房間之前，公爵小姐對他說：

「這是她第一次講起他。」

17

她們請皮埃爾來到一間明亮的大廳。幾分鐘後，公爵小姐與娜塔莎走了進來，娜塔莎的臉上雖然又露出嚴峻的表情，但她的心情已平靜下來。瑪麗亞、娜塔莎和皮埃爾都感覺到，在進行過一場嚴肅的、推心置腹的交談之後，要繼續先前的談話已不可能了，他們既不想聊瑣碎的事，又不想保持沉默。他們默默地入座，皮埃爾抬起眼望著娜塔莎和瑪麗亞，在她們兩人的眼裡都顯露出對生活感到滿足的神情，也認定除了愛情，人生還應有其他歡樂。

「您喝伏特加嗎，伯爵？」瑪利亞說，這句話突然驅散了原先的陰影。

「您也說說關於自己的事吧，」瑪麗亞說，「大家都在談論您那些難以置信的奇蹟呢！」

「是的，」皮埃爾面帶微笑回答道，「現在外頭流傳著一些連我自己也沒聽說過的奇蹟。不過，做一個有趣的人也很不錯，大家都邀請我，對我講述我本人的故事。」

娜塔莎笑了笑，想說點什麼。

「我們聽說，」瑪麗亞插嘴道，「您在莫斯科損失了兩百萬，是真的嗎？」

「而我比從前富了兩倍。」皮埃爾說，儘管他決心償還妻子的債務和重建他的住宅，但仍堅稱自己比從前更有錢了。

「我確實得到的，」他說，「那就是自由……」他開始認真地說，但又發現這個話題太自私，就不再往下說了。

「您要蓋房子嗎？」

「是的，薩韋利耶維奇要這麼做。」

「當你在莫斯科的時候，是否還不知道尊夫人去世的消息？」瑪麗亞說完後，立刻臉紅了。她發覺，這個問題對於他已沒有任何意義。

「不知道，」皮埃爾毫不在意地回答，「我是在奧廖爾聽說的，您難以想像，這一消息多麼令我震驚。我們並不是一對模範夫妻，」他說這句話時向娜塔莎看了一眼，「但是她的死卻令我非常震驚，而且死時……沒有朋友，沒有安慰。我非常難過。」他發覺娜塔莎的臉上露出讚賞的表情，於是感到寬慰。

「是啊，您又恢復單身，可以另娶妻室了。」瑪麗亞說。

皮埃爾突然臉色通紅，好一陣子不敢看娜塔莎一眼。當他鼓足勇氣看她時，發現她的臉色冷冰冰的、嚴肅的，甚至是鄙視的。

「你是不是真的見過拿破崙，還跟他講過話呢？」瑪麗亞問道。

皮埃爾哈哈大笑。

「沒有，從未有過這種事。人們總覺得，被俘虜就等於成為拿破崙的客人。我不但沒有見過他，甚至沒聽過有人談到他。我和所有俘虜待在一起，處境相當惡劣。」

晚飯後，皮埃爾講起了他被俘虜的那段經歷。

「您留下來真的是為了刺殺拿破崙嗎？」娜塔莎微笑問道，「我們在蘇哈列夫塔遇見你時，我就猜到了。您還記得嗎？」

皮埃爾承認確有其事，並詳細地道出了他的冒險故事。

瑪麗亞面露溫和的微笑，時而看看皮埃爾，時而看看娜塔莎，她從這個故事中看見了皮埃爾那副善良的心腸。娜塔莎用手支著頭，一刻也不停地注視著皮埃爾，不時發出感嘆聲和簡短的提問。皮埃爾講到他為了保護婦女和兒童而被捕的那一段：

「這是可怕的場面，孩子們被亂扔，有一些被扔進火堆裡……我親眼目睹一個孩子被從火裡拖出來……婦女們的東西被搶走，耳環被扯下來……」

皮埃爾紅著臉，猶豫了一下。

「這時來了巡邏隊，他們把所有農民都捉走了，我也被捉去了。」

「您一定沒有把全部的經歷告訴我們，您一定做了什麼……」娜塔莎停頓了一下，說道，「做了好事。」

當皮埃爾講到行刑的時候，他想避開那些可怕的場景，但娜塔莎請他不要漏掉任何細節。

皮埃爾又提及卡拉塔耶夫的事，他停住了。

「你們很難理解，我從這個目不識丁的老實人身上學到了多少東西。」

「不，不，您說，」娜塔莎說，「他現在在哪裡？」

「他在我面前被打死了。」皮埃爾顫抖著說道。

當他把這一切講給娜塔莎聽的時候，他感受到一種少有的愉快。一個愚笨的女人聽人說話時，總是裝成全神貫注的樣子，把人家說的都死死記下，一有機會就拿出來賣弄一番；而現在這種快樂，卻是一位真正的女人所給予的，這種女人善於選擇和吸收那種只有男人身上才具有的一切最美好的東西。

瑪麗亞領會他的故事，她同情他，但是，她看見了另外一種東西，她看見在娜塔莎和皮埃爾之間存在著愛情和幸福的可能性，這使她打從心底感到高興。

已經凌晨三點了。僕人們進屋更換了蠟燭，可是沒有一個人注意他們。

皮埃爾講完了故事。娜塔莎睜著一對興奮的大眼睛，仍然痴痴地盯著皮埃爾。皮埃爾有點局促不安，他既感幸福，又有點羞怯，不時看上她一眼。瑪麗亞默不作聲。沒有人想到現在該睡覺了。

「大家都說不幸、苦難，」皮埃爾對娜塔莎說，「可是新的、更好的事物現在才剛開始。只要有生活，就有幸福，在前方還有很多、很多。這是我想對您說的。」

「是的，是的，」她回答了一句完全不同的話，「我什麼都不希望，只希望把一切從頭再經歷一遍。」

皮埃爾凝視著她。

「是的，我再也不希望別的。」娜塔莎肯定地說。

「不是的，不是的，」皮埃爾叫喊道，「我沒有罪過，我活下來了，而且還要活下去；而您也一樣。」

娜塔莎突然低下了頭，雙手捂住臉哭起來。

「你怎麼啦，娜塔莎？」瑪麗亞說。

「沒什麼，沒什麼。」她含著淚對皮埃爾微微一笑，「再見吧，該睡覺了。」

皮埃爾起身告辭。

她們一同走進臥室，瑪麗亞沒有談起她對皮埃爾的意見，娜塔莎也沒有談到他。

「好了，晚安，瑪麗，」娜塔莎說，「你知道，我常常害怕，要是我們因為害怕傷害感情而不去談他，就會這樣把他淡忘了。」

瑪麗亞深深地嘆了口氣，這種嘆息表明了娜塔莎的話是對的，但她卻不能同意她的意見。

「難道真的能忘記嗎？」她說。

「我今天把一切都痛痛快快地說出來了，」娜塔莎說，「我確信，安德烈公爵確實愛他，因此我才跟他說……不過我也沒有說什麼，是嗎？」她突然紅了臉，問道。

「是皮埃爾嗎？噢，沒有什麼，他這個人太好了。」公爵小姐說。

「你知道，瑪麗，」娜塔莎露出了久違的頑皮笑容，「他變得那麼乾淨、那麼光彩，就好像剛從浴室裡出來一樣。」

「是的，」瑪麗亞說，「他變了很多。」

「那一身短禮服和剪短的頭髮，的確像剛從浴室出來……爸爸總是……」

「我明白，安德烈從來沒有像喜歡他那樣喜歡過別人。」瑪麗亞說。

「是的，他們各有不同的特點。人們常說，兩個具有不同特點的人容易成為朋友，這句話或許有道理，不是嗎？」

「是的，他太好了。」

「好了，晚安。」娜塔莎說。那頑皮的微笑久久地停留在她的臉上。

18

這一夜，皮埃爾久久不能入睡；他在臥室裡來回走動，時而皺緊眉頭，思考什麼困難的問題，時而露出幸福的微笑。

他想到了安德烈，想到了娜塔莎，想到了他們的愛情。他時而嫉妒她的過去，時而責備自己，時而又原諒自己。已經是早上六點了，他仍然一直在臥室內來回踱步。

「到底該怎麼辦？非這樣不可嗎？到底該怎麼做呢？就是說，應該這樣做。」他匆匆脫去衣服，上床睡了。他感到幸福和激動，無憂無慮。

「不管這種幸福多麼奇特，也不管這種幸福多麼不可能，為了和她成為夫妻，我都要竭盡自己的全力。」他自言自語道。

早在幾天之前，皮埃爾就決定星期五動身去彼得堡。當他在星期四早上醒來時，薩韋利耶維奇進來向他請示收拾行李的事。

「怎麼，去彼得堡？彼得堡是什麼？誰在彼得堡？」他不由自主地問道，「噢，是的，好像是很久以前，我不知道為什麼的確打算去那裡一趟，」他回憶道，「到底是為什麼呢？他真是一個好人，把一切事情都記得那麼清楚。」他望著薩韋利耶維奇蒼老的臉，心想。

「薩韋利耶維奇，你怎麼一點都不想自由呢？」皮埃爾問。

「大人，我為什麼要自由？從老伯爵在世的時候就一直和您生活，侍候您，從未受到虧待。」

「那，你的孩子們呢？」

「孩子們都過得不錯，大人，跟著這樣的主人是件好事。」

「可是，我的繼承人會怎麼樣呢？」皮埃爾說，「要是我突然結婚了……這是很有可能的事情。」他不由得微笑著補充說道。

「我必須這麼說：這是好事，大人。」

「他把這件事想得太容易。」皮埃爾想，「他不知道這件事多麼可怕，多麼危險……」

「您還有什麼吩咐？明天是否動身？」薩韋利耶維奇問。

「沒有了，我要延後一些時間。之後再告訴你，原諒我給你添麻煩了。」皮埃爾望著薩韋利耶維奇的笑臉，想道：「真奇怪，他竟然不知道，當務之急是對那件事做出決斷。或許他已經知道，只是裝作不知道罷了。要跟他說嗎？」皮埃爾想，「算了，以後再說吧。」

吃早飯的時候，皮埃爾告訴公爵小姐，他昨天在瑪麗亞那裡遇見了娜塔莎・羅斯托娃。公爵小姐聽完後的表情顯露出，她感覺不出這個消息有什麼特別的地方。

「您認識她嗎？」皮埃爾問。

「我見過公爵小姐，」她回答道，「我聽說，有人想撮合她跟小羅斯托夫呢！這對羅斯托夫家是一件大好事，聽說，他們完全破產了。」

「不，您認識羅斯托娃嗎？」

「很遺憾，我只聽說過這件事。」

「是的，她還不明白，或是裝作不知道，」皮埃爾這樣想，「最好也不要告訴她。」

公爵小姐也為皮埃爾準備了路上用的食物。

「他們都那麼善良，」皮埃爾想，「這些事對他們來說都沒什麼意思，但他們卻都做了，全都是為了我。真令人吃驚。」

這一天，警察局長也來見皮埃爾，請他派人領回失物。

「這個人也是，」皮埃爾望著警察局長心想，「多麼可愛的長官，多麼善良！有人說他不清廉，貪圖享受，真是一派胡言！」

皮埃爾去瑪麗亞家吃午飯。

當他乘車馳過大街時，兩旁的馬車伕們、乘客們、木匠們、女商販和店老闆們彷彿都容光煥發，他們瞧著皮埃爾，好像在說：「看！那就是他！讓我們瞧瞧會有什麼結果吧！」

在走進公爵小姐家的時候，皮埃爾甚至對自己產生了懷疑，懷疑自己昨天是不是真的來過這裡，懷疑自己是不是見過娜塔莎，並且和她談過話。他還來不及走進房間，就在一瞬間失去了自我，他感覺到她在那裡，仍然穿著一身黑色的裙子，但卻完全變成了另外一個人。

她幾乎是她在孩提時代和在後來訂婚時的那個樣子。她的眼裡閃著一種歡樂的目光，臉上總是露出溫柔而頑皮的神情。

第二天，皮埃爾很早就來了。吃完午飯後，在這裡度過了一整個晚上。瑪麗亞和娜塔莎不時望向對方，顯然希望皮埃爾早點離開。皮埃爾看出這一點，但他不能離開，他的心情沉重、局促不安，依舊一動也不動地坐在那裡。

瑪麗亞不知道這種狀況還要持續多久，她第一個站起來，表示自己頭痛，必須告辭了。

「所以，你明天動身去彼得堡？」她說。

「不，我不去了，」皮埃爾急忙解釋道，「不去了，彼得堡？明天？我還不打算走，我還要看一下有沒有事情需要辦的。」他的臉漲得通紅，卻不離開。

娜塔莎走出了房間。瑪麗亞卻相反，她坐在椅子上，用那深沉的目光嚴肅地注視著皮埃爾。很明顯，她之前露出的困倦早已一掃而空了。她深深地嘆了一口氣，似乎準備作一次長談。

娜塔莎一離開房間，皮埃爾驚慌不定的心情立刻消失了，取而代之的是一種急切的、興奮的心情。他連忙把一張扶手椅移到瑪麗亞身邊。

「是的，我想對您說，」他說，「公爵小姐，幫幫我的忙吧，我該怎麼辦呢？我還有希望嗎？我的朋友，您聽我說呀！我都明白，我知道自己配不上她，我知道，現在談這個還太早；但是，我要做她的哥哥，不是，我指的不是這個……我不想，不可能……」

他頓了一頓，用雙手揉了揉眼睛，搓了一下臉。

「真的是這樣，」他竭力控制住自己，盡可能把話說得有條有理，「我自己也不知道，我是什麼時候愛上她的。然而，我只愛她一個人，我這一生只愛她一個人，沒有她，我無法想像該怎樣活下去。目前我還沒決定向她求婚，但是，一想到或許有天她會成為我的妻子，而我一旦失去了這個機會……是多麼可怕。請告訴我，我有希望嗎？請告訴我，我該怎麼辦才好，親愛的公爵小姐。」

經過短暫的沉默之後，他碰了一下她的手。

「我正在考慮您說的話呢，」瑪麗亞回答道，「我想對您說的是，您是對的，您現在就向她表白愛情……」公爵小姐停住了話，她想說，現在向她表白愛情是不可能的，但她沒有把話說出口，因為近來她看出娜塔莎變了，假如皮埃爾現在向她傾吐愛慕之情，娜塔莎不但不會感到受辱，反而正希望這樣呢！

「現在向她表白……不行。」瑪麗亞終於說道。

「那我到底該怎麼辦呢？」

「您就把這件事交給我吧，」瑪麗亞說，「我知道……」

皮埃爾直直地盯著公爵小姐的眼睛。

「好吧，好吧……」他說。

「我知道她愛……她會愛您的。」瑪麗亞糾正了自己的話。

她的話還沒有說完，皮埃爾就跳了起來，驚惶不定地抓住她的手。

「您為什麼這樣想？您認為我有希望嗎？您認為？……」

「是的，我認為是這樣，」瑪麗亞說，「您寫封信給她的父母親，接下來就交給我吧。我將在適當的時候告訴她。我希望這件事能圓滿成功，我的內心感覺到，這件事一定能成功。」

「不，這怎麼可能！我多幸福啊！但是，這件事不可能成功……」皮埃爾吻著她的手說道。

「您到彼得堡去吧，這樣比較好。我會寫信給您。」她說。

「去彼得堡？去那裡？很好，我一定去。那我明天還可以再來嗎？」

第二天，皮埃爾來辭行。娜塔莎已不像前幾天那麼活潑，但是，當皮埃爾不時望向娜塔莎的眼睛時，他感到自己正在融化，只剩下一種幸福的感覺。「難道這是真的嗎？不，這不可能。」他自言自語道，她的每一個眼神，每一個姿勢，每一句話，都使他充滿了喜樂。

當他向她告別的時候，他握住她那纖細的手，不由自主地久久握住不放。

「難道這手、這臉，這雙眼睛，所有這一切女性美的珍寶，都將永遠屬於我？不，這不可能！……」

「再見，伯爵，」她大聲對他說，「我一定等待著您。」她又低聲補了一句。

這樣一句普通的話，以及她說這句話時的表情，都成了皮埃爾往後兩個月裡無窮無盡的回憶，以及對幸福的嚮往。「我一定等待著您……啊！我是多麼幸福啊！這是怎麼回事，我多麼幸福！」皮埃爾自言自語道。

19

皮埃爾現在的處境，與他向海倫求婚時雖然相似，但心情卻完全不同。

他重複著她和他說過的每一句話，詳細地回顧了她的表情和微笑。他對自己所做的事情是對是錯，已不再有一絲懷疑，只有一團可怕的疑雲不時在腦中掠過：這一切不會是在做夢吧？瑪麗亞公爵小姐沒有搞錯吧？我是不是太過自信了呢？

一種令人喜悅的、意外的瘋狂支配著皮埃爾。對他來說，人生的全部意義只在於他的愛情，在於她能不能愛他；有時候，他覺得世上的所有人忙碌都是為了他們未來的幸福。有時候，他又覺得，所有的人都跟他一樣高興，只是他們在掩飾這種高興罷了。他把人們的一言一行都看作是對他的幸福所作的暗示，並回以他那意味深長的目光和微笑。當他明白別人可能還不知道他的幸福的時候，他就變得十分同情，因為人們忙碌的一切只不過是些無足輕重的小事罷了。

皮埃爾認為，那些懂得生命的真正意義的人，也就是懂得他的感情的人。而那些顯然不懂得這一點的人，他也能立刻毫不費力地從他們身上看出一切好的、值得愛的東西來。

他在處理亡妻的事務和一些文件的時候，除了惋惜她已經永遠不可能知道他現在的幸福之外，對於她竟沒有絲毫緬懷之情。瓦西里公爵現在已經謀得一個新官職，獲得了幾枚勳章，變得特別驕傲，但在皮埃爾的心目中，他只不過是一個善良的、可憐的老頭子。

「或許，」他事後回想道，「當時的我確實有點稀奇古怪；然而，當時的我並不像表面上那麼狂熱。正好相反，當時的我比任何時候都要聰明，更能看清楚一切事情，只要是在生活中值得瞭解的一切，我全都瞭解了，因為……當時的我是幸福的。」

皮埃爾的狂熱之處，在於他不像以往那樣，一定要在某個人身上發現優秀品格的時候，才愛他們，現在他的內心充滿了愛，他在無緣無故愛上某人的時候，總能在他身上找到值得愛的理由。

20

皮埃爾離開後的那一晚，娜塔莎的心中也有某種隱蔽的、甚至連她自己也莫名其妙的、又難以克制的東西甦醒了。

她所有的一切——面孔、步伐、目光、聲音，突然間都改變了。就連她生命的力量以及對幸福的渴望，都浮現出來了，而且渴望予以滿足。從這一晚開始，娜塔莎彷彿把過往的一切都忘得一乾二淨，她沒有再埋怨過自己的處境，不再提及過去的事，也不再害怕面對未來了。每當瑪麗亞提起皮埃爾時，她眼裡熄滅已久的那種亮光又重新點燃了。

娜塔莎身上的變化令瑪麗亞感到吃驚，但當她明白這種變化的意義時，又感到痛心。「難道她對我哥哥的愛情就那麼淡薄？這麼快就把他忘掉了。」然而，當她和娜塔莎在一起的時候，她並不生氣，也不責備她。娜塔莎身上洋溢著的生命力，顯然是無法遏止的，以至於瑪麗亞感到自己沒有任何權利去責怪她。

娜塔莎將全部身心沉浸於這一新的感情之中，她並不想掩飾它，她現在沒有悲哀，只有高興和快樂。

那天夜裡，當瑪麗亞和皮埃爾談過話後回自己的房間時，娜塔莎在房門口等她。

「他說了？是嗎？他說了？」她的臉上露出歡喜的、同時又請求原諒的表情。

「我原本想在門口偷聽，但是，我知道你一定會告訴我。」

娜塔莎的話，在最初的一瞬間使瑪麗亞感到屈辱。她想起了哥哥，想起了他的愛情。

「可是有什麼辦法呢！她不得不如此，」瑪麗亞想，於是她帶著憂鬱而嚴肅的表情，把皮埃爾的話全都告訴了娜塔莎。一聽說皮埃爾要動身去彼得堡；娜塔莎吃了一驚。

「去彼得堡！」她重複說。當她一看到公爵小姐臉上憂鬱的神情，就猜到了她難過的原因。她哭了起來。

「瑪麗，」她說，「告訴我，我該怎麼辦？我好怕自己做出傻事。告訴我該怎麼辦吧……」

「你愛他嗎？」

「愛。」娜塔莎細聲說。

「那你哭什麼？我為你高興。」瑪麗亞說。她已經原諒了娜塔莎。

「這不會很快了，總有這麼一天。你想想，我做了他的妻子，你嫁給尼古拉，那有多幸福啊！」

「娜塔莎，我不是求你別談這個嗎？我們只談你的事。」

她們沉默了一會兒。

「不過他為什麼要去彼得堡！」娜塔莎說，「不，應該去……瑪麗，你說是嗎？應該去……」

War and Peace

尾聲 *Epilogue*

戰爭的時代過去了，
英雄之名也逐漸為人淡忘，
但歷史的腳步仍舊持續前進。
是什麼造就了歷史？
宗教說，神的旨意造就了歷史，
學者說，偉人英雄造就了歷史，
哲人說，文化思想造就了歷史，
托爾斯泰說，人是歷史的工具，
是歷史造就了歷史。

Война и мир

第一部

1　一八一三年～一八二〇年

一八一二年來到了，然後又過了七年。奔騰洶湧的歐洲歷史的海洋已經平靜下來，但那些推動人類前進的神秘力量卻繼續發揮作用。

歷史的海洋，已不像先前那樣向海岸凶猛急遽地衝擊，但它仍在海水深處洶湧翻騰。歷史人物也不再像先前那樣被波濤捲來捲去，現在他們彷彿停留在原處，只是在漩渦裡打轉。原先，這些歷史人物領導著軍隊，發布命令、宣戰、出征、會戰，藉以擊退群眾運動；而現在卻巧用政治和外交手腕，利用法律和條約來擊退洶湧澎湃的群眾運動。

歷史人物的這種活動，史學家們稱之為反動。

這一時期在俄國也發生過反動，這次反動的元凶就是亞歷山大一世。正是他在統治初期就宣導自由主義，宣揚拯救俄國。

在現有的俄國文獻中，從中學生到學識淵博的史學家，沒有一人不因亞歷山大一世在位時的錯誤行為而向他投擲石塊。史學家對亞歷山大一世作出的種種責備，如果要加以列舉的話，就得寫滿整整十頁紙。

這些責備是什麼意思呢？

亞歷山大一世受到後世讚揚的行為，如即位初期一些自由主義的創舉、抗擊拿破崙、一八一二年所表現的強硬態度、一八一三年的出征，與那些受到史學家譴責的行為：成立神聖同盟、使波蘭復國、二〇年代的反動等，不都是從形成亞歷山大一世個性的血統、教育、生活眾條件的同一根源中產生出來的嗎？

這些責備的意義究竟是什麼呢？

意義在於，亞歷山大一世是一個處於人類權力的頂峰的歷史人物。像他這樣的人物，理應受到伴隨權力而來的陰謀、詐欺、諂媚等世上最強而有力的影響；像他這樣的人物，在他一生中隨時都感到自己應對歐洲發生的一切負責。他也像一般人一樣，有自己的習慣、情欲，及對真善美的渴望；但是他卻沒有後世學者們對人類幸福所具有的看法和觀點。

但只要我們注意一下歷史的發展，就會看到，對人類幸福的看法，隨著時代不同，隨著看待者的不同，亦不斷在改變著。不僅如此，即使在同一時期，我們也能看到歷史上對於福禍的看法有時也是完全矛盾的。例如，有人認為波蘭憲法和神聖同盟是亞歷山大的功勞，但有人卻因此譴責亞歷山大。

可是，我們假定科學有調和一切矛盾的可能性，它也有衡量歷史人物和歷史事件好壞的不變的尺度。我們假定，亞歷山大能夠按照那些指責他的人的指示行事，也能依照指責他的人所提供的民族性、自由、平等和進步的綱領來治國。那麼，那些反對當時政府方針的人們的一切活動會變成什麼樣呢？這種活動是不會有的，實際的生活也不會有，所有這一切都不會有的。

如果說，人類的生活可以受理性支配，那就不可能有實際生活了。

2

如果依照史學家所想的，是偉大的人物引導人類達到一定的目的；那麼，不用機遇和天才這兩個概念，就無法解釋歷史現象了。

如果十九世紀初歐洲歷次戰爭的目的在於實現俄國的強大，那麼，不用戰爭和侵略也能達到這個目的；如果目的是為了法國的強大，那麼，不進行革命，不建立帝國，也能達到這個目的；如果目的是傳播思想，那麼，書籍會比武力有用得多；如果目的是為了文明進步，那麼，除了屠殺生命和銷毀財富之外，一定還有其他更適合的途徑。

那麼，事情為什麼會發生？

歷史告訴我們：「機遇創造時勢，天才加以利用。」事情就是這樣。

但什麼是機遇？什麼是天才？

機遇和天才並不代表現實中的任何東西，它們只表示對現象的某種理解，我們不知道某種現象為什麼會發生，因此就說：「這是機遇。」我們看到一種超乎尋常的力量，不明白為什麼會發生這種事，因此只好說：「這是天才。」

但只要我們不去探求眼前容易理解的目的，並承認最終目的是無法得知的，就能看出那些歷史人物一生中遇到的事情的連貫性和合理性。我們才能發現他們不符合人類本性的行為的原因，因而也就不需要機遇和天才這些名詞了。

我們不需要明白歐洲人民動亂的目的，只需要知道以下事實——起初在法國，後來在義大利、在非洲、在普魯士、奧地利、西班牙、俄國，這些地方都發生了屠殺；還有，西方向東方進軍，東方向西方進軍，這些事件構成了一個共同的本質。這樣，我們不僅不必在拿破崙和亞歷山大的性格中尋找他們獨有的特點和天才，而且也不會對他們另眼相看。同時，我們也無須用偶然性來解釋引發這些歷史人物變化的那些瑣事，而且會明顯地看出，這一些瑣事也是必然會發生的。

放棄對最終目的的探求，我們便會清楚地看到，一種植物對應一種花朵和種子，我們無法去空想更適合於這種植物的其他花朵和種子。同樣地，我們也無法想像有其他兩個人能比拿破崙和亞歷山大更適合地、更徹底地完成他們天賦的使命。

3

十九世紀初，許多歐洲事件中的一個重大事實，就是歐洲各國的民眾自西向東、後來又自東向西的武力活動。這項活動是從自西向東的進軍開始的。

尾聲

隨著法國大革命的爆發，舊的集團逐漸崩潰，舊習慣和舊傳統逐漸消亡，具有新規模的集團、新習慣和新傳統逐步形成，一個領導未來運動並對即將發生的一切承擔責任的人物應運而生。

一個沒有信仰、沒有習慣、沒有傳統、沒有名望，甚至祖籍不是法國的人似乎憑藉極其奇特的偶然出人頭地，爬上了顯赫的地位。

同僚的無知、對手的軟弱，及他本人的華而不實和剛愎自用使他成為軍隊的首腦。義大利士兵的優良素質、敵人的喪失鬥志、孩子般的衝動魯莽和盲目自信，使他獲得了軍事聲望。他到處碰到的都是機會。

他從義大利回國，發現巴黎政府分崩離析，凡是參與這個政府的人，無不遭到清洗和毀滅。

就在此時，竟又遇上了遠征非洲的機會，很自然地擺脫了危險的處境。這時，難攻不落的馬爾他島竟不戰而降，讓拿破崙全軍通過。在非洲，他對老百姓犯下一系列罪行，而犯下這些罪行的人，竟相信這麼做很光榮，才像古羅馬的凱撒和馬其頓君王亞歷山大。

他不論做什麼都馬到成功。瘟疫沒有傳染給他，屠殺俘虜的暴行沒有歸咎於他；他不光彩地丟下患難中的伙伴，若無其事地從非洲溜走，並且把這種舉動當成他的功績。他漫無目的地闖到巴黎，這時，一年前威脅他生命的共和國政府更加腐敗，於是他這個超然於各黨派之外的新人身價自然水漲船高。

他沒有任何計畫，他什麼都怕，但各黨派都拉攏他，要求他參加。

他被迫出席政府會議，他驚慌失措想要逃走；他假裝暈倒、胡言亂語。但是，原來那些精明老練的法國統治者這時卻變得比他更加狼狽；最後，他們既沒有保住政權，也不能置拿破崙於死地。

成千上萬個機遇賜給他權力，而所有人像是商量好了似的，都協助他確立這個權力。機遇使得法國人情願服從他，機遇使得反對他的陰謀失敗，機遇使得他把遠征英國的意圖改為進攻奧地利軍隊，機遇給了他在奧斯特里茨的勝利。由於偶然，儘管人們原先對他的罪行懷有恐懼和厭惡，現在也承認了他的權力，承認了他自封的稱號，承認了他那偉大與光榮的理想。

西方各國在一八〇五到一八〇九年間幾次東進，不斷地增強和壯大，彷彿是在估量自己的實力，以便對即將到來的行動作好準備。一八一一年，法國的軍隊與中歐各國匯合成一個龐大集團，這位領袖人物聚集了歐洲所有國王。各國的統治者無力對抗拿破崙光榮與偉大的理想，一個接著一個跪倒在他面前。

侵略軍的矛頭指向東方，並到達了最終的目的地——莫斯科。突然間，使他從一系列勝利走向既定目標的偶然和天才消失了，出現了無數相反的偶然——從博羅金諾的感冒、嚴寒的天氣以及莫斯科大火。同時，天才也不見了，取而代之的是史無前例的愚蠢和卑劣。

侵略軍逃跑了，如今，一切機會和偶然都不再是幫助他，而是與他作對了。

自東向西的一次反方向的軍事行動現在展開了，它與原來自西向東的運動十分相似，也組成了龐大的軍事集團，也有中歐各國的參與，也是越接近目的地，速度就越快。

巴黎——最終的目的地達到了。拿破崙垮台了，但是，一個莫名其妙的偶然又出現了。他被遣送到離法國兩天航程的小島上，並讓他管轄小島，又給了他衛隊，不知為什麼還送給他幾百萬金錢。

4

各國的軍事行動的波濤在岸邊停息。浪潮退落下去，平靜的海面上形成一個個漩渦。外交家們在漩渦裡打轉，並以為是他們平息了軍事活動。

但是，平靜的大海突然又動盪起來。這次風浪依舊來自運動的出發點——巴黎。這個使法國遭到浩劫的人，沒帶一兵一卒，隻身回到了法國。每一個衛兵都可以逮捕他，但由於奇怪的偶然機遇，誰也沒有抓他，還熱烈地歡迎他。

這個人還要為最後一次集體行動辯護。

戲收場了，最後一個角色演完了。演員卸下戲服，洗去化妝，再也沒有用武之地了。

幾年過去了。這期間，這個獨處孤島的人還繼續欣賞著他的悲喜劇，在已經不必為自己的行為辯護的時候，他還在耍詭計、說謊，並向全世界表明，人們視為權勢的東西不是別的，而是一隻引導著他的無形的手。

但是，被這些行動的威力搞得頭暈目眩的人們，很久都無法瞭解這一點。

至於亞歷山大，這個領導自東向西行動的人，他的一生就顯得有更大的連貫性和必然性。他有著正義感和對歐洲事務的關心，他有著超越各國君王的精神，他有著溫和而富有魅力的人品，有著反對拿破崙的個人私仇。

在全民戰爭時期，他沒有什麼作為，因為用不著他。一旦需要進行歐洲的全面戰爭，這個人就嶄露頭角，將歐洲各國聯合起來，領導他們奔向目的地。

目的達到了。一八一五年最後一場戰爭結束後，亞歷山大便處在權力的顛峰，他完成自己的使命後，感覺上帝的手在支配他，受到上帝啟示，忽然醒悟到這種虛假的權力微不足道，於是摒棄這種權力，把它交給他所蔑視的小人。

太陽和太空中的每個原子都是完整的個體，同時又是龐大宇宙中的一份子。同樣，每個人都有自己的目的，而這種目的又是為了人類無法理解的總目的而存在。人類所能瞭解的，只是觀察到個體與個體之間對應的關係而已。對於歷史人物和各國人民的活動目的的理解，也是如此。

5

一八一三年，娜塔莎與皮埃爾．別祖霍夫結婚，這是老羅斯托夫家的最後一件喜事。就在這一年，伊利亞．羅斯托夫伯爵去世。他一死，這個舊家庭也就解體了。

過去一年發生的幾件事，接二連三地給了老伯爵沉重的打擊。他在精神上一蹶不振，有時驚惶不安，不知所措，有時精神亢奮、雄心勃勃。

他為娜塔莎的婚禮忙了一陣子，顯然想裝出快樂的樣子；但是他的快樂已不像以前那樣感染人，反而使熟悉他和喜愛他的人感到同情。

皮埃爾帶著妻子離開後，他感到寂寞、煩悶，幾天後就病倒了。雖然醫生一再安慰，他知道自己再也起不來了。臨終時，他痛哭失聲，請求妻子和不在場的兒子原諒他耗盡了家產，之後便平靜地死去了。

尼古拉接到父親去世的噩耗時，正隨著俄國軍隊駐紮在巴黎。他立刻提出辭職，不等批准，就請假回到莫斯科。伯爵死後一個月，家裡的經濟情況已釐清了，雖然誰都知道伯爵負債累累，但債務金額之大令人吃驚，足足比家產高出一倍。

親友們勸尼古拉不要接受遺產。但他認為拒絕接受遺產是對亡父的褻瀆，因此毅然承擔起還債的義務。

尼古拉想出的周轉方式沒有一種獲得成功，地產以半價賣出，但仍有半數債務未能償還；他又接受了妹夫別祖霍夫借給他的三萬盧布，償還了一部分現款。之後，為了不致為剩下的債務入獄，他只能重新去任公職。

雖然重返軍隊可以補上團長的職缺，但他不能去，因為他現在是母親生活中唯一的倚靠。於是，儘管他不願留在莫斯科，儘管他討厭文職工作，他還是在那裡找了一個文官職務，並與母親和索尼婭搬到西夫采夫·弗拉若克區的一間小住宅裡。

尼古拉的處境極為艱難，他必須用一千兩百盧布養活自己、索尼婭和母親，而且還必須隱瞞家中的境況。伯爵夫人習慣於過去的奢侈生活，時而要馬車去接熟人，時而要美食、美酒，時而要錢為娜塔莎、索尼婭和尼古拉買一件高級的禮物，絲毫不知道兒子的窘境。

索尼婭料理家務，侍奉姑母，忍受她的任性和對她的嫌惡，幫助尼古拉隱瞞經濟上的窘迫。尼古拉對她感激不盡，並讚賞她的耐心和忠誠，卻竭力疏遠她。

他在心裡責怪她。儘管她十分完美，擁有一切美好的品德，卻缺乏使他愛的特質。她過去在信中的諾言、現在他對她的態度，就像過去的往事一般被遺忘了，再也無法挽回了。

尼古拉的處境每況愈下。他沒有任何心願，不抱任何希望，也不發牢騷，只在內心深處享受一種憂鬱而嚴峻的歡樂。他竭力避開過去的熟人，避開他們同情而屈辱的幫助。他擺脫一切娛樂消遣，在家裡只是默默地踱步，吸著一袋又一袋的煙，並竭力保持憂鬱的心情，彷彿只有這樣才能忍受自己的處境。

6

初冬，瑪麗亞公爵小姐來到莫斯科。她從傳聞中得知羅斯托夫家的情況，還聽城裡的人說：「兒子為母親而犧牲自己。」

「我就知道他是這樣的人。」瑪麗亞心想，她覺得自己還是愛他的，心中不由得一陣喜悅。她覺得應該去看望他們，但一想到在沃羅涅日她與尼古拉的關係，又害怕起來。不過在莫斯科待了幾個星期後，她還是鼓起勇氣去拜訪羅斯托夫一家。

第一個迎接她的人是尼古拉。他看到瑪麗亞時，臉上並不是她一直期待的欣喜表情，而是一種她從未見過的冷淡和高傲。尼古拉向她問好，把她領到母親房裡，沒多久就走了。

公爵小姐從伯爵夫人房裡出來，尼古拉又冷淡地把她領到前廳，當她提起伯爵夫人的健康時，他一句話也沒有回答。

「她來這裡幹什麼？她想幹什麼呀？我實在受不了這些女人家的客套！」公爵小姐的馬車一走，他顯然控制不住心中的怒氣，當著索尼婭的面大聲說。

「你怎麼可以這樣說呢？尼古拉！」索尼婭幾乎掩飾不住心中的喜悅，「她是那麼善良，媽媽又那麼愛她。」

尼古拉沒有回答，他根本不想再談到公爵小姐。但自從她來訪後，伯爵夫人每天都會提起她好幾次，而尼古拉總是默不作聲，他的沉默逼急了母親。

「她是個賢慧又可愛的好姑娘，」她說，「你應該去看看她，不要老是和我們待在一起，會憋死的！」

「我一點也不想見人，媽媽。」

「你曾說在家悶得發慌，現在卻又不想見人了。親愛的，我真不懂。」

「我沒說過我悶得發慌。」

「你不是說你連見都不願意見她嗎？她可是個好姑娘，你一向喜歡她，但現在不知道是為什麼，什麼事都瞞著我。」

「我沒有瞞著你什麼，媽媽。」

「如果我求你做什麼不愉快的事，也就算了；但我只不過求你回禮一次……既然你有事瞞著母親，我就不再過問你的事了。」

「您一定要我去的話，我去就是了。」

「我無所謂，這一切都是為你著想。」

第二天、第三天、第四天，一連幾天一再重複這樣的談話。

自從在羅斯托夫家受到尼古拉的冷遇以後，瑪麗亞暗自承認，她原來不想上門拜訪的想法是對的。

「我又沒有期望得到什麼結果，」她自言自語地說，「我和他有什麼關係？我只是想看看老太太，她一向對我很好，我欠了她不少人情。」

但這些想法並不能使她內心得到安慰，總有一股悔恨折磨著她。她問自己，是什麼事使她煩惱，不得不承認，那就是與尼古拉的關係。她知道他那彬彬有禮的冷淡態度並非出自真正的感情，只是為了掩蓋某種東西。

仲冬的一天，她正在教室裡監督侄子做功課，僕人通報尼古拉來訪。她決定不動聲色，竭力保持鎮定。她請布里安小姐和她一同到客廳裡去。

她第一眼就從尼古拉臉上看出，他只是來回禮的，於是她決定和他採取一樣的態度。

他們聊到伯爵夫人的健康，聊到一些共同的熟人，也聊到最近的戰況。之後，尼古拉起身告辭了。

這個時刻，公爵小姐感到這種敷衍性的交談令人疲勞，又想到為什麼生活給予她的歡樂總是這麼少；她突然感到心神恍惚，一雙明亮的眼睛凝視著前方，坐在原地不動。

尼古拉看了看公爵小姐，發覺她和善的臉上露出痛苦的神色。他忽然可憐起她來，並模糊地意識到自己可能傷了她的心。他想對她說些愉快的話，卻想不出該說些什麼。

「再見，公爵小姐。」他說。她回過神來，滿臉通紅，深深地嘆了一口氣。

「哦，對不起！」她說，「您要走了嗎？伯爵，那麼，再見！給伯爵夫人的枕頭呢？」

「等一等，我這就去拿。」布里安小姐說，走出了房門。

兩個人都沉默不語，偶而看一下對方。

「是啊，公爵小姐，」尼古拉打破沉默，露出了苦笑，「我們在博古恰羅沃的相遇彷彿還是不久前的事，可是發生了多大的變化啊！我們都很不幸……我願意付出一切代價來挽回那段時光……但是一切都挽不回了。」

瑪麗亞依舊凝視著他的眼睛，彷彿竭力想從他的話裡聽出他內心深處的真正感情。

「是的，是的，」她說，「您的過去沒什麼可惋惜的，伯爵。您將會永遠愉快地回憶它的，因為您現在的生活充滿自我犧牲……」

「我不能接受您的讚揚，」他慌忙打斷她的話，「相反地，我一直在自我責備，不過談這些太無趣了。」

他的眼神又回復原來的冷淡，但公爵小姐已從他身上找回原來那個熟悉而心愛的人。

「容我這麼說，」她說，「我與您……您一家那麼親近，所以我想您不會認為我的同情是不適當的。但我想錯了，」她用顫抖的聲音說，「我不知道為什麼，您以前不是這樣的……」

「為什麼——這有上千條原因。謝謝您，公爵小姐，」他低聲說，「有時心中好痛苦啊！」

「原來如此！原來如此！」公爵小姐內心的聲音在說，「對，我愛他，不只愛他快樂、善良和開朗的眼神，不只愛他俊俏的外表，還愛他那顆高尚、剛強和自我犧牲的心。是啊！他現在很窮，但我有錢……就是因為這一點啊！如果不是這樣……」她忽然明白了他冷淡的原因。

「為什麼，伯爵，究竟為什麼？」她向前靠近他，情不自禁地大聲說，「告訴我，為什麼？」他不吭聲。

「伯爵，我知道為什麼，」她繼續說，「可是，我心裡很難過……我向您承認這一點。您為什麼要讓我失去我們原來的友誼？」她哽咽著，「我的生活中很少有幸福，因此失去任何東西都會使我難過……原諒我，再見。」她突然哭起來，走出屋去。

「公爵小姐！看在上帝份上，等一下！」他喊道，竭力攔住她，「公爵小姐！」

她回過頭來，看著他，他們默默地相視了幾秒鐘。於是，那原本遙遠的、不可能的事，突然一下子變成了眼前的、即將成為現實的、甚至是無法避免的事了。

7

一八一四年秋天，尼古拉和瑪麗亞結婚了，尼古拉帶著妻子、母親和索尼婭遷到童山。

三年內，他沒有變賣妻子的田產，就還清了債務。他繼承了一個表姐不大的遺產，把欠皮埃爾的債也還清了。

到了一八二〇年，尼古拉已把財務整頓得有條不紊，更在童山附近買了一處莊園，並交涉買回父親在奧特拉德諾耶的住宅——這是他夢寐以求的一樁大事。

起初，他管理家業是出於需要，但不久就對經營莊園入了迷，幾乎成為他獨一無二的愛好了。尼古拉在管理莊園時，尤其注重農民；他認為，農民不僅是農業生產中的主要手段，而且是生產的最終目標和判斷生產效益的主要指標。於是，他竭力瞭解農民的愛好和願望，學會用他們的語言說話，與他們打成一片，之後才大膽地管理他們。靠著這樣的經營方式，他在農業上取得了最輝煌的成就。

瑪麗亞伯爵夫人嫉妒丈夫在事業上的熱愛，惋惜她不能分享這種感情，但她也不能理解他在那個陌生的世界中感受到的快樂。她無法理解，他天一亮就起身，在田裡或打穀場上消磨整個早上，在播種、割草或者收穫後回家與她喝茶時，為什麼總是那樣興高采烈、得意洋洋。

她更不瞭解，這個心地善良的人，為什麼一聽到她替農民求情免除他們的勞役時，就會露出絕望的神情，堅決地拒絕她。他彷彿有一個特殊的世界，他十分熱愛那個世界，而她卻不懂那個世界的某些規章制度。

她有時努力想瞭解他，向他談起他在農奴身上做的善事，但他卻惱怒地說：「才不是這樣！我從沒這麼想過，也沒有為他們謀福利。為他人著想什麼的，全是鬼扯！我可不要讓我的孩子上街討飯，只要我還活著，就要管理好我的家業。為了做到這一點，就必須訂出好規矩，並嚴格管理，只是這樣。」他激動地握緊拳頭說，「當然也必須公平合理。要是農民缺衣少食，那他就不能為我幹活了。」

也許，正因為尼古拉沒有想到自己是在做善事，於是做的這一切才會如此富於成效。他的財富迅速增加，鄰莊的農奴都來請求把他們買過去。「他是個好主人，把農民的事擺在第一，自己的事擺在後頭。不過他也並不姑息，是個沒話說的好主人。」

8

尼古拉的性子暴躁，再加上驃騎兵的老習慣，動不動就揮拳頭。起初，他並不覺得這有什麼不好，但在婚後第二年，他對這種懲罰方式的看法突然改變了。

夏天時，他把博古恰羅沃的新任村長叫來，因為有人控告他營私舞弊、怠忽職守。尼古拉走到門口去見他，沒過多久，門廳裡就傳來尼古拉大吼大叫、拳打腳踢的聲音。當他走到正低著頭繡花的妻子面前，向她提起村長的事時，瑪麗亞的臉上陰晴不定，一直低頭不語。

「這個無法無天的混蛋，」尼古拉餘怒未消，「假如他說是因為喝醉也就算了，真沒見過……你怎麼了？瑪麗亞。」他突然問。

瑪麗亞抬起頭來想說什麼，但立刻又低下頭，抿緊嘴唇。

「你怎麼了？你怎麼了？親愛的？……」

瑪麗亞長得並不漂亮，但一哭起來卻楚楚動人。她從不為痛苦和煩惱而哭泣，卻常由於感傷和憐憫而落淚。尼古拉剛拉起她的手，她就忍不住哭出來。

「尼古拉，我知道⋯是他不對，可是你，你為什麼要那樣！⋯⋯」她用雙手捂著臉說道。

尼古拉滿臉通紅，從她身旁走開，默默地在房裡踱步。他明白她為什麼哭，但要他把從小的習慣視為錯誤，他一下子還無法接受。

「是她的心腸太好，還是她是對的？」尼古拉心想。他又瞥了一眼她那痛苦而可愛的臉。於是他突然明白她是對的，而他早就錯了。

「瑪麗，」他輕聲地說，「以後再也不會了，我向你保證。絕不會再發生這種事了。」

伯爵夫人的淚水更加停不下來了。她拿起丈夫的手吻了吻。

「尼古拉，你什麼時候把戒指打碎了？」她望著他戴著戒指的手說。

「就是今天那件事。唉，瑪麗，別提了。」他說，「我對你發誓，絕對不會再發生那樣的事了，就讓這戒指隨時提醒我吧。」

從那之後，每逢尼古拉與村長或管家發生爭執，雙手緊握拳頭時，他就轉動手指上那枚打碎的戒指，閉上眼睛。不過，他一年中總會有一兩次忘記自己的諾言，這時他就走到妻子面前認錯，並保證以後絕不再犯。

「瑪麗，你一定瞧不起我了？」他對她說，「這是我自作自受。」

「如果你覺得控制不住自己的情緒，那你就走開，儘快走開。」伯爵夫人竭力安慰丈夫。

尼古拉婚後，索尼婭仍住在家裡。他在結婚前把他跟索尼婭的關係全部告訴了未婚妻，並請求瑪麗亞好好對待表妹。瑪麗亞明白，是她的家產影響了尼古拉的選擇，她絲毫不能責怪索尼婭，反而該喜歡她。但事實上，她不僅不愛索尼婭，心中還時常難以克制地憎恨她。

有一次，她與娜塔莎談到索尼婭，並談到自己對她的不公正。

「聽我說，」娜塔莎說，「你讀過《福音書》，其中有一個地方似乎是針對索尼婭說的。」

「你是指哪一節？」瑪麗亞伯爵夫人驚訝地問。

「『凡有的，還要加給他，沒有的，連他所有的，也要奪過來。』你記得嗎？她就是那個沒有的，而她所有的全被奪走了。有時候我十分同情她，以前我曾希望尼古拉跟她結婚，但我預感到這是不可能的。我很同情她，可是又覺得她不會感覺到這一點。」

瑪麗亞同意了娜塔莎的解釋。索尼婭似乎不曾為自己的處境感到苦惱，對自己的命運處之泰然。她侍候老伯爵夫人，寵愛孩子們，總想盡力為別人做些事，別人若無其事地接受她的照顧，卻並不感激她。

9

一八二〇年十二月五日，聖尼古拉節前夕。這一年初秋娜塔莎和丈夫、孩子住在哥哥家裡。皮埃爾去彼得堡辦事了，他在那裡待了六個多星期，隨時都可能回來。

十二月五日那天，除了皮埃爾一家外，尼古拉的老朋友，退役將軍瓦西里·費奧多羅維奇·傑尼索夫也在羅斯托夫家作客。

六日是聖尼古拉節，有許多客人要來。年飯前，尼古拉檢查了梁贊莊園的帳目，寫了兩封公事上的信，巡視了穀倉、牛欄和馬廄，然後去用午餐。全家人圍坐在桌旁，這裡有他母親、陪伴母親的別洛娃老太太、妻子、三個孩子、家庭教師、內侄和他的家庭教師、索尼婭、傑尼索夫、娜塔莎和三個孩子，以及孩子們的家庭教師，還有在童山養老的建築師米哈伊爾·伊凡諾維奇。

瑪麗亞發現丈夫心緒不佳，於是問他到哪裡去了，又問他農場是否一切正常。他不高興地皺了皺眉頭，漫不經心地答道：「我又沒有錯。」瑪麗亞從他回答的語氣聽出他對她不滿，且不想再跟她說話，但她還是忍不住要再問幾句。

當所有人離開餐桌去向老伯爵夫人道謝時，瑪麗亞一面吻了吻丈夫，一面問他為什麼生她的氣。

「你總是胡思亂想，我根本沒有生氣。」他說。

但瑪麗亞認為他說出「總是」兩個字就代表「沒錯，我在生氣，但我不想解釋」。

尼古拉與妻子和睦相處，但他們之間也會有不融洽的時候。有時，在他們過了一段非常愉快的日子後，突然會變得疏遠、反感。這種感覺常發生在瑪麗亞懷孕時，現在她正是懷孕了。

「嘿，女士先生們，」尼古拉裝出高興的樣子說道，「我從六點開始就沒休息過。明天還得受罪，我現在要去休息了。」他沒再對瑪麗亞說什麼，就走進房間，躺在沙發上。

「他總是這樣，」瑪麗亞心想，「跟大家說話，卻不跟我說話。我看得出他討厭我，特別是我懷了孕。」她瞧瞧自己隆起的肚子。

不論是傑尼索夫的笑聲，還是娜塔莎的說話聲，尤其是索尼婭向她投來的目光，所有這一切都使她感到不痛快。

每當瑪麗亞一生氣，索尼婭總是成為出氣筒。

她陪客人坐了一會兒，又悄悄地走到育兒室去，陪孩子們玩了一下。她的心裡一直捉摸著丈夫此刻的心情，一想到丈夫無緣無故生氣，她感到很難過。

她站起來，費力地踮著腳尖朝房間走去。

「也許，他還沒睡著，我要跟他講清楚。」她自言自語。她的大孩子安德烈學她的樣子，踮著腳尖跟在後面，但瑪麗亞沒有發覺。

「親愛的瑪麗亞，他好像睡著了，他累壞了，」索尼婭說道，「安德留沙，別把他吵醒了。」

瑪麗亞臉漲得通紅。她一言不發，只做了個手勢要安德留沙別出聲，但還是讓他跟在後面，朝門口走去。房裡傳出均勻的呼吸聲，她聽著這陣呼吸聲，端詳著他那漂亮的前額、小鬍子和整個臉龐。尼古拉突然動了一下，這時，安德留沙在門口嚷道：

「爸爸，媽媽在這裡呢。」

瑪麗亞嚇得臉都變白了，她知道尼古拉最不喜歡人家吵醒他。房裡突然又傳來乾咳和翻身的聲音，尼古拉不高興地說：

「一刻也不得清閒。瑪麗，是你嗎？你怎麼把他帶到這裡來了？」

「我只是來看看，我沒注意……對不起……」

尼古拉不再說話了。瑪麗亞把兒子帶回育兒室，過了五分鐘，三歲的女兒小娜塔莎也瞞著母親，悄悄地走到父親面前。尼古拉轉過身，臉上露出慈愛的微笑。

「娜塔莎，娜塔莎！」瑪麗亞在門外驚慌地喊道，「爸爸要睡覺。」

「不，媽媽，他不想睡了，」小娜塔莎很有把握地答道，「瞧，他還在笑呢！」

尼古拉站起來，抱起女兒。

「進來吧，瑪莎。」他對妻子說。瑪麗亞於是走進屋裡，在丈夫身旁坐下。

尼古拉一手抱住女兒，看了看妻子，見她臉上帶有歉意，就用另一隻手摟住她，吻了吻她的頭髮。

「我不明白，你為什麼覺得我心情不好。」尼古拉說，猜透了妻子的心事。

「你無法想像，每當你這樣，我心裡有多難過、多孤單。我總是覺得……」

「瑪麗，算了，你真糊塗，也不害臊。」他快活地說。

「我總是覺得，你不會愛我，我現在這麼難看……從來就……而現在又……」

「嗨，你真好笑！一個人不是因為漂亮才可愛，而是因為可愛才顯得漂亮。如果有人問我愛不愛妻子，我會說不愛嗎？唉，真不知道該怎麼跟你解釋清楚！當你不在時，或者我們之間有什麼不愉快的事，我就會變得六神無主，什麼事也做不成。」

「那麼說，你並沒有生我的氣囉？」

「生氣得要命！」他笑著說，站起來撥撥頭髮，開始在屋裡踱步。

「你知道我在想什麼嗎？瑪麗。」他立刻把自己的想法告訴妻子，原來，他想勸皮埃爾留在他們家直到春天。瑪麗亞也講出了自己的意見，接著，她提到孩子們的事。

「她現在已經像個大人了，」她指著娜塔莎，說道，「你們總是說我們女人缺乏邏輯，但她卻是個邏輯專家。我說，爸爸要睡覺，但她說『不，他在笑呢！』還是她說得對。」

「對，對！」尼古拉把女兒舉得高高的，又讓她坐在肩上，扛著她在屋裡踱步。

「你也許有點不公平。你太寵她了。」瑪麗亞小聲說。

「是的，可是有什麼辦法呢？……我已經盡力不表現出來了……」

這時，門廊和前廳裡傳來了腳步聲和門的滑動聲。

「有人來了。」

「一定是皮埃爾。我去看看。」瑪麗亞說著就走出屋去。幾分鐘後她回來了，說道：

「是他！是他！尼古拉，」她說，「這下子娜塔莎就高興了，你該去看看她有多開心，而皮埃爾又挨了多少罵。好了，快點去吧，快去！你們也該分開了。」她含笑望著依偎在爸爸身上的小女兒說。

丈夫牽著女兒離開後，瑪麗亞仍然留在房間裡。

「我從來都不相信自己會這麼幸福。」她自言自語，臉上露出了笑容。

10

娜塔莎是一八一三年初春結婚的，到一八二〇年已有三個女兒和一個兒子，這個兒子是她盼望已久的，由她親自哺乳。她胖了，從這位身強力壯的母親身上，已經很難找到當初那個苗條活潑的娜塔莎了；她的臉上也沒有了先前那種洋溢著熱情的青春活力。現在，只有當丈夫回家、孩子病癒，或是跟瑪麗亞一起回憶安德烈，或是偶爾心血來潮唱起歌來時，她才會重新燃起熱情。而當昔日的熱情在她美麗豐滿的身上重新燃燒時，她就顯得格外富有魅力。

娜塔莎婚後與丈夫一起在莫斯科、彼得堡、莫斯科郊外的田莊和尼古拉的家裡住過。由於接二連三地懷孕、生育、餵奶、參與丈夫的生活，她極少在交際場合出現。人們都對娜塔莎在結婚前後的變化感到吃驚，只有老伯爵夫人憑著母性的本能，明白娜塔莎的熱情出於她對家庭和丈夫的需要。

「她把全部的愛都用在丈夫和孩子們身上，」伯爵夫人說，「愛到極點，簡直有點傻了。」

她變得滿不在乎，既不注意自己的言談舉止，也不向丈夫獻媚，更不講究梳妝打扮。她認為維繫他們夫妻關係的已不是過去那種富於詩意的感情，而是另一種難以說明的、牢固的東西，就像心靈與肉體的結合體。

娜塔莎全神貫注在家庭上，也就是她的丈夫和孩子們。她要使丈夫完全屬於她，屬於這個家。另外，她還要生育、撫養和教育孩子們。

娜塔莎不修邊幅，她的衣著、髮型、不合時宜的談吐、她的嫉妒心，都成了周圍人們的笑柄。大家都認為皮埃爾對妻子的管教服服貼貼，事實上也是如此。娜塔莎婚後一開始就提出了她的要求——她認為丈夫的每一分鐘都應該屬於她和家庭。這一嶄新的觀點使皮埃爾大吃一驚，但也十分得意，完全照她的話去做。

皮埃爾對妻子言聽計從，不僅不敢向別的女人獻殷勤，而且不敢露出笑容與別的女人談話，不敢再去俱樂部吃飯，不敢隨便花錢，不敢長期出門，除非去辦正經事。另一方面，只要皮埃爾表示喜歡什麼，他的願望總能得到滿足。只要他一提出什麼新的要求，娜塔莎立即全力以赴，加以實現。

全家都遵照丈夫的願望行事。無論是生活方式、居住地點、社交活動、娜塔莎的工作、孩子的教育，無不遵照皮埃爾的心意。娜塔莎竭力從皮埃爾的言談中揣測他的意思，一旦猜透，就堅決去辦。要是皮埃爾違背自己的意願，娜塔莎就以他原來的想法反駁他，與他爭論。

過了七年夫妻生活後，皮埃爾高興地深信自己不是一個壞人，之所以這麼想，是因為他從妻子身上看到了自己。他覺得自己的心中有善有惡，但在妻子身上只反映出他善的一面，不善的東西都被摒棄了。

11

兩個月前，皮埃爾在羅斯托夫家住下，他接到費奧多爾公爵的信，信中說彼得堡的一個協會將討論重要議題，邀請他出席，因為皮埃爾是協會的主要創辦人之一。

娜塔莎也看了這封信，她主動勸他去彼得堡。儘管她對丈夫抽象的腦力活動一竅不通，但她還是很重視他的專業工作。然而，她要皮埃爾明確地訂出歸期。最後皮埃爾得到四週的假期。

兩週前，皮埃爾的假期滿了，在這兩週裡，娜塔莎一直處於心情煩躁、提心吊膽的狀態，有時還有些憂鬱不安。

傑尼索夫現在已是一位退役將軍，正好這時來到他們家中。他看到娜塔莎與他當年愛上的人已大不相同，感到十分憂鬱、驚訝和感慨。

這段時間，娜塔莎一直心情鬱悶，煩躁不安，特別是當母親、哥哥或瑪麗亞安慰她，為皮埃爾的不歸找藉口時，她心情變得更壞。

「都是廢話！」娜塔莎說，「他的胡思亂想不會有什麼結果，那些協會都愚蠢透頂！」她作出了結論，隨後就到育兒室去餵兒子佩佳了。

在這煩躁不安的兩週裡，娜塔莎常跑到孩子那裡尋求安慰，不斷逗弄孩子，結果奶餵多了，讓孩子生病了。她驚慌失措，但又因為照顧孩子而減輕了對丈夫的牽掛。

那天，娜塔莎正在餵奶，門口傳來皮埃爾的雪橇聲。保姆歡喜地走進來。

「是他嗎？」娜塔莎連忙低聲問，唯恐吵醒剛睡著的孩子。

「是他回來了，太太。」保姆低聲說。

娜塔莎搖了搖孩子，又把他交給保姆，快步向門口跑去。她一跑進前廳，就看見一個穿著皮大衣的魁梧男人正在解下圍巾。

「是他！真的是他！」她自言自語，跑過去擁抱他，然後又把他推開，瞧了瞧他那快樂的臉，「對！是他，真使人高興，真使人開心……」

突然，娜塔莎想起兩個星期來的苦惱和委屈，臉上的喜色頓時煙消雲散。

「哼！你玩得倒開心……但我呢？你也得想想孩子啊！」

皮埃爾知道再過兩分鐘她就會氣消，但還是故意裝出一副怯生生的可憐相，彎下腰來。

「我實在沒辦法提早回來，真的！佩佳怎麼樣了？」

「沒怎麼樣，我們走吧！你該親眼看看，你不在時我遭受了多少折磨啊！」

「你身體好嗎？」

「走吧，走吧。」她說著，拉著他的手一起到臥室去了。

尼古拉夫婦來看皮埃爾時，皮埃爾正在育兒室逗弄剛睡醒的兒子。娜塔莎深情地望著丈夫和兒子，臉上煥發出歡樂的光輝。

「你跟費奧多爾公爵都談妥了嗎？」娜塔莎問。

「是的，談得好極了。」

「你看，我們的小兒子抬起頭來了。他真是把我嚇壞了！」

這時，尼古拉和瑪麗亞走進房來。皮埃爾沒有放下孩子，顯然已完全被可愛的兒子吸引住了。

「多麼可愛！」瑪麗亞望著孩子說，「我真不懂，尼古拉，你怎麼就不明白這些小寶貝的可愛。」

「我不懂，我看不出來，」尼古拉冷冷地瞧著嬰兒，「只是一塊肉罷了，走吧，皮埃爾。」

「其實，他是個慈祥的父親，」瑪麗亞替丈夫辯解說，「但要等孩子滿一週歲……」

「皮埃爾就很會帶孩子，」娜塔莎說，「他說，他的手生來就是為了抱孩子的，你們看。」

「不，才不是為了抱孩子。」皮埃爾忽然笑著說，他抱起孩子，把他交給保姆。

12

僕人們都對皮埃爾的歸來感到高興，因為只要他在家，尼古拉就不會天天去巡視田莊，而且心情和脾氣都會變得好些。

孩子們和女教師也很高興，因為只有皮埃爾會經常帶他們去參加社交活動，只有他才會用鋼琴彈奏蘇格蘭舞曲；此外，他也會為所有的人帶來禮物。

小尼古拉今年已經十五歲，是個聰明的孩子。皮埃爾回來，他也很高興，因為這位叔叔是他所欽佩和熱愛的人。他不想當尼古拉姑丈那樣的驃騎兵，也不想得到聖喬治勳章，只想做一個像皮埃爾那樣聰明、善良，又有學問的人。

從皮埃爾談到他父親和娜塔莎的隻字片語以及激動的心情中，從娜塔莎談到他的亡父時審慎而虔誠的態度中，這個孩子猜想他的父親曾愛過娜塔莎，臨終時又把她託付給自己的好友。小尼古拉雖然不記得父親，但父親是他所崇拜的對象，他一想到父親就悲喜交集，淚水盈眶。

客人們也都喜歡皮埃爾，因為他的出現會讓大家感到熱鬧、快樂，又團結一致。

家裡的成年人都喜歡皮埃爾，因為有他在，生活就變得輕鬆愉快、和睦安寧。

老太太們歡迎他，因為他經常帶來禮物，最重要的是，他會讓娜塔莎又變得活潑可愛。

皮埃爾成家後，人口增多，開支很大，但讓皮埃爾也覺得奇怪的是，他發現實際的開銷比原來減少了一半，由於前妻的債務而陷入困境的事業已開始好轉。

他不再像過去那樣揮金如土，因為那隨時有可能使他破產。他認為他的生活方式就是這樣，至死也不會改變了，而且他也無權改變這種節約的生活方式。

皮埃爾滿面春風，整理著他買回來的東西。

「多漂亮！」他像店員一樣打開一塊衣料說。

「是給別洛娃的嗎？太好了。」娜塔莎摸了摸衣料的質地，「這一尺大概要一盧布吧？」

皮埃爾說了價錢。

「太貴了，」娜塔莎說，「孩子們跟媽媽都會很開心的。只是你何必買這個給我！」她笑著說，欣賞著一把鑲珍珠的金梳子。

「是阿傑莉鼓動我買的，她不停地說：買吧，買吧。」皮埃爾說。

「我要什麼時候戴呢？」娜塔莎把梳子插到髮辮上，「等瑪申卡在舞會上拋頭露面的時候吧，說不定到那時候又不流行這個了。好了，我們走吧。」

他們把禮品收拾好，先去育兒室，然後去見老伯爵夫人。

老伯爵夫人已六十多歲，滿頭白髮，臉上堆滿了皺紋，雙目無神。

她的兒子和丈夫接連去世，她感到自己活著已沒有任何目的和意義。她別無所求，只想平靜地等待死亡的來臨。在她身上明顯地表現出嬰兒和老人才具有的特徵。她活著沒有明確的目的，只是為了運用身體的各種機能，無論是吃飯、睡覺、思考、說話、哭泣、做事和發脾氣等等，都只是為了滿足生理上的需求罷了。

例如說，她在早晨吃了油膩的東西，她想發脾氣，於是把別洛娃的耳聾作為發脾氣的藉口。

她有時也需要動一下遲鈍的腦筋，於是她的藉口就是玩牌；如果她需要哭，藉口就是懷念已故的伯爵；如果她想要驚恐不安，那麼尼古拉的健康問題可用來借題發揮；她想說些刻薄的言語，就去找瑪麗亞的碴；她需要動動嗓子，就對家人反覆說起同一個故事。

全家人都知道老太太的情況，但是他們都緘口不語，只是盡可能滿足她的願望。尼古拉、皮埃爾、娜塔莎和瑪麗亞之間偶而交換一下眼色，彼此心照不宣。

這些眼色還暗示著另外一層意思，也就是她已盡到了一生的職責，有朝一日，他們也會像她現在這樣。因此，大家願意遷就她、照顧她。他們的目光說明著：她已不久於人世了。

只有冷酷的人、愚蠢的人和孩子才不懂這一點，因而對她疏遠。

13

皮埃爾夫婦來到客廳，恰好碰上老伯爵夫人正在玩牌。皮埃爾把禮物遞給她，有一只作工精巧的牌匣、一只淺藍色的塞佛爾杯，還有一只繪有老伯爵遺像的金鼻煙壺。老伯爵夫人此刻不想哭，只是冷冷地看了一眼遺像，然後就擺弄起那個精巧的牌匣來了。

「謝謝你，親愛的，你讓我太高興了，」她像往常一樣說，「不過，你總算回來了，太好了。你的太太也鬧得太不像話了，真該好好管教一下。你不在家，她簡直要發瘋了，」她說，「你看看，別洛娃，他給我們帶來了一個多棒的盒子。」

按照慣例，皮埃爾、娜塔莎、尼古拉、瑪麗亞和傑尼索夫在客廳裡圍著喝茶，皮埃爾聊起外頭社會上的事。娜塔莎從他興致勃勃的樣子看出，這一次旅行一定很有趣。傑尼索夫想瞭解一下目前彼得堡的情況，於是不斷慫恿皮埃爾談談謝苗諾夫團的事，或是阿拉克切耶夫的事，以及聖經會的建立。當皮埃爾講得忘我時，尼古拉和娜塔莎就趕緊把話題轉回伊凡公爵和瑪麗亞．安東諾夫娜伯爵夫人的健康上面來。

「那麼，戈斯涅爾，塔塔利諾娃，還在瘋瘋癲癲地蠻幹嗎？」傑尼索夫問道。

「蠻幹？」皮埃爾幾乎喊了起來，「他們做得比任何時候都更起勁！聖經會現在已相當於政府了。」

「究竟是怎麼一回事？親愛的，」老伯爵夫人喝完茶，看來想在飯後找個藉口發脾氣，「你說的政府是什麼意思，我不明白。」

「哦，媽媽您知道的，」尼古拉向母親解釋道，「亞歷山大．尼古拉耶維奇．戈里津公爵創辦了一個團體，據說他現在很有權勢。」

「阿拉克切耶夫和戈里津如今大權在握，到處是陰謀詭計，弄得人心惶惶。」皮埃爾說。

「咳，戈里津公爵有什麼錯？他德高望重。我以前常在瑪麗亞．安東諾夫娜家見到他，」老伯爵夫人生氣地說，「現在大家都學會了說長道短，妄加評論。聖經會有什麼不好？」

在一陣難堪的沉默中，傳來了隔壁房裡孩子的笑聲。顯然那裡一定有些令人開心的事。

「好了，好了！」小娜塔莎的喊聲蓋過了其他的人，皮埃爾和瑪麗亞、尼古拉交換眼色，會心地笑了。

「一定是安娜．瑪卡羅夫娜（別洛娃）的襪子織好了。」瑪麗亞說。

「哦，我去看看，」皮埃爾一躍而起，走到孩子們的房裡去了。喊聲變得更大聲，笑聲也更歡樂了。

「安娜．瑪卡羅夫娜，」皮埃爾說，「你到中間來。聽口令，現在我數三，數到三的時候，你就站到這裡來，我來抱你。好，一，二，……」傳來皮埃爾的聲音，接著是一片沉默。「三！」屋裡傳來孩子們的叫聲。

「兩隻，兩隻！」孩子們叫喊道。

安娜．瑪卡羅夫娜有一個絕招，能用一副針同時織出兩隻襪子。每次織好以後，她總是得意洋洋地當著孩子們的面，從一隻襪子裡抽出另一隻襪子來。

14

過了不久，孩子們來道晚安，與在座的人一一吻別，然後就跟著家庭教師出去了。只有德薩爾和小尼古拉留了下來，德薩爾低聲叫小尼古拉下樓去。

「不，德薩爾先生，我要拜託姑媽讓我留在這裡。」

「姑媽，讓我留在這兒吧。」小尼古拉走到姑姑面前說。他又興奮，又激動，臉上露出懇求的神色。瑪麗亞看了他一眼，對皮埃爾說：

「只要您在這兒，他就不想走了……」

「德薩爾先生，過一會兒我就把他送回去，晚安。」皮埃爾微笑轉向小尼古拉，「我們還沒見過面呢！瑪麗亞，他長得真像……」

「是像爸爸嗎？」孩子用尊敬的眼神打量著皮埃爾。皮埃爾向他點點頭，又接著談被孩子打斷的話題。

接著，眾人的話題轉到當時對最高當局的一些流言，其中包含了大多數人感興趣的國內政治問題。傑尼索夫因在軍界失意而對政府不滿，於是對皮埃爾的敘述發表了一番尖刻的評論。

尼古拉雖然不像傑尼索夫那樣專門挑毛病，但仍然認為議論政府是一件大事情，因此也向皮埃爾詢問各種問題。只是他們兩人問到的不外乎是一些關於政府高層的趣聞。

娜塔莎十分瞭解丈夫的心思和脾氣，她看出皮埃爾早就想轉換話題，傾吐內心深處的一些想法。他這次去彼得堡，就是想與他的朋友費奧多爾公爵一起商量十二月黨人的革命一事。於是她問皮埃爾，他跟費奧多爾的事怎麼樣了。

「什麼事？」尼古拉問。

「就是那些事，」皮埃爾向四周看了看，說道，「大家都看到，情況已經糟到不能再糟，所有正直的人都有責任挽救局勢。」

「那麼正直的人們該做些什麼呢？」尼古拉微微皺起眉頭，「他們能做些什麼呢？」

「應該做的是……」

「我們到書房裡去吧。」尼古拉說。

娜塔莎到育兒室去餵孩子，瑪麗亞也跟著她去了。男人們走進書房，小尼古拉也趁姑丈不注意時溜了進去，躲在角落裡。

「你說該怎麼辦？」傑尼索夫說。

「都是些空想。」尼古拉說。

「情況是這樣的——」皮埃爾含糊不清地說著，「彼得堡目前的情況就是這樣，皇帝不過問國家大事，他已完全陷入了神秘主義之中。他信任那些喪盡天良、寡廉鮮恥的人，做些傷天害理的事……如果你不親自掌管經濟，只貪圖安寧，那麼你的管家越厲害，目的就越容易達到，你同意嗎？」他問尼古拉。
「你說這話是什麼意思？」尼古拉說。
「唉！整個國家要崩潰了。人民正遭受苦難，大家都明白，不能再這樣下去了，」皮埃爾說，「我在彼得堡只告訴他們一點。」
「告訴誰？」傑尼索夫問。
「您知道的，」皮埃爾皺著眉頭說，「就是費奧多爾公爵和他們那一幫人。獎勵教育，支持慈善等固然很好，但從目前的情況來看，我們還需要另外的東西。」
尼古拉這時才發現他的小侄兒在場，就沉下臉朝他走去。
「你在這裡幹什麼？」
「讓他待在這裡吧！」皮埃爾抓住尼古拉的手臂，又說：「我告訴他們，那些還不夠，還需要別的東西。大家都在等待著，等待那不可避免的變革；這需要更多的人共同努力，抵抗那即將來臨的災難。我認為，要擴大我們的勢力，應該高呼口號：不能光停留在口頭上的道德，應該要獨立和行動。」
尼古拉從侄兒身邊走開，坐在椅子上聽皮埃爾談著，眉頭越皺越緊。
「那麼，這些行動又想達到什麼目的呢？」他叫道，「你對政府又抱著什麼態度呢？」
「抱著協助的態度！我們的組織不僅不與政府作對，而且是一個真正的保皇派。我們是為了公眾的利益，為了大眾的安全才攜手朝向共同的目的而奮鬥。」
「是的，但秘密組織總是有害的，只能產生不好的結果。」尼古拉說。
「為什麼？難道拯救歐洲的道德聯盟有什麼害處嗎？道德聯盟是一種美德的聯盟，那就是愛，是互助，就是耶穌基督在十字架上所宣揚的東西。」
娜塔莎在談話中間走了進來，愉快地看著她丈夫。她對丈夫談的事不感興趣，但只要看到他興高采烈、神采奕奕的樣子，她心裡就特別高興。

那個被眾人遺忘的孩子，也興高采烈地望著皮埃爾，讓他的每一句話深深烙印在自己心上。

「完全不是你所想的那樣，這就是所謂的德意志的道德聯盟，也就是我所提倡的。」

「嘿，老弟，道德聯盟只對德國佬有好處，但我不瞭解它，也說不清楚。」傑尼索夫大聲說道，「我承認，到處都很腐敗，也很糟糕；不過我對道德聯盟一無所知，也不喜歡它。什麼暴動，什麼聯盟！反正就希望我出力就是了。」

尼古拉把眉頭皺得更緊，他開始向皮埃爾說明，不會發生任何變革，他所說的危險全是他自己憑空想像出來的。皮埃爾也作出了反駁，由於他的言詞更有說服力，這使尼古拉惱羞成怒。

「我要跟你說明白，」他站起來說，「雖然你是我最好的朋友，但只要你們組織秘密團體反對政府，那麼，出於我的職責，如果政府要我帶領一個騎兵連討伐你們，我會毫不猶豫地立即出動。至於你愛怎麼說，就怎麼說吧！」

他說完後，接著是一陣難堪的沉默。娜塔莎率先開口為丈夫辯護，雖然她的話笨拙無力，卻達到了目的。於是，交談繼續開始了，但已沒有剛才劍拔弩張的氣氛了。

當大家都站起來，準備去吃晚飯的時候，小尼古拉．博爾孔斯基走到皮埃爾面前，他臉色蒼白，但明亮的眼睛炯炯有神。

「皮埃爾叔叔……要是爸爸活著，他會同意您的看法嗎？」他問。

皮埃爾回想了他說過的話，後悔不該讓孩子聽見。但還是回答了他。

「我想他會贊成的。」他勉強地答了一句，就走出了書房。

15

吃晚飯時，大家不再談論政治和組織，他們回憶起一八一二年來的事。大家都喜歡這個話題，聊得十分愉快。

晚飯過後，尼古拉交代管家一些事情後，就換上睡衣，走進臥室。此時，他發現妻子還坐在寫字台旁，正在寫著什麼東西。

「你在寫什麼呀？瑪麗？」尼古拉問，瑪麗亞伯爵夫人臉紅了。

「這是日記，尼古拉。」她把一本藍色筆記本遞給他看。

「日記？……」尼古拉含著嘲諷的口氣說，接過日記本。

日記裡寫著她認為孩子們生活中值得重視的情況，從中可以反映出他們的性格，並提出對教育的看法。儘管記錄的大部分都是瑣碎的小事，但做母親的卻不認為這是小事，連第一次讀到日記的父親也與她有同感。

「也許用不著這麼認真，也許用不著這樣做。」尼古拉心想。但瑪麗亞為培養孩子們的道德品格所作出的努力，卻使他欽佩不已。

他為妻子的聰明才智感到驕傲，也意識到自己的精神世界與妻子相比是大為遜色的，他更感到高興的是，她不僅身心屬於他，而且成了他不可分割的一部分。

尼古拉沉思了片刻，說道：「我在書房與皮埃爾爭論時發了脾氣，在那種情況下真的無法不生氣。娜塔莎應該好好管住他的，你知道他去彼得堡幹什麼嗎？他們在那裡組織了……」

「噢，我知道，」瑪麗亞說，「娜塔莎告訴我了。」

「這麼說來，你已經知道，」尼古拉激動地說，「他想說服我相信，一切正直人的職責就是去反對政府，而且還要效忠新的組織……娜塔莎太可笑了，她一點主見都沒有，只是像機器般重複著皮埃爾的話。」

「是的，我也注意到了。」瑪麗亞說。

「真可惜，當時你不在場，要是你在場的話，會怎麼說呢？」

「照我看，你是正確的。我也是這麼告訴娜塔莎的，皮埃爾說大家都在受苦受難，而我們有責任幫助他人。這些話當然也是對的，」瑪麗亞說，「但是他忘了更迫切的責任，那就是我們自己可以去冒險，但絕不能讓孩子們也去冒險。」

「是的，是的，我就是這麼對他說的，」尼古拉附和道，「但他還是堅持那套歪理，而且還被小尼古拉聽到了。」

「唉，這孩子總是令我擔心，」瑪麗亞說。「我常怕因為自己的孩子而冷落了他。他一個親人也沒有，老是一個人想著自己的心事。」

「你完全不必自責。一個慈愛母親能為兒子做的一切，你都為小尼古拉做到了。他是個好孩子，我從來沒見他說過一句謊話，真是好孩子！」尼古拉又說，他從來不喜歡小尼古拉，但承認他是個好孩子。

「我畢竟不是他的親生母親，」瑪麗亞說，「我知道這中間的差異，我心裡很難過。他是個非常好的孩子，但我真替他擔心。他要是有個伙伴就好了。」

「不會太久了，夏天我就帶他去彼得堡。」尼古拉說，「你知道嗎，瑪麗亞，今天管家從唐波夫鄉下回來，說有人願意出八萬盧布買那片森林。」他十分興奮地說，「很快就能買下奧特拉德諾耶了。再過十幾年，我就能為孩子們留下……讓他們過相當富裕的生活了。」

瑪麗亞全神貫注聽著他的講話，雖然她對他的話一點興趣也沒有。她心裡正在體會一種感情，她對面前這個人百依百順，懷著無限柔情，並隨時間的推移而越來越深。她又想到她的侄兒，也想到自己的孩子，並比較自己對他們的感情，她發覺自己對小尼古拉的感情有所欠缺，為此深感內疚和不安。

她內心暗自許諾要加以改正，並做到像耶穌熱愛世人那樣，一輩子都愛著丈夫、孩子、小尼古拉，以及一切的人。瑪麗亞一直在不斷地追求盡善盡美的境界，以致她的心靈永遠得不到安寧。她的臉上總是露出一種嚴肅的表情，這反映了她靈魂所感受到的崇高而隱秘的痛苦。

「天哪！當她臉上露出這種嚴肅的神色時，我彷彿覺得她就要升天了。萬一她去世了，我們該怎麼辦？」尼古拉看看妻子，心想。

16

娜塔莎對皮埃爾講起她哥哥的生活，講到皮埃爾不在家時她的痛苦和空虛，也談到她比過去更喜歡瑪麗亞，因為瑪麗亞在各方面都比她強；同時，娜塔莎又要求皮埃爾更愛她，特別是皮埃爾在彼得堡見過許多女人之後，她再次向他提醒道。

皮埃爾回答娜塔莎說，他在彼得堡的確參加了許多晚會和宴會，見到了不少夫人與小姐，不過她們實在令人難以忍受。

「我已經忘了，不知道怎麼跟這些夫人小姐們打交道了，」他說，「簡直無聊透頂！再說，我自己的事已經夠我忙的了。」

娜塔莎凝神望著他，繼續說：

「瑪麗亞真了不起！」她說，「她很懂孩子們。她彷彿把他們的心都看透了。例如說，昨天米佳（尼古拉的兒子）淘氣……」

「哦，他太像他父親了。」皮埃爾插嘴說。

娜塔莎明白皮埃爾為什麼這麼說，他一想到與尼古拉的爭吵就不痛快，很想知道娜塔莎對這件事的看法。

「尼古拉就是這樣，凡是大家不認同的，他也絕不表示同意。不過，我知道，你很重視開拓視野。」她重複了皮埃爾以前說過的一句話。

「不，最重要的是，」皮埃爾說，「尼古拉認為思考和推理只是消遣；比如說，他在把買來的書讀完之前，絕不會再買新書，你知道，我想讓他……」他開始緩和自己的口氣，但娜塔莎打斷他，讓他感到自己沒有必要那麼做。

「你說，他認為思考是一種消遣……」

「是的，對我來說其他的一切才是消遣，尤其是在我進入沉思以後。」

「哦，剛才你去看孩子們的時候，」娜塔莎說，「你覺得哪個孩子最討你喜歡？可能是麗莎吧！」

「是的。」皮埃爾說，還在接著談他心裡考慮的事情。

「尼古拉說，我們不應該思考，但我辦不到，更不用說我在彼得堡時的感受了。我覺得，在那種情況下，少了我，什麼事都辦不成了。我能把大家團結起來，我的想法也容易被大家接受。」

「你知道我在想什麼嗎？」她說，「我想到普拉東．卡拉塔耶夫這個人。他怎麼樣？如果他在，他會贊成你的做法嗎？」

「普拉東．卡拉塔耶夫？」皮爾埃沉吟了一會，「他可能不太理解，不過我想他會贊成的。」

「我真愛你！」娜塔莎突然說，「非常非常愛你！」

「不，他不會贊成的，」皮埃爾想了想說，「他會贊成我們的家庭生活。他希望看到一切都是那麼優雅、幸福、安寧，我將會自豪地讓他看看我們。哦，剛才你談到離別，離家後我對你懷著多麼特殊的感情啊……」

「是啊，還會更加……」娜塔莎說。

「不，不是那個意思。我一直是愛你的，愛得不能再愛了，特別是……是啊……」他沒有把話說完，因為他們倆人的目光相遇了，彼此的眼神把要說的話都完全表達了。

皮埃爾又接著講已經開始的話題。他得意洋洋地提起他在彼得堡取得的成就。

「我只是想說，凡是有偉大影響力的思想總是簡單的。我的全部思想只是：如果壞人能聚在一起形成一種勢力，那麼好人也應該這麼做。要知道，道理就是這麼簡單。」

「是的。」

「你想說什麼呢？」

「只是些傻話。」

「沒關係，還是說吧。」

「真的沒什麼，」娜塔莎說，笑得更加容光煥發，「我只是想到佩佳，今天保姆來把他接走的時候，他瞇著眼睛笑起來了，緊緊摟住我，大概以為這樣就可以躲起來，不用去保姆那邊了。他真是可愛，你聽，他又在哭了。好了，再見！」她說著就走了出去。

與此同時，在樓下的臥室裡，小尼古拉剛睡醒，出了一身冷汗。他是被一場惡夢驚醒的，在夢中，他和皮埃爾戴著頭盔，率領一支大軍，愉快地向前走去。就在離目標越來越近的時候，尼古拉姑丈突然站在他們面前，神態威嚴可怖。

「我愛過你們，但現在阿拉克切耶夫命令我，誰往前走就殺掉誰。」小尼古拉轉過頭去，發現皮埃爾已經不在了，他變成了安德烈公爵。小尼古拉想朝父親走去，卻覺得自己渾身無力，尼古拉姑丈離他們越來越近，小尼古拉嚇得要命，立刻驚醒了。

「父親，」他想，「父親和我在一起，他疼愛我，稱讚我和皮埃爾叔叔。不論他說什麼，我都將盡力去辦。我知道他們要我學習，到了學習結束那一天，我就要有所作為。我要照著那些英雄們的榜樣去做，還要做得比他們更好。到了那時，人人都會知道我，愛我，稱讚我。」小尼古拉突然感到胸悶，不禁痛哭起來。

「您不舒服嗎？」他聽見德塞爾在問他。

「沒什麼。」小尼古拉回答說，又躺到枕頭上去，「他是多麼好的人，又慈祥，又和氣，我喜歡他。」小尼古拉想著德塞爾的為人。

「哦，還有皮埃爾叔叔！他這個人太好了！還有父親，父親！我一定要有所作為，讓他驕傲……」

第二部

1

過去，史學家們總是闡釋一個統治者的生平活動，他們認為，這足以反映整個民族的活動。

至於這少數的人是如何使人民按照他們的意志活動呢？對於這種問題，史學家的回答是——承認神的意志，是祂引導被選定的人去達到指定的目標。如此，就以信仰解釋了問題。

現代史學觀否定了是神指引各民族奔向一個既定目標的論點，它們舉出了一些領導天賦非凡、才能超人的英雄，或是從帝王到記者等形形色色的領導者，用以代替前人提出的具有神賦權力的人們。

現代史學雖否定了古人的信仰，卻沒有用新觀點去取代它，反而又殊途同歸地承認「人民是受到特定人物領導的」，以及「所有民族都奔向一個已知的目標」。

首先，史學家記述的是他所認定的個別人物的活動，例如帝王將相，或是演說家、學者、改良家、哲學家和詩人；其次，史學家認為人類所要達到的目標，就是歐洲這一小隅的自由、平等和人們知道的某種文明。

一七八九年，巴黎掀起騷亂，它不斷地擴大、蔓延，並形成一個自西向東的民族運動。一八一二年，這股運動東進至終點——莫斯科；緊接著，一個自東向西的運動，吸引了中歐各個民族，也已同樣的方式逆向行進，到達了它的終點——巴黎，然後平息下來。

在這二十年間，大片田園荒蕪了，房舍燒毀了，商業改變了，千百萬人破產了，發財了，遷徙他鄉，成千上萬宣揚基督教義的人們在互相殘殺。

這一切究竟意義何在呢？為什麼會發生這種事呢？是什麼迫使這些人燒毀房屋和殺害自己的同類呢？這些事件的原因是什麼呢？是什麼力量使人們這樣做呢？

為了解答這些問題，我們就必須向歷史科學求教，因為它是全人類藉以洞悉自己的一門科學。

如果史學依然堅持陳腐的觀點，就會說：那是神賜給拿破崙權力，藉以獎懲他的子民。然而，現代史學則不會這樣回答，科學不承認神參與人世事務的觀點，它會回答：

「十八世紀末，有二十幾人在巴黎聚會，開始議論人人都應享有平等和自由的話題。於是，人們在法國互相殘殺，還殺了國王和許多人。這時，法國出現了一位天才拿破崙。他所到之處，戰無不勝，因此大家都懾服於他。拿破崙當了皇帝以後，到處屠殺義大利人、奧地利人和普魯士人。因此，俄國的皇帝，亞歷山大，他絕心恢復歐洲的秩序，於是聯合了歐洲的武裝力量，反對這個破壞和平的人。盟軍戰勝了拿破崙，進駐巴黎，迫使拿破崙退位，並把他流放到厄爾巴島。沒過多久，拿破崙率領一營人馬回到法國，又被打敗了，送到了聖赫勒拿島，在孤島的礁石上慢慢地死去，把他恢宏的偉業留給後世。歐洲的反動勢力又重新抬頭，各國的君主又重新欺壓百姓。」

這些回答之所以荒誕可笑，是因為現代史彷彿一個聾子，回答著誰也沒有說過的問題。

雖然，所有這一切說法很可能都是對的，可是，這畢竟是答非所問。由於我們並不承認這種神權，不承認神藉由拿破崙或其他人來管理各個民族，因此，在談論這些人物之前，應該闡明他們和各民族的活動之間有什麼關係。

假如不是神權，而是另有一股力量，那麼，就要說明那又是一種什麼樣的力量。

史學家彷彿認為這種力量是不言而喻的，然而，任何一位飽覽史籍的人，都不禁感到疑惑不解：既然這股力量人盡皆知，為什麼史學家們又眾說紛紜、莫衷一是呢？

2

是什麼力量推動各民族前進？

有些史學家認為這種力量乃是英雄和統治者的天賦權力，也就是歷史事件的發生完全是由拿破崙、亞歷山大之類人物的意志所決定的。可是，一旦由不同觀點的史學家論述同一歷史事件的時候，這種答案便頓時失去一切意義，因為他們對這種力量的理解不僅各不相同，而且常常完全相反。一位史學家說，某一事件是拿破崙造成的；另一位史家卻說，是由亞歷山大造成的；第三位又說是由其他人造成的。研究各國歷史的通史家，似乎察覺這種觀點有失公允，因此不承認這種力量就是英雄和統治者的天賦權力，而認為這種力量是各式各樣不同傾向的力量相互作用的結果。因此，他們在描述一個問題時，不會從單一人物身上尋找原因，而是從與事件有關聯的許多人物的相互作用中尋找原因。

然而，根據他們的觀點，歷史人物是時代的產物，他的權力是不同力量相互作用的結果，也是一種造成事件的力量。例如，他們時而證明拿破崙是法國大革命思想的產物，時而又說，一八一二年的遠征只不過是拿破崙的失誤的產物，或是法國大革命的思想發展受阻也是由於拿破崙的獨裁所致。革命思想產生了拿破崙的政權，而拿破崙的政權又壓制了革命思想。

世界通史家的論著從頭到尾都是由這一系列矛盾構成的。這種矛盾之所以產生，是因為通史家一走上分析矛盾的道路，就半途而廢了。

把幾股分力組成一個合力，則合力必須等於各分力的總和，通史家們從未恪守這個基本條件。因此，為了說明合力，在找不到足夠的分力的情況下，只得假設還有一種影響合力的力量——權力，並承認權力是那些力量的合力。結果，他們不僅與專題史學家矛盾，而且自相矛盾。

第三類史學家，就是所謂的文化史學家，他們對這種力量的理解截然不同，認為所謂的文化、思想就是這種力量。

文化史學家完全循著通史學家走過的道路前進，他們從伴隨著每個重要現象的大量要素中選出智力活動這一要素，並且聲稱它就是事件發生的原因。但是，儘管他們竭力證明原因在於思想，宣揚人人平等的學說，卻引發了法國大革命的殘酷屠殺，宣揚博愛的學說，卻引發戰爭和死刑，這些現象與這種假設相矛盾。

我們姑且不說這類歷史著作的內在價值，值得注意的是，文化史越來越接近通史。這些歷史學家仔細認真地分析各種宗教、哲學和政治學說，認為它們是產生歷史事件的原因，每當歷史學需要敘述某一實際歷史事件，這些學者就不自覺地把這些歷史事件說成是權力的產物。而一旦他們這麼說，就不由自主地陷於自相矛盾之境地。因為這表明了，他們杜撰出來的新力量並不能說明各種歷史事件，而他們似乎不願意承認的那種權力才是理解歷史的唯一途徑。

3

唯一能夠解釋各民族運動的概念，是一種與各民族全部運動力量相等的概念。

不過，對於這種概念，不同的史學家各有不同的理解，他們所理解的力量完全與所見到的運動力量不相等。有些人把它看作英雄們天賦的力量，另一些人把它看作由幾種別的力量產生的力量，又有一些人把它看作智力的影響。

只要歷史所寫的是個別的人物，不管這些個別的人是凱撒，是亞歷山大，是路德，還是伏爾泰，而不是參加事件的所有的人，就不得不把迫使別人向著一定目標活動的力量歸於個別的人。權力就是史學家所知道的這種唯一的概念。

歷史科學在對待人類的問題方面，至今仍然類似流通的貨幣——紙幣和硬幣。傳記和專題歷史就像是發行的紙幣，這種紙幣可以使用、可以流通，對任何人都無害，而且還有益。但是，正如由於製造紙幣太容易，發行得過多，或者因為大家都要兌換黃金，於是鈔票的真正價值就成了問題一樣；由於這類史書寫得太多，或者有人提出了問題：「拿破崙究竟是靠什麼力量做到一切？」也就等於想把通行的紙幣換成實際理解的純金的時候，這類歷史的真正價值也就會引起疑問了。

世界通史家和文化史家認識到紙幣的缺點，決定用比黃金輕的金屬鑄成硬幣來取代紙幣。這種硬幣的確叮噹作響，但卻欺騙不了任何人。黃金之所以為黃金，是因為它不僅可供交換，而且可供使用；要是世界通史家能夠回答「權力是什麼？」這個主要問題，才算是真金。但他們要不作出矛盾百出的回答，要不迴避這個問題。如同非黃金的籌碼，只能在一些同意用它代替黃金的人們之間使用，或是在不知道黃金性質的人們之間使用；世界通史家和文化史家們就是這樣，他們只不過是為了在大學和那些死板的讀者中間流通的硬幣。

4

我們必須說明權力的意義。

拿破崙下令召集軍隊去作戰，我們對這種看法習以為常，以至於為什麼拿破崙一發出命令，就有六十萬人去作戰，這樣的問題就毫無意義了。他有權力，因此就照他的命令辦。

若是我們不承認權力是上帝賦予他的，那就得斷定一個人統治人們的權力究竟是什麼。

假如權力的源頭既不在於一個人固有的體力，也不在於他的道德品格，那麼很明顯，權力的源頭一定在人的身外，在掌握權力的人與群眾的關係之中。

權力是群眾意志的總和，群眾以贊同的言語或以默許把意志交給他們所選出的統治者。

但是，假如權力是移交給統治者的群眾意志的總和，那麼，布加喬夫是不是群眾意志的代表？假如不是，那麼為什麼拿破崙一世是代表呢？為什麼拿破崙三世在布倫被俘的時候是一個罪犯，後來被他拘捕起來的人又成了罪犯呢？

有時只有兩三個人參與的宮廷政變，也是把群眾意志移交給一個新的統治者嗎？在國際關係中，也是把一個民族的群眾意志移交給征服者嗎？萊茵聯邦的意志在一八〇八年移交給拿破崙了嗎？一八〇九年，當俄國聯合法國攻打奧地利的時候，俄國人民的意志移交給拿破崙了嗎？

對這些問題可能有三種答案：

一、承認群眾的意志總是無條件地移交給他們選定的統治者。因此，任何新權力的出現，任何反對確立的權力的鬥爭，都視為對真正權力的破壞行為。

二、承認群眾的意志是在眾所周知的情形下移交給統治者。而對權力的種種限制、衝撞、以至摧毀，都是由於統治者不恪守移交權力的條件造成的。

三、承認群眾的意志是在不為人知的條件下移交給統治者。政權的興亡與鬥爭，是因為統治者滿足了群眾意志的不為人知的條件。

一些史學家不瞭解權力的意義，他們幼稚地認為，群眾意志的總和似乎是無條件移交給歷史人物的，因此，在記述某一種權力的時候，他們就把這種權力視為唯一的、絕對的、真正的權力，任何反對這種權力的勢力都不是權力，而是一種侵犯、暴力。

他們的理論只適用於原始、和平的歷史時期，而當各民族處在複雜而動亂的時期，各種權力同時並起，互相鬥爭，他們的理論就不適用了。正統派的史學家會說，國民議會、執政內閣和波拿巴都是權力的侵犯者；共和派會說，國民議會是真正的政權，波拿巴派則說帝國是真正的政權，其他一切都是權力的侵犯者。

另一派史學家認識到這種歷史觀的錯誤，他們說權力的基礎是有條件地移交給統治者的群眾意志的總和，但是這些條件是什麼呢？他們沒有告訴我們，這表示他們的話也是自相矛盾的。

在說明民眾的意志迅速由一個人轉移給另一個人，尤其是涉及國際關係、征服和聯盟的時候，史學家只得承認，這些轉移中，有一部分不是人民意志的正常轉移，而是與陰謀、錯誤，或是與外交家、帝王、政黨領袖的軟弱無能密切相關的偶然事件。因此，在這些史學家看來，大部分歷史現象——內戰、革命、征服——並非自由意志轉移的結果，而是少數人的錯誤意志轉移的結果，也就是說，這又是對權力的摧毀。因此，在一些史學家看來，這類事件悖離了歷史理論。

第三類史學家說，群眾的意志有條件地移交給歷史人物，但是我們不知道那些條件。他們說歷史人物具有權力，只不過是因為他們履行了移交給他們的群眾意志。

但是，這麼說來，假如推動各民族的力量不掌握在歷史人物手中，而掌握在各民族自己手中，那麼這些歷史人物還有什麼價值呢？

這些史學家說，歷史人物表達了群眾的意志；歷史人物的活動代表群眾的活動。

這一來，就產生了一個問題：歷史人物的全部活動都是群眾意志的表現呢，還是只有一部分是呢？若是前者，那麼，拿破崙、葉卡捷琳娜等人的宮廷醜聞都成了民族生活的表現——這顯然是十分荒謬的；若是後者，那麼，為了斷定歷史人物的行動的哪一方面表現了人民的生活，我們首先必須知道民族生活的內容。

著作家和改革家的歷史更少向我們說明各民族的生活。

文化史向我們說明一個著作家或一個改革家的生活與思想動機和特點。我們知道路德脾氣急躁，說過什麼樣的話；我們知道盧梭多疑，寫過什麼樣的書；但我們不知道，宗教改革以後，各民族為何互相屠殺；也不知道，法國大革命時期，人們為何彼此處以死刑。

假如把這兩種歷史結合起來，就像當代史學家們所做的那樣，那麼，我們所得到的將是帝王們和著作家們的歷史，而不是各民族生活的歷史。

5

少數幾個人的生活並不能包括各民族的生活，因為還沒有發現那幾個人和各民族之間的關係。一種理論說，作為這種關係之基礎的，是把群眾意志的總和移交給歷史人物，那種理論似乎是駁不倒的，因為人民意志的移交是無法證實的。

不管發生什麼事件，不管事件由什麼人帶領，這種理論總會說，某個人之所以成為事件的領導，是因為意志的總和移交給他了。

一個人看見一群牲口移動，而不注意不同地區的不同性質的牧場，也不注意牧人的驅策，就斷言那群牲口之所以這樣移動，是由於最前面那頭牲口引路的緣故。這個人的答案就跟這種理論對歷史問題的答案一樣。

「牲口之所以朝那個方向走，是因為那隻走在最前頭的牲口引導著牠們，所以所有牲口的意志總和都交給那群牲畜的首領。」

這就是第一類歷史學家——那些認為權力無條件移交的人的回答。

「假如帶領那牲口的牲畜更換了，那是因為那頭牲口帶領的方向不是所有牲口選擇的方向，因此所有牲口的意志總和就由一個領導者移交給另一個領導者。」

這是第二類歷史學家——認為群眾意志的總和在已知條件下移交給統治者的人的答案。

「假如帶頭的牲口不斷地更換，移動方向不斷地變換，那是因為，為了到達既定的方向，牲口把牠們的意志移交給我們注目的那些牲口，因此，為了研究一群牲口的運動，我們應觀察所有令人注目的牲口。」

認為所有歷史人物——從帝王到記者——是時代的先驅的第三類史學家如此說道。

歷史事件的原因是什麼呢？是權力。權力是什麼呢？權力是移交給一個人的意志的總和。群眾意志是在什麼條件下移交給一個人呢？在那個人代表全體人民意志的條件下。也就是說，權力是我們不瞭解意義的詞語。

假如人類知識的領域只限於抽象的思維，那麼，把科學對權力所作的解釋加以批判後，人類可以得出這樣的結論：權力只不過是一個詞語，實際是不存在的。但是，為了認識現象，人類除了抽象的思維，還有一個用來檢測思維結果的工具——經驗，而經驗告訴我們，權力不僅是一個詞語，而且是一個實際存在的現象。

沒有權力的觀念，就無法敘述人們的集體活動，而且權力的存在已由歷史和對當代事件的觀察所證實。

史學家們依照舊習慣——承認神干預人類的事務，想從被賦有權力的個人的意志表現上尋找事件發生的原因。但是，這種結論既不能用推理證實，也不能用經驗證實。

不假設神干預人類的事務，我們就不能把權力當作事件發生的原因。

從經驗的觀點來看，權力只不過是存在於個人意志的表現和另一些人對履行這種意志之間的依賴關係。為了清楚說明這種依賴關係的條件，我們首先應當確定意志表現的概念，承認它是屬於人，而不是屬於神。

假如神發布一道命令，表示自己的意志，那麼，這種意志的表示與時間無關，也不由任何東西引起，因為神與事件並無牽連。但是，如果談到命令——在一定時間行動的、彼此相關的人們的意志的表現，為了說明命令和事件的關係，就應重新確定：一、事件和發布命令的人在一定時間內行動的連續性；二、發布命令的人和那些執行他命令的人之間的必然聯繫的條件。

6

只有不因時間而改變的神的意志的表現，才可以和若干年或若干世紀的一連串事件有關，只有不受任何事物影響的神，才可以由祂的意志來確定人類行動的方向。但是人類是按一定時間行動，並且親自參與事件的。

只要重新確定第一個被忽略的條件——時間，我們就可以看出，沒有使第二道命令能夠執行的第一道命令，則任何命令都是不可能執行的。

從來沒有一道命令是自動出現的，也沒有一道命令是適用於一連串事件的；每一道命令都是來自另一道命令，從來不是針對一連串事件，只是針對事件的某一時刻。

例如，拿破崙不能下令出征俄國，也從未下過那樣的命令。他今天向維也納、柏林、彼得堡發出各種的公文；明天又向陸軍、艦隊、兵站部發出各種的指示和命令，這成千上萬條命令，形成了一系列導致法軍進入俄國一連串事件相應的命令。

同時，要知道什麼命令能執行、什麼不能執行，是不可能的。因為不論是在百萬人參加的遠征下，還是在最簡單的事件上，都有可能遇到無數種阻礙。每一條被執行的命令，總會伴隨大量未執行的命令。

我們說拿破崙想進攻俄國，事實上，拿破崙並未有這種意志的表現，我們只發現許多繁雜而不明確的命令。而在拿破崙的無數的命令中，關於一八一二年戰役的那些命令被執行了，那一系列的命令正與導致法軍進入俄國的一系列事件相符合。

因此，考查命令與事件在時間上的關係時，我們就發現，命令絕不是事件的原因，兩者之間只不過存在著一定的關係罷了。

要理解這種關係是什麼，就必須重新提及命令所具備的條件，也就是：發出命令的人親自參與了事件。發布命令者和接受命令者之間的關係，就是叫作權力的東西。這種關係包括以下各點：

人們為共同行動而結成的團體中，儘管目的各自不同，但參與行動的人們之間的關係是相同的。人們結合成這些團體，彼此之間總有這樣的關係：在他們結合起來採取集體行動時，大多數的人是直接參與的，少數人是間接參與的。

在人們為集體行動而結成的團體中，軍隊是最明確、最清楚的例子之一。每支軍隊都包括低級軍事人員——士兵，他們佔絕大多數；高級的軍事人員——班長和士官，他們的數量比士兵少。更高級的軍官總數更少，由此類推，直到權力集於一人之身的最高司令。人數最多的士兵直接在前線行動，他們自己從來不發布命令；士官的行動比士兵少，但是他們發布命令；軍官更少直接行動，但是命令發得更多；將軍只是指揮部隊，指示目標，幾乎從來不碰武器；總司令從不直接參與戰鬥，只發布有關群眾行動的總命令。在從事共同行動的所有團體中，人與人之間的關係都是如此。

我們可以看出一種法則：直接參與行動越多的人，他們的指揮權越小，人數也越多；而直接參與行動越少的人，他們的指揮權越大，人數也越少。

指揮者和被指揮者的這種關係，就是所謂權力這個概念的實質。

恢復了時間條件，我們發現，命令只有在它與一系列相應的事件相關聯時才得以執行。再加上發布命令者和執行命令者之間的關係，我們發現，由於這種條件的性質，命令者最少參與事件本身，他們的活動僅僅是發號施令。

7

許多人拖一根木頭。每個人都發表了意見：如何拖，往哪裡拖。他們把木頭拖走了，事後表明，這件事是照他們之中的一個人的話做的，他發了命令。這就是命令和權力的原始形態。

那個幹活較多的人，就會較少地想到他所做的事，也不能考慮共同行動會導致什麼結果，不能發號施令；那個指揮較多的人，顯然卻較少動手了。當一個比較大的群體共赴一個目標的時候，那些越少直接參加共同活動，越多從事發號施令的人的層級就更分明了。

群體就是這樣，讓那些不直接參與行動的人為他們的集體行動進行考慮、辯護和擬議。

史學家們只考察歷史人物的意志表現——它與命令的方式和事件有關係，於是便認為事件是取決於命令的。但是，一旦考察事件本身和群眾之間的關係，我們就發現歷史人物以及他們的命令是取決於事件的。最明顯的證據是，無論發出多少命令，假如沒有別的原因，事件就絕不會發生；但是，一旦事件發生了，總可以由不同的人們表現出的意志中，找出一些以命令的方式與事件相關聯的意志表現。

得到這個結論後，我們就可以直接而肯定地回答兩個重大的歷史問題了。

一、權力是什麼？

權力是一個名人與人們之間的關係，在這種關係中，這個人對正在進行的集體行動越多地發表意見、預言和辯護，他就越少參與行動。

二、是什麼力量造成民族的運動？

各民族的運動不是由權力引起，不是由思想引起，而是由所有參與事件的人的活動所引起。直接參與事件最多的人，所負的責任最少；直接參與事件最少的人，所負的責任最大。

從精神方面來看，權力是事件的原因；從物質方面來看，服從權力的那些人是事件的原因。但是，若沒有物質的活動，精神的活動就變得不可思議；因此，事件的原因既不在前者，也不在後者，而是兩者的聯合。

我們分析到最後，就可以達到無限的迴圈，達到人類智慧在一切思維領域內的極限，電生熱，熱生電，原子互相吸引，原子互相排斥。

我們不能解釋為什麼會發生這些作用，只能說，這些現象的自然屬性就是這樣，這是他們的法則。歷史事件也是一樣。戰爭或革命為什麼會發生？我們不知道；我們只知道，為了進行某種行動，人們組成一定的集體，他們都參加了那個集體；我們說，人的天性就是這樣，這是一種法則。

8

假如歷史是研究外部現象，那麼提出這樣一個簡單明瞭的法則就夠了，我們也能結束我們的討論了。由於歷史法則與人類有關，因此那種想法是錯誤的；但是作為歷史研究物件的人，能直截了當地說：我是自由的，不屬於什麼法則範疇。

假如每個人的意志都是自由的，每個人都可以隨心所欲地行動。那麼，整個歷史就要成為一系列互不連貫的偶然事件了。

假如只要有一個支配人類行動的法則，自由意志就不能存在，因為人類的意志必須服從那個法則。

關於意志自由的問題存在著這樣的矛盾，這個問題自古以來就佔據了最卓越的人類頭腦。

問題就在於，無論從什麼觀點——神學、歷史、道德、哲學——我們都發現人正如一切存在的事物一樣，必須服從普遍的必然法則。但是，如果把它當作我們意識到的事物來看待，我們就會感到我們自己是自由的。

人一旦認識到萬有引力的法則，他就服從這些法則，並且永遠不會抗拒這些法則；但是，一系列同樣的實驗和論證對他表明，他內心感覺的那種自由是不存在的，他的每一個動作都取決於他的肉體，他的性格，以及影響他的動機；但是人類從來不服從這些實驗和論證的結論。

一個人根據實驗和論證，知道一堆石頭向下落，他毫不懷疑地相信了，在任何情況下他都期望這個法則得以實現。

但是，當他同樣毫不懷疑的知道他的意志服從若干法則的時候，他絕不相信這一點，而且也不可能相信。

雖然實驗和論證一再向人表明，在同樣的情況下，具有同樣的性格，他就會跟原先一樣做出同樣的事情；可是，當他在同樣的情況下，具有同樣的性格，第一千次得到同樣結果的時候，他仍然會像實驗前一樣確定無疑地相信他是可以為所欲為的。

在知識普及的時代，因為有對付愚昧的最有力的工具——印刷品的傳播，才把意志自由的問題提到這個問題本身不能存在的地位。在我們這個時代，大多數的尖端人物，也就是一群不學無術的人，他們從事博物學家的工作，研究問題的單方面，冀望求得全部問題的解答。

靈魂和自由不存在，因為人的生活是筋肉運動的表現，而筋肉運動受制於神經的活動；靈魂和自由意志並不存在，因為我們是在遠古時代由猿猴變來的，他們就是這樣深信不疑。但他們不知道，在這個問題上，自然科學只能解釋一點皮毛，一點也沒有促進這個問題的解決，這個問題具有建立在自由意識上的相反的另一面。人的自由意識是如何與他所服從的必然性法則相結合的問題，是不能用比較生理學和動物學來解決的，因為從青蛙、兔子和猿猴身上，我們只能觀察到肌肉和神經活動，但是從人身上，我們既能觀察到肌肉活動和神經活動，也能觀察到意識。

9

無論我們怎麼探討關於許多人或者一個人活動的概念，總是把這種活動理解為部分人的自由意志和部分必然性法則的產物。

無論我們談的是民族遷徙、野蠻人入侵，還是拿破崙三世的命令，或是某個人一小時前從幾個方向中選出一個散步的方向，我們都看不出任何矛盾。對我們來說，指導這些人行動的自由和必然性的限度是很明確的。

在我們看來，人的每一行動都是自由和必然性一定的結合。在我們探討的每一行動中，我們都看出一定成份的自由和一定成份的必然性。而且，在任何行動中自由越多，必然性就越少；必然性越多，自由就越少。

我們對於自由和必然性觀念的增減，一無例外地取決於以下三類根據：

一、完成行為的人與外部世界的關係。

二、完成行為的人與時間的關係。

三、完成行為的人與引起行動的原因的關係。

第一類根據是，我們或多或少地理解人類與外部世界的關係，或多或少地明瞭每個人在周遭事物中所佔的地位。由這類根據可以看出，一個將要淹死的人比一個站在陸地上的人更不自由，更多屬於必然性；還可以看出，一個在人煙稠密的地區的人的行動，比一個離群索居的人的行動，無疑更不自由，更多地屬於必然性。

如果我們只觀察一個人，不管他與周圍一切的關係，我們就會覺得他的每個行動都是自由的。但是，如果我們看到他與周圍一切的關係——與他說話的人、他讀的書、他從事的勞動，以至他周圍的空氣、光線；我們就能看出，每件東西對他都有影響，或多或少支配了他的行動。於是，我們就認為他的自由較少，而受必然性支配較多。

第二類根據是，人們或多或少地看出人類與世界在時間上的關係，或多或少地明瞭那個人的行動在時間上所佔的地位。

在這方面，關於或多或少的自由和必然性的逐步認識，取決於完成那一行動距今的時間長短。

我們認為，現代的任何事件無疑都是特定人們的行動；但是對於一樁比較遙遠的事件，由於我們已經看到它的後果，除此之外，我們想像不出任何其他可能性。我們回憶得越遠，就越覺得那些事件不是任意產生的。

我們把十字軍東征看作佔有一定地位的事件，沒有這樁事件，歐洲的近代史就不堪想像，雖然在十字軍的編年史家看來，這樁事件不過是某些人意志的產物。至於涉及各民族的遷徙，今天已沒有人會懷疑歐洲的復興取決於匈奴王阿提拉的任意作為。我們所觀察的歷史年代越久遠，造成事件的那些人的自由意志就越可疑，必然性的法則也越明顯。

第三類根據是，我們所理解的每一現象的前因後果，都應當有它確定的地位。

依照這類根據，我們對支配人的生理法則、心理法則、歷史法認識得越清楚，我們對行動的生理原因、心理原因、歷史原因就會瞭解的越正確；另一方面，我們所觀察的行動越簡單，我們研究的人物的性格、頭腦及行動就越簡單，因此我們覺得，人類的行動越自由，就越不受必然性的支配。

當我們完全不瞭解一件行為的原因時，我們就認為這種行為的自由成份最大。不過，我們只要知道無數原因中的一個，我們就能看出一定的必然性。一個犯人是在壞人中接受教育的，這就使得他的罪惡不那麼嚴重了；父母為子女作出的自我犧牲，比起無緣無故的自我犧牲更易於理解，因而似乎不那麼值得同情了。假如我們有許多經驗，假如我們不斷地在人們的行動中尋求因果關係，那麼，我們越準確地把因果聯繫起來，我們就越覺得他們的行動是必然的，是不自由的。一個不誠實父親的兒子的不誠實行為，一個落到惡人中間的女人的下場，一個酒鬼的酒醉等等，我們越瞭解這些行為的原因，就越覺得這些行動的必然性成分很大，自由意志成分很小，甚至一旦知道造成那些行為的原因，我們就能預言它的結果。

10

因此，我們對自由意志和必然性觀念的減少或增多，取決於某人與外部世界聯繫的多少，取決於時間距離的遠近並且取決於對原因的依賴成份而定。

因此，如果一個人與外部世界的聯繫極為密切，他的行為距離今天的時間極長，行為發生的原因極容易理解，那麼，我們就得到最大的必然性和最小的自由意志。反之，一個與外部條件關係疏遠的人，完成行為的時間離現在非常近，行為的原因是難以理解的，那麼，我們就能得到最小的必然性和最大的自由意志。

但是，不論是哪一種情形，不論我們如何釐清人與外部世界之間的關係，不論把時間距離如何延長或縮短，不論我們覺得原因是否可知，我們都不能想像出完全的自由或完全的必然性。

一、不論我們怎樣想像一個人如何不受外部世界的影響，我們永遠得不到在空間上自由的觀念。人的任何一次行動都不可避免地受自己的身體和周圍事物的制約。我舉起手臂，然後再放下來，因此覺得自己是自由的；但是我問問自己：我能不能朝各個方向舉起手臂呢？於是我看出，我是朝著行動最不受周圍的事物和我自己的身體構造妨礙的方向舉起手臂的。如果要我的行動自由，就必須使我的行動不至於碰上任何障礙；如果要讓一個人自由，我們就得想像他超出空間以外，那顯然是不可能的事。

二、不論我們怎樣使判斷的時間接近於行動的時間，我們總是得不到時間上自由的觀念。因為，假如我考察一秒鐘以前完成的一種行為，我們仍然認為那種行為是不自由的，因為它是與完成它的那一時刻分不開的。我問問自己：我能在這一刻舉起手臂嗎？要使自己相信這一點，我必須立刻舉起手臂。但是，當我在向我自己提出這個問題時，時間已經過去了，留住它並非取決於我，我在那時舉起的手臂已不是我在問自己時的手臂了，我在舉起手臂時的空氣也不是我在問自己時的空氣了。要把我的動作想像成自由的，就必須想像現在的它，又是過去和將來之間的它，就是說，超出時間以外的它，這是不可能的。

三、不論對原因的理解有多麼大的困難，我們永遠得不到一種完全沒有原因的事。因為任何沒有原因的現象都是不堪想像的。我舉起手臂，與任何原因無關，但是我要做一個沒有原因的動作，這就是我行動的原因。

即使想像一個完全不受一切影響的人，只考慮他在這一瞬間的行動，假定他這種行動不是由任何原因引起的，認為必然性的殘餘小得等於零，我們也得不出人有完全自由的觀念，因為不受外部世界的影響、超出於時間以外、沒有任何原因的生物，已經不是人了。

同樣，我們也絕不能設想一個人的行為完全沒有自由，只受必然性法則的支配。

一、不論我們怎樣增長我們對人所處的空間條件的知識，這種知識永遠是無窮盡的。因此，既然不能確定所有的條件，不能確定人所受到的一切影響，那就不會有完全的必然性。

二、不論我們怎樣延長我們考察現象和判斷那種現象之間的一段時間，這段時間始終是有限的，因此，在這方面也不可能有完全的必然性。

三、不論行為發生的原因如何容易瞭解，我們也永遠不會瞭解全部的原因，因為它是無窮盡的，因此我們還是永遠得不出完全的必然性。

一般說來，形成人類全部宇宙觀有兩個根據——不可知的人生實質和確定這種實質的法則。

理性表明：一、空間以及賦予它本身可見性的各種形式——物質，是無限的。二、時間是沒有瞬間停頓的無限運動。三、原因和結果的聯繫沒有起點，也不可能有終點。

意識表明：一、只有我一人，一切存在都不外乎是我，因此，我包括空間。二、我用現在靜止的一瞬間來測量流逝的時間，只有現在這一瞬間我才意識到我還活著，因此，我是超出時間之外的。三、在我生活中每一現象產生的根源就是我自己，因此我是超出原因之外的。

理性表達出必然性的法則，意識表達出意志自由的實質。只有把它們互相結合時，才能得出關於人類生活的明確概念。在這互相規定為形式和內容結合的兩個概念之外，任何生活都是不堪想像的。

我們對人類生活所知道的一切，只不過是自由和必然的一定關係，也就是意識和理性法則的關係。

我們對外部自然界所知道的一切，只不過是自然力和必然性的一定關係，或生活的實質和理性法則的一定關係。

大自然的生命力存在於我們之外，不為我們所認識，我們就把它們稱為引力、慣性力、電力等等；但是人的生命力是為我們所認識的，我們把它稱為自由。

但是，正如人人所感覺到的萬有引力一樣，我們對那支配它的必然性法則知道多少，我們就能對他瞭解多少；同樣地，人人意識到自由意志力，我們對那支配它的必然性法則認識多少，我們就能對它瞭解多少。

一切的知識，只不過是把生活的實質歸納為理性的法則罷了。

對理性來說，自由意志力與其他的力量並無不同，差別只在於理性為它們下了不同的定義。因此，若自由脫離了規定它的理性法則，就與萬有引力等力量沒有任何區別。對理性來說，自由只不過是瞬息間的、無法確定的生命的感覺。

在有關生物體的科學中，我們把已知的東西叫作必然性的法則；把未知的東西叫做生命力。生命力不過是對我們所知道的生命實質以外的未知部分的一種說法罷了。

歷史中也是如此：我們把已知的東西叫作必然性的法則；把未知的東西叫作自由意志。就歷史來說，自由意志不過是對我們已知的人類生活法則中未知的剩餘部分的一種說法。

11

歷史從時間和因果關係來探討人的自由意志與外部世界聯繫的表現。也就是用理性的法則來說明這種自由，因此，歷史只有用這些法則來說明自由意志時，才算是一門科學。

就歷史來說，承認人的自由是一種能夠影響歷史事件的力量，也就是一種不服從法則的東西，這等於取消了法則存在的可能性，取消了任何知識存在的可能性。如果有一個天體自由運行，那麼克卜勒和牛頓的定律就不再存在了，任何天體運行的觀念也不再存在了。如果有一種人的行動自由，那麼，任何歷史法則、任何歷史事件的觀念，都不存在了。

對歷史來說，人的意志有若干運動路線，它的活動範圍在我們眼前展開得越廣，這種活動的法則就越明顯。發現和說明那些法則乃是歷史的任務。

對歷史科學來說，闡明法則是行不通的，因為，無論我們怎樣限制人類自由意志的作用，只要把它看作不受法則支配的一種力量，法則也就不可能存在了。

只有無限地約束這種自由意志力，我們才會相信原因是完全不可理解的，於是歷史把尋求法則作為它的任務，以取代對原因的探尋。

全人類的科學都在走這條路。數學在求無限小數的時候，便放棄解析的過程，開始總和未知的無限小數的新過程，它放棄原因的概念而尋求法則，也就是尋求一切未知的無限小的元素的共同性質。

別的科學也循同樣的思路進行研究。當牛頓宣布萬有引力法則的時候，他並未說，太陽或地球有一種吸引的性質，而是說，任何物體都具有互相吸引的性質。也就是說，他拋開導致物體運動原因的問題，來說明從無限大到無限小的所有物體共同的性質。歷史學也站在這條路上，假如歷史的研究對象是全人類的運動，而不是記載個人生活中的若干片斷，那麼，它也應拋開原因的概念，來尋求那些為相等的、密切相關的、無窮小的自由意志的因素所共有的法則。

12

自從哥白尼體系被發現並證實以後，僅僅承認太陽不會運轉，而是地球運轉這一事實，就足以破除古人的全部宇宙觀了。然而，在哥白尼體系被發現之後，托勒密的天動說還被研究了很長一段時間

自從有人證明出生率和犯罪率服從數學法則，一定的地理條件、政治和經濟條件決定了管理形式，人口和土地的一定關係造成了民族遷徙後，歷史賴以建立的基礎實際上就被摧毀了。然而，過去的歷史與違反它原理的統計學、地理學、政治經濟學、比較語言學和地質學的法則仍繼續被研究著。

新舊觀點在自然哲學中進行了長期的、頑強的鬥爭。神學保護舊觀點，責備新觀點破壞神的啟示。但是當真理獲得勝利的時候，神學卻也在新的基礎上站穩了。

如今，新舊的歷史觀點同樣進行著長久而頑強的鬥爭，神學同樣維護舊觀點，責備新觀點破壞神的啟示。

在反對新興的自然哲學的真理的人們看來，如果他們承認這種真理，就必須破壞他們對上帝的信仰；在擁護哥白尼和牛頓定律的人們看來，天文學的法則似乎足以摧毀宗教，於是他利用萬有引力定律作為反對宗教的工具。

現在的歷史學問題正如當年的天文學問題一樣，各種觀點的不同就在於是否承認一種絕對的單位作為看得見的現象的尺度。在天文學上是地球的不動性，在歷史學上是個人的獨立性——自由意志。

正如在天文學上，承認地球運行的困難乃在於否定地球不動而行星運動的直覺概念；在歷史學上，承認個人服從空間，時間和因果關係的法則的困難，乃在於否定我們個人的獨立性的直覺概念。但是，天文學的新觀點表明：「雖然我們感覺不出地球的運行，但是，如果假定它不動，我們就會得出荒謬絕倫的結論；如果假定它在運行，儘管我們察覺不出來，但是我們卻得出了法則。」歷史的新觀點也這樣表明：「雖然我們感覺不到我們的依賴性，但是，如果假定我們有自由意志，我們就得出了荒謬絕倫的結論，如果假定我們對外部世界、時間、因果關係存有依賴性，我們就得出了法則。」

在第一種情形下，要否定地球在空間靜止的意識，並且承認我們感覺不到它的運動；在現在的情形下，同樣要否定被意識到的自由意志，並且承認我們感覺不出的依賴性。

國家圖書館出版品預行編目資料

戰爭與和平：鐵與血的啟示 / 列夫．托爾斯泰 原著 ; 酆哲生 編譯 . -- 初版. -- 新北市：華文網, 2013.2
面； 公分

譯自 : War and peace

ISBN 978-986-271-316-7 (平裝)

880.57 102000428

典藏閣

英雄史詩：戰爭與和平

出 版 者 典藏閣
作 者 列夫．托爾斯泰
編 譯 酆哲生
品質總監 王寶玲
文字編輯 林柏光
總 編 輯 歐綾纖
美術設計 蔡億盈

郵撥帳號 50017206 采舍國際有限公司（郵撥購買，請另付一成郵資）
台灣出版中心 新北市中和區中山路2段366巷10號10樓
電 話 (02) 2248-7896 傳真 (02) 2248-7758
ISBN 978-986-271-316-7
出版日期 2013年2月最新版

全球華文市場總代理 / 采舍國際有限公司
地址 新北市中和區中山路2段366巷10號3樓
電話 (02) 8245-8786 傳真 (02) 8245-8718

全系列書系特約展示
新絲路網路書店
地址 新北市中和區中山路2段366巷10號10樓
電話 (02) 8245-9896
網址 www.silkbook.com

線上pbook&ebook總代理 / 全球華文聯合出版平台
主題討論區 www.silkbook.com/bookclub
電子書平台 www.book4u.com.tw
紙本書平台 www.silkbook.com

● 新絲路讀書會
● 華文網雲端書城
● 新絲路網路書店

本書係透過華文聯合出版平台自資出版印行。
採減碳印製流程並使用優質中性紙 (Acid & Alkali Free) 與環保油墨印刷。